佐藤 勝

続 石川啄木文献書誌集大成

桜出版

続 石川啄木文献書誌集大成

啄木文献学の醍醐味ここにあり

国際啄木学会元会長・天理大学名誉教授　太　田　　登

今年（2016年）は漱石歿後100年でもあります。その漱石語録に「見識は学問より生まれる」という言葉があります。まさに佐藤勝さんの人柄と仕事は、漱石語録の核心をみごとに貫いています。

大著『石川啄木文献書誌集大成』（1999年）にたいして、「至難の業を独力で達成された」ことに敬意を表し、「20世紀の〈啄木研究の歩み〉の全貌を検証するうえで不可欠な文献目録であるが、それ以上に92年の前著『資料石川啄木』から本書にいたる道程によって90年代の成熟した啄木研究の内実をつぶさに知りえることに意義がある。」と評したことがあります。

この度の『続 石川啄木文献書誌集大成』は、1901（明治34）年から1998（平成10）年までの文献目録であった前著『石川啄木文献書誌集大成』の続篇にあたります。本書は1998（平成10）年以降の文献を補輯したものですが、『石川啄木文献書誌集大成』が「20世紀の〈啄木研究の歩み〉の全貌を検証するうえで不可欠な文献目録である」ように、この『続 石川啄木文献書誌集大成』は、21世紀における啄木研究必須の基礎的文献であるといえます。

研究の基礎は、とりわけ人文科学では文献にあるといえますが、「湘南啄木文庫」の主宰は、『資料　石川啄木―啄木の歌と我が歌と』（1992年）、『啄木の肖像』（2002年）などの著作に明白なように、啄木愛好者という立場から啄木文献に関する情報を提供し続けています。すぐれた研究者はすぐれた愛好者のひとりであり、すぐれた愛好者もまたすぐれた研究者のひとりである、という私見からいえば、佐藤勝さんのひたむきな仕事によって類いのない啄木文献学が構築されました。

その啄木文献学の醍醐味を本書によって満喫された読者は、必ずや本書が「21世紀における啄木研究必須の基礎的文献である」ということを確信されるでしょう。さらに、歿後100年の漱石が21世紀にあって対話を継続する文学者であるように、生誕130年を超えた啄木もまた21世紀に対話を継続する詩人であるということが、純粋で篤実な佐藤勝さんの人柄と仕事をとおして実感できることでしょう。

（凡例）

※ 本書は佐藤勝が個人的に収集して毎年1回「湘南啄木文庫収集目録」として発行して来たものを前著『石川啄木文献書誌集大成』（1999年／武蔵野書房）に収録以降の文献を載せたものである。

※ 本書には石川啄木の著作および石川啄木について記したり、論じている文献の書誌を可能な限り掲載した。なお、記述には前著と異なる部分のあることをことわっておく。

　(1) 文献の掲載ページ数の記載は「P0～0」とした。

　(2) 単行本、雑誌等には可能な限り初版の定価、本（文献）のサイズ等も記載した。

　(3) 講演、研究発表、啄木に関する催事等のレジメやチラシ類も掲載した。

※ 本書の文献は原則すべて発行年月日順に配列した。発行日の不明なものはその月、または年の最後に－印で記した。（発行年月日が不詳のものは、湘南啄木文庫の収集年の最終に掲載した）

※ 記述は、著編者名、書名（雑誌、あるいは単行本の一部に収録された文献は、その表題名）、ページ数、単行本は『　』、雑誌は「　」、一般の新聞等には原則としてカッコは付けていないが、個人発行紙（誌）と機関紙（誌）、著者作成本には「　」を付けた。また、文献の最後に発行年月日を記したが、元号記述としたために、平成はH、昭和はS、大正はT、明治はM、として記した。

※ 啄木文献か否か判明し難い文献は除外したが、何をもって啄木文献にあらずとしたかについては確たる定義はない。しかし、本文中に啄木についての記述が多いもの、例えば啄木周辺の人物について書かれた文献でも、啄木との関わりが記述されている文献は可能な限り収録した。

※ 単行本のページ数は原則として、本文、解説などを含めたものを記したが、例外的にページ数に無いが数ページにわたる写真掲載分などもページ数として数えたものもある。

※ 参考文献目録から引用した文献については、可能な限り実物を確認するように努めたが、なかには未確認のまま掲載したものもある。

※ 漢字、仮名づかいは原則として原本にしたがったが、原稿の作成をパソコンでおこなったことや印刷その他の都合で新字体にしたものもある。

※ 本書には啄木という見出しの付いた新聞記事を多く収録しているが、その中には直接啄木にかかわりのない記事もある。例えば岩手のある一部の地域で開催される「啄木マラソン」などという記事だが、それらは啄木の名を今日、あるいは未来に伝える啄木文学顕彰の一環として捉えた私の個人的判断で、手元に集まったものだけを載せた。

※ 本書には、ビデオ、CD、DVD、の他にネット上の文献や啄木関係の作品も掲載した。ネット上から得た文献情報には☆印をつけた。基本的には湘南啄木文庫が印刷して冊子綴じにできたものを掲載したが、本書の原稿整理時にネット上で当該文献を閲覧できることが確認できたものはそのアドレスも記載した。しかし、電子図書として刊行されている啄木文献の情報は、まったく手付かずである。これらの情報収集や記録については公的機関の力添えを頼みとしたい。

※ 索引には、一部ではあるが「表題」に出て来る人名も検索の便を考慮して加えた。但し「啄木」は除外した。

（目 次）

〈序文〉太田 登 ……………………………………………………………………… iii

〈凡例〉 ………………………………………………………………………………… iv

1998（平成10）年 …………………………………………………………………… 1

1999（平成11）年 …………………………………………………………………… 9

2000（平成12）年 …………………………………………………………………… 24

2001（平成13）年 …………………………………………………………………… 40

2002（平成14）年 …………………………………………………………………… 51

2003（平成15）年 …………………………………………………………………… 72

2004（平成16）年 …………………………………………………………………… 95

2005（平成17）年 …………………………………………………………………… 120

2006（平成18）年 …………………………………………………………………… 138

2007（平成19）年 …………………………………………………………………… 160

2008（平成20）年 …………………………………………………………………… 180

2009（平成21）年 …………………………………………………………………… 200

2010（平成22）年 …………………………………………………………………… 223

2011（平成23）年 …………………………………………………………………… 249

2012（平成24）年 …………………………………………………………………… 269

2013（平成25）年 …………………………………………………………………… 307

2014（平成26）年 …………………………………………………………………… 334

2015（平成27）年 …………………………………………………………………… 358

2016（平成28）年 …………………………………………………………………… 383

2017（平成29）年 …………………………………………………………………… 420

『石川啄木文献書誌集大成』の補遺（明治45年〜平成9年）………………………… 449

〈主な参考文献〉 ……………………………………………………………………… 474

【『石川啄木文献書誌集大成』(明治45年〜平成10年／武蔵野書房1999年) の正誤表】……… 475

〈編集後記にかえて〉 ………………………………………………………………… 482

〈編著者人名索引〉 …………………………………………………………………… 486

１９９８年（平成10年）

山本玲子 〈石川啄木記念館より22〉拝啓啄木さま／吊りランプ 「広報たまやま」1月号

発行：玉山村 H 10・1・1

大森秀雄 啄木北海道流浪の跡を訪ねて（109 ～ 124）「せせらぎ同人」第205 ～ 222号

タブロイド判 せせらぎ同人会（横浜市瀬谷区）H 10・1・1 ～ 12・1

近 義松 石川啄木 轍鮒の生涯（15 ～ 26）※各回1頁掲載 「新歯界」H 10年1月号 ～ 12月号

A4判 新潟県歯科医師会 H 10・1・1 ～ 12・1

編集部 〈郷土の本棚〉『啄木の故郷－俳句とともに－』工藤節朗著 岩手日報 H 10・1・12

「国際啄木学会東京支部会会報」第6号 A5判 全81頁（以下9点の文献を収載）

近岡健右 〈巻頭言〉今、思い出すこと P1 ～ 2

小川武敏 啄木とトルストイの死 P3 ～ 14

近藤典彦 ソニヤの歌 P15 ～ 20

佐藤 勝 資料紹介・石川啄木参考文献目録（4）―1996年（平成8年）1月～12月― P21 ～ 31

斉藤英子 啄木讃歌十首 P32 ～ 33

横山 強 石川啄木と谷静湖の関わりについて P34 ～ 55

大庭主税 故郷の啄木歌碑とその周辺 P56 ～ 59

星 雅義 合歓の花（二）―会報5号に続いて― P60 ～ 77

編集部 国際啄木学会東京支部会会員名簿 P78 ～ 79／編集後記 P80 ～ 0

国際啄木学会東京支部会 H 10・1・14

山本玲子 〈石川啄木記念館より23〉拝啓 啄木さま／カルタ会 「広報たまやま」2月号

発行：玉山村 H 10・2・1

伊五澤富雄 〈漂泊の詩人 啄木と宝徳寺 ①〉―石川一家は18年で寺を追放― 「いわてねんりんクラブ」

第52号 B5判 ねんりん舎 H 10・2・2

米田利昭 賢治と啄木 ―北方行―「火の群れ」第68号（← H15・6『賢治と啄木』大修館書店）

「火の群れ」短歌社 H 10・2・―

櫻井健治 〈函館・文学の散歩道42〉小野寺脩郎『啄木の骨』P48 ～ 53 「はこだてい」第44号

A5判 340円 幻洋社 H 10・3・1

山本玲子 〈石川啄木記念館より24〉拝啓啄木さま／ウント、ハイカラになれ「広報たまやま」3月号

発行：玉山村 H 10・3・1

小林芳弘 石川啄木と梅川操―最後の出合いと別れ― P37 ～ 44 「盛岡大学短期大学部紀要」B5判

第8巻21号 H 10・3・5

伊五澤富雄 〈漂泊の詩人 啄木と宝徳寺 ②〉―函館より分骨された父一禎の墓― 「いわてねんりんクラブ」第53号 B5判

ねんりん舎 H 10・3・16

読売新聞（青森版コラムみちのく見て歩き）盛岡市・啄木新婚の家 H 10・3・18

千葉 貢 石川啄木『林中書』考―田舎者のナショナリティ（P101-123）

『田舎者の文学―「近代」の悲しみを背負って』 高文堂出版 H 10・3・25

黒沼芳朗 啄木短歌 息遣い脈々〈コラム展望台〉 岩手日報 H 10・3・28

小川武敏 〈我を愛する歌〉末尾15首と＜九月九日＞作歌群 P56〜78 「論究」第13号 B5判
明治大学文芸理論研究会 H10・3・31

門屋光昭 石川啄木と民俗芸能 P29〜46 「日本文学会誌」第10号 盛岡大学 H10・3・31

伊藤淑人 故郷と都市 ―東京と啄木― P247〜262 『東海女子短期大学国文学科創設三十周年記
念論文集・言語・文学・文化』A5判 H10・4・1

山本玲子 〈石川啄木記念館より25〉拝啓啄木さま／スミレの心 「広報たまやま」4月号
発行：玉山村 H10・4・1

小笠原功 啄木とローマ字日記 陸奥新聞 H10・4・4

石川啄木 初めて見たる小樽 P7〜17 作品社編集部編『心にふるさとがある（16）土地っ子かたぎ』
〈新編 日本随筆紀行 大きな活字で読みやすい本〉 作品社 H10・4・20

高橋峰樹 石川啄木と函館・郷土にかかわる国語 陸奥新聞 H10・4・24

「新日本歌人」5月号 A5判
碓田のぼる 中野重治「啄木に関する断片」をめぐって
秋沼蕉子 啄木の家族 新日本歌人協会 H10・5・1

山本玲子 〈石川啄木記念館より26〉拝啓啄木さま／ゆべしまんじゅう 「広報たまやま」5月号
発行：玉山村 H10・5・1

伊五澤富雄 〈漂泊の詩人 啄木と宝徳寺 ③〉―寺に残された石川家の遺物― 「いわてねんりんクラブ」
第54号 B5判 ねんりん舎 H10・5・1

山本玲子 ＜みちのく随想＞妹の眼 岩手日報 H10・5・17

斎藤慎爾編 『明治文学の世界』B5判 3800円
水上 勉 禅寺の子、啄木 P179〜181（→S53・6「国文学」臨時増刊号／→S42・10『日本の詩歌5』
〈付録月報第2号〉中央公論社）
古橋信孝 青春の挫折と歌―石川啄木の短歌 P181〜183（←H10・11「国文学」至文堂）
柏書房 H10・5・25

遊座昭吾 世界が観る啄木・賢治 P1〜9 「日本學報」第40輯 B6判 韓國日本學會 H10・5・30

高橋 愁 『わが心の石川啄木』茜屋新書② 書肆茜屋 H10・6・1

山本玲子 〈石川啄木記念館より27〉拝啓啄木さま／ユリの香りの魔力 「広報たまやま」6月号
発行：玉山村 H10・6・1

北畠立朴 〈啄木エッセイ16〉啄木日記の小さな疑問点
朝日ミニコミしつげん第216回 H10・6・5

読売新聞 （青森版記事）啄木歌碑、来月大間の海岸に完成 H10・6・7

岩手日報 〈新刊寸評〉『啄木の父一禎・啄木と堀田秀子』高橋幹雄著 H10・6・8

伊五澤富雄 〈漂泊の詩人 啄木と宝徳寺④〉―宝徳寺に眠る人々（その一）― 「いわてねんりんクラブ」
第55号 B5判 ねんりん舎 H10・6・15

小松健一 石川啄木記念館―岩手・渋民 P36〜52『文学館抒情の旅』文庫判 1000円
京都書院 H10・6・15

田中 綾 書評【道内文学】高橋愁『わが心の石川啄木』（書肆茜屋） 北海道新聞（夕）H10・6・22

函館新聞 （記事）啄木はロマンチスト（第一回市民のための文学講座） H10・6・30

秋浜悟史 石川啄木―わが家三代の付き合い― P26〜28 「悲劇喜劇」7月号 A5判 特集＊芝居

になる人 早川書房　H 10・7・1

函館新聞　（記事）大間に啄木歌碑・本州最北端・25日に除幕式　　H 10・7・1

山本玲子〈石川啄木記念館より28〉拝啓啄木さま／ハマナスの夢「広報たまやま」7月号

発行：玉山村　H 10・7・1

高田準平〈文学へのいざない 10～19〉啄木に思いを馳せて（← H25・8『啄木懐想』著者刊）

北鹿新聞　H 10・7・3～H 11・4・8

岩手日報　（記事）第13回岩手日報文学賞受賞者決まる・啄木賞「該当作」なし　H 10・7・4

北畠立朴〈啄木エッセイ17〉前略 山本玲子様　　朝日ミニコミ しつげん第218回　H 10・7・5

函館新聞　（コラム碑めぐり）石川啄木像・昭和33年建立（啄木小公園内）　H 10・7・6

東奥日報　（夕・コラム語る）啄木研究の出発点に・米沢菊市さん　H 10・7・11

南條範男『歌文集　玫瑰舎漫筆 ―啄木と玫瑰と―』四六判 1500円＋税　啄木と読書／石川啄木

と荻浜／沖縄の啄木歌碑／啄木生誕百年祭の意義／ほか　渓声出版　H 10・7・15

成田龍一　石川啄木の経験／1、啄木と「故郷」／2、「故郷」を引き裂くもの P184～227

『「故郷」という物語―都市空間の歴史学』四六判 2600円　吉川弘文館　H 10・7・20

米田利昭　天才―賢治と啄木―　「多摩歌人」41（← H15・6『賢治と啄木』大修館書店）H 10・7・―

山本玲子〈石川啄木記念館より29〉拝啓啄木さま／ダリヤの怒り「広報たまやま」8月号

発行：玉山村　H 10・8・1

伊五澤富雄〈漂泊の詩人 啄木と宝徳寺⑤〉―宝徳寺に眠る人々（その二）―「いわてねんりんクラブ」

第56号 B5判　ねんりん舎　H 10・8・1

北畠立朴〈啄木エッセイ18〉ハンカチで汚れを隠した啄木

朝日ミニコミ しつげん第220回　H 10・8・5

高橋　薫　啄木と時局観　　盛岡タイムス　H 10・8・11

編集部　啄木が愛したふるさと・石川啄木記念館 P73～77

『文学館ワンダー・ランド』四六判 1800円＋税　（株）メタローグ　H 10・8・25

細田源吉　啄木を愛誦した私 P31～33（→ S9・4「短歌評論」）山田泰男編著『川越出身の作家 細

田源吉』A5判　さきたま出版会　H 10・8・26

秋間達男　白石義郎にみる民権思想 P1～5　「まちなみ」No.129　市立釧路図書館　H 10・9・1

永田秀郎　釧路市の「啄木歌碑」短歌の校合による異同 P8～0「まちなみ」No.129　H 10・9・1

山本玲子〈石川啄木記念館より30〉拝啓啄木さま／女郎花の教え「広報たまやま」9月号

発行：玉山村　H 10・9・1

北畠立朴　啄木の孫・石川玲児氏の思い出　朝日ミニコミ しつげん 222回　H 10・9・5

舘田勝弘　進む調査研究・「北の夜明け―青森県の近代文学・明治期―」を見て（明治41・6・17 丹羽洋

岳宛の石川啄木書簡についての文章）「青森県近代文学館報」10号　青森県近代文学館　H 10・9・6

青木　登　盛岡と渋民・石川啄木 P92～103『東北　庭と花と文学の旅〈下〉』四六判 2000円＋税

のんぶる舎　H 10・9・10

四方　洋　啄木の砂山を原点として―希望ケ丘学園―　『「いのち」の開拓者　福祉現場の人間の記

録』四六判 1700円＋税　共同通信社　H 10・9・15

伊五澤富雄〈漂泊の詩人 啄木と宝徳寺⑥〉―宝徳寺に眠る人々（その三）―「いわてねんりんクラブ」

第57号 B5判　ねんりん舎　H 10・9・16

『短歌の世界　近・現代歌人展』（図録）石川啄木 P10 ～ 0（石川光子宛ハガキ M43・10・28 両面写真）

日本歌人クラブ編集委員会　H 10・9・20

「国際啄木学会会報」第10号 A5判 全34頁（以下25点の文献を収載）

藤沢　全　三島大会の開催にあたって P4 ～ 0

遊座昭吾　二十世紀と啄木—1998年三島大会に寄せて—P5 ～ 0

小川武敏　国際啄木学会の現状—釧路大会から三島大会への歩み—P6 ～ 0

【研究発表要旨】

照井悦幸　生活感情の形象～啄木の「停車場」～ P7 ～ 0

呉　川　中国における石川啄木の翻訳・研究について P8 ～ 0

黒澤　勉　小説「赤痢」の人間学 P9 ～ 0

ジェーン・クロスリー　時代からくる不安—石川啄木の初期の詩歌に見る田舎と都会—P10 ～ 0

瀧本和成　啄木と森鷗外——観潮楼歌会をめぐって P11 ～ 0

【シンポジウム】テーマ：石川啄木像へのビジョン—東洋・西洋との関わりで—

（パネリスト）

森　一　啄木と西洋—英語・英文字との係わり—P12 ～ 0

田中　礼　啄木像の形成—西洋近代との関わりで—P13 ～ 0

池田　功　石川啄木における東洋意識 P14 ～ 0

藤沢　全　"98シンポジウム"——啄木をみんなで考えよう P15 ～ 0

編集部　記念講演会：講師　芳賀徹氏 Profile　P16 ～ 0

【釧路大会を振り返って】

鳥居省三　釧路大会の始末と多少の意見 P17 ～ 0

平出　洸　シンポジウムを傍聴して P18 ～ 0

【外国学会、支部便り・編集後記】

無署名　韓国啄木学会 P19 ～ 0

舟田京子　インドネシア啄木学会 P19 ～ 20

北畠立朴　釧路支部 P20 ～ 21

白畑耕作　函館支部 P21 ～ 22

望月善次　盛岡支部 P22 ～ 0

塩浦　彰　新潟支部 P22 ～ 23

佐藤　勝　東京支部 P23 ～ 24

戸塚隆子　静岡支部 P24 ～ 25

太田　登　奈良支部 P25 ～ 0

編集後記 P25 ～ 0

遊座昭吾「啄木の孫」を背負って・石川玲児さんをしのぶ P26 ～ 0〈岩手日報（H10・7・8）再録〉

事務局　国際啄木学会会員名簿 P27 ～ 33　　　　　　国際啄木学会事務局　H 10・9・28

小川武敏　啄木と英国婦人参政権運動 P75 ～ 99 明治大学文学部紀要「文芸研究」80号　H 10・9・—

山本玲子〈石川啄木記念館より 31〉拝啓啄木さま／ヒメジオンの涙「広報たまやま」10月号

発行：玉山村　H 10・10・1

北畠立朴　遠藤隆と啄木の関係・釧路第三小学校教員　朝日ミニコミしつげん 224 回　H 10・10・5

目良　卓　啄木雑感（12）P62 〜 63「華」第 33 号 A5 判 500 円　　「華」の会発行　H 10・10・10

和田英子　盛岡・石川啄木 P7 〜 22『風の如き人への手紙―詩人富田砕花宛書簡ノート―』四六判
　4000 円　　　　　　　　　　　　　　　　　　　　　　　　編集工房ノア　H 10・10・10

朝日新聞（北海道版・記事）啄木の歌碑を建立・馬鈴薯の花咲くころ… 倶知安　　　　H 10・10・18

孫　順玉著『石川啄木の詩選』ハングル語・日本語対訳 A5 判　154 頁
　　　　　　　　　　　　　　　　　　　　　　　　民音社 (韓国ソウル市) H 10・10・20

米田利昭　わが従兄とスナイドル銃―賢治と啄木―　「火の群れ」第 70 号（← H15・6『賢治と啄木』）
　　　　　　　　　　　　　　　　　　　　同人誌「火の群れ」発行所　H 10・10・―

「いわて　先人たちの忘れ物」〈1999 年 Calendar〉※ 1 月、盛岡市先人記念館所蔵の金田一京助宛の
　葉書（両面）／ 10 月、石川啄木記念館所蔵の啄木の木札かるた 7 枚など月めくりカレンダー
　　　　　　　　　　　　　　　　　　　　　日産サニー岩手販売（株）H 10・―・―

山本玲子〈石川啄木記念館より 32〉拝啓啄木さま／キクを見つめる目「広報たまやま」11 月号
　　　　　　　　　　　　　　　　　　　　　　発行：玉山村　H 10・11・1

伊五澤富雄〈漂泊の詩人 啄木と宝徳寺⑦〉―宝徳寺に眠る人々（その四）―　「いわてねんりんクラブ」
　第 58 号 B5 判　　　　　　　　　　　　　　　　　　　　ねんりん舎　H 10・11・2

近藤典彦　石川啄木の国際感覚　　　　　　　　　　　　しんぶん赤旗　H 10・11・3

北畠立朴　国際啄木学会三島大会に参加して　　　朝日ミニコミしつげん 226 回　H 10・11・5

北海道新聞　（函館版・夕）啄木歌集など展示・フリースペース「大黒座長屋」　　H 10・11・5

中村　稔　第二部 石川啄木・青春の挫折からの出発／再生への谷間／悲壮な前進／絶望の淵より
　P87-166　作品付録　石川啄木 P223-263　『子規と啄木』〈潮ライブラリー〉四六判 1400 円＋税
　　　　　　　　　　　　　　　　　　　　　　　　　　　潮出版社　H 10・11・5

朝日新聞　（大阪版・コラム研研 GO!GO!）啄木学・尽きない不思議な魅力　　　H 10・11・6

西川祐子　石川啄木「啄木歌集」P69 〜 71『借家と持ち家の文学史』2700 円 三省堂　H 10・11・10

下田靖司　私の生き方と石川啄木 P42 〜 43（※筆者は板垣玉代の甥）「光はまねく」
　〔盛岡市立北厨川小学校創立 50 周年記念誌〕B5 判　同校 50 周年記念事業協賛会　H 10・11・14

編 集 部　〈新刊紹介〉中村稔著『子規と啄木』　　　　　日本経済新聞　H 10・11・22

佐佐木幸綱　目を閉じる啄木 P27 〜 40『佐佐木幸綱の世界 6 評論篇』四六判 3200 円＋税（→ S52・
　8『和歌文学の世界』（笠間書院）／→ S54・1『底より歌え』（小沢書店）／→ S55・4「現代詩読本 14 石
　川啄木」）　　　　　　　　　　　　　　　　　　　河出書房新社　H 10・11・25

編集部〈それから〉啄木 17 歳の旅立ち P20 〜 0「いわてグラフ」A4 判　※内外の県民に無料配布誌
　　　　　　　　　　　　　　　　　　　岩手県企画振興部公聴広報課　H 10・11・25

志賀かう子　啄木と山本さん〈エッセイ・行き交う日々 74〉　　　岩手日報　H 10・11・29

「国際啄木学会 茨城支部会報」第 9 号 全 8 頁 A5 判（以下 2 点の文献を収載）
　蓮田　茂　宮内庁書陵部所蔵の「岩手日報」について P1 〜 2
　堀江信男　「一握の砂」における物語（三）P4 〜 7　　　国際啄木学会茨城支部　H 10・12・1

「広報たまやま」12 月号（記事）小和田氏（前国連大使）啄木記念館を訪れる P11 〜 0　H 10・12・1

斉藤英子　土岐善麿研究（20）―ローマ字歌集『NAKIWARAI』―第 2 次「生活ロマン」第 2 巻 12 号
　　　　　　　　　　　　　　　　　　　　　　　　現代語短歌協会　H 10・12・1

村上寛之（署名記事）啄木研究の永遠の一兵卒・石井勉次郎さん　　　大阪新聞　H 10・12・1

（吹き矢）〈短歌時評〉※（「近年、歌壇の一部では、啄木を無視する風潮が起きている。歌人の僻目でないことを希う。」の一文あり）「短詩形文学」12月号　　　「短歌形文学」発行所　H 10・12・1

山本玲子〈石川啄木記念館より 33〉拝啓啄木さま／赤き花の息吹 P23〜0「広報たまやま」12月号

発行：玉山村　H 10・12・1

斉藤英子　啄木短歌の影響（ほか）P11〜19　『安成二郎おぼえがき』四六判 2500 円

新世代の会　H 10・12・1

高橋　薫　啄木と札幌　　　　　　　　　　　　　　盛岡タイムス　H 10・12・1

目良　卓　前田夕暮と石川啄木 P156〜159　「氷原」通巻 300 号　氷原短歌会　H 10・12・1

仙台啄木会編発行『三十年のあゆみ―仙台啄木会―』B5判 117 頁 2000 円（以下 19 点の文献を収載）

　　編集部　写真で見る三十年 P2〜13

　　南條範男　会の歩み――啄木歌を酒の肴に P14〜28

　　編集部　記事に見る三十年―新聞・便り等―P29〜66

　　【会員漫筆】P67〜105

　　相澤慎吉　啄木の孫―石川玲児氏の死を想う―

　　阿部智子　啄木会と私

　　小野寺廣明　啄木について考える

　　川村幸安　啄木と藤村

　　郷右近忠男　啄木の故郷を訪ねて―かにかくに渋民村は恋しかり―

　　齋　忠吾　青春してるか

　　鈴木久光　啄木と共に歩む旅の思い出抄

　　高橋忠男　啄木会と私

　　高橋百合子　啄木にまつわる三代記

　　手島邦夫　啄木歌によせて

　　永井さつ子　思い出すままに

　　南條範男　荻浜の啄木歌碑あれこれ

　　藤村延子　ドラマ「啄木の妻」に寄せて

　　横山邦夫　啄木と私の初任地

　　山野川辰次　徒然の記

　　渡辺昌昭　高校国語教育の中の石川啄木―平成 11 年度教科書啄木歌、同文章掲載の調査報告―

　　　　　　　　　　仙台啄木会（発行所：仙台市宮城野区安養寺 2-22-10 南條方）H 10・12・1

北畠立朴　10 周年迎えた国際啄木学会―愛好者の入会阻む「実績主義」―

北海道新聞（釧路版）H 10・12・5

北畠立朴　私の啄木研究この一年　　　朝日ミニコミしつげん第 228 回　H 10・12・5

ＤＶＤ「盛岡版ロミオとジュリエット・一と節子の場合」第 4 回盛岡文士劇（1998 年（平成 10 年）

　11 月 28, 29 日上演／テレビ岩手制作放映の録画／※テレビ放映の日は不明　　　H 10・12・10

朝日新聞（岩手版）盛岡の先人記念館　新聞人 15 人の足跡紹介・原敬・胡堂・啄木

H 10・12・12

佐藤清文　石川啄木のローマ字日記 P96〜106　『県民文芸作品集』No.29 A5判

岩手芸術祭実行委員会　H 10・12・12

戸塚隆子　石川啄木「ソニヤ」の歌私論 P392 ～ 411 井上謙編『近代文学の多様性』A5 判 8640 円＋税

翰林書房　H 10・12・12

高橋　薫　啄木と中途退学　　　　　　　　　　　　　　　盛岡タイムス　H 10・12・15

鈴木明彦　Terminal event と「時代閉塞の現状」P7 ～ 8 「銅玉」第 38 号

北海道教育大学岩見沢校・地学研究室　H 10・12・15

「いわてねんりんクラブ」第 59 号 B5 判 700 円

　伊五澤富雄〈漂泊の詩人 啄木と宝徳寺⑧〉―宝徳寺に眠る人々（その五）―　P14 ～ 16

　津志田清四郎　啄木と土岐善麿のこと（上）P54 ～ 56

ねんりん舎（（盛岡市盛岡駅西通 1-4-22）H 10・12・15

太田幸夫『＜ 石川啄木入門 ＞ 啄木と鉄道』A5 変形判 385 頁（細目・北海道鉄道史の中の啄木・岩見

沢駅百年の歩み／釧路鉄道管理局史／義兄山本千三郎という人物／鉄道に縁のあった啄木の二人の姉／

山本家からの援助／妹の光子も鉄道に縁があった／啄木一度目の来道・それまでの啄木／天才少年の誕

生／尋常小学校時代／高等小学校時代／盛岡中学校入学、そして退学／盛岡中学校における文学活動／

一度目の上京／二度目の上京、失意の帰郷／堀合節子との恋愛／失意の帰郷から再度の上京を決意／渋

民村から小樽へ〈一度目の来道〉／啄木二度目の来道。それまでの啄木／再度の上京、帰郷、そして結

婚／新婚生活と借金／盛岡から函館へ（二度目の来道）／故郷での代用教員生活／故郷を追われて三度

目の来道―啄木の北海道流浪―・渋民村から函館へ／函館での啄木／函館へ上陸／苜蓿社と啄木／函館

での生活／函館日日新聞／函館の大火／宮崎郁雨の友情と援助／橘智恵子への思慕／函館から札幌、小

樽、釧路へ／函館 - 小樽 - 札幌／札幌での啄木／札幌から小樽へ／小樽での啄木／小樽から釧路へ／釧

路での啄木／東京での啄木／東京での文学活動／金田一京助の友情／金田一の援助／東京朝日新聞社で

の啄木／函館の留守家族／家族の上京／啄木一家の不幸／終焉の地、文京区久堅町／遺族のその後／啄

木一族の墓／啄木八つのナゾ／啄木の鉄道歌三十八首／啄木ゆかりの地／啄木文学碑建立年月日順一覧

／啄木文学碑／啄木年譜）

著者刊（札幌市白石区栄通 5-10-10-903）H 10・12・15

高橋　薫「啄木と日記」（文庫判）7 頁　　（発行日は湘南啄木文庫受入日）　私家版　H 10・12・19

橋本　威　啄木『一握の砂』難解歌考（5）後拾遺 P1 ～ 45（→ H5・10『啄木「一握の砂」難解歌稿』

和泉書院）「梅花女子大学文学部紀要」第 32 号　　　　　　　　　　　　　　H 10・12・25

石川啄木著『21 世紀の日本人へ　石川啄木』四六判 122 頁（硝子窓／きれぎれに心に浮かんだ感じ

と回想／林中書／食ふべき詩／一利己主義者と友人との対話／石川啄木とはどういう人か）

（株）晶文社　H 10・12・25

山本和加子　悪母か、賢母か－石川啄木の母－ P192 ～ 198『歴史の中の賢母・愚母・慈母』

四六判 2200 円　　　　　　　　　　　　　　　　　　　　　　　　　同時代社　H 10・12・25

編 集 部　〈新刊紹介〉中村稔著『子規と啄木』対照的な 2 人のスター　　産経新聞　H 10・12・26

秋山ウタ　証し P9 ～ 10「故　秋山ウタ葬儀の栞」（→ H7・4「荊冠」）　栄福音教会　H 10・12・27

倉賀野範子　啄木が心の慰めに〈読者投稿欄〉　　　　　　　　　　　　　釧路新聞　H 10・12・27

岩手日報　＜夕・新刊紹介＞仙台啄木会が 30 周年記念誌「30 年のあゆみ」　　　　H 10・12・28

北山武雄　息子とともに啄木の里を訪問〈読者投稿欄〉　　　　　　　　　中日新聞　H 10・12・29

川代武三（撮影）「いわて　先人たちの忘れ物」〈1999 年 Calendar〉※ 1 月、盛岡市先人記念館所蔵の

金田一京助宛の葉書（両面）／ 10 月、石川啄木記念館所蔵の啄木の木札かるた 7 枚など月めくりカレ

ンダー　　　　　　　　　　　　　　　　　　　　日産サニー岩手販売（株）　H 10・―・―

ＤＶＤ「岩手風土記・啄木と賢治」（ＮＨＫ盛岡放送局放映の録画・H 10年／放映月日不明）30分

　　　　　　　　　　　　　　　　　　　　　　　　　　　　　　　　　　　H 10・―・―

ビデオテープ「石川啄木 〜負けん気強がり〜」40分　　アクト・ディヴァイス　H 10・―・―

ビデオテープ「啄木歌ごよみ」50分　　　　　　　ＮＨＫ東北プランニング　H 10・―・―

１９９９年（平成11年）

近　義松　石川啄木　轍鮒の生涯（27～38）※各回1頁掲載　「新歯界」H11年1月号～12月号
　　　　　　　　　　　　　　　　　　　　　　　　　　新潟歯科医師会　H11・1・1～12・1

碓田のぼる　序章・春を待つ心〈源流を探る・評伝・渡辺順三（戦後編）①〉P1～6「新日本歌人」1月号
　　　　　　　　　　　　　　　　　　　　　　　　　　新日本歌人協会　H11・1・1

高橋　薫　『啄木と天才』手作り文庫判　全7頁　　　　　私家版　H11・1・1

山本玲子〈石川啄木記念館より34〉拝啓啄木さま／梅のもどかしさ P19～0「広報たまやま」1月号
　　　　　　　　　　　　　　　　　　　　　　　　　　玉山村　H11・1・1

田中きわ子　ひぐるまの章－啄木の妻節子－ P153～167『女流歌人　花の幻想』四六判
　　1300円＋税　　　　　　　　　　　　　　　　　　渓声出版　H11・1・1

北海道新聞　（記事）函館で出会った「鹿の子百合」の君・啄木の淡い恋心 歌碑で後世に　H11・1・4

高橋世織　短歌の身体性－欠伸する啄木－72～73P　佐佐木幸綱編『日本的感性と短歌』四六判
　　　　　　　　　　　　　　　　　　　　　　　　　　岩波書店　H11・1・8

目良　卓　啄木雑感⑬ P44～45「華」第34号 A5判 500円　　「華」の会発行　H11・1・10

高橋　薫　啄木と日記　　　　　　　　　　　　　　　　盛岡タイムス　H11・1・12

無署名〈コラム学芸余聞〉※「湘南啄木文庫収集目録」第11号発行の話題　岩手日報　H11・1・13

神奈川新聞（コラム照明灯）※李 御寧（イ・オリョン）の著書『「縮み」志向の日本人』を引用
　　　　　　　　　　　　　　　　　　　　　　　　　　　　　　　　H11・1・15

編 集 部〈新刊紹介〉『子規と啄木』(中村稔著)　　　　　読売新聞　H11・1・17

無署名（コラム学芸余聞）啄木詩のハングル語訳出版　　　岩手日報　H11・1・18

鈴木五郎　啄木短歌の抒情・釧路時代に見るその原型　　　釧路新聞　H11・1・18

中島　嵩　啄木と青春①～④（←H11・1・25～28「胆江日日新聞」）
　　　　　　　　　　　　　　　　　　　　　　　盛岡タイムス　H11・1・18～1・22

無署名　てくちゃんの 今週の啄木①～③　　　　北海道新聞（夕）H11・1・19～2・2

無署名〈社員作家たち・井上ひさしさんに聞く〉石川啄木／ほか　　朝日新聞　H11・1・22

黒沼芳朗〈コラム展望台〉啄木通じ日本人理解　　　　　岩手日報（夕）H11・1・23

小川武敏　大逆事件報道を調べてわかったこと7枚 啄木学会東京支部会発表レジメ　H11・1・23

米地文夫　啄木と海―「東海」とはどこか―9枚 ※啄木学会盛岡支部研究会発表レジメ　H11・1・23

高橋　薫　啄木と天才　　　　　　　　　　　　　　　　盛岡タイムス　H11・1・25

石川啄木『あこがれ―石川啄木詩集―』〈角川文庫〉540円（解説：俵　万智／年譜：山岸郁子）
　　全285頁　　　　　　　　　　　　　　　　　　　角川書店　H11・1・25

佐藤英法　啄木の足跡をたどる・妻の望み受け函館に埋葬　朝日新聞（北海道版）H11・1・27

岩手日報　（記事）啄木新婚の家を守れ・盛岡・文化財防火デーで訓練　　　H11・1・27

池田　功　石川啄木と旅－漂泊への衝動－P1～34「明治大学教養論集」第317号 H11・1・―

氏家光子　「幸せの形」節子の場合 P4～5　『'99 エッセイ集 わが心の詩』A5判
　　　　　　　　　　　岩手県読書推進運動協議会（岩手県立図書館内）H11・2・1

斉藤英子　西村陽吉と「芸術と自由」㉗－中村孝助と石川啄木－P26～29「土」第13巻1号

「土」短歌会　H11・2・1

津志田清四郎　啄木と土岐善麿のこと（下）P36〜39　「いわてねんりんクラブ」第60号　B5判

700円　　　　　　　　　　　　　　　　　　　　　ねんりん舎（盛岡市）　H11・2・1

山本玲子　〈石川啄木記念館より35〉拝啓啄木さま／花活の花の深み　P19〜0「広報たまやま」2月号

発行：　玉山村　H11・2・1

阿部幸子　特別講座に参加して・啄木をもっと知りたい＜読者投稿欄＞　釧路新聞　H11・2・2

高橋　薫　「啄木と歌論」手作り文庫判7頁（発行日は湘南啄木文庫の受入日）私家版　H11・2・3

斉藤英子　啄木短歌と社会主義思想　P62〜64「新世代」第3号　A5判　500円　　H11・2・10

目良　卓　啄木の歌私感（二）P59〜61「新世代」第3号

新世代の会（八王子市中野上町4-35-12斉藤方）　H11・2・10

斉藤英子　（書評）『資料石川啄木−啄木の歌とわが歌と−』読後感　P65〜66「新世代」第3号　500円

新世代の会　H11・2・10

佐藤　勝　啄木文献の探索と目録作り　P56〜58「新世代」第3号　　新世代の会　H11・2・10

東奥日報　（記事）石川啄木の短歌「東海の…」八戸・蕪島が舞台　岩織さん新説　H11・2・12

盛岡タイムス　（記事）啄木生誕祭＆銀河夜学塾・玉山村内2ケ所で　　　　　　　H11・2・12

岩手日報　（記事）啄木の足跡振り返る・玉山村で生誕祭・赤沢さん講演　　　　　H11・2・22

盛岡タイムス　（記事）玉山村で啄木生誕祭・113回目の誕生日祝う　　　　　　　H11・2・22

佐藤　勝　地方新聞と全国紙新聞に見る石川啄木関係文献と記事＊平成9年9月1日より平成10年

8月31日まで発行の湘南啄木文庫収集目録＊　「文献探索1998」

深井人詩個人編集発行　H11・2・23

関川夏央　〈本よみの虫干し〉啄木　ローマ字日記　　　　　　　　朝日新聞　H11・2・28

斉藤英子　啄木短歌小感（26〜36）「年金者八王子」No.99〜110　　　H11・2・一〜12・一

斉藤英子　土岐善麿研究（23）−哀果の短歌と啄木の短歌と−　第2次「生活ロマン」第3巻3号

現代語短歌協会　H11・3・1

山本玲子　〈石川啄木記念館より36〉拝啓　啄木さま／妻としたしむ花　P19〜0「広報たまやま」3月号

玉山村　H11・3・1

高橋　薫　啄木と渡米　　　　　　　　　　　　　　　　　盛岡タイムス　H11・3・2

大松沢武哉　〈コラムばん茶せん茶〉ふるさとの（※啄木短歌を作曲した平井康三郎と前沢高校の話）

岩手日報　H11・3・5

堀江信男『石川啄木─地方、そして日本の全体像への視点─』A5判　242頁　3400円（序説　啄木にお

ける地方と中央／それぞれの地域にあって／啄木にとっての渋民・盛岡／啄木にとっての北海

道／啄木にとっての東京／作品に描かれた故郷／「鳥影─その地方観／小説に見る渋民／「一

握の砂」における物語／思郷歌について）　　　　　　　　　　おうふう　H11・3・5

岩手日報　（記事）新たな啄木像に迫る・妻・節子との出会いから100年　　　　H11・3・6

「短歌新聞」〈インタビュー〉中野菊夫氏に聞く（※「啄木短歌に啓発されての作歌であった、今、読み

直している」の談）　　　　　　　　　　　　　　　　　　　短歌新聞社　H11・3・10

西舘時子　〈展望台〉啄木は喜ぶだろうか（※大間町の歌碑ほかの内容）　岩手日報　H11・3・13

上田　哲　予告『啄木文学受容と継承の軌跡』「塩」15号　A5判　　筆者個人発行紙　H11・3・15

門屋光昭　藤沢周平覚書−周平の東北回帰と石川啄木−　P46〜64　「東北文学の世界」第7号

　　　　　　　　　　　　　　　　　　　　　　　　盛岡大学　　H 11・3・15

田中千絵　文京区・文学散歩・啄木や一葉が眺めた町家の趣き、あちこちに　　東京新聞　H 11・3・16

塩浦　彰　人名辞典に載った啄木の妻　　　　　　　　　　　　　　　　　　　岩手日報　H 11・3・18

日本経済新聞（東北版）石川啄木と妻・節子の出会い 100 年記念し講座　　　　　　　　H 11・3・19

「国際啄木学会東京支部会会報」第 7 号 A5 判 全 98 頁（以下 11 点の文献を収載）

　　河野有時　one of the ＋最上級＋名詞（複数形）P1 ～ 2

　　逸見久美　〈私の研究〉―與謝野寛・晶子と翁久允― P3 ～ 10

　　池田　功　啄木短歌の研究と鑑賞―「の」の使用法と「樹木」等の言葉について― P11 ～ 15

　　平出　洸　幸徳事件をめぐる法制史的諸問題 P16 ～ 35

　　目良　卓　『一握の砂』――忘れがたき人人（二）における音感の研究― P36 ～ 45

　　佐藤　勝　資料紹介・石川啄木参考文献目録（5）―1998 年（平成 10 年）1 月～12 月― P63 ～ 52

　　斉藤英子　啄木短歌賛仰 P55 ～ 58

　　横山　強　池本奇璨（周山）と啄木、『明星』P59 ～ 68

　　亀谷中行　ハマナスは咲いた―忘れがたき人人（一）の章頭歌をめぐって― P69 ～ 75

　　星　雅義　第四楽章―篠木小学校を訪ねて― P76 ～ 94

　　編集部　国際啄木学会東京支部会会員名簿 P95 ～ 96 ／編集後記 P97 ～ 0

　　　　　　　　　　　　　　　　　　　　　　国際啄木学会東京支部　　H 11・3・20

野山嘉正　新体詩と短歌・「明星」（2）～白秋と啄木～ P101 ～ 120「近代詩の歴史」A5 判

　　　　　　　　　　　　　　　　　　　　　　　　放送大学教育振興会　　H 11・3・20

堀江朋子　明治幻影―青木繁と石川啄木― P1 ～ 36「文芸復興」第 4 号 A5 判 1500 円

　　　　　　　　　　　　　　　　文芸復興社（千葉県船橋市松が丘 4-51-7）H 11・3・20

盛岡タイムス（記事）金田一の原稿「啄木の言葉」も・盛岡市先人記念館　　　H 11・3・20

山本玲子〈みちのく随想〉啄木に出会う道　　　　　　　　　　　　　　　　　岩手日報　H 11・3・21

盛岡タイムス（記事）「啄木であい学講座」・盛岡の財産は啄木　　　　　　　　H 11・3・22

岩手日報（記事）郷土の歌人魅力語る・盛岡・啄木であい講座　　　　　　　　H 11・3・24

川崎むつを　石川啄木「東海の小島」・八戸・蕪島説に反論（上・下）東奥日報　H 11・3・26 ～ 27

南條範男　石川啄木の「おちうど心」P54 ～ 55　鈴木久光編『ページの中の仙台』B5 判

　　　　　　　　　　　　　　　　　　　　　　　　仙台 宝文館　　H 11・3・27

編 集 部〈郷土の本棚〉『石川啄木 地方、そして日本の全体像への視点』堀江信男著

　　　－作品通じて地方観論考－　　　　　　　　　　　岩手日報　H 11・3・29

上田　博　石川啄木の『一握の砂』『悲しき玩具』を読む P22 ～ 49

　　　　　「立命館土曜講座シリーズ 5」A5 判 500 円　立命館大学人文科学研究所　H 11・3・30

盛岡観光協会編　「啄木風短歌集」No.2　A5 判 全 36 頁　　　　盛岡観光協会　H 11・3・30

碓田のぼる　石川啄木と小林多喜二　　　　　　　　　　　　　しんぶん赤旗　H 11・3・31

「石川啄木記念館館報」第 13 号 B5 判 全 16 頁（以下 4 点の文献を収載）

　　荻野　洋　啄木記念館の楽しみ方 P3 ～ 0

　　山本玲子　花と啄木 P6 ～ 7

　　〈啄木祭シンポジウム〉出席者・三浦哲朗（啄木の妹・光子の孫）ほか・司会 山本玲子 P8 ～ 12

　　赤澤義昭　啄木とその時代　岩手の文学風土 P13 ～ 14　　　　　　　　　H 11・3・31

「国際啄木学会研究年報」第2号 A5判（以下12点の文献を収載）

【論文】

塩浦　彰　啄木の小説における〈私〉一班 ―「雲は天才である」の語り― P1～10

小林芳弘　石川啄木と白石義郎―小樽日報退社をめぐって― P11～18

田口道昭　石川啄木と朝鮮―「地図の上朝鮮国にくろぐろと～」の歌をめぐって― P19～30

照井悦幸　生活感情の形象―啄木と「停車場」― P31～43

〈SUMMARY〉P44～47

韓　基連　石川啄木短歌の研究－ハン（恨）のイメージを中心に－ P66～67

【書評／新刊紹介】

木股知史　（書評）編集に表れた明確な理念－上田 博編『作家の自伝 43 石川啄木』
　　　　　　『作家の随想 7 石川啄木』P48～49

池田　功　閉塞感覚と国家の問題を正面から論じた一冊－平岡敏夫著『石川啄木論』P50～51

河野有時　豊饒で沈痛な世界の追体験のために－中村稔著『子規と啄木』－ P52～53

櫻井健治　〝光〟を通した北へのアプローチ－小松健一著『啄木・賢治 北の旅』P54～0

許　文基　短歌体の定形を生かした優れた韓国語訳－孫順玉著『石川啄木詩選』P55～0

太田　登　「國文学 解釈と教材の研究」第43巻12号（特集・石川啄木研究のために）P59～0
　　　　　　　　　　　　　　　　　　　　　　　　　　　　国際啄木学会事務局　H11・3・31

松本健一　故郷喪失の世紀―石川啄木・「渋民日記」― 佐伯彰一編『20世紀日記抄』四六判
　　　2500円＋税　　　　　　　　　　　　　　　　　　　　読売新聞社　H11・3・31

遊座昭吾　近松門左衛門から石川啄木へ P23～34「日本文学会誌」11号 盛岡大学　H11・3・31

大室精一　啄木短歌の形成〈ひとり〉の表記について P255～266
　　　　　　「佐野国際情報短期大学研究紀要」第10号　　　　　　　　　　　　H11・3・―

本田敏雄　修一郎と啄木 P5～13「岩手大学人文社会学部・市民大学セミナー」
　　　　　　〈自然・人間・文化〉B5判　　　　　　　　　　　　　　　　　　H11・3・―

上田　博編『路傍の草花に―石川啄木詩歌集―』四六判 249頁 2100円＋税（注釈者・池田功／上田
　　博／瀧本和成／田口道昭／水野洋／美濃千鶴／古澤夕起子／山下多恵子／年譜・尾崎由子／佐藤勝・東
　　京の「啄木」「明星」文学地図）　　　　　　　　　　　　　　嵯峨野書院　H11・4・1

「街もりおか」4月号 通巻376号 B6横判 250円（座談会：啄木イメージチェンジ P16～21／出席者：
　　荻野洋・昆明男・山本玲子）　　　　　　　　　　　　　　　　杜の都社　H11・4・1

京都民報　（記事）啄木がやってくる　　　　　　　　　　　　　　　　　　　H11・4・1

斉藤英子　土岐善麿研究（24）-『黄昏に』と啄木／『啄木追懐』- 第2次「生活ロマン」第3巻4号
　　　　　　　　　　　　　　　　　　　　　　　　　　　　現代語短歌協会　H11・4・1

「新日本歌人」第54巻4号 A5判 特集・石川啄木（以下2点の文献を収載）

　　田中礼　啄木・西洋・口語 P18～25

　　碓田のぼる　石川啄木「鉱毒歌」についての一考察 P26～33　　新日本歌人協会　H11・4・1

長沢礼子〈コラムばん茶せん茶〉啄木であい学　　　　　　　　　　岩手日報　H11・4・1

盛岡タイムス（記事）啄木学会盛岡支部月例会・日記と民俗学から考察　　　　H11・4・1

福地順一著『北海道時代の啄木とその経済生活』38頁〈豆本〉　緑の笛豆本の会　H11・4・1

山本玲子〈石川啄木記念館より 37〉拝啓 啄木さま／無邪気な眼の女性 P19～0

「広報たまやま」4月号　　　　　　　　　　　　　　　　　　　玉山村　　H 11・4・1

岩手日報（広告記事）まんが人物シリーズ『石川啄木』（岩手日報社刊）発売　　　H 11・4・4

久米　勲（構成）くまの歩（作画）『石川啄木』〈まんが岩手人物シリーズ 6〉A5 判 119 頁 650 円
　　　　　　　　　　　　　　　　　　　　　　　　　　　　　　　岩手日報社　　H 11・4・5

大成建設（コラム欄）啄木が見た千駄ヶ谷の与謝野夫妻 1 頁「週刊新潮」4 月 8 日号　H 11・4・8

「啄木文庫」第 29 号 A5 判　（以下 10 点の文献を収載）

【論文】

松村　洋　「時分」の花を咲かせた啄木 P4 〜 5

河野裕子　表現の面白さ P6 〜 18

宮本正章　啄木の明治四十三年「日記」をめぐって P19 〜 30

佐藤　勝　啄木短歌の解釈をめぐる一考察 −「その後に我を捨てし友」とは誰か− P31 〜 36

田口道昭　啄木と日本人 - 啄木の受容をめぐって P37 〜 46

森　義真　クルミの焼ける匂い P67 〜 68

亀谷中行　今も猶やまひ癒えずと P68 〜 69

【新刊紹介】

松村　洋　上田博監修『啄木歌集カラーアルバム』P48 〜 49

瀬川清人　平岡敏夫著『石川啄木論』P 50 〜 0

水野　洋　「國文学 解釈と教材の研究」特集「よみがえる石川啄木」P51 〜 0
　　　　　　　　　　　　　　　　　　　　　　　　　　　関西啄木懇話会　　H 11・4・10

盛岡タイムス（記事）88 回啄木忌法要 ·13 日　宝徳寺　　　　　　　　　　　H 11・4・10

目良　卓　啄木雑感（14）36 〜 37P「華」第 35 号 A5 判 500 円　「華」の会発行　H 11・4・10

櫻井健治〈コラム朝の食卓〉啄木忌　　　　　　　　　　　　　　北海道新聞　　H 11・4・11

岩手日報（新刊紹介）『石川啄木』〈岩手日報社刊・まんが人物シリーズ〉　　　　H 11・4・12

美智子皇后　短歌一首 ※「南部鉄もちて作れる風鈴に啄木の歌書かれてありぬ」を掲載。
　　国民文化研究会編『平成の大みうたを仰ぐ』B5 判　1890 円＋税　　　展転社　H 11・11・12

天野　仁〈啄木曼陀羅 1〉啄木の父一禎さんの出生について P 4 〜 20　「大阪啄木通信」第 14 号
　　B5 判　定価不記載　　　　　　　天野仁個人発行誌（高槻市牧田町 5-18-404）H 11・4・13

岩手日報〈コラム紙風船〉※明治村に展示された啄木ロボットの話題　　　　　　H 11・4・13

高橋　薫　「啄木と渡米」文庫判　7 頁　（発行日は湘南啄木文庫の受入日）　私家版　H 11・4・13

岩手日報　（記事）歌とともに啄木しのぶ・玉山・宝徳寺で 88 回忌法要　　　　H 11・4・14

大西巨人　秋の部・石川啄木・詩　『春秋の花』文庫判 838 円＋税（→ H8・4 単行本）
　　　　　　　　　　　　　　　　　　　　　　　　　　　　　　　光文社　　H 11・4・15

盛岡タイムス　（記事）宝徳寺 ·88 回啄木忌法要・国民詩人をしのぶ　　　　　　H 11・4・15

中島　嵩　盛岡と啄木と芥川龍之介①〜⑧　　　　　盛岡タイムス　H 11・4・16 〜 5・11

「児童書の中の石川啄木」特別展チラシ B5 判 展示期間・平成 11 年 4 月 16 〜 11 月 7 日
　　　　　　　　　　　　　　　　　　　　　　　　　　　　　函館市文学館　　H 11・4・16

無署名〈コラム学芸余聞〉明るく人懐こい啄木像語る　　　　　　　　　　　　H 11・4・16

岩手日報　（記事）啄木ゆかりの宝徳寺本堂・来月から改築　　　　　　　　　　H 11・4・17

盛岡タイムス　（記事）啄木新婚の家を清掃・盛岡市の下橋中学校の生徒ら　　　H 11・4・18

盛岡タイムス　（記事）啄木同窓会が「思郷」発刊　　　　　　　　　　　　　　　　　　H 11・4・18

無署名（コラム学芸余聞）啄木へのラブレター出版（山本玲子著『拝啓 啄木さま』）

　　　　　　　　　　　　　　　　　　　　　　　　　　　　　　　　　　岩手日報　H 11・4・19

岩織政美『啄木と教師堀田秀子』四六判 141頁 200円（「啄木像」の盲点−「秀子」−／堀田秀子は

　「室岡秀子」／小説「足跡」・「道」と秀子／野口雨情と「東海の小島」歌／「東海の小島」歌は八戸・

　蕪嶋を詠んだ／ほか）　　　　　　　　　　　　　　　　　　　　　　　　沖積社　H 11・4・20

松本黎子『つれづれに啄木』四六判 4000円（評論・石川一禎 天才の父／つれづれに啄木／啄木のイフ

　／啄木の X ／天才の母／続・天才の母／短歌にみる比類なき普遍性／結核の高笑い／ほか）

　　　　　　　　　　　　　　　　　　　　　　　　　　　　　　　　　日曜随筆社　H 11・4・24

岩手日報〈広告記事〉啄木祭　　　　　　　　　　　玉山村啄木祭実行委員会　H 11・4・25

俵　万智　言葉の味／啄木の冷めた部分　『言葉の虫めがね』四六判＋税 1400円

　（←H13・6・25『言葉の虫めがね』角川文庫）　　　　　　　　　　　　　角川書店　H 11・4・28

無署名〈コラム学芸余聞〉啄木の寺の改築に寂しさも　　　　　　　　　　　　　　　H 11・4・28

盛岡タイムス（記事）啄木像の解明に迫る・今年度岩大講座始まる　　　　　　　　　H 11・4・28

斉藤英子　土岐善麿研究（24）―歌集『雑音の中』の序文― 第2次「生活ロマン」第3巻5号

　　　　　　　　　　　　　　　　　　　　　　　　　　　現代語短歌協会　H 11・5・1

中尾隆之　啄木の愛した街 函館 P109〜113 マップマガジン函館」A4 変形判 838円

　　　　　　　　　　　　　　　　　　　　　　　　　　　　　　　　　　昭文社　H 11・5・1

福田　穂　啄木歌碑寸感 P1〜0　「新日本歌人」第54巻5号　新日本歌人協会　H 11・5・1

「広報たまやま」5月号（以下2点の啄木文献を収載）

　（記事）88回法要 啄木ファン 120人がその生涯をしのぶ P9〜0

　山本玲子〈石川啄木記念館より38〉拝啓 啄木さま／安心の実 P19〜0　　　玉山村　H 11・5・1

「いわてねんりんクラブ」第62号 B5判 700円（以下2点の啄木文献を収載）

　伊五澤富雄　玉山村にかかわる三詩人―啄木・賢治・伊藤勇雄について― P10〜11

　髙橋幹雄　古里に「家」を夢見た啄木 P101〜102　　　　　ねんりん舎（盛岡市）H 11・5・1

岩手日報（記事）節子への愛情は深く・玉山村で啄木祭・芝居通じ人間性探る　　　H 11・5・2

盛岡タイムス（記事）啄木祭・畑中美耶子さんが一人芝居・夫啄木の心に迫る熱演　H 11・5・3

盛岡タイムス（記事）第15回啄木祭短歌大会・啄木祭賞は三条ヒサ子さん　　　　　H 11・5・4

岩手日報（記事）県内外から 150人参加・啄木祭短歌大会　　　　　　　　　　　　H 11・5・6

水口　忠　ひと月遅れの啄木忌・小樽　　　　　　　北海道新聞（小樽版・夕）H 11・5・7

盛岡タイムス（記事）啄木新婚の家ぜひご覧に！　循環バスで見る盛岡の街（2）　　H 11・5・7

「小樽啄木会だより」第1号 B5判 全6頁（新聞記事再録）新しい歌碑が出来た　倶知安と青森大

　間／高橋利蔵・小樽にのこる啄木街道／ほか　　　　　　　　　小樽啄木会　H 11・5・8

松山　巌　一人芝居、悲しき玩具、ひとりうたげ―近代短歌における「私」の変容― P111〜137

　坪内稔典編『短歌の私、日本の私〈短歌と日本人Ⅴ〉』四六判 2800円　岩波書店　H 11・5・10

盛岡タイムス（記事）第41回啄木祭俳句大会・啄木祭賞は服部常子さん　　　　　　H 11・5・11

井上信興　漂泊の人―啄木とふるさと―（1）〜（25）

　　　　　　　　　　　　「西広島タイムス」（週刊・毎週金曜日発行）H 11・5・14〜12・17

黒沼芳朗（コラム展望台）宝徳寺の新築と啄木　　　　　　　　　　　　岩手日報　H 11・5・15

編集部　「石川啄木 - 貧苦と挫折を超えて」展 会場から P9 ～ 0「日本近代文学館」館報　第 169 号

H 11・5・15

読売新聞（宮城版）〈コラムよかったネ〉松本さんと『つれづれに啄木』（新刊紹介）　H 11・5・18

北海道新聞（函館版）歌碑⑧石川啄木・古さを感じさせない魅力　　　　　　H 11・5・19

加藤典洋　石川啄木の「時代閉塞の現状」P110 ～ 114　『日本の無思想』　平凡社　H 11・5・20

鴨下信一　啄木の当用日記 43 ～ 46P／啄木なぜローマ字で日記を書いたか P122 ～ 128

『面白すぎる日記たち ―逆説的日本語読本―』〈文春新書〉　　　　　　文藝春秋　H 11・5・20

佐佐木幸綱　汽車の旅の歌―石川啄木と萩原朔太郎―　『佐佐木幸綱の世界 13』四六判 3400 円

河出書房新社　H 11・5・20

渡辺昌昭　高校国語教育の中の石川啄木―平成十一年度教科書啄木歌、同文章掲載の調査― P1 ～ 2

「浜茄子」第 56 号　　　　　　　　　　　　　　　　　仙台啄木会　H 11・5・20

佐伯一麦　浜茄子と浜梨（編注・植物の名称談義。「潮かをる」の歌を引用）岩手日報　H 11・5・22

伊井　圭『啄木鳥探偵處』四六判 274 頁（※啄木が探偵役になった推理小説）四六判 1700 円＋税

（← H20・11 同社より文庫版発行）　　　　　　　　　東京創元社　H 11・5・25

盛岡タイムス　（記事）啄木学会 5 月研究会・28 日ホテルエース盛岡　　　H 11・5・27

森　義真　啄木と田村（吉岡）イネ ※国際啄木学会盛岡支部研究会発表レジメ B5 判 5 枚

H 11・5・28

小林芳弘　啄木日記の書き直しと社会主義思想の影響との関連性について P1 ～ 17

「盛岡大学短期大学部紀要」第 9 巻 B5 判　　　　　　　　　　　H 11・5・―

高橋　薫　『啄木と不登校』文庫判 7 頁　　　　　　　　　　私家版　H 11・5・―

井之川巨　石川啄木―「議論の後」に見えた敵―『君は反戦詩を知っているか 反戦詩・反戦川柳ノート』

四六判 2800 円＋税（← H13・12〈再版〉一葉社）　　　晩星社　H 11・6・1

斉藤英子　土岐善麿研究（24）―啄木遺稿『我等の一団と彼』― 第 2 次「生活ロマン」第 3 巻 6 号

現代語短歌協会　H 11・6・1

山本玲子〈石川啄木記念館より 39〉拝啓 啄木さま／高き木に強き風 P19 ～ 0

「広報たまやま」6 月号　　　　　　　　　　　　　　　玉山村　H 11・6・1

朝日新聞（北海道版）落書きに啄木は泣く？・観光客「石とたわむる」函館・啄木小公園　H 11・6・3

井上信興　「"東海歌"の原風景 ― 新説・八戸・蕪島について ―」A5 判 48 頁

私家版冊子　H 11・6・3

小松健一　啄木 P10 ～ 27『母と子でみる・詩人を旅する』A5 判 2200 円　草の根出版会　H 11・6・3

中島　嵩　啄木の文明史観と教育論①～⑤　　　　　　盛岡タイムス　H 11・6・5 ～ 6・26

小野祐貴〈コラムばん茶せん茶〉糸をたぐれば大先輩　（※下橋中学校百十周年式典の話題）

岩手日報　H 11・6・10

小原信一郎　啄木の文学碑を訪ねて P59 ～ 60「いわてねんりんクラブ」63 号 B5 判 700 円

H 11・6・15

上野霄里　永遠の流離者・石川啄木 P207 ～ 229『星の歌』四六判　1900 円　明窓出版　H 11・6・15

山下多恵子　啄木と雨情 ～明治四〇年 小樽の青春～　P84 ～ 145「北方文学」第 50 号 A5 判

玄文社（新潟県）H 11・6・15

小林紀晴　石川啄木　『Tokyo Generation トウキョウジェネレーション』四六判 1800 円＋税

河出書房新社　H11・6・25

馬場あき子　口語と出会った短歌律―啄木の三行歌創出の意図／啄木の基本歌形①～④／啄木歌
　形の孤独な成功― P3 ～ 16　馬場あき子編『韻律から短歌の本質を問う』四六判 2800 円
　　　　　　　　　　　　　　　　　　　　　　　　　　　　　　　　　　岩波書店　H11・6・25

河北新報〈コラム書籍〉『つれづれに啄木』松本黎子著（新刊紹介）　　　　　H11・6・26

朝日新聞（宮城版）〈コラム・ほん〉松本黎子著『つれづれに啄木』　　　　　H11・6・30

津田加須子　石川啄木展 - 次回企画展によせて - 2 頁「藤並の森」Vol5 高知県立文学館　H11・7・1

山本玲子〈石川啄木記念館より 40〉拝啓 啄木さま／夏休み P19 ～ 0　「広報たまやま」7 月号
　　　　　　　　　　　　　　　　　　　　　　　　　　　　　　　　　　玉山村　H11・7・1

岩手日報　（記事）岩手日報文学賞受賞者の横顔　啄木賞・堀江信男氏　　　　H11・7・4

岩手日報　（記事）先輩、啄木に思いはせ・全校挙げ歌やクイズ・玉山 渋民小　H11・7・5

目良 卓　啄木雑感⑭ P50 ～ 53「華」第 36 号 A5 判 500 円　　　　「華」の会発行　H11・7・10

高知新聞　（記事）啄木・秋水・トルストイ―日露戦争反戦論のゆくえ ※平岡敏夫氏講演要旨
　　　　　　　　　　　　　　　　　　　　　　　　　　　　　　　　　　　　　H11・7・12

岩手日報　（記事）〝啄木文学〟を体当たりで・畑中さん（盛岡）一人芝居　　H11・7・14

編 集 部　石川啄木展、高知へ／啄木、太宰に新しい絵はがき「日本近代文学館」170 号　H11・7・15

盛岡タイムス　（記事）英国の地で畑中さん一人芝居・啄木「ローマ字日記」　H11・7・20

山本玲子著『拝啓啄木さま』文庫判 237 頁 667 円　　　　熊谷印刷出版部（盛岡市）H11・7・21

岩手日報　（記事）岩手日報文学賞受賞 堀江さん、本社で講演　　　　　　　H11・7・22

岩手日報　（記事）啄木の漂泊について・堀江さんが記念講演〈講演要旨〉　　H11・7・23

櫻井健治　北海道における啄木〈東海大学教科研究会国語科講演資料〉B4 判 12 枚
　　　　　　　　　　　　　　　　　　　　　　　　　（編注・発行日は開催日）H11・7・23

盛岡タイムス（記事）山本玲子著さんが出版『拝啓啄木さま』／「百年目の結婚式」企画／21 日の
　　出版記念会で披露　　　　　　　　　　　　　　　　　　　　　　　　　　H11・7・24

碓田のぼる　石川啄木と小林多喜二〈講演要旨〉P25 ～ 39「第 2 回 多喜二祭」A5 判
　　　　　　　　　　　　　　　　　　　　　　　　　　多喜二祭実行委員会　H11・7・25

堀江信男　強い啄木像構築・評価された喜び〈日報文学賞・啄木賞を受賞して〉岩手日報　H11・7・29

北海道新聞　（記事）啄木のエッセー別人が執筆？・旧釧路新聞に連載の最終回分・佐川さん、論
　　文で指摘　　　　　　　　　　　　　　　　　　　　　　　　　　　　　　H11・7・31

宮　　健　小樽の啄木歌碑 ―札幌・小樽視察記―　　　　　　盛岡タイムス　H11・7・31

井上 靖　啄木の魅力 P369 ～ 0／啄木のこと P369 ～ 371『井上靖全集』第 24 巻 四六判 8800円＋税
　　　　　　　　　　　　　　　　　　　　　　　　　　　　　　　　　　新潮社　H11・7・―

高知県立文学館編「石川啄木展～貧苦と挫折を超えて～」平成 11 年度特別展図録 A4 判 75 頁
　（以下 2 点の文献を収載）
　　佐佐木幸綱　啄木への視点三つ P68 ～ 69
　　国見純生　啄木と土佐 P70 ～ 71　　　　　　　　　　　　高知県立文学館　H11・8・1

「石川啄木展 ―貧苦と挫折を超えて―」（チラシ 2 種類）A4 判 1999 年 8 月 3 日～ 9 月 19 日
　　　　　　　　　　　　　　　　　　　　　　　　　　　　　高知県立文学館　H11・8・1

斉藤英子　土岐善麿研究（28 ～ 30）（岩手の文芸雑誌「曠野」について）第 2 次「生活ロマン」3 巻

続 石川啄木文献書誌集大成　1999年〔H11〕　　17

8〜10号 A5判 600円　　　　　　　　　　　　現代語短歌協会　H 11・8・1〜10・1

月とうさぎ文学探偵団　石川啄木・『一握の砂』・『悲しき玩具』ほか

『クイズでなっとく「頭出し」文章教室』文庫判　　　　　　　　小学館　H 11・8・1

宮　　健　余市町と倶知安町―札幌・小樽視察記―　　　　盛岡タイムス　H 11・8・1

山本玲子〈石川啄木記念館より41〉拝啓 啄木さま／氷屋 P19〜0 「広報たまやま」8月号

　　　　　　　　　　　　　　　　　　　　　　　　　　　　　玉山村　H 11・8・1

高橋幹雄　続古里に家を夢見た啄木 P100〜101「いわてねんりんクラブ」64号 B5判

　　　　　　　　　　　　　　　　　　　　　　　　　　　　ねんりん舎　H 11・8・2

岩手日報　（記事）ゆかりの地で学ぶ啄木像・玉山で「学級」講演や演奏多彩に　H 11・8・3

盛岡タイムス　（記事）藤沢周平と啄木を語る・今年度啄木学級・門屋光昭氏が講演　H 11・8・3

中島　嵩　晩年の啄木の苦闘①〜⑤　　　　　　　　　　盛岡タイムス　H 11・8・3〜8・13

朝日新聞　（高知版）啄木しのぶ原稿や書簡 150点・県立文学館　　　　H 11・8・4

高知新聞　（記事）石川啄木展始まる／書簡や直筆原稿など 150点／県立文学館・来月19日まで

　　　　　　　　　　　　　　　　　　　　　　　　　　　　　　　　　H 11・8・4

丸井芳範　啄木の里渋民村名復活望む〈読者投稿欄〉　　　　　岩手日報　H 11・8・4

岩手日報　（記事）啄木学会盛岡支部研究会・18日　岩手大学　　　　　H 11・8・7

「関西啄木懇話会会報」第20号 B5判（前年度の会計報告などの他特に記載なし）　H 11・8・7

野田寿一　親しみと共感「石川啄木展」＜読者投稿欄＞　　　　高知新聞　H 11・8・7

「石川啄木の朗読会」チラシ B5判　場所・高知文学館1階ホール（注・発行は開催日）H 11・8・8

黒沼芳朗　〈デスクリポート〉普及版「啄木」の発刊望む　　　岩手日報　H 11・8・9

加藤喜一郎　漱石と税金余話（11）原始記録と反面調査（九）啄木の岳父と郡視学 P33〜0

　「桜友」第307号 B5判　　　　　　　　　　　　　　　　　　　　H 11・8・10

北海道新聞　（記事）バス停名に「啄木通」・車両には肖像や短歌・バス路線演出　H 11・8・11

小川多津夫　十五の心＜もりおかの往時をしのぶ（319）＞　　盛岡タイムス　H 11・8・15

高田準平〈文学へのいざない 20〜25〉啄木に思いを馳せて「啄木と盛岡」（上）

　（← H25・8『啄木懐想』著者刊）　　　　　　　　　北鹿新聞　H 11・8・15〜9・30

「大阪啄木通信」第15号 B5判 定価不記載（以下3点の文献を収載）

　　峠　義啓　花巻の啄木をめぐる人々―岡山儀七― P4〜7

　　飯田　敏　一禎とカツの日戸村での戸籍を尋ねて P8〜9

　　天野　仁　〈啄木曼陀羅2〉僻地の村日戸への道 P10〜21　天野仁個人発行誌　H 11・8・15

編集部〈郷土の本棚〉『拝啓啄木さま』山本玲子著〝人間くささ〟浮き彫り　岩手日報　H 11・8・17

岩手日報　（記事）上京します啄木学級・29日に有楽町で・作家の浅田さん講演　H 11・8・18

日本経済新聞（東北A版／記事）岩手のイメージ・人物では賢治が啄木引き離す　H 11・8・18

小川多津夫　〈もりおかの往時をしのぶ（320）〉続・十五の心　盛岡タイムス　H 11・8・18

朝日新聞〈北海道版／記事〉啄木が思いをはせた女性の地・北村、歌碑建立へ　H 11・8・18

小川多津夫　〈もりおかの往時をしのぶ（321）〉続続・十五の心　盛岡タイムス　H 11・8・19

小川多津夫　〈もりおかの往時をしのぶ（322）〉旧渋民村の歌碑　盛岡タイムス　H 11・8・22

（澤）『一握の砂』と一九一〇年・国際啄木学会10周年大会から　しんぶん赤旗　H 11・8・22

山田一郎　啄木の父石川一禎のこと（上・中・下）　　　　　高知新聞　H 11・8・26〜28

ＤＶＤ「驚きももの木」55 分（内容：石川啄木特集／テレビ朝日放映の録画）　　　　　Ｈ 11・8・27

盛岡タイムス（記事）啄木学級東京講座・29 日　東京の朝日スクエア　　　　　　　Ｈ 11・8・28

「啄木学級東京講座」案内チラシ B5 判／講師・浅田次郎／主催：石川啄木記念館ほか

　　場所：有楽町マリオン 11 階　　　　　　　　　　　　　　（発行日は開催日）Ｈ 11・8・29

岩手日報（記事）啄木文学は素朴で純粋・浅田氏が講演と対談　　　　　　　　　　Ｈ 11・8・30

上田　哲『受容と継承の軌跡』啄木文学編年資料 A5 判 653 頁 5300 円〔一八八六（明治 19）年〜

　　一九八六（昭和 61）年〕　　　　　　　　　　　　岩手出版（岩手県水沢市）Ｈ 11・8・30

遊座昭吾　通じあう啄木と賢治の世界−人間のおごりを許さなかった−しんぶん赤旗　Ｈ 11・8・30

川崎文子　心躍らせ啄木展 乙女心取り戻す＜読者投稿欄＞　　　　　　高知新聞　Ｈ 11・8・31

山本玲子〈石川啄木記念館より 42〉拝啓 啄木さま／明月 P19 〜 0　「広報たまやま」9 月号

　　　　　　　　　　　　　　　　　　　　　　　　　　　　　　玉山村　Ｈ 11・9・1

渡辺光夫　石川啄木の将棋 P262 〜 0「将棋世界」9 月号　A5 判　日本将棋連盟出版部 Ｈ 11・9・1

小沢泰明〈コラム憂楽帳〉後ろ向き（※啄木とブラームスの類似点）　毎日新聞（夕）Ｈ 11・9・2

高知新聞（記事）啄木の魅力存分に・県立文学館・中村稔、佐佐木幸綱氏が対談　　Ｈ 11・9・5

田勢康弘　啄木のふるさとへ P146 〜 147　「婦人公論」9 月 7 日号　通巻 1043 号　Ｈ 11・9・7

加藤喜一郎　漱石と税金余話（12）原始記録と反面調査（十）啄木の小説の郡視学 P24 〜 0

　　「桜友」308 号 B5 判　　　　　　　　　　　　　　　　税務大学校校友会　Ｈ 11・9・10

渡辺光夫　俳人 石川啄木（2）「藻の花」復刊第 726 号　　　　　　藻の花俳句会　Ｈ 11・9・10

津田加須子　石川啄木〜貧苦と挫折を超えて〜展から①〜④　　　　高知新聞　Ｈ 11・9・14 〜 17

高橋幹雄　金田一京助博士の思い出（①9・16 ／②11・1 ／③12・15）「いわてねんりんクラブ」

　　第 65 〜 67 号 B5 判 700 円　　　　　　　　　　　　ねんりん舎　Ｈ 11・9・16 〜 12・15

遊座昭吾『林中幻想 啄木の木霊』222 頁　四六判 1905 円（Ⅰ. 啄木との運命的絆／啄木・一を見守

　　る文人―対月・良吉・静雄・仙岳―／湯川さんと啄木／啄木像の彫琢・啄木生誕百年に研究、顕彰を考

　　える／啄木と盛岡駅／啄木と韓国／啄木文学の原風景／Ⅱ. 自然・風景・人／「無名青年の徒之を建つ

　　」文化運動の原点／Ⅲ. 文芸時評／ほか）　　　　　　　　八重岳書房　Ｈ 11・9・25

盛岡タイムス（記事）啄木人形がずらり・函館の町おこしにと　　　　　　　　　Ｈ 11・9・25

川田淳一郎　悲劇の詩人 石川啄木 P91〜120『久保田泰夫教授・鈴木喜久教授定年退官記念基礎論叢』

　　　　　　　　　　　　　　　　　　　　　　　　　　東京工芸大学　Ｈ 11・9・30

山本龍生『文学に描かれた教師たち―漱石・賢治・啄木・藤村・介山』四六判（石川啄木の描いた教師

　　たち／1. 小説「雲は天才である」から／2. 日記「渋民日記」と評論「林中書」から）

　　　　　　　　　　　　　　　　　　　新風舎（東京都港区三田 2-14-9）Ｈ 11・9・30

池田　功　喩としての亡国 ―石川啄木・朝鮮国の墨塗りの歌をめぐって― P110 〜 116

　　「國文学」10 月号　（← H18・4『石川啄木 国際性への視座』おうふう）　學燈社　Ｈ 11・10・1

河村政敏　啄木と白秋 ―その反撥と共鳴― P126 〜 146「短歌」10 月号　第 46 巻 11 号

　　　　　　　　　　　　　　　　　　　　　　　　　　　　　角川書店　Ｈ 11・10・1

「国際啄木学会盛岡支部会報」第 7 号 A5 判 全 39 頁（以下 12 点の文献を収載）

　　望月善次　（巻頭言）「より学会らしく」再び P2 〜 3

　　米地文夫　函館大森浜の地理的特性と啄木 P3 〜 4

　　浦田敬三　新渡戸仙岳のこと P5 〜 7

池田千尋 〈挽歌・大逆事件〉我が家を見た～アルフレッドと善兵衛の場合と～P7～10

望月善次 「虚」の器としての啄木短歌―「はたらけど」を具体例として― P11～13

黒澤 勉 日向智恵子を巡って P14～16

森 義真 啄木に包まれた日 P17～19

小林芳弘 「小樽のかたみ」が作られた日はいつか P20～22

飯田 敏 啄木と英詩の引用 P23～26

峠 義啓 花巻の啄木めぐるを人々―岡山儀七― P26～32

森 義真 月例研究会の報告 P33～37

編集部 国際啄木学会盛岡支部会員名簿 P38～0　　国際啄木学会盛岡支部　H 11・10・1

津田加須子「土佐と啄木」―今回の展示の中から―2頁「藤並の森」Vol.6

高知県立文学館　H 11・10・1

南條範男 啄木と晩翠 ―ゆめ心我は来ぬ、いにしへの宮城野へ― P1～2 「浜茄子」第57号

仙台啄木会　H 11・10・1

「広報たまやま」10月号（記事）啄木学級東京講座 P11～0 「広報たまやま」10月号 H 11・10・1

篠 弘 啄木に親しむ P53～56 「短詩形文学」第47巻10号 600円　　　　H 11・10・1

「新日本歌人」第54巻10号 A5判

中下熙人 青春の文学 P1～0

田中 収【短歌時評】短歌の韻律をめぐって P58～59　　　新日本歌人協会　H 11・10・1

山本玲子〈石川啄木記念館より43〉拝啓 啄木さま／心を照らすガス燈 P19～0

「広報たまやま」10月号　　　　　　　　　　　　　　　　　玉山村　H 11・10・1

国際啄木学会〈奈良大会〉ポスター 1999年10月9～11日　　場所・天理大学　H 11・10・3

北畠立朴（書評）『拝啓・啄木さま』を読んで「朝日ミニコミしつげん」第247号

朝日新聞サービスアンカー（釧路）　H 11・10・5

岩手日報（記事）国際啄木学会・9、10日に10周年大会／奈良・天理　　　H 11・10・6

「国際啄木学会会報」第11号 A5判 全41頁（以下28点の文献を収載）

上田 博 新会長の挨拶 P4～0

遊座昭吾 前会長の挨拶 P5～0

太田 登 奈良大会の開催にあたって P6～0

池田 功 新体制に向けて P7～0

【研究発表】

目良 卓 『一握の砂』における音感の研究 P8～0

大室精一 『一握の砂』の形成―〈つなぎ歌〉の手法― P9～0

尹 在石 伊藤博文報道と啄木 P10～0

辛 有美 源氏物語と啄木短歌 P11～0

【シンポジウム】テーマ：“1910年・『一握の砂』とその時代”

（発題者）近藤典彦 発題要旨 P12～0

堀江信男 地域的構造を見る文学者の眼 P13～0

三枝昂之 節目としての1910年 P14～0

（司 会）木股知史 『一握の砂』を表現史に解き放つ P15～0

【記念講演会】

太田　登　記念講演会講師紹介 P16 〜 0

玉井敬之　1910 年前後の啄木と漱石 P17 〜 0

【三島大会を振り返って】

藤沢　全　啄木という文化の応用問題として P18 〜 0

山下多恵子　三島大会　研究発表・シンポジウムを傍聴して P19 〜 0

【外国学会、支部便り・編集後記】

韓　基連　韓国啄木学会便り P20 〜 0

舟田京子　インドネシア啄木学会便り P21 〜 0

北畠立朴　釧路支部便り P22 〜 0

望月善次　盛岡支部便り P22 〜 0

塩浦　彰　新潟支部便り P23 〜 0

近藤典彦　東京支部便り P24 〜 0

戸塚隆子　静岡支部便り P25 〜 0

瀧本和成　京都支部便り P26 〜 0

太田　登　奈良支部便り P27 〜 0

村上悦也　大阪支部便り P28 〜 0

編集後記　（T）

遊座昭吾　黄聖圭氏を偲ぶ P29 〜 0

事務局　玉山村への著書寄贈について P30 〜 0　　　　　国際啄木学会事務局　H 11・10・9

東奥日報　（記事）啄木の手紙三戸で発見・18 歳、宿泊のお礼／古川さん所有巻物に美文調

H 11・10・11

盛岡タイムス（記事）啄木と江戸ッ子・浅田次郎さんが語る・実は私も隠れファン　H 11・10・11

岩手日報（記事）啄木 18 歳の手紙発見・宿泊のお礼など述べる・青森・三戸町　H 11・10・12

東京新聞（夕・コラム）※啄木全集未収載の書簡（明治 ·37·9·12 阿部泥牛宛）　　H 11・10・12

小林晃洋　『一握の砂』とその時代—国際啄木学会奈良大会から〈上・下〉（← H22·6「与謝野晶子研究」

187 号に転載）　　　　　　　　　　　　　　　　　　　　岩手日報　H 11・10・14 〜 15

岩手日報（記事）啄木の古里へ〝修学旅行〟・玉山で学級・首都圏ファンつどう　　H 11・10・16

天理時報（記事）第 10 回「国際啄木学会」天理大学で開催／図書館で自筆原稿の特別展示も

H 11・10・17

井上信興「石川啄木生涯の足跡について」※原稿綴じ B5 判 7 枚、発行日付は受入日　H 11・10・17

井上信興「石川啄木生涯の足跡」※筆者作成の地図 B5 判 3 枚、発行日付は受入日　H 11・10・17

北海道新聞（記事）歌碑が語る啄木の思い・北村で除幕式　　　　　　　　　　　H 11・10・18

大岡信ほか監修　石川啄木「公孫樹」『花の名随筆 11』四六判 1800 円　　　作品社　H 11・10・19

朝日新聞〈北海道版／記事〉啄木歌碑除幕・思いはせた人が嫁いだ北村で　　　　H 11・10・19

小林晃洋〈コラム展望台〉発展する国際啄木学会　　　　　　　　　　岩手日報　H 11・10・23

久慈吉野右衛門　伊藤博文と安重根（石川啄木の「伊藤公の訃」と題した岩手日報への寄稿について）

岩手日報　H 11・10・25

伊五澤富雄　「東海歌」の舞台はどこか—青森県大間に啄木歌碑を訪ねて—P98 〜 0

「いわてねんりんクラブ」第66号 B5判 700円　　　　　　　　　　　　　　ねんりん舎　H 11・11・1

高橋源一郎　日本文学盛衰史 − 連載第二十九回 − P302 〜 322 ※（漱石の小説『三四郎』のモデルは
　　啄木との説）「群像」第54巻11号 菊判 920円　　　　　　　　　　　　　講談社　H 11・11・1

山本玲子〈石川啄木記念館より44〉拝啓 啄木さま／大隈邸の園遊会 P19 〜 0
　　「広報たまやま」11月号　　　　　　　　　　　　　　　　　　　　　　　玉山村　H 11・11・1

北畠立朴〈啄木エッセイ32回〉国際啄木学会奈良大会報告
　　　　　　　　　　　　　　　　　　　　「しつげん」釧路　第249号　H 11・11・1

細馬宏通　啄木の凌雲閣 P226〜239「ユリイカ」第31巻12号 A5判 1300円　青土社　H 11・11・1

「啄木文献展示会」（チラシ）A5判　1999年11月6〜8日　場所・岩手カトリックセンター
　　　　　　　　　　　　　　　　　四ツ家カトリック教会（盛岡市）H 11・11・6

毎日新聞〈岩手版／街・ひと・はなし〉啄木文献勢ぞろい・盛岡　　　　　　　H 11・11・7

編集部〈郷土の本棚〉『林中幻想 啄木の木霊』遊座昭吾著・視点が明確なエッセー
　　　　　　　　　　　　　　　　　　　　　　　　　　岩手日報　H 11・11・8

（澤）〈コラム本と人と〉運命的な絆にいざなわれて／『林中幻想 啄木の木霊』遊座昭吾さん
　　　　　　　　　　　　　　　　　　　　　　　　　しんぶん赤旗　H 11・11・8

盛岡タイムス（記事）啄木の資料約1500点・岩手カトリックセンター四ツ家教会　H 11・11・10

川崎陸奥男　啄木の手紙（上・下）　　　　　　　　　　　東奥日報　H 11・11・12 〜 11・13

佐藤　勝　『石川啄木文献書誌集大成』B5判 549頁 6800円（上田博・序文　佐藤さんの謎 P3 〜 4）
　　　　　　　　　　　　　　　　　　　　　　　　　　武蔵野書房　H 11・11・18

森　義真　啄木と吉岡（田村）イネ〈文芸評論〉P80 〜 91「北の文学」第39号 A5判 1100円
　　　　　　　　　　　　　　　　　　　　　　　　　　岩手日報社　H 11・11・22

高田準平〈文学へのいざない 26 〜 36〉啄木に思いを馳せて
　　　　　　　　　　　　　　　　北鹿新聞　H 11・11・25 〜 H 12・3・8

盛岡タイムス（記事）啄木学会月例研究会・27日　　　　　　　　　　　　　H 11・11・26

松山　巌　私の愛する「文人の癖」2　啄木の目付き　　　朝日新聞（夕）H 11・11・28

斉藤清人　『啄木の言葉』第4号 A5判 93頁〈H9・11・1発行の改訂版〉　私家版　H 11・11・30

学術文献刊行会編『国文学年次別論文集』― 近代V ―（平成9年）B5変形判 9300円
　　（以下11点の文献を収載）

　　平岡敏夫　啄木詩歌における＜夕暮れ＞ P364 〜 370（→ H9・2「群馬県立女子大学紀要」18号）

　　池田　功　石川啄木と短歌「滅亡」論 P371 〜 379（→ H9・3「明治大学人文科学研究所紀要」41号）

　　大西好弘　啄木とワーグナー P380 〜 389（→ H9・3「徳島文理大学研究紀要」53号）

　　大西好弘　ワーグナーの音楽劇と啄木 P390 〜 399（→ H9・9「徳島文理大学研究紀要」54号）

　　藤沢 全　ツルゲーネフの『猟人日記』他移入 ― 石川啄木における受容 ― P400 〜 406（→ H9・2
　　　　　　「日本大学短大部・研究年報」三島キャンパス開設50周年記念特集号 第9号）

　　小川武敏　資料・大逆事件および日韓併合報道と石川啄木（二）― 一九一〇年九月二十一日以
　　　　　　　後の海外報道を含めて ― P407 〜 435（→ H9・9 明治大学「文芸研究」78号）

　　遊座昭吾　啄木と賢治 P436 〜 439（→ H9・3 盛岡大学「日本文学会誌」9号）

　　戸塚隆子　石川啄木「呼子と口笛」自筆絵考 P440 〜 447（→ H9・2「日本大学短大部・研究年報」
　　　　　　　三島キャンパス開設50周年記念特集号 第9号）

川那部保明　石川啄木「はてしなき議論の後」の詩構造について P748 ～ 760（→ H9・1 筑波大学
　　「言語文化論集」44 号）

高橋富雄　ふるさと・ドリームランド・帰郷 - 石川啄木・宮沢賢治・ニーチェー P761 ～ 766
　　（→ H9・3「盛岡大学比較文化研究年報」9 号）

照井悦幸　石川啄木の霊性について P767 ～ 778（→ H9・3「盛岡大学比較文化研究年報」9 号）
　　（→ H9・3「盛岡大学比較文化研究年報」9 号）　　　　　　　　　　朋文出版　H 11・11・―

高橋源一郎　日本文学盛衰史 - 連載第三十回 P282 ～ 292（※漱石の小説『三四郎』のモデルが啄木説）
　　「群像」第 54 巻 12 号 菊判 920 円　　　　　　　　　　　　　　　　　講談社　H 11・12・1

「婦人画報」12 月号　石川啄木・明治 44 年 1 月 1 日・太田正雄宛年賀状写真判（裏面）P330 ～ 0
　　　　　　　　　　　　　　　　　　　　　　　　　　　　　　　　　婦人画報社　H 11・12・1

盛岡タイムス（記事）黒澤勉氏が講演「文化としての方言」（啄木の小説「葬列」を引用）　H 11・12・1

山本玲子〈石川啄木記念館より 45〉拝啓 啄木さま／活動写真館 P19 ～ 0「広報たまやま」12 月号
　　　　　　　　　　　　　　　　　　　　　　　　　　　　　　　　　　　玉山村　H 11・12・1

北海道新聞〈全面広告〉哀愁テーマパーク 啄木浪漫館　　　　　　　　　　　　　　　H 11・12・3

北畠立朴〈啄木エッセイ 33 回〉学会余話　　朝日ミニコミ しつげん 釧路 第 251 号　H 11・12・5

北海道新聞（記事）啄木ロボが歌披露し歓迎 ゆかりの函館テーマ館誕生　　　　　　　H 11・12・5

GLAY　石川啄木一族の墓 P33 ～ 0「GLAY 函館スポット厳選 100」
　　　　　　　　　　　　　　　　　　　　　　　　　　　　　　　（有）コアハウス　H 11・12・5

太田　登　（書評）上田哲著『啄木文学・編年資料 受容と継承の軌跡』を読んで
　　21 世紀の文化運動の指標に　　　　　　　　　　　　　　　しんぶん赤旗　H 11・12・7

盛岡タイムス（記事）啄木学会月例会・23 日（話題提供者／森 義真／佐藤 勝）　　　H 11・12・8

盛岡タイムス（記事）啄木は〝新しい女〟好き・啄木であい学講座　　　　　　　　　H 11・12・9

岩手日報（記事）啄木、賢治の生き方探る・盛岡で「であい学講座」　　　　　　　　H 11・12・11

小林晃洋（署名記事）いわて学芸この一年・奈良で国際啄木学会『一握の砂』の時代テーマに
　　新視点の発表も　　　　　　　　　　　　　　　　　　　　　岩手日報　H 11・12・11

嵐山光三郎　石川啄木・新聞記者の友情 P66 ～ 74　『追憶の達人』四六判 1700 円
　　　　　　　　　　　　　　　　　　　　　　　　　　　　　　新潮社　H 11・12・15

伊五澤富雄　金田一京助先生の思い出 P18 ～ 19「いわてねんりんクラブ」第 67 号 B5 判 700 円
　　　　　　　　　　　　　　　　　　　　　　　　　　　　　　ねんりん舎　H 11・12・15

盛岡タイムス（記事）啄木出会い道に歌碑・盛岡西北ロータリークラブ　　　　　　　H 11・12・16

岩手日報（記事）玄関口飾る啄木歌碑・盛岡西北ロータリークラブ「駅前通」に建立　H 11・12・18

（勲）〈コラム研研 GO!GO!〉関西啄木学（編注・天野仁氏へのインタビュー記事）
　　　　　　　　　　　　　　　　　　　　　　　　　　朝日新聞（大阪本社版）　H 11・12・20

岩手日報（記事）啄木の志継ぎ最高賞 全国俳句大会で栄誉 玉山・渋民中学校？　　H 11・12・22

盛岡タイムス〈新刊紹介〉啄木資料の基本的文献＝湘南啄木文庫主宰の佐藤勝氏＝／『石川啄木文
　　献書誌集大成』発刊・独力で 100 年間の約 2 万点を収集網羅　　　　　　H 11・12・24

盛岡タイムス（記事）啄木新婚の家を清掃・盛岡市下橋中学校の生徒ら　　　　　　　H 11・12・24

岩手日報（記事）啄木ファン歓迎へ清掃・盛岡・「新婚の家」で下橋中生　　　　　　H 11・12・24

橋本　威　啄木『一握の砂』難解歌考 (6) 続後拾遺 P1 ～ 64（→ H5・10『啄木「一握の砂」難解歌稿』

和泉書院）「梅花女子大学文学部紀要」第33号 A5判　　　　　　　　　　　H 11・12・25

佐々木大助　啄木がとりもつ縁　　　　　　　　　　　　　　盛岡タイムス　H 11・12・26

神奈川新聞〈コラム列島あちこち〉啄木浪漫館が開館・北海道　　　　　　　H 11・12・27

戸塚隆子　石川啄木詩歌のロシア語翻訳考—В.Н.Маркова と В.Н.Е рёмин の翻訳比較を通して

　—「国際関係研究」第20巻2号　　　　　　　　　　　　　　日本大学　H 11・12・27

伊五澤富雄　佐々木さんの文を読んで（編注・12／26日付の文章）　盛岡タイムス　H 11・12・28

黒澤　勉　啄木の小説『鳥影』と『赤痢』—赤痢病と宗教の問題を中心に—P143〜174

　「岩手医科大学教養部研究年報」第34号　　　　　　　　　　　　　　H 11・12・31

石田錬兵　大島流人覚書①彷徨する知識人P131〜137「静内文芸」第20号（北海道）H 11・12・―

平井康三郎作曲「和楽器による抒情組曲・石川啄木」（ＣＤ・ソプラノ・中嶋宏子／平井康三郎・「啄

　木との出会い」ほか解説文添付）　　　　　　　　　　東芝ＥＭＩ（株）H 11・―・―

２０００年（平成12年）

浦田敬三　訪れた文学の夜明け―明治33年という時代―／100年前の盛岡（2頁全面に掲載）
　　　　　　　　　　　　　　　　　　　　　　　　　　盛岡タイムス　H 12・1・1

大森秀雄　啄木北海道流浪の跡を訪ねて（125〜137回・最終回）「せせらぎ同人」第223〜233号
　　タブロイド判　　　　　　　　　　　　　せせらぎ同人会（横浜市瀬谷区）H 12・1・1〜10・1

近藤典彦著『啄木短歌に時代を読む』〈歴史文化ライブラリー84〉四六判230頁1700円（細目：天才
　の頭脳に「時代」が映える／近代の断片／月に吠える・砂山・利己心など、旧民法・中学校・十五の心
　など／北海道の近代／函館の街・札幌の空、小樽での騒動・釧路での恋／近代都市と望郷／近代都市東
　京に生きる、産業革命と望郷の歌／近代日本のネガ／赤旗事件、幸徳秋水の闘い、韓国併合／近代女性
　のイメージ／妻・女教師・看護婦、橘智恵子）　　　　　吉川弘文館　　H 12・1・1

須藤宏明　鈴木彦次郎「巨石」論 ―村空間での個の問題を中心に―（啄木第一号歌碑建立に関す
　る論考）「岩手郷土文学の研究」第1号　　　　　岩手郷土文学研究会　H 12・1・1

山本玲子〈啄木と明治の盛岡〉(1) 年賀 P44〜45「街もりおか」第33巻1号 B6横判 250円
　　　　　　　　　　　　　　　　　　　　　　　　　　杜の都社　　H 12・1・1

山本玲子〈石川啄木記念館より46〉拝啓 啄木さま／正月のスト P19〜0「広報たまやま」1月号
　　　　　　　　　　　　　　　　　　　　　　　　　　玉山村　　H 12・1・1

胆江日日新聞〈新刊紹介〉「石川啄木文献書誌集大成」発刊／湘南啄木文庫主宰　佐藤　勝氏が／
　啄木資料の基本文献　　　　　　　　　　　　　　　　　　　H 12・1・6

近　義松　石川啄木 轍鮒の生涯（39〜41）※各回1頁掲載 「新歯界」H 12年1月号〜12月号
　　　　　　　　　　　　　　　　　　　　　　　　新潟歯科医師会　H 12・1・1〜12・1

岩手日報〈郷土の本棚〉『啄木短歌に時代を読む』近藤典彦著・社会主義との関係焦点　H 12・1・10

玉城　徹　牧水と啄木 P307〜312『若山牧水随筆集』〈講談社文芸文庫〉1150円＋税　H 12・1・10

若山牧水　石川啄木の記 P251〜276（→T 2）／石川啄木君と僕 P277〜289（→T元）／石川啄木の臨終
　P290〜294（→T12）『若山牧水随筆集』〈講談社文芸文庫〉1150円＋税　講談社　H 12・1・10

太田愛人〈胡堂あらえびす抄350〉啄木とその時　　　　　盛岡タイムス　H 12・1・13

秋田さきがけ〈出版ニュース〉☆「石川啄木文献書誌集大成」（※本記事は共同通信社を通じて全国
　の地方新聞に日を違えて掲載された）　　　　　　　　　　　H 12・1・17

朝日新聞（東京・南部版）銀座の啄木碑2度目の再建・車に当てられグラグラ　H 12・1・20

岩手日報（記事）啄木賞・賢治賞・随筆賞　3文学賞の作品募集　　H 12・1・20

太田愛人〈胡堂あらえびす抄352〉啄木との対決　　　　　盛岡タイムス　H 12・1・20

工藤敏雄〈気象風土記〉※明治41年1月21日の旭川気象台の記録と啄木に触れた文章
　　　　　　　　　　　　　　　　　　　　　　　　　　岩手日報　H 12・1・21

太田愛人〈胡堂あらえびす抄353〉銀行員啄木？　　　　　盛岡タイムス　H 12・1・23

馬場あき子　石川啄木 P17〜0「週刊20世紀」通巻50号 A4判 560円
　　　　　　　　　　　　　　　　　　　　　　　　　　朝日新聞社　H 12・1・23

神奈川新聞〈出版トピックス〉☆「石川啄木文献書誌集大成」（※本記事は共同通信社を通じて全国の
　地方新聞に日を違えて掲載された）　　　　　　　　　　　　H 12・1・24

井上信興　漂泊の人—啄木とふるさと—⑳〜㊶・完「週刊　西広島タイムス」（毎週金曜日発行／
　タブロイド判紙）　　　　　　　　　　　　　　　　（株）エル・コ　H12・1・28〜H12・6・30
（澤）〈本と人と〉青春の巡りあいから発信へ／『石川啄木文献書誌集大成』佐藤　勝さん
　　　　　　　　　　　　　　　　　　　　　　　　　　　　　　しんぶん赤旗　H12・1・31
小泉とし夫　〈啄木と私①〉「どらみんぐ」第3号　　小泉とし夫個人発行（盛岡市）H12・2・1
小泉とし夫　〈哀果・啄木・迢空・賢治の多行歌①〉「どらみんぐ」第3号　　　　　H12・2・1
米田利昭「一兵卒」と啄木の日露戦争　「火の群れ」第74号（←H13・7米田幸子編『追悼・米田利昭』
　短歌研究社／H15・6『賢治と啄木』大修館書店）　　　「火の群れ」短歌社　H12・2・1
戸田洋子　〈ばん茶せん茶〉祖父が残したもの　※冨田小一郎について　　岩手日報　H12・2・1
黒上　浪　小説　人間・石川啄木 P103〜178『女・涙・レクイエム』四六判 1200円＋税
　　　　　　　　　　　　　　　　　　　　　　　　　　　　　　　　文芸社　H12・2・1
門屋光昭　〈啄木と明治の盛岡〉(2) 南部桐下駄と赤い革靴 P44〜45（←H18・8『啄木と明治の盛岡』）
　「街もりおか」第33巻2号 B6横判 250円　　　　　　　　　　　　杜の都社　H12・2・1
斉藤英子『啄木短歌小感』四六判 202頁 定価未記載　※「年金者八王子」に95回連載の文章
　　　　　　　　　　　　　　新世代の会（八王子市中野上町 4-35-12 斉藤方）H12・2・1
盛岡タイムス（記事）啄木学会盛岡支部月例会 2氏の話題で意見交換・小林芳弘氏と村松善氏
　　　　　　　　　　　　　　　　　　　　　　　　　　　　　　　　　　　　H12・2・1
山本玲子　〈石川啄木記念館より 47〉拝啓 啄木さま／時計 P15〜0「広報たまやま」2月号
　　　　　　　　　　　　　　　　　　　　　　　　　　　　　　　　玉山村　H12・2・1
毎日新聞　〈新刊紹介〉『啄木短歌に時代を読む』近藤典彦著　　　　　　　　　H12・2・2
「週刊　読書人」第2321号（記事）「石川啄木文献書誌集大成」／佐藤勝氏が武蔵野書房から刊行
　　　　　　　　　　　　　　　　　　　　　　　　（株）週刊読書人社　H12・2・4
北畠立朴　〈啄木エッセイ 34〉甦るか本行寺の啄木かるた大会　「しつげん」第254号
　B4判（両面刷）　　　　　　　　　　　　　朝日新聞サービスアンカー（釧路）H12・2・5
日刊岩手建設工業新聞〈新刊紹介〉『啄木短歌に時代を読む』近藤典彦著／巧みに映し出される「時代」
　　　　　　　　　　　　　　　　　　　　　　　　　　　　　　　　　　　　H12・2・9
岩手日報（記事）かるたで知る啄木の歌心／愛好者集い宮古で　　　　　　　　　H12・2・10
テレビ東京編　明治の歌人　石川啄木が自らしたためたという百人一首かるたの正体は？ P109〜119
　『開運なんでも鑑定団』〈ザ・テレビジョン文庫〉476円＋税　　　　角川書店　H12・2・10
安田純生　啄木の歌ことば　『歌ことば事情』四六判 1095円＋税　　　　巴書林　H12・2・10
盛岡タイムス（記事）啄木 114年生誕祭・20日　姫神ホール　　　　　　　　　H12・2・19
「大阪啄木通信」第16号 B5判（以下4点の文献を収載）
　妹尾源市　新しい啄木像を P1〜0
　飯田　敏　一禎とカツの日戸村での戸籍を尋ねて P2〜5
　天野　仁　啄木曼荼羅(1) 小説「道」における風景
　峠　義啓　「親愛なる岡山義七君」（上）P18〜19
　　　　　　　　　　　　　天野仁個人発行誌（大阪府高槻市牧田 5-18-404）H12・2・20
岩手日報（記事）啄木の教え受け継ごう／玉山で生誕祭　　　　　　　　　　　H12・2・22
盛岡タイムス（記事）姫神ホール　啄木生誕祭・教育問題などでシンポ　　　　　H12・2・22

岩手日報（記事）来月10日、盛岡で啄木であい学講座／サスケさんが対談　　　　H12・2・26

「仙台文学館企画展　ことばの地平〜石川啄木と寺山修司〜」チラシ（開催期間：3月25日〜5月14日）

　　協力：日本近代文学館　　　　　　　　　　　　　　　　　　　　　　　H12・2・一

戸塚隆子　石川啄木のローマ字詩「ATARASHIKI MIYAKO NO KISO」論P1〜15　「日本大学短

　　期大学部・研究年報」第12号（←H14・12『国文学年次別論文集』）　　　H12・2・一

碓田のぼる　評伝・渡辺順三（12）第四章『人民短歌新聞』時代と順三〜戦後「啄木祭」の一側面〜

　　P18〜24　「新日本歌人」3月号 第55巻3号　　　　　新日本歌人協会 H12・3・1

山本玲子〈石川啄木記念館より48〉拝啓 啄木さま／豆銀糖P19〜0「広報たまやま」3月号

　　　　　　　　　　　　　　　　　　　　　　　　　　　　　玉山村 H12・3・1

山本玲子〈啄木と明治の盛岡〉（3）破天荒な変化P44〜45「街もりおか」第33巻3号 B6横判

　　250円（←H18・8『啄木と明治の盛岡』）　　　　　　杜の都社 H12・3・1

伊五澤富雄　「二」の精神　※啄木の「林中書」を引用した執筆者の教育観

　　　　　　　　　　　　　　　　　　　　　　　　　　盛岡タイムス H12・3・3

北畠立朴〈啄木エッセイ35〉ユニークな啄木研究のひとつ「しつげん」第256回

　　タブロイド判　　　　　　　　　　　朝日新聞サービスアンカー（釧路）H12・3・5

つぼいこう　明治とともに去った啄木　『まんが人物・日本の歴史7』四六判 800円＋税

　　　　　　　　　　　　　　　　　　　　　　　　　　　　朝日新聞社 H12・3・5

伊五澤富雄〈コラム・時評〉啄木の後輩たち　　　　　　盛岡タイムス H12・3・6

岩手日報〈郷土の本棚〉佐藤勝著「石川啄木文献書誌集大成」雑誌や新聞記事を網羅 H12・3・6

藤本宗利（書評）近藤典彦著『啄木短歌に時代を読む』夭折の稀有な才能・復権望む誠実な姿

　　　　　　　　　　　　　　　　　　　　　　　　　　　　上毛新聞 H12・3・6

盛岡タイムス（記事）啄木、賢治資料館の構想は〈盛岡市議会一般質疑応答要旨〉　H12・3・8

盛岡タイムス（記事）第6回「いわて学講座」東京銀座の「いわて銀河プラザ」で"石川啄木の世界"

　　　　　　　　　　　　　　　　　　　　　　　　　　　　　　　　H12・3・10

高田準平〈文学へのいざない 37〜39〉啄木に思いを馳せて　（←H25・8『啄木懐想』著者刊）

　　　　　　　　　　　　　　　　　　　　　北鹿新聞 H12・3・10〜9・1

浦田敬三〈盛岡の詩歌人たち5〉石川啄木・美の世界の探求者　　盛岡タイムス H12・3・11

小林晃洋〈コラム・展望台〉啄木研究、新たな視点　　　　　　岩手日報 H12・3・11

盛岡タイムス（記事）サスケと啄木／第4回であい講座　　　　　　　　H12・3・12

伊五澤富雄　啄木誕生日と"二"の奇縁——「全国啄木会」発足を目指して——P14〜15

　　「いわてねんりんクラブ」第69号 B5判 700円　　　　　ねんりん舎 H12・3・15

山下多恵子〈随筆〉あなたにあえたら（※賢治、魁多、山頭火、啄木）歌誌「日本海」第119号

　　　　　　　　　　　　　　　　　　　　　　　　日本海社（新潟県）H12・3・15

篠　弘〈日本文学の百年・現代短歌の歩み〉石川啄木の三行歌 ※編注：3月29日付けで訂正有り。

　　　　　　　　　　　　　　　　　　　　　　　　　　東京新聞（夕）H12・3・15

マ・シェリ〈生活情報紙〉第296号（記事）春を待つ「啄木」の里

　　　　　　　　　　　　マ・シェリ発行所（盛岡市菜園1-12-18 東邦生命ビル4F）H12・3・16

小池　新（文）小堀美津子（写真）〈20世紀 日本人の自画像41〉石川啄木・現実直視し社会を批判

　　「新しいき明日」問いかけ　　　　　　　　　　　　　　中国新聞 H12・3・20

※前記〈20世紀 日本人の自画像〉の文献は共同通信社から全国の33の新聞社に配信されたが編者が確認できたのは前記以外は次の11紙であった。〔福島民報（3・20）、福島民友（3・20）、京都新聞（3・21）、山陽新聞（3・21）、徳島新聞（3・24）、埼玉新聞（3・26）、山形新聞（3・27）、高知新聞（3・29）、岩手日報（4・3）、岐阜新聞（4・3）、北日本新聞（夕・4・7）〕

佐々木祐子 「玉山村の古文書」A3判7枚（編注：本文献は著者が解読した玉山村に関する古文書の筆写原稿をファイルして綴じたもので、玉山村立図書館に寄贈されており、何人も閲覧可能である）

著者作成 H12・3・20

朝日新聞（岩手版）賢治、啄木データーベースに／CD-ROM化 ネット公開も／岩手県立図書館

H12・3・20

「国際啄木学会東京支部会会報」第8号 A5判 全68頁（以下8点の文献を収載）

　永岡健右　巻頭言 P1〜0

　近藤典彦　東雲堂版『一握の砂』からのメッセージ―1910年12月発2000年1月着―P2〜13

　河野有時　石川啄木と非凡なる成功家 P14〜20

　斉藤英子　啄木短歌とロシア人ジャーナリスト P21〜22

　亀谷中行　太田正雄は啄木をどう思っていたか ―杢太郎と啄木の交流― P23〜51

　佐藤　勝　資料紹介・石川啄木参考文献目録（6）―1998年（平成10年）1月〜12月―P52〜63

　編集部　国際啄木学会東京支部会会員名簿 P64〜65

　近藤典彦　編集後記 P67〜0　　　　　　　　　国際啄木学会東京支部会　H12・3・20

青木　保　ハイカルチャーの夢と西洋趣味―石川啄木の西洋幻想―

　『近代日本文化論3』四六判 2600円＋税　　　　　　　　　　岩波書店　H12・3・24

今井克典　石川啄木論―〈砂〉という語を中心に―P84〜96 「湘南文學」第34号　A5判

東海大学日本文学会　H12・3・25

全国学校図書館協議会編　石川啄木 『何をどう読ませるか　第5群』四六判　2800円

全国学校図書館協議会必読図書委員会　H12・3・25

藤澤　全　ツルゲーネフと石川啄木 P117〜140（→H9・2『猟人日記』他移入―石川啄木における受容―〈※改稿／改題〉「日本大学短期大学部〔三島〕研究年報」第九集）秋山正幸編『知の新視界』

南雲堂　H12・3・25

橋川文三　石川啄木とその時代 P178〜231（→S49・8学習研究社『現代日本文学アルバム4』）

　『橋川文三著作集3』〈増補版〉四六判（初版発行S60・10）　　　筑摩書房　H12・3・25

「啄木文庫」第30号 A5判 全78頁 1200円（以下30点の文献を収載）

　入江春行　関西啄木懇話会創立前後 P5〜6

　吉田弥寿夫　啄木と現代短歌 P7〜14

　村上悦也　『悲しき玩具』について―空白、歌配列など― P15〜18

　井上信興　啄木と磯について P19〜20

　妹尾源市　啄木運動あれこれ P20〜23

【新刊紹介】

　松村　洋　上田博 瀧本和成編『明治文芸館Ⅳ』・編者瀧本さんに聞く P24〜26

　松村　洋　上田博 瀧本和成編『明治文学史』編者瀧本さんに聞く　続 P27〜0

　松村　洋　堀江信男著『石川啄木　地方、そして日本の全体像への視点』P28〜29

目良　卓　佐藤勝著『石川啄木文献書誌集大成』P29〜31

瀬川清人　山本玲子著『拝啓　啄木さま』

古澤夕起子　上田博編『石川啄木詩歌集　路傍の草花に』P31〜32

松村　洋　山下多惠子『啄木と雨情─明治四〇年　小樽の青春』(「北方文学」50号) P32〜33

田口道昭　岡井隆　馬場あき子 ほか編『短歌と日本人』全七巻 P34〜35

尾崎由子　安藤敏隆著『風呂で読む　短歌入門』P35〜36

【啄木作品と私】

山下多惠子　望郷について P46〜47

峠　義啓　ファインダーの中の子〜啄木の目、キャパの目〜 P47〜49

森　義真　啄木と水泳 P49〜50

伊藤和則　白い土瓶で栗を煮た友 P50〜52

亀谷中行　大田と伊東と木下杢太郎記念館 P52〜54

山田　昇　五十二年の俯き P54〜0

【顧問　和田繁二郎さんの思い出】

上田　博　和田・石井個人セミナーに通い続けて P55〜58

【記事】

松村　洋　国際啄木学会が奈良大会─創立十周年を記念して─P61〜0

池田　功　「開かれた学会」へ　新しい試みも数多く P62〜0

佐藤　勝　啄木直筆原稿に感動 P63〜64

松村　洋　堀江信男氏に啄木賞　第14回岩手日報文学賞 P64〜0

松村　洋　啄木　十八歳の手紙　青森で見つかる P65〜0

松村　洋　開館30周年迎えた石川啄木記念館 P66〜0

松村　洋　颯爽、啄木ロボット　明治村「喜之床」に登場 P67〜0

松村　洋　北上川畔に「啄木出あい道」P67〜68

松村　洋　'99年啄木の集い：吉田弥寿夫氏「近代詩人と言えぬ」P69〜70

松村　洋　矢倉隆雄氏「昭和歌謡への影響大きい」P69〜70　関西啄木懇話会　Ｈ12・3・26

「国際啄木学会研究年報」第3号 A5判 全67頁（以下9点の文献を収載）

【論文】

池田　功　石川啄木における狂─文明への批判と救済─ P1〜10

大室精一　やはらかに降る雪─〈つなぎ歌〉としての『一握の砂』453番歌─ P11〜20

ユン　ゼーソク　石川啄木における伊藤博文暗殺事件 ─新聞報道資料を中心に─ P21〜24

近藤典彦　続・東雲堂版『一握の砂』からのメッセージ
　　　　　─ 一九一〇年一二月発二〇〇〇年一月着 ─ P35〜45

【書評】

近藤典彦　啄木作品に通暁する人の論集／堀江信男『石川啄木─地方、そして日本の全体像への視点─』（おうふう）P48〜49

須知徳平　遊座昭吾にみる啄木の実像と幻想／『林中幻想　啄木の木霊』（八重岳書房）P50〜51

永岡健右　啄木学の底の広さを実証する書／佐藤勝『石川啄木文献書誌集大成』（武蔵野書房）
　　　　　P53〜53

塩浦　彰　近代史への横断から言語生成のダイナミズムへ／近藤典彦『啄木短歌に時代を読む』
　　　（吉川弘文館）P54〜56

【新刊紹介】
　平出　洸　一服の清涼剤として一読を／伊井圭『啄木鳥探偵處』（東京創元社　1999年5月）
　　　　　　P55〜56　　　　　　　　発行者・国際啄木学会・代表者　上田　博　H 12・3・31
「石川啄木記念館 館報」第14号 B5判 全16頁（以下10点の文献を収載）
　編集部　この女の名は—P1〜0（※並木武雄宛の啄木の絵葉書の裏面写真の女性）
　櫻井健治　渋民からの爽やかな風 P2〜0
　門屋光昭　啄木の魅力 —藤沢周平から見た啄木— P3〜4
　編集部　啄木学級東京講座 P5〜0
　編集部　啄木祭　一人芝居　SETSU-KO〜ローマ字日記より P6〜0
　山本玲子　啄木とその時代　P7〜8
　花坂洋行　渋民の面影「氷室」P8〜0
【2000年啄木生誕祭　座談会より】
　〈パネリスト〉相沢超子・ひらやまよりこ・牧野立雄・嶋　千秋〈司会〉山本玲子
　テーマ：21世紀へ　啄木の伝言「教育論」P9〜12
　赤間亜生　「ことばの地平—石川啄木と寺山修司—」P13〜0
　嶋　千秋　館長日誌 P15〜0　　　　　　　　　　　　　石川啄木記念館　H 12・3・31
船越　榮　啄木の思郷歌と「田園の思慕」P1〜13「山形女子短期大学紀要」第32号（←H12・12『国
　文学年次別論文集』）　　　　　　　　　　　　　　　　　　　　　　　H 12・3・31
大室精一　むかしながらの太き杖 —〈つなぎ歌〉としての『一握の砂』190番歌— P297〜307
　「佐野国際情報短期大学研究紀要」第11号 A5判　　　　　　　　　　　H 12・3・—
大西好弘　啄木の天 P1〜20　「徳島文理大学研究紀要」第59号（←H14・12『国文学年次別論文集』）
　　　　　　　　　　　　　　　　　　　　　　　　　　　　　　　　　H 12・3・—
門屋光昭　寺山修司と石川啄木と—「便所より青空見えて啄木忌」覚書— P39〜58　「東北文学
　の世界」第8号（←H14・12『国文学年次別論文集』）　　　　盛岡大学　H 12・3・—
今野寿美　（啄木の歌四首を含む児童向け短歌の解釈）『読んでみようわくわく短歌』A5判
　1500円＋税　　　　　　　　　　　　　　　　　　　　　偕成社　H 12・3・—
馮　羽　日中近代文学とキリスト教研究〜石川啄木に触れながら〜　P1〜7「岩手大学教育
　学部付属教育実践研究指導センター紀要」第11号　　　　　　　　　　H 12・3・—
太田　登　〈書評〉至難の業を独力で・約二万点の文献を収録／佐藤勝著「石川啄木文献書誌集大成」
　／本書によって、成熟した啄木研究の成果のありようをつぶさに知ることができます「図書新聞」
　2480号　　　　　　　　　　　　　　　　　　　　　図書新聞社　H 12・4・1
碓田のぼる　一九三〇年代後半における啄木受容の一断面 P18〜25「新日本歌人」4月号 800円
　　　　　　　　　　　　　　　　　　　　　　　　　　新日本歌人協会　H 12・4・1
門屋光昭　〈啄木と明治の盛岡〉（4）煙草のけむり P44〜45「街もりおか」第33巻4号 B6横判 250円
　（←H18・8『啄木と明治の盛岡』）　　　　　　　　　　　　杜の都社　H 12・4・1
川井靖元　八幡平と石川啄木 P66〜69「岳人別冊　春山2000」A4大判 1100円
　　　　　　　　　　　　　東京新聞（中国新聞東京本社）出版部　H 12・4・1

佐々木正太郎　石川啄木の校歌 P71 〜 74『岩手の校歌物語』A4 判 1500 円＋税

発行所：（株）ツーワンライフ（著者連絡先：盛岡市緑丘 3-10-20）H 12・4・1

編集部〈コラム・海かぜ山かぜ〉銀座の啄木碑 2 度目の再建 P4 〜 6「楽しいわが家」4 月号 B5 判

（株）全国信用金庫協会　H 12・4・1

森　義真　『盛岡中学時代の石川啄木』〈豆本〉　　　　　緑の笛豆本の会　H 12・4・1

山本玲子〈石川啄木記念館より 49〉拝啓 啄木さま／徴兵免除 P19 〜 0「広報たまやま」4 月号

玉山村　H 12・4・1

盛岡タイムス（記事）啄木風短歌短歌賞全国公募・啄木賞に中島久光氏（盛岡市）　H 12・4・1

小泉とし夫　〈啄木と私②〉わが五十二歳の肖像 P22 〜 30「どらみんぐ」第 4 号　　　H 12・4・1

小泉とし夫　哀果・啄木・迢空・賢治の多行歌—啄木の三行歌について（上 P31 〜 38・中 P29 〜 36・下
　P27 〜 36）「どらみんぐ」第 4 〜 6 号　四六判　非売品各限定 40 部　H 12・4・1／6・1／8・1

小泉とし夫個人発行（盛岡市）H 12・4・1

米田利昭　歌くらべ・「東海の」「木蓮」2 号（←H13・7 米田幸子編『追悼・米田利昭』短歌研究社／
　H15・6『賢治と啄木』大修館書店）　　　　　　　　　　　　　　　　　　H 12・4・1

岩手日報〈コラム・情報ネット〉啄木と寺山の特別展　　　　　　　　　　　　　H 12・4・9

井上信輿　啄木の秀歌 P24 〜 25「圭陸會々報」4 月号

圭陸會事務局（岩手医科大学内）H 12・4・10

（春の時計）『岩波現代短歌辞典』のことなど P20 〜 21「短詩形文学」4 月号 通巻 519 号 B5 判

「短詩形文学」発行所　H 12・4・10

日野きく〈短歌・灯もと 10〉啄木と共に——佐藤勝著『石川啄木文献書誌集大成』P34 〜 35
　「短詩形文学」4 月号 通巻 519 号 B5 判　　　　　　　「短詩形文学」発行所　H 12・4・10

岩手日報〈コラム・会合、催し〉国際啄木学会盛岡支部月例研究会／国際啄木学会春のセミナー
　（2 月 22 日、東京・明治大学で）　　　　　　　　　　　　　　　　　　　　H 12・4・12

岩手日報〈コラム・町から村から〉第 24 回啄木資料展（4 月 13 日〜 20・岩手県立図書館）／玉山村・
　啄木忌　13 日　　　　　　　　　　　　　　　　　　　　　　　　　　　　H 12・4・12

岩手県立図書館発行「第 24 回　啄木資料展目録」B5 判 全 11 頁　　　　　　　H 12・4・12

岩手日報（記事）郷土の歌人多彩に顕彰・玉山　来月 1 日、恒例の啄木祭　　　H 12・4・12

盛岡タイムス（記事）関西啄木懇話会　16 日に啄木の集い　　　　　　　　　　H 12・4・13

岩手日報（記事）天才歌人しのんで／玉山で 89 回目の啄木忌　　　　　　　　　H 12・4・14

読売新聞（岩手版）啄木しのび 89 回忌法要／郷土の玉山村・宝徳寺で 50 人焼香　H 12・4・14

盛岡タイムス（記事）石川啄木 89 回忌法要／玉山村　宝徳寺　　　　　　　　　H 12・4・14

東奥日報（記事）啄木と寺山に迫る—仙台文学館　来月まで特別展—　　　　　H 12・4・14

平岡敏夫　鷗外と青年 —石川啄木・羽鳥千尋— P13 〜 20『森鷗外 不遇への共感』A5 判 4000 円
　＋税（→H9・8 〜 9 群馬広報部「明るい行政」）　　　　　　　　おうふう　H 12・4・15

盛岡タイムス（記事）映画会「石川啄木」「岩手風土記文学の里」「啄木流転」県立図書館

H 12・4・15

盛岡タイムス（記事）石川啄木資料展／関係文献約 100 点一堂に／県立図書館　H 12・4・15

岩手日報（記事）一席は中島さん・盛岡・啄木風短歌表彰式　　　　　　　　　H 12・4・16

盛岡タイムス（記事）啄木風短歌の入賞者を表彰・啄木賞は中島久光氏　　　　H 12・4・16

盛岡タイムス（記事）記念館が開館30周年・5月1日は啄木祭　　　　　　　　　H12・4・16

山本玲子〈みちのく随想〉天の寵児（※小説「葬列」に関する随想）　　　岩手日報　H12・4・16

寺山修司『啄木を読む ―思想への望郷　文学編』〈ハルキ文庫〉280頁 700円（若き日の石川啄木 P10

　～38／故郷の啄木 P39～49／石川啄木大きらい P50～52／函館の女―芸妓・小奴 P53～63／望郷

　幻譚 P64～82／解説・小林恭二：反歌作家としての啄木そして寺山修司 P237～280）※初出の記載

　はないが解説以外は全て再録文。　　　　　　　　　　　　　　　　角川春樹事務所　H12・4・18

伊五澤富雄　遊座祖庭と田鎖清（※祖庭は遊座昭吾氏の父、田鎖清は啄木の教え子）

　　　　　　　　　　　　　　　　　　　　　　　　　　　　　　　　盛岡タイムス　H12・4・21

岩手日報〈コラム・学芸余聞〉※（佐々木祐子氏が国際啄木学会盛岡支部研究会で発表した「岩手

　県保存文書にみる徳英と一禎」の話題）　　　　　　　　　　　　　　　　　　　H12・4・21

岩手日報〈コラム 風土計〉※（日韓併合と啄木歌に読み取られる怨みについて）　　H12・4・21

太田　登　啄木短歌の評釈への試み A4判2枚 国際啄木学会春のセミナー発表レジメ　H12・4・22

河野有時　啄木「思ひ出づる日」の歌 B4判2枚 啄木学会春のセミナー発表レジメ　H12・4・22

田口道昭　啄木の思想と言葉　A5判 4枚 国際啄木学会春のセミナー発表レジメ　H12・4・22

東海新報　（記事）啄木“曾遊の地”石碑ひっそり／明治33年7月下旬・今年は気仙来遊100年

　　　　　　　　　　　　　　　　　　　　　　　　　　　　　　　　　　　　　H12・4・23

盛岡タイムス（記事）石碑建つ“曾遊の地”／明治33年・啄木訪問から100周年　　H12・4・28

岩手日報（記事）旧渋民小学校の障子張替え・啄木精神に思いはせる　　　　　　　H12・4・29

榊　莫山　本音で自然と芸術をつづる（※啄木歌に感銘した内容）　　　　岩手日報　H12・4・30

三木善彦〈人生案内の回答〉※「自分の文学が評価されない」という相談に「啄木の歌と人生を語って

　回答した文章。　　　　　　　　　　　　　　　　　　　　　　　　　　読売新聞　H12・4・30

盛岡タイムス（記事）啄木のまなびや・障子張替え作業・玉山村焼香会婦人部が奉仕　H12・4・30

渡邊晴夫　近現代日本の文学者と漢詩文―石川啄木を中心に―（原文は中国語）P34～38

　「明海大学教養論文集」NO.11 A5判　　　　　　　　　　　　　　　　　明海大学　H12・4・―

「国際啄木學会 新潟支部報」第4号 A5判 （以下3点の文献を収載）

　塩浦　彰　「赤き火」は故郷の灯か ―平出修の歌碑について　P1～4

　若林　淳　『心の花』所載　金田一京助の短歌　P5～6

　山下多恵子　春愁の女―高橋すゑ　P7～9　　　　　　　　　　　　　　　　　　H12・4・―

岩手日報（記事）啄木祭・5月1日18時・あんべ光俊さんも参加　　　　　　　　　H12・5・1

「啄木祭」チラシ（5月1日／姫神ホール）　　　　　　　　　　　啄木祭実行委員会　H12・5・1

「啄木祭　21世紀へ啄木の伝言」〈パンフ〉B5判 6頁　　　　　　啄木祭実行委員会　H12・5・1

碓田のぼる　評伝・渡辺順三 (13) 第四章『人民短歌新聞』時代と順三 ～戦後「啄木祭」の一断面～

　P26～31　「新日本歌人」5月号 第55巻5号　　　　　　　　　　新日本歌人協会　H12・5・1

三枝昂之〈百舌と文鎮6〉啄木書誌と『歌ことば事情』P50～51「りとむ」5号 通巻48号

　　　　　　　　　　「りとむ」短歌会（発行所：川崎市麻生区千代ヶ丘8-23-7）H12・5・1

「街もりおか」第33巻5号 B6横判 260円

　辻本久美子　東京啄木散歩 P22～23

　山本玲子〈啄木と明治の盛岡〉(5) 昔の風景 P44～45（←H18・8『啄木と明治の盛岡』）

　　　　　　　　　　　　　　　　　　　　　　　　　　　　　　　　　杜の都社　H12・5・1

山本玲子〈石川啄木記念館より50〉拝啓 啄木さま／あまりに平静、公明 P19～0

「広報たまやま」5月号　　　　　　　　　　　　　　　　玉山村　　H 12・5・1

岩手日報（記事）歌とトークで魅力を再発見／玉山村・啄木祭　　　　　　H 12・5・2

盛岡タイムス（記事）21世紀へ演劇や音楽で／30周年にぎやかに啄木祭　　H 12・5・2

高田準平〈啄木と鹿角〉十和田湖・滋長の「啄木のこと」をめぐって①～⑥

　　（←H25・8『啄木懐想』著者刊）　　　　　　　　　北鹿新聞　H 12・5・4～6・3

太田　登「野分」論―「現代青年に告ぐ」の演説をめぐって― P58～69玉井敬之編『漱石から漱

　　石へ』A5判 8000円＋税　　　　　　　　　　　　　翰林書房　H 12・5・8

菊池正一〈読者投稿・声〉啄木資料展で魅力に触れた　　　　　岩手日報　H 12・5・8

「浜茄子」第58号 B5判 全6頁　　　　　　　　　　　　仙台啄木会　H 12・5・8

岩手日報（記事）力こもる作品群・玉山の啄木祭で短歌大会　　　　　　　H 12・5・10

「広報」第289号（記事）啄木に魅せられて短歌の世界に／小木田久富さん

　　　　　　　　　　　　　　　神奈川県宅地建物取引業協会　H 12・5・10

鍋島高明　借金・バルザック対石川啄木「借金天才」テクニックの極意 『今昔お金恋しぐれ文学

　　にみるカネと相場99話』四六判 1800円＋税　　　　市場経済研究所　H 12・5・10

朝日新聞（東京本社版）広告：啄木〈名歌二題〉※松原他人書「東海の」歌掛け軸　H 12・5・11

大岡　信　石川啄木 ―創意とユーモアに生きる歌― 『名句歌ごよみ　恋』角川文庫 648円＋税

　　　　　　　　　　　　　　　　　　　　　　　　　　角川書店　H 12・5・12

好川之範　北村牧場・啄木歌碑と智恵子追想　　　　　　北海道新聞（夕）H 12・5・12

石井雄二 「むらぎも」断感―啄木「ココアのひと匙」のこと―P11～12「梨の花通信」第35号 A5変形判

　　中野重治の会（東京都港区白金台 1-2-37 明治大学大学院・溝田邦夫研究室内）H 12・5・13

「小樽啄木会だより」第2号 B5判 全4頁（以下1点の啄木文献を収載）

　　太田幸夫　啄木との出会い P1～0　　　　　　　　小樽啄木会　H 12・5・13

太田幸夫　啄木と鉄道　A4判 7枚 ※小樽啄木会の集い講演レジメと資料　H 12・5・13

伊藤一彦　歌のこころ・母　※啄木歌「たはむれに」を引用した文章　産経新聞　H 12・5・14

北海道新聞（小樽・後志版）啄木の才能多くの人に伝えたい／小樽の愛好会・命日の集い

　　　　　　　　　　　　　　　　　　　　　　　　　　　　　　H 12・5・14

岩手日報（記事）最高賞に沼田さん（盛岡）／玉山・啄木祭俳句大会　　　H 12・5・15

盛岡タイムス（記事）眠っていた啄木新資料／県保存文書の中に発見／古文書学会　佐々木さん

　　／父の記録など　　　　　　　　　　　　　　　　　　　　　H 12・5・16

岩手日報（記事）啄木来遊 100年祝う／大船渡で8月に記念祭　　　　　H 12・5・20

森田　博　石川啄木記念館 P100～104／石川啄木新婚の家 P105～109『文学館とうほく紀行』

　　四六版 1500円＋税　　　　　　無明舎出版（秋田市広面字川崎112-1）H 12・5・20

近藤典彦〈書きたいテーマ・出したい本〉「若い人のための啄木短歌評釈」ほか P19～0「出版ニュース」5

　　中・下合併号 A5　　　判 580円（毎月3回発行誌）　　　（株）出版ニュース社　H 12・5・21

編集部〈情報区出版ニュース〉啄木文献の書誌（佐藤勝著『石川啄木文献書誌集大成』武蔵野書房）

　　P16～0「出版ニュース」5 中・下合併号（毎月3回発行誌）（株）出版ニュース社　H 12・5・21

岩手日報（記事）寺山修司作品集　ハルキ文庫・目立つ『啄木を読む』一挙 11冊出版

　　売れ行き好調　　　　　　　　　　　　　　　　　　　　　　H 12・5・26

「相川マチ　愛と啄木をうたう」チラシ（※仙台市シルバーセンター　※５月26日）　　　H 12・5・26

盛岡タイムス（記事）筆と墨で詩人の精神に／岩大公開講座「石川啄木の世界」講師は湯沢比呂子

　　助教授　　　　　　　　　　　　　　　　　　　　　　　　　　　　　　　　　H 12・5・27

藤井　茂　20世紀の岩手人たち（100）及川古志郎（※啄木の先輩）　　盛岡タイムス　H 12・5・28

久慈勝浩〈杜陵随想〉背比べ（※啄木ほかの文人の身長の記述あり）　　盛岡タイムス　H 12・5・28

上田　博『石川啄木』〈三一「知と発見」シリーズ５〉四六判 203頁 1800円（細目：序章・石川啄木

　　をどのように呼ぶか／第一章・啄木の出現した場所／第二章・存在の故郷を求めて／第三章・

　　自己という現象／第四章・髙橋彦太郎のその後／終章・小さな検温器を見つめて）

　　　　　　　　　　　　　　　　　　　　　　　　　　　　　　　　　三一書房　H 12・5・30

遊座昭吾　時間・空間・人間の断章 P15 〜 20 「どらみんぐ」第５号　　　　　　　H 12・6・1

門屋光昭〈啄木と明治の盛岡〉（6）蒼前詣り P44 〜 45「街もりおか」第33巻６号 B6横判 250円

　　（← H18・8『啄木と明治の盛岡』）　　　　　　　　　　　　　　杜の都社　H 12・6・1

「広報たまやま」6月号（記事）新しい世紀へ啄木を伝える／石川啄木記念館三十周年 P8 〜 9

　　　　　　　　　　　　　　　　　　　　　　　　　　　　　　　　　玉山村　H 12・6・1

山本玲子〈石川啄木記念館より 51〉拝啓 啄木さま／路面電車 P19 〜 0「広報たまやま」6月号

　　　　　　　　　　　　　　　　　　　　　　　　　　　　　　　　　玉山村　H 12・6・1

「どらみんぐ」第５号

　　小泉とし夫　〈啄木と私③〉函館・大森浜の砂 P21 〜 28

　　小泉とし夫　〈哀果・啄木・迢空・賢治の多行歌③〉啄木の三行歌について（中）

　　遊座昭吾　時間・空間・人間の断章　　　　　　　小泉とし夫個人発行（盛岡市）H 12・6・1

読売新聞（岩手版）「プラザおでって」オープン／ゆかりの文化人　書簡など展示　H 12・6・2

盛岡タイムス（記事）賢治と啄木に気高い精神／岩大公開講座・佐藤、大野両氏が講話　H 12・6・2

盛岡タイムス（記事）盛岡てがみ館がオープン（金田一京助・石川啄木ほか）　　　H 12・6・2

橋本真助　だまされた啄木 P1 〜 3「日曜随筆」通巻 532号 A5判 600円

　　　　　　　　　　　　　　日曜随筆社（仙台市若林区南染師町 48 高木方）　　H 12・6・10

鬼山親芳〈署名記事〉啄木が詠んだ海「気仙」の印象濃く　　　毎日新聞（岩手版）H 12・6・10

岩手日報〈コラム 風土計〉（※盛岡市内における啄木、賢治の観光案内について）　H 12・6・11

及川和哉　渋民総出で歌碑運び〈岩手日報に見る 20世紀の記憶〉　　岩手日報　H 12・6・11

岩手日報〈コラム・学芸余聞〉※「啄木日記の書き直し」の話題　　　　　　　　H 12・6・14

水口　忠　啄木と小樽　A3判　3枚　※市立小樽図書館における講演レジメ　　　H 12・6・18

門屋光昭　賢治と啄木とチャグチャグ馬コ P165 〜 198『鬼と鹿と宮沢賢治』〈集英社新書〉

　　700円＋税　　　　　　　　　　　　　　　　　　　　　　　　集英社　H 12・6・21

岩手日報（記事）啄木の北上川紀行を再び／実行委・参加者 10人を募集　　　　　H 12・6・26

岩手日報〈コラム・学芸余聞〉※畑中美耶子の一人芝居「SETSU-KO」を函館で上演　H 12・6・30

盛岡タイムス（テレビ案内）世界ゴッタ煮偉人伝（岩手めんこいテレビ 20：00）　H 12・6・30

盛岡タイムス（記事）12年度啄木学級開校　　　　　　　　　　　　　　　　　H 12・6・30

読売新聞（岩手版・コラム試写室）世界ゴッタ煮偉人伝（岩手めんこいテレビ 20：00）　H 12・6・30

川那部保明　石川啄木の「未完」の思考―『樹木と果実』発刊計画をめぐって― P278 〜 294

　　『明治期雑誌メデイアにみる〈文学〉』　　筑波大学近代文学研究会編発行　H 12・6・30

山本玲子〈啄木と明治の盛岡〉（7）風流を解した奴 P44～45「街もりおか」第33巻7号 B6横判
　250円（←H18・8『啄木と明治の盛岡』）　　　　　　　　　　　杜の都社　H 12・7・1
山本玲子〈石川啄木記念館より52〉拝啓 啄木さま／自己の告白 P19～0「広報たまやま」7月号
　　　　　　　　　　　　　　　　　　　　　　　　　　　　　　　玉山村　H 12・7・1
佐々木大助　啄木の短冊　　　　　　　　　　　　　　　　　盛岡タイムス　H 12・7・3
岩手日報（記事）岩手日報文学賞　受賞者の横顔・佐藤　勝氏　啄木賞／ファンの視点貫く／選考
　経過：啄木賞（遊座昭吾）／今後の研究の座右の書に（9面）　　　　H 12・7・5
岩手日報（記事）第15回　岩手日報文学賞　受賞者決まる・啄木賞　佐藤　勝氏〈神奈川〉（1面）
　　　　　　　　　　　　　　　　　　　　　　　　　　　　　　　　　H 12・7・5
田中　綾　啄木の浪漫　革命の糧に　　　　　　　　　　北海道新聞（夕）H 12・7・7
（佐）啄木が見た海 ①～⑮ 気仙沼をたどる旅〔15回の掲載日は7・7／7・8／7・12／7・15／7・16／7・18
　／7・20／7・22／7・23／7・25／7・26／7・28／8・1／8・2／8・4〕　東海新報　H 12・7・7
編集部〈郷土の本棚〉『石川啄木』上田博著・内面から「人間」を考察　岩手日報 H 12・7・11
大岡　信・ジャニーン・バイチマン訳　石川啄木　『折々のうた　日英対訳』四六判 1300円＋税
　　　　　　　　　　　　　　　　　　　講談社インターナショナル　H 12・7・12
岩手日報（記事）啄木の古里がはがきに　郵便局で発売　　　　　　　H 12・7・12
東海新報（記事）石川啄木ゆかりの人が気仙に／盛町在住の川島チエさん　　　H 12・7・12
「岩手県高等学校PTA連合会会報」第4号（記事）啄木の伝言～教育論～／PTA会長・母親委員
　合同研修会　　　　　　　　　　　　　　　　　　　　同事務局発行　H 12・7・15
太田愛人〈胡堂あらえびす抄396〉※函館図書所蔵の「爾伎多麻」1号についての記述あり
　　　　　　　　　　　　　　　　　　　　　　　　　盛岡タイムス　H 12・7・17
岩手日報（記事）龍驤が伝わる　「啄木定食」／三陸の交流型宿泊施設「夏虫」／来遊100周年で
　特別メニュー　　　　　　　　　　　　　　　　　　　　　　　　　H 12・7・17
日本社編　借金好きの石川啄木『つい誰かに話したくなる日本史雑学すごい人物ばかり篇』文庫判
　740円＋税（→S46・7三光社版）　　　　　　　　　　　　講談社　H 12・7・19
岩手日報〈コラム学芸余聞〉※啄木が気仙地方を旅した時に食べたメニューの話題　H 12・7・20
ドナルド・キーン※新井潤美訳／石川啄木 P82～92／『日本文学の歴史16』〈中公文庫〉1028円
　＋税（→H8・11・20中央公論社　単行本 A5判）　　　　中央公論社　H 12・7・21
東海新報（記事）メニューに「啄木定食」三陸町夏虫レストラン／今年末までの限定　H 12・7・21
岩手日報（記事）日報文学賞　啄木、賢治の魅力を語る　受賞の佐藤、木村氏講演
　　　　　　　　　　　　　　　　　　　　　　　　　　　岩手日報社　H 12・7・22
盛岡タイムス（記事）啄木新婚の家を改修へ　　　　　　　　　　　　H 12・7・27
山本玲子　中学時代の啄木（1）～（3）　　　　　　　東海新報 H 12・7・27～8・2
伊五澤富雄　啄木修学旅行のあとを旅して　　　　　　　盛岡タイムス　H 12・7・29
岩手日報（記事）玉山の啄木学級　三好京三さん講演　　　　　　　　H 12・7・30
東海新報（記事）あの夏啄木が見た海・三陸海岸来遊100年　　　　　H 12・7・30
黒沼芳朗〈デスクリポート〉啄木、賢治研究の進展期待　　　岩手日報　H 12・7・31
池田　功　啄木の詩 P28～29「詩と思想」8月号通 巻177号 A5判　土曜美術出版　H 12・8・1
門屋光昭〈啄木と明治の盛岡〉（8）啄木は盆踊り狂い P44～45（←H18・8『啄木と明治の盛岡』）「街

もりおか」第33巻8号 B6横判 250円　　　　　　　　　　　　　　　杜の都社　H 12・8・1

今野寿美〈季節のうた〉大という字を… P1～0「毎日夫人」8月号 通巻487号

　　　　　　　　　　　　　　　　　　　　　　　　　　　　　　毎日新聞社　H 12・8・1

山本玲子〈石川啄木記念館より53〉拝啓 啄木さま／ある夏の夜のひととき P19～0

　「広報たまやま」8月号　　　　　　　　　　　　　　　　　　　玉山村　H 12・8・1

「どらみんぐ」第6号

　　小泉とし夫 〈啄木と私④〉かなしきは小樽 P17～26

　　小泉とし夫 〈哀果・啄木・迢空・賢治の多行歌④〉啄木の三行歌について（下）P27～38

　　　　　　　　　　　　　　　　　　　　　　小泉とし夫個人発行（盛岡市）　H 12・8・1

羽渕三良（書評）小松健一著『石川啄木　光を追う旅』ほか　　『シネマとたたかいは私の大学』

　四六判 1600円＋税　　　　　　　　　　　　　　　　　　　光陽出版社　H 12・8・1

佐藤　勝〈啄木賞を受賞して〉岩城之徳先生の言葉・詳細な目録めざす　岩手日報（夕）H 12・8・2

「関西啄木懇話会会報」第21号 B5判 全4頁　　　　　　　　　関西啄木懇話会　H 12・8・6

「国際啄木学会盛岡支部会報」第8号 A5判 全39頁 上田哲氏追悼（以下18点の文献を収載）

　　遊座昭吾　追悼の言葉 P2～3

　　柴刈見穂子　突然の死から四カ月 P4～0

　　浦田敬三　歌人・編集者・書誌学徒　上田哲 P5～7

　　浅沼秀政　上田先生を偲んで P8～11

　　三留昭男　上田哲さんについての二・三の断片 P11～13

　　池田千尋　先輩・故哲さんに寄せる P13～15

　　黒澤　勉　上田哲先生を偲んで P16～19

　　森　義真　もっと、こきつかわれたかった P19～21

　　望月善次　上田哲先生の慕わしさ P22～23

　　小林芳弘　上田哲先生のこと P24～26

　　伊五澤富雄　上田哲先生を偲んで P27～29

　　八木沢美津子　上田先生を偲んで〈吹黄さんへ捧げる歌〉P29～31

　　永井雍子　　上田哲先生をしのぶ縁を姉妹に捧ぐ P32～34

　　上田　哲　〈一九九九年二月月例研究会の葉書から〉P35～0

　　編集部　〈岩手日報、盛岡タイムスに掲載の上田哲氏の死亡記事再録〉P37～0

　　編集部　国際啄木学会盛岡支部会員名簿 P38～0　　　国際啄木学会盛岡支部　H 12・8・15

塚本邦雄　ワグネリアン啄木 P184～191『塚本邦雄全集 第11巻 評論Ⅳ』菊判 9500円＋税（→S62・

　3『先駆的詩歌論』花曜社／→S61・3「短歌」3月号／角川書店）　（株）ゆまに書房　H 12・8・25

植田　滋（署名記事）うた物語 名曲を訪ねて 初恋（上・下）　読売新聞　H 12・8・27／9・2

グループfuture　石川啄木　『ZARD＆坂井泉水プロファイリング』四六判 1200円＋税

　　　　　　　　　　　　　　　　　　　　　　　　　アートブック本の森　H 12・8・30

後藤正人　杉村楚人冠の社会思想と啄木—二人の友愛の意味について—P1～17 「くちくまの」

　第117・118合併号（←H 14・3『現代社会科教育研究』）　　　　　　　　H 12・8・―

福本邦雄〈流離〉むかし女ありけり P60～61「選択」9月号　　選択出版KK　H 12・9・1

山本玲子〈石川啄木記念館より54〉拝啓 啄木さま／腕組みし日 P19～0 「広報たまやま」9月号

　　　　　　　　　　　　　　　　　　　　　　　　　　　　　　　　　　玉山村　H 12・9・1

山本玲子〈啄木と明治の盛岡〉(9) 有望なる一文学市「街もりおか」第33巻9号 B6横判 250円

　　(← H18・8『啄木と明治の盛岡』)　　　　　　　　　　　　　　　杜の都社　H 12・9・1

岩手日報（記事）啄木のはがき写真版初公開　所蔵の慶應図書館が特別許可　詩集に感銘、野口

　　米次郎に送る　　　　　　　　　　　　　　　　　　　　　　　　　　　　　　H 12・9・13

碪田のぼる著『石川啄木の新世界』A5判 246頁 2857円＋税〔細目：1.「自主」と「愛」を求めた

　　啄木の教育―近代学校におけるその実践的意義―／石川啄木と議会政治―将来の日本の足音を聞く―／

　　啄木と沖縄―山城正忠試論―／石川啄木「鉱毒歌」についての一考察―「満天下の志士に訴ふ」(「岩

　　手日報」)にふれ―／啄木歌「電燈の球のぬくもり」考―その解釈を問う―／石川啄木と杉村楚人冠―

　　その思想的接点と位相をめぐって―／中野重治「啄木に関する断片」をめぐって―啄木の思想・文学

　　のハイライトを連ねる―／石川啄木と信州―「信濃啄木」との出会い―／Ⅱ. 啄木と本郷二丁目弓町

　　考―啄木の予備知識を追う―／啄木詩「墓碑銘」のおもかげ考―新村忠雄像―／石川啄木論 三考・(1)

　　「introduction」考―クロポトキン「ロシアの恐怖」よりの感動―／(2)啄木草稿「執筆年月不詳」考―「原

　　敬日記」と明治末年の女子教育を手がかりに―／(3)「ソフィア・ペロフスカヤ」考―山口孤剣のえが

　　いたもの―／Ⅲ. 鈴木貞美「近代の郷愁」―ナショナリズムの屈折」をめぐって― 啄木研究の到達点

　　から―／近藤典彦著『石川啄木と明治日本』―多様な研究回路で解明した啄木像―／平岡敏夫著『石川

　　啄木の手紙』― 遠い時代の若い息づかいを伝える〕　　　　　　　　　　　光陽出版社　　H

　12・9・20

北川　透　啄木日記の断面―自己聖化の問題―　『詩の近代を越えるもの』四六判 2900円

　　(→ S49・6「現代詩手帖」)　　　　　　　　　　　　　　　　　　　　思潮社　H 12・9・30

大西好弘　啄木と自然主義 P1 〜 20「徳島文理大学研究紀要」第 60 号（← H14・12『国文学年次別

　　論文集』)　　　　　　　　　　　　　　　　　　　　　　　　　　　　　H 12・9・―

「望」創刊号 B5判 1000円

　　「東海の…」は詩「荒磯」・「蟹」と合せて読むとどうなるか、「海の詩」とそれに関連する啄木短歌、

　　「ふるさと」から見た啄木短歌、など／上田勝也、北田まゆみ、熊谷昭夫、齊藤清人、佐藤静子、

　　永井雍子、福島雪江、吉田直美　　　　発行者・望月善次　編集・啄木月曜会　H 12・9・―

「どらみんぐ」第7号

　　小泉とし夫　〈啄木と私⑤〉スキイトピイと鹿ノ子百合 P17 〜 26

　　小泉とし夫　〈哀果・啄木・迢空・賢治の多行歌⑤〉哀果と啄木の三行歌について P27 〜 38

　　　　　　　　　　　　　　　　　　　　　　　　小泉とし夫個人発行（盛岡市）H 12・10・1

佐藤昭八編『松田家・野村家旧蔵〜野村胡堂書簡目録〜』A4判 44頁　非売品

　　　　　　　　　　　　　　　　　　　　あらえびす・野村胡堂記念館　H 12・10・1

山本玲子〈石川啄木記念館より 55〉拝啓 啄木さま／美術展覧会（その1）「広報たまやま」10月号

　　　　　　　　　　　　　　　　　　　　　　　　　　　　　　　玉山村　H 12・10・1

門屋光昭〈啄木と明治の盛岡〉(10) オミキアゲと奉納神楽「街もりおか」第33巻10号 B6横判 250円

　　(← H18・8『啄木と明治の盛岡』)　　　　　　　　　　　　　　　杜の都社　H 12・10・1

矢島裕紀彦　幻想―まだ見ぬ相手は真実なのか霧なのか・石川啄木の章　『恋に死ぬということ』

　　四六判 1500円＋税　　　　　　　　　　　　　　　　　　　青春出版社 H 12・10・10

高　淑玲　台湾における啄木短歌の受容の一考察 P339 〜 356「韓国日本言語文化學會」第 17 号

B5 判　　　　　　　　　　　　　　　　　　　　　韓国日本言語文化學會　H 12・10・一

山本玲子〈石川啄木記念館より 56〉拝啓 啄木さま／美術展覧会（その 2）「広報たまやま」11 月号
　　　　　　　　　　　　　　　　　　　　　　　　　　　　　　　玉山村　H 12・11・1

山本玲子〈啄木と明治の盛岡〉(11) 秋、恋しきもの「街もりおか」第 33 巻 11 号 B6 横判 250 円
　（←H18・8『啄木と明治の盛岡』）　　　　　　　　　　杜の都社　H 12・11・1

高田準平〈文学へのいざない　40 ～ 62〉啄木に思いを馳せて「啄木の妻・節子のことども」（上・下
　／ 23 回連載）（←H 25・8『啄木懐想』著者刊）　　　　北鹿新聞　H 12・11・11 ～ H 13・12・14

「国際啄木学会盛岡支部会報」第 9 号 A5 判 全 35 頁（以下 11 点の文献を収載

　望月善次　巻頭言・定位の時代 P2 ～ 3

　黒澤　勉　子規と啄木～メモ風に～ P3 ～ 6

　米地文夫　街を流れる川と景観と啄木―中津川と隅田川を例に― P7 ～ 10

　三留昭男〈啄木の周辺〉多田綱宏を追って P11 ～ 13

　池田千尋　荒畑寒村の「遺言状」（抄出）から P14 ～ 0

　森　義真　再現された「啄木定食」P15 ～ 17

　望月善次　構想『啄木短歌大観』P18 ～ 20

　飯田　敏　啄木と英詩の引用（その二）P20 ～ 26

　小林芳弘　石川啄木と白石義郎―小樽日報入社をめぐって― P27 ～ 29

　森　義真　月例研究会の報告 P30 ～ 33

　編集部　国際啄木学会盛岡支部会員名簿 P34 ～ 0　　　国際啄木学会盛岡支部　H 12・11・15

「国際啄木学会会報」第 12 号 A5 判 全 46 頁（以下 35 点の文献を収載）

　【大会案内】

　上田　博　会長の挨拶 P4 ～ 0

　堀江信男　茨城大会の開催にあたって P5 ～ 0

　小川武敏　在外研究を終えて P6 ～ 0

　【研究発表要旨】

　古澤夕起子　「二筋の血」―小児の心― P7 ～ 0

　戸塚隆子　石川啄木「ローマ字日記」論 P8 ～ 0

　高　淑玲　啄木の歌に関する一考察 ―主に三行書き短歌の形式と韻律を中心に― P9 ～ 0

　【シンポジウム／テーマ：「明星」創刊 100 年と石川啄木】

　〈報告者〉

　逸見久美　山川登美子の社会批判の歌 P10 ～ 0

　太田　登　短歌表現史のなかの啄木 P11 ～ 0

　木股知史　イメージと象徴主義 P12 ～ 0

　〈指定討論者〉

　永岡健右　「プル・ガル臭味」からの逸脱が意味するもの P13 ～ 0

　近藤典彦（シンポジウム発言要旨）P14 ～ 0

　チャールズ・フォックス（シンポジウム発言要旨）P15 ～ 0

　〈司会者〉上田　博／小川武敏：「明星」創刊 100 年と石川啄木 P16 ～ 0

　【記念講演会】

川村ハツエ　（講師紹介）歌人・馬場あき子先生 P17 ～ 0

〈奈良大会を振り返って〉

太田　登　創立 10 周年奈良大会をおえて P18 ～ 0

木股知史　シンポジウムを振り返って P19 ～ 0

松村　洋　奈良大会研究発表とシンポジウムを聴いて P20 ～ 0

三留昭男　奈良大会研究発表・シンポジウムを聴いて P21 ～ 0

〈第 1 回　春のセミナーを振り返って〉

塩浦　彰　春期セミナー傍聴始末記 P22 ～ 0

今野寿美　第 1 回春のセミナーを振り返って P23 ～ 0

伊藤典文　異論を誘発する挑戦的な姿勢で P24 ～ 0

〈外国学会・支部便り〉

韓　基連　韓国啄木学会便り P25 ～ 0

林　水福　台湾啄木学会便り P26 ～ 0

舟田京子　インドネシア啄木学会便り P26 ～ 27

北畠立朴　釧路支部便り P27 ～ 28

望月善次　盛岡支部便り P28 ～ 29

塩浦　彰　新潟支部便り P29 ～ 30

横山　強　東京支部便り P30 ～ 31

榊原由美子　静岡支部便り P31 ～ 0

瀧本和成　京都支部便り P31 ～ 32

小菅麻起子　奈良支部便り P32 ～ 33

村上悦也　大阪支部便り P33 ～ 0

浦田敬三　上田　哲さんのこと P34 ～ 0

編集部〈国際啄木学会会員名簿〉P38 ～ 45 ／国際啄木学会会則 P45 ～ 0

国際啄木学会発行（明治大学和泉校舎　池田功研究室内）H 12・11・23

盛岡タイムス　啄木研究で地域文化功労者表彰　遊座昭吾氏に聞く

詩人の価値は色褪せず　先の見えぬ時代へメッセージ　　　　　　H 12・11・27

作山宗邦　啄木の長女が残した小文（京子没後 70 年）　　　北海道新聞（道南版）H 12・11・29

岩手日報　国際啄木学会・茨城大会から　「明星」創刊 100 年と石川啄木（上・下）

H 12・11・29 ～ 30

「どらみんぐ」第 8 号

小泉とし夫　〈啄木と私⑥〉心はもとのまんまの智恵子ですから P11 ～ 23

小泉とし夫　〈哀果・啄木・迢空・賢治の多行歌⑥〉釈迢空の四行歌（上）P24 ～ 33

小泉とし夫個人発行（盛岡市）H 12・12・1

山本玲子〈石川啄木記念館より 57〉拝啓 啄木さま／驚きたくない「広報たまやま」12 月号

玉山村　H 12・12・1

門屋光昭〈啄木と明治の盛岡〉(12) 啄木の夢は作曲家？「街もりおか」第 33 巻 12 号 B6 横判 250 円

（←H18・8『啄木と明治の盛岡』）　　　　　　　　　　杜の都社　H 12・12・1

折笠三郎　「世界四大文明展」を観て P49 ～ 50（啄木の下宿跡に触れた文章）「潮流」第 28 報 B5 判

いわき地域学会　H 12・12・20

平出　洸　祖父・平出 修と文人たち ③ 平出 修と石川啄木 P93 ～ 103「文人」第 36 号

文人の会　H 12・12・22

高田準平　三陸の啄木文学碑紀行（5 回連載）（←H 25・8『啄木懐想』著者刊）

北鹿新聞　H 12・12・26 ～ H 13・1・8

尹　在石　日本近代文学における韓日合邦と韓国認識 —石川啄木を中心に—「日本學報」韓国日本
　学会、四五号　　　　　　　　　　　　　　　　　　　　　　　　　　　　　　　H 12・12・—

佐藤　實　埋もれていた「石川啄木の生涯」〜野村秋彦の著作〜 P8 ～ 10「青い瓶」通巻 42 号　A4 判
　700 円（発行日の記載なし）　　木食工房（埼玉県和光市西大和 2-4-501 長谷川敬方）H 12・—・—

２００１年（平成13年）

山本玲子　〈石川啄木記念館より58〉拝啓 啄木さま／メリーゴーランドから「広報たまやま」12月号

玉山村　H13・1・1

山本玲子　〈啄木と明治の盛岡〉(13) 愛らしきエンゼルよ「街もりおか」第34巻1号 B6横判 250円

（←H18・8『啄木と明治の盛岡』）
杜の都社　H13・1・1

近　義松　石川啄木 轍鮒の生涯㊷〜㊾）※各回1頁掲載 「新歯界」H13年1月号〜12月号

新潟歯科医師会　H13・1・1〜12・1

高田準平　三陸の啄木文学碑紀行 再び（上・下）（←H25・8『啄木懐想』著者刊）

北鹿新聞　H13・1・10／1・14

井上信興『漂泊の人　実録・石川啄木』四六判　373頁　（細目：第一章・啄木とふるさと／第二章・
　　啄木と北海道／第三章・啄木と東京）　　　　　　　文藝書房（東京・神田）H13・1・25

小菅麻起子　寺山修司と「昭和の啄木」P2〜8「風馬」創刊号 B5判 500円　風馬の会　H13・1・31

飯島紀美子　我等の仲間、佐藤さんのこと P28〜29「新世代」第6号　新世代の会　H13・1・31

野ばら社編発行　石川啄木『懐かしき日本の名歌』四六判 1050円　　　　　　　H13・1・―

「どらみんぐ」第9号

　　小泉とし夫　〈啄木と私⑦〉「メクラトトコ」と「ネマリベコ」P21〜28「どらみんぐ」第9号

　　小泉とし夫　〈哀果・啄木・迢空・賢治の多行歌⑦〉釈迢空の四行歌（中）P29〜38

小泉とし夫個人発行（盛岡市）H13・2・1

俵　万智　石川啄木『あなたと読む恋の歌百首』朝日文庫 460円＋税（→H9・7単行本）

朝日新聞社　H13・2・1

山本玲子　〈石川啄木記念館より58〉拝啓 啄木さま／メリーゴーランドから「広報たまやま」2月号

玉山村　H13・2・1

門屋光昭　〈啄木と明治の盛岡〉(14) 禁制の木の実「街もりおか」第34巻2号 B6横判 250円

（←H18・8『啄木と明治の盛岡』）
杜の都社　H13・2・1

伊五澤富雄　啄木を育んだ「宝徳寺物語」(1)　「いわてねんりんクラブ」第76号 B5判 700円

ねんりん舎（盛岡市）H13・2・1

岩手日報　（記事）NHK全国俳句大会で渋民中　2年連続の頂点　大会賞含む入賞者7人

H13・2・8

盛岡タイムス　井上ひさし氏新春講演会①〜③（啄木の生涯・未完の天才詩人／啄木の現代的意義・
　　天才たらんとした意気込み／啄木の文学的影響・後世の小説家が研究を／石川啄木の本質・模倣家だが
　　革命的詩人／時代を見通す鋭い感受性・啄木の予言は的中）　　　　　　　　H13・2・9〜17

岩田　正　方代と啄木①（3頁）〜②（2頁）「方代研究」第28〜29号 A5判 500円

山崎方代を語り継ぐ会（鎌倉市）H13・2・15／7・30

牛山靖夫　井上ひさしさんの啄木講演を聴いて P1〜8「不屈」〈岩手版〉第100号 B5判

治安維持法犠牲者国家賠償要求同盟岩手県本部　H13・2・15

佐々木聖雄　冨田小一郎先生のこと①〜⑧　　　　　　盛岡タイムス　H13・2・20〜3・1

しんぶん赤旗　（記事）15年ぶり再演 泣き虫なまいき石川啄木　こまつ座　作者・井上ひさしさん

に聞く　　　　　　　　　　　　　　　　　　　　　　　　H 13・2・25

小松健一　無名青年が建てた北上河畔の碑 P48〜49（他に「あとがきにかえて」と写真 6 頁）

　『作歌の風景　文学館をめぐる・1』A5 判 1886 円＋税　　　　　白石書店　H 13・2・26

向山洋一　プロは一文をこう授業する─短歌（石川啄木）の授業（一九八一年）─　『教え方のプロ』

　〈向山洋一全集 21〉四六判 2400 円＋税　　　　　　　　　明治図書出版　H 13・2・―

山本玲子〈石川啄木記念館より 60〉拝啓 啄木さま／葡萄酒「広報たまやま」3 月号

　　　　　　　　　　　　　　　　　　　　　　　　　　　　玉山村　H 13・3・1

山本玲子〈啄木と明治の盛岡〉（15）銀行の利用「街もりおか」第 34 巻 3 号 B6 横判 250 円

　（← H18・8『啄木と明治の盛岡』）　　　　　　　　　　杜の都社　H 13・3・1

図書館委員会視聴覚課　イーハートヴォ・オーデイオ・ビジュアル・フォーラム ─石川啄木の世界─

　　P158〜173「花巻東高等学校図書館報」（平成十二年度）第 13 号 A5 判　　H 13・3・3

目良　卓　「一握の砂」私釈　忘れがたき人人（二）P58〜44（※逆に進む）「研究紀要」第 42 号

　　　　　　　　　　　　　　　　　工学院大学付属中学・高等学校　H 13・3・7

山田風太郎　石川啄木 P48〜53　『人間臨終図巻 1』〈徳間文庫〉741 円＋税（→ S 61・9 徳間書店／

　← H25・11〈新装版〉徳間文庫／ほか）　　　　　　　　徳間書店　H 13・3・15

伊五澤富雄　啄木を育んだ「宝徳寺物語」（2）「いわてねんりんクラブ」第 77 号 B5 判 700 円

　　　　　　　　　　　　　　　　　　　ねんりん舎（盛岡市）　H 13・3・15

佐藤昭八編『野村家旧蔵〜野村胡堂関係書簡目録〜』A4 判　100 頁　非売品

　　　　　　　　　　　　　　　あらえびす・野村胡堂記念館　H 13・3・30

「国際啄木学会研究年報」第 4 号 A5 判 全 70 頁（以下 14 点の文献を収載）

　【論文】

　小菅麻起子　寺山修司における〈啄木〉の存在 ─〈啄木〉との出会いと別れ─ P1〜12

　高　淑玲　啄木三行書き短歌の押韻様式 P13〜25

　河野有時　啄木「おもひ出づる日」の歌 P26〜33

　村松　善「渋民日記」論 ─12 月 28 日の綱子に関する記述の構造─ P34〜45

　【報告】

　近藤典彦　井上ひさし氏が講演 ─2001 年 1 月 13 日　東京支部会にて─ P48〜51

　【書評】

　碓田のぼる　命をかけた独創の書 上田哲『啄木文学・編年資料 受容と継承の軌跡』P52〜53

　古澤夕起子　〈石川啄木〉を生きてみる試み　上田博『〈知と発見シリーズ 5〉石川啄木』P54〜55

　逸見久美　永岡健右氏の「東西南北」を祝す

　　　　　　永岡健右ほか共著『東西南北／みだれ髪』P56〜57

　望月善次　微視的な目と巨視的な目のバランス　碓田のぼる『石川啄木の新世界』P58〜59

　永岡健右　学者としての良心と執念の書　逸見久美『鴉と雨全釈』P60〜61

　佐藤　勝　ひたむきな情熱のたまもの　井上信興『漂泊の人』P62〜63

　【新刊紹介】

　門屋光昭　山本玲子著『拝啓　啄木さま』P64〜0

　目良　卓　啄木の短歌の魅力をつづる 斉藤英子『啄木短歌小感』P65〜0

　舟田京子　インドネシア語になった『一握の砂』

Edizal 著『Takuboku Isikawa dan Segenggam Pasir』P66 〜 0

国際啄木学会　H 13・3・31

寺杣雅人　啄木短歌の調べ ―律の二重性をめぐって―『五音七音のリズム等時音律説試論』A5 判

　2,381円＋税（→ S59・12「高知大国文」第 15 号）　　　　　　　　南窓社　H 13・3・31

佐々木祐子　渋民のくらしと啄木（五）「岩手の古文書」第 15 号 B5 判

岩手古文書学会　H 13・3・31

「啄木文庫」第 31 号〈関西啄木懇話会創立 20 周年記念号〉A5 判　全 168 頁 1800 円

　【論文】

　　村上悦也　二十世紀から二十一世紀へ　二十年から二十一年へ P8 〜 9

　　太田　登　二十一世紀の啄木研究はいかにあるべきか P10 〜 14

　　上田　博　〈創立二十周年記念講演〉『啄木　小説の世界』から二十年 ―神を見た男― P15 〜 25

　　池田　功　賞金稼ぎの道 ―啄木と懸賞小説― P26 〜 33

　　古澤夕起子　「煒燻」の色、「文覚」の力 ―啄木がアトラクトされた絵と彫刻― P34 〜 40

　　貴島幸彦　啄木の結核病歴 P41 〜 47

　　伊藤和則　啄木と秋水における「不孝な子」の一考察 ―家族制度と母の存在と死の影響 P48 〜 55

　【創立 20 周年記念シンポジウム】

　『明星』創刊百年と石川啄木 ―21世紀における啄木像をめぐって―

　〈パネリスト〉田中礼・木股知史・田口道昭・（司会）松村洋 P56 〜 72

　【座談会】

　「懇話会」きのう・きょう・あす

　〈出席者〉村上悦也・上田博・太田登・尾崎由子・河﨑洋充・村松洋 P96 〜 104

　編集部《創立 20 周年記念行事　盛大に》「明星」百年めぐりシンポジウム P105 〜 106

　【創立 20 周年記念特集・啄木短歌に寄せて】P114 〜 131　　　　関西啄木懇話会　H 13・3・31

「石川啄木記念館 館報」第 15 号 B5 判 全 12 頁（以下 9 点の文献を収載）

　　編集部　杜陵三夜匆々の夢― P1 〜 0 （※阿部泥牛宛の啄木書簡の封筒写真）

　　万澤安央　啄木を不平病と診断した　祖父・万沢医学士 P2 〜 3

　　啄木学級　三好京三氏 P4 〜 5

　　編集部　平成 12 年度啄木祭　P6 〜 0

　　編集部　啄木誕生の日　歌いろいろ　P7 〜 8

　　編集部　歌集『一握の砂』が発行されて九十年の今 P9 〜 0

　　花坂洋行　渋民の面影 2 P10 〜 0

　　嶋　千秋　館長日誌 P11 〜 0

　　啄木学級東京講座・編集後記 P12 〜 0　　　　　　　　　石川啄木記念館　H 13・3・31

川田淳一郎　石川啄木家の心理学的に見た経済感覚 P13 〜 20「東京工芸大学芸術学部紀要・芸術世界」

　第 7 号 A5判　　　　　　　　　　　　　　　　　　　　　　　　　　H 13・3・―

高　淑玲　啄木の三行書き短歌のリズムと形式 P49 〜 64「安田女子大学大学院文学研究科紀要」

　第 6 集〈平成 12 年度〉分冊「日本語学日本文学専攻」A5 判　　　安田女子大学　H 13・3・―

尹　在石　「石川啄木　明治期新聞ジャーナリズムと権力」（明治大学大学院　文学博士考査論文）

著者刊（韓国）H 13・3・―

後藤正人　松崎天民が石川啄木を驚かせる新聞記者となるまで（1～3）「月刊　人権問題」
　　第300～302号　　　　　　　　　　　　　　　　　　　H 13・12・一～H 14・3・一
望月善次　啄木の歌（歌集外短歌1～27）盛岡中学校時代（1～27）
　　　　　　　　　　　　　　　　　　　　　　　　盛岡タイムス　H 13・4・1～4・28
河田育子　啄木と旅の歌 P54～55「歌壇」第15巻4号 A5判 800円　本阿弥書店 H 13・4・1
太田　登　啄木と現代短歌　「短歌堺」第13号
　　　　　　　　　　　　　　　　　野崎啓一個人発行新聞（堺市上野芝町8-14-21）H 13・4・1
「どらみんぐ」第10号
　　小泉とし夫　〈啄木と私⑧〉啄木と小岩井農場 P18～26
　　小泉とし夫　〈哀果・啄木・迢空・賢治の多行歌⑧〉釈迢空の四行歌（下）P27～37
　　　　　　　　　　　　　　　　　　　　小泉とし夫個人発行（盛岡市）H 13・4・1
「新日本歌人」4月号
　　天野　仁　こだわりの啄木志向
　　碓田のぼる　『悲しき玩具』の表記に関する一考察　　　　新日本歌人協会　H 13・4・1
山本玲子　〈石川啄木記念館より61〉拝啓 啄木さま／見よ、かの蒼空に「広報たまやま」4月号
　　　　　　　　　　　　　　　　　　　　　　　　　　玉山村　H 13・4・1
門屋光昭　〈啄木と明治の盛岡〉（16）しょっぱい海を渡った啄木「街もりおか」第34巻4号 B6横判
　　250円（←H18・8『啄木と明治の盛岡』）　　　　　　杜の都社　H 13・4・1
由里幸子　石川啄木と演劇「時代笑う喜劇」めざした歌人　　　　朝日新聞　H 13・4・8
林　太郎　啄木夫人とおばあちゃん P93～99『心の灯台　成瀬博士の歯車物語』四六判 952円＋税
　　　　　　　　　　　　　　　　　　　　　　　東銀座出版社　H 13・4・8
岩手日報　（記事）啄木の成長見守る　玉山・宝徳寺　ふすま絵12枚見つかる　　　H 13・4・12
盛岡タイムス（記事）啄木支えた旧家の面々／妻節子の親友・金矢ノブの娘　斉藤ムツさん／貴重
　　な写真を大事に保存／小説「鳥影」の舞台　　　　　　　　　　　　H 13・4・12
岩手日報　（記事）啄木短歌　幻の初出誌発見　盛岡で発行「ツララ」　　　　　　H 13・4・14
岩手日報　（記事）啄木の初出誌「ツララ」の26首「春潮」未掲載分の可能性　　　H 13・4・18
目良　卓　啄木雑感（22）P50～51「短歌とエッセイ・華」第43号 A5判 500円　　H 13・4・20
CD「一握の砂」朗読：山本圭（52分27秒）解説：岩城之徳 48頁 2300円　　新潮社 H 13・4・25
望月善次　啄木の歌（歌集外短歌28～89）白蘋日録をたどる（1～62）
　　　　　　　　　　　　　　　　　　　　　　　盛岡タイムス　H 13・4・29～7・1
川田淳一郎　東海の小島の磯の「白砂」再考（4頁）／教師啄木とその実像論考（11頁）／啄木
　　第一歌集「一握の砂」論考（15頁）「川田淳一郎・小日向哲教授退官記念基礎論叢書」A5判
　　　　　　　　　　　　　　　東京工芸大学芸術学部基礎教育課程　H 13・4・一
三枝昂之　二十一世紀の石川啄木像を考える P2～4「白南風」5月号 500円 A5判
　　　　　　　　　　　　　　　「白南風」短歌会（東京都清瀬市野塩3-40-25）H 13・5・1
山本玲子　〈啄木のことば〉渋民村の皐月は一年中で最も楽しい時である「広報たまやま」5月号
　　　　　　　　　　　　　　　　　　　　　　　　　　玉山村　H 13・5・1
山本玲子　〈啄木と明治の盛岡〉（17）正宗と萬龍「街もりおか」第34巻5号 B6横判 250円
　　（←H18・8『啄木と明治の盛岡』）　　　　　　　　　　杜の都社　H 13・5・1

伊五澤富雄　啄木を育んだ「宝徳寺物語」（3）「いわてねんりんクラブ」第78号 B5判 700円

ねんりん舎（盛岡市）H 13・5・1

黒沼芳朗　（論説）啄木生誕115年　普及版の出版を望む　　　　　　　　　　　H 13・5・6

「小樽啄木会だより」第3号 B5判（以下2点の啄木文献を収載）

　小助川宏　漂泊者としての啄木―道内漂流を巡って

　高田紅果　在りし日の啄木（前編）（←第4号に完全版）　　　　小樽啄木会　H 13・5・12

高橋源一郎著『日本文学盛衰史』四六判 598頁 2500円＋税　　　　　講談社　H 13・5・31

「どらみんぐ」第11号

　小泉とし夫　〈啄木と私⑨〉啄木の嗜好について（上）P16 〜 23

　小泉とし夫　〈哀果・啄木・迢空・賢治の多行歌⑨〉石川啄木と釈迢空―釈迢空四行歌（補遺）P24 〜 37

小泉とし夫個人発行（盛岡市）H 13・6・1

「国際啄木学会東京支部会報」第9号 A5判 全67頁（以下8点の文献を収載）

　近藤典彦　巻頭言 P1 〜 2

　井上ひさし　啄木の歌が日本人の心の索引になっている P3 〜 12（←H 26・4「石川啄木の世界」
　　仙台文学館）

　近藤典彦　SMOKE・「けふり」・「煙」P13 〜 24

　川田淳一郎　東海の小島の磯の「白砂」考 P25 〜 29

　村松　善　「渋民日記」論 ―冒頭部分及び三月十四日の奇習、八月中の祭礼に関する記述の考察―
　　P30 〜 40

　大庭主税　石川啄木生誕百年祭の参加以後 P41 〜 47

　飯島紀美子　啄木学級東京講座に参加して P48 〜 51

　佐藤　勝　資料紹介：石川啄木参考文献目録⑦ 1999年（平成11年）〜 2000年（12年）P52 〜 63

国際啄木学会東京支部会　H 13・6・1

矢澤美佐紀（書評）斎藤英子著『啄木短歌小感』「社会文学」第15号　　　　　H 13・6・1

山本玲子〈啄木のことば〉やりたくない時はやらぬ　やりたくなったらやる

　「広報たまやま」6月号　　　　　　　　　　　　　　　　　　玉山村　H 13・6・1

門屋光昭〈啄木と明治の盛岡〉（18）啄木の絵葉書より（その一）「街もりおか」第34巻6号 B6横判

　250円（←H18・8『啄木と明治の盛岡』）　　　　　　　　　杜の都社　H 13・6・1

細馬宏通　啄木の凌雲閣 P233〜263『浅草十二階　搭の眺めと〈近代〉のまなざし』四六判 2400円

　＋税（→H11・11「ユリイカ」第31巻12号／←H23・9増補版が青土社より発行）　青土社　H 13・6・8

（水無月）書き手と受けて「日本人の心の索引」P22 〜 23「短詩形文学」6月号　　H 13・6・10

青木正美　石川啄木「書簡」解説 P92 〜 102『近代詩人・歌人自筆原稿集』A4判 9450円＋税

　※M 41年9月9日／高田治作・藤田武治宛原稿用紙ペン書き8枚　　東京堂出版　H 13・6・10

伊五澤富雄　啄木を育んだ「宝徳寺物語」（4）　渋民村（玉山村）の教育の始まり「いわてねんりん

　クラブ」第79号 B5判 700円　　　　　　　　　　　　　ねんりん舎（盛岡市）H 13・6・15

山田吉郎　前田夕暮の啄木観 ―評論集『歌話と評釈』を視点として― P104 〜 123（→H8・10『山

　梨英和短期大学創立三十周年記念・日本文芸の系譜』／→H10・10『国文学論集・平成8年』）『前田

　夕暮研究―受容と創造―』A5判 18000円＋税　　　　　　　　　風間書房　H 13・6・15

俵　万智　言葉の味・啄木の無意識の力　『言葉の虫めがね』角川文庫 400円＋税（→H11・4『言

葉の虫めがね』角川書店）　　　　　　　　　　　　　　　　　　角川書店　H 13・6・22

碓田のぼる著『時代を撃つ ―心に残る人と作品―』四六判 2000円＋税（啄木的世界の発展／啄木
　像劇化への挑戦／時ならぬ四月の雪と啄木祭／啄木忌に思う／ほか）　かもがわ出版　H 13・6・25

小野寺功　啄木と賢治の軌跡　『賢治・幾太郎・大拙・大地の文学評論』四六判　2800円
　（※ H16・10　同社が増補版発行）　　　　　　　　　　　　　　春風社　H 13・6・27

風のあら又三郎（荒又重雄）「啄木歌碑めぐり・釧路在住 76日間の足跡を訪ねて」（啄木短歌 23首
　の英訳）A4判 全9頁　　　　　　　　制作：釧根スマートリバー・プロジェクト　H 13・6・30

北吉洋一　石川啄木『明治四十二年当用日記』P26～30「銀座百店」第560号 B5 変形判 250円
　　　　　　　　　　　　　　　　　　　　　　　　　　　　　　　銀座百店会　H 13・7・1

小泉修一　父を追いて―啄木の遺児京子のこと―「新日本歌人」7月号（← H16・2『輝く晩年作家・
　山川亮』光陽出版社）　　　　　　　　　　　　　　　　　　　　　　　　　H 13・7・1

山本玲子〈啄木のことば〉最も深く広く人生を味つた人が乃ち英雄といふべし
「広報たまやま」7月号　　　　　　　　　　　　　　　　　　　　玉山村　H 13・7・1

門屋光昭〈啄木と明治の盛岡〉(19) 啄木の絵葉書より（その二）「街もりおか」第34巻7号 B6横判
　250円（← H18・8『啄木と明治の盛岡』）　　　　　　　　　　杜の都社　H 13・7・1

望月善次　啄木の歌（歌集外短歌 90～117）明治 36年の歌（1～28）
　　　　　　　　　　　　　　　　　　　　　　　　　盛岡タイムス　H 13・7・2～7・29

筑摩書房版『現代短歌全集・第2巻』〈増補改訂版　明治四十三年～大正二年〉※（『一握の砂』、『悲
　しき玩具』を収録／武川忠一・解説、解題 14頁／初版は→ S57・7）　　　　H 13・7・10

絓　秀実　ファルスをめぐる「大逆」―石川啄木「時代閉塞の現状」、森鷗外「かのやうに」
　幸徳秋水「基　督抹殺論」、管野すが子「死出の道艸」『「帝国」の文学　戦争と「大逆」の闇』
　四六判 3200円＋税　　　　　　　　　　　　　　　　　　　　　以文社　H 13・7・12

川崎むつを　寺山修司と啄木祭　　　　　　　　　　　　　　　　東奥日報　H 13・7・14

相坂真市〈お国自慢岩手県⑤〉啄木と賢治　　　　　　　　　　　札幌タイムス　H 13・7・18

東郷克美　日本文学（近代）研究 "00" P54～55「平成 13年版 文藝年鑑」　新潮社 H 13・7・20

目良　卓　啄木雑感㉓ P32～33「歌とエッセイ・華」第44号 A5判 500円　華の会 H 13・7・20

山田　茂〈コラム巷論〉横浜からの文芸同人誌・啄木ファンはどの地にも　釧路新聞 H 13・7・28

望月善次　啄木の歌（歌集外短歌 118～131）明治 37年の歌（1～14）
　　　　　　　　　　　　　　　　　　　　　　　　　盛岡タイムス　H 13・7・30～8・12

「どらみんぐ」第 12号（以下 2点の啄木文献を収載）
　　小泉とし夫　〈啄木と私⑩〉啄木の嗜好について（下）P15～27
　　小泉とし夫　哀果・啄木・迢空・賢治の多行歌（10）宮澤賢治の行分け短歌― P28～40
　　　　　　　　　　　　　　　　　　　　小泉とし夫個人発行（盛岡市）H 13・8・1

寺山修司　石川啄木「一握の砂」補遺 P254～255「すばる・特集寺山修司からの手紙」A5判
　880円（← H13・8「文藝別冊」／→ S52「ビックリハウス SUPER」秋号）河出書房新社 H 13・8・1

山本玲子〈啄木のことば〉厳密に、大胆に、自由に今日を研究して、明日の必要を発見する
「広報たまやま」8月号　　　　　　　　　　　　　　　　　　　　玉山村　H 13・8・1

山本玲子〈啄木と明治の盛岡〉(20) 岩手日報との関係「街もりおか」第34巻8号 B6横判 250円
　（← H18・8『啄木と明治の盛岡』）　　　　　　　　　　　　　杜の都社　H 13・8・1

伊五澤富雄　啄木を育んだ「宝徳寺物語」(5)　盛岡中学退学とペンネーム啄木誕生「いわてねんりんクラブ」第80号 B5判 700円　　　　　　　　　　　　　　　　　ねんりん舎（盛岡市）H 13・8・1

北畠立朴〈啄木エッセイ50〉釧路詩壇の全容解明か　　　　　「しつげん」第289号　H 13・8・5

岩手日報　（記事）啄木の青春に"新証言"紫波町の野村胡堂記念館　　　　　　　H 13・8・7

朝倉宏哉　「飛行機」～石川啄木に～ P27～29「火山弾」第55号 A5判 700円

　　　　　　　　　　　　　　　　　　　　　　　　　　「火山弾」の会（盛岡市）H 13・8・10

望月善次　啄木の歌（歌集外短歌 132～158）明治38年の歌（1～27）

　　　　　　　　　　　　　　　　　　　　　　　盛岡タイムス　H 13・8・14～9・9

朝日新聞（岩手版記事）啄木と胡堂の交流・記念館2館が企画展　　　　　　　　H 13・8・19

飯島紀美子　雪の渋民 P11～13「新世代」第7号　　　「新世代」の会（八王子市）H 13・8・31

「国際啄木学会　新潟支部報」第5号 A5判（以下3点の文献を収載）

　　今野　哲　芥川龍之介における啄木・ノート

　　山下多恵子　ソニア―京子の歌

　　塩浦　彰　三論文を評す～「東京支部会会報」第9号を読んで～　　　　　　H 13・8・―

高橋源一郎・関川夏央・加藤典洋〈座談会〉明治百三十四年の座談会 P242～270「新潮」9月号

　A5判 900円（編注：各氏の談話の中に啄木が再三登場する）　　　　新潮社　H 13・9・1

花山多佳子　短歌と大衆性 ―啄木の受容をめぐって― P16～21「短歌往来」9月号 650円

　　　　　　　　　　　　　　　　　　　　　　　　ながらみ書房　H 13・9・1

「盛岡てがみ館解説資料」第16号 ※啄木追悼会発起人・岡山儀七書簡（T10・4・6）

　〈金田一京助宛全文写真と翻刻文を掲載〉　　　　　　　　　　　　　　　　H 13・9・1

山本玲子〈啄木のことば〉小児の時代の単純な、自然の心持に帰つて見たくなる

　「広報たまやま」9月号　　　　　　　　　　　　　　　　　玉山村　H 13・9・1

門屋光昭〈啄木と明治の盛岡〉(21) 啄木の絵葉書より（その三）「街もりおか」第34巻9号 B6横判

　250円（← H18・8『啄木と明治の盛岡』）　　　　　　　　　杜の都社　H 13・9・1

北海道新聞社編　『続 北へ…異色人物伝』A5判　1512円　　　北海道新聞社　H 13・9・5

北畠立朴〈啄木エッセイ51〉啄木と同じこころで　　　　「しつげん」第290号　H 13・9・5

望月善次　啄木の歌（歌集外短歌 159～164）明治38年から40年へ（1～6）

　　　　　　　　　　　　　　　　　　　　　　　盛岡タイムス　H 13・9・11～9・16

紀田順一郎　石川啄木『ペンネームの由来事典』四六判 2600円＋税　東京堂出版　H 13・9・13

伊五澤富雄　啄木を育んだ「宝徳寺物語」(6)「いわてねんりんクラブ」第81号 B5判 700円

　　　　　　　　　　　　　　　　　　　　　　　　ねんりん舎（盛岡市）H 13・9・15

「望」2号 B5判 全82頁 1000円

　　私の惹かれる啄木小説、啄木小説における盛岡、自作短歌から見る啄木・賢治、ほか／上田勝也、

　　北田まゆみ、熊谷昭夫、崔華月、齊藤清人、佐藤静子、永井雍子、福島雪江、吉田直美

　　　　　　　　　　　　　　　　発行者・望月善次　編集・啄木月曜会　H 13・9・17

望月善次　啄木の歌（歌集外短歌 165～231）明治40年の歌　函館時代（1～67）

　　　　　　　　　　　　　　　　　　　　　　　盛岡タイムス　H 13・9・17～11・24

齋藤　孝　不来方のお城の草に寝ころびて P51～53『声に出して読みたい日本語』四六判

　1200円　　　　　　　　　　　　　　　　　　　　　　　草思社　H 13・9・18

岩手日報　（記事）筆者「ハノ字」は啄木　岩手日報明治35年6月の文芸批評　遊座さん（盛岡）
　検証　　　　　　　　　　　　　　　　　　　　　　　　　　　　　　H 13・9・21
国際啄木学会編『石川啄木事典』A5判 全648頁 4500円＋税【編集委員・池田　功・上田　博・
　小川武敏・近藤典彦・瀧本和成・堀江信男・遊座昭吾】（※執筆者は108名の会員が分担）〔細目：
　まえがき／執筆者一覧／第一部　作品編（短歌・詩・小説・評論・新聞記事・日記・書簡）／第二部
　項目編（イメージ項目・キーワード項目・一般項目）／第三部　資料編（著作目録・読書目録・作品出
　版史・現存資料案内・研究文献目録・家系図・年譜）／索引ほか〕　　（株）おうふう　H 13・9・25
風のあら又三郎（荒又重雄）「啄木歌碑めぐり追録・小奴」（小奴に関する啄木短歌13首の英訳）A4判
　全4頁　　　　　　　　　　　　　制作：釧根スマートリバー・プロジェクト　H 13・9・25
「国際啄木学会会報」第13号 B5判 全15頁（以下14点の文献を収載）
　望月善次　岩手大会の開催にあたってP2〜0
　【研究発表】
　伊藤典文　正宗白鳥と啄木—時代の憂鬱　明治四二年一〇月一五日を基軸に—P4〜0
　川田淳一郎　東北大飢饉が啄木一家に与えた影響P5〜0
　昆　豊　啄木再評価の岐路 —— 歌稿ノート「暇ナ時」の考察と意義P6〜0
　【シンポジウム　新世紀の啄木研究に向けて　盛岡からの出発】
　太田　登　盛岡から新世紀の啄木研究に向けてP7〜0
　【座談会：谷川俊太郎氏を囲んで】
　木股知史　詩人が感じていることP8〜0
　【第11回　茨城大会を振り返って】
　大庭主税　茨城大会に参加してP9〜0
　三留昭男　茨城大会研究発表・シンポジウム傍聴記P10〜0
　【第2回　春のセミナーを振り返って】
　亀谷中行　春のセミナーに参加して・研究発表傍聴記P11〜0
　河野有時　春のセミナーに参加してP11〜0
　【支部だより】
　小林芳弘　盛岡支部便りP12〜0
　戸塚隆子　静岡支部便りP12〜0
　C・フォックス　京都支部便りP12〜0
　編集部　新入会員住所・住所変更P13〜0　　　　　　　国際啄木学会事務局　H 13・9・28
「国際啄木学会盛岡支部会報」第10号 A5判 全44頁（以下11点の文献を収載）
　望月善次　巻頭言・岩手大会の成功を期してP2〜0
　浦田敬三　啄木時代に見る岩手の雑誌P3〜5
　佐々木祐子　遊座徳英のなぞP6〜8
　米地文夫　少年啄木の観た不来方城跡の景観P9〜17
　望月善次　「凉月集」連名作品の話者P18〜20
　黒澤　勉　啄木の聞いた盛岡の音—『葬列』を例として—P20〜22
　森　義真　啄木の盛岡中学四年時のクラスと担任P23〜25
　三留昭男　〈啄木の周辺〉白石義郎の名前はどう読むのが正しいか

飯田　敏　啄木と英語の引用 ―その三―

小林芳弘　「小樽のかたみ」の配列順序 P26 ～ 34

池田千尋　『牟婁新報』と弱山（わかやま）繪入新聞～こころを衝くひとこまの記事 P35 ～ 39

森　義真　月例研究会の報告 P40 ～ 42

編集部　国際啄木学会盛岡支部会員名簿 P43 ～ 0　　　国際啄木学会盛岡支部　H 13・9・28

盛岡タイムス　（記事）谷川俊太郎さんが啄木語る　国際啄木学会岩手大会　　　H 13・9・29

高　淑玲　詩集『あこがれ』に関する一考察 ―詩形とリズムをめぐって― P11 ～ 21 「文学・語学」

　　第 170 号 A5 判　　　全国大学国語国文学会編発行（東京・千代田区猿楽町 1-3-1）H 13・9・30

小泉とし夫　〈啄木と私⑪〉お香がしみこんだ嗅覚 P17 ～ 30「どらみんぐ」第 13 号　　H 13・10・1

山本玲子〈啄木のことば〉人間は自己にある欠点を他が認めた時、その欠点をヒドク憎むものである

　　「広報たまやま」10 月号　　　　　　　　　　　　　　　　　　　玉山村　H 13・10・1

山本玲子〈啄木と明治の盛岡〉（22）道広くなり、橋もあたらし「街もりおか」第 34 巻 10 号 B6 横判

　　250 円（← H18・8『啄木と明治の盛岡』）　　　　　　　　　杜の都社　H 13・10・1

齊藤佐蔵　「啄木代用教員時代の思い出」A4 判　※（直筆原稿の翻刻 10 枚の複写）

　　　　　　　　　　　　　　　　　　　　　　　　　　盛岡てがみ館　H 13・10・4

佐々木喜善　「石川君の記臆」A4 判（原稿翻刻 6 枚の複写綴・発行は湘南啄木文庫の受け入れ日）

　　　　　　　　　　　　　　　　　　　　　　　　　　盛岡てがみ館　H 13・10・4

北畠立朴〈啄木エッセイ 52〉遠藤隆先生と石川啄木記者　　　「しつげん」第 291 号　H 13・10・5

近藤典彦・草壁焔太〈対談〉啄木と五行歌と P20 ～ 39「五行歌」第 8 巻 10 号 A5 判 1200 円

　　　　　　　　　　　　「五行歌」の会（東京・新宿区市ヶ谷田町 3-19）H 13・10・15

中嶋祐司　『あくがれの歌人　若山牧水の青春』四六判 514 頁 1400 円＋税（啄木の上京／啄木の結

　　婚／啄木の新婚生活／啄木の北海道漂泊／啄木の放蕩／節子の晩節問題／啄木の死／ほか）

　　　　　　　　　　　　　　　　　　　　　　　　　　　　　　　文芸社 H 13・10・15

竹内道夫〈鳥取文壇意外史 164〉石川啄木（全 9 回）①文学への道　　　日本海新聞　H 13・10・17

福島泰樹　啄木絶叫（其の 1）P214 ～ 218「江古田文学」第 21 巻 2 号

　　　　　　　　　　　　　江古田文学会（日本大学芸術学部文芸学科内）H 13・10・20

竹内道夫〈鳥取文壇意外史 165 ～ 168〉石川啄木②～⑥ 碧川企救男（1 ～ 5）※（②～⑥回の掲載日

　　10・24 ／ 10・31 ／ 11・7 ／ 11・14 ／ 11・21）　　　　日本海新聞　H 13・10・24 ～ 11・21

久慈勝浩　賢治・啄木と野球人―藤原健次郎と獅子内謹一郎―　　　盛岡タイムス　H 13・10・30

西本鶏介編著　石川啄木 ―おんぶしてみたお母さん―『光をかかげた人々 3』A5 判 980 円＋税

　　　　　　　　　　　　　　　　　　　　　　　　　　　　　　　ポプラ社　H 13・10・―

石川忠久　啄木と漢詩（← H 25・4『石川忠久著作集Ⅴ』）「學燈」10 ～ 11 月号　H 13・10・～ 11・―

石川啄木　「一握の砂・悲しき玩具」〈カセットテープ・朗読／人見ゆかり〉39 分 08 秒（発行年月日

　　無記載・湘南啄木文庫受け入れ 2001 年 10 月）　　　（株）エフ・アイ・シー編発行　H 13・10・―

「いわてねんりんクラブ」第 82 号 B5 判 700 円（以下 2 点の文献を収載）

　　中島　嵩　石川啄木の深層・啄木はなぜ啄木か ② P2 ～ 3

　　伊五澤富雄　啄木を育んだ宝徳寺物語（7）P78 ～ 81　　　ねんりん舎（盛岡市）H 13・11・1

上原章三　作歌の基本（22）P46 ～ 47「新日本歌人」11 月号　　新日本歌人協会　H 13・11・1

川那部保明　石川啄木と「朝日歌壇」P249 ～ 265『明治期雑誌メデアにみる〈文学〉』A5 判

筑波大学近代文学研究会編発行　H 13・11・1

枡野浩一（文）朝倉世界一（画）著『石川くん』（ほぼ日ブックス 006）四六判 180頁 700円＋税

　　※啄木短歌のパロディーと解釈本（←H19・4 文庫判／集英社）　　朝日出版社　H 13・11・1

山本玲子〈啄木のことば〉詩人は先第一に「人」でなければならぬ　「広報たまやま」11 月号

　　　　　　　　　　　　　　　　　　　　　　　　　　　　　　　玉山村　H 13・11・1

門屋光昭〈啄木と明治の盛岡〉(23) 盛岡駅からの旅立ち（その一）「街もりおか」第 34 巻 11 号

　　B6横判 250円（←H18・8『啄木と明治の盛岡』）　　　　　　杜の都社　H 13・11・1

「盛岡てがみ館資料解説」第 18 号 ※石川京子書簡（T 13・1・2）小田中政郎宛　　H 13・11・1

北畠立朴〈啄木エッセイ 53〉国際啄木学会岩手大会の雑報　「しつげん」第 292 号　H 13・11・5

永田龍太郎　石川啄木―人生の闇を行き抜いた妻　『散華抄　妻でない妻評伝』四六判 1762円

　　　　　　　　　　　　　　　　　　　　　　　　　　　　　　永田書房　H 13・11・6

于　耀明　周作人と石川啄木 P45 ～ 83『周作人と日本近代文学』四六判 4200円＋税

　　　　　　　　　　　　　　　　　　　　　　　　　　　　　　翰林書房　H 13・11・9

目良　卓　啄木雑感 (24) P40 ～ 41「短歌とエッセイ・華」第 45 号 A5判 500円

　　　　　　　　　　　　　　　　　　　　　　　　　　　「華の会」発行　H 13・11・10

岩手日報　（記事）天才湯川と啄木　遊座昭吾氏が講演（上・中・下）　　　H 13・11・13 ～ 15

佐高　信　石川啄木ほか『喜怒哀楽のうた』文庫判 590円＋税　　　　徳間書店　H 13・11・15

望月善次　啄木の歌（歌集外短歌 232 ～ 243）明治 40 年の歌　函館・小樽時代（68 ～ 79）

　　　　　　　　　　　　　　　　　　　　　　盛岡タイムス　H 13・11・25 ～ 12・6

竹内道夫〈鳥取文壇意外史 169〉石川啄木⑦ 啄木の終焉　　　日本海新聞　H 13・11・28

小泉とし夫　〈啄木と私⑫〉賢治の啄木体験 P15 ～ 26「どらみんぐ」第 14 号　　H 13・12・1

川野里子〈今年の評論（後半）〉歌の内側から立ち上がるもの P42 ～ 45（※啄木短歌に触れる箇所有）

　　「歌壇」12 月号 800円　　　　　　　　　　　　　　　　　　本阿弥書店　H 13・12・1

「街もりおか」第 34 巻 12 号（通巻 408 号）B6横判 250円（以下 2 点の文献を収載）

　　森　義真（劇評）盛岡の演劇人による「泣き虫なまいき石川啄木」P16 ～ 17

　　門屋光昭〈啄木と明治の盛岡〉(24) 盛岡駅からの旅立ち（その二）P44 ～ 45（←H18・8『啄木と

　　　明治の盛岡』）　　　　　　　　　　　　　　　　　　　　　杜の都社　H 13・12・1

南條範男　石川啄木・碑の浪漫⑮ 青柳町・金野家庭園の歌碑 P19 ～ 0「迯水」12 月号 A5判

　　600円　　　　　　　　　　　　迯水短歌会（東京・府中市／渓声出版社内）H 13・12・1

山本玲子〈啄木のことば〉食ふべき詩とは―我々の日常の食事の香の物の如くしかく我々に「必要」

　　な詩ということである P27～0「広報たまやま」12 月号　　　　玉山村　H 13・12・1

読売新聞（夕）新刊紹介：国際啄木学会編『石川啄木事典』おうふう　　　　H 13・12・1

茨城新聞　新刊紹介：3 部構成で再現・国際啄木学会編『石川啄木事典』おうふう　H 13・12・4

北畠立朴〈啄木エッセイ 54〉啄木歌碑めぐりと私　　　　　「しつげん」第 296 号　H 13・12・5

竹内道夫〈鳥取文壇意外史 170 ～ 171〉石川啄木⑧～⑨鳥取啄木会（上・下）

　　　　　　　　　　　　　　　　　　　　　　　日本海新聞　H 13・12・5／12・12

盛岡タイムス（記事）愛の手紙展※啄木の妻節子、義兄山本千三郎などの書簡展示　　H 13・12・5

望月善次　啄木の歌（歌集外短歌 244 ～ 270）明治 41 年の歌　釧路（1 ～ 26）

　　　　　　　　　　　　　　　　　　盛岡タイムス　H 13・12・7 ～ H 14・1・4

岩手日報（記事）にじみ出る愛／盛岡てがみ館で開催の齊藤佐蔵の吉田孤羊宛書簡　H 13・12・8

熊谷昭夫　幼き啄木に牽かれて―啄木・盛岡高等小学校通学路について― B5判 全14頁（岩手大
　学公開講座「石川啄木の世界」第 7 回同窓会にて発表のために著者作成原稿複写綴）　H 13・12・8

遠畑宣子　石川家はどれくらい貧乏だったか　B4判 全16頁（岩手大学公開講座「石川啄木の世界」第
　7 回同窓会にて発表のために著者作成原稿複写綴）　　　　　　　　　　　　　　　　H 13・12・8

朝日新聞（岩手版：郷土の本）啄木・道造の歌碑を網羅『風かほる盛岡』山崎益矢著　H 13・12・8

碓田のぼる『占領軍検閲と戦後短歌 ―続・評伝渡辺順三―』戦後「啄木祭」の一断面
　四六判 239頁 2200円＋税　　　　　　　　　　　　　　　　　　　かもがわ出版　H 13・12・10

小林晃洋（署名記事）いわてこの 1 年（4）賢治、啄木研究に成果　　　岩手日報　H 13・12・12

（を）書評：学者と市民で新機軸出す『石川啄木事典』おうふう　　　朝日新聞（夕）H 13・12・14

此経啓助　石川啄木 ―葬列も出せない貧窮の中の淋しい葬式― 『明治人のお葬式』P187～193
　四六判 1800円＋税　　　　　　　　　　　　　　　　　　　　　　　現代書館　H 13・12・15

伊五澤富雄　啄木を育んだ「宝徳寺物語」（8）「いわてねんりんクラブ」第 83 号 B5判 700 円
　　　　　　　　　　　　　　　　　　　　　　　　　　　　　ねんりん舎（盛岡市）H 13・12・15

盛岡タイムス（記事）22 日　国際啄木学会盛岡支部例会　　　　　　　　　　　　　H 13・12・16

崔　華月　啄木短歌 ―朝鮮語・中国語・日本語から―（国際啄木学会盛岡支部研究発表レジメ＆資料）
　B5判 全18頁　　　　　　　　　　　　　　　　　　　　　　　　　　　　　　　H 13・12・22

森　義真　啄木の十和田湖訪問について ※啄木学会盛岡支部会発表レジメ A4判 2 枚　H 13・12・22

森　義真〈改稿〉「啄木の十和田湖訪問について」A4判 11 頁※発行日は文庫受入日　H 13・12・22

読売新聞（岩手版記事）啄木「検務事件簿」の情報公開　　　　　　　　　　　　　H 13・12・31

盛岡市観光課編発行　ノスタルジックに啄木 P5～8「盛岡のひと・まち・自然」B5判　H 13・―・―

盛岡市観光課編発行　啄木を訪ねて 「パンフ　盛岡散歩」A4判　　　　　　　　　H 13・―・―

盛岡市観光課編発行　啄木に触れる文学碑河畔散策「パンフ盛岡散策」A4判両面　H 13・―・―

遊座昭吾　啄木に誘われて　岩手県立第二高等学校生徒会誌「白梅」（平成 13 年）　H 13・―・―

「盛岡てがみ館解説資料」第 5 号 ※石川節子書簡（M45・8・14）石川光子宛　　　H 13・―・―

「盛岡てがみ館解説資料」第 15 号 ※田子一民書簡（S 9・5・12）吉田孤羊宛（啄木旧居の土地家屋の買
　い取り基金について協力依頼の全文写真翻刻文を掲載）　　　　　　　　　　　　H 13・―・―

２００２年（平成14年）

浦田敬三　岩手の言論人〈連載開始にあたって〉　　　　　　　　　　　盛岡タイムス　H 14・1・1

近　義松　石川啄木 轍鮒の生涯（54 ～ 65）※各回１頁掲載　「新歯界」１月号～12月号
　　　　　　　　　　　　　　　　　　　　　　　　　　新潟歯科医師会　H 14・1・1 ～ 12・1

三枝昂之　今月の短歌レビュー P240 ～ 245「短歌」１月号 950円　　角川書店　H 14・1・1

佐藤勝編　「湘南啄木文庫収集目録」第 14 号 A4判 26頁 500円　　湘南啄木文庫　H 14・1・1

南條範男　石川啄木・碑の浪漫⑯ 石巻市日和山公園の歌碑 P19 ～ 0「迯水」１月号　H 14・1・1

「街もりおか」第 35 巻１号（通巻 409 号）B6横判 250円

　辻本久美子　薔薇　※劇作家の啄木劇に関するエッセイ P14 ～ 15

　山本玲子〈啄木と明治の盛岡〉（25）文士劇 P44 ～ 45　　　　　　　杜の都社　H 14・1・1

山本玲子〈啄木のことば〉時々刻々自分の生活を豊富にし拡張し―改善してゆくべきではないでせう
　か P19 ～ 0「広報たまやま」１月号　　　　　　　　　　　　　　　玉山村　H 14・1・1

「盛岡てがみ館資料解説」第 20 号 ※齊藤佐蔵葉書（S3・5・25）吉田孤羊宛（M37・11・7）啄木からの葉
　書の内容を伝える全文写真と翻刻文を掲載　　　　　　　　　　　　　　　　H 14・1・4

三枝昂之〈なるほど短歌館〉予想より強者　耐える"工夫"※啄木短歌「我よりも強き女の…」
　　　　　　　　　　　　　　　　　　　　　　　　　　　　　　神奈川新聞　H 14・1・5

望月善次　啄木の歌（歌集外短歌 271 ～ 272）明治 41 年の歌　東京（1～2）
　　　　　　　　　　　　　　　　　　　　　　　　盛岡タイムス　H 14・1・5 ～ 1・6

岩手日報〈夕・学芸余聞〉※啄木登場の盛岡文士劇を紹介　　　　　　　　　H 14・1・7

望月善次　啄木の歌（歌集外短歌 273 ～ 620）明治 41 年の歌「暇ナ時」時代（1 ～ 349）
　　　　　　　　　　　　　　　　　　　　盛岡タイムス　H 14・1・7 ～ H 15・1・5

高　淑玲　啄木と白鳥 ―自然主義小説をめぐって― P47 ～ 56「国語国文論集」第 32 号 A5判
　　　　　　　　　　　　　　　　　　　　　　　　　　　安田女子大学　H 14・1・9

高田準平〈文学へのいざない 63 ～ 68〉啄木に思いを馳せて「啄木と盛岡」（下）
　（←H 25・8『啄木懐想』著者刊）　　　　　　　　　　　北鹿新聞　H 14・1・10 ～ 2・14

塩浦　彰　国際啄木学会編『石川啄木事典』「第 2 部項目篇」をめぐる問題提起　A4判 2枚
　※『石川啄木事典』出版記念の講演資料として著者作成　　　　　　　　　H 14・1・12

米田純子〈署名記事〉啄木はダメ人間だった　枡野浩一著『石川くん』　北海道新聞　H 14・1・18

北海道新聞（小樽後志版）小樽啄木会がＨＰ開設・会員の文章紹介　　　　　H 14・1・18

飯田　敏「一禎とカツの日戸村での戸籍を尋ねて」（1～5）「大阪啄木通信」（15 ～ 19号）合冊
　B5判 17頁　　　　　　　　　　　　　　　　　天野仁個人編輯発行　H 14・1・20

盛岡タイムス（記事）26 日・国際啄木学会盛岡支部月例研究会　　　　　　H 14・1・20

「港文館だより・かわらばん」第 1 号 A4判　1頁片面刷（池本奇璨宛啄木葉書の写真掲載）
　　　　　　　　　　　　　　　　北畠立朴編集：港文館発行（釧路市）H 14・1・21

目良　卓　啄木雑感（25）P54 ～ 55「短歌とエッセイ・華」第 46 号 500円　華の会　H 14・1・22

盛岡タイムス（記事）啄木の歌 47 首は暗記・玉山村渋民中学校・全校でかるた大会　H 14・1・22

坪内祐三編『明治の文学第 19 巻　石川啄木』四六判 442頁 2600円＋税　（評論・感想・性急な思

想／時代閉塞の現状・日記／秋韷笛語・林中日記・明治四十年丁未歳日誌・明治四十年戊申日誌・明治

四十二、四十三、四十四、千九百十二年日記など／解説：松山巌・優しい男、生涯が詩人だった／金田

一京助・〈同時代人の回想〉石川啄木の思ひ出（→S9・3「短歌春秋」）／ほかに全脚注あり）

筑摩書房　H 14・1・25

産経新聞〈コラム産経抄〉※啄木の北海道時代の歌と生活　　　　　　　　　H 14・1・28

山折哲雄　石川啄木の慟哭 P149 ～ 161『悲しみの精神史』四六判 1400 円＋税

PHP研究所　H 14・1・30

横内　堅　ファン必備の資料・北畠氏の啄木碑一覧表　　　　　　釧路新聞　H 14・1・30

「石川啄木ごのみ」〈生誕記念菓子企画展冊子〉B5 判　12 頁　　　　源吉兆庵　H 14・2・1

「石川啄木展」〈二月生まれの生誕記念菓子企画展パンフ〉B5 判　　源吉兆庵　H 14・2・1

小泉とし夫　〈啄木と私⑬〉私の啄木体験 P17 ～ 26「どらみんぐ」第 15 号　　H 14・2・1

作山宗邦　啄木の長女京子と遺愛女学校～京子の手紙にさぐる・大正期の遺愛～ P1 ～ 13「函館

私学研究紀要―中学・高校編―」第 31 号 B5 判　　　　函館私学振興協議会　H 14・2・1

南條範男　石川啄木・碑の浪漫⑰ 青森・合浦公園の歌碑 P19 ～ 0「逆水」2 月号　H 14・2・1

山本玲子〈啄木のことば〉我々は文学本位の文学から一足踏み出して、人民の中に行きたいのであり

ます P19 ～ 0「広報たまやま」2 月号 A4 判　　　　　　　　　　玉山村 H 14・2・1

山本玲子〈啄木と明治の盛岡〉(26) 電話 P44 ～ 45「街もりおか」第 35 巻 2 号（通巻 410 号）

B6 横判 250 円　　　　　　　　　　　　　　　　　　　　杜の都社　H 14・2・1

「いわてねんりんクラブ」第 84 号 B5 判 700 円（以下 3 点の文献を収載）

船越英恵　盛岡てがみ館第 5 回企画展「愛のてがみ」展開催中　書簡でみるさまざまな愛のかたち

イゴサワトミヲ　祖父丑松の句碑とともに啄木の歌碑を建てる

伊五澤富雄　啄木を育んだ「宝徳寺物語」(9) P45 ～ 47　　ねんりん舎（盛岡市）H 14・2・1

吉田悦志（書評）池田功、小川武敏他編「石川啄木事典」「明治大学広報」8 面　H 14・2・1

田中　要　平成時代に輝く詩人・第 30 回県啄木祭に寄せて　　　　新潟日報　H 14・2・3

盛岡タイムス（記事）頼もしき啄木の後輩・玉山の渋民中・俳句短歌で全国表彰　H 14・2・4

岩手日報（記事）啄木かるた発祥の地で熱戦・宮古・元気良く札取り合う　　　H 14・2・5

北畠立朴〈啄木エッセイ 55〉年賀状と啄木、そして私　　　「しつげん」第 299 号　H 14・2・5

嶋　千秋　旧渋民尋常小学校〈いわて 21 世紀への遺産〉　　　　岩手日報　H 14・2・8

板谷栄城　啄木の友人鈴木鼓村について P42 ～ 43「火山弾」第 57 号 A4 判　　H 14・2・10

楠木誠一郎『森鷗外の事件簿』新書判 819 円（啄木が登場する推理小説）　勁文社　H 14・2・10

松村敏子　第 29 回　県啄木祭 P8 ～ 9「新潟県歌人クラブ会報」第 34 号 A4 判　H 14・2・10

森　義真　泣き虫なまいき石川啄木〈おでってリージョナル劇場　第 1 回公演〉P1 ～ 2「感劇地図」

第 75 号 A4 判　　　　　　　　　　　　　　　　　感劇地図編集委員会　H 14・2・12

嶋　千秋　旧齊藤家〈いわて 21 世紀への遺産〉　　　　　　　　岩手日報　H 14・2・13

盛岡タイムス（記事）20 日啄木生誕祭・玉山村で　　　　　　　　　　　　　H 14・2・13

デーリー東北〈新刊紹介〉石川啄木の事典発刊・国際啄木学会編・536 項目　　H 14・2・13

山本玲子　渋民と啄木（上）〈いわて 21 世紀への遺産〉　　　　　岩手日報　H 14・2・14

森　義真　2001 年後半発行の啄木文献紹介 ※啄木学会盛岡支部会レジメ A4 判 4 頁　H 14・2・16

山本玲子　渋民と啄木（下）〈いわて 21 世紀への遺産〉　　　　　岩手日報　H 14・2・16

岩手日報（記事）歌い継ぐ啄木の心・渋民中・俳句短歌大会全国で上位に　　　　　　　　H14・2・16

イゴサワトミヲ〈投稿・時評〉いわて銀河鉄道に啄木駅を　　　　　盛岡タイムス　H14・2・17

北海道新聞（道南版）将棋のコマの形した啄木の墓碑　　　　　　　盛岡タイムス　H14・2・18

盛岡タイムス〈新刊紹介〉『石川啄木事典』が発刊に・研究者の面目躍如　　　　　　　H14・2・18

ＳＴＶラジオ編　石川啄木 P87〜105『北海道百年物語』四六判 1200円　中西出版　H14・2・20

「港文館だより・かわらばん」第2号 A4判　1頁片面刷（小奴さんの遺品が寄贈される／ほか）

　　　　　　　　　　　　　　　　　北畠立朴編集：港文館発行（釧路市）H14・2・20

目良　卓　『一握の砂』私釈（2）P90〜114「研究紀要」第43号 B5判

　　　　　　　　　　　　　　　　工学院大学附中学・属高等学校　H14・2・20

山下多恵子〈忘れな草（フェルギス・マイン・ニヒト）啄木の女たち1〉堀田秀子

　　　　　　　　　　　　　　　　　　　　　盛岡タイムス　H14・2・20

近　義松　二十八歳（明治45、大正1年）P134〜145『牧水の生涯 ―白玉の歯にしみとほる―』

　四六判 2571円＋税　　　　　　　　　　　　短歌新聞社　H14・2・22

田中　礼『啄木とその系譜』四六判 296頁 2400円＋税（Ⅰ. 啄木像の形成／Ⅱ. 啄木短歌論／Ⅲ.

　啄木研究の諸問題／Ⅳ. 啄木の系譜）　　　　　　　　洋々社　H14・2・25

大島史洋　歌の基盤 ―子規と啄木―『歌の基盤・短歌と人生と』〈北冬草書〉四六判 2000円＋税

　　　　　　　　　　　　　　　　北冬舎／発売：王国社　H14・2・28

中村　稔　愛について P8〜26『人間に関する断章』四六判 2200円＋税　青土社　H14・2・28

阿木津英　歌の中の女たち ―近代歌人の求めた耽美頽唐―（資本主義体制下の身体−石川啄木『一

　握の砂』P142〜151）P138〜151　岡野幸江・長谷川啓・渡邉澄子共編『買売春と日本文学』

　B5判 2500円＋税　　　　　　　　　　　　東京堂出版　H14・2・28

石田錬兵　大島流人覚書② 東京遊学、そして挫折 P117〜131「静内文芸」第21号　H14・2・―

門屋光昭〈啄木と明治の盛岡〉(27) 伝説・俗謡の調査（その1）P44〜45「街もりおか」

　第35巻3号（通巻411号）B6横判 250円　　　　　　杜の都社　H14・3・1

南條範男　石川啄木・碑の浪漫⑱ 宝徳寺の「凌霄花」の詩碑 P19〜0「迸水」3月号　H14・3・1

「盛岡てがみ館資料解説」第22号 ※上野広一書簡（S5・12・14）吉田孤羊宛、啄木の長女・石川

　京子の悲報に接して、全文写真と翻刻文を掲載　　　　　　　　　H14・3・1

山本玲子〈啄木のことば〉啄木は林中の鳥なり風に随つて樹梢に移る P19〜0「広報たまやま」3月

　号 A4判　　　　　　　　　　　　　　　　　玉山村　H14・3・1

高田準平〈文学へのいざない〉啄木に思いを馳せて　補稿（一）啄木と文芸誌「小天地」（上3・2／中3・

　12／下3・16）（←H25・8『啄木懐想』著者刊）　　　　北鹿新聞　H14・3・2〜3・16

松澤信祐〈読者投稿・声〉上野駅の歌碑　啄木の嘆きが　　　　　朝日新聞　H14・3・2

田中　礼（書評）『石川啄木歌集全歌鑑賞』上田博著・3人目の偉業　しんぶん赤旗　H14・3・4

北畠立朴〈啄木エッセイ56〉小奴さんの遺品の中から　　　　「しつげん」第301号　H14・3・5

桜田満編　『石川啄木』現代日本文学アルバム4〈新装版〉A4判（→S54・9 普及版発行／→S49・8）

　　　　　　　　　　　　　　　　　　　学習研究社　H14・3・6

山下多恵子〈忘れな草・啄木の女たち2〉橘智恵子　　　盛岡タイムス　H14・3・6

福島泰樹　啄木絶叫（其の二）P88〜91「江古田文学」第21巻3号　　　H14・3・10

「いわてねんりんクラブ」第85号 B5判 700円（以下2点の文献を収載）

佐藤誠輔 〈佐々木喜善小伝⑫〉石川啄木との交遊 P76～78

伊五澤富雄 啄木を育んだ「宝徳寺物語」(10) P79～81 ねんりん舎（盛岡市） H14・3・15

岡本紋弥 石川啄木『悲しき玩具』『「素読」のススメ名文・美文を詠む言霊療法』文庫判

495円＋税 ＰＨＰ研究所 H14・3・15

西脇 巽『石川啄木 悲哀の源泉』四六判 319頁 3000円＋税（第一章・啄木は「うつ病」か？／第二章・啄木の精神構造／第三章・啄木末期の苦杯／第四章・啄木没後の暗闇／第五章・啄木の家族／第六章・東海歌の原風景／ほか） 同時代社 H14・3・15

青柳 享 石川啄木 ―夭折の天才詩人― P201～221『文学碑の中の人生と愛』四六判 2200円＋税

西田書店（千代田区神田神保町2-34） H14・3・18

門屋光昭 啄木と絵葉書 ―石川啄木記念館蔵の絵葉書を中心として― P24～50「日本文学会誌」

第14号 A5判 盛岡大学日本文学会 H14・3・18

河北新報 〈新刊紹介〉『石川啄木事典』多様な視点から石川啄木像示す H14・3・18

後藤正人 「倫理教育」‥杉村楚人冠と石川啄木との友愛―大逆事件をめぐる東京朝日新聞社の

調査部長と校正係 P135～160 『現代社会科教育研究』A5判 2500円＋税

和歌山大学法史学研究会 H14・3・20

佐々木民夫 石川啄木とふるさと・故郷・― 書簡に見る「故山」、「故郷」、「故里」― P1～33

「岩手郷土文学の研究」第3号 岩手郷土文学研究会 H14・3・20

須藤宏明 鈴木彦次郎「悲しき玩具」ノート (1) ―村人の啄木受容の問題― P34～47

「岩手郷土文学の研究」第3号 岩手郷土文学研究会 H14・3・20

山下多恵子 〈忘れな草・啄木の女たち3〉高橋すゑ 盛岡タイムス H14・3・20

「港文館だより・かわらばん」第3号 A4判 1頁 片面刷（小奴さんの遺品を展示／ほか）

北畠立朴編集：港文館発行（釧路市） H14・3・21

伊豆利彦 漱石と啄木・一九一〇年前後の問題 P1～11「日本近代文学会東北支部会報」第26号

H14・3・22

朝日新聞（岩手版）北上に初めて啄木歌碑・「わが恋を…」初版本の書体で H14・3・23

大室精一 忘れがたき人人（二）B4判 8枚 ※国際啄木学会東京支部会発表レジメ H14・3・23

塚本康彦 啄木の「友がみなわれよりえらく…」『逸脱と傾斜 文学論集』四六判 2800円＋税

未来社 H14・3・25

「石川啄木記念館館報」第16号 B5判 全12頁（記事：書簡に見る胡堂と啄木／啄木が見た宮古／赤坂憲雄・啄木と現代〈講演要旨〉／ほか） 石川啄木記念館発行 H14・3・31

大室精一 啄木論争宣言 ※国際啄木学会東京支部研究会（3／23）での質疑応答を文章にした内容）

B4判 6枚 著者個人発行紙 H14・3・31

佐藤 勝『啄木の肖像』四六判 3000円＋税（第一章・啄木随想／第二章・私の句歌逍遥／第三章・創作三篇／第四章・雑誌、新聞から拾う／第五章・石川啄木全集の拾遺 ※写真版にて啄木書簡や新発見の啄木文献を収録） 武蔵野書房 H14・3・31

菅原多つを 〈詩との出会い1〉石川啄木集 P1～3「日本現代詩歌文学館」第34号 H14・3・31

「啄木風短歌集」第5号 A5判 500円 盛岡観光協会 H14・3・31

「国際啄木学会 研究年報」第5号 A5判 105頁（以下15点の文献を収載）

座談会：〈谷川俊太郎氏を囲んで〉谷川俊太郎・木股知史・田 原・小菅麻起子・P4～25

【ミニ講演：共同体からの視角 ―岩手からの発信―】

崔　華月　啄木短歌 ― 朝鮮語、中国語、日本語の対比から P28 ～ 29

米地文夫　地理学から見た啄木短歌 P30 ～ 31

藤原隆男　石川啄木の酒 P32 ～ 33

佐々木祐子　蘇った宝徳寺襖絵 P34 ～ 35

松尾昭男　インターネットで見る啄木 P36 ～ 37

【論文】

田口道昭　啄木「時代閉塞の現状」―渡米熱と北海道体験― P40 ～ 51

伊藤典文　時代の憂鬱・正宗白鳥と啄木―明治四二（一九〇九）年一〇月一五日を基軸に―
　　　　　　P52 ～ 62

蓮田　茂　「『草わかば』を評す」論 P63 ～ 70

川田淳一郎　東北大飢饉が石川啄木一家に与えた影響 P71 ～ 77

森　義真　啄木の十和田湖訪問について P78 ～ 86

【書評】

立花峰夫　国際啄木学会編『石川啄木事典』P92 ～ 93

太田　登　上田博著『石川啄木歌集全歌鑑賞』P94 ～ 95

チャールズ・フォックス　Matoshi Fujisawa『Comparative Studies of Yasushi Inoue and
　　　　　　Others』P96 ～ 97

河野有時　上田博・瀧本和成編『明治文芸館Ⅰ新文学の機運　福沢諭吉と近代文学』
　　　　　　―通奏低音としての福沢諭吉― P98 ～ 99　　　　　　国際啄木学会　H 14・3・31

「国際啄木学会東京支部会報」第 10 号〈創刊 10 年記念号〉A5 判 97 頁（以下 9 点の文献を収載）

　永岡健右　啄木君の死にし夢―金星会の行く末― P2 ～ 10

　池田　功　「赤痢」「鳥影」における赤痢の情報を読む P11 ～ 18

　碓田のぼる　啄木歌「朝鮮国」をめぐって P19 ～ 22

　近藤典彦　SMOKE・「けふり」「煙」（第三章）P23 ～ 33

　川田淳一郎・伊五澤富雄（共同執筆）　石川啄木家の因果応報的考察 P34 ～ 42

　井上信興　「東海歌の原風景」―三陸海岸説について― P43 ～ 52

　星　雅義　鈴木志郎と童謡「赤い靴」P53 ～ 72

　大塚雅彦　「石川啄木事典」寸感 P73 ～ 75

　佐藤　勝　資料紹介：石川啄木参考文献（8）2000 年（平成 12 年）1 月～ 2001 年（平成 13 年）
　　　　　　10 月 30 日― P76 ～ 88　　　　　　国際啄木学会東京支部　H 14・3・31

「啄木文庫」第 32 号 A5 判 80 頁 1200 円（以下 14 点の文献を収載）

　貴島幸彦　地図の上朝鮮国にくろぐろと P4 ～ 5

　橋本　威　泣きぬれて蟹とたはむれる石川啄木 P6 ～ 13

　後藤正人　松崎天民と石川啄木 ―大逆事件をめぐる東京朝日新聞社の社会部記者と校正係―
　　　　　　P14 ～ 21

　矢羽野隆男　石川啄木〈浪淘沙歌〉考―その典拠と含意と― P22 ～ 29

　山下多恵子　啄木と哀果―「樹木と果実」の頃― P30 ～ 39

　亀谷中行　啄木の勘違いプラス ONE ―わが街とのかかわり（その 2）― P40 ～ 57

【書評】

田口道昭　上田博著『石川啄木歌集全歌鑑賞』P42 〜 45

水野　洋　国際啄木学会編『石川啄木事典』P45 〜 47

松村　洋　井上信興著『漂泊の人・実録　石川啄木の生涯』P47 〜 49

松村　洋　身を離れ浮揚する心　通い合う西行と啄木〈山折哲雄著『悲しみの精神史』〉P52 〜 53

【エッセー】

平出　洸　文学と法律に生きた平出修 P54 〜 55

伊藤和則　わが啄木の原風景 P56 〜 57

尾崎由子　啄木の不思議 57 〜 58

森　義真　小野清一郎さんの思い出 P58 〜 59　　　　　　　　　　関西啄木懇話会　Ｈ 14・3・31

盛岡タイムス〈新刊紹介〉「岩手郷土文学の研究」第 3 号　　　　　　　　　　　　　　Ｈ 14・3・31

佐々木祐子　渋民の暮らしと啄木 P31 〜 45「岩手の古文書」第 16 号 B5 判

　　　　　　　　　　　　　　　　　　　　　　　　　　　　　　　岩手古文書学会　Ｈ 14・3・31

池田　功　石川啄木と北海道 P1 〜 13「明治大学人文科学研究紀要」第 50 冊　　Ｈ 14・3・ー

池田　功　日本近代文学と結核 ―負の青春文学の系譜― P1 〜 24 「明治大学人文科学研究紀要」

　　第 51 冊　　　　　　　　　　　　　　　　　　　　　　　　　　　　　　　Ｈ 14・3・ー

大室精一　「忘れがたき人人」の形成 ―歌集「22 首」の意味― P151 〜 153

　　「佐野国際情報短期大学研究紀要」第 13 号　　　　　　　　　　　　　　　　Ｈ 14・3・ー

「新日本歌人」4 月号 A4 判　800 円

　　近藤典彦　石川啄木短歌の光景 P20 〜 25　　　　　　　　　　　　　　　　Ｈ 14・4・1

　　碓田のぼる　啄木歌「朝鮮国にくろぐろと」考 P26 〜 33　　　新日本歌人協会　Ｈ 14・4・1

小泉とし夫〈啄木と私⑭〉六歳の日の恋 P18 〜 28　「どらみんぐ」第 16 号　　Ｈ 14・4・1

南條範男　石川啄木・碑の浪漫⑲ 札幌大通公園の啄木像と歌碑 P19 〜 0「迯水」4 月号　Ｈ 14・4・1

山本玲子〈啄木と明治の盛岡〉(28) 冨田先生と医師・道又氏 P44 〜 45「街もりおか」第 35 巻 4 号

　　（通巻 412 号）B6 横判 250 円　　　　　　　　　　　　　　　　　杜の都社　Ｈ 14・4・1

山本玲子〈啄木のことば〉若しそれ以外の事をなさむとすれば、彼はもう教育界にゐる事が出来ない

　　のである P19 〜 0「広報たまやま」4 月号 A4 判　　　　　　　　　　玉山村 Ｈ 14・4・1

吉増剛造　無言の仕草へ―石川啄木 (1) ―／何人といえども読み得る人はあるまい―石川啄木 (2)

　　P71 〜 90「文学と風土・詩をポケットに (上)」〈NHK カルチャーテキスト〉A5 判 850 円

　　　　　　　　　　　　　　　　　　　　　　　　　　　　　日本放送出版協会　Ｈ 14・4・1

山下多恵子〈忘れな草・啄木の女たち 4〉小奴（坪 ジン）　　　　盛岡タイムス　Ｈ 14・4・3

荒木　茂　啄木の俳句（上・下）　　　　　　　　　　　　　　　函館新聞　Ｈ 14・4・3／5

朝日新聞（岩手版コラム・ピープル）民俗学的に啄木を研究（山本玲子さん）　　　Ｈ 14・4・5

北畠立朴〈啄木エッセイ 57〉中川恵美さんの卒論に思う　　　「しつげん」第 303 号　Ｈ 14・4・5

高田準平〈文学へのいざない 69 〜 72〉啄木に思いを馳せて「啄木と渋民」(上)

　　（←Ｈ 25・8『啄木懐想』著者刊）　　　　　　　　　　　　北鹿新聞　Ｈ 14・4・5〜5・4

DVD「啄木そのふるさと」没後 90 年記念（ＮＨＫ盛岡局制作放映の録画 2002 年 4 月 8 日／ 30 分）

　　　　　　　　　　　　　　　　　　　　　　　　　　　　　　　　　　　　Ｈ 14・4・8

盛岡タイムス（記事）字句修正しました・岩山の啄木歌碑 2 某研究者の指摘受けて　Ｈ 14・4・11

川崎むつを（書評）完成した『石川啄木事典』（上・下）　　　　　東奥日報　H 14・4・11 ～ 12

碓田のぼる〈啄木没後 90 年〉時代の深部へ言葉とぎすます　　　　しんぶん赤旗　H 14・4・12

「第 25 回啄木資料展展示目録」A4 判 13 頁　　　　　岩手県立図書館編発行　H 14・4・12

「港文館だより・かわらばん」第 4 号 A4 判 1 頁片面刷（91 回目の啄木忌／ほか）　　　H 14・4・13

しんぶん赤旗〈コラム潮流〉※啄木日記と評論「時代閉塞の現状」の記述　　　H 14・4・13

盛岡タイムス（記事）名残のふすま絵公開・渋民の絵師沼田北村作・一禎の代の宝徳寺本堂に

H 14・4・13

朝日新聞（岩手版）ファン 80 人啄木しのぶ・玉山の宝徳寺本堂に　　　　　H 14・4・14

岩手日報（記事）古里愛した歌人しのぶ・玉山の宝徳寺で 91 回忌　　　　　H 14・4・14

毎日新聞〈コラム雑記帳〉※盛岡市岩山の啄木歌碑文字修正について　　　　H 14・4・14

盛岡タイムス（記事）昭和 14 年発行「啄木かるた」県立図書館で啄木資料展　　　H 14・4・14

盛岡タイムス（記事）啄木忌で法要・玉山村宝徳寺　　　　　　　　　　　H 14・4・14

木村　勲　石川啄木と妹・光子 ―透徹した兄への視線―／啄木と「経済学者 N 」―夫婦の危機、
　　仲裁した友― P117 ～ 130（→ H 8・11・7 ／ 11・21 朝日新聞大阪本社版）『風景ゆめうつつ―人々
　　の都市物語』四六判 1500 円　　　　　　　　　　　　　　　　　文芸社　H 14・4・15

岩手日報（記事）啄木見守ったふすま絵・「松桜図」 2 枚　　　　　　　　H 14・4・16

山下多恵子〈忘れな草・啄木の女たち 5 〉梅川操　　　　　　　盛岡タイムス　H 14・4・17

佐々木祐子　筑摩書房版「石川啄木全集・第七巻・書簡」の重複収録について　B4 判資料共 5 枚
　　国際啄木学会盛岡支部月例研究会発表レジメ　　　　　　　　　　　　　H 14・4・20

中島　嵩『啄木挽歌―思想と人生―』A5 判 240 頁 1800 円＋税（啄木と青春／石川啄木の深層／啄
　　木と砂／啄木と海／啄木と高村光太郎／盛岡と啄木と芥川龍之介／啄木と長女京子／ほか）

ねんりん舎（盛岡市）H 14・4・20

中村　稔　石川啄木から妹光子へ P165 ～ 169 日本近代文学館編『愛の手紙』　青土社　H 14・4・20

成ケ澤栄治〈雑誌創刊号の話最終回〉「小天地」　　　　　　　盛岡タイムス　H 14・4・21

「新潟県　啄木祭のあゆみ」※ B5 判 1 枚〈第 1 回から第 30 回の一覧表〉　実行委員会　H 14・4・22

苅田伸宏〈新刊紹介〉元教師の中島さんが『啄木挽歌』　　　毎日新聞（岩手版）H 14・4・22

しんぶん赤旗〈新刊紹介〉在野研究者による啄木全集拾遺／佐藤勝著『啄木の肖像』　H 14・4・22

岩手日報（夕）啄木、賢治の世界探り続け 10 周年・岩大学公開講座　　　　H 14・4・23

盛岡タイムス（記事）10 周年迎えた啄木の世界・岩手大学教育学部・公開講座　　H 14・4・23

松本健一　「不来方」から「盛岡」へ／啄木の「あこがれ」P22 ～ 39　『地の記憶をあるく〈盛岡・
　　山陽道篇〉』四六判 2700 円＋税　　　　　　　　　　　　　　中央公論新社　H 14・4・25

佐藤豊彦（書評）人間性の真相に迫る・西脇巽著『石川啄木　悲哀の源泉』　東奥日報　H 14・4・25

岩手日報（記事）啄木直筆のはがき発見・旧盛岡中学関係者が寄贈（啄木記念館へ）・当時を知る
　　新資料（編注：本資料は全集未収録・新聞にはハガキ裏面の写真のみ掲載）　　H 14・4・27

盛岡タイムス（記事）啄木の初出はがき日の目・東京朝日新聞社編輯室・プライドにじむ差出人表記・
　　校友会雑誌送付に礼状（編注：表裏両面の写真掲載・全文解読付）　　　　H 14・4・27

「石川啄木文學国際會議大會手冊」〈シオリ B5 変形判〉　　国際啄木学会台湾支部　H 14・4・28

「石川啄木文學国際會議大會」〈ポスター A2 判〉　　　　　国際啄木学会台湾支部　H 14・4・28

「国際啄木学会会報」第 14 号 B5 判 97 頁（以下 7 点の文献を収載）

上田　博　国際啄木学会の未来 P3 〜 0

林　水福　第 13 回高雄大会挨拶 P6 〜 0

望月善次　啄木を国際的に研究する意味 P7 〜 0

林　永福　台湾における日本文学について P8 〜 0

田口道昭　「時代閉塞の現状」論 P9 〜 0

河野有時　「ふと」した啄木―『一握の砂』498 番歌をめぐって―P10 〜 0

徐　雪蓉　石川啄木の故郷小説 P11 〜 0

〈シンポジウム啄木文学の国際性をめぐって〉今野寿美・孫　順玉・高　淑玲 P12 〜 13

国際啄木学会事務局　H 14・4 ・28

林　水福　台湾における日本文学について A4 判 10 枚　石川啄木国際會議講演レジメ　H 14・4 ・28

岩手日報（記事）独自の啄木論を展開・国際学会台湾で開幕　　　　　　　　H 14・4 ・29

岩手日報（記事）啄木の国際性めぐりシンポ・台湾での学会閉幕　　　　　　H 14・4 ・30

春仙美術館　石川啄木『一握の砂』P138 〜 0 春仙美術館編「名取春仙作品展図録」H 14・4 ・―

「大阪啄木通信」第 20 号〈内海繁先生 17 回忌追悼記念特集〉B5 判 26 頁 500 円（以下 5 点の文献を収載）

啄仁草人　啄木の全体像を正しくとらえるために P1 〜 0

天野　仁　啄木を教わった師を懐ふ P2 〜 3

内海　繁〈再録〉・高杉晋作と石川啄木 P4 〜 5（→ S40・4 「あしあと」第 7 号）

内海　繁（講演要旨）啄木の全体像を！〈S58・4・4 「関西啄木懇話会」にて〉P6 〜 9

飯田　敏　啄木の故郷渋民村（その 1）P12 〜 18

天野仁個人編輯発行（大阪府高槻市牧田町 5-18-404）H 14・5 ・1

「いわてねんりんクラブ」第 86 号 B5 判 700 円（以下 2 点の文献を収載）

中島　嵩「啄木挽歌 ―思想と人生―」刊行にあたっての所感

伊五澤富雄　啄木を育んだ「宝徳寺物語」（11）P44 〜 46　　ねんりん舎（盛岡市）H 14・5 ・1

碓田のぼる　続・啄木歌「朝鮮国にくろぐろと」考 ―教科書をめぐって― P24 〜 34「新日本歌人」

5月号 800 円　　　　　　　　　　　　　　　　　　　　　新日本歌人協会　H 14・5 ・1

山下多恵子〈忘れな草・啄木の女たち 6〉植木貞子　　　　　盛岡タイムス　H 14・5 ・1

門屋光昭〈啄木と明治の盛岡〉（29）伝説・俗謡の調査（その二）P44 〜 45「街もりおか」

第 35 巻 5 号（通巻 413 号）B6 横判 250 円　　　　　　　　杜の都社　H 14・5 ・1

木村雅信　啄木の歌 P134 〜 135『音楽の贈りもの』四六判 1200 円＋税　響文社　H 14・5 ・1

三枝昂之　今月の短歌レビュー P230 〜 235「短歌」5月号 A5 判 830 円　　角川書店　H 14・5 ・1

管野尚夫〈コラム・ひと〉JR 上野駅の啄木歌碑の移転を訴えている・松澤信祐さん

しんぶん赤旗　H 14・5 ・1

嶋　千秋　礼を失した対応反省 ※4月23日付け読者欄への回答　　岩手日報（夕）H 14・5 ・1

南條範男　石川啄木・碑の浪漫⑳ 倶知安駅前の歌碑 P19 〜 0「逆水」5月号　　H 14・5 ・1

「盛岡てがみ館資料解説」第 24 号 ※未公開の啄木葉書を展示（盛岡中学校友会宛 M 43・10・17）

全文の両面写真と翻刻文を掲載　　　　　　　　　　　　　　　　　　　　H 14・5 ・1

望月善次　近年の啄木研究と啄木・賢治の短歌 ※岩手大学公開講座レジメ B5 判 11 枚　H 14・5 ・1

山本玲子〈啄木のことば〉恋は矢張花だ、酒だ、萎ませぬ様にするには、真空な硝子の箱に入れて置

くに限る P19 〜 0「広報たまやま」5月号 A4 判　　　　　　　玉山村　H 14・5 ・1

三枝昂之〈書評〉〈百舌と文鎮18〉啄木のこと、父の歌のこと P50〜51　※編注：上田博著『石川
　啄木歌集全歌鑑賞』の内容に関する文章　「りとむ」第11巻3号　　りとむ短歌会　H14・5・1
北畠立朴〈啄木エッセイ58〉小さなミスを発見したが（編注：初版本『一握の砂』の中の歌「伴なり
　しかの代議士「の」…」の歌になぜ「の」は落ちているのか、と疑問を呈した内容の文）

　　　　　　　　　　　　　　　　　　　　　　　　「しつげん」第305号　H14・5・5
産経新聞（岩手版記事）石川啄木・校友会宛てはがき発見　　　　　　　　H14・5・5
（澤）〈新刊紹介・本と人と〉『啄木とその系譜』田中礼さん、深くやさしい表現

　　　　　　　　　　　　　　　　　　　　　　　　　　しんぶん赤旗　H14・5・6
富谷英雄〈コラムばん茶せん茶〉啄木の風に触れて　　　　　　　岩手日報（夕）H14・5・7
岩手日報（記事）多彩な作品全国から203首・啄木祭短歌大会　　　　　　H14・5・8
朝日新聞（北海道版）啄木の自筆書簡初公開／小樽文学館・金田一京助氏あて2通　H14・5・9
小林晃洋〈署名記事〉啄木文学の国際性（上・中・下）国際啄木学会台湾大会から

　　　　　　　　　　　　　　　　　　　　　　　　　岩手日報（夕）H14・5・9〜11
北海道新聞（記事）啄木のわび状11日から公開・小樽文学館の企画展　　　H14・5・9
小野弘子　父・矢代東村⑩ P32〜33（←H24・4『父・矢代東村』短歌新聞社）「短詩形文学」5月号
　B5判 500円　　　　　　　　発行所（東京都多摩市豊ヶ丘 2-1-1206 日野きく方）H14・5・10
「小樽啄木会だより」第4号 B5判（以下2点の啄木文献を収載）
　高田紅果　在りし日の啄木 P1〜9
　後藤捨助　石川啄木と大逆事件（その1）P10〜12（←第6号に完全版）

　　　　　　　　　　　　　　　　　　　　　　　　　　小樽啄木会　H14・5・11
北海道新聞（道央版）啄木短歌でしのぶ・没後90年の集いに50人・小樽　　H14・5・12
山下多恵子〈忘れな草・啄木の女たち7〉菅原芳子　　　　　盛岡タイムス　H14・5・15
太田　登　展望・全入学時代の大学教育と文学研究について P230〜233「日本近代文学」第66集
　　　　　　　　　　　　　　　　　　　　　　　　日本近代文学会　H14・5・15
「浜茄子」第62号 B5判 全8頁（以下5点の文献を収載）
　田中きわ子　潮ぐも
　吉田秀三　石川啄木の「巻煙草」中の阿部峙楼氏「驚嘆と思慕」
　南條範男　県内四番目の「啄木歌碑」建立の兆し―柴田郡柴田町、船岡―
　加島行彦　啄木の歌に見る自己存在の確認
　南條範男　石川啄木 ―碑の浪漫―（1）〜（3）※（宮城県内の短歌誌「迯水」より転載／ほか）

　　　　　　　　　　　　　　　　　　　　　　　　　　仙台啄木会　H14・5・15
朝日新聞（北海道版）小樽・啄木没後90年企画展　　　　　　　　　　　　H14・5・15
岩手日報（記事）困窮の生活を詠む・石川啄木　　　　　　　　　　　　　H14・5・15
「港文館だより」第5号　※釧路啄木歌留多の頒布／ほか　　　釧路市港文館　H14・5・15
吉田精一　啄木の小説 P85〜95『昭和千夜一夜物語（復刻）』A5判 1429円＋税（→S21・7・24「青年
　公論」）　　　　　　　　　　　　　　　　　　　　　　　　　文芸社　H14・5・15
神田重行（書評）上田博著『石川啄木歌集全歌鑑賞』国際啄木学会編『石川啄木事典』
　「日本近代文学」第66集　　　　　　　　　　　　　　　　　　　　　　H14・5・15
岩手日報（広告記事）〜石川啄木没後90年〜啄木祭　　　　　　　　　　　H14・5・16

岩手日報〈学芸余聞〉貴重な文献、活動に活かす ※国際啄木学会台湾へ寄贈　　　　H14・5・17

朝日新聞（岩手版記事）啄木の生家周辺の様子は・明治初期の検地絵図見つかる　　　H14・5・18

細井　計　南部の生んだ学者と文人・画家たち P222〜227『南部と奥州道中』四六判 2300円＋税

　　　　　　　　　　　　　　　　　　　　　　　　　　　　　　吉川弘文館　H14・5・20

和田周三・上田博編『尾上柴舟・石川啄木』〈新しい短歌鑑賞第四巻〉四六判 261頁 2900円＋税

　　（近代短歌史の石川啄木／鑑賞石川啄木／『一握の砂』／『悲しき玩具』／自選歌／九月の夜の不平／

　　石川啄木の歌論2篇「一利己主義者と友人の対話」／「歌のいろいろ」／古澤夕起子・参考文献案内／

　　ほか／※上田博編「石川啄木関係」のみ記載）　　　　　　　　晃洋書房　H14・5・20

高田準平〈文学へのいざない〉啄木に思いを馳せて　補稿（二）雅号「啄木」考（上・中・下）

　　（←H25・8『啄木懐想』著者刊）　　　　　　　　　　　　北鹿新聞　H14・5・22〜5・24

朝日新聞（岩手版記事）啄木絶頂期のはがきを展示・盛岡てがみ館で／（M43・10・17 盛岡中学校

　　雑誌部諸君宛・東京朝日新聞社編集室　石川啄木と署名のハガキ裏面の写真を掲載）　H14・5・24

浦田敬三〈岩手の言論人50人 ⑳〉佐藤北江・新聞人「東京朝日新聞」　盛岡タイムス　H14・5・28

山下多恵子〈忘れな草・啄木の女たち8〉与謝野晶子　　　　　　　盛岡タイムス　H14・5・29

小川武敏（書評）上田博著『石川啄木歌集全歌鑑賞』P65〜69「論究日本文学」第76号 A5判

　　　　　　　　　　　　　　　　　　　　　　　　　立命館大学日本文学会　H14・5・30

飯田　敏　玉山村文学散歩を終えて　「しぶたみ啄木会報」B4判　　　　　　H14・5・―

伊藤和則　大逆事件と差別 ―秋水と啄木の位置― P32〜54〈講演記録要旨〉「芦府部落解放研究紀要」

　　第17号 A5判　　　　　　　　　　　　　　　　　　　芦府部落解放研究　H14・5・―

高　淑玲『石川啄木の歌風の変遷』B5判 572頁（第1章・啄木の初期作品に関する一考察―主に仏教

　　思想の表現を中心に― P21〜106／第2章・啄木と自然主義 P107〜214／第3章・啄木の歌風の定着

　　と大逆事件 P215〜300／第4章・啄木の歌に関する一考察―主に三行書きの形式とリズムを中心に―

　　P301〜366／第5章・啄木の三行書き短歌の押韻様式 P367〜432／第6章・啄木と哀果 P433〜540

　　／付録：「大逆事件」関係外務省往復文書第2795号―外務省より―／「大逆事件の判決書」―明治44

　　年1月19日『東京朝日新聞』より―／「韓国併合後の日本帝国領土」―明治43年8月24日『時事新

　　報』より―／「大日本帝国の全版圖」―明治43年8月30日『東京朝日新聞』より―／「韓国併合詔書」

　　―明治43年8月30日『東京朝日新聞』より―／「李王告別辭」―明治43年8月30日『東京朝日新聞』

　　より―）　　　　　　　　　　　　致良出版社有限公司（台湾・台北市）　H14・5・―

尹　在石　石川啄木の権力認識〜『雲は天才である』を中心に〜「日本近代文学―研究と思想―」第1号

　　　　　　　　　　　　　　　　　　　　　　　　　韓国日本近代文学会　H14・5・―

小泉とし夫　〈啄木と私⑮〉長姉サダへの絶唱 P20〜32「どらみんぐ」第17号　　H14・6・1

清水卯之助『管野須賀子の生涯』四六判 2700円＋税 ※（参考資料文献）　和泉書院　H14・6・1

「泣き虫なまいき石川啄木」〈啄木祭・演劇公演パンフ〉A3判　玉山村姫神ホール　H14・6・1

南條範男　石川啄木・碑の浪漫㉑ 小樽公園の歌碑 P19〜0「迸水」6月号　　　H14・6・1

「街もりおか」第35巻6号（通巻414号）B6横判（以下2点の文献を収載）

　　津志田清四郎　啄木と善麿と茂太のこと P20〜21

　　山本玲子〈啄木と明治の盛岡〉（30）―メガネをかけし頃― P44〜45

　　　　　　　　　　　　　　　　　　　　　　　　　　杜の都社（盛岡市）　H14・6・1

山本玲子〈啄木のことば〉何にまれ一つの為事の中に没頭して、あらゆる欲得を忘れた楽しみ

続 石川啄木文献書誌集大成　2002年（H14）　　61

P19〜0「広報たまやま」6月号 A4判　　　　　　　　　　　　　　玉山村　　H14・6・1

岩手日報（記事）啄木、人間味あふれ・玉山で没後90周年演劇公演　　　　　　　H14・6・2

こじまゆかり　短歌の遊歩道「誰が見ても／われをなつかしく……」P75〜0（←H15・3・「啄木文庫」

　　第33号）　　　　　　　　　　　　　　　　　　　　　　　　毎日新聞　H14・6・2

「畑中美那子一人芝居・SETSU-KO ―啄木ローマ字日記より―」パンフ 盛岡観光協会 H14・6・3

北畠立朴〈啄木エッセイ59〉長い間の疑問が解けた　　　　　　「しつげん」第307号　H14・6・5

近藤典彦　啄木と修― 一九〇六年六月〜十二月― P56〜86「平出修研究」第34集 H14・6・8

平出　洸〈祖父・平出修と文人たち③〉平出修と石川啄木 P128〜138「平出修研究」第34集 B5判

　　　　　　　　　　　　　　　　　　　　　　　　　　　　　平出修研究会　H14・6・8

近藤典彦（書評）田中礼著『啄木とその系譜』／俗説を脱する手引きにも「学生新聞」第1651号

　　　　　　　　学生新聞社（東京・渋谷区千駄ヶ谷4-25-6新日本ビル内）H14・6・8

高田準平〈文学へのいざない〉啄木に思いを馳せて　補遺（三）啄木の処女詩集『あこがれ』

　　（上・中・下）（←H25・8『啄木懐想』著者刊）　　　　　　北鹿新聞　H14・6・8〜6・12

青木正美（収集解説）石川啄木 P92〜99／解説 P99〜101／保昌正夫（監修）『近代詩人・歌人自

　　筆原稿集』A4判 9000円＋税　　　　　　　　　　　　　　東京堂出版　H14・6・10

小野弘子　父・矢代東村⑪ P34〜35（←H24・4『父・矢代東村』短歌新聞社）「短詩形文学」6月号

　　B5判 500円　　　　　　　　　　　　　　　　　　　　　　　　　　　H14・6・10

奈良達雄〈文学の風景58〉石川啄木の処女小説『雲は天才である』「婦民新聞」第1074号

　　　　　　　　　　　　　　婦人民主クラブ〈再建〉（渋谷区千駄ヶ谷3-2-8）H14・6・10

山下多恵子〈忘れな草・啄木の女たち9〉管野すが　　　　　盛岡タイムス　H14・6・12

北村　薫　「佛頭光」「ある朝」の石川啄木 P21〜27『詩歌の待ち伏せ』〈上巻〉1238円＋税

　　　　　　　　　　　　　　　　　　　　　　　　　　　　　文藝春秋社　H14・6・15

「港文館だより」第6号　※釧路実業新聞発見／ほか　　　　釧路市港文館　H14・6・15

長嶋あき子〈第30回の県啄木祭の報告・塩浦彰講演要旨〉啄木からのメッセージ ―いま民衆へ・あす

　　の世界へ― P37〜45「日本海」第37巻2号　　　　　　　日本海社　H14・6・15

福田和哉　啄木没後90年〈短歌5首〉　　　　　　　　　　　高知民報　H14・6・15

日本語倶楽部編　「石川啄木」は改名して有名になった　『この言葉の語源を言えますか?』文庫判

　　476円＋税　　　　　　　　　　　　　　　　　　　　　　河出書房新社　H14・6・19

近藤典彦　大逆事件、社会主義運動冬の時代へ P61〜65「国文学」〈臨時増刊号第37巻7号・特集

　　発禁・近代文学誌〉菊判　　　　　　　　　　　　　　　　學燈社　H14・6・20

東京新聞〈コラム・大波小波〉作家の嘘 ※高橋源一郎著『日本文学盛衰史』啄木、漱石ほか

　　　　　　　　　　　　　　　　　　　　　　　　　　　　　　　　　　H14・6・22

村山祐介（署名記事）今も残る歴史の断片※札幌の啄木歌碑　朝日新聞（北海道版）H14・6・22

森　義真　「やや長きキス」〜『一握の砂』470番歌をめぐって　A4判4枚

　　国際啄木学会盛岡支部研究会発表レジメ　　　　　　　　　　　　　　H14・6・22

北海道新聞（記事）啄木が描いた下宿女将は実在 ※北畠さんが死亡記事から確認　H14・6・23

清水卯之助『管野須賀子の生涯』四六判 316頁 2500円＋税〔平出修と啄木（→S60・11『平出修と

　　その時代』教育研究出版センター）／啄木と管野須賀子（→S57・1「啄木研究」洋々社）／太田登・あ

　　る生涯 ―書生の仕事― 後書きにかえて／※石川啄木に関する部分のみ掲載309〜316頁〕

和泉書院　H 14・6・25

山下多恵子〈忘れな草・啄木の女たち 10〉上野さめ子　　　　　盛岡タイムス　H 14・6・26

山本玲子・牧野立雄著『夢よぶ啄木、野をゆく賢治』四六判 242頁 1600円＋税　※編注：本書は
　啄木と賢治の人と文学の魅力についての対談集　　　　　　　　　洋々社　H 14・6・27

岩手日報〈新刊寸評〉上田博著『石川啄木歌集全歌鑑賞』　　　　　　　　　　　H 14・7・1

三留昭男著『啄木の父と母』〈緑の豆本第 405 集〉45頁 1500円　　緑の笛豆本の会　H 14・7・1

「りとむ」第 61号〈創刊 10周年記念号〉A5判 2000円

　　河道由佳〈評論特集〉未来へわたす短歌のために ―現代語による短歌のすすめ― P41 ～ 45

　　三枝昂之〈百舌と文鎮 19〉台湾のこと、歌誌のこと P150 ～ 151 ※国際啄木学会台湾大会に触れる

　　　　　　　　　　　　　　　　　　　　　　　　　　　　りとむ短歌会　H 14・7・1

「広報かづの」7月号〈予告記事〉てい談「錦木塚物語～啄木と鹿角～」　　　H 14・7・1

「広報たまやま」7月号〈記事〉人間「石川一」の魅力※戯曲「泣き虫…」の話題　H 14・7・1

南條範男　石川啄木・碑の浪漫㉒ 大森浜の座像と歌碑 P19 ～ 0「逆水」7月号　　H 14・7・1

山本玲子〈啄木のことば〉いかなる言葉を以ても、この自分の心の深いところをば言ひ表はす事が出
　来ぬ P19 ～ 0「広報たまやま」7月号 A4判　　　　　　　　　玉山村　H 14・7・1

門屋光昭〈啄木と明治の盛岡〉(31) 姉サダの死と口寄せ P44 ～ 45「街もりおか」第 35 巻 7号
　(通巻 415 号) B6横判 250円　　　　　　　　　　　　　杜の都社 (盛岡市) H 14・7・1

高田準平〈文学へのいざない 73 ～ 81〉啄木に思いを馳せて「啄木と渋民」(下)
　　(←H 25・8『啄木懐想』著者刊)　　　　　　　　　　　北鹿新聞　H 14・7・1 ～ 9・11

盛岡タイムス〈記事〉吉田孤羊めぐる群像・盛岡てがみ館　　　　　　　　　　H 14・7・2

安岡　弘　岩手山と啄木少年の日を思う〈声・読者投稿欄〉　　　岩手日報　H 14・7・4

岩手日報〈記事〉第 17 回岩手日報文学賞啄木賞受賞者決まる　受賞者の横顔・啄木賞・田中礼氏
　／国際啄木学会　　　　　　　　　　　　　　　　　　　　　　　　　　　H 14・7・5

遊座昭吾　啄木賞選後評〈1面〉　　　　　　　　　　　　　　　岩手日報　H 14・7・5

北畠立朴〈啄木エッセイ 60〉啄木の故郷への旅
　　　　　　　　　　　　　　　　「朝日ミニコミしつげん」第 309 回　H 14・7・5

朝日新聞〈北海道版記事〉啄木「一握の砂」初版本で消えた「の」1文字の謎　H 14・7・9

北畠立朴　石川啄木と歌留多～釧路の文化遺産～　　　　　　　北海道新聞 (夕) H 14・7・9

森　義真　啄木と佐々木喜善 ※国際啄木学会盛岡支部研究会発表レジメ A4判 3枚　H 14・7・10

山下多恵子〈忘れな草・啄木の女たち 11〉瀬川愛子・もと子　　　盛岡タイムス　H 14・7・10

大岡信著／ジャニーン・バイチマン訳　石川啄木短歌『折々の歌』(日英対訳) 四六判 1500円＋税
　(朝日新聞連載から 100 作品を収録／H 12・6 の重版)　　講談社インターナショナル　H 14・7・12

「週刊　かづの」第 1688号〈記事〉てい談「錦木塚物語」～啄木と鹿角～　　H 14・7・12

「てい談　錦木塚物語～啄木と鹿角～」〈パンフ〉A4判　　　　鹿角市教育委員会　H 14・7・13

「錦木塚物語～啄木と鹿角～」〈鹿角市市制施行 30 周年記念冊子〉　鹿角市教育委員会　H 14・7・13

山本玲子　啄木と鹿角 P10 ～ 15「錦木塚物語～啄木と鹿角～」　鹿角市教育委員会　H 14・7・13

小泉とし夫　啄木の六歳の恋 P3 ～ 0「CHaG」No.7 B5判 250円 (会員配布誌)　H 14・7・15

「港文館だより」第 7号 ※ 10年ぶりに復活した釧路啄木一人百首歌留多／ほか　H 14・7・15

秋田さきがけ〈県北版〉鹿角市で「てい談・錦木塚物語」啄木詩テーマに　　H 14・7・16

高知新聞（コラム・小社会）※啄木の「ふるさとの訛り…」歌から方言を論じる　　　　　　H 14・7・16

近藤典彦　石川啄木「一握の砂」忘れがたき人人— 130首の謎解きに挑戦

　　　　　　　　　　　　　　　　　　　　　　　　　　　　　　北海道新聞（夕刊）H 14・7・16

岩手日報（記事）岩手日報文学賞きょう贈呈式　　　　　　　　　　　　　　　　　H 14・7・19

「週刊　かづの」第1689号（記事）てい談「錦木塚物語」～真澄～錦木塚～啄木　　H 14・7・19

「第17回岩手日報文学賞」〈しおり〉B5判（啄木賞：田中礼『啄木とその系譜』／国際啄木学会編『石
　川啄木事典』／遊座昭吾・啄木賞選考の経過／編集部・岩手日報文学賞受賞者一覧／ほか）

　　　　　　　　　　　　　　　　　　　　　　　　　　　　　　　　岩手日報社　H 14・7・19

上田　博　啄木の生まれた街と死んだ街と～『石川啄木事典』を読む愉しさ～　岩手日報啄木賞受賞
　記念講演レジメ B5判 4枚　　　　　　　　　　　　　　　　　　　　　　　　　H 14・7・19

田中　礼　虚と実の織りなす世界 ～啄木短歌の解釈をめぐって～ 岩手日報啄木賞受賞記念講演レジメ
　B4判 1枚　　　　　　　　　　　　　　　　　　　　　　　　　　　　　　　　H 14・7・19

岩手日報（記事）受賞者3人が研究成果披露・岩手日報啄木、賢治賞盛岡で記念講演会

　　　　　　　　　　　　　　　　　　　　　　　　　　　　　　　　　　　　　　H 14・7・20

米長　保『歌のあれこれ ―晶子・啄木以来の短歌論―』A5判 162頁 2300円＋税（啄木短歌
　P51～ 87 ※42首の啄木短歌の鑑賞）　　　　　　　　　　　　　　　　鳥影社　H 14・7・20

神農大輔　啄木の歌に思いはせる〈函館・大森浜海岸〉　毎日新聞（北海道東版）H 14・7・20

目良　卓　啄木雑感（26）P64 ～ 65「短歌とエッセイ・華」第48号　　　華の会　H 14・7・20

釧路新聞（記事）"啄木のいた町" 研究・釧路東栄小・同校に宿泊した記事も発見　H 14・7・22

岩手日報（記事）岩手日報文学賞受賞者講演から・啄木賞　　　　　　　　　　　　H 14・7・24

正津　勉　その人は答えにけらく―石川啄木「泣くよりも」―『詩人の愛　百年の恋、五〇人の詩』
　四六判 1500円＋税　　　　　　　　　　　　　　　　　　　　　河出書房新社　H 14・7・24

山下多恵子〈忘れな草・啄木の女たち12〉田中久子・英子　　　　盛岡タイムス　H 14・7・24

福島泰樹　啄木絶叫〈其の三〉P292 ～ 295「江古田文学」第22巻1号通巻50号　H 14・7・25

福岡孝博〈地方点描〉情報過多（編注：鹿角市開催の鼎談「啄木と錦木塚」への苦言）

　　　　　　　　　　　　　　　　　　　　　　　　　　秋田さきがけ（県北版）H 14・7・26

「親鸞の風」第13号（コラム読みかけの一冊）『啄木写真帖』P6 ～ 0

　　　　　　　　　　　　　　　　　　　　　　　　　　　真宗大谷派仙台教区　H 14・7・28

中村洪介　石川啄木と西洋音楽 P353 ～ 474〔（一）啄木の音楽的環境／（二）作品に現れた音と音楽
　／（三）「唱歌帖」と「黄鐘譜」／（四）啄木とヴァーグナー〕『西洋の音、日本の耳　近代日本文学
　と西洋音楽』（新装版／→ S62・4 初版発行）A5判 5000円＋税　　　　春秋社　H 14・7・30

遊座昭吾　啄木伝・空白のエポック ―10代の「白の肖像」― 岩手県立図書館文学歴史伝承講座の
　講演レジメ A4判 2枚　　　　　　　　　　　　　　　　　　　　　　　　　　H 14・7・31

遊座昭吾編『石川翠江・麦羊子・白蘋・ハノ字・短歌評論初期作品集』（岩手日報明治34年12月
　～ 35年6月）A4判 29頁（注・全文原紙からの複写収録）　　遊座昭吾個人刊行　H 14・7・31

加藤典洋　現代小説論講義⑭～⑯ 高橋源一郎『日本文学盛衰史』前篇 P54 ～ 59／中篇 P57 ～ 62
　／後篇 P63 ～ 69「一冊の本」第7巻8～ 10号 A5判 100円　朝日新聞社　H 14・8・1～ 10・1

小泉とし夫〈啄木と私⑯〉私の代理母トキのこと P18 ～ 30「どらみんぐ」第18号　H 14・8・1

今野寿美　萩原朔太郎と晶子・啄木 P55 ～ 56「解釈と鑑賞」第67巻8号〈特集：萩原朔太郎の世界〉

　　　　　　　　　　　　　　　　　　　　　　　　　　　　　　　　　　　　至文堂　　H 14・8・1

南條範男　石川啄木・碑の浪漫㉓ 石川啄木親子の歌碑 P19 ～ 0「逆水」8月号　　　H 14・8・1

山本玲子〈啄木のことば〉馬鈴薯の汁、胡瓜の香の物、田苑の味はひ、何物にも較べ難く覚え候

　　P19 ～ 0「広報たまやま」8月号 A4判　　　　　　　　　　　　　　　　玉山村　H 14・8・1

「街もりおか」第 35 巻 8 号（通巻 416 号）B6横判（以下 2 点の文献を収載）

　　　森　義真　舟越さんの啄木像 P38 ～ 39

　　　山本玲子〈啄木と明治の盛岡〉(32) 女学生の彩り P44 ～ 45　　　　　　杜の都社　H 14・8・1

「盛岡てがみ館資料解説」第 27 号 ※与謝野寛書簡（S5・4・8）東京啄木会宛を全文　　H 14・8・1

岩手日報（記事）銀座の柳　盛岡で植樹・「新婚の家」で育て啄木の縁　　　　　　　H 14・8・3

盛岡タイムス（記事）啄木かるた名人競う・玉山村、函館から小学生　　　　　　　　H 14・8・3

盛岡タイムス（記事）銀座の柳 3 世「新婚の家」へ　　　　　　　　　　　　　　　　H 14・8・4

盛岡タイムス（記事）啄木の 10 代を語る・遊座昭吾氏が講演　　　　　　　　　　　　H 14・8・4

北畠立朴〈啄木エッセイ 61〉関下宿の女将・関サワさん　　　「しつげん」第 311 号　H 14・8・5

山下多恵子〈忘れな草・啄木の女たち 13〉桜庭ちか子　　　　　　盛岡タイムス　H 14・8・7

佐藤　毅　啄木・虚子・欣一　『新一日一言こころに残る名言 365』四六判 1600 円＋税

　　　　　　　　　　　　　　　　　　　　　　　　　　　　　　　　河出書房新社　H 14・8・8

中村　粲　啄木の歌に見る朝鮮観 ―歴史教科書の記述に疑問― P1 ～ 2「昭和史研究所会報」

　　第 64 号　　　　　　　　　　　　　　　　　　　　　　　　　　　昭和史研究所　H 14・8・10

森　義真（書評）楽しみを広げる「石川啄木事典」　　　　　　　　　　北鹿新聞　H 14・8・10

「関西啄木懇話会会報」第 23 号 B5判 4 頁 ※別紙付録に会員名簿付　　　　　　　　H 14・8・10

秋田さきがけ（記事）啄木新婚の家に苗木分け・「銀座の柳」を植樹　　　　　　　　H 14・8・11

「啄木生誕 115 年コンサート」チラシ B5判 ※盛岡「プラザおでって」　　　　　　　H 14・8・14

岩手日報（記事）藪川ブランド「啄木そば」全国 PR へ地域一丸　　　　　　　　　　H 14・8・15

「港文館だより」第 8 号　※関下宿に娘さんが居た／ほか　　　　　港文館（釧路市）H 14・8・15

深谷忠記『函館・芙蓉伝説の殺人』（啄木短歌が暗号の推理小説）四六判 590 円 373 頁〔→ H2・12

　　光文社（文庫本）／→ H6・8（単行本）光文社〕　　　　　　　　　徳間書店　H 14・8・15

盛岡タイムス（記事）3 行詩の由来・土岐善麿が与えた果実・山下多恵子さんが発表　H 14・8・15

盛岡タイムス（記事）啄木の暮らしが見える・明治の大福帳解読　　　　　　　　　　H 14・8・16

高橋順子〈連載エッセイ・うたはめぐる〉からだ② ぢっと手をみる　　日本経済新聞　H 14・8・18

北村　巌　篠崎清次と函館平民倶楽部・野口雨情、石川啄木　　　　　北海道新聞　H 14・8・18

千葉昌弘〈日報論壇〉釧路での啄木との出会い　　　　　　　　　　　岩手日報（夕）H 14・8・19

北海道新聞（記事）啄木の魅力語り合おう・来月、札幌で初の愛好会旗揚げ　　　　　H 14・8・19

山下多恵子〈忘れな草・啄木の女たち 14〉市子（いちこ）　　　　　盛岡タイムス　H 14・8・21

秋庭道博〈コラムきょうの言葉〉「さばかりの事に…」（← H14・9・2「高知新聞」）

　　　　　　　　　　　　　　　　　　　　　　　　　　　　　　　　秋田さきがけ　H 14・8・21

秋田さきがけ（記事）詩の朗読や劇楽しむ／第一部は石川啄木の郷愁　　　　　　　　H 14・8・23

川田淳一郎　石川啄木の文芸的才能に関する遺伝学的論考 国際啄木学会東京支部会研究発表レジメ

　　B4判 1 枚　　　　　　　　　　　　　　　　　　　　　　　　　　　　　　　　　H 14・8・24

周　天明　石川啄木「落櫛」中の「君夕毎にさまよへる」の解釈　国際啄木学会東京支部会研究発表

レジメ A3 判 1 枚　　　　　　　　　　　　　　　　　　　　　　　H 14・8・24

「啄木学級東京講座」パンフ B5 判（編注：H14・8・25 東京有楽町「朝日スクエア」にて開催）

　　　　　　　　　　　　　　　　　　　　　　　岩手県玉山村観光協会　H 14・8・24

「啄木学級東京講座」しおり B5 判 ※講座次第＆受講者名簿　岩手県玉山村観光協会　H 14・8・24

盛岡タイムス（記事）啄木生誕コンサート（盛岡市）ピアノの調べに乗せて 15 曲　H 14・8・25

盛岡タイムス（記事）きょう啄木資料展・玉山村立図書館　　　　　　　　H 14・8・25

門屋光昭　石川啄木 P157〜183「日本のこころ」刊行会企画編『日本のこころ〈花の巻〉』四六判

　1700 円＋税　　　　　　　　　　　　　　　　　　　　　　　講談社　H 14・8・29

道新スポーツ（記事）啄木の味・明治 40 年短歌に登場・原種トウキビ　　　H 14・8・30

編集部　名曲を訪ねて⑱北海道・函館市 P9〜12「NHK きょうの健康」9 月号 B5 判 500 円　H 14・9・1

伊藤仁也〈秀歌散策・歌詠みは世界を知らぬ…〉土岐善麿（表紙裏のコラム）「新日本歌人」9 月号

　　　　　　　　　　　　　　　　　　　　　　　　　　　　　　　　　　H 14・9・1

門屋光昭〈啄木と明治の盛岡〉(33) 啄木と錦木塚（その一）P44〜45「街もりおか」第35 巻9 号

　（通巻 417 号）B6 横判 250 円　　　　　　　　　　　　杜の都社（盛岡市）H 14・9・1

釧路新聞（記事）謎多き啄木に魅入られる・札幌啄木会の太田幸夫さん　　　H 14・9・1

「月刊ぽけっと」9 月号 ※吉田孤羊あて土岐善麿書簡・啄木伝の執筆をすすめる全文ローマ字で、

　タイプによる写真を掲載　　　　　　　　　　　　　盛岡市文化振興事業団　H 14・9・1

「盛岡てがみ館資料解説」第 28 号 ※亀井勝一郎の礼状（S27・10・3）両面写真　H 14・9・1

（麿）（大井出磨依子）石川啄木・時代を駆けたパイオニア 54 その足跡を記念館に訪ねて P110〜111

　「PL」第 52 巻9 号 A4 判 300 円　　　　　　　　　　　　　芸術生活社　H 14・9・1

南條範男　石川啄木・碑の浪漫㉔ 東京浅草・等光寺の歌碑 P19〜0「逆水」9 月号　H 14・9・1

編集部　名曲を訪ねて⑱ 北海道・函館市 P9〜12「NHK きょうの健康」9 月号 A4 判 500 円

　　　　　　　　　　　　　　　　　　　　　　　　　　　　　NHK 出版　H 14・9・1

盛岡タイムス（記事）名称は啄木賢治青春館・盛岡市の旧第九十銀行　　　　H 14・9・1

山本玲子〈啄木のことば〉青果の真は皮相ではない。何者か底にあるものに触れてゐる。故に深い。

　故に読者に喜ばれぬ P19〜0「広報たまやま」9 月号 A4 判　　　　玉山村　H 14・9・1

国本恵吉〈岩手の医療・先人たちの挑戦 208〉貴重な実録残した啄木　　　岩手日報　H 14・9・2

浦田敬三〈岩手の言論人 50 人〉㉞ 石川啄木　　　　　　　　　盛岡タイムス　H 14・9・3

山下多恵子〈忘れな草・啄木の女たち 15〉小静・小蝶　　　　　盛岡タイムス　H 14・9・4

北畠立朴〈啄木エッセイ62〉「啄木のいた町」研究　　　　「しつげん」第313 号　H 14・9・5

「地域情報紙　湘南ホームジャーナル」第 1036 号〈コラム・私は今〉※啄木愛好家「かわらや文庫」

　主宰の亀谷中行氏を紹介　　　　　　　　　　湘南ホームジャーナル社（平塚市）H 14・9・6

小池　光〈私の愛誦歌③〉※啄木歌「途中にて乗換の電車…」　　　　東京新聞　H 14・9・8

北海道新聞（記事）啄木を通じて郷土の理解を　　　　　　　　　　　　　H 14・9・13

岩手日報「啄木・賢治青春館」に・盛岡の旧第九十銀行　　　　　　　　　　H 14・9・14

「港文館だより」第 9 号 ※「港文館」に啄木資料保存会を　　　港文館（釧路市）H 14・9・15

山本玲子〈みちのく随想〉お月見 ※啄木と月に関わる内容　　　　　岩手日報　H 14・9・15

高田準平〈文学へのいざない 82〜102〉啄木に思いを馳せて（←H 25・8『啄木懐想』著者刊）

　　　　　　　　　　　　　　　　　　　　北鹿新聞　H 14・9・17〜H 15・3・17

佐藤喜一　うたうがごとき旅なりしかな ―啄木・北辺のさすらい― P115 ～ 182『されど汽笛よ
　　高らかに―文人たちの汽車旅―』四六判 1600円＋税　　　　　　　　成山堂書店　H 14・9・18

山下多恵子〈忘れな草・啄木の女たち 16〉平山良子（良太郎）　　　　盛岡タイムス　H 14・9・18

黒沼芳朗〈論説〉石川啄木事典の刊行・21世紀の研究の母体に　　　　　岩手日報　H 14・9・19

釧路新聞（記事）"幻の新聞"見つかる・啄木が没して90年　　　　　　　　　　　H 14・9・19

北海道新聞（夕・記事）啄木にゆかりの幻の新聞発見・明治末期釧路で発行・市立図書館に寄贈

　　　　　　　　　　　　　　　　　　　　　　　　　　　　　　　　　　　　　H 14・9・20

「函館の詩人たち　函館市文学館企画展」パンフ A5判 18頁　　　　　H 14・9 ・20 ～ 10・16

芳賀　徹　木陰の腰掛け P158～159 『詩歌の森へ』中公文庫　　　中央公論社　H 14・9・25

東京新聞（記事）記者・啄木も読んでいた「幻の新聞」発見・「北東新報」と「釧路実業新報」

　　　図書館に匿名寄贈　　　　　　　　　　　　　　　　　　　　　　　　　H 14・9 ・25

上毛新聞（記事）石川啄木展・12日から土屋文明記念館　　　　　　　　　　H 14・9 ・30

「国際啄木学会会報」第15号 B5判 11頁（以下5点の文献を収載）

　　近藤典彦　私の研究方法 P3 ～ 0

　　上田　博　私の研究方法 ―4つの疑問 P4 ～ 0

　　黒澤　勉　国際啄木学会高雄大会に参加して P5 ～ 0

　　三枝昂之　石川啄木文学国際会議の印象 P6 ～ 0

　　田口真理子　台湾・高雄大会傍聴記 P7 ～ 0　　　　　　　国際啄木学会事務局　H 14・9・30

「望」3号 B5判 全76頁 1000円

　　啄木歌集外歌を読む（明治37 ～ 38年、40年、41年）、ほか／上田勝也、北田まゆみ、熊谷昭夫、
　　崔華月、齊藤清人、佐藤静子、永井雍子、福島雪江、吉田直美

　　　　　　　　　　　　　　　　　発行者・望月善次　編集・啄木月曜会　H 14・9・―

大地賢三　いじこ・啄木 ―病床日記より― P88 ～ 101「じくうち Ⅱ」第14号 A5判 500円

　　　　　　　　　　　　　　　　　　　なんりの会（東京・渋谷区初台 2-4-18）H 14・9・―

尹　在石　明治新聞ジャーナリズムと石川啄木―北海道時代を中心に―（ハングル語・日本語要旨付）
　「日本學報」第52輯 A4判　　　　　　　　　　　　　　　　　韓國日本學會　H 14・9・―

大西好弘『啄木新論』四六判 全288頁＋索引9頁 2200円＋税（細目・Ⅰ. 石川啄木盛岡中学校中
　　退の謎／Ⅱ. 石川啄木と日韓問題／Ⅲ. 石川啄木「しこの荒鷲」から「ソニヤ」まで／Ⅳ. 啄木短歌の
　　音楽性／Ⅴ. 啄木の時代閉塞と三島由紀夫　ほか）　　　　　　　近代文芸社　H 14・10・1

門屋光昭〈啄木と明治の盛岡〉（34）啄木と錦木塚（その二）P44 ～ 45「街もりおか」第35巻10号
　　（通巻418号）B6横判 250円　　　　　　　　　　　　　　　杜の都社（盛岡市）H 14・10・1

小泉修一　「呼子と口笛」社のたたかい ―― 昭和初期の啄木運動と山川亮 （← H16・2『輝く晩年
　　作家・山川亮』光陽出版社）「新日本歌人」10月号　　　　　　　　　　　　H 14・10・1

小泉とし夫　〈啄木と私⑰〉啄木と岩手山の歌 P18 ～ 27「どらみんぐ」第19号　　H 14・10・1

編集部　一葉・啄木の本郷 『ちょっと知的な〈江戸・東京〉散歩＆ウオッチング』四六判 1200円

　　　　　　　　　　　　　　　　　　　　　　　　　　　　　主婦と生活社　H 14・10・1

時田則雄〈日本の顔・十二景　北海道〉五稜郭 「短歌」10月号　　　　角川書店　H 14・10・1

南條範男　石川啄木・碑の浪漫㉕ 台東区上野商店街の歌碑 P19 ～ 0「逆水」10月号　H 14・10・1

編集部　三十一音に込めた、故郷への想いと葛藤 15 ～ 16P「IPANGU」NO.22

岩手県総合政策広聴広報課　H 14・10・1

松村正直　石川啄木をラボる P78 〜 79「短歌ＷＡＶＥ」第2号 A4判 1000円

北溟社　H 14・10・1

「広報たまやま」10月号（記事）啄木学級東京講座　玉山村　H 14・10・1

山本玲子〈啄木のことば〉文学に対する迷信は心より消え失せたり、文学的活動が他の諸々の人間の
　活動より優れり… P19 〜 0「広報たまやま」10月号 A4判　玉山村　H 14・10・1

山下多恵子〈忘れな草・啄木の女たち 17〉塔下苑の女たち　盛岡タイムス　H 14・10・2

北畠立朴〈啄木エッセイ 63〉学者ばかりが研究者でない　「しつげん」第 315 号　H 14・10・5

石川啄木　硝子窓（注釈：田口道昭）P67 〜 74（→ M43・8・4 〜 M43・9・5「東京毎日新聞」）紙上の塵
　（注釈：佐藤勝）上田　博／チャールズ・フォックス／瀧本和成編『サフラン随想選〜沈黙と思
　索の世界へ〜』四六判　2100円＋税　嵯峨野書院　H 14・10・5

吉井　勇　渋民村を訪ふ（注釈：山下多恵子）P81 〜 86（→ S4・2「啄木研究」第4号／ S18・1『歌境心境』
　弘文社）上田　博／チャールズ・ホックス／瀧本和成編『サフラン随想選〜沈黙と思索の世界
　へ〜』四六判 2100円＋税　嵯峨野書院　H 14・10・5

小野弘子　父・矢代東村⑮ P28 〜 29（← H24・4『父・矢代東村』短歌新聞社）「短詩形文学」10月号
　A5判 600円　H 14・10・10

田中　礼　啄木短歌・解釈の多様性と今後　しんぶん赤旗　H 14・10・11

「石川啄木 ―時代を駆け抜けた天才―」〈第 14 回企画展図録〉編集と写真：田口信孝／監修：近藤
　典彦／中村稔〉A4判 全56頁 頒価 800円／中村　稔・石川啄木 P1 〜 0／近藤典彦・古い啄木
　像から新しい啄木像へ P46 〜 47　群馬県立土屋文明記念文学館　H 14・10・12

群馬県立土屋文明記念館「石川啄木展」チラシ A4判両面刷 ※（H14・10・12 〜 11・24）　H 14・10・12

群馬県立土屋文明記念館「石川啄木展」パンフ B5 変形判 3ッ折　H 14・10・12

群馬県立土屋文明記念館「石川啄木展」ポスター A2判 ※（H14・10・12 〜 11・24）　H 14・10・12

高橋良雄　高橋城司における谷静湖と啄木 P48 〜 51「第 14 回企画展石川啄木」図録 A4判 800円
　群馬県立土屋文明記念文学館　H 14・10・12

高橋昌憻〈江戸宇宙② 消えた江戸地名考〉一葉、啄木、夢二、谷崎…　東京新聞　H 14・10・12

朝日新聞（記事）啄木の資料一堂に・群馬　H 14・10・13

森　義真　2002年前半の啄木文献紹介／単行本 25 点／雑誌など 24 点 ※国際啄木学会盛岡支部月例
　会の話題提供資料 A4判 2枚　H 14・10・13

森　義真　岩手公園と啄木・賢治 ※賢治の会「岩手公園」碑前祭講演レジメ　H 14・10・13

北畠立朴　啄木ゆかりの新聞相次ぎ発見「釧路実業新聞」創刊号、「北東新報」

北海道新聞（夕）H 14・10・15

「港文館だより」第10号　※東京新聞でも紹介された『沖縄と啄木』の著者と対話　H 14・10・15

山下多恵子〈忘れな草・啄木の女たち 18〉福井しん　盛岡タイムス　H 14・10・16

盛岡タイムス（記事）長生き啄木大金持に・おでってリージョナル 11 月1日公演　H 14・10・23

高田　宏　ふるさとの山・石川啄木『一握の砂』『悲しき玩具』P34 〜 44　『北国のこころ』四六判
　1500円＋税　NHK出版　H 14・10・25

朝日新聞（岩手版記事）啄木が長生きしていたら「喜劇長寿庵啄木」盛岡で初公演　H 14・10・26

岩手日報（記事）「長寿庵啄木」来月1〜3日・おでってリージョナル劇場　H 14・10・26

田口信孝　石川啄木展（上・中・下）群馬と啄木（1～3）　上毛新聞　H 14・10・28／11・4／18

山下多恵子〈忘れな草・啄木の女たち19〉土井八枝　　　　　盛岡タイムス　H 14・10・30

毎日新聞（岩手版）宮古新聞見つかる・啄木の先輩記者・小国露堂が発刊　　　H 14・10・30

北海道新聞（釧路版）啄木かるた大会10年ぶりに復活・市内本行寺　　　　　H 14・10・31

釧路新聞（記事）かるた会で学習成果・東栄小5年1組・新版になった啄木歌留多　H 14・10・31

鬼山親芳（署名連載全12回記事）漂泊の記者・小国露堂没後50年①～⑫啄木との出会い／ほか

　　　　　　　　　　　　　　　　　　毎日新聞（岩手版）H 14・10・31～H 14・11・16

ミーカ・ポルキ訳著『Syötäviä　rUnOja』〈フィンランド語訳・一握の砂・悲しき玩具〉B5変形判

　191頁 日本国内販売価格 2500円　　　　　　BASAM BOOKS（フィンランド）2002. 10. ―

江戸東京散策倶楽部編　啄木〝喜之床〟から一葉旧居跡　『江戸東京歴史散歩2』四六判 1600円

　　　　　　　　　　　　　　　　　　　　　　　　　　　学研　H 14・11・1

「大阪啄木通信」第21号 B5判 全27頁（以下5点の文献を収載）

　天野　仁　「一言ご免」過ちを改むるに憚ること勿れ P1～0

　飯田　敏　啄木の故郷渋民村（その2）P2～13

　あまのひとし　歌集『一握の砂』における一字の去就 P14～18

　大塚久美子　『悲しき玩具』へのステップ P18～0

　天野　仁　啄木曼荼羅(6)―「石川啄木の父一禎歌抄」と啄木文学碑のありよう－P19～23

　　　　　　　　　　　　　　　　　　　　　天野仁個人編輯発行　H 14・11・1

「国際啄木学会盛岡支部会報」第11号 A5判 全27頁（以下8点の文献を収載）

　望月善次　専門家・愛好家の一体化と国際化の促進 P1～2

　飯田　敏　啄木と英詩の引用（その4）P3～0

　米地文夫　青年啄木の観た岩手公園の景観 P6～9

　小林芳弘　「小樽のかたみ」の資料的価値について P 10～12

　森　義真　「佐々木喜善」は「きぜん」P13～15

　永井雍子　啄木歌一首　塾女五人でほどいてみれば P16～18

　森　義真　月例研究会の報告 P21～25

　編集部　国際啄木学会盛岡支部会会員名簿 P26～0　　　国際啄木学会盛岡支部　H 14・11・1

戸井栄太郎　啄木を憶う〈没後九十年①〉（短歌5首）「新日本歌人」11月号　　　H 14・11・1

南條範男　石川啄木・碑の浪漫㉖ 東京銀座朝日新聞社跡の歌碑 P19～0「逆水」11月号　H 14・11・1

小原信一郎　母校の大先輩啄木を学ぶ P85～87「いわてねんりんクラブ」第90号　H 14・11・1

近　義松　赤い靴はいていた女の子 P6～9「文芸あらかわ」B5判 非売品

　　　　　　　　　　　　　　　　　　荒川町文化協会（新潟県岩船郡）H 14・11・1

「喜劇　長寿庵啄木」A3判、A4判二ッ折両面刷2種のチラシ（公演：11/1・2・3/ おでってホール）

　　　　　　　　　　　　　　　　　　　　　　劇団赤い風　H 14・11・1

山本玲子　何度も見たい啄木の夢　「長寿庵啄木」A4判チラシ3面　劇団赤い風　H 14・11・1

山本玲子〈啄木のことば〉居を変ふれば心も変るとは古より言ひ慣はしたる所に御座候 P19～0

　「広報たまやま」11月号 A4判　　　　　　　　　　　　　玉山村　H 14・11・1

山本玲子〈啄木と明治の盛岡〉(35) 盛岡に図書館を P44～45「街もりおか」第35巻11号

　（通巻419号）B6横判 250円　　　　　　　　　　　　杜の都社（盛岡市）H 14・11・1

「盛岡てがみ館資料解説」第30号 ※啄木編集「小天地」への寄稿要請葉書両面写真　　H 14・11・2

東京新聞（夕・記事）湯島天満宮・お蔦、主税、啄木…思いめぐらす喜び　　H 14・11・2

釧路新聞（記事）石川啄木の人間像に迫る・釧路の東栄小5年生　　H 14・11・3

五木寛之　新しい叙情を確立しなければいけない P58〜59『情の力』四六判　講談社 H 14・11・5

五木寛之（前線インタビュー）「情の再生」を目指して P24〜25「叙情文芸」第104号 A5判 780円

叙情文芸刊行会 H 14・11・5

岩手日報（記事）賢治"夢の対面"啄木・盛岡28日開館の「青春館」　　H 14・11・6

「札幌啄木会だより」NO.1 B5判 4頁 ※内容は事務局の案内などを記載

発行者：太田幸夫（札幌市北区大平2条5-3-18）H 14・11・6

読売新聞（記事）啄木の詩「海辺の春の夜」掲載同窓会誌を公開・土屋文明記念館　　H 14・11・6

岩手日報（記事）奇想天外"115歳の啄木"盛岡でユニーク劇　　H 14・11・7

佐々木祐子「宝徳寺追悼　2002・瀬川彦太郎」B5判 全17頁　宝徳寺さわらの会　H 14・11・7

関谷裕行　〈投稿〉啄木の自筆書簡に触れて　　　　　　　　　　　上毛新聞 H 14・11・7

盛岡タイムス（記事）啄木と賢治の像が並ぶ・もりおか青春館に・玉山哲さんら寄贈　　H 14・11・8

岩手日報（記事）啄木ゆかりの医師しのぶ・玉山の古文書サークルが法要　　H 14・11・9

菊地唯子〈授業報告〉「伝記的事実」を組み入れた短歌の授業 ―石川啄木短歌を中心として―

P25〜31P「火山弾」第60号 A5判 700円　　「火山弾」の会（盛岡市）発行 H 14・11・10

岩手日報（記事）心で感じた啄木の思い・玉山などで俳句ツアー　　H 14・11・12

盛岡タイムス（記事）啄木ゆかりの人物顕彰・宝徳寺で法要　　H 14・11・13

山下多恵子〈忘れな草・啄木の女たち20〉夏目鏡子　　　　　　盛岡タイムス H 14・11・13

読売新聞〈コラム編集手帳〉※啄木16歳の日記を引用した文章　　H 14・11・14

「港文館だより」第11号 ※「北東新報」が発見された／ほか　港文館（釧路市）H 14・11・15

「広報もりおか」（11月15日号）記事・啄木と賢治の青春　1面　　　盛岡市 H 14・11・15

森　義真　郷土の生んだ啄木、賢治に学ぶ ※西根町立平館公民館主催「地域づくり講座」講演の資料

レジメ A4判3枚　　　　　　　　　　　　　　　　　著者作成 H 14・11・16

盛岡タイムス（記事）井上ひさしさん名誉館長に決定・もりおか啄木・賢治青春館　　H 14・11・19

岩手日報（記事）名誉会長に井上さん・盛岡の啄木・賢治青春館　　H 14・11・20

「浜茄子」第63号 B5判 全6頁（以下3点の文献を収載）

南條範男　「の」、一字の不思議

加島行彦　啄木における日常性と短歌

南條範男　石川啄木 ―碑の浪漫― （4）〜（5）※宮城県船岡の啄木歌碑／船岡は吉野白村の故郷

（短歌誌「迸水」より転載）　　　　　　　　　仙台啄木会 H 14・11・20

毎日新聞（岩手版）寄付金でブロンズ頭像・「啄木・賢治青春館」28日オープン　　H 14・11・20

石川啄木著『あこがれ』〈愛蔵版詩集シリーズ〉四六判 320頁 2800円（上田敏・啄木 P5〜8／与謝野鉄幹・

跋／越山美樹・解説 307〜312P／全集・主要参考文献／年譜）　日本図書センター H 14・11・25

福島泰樹　啄木絶叫〈其の四〉P374〜377「江古田文学」第22巻2号　　H 14・11・25

岩手日報（記事）啄木、賢治輝いた季節「青春館」あす開館・盛岡　　H 14・11・27

盛岡タイムス（記事）河南に啄木・賢治青春館・あす待望のオープン　　H 14・11・27

山下多恵子〈忘れな草・啄木の女たち21〉金田一静江　　　　　盛岡タイムス H 14・11・27

「啄木・賢治の歩く街・盛岡」〈8枚綴カレンダー〉　　　　　　　　　盛岡観光協会　H 14・11・28

岩手日報（記事）啄木・賢治と語り合おう・もりおか青春館が開館　　　　　　H 14・11・28

盛岡タイムス（記事）開館記念は森荘已池展／啄木・賢治青春館　　　　　　　H 14・11・29

飯島紀美子　啄木のうたとともに P40 ～ 43「新世代」第 8 号 A5 判 500 円

　　　　　　　　　　　　　　　　　　　　　　　新世代の会（東京・八王子市）H 14・11・30

佐藤　勝　自著『啄木の肖像』について P19 ～ 21「新世代」第 8 号　　　　H 14・11・30

目良　卓　啄木短歌私観 P36 ～ 43「新世代」第 8 号　　　新世代の会（八王子市）H 14・11・30

北田まゆみ「秋龘笛語」を詠む ※国際啄木学会盛岡支部月例会発表レジメ B5 判 2 枚　H 14・11・30

栗津則雄　啄木・久良伎・子規『子規の現在』四六判 3800 円＋税　　増進会出版社 H 14・12・1

小泉とし夫　〈啄木と私⑱〉火を噴く山の願望 P18 ～ 25「どらみんぐ」第 20 号　H 14・12・1

戸井栄太郎　啄木を憶う〈没後九十年 2〉※短歌 5 首「新日本歌人」12 月号　　　H 14・12・1

南條範男　碑の浪漫㉘ 東京湯島・切通坂の歌碑　P19 ～ 0「逆水」12 月号　　　H 14・12・1

森荘已池　「岩手の生んだ世界の詩人・石川啄木と宮沢賢治」B6 判 100 円（編注・啄木短歌 13 首
　　の英訳→S45・5 発行のパンフを復刻）全 16 頁　　　　　熊谷印刷出版部（盛岡市）H 14・12・1

「盛岡てがみ館資料解説」第 31 号 ※啄木書簡（M45・1・24）佐藤真一（北江）宛　H 14・12・1

山本玲子〈啄木と明治の盛岡〉(36) 内丸の時鐘 P44 ～ 45「街もりおか」第 35 巻 12 号（通巻 420 号）
　　B6 横判 250 円　　　　　　　　　　　　　　　　　　　　杜の都社（盛岡市）H 14・12・1

山本玲子〈啄木のことば〉歌を作ることを何か偉い事でもするやうに思つてる、莫迦な奴だ P23 ～ 0
　　「広報たまやま」12 月号 A4 判　　　　　　　　　　　　　　　　　玉山村 H 14・12・1

盛岡タイムス（記事）もりおか啄木・賢治青春館　　　　　　　　　　　　　　H 14・12・2

北畠立朴〈啄木エッセイ 65〉今年は啄木と遭遇した年　　　　　「しつげん」319 号　H 14・12・5

中島　嵩　啄木讃歌 ―作品の深層― 12 ～ 13P「いわてねんりんクラブ」第 91 号　H 14・12・5

井上信興　『あこがれ』の発刊について ―小田島尚三の評価― P41-44「日本医事新報」第 4102 号
　　　　　　　　　　　　　　　　　　　　　　　　　　　　　　　日本医事新報社 H 14・12・7

盛岡タイムス（記事）第 1 回大賞は玉山村・岩手朝日テレビ「ふるさとＣＭ」　　H 14・12・7

井上ひさし　賢治の宇宙・賢治と啄木に聞く／ほか　P15 ～ 61『宮沢賢治に聞く』文春文庫（→S61・6
　　「季刊 the 座」／→H7・9『宮沢賢治に聞く』ネスコ）　　　　　　　文藝春秋 H 14・12・10

黒澤　勉　啄木・賢治と岩手公園 P89 ～ 109「医事学研究」第 17 号
　　　　　　　　　　　　　　　　　　　　　　　　　　　岩手医科大学医事学研究会 H 14・12・10

中田重顕　愛の永遠に殉じた女たち（管野須賀子・石川節子・金子文子）P254 ～ 265
　　「教育文芸みえ」第 20 号 A5 判　　　　　　　三重県公立学校職員互助会 H 14・12・10

山下多恵子〈忘れな草・啄木の女性たち 22〉阿部梅子・松子　　　盛岡タイムス H 14・12・11

朝日新聞（岩手版記事）啄木・賢治で新名所・盛岡に「青春館」　　　　　　　H 14・12・12

小林晃洋（署名記事）いわて学芸この一年（4）文芸　　　　　　　　岩手日報 H 14・12・12

太田愛人　陰徳の人・佐藤北江 P70 ～ 71「文藝春秋」12 月臨時増刊号 1000 円
　　　　　　　　　　　　　　　　　　　　　　　　　　　　　　　　文藝春秋社 H 14・12・12

「マ・シェリ」27 号（地域紙）「もりおか啄木・賢治青春館」（専任職員の紹介）
　　　　　　　　　　　　　　　　　　　　　　　　　　　　（株）マ・シェリ H 14・12・12

郷原　宏　ココアのひと匙ほか（石川啄木）『ふと口ずさみたくなる日本の名詩』四六判 1250 円＋税

ＰＨＰ研究所　Ｈ14・12・13

佐々木守功　小説『寄生木』と啄木 P88 ～ 91「県民文芸作品集 」33号 A5判 1350円＋税

第55回岩手芸術祭実行委員会　Ｈ14・12・14

長尾三郎　小奴といひし女の…P171～182『週刊誌血風録』講談社文庫 750円＋税　Ｈ14・12・15

「いわてねんりんクラブ」第91号　B5判 700円（以下2点の文献を収載）

　向井田薫　釧路湿原・啄木歌碑等を巡る（中）P94 ～ 95

　中島　嵩　啄木讃歌—作品の深層　　　　　　　　ねんりん舎（盛岡市）　Ｈ14・12・15

編集部　石川啄木　全12頁『本郷界隈を歩く』〈江戸・東京文庫⑧〉四六判 1800円

街と暮らし社　Ｈ14・12・15

太田　幸夫著『改定版　石川啄木入門　啄木と北海道』A5判 全397頁（→ H10・12 初版『啄木と鉄道』

　著者刊）　　　　　　　　　　　　　　　エフ・コピント・富士書院　Ｈ14・12・15

籠谷典子　石川啄木居住跡 P70 ～ 75　『東京ウォーキング 17 文京区　本郷・菊坂コース』四六判

　800円＋税　　　　　　　　　　　　　　　　　　　　牧野出版　Ｈ14・12・16

高田準平〈文学へのいざない〉啄木に思いを馳せて　補稿（四）啄木の「あこがれ」（上・中・下）

　（← H25・8『啄木懐想』著者刊）　　　　　　　　　　北鹿新聞　Ｈ14・12・17 ～ 12・23

盛岡タイムス（記事）寝たまま口にくわえた筆で創作（啄木短歌を番田雄太君）　Ｈ14・12・21

山下多恵子〈忘れな草・啄木の女性たち 23〉金田一りう子　　　　盛岡タイムス　Ｈ14・12・25

関川夏央（作）谷口ジロー（画）共著『かの蒼空に』〈坊ちゃんの時代第三部〉文庫判（→ H4・1

　単行本 四六判 双葉社）　　　　　　　　　　　　　　　双葉社　Ｈ14・12・25

相木麻季（署名記事）啄木は十和田湖に来たか（森義真氏の論文「啄木の十和田湖訪問について」と

　啄木書簡の真贋を問われる古木巌宛て啄木ハガキ両面を掲載）　　東奥日報　Ｈ14・12・26

東京新聞（記事）啄木の歌碑・北国の人々で迎え、見送る　　　　　　　　　　Ｈ14・12・26

盛岡タイムス（記事）「秋齋笛語」を読む・国際啄木学会盛岡支部月例研究会を開く　Ｈ14・12・30

学術文献刊行会篇『国文学年次別論文集　近代5』（平成12〈2000〉年）B5判 9300円

　（以下5点の文献を収載）

　大西好弘　啄木の天 P349 ～ 359（→ H12・3「徳島文理大学研究紀要」第59号）

　大西好弘　啄木と自然主義 P360 ～ 369（→ H12・9「徳島文理大学研究紀要」第60号）

　船越　榮　啄木の思郷歌と「田園の思慕」P370 ～ 376（→ H12・3「山形女子短期大学紀要」第32号）

　門屋光昭　寺山修司と石川啄木と —「便所より青空見えて啄木忌」覚書— P440 ～ 449

　　　　（→ H12・3「盛岡大学・東北文学の世界」第8号）

　　戸塚隆子　石川啄木のローマ字詩「ATARASHIKI MIYAKO NO KISO」論〉P665 ～ 672

　　　　（→ H12・2「日本大学短期大学部・研究年報」第12号）　　朋文出版　Ｈ14・12・—

高　淑玲　啄木の小説に関する一考察 ——自然主義思考の作品をめぐって P1 ～ 20

　「日本語言文藝研究」第3号 A4判　　　　　台灣日本語言文藝研究學會　Ｈ14・—・—

２００３年（平成15年）

岩手日報（記事）啄木より内田魯庵へ病苦切々・最晩年の年賀状〝発掘〟
　　（編注・明治45年1月1日付け賀状全集未収録、両面の写真掲載）　　　　　　　H 15・1・1
門屋光昭〈啄木と明治の盛岡〉(37) 今年はよい事あれかし（その一）P44〜45「街もりおか」
　　第36巻1号（通巻421号）B6横判 250円　　　　　　　　　　　杜の都社（盛岡市）H 15・1・1
「札幌啄木会だより」NO.2 新春号（太田幸夫・渋民、盛岡時代の啄木／ほか）　　　H 15・1・1
沢　孝子　石川啄木の涙、その愛の詩について P62〜63「新日本文学」1. 2月合併号通巻640号
　　　　　　　　　　　　　　　　　　　　　　　　　　　　　　　新日本文学出版　H 15・1・1
「湘南啄木文庫収集目録」第15号 A5判 21頁（2001年12月から2002年11月発行の文献及び1号から
　　14号の補遺）　　　　　　　　　　　　　　　　　　　　　　　湘南啄木文庫　H 15・1・1
近　義松　石川啄木・轍鮒の生涯（66〜77回－各回1頁）「新歯界」1〜11月号
　　　　　　　　　　　　　　　　　　　　　　　　　新潟県歯科医師会　H 15・1・1〜12・1
近藤典彦　大学で文学をどう教えているか P164〜169「国文学解釈と鑑賞」1月号　H 15・1・1
戸井栄太郎　啄木を憶う〈没後九十年・3〉（短歌5首）「新日本歌人」1月号　　　H 15・1・1
「広報たまやま」1月号（ふるさとCM大賞の作品で啄木役を演じた山屋祐樹さん）　H 15・1・1
南條範男　碑の浪漫㉘ 東京本郷・蓋平館別荘跡の歌碑 P19〜0「逆水」1月号　　　H 15・1・1
山本玲子〈啄木のことば〉失敗は成功よりも美しく、又更に成功よりも教訓と力に富めり。P19〜0
　　「広報たまやま」1月号 A4判　　　　　　　　　　　　　　　　　玉山村　H 15・1・1
「盛岡てがみ館」第32号（M43・11・4 相馬御風宛てハガキ全文）　　　　　　　　H 15・1・4
岩手日報（コラム学芸余聞）迫る死期…賀状書くも雄弁（内田魯庵宛て）　　　　　H 15・1・6
望月善次　啄木の歌（歌集外短歌621〜658）「秋蜩笛語」補遺（1〜37）
　　　　　　　　　　　　　　　　　　　　　　　　　　盛岡タイムス　H 15・1・6〜2・12
岩手日報（記事）啄木だまされた・恋文の相手、実は男性・大分で手紙公開（1・8／北海道新聞・
　　秋田魁新報・産経新聞・東京新聞・神奈川新聞・中国新聞・高知新聞、1・12／朝日新聞に掲載）
　　　　　　　　　　　　　　　　　　　　　　　　　　　　　　　　　　　　　H 15・1・8
山下多恵子〈忘れな草・啄木の女性たち24〉立花さだ子　　　　　盛岡タイムス　H 15・1・8
亀谷中行　大島経男は啄木をどう思っていたか（啄木学会東京支部会レジメ）　　　H 15・1・11
西連寺成子　馴致される身体から反〈立志〉へ・『二筋の血』から読み取れるもの（啄木学会東京
　　支部会レジメ）　　　　　　　　　　　　　　　　　　　　　　　　　　　　H 15・1・11
東京新聞（記事）啄木の二の舞は…・揺れる馬籠宿「信州の藤村」　　　　　　　　H 15・1・11
朝日新聞（コラム天声人語）※啄木の二十歳の転機に触れた内容　　　　　　　　　H 15・1・13
北海道新聞（記事）歩いて巡る啄木の足跡・来釧95年・21日に特別講座　　　　　　H 15・1・14
岡井　隆〈けさのことば〉「啄木歌集」かの声を最一度聴かば…　　　　東京新聞　H 15・1・15
澤田章子　啄木とその妻、そしてロシア①〜③（講演要旨）「日本とユーラシア」第1320〜1322号
　　　　　　　　　　　　　　　　　　　　　　日本ユーラシア協会　H 15・1・15〜3・15
東奥日報（夕・記事）八戸駅前に啄木の宿泊記念碑　　　　　　　　東奥日報　H 15・1・20
目良　卓　啄木雑感（28〜30）「華」50〜52号　　　　　　　　「華」の会　H 15・1・20〜7・22

東奥日報（記事）ゆかりの地を PR へ・八戸・石川啄木の記念碑設置　　　　　　　　　H 15・1・21

山下多恵子〈忘れな草・啄木の女性たち 25〉奥山絹子　　　　　　盛岡タイムス　H 15・1・22

岩手日報（県北・八戸版記事）八戸駅前に啄木記念碑・文人の志　始発の地　　　　　H 15・1・23

盛岡タイムス（記事）啄木カルタに熱戦・玉山村の渋民中学校で　　　　　　　　　　H 15・1・23

川崎むつを　「啄木の十和田湖訪問」森論文に寄せて　　　　　　　　東奥日報（夕）H 15・1・25

向井田薫　啄木に招かれた旅 P186〜187 岩手日報編発行「続　心に残るいい話」　　H 15・1・28

岩手日報（夕・記事）節子の孤独情感込めて・畑中さん 1 人芝居　　　　　　　　　　H 15・1・31

盛岡タイムス（記事）もりげき八時の芝居小屋・「SETSU-KO・啄木ローマ字日記」　H 15・1・31

伊藤清彦　異国で聞いた啄木の詩　P14 〜 15　「星座」第 13 号　　　　　　　　　　H 15・1・―

佐々木守功　小説「寄生木」と啄木 P42－43「みやこ・わが町」2 月号通巻 291 号　　H 15・1・―

小泉とし夫〈啄木と私⑲〉宮沢賢治と岩手山 P18〜29「どらみんぐ」第 21 号　　　　H 15・2・1

門屋光昭〈啄木と明治の盛岡〉（38）今年はよい事あれかし（その二）P44〜45「街もりおか」

　　第 36 巻 2 号（通巻 422 号）B6 横判 250 円　　　　　　　杜の都社（盛岡市）H 15・2・1

三枝昂之　啄木の口語発想 P32〜33「短歌研究」2 月号　　　　　　短歌研究社　H 15・2・1

「いわてねんりんクラブ」第 92 号 B5 判

　　〈対談・上〉中島嵩（語り手）白藤力（聞き手）　詩人啄木の本質を問う P12 〜 13

　　向井田薫　啄木が結んでくれた不思議な縁（下）P68 〜 69　ねんりん舎（盛岡市）H 15・2・1

南條範男　碑の浪漫㉙ 啄木・牧水友情の歌碑 P19 〜 0「迸水」2 月号　　　　　　　H 15・2・1

「畑中美那子一人芝居 SETSU-KO」（チラシ/1・29〜30 上演）　盛岡劇場タウンホール　H 15・2・1

「盛岡てがみ館」第 33 号（S3 改造社版『石川啄木全集』萩原朔太郎の推薦文原稿を掲載）H 15・2・1

山之口洋　本の水脈 18・アイヌ叙事詩から石川啄木へ P27 〜 0「本の話」2 月号 A5 判 100 円

　　　　　　　　　　　　　　　　　　　　　　　　　　　　　　文藝春秋　H 15・2・1

山崎益矢　啄木の歌碑を訪ねて（3）＜東京事務所通信＞「広報もりおか」2 月号

　　　　　　　　　　　　　　　　　　　　　　　　　　　　　　　盛岡市　H 15・2・1

山本玲子〈啄木のことば〉世の中に、何が幸福だと言つて、強健な体と愉快なる精神を持ち、…

　　P19 〜 0「広報たまやま」2 月号 A4 判　　　　　　　　　　玉山村 H 15・2・1

盛岡タイムス（記事）筆跡を味わう（「盛岡てがみ館」所蔵の萩原朔太郎の原稿）　　　H 15・2・2

山下多恵子〈忘れな草・啄木の女性たち 26〉佐藤ふぢの　　　　　　盛岡タイムス　H 15・2・5

朝日新聞（岩手版記事）空想広がる直筆原稿・盛岡てがみ館　　　　　　　　　　　　H 15・2・6

三沢典丈〈文学館への招待 72〉石川啄木記念館　　　　　　　　　　東京新聞　H 15・2・8

堀井利雄　石川啄木と函館駅／ほか P8 〜 0『函館駅「写真で綴る 100 年の歩み」』A5 判 3000 円

　　　　　　　函館駅 100 周年記念プロジェクト編纂・函館駅長　馬場雅史発行　H 15・2・11

塩浦　彰　啄木の中のにいがた ―平出修結核の感染源説・忍び難い事実誤認―

　　（← H15・6「平出修研究」第 35 集）　　　　　　　　　　　新潟日報　H 15・2・12

久慈鰐堂　健在なり、啄木居士！P2〜3「岩手演劇通信・感劇地図」A4 判

　　　　　　　　　　　　　　　　　　　　　　　同誌編集委員会発行　H 15・2・13

望月善次　啄木の歌（歌集外短歌 659 〜 669）「秋韷笛語」補遺（1〜11）

　　　　　　　　　　　　　　　　　　　　　盛岡タイムス　H 15・2・13〜2・23

釧路新聞（記事）4 月の100 回記念講座で終止符・北畠立朴さん　　　　　　　　　　H 15・2・15

岩手日報〈コラム学芸余聞〉祖父と啄木の交友に感慨・池本嘉雄さん　　　　　　　　H 15・2・17

山下多恵子〈忘れな草・啄木の女性たち27〉板垣玉代　　　　　　盛岡タイムス　H 15・2・19

石川忠久　啄木と漢詩　P74～99『日本人の漢詩』四六判 2500円　大修館書店　H 15・2・20

石川啄木記念館企画発行『一握の砂』〈明治43年12月・東雲堂書店発行本の復刻版〉

　　　頒布価格 2100円＋税　四六判（編注・外箱、解説、元カバーなしの復刻版）　　　H 15・2・20

尾崎由子　随想『サフラン』刊行によせて P1～2「国語国文学会報」第31号

　　　　　　　　　　　　　　　　　　　　　　　　　　　　大阪城南女子短期大学　H 15・2・20

東京新聞（夕）連載記事・新江戸伝説47・本郷の切通坂・哀しみの啄木歩みし坂　　　H 15・2・20

望月善次　啄木の歌（歌集外短歌670～676）明治34年補遺（1～7）

　　　　　　　　　　　　　　　　　　　　　　　　盛岡タイムス　H 15・2・24～3・2

五木寛之・斎藤慎爾（対談）啄木のロシア／石川啄木（一）ほか　『漂泊者のノート』四六判

　　　　　　　　　　　　　　　　　　　　　　　　　　　　　　　（株）法研　H 15・2・25

久保田一　小野庵保蔵の日記 P22～25（注・本文に啄木に触れる個所はないが小野庵は初期の啄木研究

　　者）「彷書月刊」19巻3号（特集・日記のぐるり）A5判 600円　　　　弘隆社　H 15・2・25

西脇　巽『石川啄木　矛盾の心世界』四六判 2600円＋税（序章・新たなる深淵／第1章・二つの誕

　　生日の謎／第2章・啄木の人格形成／第3章・啄木の初恋／第4章・啄木・矛盾の心世界／第5章・啄

　　木の文学と思想／終章・啄木論争）　　　　　　　　　　　　　同時代社　H 15・2・25

福島泰樹　啄木絶叫〈其之五〉P280～283「江古田文学」第52号 A5判 980円　　H 15・2・25

盛岡タイムス（記事）玉山村・啄木祭でカルタ大会　　　　　　　　　　　　　　　H 15・2・26

「石川啄木歌碑除幕式・JR船岡駅構内」〈パンフ〉A4判二つ折カラー（別紙に関係者名簿）

　　　　　　　　　　　　　石川啄木歌碑建立委員会（委員長・島貫巌雄）H 15・2・27

河北新報（記事）啄木の歌碑完成・JR船岡駅で除幕式（27日）　　　　　　　　　H 15・2・28

尾崎左永子　明治・大正期の父恋・母恋の歌「啄木・夕暮の場合」P36～39「短歌現代」第27巻3号

　　　　　　　　　　　　　　　　　　　　　　　　　　　　　短歌新聞社　H 15・3・1

「国際啄木学会会報」第16号 A5判〈春季セミナー発表要旨ほか〉（以下5点の文献を収載）

　　塩谷知子　「天鵞絨」～人物形象が意味するもの P3～0

　　池田千尋　内山愚童と曹洞宗 ―宗内擯斥と宗門総懺悔、そして名誉回復に寄せる― P3～4

　　大室精一　「真一挽歌」の形成 ―歌稿ノート「四十三年十一月末より」の意味― P4～0

　　瀧本和成　セミナー印象記：〈新しい啄木〉をめぐって P5～0

　　周　天明　セミナー傍聴記 P6～0　　　　　　　　　　　国際啄木学会事務局　H 15・3・1

「短歌朝日」3・4月合併号通巻35号　特集・青春の詩人啄木 B5判 860円

　　【五つのキーワードで探る】※（以下15点を収載）

　　加藤治郎　複雑なふるさと P18～19

　　池田はるみ　小学校（短歌15首）P20～21

　　奥村晃作　赤石、仙丈、わきて風越（短歌15首）P22～23

　　小笠原賢二　夜寝ても口ぶえ吹きぬ ―― 啄木と東京 P24～25

　　福島泰樹　ボロージンの歌（短歌15首）P26～27

　　小守有里　東京（短歌15首）P28～29

　　佐佐木幸綱　啄木の「友」P30～31

村木道彦　友の恋歌矢車の花（短歌15首）P32 〜 33

白瀧まゆみ　満月じゃない（短歌15首）P34 〜 35

島田修三　暗澹たる家族の姿 P36 〜 37

久我田鶴子　若き家長（短歌15首）P38 〜 39

来嶋靖生　影〔啄木とその家族〕（短歌15首）P40 〜 41

岩田　正　生活詠解読のキイポイント P42 〜 43

藤島秀憲　当用日記（短歌15首）P44 〜 45

沖ななも　火を守る（短歌15首）46 〜 47P　　　　　　　　　　　　朝日新聞社　　H 15・3・1

「国際啄木学会東京支部通信」第1号 B5判 5頁（支部会員の動向など掲載のパンフ）　　H 15・3・1

佐藤道夫〈「政治家の本棚・80」啄木、平出修などに触れる〉「一冊の本」3月号　　H 15・3・1

関川夏央　石川啄木──「天才」をやめて急成長した青年（1〜2）「婦人画報」3〜4月号

　　（←H 24・5『「一九〇五年」の彼ら』NHK出版）　　　　　婦人画報社　　H 15・3・1〜4・1

南條範男　碑の浪漫（30）盛岡・岩山公園の夫婦歌碑　P19 〜 0「逃水」3月号　　H 15・3・1

山本玲子〈啄木と明治の盛岡〉（39）豆銀糖 P44 〜 45「街もりおか」第36巻3号（通巻423号）

　　B6横判 250円　　　　　　　　　　　　　　　　　　杜の都社（盛岡市）H 15・3・1

山本玲子〈啄木のことば〉英雄とは人間の或る緊張した心状態の比較的長いもの─　P19 〜 0

　　「広報たまやま」3月号 A4判　　　　　　　　　　　　　　　玉山村　H 15・3・1

目良　卓　啄木歌集『一握の砂』私解（1）P2〜5 第2次「生活ロマン」第7巻3号　H 15・3・1

目良　卓『一握の砂』私釈（3）P1 〜 51「研究紀要」第44号 A5判

　　　　　　　　　　　　　　　　工学院大学付属中学高等学校　H 15・3・1

遊座昭吾　啄木と十和田湖と錦木塚伝説　　　　　　　　　　東奥日報（夕）H 15・3・1

望月善次　啄木の歌（歌集外短歌 677 〜 688）　明治35年補遺（1〜12）

　　　　　　　　　　　　　　　　　　　　　盛岡タイムス　　H 15・3・3〜3・15

熊谷常正　郷土史家の歴史意識の変遷 ─小笠原迷宮の古代史観を中心に─ P91 〜 108

　　『文学部の多様なる世界』A5判 8800円　　　　　　　　　盛岡大学　H 15・3・5

北畠立朴〈啄木エッセイ67〉啄木資料展示室と釧路観光の現状　「しつげん」第324号 H 15・3・5

福田信夫　「青森文学」69号の「啄木理解の予備知識」（同人誌評）　　図書新聞　H 15・3・5

山下多恵子〈忘れな草・啄木の女性たち28〉金矢信子　　　　盛岡タイムス　H 15・3・5

嶋　千秋〈風景との語らい33〉静寂の時・玉山村　　　　　　　岩手日報　H 15・3・6

髙木勝勇（署名記事）旅・八戸市（「東海の…」歌のモデル地説、蕪島に触れた文）

　　　　　　　　　　　　　　　　　　　　　　　　　しんぶん赤旗　　H 15・3・6

田辺聖子　啄木と浪花ニンゲン P1〜0「詩歌の森」日本現代詩歌文学館館報第37号　H 15・3・7

浦田敬三編著『岩手の近代文藝家名鑑』A4判 232頁 2200円＋税（「岩手の近代文藝家年譜」吉田

　　孤羊／ほか）　　　　　　　　　　　　　　　杜陵高速印刷（株）出版部　H 15・3・8

北海道新聞（記事）故金田一京助さん・自筆短歌釧路に　　　　　　　　H 15・3・9

金田一京助編『新編　石川啄木』〈講談社文芸文庫〉1300円（→S26・1／H1・6／ほか）

　　　　　　　　　　　　　　　　　　　　　　　　　　　講談社　　H 15・3・10

盛岡タイムス（新刊紹介記事）「岩手の近代文藝家名鑑」浦田敬三さんが出版　　　H 15・3・11

白竜社編発行『ポケットの中の啄木』159頁 新書判 1000円＋税（二歌集から150首を収録のみ）

　　　　　　　　　　　　　　　　　　　　　　　　　　白竜社　H 15・3・12

朝日新聞（道内版記事）函館駅が記念誌発刊・100年の歩み写真で紹介　　　　　H 15・3・14

「いわてねんりんクラブ」第93号 B5判（以下2点の文献を収載）

　船越英恵　直筆が語る作家の表情（萩原朔太郎の推薦文）P12 〜 13

　〈対談・下〉中島嵩（語り手）白藤力（聞き手）詩人啄木の本質を問う P28 〜 29

　　　　　　　　　　　　　　　　　　　　　　　ねんりん舎（盛岡市）H 15・3・15

藤沢　全　ツルゲーネフと石川啄木〔※本稿は→ H9・2「日本大学短期大学部（三島）研究年報第九

　集」に掲載の「『猟人日記』他移入―石川啄木における受容」を改稿改題して掲載〕秋山正幸編『知

　の新視界』A5判 10500円＋税　　　　　　　　　　　　　　　南雲堂　H 15・3・15

北海道新聞（記事）北畠さんの啄木講座・来月8日に最終回・100回の節目　　　H 15・3・15

望月善次　啄木の歌（歌集外短歌 689 〜 690）　明治37年補遺（1〜2）

　　　　　　　　　　　　　　　　　　　盛岡タイムス　H 15・3・16 〜 3・17

三留昭男　石川啄木と会津 P13 〜 20　「湯川村塾・講演筆録」A5判

　　　　　　　　　　　　　　　湯川村高齢者研修事業委員会　H 15・3・17

岩手日報（記事）盛岡観光協会「啄木風短歌」全国から 1746 首応募　　　　　　H 15・3・18

望月善次　啄木の歌（歌集外短歌 691 〜 702）「爾伎多麻」の世界（1〜12）

　　　　　　　　　　　　　　　　　　　盛岡タイムス　H 15・3・18 〜 3・29

山下多恵子〈忘れな草・啄木の女性たち 29〉金矢りう子・タツ　　盛岡タイムス　H 15・3・19

「岩手郷土文学の研究」第4号 A5判（以下2点の文献を収載）

　佐々木民夫　日記に見る啄木と故郷 ―「故郷」等の記載に触れて― P39 〜 79

　須藤宏明　鈴木彦次郎の啄木観（一）―郷里の容認に因る啄木受容の肯定― P80 〜 95

　　　　　　　　岩手郷土文学研究会（岩手県立大学盛岡短期大学部・松本研究室）H 15・3・20

太田　登　思郷と漂泊の物語 ―「秋のなかばに歌へる」の主題と構成―「歌よむは物のあはれに

　たへぬ時のわざなり」― 本居宣長「石上私淑言」P43 〜 58「山邊道」第47号 B5判

　　　　　　　　　　　　　　　　　　　天理大学国文学研究室　H 15・3・25

岩手日報（記事）啄木先生へ感謝の歌集・仙台市・坪沼小　　　　　　　　　　　H 15・3・27

大室精一　「真一挽歌」の形成・歌稿ノート「四十三年十一月末より」の意味・「真白なる大根の

　肥ゆる頃」（国際啄木学会東京支部会研究発表レジメ）B4判 5枚　　　　　　　H 15・3・29

飯田　敏　石川啄木と堀田ヒデ（国際啄木学会盛岡支部会研究発表レジメ）B4判 3枚　H 15・3・29

嘉瀬井整夫（書評）ぜいたくに啄木ワールド・『啄木の肖像』佐藤勝著　奈良新聞　H 15・3・30

寺山修司　贋作「一握の砂」補遺　石川啄木 P40 〜 41「文藝別冊・寺山修司」A5判 1200円

　（→ S52「ビックリハウス　SUPER」秋号／ H13・8「すばる」）　河出書房新社　H 15・3・30

望月善次　啄木の歌（歌集外短歌 703 〜 710）「白羊会詠草」の世界（1〜8）

　　　　　　　　　　　　　　　　　　　盛岡タイムス　H 15・3・30 〜 4・6

岩手日報（記事）啄木の縁　次世代に　東京の美術商・池本さん　　　　　　　　H 15・3・31

入江成美　石川啄木とロシア（V・H・マルコーヴァ訳を通して）P23 〜 48「日本文化研究」第3集

　　　　　　　　　　　　　　　　　北海学園大学大学院文学研究科　H 15・3・31

「石川啄木記念館館報」第17号 B5判 全12頁（新展示資料・啄木と英詩集『東海より』／ほか）

　　　　　　　　　　　　　　　　　　　　　　　　　　　　　　H 15・3・31

「国際啄木学会東京支部会報」第11号 A5判 5頁（以下7点の文献を収載）

　小川武敏　巻頭言 P1〜0

　横山　強　「樹木と果実」の原稿について（1）P2〜13

　大室精一　『一握の砂』序文の形成―「椋十序文」の謎―P14〜29

　川田淳一郎　東海歌論文についての補記 P30〜35

　佐藤　勝　資料紹介・石川啄木参考文献目録（9）P36〜44

　目良　卓　斎藤英子さんに捧げる P46〜47

　大庭主税　東京支部会活動の思い出（1）P48〜49　　　国際啄木学会東京支部会　H15・3・31

「国際啄木学会研究年報」第6号 A5判 60頁（以下12点ほかの文献を収載）

　【論文】

　上田　博　背後に向かって歩いてみたり―処女作、作品「断片」のことなど―P1〜6

　近藤典彦　『一握の砂』の構造〈その3〉P7〜30

　大室精一　『一握の砂』序文の形成 ―「啄木自序」の謎―P31〜40

　【書評】

　堀江信男　田中礼著『啄木とその系譜』（洋々社）P42〜43

　瀧本和成　和田周三・上田博著『新しい短歌鑑賞第四巻・尾上柴舟・石川啄木』（晃洋書房）
　　　　　　P44〜45

　永岡健右　啄木文学に心惹かれる者の心情を解き明かす書　佐藤勝著『啄木の肖像』を評す
　　　　　　（武蔵野書房）P46〜47

　森　義真　西脇巽著『石川啄木　悲哀の源泉』（同時代社）P48〜49

　目良　卓　碓田のぼる著『時代を撃つ』『占領軍検閲と戦後短歌』（かもがわ出版）P50〜51

　若林　敦　清水卯之助著『管野須賀子の生涯　記者・クリスチャン・革命家』（和泉書院）P52〜53

　【新刊紹介】

　西連寺成子　新たな啄木像を一般読者に提示する一冊
　　　　　　　坪内祐三ほか篇『明治の文学19巻石川啄木』（筑摩書房 H14・1）P54〜0

　田口真理子　山本玲子・牧野立雄著『夢よぶ啄木、野をゆく賢治』（洋々社）P55〜0

　山下多恵子　上田博・チャールズ・フォックス・瀧本和成編『随想選　サフラン』（嵯峨野書院）
　　　　　　　P56〜0　　　　　　　　　　　　　　　　国際啄木学会事務局　H15・3・31

「啄木文庫」第33号 A5判 1200円 全75頁（以下12点ほかの文献を収載）

　【研究論文】

　田口真理子　石川啄木と「朝日歌壇」―啄木に選ばれた歌―P13〜22

　後藤正人　秋田雨雀の啄木研究をめぐって P23〜33

　【随想・ほか】

　佐藤　勝　私の〝啄木文献探索〟と「啄木友人」たち P4〜5

　三枝昂之　啄木の今日的魅力を考える P6〜12

　川内通生　「青柳町」の一首と啄木居住地跡 P34〜35

　松村　洋　上田博ほか二氏編『随想選　サフラン』編者・上田さんにインタビュー P36〜38

　古澤夕起子　清水卯之助著『管野須賀子の生涯』P44〜45

　田中　礼　改めて思う、啄木とふるさとの〝きずな〟P47〜0

森　義真　岩手山の美しさ再発見 P56〜5

井上信興　「啄木日記」に感動　全体像研究へ意欲 P57〜58

松井美智子　今の世相に通じる「こそこその話が…」P59〜60

小島ゆかり　短歌の遊歩道「誰が見ても／われを…」P75〜0（⇒H14・6・2毎日新聞）

【書評】

池田　功　松山巌編集解説『明治の文学19　石川啄木』P40〜41

河野有時　佐藤勝著『啄木の肖像』P43〜44

田口道昭　田中礼著『啄木とその系譜』P49〜40

田中　礼　『新しい短歌鑑賞第四巻　尾上柴舟／和田周三・石川啄木／上田　博』P47〜48

【新刊紹介】

松村　洋　〝鉄道楽人〟が描いた「啄木・北辺のさすらい」P45〜0

亀谷中行　ヘルシンキの研究家　啄木の両歌集と評論　初のフィンランド語訳刊行 P56〜0

関西啄木懇話会　H15・3・31

川田淳一郎　啄木の短歌「3行書き」論考 P63〜68　東京工芸大学芸術学部紀要「芸術世界」9号
　A5判　　　　　　　　　　　　　　　　　　　　　　　　　　　　　　H15・3・31

佐々木祐子　渋民のくらしと啄木（七）P20〜31　「岩手古文書」第17号 B5判
　　　　　　　　　　　　岩手古文書学会（盛岡市中堤2-21-3佐々木祐子方）　H15・3・31

田口信孝　石川啄木寄稿の群馬の雑誌―「野の花」「暁聲」「野より」―P1〜13　「風　文学紀要」
　第7号 B5判　　　　　　　　　　　　　　　群馬県立土屋文明記念館　H15・3・31

盛岡タイムス　（記事）啄木の縁次世代に・東京の美術商・池本さん　　　　　H15・3・31

盛岡観光協会編発行　「啄木風短歌集」NO6. 38頁 A5判 500円　　　　　　　H15・3・31

木内英実　漱石と新聞メディア―新聞によって育まれた文学―P69〜74「小田原女子短期大学紀要」
　第32号 A4判（編注・啄木が新聞小説作家の生活を夢見ていたの記述あり）　H15・3・―

大室精一　「忘れがたき人人　二」の形成 ―歌集初出歌の配列意図― P152〜164
　「佐野短期大学　研究紀要」第14号 B5判　　　　　　　　　　　　　　H15・3・―

西脇　巽　啄木理解の予備知識　P69〜82「青森文学」第69号 A5判 600円　　H15・3・―

種倉紀昭　石川啄木の造形芸術に関しての美的能力と作品について（1）P95〜108
　　「岩手大学教育学部付属教育実践総合センター・研究紀要」第2号 B5判　　H15・3・―

箱石匡行　モーツアルトと石川啄木 ―あらえびす『バッハからシューベルト』をめぐって― P1〜5
　「岩手大学教育学部付属教育実践総合センター・研究紀要」第2号 B5判　　H15・3・―

編集部　啄木の妻節子の生家 P20〜0「岩手大学ミュージアムガイドブック」文庫判　H15・3・―

村瀬正章　刈谷藩士矢野半兵衛と橘智恵子 ―石川啄木あこがれの女性、智恵子の出自― P113〜149
　『郷土の歴史発見』　　　　著者刊（刈谷市銀座6-5-1 電話・FAX：0566-21-5965）　H15・3・―

太田　登　台湾で啄木を語る P53〜0「あざみ」No.16　南都銀行橿原支店 薊の会 H15・4・1

入江春行　石川啄木の確かな目 P70〜72『与謝野晶子とその時代』四六判 2100円
　　　　　　　　　　　　　　　　　　　　　　　　　　　　　　　　新日本出版社　H15・4・1

（菊）〈コラム山河私抄〉金田一春彦「わが青春の記」啄木と私　　　　岩手日報（夕）H15・4・1

小泉とし夫　〈啄木と私⑳〉啄木における自然詠（上）P17〜29「どらみんぐ」第22号
　　　　　　　　　　　　　　　　　　　　　小泉とし夫個人発行（盛岡市）H15・4・1

倉田　稔　石川啄木と小樽 (1)～(9)「月刊ラブおたる」4～12月号　各1頁掲載 B5判300円

坂の街出版企画（小樽市色内1-9-1）H 15・4・1～12・1

「新日本歌人」第58巻4号〈特集石川啄木号〉（以下14点の文献を収載）

　【評論】

　碓田のぼる　石川啄木と一九一一年─死の前年をめぐる一考察 ─

（1.「南北正閏問題」と啄木　2.工場法と啄木　3.森鷗外と啄木）P38～46

　【短歌ミニ随想・わたしの啄木との出会い】

　石山隆／乾千枝子／大津留公彦／香川武子／工藤きみ子／小泉修一／階見善吉／竹中トキ子／田

　渕茂美／中西次郎／橋本邦久／濱田伸／蓑輪喜作／宮田哲夫　　　新日本歌人協会　H 15・4・1

目良　卓　啄木歌集『一握の砂』私解 (2) P2～5「生活ロマン」第7巻4号　　H 15・4・1

南條範男　碑の浪漫㉛ 青森県野辺地・愛宕公園の歌碑 P19～0「逆水」4月号　　H 15・4・1

「月刊ぽけっと」4月号（記事）啄木・賢治の修学旅行展　　盛岡市文化振興事業団　H 15・4・1

山本玲子〈啄木のことば〉今度出す（出し得れば）歌集の名も『仕事の後』といふ名をつけるつもりだ。

　… P19～0「広報たまやま」4月号 A4判　　　　　　　　　　　　玉山村　H 15・4・1

山本玲子〈啄木と明治の盛岡〉(40) 麦煎餅 P44～45「街もりおか」第36巻4号（通巻424号）

　B6横判 250円　　　　　　　　　　　　　　　　　　　杜の都社（盛岡市）H 15・4・1

童門冬二　石川啄木　P74～127 『男の詩集』四六判 1400円　　　PHP研究所　H 15・4・2

山下多恵子〈忘れな草・啄木の女性たち30〉小沢糸子　　　　　盛岡タイムス　H 15・4・2

高田準平〈文学へのいざない〉啄木に思いを馳せて 補稿（五）怨霊に怯えた啄木 (1～5)

　（←H 25・8『啄木懐想』著者刊）　　　　　　　　　　　　北鹿新聞　H 15・4・2～4・8

「国際啄木学会新潟支部報」　第6号 A5判 全32頁（以下4点の文献を収載）

　塩浦　彰　啄木・民衆・テロリズム P2～9

　清田文武　啄木におけるルソー P10～17

　若林　敦　「二重生活」─人としての「卑怯」─ P18～25

　田中　要　桐生栄　追悼　P26～28／ほか　　　国際啄木学会新潟支部会　H 15・4・3

入江春行著『与謝野晶子とその時代』四六判 183頁 2100円（石川啄木の確かな目／ほか）

　　　　　　　　　　　　　　　　　　　　　　　　　　　　新日本出版社　H 15・4・5

北畠立朴〈啄木エッセイ68〉啄木と高度な猥談　　　　　「しつげん」第326号　H 15・4・5

朝日新聞（岩手版記事）石川啄木の歌集「一握の砂」初版を復刻・記念館　　　H 15・4・7

北海道新聞〈コラムひと〉太田幸夫さん・発足半年になる札幌啄木会代表　　　H 15・4・7

望月善次　啄木の歌（歌集外短歌 711～718）「柿の落葉集」の世界 (1～8)

　　　　　　　　　　　　　　　　　　　　　　　　　　盛岡タイムス　H 15・4・7～4・14

佐藤　實　21世紀への遺産いわて・中津河畔　盛岡市（啄木に触れて）岩手日報（夕）H 15・4・9

北海道新聞（記事）啄木研究家の北畠立朴さん釧路で講座続け100回迎え感慨の終了　H 15・4・9

盛岡タイムス（記事）啄木晩年の賀状見つかる・熱の具合良くなくて…盛岡てがみ館　H 15・4・9

岩手日報（記事）「啄木・賢治の修学旅行」展・きょうから盛岡で・日記、写真で紹介　H 15・4・10

岩手日報（記事）啄木晩年の年賀状発見・俳人・荻原井泉水にあてる・全集にない資料　H 15・4・10

講談社編『石川啄木歌文集』〈講談社文芸文庫〉950円＋税（Ⅰ. 短歌・一握の砂抄・悲しき玩具抄・

　短歌拾遺　Ⅱ. エッセイ・弓町より／ほか　Ⅲ. 詩・飛行機／ほか／解説＝樋口覚・「はてしなき議論の後」

の詩と批評 P175〜189P ／佐藤清文・年譜＝石川啄木 P190〜201）　　　　　　　　　講談社　H 15・4・10

達人倶楽部編　娼婦を愛しフィストセックス・石川啄木『性に取り憑かれた文豪たち』四六判 1200円

　　　　　　　　　　　　　　　　　　　　　　　　　　　　　　　　　　ワンツーマガジン社　H 15・4・10

山本玲子　石川啄木と修学旅行　啄木・賢治の修学旅行展パンフ B5 変形判　　　　　　H 15・4・10

盛岡タイムス（記事）啄木も感動した修学旅行・青春館で企画展　　　　　　　　　　　H 15・4・11

岩手日報（記事）啄木忌ゆかりの襖絵公開・玉山の宝徳寺であす　　　　　　　　　　　H 15・4・12

「第 92 回啄木忌・宝徳寺本堂襖絵展」（案内冊子）B5 判 全 28 頁　　　　　宝徳寺　H 15・4・13

朝日新聞（岩手版コラムいわて路）啄木と賢治の「修学旅行展」盛岡　　　　　　　　　H 15・4・14

岩手日報（記事）古里の歌人しのび法要・玉山・宝徳寺で啄木忌　　　　　　　　　　　H 15・4・14

岩手日報（夕・記事）「啄木の世界」受講者を募集・岩手大公開講座　　　　　　　　　H 15・4・14

上田　博（書評）現実を見つめ変える、新しい歌へ・田中礼著『時代を生きる短歌』

　　　　　　　　　　　　　　　　　　　　　　　　　　　　　　　しんぶん赤旗　H 15・4・14

釧路新聞（記事）啄木忌に啄木歌留多会・釧路・本行寺　　　　　　　　　　　　　　　H 15・4・14

八木福次郎　小雨叟　斎藤昌三翁の人と仕事④　P20 〜 21P（啄木と大信田落花に触れた個所がある）

　「日本古書通信」4 月号・第 885 号　　　　　　　　　　　　日本古書通信社　H 15・4・15

盛岡タイムス（記事）「啄木の歌」が本に・初回から 600 首まとめる望月教授　　　　H 15・4・15

盛岡タイムス（記事）啄木の心に思い馳せ・玉山村渋民・宝徳寺で第 92 回法要　　　　H 15・4・15

望月善次　啄木の歌（歌集外短歌 719 〜 727）　新年の歌（明治 35 年）（1〜4）

　　　　　　　　　　　　　　　　　　　　　　　　　　盛岡タイムス　H 15・4・15 〜 4・23

高田準平〈文学へのいざない〉啄木に思いを馳せて　補稿（六）朝日新聞社と啄木（上 4・15 ／中 4・

　21 ／下 4・25）（←H 25・8『啄木懐想』著者刊）　　　　　北鹿新聞　H 15・4・15 〜 4・25

山下多恵子〈忘れな草・啄木の女性たち 31〉関しげ　　　　　　盛岡タイムス　H 15・4・16

北海道新聞（釧路・根室版記事）啄木歌留多で真剣勝負　　　　　　　　　　　　　　　H 15・4・16

山本玲子　風景との語らい (51) 月色を吸った啄木・鶴飼橋・玉山村　〈21 世紀へのいわて遺産・1339〉

　　　　　　　　　　　　　　　　　　　　　　　　　　　　　　　岩手日報（夕）H 15・4・16

大室精一　真一挽歌の形成・歌稿ノート「四十三年十一月末より」の意味（国際啄木学会春季セミナー

　研究発表レジメ）B4 判 5 枚　　　　　　　　　　　　　　　　　　　　　　H 15・4・19

安森敏隆　斎藤茂吉と石川啄木（国際啄木学会春季セミナー記念講演レジメ）B5 判 1 枚　H 15・4・19

塩谷知子　石川啄木『天鵞絨』人物形象が意味するもの（啄木学会春季セミナーレジメ）B5 判 12 頁

　　　　　　　　　　　　　　　　　　　　　　　　　　　　　　　　　　　　　H 15・4・19

福元久幸（署名記事）啄木講座 10 年で 100 回・北畠立朴さん　　北海道新聞（夕）H 15・4・20

田中　礼　啄木と俳句（関西啄木懇話会の研究発表レジメ）B4 判 3 枚　　　　　　　H 15・4・20

北海道新聞（道東版記事）石川啄木しのび追悼の短歌大会・釧路歌人会　　　　　　　　H 15・4・20

村松基之亮　母のからだの軽きに泣く―天才詩人・啄木のふるさと玉山村渋民をゆく― P174 〜 227

　『内観紀行　山頭火・才市・啄木・井月』四六判 2300円＋税　　　　富士書店　H 15・4・20

岩手日報（記事）「啄木風短歌」広がり一層・盛岡観光協会が表彰式　　　　　　　　　H 15・4・22

編集部　角館人物探訪・石川啄木 P12 〜 13「週刊日本の街道 49」560円　　講談社　H 15・4・22

盛岡タイムス（記事）彦次郎は啄木をどう見たか「郷土文学研究会」4 号を発刊　　　H 15・4・23

江守　徹（CD）石川啄木「心に響く日本語の手紙」2000円＋税　　キングレコード　H 15・4・23

望月善次　啄木の歌（歌集外短歌 728 ～ 729）　赤林虎人書簡（1～2）

盛岡タイムス　H 15・4・24 ～ 4・25

「ダ・ダ・スコ」〈タウン情報誌〉第 63 号　特集・野村あらえびす胡堂※胡堂宛啄木ハガキの写真掲載

　（明 34・12・31）A5 判 420 円　　みちのく民芸企画（北上市相去町旧館沢 43−6）H 15・4・25

岩手日報（記事）啄木、賢治の様子生き生き・人気集める修学旅行展・盛岡の青春館　H 15・4・26

佐々木祐子　遊座徳英と石川一禎（国際啄木学会盛岡支部例会発表資料）A3 判 4 枚　H 15・4・26

望月善次　啄木の歌（歌集外短歌 730 ～ 743）〈白羊会歌会草稿 1 ～ 14〉

盛岡タイムス　H 15・4・26 ～ 5・10

盛岡タイムス（記事）公開講座「啄木の世界」・岩手大学教授陣らが集中講義　　　　H 15・4・29

「第 23 回・弘前啄木祭」案内チラシ B4 判片面刷り　　　　　　　　　　　　　　　H 15・4・―

「啄木・賢治青春館」パンフ B6 判 6 面折（井上ひさし・紹介文／ほか）　　　　　　H 15・4・―

「広報たまやま」5 月号　記事・啄木に学ぶ／郷土の詩人啄木をしのぶ P10 ～ 1　　H 15・5・1

「新日本歌人」5 月号 A5 判 800 円（以下 2 点の文献を収載）

　　引間博愛〈短歌随想〉下手の横好き P 1 ～ 0

　　碓田のぼる　石川啄木と一九一一年（続）―死の前年をめぐる一考察― P36 ～ 43

　　　　　　　（論考内容：4.鷗外と一九一一年／5.分岐の位相）　新日本歌人協会　H 15・5・1

「街もりおか」第 36 巻 5 号（通巻 425 号）B6 横判 250 円（以下 2 点の文献を収載）

　　門屋光昭〈啄木と明治の盛岡〉(41)「壬生義士伝」・石割桜・花見（一）P46 ～ 47

　　中村光紀　きたぐにの詩人啄木・賢治総合展 P48 ～ 49

杜の都社（盛岡市本町 2-13-8）H 15・5・1

編集部　もりおか文学散歩・「啄木新婚の家」P10 ～ 0　「月刊ぽけっと」5 月号　　H 15・5・1

中村光紀　啄木がじゃみた、修学旅行！ P4 ～ 0「おでって」No19 盛岡観光協会　H 15・5・1

南條範男　碑の浪漫 (32) 岩手公園の歌碑　P19 ～ 0「逃水」5 月号　　逃水短歌会　H 15・5・1

目良　卓　啄木歌集『一握の砂』私解（3）P2 ～ 5「生活ロマン」第 7 巻 5 号　　　H 15・5・1

山本玲子〈啄木のことば〉海を見よ、一切の人間よ。皆来つて此海を見よ。… P19 ～ 0

　「広報たまやま」5 月号 A4 判　　　　　　　　　　　　　　　　玉山村 H 15・5・1

内田洋一（署名記事）寺山修司・永遠の青春詩人　啄木・寺山・俵 日本経済新聞　H 15・5・3

奈良達雄　復活した啄木祭　　　　　　　　　　　　　　　しんぶん赤旗　H 15・5・4

岩手日報（記事）啄木祭賞に横沢さん（盛岡）玉山で短歌大会　　　　　　H 15・5・5

北畠立朴〈啄木エッセイ 69〉啄木講座を終えた今　　　　「しつげん」第 328 号　H 15・5・5

高田準平〈文学へのいざない〉啄木に思いを馳せて 補稿（七）「喜之床」と啄木〉（上 5・5／中 5・12

　／下 5・19）（←H 25・8『啄木懐想』著者刊）　　　　　　　北鹿新聞　H 15・5・5 ～ 5・19

岩手日報（記事）情感あふれる多彩な作品・啄木祭短歌大会　　　　　　　H 15・5・7

岩手日報（記事）県立図書館・10 月にオープン・パソコンで楽々検索　　　H 15・5・7

盛岡タイムス（記事）啄木祭全国短歌大会・14 都道府県から作品 213 首　　H 15・5・7

栗京京子〈コラム放射線〉母は母なり（啄木、茂吉、三枝昂之の歌）　　東京新聞　H 15・5・9

北海道新聞（記事）啄木と歩んだ 55 年　1 冊に・小樽の研究会・あす「集い」も　H 15・5・9

朝日新聞（北海道版記事）啄木しのび小樽の集い・あす朗読や講演　　　　H 15・5・9

読売新聞（北海道版記事）啄木の生々しい人間性紹介「新・小樽のかたみ」発行　　H 15・5・9

（五月風）〈コラム短歌時評〉懐古的でいいだろうか（「短歌朝日」3、4月号の啄木特集号に触れる）

 P26〜27　「短詩形文学」5月号 A5判 600円　　　　　　　「短詩形文学」発行所　H 15・5・10

「小樽啄木会だより」第5号 B5判 8頁（以下2点の啄木文献を収載）

 橋下　裕　「人間教師啄木」に学ぶ P1〜3

 鈴木勇蔵　啄木の一首をめぐって　　　　　　　　　　　　　　小樽啄木会　H 15・5・10

「浜茄子」第64号 B5判 全4頁 ※以下3点の文献を収載

 編集部（記事）吉野白村の故郷に啄木歌碑 ─東北本線 JR 船岡駅─

 南條範男　石川啄木碑の浪漫（6）、（7）（歌誌「迯水」から転載）　　　仙台啄木会　H 15・5・10

目良 卓　啄木雑感（29）P38〜39　「華」第51号　　　　　　　「華の会」発行　H 15・5・10

望月善次　啄木の歌（歌集外短歌 744〜746）野村菫舟／明治36年「明星」／明治37年「甲辰詩程」

               盛岡タイムス　H 15・5・11〜5・13

岩手日報　（夕刊・記事）新会長に近藤さん選出・国際啄木学会　　　　　　　H 15・5・12

岩手日報（記事）国際啄木学会の近藤会長ら抱負・岩手日報社を訪問　　　　　H 15・5・13

新・小樽のかたみ刊行委員会編発行『新・小樽のかたみ』A5判 82頁 1500円

 水口　忠　小樽啄木会の五十五年

 亀井秀雄　啄木雑感

 荒木　茂　啄木の俳句（→ H14・4・5「函館新聞」）

 小林芳弘　啄木日記の補助資料としての『小樽のかたみ』の価値

 北間正義　啄木の妹石川ミツの受洗をめぐって

 増谷龍三　啄木と現代短歌（→ H4・7 歌誌「岬」第60号）

 鈴木勇蔵　小樽時代回想の歌『一握の砂』から

 高田紅果　在りし日の啄木（→ S21・8・2 稿／→ S22・2『秘められし啄木遺稿』に収録）

 高橋利蔵　桜庭チカとその周辺

 藤田民子　啄木と露堂（→ H5・4「啄木と小樽」第5号）

 安達英明　啄木の詩に魅せられて

 那須野和司　先生と啄木

 玉川　薫　宮崎氏と石川氏、金田一氏

 柴田健治　公園歌碑と高田紅果の思い出

 高橋利蔵　小樽に残る啄木街道

 松木光治・水口忠編 小樽啄木会沿革史　　　「新・小樽のかたみ」刊行委員会　H 15・5・13

北海道新聞（道央版記事）通称は「啄木通り」小樽啄木会・念願かない歓喜の声　H 15・5・14

望月善次　啄木の歌（歌集外短歌 747）明治38年「小天地」　　　盛岡タイムス　H 15・5・14

望月善次　賢治の短歌、啄木の短歌（講演要旨記録）P6〜7「宮沢賢治記念館通信」第82号

               宮沢賢治記念館　H 15・5・15

望月善次　啄木の歌（歌集外短歌 748〜749）明治40年「丁未日記」（1〜2）

              盛岡タイムス　H 15・5・15〜5・16

盛岡タイムス（記事）啄木祭全国俳句大会入選句・5月1日、玉山村　　　　　H 15・5・16

望月善次　啄木の歌（歌集外短歌 750〜751）明治40年「紅苜蓿」（1〜2）

              盛岡タイムス　H 15・5・17〜18

盛岡タイムス（記事）もりおか啄木・賢治青春館・初心者対象に短歌教室　　　　　　H 15・5・18

望月善次　啄木の歌（歌集外短歌 752 ～ 756）「小樽日報」変名歌（1 ～ 5）

　　　　　　　　　　　　　　　　　　　　　　　　盛岡タイムス　H 15・5・19 ～ 5・23

岩澤道子　明治を生きた漱石・補遺　　　　　　　　　　　　北鹿新聞　H 15・5・22

北海道新聞（夕刊記事）57 年の歩み・小樽啄木会記念誌出版　　　　　　H 15・5・22

望月善次　啄木の歌（歌集外短歌 757 ～ 777）「緑の旗」工藤甫作品（1 ～ 21）

　　　　　　　　　　　　　　　　　　　　　　　　盛岡タイムス　H 15・5・24 ～ 6・14

猫島一人（署名記事）日曜インタビュー・小樽啄木会会長水口忠さん　　北海道新聞　H 15・5・25

北海道新聞（釧路・根室版記事）啄木の生活ぶり想像・釧路・市民ら 24 人が歌碑巡る　　H 15・5・25

高田準平〈文学へのいざない〉啄木に思いを馳せて　補稿（八）啄木の手紙（上 5・26 ／中 6・2／下 6・

　11）（←H 25・8『啄木懐想』著者刊）　　　　　　　　　北鹿新聞　H 15・5・26 ～ 6・11

岩田祐子　「啄木と小島烏水」（※市川啄木会横浜の啄木文学散歩資料）A3 判 5 枚　　H 15・5・28

小木田久富　「啄木と横浜」～上陸地点と投宿先『長野屋旅館』を検証す～ B5 判 30 頁〔編注：

　「新しき明日」15 ～ 19 号（H7 ～ 9 年）複写冊子〕※市川啄木会横浜の啄木文学散歩栞　　H 15・5・28

森　義真（劇評）畑中美那子一人芝居「SETSU-KO」～啄木ローマ字日記より～・黒バージョンを観て

　P3 ～ 0「感劇地図」NO.87 A4 判　　　岩手演劇通信・感劇地図編集委員会発行　H 15・5・30

望月善次『石川啄木　歌集外短歌評釈 I』～一九〇一（明治三十四）年～一九〇八（明治四十一）年

　六月～ A5 判 342 頁（索引別）3800 円＋税〔細目・明治三十四年（25 首）／明治三十五年（133 首）／

　明治三十六年（25 首）／明治三十七年（20 首）／明治三十八年（29 首）／明治三十九年（1 首）／明治

　四十年（85 首）／明治四十一年（323 首）／初句索引 345 ～ 351P〕

　　　　　　　　　　　　　　　　　　　信山社（盛岡市北松園 4-3-6）H 15・5・31

「5 月から始まる・啄木カレンダー」短歌篇／日記篇」（編注・2003・5 ～ 04・4 年用　各 12 枚入りで絵葉書形式）

　各篇 600 円　　　　　　　　　　　　　　スワン社（小樽市桜町 5-19-24）H 15・5・―

尹　在石　石川啄木と近代都市東京（ハングル語・日本語要旨付）「日本文化學報」（※巻数号不明）

　　　　　　　　　　　　　　　　　　　　　　　　韓國日本文化學會　H 15・5・―

目良　卓　啄木歌集『一握の砂』私解（4）P2 ～ 5「生活ロマン」第 7 巻 6 号　　H 15・6・1

「おでって」No.20（畑中美那子一人芝居「SETSU-KO」／ほか）盛岡観光協会　H 15・6・1

門屋光昭〈啄木と明治の盛岡〉（42）「壬生義士伝」石割桜・花見（二）P46 ～ 47「街もりおか」

　第 36 巻 6 号（通巻 426 号）B6 横判 250 円　　　　　　　杜の都社（盛岡市）H 14・6・1

「広報たまやま」6 月号（記事）啄木祭・第 19 回短歌、第 45 回俳句大会 P2 ～ 3　　H 15・6・1

山本玲子〈啄木のことば〉「何か面白い事は無いか」さう言つて街々を的もなく探し廻る代わりに、

　…　P15 ～ 0「広報たまやま」6 月号 A4 判　　　　　　　　　玉山村　H 15・6・1

南條範男　碑の浪漫（33）阿寒湖畔の歌碑 P19 ～ 0「逆水」6 月号　　逆水短歌会　H 15・6・1

小泉とし夫〈啄木と私㉑〉啄木における自然詠（中）P20 ～ 32「どらみんぐ」第 23 号

　　　　　　　　　　　　　　　　　　　小泉とし夫個人発行（盛岡市）H 15・6・1

盛岡タイムス（記事）馬コのミニ展示で紹介・啄木と賢治も見た　　　　　　H 15・6・3

「原敬研究資料第 13 回企画展図録」A5 判（石川啄木・新聞界での活躍）原敬記念館　H 15・6・4

盛岡観光協会　畑中美那子一人芝居「SETSU-KO」（会場・啄木新婚の家）パンフ　H 15・6・4／5

北畠立朴〈啄木エッセイ 70〉啄木三昧の日々を過ごす　　　　「しつげん」第 330 号　H 15・6・5

助川禎子【読者欄・声】啄木の苦しみ　胸打たれる　　　　　　　　　　岩手日報（夕）H 15・6・6

神奈川新聞〈コラム照明灯〉（注・啄木と尾崎豊の類似点に触れた内容）　　　　　H 15・6・7

啄木祭実行委員会「啄木祭／石川啄木・尾崎豊」パンフ A4判片面刷り　　　　H 15・6・7

岩手日報（記事）石川啄木・尾崎豊／時代駆け抜けた若き才能・玉山で啄木祭　H 15・6・8

釧路新聞（記事）「道東文化塾」21日スタート（石川啄木と釧路ほか）　　　　H 15・6・8

江口圭一　自分史的断片―啄木・小奴・イツ―『まぐれの日本近現代史研究』四六判 3000円＋税

　　　　　　　　　　　　　　　　　　　　　　　　　　　　　　校倉書房　H 15・6・10

盛岡タイムス（記事）玉山村で啄木祭 2003・尾崎豊　時代駆け抜けた青春　　H 15・6・10

盛岡タイムス（記事）裸電球の下で・畑中さん一人芝居「SETSU-KO」公演　　H 15・6・11

朝日新聞（岩手版記事）尾崎豊・石川啄木／玉山・トークに 500人　　　　　H 15・6・14

伊五澤富雄　「口説き居り―」の啄木歌―身内の名士が誤解してひと騒動―P4～5

　　「いわてねんりんクラブ」第95号 B5判 700円　　　　　　ねんりん舎（盛岡市）H 15・6・15

長嶋あき子　第 31 回県啄木祭の報告 P34～36「日本海」第 38 巻 2号　日本海社　H 15・6・15

望月善次　啄木の歌（歌集外短歌 778～785）戊申日誌（1～8）

　　　　　　　　　　　　　　　　　　　　　　　盛岡タイムス　H 15・6・15～6・22

山下多恵子　啄木と三人の友―金田一・郁雨・哀果＜第 31 回新潟県啄木祭講演要旨＞P36～53

　　「日本海」第 38 巻 2号 A5判　　　　日本海社（新潟県両津市羽吉 1181 田中要方）H 15・6・15

米田利昭『賢治と啄木』啄木の東京は「都府の精神」探しに始まった／「一兵卒と啄木の日露戦争

　／「日本一の代用教員」―教師としての啄木―　四六判 1700円＋税　大修館書店　H 15・6・15

荒又重雄　午睡のあと（21）近江じんさん　　　　　　　　　釧路新聞　H 15・6・16

高田準平〈文学へのいざない〉啄木に思いを馳せて　補稿（九）啄木の映画、舞台など（上 6・16／中 6・

　24／下 6・30）（←H 25・8『啄木懐想』著者刊）　　　北鹿新聞　H 15・6・16～6・30

岩手日報〈山河私抄〉※多々良山人（佐藤庄太郎「杜鵑日記」の啄木関係部分）　　H 15・6・17

「国際啄木学会会報」第 17 号 A5判 全 7 頁（以下 4 点ほかの文献を収載）

　【研究発表要旨】

　　佐々木祐子　幻の回覧雑誌「三日月」二号

　　木佐貫洋　啄木の俳句考

　　小菅麻紀子　「人生手帖」に見る戦後の啄木受容

　　木股知史　夢と散文詩「白い鳥、血の海」をめぐって　　　国際啄木学会事務局　H 15・6・20

「国際啄木学会東京支部通信」第 2号 A5判 5頁（支部会員の動向掲載のパンフ）　H 15・6・20

柴田哲郎　石川啄木の来釧　　　　　　　　　　　　　　北海道新聞（夕）H 15・6・20

堀江信男（書評）「未開拓の分野」に加えられた考察　望月善次著『石川啄木　歌集外短歌評釈 1』（信山社）

　　　　　　　　　　　　　　　　　　　　　　　　　　　　しんぶん赤旗　H 15・6・23

盛岡タイムス（記事）青春の肖像啄木を追う／遊座昭吾さんが講演　　　　　H 15・6・23

小松健一　石川啄木『文学の風景を行くカメラ紀行』四六判 950円　　PHP研究所　H 15・6・23

望月善次　啄木の歌（歌集外短歌 786～802）「暇ナ時」16日徹夜会席上作（1～17）

　　　　　　　　　　　　　　　　　　　　　　　盛岡タイムス　H 15・6・23～7・9

岩手日報（記事）朝鮮、中国語で啄木比較／岩手大学院修了の雀さん翻訳の内容検証 H 15・6・25

大滝　寛（CD）啄木短歌 22首「覚えておきたい短歌 150選」2000円＋税　キング　H 15・6・25

原田康宏　（読者投稿欄・声）啄木、賢治知り／郷土史見直す　　　　　岩手日報（夕）H 15・6・26

大塚雅彦　（書評）「石川啄木事典」寸感 P156 ～ 158　「平出修研究」第 35 集 A5 判 1600 円

　　（→ H14・3「国際啄木学会東京支部会報」第 10 号）　　　　　　平出修研究会　H 15・6・28

森　義真　二〇〇二年後半以降の啄木文献紹介 A4 判 5 枚（啄木学会盛岡支部発表レジメ）H 15・6・28

塩浦　彰　啄木の中のにいがた ―平出修結核の感染源説／忍び難い事実誤認― P133 ～ 0

　　「平出修研究」第 35 集 A5 判 1600 円（→ H15・2・12「新潟日報」）　平出修研究会　H 15・6・28

中央公論新社編発行「OD 版　石川啄木」〈日本の詩歌 5〉5300 円＋税　　　　　H 15・6・一

朝日新聞（岩手版記事）「石川啄木」の父住職一禎、許可受け寺の木伐採・天井下張りから資料

　　　　　　　　　　　　　　　　　　　　　　　　　　　　　　　　　　　　　H 15・7・1

「ぽけっと」NO.7 文学散歩・啄木と賢治の風景 3・盛岡城址　盛岡市文化振興事業団　H 15・7・1

「広報たまやま」7 月号（記事）啄木祭 2003・時代を駆け抜けた青春 P6 ～ 7　　　H 15・7・1

南條範男　碑の浪漫（34）宮城県・台ヶ森温泉の歌碑 P19 ～ 0「逧水」7 月号　　　H 15・7・1

目良　卓　啄木歌集『一握の砂』私解（5）P2 ～ 5「生活ロマン」第 7 巻 7 号　　　H 15・7・1

盛岡タイムス（記事）立木伐採してよろしいか本堂再建で願い出る石川啄木の父一禎　H 15・7・1

山本玲子〈啄木のことば〉我等が書斎の窓を覗いたり、頬杖ついて考へたりするよりも… P19 ～ 0

　　「広報たまやま」7 月号 A4 判　　　　　　　　　　　　　　　　玉山村 H 15・7・1

山本玲子〈啄木と明治の盛岡〉（43）恋しき杜陵の館にて P44 ～ 45「街もりおか」

　　第 36 巻 7 号（通巻 427 号）B6 横判 250 円　　　　　　　　杜の都社（盛岡市）H 14・7・1

岩手日報（夕刊記事）啄木の父が記した要請書・立木伐採願い出る・盛岡で発見　　H 15・7・2

遊座昭吾　啄木賞選考経過・発想画期的　体系化に期待　　　　　　　　　岩手日報　H 15・7・4

北畠立朴〈啄木エッセイ 71〉なぜ啄木狂いに成ったのか　　「しつげん」第 332 号　H 15・7・5

秋田さきがけ（記事）石川啄木の父の文書・盛岡の表具店で発見　　　　　　　　　H 15・7・6

饗庭孝男〈名詩の風韻〉黄楊の横櫛のまぼろし（吉井勇の啄木追悼歌）　日本経済新聞　H 15・7・6

盛岡タイムス（記事）啄木短歌の特徴語る・てがみ館　前期講座・望月善次教授　　H 15・7・9

（つばめ）短歌は人生を語れるか（啄木の歌から）P24 ～ 25「短詩形文学」7 月号　H 15・7・10

望月善次　啄木の歌（歌集外短歌 803 ～ 810）「暇ナ時」明治 41 年 7 月 18 日（1 ～ 8）

　　　　　　　　　　　　　　　　　　　　　　　　盛岡タイムス　H 15・7・10 ～ 7・18

佐藤　泉　石川啄木の父　石川一禎 P132 ～ 133「日本史有名人の父たち」別冊歴史読本 51 号 A5 判

　　2000 円　　　　　　　　　　　　　　　　　　　　　　　新人物往来社　H 15・7・11

望月善次　風景との語らい 109　啄木と賢治と歩く〈21 世紀へのいわて遺産 1397〉

　　　　　　　　　　　　　　　　　　　　　　　　　　　　　岩手日報（夕）H 15・7・11

山下多恵子〈忘れな草・啄木の女性たち 32〉堀合孝子　　　　　盛岡タイムス　H 15・7・16

美唄ロータリークラブ創立 30 周年記念実行委員会「石川啄木歌碑除幕式」パンフ　H 15・7・17

北海道新聞（コラムかわせみ）※美唄駅に啄木の歌碑の内容　　　　　　　　　　　H 15・7・18

読売新聞（北海道版記事）美唄駅に啄木の歌碑・ロータリークラブ 30 周年で建立　　H 15・7・19

望月善次　啄木の歌（歌集外短歌 811 ～ 812）「暇ナ時」明治 41 年 7 月 19 日（1 ～ 2）

　　　　　　　　　　　　　　　　　　　　　　　　盛岡タイムス　H 15・7・19 ～ 7・20

「国際啄木学会東京支部通信」臨時号 A4 判 8 頁〔池田功・フライブルグの森から（1）／ほか〕

　　　　　　　　　　　　　　　　　　　　　　国際啄木学会東京支部通信係　H 15・7・20

「本の窓」第 26 巻 6 号 7 月号 A5 判 100 円

　篠　弘　戦争の世紀の短歌―現代の起点をもとめて P12 ～ 15

　辻井喬・道浦母都子（対談）短歌という詩形のもつ力 P2 ～ 11　　　　　　小学館　H 15・7・20

望月善次　啄木の歌（歌集外短歌 813 ～ 826）「暇ナ時」明治 41 年 7 月 22 日（1 ～ 14）

　　　　　　　　　　　　　　　　　　　　　　　　　盛岡タイムス　H 15・7・21 ～ 8・3

芝田啓治　生き甲斐を求めて―石川啄木の場合／「反社会」―石川啄木の場合／没「イエ」・没「う

　ち」―石川啄木の場合／「愛」について―石川啄木の場合　『啄木・賢治・太宰　じょっぱり〈お

　いてけぼりⅡ〉』　　　　　　　　　　　　　　　　　　　東京図書出版会　H 15・7・23

高田準平〈文学へのいざない〉啄木に思いを馳せて　補稿（十）啄木の二つの歌集（1 ～ 4）

　（←H 25・8『啄木懐想』著者刊）　　　　　　　　　　　　北鹿新聞　H 15・7・28 ～ 8・25

山下多恵子〈忘れな草・啄木の女性たち 33〉堀合ふき子　　　盛岡タイムス　H 15・7・30

太田　登　文学における「個」と「孤」の問題 P15 ～ 23（←H15・7 台湾啄木学会編『漂泊過海的啄木論述』

　再録）「日本語文学」第 28 号　　　　　　　　　　輔仁大学日本語文学系（台湾）H 15・7・31

台湾啄木学会編『漂泊過海的啄木論述』〈2002 年 4 月・台湾高雄大会論集〉（以下 14 点の文献を収載）

　上田　博　海へ行こう、海へ行こう―杢太郎と啄木の行方― P13 ～ 30

　太田　登　石川啄木における個と孤の問題 P31 ～ 48

　望月善次　啄木を国際的に研究する意味（高雄大会　記念講演記録）P49 ～ 59

　崔　華月　啄木を国際的に研究する意味（高雄大会記念講演の中国語・朝鮮語訳）P61 ～ 67

　田口道昭　啄木「時代閉塞の現状」論―「必要」をめぐって― P75 ～ 90

　河野有時　「ふと」した啄木 ―『一握の砂』四九八番歌をめぐって― P91 ～ 112

　徐　雪蓉　美化されなかった空間 ―石川啄木の「故郷小説」論― P113 ～ 136

　三枝昂之　ウオーチーチーと鳴く鳥の島にて　P138 ～ 139

　今野寿美　不如意な〈われ〉の造型 ―『一握の砂』が『みだれ髪』から摂取したもの― P143 ～ 153

　孫　順玉　啄木詩歌に表れた〈自由〉への希求 P155 ～ 164

　高　淑玲　日本詩歌の近代化における啄木の独自性 P156 ～ 174

　戸塚隆子　シンポジュウムの成果 P175 ～ 177

　林　永福　台湾における啄木研究の歩みと展望 P179 ～ 184

　楊　錦昌　酒のかなしみぞ我に来れる ―酒後悲傷通心頭（『一握の砂』日本語・台湾語・台湾語

　　　　　のローマ字訳―）P185 ～ 191　　　　　　　　　　台湾啄木学会　H 15・7・31

米田利昭（米田幸子編）『追悼・米田利昭』四六判 300 頁 3000 円〔細目：賢治と啄木―青春と東京―

　P42 ～ 61（→H9・3）「駒澤大学研究紀要」第 4 号）／「一兵卒」と啄木の日露戦争 P62 ～ 71（→H12・2）

　「火の群れ」74 号）／歌くらべ・「東海の」P72 ～ 80（→H12・4）「木蓮」2 号）／ほか〕

　　　　　　　　　　　　　　　　　　　　　　　　　　　　短歌研究社　H 15・7・31

目良　卓　啄木歌集『一握の砂』私解（6）P2 ～ 5　「生活ロマン」第 7 巻 8 号　　H 15・8・1

石黒修編著　内部情報の蓄積が「視点」検討の鍵握る ―六年生に石川啄木の短歌「視点」を教える―

　『向山型「分析批評の観点別」実践実例集』第 3 巻 四六判 1960 円　　明治図書出版　H 15・8・1

ヴエー・エヌ・マルコヴァ訳『啄木』日露語版（→S35・10 と同じ内容の豆本版）

　　　　　　　　　　　　　　　　　　　　　　　　　　　緑の笛豆本の会　H 15・8・1

「関西啄木懇話会会報」第 24 号（2002 年活動報告など）B5 判　4 頁　　　　H 15・8・1

関川夏央　文学は歴史を語ろうとする（啄木を知らぬ学生の話）P50 ～ 51「本の話」8月号

文芸春秋　H 15・8・1

中村光紀　〈館長コラム 16〉啄木とアール・ヌーヴォー P4 ～ 0　「おでって NEWS」22　A5 判

財団法人盛岡観光コンベンション協会　H 15・8・1

南條範男　碑の浪漫（35）宮城県・JR 船岡駅の歌碑 P19 ～ 0「逆水」8 月号　H 15・8・1

西村香苗　〈コラムばん茶せん茶〉啄木詩の道で　　　　　岩手日報（夕）H 15・8・1

「街もりおか」第36巻8号（通巻 428 号）B6 横判 250 円

　吉見正信　イーハトーブ私記②啄木新婚の家の第一夜 P14 ～ 15

　山本玲子　〈啄木と明治の盛岡〉（44）文明の明かり P44 ～ 45　　　　杜の都社　H 15・8・1

山本玲子　〈啄木のことば〉その頃、天地人生に対して、予は予の主観の色を以て彩色し、… P19 ～ 0

「広報たまやま」8 月号 A4 判　　　　　　　　　　　　　　玉山村　H 15・8・1

池田　功　フライブルクの森から（2）「東京支部通信」臨時号　　東京支部通信係　H 15・8・1

小泉とし夫　〈啄木と私 ㉒〉啄木における自然詠（下）P21 ～ 34「どらみんぐ」第 24 号

小泉とし夫個人発行（盛岡市）H 15・8・1

望月善次　啄木の歌（歌集外短歌 827 ～ 828）「岩手日報」明治 38 年 7 月 18 日（1 ～ 2）

盛岡タイムス　H 15・8・4 ～ 8・5

北畠立朴　〈啄木エッセイ 72〉大切な女性の友達　　　　朝日ミニコミ第 334 号　H 15・8・5

岩手日報　（記事）啄木と海のかかわり紹介・玉山・記念館で企画展　　　　H 15・8・6

望月善次　啄木の歌（歌集外短歌 829 ～ 833）「暇ナ時」明治 41 年 7 月 23 日（1 ～ 5）

盛岡タイムス　H 15・8・6 ～ 8・10

望月善次　啄木の歌（歌集外短歌 834 ～ 884）8 月 8 日「新詩社歌会」（1 ～ 51）

盛岡タイムス　H 15・8・12 ～ 10・2

山下多恵子　〈忘れな草・啄木の女性たち 34〉田村イネ　　　　盛岡タイムス　H 15・8・13

盛岡タイムス　（記事）啄木の時代がよみがえる　玉山村宝徳寺　解読大福帳を冊子に　H 15・8・14

江南文三　昂誌消息 P7 ～ 39『昂誌消息』四六判 98 頁 1000 円　　　日本文学館　H 15・8・15

北畠立朴　「全国の啄木碑」（152 基の啄木碑詳細一覧表）A5 判 11 頁　　著者発行　H 15・8・15

石川啄木　『一握の砂 他』〈日本名作選 4　明治の文豪編〉（「一握の砂」「悲しき玩具」の全歌を収録・

解説、その他なし）四六判 202 頁 800 円＋税　　　　　　　日本文学館　H 15・8・15

小木田久富　「啄木と横浜」A5 判 20 頁（既発表の文章に数篇の資料を加えた）

著者発行　H 15・8・16

盛岡タイムス　（連載記事）啄木も学んだ高等小学校・盛岡近郊案内唱歌（61）　　　H 15・8・21

塩浦　彰　新潟の思想家と石川啄木・13,14 日に国際啄木学会新潟大会　新潟日報　H 15・8・22

野中康行　〈コラムばん茶せん茶〉啄木さがし　　　　　　　岩手日報（夕）　H 15・8・22

読売新聞　〈コラム編集手帳〉※啄木と尾崎行雄の出会いに触れた文章　　　　H 15・8・22

高木勝勇【たび】啄木も歩いた名勝松原　　　　　　　しんぶん赤旗　日曜版　H 15・8・24

岩手日報　（記事）「啄木に恋心学んだ」・東京で講座・三好京三さんが講演　　　H 15・8・25

晴山誠一（読者投稿欄・声）「春まだ浅く」カラオケ希望　　　　　岩手日報　H 15・8・26

山下多恵子〈忘れな草・啄木の女性たち 35〉田村サダ　　　　盛岡タイムス　H 15・8・27

高田準平〈文学へのいざない補稿 10・啄木二つの歌集〉（1・2・3・4）（←H 25・8『啄木懐想』著者刊）

北鹿新聞　H 15・7・28／8・4／19／25

井上ひさし選　啄木と賢治（『一握の砂』より P159 〜 173）日本ペンクラブ編『水』光文社文庫
　　特別版 非売品　（←H 15・10 光文社文庫）　　　　　　　　　　　光文社　H 15・8・30

菅原芳雄　石川啄木『幾時代かありまして』四六判 2100円　　　美研インターナ　H 15・8・31

「宝徳寺盂蘭盆会 2003・沼田米穀店・大福帳断簡」B5 判 14 頁
　　　　　　　　　　　　　　　　　　宝徳寺「さわらの会」作製発行　H 15・8・—

編集部　啄木歌碑 P15 〜 16 余市水産博物館編『余市町の文学碑』A5 判　余市町　H 15・8・—

「みちのく新報」NO.3【特集記事】啄木祭 2003〔時代を駆け抜けた青春・啄木と尾崎の魅力・(M)
　　啄木 VS 尾崎・ほか〕　　　　　　　　　　　（有）みちのく新報（盛岡市）H 15・8・—

伊五澤富雄　啄木と「渋民小校歌」余話 P48 〜 49「いわてねんりんクラブ」第97号 B5 判 700円
　　　　　　　　　　　　　　　　　　　　　　　　　　　　　　　　　H 15・9・1

門屋光昭〈啄木と明治の盛岡〉（45）見よ、飛行機の高く飛べるを P46 〜 47「街もりおか」
　　第36巻9号（通巻 429号）B6横判 250円　　　　　　　　杜の都社（盛岡市）H 15・9・1

「ぽけっと」NO.65-9　啄木と賢治の風景 5「小天地」発行跡　盛岡市文化振興事業団 H 15・9・1

「広報たまやま」9月号（記事）裸電球の下で学ぶ・平成15年度啄木学級　　　　　H 15・9・1

南條範男　碑の浪漫（36）函館公園の歌碑 P19 〜 0「逃水」9月号　逃水短歌会　H 15・9・1

山本玲子〈啄木のことば〉小生にも三つの楽しき時刻（?）あり、一つは毎日東京、地方合せて五種
　　の新聞を… P19 〜 0「広報たまやま」9月号 A4判　　　　　　　玉山村 H 15・9・1

粟津則雄　ことばの泉・「石川啄木はふびんな奴だ。」／ときにかう…　東京新聞（夕）H 15・9・2

盛岡市先人記念館　ローマ字をめぐる人々・石川啄木・土岐善麿ほか P12 〜 13　「田丸卓郎と田
　　中舘愛橘 —日本ローマ字物語—」テーマ展（9／6〜11／3）図録 A5 判　　H 15・9・6

近藤典彦・山下多恵子〈対談〉啄木の魅力・現代への問いかけ（上・下）
　　　　　　　　　　　　　　　　　　　　　　　しんぶん赤旗　H 15・9・10／12

盛岡タイムス（記事）啄木を学んで青春・天昌寺老人クラブ・玉山村の入門講座に　H 15・9・10

山下多恵子〈忘れな草・啄木の女性たち 36〉山本トラ　　　　　盛岡タイムス　H 15・9・10

岩手日報（記事）啄木と民衆思想の関係は・あすから新潟で国際学会　　　　　　H 15・9・12

「第14回　国際啄木学会新潟大会（9月13日〜15日）」ポスター A2判　　　　H 15・9・13

「国際啄木学会新潟大会「民衆の発見と啄木」基調報告と講演資料」B5判 全12頁　H 15・9・13

三品　信〈文学館への招待 100〉函館市文学館・2階部分すべてが啄木コーナー
　　　　　　　　　　　　　　　　　　　　　　　　　　　東京新聞（夕）H 15・9・13

木佐貫洋　啄木の俳句考　B5判 24頁　国際啄木学会新潟大会研究発表レジメ　　H 15・9・14

木股知史　夢と散文詩「白い鳥、血の海」をめぐって 6頁　啄木学会研究発表レジメ　H 15・9・14

小菅麻起子「人生手帖」に見る戦後の〈啄木〉受容　13頁　啄木学会研究発表レジメ　H 15・9・14

佐々木祐子　幻の回覧雑誌「三日月」二号　2頁　啄木学会新潟大会研究発表レジメ　H 15・9・14

田口信孝「石川啄木寄稿の群馬の雑誌」について　A4判 6頁＋資料 4点（第2回学芸員セミナー・
　　発表用レジメ）　　　　　　　　　　　　　　群馬県立土屋文明記念文学館

新潟日報（記事）啄木学広めよう・新潟「国際啄木学会」始まる　　　　　　　　H 15・9・14

岩手日報（記事）啄木とのかかわり検証・国際啄木学会新潟で開幕・基調報告や講　H 15・9・14

岩手日報（記事）啄木の自然観テーマに講演・新潟・国際学会開幕　　　　　　　H 15・9・15

岩手日報（記事）講演、発表行い国際啄木学会開幕　　　　　　　　　　H 15・9・15

盛岡タイムス（記事）啄木歌碑の拓本展開催・JR 盛岡駅　　　　　　　　H 15・9・15

太田幸夫　野口雨情の啄木札幌居住説を追う ─雨情と啄木の人間模様─　B5判 19頁

　　　　　　　　　　第２回「札幌啄木会」の集い講演会資料として著者作成　H 15・9・15

遊座昭吾（書評）米田利昭著「賢治と啄木」２人が共有する「詩想の源」求めて

　　　　　　　　　　　　　　　　　　　　　　　　　　　しんぶん赤旗　H 15・9・15

（澤）〈コラム断面〉「啄木」名乗って 100 年、新潟で大会・民衆の視点で、捉え彫像される

　　　　　　　　　　　　　　　　　　　　　　　　　　　しんぶん赤旗　H 15・9・19

吉増剛造　無言の仕草へ・石川啄木１『詩をポケットに愛する詩人たちの旅』四六判 1019円＋税

　　　　　　　　　　　　　　　　　　　　　　　　　日本放送出版協会　H 15・9・20

山下多恵子〈忘れな草・啄木の女性たち 37・38〉三浦光子（上・下）

　　　　　　　　　　　　　　　　　　　　　　盛岡タイムス　H 15・9・24／10・8

太田愛人『野村胡堂・あらえびすとその時代』四六判 2800円 全586頁　　　　教文館　H 15・9・25

芳賀　徹　木陰の越しかけ（啄木詩「家」から）P158 〜 159『詩歌の森へ』四六判

　　　　　　　　　　　　　　　　　　　　　　　　　　　中央公論新社　H 15・9・25

盛岡タイムス（記事）啄木の母校が 130 周年・玉山村渋民小　　　　　　　H 15・9・28

『いわて未来への遺産　近代化遺構を歩く明治〜昭和初期』A4判 3800円＋税

　　嶋　千秋　旧渋民尋常小学校／旧斎藤家 P197 〜 198

　　山本玲子　渋民と啄木／啄木の歌碑 P199 〜 200　　　　　　　　　岩手日報社　H 15・9・30

宇治土公三津子（うじとこ　みつこ）『愛を思う』A5判 1300円＋税

　　石川啄木が綴る（菅原芳子への想い／橘智恵子への思い）P36 〜 41　　　二玄社　H 15・9・30

宇治土公三津子（うじとこ　みつこ）『死を思う』A5判 1300円＋税

　　石川啄木が綴る（母への想い）P37 〜 42　　　　　　　　　　　　二玄社　H 15・9・30

「望」４号 B5判 102頁 1000円

　　第十一期・第十二期　啄木歌集外歌を読む（明治四十一年　その一・二）、ほか／上田勝也、北
　　田まゆみ、熊谷昭夫、齊藤清人、佐藤静子、永井雍子、福島雪江、三木与志夫、吉田直美

　　　　　　　　　　　　　　　発行者・望月善次　編集・啄木月曜会　H 15・9・30

「みちのく新報」No.4（記事）啄木記念館館長・嶋千秋氏「贈る言葉」ほか（注・発行日の記載無し）

　　　　　　　　　　　　　　　　　　　　　　（有）みちのく社（盛岡市）H 15・9・─

岩本由輝　電気の文化史・石川啄木の電気事業への期待─盛岡電気の開業まで P16 〜 17「白い国
　　の詩」10 月号通巻 566号 A4判　　　　　　　東北電力株式会社広報・地域交流部　H 15・10・1

小泉とし夫　〈啄木と私㉓〉啄木とフローラ（上）P23 〜 32「どらみんぐ」第 25 号　H 15・10・1

近　義松　五頭の絆 ─啄木・郁雨・友二─　P118 〜 127「鶴」〈700 号記念特集号〉第 62 巻 10 号
　　A5判 2000円　　　　　　　　　　　　　　　　　　　　　　鶴発行所　H 15・10・1

南條範男　碑の浪漫（37）盛岡市・丸藤菓子店啄木像と歌碑 P19 〜 0　「迯水」10 月号

　　　　　　　　　　　　　　　　　　　　　　　　　　　迯水短歌会　H 15・10・1

目良　卓　啄木歌集『一握の砂』私解（10〜11）P2〜5「生活ロマン」第 7 巻 10〜11 号

　　　　　　　　　　　　　　　　　　　　　　　　　H 15・10・1 〜 11・1

山本玲子〈啄木のことば〉議論は議論を建設すれ共、遂に空中楼閣のみ。… P19 〜 0「広報たまやま」

10月号 A4判　　　　　　　　　　　　　　　　　　　　　　　玉山村　H 15・10・1

山本玲子〈啄木と明治の盛岡〉(46) 高与旅館の楼上にて P44〜45「街もりおか」第36巻10号
　（通巻430号）B6横判 250円　　　　　　　　　　　　　　杜の都社（盛岡市）H 15・10・1

「盛岡てがみ館資料解説」第41号 ※山西敏郎の葉書（S25・4・13）吉田孤羊宛　　　H 15・10・1

見城瑞穂〈ひろば〉若くして散った歌人・石田マツ（国際啄木学会新潟大会に参加の感想から）
　　　　　　　　　　　　　　　　　　　　　　　　　　　　　　上毛新聞　H 15・10・2

編集部（記事）谷村新司「昴」は石川啄木のパクリだった！P155〜0「週刊新潮」第48巻37号
　10月2日号 A4判 300円　　　　　　　　　　　　　　　　　新潮社　H 15・10・2

佐藤志歩　民衆の発見と啄木（上・下）国際啄木学会新潟大会から
　　　　　　　　　　　　　　　　　　　　　　　　　岩手日報　H 15・10・2／10・3

石田征将〈投書欄・読者発〉「昴」はパクリ！納得　　　　　東京新聞（夕）H 15・10・3

望月善次　啄木の歌（歌集外短歌 885〜905）明治41年8月27日夜（1〜21）
　　　　　　　　　　　　　　　　　　　　盛岡タイムス　H 15・10・3〜10・24

板谷英城　賢治小景 95 太湖船　啄木も短歌に詠む？　朝日新聞（岩手版）H 15・10・4

佐藤志歩〈コラム展望台〉失われた望郷の思い　　　　　　　岩手日報　H 15・10・4

平山征夫「啄木のふるさと」P3〜0「新潟県民だより」(10)　新潟県広報広聴課　H 15・10・5

岩手日報〈コラム学芸余聞〉「心、表現、主語」に注意し翻訳（フィンランド語訳『一握の砂』）
　　　　　　　　　　　　　　　　　　　　　　　　　　　　　　　　　　H 15・10・6

松井博之　〈一〉と〈二〉をめぐる思考 ―文学・明治四十年前後（← H26・8 乾口達司編『〈一〉と〈二〉
　をめぐる思考』文芸社）　　　　　　　　　　　　　　　　新潮社　H 15・10・7

伊五澤富雄　玉山村の山河と草原／賢治・啄木の詩心を培う P49〜51「いわてねんりんクラブ」
　98号 B5判 700円　　　　　　　　　　　　　　　　　　　　　　　　H 15・10・10

柏崎驍二（書評）差異を明らかに　米田利昭著『賢治と啄木』「短歌新聞」第600号　H 15・10・10

森　義真「岩手の歌人　石川啄木に学ぶ」〜西根・玉山・盛岡〜啄木ゆかりの地巡り〈国立岩手
　青年の家開所 30周年記念事業〉※受講者配布のテキストブック A5判 23頁　　H 15・10・11

森　義真　石川啄木の光と影（国立岩手青年の家主催講座レジメ）A4判 1枚　　H 15・10・11

青木　登　石川啄木旧居跡 P102〜106／東京大学正門から春日駅へ P131〜138『名作と歩く』
　第二集 B5判 1200円＋税　　　　　　　　　　　　　　　けやき出版　H 15・10・16

朝日新聞（岩手版記事）啄木の短歌添削文を展示へ・玉山の記念館　　　　　H 15・10・16

近　義松『五頭の絆 ―啄木・郁雨・友二―』A4判 38頁（← H15・10「鶴」10月号）
　　　　　　　　　　　　　　　　　　　　著者発行（新潟県岩船郡荒川町）H 15・10・17

碓田のぼる　『短歌を愛するすべての人へ』四六判 248頁 2400円　　飯塚書店　H 15・10・20

目良　卓　啄木雑感 (31)「華」53号 A5判　　　　　　　　　　「華」の会　H 15・10・20

小管麻起子　没後 20年　寺山修司の短歌　啄木に親しんだデビュー作のころ
　　　　　　　　　　　　　　　　　　　　　　　　　　　しんぶん赤旗　H 15・10・21

山下多恵子〈忘れな草・啄木の女性たち 39・40〉石川カツ（上・下）
　　　　　　　　　　　　　　　　　　　　　盛岡タイムス　H 15・10・22／11・5

望月善次　啄木の歌（歌集外短歌 906〜978）明治41年8月29日徹宵百首会（1〜73）
　　　　　　　　　　　　　　　　　　盛岡タイムス　H 15・10・25〜H 16・1・8

ドナルド・キーン　日本の日記文学 P73〜106『日本文学は世界のかけ橋』四六判 1680円＋税

たちばな出版　H 15・10・28

後藤正人　「時代閉塞」の法社会史 ―大逆事件をめぐる東京朝日新聞社の松崎天民と石川啄木―

『近代日本の法社会史　平和・人権・友愛』四六判 2500円＋税　　世界思想社　H 15・10・30

「きつつき」柴田啄木会会報　創刊号 A 4判 全6頁 ※以下2点の文献を収載

鈴木宗夫　会報創刊にあたり（歌碑の建立にふれて）

平井秀雄　啄木歌碑完成と今後について

発行所と連絡先（宮城県柴田町船岡神山前 58-1 鈴木方）H 15・10・31

太田　登　都市漂泊者としての漱石と啄木 P1〜19「台大日本語文研究」第五期 A 5判

台湾大学日本語文学系　H 15・10・―

岩城之徳　石川啄木名歌鑑賞（パンフ・B 4判 両面刷 三つ折）　　石川啄木記念館　H 15・10・―

「釧路啄木一人百首」〈再版〉付録「かいせつ書」北畠立朴・百首の解説文について（解説／角田憲治・

再制作にあたって／鳥居省三・御挨拶）10500円　　　釧路啄木歌留多普及会　H 15・10・―

「平成14年度 盛岡てがみ館 館報」A 4判 56頁（注・啄木関係書簡多数の写真を掲載）

盛岡てがみ館　H 15・10・―

「大阪啄木通信」第23号 B 5判 全30頁 定価不記載（以下3点ほかの文献を収載）

飯田　敏　啄木の故郷渋民村・その④ ―「煙二」に詠まれた種々相― P1〜13

井上信興　啄木敗残の帰郷 ―岩城説への疑問― P14〜16

天野　仁　啄木曼荼羅（8）伝記的虚実のはざまでたずねる P17〜24

天野仁個人発行誌（高槻市牧田町 5-18-404）H 15・11・1

近　義松　五頭の詩びと・石川啄木と郁雨・友二　P20〜24　「文芸あらかわ」第10号 A 5判

荒川町文化協会（新潟県）H 15・11・1

三枝昂之　百舌と文鎮（27）啄木をめぐるいろいろ P52〜53「りとむ」第12巻6号・通巻69号

A 5判 1000円　　　　　りとむ短歌会（川崎市麻生区千代ヶ丘 8-23-7）H 15・11・1

三枝昂之　三木露風の世界・短歌　正述心緒の魅力 P52〜57「解釈と鑑賞」第68巻11号

至文堂　H 15・11・1

「ぽけっと」NO.67-11　啄木と賢治の風景7「盛岡天満宮」　　盛岡市文化振興事業団　H 15・11・1

菱川善夫　よみがえる啄木 ―啄木の現代性― P26〜37　「北方文芸　別冊8」通巻358号

A 5判 800円　　　　　　北方文芸刊行会（札幌市豊平区平岸一条 16-9-22）H 15・11・1

南條範男　碑の浪漫（38）渋民・愛宕山の歌碑 P19〜0「逆水」11月号　　逆水短歌会　H 15・11・1

山本玲子〈啄木のことば〉一生に二度とは帰つて来ないいのちの一秒だ。おれはその一秒がいとしい。

… P19〜0「広報たまやま」11月号 A 4判　　　　　　　　玉山村　H 15・11・1

山本玲子〈啄木と明治の盛岡〉（47）龍谷寺の美霊 P44〜45「街もりおか」第36巻11号

（通巻431号）B 6横判 250円　　　　　　　　　杜の都社（盛岡市）H 15・11・1

渡邊俊博　俳諧旅日記・倶知安町 P24〜25「Hokkaido」11月号　　JR北海道車内誌　H 15・11・1

しんぶん赤旗（コラム潮流）地図の上朝鮮国にくろぐろと…の啄木短歌を引用　　　H 15・11・2

櫻井健治　東海歌をめぐって ―大森浜と蟹― P8〜13 北海道文学館編発行『函館―青森・海峡浪漫』

B 5判 全70頁　　　　　　　　　　　　　　　　　　　　　　H 15・11・3

「浜茄子」第65号 B 5判 全6頁（細目：啄木歌碑建立計画―気仙沼市明神崎にて／渡辺昌昭・沖縄の啄木

歌碑を訪ねて／南條範男・石川啄木　碑の浪漫（8）／ほか）　　　　　　　　仙台啄木会　H 15・11・10

石川啄木書簡の翻刻文（M43・10・18 盛岡中学校雑誌部理事諸君宛／M45・1・1 荻原藤吉宛／M35・

　11・3 の啄木ハガキを野村胡堂が吉田孤羊宛書簡に記したもの／ほか吉田孤羊宛書簡 4 通）

　　　　　　　　　　　　　　　　　　　　　　　　　　　　　　盛岡てがみ館　H 15・11・11

岩手日報〈コラム紙風船〉※石川啄木記念館で開催中の「啄木とスバル」の話題　　H 15・11・11

遠山美季男（署名記事）啄木知ってるよ・釧路の古い歴史学ぶ　　　　　　　釧路新聞　H 15・11・11

「宝徳寺追悼 2003」冊子「高橋兵庫」B5 判 24 頁　　　　　　宝徳寺「さわらの会」　H 15・11・11

盛岡タイムス（記事）啄木がウエブスターを送った後輩・高橋兵庫に思いをはせる　H 15・11・12

岩手日報（記事）石川啄木の後輩・高橋兵庫をしのぶ・玉山・宝徳寺さわらの会　　H 15・11・13

盛岡タイムス（記事）啄木が編集発行・文芸雑誌「スバル」を展示・玉山村の記念館で　H 15・11・17

山下多恵子〈忘れな草・啄木の女性たち 41 〜 43〉石川京子（上・中・下）

　　　　　　　　　　　　　　　　　　　　　　盛岡タイムス　H 15・11・19／12・3／12・17

福島泰樹　啄木絶叫〈其之六〉P220 〜 223「江古田文学」第 54 号 A5 判 980 円　　H 15・11・25

編集部　石川啄木 P116〜0 『図説・明治の群像』A5 判 1900 円＋税　　　　　学研　H 15・11・25

荒又重雄　浪淘沙幻想（啄木短歌に関するエッセイ）　　　　　　　　　　釧路新聞　H 15・11・27

井上ひさし　啄木と賢治　日本ペンクラブ編『水』光文社文庫 514 円＋税　　光文社　H 15・11・28

宮　　健【日報論壇】「盛岡城址公園」に改称を　　　　　　　　　　　　岩手日報　H 15・11・28

北田まゆみ　啄木短歌のカタカナ語について A4 判 11 枚（岩手大学公開講座第 9 回研究発表レジメ）

　　　　　　　　　　　　　　　　　　　　　　　　　　　　　　　　　　　　　　H 15・11・29

松山　巌　私の愛する「文人の癖」② 啄木の目付き　　　　　　　　　　朝日新聞　H 15・11・29

山田吉郎　前田夕暮と石川啄木（A3 判 6 枚）　秦野市立図書館講演レジメ　　　　　H 15・11・29

鵜川　昇　一握の砂・石川啄木『絵で読む日本語（下）』四六判 1680 円　　旺文社　H 15・11・30

松澤信祐　多喜二と石川啄木　P155 〜 170『小林多喜二の文学』四六判 3000 円＋税

　　　　　　　　　　　　　　　　　　　　　　　　　　　　　光陽出版社　H 15・11・30

山田吉郎　前田夕暮の魅力 P16〜17「前田夕暮展」パンフ A4 判　　秦野市立図書館　H 15・11・―

森　義真（地図記入）石川啄木「秋韷笛語」の東京（明治 35 年 11〜12 月）A3 判 1 枚　　H 15・11・―

下川高士　金田一京助『こどもとおとなに贈る 人物日本の歴史 2』A5 判 1080 円＋税

　　　　　　　　　　　　　　　　　　　　　　　　　　　　新人物往来社　H 15・11・―

「街もりおか」第 36 巻 12 号（通巻 432 号）B6 横判 250 円

　佐々木守功　盛岡中学人脈の源泉『野村胡堂あらえびす』の楽しみ方 P14 〜 15

　門屋光昭〈啄木と明治の盛岡〉（48）宝徳寺由緒余聞 P38 〜 39

　　　　　　　　　　　　　　　　　　　杜の都社（盛岡市本町通 2-13-8）H 15・12・1

南條範男　碑の浪漫（39）岩手県雫石高校の歌碑 P19 〜 0「迯水」12 月号　　　　　H 15・12・1

目良　卓　啄木歌集『一握の砂』私解（10）P2 〜 5「第 2 次生活ロマン」12 月号　A5 判 600 円

　　　　　　　　　　　　　　　　　　　　　　　　　　　　現代語短歌協会　H 15・12・1

小泉とし夫〈啄木と私㉔〉啄木とフローラ（中）「どらみんぐ」第 26 号〈終刊〉

　　　　　　　　　　　　　　　　　　　　　小泉とし夫個人発行（盛岡市）H 15・12・1

山本玲子〈啄木のことば〉我々の時代の日本の富有（ふゆう）な老人によくある、せせこましい、… P19 〜 0

　「広報たまやま」12 月号 A4 判　　　　　　　　　　　　　　　　　　　玉山村　H 15・12・1

盛岡タイムス（記事）啄木の妻節子も学んだ女学校・布教の歴史伝える　　　　　　　　H 15・12・2

北畠立朴〈啄木エッセイ76〉わが『啄木バカ』人生　　　　「しつげん」第341号　H 15・12・5

釧路新聞（記事）啄木と〝雪あかりの町〟・釧路の文学情緒　　　　　　　　　　　H 15・12・8

「東京支部通信」第3号　A5判 20頁（以下5点の文献を収載）

　　山本久男　週刊新潮の「啄木短歌パクリ」雑感

　　亀谷中行　ミーカ・ポルキさんとの出会い

　　平出　洸　自宅近くに啄木の子孫の足跡発見！

　　小木田久富　啄木と本郷界隈・藪蕎麦と本郷の夜市（→ H8·6「新しき明日」）

　　池田　功　フライブルクの森から　あるドイツ便り（3）

　　　　　　　　　　　　　　　　　　　　　国際啄木学会東京支部通信係　H 15・12・8

森　義真　風景との語らい199　21世紀へのいわて遺産（1487）市街を見る・盛岡市

　　　　　　　　　　　　　　　　　　　　　　　　　　岩手日報（夕）H 15・12・8

石川啄木著『一握の砂　呼子と口笛』文庫判 223頁（年譜脚注付き・発行日の記載無・価格100円）

　　　　　　　　　大創出版（東京都北区中里 2-27-1）日付は湘南啄木文庫受入れ日　H 15・12・10

出久根達郎　明治と共に啄木逝く（ほか）P102 〜 103『昔をたずねて今を知る』四六判 1900円＋税

　　　　　　　　　　　　　　　　　　　　　　　　　中央公論新社　H 15・12・10

佐藤志歩（署名記事）いわて学芸この1年 ③賢治、啄木の研究盛んに　岩手日報　H 15・12・11

盛岡タイムス（記事）盛岡四高文芸部5年連続最優秀（啄木特集雑誌の話題）　　　H 15・12・11

鵜川昇編　一握の砂・石川啄木—「イメージ」ダグプラマー　『絵で読む日本語・下』四六判 1600円

　　　　　　　　　　　　　　　　　　　　　　　　　　　旺文社　H 15・12・12

（K）講演「啄木とその妻、そしてロシア」と交流に感銘　「日本とユーラシア」1319号

　　　　　　　　　　　　　　　　　　　　　　　　アジア交流協会　H 15・12・15

「札幌啄木会だより」No.4　B5判　8頁

　　桜木俊雄　釧路に小奴こと近江じんさんを訪ねてP2 〜 3（← H22·9「札幌啄木会だより」18）

　　天野　仁　発行者への私信P5 〜 6　　　　　　　　　　　　　札幌啄木会　H 15・12・15

石川啄木　時代閉塞の現状 P157 〜 174　千葉俊二・坪内祐三編『日本近代文学評論選・明治・

　　大正篇』岩波文庫 760円＋税　　　　　　　　　　　　　　　岩波書店　H 15・12・16

向井田薫　森昌子の「立待岬」P80 〜 81　「いわてねんりんクラブ」第100号 B5判 700円

　　　　　　　　　　　　　　　　　　　　　　　　ねんりん舎（盛岡市）H 15・12・20

朝日新聞（岩手版記事）啄木〜さらばスバルよ展〜玉山・週刊誌取材きっかけ　　　H 15・12・20

山本玲子〈みちのく随想〉（注・啄木の「渋民日記」に触れた個所あり）　岩手日報　H 15・12・21

東京新聞〈コラム・洗筆〉※代用教員時代の啄木にふれた文章　　　　　　　　　　H 15・12・21

近藤典彦　透徹した理性で時代を観察　石川啄木　小説「我等の一団と彼」の背景

　　　　　　　　　　　　　　　　　　　　　　　　　しんぶん赤旗　H 15・12・23

千葉洋文〈コラム記者泣き笑い〉㉓賢治と啄木の足跡　　　　　　　岩手日報　H 15・12・24

「オリザ」68号〈地域情報誌記事〉「啄木の駅」に気持が結集　　岩手県地域振興課　H 15・12・25

森　義真　啄木と佐々木喜善の交友 —書簡の背後にあるもの—　A4判 3枚

　　　　　　　　　　　　　　　　　　　　　　　啄木学会盛岡支部発表資料　H 15・12・27

黒澤　勉　啄木と渋民 —村人としての啄木—P150〜156「岩手医科大学教養部研究年報」第38号

A5判（←H16・5「北の文学」第48号）　　　　　　　　　　　　　　　　　H 15・12・31

黒澤　勉　啄木の開いた盛岡の音の風景 ―「閑天地」と「葬列」を通して― P157〜162

　「岩手医科大学教養部研究年報」第 38 号 A5判（←H16・4『論集石川啄木Ⅱ』）　H 15・12・31

奈良達雄　石川啄木 ―『鉱毒歌』『雲は天才である』― 『文学の風景』四六判 1905円＋税

　　　　　　　　　　　　　　　　　　　　　　　　　　　　　東銀座出版社　H 15・12・31

山下多恵子〈忘れな草・啄木の女性たち 44〉石川房江　　　　　盛岡タイムス　H 15・12・31

遊座昭吾編著『明星に観る白蘋・啄木』―明治 35 年10月〜明治 37 年12月―A2判 99頁 ※「明星」

　掲載の啄木作品及び関係資料を原書より複写収載　　　　　遊座昭吾個人刊行　H 15・12・31

安野光雅　啄木詩集 『青春の文語体』四六判 1890円　　　　　　　　筑摩書房　H 15・12・―

太田　登　文学史における1910年の意味 ―文学研究をめざす人のために― P13〜22

　「台湾日本語文学報」18　A4判　　　　　　　　　　　　　台湾日本語文学会　H 15・12・―

「啄木の魅力、賢治の魅力」（エル・ネット「オープンカレッジ」2003・岩手大学公開講座テキスト）

　全 42 頁【以下は講義内容の概要】A5判（以下 4 点ほかの文献を収載）

　望月善次　啄木の風土、賢治の風土

　藤原隆男　啄木の酒、賢治の酒

　望月善次　啄木の短歌、賢治の短歌

　望月善次　啄木の魅力、賢治の魅力　　岩手大学・高等教育情報化推進協議会　H 15・―・―

２００４年（平成16年）

浦田敬三（講演要旨）石川啄木と岩手師範の人々 P5〜0「退職校長会だより」第116号　H 16・1・1

近　義松　石川啄木・轍鮒の生涯（78〜89回―各回1頁）「新歯界」1〜12月号

新潟県歯科医師会　H 16・1・1〜12・1

田村　元　「北」という言葉のイメージ（選後評）P71〜0「りとむ」第13巻1号　H 16・1・1

南條範男　碑の浪漫（40）釧路停車場跡の歌碑　P19〜0「逆水」1月号　　　　H 16・1・1

「ぽけっと」NO.69-1 啄木と賢治の風景7「啄木望郷の丘」　盛岡市文化振興事業団　H 16・1・1

山本玲子〈啄木と明治の盛岡〉（49）二尺ばかりの明るさ P44〜45「街もりおか」第37巻1号

（通巻433号）B6横判 250円　　　　　　　　　　　杜の都社（盛岡市）H 16・1・1

山本玲子〈啄木のことば〉遠い理想のみを持つて自ら現在の生活を直視することの出来ぬ人は…

P15〜0 「広報たまやま」1月号 A4判　　　　　　　　　玉山村 H 16・1・1

目良　卓　啄木歌集『一握の砂』私解（11〜15）各 P2〜5「第2次生活ロマン」1月〜5月号 A5判

600円　　　　　　　　　　　　　　現代語短歌協会　H16・1・1〜5・1

東京新聞〈コラム・洗筆〉※何となく今年は…の啄木歌を引用（※文中の元旦は元日の誤植）

H 16・1・5

北畠立朴〈啄木エッセイ77〉「近江ジンと金田一京助」　　　「しつげん」第344号　H 16・1・5

望月善次　啄木の歌（歌集外短歌 979〜981）「小判ノート」明治41年9月3日付（1〜3）

盛岡タイムス　H 16・1・9〜1・11

巌谷大四　石川啄木と朝日歌壇 P338〜349『東京文壇事始』講談社学術文庫（→S59・角川選書）

H 16・1・10

佐藤誠輔　石川啄木との交友 P50〜54　『遠野先人物語・佐々木喜善小伝』四六判

遠野市教育文化振興財団　H 16・1・10

周　天明「純粋自然主義」―「時代閉塞のキーワード」3枚（啄木学会東京支部会発表レジメ）

H 16・1・10

目良　卓　「林中書」における啄木の教育思想について　3枚（啄木学会東京支部会発表レジメ）

H 16・1・10

中島　嵩　個性ある教師発掘（注・啄木、賢治に少し触れた文章）　　　岩手日報　H 16・1・12

東京新聞（※5面：読者応答室メモ・1月5日付けの「元旦」の誤植を「元日」に訂正）　　H 16・1・12

望月善次　啄木の歌（歌集外短歌 982〜992）「小判ノート」明治41年9月5日付（1〜11）

盛岡タイムス　H 16・1・12〜1・22

山下多恵子〈忘れな草・啄木の女性たち 45〜49〉石川節子①〜⑤

盛岡タイムス　H 16・1・14／1・28／2・11／2・25／3・10

駒井耀介　啄木短歌の鑑賞について P3〜0「CHaG」第13号（大坪れみ子個人発行紙）250円

H 16・1・15

朝日新聞（岩手版・新刊紹介）新たな人物像・明るい石川啄木・理崎啓著『啄木評伝・詩人の夢』

H 16・1・15

理崎　啓　『啄木評伝・詩人の夢』四六判 全181頁（高校生向き）1050円 日本文学館　H 16・1・15

福田　章　「旅での出会い、旅先のスケッチ」石川啄木　啄木の短歌　さいはての駅に…P144 〜 152
　『旅に出たくなる日本語』四六判 1400 円＋税　　　　　　　　　　　　実業之日本社　H 16・1・16
小原守夫　（コラム展望台）原点探る大切さ学ぶ（注・遊座昭吾編「明星に観る白蘋…」について）
　　　　　　　　　　　　　　　　　　　　　　　　　　　　　　　　　　岩手日報　H 16・1・17
福元久幸　石川啄木到着「21日」釧路を PR　　　　　　北海道新聞（道東版署名記事）H 16・1・17
北畠立朴　〈コラム朝の食卓〉啄木の歩いた道　　　　　　　　　　　　北海道新聞　H 16・1・19
朝日新聞　（岩手版記事）光る構成力啄木を書く・二人三脚筆くわえ　　　　　　　H 16・1・20
佐竹直子　啄木の足跡・あす「雪あかりの町・くしろ」　　　　釧路新聞（署名記事）H 16・1・20
石川直樹　北畠立朴さん・啄木、釧路で過ごした76日間　　　釧路新聞（署名記事）H 16・1・21
佐竹直子　啄木特別展スタート　　　　　　　　　　　　　　　釧路新聞（署名記事）H 16・1・21
森　貴子　釧路での啄木は・来釧の日に特別講座　　　北海道新聞（釧路版署名記事）H 16・1・22
望月善次　啄木の歌（歌集外短歌 993 〜 1002）「小判ノート」明治 41 年 9 月 11 日付（1 〜 10）
　　　　　　　　　　　　　　　　　　　　　　　盛岡タイムス　H 16・1・23 〜 2・1
山崎弘文　啄木来釧記憶の灯　　　　　　　　　　　　　　北海道新聞（署名記事）H 16・1・25
西脇　巽著『石川啄木　骨肉の怨』四六判 234頁 1800円＋税〔啄木理解の予備知識／父親・
　一禎／母親・カツ／伯父・葛原対月／姉二人・サダとトラ／妹・ミツ（光子）／妻・節子／啄
　木の子孫・従兄／活力源としての苦悩／啄木と多喜二〕　　　　　　　同時代社　H 16・1・26
西脇　巽『石川啄木　東海歌の謎』四六判 154頁 1300円＋税（啄木短歌の多様性／「東海歌」原
　風景諸説／「東海歌」誕生周辺／「東海歌」象徴歌論／「東海歌」異論／「東海歌」私論）
　　　　　　　　　　　　　　　　　　　　　　　　　　　　　　　　　同時代社　H 16・1・26
（海）〈コラム朝の風〉「時代閉塞の現状」を読む　　　　　　　　　　しんぶん赤旗　H 16・1・27
釧路新聞（記事）石川啄木をしのぶ「雪あかりの町・くしろ」　　　　　　　　　　H 16・1・27
山崎弘文　取材日記・広がれ啄木の〝雪あかり〟　　　　　　　　　　北海道新聞　H 16・1・29
盛岡タイムス（コラム天窓）※山下多恵子氏の「啄木の女性たち」と啄木の教育観　H 16・1・29
日本現代詩歌文学館監修　啄木の青春と友情 P16 〜 0『きたかみ文学散歩』A5 判
　　　　　　　　　　　　　　　　　　　　　　　　　　　　北上市教育委員会　H 16・1・31
学術文献刊行会篇『国文学年次別論文集　近代 5』平成 13（2001）年 B5 判 9300 円
　（以下 3 点の文献を収載）
　大西好弘　啄木の時代閉塞 P1 〜 20（→ H13・3「徳島文理大学研究紀要」第 61 号）
　湯沢比呂子　石川啄木の筆跡考―「悲しき玩具」歌稿ノートの筆跡について― P1 〜 17
　　　　　（→ H13・2「岩手大学教育学部研究年報」第 60 巻 2 号）
　大室精一　秋に降る雨―＜つなぎ歌＞としての『一握の砂』294 番歌― P1 〜 11
　　　　　　（→ H13・3「佐野国際情報短期大学研究紀要」第 12 号）　朋文出版　H 16・1・―
西脇　巽　啄木と多喜二　P5 〜13「青森文学」第 70 号 A5 判 600 円　青森文学会　H 16・1・―
「国文学　解釈と鑑賞」2 月号【特集　啄木の魅力】A5 判 1300 円※（下記 25 点の文献を収載）
　渡部芳紀　文学アルバム＝石川啄木　P5 〜 8
　近藤典彦　啄木の魅力世界へ　P10 〜 13
　井上ひさし・平岡敏夫・近藤典彦〈座談会〉啄木の魅力を語る　P14 〜 38
　三枝昂之　近現代短歌史における石川啄木　P41 〜 52

渡部芳紀　啄木短歌この十首　P53〜59

山田吉郎　啄木短歌この十首　P60〜67

今野寿美　啄木短歌この十首　P68〜76

近藤典彦　『一握の砂』編集の巧緻　P77〜84

大室精一　『一握の砂』編集の最終過程　P85〜88

望月善次　歌集外短歌論　P89〜93

草壁焰太　啄木と五行歌　P94〜99

河野有時　忘れがたき独歩　P100〜105

木股知史　惑乱するイメージ ―「事ありげな春の夕暮」をめぐって― P106〜110

上田　博　「スバル」創刊と啄木　P111〜116

太田　登　評論の魅力 ―二重生活の意識と反措定について― P117〜122

堀江信男　日記の魅力　P123〜127

平岡敏夫　書簡の魅力　P128〜133

尹　在石　韓国における啄木受容　P134〜138

干　耀明　中国における石川啄木文学 ―周作人の啄木文学の紹介を中心に― P139〜142

舟田京子　インドネシアにおける啄木受容　P143〜147

池田　功　西欧における石川啄木の受容について　P148〜155

小菅麻紀子　戦後の啄木受容　P156〜159

飛鳥勝幸　教科書における啄木短歌　P160〜164

今井泰子　啄木研究回顧 ― 研究者になるまで ― P165〜170

小川武敏　啄木研究の現在　P171〜176　　　　　　　　　　　　　　至文堂　H 16・2・1

「石川啄木展」（2/1〜2/28）資料一覧表及びチラシ B5判各1枚　　　銀座源吉兆庵　H 16・2・1

門屋光昭　啄木と明治の盛岡(50) 朔太郎の「旅上」P38〜39「街もりおか」2月号　H 16・2・1

小泉とし夫　啄木と私㉔ 啄木とフローラ（中）P26〜32「どらみんぐ」第26号　H 16・2・1

「ぽけっと」NO.70-2　啄木に魅せられて・啄木研究家吉田孤羊展

　　　　　　　　　　　　　　　　　　　盛岡市文化振興事業団　H 16・2・1

「情熱の啄木研究家吉田孤羊の横顔展」（2・1〜4・19）「第13回企画展展示目録」A4判（片面に吉田孤

　羊宛て書簡一覧表）ポスター A2判 ／ A4判両面刷りチラシ　　　盛岡てがみ館　H 16・2・1

「いわてねんりんクラブ」101号 B5判（以下4点の文献を収載）

　船越英恵　盛岡てがみ館第13回企画展

　　　　　　「情熱の啄木研究家・吉田孤羊」横顔と収集品から P2〜2

　向井田薫　二人の先輩に憧れて・啄木と並んで記念撮影 P10〜11

　伊五澤富雄　盛鉄工場と啄木碑のこと P22〜24

　長谷富士男　啄木が結んでくれた縁　釧路・渋民・そして向井田氏 P58〜59

　　　　　　　　　　　　　　　　　　　　　ねんりん舎（盛岡市）H 16・2・1

藤島誠哉（署名記事）啄木なら現代をどうみますか・国際啄木学会会長近藤典彦さん

　　　　　　　　　　　　　　　　　　　　　北海道新聞　H 16・2・1

藤田　稔　若き日の啄木 P77〜81『愛と青春の追憶』（←H19新装版）東京図書出版会　H 16・2・1

南條範男　碑の浪漫 (41) 釧路・港文館前の啄木像と歌碑 P19〜0「辺水」2月号　　H 16・2・1

山本玲子〈啄木のことば〉白き事雪の如き一葉の紙にも表裏あり。… P23 ～ 0 「広報たまやま」
　2月号 A4判　　　　　　　　　　　　　　　　　　　　　　　　玉山村 H 16・2・1
門屋光昭〈啄木と明治の盛岡〉(50) 朔太郎の「旅上」「街もりおか」第37巻2号（通巻434号）
　B6横判 250円　　　　　　　　　　　　　　　　　　　杜の都社（盛岡市）H 16・2・1
「盛岡てがみ館資料解説」第45号 ※啄木賀状 (M45・1・1) 荻原藤吉（井泉水）宛　H 16・2・1
盛岡タイムス（記事）吉田孤羊コレクション・盛岡てがみ館で開幕　　　　H 16・2・2
山野　勝〈コラム歴史散歩・江戸の坂〉鎧坂　　　　　朝日新聞（東北マリオン版）H 16・2・2
望月善次　啄木の歌（歌集外短歌 1003 ～ 1012)「小判ノート」明治 41 年 9 月 14 日付（1 ～ 10)
　　　　　　　　　　　　　　　　　　　　　　　盛岡タイムス　H 16・2・2 ～ 2・12
近藤典彦『「一握の砂」の研究』A5判 303頁 6800円（第Ⅰ部『一握の砂』全五章の研究・小林寅吉と
　「ツルゲエネフの物語」／「忘れがたき人人」―東雲堂版『一握の砂』からのメッセージ―／「煙」―
　TURGENEV'S SMOKE―／「秋風のこころよさに」―秋色に染める―／「手袋を脱ぐ時」―歌群のパッ
　チワーク―／「我を愛する歌」―この不思議な「我」―／第Ⅱ部・『一握の砂』と幸徳秋水事件／啄木
　短歌に現われる幸徳秋水／啄木と平出修 ― 一九一〇年六月～一二月―／「我等の一団と彼」か
　ら『一握の砂』へ／書名「一握の砂」考／巻頭歌「東海の小島の…」考）　おうふう　H 16・2・4
北畠立朴〈啄木エッセイ 77〉「近江ジンと金田一京助」　　　「しつげん」第344号　H 16・2・5
岩手日報（記事）啄木研究情熱の足跡・盛岡てがみ館で吉田孤羊企画展　　　　H 16・2・5
読売新聞〈コラム編集手帳〉※啄木日記からの引用文　　　　　　　　　　H 16・2・7
朝日新聞〈コラム天声人語〉（※啄木の二つの戦争論を引用した内容）　　　H 16・2・8
田口昌樹　錦木塚 P114 ～117『歌枕とうほく紀行』A5判 1600円＋税　無明舎出版 H 16・2・10
木村　仁　啄木が感動した夕日いまも　　　　　　　　　　　　　釧路新聞　H 16・2・11
塩浦　彰　平出修新婚の家・没後90年修復、保存へ模索　　　　　新潟日報　H 16・2・11
岩手日報（記事）啄木に影響与えた記者・小国露堂講座、9月には企画展も　　H 16・2・13
望月善次　啄木の歌（歌集外短歌 1013 ～ 1016)「小判ノート」明治 41 年 9 月 15 日付（1 ～ 4)
　　　　　　　　　　　　　　　　　　　　　　　盛岡タイムス　H 16・2・13 ～ 2・16
斉藤英子『啄木短歌小感』四六判 1400円（→ H12・3 の重版）　　文芸社　H 16・2・15
望月善次　啄木の歌（歌集外短歌 1017 ～ 1045) 明治 41 年 9 月 12 日平野宅徹夜会（1 ～ 29)
　　　　　　　　　　　　　　　　　　　　　　　盛岡タイムス　H 16・2・17 ～ 3・17
盛岡タイムス（コラム天窓）（※啄木と交流のあった小国露堂の生涯について）H 16・2・18
編集部　初代校長　冨田小一郎先生／ほか『盛岡商90年史』　　同誌編集委員会　H 16・2・18
「マ・シェリ」生活情報紙 484 号〈岩手のコレクター 73〉啄木のかるた・盛岡市 K 氏　H 16・2・19
読売新聞（多摩版新刊紹介）母の遺稿を娘が全国出版・斉藤英子著『啄木短歌小感』　H 16・2・19
「国際啄木学会会報」第18号【春季セミナー発表要旨4点を収載】B5判（以下6点の文献を収載）
　　村松　善　啄木日記に見る文学者意識と自己客観化
　　　　　　　　　　―「遊子」あるいは「石川啄木」「啄木」という表記― P3 ～ 0
　　佐々木祐子　岩手県保存文書からみた石川一禎 P3 ～ 0
　　森　義真　森荘已池と啄木 ―岩手県における啄木受容の一例として― P3 ～ 4
　　今野寿美　はつなつ考
　　近藤典彦　啄木研究の最前線をめぐって／新潟大会を終えて（「閉会の辞」から）P4 ～ 6

水野　洋　2003年新潟大会傍聴記 P7〜0　　　　　　　国際啄木学会事務局　H 16・2・20

小泉修一『輝く晩年　作家・山川亮の歌と足跡』四六判 1238円＋税〔「呼子と口笛」社のたたかい

　― 昭和初期の啄木運動と山川亮（→ H14·10「新日本歌人」）／父を追いて― 啄木の遺児京子のこと

　（→ H13·7「新日本歌人」）／ほか〕　　　　　　　　　　　　　　　　　光陽出版社　H 16・2・20

岩手日報（記事）啄木の心児童刻む・玉山小に歌碑建立・高橋さんが寄贈　　　　H 16・2・21

岩手日報（記事）啄木研究家・吉田孤羊に迫る・盛岡てがみ館　　　　　　　　　H 16・2・21

盛岡タイムス（記事）啄木短歌はすべて暗記・玉山村の小中学生カルタ大会　　　H 16・2・22

岩手日報（記事）啄木百首かるたで勝負・玉山　　　　　　　　　　　　　　　　H 16・2・23

盛岡タイムス（記事）情熱の啄木研究家・吉田孤羊の横顔を語る・盛岡てがみ館館長　H 16・2・23

盛岡タイムス（記事）啄木生誕 118 年の記念日に歌碑・玉山村日戸玉山小学校　　H 16・2・23

東京新聞〈コラム筆洗〉※市町村合併の啄木の故郷と島崎藤村の故郷論じる内容　H 16・2・24

「游悠」（地域情報紙）3月号（記事）先人の「筆」を知る・（石川啄木）　倖星舎（盛岡市）　H 16・2・24

盛岡タイムス（コラムきょうのイチ押し）わすれな草・48「石川節子」から　　　H 16・2・25

山泉　進　大逆事件と熊野 P56 〜 66　「国文学解釈と鑑賞」第 69 巻 3 号 1300円

　　　　　　　　　　　　　　　　　　　　　　　　　　　　　　　　　至文堂　H 16・3・1

鈴木久子（書評）米田利昭著『賢治と啄木』を読む P38 〜 39「綱手」第 17 巻 3 号

　　　　　　　　　　　　　　　　　　　　　　　　　　　　綱手短歌会　H 16・3・1

「ぽけっと」NO.71-3　金田一京助の手紙 〜親友・啄木への思いをつづる〜　　H 16・3・1

「盛岡てがみ館資料解説」第 46 号　※吉田孤羊宛て小樽啄木会の原稿依頼の翻刻文　H 16・3・1

南條範男　碑の浪漫（42）釧路・小奴の碑 P19 〜 0「逑水」3月号　逑水短歌会　H 16・3・1

菱川善夫　啄木の魅力 ―危険な心の殺し方― P3〜18「労働文化」No187　北労協会　H 16・3・1

山本玲子〈啄木のことば〉実際的教育は直接に人の家におとづれて物を与える様なもので、…

　P23 〜 0　「広報たまやま」3月号 A4 判　　　　　　　　　　　　玉山村　H 16・3・1

山本玲子〈啄木と明治の盛岡〉（51）ほとばしるポンプの水 P38〜39「街もりおか」第 37 巻 3 号

　（通巻 435 号）B6横判 250円　　　　　　　　　　　　　杜の都社（盛岡市）　H 16・3・1

東奥日報（新刊紹介）啄木の短歌「東海の…」（西脇巽著『石川啄木 東海歌の謎』）　H 16・3・2

学習メデアセンター委員会視聴覚班　イーハートヴォ・オーディオ・ビジュアル・フォーラム ―石川

　啄木の世界― P124〜139　「花巻東高等学校学習メデアセンター報」第 16 号　　H 16・3・3

北畠立朴〈啄木エッセイ 78〉北海道の啄木会あれこれ　　　　「しつげん」第 346 号　H 16・3・5

北海道新聞＜夕＞（記事）そば食べたに思いはせ・釧路・同友会支部の学習会　　H 16・3・5

編集部〈郷土の本棚〉「一握の砂」の研究・近藤典彦著・伝記的方法を基調に　岩手日報　H 16・3・6

岩手日報（記事）村の情報源・玉山村がＨＰ全面更新　　　　　　　　　　　　　H 16・3・6

釧路新聞（記事）啄木授業で手紙交換・北畠さんが励ましの返信　　　　　　　　H 16・3・12

柏崎驍二　啄木・賢治と盛岡「短歌往来」3月号 880円　　　　　ながらみ書房　H 16・3・15

貞光　威　石川啄木をめぐる人々考　P1 〜 97　「国語国文学」23 号

　　　　　　　　　　　　　　　　　　　　　岐阜聖徳学園大学国語国文学会　H 16・3・15

ＣＤ「春まだ浅く」古賀政男作曲／石川啄木作詞／大川栄策歌〈古賀政男生誕 100 年記念〉1200円

　＋税　　　　　　　　コロンビアミュージックエンターテイメント株式会社　H 16・3・17

河北新報（新刊紹介記事）石川啄木 東海歌の謎・青森の医師 異説展開の本出版　H 16・3・17

望月善次　啄木の歌（歌集外短歌1046〜1086）明治41年9月23日夕（1〜41）

盛岡タイムス　Ｈ16・3・18〜4・28

山下多恵子〈忘れな草・啄木の女性たち50〜53〉その他の女性たち①〜④

盛岡タイムス　Ｈ16・3・24／4・7／4・21／5・5

遊座昭吾〈講演〉一九〇三・啄木百年 P2〜8「日本文學誌要」第69号 A5判

法政大學國文學會　Ｈ16・3・24

盛岡タイムス（記事）啄木の祖先は「石川朝臣？」渋民やなぎの会研修会　Ｈ16・3・24

盛岡タイムス（記事）国際啄木学会春季セミナー・4月11日に岩手大学で　Ｈ16・3・24

木股知史　散文詩と夢　石川啄木 P54〜57　木股知史編『近代日本の象徴主義』A5判 2000円＋税

おうふう　Ｈ16・3・25

碓田のぼる　石川啄木と山口孤剣 A4判3枚（国際啄木学会東京支部会レジメ）　Ｈ16・3・27

川田淳一郎　啄木短歌「三行書き」のルーツを求めて（啄木学会東京支部会レジメ）　Ｈ16・3・27

編集部　釧路は啄木ゆかりの地なの？（北畠立朴さん）「情報誌フイット釧路版4」　Ｈ16・3・27

村岡信明　アテルイと啄木を訪ねて　　岩手日報（夕）Ｈ16・3・27

岩手日報（記事）北上の碑・文人の足跡…市教育委が冊子　　Ｈ16・3・28

塩浦　彰　（書評）原本に啄木の編集意図を見出す　近藤典彦著　『一握の砂』の研究

しんぶん赤旗　Ｈ16・3・29

リベラル社編『特選　小さな詩歌集』石川啄木　こころよく他8首 P54〜57 文庫判

発売：星雲社　発行：リベラル社　Ｈ16・3・30

森　義真　国際啄木学会の歩み（注・一覧表 A4判2枚）　　Ｈ16・3・30

佐々木祐子　渋民のくらしと啄木（八）P25〜35「岩手の古文書」第18号 B5判

岩手古文書学会　Ｈ16・3・31

「啄木風短歌集」第7集 A5判 500円 37頁　　盛岡観光コンベンション協会編発行　Ｈ16・3・31

舘石浩信　高校の教科書は啄木をどのように扱っているのか P18〜27「語学と文学」第40号＜近藤
　典彦先生御退官記念号＞（近藤典彦先生業績目録／ほか）　　群馬大学語文学会　Ｈ16・3・31

「石川啄木記念館館報」第18号 B5判　全12頁（以下3点の文献を収載）

　編集部（記事）冨田小一郎先生と啄木追悼会／ふるさとの橋に歌碑／ほか

　門屋光昭　啄木学級東京講座のさわり　　石川啄木記念館　Ｈ16・3・31

「東北文学の世界」第12号 A5判 ※（以下3点の文献を収載）

　門屋光昭　啄木と鷗外の観潮楼歌会 P11〜35

　山本玲子　啄木と『スバル』―短歌から小説へ― P36〜48

　西舘時子　石川啄木の小説「葬列」の一考察 ―内在する二つの自己― P49〜76

盛岡大学日本文学科　Ｈ16・3・31

「啄木文庫」第34号 A5判 800円（以下14点の文献を収載）

　松村　洋　啄木とコラム

　田中　礼　啄木と俳句 ―表現との関わりで― P6〜12

　内田ミサホ　東海歌の原風景『旅の跡』から見えてくるもの（上）P13〜14

　亀谷中行　啄木の勘違いプラスONE ―こじつけ・我が街との関わり― P16〜18

　松村　洋　『石川啄木事典』について思うこと（下）P18〜19

田口道昭　望月善次著『石川啄木歌集外短歌評釈1』P20 〜 21

水野　洋　田中礼著『時代を生きる短歌』P22 〜 23

森　義真　米田利昭著『啄木と賢治』P23 〜 24

【啄木短歌を読む】P36 〜 38

瀬川清人　雨の歌

桑原タイ　病苦の啄木思い胸が切なく

山田　登　心に響く多くの中の二つ

津川智恵子　さびしさとあこがれと

【啄木作品と私】P39 〜 41

森　義真　啄木の歌からの思い出

松村　洋　生き甲斐はどこに　　　　　　　　　　　　　関西啄木懇話会　H 16・3・31

「国際啄木学会研究年報」第7号 A5判（以下15点の文献を収載）

上田　博　「半日」を読む。然し恐ろしい作だ。P1 〜 6

清田文武　啄木における鷗外 ―「空中書」の一問題を視点として― P7 〜 16

池田　功　石川啄木のドイツ認識 ―ビスマルク評価の変化を中心に― P17 〜 28

小菅麻紀子　人生雑誌に見る戦後の＜啄木＞受容―「葦」「人生手帖」を中心に― P29 〜 51

塩谷知子　小説『天鵞絨』を読む P52 〜 59

【書評】

三枝昻之　実作者として思うこと・近藤典彦著『『一握の砂』の研究』P62 〜 63

小川武敏　歌集未収録短歌へのアプローチ・望月善次著『石川啄木歌集外短歌評釈1』
　　　　　〜一九〇一（明治三十四）年〜一九〇八（明治四十一）年六月〜 P64 〜 65

黒澤　勉　米田利昭著『啄木と賢治』を読む ―論争よ起これ― P66 〜 67

瀬川清人　大西好弘著『啄木新論』P68 〜 69

三留昭男　石川啄木誕生の秘密を追って ―カツ私生児工藤一から一禎養子石川一へ―
　　　　　西脇巽著『石川啄木　矛盾の心世界』P70 〜 71

佐藤　勝　『新・小樽のかたみ』小樽啄木会発行 P72 〜 73

池田　功　ヴォルフォガング・シャモニー著『Ishikawa Takuboku Trauriges Spielzeug』
　　　　　（Inse 出版 1994年）P74 〜 75

ミーカ・ポルキ　フィンランドにおける啄木の受容―両歌集と評論の訳を軸として― P76 〜 77

【新刊紹介】

若林　敦　台湾啄木学会編『漂泊過海的啄木論述（国際啄木学会台湾高雄大会論文集)』P78〜79

村松　善　浦田敬三編『岩手の近代文藝家名鑑』P82 〜 0

　　　　　　　　　　　　　　　　　　　　　　　　　　国際啄木学会事務局　H 16・3・31

「国際啄木学会東京支部会報」第12号 全45頁 A5判（以下7点の文献を収載）

河野有時　巻頭言 P1 〜 0

小川武敏　一九一〇年九月下旬以後の大逆事件について P2 〜 12

川田淳一郎　石川啄木の反逆性は何処にあったか －原因分析と考察および論考－ P13 〜 20

井上信興　「不愉快な事件」についての私解 P21 〜 28

佐藤　勝　資料紹介・石川啄木参考文献目録 (10) － 2002（平成14）年11月〜 2003（平成15）年

9月発行－P29〜35

三枝昂之　啄木をめぐるいろいろ P36〜37

佐藤　勝（文）／亀谷中行（写真）　国際啄木学会新潟大会印象記 P38〜41

国際啄木学会東京支部会　H 16・3・31

望月善次『啄木短歌の読み方』―歌集外短歌評釋一千首とともに―　A5判 6800円 326頁

（第Ⅰ部・啄木短歌の読み方に関する十章／第一章・啄木短歌の本質／第二章・啄木短歌定型意識
― 短歌定型論から見た「三行書き短歌」の意味―／第三章・啄木短歌の音読／第四章・啄木短歌と
Intentional Fallacy（作品解釈においての作家）意図（を絶対とする）誤謬／第五章・啄木（短歌）を「現在」
的に読む―十冊の本に関わりながら―／第六章・啄木（短歌）を「学会の在り方」から考える／第七章・
啄木（短歌）を国際的に読む／第八章・啄木（短歌）を大学から発信する―岩手大学公開講座「石川啄
木の世界」―／第九章・啄木短歌を共に読む―啄木・月曜会の仲間達との慰籍と悦楽―／第十章・啄木
歌集外短歌から見える啄木短歌／第Ⅱ部・啄木短歌を読む具体―歌集外短歌評釈一千首への道―）

信山社　H 16・3・31

大室精一　「忘れがたき人人　二」の形成 ―「路問ふほどのこと」一六首との比較― P173〜190
　「佐野短期大学　研究紀要」第15号 A5判　　　　　　　　　　　　　　　　　　H 16・3・―

近藤典彦　『一握の砂』巻頭考 P1〜11「成城国文」第20号　　成城国文学会　H 16・3・―

近藤典彦・柳沢有一郎　啄木の病歴 P87〜134「群馬大学教育学部紀要」人文・社会科学編 第53巻
群馬大学教育学部　H 16・3・―

種倉紀昭　石川啄木『呼子と口笛』の自筆口絵の象徴的意味について P257〜264「大学美術教育
　学会」第36号 A4判　　　　　　　　　　　　　　　　　　　　　　　　　　H 16・3・―

「駅からハイキング・JR盛岡駅」（石川啄木歌碑案内チラシ A4判 両面刷り）　　　H 16・3・―

「新日本歌人」啄木特集号 4月号 第59巻4号 A5判 800円（以下16点の文献を収載）

　【論文】

　碓田のぼる　石上露子と啄木 ―一九〇八年、そこまでとそこから― P20〜29

　近藤典彦　啄木短歌三行書き序論 P30〜35

　秋村　宏　去り、来る啄木 P48〜51

　【短歌ミニ随想・わたしの啄木との出会い】P52〜56　（以下13名の啄木随想を掲載）

　〈秋山数馬／石坂満寿雄／伊藤吉雄／江川佐一／大澤博明／佐藤久美子／塩見梢／鈴木茂／園田真弓／高橋八
　代江／戸井栄太郎／西シガ子／増田喜久子／武蔵和子〉　　　　　　　新日本歌人協会　H 16・4・1

「浜茄子」第66号 B5判 全6頁（細目：渋民に新しい啄木碑／絵で見る啄木の歌／南條範男・函館時代
　の啄木／南條範男・石川啄木　碑の浪漫（9）ほか）　　　　　　　　　仙台啄木会　H 16・4・1

「盛岡てがみ館」第47号 B4判片面刷1枚（吉田孤羊宛て石川京子ハガキ写真掲載）　　H 16・4・1

浅田次郎　ありがたきかな P2〜3「トランヴェール」4月号（JR東日本情報誌）　　　H 16・4・1

五木寛之　抒情と感傷の意味（啄木の作品に触れる記述）P94〜104「NHK人間講座」4〜5月期
　放送　　　　　　　　　　　　　　　　　　　　　　　　　　　NHK出版　H 16・4・1

「民主文学」4月号 通巻512号 A5判 970円（以下2点の啄木文献を収載）

　碓田のぼる　石川啄木と山口孤剣 ―その同時代性と位相― P98〜109

　森与志男　石川啄木の小説 ―その作品と可能性― P110〜119

日本民主主義文学会（豊島区南大塚 2-29-9）H 16・4・1

中村光紀　ペンネーム「啄木」百年　P4〜0「おでって」30号　　　　　　　　　　H 16・4・1

南條範男　碑の浪漫（43）陸前高田氷上神社の歌碑 P19〜0「迯水」4月号　　　　H 16・4・1

山本玲子〈啄木と明治の盛岡〉（52）床屋への興味 P38〜39「街もりおか」第 37 巻 4 号（通巻 436 号）

　　B6横判 250円　　　　　　　　　　　　　　　　　　　　　杜の都社（盛岡市）H 16・4・1

山本玲子　〈啄木 ―その故郷〉寺堤― P31〜0「広報たまやま」4月号　　玉山村　H 16・4・1

朝日新聞（岩手版記事）啄木学んで交流・仙台の 6 年生　玉山の記念館に　　　　H 16・4・2

編集部　悲運の天才―石川啄木『反戦と花の詩人内海信之』A5変形判　霞城館（龍野市）H 16・4・3

「国際啄木学会新潟支部報」第 7 号 A5 判（塩浦　彰・啄木の死、そして…―時代閉塞の時代と御風・

　　武郎―／ほか）　　　　　　　　　　　　　　　国際啄木学会新潟支部会　H 16・4・3

北畠立朴〈啄木エッセイ 79〉「秋浜融三と石川啄木」　　　　　「しつげん」第348号　H 16・4・5

読売新聞（岩手版）意見聞かせて・岩手の歴史上の人物といえば？（啄木は 4 位）　H 16・4・6

盛岡タイムス（記事）12 日に啄木忌前夜祭・10 年ぶりに復活　　　　　　　　　　H 16・4・7

岩手日報（記事）名前が導く啄木の世界・盛岡の青春館・きょうから企画展　　　　H 16・4・8

釧路新聞（記事）啄木特集雑誌ずらり・港文館で特別展　　　　　　　　　　　　　H 16・4・8

毎日新聞（岩手版記事）「啄木忌」最古の写真発見　　　　　　　　　　　　　　　H 16・4・8

「啄木百年展」チラシ A5 判（4/8〜5/9）　　　　　　　もりおか啄木・賢治青春館　H 16・4・8

盛岡タイムス（記事）啄木学会春季盛岡セミナー　　　　　　　　　　　　　　　　H 16・4・8

岩手日日ニュース（記事）ペンネームの変遷紹介〜盛岡で「啄木」100 年展　　　　H 16・4・9

北海道新聞（記事）記事に見る啄木の足跡・掲載誌の特別展　　　　　　　　　　　H 16・4・9

盛岡タイムス（記事）「啄木」の名前はどこから・盛岡市　青春館特別企画展　　　H 16・4・9

盛岡タイムス（新刊紹介）啄木短歌の読み方――一千首とともに信山社から評釈刊行　H 16・4・9

朝日新聞（北海道版記事）啄木を特集した雑誌を展示・釧路港文館　　　　　　　　H 16・4・10

入江春行　『晶子百歌　解釈と鑑賞』四六判 146頁 1800円＋税（「しら玉は黒き袋にかくれたり吾が啄木

　　はあらずこの世に」など六首の啄木歌の解釈を収載）　　　　　奈良新聞社　H 16・4・10

岩手日報（夕・記事）啄木の思想裏付けか・堺利彦揮ごうと判明　　　　　　　　　H 16・4・10

横田晃治　変革の意志と抒情 ―「時代閉塞」の中で ―P42〜43「短詩形文学」4号号　H 16・4・10

朝日新聞〈多摩版〉ブック多摩・独自の視点で啄木像に迫る『啄木短歌小感』　　　H 16・4・11

藤澤　全　石川啄木の詩「めしひの少女」他―鷗外訳『即興詩人』受容―P22〜50（注・一部を英文

　　にて発表に新稿加筆）『言語文化の諸相―近代文学』A5判 2200円＋税　　大空社　H 16・4・11

「国際啄木学会春季セミナー案内栞」A3判 11 枚　　　　　国際啄木学会盛岡支部　H 16・4・11

加藤　章　「日韓歴史交流からみた啄木資料」B4判 3 枚（啄木学会の講演レジメ）　H 16・4・11

今野寿美　はつなつ考　B4判 2 枚（国際啄木学会春季セミナー研究発表のレジメ）　H 16・4・11

佐々木祐子　岩手県保存文書からみた石川一禎 B4判 2 枚（啄木学会発表のレジメ）　H 16・4・11

村松　善　啄木日記にみる文学者意識と自己客観化 ―「遊子」あるいは「石川啄木」「啄木」という

　　表記― B4判 12頁（国際啄木学会春季セミナー研究発表のレジメ）　　　　　H 16・4・11

森　義真　森荘已池と啄木 ―岩手県における啄木受容の一例として― A4判 2 枚　別紙「森荘已池

　　の石川啄木に関する文章＜集＞」A4判 2 枚（啄木学会セミナー発表のレジメ）　H 16・4・11

「国際啄木学会盛岡支部会報」第 12 号 A5 判 全35頁（以下 11 点の文献を収載）

　　望月善次　巻頭言 P2〜0

佐々木祐子　啄木の上級学校進学は不可能だったのか P3 ～ 5

浦田敬三　啄木を世に紹介しつづけた　吉田孤羊 P6 ～ 8

森　義真　啄木の筆記具 P9 ～ 12

小林芳弘　啄木の借金メモ～盛岡工藤は寛得か？ P13 ～ 15

米地文夫　啄木はなぜハマナスを濱薔薇と書いたか P16 ～ 18

三留昭男　〈啄木の周辺〉啄木と新潟・福島 P19 ～ 21

望月善次　〈「虚」の器〉としての「ふるさとの山」 P22 ～ 23

吉田直美　「啄木を読む」こと P24 ～ 26

飯田　敏　渋民だより P27 ～ 28

森　義真　月例研究会の報告 P29 ～ 33　　　　　　　国際啄木学会盛岡支部　H 16・4・11

「石川啄木　実地研究」～盛岡・玉山～（啄木学会「盛岡」セミナーの栞）8頁　　　　H 16・4・12

「大阪啄木通信」第24号 B5判 500円（以下4点の文献を収載）

天野　仁　啄木文学碑 160 基間近！ P1 ～ 0

飯田　敏　啄木の故郷渋民村 P2 ～ 11

井上信興　石川啄木生涯の足跡について P12 ～ 16

天野　仁　〈随想〉伝記的虚実のはざまでたづねる　啄木曼荼羅 9・一禎・カツの両親周辺の動静
　　　　　　　　P16 ～ 23　　　　　　　　　　　　　　天野仁個人発行誌　H 16・4・12

小泉とし夫　啄木のかなしい鰻（啄木前夜祭メモ）A4 判 1 枚　　　　　　　　　　　H 16・4・12

ジェームズ・ホール訳　啄木歌「函館の床屋の」他 3 首の英訳（啄木前夜祭発表メモ）　H 16・4・12

バリ・ザパール訳　啄木詩「飛行機」の中国語訳（啄木前夜祭発表メモ）　　　　　　H 16・4・12

国際啄木学会盛岡支部会「啄木忌前夜祭」（4月12日・三枝昂之氏講演のチラシ）　　H 16・4・12

「第 93 回啄木忌　宝徳寺　襖絵展」（図録）B5 判 全 23 頁　　宝徳寺・さわらの会　H 16・4・13

岩手日報（記事）国内外の研究者が発表・盛岡で啄木忌前夜祭　　　　　　　　　　H 16・4・13

（菊）〈コラム山河抄〉辻邦生「旅の中の肖像」石川啄木　　　　　　岩手日報（夕）H 16・4・13

岩手日報（記事）93 回目の啄木忌・玉山　宝徳寺　　　　　　　　　　　　　　　H 16・4・13

国際啄木学会編『論集石川啄木Ⅱ』A5 判 4800 円＋税 全 300 頁（以下 31 点の文献を収載）

上田　博　「石川啄木」は新しい P8 ～ 10

座談会　啄木を求めて（遊座昭吾・鳥居省三・浦田敬三・堀江信男・上田博）P11 ～ 24

平岡敏夫　啄木の予言性・創造性 P26 ～ 28（← H22・5『文学史家の夢』おうふう）

座談会　啄木文学の源流とその行方（遊座昭吾・小川武敏　上田博）P29 ～ 38

上田　博　木下杢太郎と出会った頃 P39 ～ 51

遊座昭吾　十代の自画像 ― 啄木詩想の原点 P52 ～ 62

小川武敏　時代閉塞の隠喩 ― 犯罪の年・一九一〇年 P63 ～ 74

三枝昂之　平熱の自我の詩について P76 ～ 78

座談会　短歌史の中の啄木（河野有時・三枝昂之・安森敏隆・望月善次）P79 ～ 85

安森敏隆　『一握の砂』の編纂意識 ―啄木・茂吉・晶子を比較して― P86 ～ 97

望月善次　短歌定型論から見た啄木「三行書き短歌」P98 ～ 107

河野有時　手を見るまえに P108 ～ 118

今野寿美　啄木の殺し文句 P120 ～ 122

座談会　啄木の表現とイメージ（太田登・黒澤勉・木股知史）P123 ～ 134

黒澤　勉　啄木の聞いた盛岡の音の風景 ―「閑天地」と「葬列」を通して― P135 ～ 145

太田　登　啄木詩歌のイメージの特質 ―「小天地」の表紙画をめぐって― P146 ～ 156

井上芳子　『一握の砂』の表紙画 P157 ～ 167

木股知史　夢と散文詩―啄木「白い鳥、血の海」をめぐって― P168 ～ 178

川村ハツエ　外国文学としての啄木 P180 ～ 182

近藤典彦　石川啄木の国際感覚 P183 ～ 192

高　淑玲　啄木短歌の三行書きをめぐる問題 P193 ～ 203

周　天明　「時代閉塞の現状」を読む P204 ～ 213

尹　在石　韓国における啄木文学の受容 P214 ～ 224

堀江信男　啄木研究の新しい展開 P226 ～ 229

蓮田　茂　「寸舌語」論 P230 ～ 239

古澤夕起子　「二筋の血」―幼時に見た悲哀 P240 ～ 248

大室精一　「真一挽歌」の形成 P249 ～ 257

若林　敦　『我等の一団と彼』における「二重生活」批判 P258 ～ 267

村松　善　啄木日記に挿入された書簡文 P269 ～ 278

森　義真　啄木と佐々木喜善の交友 ― 書簡の背後にあるもの P279 ～ 288

太田　登　啄木研究の展望 ― 二一世紀の啄木研究に向けて P290 ～ 298（あとがき）

　　　　　　　　　　　　　　　　　　　　　　　　　　　　おうふう　H 16・4・13

「啄木資料展」～第 26 回・展示資料目録～（138 点の資料と 2002・3・22 ～ 2003・8・25 の岩手日報啄木
　関係記事索引付）A4 判 全 13 頁　　　　　　　　　　　　岩手県立図書館　H 16・4・13

岩手日報（記事）キツツキもしのぶ啄木忌・玉山・93 回目、ファンら参加　　　H 16・4・14

河北新報（記事）早世の歌人しのぶ・岩手・玉山で啄木忌ファン 100 人参列　　H 16・4・14

北畠立朴〈朝の食卓〉啄木忌（← H16・8「札幌啄木会だより 5 」）　　北海道新聞　H 16・4・14

釧路新聞（署名記事・星匠）啄木の命日に港文館で特別講座　　　　　　　　　H 16・4・14

林　順治　第五章・一九〇七年前後 ―やはらかに柳あをめる北上の…啄木大逆事件、ほか―
　『漱石の時代天皇制下の明治の精神』A5 判 3990 円　　　　　　渓流社　H 16・4・14

盛岡タイムス（記事）啄木祭前夜祭・語る夕べが復活　　　　　　　　　　　　H 16・4・14

盛岡タイムス（記事）混迷する現代の道しるべに・第 93 回啄木忌開く　　　　　H 16・4・14

朝日新聞（岩手版記事）啄木の青春追体験・盛岡で企画展　　　　　　　　　　H 16・4・15

岩手日報（記事）みんなに愛された啄木・10 回忌などの写真展示　　　　　　　H 16・4・15

盛岡タイムス〈コラム天窓〉（※啄木の 93 回忌についての内容）　　　　　　　H 16・4・15

土樋靖人　（こだわりの旅）啄木のふるさと「歩く」　　　　　　産経新聞　H 16・4・16

岩手日報（記事）啄木の世界幅広く紹介・県立図書館で資料展　　　　　　　　H 16・4・17

岩手日報〈コラム 風土計〉（※石川啄木のペンネームの変遷について）　　　　H 16・4・18

関西啄木懇話会　「啄木の集い」（4 月 18 日・阿倍野区）講演・碓田のぼる　　H 16・4・18

「第 13 回企画展　情熱の啄木研究家吉田孤羊の横顔」〈年譜付チラシ〉両面刷　H 16・4・19

岩手日報（記事）筆名は青春の自画像・「啄木ペンネームの変遷」・遊座さん講演　H 16・4・21

岩手日報（告知板）第 12 回岩大講座「石川啄木の世界―詩世界を中心として」　H 16・4・21

朝日新聞（岩手版／コラム書く語り記）小泉とし夫さん・美食並ぶ啄木の晩年　　　H 16・4・23

岩手大学教育学部「第12回石川啄木の世界」公開講座パンフ A4判 片面刷　　　H 16・4・24

井狩春男編『胸うつ響きの名詩たち　思い出のポエム』四六判 1400円＋税

　　第4章　魅惑の和歌＆短歌　石川啄木　P214〜0　　　　　　　　毎日新聞社　H 16・4・25

小木田久富　横浜で啄木を語りませんか（読者欄・自由の声）　　　　神奈川新聞　H 16・4・25

八重嶋勲　詩歌の窓・歌染み透る風景　　　　　　　　　　　　　　岩手日報（夕）H 16・4・27

望月善次　啄木の歌（歌集外短歌 1087〜1131）明治41年10月23日夕（1〜45）

　　　　　　　　　　　　　　　　　　　　　　　盛岡タイムス　H 16・4・29〜6・13

齋藤　孝（大といふ字を／ほか5首の歌を掲載）『声に出して読みたい日本語』1200円　四六判

　　　　　　　　　　　　　　　　　　　　　　　　　　　　　　　草思社　H 16・4・30

ＣＤ「啄木によせて歌える」小川邦美子歌唱（注・歌曲「初恋」ほか27曲収録・自主制作）H 16・4・―

スワン社発行　ハガキ通信1・啄木転々・五月（函館上陸の啄木の話題）　　　　H 16・4・―

スワン社発行　ハガキ通信1・五月の小樽（小樽で啄木カレンダーなどを発行）　　H 16・4・―

「わかば通信」第12号　＜ちょっとお耳拝借＞　石川啄木　　　岩手県立図書館　H 16・4・―

「横浜啄木の集い」（5月15日のチラシ A4判　片面刷り）　　　横浜啄木文庫　H 16・4・―

木股知史・藤澤全・山田吉郎共著『和歌文学大系77・一握の砂／黄昏に／収穫』A5判　7500円

　　＋税　木股知史　『一握の砂』脚注 P3〜182・一握の砂・補注 P408〜425・一握の砂・解説

　　P447〜466　藤澤　全『黄昏に』解説 P467〜479（月報22付）　　明治書院　H 16・4・30

「和歌文学大系77」付録月報22 A5判　※（以下2点の文献を収載）

　　尾崎左永子　名歌の裏側 P1〜3

　　宮澤健太郎　啄木と白秋の相克 P3〜6　　　　　　　　　　　　明治書院　H 16・4・30

門屋光昭〈啄木と明治の盛岡〉（53）啄木の髭、鷗外の髭 P38〜39「街もりおか」第37巻5号

　　（通巻437号）B6横判 250円　　　　　　　　　　　　杜の都社（盛岡市）H 16・5・1

下田　勉（コラム展望台）多彩な観点から啄木学　　　　　　　　岩手日報（夕）H 16・5・1

「ジャフメイト」5・第42巻4号（記事）石川啄木歌碑 P59〜0　A5判 90円

　　　　　　　　　　　　　　　　　　　　　　　　　　　　ＪＡＦＭＡＴＥ社　H 16・5・1

「広報たまやま」5月号（記事）第93回啄木忌・郷土の詩人しのぶ P5〜0　　玉山村　H 16・5・1

編集部　ミセスコルバンと片山かの・石川啄木夫人をささえた博愛の人「お茶の間博物館」

　　NO.226（←H16・7「ミセスコルバン先生の思い出」）　　　　　館山市　H 16・5・1

南條範男　碑の浪漫（44）橘家庭園「林檎の碑」碑陰の歌 P19〜0「逆水」5月号　H 16・5・1

山本玲子〈啄木 ―その故郷〉浅緑のヤナギの影 15P「広報たまやま」5月号　　H 16・5・1

（澤）〈本と人と〉『啄木短歌の読み方』望月善次著・自らの文学・国語教育の窓口

　　　　　　　　　　　　　　　　　　　　　　　　　　　　しんぶん赤旗　H 16・5・2

岩手日報（記事）青木さんが啄木祭賞を受賞・玉山で短歌大会　　　　　　　　H 16・5・3

盛岡タイムス（記事）合併メリットをどう住民に　玉山村と矢巾村の場合　　　　H 16・5・4

北畠立朴〈啄木エッセイ80〉「啄木の歌碑とプレート板」　　「しつげん」第350号　H 16・5・5

岩手日報〈コラム・学芸余聞〉（啄木ペンネームの話題）　　　　　　　　　　H 16・5・7

岩手日報（記事）情感豊かな写生目立つ・啄木祭短歌大会　　　　　　　　　　H 16・5・7

「盛岡てがみ館所蔵の啄木関係書簡の翻刻集」（収録書簡：金田一京助書簡5通／三浦光子書簡2通／

三浦賜郎書簡1通／石川京子葉書1通（※編注・全て吉田孤羊宛書簡の翻刻）　　　　H 16・5・7

北海道新聞（記事）啄木が釧路に着いた夜の天候・気象庁記録・研究家が新説　　　　H 16・5・8

岩手日報（記事）最高賞に岡部さん（盛岡）啄木祭全国俳句大会　　　　　　　　　　H 16・5・10

眞有澄香　石川啄木―「かなし」の歌と金子みすゞ―P103〜117　詩と詩論研究会編『金子みすゞ
　　と夭折の詩人たち』四六判 2500円＋税　　　　　　　　　　　　　　　勉誠出版　H 16・5・10

岩手日報　（記事）啄木祭全国俳句大会・県内外の80人参加　　　　　　　　　　　　H 16・5・11

岩手日報　（夕・コラム学芸余聞）※啄木祭短歌賞の話題　　　　　　　　　　　　　H 16・5・14

青砥　純　石川啄木と昭和の流行歌（B4判6頁「小樽啄木忌の集い」講演レジメ）　　H 16・5・15

門屋光昭　啄木と観潮楼歌会（啄木学会盛岡支部発表レジメ）B5判 4頁　　　　　　H 16・5・15

「小樽啄木会だより」第6号 B5判

　　後藤捨助　石川啄木と大逆事件（その1／その2）P1〜7　　　　　　小樽啄木会　H 16・5・15

毎日新聞（記事）石川啄木らにちなむ「緑の笛豆本の展」弘前で出版　　　　　　　　H 16・5・15

森　義真『甲辰詩程』明治三十七年一月一日・二日を読む（支部研究会レジメ）2頁　H 16・5・15

「横浜啄木の集い」プログラム A4判 両面刷（5月15日開催）　　　　　　　　　　　H 16・5・15

大庭主税　「石川啄木と小島烏水／石川啄木と童謡「赤い靴」」A4判　全8頁（注・「横浜啄木の集い」
　　の栞として制作）　　　　　　　　　　　　　　　　　　湘南啄木文庫発行　H 16・5・15

盛岡タイムス（記事）渋民駅前に啄木歌碑・全国で156番目　　　　　　　　　　　　H 16・5・17

岩手日報（夕・コラム学芸余聞）※啄木祭俳句賞の話題　　　　　　　　　　　　　　H 16・5・17

河北新報〈新刊紹介東北の本棚〉啄木の作品を多角的に考察『論集石川啄木Ⅱ』　　　H 16・5・17

朝日新聞（北海道版記事）小樽・啄木をしのぶ集い　　　　　　　　　　　　　　　　H 16・5・18

岩手日報（記事）啄木の歌は地域の宝もの・合併50年記念し歌碑・玉山　　　　　　　H 16・5・19

山下多恵子〈忘れな草・啄木の女性たち54〜56〉女性たちの啄木①〜③
　　　　　　　　　　　　　　　　　　　　　　　盛岡タイムス　H 16・5・19／6・2／6・16

北畠立朴　〈コラム朝の食卓〉辞書と遊ぶ　　　　　　　　　　　　北海道新聞　H 16・5・19

澤田勝雄　堺利彦が揮ごうした啄木の歌を〝発掘〟公表した牛山靖夫さん　　赤旗　H 16・5・21

毎日新聞　（記事）小国露堂の貸し本屋・写真と書籍リスト見つかる　　　　　　　　H 16・5・21

ロジャー・パルバース著（柴田元幸訳）石川啄木　『五行でわかる日本文学　英日狂演滑稽五行詩』
　　A5判 1365円＋税　　　　　　　　　　　　　　　　　　　　　研究社　H 16・5・25

西垣　勤『近代文学の風景　有島・漱石・啄木など』四六判 2940円〔Ⅲ石川啄木・石川啄木におけ
　　るゴーリキー P220〜240（→S60・4「新日本歌人」）／『鳥影』について P241〜247（→H3・2「新しき
　　明日」）／『我等の一団と彼』P248〜262（→H4・2「新しき明日」）　積文堂出版　H 16・5・25

遊座昭吾『啄木と賢治』四六判　2500円＋税（啄木関係文の細目・蘇りの起点　文学の東北 P7〜33
　　石川啄木・1．文学者とその時代の系譜―ディズレーリ、咢堂、啄木―P36〜64（→H9「比較文化研
　　究年報」9号／H11「国文学年次別論文集」）／啄木の美術観―碌山・荻原守衛への関心―P65〜97（→H5
　　「日本文学会誌」5号／H7「国文学年次別論文集」）／思郷歌の考察 P98〜117（→H6『悲しき玩具・啄
　　木短歌の世界』思想社）／「砂」のイメージ―『一握の砂』冒頭歌一〇首の分析―P118〜138（→H6「東
　　北文学の世界」（盛岡大学）／→H8「国文学年次別論文集」）／小説「天鵞絨」考 P139〜159（→H6「日
　　本研究」9輯（韓国）／H9『論集石川啄木』おうふう）／啄木と賢治　　おうふう　H 16・5・25

「マ・シエリ」（盛岡・地域情報誌）No.496（記事）啄木・賢治へのオマージュ　　　H 16・5・27

盛岡タイムス〈新刊紹介記事〉短歌と過ごした生涯・斎藤英子著『啄木短歌小感』　H 16・5・29

黒澤　勉　啄木と渋民—村人としての啄木—P138 ～ 147「北の文学」第 48 号 A5 判 1100 円

　（→ H15・12「岩手医科大学教養部研究年報」）　　　　　　　　岩手日報社　H 16・5・31

スワン社発行　ハガキ通信 2・啄木転々・六月（函館の弥生小学校の代用教員に）　H 16・5・—

「日本文学講演会—石川啄木の世界—」近藤典彦・池田功講演会チラシ（2004 年 6 月 9 日）

　　　　　　　　　　　　　　　　　　　ドイツ国立ボン大学日本文化研究図書館　H 16・5・—

「砂と銀河／啄木・賢治へのオマージュ」（広告写真家展・チラシ 6 月 1 日～ 7 日）　H 16・5・—

門屋光昭〈啄木と明治の盛岡〉（54）長き文三年のうちに（その一）P38 ～ 39「街もりおか」

　　第 37 巻 6 号（通巻 438 号）B6 横判 250 円　　　　　　　　　杜の都社（盛岡市）H 16・6・1

「ぽけっと」NO.74-6 A5 変形判 田子一民の手紙～冨田小一郎あて～　P7　　　　　H 16・6・1

山本玲子　〈啄木 —その故郷〉駒形神社（その1）P19 ～ 0「広報たまやま」6 月号　H 16・6・1

山本玲子　啄木、林中の句 P22 ～ 23「草笛」通巻 401号 A5 判 800円　草笛発行所　H 16・6・1

福本邦雄　流離—石川啄木 P17 ～ 22『炎立つとは：むかし女ありけり』四六判 1700 円＋税

　　　　　　　　　　　　　　　　　　　　　　　　　　　　　　　　　講談社　H 16・6・1

天野　仁　啄木文学碑都道府県市町村名　建立数159基（個人作成一覧表・A5 判 1 枚）　H 16・6・2

岩手日報　（記事）「啄木と賢治」テーマに・県広告写真家協会が展示会・盛岡　　　H 16・6・3

「SETSU-KO」畑中美那子一人芝居チラシ A4 判片面刷（会場啄木新婚の家 06/04・05）　H 16・6・4

「啄木祭・啄木—その故郷」（6 月 5 日開催の A4 判片面刷りチラシ）　同実行委員会　H 16・6・5

北畠立朴〈啄木エッセイ 81〉「啄木来釧当時の天気状況」　　　「しつげん」第352号　H 16・6・5

岩手日報（地域総合版記事）啄木しのんで座談会・玉山　　　　　　　　　　　　　H 16・6・6

高橋源一郎　『日本文学盛衰史』講談社文庫（→ H13・5 単行本あり）　　　講談社　H 16・6・7

盛岡タイムス（記事）我が愛する古里の歌人よ・玉山村で啄木祭　　　　　　　　　H 16・6・7

森　義真　啄木日記はおもしろい P10 ～ 11　「Yui マガジン」VOL.2 A 4 判 500 円

　　　　　　　　　　　　　　　　発行所：Yui 編集室（盛岡市肴町 9 -15）H 16・6・7

門田昌子　パローロ・砂山喪失　P43 ～ 0「短詩形文学」第52巻6号 A5判 600円　　H 16・6・10

「国際啄木学会東京支部通信」第 4 号 B5 判 24 頁（以下 5 点の文献を収載）

　　平出　洸　弓町の歴史 P7 ～ 0

　　亀谷中行　岩城之徳先生とのこと P8 ～ 9

　　坂谷貞子　春季セミナー・盛岡の旅 P8 ～ 10

　　小木田久富　「小川町のトある蕎麦屋」を考察する P11 ～ 12

　　池田　功　あるドイツ便り（4）パリ・墓物語 P13 ～ 23

　　　　　　　　　　　　　　　　　　　国際啄木学会東京支部通信係　H 16・6・10

秋庭道博（コラム今日の言葉）こころよき疲れなる/石川啄木（←6・19秋田さきがけ）

　　　　　　　　　　　　　　　　　　　　　　　　　　　高知新聞　H 16・6・11

藤沢　誠　金田一親子に脚光当てたい（読者投稿欄・声）　　　　岩手日報　H 16・6・11

池田　功　石川啄木とハインリッヒ・ハイネ A4 判 8 頁〔ハイデルベルグ大学「石川啄木講義」

　（2004 年 6 月 11 日）資料レジメ〕　　　　　　　　　　　　　　　　H 16・6・11

近藤典彦　石川啄木の長詩「はてしなき議論の後」を読む　A4 判 13 頁〔ハイデルベルグ大学「石川

　啄木講義」（2004 年 6 月 11 日）資料レジメ〕　　　　　　　　　　　H 16・6・11

秋田さきがけ（記事）啄木歌うコンサート・あす、中仙町で　　　　　　　　H 16・6・12

盛岡タイムス（記事）ほめられたぼくらの表現・啄木短歌を書に　　　　　　H 16・6・12

市原尚士　駅・青柳町電停（北海道函館市）　　　　　　　読売新聞　H 16・6・13

岩手日報（記事）ミュシャの魅力堪能（啄木短歌と版画の関連資料展）　　　H 16・6・15

望月善次　啄木の歌（歌集外短歌 1032 ～ 1138)「小判ノート」明治 41 年 11 月 19 日（1 ～ 7)

　　　　　　　　　　　　　　　　　　　　　　　　盛岡タイムス　H 16・6・15 ～ 6・21

佐藤　勝　啄木の母の手紙（湘南啄木短歌会の資料に著者作成レジメ）A4 判 2 枚　　H 16・6・17

岩手日報（記事）胡堂　啄木　響き合う古里・紫波と玉山　あす合同演奏会　　H 16・6・19

福島泰樹　言葉を生きる（3）滲み出る無念の想い　　　　　　　読売新聞（夕）H 16・6・19

末木文美士　〈個〉の自立とは何か・高山樗牛 P138 ～ 141『明治思想家論』四六判 2940 円

　　　　　　　　　　　　　　　　　　　　　　　　　　　トランスビュー　H 16・6・20

伊五澤富雄『啄木を育んだ宝徳寺物語』B5 判 191 頁 1500 円（宝徳寺の歴史／渋民村の教育の始まり

　　／芳旬・芳夫住職の時代／新玉山村の発足／ほか）　　　　　　ねんりん社　H 16・6・20

峰村　剛　私の好きな啄木の詩歌 P33 ～ 0「日本海」第 136 号　日本海社（長岡市）H 16・6・20

岩手日報（記事）時と土地つなぐ音楽会・紫波町・啄木と胡堂きずな縁に　　H 16・6・22

望月善次　啄木の歌（歌集外短歌 1039 ～ 1144)「小判ノート」明治 41 年 11 月 26 日（1 ～ 6)

　　　　　　　　　　　　　　　　　　　　　　　　盛岡タイムス　H 16・6・22 ～ 6・27

諌山禎一郎　日本聖公会史そぞろあるき・三浦清一・光子夫妻　　聖公会新聞　H 16・6・25

関川夏央　短歌が映した戦争・宮柊二と渡辺直己および土岐善麿 P118 ～ 136『現代短歌そのここ

　　ろみ』四六判 1700 円＋税　　　　　　　　　　　　　日本放送出版協会　H 16・6・25

編集部〈新刊紹介〉国際啄木学会が論集第 2 弾刊行　　　　　　　東奥日報　H 16・6・25

盛岡タイムス（記事）死後も啄木を支えた金田一京助、盛岡てがみ館講座　　H 16・6・25

東奥日報〈コラム天地人〉（※啄木の生活と思想を現代と比較した内容）　　H 16・6・27

望月善次　啄木の歌（歌集外短歌 1145)「心の花」第 12 巻第 12 号　盛岡タイムス　H 16・6・28

望月善次　啄木の歌（歌集外短歌 1146 ～ 1149)「懐中手帳」観潮楼歌会出詠歌（1 ～ 4)

　　　　　　　　　　　　　　　　　　　　　　　　盛岡タイムス　H 16・6・29 ～ 7・2

浦田敬三　啄木を世に出した人々 P144 ～ 145　『図説・盛岡.岩手・紫波の歴史』B4 判 255 頁

　　10476 円＋税（注・本書には上記稿の他に参考文献多数収録あり）　郷土出版社　H 16・6・30

佐々木和夫　明治を駆け抜けた天才詩人・啄木 P142 ～ 143　『図説・盛岡.岩手・紫波の歴史』

　　B4 判 255 頁 10476 円＋税　　　　　　　　　　　　　郷土出版社　H 16・6・30

本田有明　一握の砂・石川啄木『一冊で人生論の名著を読む』A5 判 1300 円＋税

　　　　　　　　　　　　　　　　　　　　　　　　　　　　中経出版　H 16・6・30

中山和子『差異の近代　透谷・啄木・プロレタリア文学』A5 判 5000 円（啄木関係文の細目：魚住

　　折蘆の文学的位置―啄木の再検討―P149 ～ 170 ／魚住折蘆論 P171 ～ 219 ／『啄木と魚住折蘆』を読んで

　　P220 ～ 226 ／石川啄木の小説 P227 ～ 243 ／啄木のナショナリズム P244 ～ 282 ／啄木 ―「家」制度・女・

　　自然主義 P283 ～ 294 ／啄木・女性・言葉 ― 節子という「鏡」P295 ～ 306)　　翰林書房　H 16・6・30

「アルフォンス・ミュシャ展」〈文芸雑誌「明星」と啄木への影響　6/12 ～ 8/28〉

　　（チラシ及び展示作品リストなど A4 判 両面 2 枚）　　　　啄木・賢治青春館　H 16・6・―

スワン社　ハガキ通信③　啄木転々・七月（妻の節子が函館に「玄海丸」で来道）　　H 16・6・―

森　義真　「2003年後半以降の啄木文献紹介」（A4判3枚に74点紹介）　著者作成　H16・6・―

森　義真　「山下多恵子盛岡タイムス連載・啄木の女性たち掲載日一覧表」A4判2枚　H16・6・―

「盛岡の先人たち」（受講募集チラシ：盛岡市先人記念館・期日H17・1・22／講師：森義真〈内容〉新聞人・
　佐藤北江ほか）　　　　　　　　　　　　　　　　　　　　盛岡市先人記念館　H16・6・―

門屋光昭〈啄木と明治の盛岡〉（55）長き文三年のうちに（その二）P38～39「街もりおか」
　　第37巻7号（通巻439号）B6横判 250円　　　　　　　杜の都社（盛岡市）H16・7・1

貞光　威「石川啄木をめぐる人々」コルバン夫妻P9～10「ミセスコルバン先生の思い出」A5判
　（→H16・3「岐阜聖徳学園大学国語国文学」第23号）　南三原聖ルカ協会　H16・7・1

編集部　ミセスコルバンと片山かの・石川啄木夫人をささえた博愛の人　「ミセスコルバン先生の
　思い出」A5判（←H16・7「お茶の間博物館」NO.226）　南三原聖ルカ協会　H16・7・1

「文学界」第58巻7号（※井上ひさし＆猪瀬の対談「文学と社会」）　文藝春秋社　H16・7・1

平岡敏夫（書評）近藤典彦著『『一握の砂』の研究』P217～0「国文学解釈と鑑賞」第69巻7号
　（←H22・5『文学史家の夢』おうふう）　　　　　　　　　　　　至文堂　H16・7・1

福島泰樹　望郷の歌 P30～32「NHK歌壇」7月号 通巻88号 A4判 660円
　　　　　　　　　　　　　　　　　　　　　　　　　　　日本放送出版協会　H16・7・1

山本玲子〈啄木―その故郷〉駒形神社（その2）P19～0「広報たまやま」7月号　　H16・7・1

遊座昭吾　（書評）米田利昭著『賢治と啄木』P216～0「国文学解釈と鑑賞」第69巻7号
　　　　　　　　　　　　　　　　　　　　　　　　　　　　　　　至文堂　H16・7・1

望月善次　啄木の歌（歌集外短歌1150～1161）「懐中ノート」明治42年1月9日（1～12）
　　　　　　　　　　　　　　　　　　　　　盛岡タイムス　H16・7・3～7・14

北畠立朴〈啄木エッセイ82〉「函館旅行記」　　　朝日ミニコミ　第354回　H16・7・5

岩手日報（記事）第19回岩手日報文学賞「啄木賞」望月善次氏（1．9面）　　H16・7・7

遊座昭吾　岩手日報文学賞「啄木賞」選考経過（9面）　　　　岩手日報　H16・7・7

菊池清麿　古賀政男と石川啄木 P46～52『評伝・古賀政男　青春よ永遠に』A5判 318頁 2520円
　　　　　　　　　　　　　　　　　　　　　　　　　アテネ書房　H16・7・10

吉見正信　「文学の東北」を起点に新たな措定・『啄木と賢治』遊座昭吾著
　　　　　　　　　　　　　　　　　　　　　　　　　しんぶん赤旗　H16・7・11

盛岡タイムス〈新刊紹介〉研究者27人が論文とエッセー『論集　石川啄木Ⅱ』　　H16・7・12

望月善次　啄木の歌（歌集外短歌1162～1165）「懐中ノート」明治42年1月14日（1～4）
　　　　　　　　　　　　　　　　　　　　　盛岡タイムス　H16・7・15～7・18

釧路新聞（記事）札幌啄木会、釧路を探訪・会員30人、港文館など見学　　H16・7・19

中村幸弘　石川啄木『珠玉の近・現代短歌』四六判 1260円　　学習研究社　H16・7・19

望月善次　啄木の歌（歌集外短歌1166～1183）明治42年4月11日（1～18）
　　　　　　　　　　　　　　　　　　　　　盛岡タイムス　H16・7・19～8・5

森　義真「岩手日報文学賞受賞者一覧表」（第1～19回）A4判 1枚　（著者作成）H16・7・20

「第19回　岩手日報文学賞」〔栞・B5判9頁／望月善次（受賞の言葉）、遊座昭吾（選考経過）〕
　　　　　　　　　　　　　　　　　　　　　　　　　　岩手日報社　H16・7・21

岩手日報（記事）岩手日報文学賞贈呈式・啄木を若い世代に（1面）　　H16・7・22

岩手日報（記事）啄木、賢治に新視点・岩手日報文学賞 受賞者の2氏が講演（19面）　H16・7・22

望月善次　シンホニーとしての啄木短歌（「啄木賞」受賞講演レジメ）A4判 7枚　　　H 16・7・22

望月善次　岩手日報文学賞「啄木賞」を受賞して　　　　　　　　　　　　　　岩手日報　H 16・7・28

「国際啄木学会会報」第 19 号 B5判 全 12 頁（以下 7 点の文献ほかを収載）

　　池田　功　〈講演〉尹東柱・石川啄木・Heinrich Heine P3 ～ 0

　　柳沢有一郎　啄木の死因および『悲しき玩具』冒頭二首の解釈 P3 ～ 0

　　山下多恵子　我ならぬ我―啄木の節子―P4 ～ 0

　　朴　智暎　啄木短歌においての身体と表現の問題 P4 ～ 0

　　高　淑玲　啄木の思想の質に関する一考察 ―啄木における仏教思想の働きをめぐって― P5 ～ 0

　　梁　東国　石川啄木と萩原朔太郎 P6 ～ 0

　　上田　博　〈講演〉「啄木」とは何か。そうして「啄木」はどこに現れるか。P6 ～ 0

　　◇ドイツ便り

　　池田　功　ドイツで啄木を講演する P9 ～ 0　　　　　　　　　　国際啄木学会　H 16・7・30

中谷治夫　小石川、小日向界隈／ほか『東京 文学の散歩道』A5判 2300円　　講談社　H 16・7・30

金子善八郎　相馬御風と石川啄木―御風に一目置いた啄木―　「頸城文化」52 号

　　（← H17・4「国際啄木学会新潟支部報」第 8 号）　　　　　上越郷土研究会　H 16・7・―

スワン社　ハガキ通信 4・啄木転々・八月（啄木は大火の函館を後に札幌へ）　　　　　H 16・7・―

イゴサワトミヲ　〝啄木映画〟入手の副産物　「二十日会＝やなぎの会」の由来 P16 ～ 17

　　「いわてねんりんクラブ」第105号 B5判 700 円　　　　　　ねんりん舎（盛岡市）H 16・8・1

北畠立朴　〈コラム朝の食卓〉恩師　　　　　　　　　　　　　　　　北海道新聞　H 16・8・1

柏崎驍二　石川啄木 P55 ～ 0「歌壇」8 月号（特集　辞世歌に見る生死観）800円

　　　　　　　　　　　　　　　　　　　　　　　　　　　　　　　本阿弥書店　H 16・8・1

「札幌啄木会だより」No.5 B5判 48 頁〔北畠立朴・啄木忌（→ H16・4・14「釧路新聞」）／ほか〕

　　　　　　　　　　　　　　　　　　　　　　　　　　　　　　　札幌啄木会　H 16・8・1

山本玲子　〈啄木 ―その故郷〉駅のはずれの清き泉 P19 ～ 0「広報たまやま」8 月号　H 16・8・1

「街もりおか」第37 巻 8 号（通巻 440 号）B6横判 250円

　　高橋　智　平成もりおか物語 7　盛岡に刻まれた文学と青春 P28 ～ 29

　　山本玲子〈啄木と明治の盛岡〉（56）忙中なお且つ花を見る P38 ～ 39　杜の都社　H 16・8・1

北畠立朴〈啄木エッセイ 83〉我が家の改装と啄木の理想の家　「しつげん」第356号 H 16・8・5

望月善次　啄木の歌（歌集外短歌 1184 ～ 1187）明治 42 年 4 月 22 日（1 ～ 4）

　　　　　　　　　　　　　　　　　　　　　　　　　　盛岡タイムス　H 16・8・6 ～ 8・10

望月善次　啄木の歌（歌集外短歌 1188）「ローマ字日記」明治 42 年 4 月 24 日

　　　　　　　　　　　　　　　　　　　　　　　　　　　　盛岡タイムス　H 16・8・11

望月善次　啄木の歌（歌集外短歌 1189 ～ 1209）「スバル」第 1 巻 第 5 号（1 ～ 21）

　　　　　　　　　　　　　　　　　　　　　　　　　　盛岡タイムス　H 16・8・12 ～ 9・1

「宝徳寺・盂蘭盆会 2004　大塚屋襖下貼文書」B5判 12 頁（注・啄木の時代の駐在、高橋隼之助の文

　書など）佐々木祐子（作成）　　　　　　　　　　　宝徳寺・さわらの会発行　H 16・8・14

西脇巽　石川啄木・宮崎郁雨　義絶の真相 P5 ～ 53　「青森文学」71 号 A5判 600円

　　　　　　　　　　青森文学会（〒030-0802 青森市本町 5-1-15 吉田嘉志夫方）H 16・8・15

三好博　石川啄木と日韓併合 P159 ～ 166　『東アジアと東北』B5判 2000円＋税

　　　　　　　　　　　　　　　　　　　　　　　　　教育資料出版会　　H 16・8・15

水口　忠　（コラムえぞふじ）啄木の啄に「、」はないのですか

　　　　　　　　　　　　　　　　　　　　北海道新聞（小樽・後志版）　H 16・8・17

盛岡タイムス（記事）よみがえる歴史・啄木の歌にも登場／巡査の記録を読み解く　H 16・8・17

編集部（記事）啄木「点抜け」厳しい指摘　　　　　　　　　北海道新聞　H 16・8・21

文化地層研究会編・発行　「盛岡・啄木・賢治「青春の記憶」探求地図」A3 判　H 16・8・21

岩手日報（記事）啄木と一緒に遊ぼうよ　啄木記念館　　　　　　　　　　H 16・8・27

太田　翼　石川啄木「二筋の血」論 —宛て名の無い遺書— A4 判 5 枚（国際啄木学会東京支部会発表
　レジメ）　　　　　　　　　　　　　　　　　　　　　　　　　　　　H 16・8・28

平出　洸　平出修「我等は全く間違って居た」発言を巡って　A4 判 5 枚（国際啄木学会東京支部会
　発表レジメ）　　　　　　　　　　　　　　　　　　　　　　　　　　H 16・8・28

岩手日報（記事）玉山の宝徳寺さわらの会　下張り文書を発行　　　　　　H 16・8・28

編集部〈郷土の本棚〉遊座昭吾著『啄木と賢治』独特の精彩見いだす　　岩手日報　H 16・8・28

朝日新聞（岩手版記事）啄木・賢治の足跡地図に／文化地層研「観光案内にも」　H 16・8・30

「盛岡ガイドマップ」2004 〜 2005　石川啄木 P14 〜 0　　盛岡観光コンベンション協会　H 16・8・―

スワン社発行　ハガキ通信 5・啄木転々・九月（函館から札幌、小樽へ）　　H 16・8・―

スワン社発行　ハガキ通信 5・九月の小樽（小樽日報の殴打事件を経…・）　H 16・8・―

「啄木学級東京講座」〈チラシ〉A5 判両面刷（10 月 3 日・有楽町朝日スクエア）

　　　　　　　　　　　　　　　　　　　　　　　玉山村観光協会　H 16・8・―

碓田のぼる『石川啄木—その社会主義への道—』四六判 255 頁 2200 円（注・S48·3 ／ S52·9 ／東邦
　出版社版の引用資料などの誤記を訂正するなどした決定版／内容・Ⅰ. 永遠の青年啄木 P7 〜 18 ／個
　と家と社会と・啄木の短歌 P19 〜 58 ／小林多喜二と啄木・その短歌観をめぐって P59 〜 88 ／Ⅱ. 啄木論
　の一視点・その教育像をめぐって P89 〜 122 ／「林中書」をめぐって P123 〜 148 ／Ⅲ. 荻原碌山と啄
　木 P149 〜 186 ／Ⅳ. 啄木と社会主義・その指向への一考察 P187 〜 214 ／啄木・「社会主義文献ノート」
　の研究 P215 〜 249）　　　　　　　　　　　　　　　　　かもがわ出版　H 16・9・1

浜田康敬　新・私の歌枕（21）釧路　P110 〜 0　「歌壇」第 18 巻 9 号 800 円　　H 16・9・1

「広報たまやま」9 月号（記事）平成 16 年度啄木学級・漂泊の思いを感じながら P12 〜 0

　　　　　　　　　　　　　　　　　　　　　　　　　　玉山村　H 16・9・1

山本玲子〈啄木と明治の盛岡〉（57）遊び唄の記憶 38 〜 39P「街もりおか」第 37 巻 9 号（通巻 441 号）
　B6横判 250 円　　　　　　　　　　　　　　　　　　杜の都社（盛岡市）H 16・9・1

望月善次　啄木の歌（歌集外短歌 1210 〜 1218）「11 月 4 日の歌 9 首」（1 〜 9）

　　　　　　　　　　　　　　　　　　　　盛岡タイムス　H 16・9・2 〜 9・10

盛岡タイムス〈新刊紹介〉出入りの目で寺見つめ／「宝徳寺物語」発刊／伊五沢さん　H 16・9・3

北畠立朴　〈啄木エッセイ 84〉「札幌啄木会との交流」　　朝日ミニコミ第 358 回　H 16・9・5

宇佐美伸　（署名記事）旅・釧路市／啄木が詠んだ霧の港町　　　読売新聞（夕）　H 16・9・6

伊五澤富雄　啄木と室蘭　　　　　　　　　　　　　　　　　盛岡タイムス　H 16・9・8

高田準平〈文学へのいざない〉啄木に思いを馳せて　補稿（十二）啄木の教育実践（1 〜 13）

　（←H 25・8『啄木懐想』著者刊）　　　　　　　　北鹿新聞　H 16・9・9 〜 H 17・2・15

メイシアター演劇フェステイバル「泣き虫なまいき石川啄木」（大阪　吹田市「劇団　えびふらい」

12月9・10日上演）／ほか　チラシ A4 判 両面刷　　　　　　　　　　　　吹田市文化会館　H 16・9・10

劇団えびふらい「泣き虫　なまいき　石川啄木」A4 判 86 枚（注・新潮社版原作本の複写による台本／

　2004 年 12 月 9〜10 日。吹田市文化会館にて上演／演出・林英世）　　　資料受け入れ日　H 16・9・10

岩手日報（記事）SP 盤で「啄木の歌」紹介／滋賀の島村さんが青春館に寄贈　　　H 16・9・10

「啄木に主義を説いた小国露堂展」（9・25〜10・3 のチラシ）A4 判　宮古市立図書館　H 16・9・11

望月善次　啄木の歌（歌集外短歌 1219〜1220）百回通信（18）「岩手日報」（1〜2）

　　　　　　　　　　　　　　　　　　　　　　　　　盛岡タイムス　H 16・9・11〜9・12

望月善次　啄木の歌（歌集外短歌 1221〜1225）東京毎日新聞「手とりし日」（1〜5）

　　　　　　　　　　　　　　　　　　　　　　　　　盛岡タイムス　H 16・9・14〜9・18

朝日新聞（岩手版コラム記者メール）※文化地層研究会の啄木・賢治地図　　　　H 16・9・18

中村　稔　二人の歌人、啄木、茂吉について（啄木の魅力・茂吉と金瓶・上ノ山）『私の詩歌逍遥』

　四六判 2730 円＋税　　　　　　　　　　　　　　　　　　　青土社　H 16・9・19

毎日新聞（岩手版記事）賢治と啄木ゆかりの地が地図に　　　　　　　　　　　　H 16・9・19

望月善次　啄木の歌（歌集外短歌 1226〜1229）東京毎日新聞「風の吹く日」（1〜4）

　　　　　　　　　　　　　　　　　　　　　　　　　盛岡タイムス　H 16・9・19〜9・22

西村京太郎　小樽・北の墓標（25〜28）（啄木の歌がキーワードの連載推理小説部分）

　　　　　　　　　　　　　　　　　　　毎日新聞　H 16・9・19／10・3／10・10

盛岡タイムス（記事）啄木と賢治・青春の記憶盛岡市内のゆかりの地を網羅　　　H 16・9・19

宮本一宏　石川啄木の焦燥〜 P49〜60「季刊午前」第 31 号 B5 判 600 円（← H26・3『北原白秋・

　石川啄木・萩原朔太郎　対比評伝』花書院　※一部改訂の収録）

　　　　　　　　　　季刊午前同人会（福岡市博多区山王 2-10-14 脇川方）H 16・9・20

若林　敦　「へなぶり歌」と「我を愛する歌」―啄木の自己批評・笑いと詠嘆―P37〜40（第32回

　新潟県啄木祭講演記録）「日本海」第 39 巻 3 号通巻 137 号 A5 判　　　日本海社　H 16・9・20

岩手日報（記事）啄木・賢治の青春訪ねて／探求地図で・文化地層研究会　　　　H 16・9・22

望月善次　啄木の歌（歌集外短歌 1230〜1233）東京朝日新聞「曇れる日の歌」（1〜4）

　　　　　　　　　　　　　　　　　　　　　　　　　盛岡タイムス　H 16・9・23〜9・26

望月善次　啄木の歌（歌集外短歌 1234〜1236）東京毎日新聞「薄れゆく日影」（1〜3）

　　　　　　　　　　　　　　　　　　　　　　　　　盛岡タイムス　H 16・9・27〜9・29

岩手日報（記事）啄木・賢治読み継いで　井上ひさし氏が講演　　　　　　　　　H 16・9・29

飯坂慶一　断片詩・父京助と金田一春彦／ほか一篇 P36〜39　詩誌「駆動」第 43 号 A5判

　　　　　　　　　　　　　　　　　　　　　　　　　　　　　駆動社　H 16・9・30

「ブルー・ヴァーグ」NO. 10（2004 年秋号）特集　検証！トーホク人 第 6 回・石川啄木 B5 判

　（飯島辰昭・「ルポ」天才歌人の「海」、常に動けり／啄木余話／石川啄木クロニクル／ほか）

　　　　　　　　　　　　　国土交通省・東北地方整備局　港湾空港部　H 16・9・30

望月善次　啄木の歌（歌集外短歌 1237〜1251）東京朝日新聞「曇れる日の歌」（1〜15）

　　　　　　　　　　　　　　　　　　　　　　　　　盛岡タイムス　H 16・9・30〜10・15

国際啄木学会韓国支部　ハングル語訳啄木短歌 4 首「2004 年ソウル大会」（栞）　　H 16・9・―

林丕雄『清き池水を求めて』（細目：啄木文学賞受賞 P15〜18／啄木学会・啄木と杜甫 P27〜30／ほか）

　（← H23・4 再版）　　　　　　　　　　　　　　　著者判（台湾新北市）H 16・9・―

米沢豊穂　カウンセリング断層―与謝野鉄幹の啄木回想とカウンセリングマインド― P42 〜 45

「山桐」第2号 A5判 頒価無記載　　　　　　　　　　　　　福井県・丸岡五徳会　H 16・9・―

門屋光昭〈啄木と明治の盛岡〉(58) 歌集に糊付けされた葉書 38 〜 39P「街もりおか」第37巻10号

（通巻 442 号）B6横判 250円　　　　　　　　　　　　　　杜の都社（盛岡市）H 16・10・1

篠　　弘　二十世紀の短歌論 22 石川啄木（「へなぶり」狂歌から摂取／「空虚」をモチーフに／「利那々々

の生命」）P120 〜 126「短歌」10月号 第51巻11号 830円　　　　　　角川書店　H 16・10・1

日本経済新聞（コラム春秋）※啄木短歌・盛岡の中学校の…を引用した文　　　　　　H 16・10・1

「ぽけっと」10月号（渡辺喜恵子「啄木の妻」書評の礼状・浦田敬三宛）

　　　　　　　　　　　　　　　　　　　　　　　　　盛岡市文化振興事業団　H 16・10・1

「盛岡てがみ館資料解説」第53号 ※啄木と小奴、その周辺から〜近江貞子の手紙〜　H 16・10・1

山本玲子　〈啄木 ―その故郷〉紅葉の盛り P21 〜 0 「広報たまやま」10月号　　　H 16・10・1

さがみ朝日（厚木・秦野版）「啄木の青春時代」訛り漬けの講演会　朝日共同企画　H 16・10・4

盛岡タイムス（記事）啄木と賢治・井上ひさしさん招く　　　　　　　　　　　　H 16・10・4

北畠立朴〈啄木エッセイ 85〉「丹波節郎ノートを読む」　　　「しつげん」第360号　H 16・10・5

朝日シティニュース（記事）「啄木の青春時代」訛り漬けの講演会

　　　　　　　　　　　　　　　　　　　　　　　　　朝日シティニュース社　H 16・10・6

岩手日報（記事）10、11 日韓国で国際学会　　　　　　　　　　　　　　　　H 16・10・7

「国際啄木学会盛岡支部会報」第13号 A5判 全63頁 ※（以下 16 点の文献を収載）

　望月善次　例会百回を越えて P2 〜 0

　米地文夫　啄木の「東海」は固有名詞であった P3 〜 8

　浦田敬三　盛岡啄木の会の短い歴史 P9 〜 13

　吉田直美　「難しい啄木」本作りの中で P14 〜 15

　佐々木祐子　岩手県保存文書から見た石川一禎 P16 〜 18

　森　義真　啄木、賢治青春マップ、発行！P19 〜 23

　望月善次　「学会の在り方」考察の一環として P24 〜 26

　小林芳弘　啄木と工藤寛得 P27 〜 29

　村松　善　「渋民日記」と「林中日記」の比較検討メモ P30 〜 40

　永井雍子　歌集外短歌評釈一千首を讃むる歌…P41 〜 43

　陳　馨　「ふるさと」はどこですか？P44 〜 46

　崔　華月　啄木忌前夜祭に参加して P47 〜 48

　バリ・ザバール　「啄木忌前夜祭」感想 P48 〜 51

　河　京希（柴田知祐）　石川啄木の忌前夜祭に参加して P52 〜 53

　佐藤　勝　春季〔盛岡〕セミナー印象記 P54 〜 56

　森　義真　啄木忌前夜祭の司会を担当して P56〜57　　国際啄木学会盛岡支部　H 16・10・7

佐藤　勝（書評）熱い啄木評論の復刊！碓田のぼる著『石川啄木』「短歌新聞」第612号

　　　　　　　　　　　　　　　　　　　　　　　　　　　　　　　　　H 16・10・10

「2004 年国際啄木学会ソウル大会」A4判 全29頁（以下6点の文献を収載）

　〈日韓対訳・講演・研究発表の要旨〉

　池田　功（講演）尹東柱. 石川啄木. Heinrich Heine　P1 〜 10

山下多恵子　我ならぬ我 ―啄木の妻節子― P11 ～ 12

朴　智暎　啄木短歌における身体と表現の問題 P13 ～ 19

高　淑玲　啄木の思想の質に関する一考察 ―啄木における仏教思想の働きをめぐって― P20 ～21

梁　東国　石川啄木と萩原朔太郎　P22 ～ 28

上田　博　「啄木」とは何かそして「啄木」は何処に現れるか ―いわゆる「ローマ字日記」の

　　　　　　場合 ― P29 ～ 0　　　　　　国際啄木学会韓国支部（韓国中央大学校内）H 16・10・10

岩手日報（記事）「啄木」テーマに講演、検証・韓国で国際学会・研究者が意見交換　H 16・10・11

朝日新聞（岩手版記事）自分も歌を詠み啄木を知る・盛岡の「月曜会」機関誌発行　H 16・10・14

河北新報（記事）岩手県出身の石川啄木と宮沢賢治・2人の足跡地図に・盛岡　　　H 16・10・14

大岡　信　折々の歌（人がみな／同じ方角に…）　　　　　　　　　朝日新聞　H 16・10・16

望月善次　啄木の歌（歌集外短歌 1252 ～ 1255）東京朝日新聞「夜霧の街」（1 ～ 4）

　　　　　　　　　　　　　　　　　　　　　　盛岡タイムス　H 16・10・16 ～ 10・19

大岡　信　折々の歌（石川はえらかったな、と…／土岐善麿）　　　朝日新聞　H 16・10・17

佐藤志歩（署名記事）国際啄木学会ソウル大会から（上）講演　　　岩手日報（夕）H 16・10・20

「大阪啄木通信」第 25 号 B5 判 500 円（以下 3 点の文献を収載）

　天野　仁　「定本」がない？歌集『悲しき玩具』P1 ～ 3

　飯田　敏　啄木の故郷渋民村（6）P4 ～ 11

　天野　仁　〈随想〉啄木曼荼羅 10・一禎和尚、宝徳寺入山の周辺 P12 ～ 19

　　　　　　　　　　　　天野仁個人発行誌（連絡先・大阪府高槻市牧田 5-48-206 天野仁）H 16・10・20

「浜茄子」第 67 号 B5 判 全 6 頁（細目：加島行彦・啄木の短歌に見るその質と量／小野寺廣明・「啄木」

　私考／齋　忠吾・気になったこと／ほか）　　　　　　　　　仙台啄木会　H 16・10・20

望月善次　啄木の歌（歌集外短歌 1256 ～ 1259）東京朝日新聞「眠る前の歌」（1 ～ 4）

　　　　　　　　　　　　　　　　　　　　　　盛岡タイムス　H 16・10・20 ～ 10・23

佐藤志歩（署名記事）国際啄木学会ソウル大会から（下）研究発表　岩手日報（夕）H 16・10・21

澤田勝雄（署名記事）国民詩人から国際詩人へ　国際啄木学会ソウル大会

　　　　　　　　　　　　　　　　　　　　　　しんぶん赤旗　H 16・10・21

大和田茂　石川啄木 P50 ～ 51　東京高校国語教育研究会『文学散歩・東京』1200 円

　　　　　　　　　　　　　　　　　　　　　　冬至書房　H 16・10・22

白竜社編　『ポケットのなかの啄木』新書判 1200 円＋税（※石川啄木の解説あり）

　　　　　　　　　　　　　　　　　　　　　　白竜社　H 16・10・22

石川啄木　森鷗外宛書簡（M 41・5・7 直筆写真）P26 ～ 27　「平成 16 年度特別展図録・愛の手紙」

　B5 判 800 円　　　　　　　　　　　　　　　文京区教育委員会　H 16・10・23

望月善次　啄木の歌（歌集外短歌 1260 ～ 1264）東京毎日新聞「柿の色づく頃」（1 ～ 5）

　　　　　　　　　　　　　　　　　　　　　　盛岡タイムス　H 16・10・24 ～ 10・28

平岡敏夫　〝夕暮れ〟を越えて―石川啄木『あこがれ』『一握の砂』から『悲しき玩具』へ―P168 ～192

　〈夕暮れ〉・文学における創造性―石川啄木ほか／「ココアのひと匙」「事ありげな春の夕暮れ」

　P374 ～ 378　『〈夕暮れ〉の文学史』A5 判 5040 円　　　　おうふう　H 16・10・25

「望」第 5 号　B5 判 全 92 頁 1000 円

　明治 35 年～ 38 年の啄木短歌を読む、明治 40 年啄木北海道歌を読む、ほか／上田勝也、北田ま

ゆみ、熊谷昭夫、齊藤清人、佐藤静子、永井雍子、福島雪江、吉田直美

発行者・望月善次　編集・啄木月曜会　H 16・10・25

菊地　悟　石川啄木『ローマ字日記』のローマ字日記表記 P143〜150「日本語学会 2004 年度秋季
　　大会予稿集」A4 判 頒価 2400 円（送料共）　　　　　　　　　日本語学会事務局　H 16・10・28

妹尾源市　林芙美子と故郷 P3〜4　「浮雲」第 16 号　　　　大阪　林芙美子同好会　H 16・10・28

森　義真　秋晴れの風に吹かれて（啄木学会ソウル大会参加の記）著者作成 A4 判 2 枚　H 16・10・28

望月善次　啄木の歌（歌集外短歌 1265）東京毎日新聞「穏やかならぬ目付」

盛岡タイムス　H 16・10・29

望月善次　啄木の歌（歌集外短歌 1266）東京毎日新聞「四月のひと日」

盛岡タイムス　H 16・10・30

望月善次　啄木の歌（歌集外短歌 1267〜1268）東京毎日新聞「君のことなど」（1〜2）

盛岡タイムス　H 16・10・31〜11・1

スワン社発行　ハガキ通信 6・啄木転々・十月（小樽日報初号発刊の日）　　　　H 16・10・―

スワン社発行　ハガキ通信 6・十月の小樽（啄木は 19 歳の時も小樽に滞在した）　H 16・10・―

「歌人のてがみ展」パンフ（歌稿「ハコダテの歌」の直筆写真）　　　盛岡てがみ館　H 16・10・―

「盛岡てがみ館第 16 回企画展」（11・2〜1・24）チラシ（石川啄木の「ハコダテノ歌」草稿写真掲載）

H 16・10・―

「ぽけっと」11 月号〔伊藤左千夫の佐藤庄太郎（啄木を見たと記した青年）宛手紙〕　H 16・11・1

「盛岡てがみ館資料解説」第 54 号 ※「啄木と哀果」（土岐善麿の手紙）　　　　H 16・11・1

「平成 15 年度 盛岡てがみ館 館報」A4 判 52 頁〔※石川啄木全集未収載の書簡両面の写真（2 点）掲載
　　などのほかに啄木研究の先駆者、吉田孤羊宛て啄木関係者の書簡などの詳細な記述など〕

盛岡てがみ館　H 16・11・1

山本玲子　〈啄木 ―その故郷〉大公孫樹 P17〜0「広報たまやま」11 月号　　玉山村　H 16・11・1

山本玲子〈啄木と明治の盛岡〉（59）盛岡の声「豆腐ァ」P38〜39「街もりおか」第 37 巻 11 号
　　（通巻 443 号）B6 横判 250 円　　　　　　　　　　　　　杜の都社（盛岡市）H 16・11・1

望月善次　啄木の歌（歌集外短歌 1269）東京朝日新聞「手帳の中より」

盛岡タイムス　H 16・11・2

望月善次　啄木の歌（歌集外短歌 1270）東京毎日新聞「黒土の香」　盛岡タイムス　H 16・11・3

小林芳弘　釧路における啄木の日程表① B4 判 3 枚（岩手大学公開講座「石川啄木の世界」 第 10 回
　　同窓会での発表レジメ「啄木と小静・市子」著者作成）　　　　　　　　　　　H 16・11・3

対談・石川啄木の魅力（上・下）池田功さん・ソン・ジュンオクさん

しんぶん赤旗　H 16・11・3〜4

望月善次　啄木の歌（歌集外短歌 1271〜1272）東京毎日新聞「梅雨の頃」（1〜2）

盛岡タイムス　H 16・11・4〜11・5

北畠立朴〈啄木エッセイ 86〉「恋のはじまり」　　　　　　　「しつげん」第 362 号　H 16・11・5

望月善次　啄木の歌（歌集外短歌 1273）東京毎日新聞「やゝありて」盛岡タイムス　H 16・11・6

朝日新聞（岩手版・記事）「啄木似」モデル実は天皇陛下・玉山で発見　舟越保武氏制作のレリーフ

H 16・11・6

野村胡堂記念館編『野村胡堂・あらえびす来簡集』四六判 5000 円（注・啄木からの書簡のほかに共

通友人の書簡など多数を収録）　　　　　　　　　　　野村胡堂・あらえびす記念館　H 16・11・6

秋田さきがけ（コラムおとなり週報）啄木らの書簡紹介・盛岡「てがみ館」で企画展　H 16・11・7

望月善次　啄木の歌（歌集外短歌 1274 ～ 1276）中判ノート「7月15日夜」（1 ～ 3）

　　　　　　　　　　　　　　　　　　　　　　　　　盛岡タイムス　H 16・11・7 ～ 11・9

望月善次　啄木の歌（歌集外短歌 1277）中判ノート「7月26日夜」　盛岡タイムス　H 16・11・10

岩手日報（記事）18 歳啄木の直筆はがきを発見（注・M37・6・3 畠山亨宛）　　　H 16・11・10

近藤典彦　石川啄木と国際啄木学会 P1 ～ 3　「THE TANKA JOURNAL（短歌ジャーナル）No.25」

　　　　　　　　　　　　　　　　　　　　　　　　　　日本歌人クラブ　H 16・11・10

「宝徳寺追悼 2004　秋浜市郎・三郎」B5 判　27 頁〔注・秋浜市郎（啄木代用教員時代の先輩教師）／
　秋浜三郎（啄木の教え子）〔細目：秋浜三郎・山村抒情―啄木調からアララギ派へ―（歌集『静寂』（S46・10
　刊）の掲載文）／秋浜三郎小歴／徳原八重子・献辞／ほか〕佐々木祐子（作成）／宝徳寺・さわらの会発行
　　H 16・11・11

藤原隆男・松田十刻共著『啄木と賢治の酒』四六判　1800 円　全 311 頁（序章・啄木と賢治が生きた
　時代―食生活や酒の変遷に見るエピソード―P13 ～ 24 ／第一部・啄木が愛した酒の遍歴／第一章・「あ
　こがれ」を果たせぬままに―出生から代用教員時代―P25 ～ 69 ／第二章・忘れがたき人々　北海道の
　漂泊時代①―函館・札幌・小樽―P70 ～ 105 ／第三章・忘れがたき人々　北海道の漂泊時代②―釧路―
　P106 ～ 180 ／第四章・志半ばで世を去る P181 ～ 216 ／第二部・啄木の「酒」に関するあれこれ／第一
　章・釧路時代をデータでひもとく P271 ～ 229 ／第二章・悲しい酒か、ゆかいな酒か P230 ～ 245 ／以
　下賢治に関する記述）　　　　　　　　　　　　　　　熊谷印刷出版部　H 16・11・11

望月善次　啄木の歌（歌集外短歌 1278 ～ 1279）中判ノート「7月27日朝」（1 ～ 2）

　　　　　　　　　　　　　　　　　　　　　　　　　盛岡タイムス　H 16・11・11 ～ 11・12

盛岡タイムス（記事）絵はがきは語る・玉山村の啄木記念館・おもしろ郵便展始まる　H 16・11・12

岩手日報（盛岡広域版記事）啄木を支えた人々追悼・玉山の宝徳寺　　　　　　　　H 16・11・13

望月善次　啄木の歌（歌集外短歌 1280 ～ 1284）中判ノート「8月3日夜 – 4日夜」（1 ～ 5）

　　　　　　　　　　　　　　　　　　　　　　　　　盛岡タイムス　H 16・11・13 ～ 11・17

望月善次（書評）思想的側面の解明を一貫させて（碓田のぼる著『石川啄木』）

　　　　　　　　　　　　　　　　　　　　　　　　　しんぶん赤旗　H 16・11・14

須藤宏明　鈴木彦次郎の啄木受容の問題―明治文学と新感覚派文学の関連性― P326 ～ 339

　「國學院雑誌」第 105 巻 11 号 A5 判　　　　　　　　　　　　　　　　　　　　H 16・11・15

北畠立朴〈コラム朝の食卓〉台湾の啄木博士　　　　　　　　　北海道新聞　H 16・11・17

望月善次　啄木の歌（歌集外短歌 1285）中判ノート「8月26日夜」　盛岡タイムス　H 16・11・18

野口存彌　野口雨情と北方の海、大地 P117 ～ 125　『文学遠近法』　武蔵野書房　H 16・11・19

望月善次　啄木の歌（歌集外短歌 1286 ～ 1292）中判ノート「8月28日」（1 ～ 7）

　　　　　　　　　　　　　　　　　　　　　　　　　盛岡タイムス　H 16・11・19 ～ 11・25

近藤典彦　国際啄木学会ソウル大会に寄せて／抵抗の詩人・尹東柱　　岩手日報　H 16・11・20

櫻井健治　床屋と石川啄木 P62 ～ 64　『函館理容美容専門学校創立 50 周年記念』A4 判

　　　　　　　　　　　　　　　　　　　　　財団法人道南理容美容連盟　H 16・11・21

盛岡タイムス（記事）秋浜父子に光当てる・啄木ゆかりの人物　三郎コレクションも　H 16・11・21

盛岡タイムス（記事）啄木も心を寄せた手紙・「あらえびす来簡集」発刊　　　　　　H 16・11・22

石川啄木『一握の砂』（和綴本）A5判 154頁 頒価 1500円

文章工房すばる（奈良県上牧町）　H 16・11・23

「札幌啄木会だより」No.6 B5判 8頁（桜木俊雄・啄木の史跡巡りに参加して／ほか）

札幌啄木会　H 16・11・25

佐藤広美　愛国心⑥ 教育基本法を考える・時代閉塞の現状に宣戦しなければ（啄木）

しんぶん赤旗　H 16・11・25

朝日新聞（岩手版記事）胡堂への手紙集人気・記念館発売 20日で 300部　H 16・11・26

あるびれお通信（盛岡の地域ミニコミ紙・藤原／松田共著『啄木と賢治の酒』の紹介）　H 16・11・26

望月善次　啄木の歌（歌集外短歌 1293 〜 1307）中判ノート「9月9日夜」（1 〜 15）

盛岡タイムス　H 16・11・26 〜 12・10

京都新聞（コラム凡語）（韓国で起きた集団カンニング事件の枕に啄木の事件を記述）　H 16・11・28

「宵やみサロン」チラシ（12月7日）「啄木・賢治の青春と盛岡」ゲスト：森義真氏　H 16・11・一

「國文学　解釈と教材の研究」12月号【危機意識下の石川啄木】　第 49巻 13号 菊判 1300円

（以下 17点の文献を収載）

大澤真幸　啄木を通した9・11以降 ―「時代閉塞」とは何か― P6 〜 15

常盤新平　啄木の日記を読んで P16 〜 20

出久根達郎　こころの竹 P21 〜 25

土屋　忍　啄木の植民地イメージ P26 〜 33

関井光男　アナーキズム ―久津見蕨村― P34 〜 41

中村文雄　啄木と大逆事件 ―一九一一年、書簡・日記から― P42 〜 50

工藤正廣　啄木ローマ字、雨雀エスペラントの交響―東北文学の精神から―P51 〜 57

顧　偉良　啄木と周作人 P58 〜 64

吉増剛造　啄木ローマ字日記の古畳・アイオワにて P65 〜 69

坂本麻実子　日本歌曲にみる作曲家たちの啄木受容 P70 〜 78

福井智子　啄木と馬賊―『菊池君』と漢詩のことなど― P79 〜 85

村井　紀　啄木と短歌滅亡論―滅亡論の解体― P86 〜 93

永井　祐　啄木とぽぽぽぽぽぽ P94 〜 99

木股知史　裏返し・石川啄木―内面のエッジへ― P100 〜 107

小嵐九八郎　修司と啄木のきのう、今日、明日 P108 〜 114

池田　功　啄木とハイネ　ドイツにて P115 〜 121

池田　功　石川啄木略年譜 P122 〜 123　　　　　　　　　　　學燈社　H 16・12・1

南條範男　碑の浪漫（51）渋民・斎藤家入口の歌碑 P18 〜 0「逆水」12月号　H 16・12・1

山本玲子〈啄木と明治の盛岡〉（60）馬肉の宴「街もりおか」第 37巻 12号（通巻 444号）B6横判

250円　　　　　　　　　　　　　　　　　　　杜の都社（盛岡市）H 16・12・1

「盛岡てがみ館資料解説」第 55号（啄木に絶交を宣言した小澤恒一／ほか）　H 16・12・1

たかとう匡子（同人誌時評）「青森文学」71号の西脇巽「啄木郁雨　義絶の真相」

図書新聞　H 16・12・4

池田　功　ドイツ語圏の石川啄木　批判性・日常性などに注目　しんぶん赤旗　H 16・12・8

高田準平〈文学へのいざない補遺 12〉啄木の教育実践⑦（←H 25・8『啄木懐想』著者刊）

北鹿新聞　H 16・12・9

赤崎　学　啄木文学ノート・その評論について　P110 〜 120　第57回岩手芸術祭実行委員会編
「県民文芸作品集」No.35 A5判 1100円　　　　　　　　　岩手芸術祭実行委員会　H 16・12・11

望月善次　啄木の歌（歌集外短歌 1308 〜 1313）中判ノート「10月13日夜」(1 〜 6)
　　　　　　　　　　　　　　　　　　　　　盛岡タイムス　H 16・12・11 〜 12・17

伊五沢富雄　内田百閒と啄木の“因縁”「いわてねんりんクラブ」第108号 B5判 700円
　　　　　　　　　　　　　　　　　　　　　　ねんりん舎（盛岡市）H 16・12・15

森　義真　盛岡における啄木の住居（一覧）「盛岡南ロータリークラブ／卓話」レジメ　H 16・12・16

岩手日報　（記事）絵図伝える“啄木の砂山”函館の歴史家 近藤さん発見　　　　H 16・12・18

河合　敦　不来方のお城と啄木 P47 〜 0　A4変形判 730円＋税「よみがえる日本の城 9 盛岡城
ほか」　　　　　　　　　　　　　　　　　　　　　　学習研究社　H 16・12・18

望月善次　啄木の歌（歌集外短歌 1314 〜 1316）「スバル」第2巻第12号「死」(1 〜 3)
　　　　　　　　　　　　　　　　　　　　　盛岡タイムス　H 16・12・18 〜 12・20

望月善次　啄木の歌（歌集外短歌 1317）「創作」第2巻第1号「方角」盛岡タイムス　H 16・12・21

平出　洸　平出修と文人たち⑪ 平出修と幸徳秋水 P110 〜 118「文人」第44号 A5判 1000円
　　　　　　　　　　　　　　　　　　　　　　　　　文人の会　H 16・12・21

望月善次　啄木の歌（歌集外短歌 1318 〜 1320）「秀才文壇」第11年第1号「十二月」(1 〜 3)
　　　　　　　　　　　　　　　　　　　　　盛岡タイムス　H 16・12・22 〜 12・24

岩崎允胤　石川啄木と時代閉塞 ―社会主義思想への道―P266 〜 282　『日本近代思想史序説（下）
明治期後篇』A5判 5040円　　　　　　　　　　　　　新日本出版社　H 16・12・25

「国際啄木学会東京支部通信」第5号 A5判 全24頁 ※（以下5点の文献を収載）

　平出　洸　竹久夢二と啄木 P6 〜 0

　妹尾源市　啄木の故郷 P9 〜 11

　目良　卓　ソウル大会印象記 P10 〜 11

　横山　強　林芙美子と啄木 P11 〜 13

　池田　功　ゲーテ街道・道草の旅 〜あるドイツ便り (5) 〜　P15 〜 24
　　　　　　　　　　　　　　　　　国際啄木学会東京支部会　H 16・12・25

望月善次　啄木の歌（歌集外短歌 1321 〜 1322）「精神修養」第2巻第1号「今年も」(1 〜 2)
　　　　　　　　　　　　　　　　　　　　　盛岡タイムス　H 16・12・25 〜 12・26

望月善次　啄木の歌（歌集外短歌 1323）「東京朝日新聞」明治44年1月8日
　　　　　　　　　　　　　　　　　　　　　盛岡タイムス　H 16・12・27

望月善次　啄木の歌（歌集外短歌 1324 〜 1325）「精神修養」第2巻第4号 (1 〜 2)
　　　　　　　　　　　　　　　　　　　　　盛岡タイムス　H 16・12・28 〜 12・29

望月善次　啄木の歌（歌集外短歌 1326 〜 1327）明治43年12月26日電報／「東京朝日新聞」明治44
年1月8日　　　　　　　　　　　　　　　盛岡タイムス　H 16・12・30 〜 12・31

田口道昭　啄木と近松秋江 ―「実行と批判」の位相― P23 〜 35「神戸山手短期大学紀要」第47号
　　　　　　　　　　　　　　　　　　　　　　　　　　　H 16・12・―

高　淑玲　啄木の小説に関する一考察 ── 社会主義思考の現れ P30 〜 49
「日本語言文芸研究」第5号 A4判　　　　　　　台灣日本語言文藝研究學會　H 16・―・―

２００５年（平成17年）

望月善次　啄木の歌（歌集外短歌1328）「精神修養」第2巻第1号　　　盛岡タイムス　H 17・1・1

近　義松　石川啄木・轍鮒の生涯（90 ～ 101回 — 各回1頁）「新歯界」1 ～ 12月号
　　　　　　　　　　　　　　　　　　　新潟県歯科医師会　H 17・1・1 ～ H 17・12・1

倉田　稔　石川啄木と小樽（20）～（25）「月刊ラブおたる」1 ～ 5月号各1頁掲載　A5判300円
　　　　　　　　　　　　　　坂の街出版企画（小樽市色内 1-9-1）H 17・1・1 ～ H 17・5・1

佐佐木幸綱　万葉集のわれ・万葉集と近代 P68 ～ 77「短歌」2月号第52巻2号　　　H 17・1・1

編集部（記事）啄木・賢治を中心に文学碑の拓本研究のために全国各地を駆け巡る・澤尻弘志さん
　　P9 ～ 0「広報たまやま」1月号　　　　　　　　　　　　　　　　玉山村　H 17・1・1

辻　征夫　食ふべき詩 —啄木のこと— P10 ～ 19『私の現代詩入門　むずかしくない詩の話』
　　新書判980円＋税　　　　　　　　　　　　　　　　　　　　　思潮社　H 17・1・1

南條範男　碑の浪漫（52）渋民駅前の碑 P19 ～ 0「逃水」1月号　　　逃水短歌会　H 17・1・1

盛岡タイムス　第2特集・ザ・たまやま（座談会／わが原風景は　古里は渋民／ほか P9 ～ 14）／第
　　4特集・玉山も盛岡も啄木の地元／啄木を訪ねる（石川啄木記念館／盛岡てがみ館／啄木・賢治青春記
　　念館の各学芸員による館の紹介、ほか P28 ～ 29 に掲載）　　　　　　　　　H 17・1・1

山本玲子　〈啄木 —その故郷〉カルタとる室の様のうれしさ P17 ～ 0「広報たまやま」1月号
　　　　　　　　　　　　　　　　　　　　　　　　　　　　　　　　　　　　　H 17・1・1

望月善次　啄木の歌（歌集外短歌1329 ～ 1336）「断片」（小説断片創作ノート）（1 ～ 8）
　　　　　　　　　　　　　　　　　　　　　盛岡タイムス　H 17・1・4 ～ 1・11

朝日新聞（道内版　連載記事）5 啄木と同居　浪漫館　　　　　　　　　H 17・1・6

編集部　ひと味違う啄木・賢治の探求書（『啄木と賢治の酒』）地域情報新聞マ・シエリ H 17・1・6

亀谷中行　「啄木遺稿」の謎　A3判6枚（国際啄木学会東京支部研究発表レジメ）　H 17・1・8

細谷朋代　「天鵞絨」考—再発見された＜故郷＞ A4判6枚（国際啄木学会東京支部研究発表レジメ）
　　　　　　　　　　　　　　　　　　　　　　　　　　　　　　　　　　　　　H 17・1・8

高田準平　〈文学へのいざない補遺12〉啄木の教育実践⑧～⑬（H17・1・9／1・17／1・31／2・4
　　／2・19／2・25）（← H25・8『啄木懐想』著者刊）　　北鹿新聞　H 17・1・9 ～ H 17・2・25

伊五澤富雄　IGR に「啄木駅」を　　　　　　　　　　　　　盛岡タイムス　H 17・1・10

岩手日報（ラジオ番組案内）いわての本棚「啄木と賢治の酒」　　　　　　H 17・1・12

望月善次　啄木の歌（歌集外短歌1337）最終あいさつ　　　　盛岡タイムス　H 17・1・12

冨樫由美子　短歌の栞・はたち（中原淳一「啄木かるた」の随想）　秋田さきがけ　H 17・1・15

編集部（記事）酒浸りの日々にこそ人生の哀歓・「啄木と賢治の酒」盛岡タイムス　H 17・1・17

目良　卓　啄木雑感（35 ～ 37）「華」58 ～ 60号（各号に2頁掲載）A5判1000円
　　　　　　　　　　　　　　　　短歌雑誌「華」の会　H 17・1・20／4・20／7・20

岩手日報（記事）啄木・賢治情熱の収集・盛岡の青春記念館スクラップ展　　　H 17・1・20

「新聞スクラップとポスターで偲ぶ啄木・賢治展」チラシ（1月20日～2月27日）
　　　　　　　　　　　　　　　　　　　　　　　　　　啄木・賢治青春館　H 17・1・20

藤原隆男　いわて酒物語・啄木にぎやかに飲む　　　　　読売新聞（岩手版）H 17・1・20

手塚さや香　（新刊紹介）酒・テーマに啄木・賢治を分析　　　　　　毎日新聞（岩手版）H 17・1・20

編集部　わくわくクロスワードパズル（全石川啄木 77 問）　　　　　　毎日新聞　H 17・1・20

穴吹史士　（署名記事）ことばの旅人（岩手・玉山村）ふるさとに愛憎ゆき交う　朝日新聞　H 17・1・22

朝日新聞（道内版）ことばの旅人・雪あかりに浮ぶ「啄木の道」　　　　　　　　H 17・1・22

編集部　ことばの旅人　岩手・玉山村（「be」P1 ～ 2 に掲載）　　　　朝日新聞　H 17・1・22

森　義真　「新聞人・佐藤北江」とその周辺（先人記念館での講演レジメと資料）　H 17・1・22

盛岡タイムス（記事）時代が伝えた啄木と賢治・半世紀の新聞スクラップ集　　　H 17・1・22

毎日新聞（岩手・記事）啄木恩人の新聞人「佐藤北江」講演会　　　　　　　　　H 17・1・23

読売新聞（岩手版・連載記事）ひと紀行・啄木を探しに① 遊座昭吾・伊五澤富雄　H 17・1・23

岩手日報（記事）啄木短歌の情景再現・釧路でキャンドルイベント　　　　　　　H 17・1・24

朝日新聞（岩手版・記事）おとこの放課後塾（「啄木・賢治もりおか青春物語」講座案内）H 17・1・25

盛岡タイムス（記事）2 月おとこの放課後塾（「啄木・賢治もりおか青春物語」講座案内）H 17・1・25

盛岡タイムス（記事）同郷の啄木支えて・先人記念館講座・森　義真さんが講演　H 17・1・25

藤原隆男　いわて酒物語・盃通じ白秋らと交友　　　　　　　読売新聞（岩手）H 17・1・27

朝日新聞（岩手版）近代文学研究家　森義真さん・啄木を支えた新聞人＜講演要旨＞　H 17・1・28

岩手日報（盛岡広域版記事）佐藤北江の郷土愛紹介・盛岡市先人記念館で講座　　H 17・1・28

青山修二　（署名記事）ロマン漂う小樽駅　　　　　　　　　　北海道新聞（夕）H 17・1・29

北畠立朴〈コラム朝の食卓〉人生の師　　　　　　　　　　　　　北海道新聞　H 17・1・30

読売新聞（岩手版・連載記事）ひと紀行・啄木を探しに②山本玲子・畑中美那子　H 17・1・30

飯坂慶一　土井晩翠展を見て―啄木とのこと― P30 ～ 31「驅動」第 44 号 A5 判 350 円

　　　　　　　　　　　　　　　　　　　　　　　　　　　　　　驅動社　H 17・1・31

伊藤一彦〈コラム短歌〉幸綱の新連載評論・万葉人と啄木重なり合う　読売新聞（夕）H 17・1・31

佐藤昭八編　「野村胡堂・あらえびす記念館所蔵　野村胡堂旧蔵図書・雑誌目録」A4 判（頒布価格

　の記載無し）全 80 頁（注・啄木関係図書は 11079 ～ 11135 番に掲載）　野村胡堂記念館　H 17・1・31

飯坂慶一　断片詩・石川啄木三題 P48 ～ 55　「詩都」　　　　　都庁詩をつくる会　H 17・1・―

近　義松　吹雪ぶく「啄木の生涯」脱稿す…・P19 ～ 0 歌集『浜浦の雪』A5 判　　著者刊　H 17・1・―

周　作人・坂本文泉子訳『石川啄木歌集』〈中国語版〉四六判 337 頁 日本国内頒価 2016 円

　（内容：「一握の砂（全歌）」「悲しき玩具（全歌）」／詩「家」「飛行機」「呼び子と口笛」ほか）

　（販売取扱社「東方書店」東京・神田店、関西・京都店）

　　　　　　　　　　　　　　　　　　　　　出版社：中国対外翻訳出版公司（北京市）H 17・1・―

周　作人訳『国木田独歩・石川啄木集』〈中国語版〉四六判 273 頁 日本国内頒価 1764 円

　　　　　　　　　　　　　　　　　　　　　　　中国対外翻訳出版公司（北京市）H 17・1・―

門屋光昭〈啄木と明治の盛岡〉（61）野村長一宛て年賀状 P38 ～ 39「街もりおか」第 38 巻 2 号

　（通巻 446 号）B6 横判 250 円　　　　　　　　　　　　　杜の都社（盛岡市）H 17・2・1

中村光紀　高橋清さんのこと（啄木、賢治の記事スクラップ）「おでって」40 号　　H 17・2・1

南條範男　碑の浪漫（53）渋民・「あこがれ橋」の碑　P19 ～ 0「迯水」2 月号　　H 17・2・1

山本玲子〈啄木 ―その故郷〉渋民郵便局 P17 ～ 0「広報たまやま」2 月号　玉山村　H 17・2・1

「石川啄木展」（チラシ）B5 判片面刷（2 月 1 ～ 27 日・銀座　源吉兆庵にて）　　　H 17・2・1

盛岡てがみ館　第 17 回企画展（2・1 ～ 4・18）（A4 判チラシ）啄木の詩「蟹に」の原稿写真掲載

　　　　　　　　　　　　　　　　　　　　　　　　　　　　　　　　　　H 17・2・1

北畠立朴〈啄木エッセイ88〉「石川一と北畠克郎」　　　　　　「しつげん」第367号　H 17・2・5

盛岡タイムス（記事）盛岡てがみ館・肉筆に伝わる息遣い・珠玉の白秋、茂吉、啄木　H 17・2・5

読売新聞（岩手版連載記事）ひと紀行・啄木を探しに③ 門屋光昭・森　義真　　　H 17・2・6

「国際啄木学会会報」第20号 B5判 全8頁（以下9点の文献を収載）

　〈春季セミナー研究発題要旨〉

　テキスト 『論集 石川啄木Ⅱ』『漂泊過海的啄木論述』

　碓田のぼる　四つの座談会から学ぶこと、考えること P3 〜 0

　池田　功　外国文学としての石川啄木 P3 〜 0

　山下多恵子　新しい啄木に出会う P3 〜 0

　松村　洋　現代と明治の「通路」開拓 P4 〜 0

　田口道昭　源流と行方、表現とイメージ P4 〜 0

　若林　敦　啄木の「国際的」研究 P4 〜 0

　〈2004年度　ソウル大会総括〉

　望月善次　10 年ぶりの輝かしいソウル大会（閉会挨拶）P5 〜 0

　目良　卓　新しき視点からの啄木研究（午前の部・印象記）P6 〜 0

　森　義真　秋晴れの風に吹かれて（午後の部・印象記）P6 〜 0　　国際啄木学会　H 17・2・8

高　大勝　石川啄木・韓国併合に異を唱えたしなやかな感性　舘野晰編『36人の日本人韓国・朝鮮
　へのまなざし』四六判 2100円＋税　　　　　　　　　　　　　　　　　明石書店　H 17・2・11

大岡　信（折々のうた）春の雪——（石川啄木）　　　　　　　　　朝日新聞　H 17・2・12

「国際啄木学会東京支部会報」第13号 A5判 全76頁（以下7点の文献を収載）

　池田　功　巻頭言—啄木を読む魅力 P1 〜 2

　周　天明　「純粋自然主義」—「時代閉塞の現状」のキーワード—P3 〜 17

　川田淳一郎　啄木の短歌三行書きのルーツを求めて（第二報）— キリスト教古聖歌との関係に
　　　　　　　ついて—P18 〜 23

　井上信興　「東海の歌」についての私解 P24 〜 32

　太田　翼　「二筋の血」論—宛名の無い遺書— P33 〜 41

　細谷朋代　「天鵞絨」考—再発見された＜故郷＞— P42 〜 52

　佐藤　勝　資料紹介・石川啄木参考文献目録（11）P53 〜 63

　　　　　　　　　　　　　　　　　　　　　　　　　国際啄木学会東京支部会　H 17・2・20

山本恭弘　Interpretations and Comments on Takuboku's Poetry（啄木短歌の訳し方）P8 〜 23

　『OUTPUT』（英語教師の総合学習）四六判 1500円＋税　　　　　近代文芸社　H 17・2・20

岩手日報〈コラムアンテナ〉啄木短歌覚え古里に誇りを（玉山村のかるた大会）　H 17・2・20

岩手日報（記事）一席に大平さん（新潟）・啄木風短歌全国から 2382 首公募　　H 17・2・21

盛岡タイムス（記事）盛岡てがみ館・三木清氏も啄木の影響・17 人の肉筆原稿　　H 17・2・22

山陰中央新報（記事）日韓併合を憂いた石川啄木の詩を紹介・日韓交流の２氏　　H 17・2・25

柴田啄木会編『石川啄木　歌碑建立一周年記念誌』A5判 全110頁〜特集・啄木と船岡の先人たち〜
　（以下の8点の文献を収載）

　三塚　博　啄木周辺回顧 P12 〜 14

近　義松　啄木と大四郎・友二 P18 ～ 20

山本玲子　啄木と吉野白村 P21 ～ 24

伊五澤富雄　吉田孤羊著「啄木片影」と吉野白村 P25 ～ 28

宝刀朝魯　金田一京助は国語的視点で石川啄木をどう見ていたか P29 ～ 31

吉野龍男　伯父・吉野白村のこと P34 ～ 35

水戸勇喜　特集・啄木と船岡の先人たち P87 ～ 108

編集部　全国の啄木碑一覧 P57 ～ 64

　　　　　　　　　　　　　　柴田啄木会（宮城県柴田町船岡新栄 4-14-5 水戸方）H 17・2・27

川田淳一郎　石川啄木の短歌 3 行書きのルーツを求めて P92 ～ 95「学際」NO.14

　　　　　　　　　　　　　　　　　　　構造計画研究所　H 17・2・28

石川啄木『一握の砂・悲しき玩具』風呂で読める文庫 100 選 009・文庫変型判 195頁 1050円

　　　　　　　　　　フロンティアニセン発行（東京都中央区新川 1-15-2）H 17・2・28

二瀬西恵編　『書作品づくりに役立つ　和歌・短歌手帖』四六判 1,365 円　木耳社 H 17・2・28

「日本研究」第20輯 B5判（以下の 3 点の文献を収載）

　池田　功　尹東柱・石川啄木・Heinrich Heine P7 ～ 32

　梁　東国　石川啄木と萩原朔太郎 P 33 ～ 48

　上田　博　「啄木」とは何か、そして「啄木」は何処に現れるのか P 49 ～ 62

　　　　　　　　　　　　　　中央大学校（ソウル）H 17・2・28

石井正己　啄木・喜善・賢治 P157 ～ 182「東京学芸大学紀要 第二部門・人文科学」第56集 A4 判

　　　　　　　　　　　　　　　　　　　　　　H 17・2・―

近藤典彦編「『一握の砂』の研究　書評・評者の方々へ感謝をこめて」A5 判 全 10 頁

（8 篇の書評紹介文を収録編者発行）　　　　　　私家版　H 17・2・―

柴田和子　石川啄木にまつわる私のあれこれ① P87 ～ 93 岩手県胆江地区民協連機関誌「つながり」

　第 118 号 A4 判　　　　（発行所：水沢市真城字中上野 43 スバル館内・民協連事務局）H 17・2・―

スワン社　ハガキ通信 8・啄木転々・二月「釧路時代の啄木とは？」　　　　H 17・2・―

上田　博　ふみのしずく⑧（啄木の歌と尾崎行雄）P41 ～ 0「文化連情報」3 月号 第 324 号 A4 判

　　　　　　　　　　　　日本文化厚生農業協同組合連合会　H 17・3・1

南條範男　碑の浪漫(54)渋民寺堤地内の歌碑 P19 ～ 0「逈水」3 月号　逈水短歌会　H 17・3・1

目良　卓　『一握の砂』私釈（四）―我を愛する歌―（1）P1 ～ 45「研究紀要」第 46 号 A5 判

　　　　　　　　　　　　工学院大学付属中学・高等学校　H 17・3・1

中村　稔　Ⅱ 子規と啄木　第二部 石川啄木 P345 ～ 408『中村稔 著作集 3 短詩型文学論』A5判

　7980円＋税　　　　　　　　　　　　　　　青土社　H 17・3・1

盛岡タイムス（記事）湧き出る力のリズム（啄木の歌を書で表現する児童の話題）　H 17・3・1

編集部　活字へのプロセス（三木清・『新編石川啄木全集』推薦）「ぽけっと」3 月号　H 17・3・1

山本玲子　〈啄木 ―その故郷〉斉藤家 P13 ～ 0「広報たまやま」3 月号　玉山村　H 17・3・1

山本玲子〈啄木と明治の盛岡〉(62)田中の地蔵さん P38～39「街もりおか」第 38 巻 3 号

　（通巻 447 号）B6横判 250円　　　　　　杜の都社（盛岡市）H 17・3・1

北畠立朴　〈啄木エッセイ 89〉講座講師の役割　朝日ミニコミ「しつげん」第 369 号　H 17・3・5

本庄　豊【南山城の光芒第二部・16. 17 回】石川啄木・酒井良夫（上・下）

洛南タイムス　H 17・3・5／12

岩手日報　（記事）新花巻駅開業 20 周年　啄木・賢治の旅（講演）　　　　H 17・3・7

斉藤珠江　岩手の秋（啄木の随想）P43 〜 0「短詩形文学」第 53 巻 3 号 600 円　H 17・3・10

酒井佐忠　詩歌の現在・「誤解多い啄木像を洗う」　　　　　　　　毎日新聞　H 17・3・10

岩手日報　（記事）東京散歩・石川啄木歌碑（銀座朝日ビル前）　　　　　　H 17・3・10

若林　敦　啄木の国際的な研究『漂泊過海啄木論述』を読む 15 枚（啄木学会春季セミナーレジメ）

H 17・3・12

岩手日報　（記事）啄木と賢治の文学、哲学語る／新花巻駅開業 20 周年（山本さん）H 17・3・13

北畠立朴　〈コラム朝の食卓〉啄木の造語　　　　　　　　　　　北海道新聞　H 17・3・13

門屋光昭　啄木と橘智恵子 —「長き文三年のうちに」考— P57 〜 71 「東北文学の世界」第 13 号

　A5 判　　　　　　　　　　　　　　　　　　盛岡大学文学部日本文学科　H 17・3・15

観光コンベンション新聞もりおか第 5 号（記事）第 8 回啄木風短歌全国公募入賞者発表　H 17・3・15

山本玲子　啄木と俳句—啄木短歌が明治の俳人に与えた影響 — P45 〜 56 「東北文学の世界」

　第 13 号 A5 判　　　　　　　　　　　　　　盛岡大学文学部日本文学科　H 17・3・15

中島　嵩　暗に韓国併合非難した啄木（読者投稿欄「声」）　　　　　岩手日報　H 17・3・16

三枝昂之・近藤芳美（対談）「第二芸術」論への共感—短歌が見失っているもの P24 〜 28 三枝昂之編

　『歌人の原風景』四六判 3000 円（編注・啄木談が随所にある）　　本阿弥書店　H 17・3・20

「NHK 短歌」4 月号 B5 判

　三枝昂之　定型の基本 1 上の句と下の句 P28 〜 29

　福島泰樹　名歌発見・石川啄木／寺山修司 P55 〜 56　　　　　　日本放送協会　H 17・3・20

西脇　巽　『啄木と郁雨　友情は不滅』四六判 303 頁 1200 円（細目・第 1 章・郁雨慈悲の源泉／第 2

　章・啄木郁雨義絶の真相・第 1 節・啄木郁雨義絶の論議／第 2 節・啄木郁雨義絶私論／第 3 節・不倫論者の

　心理分析／第 3 章・小説「漂泊」のモデル／第 4 章・啄木の砂山・郁雨の砂山／ほか）

青森文学会　H 17・3・20

盛岡タイムス（記事）田子一民の苦難の人生を紹介（佐々木祐子氏）　日詰公民館　H 17・3・20

安元隆子　近藤典彦著『『一握の砂』の研究』P115 〜 122「成城国文学」第 21 号　H 17・3・23

太田　登　一九三〇年の短歌史的意味—啄木『一握の砂』から佐美雄『植物祭』へ— P17 〜 33

　「山邊道」第 49 号（← H18・4『日本近代短歌史の構築 - 晶子・啄木・八一・茂吉・佐美雄』八木書店）

天理大学国語国文学会　H 17・3・25

倉田　稔　『石川啄木と小樽』A5 判 冊子型 全 53 頁 315 円　　　成文社（横浜市）H 17・3・25

後藤正人　浅草・上野の文芸と史蹟・台東区の等光寺 P36 〜 37『歴史・文芸・教育』A4 判 2000 円＋税

和歌山大学法史学研究会　H 17・3・25

「ココアのひと匙」（3 月 25 〜 27 日／大阪アリス零番館にて演劇上演のチラシ）

劇団 wanpa　H 17・3・25

盛岡タイムス（記事）国際啄木学会盛岡支部・望月支部長がインドの帰国報告　　H 17・3・29

倉田　稔　石川啄木と小樽 P1 〜 53「小樽商科大学　人文研究」第 109 号 A5 判

小樽商科大学　H 17・3・31

佐々木祐子　渋民のくらしと啄木（九）P16 〜 25「岩手の古文書」第 19 号 B5 判

岩手古文書学会　H 17・3・31

呉　川　啄木短歌におけるオノマトペ―中国語訳と比較して―　『オノマトペを中心とした日中対照
　　言語研究』A5判 4200円　　　　　　　　　　　　　　　　　　白帝社　H 17・3・31

「国際啄木学会　研究年報」第8号 A5判（以下の12点の文献を収載）

　【論文】

　近藤典彦／ヴォルフガング・シャモニ「石川啄木―その文学・思想・時代―」訳載にあたって
　　　　　　　P 1〜2

　ヴォルフガング・シャモニ（秋沢美枝子訳）石川啄木―その文学・思想・時代―P 3〜17

　池田　功　明治期におけるキリスト教の貌―「病院の窓」の霊肉を通した罪の意識の問題を
　　　　　　　めぐって―P18〜27

　朴　智暎　啄木短歌における身体と表現の問題 P28〜33

　柳沢有一郎　啄木の死因および『悲しき玩具』冒頭二首 P34〜44

　【書評】

　山田吉郎　啄木研究のダイナミズム　国際啄木学会編『論集石川啄木Ⅱ』（おうふう）P45〜47

　堀江信男　等身大の啄木像への序章　望月善次著『啄木短歌の読み方　歌集外短歌一千首とと
　　　　　　　もに』P48〜49

　今野寿美　啄木の創作意識に寄り添う理解　木股知史・藤沢全・山田吉郎編『和歌文学大系77 一
　　　　　　　握の砂／黄昏に／収穫』P50〜51

　大室精一　遊座昭吾著『啄木と賢治』P52〜53

　立花峰夫　碓田のぼる著『石川啄木―その社会主義への道』P54〜55

　【新刊紹介】

　森　義真　土地に住む人ならではの本　伊五澤富雄著『啄木を育んだ　宝徳寺物語』P56〜0

　水野　洋　西垣勤著『近代文学の風景 有島・漱石・啄木など』P57〜0

　　　　　　　　　　　　　　　　　　　　　　　　　　　　国際啄木学会　H 17・3・31

「啄木文庫」第35号（終刊号）A5判 全16頁（以下の3点の文献を収載）

　碓田のぼる　石川啄木と現代 P3〜9

　後藤正人　日露戦争と民衆 P10〜12

　内田ミサホ　東海歌の原風景（下）P12〜14　　　　　関西啄木懇話会　H 17・3・31

池田　功　脚気の文化史―啄木詩「夏の街の恐怖」を分析しつつ―P46〜57「明治大学人文科学
　　研究所紀要第54冊」A4判　　　　　　　　　　　　　　　　　　H 17・3・―

大室精一　「『真一挽歌』の形成」補論 P1〜12「佐野短期大学研究紀要」第16号　H 17・3・―

川田淳一郎　石川啄木の短歌 3行書きのルーツをもとめて P92〜95「学際」NO.14

　　　　　　　　　　　　　　　　　　　　　　　　　　　　構造計画研究所　H 17・3・―

「啄木、生命を歌う」チラシ A4判（6月10日・上野・奏楽堂）　　啄木の歌を聴く会　H 17・3・―

盛岡観光コンベンション協会編発行　「啄木風短歌集」18（37頁の入選歌集冊子）　H 17・3・―

スワン社　ハガキ通信9・啄木転々・三月「梅川操からの手紙が・・」（啄木日記）　H 17・3・―

西脇　巽　啄木と郁雨友情は不滅（西脇論文への反響）P54〜57「青森文学」第72号　H 17・3・―

門屋光昭〈啄木と明治の盛岡〉(63)「一握の砂」補遺（その一）P38〜39「街もりおか」第38巻4号
　　（通巻448号）B6横判 250円　　　　　　　　　　　　杜の都社（盛岡市）H 17・4・1

「盛岡てがみ館資料解説」第59号　※「石川啄木の詩稿ノート・黄草集」　　　　　H 17・4・1

「新日本歌人」第60巻4号〈啄木特集号〉800円（以下の11点の文献を収載）

碓田のぼる　石川啄木と石上露子―その接点と同時代性―P26～35

【啄木との出会い・この一首】（悦田邦治・しらしらと氷かがやき／川岸和子・時代閉塞の現状を／蒲原徳子・死ぬまでに一度会はむ／小島清子・百姓の多くは／斎藤陽子・砂山の砂に腹這ひ／佐藤誠司・やはらかに柳あをめる／瀬戸井誠・はたらけど／仲松庸全・ふるさとの訛なつかし／西沢幸治・やはらかに柳あをめる／野村昭也・たはむれに母を）

新日本歌人協会　H 17・4・1

南條範男　碑の浪漫（55）玉山村・川崎展望地の歌碑 P19～0　「逆水」4月号　H 17・4・1

山本玲子　〈啄木―その故郷〉スミレに宿る宇宙 P21～0「広報たまやま」4月号　H 17・4・1

盛岡タイムス（記事）日本人の心をインド学生に・啄木と賢治を講義　H 17・4・4

北畠立朴〈啄木エッセイ90〉啄木学級一年一組　朝日ミニコミ「しつげん」第371号　H 17・4・5

毎日新聞（岩手版・記事）啄木にちなむ問題も・岩手県臨時職員：採用試験　H 17・4・7

西脇　巽　恐妻家石川啄木　P51～54「北の邊」第8号 A5判 1500円　青森ペンクラブ H 17・4・9

盛岡タイムス（記事）12日に啄木忌前夜祭　H 17・4・9

井上信興『薄命の歌人 石川啄木小論集』四六判 213頁 1500円（細目：「東海の歌」についての私解・大間説について・八戸蕪嶋説について・三陸海岸説について／「不愉快な事件」についての私解／「あこがれ」の発刊についての小田島尚三の評価／詩への転換とその前後／啄木釧路からの脱出―その主因となったもの／啄木敗残の帰郷―岩城説への疑問／石川啄木生涯の足跡について／辞世の歌／啄木の教育論／歌集『一握の砂』のモデルについて／啄木短歌の虚構とその解釈／他）　渓水社　H 17・4・10

「国際啄木学会新潟支部報」第8号 A5判 全38頁（以下の4点の文献を収載）

塩浦　彰　啄木の継承について―千野敏子と三井為友― P1～6

清田文武　啄木の「卓上一枝」とマーテルリンクの運命論 P7～18

金子善八郎　相馬御風と石川啄木―御風に一目置いた啄木―P19～23（→ H16・7「頚城文化」第52号・上越郷土研究会）／A・T・ソウル第一夜 P25～26

若林　敦　春季セミナー合評会から P 28～34　　国際啄木学会新潟支部会 H 17・4・10

岩手日報（記事）啄木の直筆はがき寄贈（編注・M37・6・3 畠山亭宛）記念館に　H 17・4・10

岩手日報〈学芸インタビュー〉岩手大学教授・啄木研究者　望月善次さん　H 17・4・11

第2回「啄木忌前夜祭」（4月12日・岩大教育学部にて A4判 チラシ）

国際啄木学会盛岡支部　H 17・4・12

岩手日報（記事）妻節子との関係を語る・盛岡で啄木忌前夜祭　H 17・4・13

毎日新聞（東京・夕・コラム近事片々）「治まれる世の事無さに・・・」の啄木歌　H 17・4・13

盛岡タイムス〈コラム天窓〉※啄木死亡の前後に関する内容　H 17・4・13

朝日新聞（岩手版・記事）啄木しのんで全国からファン　玉山・宝徳寺　H 17・4・14

岩手日報（記事）ふるさとの歌人慕い・玉山で啄木忌　ファンら70人参列　H 17・4・14

齋藤　孝編『われ泣きぬれて蟹とたわむる　石川啄木』〈声に出して読みたい日本語8〉A4変形判　全30頁／解説：齋藤孝・センチメンタルな気持ちを啄木先生から吸収しよう（2頁）

草思社　H 17・4・14

毎日新聞（岩手版記事）啄木忌に石川啄木ファン集う・玉山・宝徳寺　H 17・4・14

盛岡タイムス（記事）第94回啄木忌法要・玉山村　宝徳寺・合併後も顕彰を継続　H 17・4・14

北海道新聞（夕・記事）啄木道内では丸刈り？・七三分け大通り公園の像に異説　H 17・4・15

菊澤研一　石川啄木の眼　啄木祭短歌大会事務局編『啄木祭短歌大会入選作品集』A5判 98頁

　（入選歌）　H 17・4・15

盛岡タイムス（記事）「妻を最大限に生きた」節子・山下多恵子さんが講演　H 17・4・15

岡本涼子　啄木の歌読み明治が身近に（読者欄「声」）　朝日新聞　H 17・4・16

東海新報（記事）啄木の魅力を多彩に・山本さんが大船渡で講演　H 17・4・16

「石川啄木を語る会・第1回」（さいたま市大宮図書館に於けるレジメ集冊子）A4判25頁

　　　　　　　　　　　　　　　　　　　国際啄木学会東京支部会主催　H 17・4・17

朝日新聞（岩手版・記事）啄木を支え続けた妻・近代文学研究家　山下多恵子さん　H 17・4・20

（大）時評・啄木歌「東海」の原風景　盛岡タイムス　H 17・4・20

盛岡タイムス（記事）山本玲子さんが大船渡高で講演　H 17・4・21

森　義真　啄木忌講師の本忘れた方へ（読者投稿欄「声」）　岩手日報　H 17・4・21

北海道新聞（道南版・記事）函館文学館の啄木資料、義弟への手紙を初公開　H 17・4・23

北海道新聞（道南版・記事）大沼のホテルで写真展「石川啄木追悼の会」　H 17・4・26

今野寿美　迷いくる春の香淡き……石川翠江P98〜0／ほか『24のキーワードで読む与謝野晶子』

　四六判　2600円　本阿弥書店　H 17・4・30

岩手日報（記事）入選短歌20年分掲載・玉山の啄木祭事務局　H 17・4・30

「浜茄子」第68号 B5判 全4頁〔細目・加島行彦・啄木における短歌と目的意識／南條・啄木の語彙

　／宮本功雄・啄木歌碑と井内石（再録）／ほか〕　仙台啄木会　H 17・4・30

「大間啄木歌碑」（建立パンフ）B5変形判8頁　改訂版　大間啄木会　H 17・4・—

スワン社　ハガキ通信10・啄木転々・四月「朝、鎌田君から十五円来た」（啄木日記）　H 17・4・—

「いわてねんりんクラブ」第111号 B5判（以下の2点の文献を収載）

　　伊五澤富雄　玉山村の宝物あれこれ⑨P58〜59

　　向井田薫〈北海の啄木歌碑めぐり〉（1）大森浜の波音をこよなく愛すP94〜95

　　　　　　　　　　　　　　　　　　　　ねんりん舎（盛岡市）H 17・5・1

門屋光昭〈啄木と明治の盛岡〉（64）「一握の砂」補遺（その二）P38〜39「街もりおか」第38巻5号

　（通巻449号）B6横判 250円　杜の都社（盛岡市）H 17・5・1

霧野奇三郎　石川啄木『詩集　狂気は空中にありて』四六判 945円＋税　新風舎　H 17・5・1

「広報たまやま」4月号（記事）第94回啄木忌法要P 7〜0　玉山村　H 17・5・1

南條範男　碑の浪漫（56）盛岡市加賀野・富士見橋の歌碑　P19〜0「迸水」5月号　H 17・5・1

山本玲子〈啄木 —その故郷〉イチゴをこしらえようねP13〜0「広報たまやま」5月号 H 17・5・1

盛岡タイムス（コラム天窓）—義経と啄木—　H 17・5・3

北畠立朴〈啄木エッセイ91〉石川啄木と野口雨情　朝日ミニコミ「しつげん」第373号　H 17・5・5

（春雨）短歌時評（「短歌研究」4月号の啄木評価に触れて）P22〜23「短詩形文学」5月号

　　　　　　　　　　　　　　　　　　　　　　　　　　　　H 17・5・10

北海道新聞（小樽版・記事）14日に啄木忌の集い　小樽文学館　H 17・5・11

北海道新聞（短信・記事）第93回　小樽啄木忌の集い　H 17・5・12

盛岡タイムス（記事）啄木を訪ねる旅行者と心の交流・渋民駅前の村山さん　H 17・5・13

田中　綾　啄木と昭和十年代—国家・戦争・前川佐美雄　B5判3枚「小樽啄木忌の集い」（レジメ）

H 17・5・14

「小樽啄木会だより」第7号 B5判 全16頁（以下3点の啄木文献を収載）

　　新谷保人　東十六条（「明治四十年・啄木的北海道」より抜粋）P1 ～ 12

　　吉田孤羊　バルコン（啄木図書室①）P13 ～ 14（→ S3「啄木研究」から転載）

　　啄木・妻の手紙（啄木図書室②）P15 ～ 16（→ S3「啄木研究」から転載）

　　　　　　　　　　　　　　　　　　　　　　　　　小樽啄木会　H 17・5・14

北海道新聞（道央版・記事）啄木忌に50人　時代背景学ぶ　小樽で集い　H 17・5・15

岩手日報（コラム 風土計）（編注・函館、立待岬の墓についての文章）　　H 17・5・16

朝日新聞（岩手版記事）啄木の歌う白砂　釜石海岸だった・内田さんが新説　H 17・5・17

岩手日報（夕・記事）近藤会長を再任・国際啄木学会　　　　　　　　　　H 17・5・19

高木浩明　石川啄木　借金まみれの一家を襲ったトラブル『教科書が教えない　歴史有名人の晩年』

　　四六判　1600円＋税　　　　　　　　　　　　　　新人物往来社　H 17・5・20

「大阪啄木通信」第26号 B5判 250円 全21頁（細目・天野仁・（啄木曼陀羅⑪）啄木と「伝説・義経岩

　　手県北行」の真偽 P2 ～ 9 ／飯田敏・石川啄木作詞「ストライキの歌」について P10 ～ 11 ／（前項訂正）

　　啄木止宿先の齊藤家の所有者について／ほか）　　　　　天野仁編集発行誌　H 17・5・20

森　義真　啄木を訪ねる道 P124 ～ 135「北の文学」第50号 A5判 1155円　岩手日報社　H 17・5・21

牛崎敏哉　宮澤賢治における金田一京助 P82 ～ 109「北の文学」第50号　　岩手日報社　H 17・5・21

岩手日報（コラム学芸余聞）内外の研究拡大へ熱き思い（池田功氏）　　　H 17・5・23

関　直彦　3生徒の〝意識レベル〟の検証―石川啄木「煙一」の授業　『授業空間論 高校における

　　文学教育』A5判 2,625円　　　　　　　　　　　　　　　論創社　H 17・5・24

遊座昭吾　石川啄木との奇しき縁（NHKラジオ深夜便 2005年5月25日に放送の内容を岩田祐子氏が記

　　録し、HP「啄木の息」に投稿UPした文章）　　　　　　　　　　　　H 17・5・25

中国新聞　啄木の作品と生涯論考（井上信興著『薄命の歌人　石川啄木小論集』）　H 17・5・29

飯坂慶一　石川啄木終焉の地にて P36 ～ 37「駆動」第45号 A5判 350円　　駆動社　H 17・5・31

柴田和子　石川啄木にまつわる私のあれこれ② P71 ～ 75　岩手県胆江地区民協連機関誌「つながり」

　　第119号 A4判　　　　　　（発行所：水沢市真城字中上野43 スバル館内・民協連事務局）H 17・5・―

「札幌啄木会だより」No 7 B5判 全10頁（細目・渡辺恵子・「札幌啄木会」東京ゆかりの地探訪旅行に

　　参加して P2 ～ 6 ／＊高田紅果・小樽時代の啄木 P6 ～ 7 ／近江じん・私の知っている啄木 P7 ～ 0（＊印は

　　昭和36年発行「文芸石川啄木読本」から転載）／ほか）　　　　　　　　　　　　H 17・6・1

南條範男　碑の浪漫（57）盛岡・中津川河川敷の碑　P19 ～ 0　「逃水」6月号　　H 17・6・1

山本玲子〈啄木と明治の盛岡〉（65）最後のイチゴジャム P38 ～ 39「街もりおか」第38巻6号

　　（通巻450号）B6横判 250円　　　　　　　　　　　　　　杜の都社（盛岡市）H 17・6・1

山本玲子〈啄木―その故郷〉青葉の吐息 P13 ～ 0「広報たまやま」6月号　玉山村　H 17・6・1

渡部芳紀（書評）遊座昭吾著『啄木と賢治』「国文学解釈と鑑賞」6月号　至文堂　H 17・6・1

「畑中美那子一人芝居 SETSU-KO」チラシ A4判片面刷（6月3.4日啄木新婚の家）　H 17・6・3

北畠立朴〈コラム朝の食卓〉古書店めぐり　　　　　　　　　　　北海道新聞　H 17・6・4

松田十刻　啄木情話―明日を夢見た詩人の愛と苦悩―（1）～（24）

　　　　　　　　　　　　　　　　　　　　　産経新聞（岩手版）H 17・6・4 ～ 11・26

近藤典彦　修と啄木―大逆事件以後―P33 ～ 60　「平出修研究」37集 B5判　　H 17・6・4

北畠立朴 〈啄木エッセイ 92〉啄木の風貌について 朝日ミニコミ「しつげん」第375号 H 17・6・5

盛岡タイムス （連載記事）盛岡百景（23）啄木新婚の家（井上忠晴記者） H 17・6・5

盛岡タイムス （記事）古里と海と恋をテーマに・啄木祭で歌う H 17・6・6

中国新聞 （新刊紹介記事）啄木の足跡 6 冊目出版・廿日市市の医師・井上さん（84） H 17・6・7

小島哲哉 秋の夜（短歌）石川啄木『国語力最強ガイド』四六判 1365円 明治書院 H 17・6・10

石川啄木 〈名作は今も輝く〉初めて見たる小樽（電子図書館「青空文庫」より転載） P122 ～ 125
　「自由民主」7 月号 H 17・6・15

小森陽一 『一握の砂』同一化への拒絶 P112 ～ 115「現代思想」6 月臨時増刊号 第 33 巻 7 号 B5 判
　1300 円 青土社 H 17・6・15

向井田薫 〈北海の啄木歌碑めぐり〉（2）青柳町こそかなしけれ P96 ～ 97「いわてねんりんクラブ」
　第 112 号 B5 判 700 円 ねんりん舎（盛岡市） H 17・6・15

「開放区」第 73 号 A5 判 1000 円（以下 3 点の文献を収載）
　　目良 卓 啄木の一首――気になる歌 P 3 ～ 0
　　福島久男 私を短歌に誘った一首・石をもて追はるる…P31 ～ 0
　　関 節男 私を短歌に誘った一首・友がみなわれより…P40 ～ 0 現代短歌館 H 17・6・15

「国際啄木学会東京支部会報」第 14 号 A5 判 全 74 頁（以下 9 点の文献を収載）
　　佐藤 勝 巻頭言―難しい事をやさしく―P 1 ～ 2
　　木内英美 石川啄木と大貫晶川―ツルゲーネフ受容を巡ってP 3 ～ 11
　　川田淳一郎 啄木の短歌三行書きのルーツを求めて（三）―古事記およびギリシャ神話と短歌
　　　　　　　三行書きの関係―P12 ～ 21
　　太田 翼 「天鵞絨」論―「故郷」認識における性差 ― P22 ～ 33
　　鈴木 淳 「我等の一団と彼」論―葛藤する物語 ― P34 ～ 45
　　川田淳一郎 石川啄木の文芸的才能に関する遺伝的論考―弁証法的遺伝学情報をもとにして
　　　　　　　 ― P46 ～ 56
　　佐藤 勝 資料紹介・石川啄木参考文献目録（12）P59 ～ 57
　　鶴岡寅次郎（亀谷中行）資料紹介・全集未収載の木下杢太郎宛書簡 P60 ～ 62
　　狂狷豎子（亀谷中行）仏訳「我を愛する歌」P63 ～ 64 国際啄木学会東京支部会 H 17・6・16

森本哲郎 刹那について P418 ～ 433『生き方の研究』〈PHP文庫〉952 円＋税 H 17・6・18

今野 哲 啄木短歌の世界と射程 P37 ～ 40 「日本海」通巻第 140 号 A5 判 H 17・6・20

柴田和子 はるかな地で聴く校歌・啄木の「自由の歌」P188 ～ 195 横山茂の本を作る会編『奇跡
　の歌手・横山茂―わらび座を創った男の物語―』 あけび書房（東京・千代田区）H 17・6・20

「小国露堂～啄木に主義を説いた宮古生まれの新聞人～」A4 判 全 42 頁（細目：啄木写真 1 頁／
　鬼山親芳・漂泊の記者 1 ～ 12（再掲）／村松善・啄木日記における書翰にかかわる記述 P 30 ～ 31 ／小林
　芳弘・小国露堂と野口雨情 P 32 ～ 33 ／ほか） 小国露堂展実行委員会 H 17・6・20

☆橋本恵美 石川啄木論 ―「うたごころ」で読む短歌―（橋本の個人ＨＰ掲載）※アドレスは下記
　http://www.geocities.jp/heartland9519spiral/ronbun.html 情報収集日 H 17・6・20

星野四郎 第 33 回 新潟啄木祭報告 P 37 ～ 0 「日本海」通巻第 140 号 A5 判 H 17・6・20

藤原正教 奥の花道～岩手演劇通史～（30）P7 ～ 0「感劇地図」No.100 A4 判 H 17・6・21

岩手日報 （記事）全社が石川啄木の短歌を紹介・2006 年度中学校教科書 H 17・6・22

デイリー東北（記事）「石川啄木の手紙2通の鑑定額！」開運なんでも鑑定団　　　H 17・6・22

盛岡タイムス（記事）啄木記念館は村の財産・移転などもってのほか・玉山村議会　　H 17・6・24

DVD「開運なんでも鑑定団」（啄木書簡2通）テレビ東京（2005/6/28）放映の録画　H 17・6・28

永田秀郎『釧路　街並み今・昔』A5変形判 127頁 1905円＋税（啄木に関するコラムの記述と多数の
　　写真による街並の紹介は啄木在住当時の参考にもなる）　　　　　　　北海道新聞社　H 17・6・30

国際啄木学会札幌大会（10月22、23日）ポスター（A2判）　　　　　　　　　　　H 17・6・一

門屋光昭〈啄木と明治の盛岡〉（66）「一握の砂」補遺（その三）P38〜39「街もりおか」第38巻7号
　　（通巻451号）B6横判 250円　　　　　　　　　　　　　　　　　杜の都社（盛岡市）H 17・7・1

島田修三　石川啄木 P46〜47「短歌研究」7月号　特集・いま、蘇らせたい歌人　　H 17・7・1

「広報たまやま」7月号（記事）2005啄木祭・啄木の思い、歌にのせて P12〜13　　H 17・7・1

三浦哲郎　啄木のローマ字日記 P207〜210（→S55・11「太陽」平凡社 ／S60・4『春の夜航』講談社
　　／H3・1「新文芸読本」河出書房新社）『恩愛』四六判 200円　　　　　　世界文化社　H 17・7・1

南條範男　碑の浪漫（58）西根町平館の歌碑　P19〜0　「逆水」7月号　　　　　　H 17・7・1

山本玲子〈啄木 ―その故郷〉西日射す二階 P 17〜0　「広報たまやま」7月号　　　　H 17・7・1

北畠立朴〈啄木エッセイ93〉失敗から学ぶこと　　朝日ミニコミ「しつげん」第377号　H 17・7・5

岩手日報（記事）岩手日報文学賞「啄木賞」木股知史氏（兵庫）（1、6面に掲載）　　H 17・7・6

遊座昭吾（選考経過）岩手日報文学賞「啄木賞」　　　　　　　　　　　　岩手日報　H 17・7・6

北畠立朴〈コラム朝の食卓〉啄木と夕焼け　　　　　　　　　　　　　　　北海道新聞　H 17・7・15

佐藤志歩　コラム展望台・「つめの先ほど」の独創性（啄木賞の木股氏）　岩手日報（夕）H 17・7・16

朝日新聞（岩手版・記事）啄木・賢治の平和への思い・盛岡で展示　　　　　　　　　H 17・7・20

岩手日報（記事）あす岩手日報文学賞贈呈式　　　　　　　　　　　　　　　　　　　H 17・7・20

三枝昂之著『昭和短歌の精神史』四六判 522頁 3800円（←H 24・3〈角川文庫〉加筆版有り）
　　　　　　　　　　　　　　　　　　　　　　　　　　　　　　　　本阿弥書店　H 17・7・20

堀切直人「塔下苑」に通う石川啄木『浅草 大正篇』四六判 2000円＋税　右文書院　H 17・7・20

西村京太郎　第七章 啄木の歌 P138〜158『小樽 北の墓標』新書判　毎日新聞社　H 17・7・20

岩手日報（記事）岩手日報文学賞きょう贈呈式　　　　　　　　　　　　　　　　　　H 17・7・21

「第20回　岩手日報文学賞」（啄木賞ほか）A5判8頁　冊子　　　　　　　岩手日報社　H 17・7・21

岩手日報（記事）賢治、啄木を再発見・受賞者2人が講演　　　　　　　　　　　　　H 17・7・22

佐藤静子　啄木とオルガン（B4判7枚）国際啄木学会盛岡支部研究会発表レジメ　　H 17・7・23

遊座昭吾　石川啄木との奇しき縁（NHKラジオ深夜便放送（2回分）の録音カセットテープ 100分）
　　※発行日は放送日　　　　　　　　　　　　　　　湘南啄木文庫作成　H 17・5・24／25

木股知史　岩手日報文学賞を受賞して（上）　啄木賞　　　　　　　　　岩手日報　H 17・7・27

編集部　釧路河口・北の果てを詠む石川啄木 P16〜17「週刊にっぽん川紀行」第13号 A4判 560円
　　　　　　　　　　　　　　　　　　　　　　　　　　　　　　　　　　　学研　H 17・7・27

「龍谷寺」〈案内パンフ〉※「龍谷寺と石川啄木」の項目あり　　　　龍谷寺（盛岡市）H 17・7・一

「いわてねんりんクラブ」第113号　B5判 700円（以下2点の文献を収載）

　　伊五澤富雄　ミニ図書館を開設して P 12〜13/ 玉山村の宝物あれこれ P 56〜57

　　向井田薫〈北海の啄木歌碑めぐり〉（3）橘智恵子は鹿子百合 P94〜95

　　　　　　　　　　　　　　　　　　　　　　　　　　　　　　　ねんりん舎（盛岡市）H 17・8・1

田沼修二　立待岬・掃苔（石川啄木）P11 〜 12「東京白楊だより」第28号 A4判　H 17・8・1

門屋光昭〈啄木と明治の盛岡〉(67)「一握の砂」補遺（その四）P38〜39「街もりおか」第38巻8号
　（通巻 452号）B6横判 250円　　　　　　　　　　　　　　　杜の都社（盛岡市）H 17・8・1

「平成16年度 盛岡てがみ館 館報」A4判 456頁（啄木周辺人の書簡、写真掲載）　　　H 17・8・1

南條範男　碑の浪漫 (59) 平館・大泉院の歌碑 P19 〜 0「逆水」8月号　　　　　　　H 17・8・1

中村光紀　明治三七年ころ「おでってNEWS」Vol. 46　盛岡市観光コンベンション協会　H 17・8・1

福島泰樹　苦労人の歌―小枝子・啄木―P64 〜 66「短歌」8月号 830円　　角川書店　H 17・8・1

「広報たまやま」8月号（記事）17年度啄木学級・啄木の思い出に触れた夏 P14 〜 0　　H 17・8・1

山本玲子〈啄木 ―その故郷〉船田橋での蛍狩り P21 〜 0「広報たまやま」8月号　　　H 17・8・1

山本玲子　文学に描かれた東北・石川啄木「一握の砂」から見える故郷　P22 〜 23「白い国の詩」
　8月号 B5判 広報雑誌 非売品　　　　　　　　　　　東北電力広報・地域交流部　H 17・8・1

吉見正信　イーハトーブ私記 (26) 大変な出会い P36 〜 37 ※三浦光子が渋民の啄木歌碑を初めて
　訪ねた時に出会った思い出「街もりおか」第38巻8号 B6横判　　　杜の都社　H 17・8・1

北畠立朴〈啄木エッセイ 94〉啄木学級、課外授業　朝日ミニコミ「しつげん」第379号　H 17・8・5

上越タイムス（頸北版・記事）啄木文学の深さ紹介・明治大学教授の池田さん　　　　H 17・8・9

岩手日報（記事）啄木、賢治の平和観を紹介・盛岡の青春館　　　　　　　　　　　　H 17・8・12

毎日新聞（岩手版）啄木と賢治にみる平和展・青春館で、来月18日まで開催　　　　　H 17・8・14

古賀行雄　「一握の砂」P20 〜 23『評伝　渋川玄耳』四六判 1400円＋税　　文芸社　H 17・8・15

藤坂信子　『羊の闘い〜三浦清一牧師とその時代〜』四六判 1800円＋税（6.啄木の妹・光子 P83 〜
　93 ／ 7.阿蘇赴任 P94 〜 99 ／ 8.「あの不愉快な事件」P99 〜 105）　熊本日日新聞社　H 17・8・17

鬼山親芳（署名記事）宮古出身「小国露堂」紹介の冊子　　　　毎日新聞（岩手版）H 17・8・18

大澤真幸　啄木を通した 9・11以降―「時代閉塞」とは何か P128 〜 145『思想のケミストリー』
　四六判 2100円（→ H16・12「國文學」）　　　　　　　　　紀伊国屋書店　H 17・8・19

清水節治　『読んで、行きたい名作のふるさと』1,北海道・釧路市―石川啄木『一握の砂』―
　P10〜11 A5判 2300円＋税　　　　　　　　　　　　　　　　教育出版　H 17・8・27

北畠立朴〈コラム朝の食卓〉家紋　　　　　　　　　　　　　　　北海道新聞　H 17・8・28

新井 満　石川啄木―『一握の砂』の天才歌人は、函館市街と大森海岸を遠望する岬の共同墓地に
　眠っていた―P 36 〜 41『お墓参りは楽しい』四六判 1575円　　朝日新聞社　H 17・8・30

北海道新聞（記事）小樽駅前に啄木の歌碑・小樽で3番目・今秋建立　　　　　　　　H 17・8・30

寿　桂　（署名記事）散歩・渋民公園周辺（玉山村）啄木の思い出の風景 岩手日報　H 17・8・30

村中良治作曲　「歌曲集「一握の砂」より＆カラオケ」（楽譜 A4判 31頁 CD12曲入り）送料共 1080円
　　　　　　　　　　　　　　　スタジオ・ビエイ（函館市亀田町 4 -11）H 17・8・―

正津　勉　詩人の死・2 石川啄木 P141 〜 143「表現者」9月号 イプシロン出版企画 H 17・9・1

「盛岡市　先人記念館だより」No.35 A4判　（細目・吉丸蓉子・「SURF AND WAVE」と学力 P1 〜 0
　／田崎農巳・小田島孤舟 P6 〜 0 ／ほか）　　　　　　　　盛岡市先人記念館　H 17・9・1

南條範男　碑の浪漫 (60) 三陸町・吉浜海岸の歌碑 P19 〜 0「逆水」9月号　　　　　　H 17・9・1

山本玲子〈啄木と明治の盛岡〉(68) 時は秋なりき P38 〜 39「街もりおか」第38巻9号（通巻 453号）
　B6横判 250円　　　　　　　　　　　　　　　　　　　　杜の都社（盛岡市）H 17・9・1

山本玲子　〈啄木 ―その故郷〉平田野のハツタケ P 17 〜 0「広報たまやま」9月号　　H 17・9・1

岩手日報（コラム学芸余聞）※国際啄木学会の公式ホームページについての話題　　H17・9・2

北畠立朴〈啄木エッセイ95〉林市蔵と石川啄木　朝日ミニコミ「しつげん」第381号　H17・9・5

北海道新聞（記事）啄木の歌碑に空知を感じて・札幌のファンが見学　　　　　　　H17・9・5

朝日新聞（岩手版記事）教え子の手紙で冨田小一郎知る「日本一幸福な先生」展　　H17・9・8

東奥日報（記事）啄木研究家・口語歌人の川崎むつをさん死去98歳　　　　　　　H17・9・8

東奥日報（コラム天地人）※啄木研究家・口語歌人の川崎むつをさんについて　　　H17・9・9

辻　由美　『街のサンドイッチマン・作詞家宮川哲夫の夢』（啄木からの影響）四六判 1600円

　　　　　　　　　　　　　　　　　　　　　　　　　　　　　　　　　　筑摩書房　H17・9・10

岩手日報（記事）冨田小一郎とその教え子たち企画展　　　　　　　　　　　　　　H17・9・12

吉田嘉志雄　啄木への強い思慕・川崎むつをさんを悼む　　　　　　東奥日報　H17・9・15

向井田薫〈北海の啄木歌碑めぐり〉（4）札幌は寔に美しき北の都なりP98〜99

　　「いわてねんりんクラブ」114号　B5判 700円　　　　　　　　　　　　　　H17・9・15

岩織政美「不倫説」根絶訴える・西脇巽著『啄木と郁雨　友情は不滅』　デイリー東北　H17・9・20

「浜茄子」第69号 B5判 全4頁〔細目・加島行彦・啄木と生活詠／南條範男・石川啄木　碑の浪漫（11）

　　／ほか〕　　　　　　　　　　　　　　　　　　　　　　　　　　　仙台啄木会　H17・9・20

末延芳晴　日露戦争と文学者（13）石川啄木（上）P226〜233「論座」9月号 780円

　　　　　　　　　　　　　　　　　　　　　　　　　　　　　　　朝日新聞社　H17・9・20

鹿野政直　石川啄木 P24〜29『近代社会と格闘した思想家たち』（岩波ジュニア新書）777円＋税

　　　　　　　　　　　　　　　　　　　　　　　　　　　　　　　　岩波書店　H17・9・21

齋藤　孝　『子ども版　声に出して読みたい日本語　第12巻　石川啄木』（全12巻セット価格 12600円＋税）

　　　　　　　　　　　　　　　　　　　　　　　　　　　　　　　　　　草思社　H17・9・24

市立小樽文学館編『啄木文集』B5判 139頁（本書は文学館の「製本講座」受講用の教材として作成さ

　　れたもので、次の啄木作品を収録している。「一利己主義者と友人との対話」「札幌」「初めて見たる小樽」

　　「雪中行　小樽より釧路まで」「時代閉塞の現状」「性急な思想」「弓町より」）

　　　　　　　　　　　　　　　　　　　　　　　　　　　　　　　小樽文学館発行　H17・9・24

市川渓二　義絶の真相解き明かす・西脇巽著「啄木と郁雨 友情は不滅」　東奥日報　H17・9・28

佐藤隆一〈今日の話題〉啄木歌碑（←H17・11「札幌啄木会だより」）　北海道新聞　H17・9・28

吉村英夫　石川啄木　『放浪と日本人』四六判 1890円　　　　　　実業之日本社　H17・9・30

小樽ジャーナル（記事）啄木と鉄道との意外な関わり「鉄道の日」イベント開催・小樽　H17・10・1

「国際啄木学会会報」第21号 A5判 46頁（以下8点の文献を収載）

　　入江成美　ロシア人はなぜ啄木が好きなのか—マルコーヴァ訳の文学性について—P7〜8

　　上田　博　牧水の啄木観 P9〜0

　　太田幸夫　汽車・汽船　時刻表からみた啄木の行動 P9〜0

　　森　義真　「秋韷笛語」からの旅立ち P10〜11

　　小林芳弘　啄木と露堂・雨情−小樽日報入社をめぐって P11〜0

　　瀬川清人　「所謂今度の事」を啄木原稿に拠って読む P12〜13

　　亀谷中行　『樹木と果実』をめぐる大島経男と啄木 P13〜0

　　（編注・上記の7論文は研究発表要旨。ほかに上田博、堀江信男、の文あり）

　　古澤夕起子　小説における母親像の変容−「血を流す母」というモチーフ−P16〜0

（編注：上記文はパネルデイスカッションに於ける発言要旨である。ほかに田中綾、西連寺成子、立花峰
夫の文あり）　　　　　　　　　　　　　　　　　　　　　国際啄木学会事務局　H 17・10・1

南條範男　碑の浪漫（61）玉山村・笹平大橋の歌碑 P19 〜 0 「逆水」10月号　　　　H 17・10・1

山本玲子　〈啄木 ― その故郷〉小さな三等駅の好摩ステーション P17 〜 0 「広報たまやま」10月号
　　　　　　　　　　　　　　　　　　　　　　　　　　　　　　玉山村　H 17・10・1

北畠立朴〈コラム朝の食卓〉国際啄木学会（← H17・11「札幌啄木会」）　　北海道新聞　H 17・10・4

吉村英夫　石川啄木『放浪と日本人「寅さん」の源流をさぐる』1890円　有楽出版社　H 17・10・5

北畠立朴〈啄木エッセイ 96〉石川家の家紋　　朝日ミニコミ「しつげん」第383号　H 17・10・5

上田　博　鷗外の「森」から　杢太郎・啄木 P 70 〜 82　『明治文芸館　V』A5 判 2450 円＋税
　　　　　　　　　　　　　　　　　　　　　　　　　　　　嵯峨野書院　H 17・10・10

田口道昭　石川啄木論「明日」という時間 P 101 〜 119　『明治文芸館　V』A5 判 2450 円＋税
　　　　　　　　　　　　　　　　　　　　　　　　　　　　嵯峨野書院　H 17・10・10

「啄木学級東京講座」チラシ A4 判（※開催日：10月10日／会場：有楽町朝日スクエア／講師：佐藤勝・
　啄木愛好者の道／対談：佐藤勝・山本玲子：啄木直筆資料の魅力）
　　　　　　　　　　　　　　　　　　　主催：玉山村・盛岡市観光協会　H 17・10・10

佐藤　勝編　「啄木書簡部分コピー 20 点」A4 判（啄木学級東京講座の対談の資料として配布）
　　　　　　　　　　　　　　　　　　　　　　　　　　　　著者作成　H 17・10・10

「在京白堊会会報」第 19 号（記事）五行歌〜啄木を引き継ぐ 21 世紀の文学〜　H 17・10・10

近藤典彦　啄木の北海道―社会主義への接近・天皇の神格を否定―　しんぶん赤旗　H 17・10・13

牧野　登（署名記事）東京の中の岩手（23）石川啄木終焉の地　　　　岩手日報　H 17・10・13

盛岡タイムス（記事）くずし字を（啄木の）手紙から学ぶ・湯沢比呂子さんが講義　H 17・10・13

北沢文武　谷静湖と石川啄木（1）「啄木日記」の中の谷静湖 P59 〜 62）「トスキアナ」第 2 号 A5
　判 1500 円＋税（← H21・2『谷静湖と石川啄木』塩ブックス）
　　　　　　　　　　　　　　　　　　　トスキアナの会（発売：皓星社）H 17・10・15

榊　莫山　莫山つれづれ・詩人のモダンな造形感覚（啄木の書簡について）毎日新聞　H 17・10・16

北海道新聞（記事）啄木の歌碑移転　港見渡す境内に・小樽・水天宮で除幕式　　H 17・10・16

「望」第 6 号 B5 判 全102頁 1000円
　詩集『あこがれ』とともに啄木短歌を読む、評論から啄木短歌を読む、ほか／上田勝也、北田
　まゆみ、熊谷昭夫、齊藤清人、佐藤静子、永井雍子、福島雪江、吉田直美
　　　　　　　　　　　　　　　　発行者・望月善次　編集・啄木月曜会　H 17・10・17

高田準平〈文学へのいざない〉啄木に思いを馳せて 補稿（13）啄木に学ぶ（①〜⑯）（←H 25・8『啄木懐想』
　著者刊／秋田県鹿角郡小坂鉱山字栗平 7-5 ／非売品）
　　　　　　　　　北鹿新聞　H 17・10・18 〜 H 17・12・27 ／ H 18・12・10 〜 H 19・1・12

大澤正道　関根康喜の思い出（編注：啄木研究家の小野庵と関根の関係に及ぶ記述）P284 〜 298
　『忘れられぬ人々』四六判 2500 円＋税　　　　　　　　　　　論創社　H 17・10・20

岩手日報（記事）札幌で 22、23 日　国際啄木学会　　　　　　　　　　　　　　H 17・10・20

「大阪啄木通信」第27号 B5 判 全26頁（以下 4 点の文献を収載）
　妹尾源市　啄木の心の姿を問い直した旅 P1 〜 0
　飯田　敏　啄木とかかわりの深かった渋民の人々―啄木の「甲辰詩程」の人物を中心に―P2 〜 9

天野　仁〈啄木曼陀羅⑫〉啄木をけなし歪めた雨情の真意は？ P10 ～ 17

井上信興　啄木と大森浜と砂丘 P18 ～ 21　　　　　　　　　　天野仁編集発行誌　H 17・10・20

末延芳晴　日露戦争と文学者（14）石川啄木（中）P208 ～ 215 「論座」10月号 A5判 780円

　　　　　　　　　　　　　　　　　　　　　　　　　　　　　　　　　朝日新聞社　H 17・10・20

「fit」通巻 92号（生活情報誌　A4判）巻頭特集・啄木通りの歩き方 P6 ～ 13（細目・港文館／天才歌

　人／本行寺啄木資料室／ほか）　　　　　　　　　　　　　北日本広告社（釧路市）H 17・10・22

入江成美　ロシア人はなぜ啄木が好きなのか―マルコーヴァ訳の文学性について―（国際啄木学会

　研究発表レジメ）A4判 20頁の冊子　　　　　　　　　　　　　　　　　　　　H 17・10・22

亀谷中行　「樹木と果実」をめぐる大島経男と啄木（国際啄木学会研究発表レジメ）A3判 3枚

　　　　　　　　　　　　　　　　　　　　　　　　　　　　　　　　　　　　　H 17・10・22

小林芳弘　啄木と露堂・雨情―小樽日報入社をめぐって（国際啄木学会研究発表レジメ）3枚

　　　　　　　　　　　　　　　　　　　　　　　　　　　　　　　　　　　　　H 17・10・22

森　義真「秋韷笛語」が書かれるまで（国際啄木学会研究発表レジメ）A3判 3枚　　H 17・10・22

「国際啄木学会盛岡支部会報」第 14号 A5判 全43頁（以下 10点の文献を収載）

　望月善次　第十六回札幌大会に期待する四点 P2 ～ 0

　浦田敬三　吉田孤羊の調査旅行日記（抄）P3 ～ 7

　小林芳弘　石川啄木と工藤弥兵衛 P6 ～ 8

　望月善次　啄木と賢治の「多行書き短歌」P9 ～ 11

　森　義真　啄木と新聞―入れなかった新聞社―P12 ～ 16

　三留昭男　白石義郎に関する誤記訂正について P17 ～ 19

　米地文夫　石川啄木の詠う白砂と黒土 P20 ～ 24

　山下多恵子　啄木の節子・私の節子 P25 ～ 27

　西脇　巽　節子とサッチー P28 ～ 29

　西脇　巽　私の啄木短歌三首 P30 ～ 32 ／ほか）　　　　国際啄木学会盛岡支部会　H 17・10・22

瀬川清人「所謂今度の事」を啄木原稿に拠って読む（国際啄木学会研究発表レジメ）A4判 6頁

　　　　　　　　　　　　　　　　　　　　　　　　　　　　　　　　　　　　　H 17・10・22

岩手日報（記事）「啄木と北海道」検証　国際学会札幌で開幕　8人が持論展開　H 17・10・23

八重嶋勲〈胡堂の父からの手紙・28〉万が一もストライキに加わることのないように

　　　　　　　　　　　　　　　　　　　　　　　　　　　　　　盛岡タイムス　H 17・10・23

北海道新聞（記事）ファン 150人集い啄木の心境探る・札幌で国際学会　　H 17・10・23

北海道新聞（記事）小樽駅前に啄木歌碑・「観光の起爆剤に」　　　　　　　H 17・10・24

朝日新聞（道内版・記事）JR小樽駅前に啄木碑　　　　　　　　　　　　　H 17・10・25

北海道新聞（釧路版・記事）「史跡、文化財に指定を」台湾の「啄木学博士」初来釧　H 17・10・25

佐藤志歩（署名記事）啄木と北海道・国際学会札幌大会から㊤㊦研究発表

　　　　　　　　　　　　　　　　　　　　　　　　　　　　　岩手日報　H 17・10・26 ～ 27

坪内祐三　日記から・石川啄木―明治 35年 10月 30日―　　　　毎日新聞　H 17・10・30

柴田和子　石川啄木にまつわる私のあれこれ③ P79 ～ 82 岩手県胆江地区民協連機関誌「つながり」

　第 120号 A4判　　　　（発行所：水沢市真城字中上野 43 スバル館内・民協連事務局）H 17・10・―

盛岡市先人記念館　孤舟と啄木 P5 ～ 0 「小田島孤舟」企画展パンフ B5判　　　H 17・10・―

おたる新報（記事）小樽駅前に第三の啄木歌碑！　　　　　　　　坂の町小樽新聞社　H 17・11・1

☆by Hisako　石川啄木、坂西志保訳『A Handful of Sand』　※HP「古書の森日記」に掲載

　アドレス：http://blog.livedoor.jp/hisako9618/archives/50169246.html　　（UP）H 17・11・1

秋庭道博〈コラムきょうの言葉〉「時代閉塞の現状」石川啄木（← H17・11・3「秋田さきがけ」）

　　　　　　　　　　　　　　　　　　　　　　　　　　　　　高知新聞　H 17・11・1

「いわてねんりんクラブ」第 115 号 B5 判 700 円（以下 2 点の文献を収載）

　　伊五澤富雄　玉山村の宝物あれこれ（13）〝啄木歌碑〟第 1 号と記念館建設に尽力した秋浜三郎

　　　　　　　（上）P88 〜 90

　　向井田　薫　〈北海の啄木歌碑めぐり〉（6）―我にはたらく仕事あれ―P94 〜 95

　　　　　　　　　　　　　　　　　　　　　　　　　　　ねんりん舎（盛岡市）H 17・11・1

三枝昂之　読みの基本―場面―（ふるさとの…）P25 〜 28「NHK 歌壇」11 月号　660 円

　　　　　　　　　　　　　　　　　　　　　　　　　　　　　日本放送出版　H 17・11・1

坪内祐三　若者が小泉自民党を支持する「時代閉塞」〈人声天語 30〉P428 〜 429　「文藝春秋」

　11 月号　　　　　　　　　　　　　　　　　　　　　　　　文藝春秋社　H 17・11・1

「広報たまやま」11 月号（記事）東京有楽町で啄木学級を開催（佐藤勝さん）P19 〜 0　H 17・11・1

南條範男　碑の浪漫（62）北海道・滝川公園の歌碑 P19 〜 0　「迸水」11 月号　　　H 17・11・1

山折哲雄　『歌』の精神史・第 7 回・西行と啄木のざわめく魂 P288 〜 295

　「中央公論」第 121 巻 11 号 A5 判 800 円　　　　　　　　中央公論新社　H 17・11・1

山本玲子　〈啄木 ―その故郷〉小学校教育改善の一方法 P21 〜 0「広報たまやま」11 月号　H 17・11・1

池田　功　国際啄木学会札幌大会に寄せて　　　　　　　　　　　岩手日報　H 17・11・2

秋庭道博〈コラムきょうの言葉〉必要はもっとも確実な理想である「時代閉塞の現状」石川啄木

　（→ H17・11・1「高知新聞」）　　　　　　　　　　　　秋田さきがけ　H 17・11・3

岩手日報　〈夕・コラム学芸余聞〉大会開催、札幌と啄木の縁　　　　　　　　　　H 17・11・4

青山　誠　盛岡 (岩手)―啄木や賢治が愛した川の町　『日本の小京都　厳選 28』新書判 1554 円

　　　　　　　　　　　　　　　　　　　　　　　　　　　　　技術評論社　H 17・11・5

東奥日報（記事）青森・さよなら、川崎さん（啄木研究家 98 歳で逝く）　　　　　H 17・11・5

北畠立朴　〈コラム番茶の味 15196〉啄木の来釧　　　　　　　　釧路新聞　H 17・11・6

近　義松　歌の風韻・啄木の一首「尚志会 2」　　平田幸作個人発行（タブロイド判）H 17・11・6

北畠立朴　〈コラム番茶の味 15197〉関下宿の女将　　　　　　　釧路新聞　H 17・11・7

澤田勝雄　国際啄木学会札幌　北海道での啄木を多角的に　　　しんぶん赤旗　H 17・11・7

北畠立朴〈コラム番茶の味 15198〉啄木のいとこ　　　　　　　　釧路新聞　H 17・11・8

北畠立朴〈コラム番茶の味 15199〉釧路時代の借金　　　　　　　釧路新聞　H 17・11・9

川瀬　清　「歌集をめぐって」（119）迢空の「傳へたき人その他」（2）P28 〜 29「短詩形文学」

　11 月号 A5 判 600 円　　　　　　　　　　　　　「短詩形文学」発行所　H 17・11・10

北畠立朴〈コラム番茶の味 15200〉啄木と会った少年　　　　　　釧路新聞　H 17・11・10

「札幌啄木会だより」No.8 B5 判 全 10 頁（細目・中寺礼子・啄木の歌碑を訪ねて―北村・美唄・滝川

　―P2 〜 4／川内通生・啄木と野辺地のこと P5 〜 6）　　　　札幌啄木会　H 17・11・10

水口　忠　今も息づく啄木・小樽に 3 つ目の歌碑　　　　　　　北海道新聞　H 17・11・10

北畠立朴〈コラム番茶の味 15201〉明治の町並み　　　　　　　　釧路新聞　H 17・11・11

北畠立朴〈コラム番茶の味15202〉長文の手紙　　　　　　　　　　　　　　釧路新聞　H 17・11・12

秋庭道博　（コラム きょうの言葉）必要はもっとも確実なる理想である「時代閉塞の現状」石川啄木

　　　　　　　　　　　　　　　　　　　　　　　　　　　　　　秋田さきがけ　H 17・11・13

北畠立朴〈コラム 朝の食卓〉台湾の啄木博士　　　　　　　　　　　　　　　北海道新聞　H 17・11・17

中沢弘一（署名記事）啄木の妻・節子の家を探す　　　　　　　　　　　　　北海道新聞　H 17・11・20

末延芳晴　日露戦争と文学者（15）石川啄木（下）P236 〜 243　「論座」11 月号 A5判 780 円

　　　　　　　　　　　　　　　　　　　　　　　　　　　　　　朝日新聞社　H 17・11・20

永田龍太郎『われ泣きぬれて―石川啄木の生涯―』四六判　1524円＋税（1. 早く大人になりすぎた

　　啄木／2. 啄木の詩　あこがれ時代／啄木をめぐる人たち）　　　　　永田書房　H 17・11・27

東奥日報（記事）青森で川崎むつをさんをしのぶ会　　　　　　　　　　　　　　　　　H 17・11・28

高橋正幸　釧路と啄木『旅の情景 心の会話』四六判 1785 円＋税　　近代文芸社　H 17・11・28

田中　綾　道内文学・短歌・啄木を変えた北海道　　　　　　　　　北海道新聞（夕）H 17・12・1

編集部　〈小樽グッズ研究所 1 〉啄木　　　　　　　　　　　　　　　おたる新報　H 17・12・1

南條範男　碑の浪漫（63）茨城県日立市大甕駅前の歌碑 P19 〜 0「逆水」12月号　　　H 17・12・1

山本玲子　〈啄木 ―その故郷〉紫深い岩手山 P21 〜 0「広報たまやま」12月号 玉山村　H 17・12・1

岩手日報（記事）啄木を景観に生かして　盛岡で都市シンポ　　　　　　　　　　　　H 17・12・2

盛岡タイムス（記事）1 秒をどう生きますか・山本玲子さんら講師に　　　　　　　　H 17・12・3

松田十刻　啄木情話（26 〜 29）―明日を夢見た詩人の愛と苦悩―　第一章「白百合の君」と結ばれ

　　るまで（25）〜（28）　　　　　　　　　産経新聞（岩手版）H 17・12・3 〜 H 18・1・7

佐藤志歩〈署名記事・岩手この 1 年〉啄木・賢治研究で成果　　　　　　　　岩手日報　H 17・12・9

編集部　旅・函館を愛した偉人たち P78 〜 0「週刊ポスト」12月9日号 320円　小学館　H 17・12・9

北海道新聞（記事）啄木ゆかりの釧路と函館、互いに訪問の旅　　　　　　　　　　　H 17・12・9

岩手芸術祭実行委員会編「県民文芸作品集」No.36 A5判 1100円

　　赤崎　学　石川啄木・ローマ字日記考 P74 〜 84

　　宮まゆみ　啄木日記〜への遙かなる探求の旅〜 P107 〜 112

　　　　　　　　　　　　　　　　　　　　第 58 回岩手芸術祭実行委員会　H 17・12・10

近藤　均　常でさえ巫女を信じ狐を信ず―科学・迷信・伝染病（石川啄木・作『赤痢』より）P113 〜 130

　　『医療人間学のトリニティー』A5判 638頁 4,800 円＋税　　　　　太陽出版　H 17・12・14

「啄木・賢治にみる酒展」（チラシ／12月14日〜2月26日）　　　啄木・賢治青春館　H 17・12・14

「いわてねんりんクラブ」第116号 B5判 700円（以下 2 点の文献を収載）

　　伊五澤富雄　玉山村の宝物あれこれ（14）〝啄木歌碑〟第 1 号と記念館建設に尽力した秋浜三郎

　　　　　　　（下）P84〜85

　　向井田薫〈北海の啄木歌碑めぐり〉（6）―かなしきは小樽の町よ―P92 〜 93

　　　　　　　　　　　　　　　　　　　　　　　　　ねんりん舎（盛岡市）H 17・12・15

盛岡タイムス（記事）詩人は酒豪だった？・啄木と賢治を対照的に　　　　　　　　　H 17・12・16

読売新聞（岩手版記事）啄木、賢治に酒の関係・盛岡で企画展　　　　　　　　　　　H 17・12・16

岩手日報（記事）啄木、賢治に酒の秘話・盛岡で企画展　　　　　　　　　　　　　　H 17・12・17

北畠立朴〈コラム朝の食卓〉収集家（佐藤勝・林繁太郎）　　　　　　　　北海道新聞　H 17・12・18

藤原隆男　啄木と賢治からみた酒　（「啄木と賢治からみた酒展」講演レジメ）　　　　H 17・12・18

柴田哲郎　啄木と雨情と桜庭チカ　　　　　　　　　　　　　北海道新聞（釧路版）H 17・12・19

畠山千代子　啄木と父を結んで　畠山奈穂子ほか編『隻手への挽歌』四六判 2100円

　　　　　　　　　　　　　　　　　　　　　　　　　　　　　　　　　新風社　H 17・12・19

柳田光紀　詩人の出発―啄木に見る詩精神の形成　『詩の真実を求めて』四六判 1470円＋税

　　　　　　　　　　　　　　　　　　　　　　　　　　土曜美術社出版販売　H 17・12・20

岩手日報（記事）岩手日報文学賞が終了（啄木賞など）　　　　　　　　　　　H 17・12・26

佐藤　勝　医師の目で語る啄木 ―今年刊行された評論から―　　　しんぶん赤旗　H 17・12・28

佐藤隆一　〈コラム今日の話題〉啄木歌碑　　　　　　　　　　北海道新聞（夕）H 17・12・28

毎日新聞（記事）啄木が下宿した喜多床135年史・記念冊子を制作 ※啄木下宿は誤認 H 17・12・31

「小樽発・読書マガジン」12月号　石川啄木「小樽のかたみ特集」B5判 全28頁（小樽日報第3号

　（複写）／石川啄木「小樽かたみ」抄／片割月忍びの道行／手宮駅員の自殺未遂／お嬢様派出所を狙ふ

　／出没自在の美人／天下一品怪美人の艶書／ほか）　　　　　　　　スワン社　H 17・12・31

「喜多床　百三十五年史」B5判　35頁（発行日の記載無し冊子）　　喜多床（文京区）H 17・12・―

高　淑玲　啄木の作品に現れた母親像について 116 ～ 135

　「日本語言文藝研究」第6号　B5判　　　　　　　　台灣日本語言文藝研究學會　H 17・12・―

「国際啄木学会東京支部通信」第6号 A5判 全38頁（以下5点の文献を掲載）

　大室精一　第41回東京支部会傍聴記 P2 ～ 0

　平出　洸　身につまされる歌 P9 ～ 0

　目良　卓　私を啄木に近づけた一首 P10 ～ 11

　渡辺光夫　啄木かるた P21 ～ 22

　横山　強　「埼玉啄木會」の事 P25 ～ 27　　　　　　　国際啄木学会東京支部会　H 17・12・―

２００６年（平成18年）

近　義松　石川啄木・轍鮒の生涯（102～113回─各回１頁）「新歯界」１～12月号

新潟県歯科医師会　H 18・1・1～H 18・12・1

三枝昂之　あたらしい啄木（1）上京P92～97「歌壇」第20巻1号800円　本阿弥書店　H 18・1・1

編集部　人・小樽啄木会会長・水口忠さん　P31～0　「月刊おたる」通巻499号　H 18・1・1

「ぽけっと」１月号vol.93　啄木と冨田先生　　　　　　盛岡市文化振興事業団　H 18・1・1

中村光紀　館長コラム45　啄木・日比谷松本楼でビール　「おでって」vol. 51　H 18・1・1

南條範男　碑の浪漫（64）盛岡市・下の橋中学校の歌碑P19～0　「逆水」１月号　H 18・1・1

山本玲子　〈啄木 ─その故郷〉名も姿も優しき姫神山P21～0「広報たまやま」１月号　H 18・1・1

盛岡タイムス（記事）啄木生誕120年・山本玲子さんに聞く　啄木の魅力とは　　　H 18・1・4

山本玲子　啄木うた散歩210回分（1／4～12／28）　　　岩手日報（夕）H 18・1・4～12・28

丸木政臣（閑話休題78）忘れがたき人たち（啄木の妹光子夫妻について）P34～35

「短詩形文学」第54巻1号　A5判　600円　　　　　　　「短詩形文学」発行所　H 18・1・10

盛岡タイムス（記事）啄木生誕120年・賢治生誕110年　各地で多彩な催し　　　　H 18・1・10

山本玲子　新市と啄木（新県都　盛岡市誕生　特別版5面全頁）　　　　岩手日報　H 18・1・10

曹洞宗人権擁護推進本部編『仏種を植ゆる人』─内山愚童の生涯と思想─A5判 119頁

　（編注・啄木図書ではないが大逆事件の関わりから紹介した）　　　曹洞宗宗務庁　H 18・1・10

佐藤　泉　石川啄木P140～141「日本史 有名人の苦節時代」1600円　新人物往来社　H 18・1・13

大木昭男　啄木とロシア　国際啄木学会東京支部会研究会のレジメ　A4判2枚　　　H 18・1・14

国際啄木学会盛岡支部月例研究会100回記念講演会（1月28日）A4判チラシ片面刷　H 18・1・14

鈴木　淳「我等の一団と彼」論─葛藤する物語※啄木学会東京支部会研究発表レジメ　H 18・1・14

松田十刻　啄木情話（30～50）明日を夢見た詩人の愛と苦悩・第二章 別離と放浪のはざまで

　（1）～（22）　　　　　　　　　　　　　　産経新聞（岩手版）H 18・1・14～7・8

石川玲児　石川啄木─啄木の"嘘"（孫）　共著『遺品逸品 偉人たちのとっておきの話』880円

光文社　H 18・1・15

盛岡タイムス（記事）これが昔の玉山・盛岡市中央公民館　城下の大絵図展開催　H 18・1・15

盛岡タイムス（記事）湘南啄木文庫が収集目録・04年12月から05年10月まで　H 18・1・16

水口　忠　〈コラム えぞふじ〉雪の吹きいる停車場　　　　　北海道新聞（夕）H 18・1・17

朝日新聞（岩手版・記事）啄木・賢治足跡　酒テーマに紹介・盛岡で開催　　　　H 18・1・18

読売新聞（岩手版・記事）啄木・賢治生誕120年、110年　ゆかりの地、イベント続々　H 18・1・18

河北新報（記事）国際啄木学会盛岡支部月例研究会100回記念講演会　　　　　H 18・1・19

岩手日報（記事）直筆に託された感謝のぬくもり・盛岡てがみ館企画展　　　　H 18・1・20

坂崎重盛　人目をくらます異体の表記が日記文学の傑作を生み出した『「秘めごと」礼賛』840円

〈文春新書489〉　　　　　　　　　　　　　　　　　文藝春秋社　H 18・1・20

山本玲子　啄木と北上川P8～0「あいぽーと」4号　国土交通省東北地方整備局　H 18・1・20

岩手日報（夕・記事）国際啄木学会盛岡支部月例研究会100回記念講演会　　　H 18・1・21

高知新聞（記事）啄木短歌の情景再現・ろうそく1000本に灯　釧路市　　　　H 18・1・22

日本経済新聞（記事）啄木短歌の情景再現・ろうそく1000本に灯　釧路市　　　　　　H 18・1・22

永岡健右　『与謝野鉄幹研究 ― 明治の覇気のゆくえ―』A5判436頁 15000円（啄木関係の文献／

　　第三章『明星』廃刊前後の寛・第二節　啄木の東京新詩社観―「再会」読後感とその周辺―P249～259

　　／第三節　門下の動向―金星会の行く末と白秋、杢太郎等の「東京新詩社」脱会―P260～276 ／第四章明

　　治の覇気の終焉・第一節　寛の大逆事件受容 P301～326 ／ほか）　　　　　　おうふう　H 18・1・25

岩手日報（記事）盛岡・玉山の渋民中　啄木カルタで熱戦　　　　　　　　　　　H 18・1・25

盛岡タイムス（記事）啄木の短歌は暗記・渋民中　恒例のかるた大会　　　　　　H 18・1・25

佐藤喜一　函館駅―啄木『一握の砂』から辻仁成『海峡の光』まで―P3～26『鉄道の文学紀行』

　　（中公新書）780円＋税　　　　　　　　　　　　　　　　　　中央公論社　H 18・1・25

毎日新聞（岩手版・記事）国際啄木学会盛岡支部月例研究会100回記念講演会　　H 18・1・27

髙橋州美熙（投稿欄・声）潤い与える　啄木うた散歩　　　　　　　　岩手日報　H 18・1・27

卞　宰　洙〈連載記事〉朝鮮と日本の詩人（2）石川啄木　　　　　　朝鮮新報　H 18・1・27

盛岡タイムス（記事）啄木のいのちの謎の原点とは・遊座昭吾氏ら講演

　　（国際啄木学会盛岡支部100回記念講演会）　　　　　　　　　　　　　　　H 18・1・30

岩手日報（質問回答コーナー）啄木の短歌企画　今年一年間連載　　　　　　　　H 18・1・30

岩手日報（夕・記事）啄木探る独自の視点・学会盛岡支部記念講演会　　　　　　H 18・1・31

国際啄木学会盛岡支部100回記念講演会（1月28日チラシ）A4判片面　　　　　　H 18・1・―

森義真編「国際啄木学会盛岡支部月例研究会の記録（百回の発表者名と項目記載)」A4判4頁

　　　　　　　　　　　　　　　　　　　　　　　　　　　　　　　　　　　　H 18・1・―

渋さ知らズ　CD「渋全」（石川啄木：詩「飛行機」不破大輔作曲、渋さ知らズ歌、他に9曲収録）

　　2500円＋税　　　　エイベックス・マーケテング・コミュニケーションズ株式会社　H 18・1・―

井上信興「啄木の筆跡について」B5判11頁　　　　　　　　　　　　私家版冊子　H 18・2・1

岩手日報（夕・記事）学会盛岡支部の記念講演会・遊座さん、浦田さん　　　　　H 18・2・1

北村克夫　啄木と江差～江差出身・藤田武治と啄木の交流を探る～　P38～41 「文芸・江さし草」

　　117号 A5判 500円　　　　　　　　江さし草会（北海道江差町南が丘7-138山本方）H 18・2・1

三枝昂之　あたらしい啄木（2）八日間 P112～117「歌壇」第20巻2号　　　　　H 18・2・1

高取英監修　二筋の血（石川啄木）『これを読まないと文学は語れない』1,800円

　　　　　　　　　　　　　　　　　　　　　　　　　　　　　　　イマジン　H 18・2・1

中村光紀　館長コラム45　生誕啄木百二十・賢治百十年　「おでって」vol.52　　H 18・2・1

「街もりおか」第39巻2号 B6横判（以下2点の文献を収載）

　　高橋　智　飛梅と石馬 P11～0

　　村山　武　心に生きる先人との出会い・金田一京助博士 P58～59　　杜の都社　H 18・2・1

向井田薫〈北海の啄木歌碑めぐり〉(7) ―さいはての釧路への旅路―P96～97

　　「いわてねんりんクラブ」117号 B5判 700円　　　　　　　　　　　　　　H 18・2・1

南條範男　碑の浪漫（65）盛岡市・岩手銀行本店の歌碑 P19～0 「迯水」2月号　H 18・2・1

「短歌現代」第30巻2号 A5判 500円

　　水野昌雄　啄木・哀果による生活派の今日性 P52～55

　　高島　裕　石川啄木 79～0　　　　　　　　　　　　　　　　短歌新聞社　H 18・2・1

鹿野秀俊『啄木は　かく生きた　そして歌った』A4変形判 291頁 定価及び発行日の記載なし

（内容：1～12章に分けて啄木短歌を配し、生涯を小説的な手法で記述）※編注：著書刊行の本で発行

　日の記載がないため受け入れ日を記す。　　　　　　　　　　　　　　　　　著者刊　　H 18・2・1

岩手日報（盛岡広域版・記事）味は「啄木ごのみ」・盛岡で岡山の菓子店　　　　H 18・2・2

産経新聞（岩手版・記事）感謝の意文字に込め・盛岡で手紙展、啄木の書簡など　　H 18・2・2

中島　嵩『みちのく啄木抒情―歌と詩と原風景』四六判 126頁 1200円＋税（編注・著者が長年撮

　り溜めてきた啄木の風景と啄木短歌を合わせた写真と短歌集）　　　　　　　新風舎　H 18・2・5

西脇　巽『石川啄木の友人　京助、雨情、郁雨』四六判 215頁 1600円（京助哀歌・金田一家に漂う

　うつの黒雲／陰謀捏造の名人―それでも嘘は暴かれる（野口雨情）―／啄木と郁雨義絶の真相）

　　　　　　　　　　　　　　　　　　　　　　　　　　　　　　　　　同時代社　H 18・2・10

安元隆子『石川啄木とロシア』（編注・本書は横書き）A5判　386頁 4800円（1. 啄木と日露戦争

　第1章 日露戦争前後の日本とロシア、第2章 啄木の日露戦争、第3章「マカロフ提督追悼の詩」論、第

　4章 ロシア・クロンシュタットのマカロフ提督像碑文考証、第5章 トルストイ「日露戦争論」と啄木／Ⅱ.

　啄木と社会主義女性論　第1章「ソニヤ」の歌、第2章　啄木と社会主義女性論、第3章 "ATARASIKI

　MIYAKO NO KISO"論、第4章 ツルゲーネフ "On the eve" と啄木／Ⅲ. 啄木詩歌の思想　第1章

　啄木の「永遠の生命」、第2章「呼子と口笛」論、第3章「呼子と口笛」自筆絵考、第4章 ゴーリキーと

　啄木、第5章 啄木と「樺太」／Ⅳ.ロシアに於ける啄木　第1章 啄木詩歌のロシア語翻訳考、第2章 ロ

　シアに於ける啄木研究）　　　　　　　　　　　　　　　　　　　　　翰林書房　H 18・2・14

久保田正文編『新編　啄木歌集』〈ワイド版岩波文庫〉440頁　1400円＋税　四六判　H 18・2・16

しんぶん赤旗（文化欄・記事）啄木の魅力を歌う小川那美子コンサート　　　　　H 18・2・17

読売新聞〈コラム編集手帳〉（※啄木の日記・歌などからその生活感を記す）　　H 18・2・17

望月善次　石川啄木と宮澤賢治の戦争歌（A5判7枚の原稿）国際啄木学会盛岡支部研究会レジメ

　　　　　　　　　　　　　　　　　　　　　　　　　　　　　　　　　　　　　H 18・2・18

岩手日報（記事）啄木かるたで友達に　　　　　　　　　　　　　　　　　　　　H 18・2・19

岡井　隆　石川啄木の不幸と幸福　　　　　　　　　　　　　　公明新聞（日曜版）H 18・2・19

王　紅花　私が詩歌に目覚めたころ・考え方の源に啄木の作品　産経新聞（岩手版）H 18・2・19

盛岡タイムス（記事）参加者は過去最高・啄木かるた大会　　　　　　　　　　　H 18・2・19

読売新聞（岩手版記事）かるたで親しむ啄木の歌　　　　　　　　　　　　　　　H 18・2・19

米山粛彦　啄木の生地（コラム北上川）　　　　　　　　　　　読売新聞（岩手版）H 18・2・19

「石川啄木歌碑建立3周年記念フェステイバル」パンフ A4判 18頁　　柴田啄木会　H 18・2・20

山本恭弘　翻訳と英語 Takuboku's Poerty P8～23　『OUTPUT』（英語教師の総合学習）新書判

　1500円＋税（『一握の砂』から25首の歌を英訳）　　　　　　　　　近代文芸社　H 18・2・20

市川渓二　知られざる交遊論述・西脇巽著『石川啄木の友人』　　　デイリー東北　H 18・2・21

河北新報（記事）お国訛で語る　80人参加し文学講座　盛岡　　　　　　　　　　H 18・2・22

岩手日報（夕・記事）啄木初の英訳本に光・盛岡大学の照井悦幸助教授　　　　　H 18・2・23

BOOKの会編　石川啄木『一握の砂』より　『あいのときめき 詩画集』　1260円

　　　　　　　　　　　　　　　　　　　　　　　　　　　　　　　　　講談社　H 18・2・23

岩手日報（夕・コラム学芸余聞）時代に先駆けた啄木に驚き（坂西の英訳）　　　H 18・2・24

田口道昭　啄木・樗牛・自然主義―啄木の樗牛受容と自然主義―P97～107「立命館文學」第592号

　（← H18・3『上田博教授退職記念論集』立命館大学文学部）　　　　　　　　H 18・2・25

岩手日報（記事）歌曲で啄木の作品たどる・東京で生誕120周年行事　　　　　H18・2・26

瀬尾明男（写真）著　『啄木キネマ』A5変形判 160頁 2520円（編注・啄木短歌を現代カメラマンの
　眼が捉えた「啄木の風景」を追う写真集）　　　　　　　　　　　清流出版　　H18・2・26

日本経済新聞（新刊紹介）『啄木キネマ』石川啄木・瀬尾明男著　　　　　　　H18・2・26

盛岡タイムス（記事）啄木作品を題材に・市民公開文学講座　　　　　　　　　H18・2・27

照井悦幸　坂西志保と英訳 A Handful of Sand『一握の砂』P11〜25「盛岡大学比較文化研究年報」
　第16号 B5判　　　　　　　　　　　盛岡大学研究センター編集委員会　　H18・2・28

おたる新報　第113号（小樽グッズ研究所第4回）新聞（小樽日報ほか）　　　H18・3・1

三枝昂之　あたらしい啄木（3）P154〜159「歌壇」第20巻3号　　　本阿弥書店　H18・3・1

三枝昂之　（百舌と文鎮41）啄木のこと、節子の歌のこと、その他 P62〜63「りとむ」通巻83号
　　　　　　　　　　　　　　　　　　　　　　　　　　　　　りとむ短歌会　H18・3・1

南條範男　碑の浪漫(66)玉山村日戸・常光寺の生誕の歌碑 P20〜0「逆水」3月号　H18・3・1

「盛岡てがみ館資料解説」第70号　※石川節子書簡（T45・5・16）岡山儀七宛写真　　H18・3・1

森田一雄　校正係啄木／時代の閉塞／奇跡の一年／一握の砂／（ほか）『評伝　渋川玄耳　野暮たる
　べきこと』A5判 全398頁 2381円＋税　　　　　　　　　　　　　梓書院　　H18・3・1

三好京三　啄木・賢治への思い「日本現代詩歌文学館館報」第46号　　　　　　H18・3・3

盛岡タイムス（記事）啄木記念館に陳列ケース寄贈　　　　　　　　　　　　　H18・3・3

及川安津子〈ばん茶・せん茶〉誕生日考　　　　　　　　　　　岩手日報（夕）　H18・3・4

朝日新聞（岩手版・記事）4つのテーマ8氏が対談・啄木短歌曲つける（2頁）　H18・3・4

盛岡タイムス（記事）「平和の日」いわての集い（新井満氏が啄木短歌に曲を）　H18・3・7

盛岡タイムス（記事）啄木生誕記念でカルタ大会・桜城地区で　　　　　　　　H18・3・7

盛岡タイムス（記事）分骨して啄木墓碑を（盛岡市議会での質疑から）　　　　H18・3・9

「小樽発・読書マガジン」1〜3月合併号　A4判（内容：「小樽日報」と「釧路新聞」掲載の啄木が書
　いた記事の再録／新谷保人・この雪の思い出に P13〜19／ほか）　スワン社（小樽）H18・3・11

読売新聞（岩手版・ひと紀行）啄木、賢治　奥深さに魅了（望月善次さん）　　H18・3・12

岩山吉郎　啄木を讃える替え歌作った（読者欄・声）　　　　　　岩手日報（夕）　H18・3・14

山本玲子　啄木のうた散歩（小奴といひし女）　　　　　　　　　　岩手日報　　H18・3・14

服部尚樹　ロマンチック経営で行こう（7）啄木の心に眠る歌　　　盛岡タイムス　H18・3・14

シニアタイムス 115号（盛岡市街の情報紙・記事）"啄木かるた"とり　　　　　H18・3・15

向井田薫〈北海の啄木歌碑めぐり〉(8)―こほりたるインクの罎を火に翳す
　「いわてねんりんクラブ」118号 B5判 700円　　　　　　　　　　　ねんりん舎　H18・3・15

タウンニュース（港北版・人物風土記）写真集「啄木キネマ」を発表したプロ写真家　H18・3・16

福島泰樹　名歌発見（絶叫カメラ紀行13）本郷弓町周辺「NHK短歌」4月号
　　　　　　　　　　　　　　　　　　　　　　　　　　　　　　NHK出版　　H18・3・20

風のあら又三郎（荒又重雄）「翻訳　英文啄木短歌（札幌版）君が於母影」A4判 8頁
　　　　　　　　　　　　　　　　　　　　　　　　北海道労働文化協会　　H18・3・20

市川渓二　知られざる交友論述・西脇巽著『石川啄木の友人』　　デイリー東北　H18・3・21

柿崎亮源　正寿院・曹洞宗　三陸町吉浜字上野 P106〜107『いわてのお寺・南部沿岸遠野周辺』B6判
　　　　　　　　　　　　　　　　　　　　　　　　　　　テレビ岩手　H18・3・21

木内英実　第二次「明星」終刊前後の啄木と品川─青年創作家たちのツルゲーネフ受容─P49 ～ 54

　　「小田原女子短期大学研究紀要」第36号　小田原女子短期大学研究紀要編集委員会　H18・3・25

「在京白堊会会報」第20号（記事）母校に啄木歌碑、5月7日除幕式　　　　　　　　H18・3・25

山野上純夫　現地に見る宗教史の風土・啄木の父、岩手に波乱の生涯　中外日報　H18・3・25

朝日新聞（岩手版）コラム記事＜景＞啄木新婚の家　　　　　　　　　　　　　　　　H18・3・30

荒波　力　『啄木─よみがえる20世紀を代表する歌人の生涯─』A4判 定価2冊組 2000円〈第一部・
　　天才詩人啄木の犯罪 154頁〉（寺の子 一・渋民村／年少の旅立ち・盛岡／文学と恋愛と／青雲の志を
　　抱いて・東京／天才詩人啄木の誕生・渋民村／詩集『あこがれ』・東京Ⅱ／凱旋将軍・盛岡／新たなる挑戦・
　　渋民村／〈第二部・啄木短歌誕生の真相　184頁〉（脱皮・北海道漂泊／再びの挑戦・東京Ⅲ／歌集『一
　　握の砂』／東京に抱かれて死す）

　　　　　　　　　　　アルプス書房（〒428-0104　静岡県榛原郡川根町家山778　荒波方）H18・3・31

国際啄木学会編「研究年報」第9号 A5判 全66頁（以下8点の文献を掲載）

　【論文】

　塩浦　彰　「二筋の血」論─新太郎という「私」─P1 ～ 11

　堀江信男　啄木像を創ったのは誰か─啄木受容の一端─P12 ～ 18

　古澤夕起子　生活者意識の形成、あるいは北海道時代の終わり─「血だらけな母の顔」─P19～25

　森　義真　「秋韷笛語」考─上京を決意した時期の推論及び序文の考察─P26 ～ 36

　小林芳弘　啄木と露堂・雨情─小樽日報入社をめぐって─P37 ～ 45

　【書評】

　若林　敦　韓国・中央大学校「日本研究」第20輯 P46 ～ 47

　池田　功　井上信興著『薄命の歌人・石川啄木小論集』P48 ～ 49P

　立花峰夫　西脇　巽著『啄木と郁雨　友情は不滅』50 ～ 51　　　　国際啄木学会　H18・3・31

「石川啄木と金田一京助」※04/20日 第16回文化サロンチラシ　主催NPO法人いわて　H18・3・─

「文京区立小石川図書館　石川啄木コーナー所蔵リスト」A4判 全6頁 ※啄木関係の本 157点記載

　　　　　　　　　　　　　　　　　　　　　　　　　　　文京区立小石川図書館　H28・3・─

大室精一　『悲しき玩具』歌稿ノートの配列意識（1）─「第一段階」の歌群（3～68番歌）について
　　─P193 ～ 210「佐野短期大学　研究紀要」第17号 A4判　　　　　　　　　H18・3・─

佐藤　勝　本当の啄木　劇団東京ネジ公演「石川のことは知らない」（上演チラシ）

　　（山下公園レストハウス・ラウンジにて上演3月24 ～ 27日）　　　　　　　H18・3・─

第3回・啄木忌前夜祭（4月12日チラシ）A4判　　主催：国際啄木学会盛岡支部　H18・3・─

目良　卓　『一握の砂』私解（5）─我を愛する歌（二）─P1 ～ 64「研究紀要」第47号 A5判

　　　　　　　　　　　　　　　　　　工学院大学付属中学・高等学校　H18・3・─

西本鶏介　石川啄木─おんぶしてみたお母さん P58 ～ 64　『心を育てる偉人のお話3』ポケット文庫
　　四六判 599円＋税　　　　　　　　　　　　　　　　　　ポプラ社　H18・3・─

山本玲子　啄木さんは、お豆腐に削り節をかけて P14 ～ 15「とーふ」巻の壱　A4変形判 非売品
　　　　　　　　　　　　　　　　　　　　　　　南部盛岡とうふの会　H18・3・─

立命館大学人文学会編『上田博教授退職記念論集』A4変形判（以下5点の啄木文献を収載）

　池田　功　石川啄木の国家認識 ─アメリカとロシアを通して─P28 ～ 35

　若林　敦　『我等の一団と彼』の「私」─その人物造型について─P36 ～ 44

河野有時　さばかりの事 ―『一握の砂』三十一番歌をめぐって―P45 〜 52

田口道昭　啄木・樗牛・自然主義―啄木の樗牛受容と自然主義―P97 〜 107

加茂奈保子　石川啄木『一握の砂』の一断片 ―自意識・ふるさと・共生―P 214 〜 222

※（本書は→H18・2に「立命館文學」第592号〈A4判〉として雑誌も発行されている）

立命館大学人文学会　H 18・3・―

学術刊行会編『国文学年次別論文集』〈近代Ⅴ〉（平成15年）B5判 9765円＋税

（※以下１点の啄木文献を収録）

箱石匡行　モーツアルトと石川啄木―あらえびす『バッハからシューベルト』をめぐって―P540〜538

（→ H15・3「岩手大学教育学部附属教育実践総合センター・研究紀要」第2号）

朋文出版　H 18・3・―

菊地　悟　石川啄木「ローマ字日記」のローマ字表記　P108 〜 122 「日本語の研究」第2巻2号
A4判　日本語学会　H 18・4・1

三枝昻之　あたらしい啄木 (4) 散文詩 P84 〜 89「歌壇」第20巻4号　H 18・4・1

寺山修司　石川啄木ノート―おとうとのための P117 〜 146 『詩的自叙伝 行為としての詩学』
ワイド新書判 980円＋税（→ S42・11『ポケット版・石川啄木詩集』／河出書房新社編「新文芸読本
石川啄木」 H 3・1／H10・1『斎藤慎爾・寺山修司』／ほか）　思潮社　H 18・4・1

「新日本歌人」4月号　特集・石川啄木生誕百二十年記念号（以下8点の文献を掲載）H 18・4・1

望月善次　石川啄木と宮澤賢治の戦争歌〜二人の徴兵検査にも触れながら〜 P50 〜 57

佐藤　勝　二十一世紀の啄木を読む〜愛好家のメモ帳から〜 P58 〜 633

伊藤仁也　好きな一篇 P64 〜 0

下村すみよ　「寺の子啄木」考 P65 〜 0

檜葉奈穂　啄木の全体像を P66 〜 0

福田　穂　その、出会い P67 〜 0

水枝弥生　啄木と口語発想 P68 〜 0

山本　司　"行分け短歌"をめぐって P69 〜 0　新日本歌人協会　H 18・4・1

平出　洸　石川啄木と小樽〈史跡・伝承の地を訪ねて30〉P 78 〜 86「Pen・友」No.35
友会発行　H 18・4・1

南條範男　碑の浪漫（67）小樽駅前の歌碑 P20〜0「逎水」4月号　逎水短歌会　H 18・4・1

森　義真　啄木忌前夜祭 P14〜15「街もりおか」第39巻4号 B6横判　杜の都社　H 18・4・1

岩手日報　（記事）北国の風景に啄木歌・横浜の写真家　作品集で「共演」　H 18・4・5

北畠立朴　〈啄木エッセイ 101〉『鳥取西小学校に招かれて』
朝日ミニコミしつげん第394回　H 18・4・5

北畠立朴　啄木の従兄弟・秋浜融三の孫が 「港文館だより」第14号　H 18・4・5

長内　努　〈美術屋の道具箱14〉石川啄木と僕　岩手日報　H 18・4・9

石川啄木　白い鳥、血の海 P133 〜 134　木股知史編『明治・大正小品選』A5判 2000円＋税
おうふう　H 18・4・10

池田　功　癒しとしての自然・『一握の砂』「鳥影」P167 〜 180『こころの病の文化史』A5判
2000円＋税　おうふう　H 18・4・10

伊能専太郎　杜陸随想・啄木忌　盛岡タイムス　H 18・4・12

黒澤　勉　盛岡ことば入門（290）二〇三、脱線余話—啄木の愛した盛岡弁

盛岡タイムス　　H 18・4・12

池田　功　『石川啄木　国際性への視座』A5判 346頁 6800円（細目：序章・尹東柱・石川啄木・Heinrich Heine ／第一章・東洋への視座／石川啄木における朝鮮・中国　喩としての亡国—石川啄木・朝鮮国の墨塗りの歌をめぐって／尹東柱と石川啄木／韓国おける啄木の受容／啄木の中国認識／ほか／第二章・西欧への視座　啄木の国家認識—アメリカとロシアを通して／アメリカとロシアへの接近と相違／石川啄木のドイツ認識—ビスマルク評価の変化を中心に／啄木とトルストイ／啄木とハイネ／明治期におけるキリスト教徒の貌／—小説「病院の窓」を通して／西欧における啄木の受容—ドイツ語圏を中心に／ほか）

おうふう　　H 18・4・13

「国際啄木学会会報」第22号 A5判 全37頁（以下8点の文献を掲載）

太田　翼　啄木「鳥影」論—「職業婦人」のまなざし P4 ～ 5

外村　彰　岡本かの子『浴身』にみる自責と自己—石川啄木を合せ鏡として— P5 ～ 6

照井悦幸　坂西志保訳 "A Handful of Sand"（『一握の砂』）P6 ～ 0

太田　登　短歌史における啄木という存在 P6 ～ 7

長江隆一　やくも啄木会 P12 ～ 13

三留昭男　会津と小樽を結ぶ啄木歌碑 P13 ～ 0

尹　在石　私の講義における啄木の短歌 P19 ～ 20

金子善八郎　「絵はがき」のこと P20 ～ 21　　　　　国際啄木学会　　H 18・4・13

岩手日報（記事）生誕120年　節目の年、啄木しのぶ　　　　　　　　H 18・4・14

毎日新聞（岩手版 記事）啄木の遺影に向ひて言ふことなし・生誕120周年　H 18・4・14

盛岡タイムス（記事）啄木忌前夜祭でイベント・テノールの調べで「一握の砂」　H 18・4・14

☆IBC（岩手放送）ニュースエコー（記事）第95回啄木忌　　　　　H 18・4・14

朝日新聞（コラム天声人語）※啄木の借金メモから引用した話題　　　H 18・4・15

北沢文武　谷静湖と石川啄木（2）地下出版の「青年に訴ふ」P31～36「トスキアナ」第3号 A5判　1500円＋税（← H21・2『谷静湖と石川啄木』塩ブックス）

トスキアナの会（皓星社発売）H 18・4・15

天野　仁　啄木碑の紹介（155基目～ 163基目）B4判1枚刷り写真版　（個人発行紙）H 18・4・15

盛岡タイムス（記事）啄木カルタ二十五首・盛岡市の及川さん　　　H 18・4・15

岩手日報（記事）盛岡っ子に啄木かるた・及川さん作製　　　　　　H 18・4・16

黒澤　勉　盛岡ことば入門（291）がんこ、かねあね　　　盛岡タイムス　H 18・4・19

篠　弘　短歌月評・『近代歌誌深訪』の意義　　　　　　東京新聞（夕）H 18・4・19

佐々木勝男ほか編　短歌 石川啄木を読む『たのしくわかる授業実践集6年』2160円＋税

民衆社　　H 18・4・20

太田　登　短歌史における啄木の存在（啄木学会での講演レジメ）A4判1枚　　H 18・4・22

太田　翼　啄木初の新聞連載作品「鳥影」—「女教師」をめぐる視線　A4判4枚

国際啄木学 2006年度春のセミナー発表用のレジメ＆資料　　　　　H 18・4・22

外村　彰　岡本かの子『浴身』にみる自責と自己愛—石川啄木を合わせ鏡として—（発表レジメ9枚）

H 18・4・22

照井悦幸　坂西志保訳 "A Handful of Sand"（『一握の砂』）A5判4枚（啄木学会発表レジメ）

続 石川啄木文献書誌集大成　2006年（H18）　145

H 18・4・22

岩手日報（記事）細字で啄木短歌・盛岡で九谷焼の個展　　　　　　　　　　H 18・4・22

岩手日報（記事）盛岡（豆腐）愛好者の会冊子発刊、啄木・賢治の逸話紹介　　H 18・4・22

盛岡タイムス（記事）肉筆手紙の味わいを・てがみ館の田鎖壽夫さん　　　　H 18・4・23

青木　登　渋谷道玄坂 P196 ～ 198『名作と歩く　東京・山の手下町　第7集』A5判 1200円＋税

けやき出版　H 18・4・24

奈良達雄〈コラム歌壇〉啄木コンクールの入選作　　　　　　　　しんぶん赤旗　H 18・4・24

碓田のぼる『石川啄木と石上露子―その同時代性と位相―』A5判 238頁 2381円＋税（細目・Ⅰ.
　　啄木歌「朝鮮国にくろぐろと」考―「国」を奪われた民族への鎮魂―／啄木の歌と教科書―『あかるい社会』
　　をめぐって―／『悲しき玩具』の表記に関する一考察―あらたな表現世界―／石川啄木と 1911 年―死
　　の前年をめぐる一考察―／啄木受容の一断面― 1930 年代後半における―／ほか　Ⅱ. 石川啄木と山口
　　孤剣―その同時代性と位相―／石上露子と啄木― 1908 年、そこまでとそこから―／宮本百合子と啄木
　　／ほか／Ⅲ. 石上露子と『婦女新聞』／ほか）　　　　　　　　　　　光陽出版社　H 18・4・25

盛岡タイムス（記事）京助の愛に支えられた啄木・森義真さんが講話　　　　H 18・4・25

岩手日報（記事）盛岡一高玄関に啄木歌碑建立へ　卒業生有志　　　　　　　H 18・4・26

黒澤　勉　盛岡ことば入門（292）二〇四、脱線余話―望郷の歌人、石川啄木―

盛岡タイムス　H 18・4・26

北海道新聞（記事）啄木直筆の日記展示・生誕 120 年で 29 日から　　　　　H 18・4・26

盛岡タイムス（記事）母校に初の啄木歌碑・盛岡の中学校のバルコンの　　　H 18・4・26

読売新聞（岩手版・記事）啄木歌碑　盛岡一高に　来月7日除幕　　　　　　H 18・4・26

太田　登『日本近代短歌史の構築 ―晶子・啄木・八一・茂吉・佐美雄』A5判 7800 円＋税
　　〔編注・啄木については全体的に論じられているが、小見出しに啄木と関係あるものを以下に記す／第1
　　章　明治短歌史の展望（3）地方文芸誌『敷島』の短歌史的位置／（4）明四十一年の新詩社歌人の交渉
　　のある一面 ―啄木・玉骨の青春と天理教―／（6）『みだれ髪』から『一握の砂』への表現論的意味―〈自
　　己象〉の表出をめぐって―／（7）短歌滅亡論と石川啄木の短歌観―〈いのちなき砂〉とはなにか―／（8）『一
　　握の砂』における「砂山十首」の意味／（9）『一握の砂』の構想と成立について―「秋のなかばに歌へる」
　　の主題と構成をめぐって―／（10）明治四十三年の短歌史的意味―鉄幹から啄木へ―〕

八木書店　H 18・4・28

朝日新聞（北海道版・記事）啄木の全日記・函館で一堂に・きょうから市文学館で　H 18・4・29

「石川啄木　生誕 120 年記念」（図録）A4判（以下の6点の文献を収載）

　菱川善夫　地上の遊星 P11 ～ 15

　神谷忠孝　石川啄木「東海の小島」歌について P16 ～ 19

　櫻井健治　『一握の砂』と渋川玄耳 P20 ～ 23

　田中　綾　仕遂げて死なむ――金子文子と石川啄木 P24 ～ 27

　竹原三哉　詩稿「ハコダテノ歌」と筑摩書房の『石川啄木全集』P28 ～ 37

　北村　巌　石川啄木と有島武郎〜遙かなる夢の残像〜 P38 〜 51　　　函館市文学館　H 18・4・29

函館新聞（記事）直筆の日記 10 冊展示・資料展に併せ図録を作成　　　　　H 18・4・29

函館市文学館「生誕 120 年記念石川啄木直筆資料展」4 月 29 日〜 10 月 11 日チラシ　　H 18・4・―

「啄木かるた」（25首）1000 円　　　もりおか六紘舎（盛岡市梨木町 10-22 及川陸男方）H 18・4・―

三枝昂之　あたらしい啄木 (5) 暇ナ時 (1) P92 〜 97「歌壇」第 20 巻 5 号　　　　　　 H 18・5・1

南條範男　碑の浪漫 (68) 西根町・平館駅前の歌碑　P20 〜 0「迆水」5 月号　　　　H 18・5・1

加賀おとめ　わが青春とうた・石川啄木『一握の砂』P63 〜 0「新日本歌人」5 月号　H 18・5・1

北畠立朴　釧路第三尋常小学校に泊まった 8 人とは　「港文館だより」第 15 号　　H 18・5・1

三枝昂之　(百舌と文鎮 42) 山廬再訪、その他 P64 〜 65「りとむ」3 号 通巻 84 号　H 18・5・1

髙橋爾郎　わが歳時記 (啄木短歌と今日性に触れた文章)　　　　　　盛岡タイムス　H 18・5・1

向井田薫〈北海の啄木歌碑めぐり〉(9)　―うたうがごとき旅なりしかな

　　　「いわてねんりんクラブ」119 号 B5 判 700 円　　　　　　　　　　　　　H 18・5・1

佐藤秀人　書痴談義・漱石の大家さん (阿部たつを著『函館郷土随筆』)

　　　　　　　　　　　　　　　　　　　　　　　　　　　　　　　東海愛知新聞　H 18・5・2

北海道新聞 (夕刊記事) 未知の啄木像に迫る、函館市文学館が図録歌人ら 6 人が評論　H 18・5・2

黒澤　勉　盛岡ことば入門 (293) 二〇五、脱線余話・若かりし啄木　盛岡タイムス　H 18・5・3

北畠立朴〈啄木エッセイ 102〉『小さなミスか』　　朝日ミニコミ「しつげん」第 395 号　H 18・5・5

朝日新聞　(岩手版) 啄木の歌碑・「母校」に・盛岡一高　　　　　　　　　　　H 18・5・8

岩手日報 (記事) 先輩啄木の歌碑除幕・盛岡一高　同窓会有志が建立　　　　　H 18・5・8

岩手日報 (記事) 啄木祭賞に菊池さん (奥州) 盛岡で短歌大会　　　　　　　　H 18・5・8

産経新聞 (記事) 啄木の思い歌碑に・後輩が母校に建立　　　　　　　　　　　H 18・5・8

毎日新聞 (記事) 啄木の歌碑建立・先輩の偉業にふれる　　　　　　　　　　　H 18・5・8

編集部 (新刊紹介) 研究年報第 9 号発刊　国際啄木学会　　　　　　盛岡タイムス　H 18・5・8

盛岡タイムス (記事) 盛岡一高に啄木歌碑建つ　　　　　　　　　　　　　　　H 18・5・8

読売新聞 (記事) 生誕 120 年　啄木しのぶ　　　　　　　　　　　　　　　　H 18・5・8

盛岡タイムス (記事) 啄木歌碑建立を記念して・遊座昭吾さんが講演　　　　　H 18・5・10

西脇　巽　新渡戸泰先生と啄木 P27 〜 29「青森市医師会報」5 月号　第 437 号　H 18・5・10

山田豊彦　交遊抄・遠い親戚 (北村智恵子の親戚)　　　　　　　　日本経済新聞　H 18・5・10

岩手日報 (コラム人)「啄木かるた二十五首」を作製した及川睦男さん　　　　H 18・5・12

岩手日報 (夕・記事) 啄木日記を函館で公開・10 点、ローマ字も　　　　　　H 18・5・12

河北新報 (記事) 創作の情熱発信　啄木、賢治の記念事業委員発足　盛岡　　　H 18・5・12

☆「小樽ジャーナル」(ネット新聞) 小樽ゆかりの啄木偲ぶ集い　　　　H 18・5・13

「小樽啄木会だより」第 8 号 B5 判 全 10 頁 (以下 2 点の啄木文献収載／「別冊付録」付)

　　　村岡信明　小樽の雨 P2 〜 3

　　　水口　忠　今も息づく啄木 P4 〜 5 (→ H17・11・10 北海道新聞)〕

　　(別冊付録) 新谷保人 編集・発行「石川啄木 小樽のかたみ (抄)」B5 判全 22 頁

　　　　　　　　　　　　　　　　　　　　　　　　　　　　小樽啄木会　H 18・5・13

盛岡タイムス (記事)「盛岡百景」啄木歌碑にサケ上る川　　　　　　　　　　H 18・5・14

岩手日報 (記事) 岡部さんに最高賞・啄木祭全国俳句大会　　　　　　　　　　H 18・5・15

岩手日報 (夕・記事) 盛岡・啄木祭俳句大会　　　　　　　　　　　　　　　　H 18・5・16

秋田さきがけ (記事) 石川啄木直筆資料展・函館、10 月 11 日まで　　　　　　H 18・5・17

岩手日報 (コラム学芸余聞) (啄木祭俳句大会の話題)　　　　　　　　　　　　H 18・5・17

世界の名詩鑑賞会『石川啄木選書』〔短歌：「一握の砂」(40 首) ／「悲しき玩具」(8 首) ／詩：飛行機

など 13 篇〕（ミニブックシリーズ判）77 頁 500 円＋税　　　　　　　　　リベラル社　H 18・5・17

遊座昭吾　国際人・坂西志保 P2〜3「北の文学」第 52 号 A5 判 1155 円　岩手日報社　H 18・5・17

黒澤　勉　評論・原敬生誕百五十年にちなんで―原抱琴（達）を中心にして― P144〜151

　「北の文学」第 52 号　　　　　　　　　　　　　　　　　　　　　　　　岩手日報社　H 18・5・17

岩手日報（記事）心地よい日本語　金田一氏が語る・29 日、盛岡で　　　　　　　　　H 18・5・20

「大阪啄木通信」第 28 号 B5 判 全 22 頁（以下 3 点の文献を収載）

　妹尾源市　二〇〇六年　私の啄木忌 P1〜0

　飯田　敏　沼田末吉の歩んだ道 P2〜6

　天野　仁　啄木曼陀羅（13）再説　石川一禎・カツ夫妻の家系 P7〜12

　　　　　　　　　　　　　　　天野仁個人発行誌（大阪府高槻市牧田町 5-48-206）H 18・5・20

出久根達郎　石川啄木 P221〜234『作家の値段』四六判 1800 円＋税　　　講談社　H 18・5・21

山本玲子　みちのく随想・目をかきみだす赤（啄木の歌で「赤」にふれた文）

　　　　　　　　　　　　　　　　　　　　　　　　　　　　　　　　　　岩手日報　H 18・5・21

岩手日報（記事）日本語わかりやすく・金田一氏さん 29 日に講演　　　　　　　　　H 18・5・22

釧路新聞（記事）北畠立朴氏を迎えて（釧路懇話会）啄木の魅力語る　　　　　　　　H 18・5・22

小川おさむ　雲は天才である石川啄木の独創教育　　NHK 取材班編『NHK コミック版・明治・

　国づくりの設計図』920 円　　　　　　　　　　　　　　　　　　　　ホーム社　H 18・5・23

釧路新聞（コラム・余塵）啄木来釧 100 年に向けて　　　　　　　　　　　　　　　H 18・5・24

「浜茄子」第 70 号 B5 判 8 頁〔田中きわ子・二人の原郷（啄木と寺山修司）／南條範男・小樽

　3 基目の啄木歌碑／ほか〕　　　　　　　　　　　　　　　　　　　仙台啄木会　H 18・5・25

岩手日報（夕・記事）かなに啄木の思い・流麗に岩手一先会書展　　　　　　　　　　H 18・5・26

近藤典彦　啄木と足尾鉱毒と水俣病　　　　　　　　　　　　　　　しんぶん赤旗　H 18・5・26

釧路新聞（記事）2 年後に来釧 100 年迎える・北畠立朴さん「啄木歌碑めぐり」　　　H 18・5・26

盛岡タイムス（記事）啄木を題材に（書展）　　　　　　　　　　　　　　　　　　H 18・5・27

岩手日報（記事）時代とともに変わる言葉・金田一氏が講演（盛岡）　　　　　　　　H 18・5・30

朝日新聞（記事）啄木も賢治も好物だった・豆腐好き集い文化をつづる　　　　　　　H 18・5・31

「啄木祭」〜あんべ光俊・啄木を歌うコンサート〜（チラシ）6 月 3 日　姫神ホール　　H 18・5・―

「盛岡リージョナル劇場東京公演・泣き虫なまいき石川啄木」（チラシ）7 月 8〜9 日

　　　　　　　　　　　　　　　　　　　　　　　　　　　　　　　シアターイワト　H 18・5・―

「SETSU－KO」畑中美那子一人芝居（チラシ）6 月 2、3、4 日　啄木新婚の家　　　H 18・5・―

「啄木の魅力を歌う・小川那美子コンサート」（チラシ）7 月 7 日

　　　　　　　　　　　　　　　　　　　　　　　　　釧路市民文化会館ホール　H 18・5・―

岩手日報（記事）3 日に啄木祭・あんべ光俊さんも出演　　　　　　　　　　　　　　H 18・6・1

北畠立朴　『全国の啄木碑』（建立年代別表付）A4 判　全 12 頁　　　　　私家版　H 18・6・1

北畠立朴　6 月の企画行事／啄木入門講座・啄木歌碑めぐり「港文館だより」16 号　　H 18・6・1

小泉とし夫　啄木短歌はスゴイ！ P12〜0「北宴」第 395 号　北宴文学会（盛岡市）H 18・6・1

三枝昂之　あたらしい啄木（6）暇ナ時（2）P84〜89「歌壇」第 20 巻 6 号　　　　H 18・6・1

南條範男　碑の浪漫（69）葛巻町・秋葉神社の歌碑　P60〜0「迯水」6 月号　　　　H 18・6・1

若林　敦（書評）池田功著『石川啄木　国際性への視座』「国文学」6 月号　　　　　H 18・6・1

編集部（郷土の本棚）『石川啄木　国際性への視座』池田功著・新イメージ探る試み

岩手日報　H 18・6・3

青木佐知子（署名記事）啄木、賢治の世界追体験　　　　読売新聞（岩手版）H 18・6・3

木股知史（書評）アジア、西欧認識と感受性形成探る　池田功著『石川啄木　国際性への視座』

しんぶん赤旗　H 18・6・4

釧路新聞（記事）10日から啄木入門講座と歌碑巡り　　　　　　　　　H 18・6・4

北畠立朴〈啄木エッセイ 103〉港文館は生まれ変わる　　「しつげん」第398号　H 18・6・5

岩手日報（記事）日本語の面白さ学ぶ・金田一教授が講演（花巻）　　　H 18・6・5

岩手日報（記事）啄木の魅力、歌に乗せて　生誕100年を祝う　　　　H 18・6・6

岡林一彦　法用寺を訪ねて　歌碑を拓本採り（読書投稿欄・窓）　　福島民友　H 18・6・6

日本詩歌文学館「学校教科書に掲載された詩歌作品」（平成18年度分）　　H 18・6・6

毎日新聞（北海道版・記事）小さな啄木生誕120年記念展・美唄郷土資料館　　H 18・6・7

佐伯裕子　テロリストの悲愁―石川啄木のうた P25 〜 29『生のうた死のうた』四六判 2100円

禅文化研究所　H 18・6・14

「いわてねんりんクラブ」第120号 B5判 700円（以下3点の文献を収載）

　中島　嵩　啄木抒情―思うがままに（上）P6〜7

　伊五澤富雄　新盛岡市の誇るべき宝物 P56 〜 58

　向井田薫〈北海の啄木歌碑めぐり〉(10)―啄木一族が眠る函館の立待岬― P76〜79

ねんりん舎（盛岡市）H 18・6・15

小森陽一『一握の砂』同一化への拒絶 P112 〜 115「現代思想」6月臨時増刊号 1238円

青土社　H 18・6・15

目良　卓　啄木の一首 ── 気になる歌 P3 〜 0　歌誌「開放区」第73号　　H 18・6・15

岩手日報（記事）啄木流　若き感性3行に・8月の「短歌甲子園」概要決定　　H 18・6・16

「平出修研究」第38集 A5判 1400円（以下3点の文献を収載）

　近藤典彦　修と啄木―大逆事件以後―（承前）P40 〜 55

　中村文雄（啄木文献準資料）内山愚童の「判決書」にみる「愚童事件」P56 〜 76

　平出　洸（書評）池田功著『石川啄木　国際性への視座』　　平出修研究会　H 18・6・17

編集部　あおもりはやり歌人・上原賢六 (4) 啄木の叙情を乗せて　　東奥日報　H 18・6・17

釧路新聞（記事）ソプラノで楽しむ啄木の世界　　　　　　　　　　　H 18・6・18

田中　礼（書評）反戦と社会批判、同時代の文学精神　碓田のぼる著『石川啄木と石上露子』

しんぶん赤旗　H 18・6・18

池田　功　石川啄木・ハイネと不思議な符合　　　　　　　北海道新聞　H 18・6・19

前坂俊之　金田一京助 ― 石川啄木の無二の親友は、無類の純情家 ほか　『ニッポン偉人奇行録』

　（ぶんか社文庫 ま-3-1）660円＋税　　　　　　　　　　ぶんか社　H 18・6・20

北海道新聞（記事）啄木に思いはせ　市内の歌碑巡り　　　　　　　　H 18・6・21

小板橋武　石川啄木記念館『これだけは見ておきたい各県一か所の旅』四六判 1155円

随想舎　H 18・6・25

水野信太郎　啄木と煉瓦　P2〜0「輪環」第58号　赤煉瓦ネットワーク（横浜市）H 18・6・25

二木文明　石川啄木の病跡 P43〜58「日本病跡学雑誌」第71号 B5判 1600円＋時

日本病跡学会　H 18・6・25

井上信興『終章　石川啄木』四六判 209頁 1800円＋税　（細目・啄木を支えた人々／啄木と大森浜と砂丘／「東海の歌」に関する疑問の三論／啄木の筆跡について／古木巌宛の葉書の真偽／文学碑雑感／「晩節問題」と「覚書」について／梅川操と釧路新聞／生活者としての啄木／ほか）

渓水社　H 18・6・26

夕刊フジ（記事）啄木生誕 120 年記念・・・一人芝居など東京講演　　　　　　　H 18・6・29

斉木徹志　石川啄木・初めて見たる小樽 P57〜59『文学散歩』952円＋税　渓流社　H 18・6・30

西脇　巽　啄木生誕 120 年外伝（1）金田一春彦の迷惑 P47〜59　（2）川崎むつを氏の苦悩 P60〜64「青森文学」第 4 号 A5判 600円　　　　　　　　　　　　　　青森文学会　H 18・6・―

平野万里『平野万里評論集』A5判 393頁 6000円＋税　　　　　　　　砂子屋書房　H 18・6・―

今井弘道　「美しくもあらぬ」―石川啄木と女性テロリスト群像―(1)「象」第55号　H 18・7・1

高取　英　孤独な少年は石川啄木にあこがれる―映画と俳句の関係　『寺山修司―過激なる疾走』
819円　　　　　　　　　　　　　　　　　　　　　　　　　　　　　平凡社　H 18・7・1

原口隆行　誇り高き天才詩人石川啄木―挫折と流浪の足跡　『文学の中の駅』2100円
国書刊行会　H 18・7・1

北畠立朴　明治時代の「釧路見番」一覧表　「港文館だより」第 17 号　　　　　　H 18・7・1

小高　賢　「ふるさと」の発見―啄木・修司、そして― P36〜41　「歌壇」7月号　H 18・7・1

三枝昂之　あたらしい啄木（7）暇ナ時（3）P88〜93「歌壇」第 20 巻 7 号　　　H 18・7・1

佐佐木幸綱・安田純生（対談）文語表現のこれから（茂吉や啄木が使っても間違いは間違い）
P70〜71　「歌壇」7月号　　　　　　　　　　　　　　　　　　　本阿弥書店　H 18・7・1

南條範男　碑の浪漫（70）陸前高田・啄木遊泳の浜碑　P20〜0「迯水」7月号　　H 18・7・1

浜田康敬　釧路（歌と短文）P42〜43　「歌壇」7月号　　　　　　　本阿弥書店　H 18・7・1

日垣　隆　世の中を舐め切れなかった石川啄木　P104〜111　「新潮 45」7月号　H 18・7・1

「盛岡いのちの電話」第 68 号　盛岡と啄木（渋民に建つ歌碑）　　　同社会福祉法人　H 18・7・1

渡辺光夫　石川啄木　「法政大学校友会会報茂原支部会報」第 3 号　　　　　　　H 18・7・1

「啄木学級東京講座」（7／4 の栞とチラシ）　主催：盛岡観光コンベンション協会　H 18・7・4

岡井　隆　郷土（パトリ）について P1〜0　日本現代詩歌文学館館報「詩歌の森」第 47 号
H 18・7・5

北畠立朴　〈啄木エッセイ 104〉鳥居省三先生を偲んで
朝日ニコミしつげん第 400 回　H 18・7・5

盛岡タイムス（記事）節子とともに成長・畑中美那子さん　　　　　　　　　　　H 18・7・5

北畠立朴　釧路時代の啄木・悪評ばかりが後世に残ったか「港文館だより」臨時号 H 18・7・7

小川那美子　「啄木の魅力をうたう」（7／7 釧路市民文化会館のパンフ）　　　　H 18・7・7

「泣き虫なまいき石川啄木」（盛岡リージョナル劇場東京公演パンフ）　　　　　　H 18・7・8

北海道新聞（記事）北海道の謎解き一冊に・啄木を呼び寄せたのは　　　　　　　H 18・7・8

北海道新聞（記事）啄木の短歌、情感豊かに　釧路でコンサート　　　　　　　　H 18・7・8

釧路新聞（記事）啄木の世界に酔いしれる・釧路　　　　　　　　　　　　　　　H 18・7・9

岩手日報（記事）創造の旅人　啄木に共感・永田萌さん盛岡で講演　　　　　　　H 18・7・10

岩手日報（夕・コラム学芸余聞）啄木研究のプロ、次は賢治（望月善次さん）　　H 18・7・12

福島誠一　函館・変ぼうを遂げ　新たな魅力　　　　　　　　　　　東京新聞（夕）H 18・7・12

池内　紀　石川啄木の臨終（文学フシギ帳 7）　　　　　　　　　北海道新聞（夕）H 18・7・13

松田十刻　石川啄木　花婿のいない結婚式から始まった詩人一家の流転 P140 〜 141「別冊歴史
　読本 40・事典にのらない日本史有名人の結婚事情」1600 円　　新人物往来社　H 18・7・13

北海道新聞（夕・記事）作曲家・広瀬さん啄木作品に曲、函館芸術ホールで　　　H 18・7・14

玉城洋子　山城正忠と啄木「短歌往来」7 月号 750 円　　　　　ながらみ書房　H 18・7・15

北海道新聞（道南版記事）軽やかに広瀬作品の世界「新しい函館のうたを歌う」　H 18・7・15

柏　　茂　啄木の歌碑に目を引く工夫（読者投稿欄）　　　　　岩手日報（夕）H 18・7・18

岩手日報（特集号記事全 1 頁）石川啄木生誕 120 年　　　　　　　　　　　　H 18・7・21

森　義真「2005 年後半以降の啄木文献紹介」（A4 判 3 枚 69 点を紹介）　著者作成　H 18・7・22

釧路新聞（記事）啄木研究の北畠さん講話　港文館で特別授業　　　　　　　　H 18・7・24

原口隆行　誇り高き天才歌人　石川啄木—挫折と流浪の足跡—P246 〜 283『文学の中の駅　名作が
　語る "もうひとつの鉄道史"』四六判 2000 円＋税　　　　　　国書刊行会　H 18・7・25

「石川啄木展」〜貧苦と挫折を超えて〜（図録）A4 判　全 64 頁　頒布価格 1500 円

　【第 1 部・啄木の生涯】※（以下 6 点の文献を掲載）

　　中村　稔　啄木と北海道（資料写真と解説）P2 〜 53

　【第 2 部・詩歌の世界】

　　佐々木護　九一一以後の時代と啄木 P54 〜 55

　　高橋秀明　石川啄木の思想の不備について P56 〜 57

　　立花峰夫「ローマ字日記」の魅力 P58 〜 59

　　原子　修「もし、函館大火なかりせば・・・・—啄木の函館での四カ月—」P60 〜 0

　　田中　綾　家出するノラ／出来ぬ啄木 P61 〜 0　　　　　　北海道文学館　H 18・7・25

彩流社・斎木徹志編　石川啄木「初めて見たる小樽」P57 〜 59『ふり仮名をつけながら　文学散歩』
　A5 判 952 円＋税「ブックガイド　日本全国、名作への旅」　　彩流社　　H 18・7・30

岩手日報（記事）玉山知るツアー「出発」・啄木ゆかりの地回る　　　　　　　H 18・7・31

北海道新聞（コラム卓上四季）北海道文学館の石川啄木展　　　　　　　　　　H 18・7・31

「ザ・啄木展」ポスター及びチラシ（開催期間 8 月 24 日〜 11 月 5 日）
　　　　　　　　　　　　　　　　　　　　盛岡観光コンベンション協会　H 18・7・—

「石川啄木と同時代、・・・」（明治大学公開講座チラシ 10 ／ 6 〜 11 ／ 10 全 5 回）　H 18・7・—

☆井上みどり　石川啄木　いつかこの男の像をつくってみたい（本郷新記念札幌彫刻美術館のＨＰ）
　アドレス：http://www.hongoshin-smos.jp/sculpture/takuboku.html　閲覧確認日　H 18・8・1

「いわてねんりんクラブ」第 121 号 B5 判 700 円（以下 3 点の文献を収載）

　　中島　嵩　啄木抒情—思うがままに㈦ P6 〜 7

　　伊五澤富雄　盛岡市飛躍への提言苦言 P12 〜 13

　　長谷富士男　私の「釧路・石川啄木」考 P66 〜 68　　　　ねんりん舎（盛岡市）H 18・8・1

「広報もりおか」8 月 1 日号（啄木と盛岡—ゆかりの地を訪ねて—）P2 〜 3　盛岡市　H 18・8・1

北畠立朴「釧路啄木会」の発足準備「港文館だより」第 18 号　　　　　　　　H 18・8・1

三枝昂之　あたらしい啄木 8「石破集」をめぐる問題 P80 〜 85「歌壇」第 20 巻 8 号　H 18・8・1

永岡健右　谷鼎と雑誌『生活と芸術』P24 〜 28「谷鼎資料展」　秦野市立図書館　H 18・8・1

南條範男　碑の浪漫（71）大船渡市・天神山公園の歌碑　P20～0「逃水」8月号　H18・8・1

「平成17年度 盛岡てがみ館 館報」A4判2頁〔細目・第20回企画展展示目録／石川節子はがき

　（岡山儀七宛）／節子の礼状／ほか〕　　　　　　　　　　　　盛岡てがみ館　H18・8・1

読売新聞（大阪本社版コラム・今日のノート）活字の役割　　　　　　　　H18・8・1

井上信興　「三浦光子の九州日日新聞連載「啄木のことども」（全四回分）全文」A5判30枚

　　　　　　　　　　　　　　　　（パソコン入力と冊子制作発行は著者）H18・8・2

北海道新聞（夕・記事）「釧路啄木会」設立へ　　　　　　　　　　　　　H18・8・3

北畠立朴〈啄木エッセイ105〉啄木研究が道楽か　朝日ミニコミ「しつげん」第402号　H18・8・5

しんぶん赤旗〈コラムひと〉『とーふー』（啄木文所収）を発行した古里昭夫さん　H18・8・5

河北新報（記事）4館めぐって啄木追想　生誕120年　盛岡で共同企画展　H18・8・5

若林　敦（にいがたの一冊）思想性の特質解明　池田功『石川啄木　国際生への視座』

　　　　　　　　　　　　　　　　　　　　　　　　　　　　新潟日報　H18・8・6

北海道新聞（夕・記事）遺品に見る啄木の魅力・道立文学館で特別展　　　H18・8・7

北海道新聞（ふるさと探見・万平塚・函館）啄木も惚れた名物男　　　　　H18・8・8

川原世雲　一握の砂ほか『書いて覚える日本の文学』A5判1260円　ワニマガジン社　H18・8・9

山折哲雄　西行と啄木のざわめく魂 P112～127『「歌」の精神史』第八章〈中公叢書〉1500円＋税

　　　　　　　　　　　　　　　　　　　　　　　　　中央公論新社　H18・8・10

北海道新聞（夕・記事）啄木の短歌紹介・金星釧路ハイヤー　　　　　　　H18・8・10

岩手日報（記事）詩歌・観光の渋民提言・盛岡で住民ら「啄木の故郷」生かす　H18・8・12

菊池清麿　古賀政男さんと啄木の共通性　　　　　　　　岩手日報（夕）H18・8・12

盛岡タイムス（記事）盛岡市先人記念館・賢治10歳、啄木は20歳　　　　H18・8・12

大室清一　（書評）若手研究者への激励と“論争宣言”　井上信興著『終章　石川啄木』

　　　　　　　　　　　　　　　　　　　　　　　　　しんぶん赤旗　H18・8・13

吉田精一　啄木の小説 P84～95『昭和千夜一夜物語〈復刊〉』A5判1429円＋税

　　　　　　　　　　　　　　　　　　　　　　　　　　　　文芸社　H18・8・15

岩手日報（記事）18日開催「第1回短歌甲子園」盛岡　　　　　　　　　H18・8・15

「小樽発・読書マガジン」4～6月合併号 B5判 全24頁〔細目・新谷保人・「小樽のかたみ」の

　おもしろさ（前編）／宮崎郁雨・啄木を偲ぶ／ほか〕　　スワン社（小樽）H18・8・15

北海道新聞（記事）函館で光のイベント　「啄木会」あんどん並べ追悼　　H18・8・15

朝日新聞（岩手版・記事）啄木作品に登場　盛岡天満宮の「こま犬」　　　H18・8・17

盛岡タイムス（記事）天神様の狛犬2匹・文化地層研究会・啄木生誕120年に　H18・8・18

岩手日報（記事）啄木に届け若き情熱・盛岡で短歌甲子園　　　　　　　　H18・8・19

岩手日報（夕・記事）啄木の見上げし空に・短歌甲子園　盛岡で吟行　　　H18・8・19

岩手日報（夕・コラム展望台）啄木風短歌・青春のびやか　　　　　　　　H18・8・19

河北新報（記事）啄木ゆかりの地で一首　短歌甲子園が開幕　盛岡　　　　H18・8・19

盛岡タイムス（記事）第1回短歌甲子園が開幕・啄木の街で詠む　　　　　H18・8・19

毎日新聞（東京本社版・コラム雑記帳）高校生が短歌の出来栄えを競う　　H18・8・19

朝日新聞（岩手版記事）短歌甲子園　盛岡で熱詠　　　　　　　　　　　　H18・8・20

長内　努　美術屋の道具箱（33）ギリシャの柱・啄木が夢見た「神殿」　岩手日報　H18・8・20

盛岡タイムス（記事）新婚の家で「故郷」を歌う　　　　　　　　　　　　　　　H 18・8・20

岩手日報（記事）啄木展をＰＲ　短歌甲子園にちなみ　　　　　　　　　　　　H 18・8・20

産経新聞（岩手版記事）短歌甲子園　初代王者に盛岡三高　　　　　　　　　　H 18・8・21

読売新聞（岩手版記事）啄木しのぶ三十一文字の"甲子園"盛岡三が優勝　　　H 18・8・21

盛岡タイムス（記事）第1回短歌甲子園が閉幕　　　　　　　　　　　　　　　H 18・8・21

盛岡タイムス（記事）ザ・啄木展　24日から4館共同で　　　　　　　　　　H 18・8・22

岩手日報（記事）人間・啄木を知る共同展　盛岡であすから4館が特色生かし　H 18・8・23

新日本歌人協会編発行『新日本歌人協会六十年史―民主的短歌運動の創造と課題』H 18・8・23

毎日新聞（岩手版記事）ザ・啄木展：岩手の文化人、知って　生誕120周年　H 18・8・23

「展示資料解説・金田一京助」N0.3 A4判両面　　　　　　　盛岡市先人記念館　H 18・8・24

岩手日報（記事）「ザ・啄木展」盛岡で開幕　　　　　　　　　　　　　　　H 18・8・24

岩手日報（記事）啄木体感　ふるさとの4館によみがえる　　　　　　　　　H 18・8・24

河北新報（記事）啄木の人間像に迫る・生誕120年企画展開幕　盛岡　　　　H 18・8・24

大岡　信　折々のうた・与謝野寛（思ふとき必ず…）　　　　　　朝日新聞　H 18・8・24

門屋光昭・山本玲子著『啄木と明治の盛岡』B5判　325頁　2000円＋税（細目・電話の鈴の鳴りて
　―盛岡の文明開化―／内丸大路の桜の葉―盛岡の風景―／ある年の盆の祭に―暮らしと伝説・芸能―／
　年賀の文を書く人―正月そして絵葉書―／よく叱る師ありき―啄木をめぐって―）

　　　　　　　　　　　　　　　　　　　　　　　　　　　　　　　　川嶋印刷株式会社　H 18・8・24

「第35回　盛岡市先人記念館テーマ展」〈啄木と京助―明治盛岡の若き人物群像―〉（図録）A5判
　全10頁（細目・前史龍谷寺の邂逅／出会い盛岡高等小学校／文学への路／さまよう啄木、悩める京助
　／理想と生活　二人の懊悩／亡き友を伝える　啄木の紹介者・京助／ほか）

　　　　　　　　　　　　　　　　　　　　　　　　　　　　　　　盛岡市先人記念館　H 18・8・24

「ザ・啄木展」―啄木生誕120年記念4館共同企画―（図録）B5判 48頁（以下9点の文献を掲載）
　門屋光昭　啄木への目線―ザ・啄木展開催にあたって―P4〜5

　山本玲子　啄木をめぐる女性たち―その秘めたる思い―（石川啄木記念館）P6〜9

　岡　聰　啄木と京助―明治盛岡の若き人物群像―（盛岡市先人記念館）P10〜13

　船越英恵　啄木への眼差し〜文豪たちの原稿、手紙、日記を通して〜（盛岡てがみ館）P14〜17

　新田英子　啄木と明治の盛岡（もりおか啄木・賢治青春館）P18〜21

　山本玲子　啄木をめぐる女性たち「仄かな恋を」P32〜0

　岡　聰　啄木と京助「お互いの著作で」P33〜0

　船越英恵　啄木への眼差し P34〜0

　新田英子　「啄木と明治の盛岡展」の背景 P35〜0（ほかに各館の出品目録と略年譜を収載する）

　　　　　　　　　　　　　　　　　　　　　　　啄木・賢治生誕記念事業実行委員会　H 18・8・24

大岡　信　折々のうた・石川啄木（まくら辺に…）　　　　　　朝日新聞　H 18・8・25

朝日新聞（岩手版記事）明治の盛岡再現も　ザ・啄木展　　　　　　　　　　H 18・8・25

盛岡タイムス（記事）「ザ・啄木展」盛岡市内の4館で開催　　　　　　　　H 18・8・25

盛岡タイムス（記事）啄木の人間像に迫る・4館が多角的に展示企画　　　　H 18・8・25

柳沢有一郎　「飛行機」論（啄木学会東京支部会で研究発表レジメ）A5判6枚　H 18・8・26

秋田さきがけ（記事）啄木の人間像に迫る・盛岡市・4館で生誕記念展　　　H 18・8・27

産経新聞（岩手版記事）声を再現、啄木ロボット出迎え　　　　　　　　　H 18・8・28

陸奥新報（コラム冬夏言）※啄木の詩・「ココアのひと匙」から世相批判を　　H 18・8・28

櫻井健治　CD「啄木の風景」（北海道新聞メデア局ＨＰに平成 18 年 4 月〜8 月に発表の文章 10 回分）

　　アド：http://www5.hokkaido-np.co.jp/bunka/takuboku/index.php3　　北海道新聞社　H 18・8・31

後藤三雄　CD「石川啄木北海道の漂泊の跡を訪ねて　歌碑写真集」著者作成発行　H 18・8・―

池田　功　石川啄木研究と一般読者 P 48 〜 51　「詩と思想」9 月号 A5 判 1260 円

　　　　　　　　　　　　　　　　　　　　　　　　　　　　土曜美術社出版販売　H 18・9・1

石田比呂志　浪淘沙…P66 〜 0「短歌」9 月号 A5 判 830 円　　　　　　角川書店　H 18・9・1

「ぽけっと」9 月号（盛岡てがみ館・与謝野晶子の眼差し）　盛岡市文化振興事業団　H 18・9・1

岡　聰　石川啄木・沢田天峰宛書簡 P3 〜 0　「盛岡市先人記念館だより」第 37 号　H 18・9・1

北畠立朴　釧路啄木研究会が解散　「港文館だより」第 19 号 B4 判　　　　　　H 18・9・1

金田一真澄　祖父京助の思い出 P4 〜 0「盛岡市先人記念館だより」第 37 号　　H 18・9・1

三枝昂之　あたらしい啄木 (9)「秋風のこころよさに」P82 〜 87「歌壇」第 20 巻 9 号　H 18・9・1

三枝昂之　百舌と文鎮 (44) 太田登『日本近代短歌史の構築』を読みながら P64 〜 65「りとむ」86 号

　　A5 判 1000 円　　　　　　　　　　　　　　　　　　　　　　　りとむ短歌会　H 18・9・1

近藤典彦（書評）池田功著『石川啄木―国際性への視座』P205 〜 0「国文学　解釈と鑑賞」第 71 巻 9 号

　　　　　　　　　　　　　　　　　　　　　　　　　　　　　　　　至文堂　H 18・9・1

中村光紀　館長コラム 53　啄木と岩手日報　「おでって」vol.59　　　　　　　H 18・9・1

南條範男　碑の浪漫 (72) 釧路・石川啄木文学コースの歌碑 P20 〜 0「逑水」9 月号　H 18・9・1

高橋　智　天満宮の狛犬一〇三歳 P28 〜 29「もりおか街」通巻 465 号　杜の都社　H 18・9・1

福島泰樹　名歌アルバム 18　浅草公園 P54 〜 55「ＮＨＫ歌壇」9 月号ＮＨＫ出版　H 18・9・1

古谷智子　意地悪な子 P66 〜 0「短歌」9 月号 830 円　　　　　　　　角川書店　H 18・9・1

柳原恵津子（コラムぽぽぽの話 40・金田一京助の短歌「釧路行」一連からの好エッセイ）P62 〜 0

　　「りとむ」86 号 A5 判 1000 円　　　　　　　　　　　　　　　りとむ短歌会　H 18・9・1

「盛岡てがみ館資料解説」第 76 号 ※啄木と恩師・冨田小一郎（盛岡中学時代の写真）　H 18・9・1

「国際啄木学会新潟支部報」第 9 号 A5 判（以下 3 点の文献を掲載）

　　今野　哲　大室先生のご講演―第 34 回新潟啄木祭印象記― P2 〜 4

　　押木和子　大室精一氏の講演「『一握の砂』の推敲―編集という表現―」をお聞きして P5 〜 7

　　若林　敦　啄木はどうして「スバル」と縁を切ったのか P 8 〜 12　　　　　H 18・9・3

岩手日報（記事）啄木の里でマラソン大会・盛岡・玉山　　　　　　　　　　H 18・9・3

「釧路啄木会設立総会」（式次）A4 判全 4 頁（北海道の啄木会について／ほか）　H 18・9・3

盛岡タイムス（記事）ザ・啄木展 (1)　もりおか啄木・賢治青春館　　　　　　H 18・9・3

碓田のぼる・三枝昂之〈対談〉啄木生誕 120 年　石川啄木と現代（上）日本人の心一番よく捉えた

　　（三枝）母から子、孫へ歌い継がれて（碓田）9／4（下）短歌史の位置、いまにつなぐもの 9／5

　　　　　　　　　　　　　　　　　　　　　　　　しんぶん赤旗　H 18・9・4〜5

北海道新聞（記事）倶知安の歌碑巡り　啄木の足跡たどる　　　　　　　　　H 18・9・4

北畠立朴〈啄木エッセイ 106〉港文館の文学活動　朝日ミニコミ「しつげん」第 404 号　H 18・9・5

盛岡タイムス（記事）ザ・啄木展 (2)　もりおか啄木・賢治青春館　　　　　　H 18・9・5

山下多恵子著『忘れな草　啄木の女性たち』四六判 253 頁 2400 円＋税　（細目：第一部・啄木の女

性たち／第二部・節子に聞く）　　　　　　　　　　　　　　　　　未知谷　　H 18・9・5

北海道新聞（夕・記事）啄木の短歌の魅力語り合える場に・釧路、「会」設立　　　　H 18・9・6

岩手日報（コラム・景）啄木が理想に燃え指導・旧渋民尋常小学校　　　　　　　　H 18・9・7

梯久美子　切ない感情は時間を超える・石川啄木『一握の砂・悲しき玩具』P130 ～ 0「週刊新潮」
　9日7日号 第51巻33号　　　　　　　　　　　　　　　　　　　　新潮社　　H 18・9・7

岩手日報（記事）国際啄木学会　東京で9、10日　　　　　　　　　　　　　　H 18・9・7

岩手日報（夕・コラム学芸余聞）（「ザ・啄木展」についての話題）　　　　　　　H 18・9・8

近藤典彦　啄木短歌・三行書きの意義　　　　　　　　　　　　しんぶん赤旗　　H 18・9・8

盛岡タイムス（記事）ザ・啄木展（3）　盛岡てがみ館　　　　　　　　　　　　H 18・9・8

盛岡タイムス（記事）ザ・啄木展（4）　盛岡市先人記念館　　　　　　　　　　H 18・9・9

木股知史〈刹那〉をとらえる啄木短歌　（国際啄木学会講演用レジメ）A3判 3枚　H 18・9・9

草壁焔太　意識人・啄木（国際啄木学会講演用レジメ）A3判 3枚　　　　　　　H 18・9・9

高　淑玲　歌人啄木―台湾における啄木の伝承―（国際啄木学会講演用レジメ）3枚　H 18・9・9

今野寿美　啄木の責任（国際啄木学会講演用メモ）A3判 1枚（編注・本講演内容はH 18・11「短歌往来」
　11月号に文章化されて「歌のドルフィン18」に発表されている）　　　　　　H 18・9・9

「こんにちは80（はちまる）ちゃん」11：30 ～ 11：50石川啄木記念館からNHKラジオ第一放送の
　テープ ※岩手女子高校生による啄木短歌3首の合唱他（20分）※発行は放送日　H 18・9・9

三枝昂之　季節の発見・啄木の明治四十一年秋（啄木学会講演用メモ）A3判 1枚　H 18・9・9

細谷朋代「葬列」に見るまなざしの視点（国際啄木学会研究発表レジメ）A3判 4枚　H 18・9・9

文屋　亮「あこがれの黙示　拾遺作品再評価の説」（啄木学会発表レジメ）A4判 2枚　H 18・9・9

「国際啄木学会東京大会」ポスター A2判　　　　　　　　　　　　H 18・9・9 ～ 10

「国際啄木学会会報」第23号 A5判 全42頁（以下10点の文献を掲載）

　近藤典彦　東京大会会長挨拶 P6 ～ 7

　大室精一　東京大会開催にあたって P7 ～ 0

　【研究発表要旨】

　細谷朋代　「葬列」に見るまなざしの相剋 P8 ～ 0

　文屋　亮　塚本邦雄から見た啄木 P9 ～ 0

　加茂奈保子　『一握の砂』における＜秋＞ P9 ～ 10

　高　淑玲　歌人啄木―台湾における啄木の伝承― P11 ～ 12

　今野寿美　啄木の責任 P12 ～ 0

　木股知史　〈刹那〉をとらえる啄木 P13 ～ 0

　三枝昂之　「暇ナ時」を読み直す P13 ～ 14

　草壁焔太（講演要旨）意識人・石川啄木 P15 ～ 0　　　　国際啄木学会事務局　H 18・9・9

「国際啄木学会盛岡支部会報」第15号 A5判 全52頁（以下8点の文献を掲載）

　望月善次　啄木研究における「盛岡」の意味を新たにしたい P2 ～ 0

　遊座昭吾　盛岡の中学校の露台の― P3 ～ 16

　浦田敬三　啄木をめぐる人々について P17 ～ 19

　望月善次　啄木と賢治の岩手公園 P20 ～ 22

　米地文夫　ゴビの砂と神と石川啄木 P23 ～ 26

森　義真　啄木といちご P27 ～ 29

　内田ミサホ　東海歌の原風景（再考）P30 ～ 34

　小林芳弘　石川啄木. 梅川操. 佐藤衣川をめぐって―井上信興氏への反論― P40 ～ 44

　　　　　　　　　　　　　　　　　　　　　　国際啄木学会盛岡支部　H 18・9・9

岩手日報（記事）啄木研究、持ち寄る　国際学会 12 年ぶり東京開催　　　H 18・9・10

国際啄木学会東京支部　「文学散歩栞」（本郷コース）A5 判　8 頁　　　H 18・9・10

盛岡タイムス（新刊紹介記事）山下多恵子さんの本紙連載「忘れな草」が本に　H 18・9・10

富谷英雄（読者の広場）日報を読んで　啄木風見出しいま一歩　　　岩手日報　H 18・9・12

牛山靖夫　反戦川柳に命をかけた鶴彬（鶴彬には未完の啄木論ある）　しんぶん赤旗　H 18・9・13

しんぶん赤旗〈コラム潮流〉（啄木短歌 2 首を引用した文章）　　　　H 18・9・13

日本農業新聞（論説）農村の景観／文化遺産として大切に（啄木の歌を引用）　H 18・9・13

秋田さきがけ（名作シリーズ 1 ～ 29）一握の砂・石川啄木（※短歌のみ抄出）H 18・9・13 ～ 10・24

岩手日報（記事）国際啄木学会から（上・下）生誕 120 年　多角的に　　H 18・9・14 ～ 15

「いわてねんりんクラブ」第 122 号 B5 判（以下 2 点の文献を収載）

　中島　嵩　啄木抒情―思うがまま（下）P4 ～ 5

　イゴサワトミヲ　長谷氏の"啄木考"へ P114 ～ 0　　　ねんりん舎（盛岡市）H 18・9・15

編集部〈郷土の本棚〉故郷の魅力立体的に『啄木と明治の盛岡』門屋光昭・山本玲子著

　　　　　　　　　　　　　　　　　　　　　　　　　岩手日報　H 18・9・16

北海道新聞（記事）「赤い靴」のモデル「きみ」と母「かよ」　　　　H 18・9・17

若林　敦　啄木短歌の研究に深まり　国際啄木学会東京大会　　しんぶん赤旗　H 18・9・20

藤村孝一　舗石の足音（130）「ザ」のついた啄木展に疎外感　　盛岡タイムス　H 18・9・23

岩手日報（夕・コラム学芸余聞）啄木の「さえ」は長く鋭い（草壁氏の講演）H 18・9・25

河北新報〈新刊紹介〉啄木の意外な素顔紹介. 盛岡大・門屋教授らが紹介本　H 18・9・25

後藤正人　松崎天民と岡山県、児玉花外、石川啄木 P1 ～ 12　『松崎天民の半生涯と探訪記　友愛
　と正義の社会部記者』　四六判 3500 円＋税　　　　　　　和泉書院　H 18・9・25

高松鉄嗣郎『啄木の父一禎と野辺地町』A5 判 215 頁 2100 円（細目・第一章　宝徳寺罷免／第二章・
　一禎の生い立ち／第三章・啄木の放浪生活／第四章・一禎と野辺地町／第五章・一禎とその時代／工藤
　家・石川家・石川啄木家・山本家の系図／ほか）　　　青森県文芸協会出版部　H 18・9・29

三枝昂之　歌は廃村寸前、かも知れない P2 ～ 3「青磁通信」15 号　　青磁社　H 18・9・―

櫻井健治「啄木の風景」A4 判　36 頁（北海道新聞ネット版 18 回連載 CD 版に同じ内容）

　　　　　　　　　　　　　　　　　　　　複写製本綴・湘南啄木文庫　H 18・9・―

「関西啄木懇話会会報」秋季号（B5 判片面　連絡事項掲載のみ）　　　H 18・9・―

「泣き虫なまいき石川啄木」（10 月 28. 29 日「おでってホール」上演チラシ）　H 18・9・―

「第 27 回啄木資料展」（10 月 27 ～ 11 月 19 日・岩手県立図書館　チラシ）　H 18・9・―

岩手日報（記事）啄木の楽器が響く　盛岡でコンサート　　　　　　H 18・10・1

河北新報（記事）啄木が愛した音色響く　バイオリン修復し　演奏会・盛岡　H 18・10・1

沖ななも　故郷考・啄木を巡って（5）石川啄木（ふるさとの寺の）P96 ～ 99「歌壇」10 月号

　　　　　　　　　　　　　　　　　　　　　　　　　本阿弥書店　H 18・10・1

河北新報（記事）啄木が愛した音色響く・盛岡　バイオリン修復し演奏会　H 18・10・1

北畠立朴　新「釧路啄木会」がスタート　「港文館だより」第20号　　　　　　　　H 18・10・1

小池　光　短歌人物誌〈第三回・作家Ⅰ〉（みぞれふる石狩‥‥の歌に触れる文章）P124〜127
「短歌」10月号　830円　　　　　　　　　　　　　　　　　　　　　　　角川書店　H 18・10・1

小池　光　犬の歌猫の歌 P2〜6「図書」10月号 A5判 100円　　　　　　　岩波書店　H 18・10・1

後藤伸行・村田武雄（切り絵）著『札幌百景〈石川啄木生誕120年記念　石川啄木と札幌〉』／文
　の提供は読売新聞社）A4判　134頁　1800円（後藤伸行・石川啄木と私／石川啄木と札幌／ほか
　／※本書掲載の切り絵は H16・1・9〜H18・5・20 の期間に読売新聞札幌、石狩版及び北広島、千歳、
　恵庭、江別版に連載されたものである）　　　　　　　　　　　　日本切り絵百景館　H 18・10・1

三枝昂之　あたらしい啄木（10）「明星」の終刊 P86〜91「歌壇」第20巻10号　　　H 18・10・1

「札幌啄木会だより」No.10　A4判　全10頁〔細目・渡邊　滋・歌碑の向こうに P3〜0／田中綾・
　歌われた啄木（講演要旨）P5〜7／ほか〕　　　　　　　　　　　　　　　　　　　H 18・10・1

「ぽけっと」10月号　〜吉井勇の眼差し〜（盛岡てがみ館）　　盛岡市文化振興事業団　H 18・10・1

中村光紀　明治の文芸雑誌（館長コラム54）「おでって」60号
　　　　　　　　　　　　　　　　　　　　　　　　　盛岡観光コンベンション協会　H 18・10・1

南條範男　碑の浪漫（73）秦野市・本町中学校の歌碑　P20〜0「逆水」10号　　　　H 18・10・1

吉丸蓉子　盛岡中学の名物教師・冨田小一郎（講座メモ）年譜ほか A4判　4枚　　　H 18・10・1

読売新聞（岩手版・記事）啄木も弾いたオルガン響く　盛岡でコンサート　　　　　H 18・10・1

盛岡タイムス（記事）啄木が弾いたバイオリン・青春館でコンサート　　　　　　　H 18・10・1

「盛岡てがみ館」77号「佐藤庄太郎日記」啄木との気質、生活態度、文学観の相違　　H 18・10・1

小池　光　犬の歌猫の歌 P2〜6「図書」10月号 A5判　　　　　　　　　　　岩波書店　H 18・10・1

岩手日報（夕・コラム学芸余聞）啄木の心で結び付き固く　　　　　　　　　　　　H 18・10・2

宇田川民生　文学碑よこんにちは・石川啄木「悲しき玩具」　　　　　東京新聞（夕）H 18・10・3

盛岡タイムス（記事）啄木も歌に詠んだ盛岡天満宮の狛犬・鉄器に変身　　　　　　H 18・10・3

河北新報（記事）（啄木が愛した）盛岡天満宮の狛犬　鉄器に変身　人気沸騰　　　　H 18・10・3

北畠立朴〈啄木エッセイ 107〉釧路啄木会の誕生　　　朝日ミニコミ「しつげん」第406号　H 18・10・5

釧路新聞（記事）啄木の生活や仕事たどる・釧路市港文館　　　　　　　　　　　　H 18・10・9

「小樽発・読書マガジン」7〜9月合併号　B5判　全26頁　（新谷保人・「小樽のかたみ」のおもしろさ
　（後編）／ほか）　　　　　　　　　　　　　　　　　　　　　スワン社（小樽）H 18・10・10

西脇　巽（書評）詳細で貴重な一冊・高松鉄嗣郎著『啄木の父一禎と野辺地町』
　　　　　　　　　　　　　　　　　　　　　　　　　　　　　　　　　陸奥新報　H 18・10・13

読売新聞（岩手版・記事）五行歌の魅力　啄木と絡め講演　　　　　　　　　　　　H 18・10・13

北沢文武　谷静湖と石川啄木（3）中断された学生時代 P59〜65「トスキアナ」第4号 1500円＋
　税（←H21・2『谷静湖と石川啄木』塩ブックス）　　　トスキアナの会（皓星社発売）H 18・10・15

目良　卓　短歌の三要素（3・啄木短歌）P36〜37　短歌誌「開放区」第77号
　　　　　　　　　　　　　　　　　　　　　　　　　　　　　　　　現代短歌館　H 18・10・15

天野　仁（作成）阿部たつを（著）「宣教師コルバン 1〜12」（S 47〜48「北海道医報」掲載）
　A5判　全8頁　コピー綴じ　　　　　　　（発行日は湘南啄木文庫の受け入れ日）H 18・10・16

「望」第7号 B5判 全112頁 1000円
　啄木書簡を読む、短歌に見る啄木と賢治の盛岡時代、ほか／上田勝也、北田まゆみ、熊谷昭夫、

齊藤清人、佐藤静子、永井雍子、福島雪江、向井田薫、吉田直美

発行者・望月善次　編集・啄木月曜会　H 18・10・16

読売新聞（岩手版・記事）青春館で音色再び・啄木ゆかりのバイオリン修理　H 18・10・18

北畠立朴　新「釧路啄木会」の誕生　北海道新聞（夕・釧路版）H 18・10・19

毎日新聞〈岩手版新刊紹介〉エピソード交え２冊の啄木本出版　いずれも人間像描く／山下多恵子
　著『忘れな草』／門屋光昭・山本玲子著『啄木と明治の盛岡』　H 18・10・19

デーリー東北（記事）執筆 13 年　志引き継ぎ「啄木の父一禎と野辺地町」　H 18・10・19

編集部〈郷土の本棚〉高松鉄嗣郎著『啄木の父一禎と野辺地町』　岩手日報　H 18・10・21

北海道新聞（道南版記事）啄木、東京生活つづる直筆の書簡公開　函館市文学館　H 18・10・21

北海道新聞（夕・記事）啄木の義弟あて書簡を公開　函館市文学館　H 18・10・21

上野真一（書評）浮かぶ生活苦の背景　高松鉄嗣郎著「啄木の父一禎と野辺地町」

デーリー東北　H 18・10・22

佐藤　勝（書評）ゆかりの 50 余人と明治の生き方を　山下多恵子著『忘れな草　啄木の女性たち』

しんぶん赤旗　H 18・10・22

岩手日報（夕・記事）「泣き虫啄木」が５年ぶり盛岡に・28,29 日に舞台　H 18・10・23

盛岡タイムス（新刊紹介記事）ハイカラな街行く青春『啄木と明治の盛岡』　H 18・10・23

読売新聞（岩手版・記事）五行歌の魅力　選者自ら講演　H 18・10・23

盛岡タイムス（記事）24 日・国際啄木学会（盛岡支部 116 回月例会）　H 18・10・23

「民主青年新聞」2604 号〜 2605 号　生誕 120 年記念・石川啄木　現代に生きる思想と文学（上・下）
　歌人　碓田のぼるさんに聞く　H 18・10・23／10・30

盛岡タイムス（記事）啄木は五行歌を予言　草壁焰太さん講演　H 18・10・24

池田　功　博士学位請求論文公開報告会（資料）A4 判４枚（明治大学研究棟）　H 18・10・26

岩手日報（記事）盛岡で啄木資料展　読書週間スタート　H 18・10・27

「第 27 回啄木資料展」※展示資料目録　A4 判　全 15 頁（展示期間：10 月 27 〜 11 月 19 日）

岩手県立図書館　H 18・10・27

河北新報（記事）啄木の晩年生き生きと　井上ひさし氏戯曲　盛岡で上演　H 18・10・27

「第 27 回　啄木資料展」※展示資料目録 A4 判 全 15 頁（展示期間 10 月 27 〜 11 月 19 日）

岩手県立図書館　H 18・10・27

岩手日報（夕・記事）啄木と周囲を面白おかしく・盛岡で舞台　H 18・10・30

盛岡タイムス（記事）第 27 回啄木資料展が開催中　H 18・10・31

今井弘道　「美しくもあらぬ」―石川啄木と女性テロリスト群像―（2）「象」第 56 号　H 18・11・1

「港文館だより」第 21 号（記事）秋の啄木歌碑めぐり終わる　釧路・港文館　H 18・11・1

三枝昂之　あたらしい啄木（11）ふたたび小説家啄木 P90 〜 97「歌壇」第 20 巻 11 号　H 18・11・1

三枝昂之〈百舌と文鎮 45〉啄木学会の一日 P64 〜 65　歌誌「りとむ」87 号　H 18・11・1

ひろ さちや　ずわい蟹 P7 〜 0「ひととき」11 月号（東海道・山陽新幹線車内誌）　H 18・11・1

南條範男　碑の浪漫（74）盛岡第一高校の歌碑 P20 〜 0「迯水」11 月号　H 18・11・1

「ぶらら」2006Vol. 38　第５巻９号 A5 変形判 特集・小樽・札幌　啄木の散歩道　P3 〜 19
　（大鹿　寛編集）　（株）財界さっぽろ発行所　H 18・11・1

国際啄木学会インド支部「Japanese Poetic Aesthetics」A4 判 全 56 頁〔セミナー冊子・啄木短歌など

のヒンディー語訳を掲載／セミナーの詳細は06・11・24岩手日報（夕）参照〕　　　　　　　H 18・11・3

後藤正人編『安藤重雄「啄木文庫」所収作品集』A4判 38頁（「啄木文庫」掲載の全文を収録）

和歌山大学教育学部後藤正人研究室（私家版）H 18・11・3

吉田嘉志雄（書評）天才に影響与えた父　高松鉄嗣郎著『啄木の父一禎と野辺地』

東奥日報　H 18・11・3

北畠立朴〈啄木エッセイ108〉啄木短歌と記憶力　朝日ミニコミ「しつげん」第408号　H 18・11・5

山口智司　石川啄木 P172 ～ 177『トンデモ偉人伝・作家編』文庫判 600円　彩図社　H 18・11・10

「啄木歌曲コンサート」（チラシ・平成18年11月12日　青森中央市民センター）　　　H 18・11・12

井上信興「内田ミサホ「東海歌の原風景」への反論」B5判8頁　私家版冊子　　　　　H 18・11・15

今野寿美　歌のドルフィン（18）（啄木の責任）P108～111「短歌往来」11月号 750円　H 18・11・15

「浜茄子」第71号 B5判4頁（啄木も登った「琴平社」／啄木の友人を偲びて／ほか）

仙台啄木会　H 18・11・15

井上信興「石川啄木の人物評」B5判　24頁　　　　　　　　　　　　私家版冊子　H 18・11・22

望月善次　国際啄木学会インド支部セミナー報告　　　　　　　　　岩手日報（夕）H 18・11・24

朝日新聞（岩手版・記事）郷土の本・啄木と明治の盛岡／門屋光昭・山本玲子著　　　H 18・11・25

近藤典彦　近代の肖像86・石川啄木（1）寺に生まれ曹洞禅に親しむ「中外日報」

中外日報社　H 18・11・30

「啄木と賢治ポスター展」（チラシ・期間 H 19・1・11 ～ 2・12）　　啄木・賢治青春館　H 18・11・―

尹　在石　日本近代文学者における「東海」認識 ―石川啄木を中心に― （ハングル語・日本語要
　旨付）「日本文化學報」第31号　　　　　　　　　　　　韓國日本文化學會　H 18・11・―

市川渓二　（読者投稿欄）県啄木祭に参加　認識新たにする　　　　東奥日報　H 18・12・1

「大阪啄木通信」第29号 B5判 全22頁（以下3点の文献を収載）

　啄仁草人　啄木を顕彰する記念行事相次ぐ P1 ～ 0

　飯田　敏　渋民村川崎と金矢家 P2 ～ 6

　天野　仁　啄木曼陀羅（14）「甲辰詩程」中心の啄木の交流（資料・啄木をめぐる人々 ②ふるさと渋
　　　　　　民の人々）P7 ～ 13

天野仁個人発行誌（大阪府高槻市牧田町5-48-206）H 18・12・1

「港文館だより」第22号　（記事）啄木名歌をグラスに　　　　　　釧路・港文館　H 18・12・1

三枝昂之　あたらしい啄木（12）「スバル」創刊 P90 ～ 95　「歌壇」第20巻12号　H 18・12・1

南條範男　碑の浪漫（75）釧路・街並み整備事業の歌碑 P20 ～ 0「逆水」12月号　H 18・12・1

岡井　隆　石川啄木　『わかりやすい現代短歌読解法』2500円　　ながらみ書房　H 18・12・4

北畠立朴〈啄木エッセイ109〉啄木の出前講座　　朝日ミニコミ「しつげん」第410号　H 18・12・5

近藤典彦　近代の肖像87・石川啄木（2）「時代閉塞の現状」と対決「中外日報」第26957号

中外日報社　H 18・12・5

佐藤志歩（署名記事）いわて学芸この1年（3）啄木・賢治節目の年　　岩手日報　H 18・12・8

司　修　情熱の色　啄木の「ローマ字日記」P187 ～ 193『プロヴァンス水彩紀行』四六判 1900円＋税

時事通信社　H 18・12・10

東京新聞（夕刊）名作シリーズ・一握の砂・石川啄木1～29（→ H18・9「秋田さきがけ」掲載に同じ
　もので短歌のみ抄出）　　　　　　　　　　　　　　　　　H 18・12・11 ～ H 19・2・5

東奥日報（記事）袋とじ装丁の「悲しき玩具」啄木の未開封初版本・函館　　　　　　　　　H 18・12・16

堀沢光儀　野の花・深沢紅子の生涯（41）赤心館　　　　　　　朝日新聞（岩手版）H 18・12・16

高知新聞〈コラム小社会〉※啄木の歌と生活から現代社会を批判する文章　　　　　　　H 18・12・19

白堊通信 26（表紙）校内に初めて啄木の歌碑建つ　岩手県立盛岡一高同窓会事務局　H 18・12・21

景　真（けいしん）David Dunlop　啄木の歌詩　『Sato 景真写真集』特判 3990 円＋税

　　　　　　　　　　　　　　　　　　　　　　　　　　　　　　　　櫂歌書房　H 18・12・22

「啄木が愛した盛岡の味」岩手めんこいテレビ局から放映のビデオテープ（30 分）　　H 18・12・23

大庭主税「啄木を追いながら」A5 判 全 66 頁 非売品（石川啄木と小島烏水／石川啄木と童謡「赤い靴」

　／上野の啄木歌碑／日韓併合と安重根／ほか）　　　　　　　　湘南啄木文庫　H 18・12・25

河野有時（書評）太田登著『日本近代短歌史の構築―晶子・啄木・八一・茂吉・佐美雄』P228〜230

　「立教大学日本文学」第 97 号 A5 判　　　　　　　　　　　　　　　　　　　　　H 18・12・25

吉田恵理（新刊紹介）安元隆子著『啄木とロシア』P231〜0「立教大学日本文学」97 号　H 18・12・25

太田　登【研究余滴】啄木との対話に向けて P37〜0「天理大学同窓会誌」第 53 号　H 18・12・26

斎藤慎爾　石川啄木　『キネマの文学誌』四六判 4700 円＋税　　　　深夜叢書社　H 18・12・28

松田十刻　啄木が愛した盛岡の味―島崎藤村と「豆銀糖」にまつわる話―　P60〜70「盛岡学 2」

　A5 判 1500 円＋税　　　　　　　　　　　　　　　　　　　　　盛岡学編集室　H 18・12・28

井上信興「小林芳弘氏への反論」B5 判 8 頁　　　　　　　　　　　　私家版冊子　H 18・12・30

小川邦美子　CD「啄木の魅力を歌う」※啄木短歌 24 曲入り　製造：発行先無記載　H 18・12・―

山本玲子　解説・啄木、その故郷　※CD 小川那美子「啄木の魅力を歌う」　　　　　H 18・12・―

「関西啄木懇話会会報」冬季号 B5 判 2 頁（活動及び会計報告など記載）　　　　　　H 18・12・―

２００７年（平成19年）

荒又重雄　初夢「浪淘沙」を彷徨う P11～14「労働文化」202 北海道労働文化協会　　H 19・1・1

小川文男　街の周辺（216）（啄木短歌に触れた文章）「街もりおか」通巻 469 号　　H 19・1・1

近　義松　石川啄木・轍鮒の生涯（114～125回―各回1頁）「新歯界」1～12月号

　　　　　　　　　　　　　　　　　新潟県歯科医師会　H 19・1・1～H 19・12・1

北海道新聞（コラム・卓上四季）（啄木の歌とその生涯と作品に関する文章）　　　　　H 19・1・1

南條範男　碑の浪漫（76）くしろ歴史の散歩道の歌碑 P20～0「逃水」1月号　　　　H 19・1・1

三枝昂之　あたらしい啄木（13）へなぶり歌 P92～97「歌壇」第 21 巻 1 号　　　　H 19・1・1

横濱征四　高松鉄嗣郎著「啄木の父一禎と野辺地町」の紹介　P24～0「東京と青森」1月号

　　A5 判　　　　　　　　　　　　　　　　　　　東京・青森県人会発行　H 19・1・1

高知新聞（記事）メール世代は現代の子規、啄木？　　　　　　　　　　　　　　　　H 19・1・5

「港文館だより」第 23 号（記事）啄木来釧 100 年記念行事　　　　　釧路・港文館　H 19・1・7

三枝昂之　短歌（1）身近な幸福　親しもう　　　　　　　　　　日本経済新聞　H 19・1・7

山川純子　石川啄木の家族詠（1）～（18）「季刊 ぱにあ」第 69～84 号（←H 24・12『自分の言葉
　に嘘はなけれど』現代出版）　　　　　発行所：「ぱにあ」短歌会　H 19・1・8～H 24・9・8

岩手日報（記事）盛岡市合併 1 年　30万都市の模索（中）「啄木」身近に　　　　　H 19・1・11

井上信興「〔東海歌〕に関する諸説」A5 判 21 頁　　　　　　　　私家版冊子　H 19・1・11

小平館彦次　鹿角甚句類聚（125）※十和田湖の啄木歌碑の話題　　　週刊かづの　H 19・1・11

「啄木、賢治新作ポスター展」（1月11日～2月12日・チラシ A4 判）啄木・賢治青春館　H 19・1・11

北海道新聞（記事）石川啄木　来釧から 99 年・21 日に多彩な催し　　　　　　　　H 19・1・12

北海道新聞（夕・記事）啄木の歌　筆で自由に・釧路東高 20 人が書道展　　　　　　H 19・1・13

山本伸治〈四季だより〉友との交流　啄木思い出の地　　　　読売新聞（北海道版）H 19・1・13

今野　哲（書評）山下多恵子著『忘れな草』・「語らぬ妻」に肉薄　　　　新潟日報　H 19・1・14

三枝昂之　短歌（2）上の句と下の句から　　　　　　　　　　日本経済新聞　H 19・1・14

田中和雄編『啄木のうた』文庫判　1250 円＋税　157 頁（田中和雄・石川啄木の生涯 P136～153／
　啄木の短歌 160 首を収録）　　　　　　　　　　　童話屋（東京・杉並区）H 19・1・15

佐竹直子（連載記事 1～5）ウエルカム釧根「英語で啄木＋α」編（英訳・仲田嘉子）

　　　　　　　　　　　　　　　　　　　　　　北海道新聞（夕）H 19・1・17～2・14

岩手日報（記事）啄木と賢治アートに　　　　　　　　　　　　　　　　　　　　　H 19・1・18

朝日新聞（岩手版・記事）啄木や賢治の新作ポスター・盛岡の青春館　　　　　　　　H 19・1・18

秋田さきがけ（記事）啄木、賢治をデザイン・盛岡　新作ポスター展開催　　　　　　H 19・1・21

河北新報（新刊紹介）啄木と女性意外な縁　山下多恵子著『忘れな草』　　　　　　　H 19・1・22

釧路新聞（記事）啄木来釧 99 年目・第 4 回「雪明かりの町」（1、19 面に掲載）　　H 19・1・22

高知新聞（記事）啄木の歌の情景再現・釧路市キャンドルともす　　　　　　　　　　H 19・1・22

北海道新聞（記事）来釧 99 年・啄木思い多彩な催し　　　　　　　　　　　　　　H 19・1・22

編集部　神楽坂文学逍遥・石川啄木（ほか）P33～37「街ぐらし〈4〉神楽坂」B5 判 857 円＋税

　　　　　　　　　　　　　　　　　　　　　　　　　エフジー武蔵　H 19・1・24

西脇　巽『石川啄木　東海歌二重歌格論』四六判 269頁 1600円＋税（細目・東海歌二重歌格論／嫁
　　と小姑／啄木外伝／啄木雑記帳／ほか）　　　　　　　　　　　　　　同時代社　H 19・1・25

中村　英『中村英さしえ集　石川啄木〈一握の砂〉〈悲しき玩具〉』A4変形判　101頁　2000円
　　※二歌集全歌と著者の絵画を配した内容　　　著者刊（名古屋市千種区竹腰 2-2-18）H 19・1・30

篠　弘　残すべき歌論 2（土岐善麿〈1〉）「短歌」2月号　　　　　　　　　角川書店　H 19・2・1

畦地雄春　縄文人と弥生人（「啄木と明治の盛岡」に触れた文）「街もりおか」470号　H 19・2・1

「港文館だより」第 24 号〔映画、「雲は天才である」（S29 年）上映ほか〕　港文館　H 19・2・1

三枝昻之　あたらしい啄木（14）へなぶり歌 P94〜99「歌壇」第 21 巻 2 号　　　　H 19・2・1

佐藤　実　立原道造「盛岡ノート」について ―絵はがき「啄木とふるさと」集―
　　P100〜101　「いわてねんりんクラブ」第 125 号 B5判　　　　ねんりん舎（盛岡）H 19・2・1

南條範男　碑の浪漫（77）啄木記念館中庭の碑 P20〜0「逆水」2月号　　　　　　　H 19・2・1

三枝昻之　夫婦ではじめる短歌（4）　　　　　　　　　　　　　　　　日本経済新聞　H 19・2・4

好川之範　啄木の来道百年（コラム朝の食卓）　　　　　　　　　　　　　北海道新聞　H 19・2・4

北畠立朴〈啄木エッセイ 110〉2006 年度・私と啄木　　　　　「しつげん」第 413 号　H 19・2・5

東京新聞（夕刊）名作シリーズ・悲しき玩具・石川啄木 1〜18（注・短歌の抄出と評論 2 篇を掲載）
　　　　　　　　　　　　　　　　　　　　　　　　　　　　　H 19・2・6〜H 19・3・8

釧路新聞（記事）石川啄木　来釧 100 年・来年 1 月に多彩な企画　　　　　　　　　H 19・2・7

岩手日報（記事）啄木の思い伝える資料・書簡など 32 点・親族が記念館に寄贈　　　H 19・2・14

岩手日報（記事）啄木・賢治の輪さらに・望月教授語る　　　　　　　　　　　　　H 19・2・14

河北新報（記事）行間に啄木の苦悩　親類寄贈の書簡公開　盛岡　　　　　　　　　H 19・2・16

東海新報（記事）啄木歌碑、よみがえる秘話　金田一博士が来高時の写真　　　　　H 19・2・16

朝日新聞（コラム天声人語）※啄木の「火星の芝居」を引用した文章　　　　　　　H 19・2・17

河北新報（記事）行間に啄木の苦悩・きょうから記念館　親族寄贈の 32 点　　　　H 19・2・17

盛岡タイムス（記事）明治再現写真集「啄木協奏曲展」　　　　　　　　　　　　　H 19・2・17

盛岡タイムス（記事）望月善次教授が最後の講義（啄木、賢治の研究家）　　　　　H 19・2・17

毎日新聞（岩手版記事）啄木"一人百首"247 人熱い戦い　　　　　　　　　　　　　H 19・2・18

「第 6 回まちかど講座・石川啄木」（栞・A5判 6 頁）千葉県茂原市・茂原いちごの会　H 19・2・18

北海道新聞（記事）来樽 100 年　今もひびく啄木の心　10 月に企画展　　　　　　　H 19・2・18

盛岡タイムス（記事）啄木かるたに熱戦展開　　　　　　　　　　　　　　　　　　H 19・2・18

岩手日報（記事）歌も楽しみ　啄木かるた　　　　　　　　　　　　　　　　　　　H 19・2・19

盛岡タイムス（記事）啄木歌碑残る秘話・金田一京助が訪問　　　　　　　　　　　H 19・2・19

岩手日報（記事）青春期の啄木写真で再現　　　　　　　　　　　　　　　　　　　H 19・2・20

太田　登　「アララギ」の内部論争と啄木 P19〜29「山邊道」第 50 号　　B5判
　　　　　　　　　　　　　　　　　　　　　　　　　　天理大学国文学研究室　H 19・2・20

製作スタッフ対談　私たちの啄木観　「啄木協奏曲・明治再現写真集展」（2 月 20 日 3 〜 3 月 23 日）
　　（チラシの裏面）　　　　　　　　　　　　　　　　　　石川啄木記念館　H 19・2・20

岩手日報（記事）盛岡・小中校で啄木給食　　　　　　　　　　　　　　　　　　　H 19・2・21

河北新報（記事）啄木愛した味いかが　明治の献立　給食で再現　　　　　　　　　H 19・2・21

毎日新聞（岩手版記事）偉人しのび「啄木給食」　　　　　　　　　　　　　　　　H 19・2・21

盛岡タイムス（記事）啄木の正月料理・学校給食で児童ら味わう　　　　　　　　H 19・2・21

読売新聞（編集手帳・啄木の日記から盗用記事についての文章）　　　　　　　H 19・2・22

坂田裕一　あなたの時代（劇団赤い風23/24「北帰行」チラシ）　劇団赤い風（盛岡）H 19・2・23

河北新報（記事）啄木取り巻く人間模様再現・盛岡の記念館で展示　　　　　　H 19・2・24

岩城之徳『声で読む石川啄木』四六判 全248頁 1700円＋税　啄木文学の形成と風土／歌集『一握の

　砂』／歌集『悲しき玩具』／詩集『呼子と口笛』／『啄木日記』／時代閉塞の現状／石川啄木の歩める道

　（→S36・10『石川啄木』〈新訂〉学燈文庫の再販）　　　　　　　　學燈社　H 19・2・25

朝日新聞（天声人語・啄木の「はたらけど」の歌を引用。池田功氏のコメント有り）　H 19・2・26

岩手日報（コラム・学芸余聞）啄木晩年など追究の機に　山本玲子さん　　　　H 19・2・26

盛岡タイムス（記事）母の危篤を告げる至急便も・記念館に資料寄贈　　　　　H 19・2・26

盛岡タイムス（記事）明治再現写真集「啄木協奏曲」・啄木記念館で開催中　　　H 19・2・27

渡辺善雄　鷗外と荷風・啄木─観潮楼歌会と『スバル』『三田文学』の創刊─　P93 〜 121

　『鷗外・闘う啓蒙家』A5 判 15750円　　　　　　　　　　　　　新典社　H 19・2・28

展示資料目録「かるた」（期間 2/15 〜 3/22・啄木かるた 9 点を含む）　岩手県立図書館　H 19・2・─

門屋光昭　啄木と金田一京助─その光と影─P6 〜 0「盛岡市先人記念館だより」No38　H 19・3・1

「港文館だより」第 25 号　（記事・旧釧路新聞社の平面図／ほか）　　　釧路・港文館　H 19・3・1

三枝昂之　あたらしい啄木（15）瘋癲院の裏 P148 〜 153「歌壇」第 21 巻 3 号　　H 19・3・1

田中　綾　石川啄木と金子文子 P3 〜 18「労働文化」No.203　北海道労働文化協会　H 19・3・1

南條範男　碑の浪漫（78）十和田湖畔の歌碑 P20 〜 0「迸水」3 月号　　　　　H 19・3・1

藤田　稔　若き日の啄木『愛と青春の追憶』新装版　四六判 840 円（→H16・1 初版）

　　　　　　　　　　　　　　　　　　　　　　　　　　　東京図書出版　H 19・3・1

「街もりおか」3 月号 B6 横判 250円（以下 2 点の文献を収載）

　（万里）　歴史を語る建物たち（25）宝徳寺 P1 〜 0

　編集部　もうひとつの「天満宮の狛犬」のお話─『北帰行』の中の狛犬─ P58 〜 59

　　　　　　　　　　　　　　　　　　　　　　　　　　　　杜の都社　H 19・3・1

「JR Hokaido」3 月号 A5 判 110円　特集　百年の旅人、石川啄木「忘れがたき人人」と北の風景

　P5 〜 11　　　　　　　　　　　　　　　　　　　　　　　JR北海道　H 19・3・1

岩手日報（記事）啄木文学の原点を探る・盛岡・西部公民館　人物講座スタート　H 19・3・3

「花巻東高等学校学習メディアセンター報」第 16 号 A5 判（学習メディアセンター委員会視聴覚班・

　イーハートヴォ・オーデイオ・ビジュアル・フォーラム─石川啄木の世界─P124 〜 139）　H 19・3・3

栩木　誠（日記をのぞく）石川啄木「啄木日記」①文学に生きる苦悩にじむ（3・4）／②記者生

　活も心は晴れず（3・11）／③鷗外主宰の歌会に感激（3・18）／④赤裸々な自我、ローマ字で（3・

　25）／⑤秋水処刑に時代の閉塞感（4・1）／⑥闘病生活の苦しさにじむ（4・8）（←H11・9『日

　記をのぞく』日本経済新聞社）　　　　　　　　　　日本経済新聞　H 19・3・4 〜 4・8

北畠立朴〈啄木エッセイ111〉啄木の手紙原文と全集が違う　「しつげん」第415号　H 19・3・5

野村　篤　東京神田そして啄木のこと P35 〜 62『駆け抜ける光芒』1575円　文芸社　H 19・3・5

末延芳晴　バイオリンを弾く青年たち─瀧廉太郎や石川啄木─　　　　　高知新聞　H 19・3・12

水口　忠　（コラムえぞふじ）啄木の袴　　　　　　　　　北海道新聞（夕）H 19・3・14

工藤幸子　（コラムばん茶せん茶）啄木かるた大会　　　　　　岩手日報（夕）H 19・3・14

伊五澤富雄 〝渋民の演劇家〟秋浜悟史 P12 ～ 13「いわてねんりんクラブ」第 126 号　　H 19・3・15

「復活第 2 回　静岡啄木祭ニュース№. 1」A4 判 全 2 頁（石井敏之・静岡での啄木祭（5）三島市の
　高校で「啄木展」開く／ほか）　　　　　　　　　　新日本歌人協会・静岡支部　H 19・3・15

岩手日報（記事）啄木の歌　曲に乗せ・「千の風―」の新井満さん　　　　　　　　H 19・3・16

盛岡タイムス（記事）新井満さんが啄木を作曲　　　　　　　　　　　　　　　　　H 19・3・19

北海道新聞（夕・記事）釧路の小学校で講座・啄木研究家の北畠さん　　　　　　　H 19・3・19

盛岡タイムス（記事）山下多恵子さんら 9 人が受賞・県芸術祭選奨　　　　　　　　H 19・3・20

西脇　巽　死に急ぐな！若者よ！啄木を読もう！P51 ～ 63「青森文学」75 号 A5 判 800 円
　　　　　　　　　　　　　　　　青森文学会（青森市中佃 1-21-11 野村方）　H 19・3・20

大室精一「悲しき玩具」歌稿ノートの配列意識（啄木学会東京支部発表レジメ）6 枚　H 19・3・24

永井　滋　郁雨とたつを（啄木学会東京支部研究発表手書きレジメ）A5 判 7 枚　　H 19・3・24

太田　登（書評）安元隆子著『石川啄木とロシア』P80 ～ 81「語文」第 27 号 A5 判
　　　　　　　　　　　　　　　　　　　　　　　　日本大学国文学会　H 19・3・25

小林康正　日本産業革命期における「運命」言説の位相―石川啄木の生涯を参照系として―
　「人間学部研究報告」第 9 集（2006 年度）　　　　　　京都文教大学　H 19・3・25

新井　満（曲と歌）CD「ふるさとの山に向ひて」1000 円　　　ポニーキャニオン　H 19・3・28

☆ＺＡＫＺＡＫ（記事）「千の風―」生みの親、啄木で新風‥‥‥　　　　　　　　H 19・3・28

照井悦幸　生活空間と共通感覚・言語の感覚：石川啄木小説〝天鵞絨〟より P1 ～ 9　「盛岡大学紀要」
　第 24 号　A4 判　　　　　　　　　　　　　　　　　　　　　　　　　H 19・3・30

「国際啄木学会研究年報」第 10 号 A5 判 全 72 頁 ※（以下 12 点の文献を収載）

　【論文】

　近藤典彦　啄木評伝上の訂正事項三題　P1 ～ 17

　木股知史　＜刹那＞をとらえる啄木短歌　p18 ～ 22

　森　義真　森荘已池の啄木論　P23 ～ 25

　外村　彰　岡本かの子『浴身』に見る自責の自己愛―石川啄木を合わせ鏡として―　P36 ～ 43

　【書評】

　望月善次　太田登著『日本近代短歌史の構築―晶子・啄木・八一・茂吉・佐美雄―』P44 ～ 45

　若林　敦　碓田のぼる著『石川啄木と石上露子―その同時代性と位相』P46 ～ 47

　田口道昭　池田功著『石川啄木　国際性への視座』P48 ～ 49

　河野有時　安元隆子著『石川啄木とロシア』P50 ～ 51

　佐藤　勝　井上信興著『終章　石川啄木』P52 ～ 53

　小菅麻起子　山下多恵子著『忘れな草 ― 啄木の女性たち』P 54 ～ 55

　西連寺成子　西脇巽著『石川啄木の友人　京助、雨情、郁雨』P56 ～ 57

　峠　義啓　高松鉄嗣郎著『啄木の父一禎と野辺地町』P61 ～ 0　国際啄木学会　H 19・3・31

田口道昭　石川啄木「硝子窓」論 ―二葉亭四迷への共感― P65 ～ 84「山手日文論攷」第 26 号
　A5 判　　　　　　　　　　　　　　　　　　　　　神戸山手短期大学　H 19・3・31

陽羅義光『ぼく啄木』文庫判 147 頁 952 円＋税　　　　　　かりばね書房　H 19・3・31

岡部玄治　劇評・泣き虫なまいき石川啄木「感劇地図」111 号　感劇地図委員会　H 19・3・31

盛岡タイムス（記事）4 月 12 日・啄木忌前夜祭　　　　　　　　　　　　　　　　H 19・3・31

小川武敏　大逆事件と石川啄木 P295 〜 510　山泉進編『大逆事件の言説空間』四六判 非売品

　　※（←H19・9・25論創社発行の一般販売の版あり）　　　　明治大学人文科学研究所　H 19・3・31

大室精一　『悲しき玩具』歌稿ノートの配列意識（2）―「第二段階」の歌群（69 〜 114 番歌）について― P1 〜 18「佐野短期大学　研究紀要」第 18 号　A5 判　　　　　　　　　　H 19・3・―

小田島本有『釧路から〜国語教師のメッセージ〜』新書判　700 円（啄木関係の文細目：石川啄木と釧路／高専生との啄木ツアー／釧路文学散歩／ほか）　　　　釧路市地域資料室　H 19・3・―

札幌市総務部広聴課編『エピソード・北区』A4 判 全 201 頁　※漂泊の札幌二週間 P97 〜 99（H 19・8 に改版発行）　　　　　　　　　　　　　　　　　　　　札幌市総務部企画課　H 19・3・―

学術刊行会編『国文学年次別論文集』〈近代Ⅴ〉（平成 16 年）B5 判 9765 円 + 税

　（※以下 5 点の啄木文献を収録）

　　貞光　威　石川啄木をめぐる人々考 P313 〜 362

　　　　　　　（→ H16・3「岐阜聖徳学園大学国語国文学会」第 23 号）

　　門屋光昭　啄木と鷗外の観潮楼歌会 P363 〜 375

　　　　　　　（→ H16・3 盛岡大学文学部日本文学科編「東北文学の世界」第 12 号）

　　近藤典彦・柳澤有一郎　啄木の病歴 P572 〜 581

　　　　　　　（→ H16・2「群馬大学教育学部・紀要（人文・社会科学編）」第 53 号

　　山本玲子　啄木と『スバル』―短歌から小説へ― P377 〜 383

　　　　　　　（→ H16・3「盛岡大学文学部・東北文学の世界」第 12 号）

　　近藤典彦　『一握の砂』巻頭考 P385 〜 390（→ H16・3「成城文学」20 号

　　　　　　　　　　　　　　　　　　　　　　　　　　　　　　朋文出版　H 19・3・―

「新日本歌人」4 月号 第 62 巻 4 号 A5 判 800 円　啄木特集号（以下 17 点の啄木文献を収載）

　碓田のぼる：石川啄木と平沢計七 ―「工場法」をめぐる一系譜について― P58 〜 68

　（広告）2007 年「啄木祭」の開催（細目：開催日・5 月 20 日／会場・発明会館ホール〈港区虎ノ門〉／講演・三枝昂之「新しい啄木」／梓志乃「啄木の都市詠にみるもの」／田中礼「啄木一心と時代をうつすもの」／ P69 〜 0

　〈啄木とわたし〉（以下は 1 頁に 15 名のミニ随想を掲載）P70 〜 74

　　石川　靖子　砂山の砂に…

　　大久保和子　ふるさとの訛なつかし…

　　大河内美和子　はたらけど…

　　川崎　典子　東海の小島の…

　　志賀　勝子　無題

　　柴田幸恵　新しき明日の来るを…

　　下林敦子　死ね死ねと己を怒り…ほか

　　城間百合子　砂山の砂に腹這ひ…

　　須藤美枝子　はたらけどはたらけど猶…

　　竹中史子　ふるさとの訛なつかし…

　　田端久仁子　はたらけどはたらけど…

　　俣野佐内　たはむれに母を背負ひて…

　　森貴比古　無題

矢島綾子 はたらけどはたらけど…

　山下由美子　無題　　　　　　　　　　　　　　　　　　新日本歌人協会　　H 19・4・1

安達英明　春まだ浅く P8 ～ 0「ラブおたる」4月号通巻 284号　坂の街出版企画　H 19・4・1

「港文館だより」第 26号（記事・紀行文「雪中行」は二面に掲載）　　釧路・港文館　H 19・4・1

時田則雄　現代短歌・労働・仕事 P46 ～ 0「NHK短歌」4月号 660円　NHK 出版協会　H 19・4・1

三枝昂之　作歌へのいざない・短歌の急所 P42 ～ 43「NHK短歌」4月号　　　　　H 19・4・1

三枝昂之　あたらしい啄木（16）生活者啄木 P82 ～ 87「歌壇」第 21 巻 4 号　　　H 19・4・1

南條範男　碑の浪漫（79）秋田市役所前の詩碑 P20 ～ 0「逐水」4月号　　　　　　H 19・4・1

森　義真　国際啄木学会春のセミナー　P14 ～ 15「街もりおか」第 40 巻 4 号　　H 19・4・1

野乃宮紀子　吉井勇『陸奥紀行』P48 ～ 52「解釈と鑑賞」第 72 巻 4 号　　至文堂　H 19・4・1

盛岡タイムス（記事）渋民小児童ら 40 人が協力・新井満さんのCD収録　　　　　H 19・4・3

岩手日報（記事）啄木の歌　古里の風に・新井満さん組曲録音　　　　　　　　　H 19・4・3

北畠立朴〈啄木エッセイ 112〉旧釧路新聞社の内部調査　　「しつげん」第 416号　H 19・4・5

読売新聞（コラム編集手帳・啄木中学生時代の短歌「あめつちの酸素の神―」を引用した文章）

　　　　　　　　　　　　　　　　　　　　　　　　　　　　　　　　　　　　　H 19・4・7

北畠立朴　（啄木随想 7 回連載）4/8 啄木来道百年／ 4/9 啄木歌の多い街／ 4/10 国際啄木学会／

　4/11 盛岡中学入試／ 4/12 啄木と観光／ 4/13 啄木忌／ 4/14 釧路啄木会）

　　　　　　　　　　　　　　　　　　　　　　　　　釧路新聞　H 19・4・8 ～ 14

岩手日報（夕・記事）100 年後　帰郷した啄木・新井満さんに聞く　　　　　　　H 19・4・9

岩手日報（夕・記事）啄木研究 8 人が発表　国際学会　14 日盛岡でセミナー　　　H 19・4・10

風のあら又三郎（荒又重雄）「翻訳　英文啄木短歌（節子）part 3　妻よ！すまない！」A4判

　全 8 頁　　　　　　　　　　　　　　　　　　　北海道労働文化協会　H 19・4・10

岩手日報（夕・記事）国際啄木学会　新会長に太田さん　　　　　　　　　　　　H 19・4・11

朝日新聞（岩手版記事）国際啄木学会春のセミナー　　　　　　　　　　　　　　H 19・4・12

「第 4 回・啄木忌前夜祭」（チラシ A4 判＆ポスター A2 判）国際啄木学会盛岡支部会　H 19・4・12

「国際啄木学会東京支部会報」第 15 号 A5 判 全 45 頁 ※（以下 6 点の文献を収載）

　大室精一　巻頭言 ― 啄木そっくり― P1 ～ 2

　近藤典彦　詩人啄木誕生 P3 ～ 26

　近藤典彦　（補論）白蘋・節子の「結婚」P27 ～ 32

　井上信興　内田ミサホ氏の「東海歌の原風景」（再考）への疑問 P33 ～ 37

　佐藤　勝　資料紹介・石川啄木参考文献目録（13）P38 ～ 44

　　　　　　　　　　　　　　　　　　　　国際啄木学会東京支部　H 19・4・13

毎日新聞（岩手版記事）きょう啄木忌・盛岡で前夜祭　　　　　　　　　　　　　H 19・4・13

「第 96 回　啄木忌　襖絵展」（パンフ）A 4 判　13 頁　　　万年山・宝徳寺　H 19・4・13

森　ノブ　「啄木の故郷・渋民の歴史」（啄木忌講演資料）A4 判 3 枚　　宝徳寺　H 19・4・13

「国際啄木学会会報」第 24 号 A5 判（以下 10 点の文献を収載）

　【研究発表】※各 1 頁掲載

　柳澤有一郎　「何がなしに／肺が小さくなれる」考

　望月善次　結合比喩（中村明）から見た啄木・賢治短歌

長江隆一　石川家の謎と啄木短歌の真実性

今野　哲　尾山篤二郎における啄木―啄木没年前後―

西川敏之　啄木と独歩　時代の中での夢と希望

森　義真　野村胡堂書簡に見る啄木像―猪川浩の明治35・36年書簡を中心に―

西脇　巽　小姑と嫁　光子と節子の場合―友好から怨恨への転変―

米地文夫　啄木と賢治の「北方の風土観」―岩手・北海道・ロシアをどうみたか―

【シンポジウム】

若林　敦　「我等の一団と彼」をどう読むかほかに東京大会についての報告など6篇

望月善次　国際啄木学会インド支部セミナー報告〔2006年11月24日の岩手日報（夕）転載〕／ほか〕

　　　　　　　　　　　　　　　　　　　　　　　国際啄木学会　H 19・4・14

岩手日報（記事）啄木に思い寄せ顕彰　盛岡で96回忌と前夜祭　　　　　　H 19・4・14

志田澄子　啄木遺伝子引き継ぐ意識（コラム展望台）　　　　岩手日報（夕）H 19・4・14

「国際啄木学会春のセミナー研究発表」（レジメ集）※以下13点の文献を収載　　H 19・4・14

藤原隆男　石川啄木と飲み仲間たち（講演レジメ A4判28枚）

柳澤有一郎　「何がなしに／肺が小さくなれる」考（A4判3枚）

望月善次　結合比喩（中村明）から見た　啄木・賢治短歌（B判3枚）

長江隆一　石川家の謎と啄木短歌の真実性（A4判1枚）

今野　哲　尾山篤二郎における啄木―啄木没年前後―（B5判12枚）

森　義真　野村胡堂宛書簡に見る啄木像―猪川浩の明治35・36年書簡を中心として―（A4判5枚）

西脇　巽　小姑と嫁　光子と節子の場合―友好から怨恨への転変―（B5判10枚）

米地文夫　啄木と賢治の「北方の風土観」―岩手・北海道・ロシアをどうみたか―（A4判8枚）

若林　敦　シンポジウム『我等の一団と彼』をどう読むか（資料目録 A3判7枚）

若林　敦　私は「我等の一団と彼」をこう読む（A4判4枚）

飯村裕樹　私は「我等の一団と彼」をこう読む（B5判10枚）

近藤典彦　私は「我等の一団と彼」をこう読む（A4判1枚）

鈴木　淳　「我等の一団と彼」論――葛藤する物語（B5判4枚）

岩手日報（記事）啄木研究視点幅広く　盛岡で国際学会　　　　　　　　H 19・4・15

五十嵐正明　小樽の啄木嫌い・・・・『坊ちゃんの秘密』1890円　　　　新風舎　H 19・4・15

北沢文武　谷静湖と石川啄木（4）静湖をめぐる二つの謎 P81〜87「トスキアナ」第5号 A5判

　1500円＋税　（←H21・2『谷静湖と石川啄木』塩ブックス）

　　　　　　　　　　　　　　　　　　　　　トスキアナの会（皓星社発売）H 19・4・15

「復活第3回　啄木祭ニュースNo.1」A4判全2頁（鈴木幹夫・啄木と館林 P2〜0／石井敏之・第3

　回静岡啄木祭に参加した峠三吉 P2〜0／ほか）　　新日本歌人協会・静岡支部　H 19・4・15

野村　篤　東京神田そして啄木のこと P35〜62『駆け抜ける光芒　それぞれの明治』四六判 1575円

　　　　　　　　　　　　　　　　　　　　　　　　　　　　　　　文芸社　H 19・4・15

盛岡タイムス（記事）啄木忌前夜祭で討論会　啄木短歌を読む　　　　　H 19・4・15

北海道新聞（釧路・根室版記事）旧釧路新聞社屋講演で内部解説・新「啄木会」　H 19・4・16

釧路新聞（記事）釧路啄木会が第1回総会・独自に勉強会を実施　　　　H 19・4・16

北海道新聞（夕）新「啄木会」総会と記念講演　　　　　　　　　　　　H 19・4・16

日本経済新聞（コラム春秋・啄木の書簡を引用した、友情と借金の話題）　　　　　　H 19・4 ・17

盛岡タイムス（記事）啄木と飲み仲間たち・150 人参加し春のセミナー　　　　　　　H 19・4 ・17

岩手日報（記事）どう読み解く　啄木最終小説・盛岡で国際学会セミナー　　　　　　H 19・4 ・19

岩手日報（コラム 風土計／啄木歌「テロリスト」から現代の世相を論じた内容）　　H 19・4 ・20

塩浦　彰　あとがき P259〜264『荷風と静枝・明治大逆事件の陰画』2400円＋税

　　　　　　　　　　　　　　　　　　　　　　　　　　　　　洋々社　H 19・4 ・20

岩手日報　学芸インタビュー・太田登さん・啄木学の体系化を　　　　　　　　　　　H 19・4 ・20

時田則雄　現代短歌アンソロジー・母 P46〜0「NHK 短歌」5 月号　日本放送出版　H 19・4 ・20

朝日新聞（コラム・天声人語／啄木短歌を引用した文章）　　　　　　　　　　　　　H 19・4 ・21

「石川啄木来函 100 年記念・直筆展」4 月 22 日〜10 月 17 日（チラシ）　函館市文学館　H 19・4 ・22

酒井佐忠　今朝のうた（少年の窓の若葉や啄木忌／角川春樹）　　　　　日本経済新聞　H 19・4 ・22

日本経済新聞（東北版記事）岩手大学がシニア向け夏期講座「啄木、賢治学」　　　　H 19・4 ・24

枡野浩一『石川くん』文庫判 438 円＋税（重版）　　　　　　　　　　　集英社　H 19・4 ・25

山折哲雄　石川啄木の慟哭 P188〜200 『無情の風に吹かれて』四六判 2400 円＋税（←H 19・9

　『幸福と成功だけが人生か』PHP 研究所）　　　　　　　　　　　　　小学館　H 19・4 ・25

岩手日報（コラム・学芸余聞）さらなる啄木研究に意欲（啄木学会新旧会長の話題）　H 19・4 ・27

真田英夫「石川啄木在札時の天候 ― 明治四〇年九月十四日〜九月二十七日―」A3 変形判

　全 16 頁 ※本書は啄木が札幌に在住した期間の全日を現存する「札幌一等測候所月報」から 1 時間ごと
　の 24 時間、気温・湿度・風向・降水量・雲量・天候表記記事・天気概要・（啄木の）丁未日誌を日毎に
　調査して一覧表とした貴重な労作冊子。　　　　　　　　　　　著者刊（札幌市）H 19・4 ・28

松崎　明　鼎談・人間の生き方・啄木研究家　山本玲子さんと語る P12〜51　松崎明著『バチが

　当たるぞ！』四六判 1600 円＋税　　　　　　　　　　　　　　創出版　H 19・4 ・28

新井　満　啄木、100 年目の帰郷（←H20・6『日曜日の随想』）　　日本経済新聞　H 19・4 ・29

新井　満『ふるさとの山に向ひて』四六判 109 頁 1000 円＋税／四六判 109 頁 CD 付 1800 円＋税

　　　　　　　　　　　　　　　　　　　　　　　　　　　　　NHK 出版　H 19・4 ・30

澤田勝雄　ひと・太田登さん（啄木学会新会長インタビュー）　　　　しんぶん赤旗　H 19・4 ・30

盛岡市「玉山区建築景観ガイドライン」〈A4 判パンフ一面に啄木短歌 9 首を掲げる〉　H 19・4 ・―

新井　満　ふるさとの山に向ひて（楽譜）「ラジオ深夜便」5 月号（付録）350 円

　　　　　　　　　　　　　　　　　　　　　　　NHK サービスセンター　H 19・5 ・1

「りとむ」第 90 号 A5 判（以下 2 点の文献を収載）

　池田　功　病を詠む歌― 子規・啄木の場合― P54〜55

　津村スマ子　かの家のかの窓…P67〜0　　　　　　　　　　りとむ短歌会　H 19・5 ・1

伊五澤富雄　釧路での啄木行事に思う―私蔵する"啄木映画"入手秘話― P24〜25

　「いわてねんりんクラブ」第 127 号 B5 判 800 円　　　　ねんりん舎（盛岡市）　H 19・5 ・1

大島一雄　石川啄木 P61〜62『人はなぜ日記を書くか』四六判 2400 円　芳賀書店　H 19・5 ・1

北村克夫　啄木と江差〜江差出身・西堀秋潮と啄木の交流を探る〜江差に於ける「明星」と秋潮

　P48〜53「文芸・江さし草」122 号 A5 判 500 円　　　　　　　江さし草会　H 19・5 ・1

「港文館だより」第 26 号（記事・「釧路啄木会」第 1 回総会終わる）　釧路・港文館　H 19・5 ・1

編集部　天才歌人、石川啄木の真実 P12〜13「トランヴェール」5 月号　JR 東日本　H 19・5 ・1

編集部　綴じ込み付録「ふるさとの」楽譜「ラジオ深夜便」5月号　NHKサービス　H 19・5・1

三枝昂之　あたらしい啄木（17）食ふべき詩 P94〜99「歌壇」第21巻5号　　　　H 19・5・1

南條範男　碑の浪漫（80）青森県・大間岬の歌碑 P20〜0「逃水」5月号　　　　H 19・5・1

北川　透　中原中也の宗教観―〈他力〉と〈自力〉をめぐって P114〜115『別冊太陽 中原中也』A4判
　2200円　　　　　　　　　　　　　　　　　　　　　　　　　　　平凡社　H 19・5・2

盛岡タイムス（記事）秋浜悟史をしのぶ・追悼公演「啄木伝」上演も　　　　　　H 19・5・2

鳥居省三　啄木研究「歌」が重要 P261〜265『私が歩いた文学の道』四六判 3200円
　　　　　　　　　　　　　　　　　　　　　　　　　　　　　　釧路新聞社　H 19・5・4

北畠立朴〈啄木エッセイ113〉謎の人物を追って　朝日ミニコミ「しつげん」415号　H 19・5・5

北海道新聞（コラム・卓上四季〜北海道時代の啄木漂泊の歌と日記に関する文章）　H 19・5・5

朝日新聞（岩手版・記事）岩手の魅力　学びに来て　石川啄木（ほか）　　　　　H 19・5・9

橋川文三　樗牛と啄木（→H5・5朝日選書475）『昭和維新試論』（ちくま学芸文庫）1000円＋税
　　　　　　　　　　　　　　　　　　　　　　　　　　　　　　筑摩書房　H 19・5・9

朝日新聞（岩手版・記事）石川啄木を題材　13日に俳句大会　　　　　　　　　H 19・5・9

岩手日報（記事）盛岡の清水さん啄木祭賞を受賞・玉山で短歌大会　　　　　　　H 19・5・9

盛岡タイムス（記事）第23回啄木祭　短歌大会結果　　　　　　　　　　　　　H 19・5・9

森尾豊子　橘智恵子とその兄・儀一のこと P26〜30「労働文化」No.204　　　　　H 19・5・10

紀伊民報（コラム・水鉄砲／啄木歌の「あたたかき飯を…」を引用した文章）　　H 19・5・13

「第3回 石川啄木を語る会」（レジメ集）A5判 全15頁　　　石川啄木を語る会　H 19・5・13

岩手日報（記事）啄木しのび句磨く・力作そろう全国俳句大会・盛岡市　　　　　H 19・5・14

照井　敬　石川啄木との出会い P26〜28『日本共産党大改造論』四六判 1296円＋税
　　　　　　　　　　　　　　　　　　　　　　　　　　　　　　文芸社　H 19・5・15

森　義真　森荘已池のみた啄木と賢治 ―岩手出身の2人の天才観―　しんぶん赤旗　H 19・5・15

朝日新聞　（道内版記事）啄木の直筆展・函館　　　　　　　　　　　　　　　H 19・5・17

朝日新聞　（岩手版記事）啄木祭で大会受賞者決まる　　　　　　　　　　　　H 19・5・17

池内　紀　寺山修司の啄木パロディー　　　　　　　　　　　北海道新聞（夕）H 18・5・17

「浜茄子」第72号 B5判4頁〔忘れ得ぬ人々（1）吉田孤羊・石田六郎／南條範男　石川啄木　碑
　の浪漫／ほか〕　　　　　　　　　　　　　　　　　　　　　　　　　H 19・5・17

毎日新聞　（岩手版記事）啄木祭賞受賞　　　　　　　　　　　　　　　　　　H 19・5・17

岩手日報　（広告）啄木祭　　　　　　　　　　　　　　　　　　　　　　　H 19・5・18

盛岡タイムス（記事）伊五澤富雄氏が死去　啄木顕彰に尽力　　　　　　　　　H 19・5・18

風のあら又三郎（荒又重雄）「翻訳 英文啄木短歌（故郷）part 4 追われて遠い故郷」A4判 全8頁
　　　　　　　　　　　　　　　　　　　　　　　　北海道労働文化協会　H 19・5・20

小川晋二　啄木への情熱で孤独を生きる P159〜163『寺山修司　情熱のメッセージ』新書判 830円
　　　　　　　　　　　　　　　　　　　　　　　　　　　　　　サンガ　H 19・5・20

岩手日報（記事）啄木学びや、すっきり　旧渋民尋常小学校　　　　　　　　　H 19・5・22

盛岡タイムス（記事）教室の障子張り替え・記念館で・6月2日「啄木祭」前に　H 19・5・22

岩手日報（地域版　記事）釜石と啄木の縁・図書館で資料展　　　　　　　　　H 19・5・23

岩手日報（記事）6月2日に啄木祭　盛岡で　　　　　　　　　　　　　　　　H 19・5・25

岩手日報（地域版　記事）啄木をしのび合唱や講演・盛岡で来月　　　　　　　　　H 19・5・25

鬼山親芳『評伝 小国露堂 ― 啄木に記者道を説いた男―』四六判 1600 円＋税（細目・序章 啄木に
　　記者魂を説く／第二章・2．啄木との交遊／3．さらば啄木／第三章・3．再び北辺の地へ）
　　　　　　　　　　　　　　　　　　　　　　　　　　　　　　　熊谷印刷出版部　H 19・5・25

佐藤弘弥　啄木の短歌と「ワーキングプア」　　　　　インターネット新聞 JANJAN　H 19・5・25

狩野智彦　「啄木の並木」再生・「みちのく【みち】物語」　　　毎日新聞（岩手版）　H 19・5・26

高橋順子　石川啄木　『日本の現代詩 101』四六判 1680 円＋税　　　　　　新書館　H 19・5・28

盛岡タイムス（記事）雫石高校・思郷の森のつどい・啄木のゆかりを知る　　　　　　　H 19・5・28

盛岡タイムス（記事）6 月 3、4 日　一人芝居「SETUKO ～啄木ローマ字日記」　　　H 19・5・29

朝日新聞（岩手版記事）郷土の先人　暦で学んで（石川啄木ほか）　　　　　　　　　　H 19・5・30

北海道新聞（記事）啄木通った書店の写真発見・釧路・北畠さん　　　　　　　　　　　H 19・5・30

北海道新聞（道南版記事）「江差に文学結社」啄木と交流の西堀藤吉が設立　　　　　　H 19・5・30

「金田一京助宛吉田孤羊書簡」A4 判両面刷 1 枚（昭和 2 年 10 月 26 日付書簡の翻刻・発行日の記載なし）
　　　　　　　　　　　　　　　　　　　　　　　　　　　　　　盛岡てがみ館　H 19・5・―

ＤＶＤ「埼玉啄木を語る会」講演録画（3 回分）　　　　　製作：目良卓（会代表者）H 19・5・―

風のあら又三郎（荒又重雄）「翻訳 英文啄木短歌（反骨）part 5 卑小だが偉大な反骨」A4 判 全 8 頁
　　　　　　　　　　　　　　　　　　　　　　　　　　　　　北海道労働文化協会　H 19・6・1

「港文館だより」第 28 号（啄木が立ち寄った書店の写真発見／ほか）A5 判片面刷　　H 19・6・1

三枝昂之　あたらしい啄木（18）短歌再発見 P124 ～ 129「歌壇」第 21 巻 6 号　　　H 19・6・1

三枝昂之　作歌へのいざない・短歌の急所 P62 ～ 63「ＮＨＫ短歌」6 月号　　　　　H 19・6・1

編集部　巻頭カラー紀行～石川啄木 P3 ～ 14「ラジオ深夜便」6 月号　NHK サービス H 19・6・1

南條範男　碑の浪漫（81）渋民・愛宕山啄木ロードの歌碑 P20 ～ 0「逃水」6 月号　　H 19・6・1

盛岡タイムス（記事）啄木によせて歌える・研究者らが協力し実現　　　　　　　　　　H 19・6・1

森　義真　コンサート「啄木、生命を歌う」P24 ～ 25「街　もりおか」通巻 474 号　　H 19・6・1

吉田嘉志雄　西脇巽さん啄木研究 7 冊完成　「くらしとからだ」6 月号
　　　　　　　　　　　　　　　　　　　　　　　　　　　　青森保健生活協同組合　H 19・6・1

吉田庄一郎　私の履歴書（1）（註：昭和 24 年頃の「喜之床」に触れた文）日経新聞　H 19・6・1

「啄木祭」（チラシ）A4 判（ゲスト新井満 6 ／ 2）　　　　　　石川啄木記念館　H 19・6・2

「SETSU-KO」〈畑中美那子一人芝居〉啄木新婚の家 6 月 3・4 日に上演のチラシ　　　H 19・6・3

岩手日報（記事）啄木しのぶ歌声響け・盛岡・玉山祭典　　　　　　　　　　　　　　　H 19・6・3

盛岡タイムス（記事）啄木祭で命を歌う　新井満さんが講演も　　　　　　　　　　　　H 19・6・3

岩手日報（記事）啄木滞在 100 年記念し特別展・北海道・函館市文学館　　　　　　　H 19・6・5

北畠立朴〈啄木エッセイ 114〉人間不信に陥る　朝日ミニコミ「しつげん」第 421 号　H 19・6・5

西脇　巽　川崎むつを氏のノートより節子書簡の写し（部分）B5 判 6 枚　　著者作成　H 19・6・9

短歌新聞（記事）二〇〇七年「啄木祭」（新日本歌人協会主催）　　　　短歌新聞社　H 19・6・10

安宅夏夫　室生犀星が石川啄木から得たもの―「ふるさとは遠きにありて思ふもの」考―
　　P129 ～ 162「人物研究」第 19 号　1000 円　　　　　　近代人物研究会　H 19・6・10

岩手日報（夕・記事）啄木によせ生命歌う・盛岡で 15 日演奏会　　　　　　　　　　　H 19・6・13

「いわてねんりん」第 128 号〔「誌友　伊五澤富雄さんを偲んで」3 篇掲載〕　　　　H 19・6・15

「啄木、生命を歌う」（公演チラシ A4 判　両面刷）　　　　　盛岡で啄木の歌を聴く会　H 19・6・15

目良　卓　短歌の三要素（5）（『一握の砂』から）P 50 ～ 51「解放区」第 79 号　　　　H 19・6・15

新井　満　「啄木を語る」※ラジオ放送の録音テープ（60 分）NHK ラジオ深夜便　　　H 19・6・16

釧路新聞（記事）啄木の縁戚が釧路に　　　　　　　　　　　　　　　　　　　　　　H 19・6・16

盛岡タイムス（記事）盛岡市議会一般質疑応答要旨〈高橋和夫氏　分骨し啄木歌碑を〉①石川啄木
　記念館を市直営にすべきでは。②分骨による啄木墓碑建設の考えは。　　　　　　　H 19・6・16

岩手日報（夕・記事）啄木の心を歌う・盛岡の森田純司さん　　　　　　　　　　　　H 19・6・18

盛岡タイムス（記事）啄木コンサートに観客 500 人　　　　　　　　　　　　　　　　H 19・6・18

「大阪啄木通信」第 30 号 天野仁個人編輯 B5 判 全 17 頁 ※（以下 3 点の文献を収載）

　　妹尾源市　煙管をみがく　P1 ～ 0

　　飯田　敏　新しい「啄木ふる里の道」と散策のご案内　P2 ～ 7

　　天野　仁　啄木曼陀羅（15）奈良県でたった一人の啄木を繞る人々（藤岡玉骨）　P8 ～ 13
　　　　　　　　　　　　　　　　　　　　　　　　　　　　　天野仁個人発行誌　H 19・6・20

塩浦　彰　啄木と荷風と静枝—反逆する三つのかたち（講演要旨）P38 ～ 40「日本海」第 148 号
　　　　　　　　　　　　　　　　日本海社（長岡市若草町 3-1-5 星野四郎気付）H 19・6・20

編集部　第三十五回新潟啄木祭報告 P40 ～ 41「日本海」第 148 号　　　　日本海社　H 19・6・20

松本健一『増補・新版　石川啄木　望郷伝説』四六判 290 頁 2300 円＋税（細目：Ⅰ．石川啄木—
　敗北の自己を愛惜する／Ⅱ．石川啄木　望郷伝説／Ⅲ．啄木日記—故郷喪失の世紀—）
　　　　　　　　　　　　　　　　　　　　　　勁草書房（発売）辺境社（発行）　H 19・6・20

西川敏之　独歩と啄木　夢と挫折 P2 ～ 0　「国木田独歩の会」第 7 号　　　　　　　H 19・6・23

釧路新聞（記事）「釧路と啄木の女たち」29・30 日・一人語り公演　　　　　　　　　H 19・6・24

「かまいし net NEWS」小国露堂　毎日新聞鬼山記者が評伝（毎日岩手版に同じ）　H 19・6・29

「第 24 回　啄木祭」（B5 判 8 頁 パンフ）　　　　　　　　　江南義塾盛岡高等学校　H 19・6・29

池田　功　啄木芝居の魅力　「釧路と啄木の女たち」（ザ・どらま上演の栞）　　　　H 19・6・29

永田秀郎　市民と一緒に啄木劇を「釧路と啄木の女たち」（ザ・どらま上演の栞）　　H 19・6・29

永田秀郎　"釧路と啄木の女たち"の公演について（ザ・どらま【ひとり語り】チラシ）　H 19・6・29

毎日新聞（岩手版記事）よみがえる小国露堂　宮古出身の新聞人　啄木とも親交　　　H 19・6・29

北海道新聞（道東版・記事）来年、啄木来釧 100 年　演劇グループが一人語り　　　　H 19・6・30

風のあら又三郎（荒又重雄）「翻訳　英文啄木短歌（支援者）part 6　啄木をささえた人たち」A4 判
　全 8 頁　　　　　　　　　　　　　　　　　　　　　　　北海道労働文化協会　H 19・7・1

「港文館だより」第 29 号（石川啄木の縁戚が釧路に住んでいる／ほか）A5 判片面刷　H 19・7・1

三枝昂之　作歌へのいざない・短歌の急所 P62 ～ 63「NHK 短歌」7 月号　　　　　　H 19・7・1

三枝昂之　あたらしい啄木（19）仕事の後 P96 ～ 101「歌壇」第 21 巻 7 号　　　　　H 19・7・1

「啄木学級　文の京講座」（井沢元彦・啄木をめぐる女性たち／Ａ5 判両面刷チラシ）　H 19・7・1

南條範男　碑の浪漫（82）盛岡市厨川・茨島の歌碑 P20 ～ 0「迸水」7 月号　　　　　H 19・7・1

森　義真ほか監修　「盛岡啄木・賢治「青春の記憶」探求地図　A1 判 両面刷 200 円
　（H 16・9 の改定版）　　　　　　　　　　文化地層研究会（盛岡市）編発行　H 19・7・1

釧路新聞（記事）「釧路と啄木の女たち」公演・一人語りで浮き彫り　　　　　　　　H 19・7・2

アリー・マントワネット　屈折したラブレター「石川くん」枡野浩一著　　福井新聞　H 19・7・2

盛岡タイムス（記事）啄木に記者道を説いた男・評伝「小国露堂」を発刊　　　　　H 19・7・4

岩手日報（夕記事）大間啄木歌碑建立記念　川崎むつを賞短歌募集　　　　　　　H 19・7・5

北畠立朴〈啄木エッセイ115〉書肆正實堂の写真発見　朝日ミニコミ「しつげん」第423号　H 19・7・5

北畠立朴　来年の来釧 100 年　もう一度公演を（読者の広場）　　　　釧路新聞　　H 19・7・6

中坪　聡　盛岡・賢治、啄木青春の町 P5 〜 7「NHKステラ」特別版

　　　　　　　　　　　　　　　　　　　　　　　　　　　　NHKサービスC　H 19・7・6

北海道新聞（夕・記事）啄木の足跡学ぼう・9 日　　　　　　　　　　港文館　　H 19・7・6

伊藤千尋（文）内藤久雄（写真）愛の旅人・石川啄木と橘智恵子　朝日新聞（de）H 19・7・7

「Northern songs」〈ノーザンソングス〉小樽発・読書マガジン 2007 年 1 〜 3 月合併号・最終号

　（新谷保人編集／細目：赤き布片という記憶／金田一、啄木の人と生涯を語る／西川光二郎と違星北斗

　／ほか）　　　　　　　　　　　　　　　　　　　スワン社（小樽市桜 5-19-24）　H 19・7・7

石井英夫〈蛙の遠めがね〉犀星は啄木におんぶした　　　　　　　　　産経新聞　　H 19・7・9

藤根研一　石川啄木記念館 P12 〜 0「ふれあい通信」81 号　岩手中部農業共済組合　H 19・7・9

朝日新聞　（コラム記事・この一品）愛嬌あふれる南部鉄器製（啄木歌に詠まれた狛犬）　H 19・7・10

『短歌の謎　近代から現代まで』國文學編集部編 A5 判 1800 円＋税（以下 2 点の文献を収載）

　上田　博　石川啄木・やとばかり／桂首相に…〈名歌問題歌難解歌の謎〉P132 〜 0

　塚本邦雄　石川啄木　黙示録的世界への扉〈歌人の謎〉P46 〜 49　　　学燈社　H 19・7・10

北海道新聞（道南版・記事）石川啄木、クイズで遊ぼう　函館市文学館で　　　　H 19・7・14

原　哲夫　遙かなる啄木 P151〜179『遙かなる啄木』四六判 1200 円＋税　　文芸社　H 19・7・15

盛岡タイムス（記事）啄木歌碑建立 1 周年を祝う（盛岡一高歌碑）　　　　　　H 19・7・16

朝日新聞（夕・記事）啄木の短歌にメロデイー　新井満がアルバム　　　　　　H 19・7・21

水野信太郎　旧渋民小学校と本郷「喜之床」（啄木ゆかりの建築物 1）P347〜350「日本建築学会北海

　道支部研究報告集　NO.80」A4 判　　　　　　　　日本建築学会北海道支部　H 19・7・21

岩手日報（夕）「啄木伝」を追悼公演・劇作家・秋浜さん戯曲　　　　　　　　　H 19・7・25

森　義真　2006 年後半以降の啄木文献紹介（86 点）B4 判 4 枚　　著者作成目録　H 19・7・28

「秋浜悟史追悼公演　啄木伝」（パンフ B5 判全 14 頁）　　秋浜悟史氏追悼実行委員会　H 19・7・29

岩手日報（夕・記事）追悼の「啄木伝」生き生きと上演　　　　　　　　　　　　H 19・7・31

井上信興　「西脇巽氏の著書への反論」1〜2　A5 判　20 枚　　　私家版冊子　H 19・7・—

永田秀郎『演劇台本　釧路と啄木の女性たち』A4 判 65 頁　　　　　　著者刊　　H 19・7・—

梅内美華子　現代歌枕・北海道 (1) P49 〜 51「NHK 短歌」8 月号　　日本放送出版　H 19・8・1

小池　光　短歌を考える（5 〜 6）啄木の 3 行書き (1) P98 〜 101 (2) P120 〜 124「短歌研究」

　第 64 巻 8 〜 9 号 1000 円　　　　　　　　　　　　　短歌研究社　H 19・8・1〜9・1

「広報もりおか」特集・啄木生誕百二十年（啄木と盛岡 ― ゆかりの地を訪ねて― P2〜3／啄木生誕

　120 年事業／ほか）タブロイド判　　　　　　　　　　　　　　盛岡市　H 19・8・1

「港文館だより」第 30 号【ひとり語り】釧路と啄木の女たち／ほか）A5 判 片面刷　　H 19・8・1

高野公彦　仕事―人生の場面 (5) P22 〜 23「NHK 短歌」8 月号　　日本放送出版　H 19・8・1

「啄木と花紀行と植物細密画展」栞 A5 判　両面（期間 8 月 1 日〜 30 日）　港文館　H 19・8・1

牧野立雄　賢治と盛岡 (9) 啄木の贈り物 P20 〜 21「街もりおか」8 月号（←H 21・8『賢治と盛岡』

　賢治と盛岡刊行委員会）　　　　　　　　　　　　　　　　　　　　H 19・8・1

三枝昂之　あたらしい啄木⑳　大逆事件と啄木短歌 P82 ～ 87「歌壇」第 21 巻 8 号　　H 19・8・1

南條範男　碑の浪漫（83）岩手県御神坂登山口の歌碑 P20 ～ 0「逆水」8 月号　　　H 19・8・1

「一枚の繪」8 月号　通巻 432 号 B5 変形判 820 円〈特集〉石川啄木の哀しみ　※啄木短歌をテーマにした

　　絵画 21 点と啄木記念館の所蔵品を写真で紹介（涙―中村賢次　武田靖夫　岡江伸 P52 ／想―鵜飼雅樹

　　松波照慶 P60 ／恋―宇山卓栄　桶田洋明 P63 ／海―樋口洋 P64 ／懐―金子東日和 P66 ／寂―花岡寿一

　　土田佳代子 P68 ／遥―鎮西直秀　葛西俊逸 P70 ／愁―松埜青樹　渡辺光章　成朝霞 P72 ／匂―北久美

　　子　仲林敏次 P74 ／悲―西田陽一 P76）〈エッセイ〉高井有一　夏の緑輝く渋民 P54 ～ 57

　　　　　　　　　　　　　　　　　　　　　　　　　　　　　　　　一枚の繪（株）H 19・8・1

東奥日報（記事）啄木が詠んだ花　細密画と書で　きょうから展示　釧路　　　　H 19・8・2

北海道新聞（記事）啄木が詠んだ花　細密画と書で　きょうから展示　釧路　　　H 19・8・2

北畠立朴〈啄木エッセイ 116〉啄木来釧百年記念展の開催

　　　　　　　　　　　　　　　　　朝日ミニコミ「しつげん」第 425 号　H 19・8・5

北畠立朴　啄木来釧 100 年を前に　　　　　　　　　　　　釧路新聞　H 19・8・6

秋沼蕉子　「啄木忌」（ほかに啄木を詠む歌多数）秋沼蕉子歌集『餡パン・クリームパン』四六判

　　2000 円＋税　　　　　　　　　　　　　　　　　　　　　著者刊　H 19・8・10

井上信興『続・終章　石川啄木』四六判 243 頁 2000 円＋税〔細目：「東海の歌」の定説をめぐって／

　　「東海の歌」に関する諸説／「終章　石川啄木」の書評について／啄木の文学関係者達とその雅号／啄

　　木とその家族／書評／随想・戦時下の函館病院と阿部先生（ほか）／資料：石川啄木の人物評／三浦光

　　子「兄啄木のことども」（九州日日新聞連載記事）〕　　　　　　　渓水社　H 19・8・10

河北新報（記事）短歌甲子園　啄木ゆかりの地・盛岡で 17 日開幕　　　　　　　H 19・8・11

志田澄子　秋浜悟史さん、古里に根（コラム・展望台）　　　　　岩手日報（夕）H 19・8・11

手塚さや香　凱風快晴　夏山をゆく（4）岩手山・啄木の歌通じ「ふるさと」の象徴

　　　　　　　　　　　　　　　　　　　　　　　　　　　毎日新聞（夕）H 19・8・14

北海道新聞（記事）来函 100 年　啄木を歌おう　26 日函館でトークイベント　　H 19・8・17

一戸彦太郎　岩手との出合い　読書から（コラム・展望台）　　　岩手日報（夕）H 19・8・18

岩手日報（記事）啄木に響け　若き感性・盛岡　短歌甲子園が開幕　　　　　　　H 19・8・18

岩手日報（夕・記事）短歌甲子園　啄木ゆかりの地訪ね　　　　　　　　　　　　H 19・8・18

近藤典彦　『あこがれ』の発行日　A4 判 3 枚（啄木学会東京支部研究発表のレジメ）H 19・8・18

岩手日報　若き歌人　感性きらり　短歌甲子園　　　　　　　　　　　　　　　　H 19・8・20

河北新報（記事）歌おう啄木の世界　「千の風」新井満さん短歌基に作曲　　　　H 19・8・21

盛岡タイムス　啄木の地で青春歌う　短歌甲子園　　　　　　　　　　　　　　　H 19・8・22

小島ゆかり　十代の花～短歌甲子園 2007 の作品群～　　　　　　　岩手日報　H 19・8・25

北海道新聞（記事）啄木への思い熱唱　新井満さん　函館でショー　　　　　　　H 19・8・27

逸見久美著『新版　評伝与謝野寛　晶子　明治篇』A5 判　全 750 頁 12,000 円（第 10 章・明治四二年

　　第 1 部・「明星」廃刊後の新詩社（1）「スバル」創刊と啄木の思い P563 ～ 567 ／ほか）

　　　　　　　　　　　　　　　　　　　　　　　　　　　　　八木書店　H 19・8・30

朝日新聞（岩手版記事）啄木がすんだ函館と盛岡の児童らが交流　　　　　　　　H 19・8・30

「いわてのタウン誌」【展示資料目録】9 月 3 ～ 24 日 A 5 判 27 頁（「街もりおか」創刊 40 周年記念）

　　　　　　　　　　　　　　　　　　　　　　　　　　岩手県立図書館　H 19・9・1

梅内美華子　現代歌枕・北海道（2）P49〜51「ＮＨＫ短歌」9月号　　日本放送出版　　H 19・9・1

「港文館だより」第31号（啄木のいとこ秋浜融三の履歴書発見／ほか）A5判片面刷　　H 19・9・1

小塩卓哉　書評・新井満著『ＣＤブック　石川啄木　ふるさとの山にむかひて』P157〜0

　「歌壇」9月号 800円　　　　　　　　　　　　　　　　　　　　　本阿弥書店　H 19・9・1

三枝昂之　あたらしい啄木（21）『一握の砂』へ（1）P98〜103「歌壇」9月号　　H 19・9・1

南條範男　碑の浪漫（84）日戸・玉山公民館前の歌碑 P20〜0「逆水」9月号　　H 19・9・1

孫　順玉：編訳『石川啄木　詩選』〈日本語・ハングル文字対訳・重版〉B5判 154頁　（細目：詩「は

　てしなき議論の後」ほか24篇／短歌：「一握の砂」94首／「悲しき玩具」22首／ほか／初版 H10・

　10・20）　　　　　　　　　　　　　　　　　　　　　　　　　　　民音社（韓国）H 19・9・1

牧野立雄　賢治と盛岡（10）命の森の開拓者 20〜21　「街もりおか」9月号　　H 19・9・1

第三書館編『ザ・啄木　歌・小説全一冊』（大活字版）1995円（→S60の重版）　　H 19・9・1

安永稔和「明星」の「花散る日」競作 P361〜430『内海信之　花と反戦の詩』四六判 3800円＋税

　　　　　　　　　　　　　　　　　　　　　　　　　　　　編集工房ノア（大阪市）H 19・9・1

東海新報（記事）啄木の"気持ち"表現　70点の作品を展示　マイヤ本店で　　H 19・9・2

太田　登　歌集『一握の砂』の魅力について―石川啄木は石川一をどう演出したか―　A4判 3枚

　（国際啄木学会インドネシア大会の研究発表レジメ）　　　　　　　　　　H 19・9・3

安元隆子　レオニート・アンドレーエフ『血笑記』と啄木　A4判 6枚（国際啄木学会インドネシア

　大会の研究発表レジメ）　　　　　　　　　　　　　　　　　　　　　　H 19・9・3

国際啄木学会インドネシア大会ポスター A2判　　　国際啄木学会インドネシア支部　H 19・9・3

「国際啄木学会会報」第25号 A5判 全33頁（以下5点の文献を収載）

　　太田　登　インドネシア大会開催の意義について P5〜0

　　バンバン・ウイバワルタ　インドネシア大会挨拶 P6〜7

　　太田　登　歌集『一握の砂』の魅力について P9〜0

　　照井悦幸　A Handful of Sand と一握の砂　P10〜0

　　安元隆子　レオニート・アンドレーエフ『血笑記』と啄木　P11〜0

　　　　　　　　　　　　　　　　　　　　　　　　　　国際啄木学会　H 19・9・3

じゃかるた新聞（日本語版・記事）ＵＩで国際啄木学会・「一握の砂」の魅力紹介　　H 19・9・4

東京新聞（夕・記事）ふるさと新聞・曲を通して啄木の世界を（新井満ＣＤ発売）　　H 19・9・4

玉川　薫　美しい図書館（コラム朝の食卓・函館図書館について）　　　　北海道新聞　H 19・9・4

北畠立朴〈啄木エッセイ117〉釧路新聞　"釧路詩壇"の詩について

　　　　　　　　　　　　　　　　　　　　　　　　　「しつげん」第427号　H 19・9・5

横澤一夫　ふるさとの山に向ひて・新井満が啄木の歌を唄った　　　　釧路新聞　H 19・9・7

小樽文学館編発行「復刻版・小樽日報　第3号」※H 19・9・8〜H 20・1・20 小樽文学館が開催の【小

　樽日報創刊啄木来樽百年特別展記念】入場者のみに配布のために復刻　　　　H 19・9・8

北海道新聞（記事）「流浪の啄木」ひょうひょうと　小樽文学館に銅像　　　　H 19・9・8

「石川啄木と小樽日報」A4判 全56頁（以下5点の文献を収載）

　　亀井秀雄　「小樽日報」の風景 P1〜17

　　新谷保人　啄木の「北海道」地図 P18〜20

　　風のあら又三郎（荒又重雄）　英文啄木短歌小樽版　かなしきは小樽の町よ P21〜30

亀井志乃　小樽新聞特別企画北海道全線鉄道競争の旅 P31 ～ 39

亀井志乃　石川啄木と小樽日報関連事項年譜 P40 ～ 56　　　　　　　市立小樽文学館　　H 19・9・9

岩手日報（記事）啄木ゆかりの地ぶらり　盛岡で文学散歩　　　　　　　　　　　　　　H 19・9・12

毎日新聞（特集記事）あの人に迫る・新井満（啄木短歌に作曲をした話題など）　　　　H 19・9・14

北海道新聞（道東版記事）啄木の足跡に感激・八雲の愛好家が釧路巡り　　　　　　　　H 19・9・16

櫻井健治　啄木・北海道漂泊の一年　P85 ～ 90「平成 19 度　全国社交飲食業代表者　北海道大会」
　　B5 判　非売品　　　　　　　　　　　　　　　　　　生活衛生同業組合連合会　　H 19・9・19

風のあら又三郎（荒又重雄）「翻訳　英文啄木短歌（改訂函館版）part 2 柔らかき汝が耳朶」B5 判
　　全 8 頁　　　　　　　　　　　　　　　　　　　　　北海道労働文化協会　　H 19・9・20

太田　登　国際啄木学会インドネシア大会を終えて　　　　　　　しんぶん赤旗　H 19・9・25

小川武敏　大逆事件と石川啄木 P295 ～ 510　山泉進編『大逆事件の言説空間』四六判 3800 円＋税
　　※（→ H19・3・31 明治大学人文科学研究所発行の非売品版あり）　　　論創社　H 19・9・25

山折哲雄　石川啄木の慟哭 P163 ～ 176『幸福と成功だけが人生か』新書判 950 円＋税（→ H19・4『無
　　情の風に吹かれて』小学館）　　　　　　　　　　　　　　　PHP 研究所　H 19・9・25

北海道新聞（道央版・記事）啄木の人間味、豆本に　来月刊行　小樽の水口さん　　　　H 19・9・27

望月善次　国際啄木学会インドネシア大会（上・下）　　　　　岩手日報　H 19・9・28 ～ 29

「港文館だより」第 32 号（国際啄木学会北海道支部結成会合／ほか）A5 判片面刷　　H 19・10・1

福島泰樹　絶叫カメラ紀行（31）望郷の渋民村 P54 ～ 57「NHK 短歌」10 月号　　　H 19・10・1

藤沢　全　書評・安元隆子著『石川啄木とロシア』P210 ～ 0「国文学　解釈と鑑賞」10 月号
　　　　　　　　　　　　　　　　　　　　　　　　　　　　　　　至文堂　　H 19・10・1

三枝昂之　あたらしい啄木（22）『一握の砂』へ（2）P78 ～ 83「歌壇」10 月号　　H 19・10・1

三枝昂之　作歌へのいざない（2）比喩の魅力 P60 ～ 61「NHK 短歌」10 月号　　　H 19・10・1

北海道新聞（道南版・記事）啄木の足跡、事前に体験・函館　　　　　　　　　　　　　H 19・10・1

南條範男　碑の浪漫（85）個人で建立した啄木歌碑（1）井上家庭園の歌碑（広島県）P20 ～ 0
　　「逎水」10 月号　　　　　　　　　　　　　　　　　　　逎水短歌会　　H 19・10・1

「平成 18 年度 盛岡てがみ館 館報」（啄木関係特別展などの記載あり）A5 判 51 頁　　H 19・10・1

八木福次郎　啄木本の古書価値／英訳『一握の砂』／啄木とごっほ／啄木と賢治 P74 ～ 77『古書蘊蓄』
　　四六判 2625 円＋税　　　　　　　　　　　　　　　　　　　平凡社　H 19・10・1

「企画展の窓」第 89 号【絵はがきの啄木】A4 判片面刷　　　　盛岡てがみ館　H 19・10・2

「盛岡てがみ館資料解説」第 89 号「絵はがきの啄木」（昭和十年代）　　　　　　　　H 19・10・2

「札幌啄木会だより」No.12 A4 判 全 10 頁（以下 2 点の文献を収載）
　　桜木俊雄　「啄木の骨」を読んで P6 ～ 8
　　川内通生　『火星の芝居』と啄木、そして私 P8 ～ 10　　　札幌啄木会　H 19・10・5

「浜茄子」第 73 号 B5 判 全 4 頁 ※以下 3 点の文献を収載
　　南條範男　島崎藤村（啄木と関連）／忘れ得ぬ人々（2）松本政治氏・中島嵩氏／石川啄木碑の
　　浪漫（14）／ほか　　　　　　　　　　　　　　　　　　　仙台啄木会　H 19・10・9

石田比呂志　神さま、仏さま、啄木さま— 書いてみたかった年賀状・石川啄木宛 P17 ～ 18　『長
　　醋居雑録』四六判 3500 円＋税　　　　　　　　　　　　　砂子屋書房　H 19・10・10

読売新聞（北海道版記事）啄木の 3 歌碑　合唱曲に・小樽文学館で 13 日　　　　　　H 19・10・10

秋田さきがけ（記事）啄木の「心」歌声に・森田さん 29 日にコンサート　　　　　　　H 19・10・11

出久根達郎　〈コラム・新書物浪漫〉土岐善麿　　　　　　　　　　　　東京新聞（夕）H 19・10・11

北海道新聞（記事）来樽 100 年で登場、啄木のミニ人形（小樽文学館）　　　　　　　H 19・10・11

北海道新聞（記事）英語で詠む啄木　札幌・荒又さん発表「解釈多様で面白い」　　　H 19・10・11

北海道新聞（小樽・後志版　記事）啄木の歌碑　合唱曲に・3 首に哀調の旋律　　　　H 19・10・12

「小樽啄木会だより」第 9 号 B5 判 全 11 頁（以下 3 点の文献を収載）

　　特集・小樽啄木会この十年（無署名）P1 〜 5

　　亀井志乃　丘の上、万朶の桜—〈小樽の啄木〉との出会い— P6 〜 8

　　新谷保人　小樽とは何だったのか？ P9 〜 0　　　　　　　　　　　　小樽啄木会 H 19・10・13

「小樽啄木祭」（式次第の栞）講演　櫻井健治／朗読と歌の夕べ　　　　　小樽啄木会 H 19・10・13

岩手日報（コラム 風土計）※「神無月岩手の山」の解釈と風土を綴った内容　　　　H 19・10・13

読売新聞（北海道版記事）啄木の足跡　豆本に・「小樽日報」創刊の新事実も交え　　H 19・10・13

石川啄木『悲しき玩具』（東雲堂初版本の復刻）1260 円　　　　　石川啄木記念館 H 19・10・14

東京新聞（記事）啄木　英語でよむ・小冊子を製作・札幌の荒又さん　　　　　　　H 19・10・14

北海道新聞（記事）碑の短歌で合唱曲・小樽市役所クラブ披露　　　　　　　　　　H 19・10・14

望月善次　啄木短歌、賢治の短歌〜近年の研究概況を中心として〜（講演レジメ）　　H 19・10・14

岩城之徳　啄木と伊藤博文暗殺事件—日韓併合への道— P44〜75（→H元・3「国文学」34 - 4／H7・4

　　『石川啄木とその時代』おうふう）　編集部編『知っ得　近代文壇事件史』1800 円＋税

　　　　　　　　　　　　　　　　　　　　　　　　　　　　　　　　　学燈社　H 19・10・15

北沢文武　谷静湖と石川啄木 (5) 刊行されなかった新雑誌 P22 〜 27「トスキアナ」第 6 号 A5 判

　　1500 円＋税（←H21・2『谷静湖と石川啄木』塩ブックス）

　　　　　　　　　　　　　　　　　　　　　　　トスキアナの会（皓星社発売）H 19・10・15

水口　忠『小樽啄木餘話』（豆本 10 × 10mm）96 頁　500 円＋送料（細目：内容：1・小樽　啄木周

　　辺＝妹　ミツの受洗／桜庭チカ先生／なぞの女性は／「赤い靴」と啄木／一握の砂と「坂西志保」／

　　2・新聞記者　啄木＝啄木日記を読む／啄木評価の変遷—歌碑建立から—／「小樽日報」記者　啄木／

　　榎本武揚と啄木／羽織と袴／3・小樽啄木餘話＝啄木通り／二階の床柱は／鬼甜頭病と「江戸屋」／石

　　川家の家計　小樽編／後志の啄木歌碑は・倶知安駅前・旭ヶ丘公園中央広場／余市水産博物館前／ほか）

　　　　　　　　　　　　　　　　　　　　　　　　　　　　　　余市豆本の会 H 19・10・15

目良　卓　短歌の三要素 (6)「開放区」第 80 号 1000 円　　　　　　現代短歌館 H 19・10・15

岩手日報（記事）「悲しき玩具」初版を復刻　盛岡市と啄木記念館　　　　　　　　H 19・10・16

産経新聞（岩手版記事）石川啄木の「悲しき玩具」初版本を復刻　盛岡市と記念館　　H 19・10・16

中日新聞（記事）「悲しき玩具」初版を復刻　盛岡市と啄木記念館　　　　　　　　　H 19・10・16

☆ IBC ニュースエコー（ネット記事）「悲しき玩具」復刻本発行　　　　　　　　　H 19・10・16

北海道新聞（コラム卓上四季〜啄木の小説から新聞記者に関する内容）　　　　　　H 19・10・16

岩手日報（記事）「悲しき玩具」復刻　初版本の色、活字再現　　　　　　　　　　H 19・10・17

河北新報（記事）「悲しき玩具」復刻　きょう発売・啄木の初版本忠実に　　　　　H 19・10・17

読売新聞（記事）「悲しき玩具」初版本復刻　　　　　　　　　　　　　　　　　　H 19・10・17

朝日新聞（岩手版記事）「悲しき玩具」初版本・文庫本にない歌論所収　　　　　　H 19・10・18

出久根達郎　〈コラム・新書物浪曼〉ローマ字歌集　　　　　　　　　　東京新聞（夕）H 19・10・18

北海道新聞（記事）「余市豆本」が通算 50 冊（啄木関係の本も）　　　　　　　　H 19・10・19

岩手日報（いわて人物散歩特集号）石川啄木／金田一京助／ほか全 12 頁　　　　H 19・10・20

盛岡タイムス（記事）啄木しかった冨田小一郎・山本玲子さん盛岡市立高校で講演　H 19・10・20

森　義真　『甲辰詩程』7 月 23 日を読む（4 枚）啄木学会盛岡支部研究発表レジメ　H 19・10・20

中日新聞（社説：「ココアのひと匙」を引用し、イスラム教とテロ行為を論じる）　H 19・10・21

山本玲子　百年目の最も美しい聴物・心解き放す啄木の歌　　　　　　　　　　　H 19・10・21

盛岡タイムス（記事）「悲しき玩具」復刻本発売　　　　　　　　　　　　　　　H 19・10・22

関川夏央　私のとっておき・石川啄木「新編　啄木歌集」　　　　　岩手日報　H 19・10・27

北海道新聞（道中版記事）啄木の短歌を歌に・倶知安の脇山さん来月 3 日披露　　H 19・10・27

鬼山親芳　啄木の宮古上陸 100 年　　　　　　　　　　　　毎日新聞（岩手版）H 19・10・28

「啄木学級」（チラシ）　　　　　主催・盛岡観光コンベンション・石川啄木記念館　H 19・10・28

岩手日報（記事）啄木と同じ空を眺めて・盛岡・玉山で恒例の教室　　　　　　　H 19・10・29

「石川啄木新聞」（A3 判各片面刷 22 頁）※本紙は北海道新聞（H 20・1・1）に石川啄木はなぜ新聞
　　記者に？・函館・神山小学生が取材（全 1 頁）と題して紹介された内容によれば、柏谷俊輔君
　　以下 22 名の小学生が、函館市内の図書館や文学館ほかで啄木について取材し、これを各自 1
　　頁の「石川啄木新聞」を作成した。その内容と紙面のユニークさが、北海道新聞（H 20・1・1）
　　の啄木特集号 1 頁全面に紹介されている　　　　　北海道函館市立神山小学校児童　H 19・10・30

紀伊民報（コラム記事）啄木を味わう（『悲しき玩具』復刻本と短歌の話題）　　H 19・10・30

アルハヤート（ロンドンのアラビア語新聞記事）自殺した日本人　石川啄木の詩（編注：ムハンマド・
　　オダイマ氏のアラビア語版「一握の砂」の紹介／ムハンマド氏よりコピー提供）　H 19・10・31

「きつつき」第 2 号　A4 判 全 6 頁（細目：鈴木宗夫・「きつつき」発行の挨拶にかえて＝「一握の砂
　　を示した人」とは＝ P 1 〜 2／水戸勇喜・童謡「赤い靴」の哀話 P 5 〜 6／ほか）
　　　　　　　　　　　　　　　　　　　　　　　　　　　　　柴田啄木会　H 19・10・31

「Hi こちら岩手大学」（広報誌）賢治・啄木… P5 全面　　　　　　　岩手大学　H 19・10・―

「啄木と賢治」〜盛岡「文学と彫刻のまち」散歩〜 A 4 判全 24 頁（発行日記載無し）　H 19・10・―

「山本忠男氏寄贈石川啄木関係資料について」（パンフ A3 判両面刷）　石川啄木記念館　H 19・10・―

小島なお　闥（くじ）引くごとし P40 〜 41「歌壇」11 月号 800 円　　本阿弥書店　H 19・11・1

三枝昂之　あたらしい啄木（23）「われ」を愛する歌―『一握の砂』の世界（1）P95 〜 101
　　「歌壇」第 21 巻 11 号　800 円　　　　　　　　　　　　　　本阿弥書店　H 19・11・1

長谷富士男　啄木―釧路での 76 日間 “来釧百年記念祭” について P90 〜 92「いわてねんりんクラブ」
　　第 131 号 B5 判　　　　　　　　　　　　　　　　　　　ねんりん舎（盛岡）H 19・11・1

田中千代子「乙女の像」と啄木歌碑 P106 〜 107「いわてねんりんクラブ」第 131 号　H 19・11・1

福島泰樹　絶叫カメラ紀行（32）盛岡慕情 P54 〜 56 「N H K 短歌」11 月号　　H 19・11・1

出久根達郎〈コラム・新書物浪曼〉樹木と果実　　　　　　　　　東京新聞（夕）H 19・11・1

南條範男　碑の浪漫（86）個人で建立した啄木歌碑（2）吉川家庭園（福岡）／山口家庭園（玉山）
　　／伊藤家庭園（盛岡）／オームラ洋裁専門学校（盛岡）／篠根家庭園（盛岡）／ P20 〜 0「迸水」
　　11 月号　　　　　　　　　　　　　　　　　　　　　　　迸水短歌会　H 19・11・1

清田文武　石川啄木の文芸活動／評論「空中書」と鷗外／啄木におけるルソー　P203 〜 231
　　『鷗外文芸とその影響』A5 判 9000 円＋税　　　　　　　　翰林書房　H 19・11・2

櫻井健治「風になった啄木と函館」（トークショー参考資料）A5判11頁　　著者作成　H 19・11・2

読売新聞（岩手版記事）大石邦子さん・悲しみの原点　生きる力に　　　　　　　　H 19・11・3

土樋靖人　啄木の歌論を読む（上・下）　　　　　　　産経新聞（岩手版）H 19・11・3〜4

阿部幹男　石川啄木と山の歌　日本山岳研修学会研究発表レジメ　A5判9枚　　　H 19・11・4

風のあら又三郎　（荒又重雄）「翻訳　英文啄木短歌（函館）part 7　砂山の砂に腹這いて」　A4判

　　全8頁　　　　　　　　　　　　　　　　　　　　北海道労働文化協会　H 19・11・10

岩手日日（情報誌）連載記事・岩手風景の旅　盛岡内丸郵便局・石川啄木歌碑　　H 19・11・10

釧路新聞（記事）啄木来釧百年周年事業決まる、釧路　　　　　　　　　　　　　　H 19・11・10

秋田さきがけ（記事）啄木歌う公演実現・大曲市　県民オペラの森田さん　　　　　H 19・11・11

岩手日報（記事）啄木の望郷が共感・インドで詩歌の祭典　　　　　　　　　　　　H 19・11・12

盛岡経済新聞（記事）石川啄木の詩集（注＝歌集）「復刻版シリーズ」が人気　　　H 19・11・12

山本玲子著『新編　拝啓　啄木さま』文庫 297頁 762円＋税〔1999年7月出版の改訂版。「広報
　たまやま」に連載した「拝啓　啄木さま」（1996年4月〜2001年4月）61篇、「啄木のことば」（2001
　年5月〜2004年3月）30篇などが収録〕　　　　　　　　熊谷印刷出版部　H 19・11・13

小野崎敏　石川啄木と俳痴工藤大助 P152〜156／冨田小一郎と啄木の師弟愛 P152〜162／啄木
　を文学に導いた上級生 P163〜164／ほか『鉄都釜石の物語』四六判 1700円＋税

　　　　　　　　　　　　　　　　　　　　　　　　　　　新樹社　H 19・11・15

栃木　誠　石川啄木「啄木日記」文学に生きる苦悩がにじむ P149〜161（→H19・3・1〜4・6「日
　本経済新聞」に6回連載）日本経済新聞社編『日記をのぞく』四六判 1700円＋税

　　　　　　　　　　　　　　　　　　　　　　　日本経済新聞出版社　H 19・11・15

佐藤　勝　鳥居省三氏の遺著に感動　　　　　　　　　　　釧路新聞　H 19・11・15

出久根達郎　〈コラム・新書物浪曼〉しがらみ　　　　　東京新聞（夕）H 19・11・15

「望」第8号 B5判 全100頁 1000円

　私の気がついた啄木、私の見た啄木の原風景と作品、ほか／上田勝也、北田まゆみ、熊谷昭夫、
　齊藤清人、佐藤静子、永井雍子、福島雪江、向井田薫、吉田直美

　　　　　　　　　　　　　発行者・望月善次　編集・啄木月曜会　H 19・11・19

岩手日報（記事）啄木の歌の翻訳英文、米で確認　1937年に全米で放送　　　　　H 19・11・22

「国際啄木学会盛岡支部会報」第16号 A5判（以下7点の文献を収載）

　望月善次　インドから函館へ P2〜0

　望月善次　国際啄木学会インドネシア大会報告 P3〜6

　吉田直美　国際啄木学会インドネシア大会に参加して P7〜9

　米地文夫　人生の歩み方にみる啄木と賢治の時間差 P10〜14

　森　義真　宮静枝さんの啄木の歌 P15〜17

　小林芳弘　石川啄木と畠山亭—結婚式前後の謎の行動をめぐって— P18〜21

　佐藤静子　「あなたのお顔はドシのようね」P21〜23／ほか）全31頁 A5判

　　　　　　　　　　　　　　　　　　　国際啄木学会盛岡支部　H 19・11・22

太田　登　シンポジウム「いま、『明星』を考える（レジメ A5判2枚）　　　　　H 19・11・23

四国新聞（記事）高松駅開業110周年（啄木短歌を引用した文章）　　　　　　　　H 19・11・25

熊谷彦人　〈仲間と想う〉卒後50年記念「砂山会」　　　　　岩手日報（夕）H 19・11・29

テイシュリーン（シリアのアラビア語新聞記事）日本の詩人　石川啄木『一握の砂』の一握の詩に見る
　　一握の人生（編注・ムハンマド・オダイマ氏のアラビア語版「一握の砂」の紹介）　　　H 19・11・29

出久根達郎　〈コラム・新書物浪漫〉本を買ひたし　　　　　　　　　東京新聞（夕）H 19・11・29

佐佐木幸綱　解説：P139〜149 坂口弘歌集『常しへの道』1700 円＋税　砂子屋書房 H 19・11・30

関川夏央　私のとっておき（96）石川啄木「新編　啄木歌集」　　　　秋田さきがけ　H 19・11・30

井上信興　「東海歌」についての再々論　A5 判 7 頁　　　　　　　　　私家版冊子　H 19・11・―

尹　在石　石川啄木の翻訳詩『終りのない討論の後』考察 ─ 韓国における『ブ ナロード運動』
　　を中心に─「日本文化學報」第 35 号　　　　　　　　　　　　韓國日本文化學會 H 19・11・―

穴吹史士　歌う記者　石川啄木〜朝日新聞社の 3 年間〜（1）〜（17）〈H 19・12・1 より毎週土曜日
　　に掲載〉　　　　　　　　　　　　　　朝日新聞（首都圏版の夕刊）H 19・12・1 〜 H 20・3・29

飯村裕樹　『あこがれ』は「模倣詩集」か〜〈啄木の「愛」と「若さ」を冒頭五編から読む〉P82 〜 91
　　第 60 回岩手芸術祭実行委員会編「県民文芸集」No.38 A5 判　　熊谷印刷出版部 H 19・12・1

「かりばね」創刊号〈特集・信綱と啄木〉B5 判 全 14 頁（細目：川北富夫・信綱と啄木「明治大正昭和
　　の人々」より P2 〜 6 ／諏訪　久・石川啄木文学散歩 P6 〜 14 ／ほか）
　　　　　　　　　　　　　　　　編集・発行：川北富夫（鈴鹿市庄野共進 2-2-41）H 19・12・1

「広報くしろ」1 月号　特集　天才歌人啄木が暮らしたまち　くしろ石川啄木来釧 100 年 P4 〜 7
　　　　　　　　　　　　　　　　　　　　　　　釧路市企画財政部広報広聴課　H 19・12・1

三枝昂之　新しい啄木（24）望郷─『一握の砂』の世界（2）「歌壇」第 21 巻 12 号　　H 19・12・1

テイシュリーン（シリアのアラビア語新聞記事）ムハンマド・オダイマ氏と啄木翻訳『一握の砂』（編注・
　　ムハンマド・オダイマ氏からの資料提供・訳文なし）　　　　　　　　　　　　　H 19・12・1

南條範男　碑の浪漫（87・最終回）啄木終焉の地碑・都旧跡　石川啄木終焉の地 P20 〜 0
　　「逆水」12 月号　　　　　　　　　　　　　　　　　　　　　　　逆水短歌会　H 19・12・1

山本玲子　啄木うた散歩 19 回分（18・1・5 〜同 11・30）　　岩手日報（夕）H 19・12・1 〜 12・28

岩手日報（記事）「啄木と賢治」セミナー・盛岡　　　　　　　　　　　　　　　　H 19・12・3

岩手日報（記事）「啄木の酒」新井さんら企画、発売・盛岡　　　　　　　　　　　H 19・12・4

日本経済新聞（東北版記事）作家の新井満氏・啄木の歌ヒント　日本酒を企画　　　H 19・12・4

盛岡タイムス（記事）啄木短歌の日本酒誕生　　　　　　　　　　　　　　　　　　H 19・12・4

盛岡タイムス（記事）盛岡大学・望月学長が就任会見　　　　　　　　　　　　　　H 19・12・4

岩手日報（夕・記事）啄木・稲造に思い重ねて・盛岡で児童が街散策　　　　　　　H 19・12・4

北海道新聞（記事）講演・石川家の謎と啄木短歌の真実性（長江隆一氏）　　　　　H 19・12・5

出久根達郎　（コラム・新書物浪曼）花と箸　　　　　　　　　　　　東京新聞（夕）H 19・12・6

盛岡タイムス（記事）全米に流れた啄木・盛岡大学・照井准教授が講演　　　　　　H 19・12・7

西脇　巽　「啄木盛岡日記三日間」P160〜181 ／「流行歌に見る啄木」P182〜185（← H27・10・10
　　『石川啄木　旅日記』桜出版）「青森文学」第 76 号 A5 判 1000 円　　青森文学会 H 19・12・10

後藤直良　石川啄木と薬 P135〜146『新版　作家と薬』四六判 2300 円＋税　薬事日報社 H 19・12・12

菅原和彦（署名記事）いわて学芸この 1 年（1）　　　　　　　　　　岩手日報（夕）H 19・12・12

☆ＩＢＣニュース　啄木にちなんだ日本酒発売（盛岡）　　　　　　　　　　　　　H 19・12・13

江草明彦　先人を生かす（コラム／啄木、賢治を活かした観光について）　山陽新聞 H 19・12・13

北海道新聞（道南版記事）「函館文学」ガイドが本に・啄木や童謡「赤い靴」　　　H 19・12・13

内田ミサホ　啄木と賢治の心を、しみじみ思う P8～0 「不屈・岩手版」171号　　H 19・12・15

門屋光昭『啄木への目線―鷗外・道造・修司・周平』四六判 252頁 2520円（細目：第一章・啄木
　の絵葉書／Ⅰ．石川啄木記念館所蔵の絵葉書・2．啄木と橘智恵子―「長き文三年のうちに」考―／第
　二章・啄木と鷗外・道造・修司・周平／Ⅰ．啄木と鷗外の観潮楼歌会・2．立原道造の「盛岡ノート」
　と啄木・3．寺山修司と啄木―「便所より青空見えて啄木忌」覚書・4．藤沢周平の東北回帰と啄木／
　第三章・啄木と民俗芸能／ほか）　　　　　　　　　　　　　　　　　　　　洋々社　H 19・12・15

西堀滋樹・北村巖編「函館文学散歩」A5判 500円（西堀滋樹・仕遂げて死なむ・石川啄木 P8～9／
　北村巖・啄木をめぐる人々 P10～0）　　　　　　　　　はこだてルネサンスの会　H 19・12・15

「いわてねんりんクラブ」第132号 B5判 700円（以下2点の文献を収載）

　長谷富士男　釧路の啄木歌碑余話／ほか P24～25

　佐藤静子　魅力あふれるジャカルタ（※学会インドネシア大会に触れた文）P48～50
　　　　　　　　　　　　　　　　　　　　　　　　　　　　　　　　ねんりん舎（盛岡市）H 19・12・15

宮　健　鷗外と啄木 P255～260『二足のわらじ』四六判 1500円＋税　　　文芸社　H 19・12・15

朝日新聞（記事）歌に秘めた思い届いた？・俵万智さん・岩手県立大東高　　　　　H 19・12・19

今井　宏〈コラム今日の話題〉先輩記者・啄木　　　　　　　　北海道新聞（夕）H 19・12・19

北村　巖　二人の流人と有島武郎 P168～180／石川啄木と有島武郎―遥かなる夢の残像 P181～221
　／『有島武郎論』四六判 1500円　　　　　　　　　　　　　　　　　　　　柏艪舎　H 19・12・20

出久根達郎〈コラム・新書物浪曼〉義援金　　　　　　　　　　　東京新聞（夕）H 19・12・20

盛岡タイムス（記事）森荘已池と啄木を語る・森義真さんが講演　　　　　　　H 19・12・21

毎日新聞（岩手版記事）宮古市ゆかりの出版物合同祝賀会・「評伝　小国露堂」　　H 19・12・22

荒又重雄　【ウエルカム釧根】特別編「英語で読む啄木」1～4
　　　　　　　　　　北海道新聞（夕）H 19・12・26／H 20・1・9／1・16／1・23

出久根達郎〈コラム・新書物浪曼〉友情の深さ　　　　　　　　　東京新聞（夕）H 19・12・27

釧路新聞（記事）啄木来釧 100年で記念事業を実施・「釧路春秋」特集も　　　H 19・12・28

釧路新聞（記事）「来釧 100年」を前にシーサイドホテル・啄木の歌壁面に　　H 19・12・29

阿井渉介『捏造　はいてなかった赤い靴』四六判 1500円＋税※童謡「赤い靴」に纏わる内容で、
　作詞者の野口雨情の記憶と啄木日記などの相違の記述がある　　　　徳間書店　H 19・12・31

DVD『朗読詩集　明治の文豪　石川啄木の詩』〈朗読・早川伉志／歌・田の上一州／全短歌 34首〉
　1980円 本編 31分　　　　　　　　　　企画・発売　キングレコード（株）H 19・―・―

DVD「啄木の歌の風景」44分　※（内容：岩手の山河と啄木短歌を文字活字と音楽に載せた映像）
　定価不記載　　　　　　制作協力：岩手教育文化研究所／発売：ゆいっこ（盛岡市）H 19・―・―

２００８年（平成20年）

釧路新聞〈啄木来釧100年記念特集号〉第４部１～３面（新聞記者啄木の腕検証）　H 20・1・1

近　義松　石川啄木・轍鮒の生涯（126～129 最終回～各回１頁）「新歯界」１月号～４月号
新潟県歯科医師会　H 20・1・1～4・1

三枝昂之　新しい啄木（25）望郷―『一握の砂』の世界（3）「歌壇」第22巻１号　H 20・1・1

北海道新聞〈石川啄木特集号〉（第５部・石川啄木はなぜ新聞記者に？／第６部釧路版１～３面掲載啄木
来釧100年～天才歌人が駆け抜けた76日間／北畠立朴・釧路時代の啄木ほか）　H 20・1・1

「ぽらん」（地域情報紙）新春企画　啄木の詩、心の原風景 P1～2　岩手日報広告局　H 20・1・3

北海道新聞（コラム・こだま）啄木の宿　H 20・1・4

「盛岡てがみ館解説資料」第92号　※「時代を風刺する絵はがき」（昭和十年代）　H 20・1・4

北畠立朴〈啄木エッセイ121〉石川啄木来釧百年記念展
朝日ミニコミ「しつげん」第436号　H 20・1・5

北海道新聞（記事）釧路市を訪問して100年　啄木イベント続々　H 20・1・5

釧路新聞（記事）啄木を知り観光ＰＲへ　H 20・1・5

山本玲子　庶民の立場から考察・門屋光昭著『啄木への目線』　岩手日報　H 20・1・5

「港文館だより」第36号（啄木の従兄弟秋濱融三の写真発見／ほか）A4判 片面刷　H 20・1・6

北海道新聞（札幌版記事）記者・啄木知って1907年の「小樽日報」原寸コピー　H 20・1・6

釧路新聞（記事）啄木の歌　書で表現・港文館で来月20日まで　H 20・1・8

北海道新聞（記事）啄木来釧100年・文芸誌特集、短歌大会の作品募集　H 20・1・8

釧路新聞（記事）啄木思いろうそく点灯、21日に雪明かりの町・釧路　H 20・1・9

海部宣男　大空の一片 P79～81『天文歳時記』1575円＋税　角川学芸出版　H 20・1・10

北海道新聞（記事）釧路啄木会会長・北畠さん・国際啄木学会北海道支部長に　H 20・1・12

大室精一『悲しき玩具』歌稿ノートの中点　国際啄木学会東京支部会の発表レジメ　H 20・1・12

目良　卓　私の好きな啄木短歌　国際啄木学会東京支部会の発表レジメ　H 20・1・12

ムハマンド・オダイマ　アラブ世界で共感された啄木　公明新聞（日曜版）H 20・1・13

関　厚夫　詩物語・啄木と賢治（啄木編１～54）サンケイ・エクスプレス（タブロイド判　日刊紙
／月～金曜に連載）　産経新聞社　H 20・1・14～3・28

小堀文一著　『私の啄木』四六判 1400円＋税（編注：啄木関係文は啄木の作品と生涯を平易に記した「私の
啄木」P6～74 の随想１篇を収録のみ）　創開出版社　H 20・1・15

木股知史著『画文共鳴』～『みだれ髪』から『月に吠える』へ～　四六判 327頁 3400円＋税
（※直接啄木に触れる論稿はないが、雑誌「明星」などの装画論は啄木研究の示唆に富む内容）
岩波書店　H 20・1・16

北海道新聞（道南版）ＳＬ「湿原号」19日出発式・伊藤市長、啄木に扮して合図　H 20・1・17

岩手日報（記事）渋民小・新校舎　啄木の教室イメージ　H 20・1・19

北海道新聞（記事）啄木来釧100年・手紙などど展示（釧路）　H 20・1・19

釧路新聞（記事）啄木来釧100年で記念展、講演会開く　H 20・1・20

北海道新聞（記事）啄木来釧100年・天才歌人資料でしのぶ　H 20・1・20

長山靖生　貧乏な上に破滅型　石川啄木 P80 〜 85『貧乏するにも程がある　芸術とお金の"不幸"な関係』（光文社新書）778 円＋税　　　　　　　　　　　　　　　光文社　H 20・1・20

朝日新聞（道内版記事）きょう啄木来釧 100 年・展示会などイベント続々　　　H 20・1・21

釧路新聞（記事）明治 40 年代の街なみ、地図再現に意欲　　　　　　　　　　H 20・1・21

「啄木歌碑マップ」（来釧 100 周年記念に作成したチラシ両面刷）　釧路市観光振興室　H 20・1・21

北海道新聞（夕）【啄木日記から・釧路の 76 日間】（53 回分 ※本日の夕刊より啄木の来釧 100 年を記念して離釧する 4 月 5 日迄、啄木の日記を抄出して掲載）　　　　　　H 20・1・21 〜 4・5

北海道新聞（コラム・こだま）啄木・雪あかりの町・くしろ　　　　　　　　H 20・1・22

日刊スポーツ　釧路で「雪明かり」のキャンドル　　　　　　　　　　　　　H 20・1・22

風のあら又三郎（荒又重雄）「英文啄木短歌（改訂小樽版）なかしきは小樽の町よ」part 8 A4 判
　　全 8 頁　　　　　　　　　　　　　　　　　　北海道労働文化協会　H 20・1・22

北海道新聞（記事）啄木来釧 100 年・歌人の生きた往時をしのぶ　　　　　　H 20・1・22

北海道新聞（釧路・根室版記事）啄木短歌の舞台（1）さいはての駅に下り立ち〈1・22〉／（2）火をしたふ虫のごとくに〈1・23〉／（3）しらしらと氷かがやき〈1・24〉／（4）西の空雲間を染めて〈1・26〉／（5）あはれかの国のはてにて〈1・29〉／（6）よりそひて　深夜の雪の〈1・30〉／（7）一輪の赤き薔薇の花〈1・31〉／（8）神のごと　遠く姿を〈2・1〉

　　　　　　　　　　　　　　　　　　　　　　　　　　　　　　　H 20・1・22 〜 2・1

佐伯裕子　眼閉づれど心にうかぶ何もなし〜石川啄木の心理描写の歌〜 P17 〜 22「季刊・禅文化」
　　第 207 号 1260 円　　　　　　　　　　　　　　　　　　　　禅文化研究所　H 20・1・25

釧路新聞（記事）釧路で啄木来釧 100 周年記念短歌大会　　　　　　　　　　H 20・1・27

水野信太郎　地域振興装置としての石川啄木 P155 〜 170「北翔大学生涯学習研究所　研究紀要生涯学習研究と実践」第 11 号 B5 判　　　　　　　　　　　　　　　　　　H 20・1・―

三枝昂之　新しい啄木（26）望郷―『一握の砂』の世界（4）「歌壇」第 22 巻 2 号　H 20・2・1

長谷富士男　小奴とあった横澤氏の文 P42 〜 43「いわてねんりんクラブ」第 133 号　H 20・2・1

北海道新聞（コラム・ひと 2008）国際啄木学会の初代北海道支部長・北畠立朴さん　H 20・2・3

太田　登　歌集『一握の砂』の表現方法について―〈失敗の伝記〉への志向― P25 〜 36「山邊道」
　　第 51 号　　　　　　　　　　　　　　　　　　天理大学国語国文学会　H 20・2・4

北海道新聞（記事）啄木来釧 100 年・歌碑めぐり往時をしのぶ　　　　　　　H 20・2・5

高橋一美〈老魂漂流 13〉齢が生む資料価値　　　　　　　　　　　　釧路新聞　H 20・2・6

北海道新聞（記事）啄木来釧 100 年・従兄・秋浜の写真発見　　　　　　　　H 20・2・7

北畠立朴　啄木の釧路・来釧 100 年に思う　　　　　　　　　　しんぶん赤旗　H 20・2・7

釧路新聞（記事）初回は啄木テーマに・釧路・今年も観光講座開催　　　　　H 20・2・7

秋沼蕉子　湯島の切り通し坂「歌人おおさか」No.36　新日本歌人協会大阪府連絡会　H 20・2・8

釧路新聞（記事）啄木来釧 100 年記念展・ファン 2 千人来場の大盛況　　　　H 20・2・8

編集部　啄木の魅力をさらに・山本玲子著『新編　拝啓啄木さま』　朝日新聞（岩手）H 20・2・9

平野英雄『啄木と朝日歌壇の周辺』A5 変型 117 頁 1050 円（細目：朝日歌壇と投稿者たち／白面郎は啄木ではなかった／資料　啄木選朝日歌壇）　　　　　　　　　　　平原社　H 20・2・10

北海道新聞（道東版・記事）啄木ゆかりの地を紹介・釧路市が 6 カ所に看板設置　H 20・2・14

目良　卓〈特集・歌人にとって戦略とは何か〉石川啄木 P22 〜 24「開放区」81 号 A5 判 1000 円

	現代短歌館　H 20・2・15
朝日新聞（コラム・天声人語／啄木の「火星の芝居」から引用した文章）	H 20・2・17
岩手日報（記事）「啄木かるた」で熱戦・盛岡　玉山区	H 20・2・17
佐藤　勝（書評）感情に寄り添い実証ふまえた案内『新編　拝啓啄木さま』	
	しんぶん赤旗　H 20・2・17
毎日新聞（岩手版・記事）啄木に露堂の影響・釜石で本紙・鬼山記者講演	H 20・2・17
盛岡タイムス（記事）啄木ならお任せ・小中学生らかるた大会	H 20・2・17
盛岡タイムス（記事）啄木作品に福祉の心を読む・権利擁護考える講演会	H 20・2・17
佐藤啓貢　「啄木通り」をＰＲしては（読者投稿欄）　　釧路新聞　H 20・2・18	

梅森直之　詩が滅びるとき─石川啄木における「時間の政治」をめぐって─ P120 ～ 144　「初期
　社會主義研究」第 20 号 A5 判 3000円＋税　　　　初期社会主義研究会　H 20・2・20
「大阪啄木通信」第31号 B5 判 全18頁　清純な「鹿ノ子百合」の実像を訊ねる／橘智恵子の生涯
　を彩った北村牧場　　　　　天野仁個人発行誌（大阪府高槻市牧田町 5-48-206）H 20・2・20
岩手日報（記事）「啄木の酒」誕生日に披露・ひ孫の真一さん出席して鏡開き　H 20・2・21
北海道新聞（記事）啄木の魅力　思いさまざま・釧路で来釧 100 年記念シンポ　H 20・2・22
釧路新聞（記事）石川啄木の妻節子を題材に、ひとり語りに挑戦　　　　　　　H 20・2・27
谷口宏樹〈コラムやちほうず〉啄木の幻の短歌　　　　　　　北海道新聞　H 20・2・27
太田幸夫　鉄路の啄木、追跡の旅　　　　　　　　　　　　日本経済新聞　H 20・2・29
風のあら又三郎（荒又重雄）「英文啄木短歌（東京）東京の空のしたで」part 9　A4判　全8頁
　　　　　　　　　　　　　　　　　　　　　　　　北海道労働文化協会　H 20・3・1
石川啄木　雪中行き～小樽より釧路まで～ P129 ～ 134 ／石川啄木賞作品募集のお知らせ P135 ～ 136
　「ことばの翼・詩歌句」2,3 合併号 1000円　　　　　　　　　　　北溟社　H 20・3・1
三枝昂之　新しい啄木（27）望郷─『一握の砂』の世界（5）「歌壇」第 22 巻 2 号　H 20・3・1
田中　綾　歌人たちの肉声──石川啄木と北原白秋 P6 ～ 8 ※講演記録「労働文化」209号 B5判
　　　　　　　　　　　　　　　　　　　　　　　　北海道労働文化協会　H 20・3・1
北海道新聞（渡島・桧山版記事）啄木の歌に望郷の思い・日本兵捕虜の日の丸函館に　H 20・3・1
岩手日報（コラム・学芸余聞）※天野仁編輯「大阪啄木通信」についての話題　H 20・3・3
北畠立朴〈啄木エッセイ 122〉記念館で学んだこと　朝日ミニコミ「しつげん」第438号　H 20・3・5
編集部　「釧路の 76 日・啄木日記から」　　　　北海道新聞（夕）H 20・3・3 ～ 4・5
毎日新聞（岩手版記事）宮古上陸 100 年・啄木しのび鍬ヶ崎歩く　　　　　　　H 20・3・7
岩手日報（記事）「詩人の恋」「啄木」を歌う・松田晃さん、22 日盛岡で　　　H 20・3・8
「港文館だより」第 37 号（「啄木日記」北海道新聞夕刊に連載／ほか）A4 判 片面刷　H 20・3・10
北海道新聞〈コラムスケさん、カクさん道央歳時記〉5 年振り　釧路に流氷　　H 20・3・10
山本雅之　来釧100周年記念 1・早田晃さん・イベントで〝啄木〟役　釧路新聞　H 20・3・10
伊藤義晃　来釧100周年記念 2・芳澤里江さん・記念短歌大会最優秀賞　釧路新聞　H 20・3・11
伊藤義晃　来釧100周年記念 3・近藤友子さん・気軽に入れる語らいの場　釧路新聞　H 20・3・12
岩手日報（記事　学芸短信）石川啄木賞を創設〔※北溟社（東京）で創設〕　H 20・3・13
SANKEI EXPRSS（サンケイＥＸ）〈きょうの言葉〉ふるさとの山に向ひて‥‥　H 20・3・13
山本雅之　来釧100周年記念 4・永田秀郎さん・啄木の姿描いた舞台　釧路新聞　H 20・3・13

伊藤義晃　来釧100周年記念5・菅原顕史さん・ゆかりの寺に若き住職　釧路新聞　H 20・3・14

朝日新聞（記事）新生「啄木賞」を創設・50歳未満の「発掘」目指す　　　　　　H 20・3・15

向井田薫　百年の祝いに集う釧路人 P14 ～ 15「いわてねんりんクラブ」第 134 号　H 20・3・15

（菊）〈コラム山河私抄〉※山本夏彦「良心的」から見た小文　　　　　岩手日報（夕）H 20・3・18

谷口宏樹　啄木と私・来釧100年（1）山本玲子さん　　北海道新聞（釧路・根室版）H 20・3・18

遊座昭吾　啄木・賢治を駆り立てた‥‥北天の詩想 P29 ～ 38「日本文学会誌」第 20 号　B5 判

　　　　　　　　　　　　　　　　　　　　　　　　　　盛岡大学日本文学会　H 20・3・18

久保田昌子　啄木と私・来釧100年（2）高橋一美さん　　北海道新聞（釧路・根室版）H 20・3・19

河合真帆　石川啄木選の朝日歌壇　入選常連は同僚記者（→ H20・2 平野英雄著『啄木と朝日歌壇の

　　周辺』）　　　　　　　　　　　　　　　　　　　　　　　　　朝日新聞　H 20・3・19

池田　功　癒しとしての自然・1『一握の砂』石川啄木 P184 ～189『新版　こころの病の文化史』

　　A5 判 2000円＋税　　　　　　　　　　　　　　　　　　おうふう　H 20・3・20

谷口宏樹　啄木と私・来釧 100 年（3）永田秀郎さん　　北海道新聞（釧路・根室版）H 20・3・20

久保田昌子　啄木と私・来釧 100 年（4）反怖陽子さん　北海道新聞（釧路・根室版）H 20・3・21

池田　功　石川啄木における職業意識の考察―天職のことばをめぐって―　（国際啄木学会東京支

　　部会研究発表レジメ）B5 判　10 頁　　　　　　　　　　　　　　　　　H 20・3・22

佐藤　勝　啄木文献この一年～平成 19 年発行を中心に～　啄木学会研究発表レジメ　H 20・3・22

盛岡タイムス（記事）村松さんらが話題提供・啄木学会例会　　　　　　　　　　H 20・3・24

後藤正人　秋田雨雀の啄木研究の意義 P121～128　「学芸」和歌山大学学芸学会編　第 54 号 A4 判

　　　　　　　　　　　　　　　　　　　　　　　　　和歌山大学学芸学会　H 20・3・24

奥山淳志（写真：文）『一握の砂』石川啄木 P56 ～ 59「rakra ラ・クラ」24 号 A4 判 420 円

　　　　　　　　　　　　　　　　　　（有）あえるクリエイテイヴ（盛岡市）　H 20・3・25

鈴木孝典　啄木と私・来釧 100 年（5）小田島本有さん　北海道新聞（釧路・根室版）H 20・3・25

東京新聞（記事）「石川啄木賞」創設／詩、短歌、俳句を募集　　　　　　　　　H 20・3・26

北海道新聞（道南版記事）啄木と花読み解く　函水、函商、大野農高 3 校合同展　H 20・3・26

谷口宏樹〈コラムやちぼうず〉啄木の幻の短歌　　　　　　　　　北海道新聞　H 20・3・27

大室精一（書評）修司、周平らの視点、民俗学で読む『啄木への目線』　しんぶん赤旗　H 20・3・30

田中　礼　現代に生きる石川啄木―大阪における啄木祭開催に寄せて　大阪民主新聞　H 20・3・30

池田　功『石川啄木　その散文と思想』A5 判 298 頁 5800 円〔細目：第一章・散文の世界（1）小説・

　　1. 音の物語「雲は天才である」論／2.「札幌」に描かれた狂――文明への批評と救済／3.「赤痢」「鳥

　　影」における赤痢の情報を読む／4. 賞金稼ぎの道 ― 啄木と懸賞小説／（2）ローマ字日記・作品化へ

　　の方法意識／「ローマ字日記」と江戸時代艶本（3）書簡／文体・署名・人称について、及び重要書簡／

　　書簡体文学への意識／第二章・思想の世界・1. 社会進化論の影響（1）高山樗牛を通して／2. 社会進

　　化論の影響（2）「相互競争」から「相互扶助」へ／3. 石川啄木と短歌「滅亡」論／4. 思想を育んだ

　　北海道／古典芸能の享受〕　　　　　　　　　　　　　　　　　世界思想社　H 20・3・31

「国際啄木学会研究年報」第 11 号 A5 判 全 85 頁（以下 15 点の文献を収載）

　　【特別寄稿】

　　サパルデイ・ジョコ・ダモノ：人生の脚注としての詩 P1 ～ 7

　　【論文】

安元隆子　レオニート・アンドレーエフ『血笑記』と啄木 P8〜17

照井悦幸　国際のなかの啄木のうた　坂西志保英訳「はたらけど・・・」P18〜25

近藤典彦　啄木における布施の観念 ― 一禎の影の濃さ― P26〜40

今野　哲　尾山篤二郎における啄木 P41〜53

佐藤　勝　石川啄木参考文献目録― 2006（平成18）年12月〜2007（平成19）年11月―

【書評】

小林芳弘　西脇巽著『石川啄木　東海歌二重格論』P56〜57

森　義真　鬼山親芳著『評伝　小国露堂―啄木に記者道を説いた男―』P58〜59

碇田のぼる　松本健一著『増補新版石川啄木　望郷伝説』P60〜61

【新刊紹介】

峠　義啓　井上信興著『続・終章　石川啄木』P68〜0

田口道昭　『平野万里集』＜全三巻＞P69〜0

水野　洋　陽羅義光著『ぼく啄木』新井満著『ふるさとの山に向ひて』P70〜0

近藤典彦　水口忠著『小樽啄木余話』P71〜0

河野有時　枡野浩一著『石川くん』P72〜0

立花峰夫　門屋光昭・山本玲子著『啄木と明治の盛岡』、門屋光昭著『啄木への目線―鷗外・道造・
　　修司・周平―』P73〜74　　　　　　　　　　　　　　　　　　　国際啄木学会　H20・3・31

「国際啄木学会東京支部会報」第16号 A5判 全44頁（以下5点の文献を収載）

　大室精一　巻頭言　はじめて短歌を作った頃P1〜3

　近藤典彦　『あこがれ』の発行日と啄木の奇行P4〜21

　横山　強　「歌のいろいろ」に見る啄木の知略P22〜30

　佐藤　勝　平成19年発行の「啄木文献」案内―「湘南啄木文庫収集目録」―から P31〜38

　大庭主税　小島烏水の顕彰碑を訪ねて P39〜41　　　国際啄木学会東京支部会　H20・3・31

日本近代文学館資料叢書〔第Ⅱ期〕『文学者の手紙1〜 明治の文人たち　候文と言文一致体〜』

　A5判 6600円＋税　〔274 石川啄木（内海泡沫宛　明41・12・5）、275 石川啄木（石川光子宛　明44・2・

　5）、276 石川啄木（内田魯庵宛　明45・1・1）〕P200〜201　　　　　　　博文館新社　H20・3・31

須藤宏明・小原俊一　新感覚派の旗手・鈴木彦次郎「巨石」―啄木歌碑をめぐっての郷土への愛着
　　と反発―P85〜122「東北文学への招待」A4判　非売品　盛岡大学日本文学科　H20・3・31

北海道新聞（道東版記事）啄木来釧100年・岩手の団体に親善・式典で読み上げ　H20・3・31

北海道新聞（記事）道内ゆかりの歌人石川啄木・国際啄木学会の道支部設立　　　H20・3・31

釧路新聞（記事）啄木来釧100年　港文館　文化、歴史を発信　　　　　　　　　H20・3・31

森　三紗　イーハトーヴの詩の系譜P91〜97「詩界」第252号　日本詩人クラブ　H20・3・31

学術刊行会編『国文学年次別論文集』〈近代Ⅴ〉（平成17年）B5判 9300円＋税

　（以下1点の啄木文献を収録）

　太田　登　一九三〇年の短歌史的意味―啄木『一握の砂』から佐美雄『植物祭』へ― P317〜324

　　　　　　　（→H17・3「山邊道」第49号・天理大学国語国文学会／→H18・4『日本近代短歌史の構

　　　　　　　築―晶子・啄木・八一・茂吉・佐美雄』八木書店）　　　　　　　朋文出版　H20・3・―

大室精一　『悲しき玩具』歌稿ノートの配列意識（3）―「第三段階」の歌群（115〜130番歌）に
　　ついて―P251〜268「佐野短期大学研究紀要」第19号 A5判　　　　　　　　H20・3・―

佐藤昭八編「野村胡堂・あらえびす関係　新聞・雑誌・文献記事目録　及び　執筆者・事項索引」

　A4判　72頁　　　　　　　　　　　　　野村胡堂・あらえびす記念館　H20・3・―

「国際啄木学会会員名簿」A5判 全16頁　　　　　　　　　国際啄木学会　H20・3・―

編集部　啄木の妻堀合節子の生家 P19〜0「岩手大学ミュージアム」(改訂版) 文庫判　H20・3・―

「啄木祭 in 大阪」(4月13日開催のチラシ・A4判片面刷)　　主催　新日本歌人協会　H20・3・―

岡林一彦「青春のため息」A4判冊子 ※啄木歌碑の拓本6点の写真を収載　　著者刊　H20・4・1

三枝昂之　あたらしい啄木 (28) 啄木の明治四十四年 P84〜96「歌壇」第22巻4号　H20・4・1

中野　翠　この日記のこの一行がすごい！(啄木) P237〜238「小説新潮」4月号　H20・4・1

望月善次　「啄木の短歌、賢治の短歌」―連載開始にあたって　　盛岡タイムス　H20・4・1

「新日本歌人」4月号 第63巻4号〈啄木特集〉A5判 850円（以下4点の文献を収載）

　《「啄木祭」講演―二〇〇七・五・二〇採録》

　　三枝昂之　啄木の新しい魅力　P16〜25

　　田中　礼　啄木―心と時代を映すもの　P26〜34

　　浅尾　務　わが青春とうた「たはむれに―」　P35〜0

（※裏表紙に「2008年啄木祭 in 大阪」(4月13日／会場：住まい情報センター／記念講演：田中礼「今を生きる啄木」／啄木研究家の座談会：天野仁・妹尾源市・村上悦也／ほかの広告を掲載)

　　　　　　　　　　　　　　　　　　　　　新日本歌人協会　H20・4・1

岩手日報（記事）石川啄木記念館　新館長に川﨑氏　　　　　　　H20・4・2

朝日新聞（道内版・コラムひと街）函館・立待岬観光本番へ　　　H20・4・3

岩手日報〈コラム・人〉石川啄木記念館館長に就任した　川﨑稔さん　H20・4・3

北海道新聞（記事）釧路啄木会会長が岩手の団体に親書・6日来訪100周年　H20・4・3

望月善次　「啄木の短歌、賢治の短歌(1)〜(110)」　盛岡タイムス　H20・4・3〜H21・1・1

北畠立朴〈啄木エッセイ123〉愛猫・トラ男の死　朝日ミニコミ「しつげん」第440号　H20・4・5

釧路新聞（記事）石川啄木離釧100年・釧路啄木会の北畠会長に聞く　H20・4・5

盛岡タイムス（記事）青春館にキツツキのはく製　　　　　　　　H20・4・6

毎日新聞（岩手版記事）啄木、宮古上陸100年・ファンら50人　　H20・4・7

岩手日報（記事）啄木思い鍬ヶ崎散策・宮古・上陸100年記念し集い　H20・4・8

鹿野政直　啄木における国家の問題（再掲）『鹿野政直思想史論集6巻』（→S47「科学と思想」3号／→S50「国文学」第20巻13号 学燈社／→S54 筑摩書房版『石川啄木全集』〈第八巻・啄木研究〉)

　　　　　　　　　　　　　　　　　　　　　岩波書店　H20・4・8

盛岡タイムス（記事）盛岡大学入学式・望月善次学長式辞（要旨）　H20・4・9

平本紀久雄　石川啄木夫人とコルバン夫人 P39〜53　『房州に捧げられた人コルバン夫人』B5判

　　　　　　　　　　　　　　　　崙書房出版（千葉県武山市）H20・4・10

朝日新聞（岩手版記事）啄木上陸100年記念・ファンら当時再現・宮古　H20・4・11

河北新報（記事）教員免許更新講習・賢治と啄木（岩手大学）　　H20・4・11

「第5回　啄木忌前夜祭」〈A4判チラシ〉　　国際啄木学会盛岡支部　H20・4・12

岩手日報（連載記事・いわてお宝拝見）石川啄木の借用証書・石川啄木記念館　H20・4・13

岩手日日（記事）盛岡・啄木忌前夜祭　天才詩人に思いはせ　　　H20・4・13

岡井　隆〈コラムけさのことば〉燈影なき室に我あり…　　東京新聞　H20・4・13

熊本日日新聞（記事）啄木直筆ハガキ入手・熊本市の橋本さん（編注・全集未収録）　H 20・4 ・13

西日本新聞（コラム春秋）（※啄木のドイツ語辞書と貧乏に関する内容）　H 20・4 ・13

河北新報（記事）啄木忌、古里の偉人しのぶ・盛岡　H 20・4 ・14

岩手日報（コラム紙風船）（※三陸鉄道のイベント、啄木の模擬新婚旅行の話題）　H 20・4 ・15

岩手日報（記事）啄木に思いはせ 97 回忌・住民らが合唱や講演　H 20・4 ・15

北沢文武　谷静湖と石川啄木（6）おとなしい青年たち P21 ～ 28「トスキアナ」第 7 号 A5 判

　　1500 円＋税（← H21・2『谷静湖と石川啄木』塩ブックス）

　　　　　　　　　　　　　　　　　　　　　　　トスキアナの会（皓星社発売）H 20・4 ・15

河北新報（記事）古里の偉人しのぶ・啄木忌にファン 70 人　H 20・4 ・15

「港文館だより」第 38 号（啄木ご夫妻の写真パネル寄贈／ほか）A4 判 片面刷　H 20・4 ・15

盛岡タイムス（記事）歌人の面影しのぶ・啄木忌 90 人参加し宝徳寺で法要　H 20・4 ・15

産経新聞〈コラムきょうの言葉〉ふるさとの山はありがたきかな　H 20・4 ・15

サンケイエクスプレス〈コラムきょうの言葉〉ふるさとの山はありがたきかな　H 20・4 ・15

黒井千次　石川啄木（録音テープ）NHK ラジオ第一放送　2008 年 4 月 18 日 01:00 ～ 01:50 に放送

　　30 分（湘南啄木文庫録音テープの保存）　H 20・4 ・18

斎藤　純〈コラム〉もりおか啄木・賢治青春館　文学と音楽、住民の手で融合

　　　　　　　　　　　　　　　　　　　　　　　　　　朝日新聞（岩手版）H 20・4 ・19

「石川啄木直筆資料展」（4 月 20 日～ 10 月 15 日・チラシ A4 判）　函館市文学館　H 20・4 ・20

近藤典彦　父と子・一禎と啄木（講演レジメ A5 判 3 枚）第 36 回新潟啄木祭（長岡市）　H 20・4 ・20

田島邦彦　〈コラム 同人誌から〉啄木の今日的意味　東京新聞　H 20・4 ・20

デーリー東北（記事）啄木結婚？三鉄 PR と新婚旅行兼ね・普代駅で本格的な式開催　H 20・4 ・21

北海道新聞（道南版記事）創作意欲伝わる書簡、日記・啄木直筆資料展始まる　H 20・4 ・21

盛岡タイムス（記事）啄木記念館館長に就任・川﨑稔氏に聞く　H 20・4 ・23

朝日新聞（岩手版記事）イオン、盛岡にきょう開店・啄木コーナーも　H 20・4 ・25

奥山淳志（写真と文）『一握の砂』石川啄木 P56 ～ 59「rakya」（ラ・クラ）4 月号 420 円 A4 判

　　　　　　　　　（有）あえるクリエイテイブ（盛岡市菜園 1 - 3 - 6 農林会館内）H 20・4 ・25

細越紀平　名字の話（10）石川氏　盛岡タイムス　H 20・4 ・25

岩手日報（記事）イオン盛岡渋民・啄木にちなむ産直も　H 20・4 ・26

盛岡タイムス（記事）秋川雅史さんゲスト啄木祭・5 月 31 日に　H 20・4 ・26

「第 3 回　横浜啄木の集い参加者名簿」A4 判（63 名記載）　湘南啄木文庫作成　H 20・4 ・26

鬼山親芳　啄木宮古上陸顛末【往時の鍬ヶ崎を歩く】〈散策ガイドブック〉

　　　　　　　　　　　　　　　　　　啄木宮古上陸百年記念事業実行委員会　H 20・4 ・―

「啄木と賢治イベントカレンダー 2008 - 2009」A4 判 4 頁　盛岡市　H 20・4 ・―

堀江信男　明治の青春―与謝野晶子と石川啄木―「北茨城市民大学講座一覧パンフ」　H 20・4 ・―

「おでってNEWS」79　畑中美那子一人芝居「SETSU-KO」盛岡コンベンション協会　H 20・5 ・1

三枝昂之　百舌と文鎮（54）P64 ～ 65 ※木股知史著『画文共鳴』の紹介と啄木の時代を探る文章

　　「りとむ」5 月号　りとむ短歌会　H 20・5 ・1

「おでって」79 号　畑中美那子一人芝居「SETSU-KO」啄木ローマ字日記より　H 20・5 ・1

「港文館だより」第 39 号（呆れた研究者に出会う／ほか）A4 判　片面刷　H 20・5 ・1

続 石川啄木文献書誌集大成　2008年（H20）　187

三枝昂之　あたらしい啄木（29）短歌史の中の啄木（1）「歌壇」第22巻5号　　　　H 20・5・1

朝日新聞（岩手版記事）「あったかい味」で渋民ＰＲ・「啄木の駅」理事長　　　　　H 20・5・2

読売新聞（記事）啄木歌碑、悲しき落書き・小樽　くぎで傷つけか　　　　　　　　H 20・5・2

北畠立朴〈啄木エッセイ124〉南新・『啄木日記』の内幕

　　　　　　　　　　　　　　　　　　　　　朝日ミニコミ「しつげん」第442号　H 20・5・5

毎日新聞（岩手版・記事）啄木祭短歌大会受賞者決まる　　　　　　　　　　　　　H 20・5・5

盛岡タイムス（記事）啄木賞に初森テルさん　　　　　　　　　　　　　　　　　　H 20・5・5

朝日新聞（道内版記事）啄木が残した日誌・書簡　函館で資料展　　　　　　　　　H 20・5・6

山下多恵子　啄木と郁雨　友の恋歌矢ぐるまの花（1〜25）　　新潟日報　H 20・5・8〜10・30

清水常爾（コラム散歩道）時代を超えて生き続ける啄木の歌　　　　日本海新聞　H 20・5・10

北海道新聞（小樽後志版記事）小樽・啄木忌の集い　　　　　　　　　　　　　　　H 20・5・11

村松　善　「明治四十一年戊申日誌」と「明四十一年日誌」の一月一日の項の考察　（国際啄木学会
　　春のセミナー研究発表用レジメ B5判 13枚　同資料集 B5判 10枚）　　　　　H 20・5・11

森　義真　「甲辰詩程」考（国際啄木学会春のセミナー研究発表用レジメ A4判 9枚）　H 20・5・11

森　義真・佐藤静子・北田まゆみ編『啄木の母方の血脈―新資料「工藤家由緒系譜」に拠る―』
　　A5判（細目：序・遊座昭吾／工藤家由緒系譜／【参考資料】平姓熊谷氏系図　写／工藤家・家系図／
　　解説／写真図版）全98頁　発行者：遊座昭吾（←H20・8・7「改訂版」）　　　H 20・5・11

朝日新聞（岩手版・記事）地域振興タクシー快走（啄木をあしらった車など導入）　H 20・5・13

岩手日報（広告記事）啄木のことならお任せ下さい　　　　　　　　　　　　　　　H 20・5・13

「小樽啄木会だより」第10号 B5判 全8頁（以下2点の文献を収載）

　　特集・小樽啄木祭

　　小樽の「啄木歌碑」の歌を全国へ・作曲は中村浩さん（無署名）P1〜3

　　　那須野和司　小樽啄木祭 P5〜6／ほか　　　　　　　　　　　　　　　　　H 20・5・15

「札幌啄木会だより」13号 全12頁（細目：長谷部和夫・故郷函館と啄木 P4〜5／川内通生・多喜二の
　　「不在地主」と啄木 P5〜7／ほか）　　　　　　　　　　　　　　　　　　　H 20・5・15

岩手日報（記事）啄木と酒を愛した画家・足跡後世に（高橋幸泉さん）　　　　　　H 20・5・16

岩手日報（記事）啄木・賢治　盛岡絵はがきで共通　　　　　　　　　　　　　　　H 20・5・17

「釧路春秋」春季号第60号 A5判 1200円（細目：特集Ⅰ．現代にみる石川啄木「啄木来釧100年記念
　　シンポジュウム」パネラー：小田島本有・北畠立朴・高橋一美・反怖陽子・藤田民子・司会：永田秀郎
　　P12〜40／のろ紀子〈ひとり語り〉SETSU-KO 2008 P41〜53／特集Ⅱ．私のすきな啄木のうた〈投
　　稿参加者58名〉P54〜82／マシオン恵美香：随筆　啄木花紀行 P136〜138）

　　　　　　　　　　　　　　　　　　　　　　　　　釧路文学団体協議会　H 20・5・17

成田　健〈啄木忌に寄せて〉（上）啄木の故郷渋民を訪ねる　　　　　　北鹿新聞　H 20・5・17

成田　健〈啄木忌に寄せて〉（中）啄木の故郷渋民を訪ねる　　　　　　北鹿新聞　H 20・5・18

成田　健〈啄木忌に寄せて〉（下）啄木短歌の基底　　　　　　　　　　北鹿新聞　H 20・5・19

平岡敏夫　〈夕暮れ〉と日本近代文学―芥川・鷗外・漱石・啄木― P37〜69／石川啄木と〈夕暮れ〉
　　―韓国で講演して― P190〜193『夕暮れの文学』四六判 2800円＋税　　おうふう　H 20・5・20

毎日新聞（岩手版）評伝・小国露堂、啄木研究に一石　国際学会年報で紹介　　　　H 20・5・21

☆ストレートニュース（小樽の）啄木歌碑に無数の傷　　　　　　閲覧確認日　H 20・5・21

上田　博　(書評) 啄木の全体像に迫る可能性を追究　池田功著『石川啄木その散文と思想』

しんぶん赤旗　H20・5・25

岩手日報　(夕・学芸短信) 国際啄木学会盛岡支部例会　　　　　　　　H20・5・28

山本　圭 (CD朗読)「一握の砂」(※新潮CDシリーズ重版) 1600円＋税　　新潮社　H20・5・28

太田　登　1910年における夏目漱石と石川啄木 P237〜249 「2008年台大日本語文創新国際学術
　研究會論文集」A5判　　　　　　　　　　　台湾大学文学院日本語文学系　H20・5・31

「啄木祭・ふるさとの山に向ひて」(5月31日・チラシ2点)　　啄木祭実行委員会　H20・5・31

秋川雅史　CD「千の風になった〜一期一会」(新井満作曲「ふるさとの山に向ひて」収録) 3000円

テイチクエンタメント　H20・5・―

☆無署名「啄木と言葉のふるさと」(ブログ「文豪に聞いて見よう」よりコピー A4判 12頁)
　アドレス：http://f59.aaacafe.ne.jp/~walkinon/takuboku.html　　　　(発表日) H20・5・―

平野英雄編「拙著『啄木と朝日歌壇の周辺』の反応―著者への返礼書簡集」A4判 16頁

編者作製冊子　H20・5・―

「偉人を支えた女性たち」〈企画展6月1〜25日のチラシ〉　　岩手県立図書館　H20・6・1

「偉人を支えた女性たち・展示資料目録」15頁〈6月1〜25日〉　岩手県立図書館　H20・6・1

岩手日報　(記事) 千の風　啄木の詩・盛岡の祭典で秋川さんが熱唱　　　H20・6・1

「港文館だより」第40号 (釧路啄木会の懇親会開催／ほか) A4判 片面刷　　H20・6・1

三枝昂之　あたらしい啄木 (30) 短歌史の中の啄木 (2)「歌壇」第22巻6号　　H20・6・1

橋本邦久　大盛況の「08『啄木祭』in 大阪」P61〜0「新日本歌人」第63巻6号　H20・6・1

盛岡タイムス　(記事) 啄木祭コンサート・秋川雅史さんを迎えて　　　　H20・6・1

岩手日報　(記事) 偉人を支えた女性たち・県立図書館　企画展始まる　　H20・6・2

古水一雄　「啄」を強く願った啄木 (※「啄」にはツメ有り)　　　　岩手日報 (夕) H20・6・2

「畑中美那子一人芝居 SETSU-KO」(6月4、5日啄木新婚の家にて上演チラシ)　H20・6・4

北畠立朴〈啄木エッセイ125〉太田龍太郎研究　　朝日ミニコミ「しつげん」第444号　H20・6・5

岩手日報　(記事) 啄木、賢治に親しんで・盛岡市・行事カレンダー作製　　H20・6・6

盛岡タイムス　(コラム天窓) ※ワーキングプアと啄木の歌についての話題　H20・6・8

朝日新聞　(岩手版記事)〈みちのくワイド〉石川啄木記念館・対話求める若者の姿　H20・6・10

山本　卓著『啄木の妻　節子星霜　ひとり芝居・二幕』四六判 108頁 1500円＋税　(別役実・
　『節子星霜』によせて P3〜4)　　　　　　　　　　　　　同時代社　H20・6・10

盛岡タイムス　(記事) 啄木と盛岡弁を語る・「新婚の家」を会場に　　　H20・6・11

岩手日報　(記事) 書簡　にじむ家族愛・盛岡てがみ館　　　　　　　　H20・6・12

秋田さきがけ　(記事) おとなり情報 (※盛岡てがみ館の企画展「家族愛―」)　H20・6・15

読売新聞　(神奈川版・記事) 新井満さんが川崎で読書教養講座　　　　H20・6・15

岩手日報　(夕・新刊紹介) 県内研究家ら資料翻刻・『啄木の母方の血脈』　H20・6・18

盛岡タイムス　(記事) 盛岡市議会一般質疑応答要旨 (※問：石川啄木記念館の旧斎藤家住宅が立入禁
　止になっている。改修支援の考えは／盛岡市長の答弁あり)　　　　H20・6・19

風のあら又三郎 (荒又重雄)「英文啄木短歌 (家族) わが母の何をか怒れる」part10 A4判 全8頁

北海道労働文化協会　H20・6・20

内田　弘　啄木の秋風、秋瑾の秋風―石川啄木の回心と明治日本論― P2〜28「専修大学社会科学

研究所月報」No.540　B5判　　　　　　　　　　　　　　　　　　　　H 20・6・20

「浜茄子」第 74 号 B5 判 全 4 頁〔細目：創立四十周年～仙台啄木会～／南條範男・石川啄木と荻浜 P1
　～ 3 ／無署名・忘れ得ぬ人々（三）相沢源七氏〕　　　　　　　　仙台啄木会　H 20・6・20

由井龍三　啄木を原郷として P1 ～ 9『詩人の面影』四六判 1700 円＋税　　春秋社　H 20・6・20

無署名　第 36 回新潟啄木祭の報告 P41 ～ 0　「日本海」152 第 44 巻 2 号　日本海社　H 20・6・20

若林　敦（記事）池田功著『石川啄木　その散文と思想』　　　　　　　新潟日報　H 20・6・22

岩手日報（コラム学芸短信）国際啄木学会盛岡支部例会　　　　　　　　　　　H 20・6・23

新井　満　啄木、百年目の帰郷 P83 ～ 87　日本経済新聞社編『日曜日の随想 2007』
　四六判 1500 円＋税　（→ H19・4・29 日本経済新聞）　　　日本経済新聞出版社　H 20・6・23

岩手日報（記事）郷土の歌人に学び「夢を」・遊座さんが講演・篠木小　　　　H 20・6・24

岩手日報（記事）啄木歌碑建立の様子・新資料を来月公開・玉山の記念館に寄贈　　H 20・6・26

盛岡タイムス（記事）母校にゆかりの啄木・遊座昭吾さんが講演　　　　　　　H 20・6・26

岩手日報（コラム・アンテナ）啄木顕彰の熱意次世代へ　　　　　　　　　　　H 20・6・27

盛岡タイムス（記事）没後 50 年、村民は・啄木受け入れた好摩地区　　　　　H 20・6・27

中村文雄（書評）池田功著『石川啄木　その散文と思想』を読んで P52 ～ 72「平出修研究」第 40 集
　A5 判 1300 円　　　　　　　　　　　　　　　　　　　　　平出修研究会　H 20・6・28

文屋　亮　『渋民日記』3 月 10 日を読む（啄木学会盛岡支部発表レジメ A4 判 4 枚）　H 20・6・28

歴史の謎を探る会　偉大な親の亡きあと有名子孫の生きざまは―薄幸の歌人・石川啄木の親族は、
　みんな不幸だった―『日本史意外すぎるこの結末』四六判 500 円　河出書房新社　H 20・6・30

太田　登　1910 年的夏目漱石興石川啄木 P1 ～ 18「台大日本語文研究」第 15 期 B5 判　H 20・6・―

同時代社編「山本卓著『節子星霜』」PR チラシ B5 判両面刷り（細目：別役実・『節子星霜』によせて
　／加藤剛・天才といえども男たちは皆愛らしい／喜多哲正・「モチーフが作者を選ぶ」／吉原豊・稀代
　のフェミニスト・プレイ）　　　　　　　　　　　　　　　　　　同時代社　H 20・6・―

盛岡てがみ館「金田一京助の瀬川深宛書簡の翻刻（M 41・8・2 付）」（資料受日）　　H 20・6・―

盛岡てがみ館「吉田孤羊の金田一京助宛書簡の翻刻（S 3・9・8 付）」（資料受日）　　H 20・6・―

井上信興『野口雨情　そして啄木』四六判 221 頁　1800 円＋税（啄木関係文の細目：「野口雨情」
　断章／啄木と野口雨情／童謡「青い眼の人形」と「赤い靴」／啄木と函館／小説「漂泊」の原風景は
　「住吉海岸」と「新川河口」のどちらが正解か／我が愛唱歌集『一握の砂』より／書評：三枝昂之氏の
　「東海歌」について／「東海歌」に関する「三枝説」と「李説」／西脇巽著『石川啄木　東海歌二重格論』）
　　　　　　　　　　　　　　　　　　　　　　　　　　　　　　　　渓水社　H 20・7・1

「街もりおか」487 号 B6 横判（以下 2 点の文献を収載）
　金野万里　平成盛岡物語（53）柳がつなぐ銀座 P20 ～ 21
　菊池清麿　岩手の望郷歌 P46 ～ 47　　　　　　　　　　　　　　　杜の都社　H 20・7・1

「港文館だより」第 41 号（啄木の資料移転は不可能か／ほか）A4 判 片面刷　　　H 20・7・1

「広報いわき」7 月号　石川啄木～貧苦と挫折を超えて～開催の記事　　いわき市　H 20・7・1

三枝昂之　あたらしい啄木（31）短歌史の中の啄木 (3)「歌壇」第 22 巻 7 号　　　H 20・7・1

ドナルド・キーン　ソフト帽をかぶった啄木 P90 ～ 91　「文藝春秋」7 月号　第 94 巻 10 号 B5 判
　880 円　　　　　　　　　　　　　　　　　　　　　　株式会社文藝春秋　H 28・7・1

中川博樹　石川啄木―岩手山・阿寒岳 P28 ～ 31『文豪が愛した百名山』四六判 1429 円

東京新聞出版局　H 20・7・1

文化地層研究会編発行「盛岡啄木・賢治 "青春の記憶" 探求地図」第2刷 A2判 両面 頒価200円

　／地図製作：高橋智／監修：森義真・渡辺敏男　　　（発行所：盛岡市仙1-16-4）H 20・7・1

「明治の雑誌展資料目録」8頁（開催期間7月1～20日）　　　　岩手県立図書館　H 20・7・1

「啄木学級　文の京講座」（チラシ）講師・金田一秀穂　盛岡観光コンベンション協会　H 20・7・2

読売新聞（夕・コラム）よみうり寸評（啄木短歌とワーキングプアの話題）　　　　H 20・7・3

北畠立朴〈啄木エッセイ126〉町内会長一年生　朝日ミニコミ「しつげん」第446号　H 20・7・5

長田暁二　啄木の詩と「不良」の思い出・「錆びたナイフ」　　　　　　　読売新聞　H 20・7・6

盛岡経済新聞（ネット版）岩手県立図書館で「明治の雑誌展」啄木主幹の希少誌公開　H 20・7・7

盛岡タイムス（記事）包み込む啄木短歌の妙・盛岡大学比較文化センター　　　　H 20・7・7

（菊）〈コラム・山河私抄〉※金田一京助の家族から見た小文　　　岩手日報（夕）H 20・7・8

岩手日報（記事）"明治" 伝える149点　県立図書館で企画展　　　　　　　　　H 20・7・8

☆ＫＦＢ福島放送ニュース（ネット記事）19日から啄木展／心平記念文学館　　　H 20・7・8

盛岡タイムス（新刊紹介記事）啄木の母方の血脈とは・工藤家のルーツ　　　　　H 20・7・9

風のあら又三郎（荒又重雄）「英文啄木短歌（秋風）秋風のこころよさに」part11 A4判 全8頁

　　　　　　　　　　　　　　　　　　　　　　　　　　　北海道労働文化協会　H 20・7・10

松本博明「郷土」とは何か―「故郷」と和解する場― P26～33「国文学」7月号　H 20・7・10

長崎新聞（記事）啄木賞「俳句部門」に長崎の小林さん　　　　　　　　　　　H 20・7・11

北海道新聞（記事）啄木の本名は？　小学生クイズで学ぶ・函館文学館　　　　H 20・7・11

岩手日報（夕・記事）旅の思い出　短歌でどうぞ・啄木のまち・より身近に　　H 20・7・15

北海道新聞（道南版記事）釧路文化に貢献、短歌の野尻さん（啄木在釧当時の生）H 20・7・15

盛岡タイムス（記事）投稿箱を設置　盛岡に来たらぜひ短歌を　　　　　　　　H 20・7・16

いわき民報（夕・記事）19日から石川啄木　心平記念文学館・自筆原稿や書簡展示　H 20・7・17

山田公一　市配布の冊子　啄木碑を無視（読者投稿欄・声）　　　　岩手日報（夕）H 20・7・17

岩手日報（記事）ふるさとの山に向ひて・啄木記念館に商標登録証　　　　　　H 20・7・18

「石川啄木～貧苦と挫折を超えて～」（チラシ）7/19～8/24　草野心平記念文学館　H 20・7・19

「石川啄木～貧苦と挫折を超えて～」展示資料一覧　A4判 全4頁（開催期間7月19日～8月24日）

　　　　　　　　　　　　　　　　　　　　　いわき市立草野心平記念文学館　H 20・7・19

盛岡タイムス（記事）商標権を啄木記念館に・新井満さんが寄贈　　　　　　　H 20・7・19

「小川邦美子コンサート啄木の魅力をうたう」（チラシ・7/20）草野心平記念文学館　H 20・7・20

福島民友（いわき版記事）啄木の世界に触れる・心平記念文学館で企画展　　　H 20・7・21

「石川啄木～美唄通過100年を記念して～」（チラシ）7/23～8/24 美唄郷土史料館　H 20・7・23

岩手日報（夕・学芸短信）国際啄木学会盛岡支部例会　　　　　　　　　　　　H 20・7・24

産経新聞（コラム・産経抄）愛について啄木の詩「人に捧ぐ」引用した文章　　H 20・7・24

岩手日報（記事）ギタヒさんと走る啄木の里・9月　参加者募集　　　　　　　H 20・7・25

佐高　信　田中角栄と石川啄木の共通点 P15～24『昭和こころうた』〈角川ソフィア文庫〉819円＋税

　　　　　　　　　　　　　　　　　　　　　　　　　　　　　角川学芸出版　H 20・7・25

長谷川由美　石川啄木・貧苦と挫折を超えて【草野心平記念文学館開館10周年記念企画展】

　（上）07/25　（中）08/01　（下）08/08　　　　　　いわき民報（夕）H 20・7・25～8・8

東奥日報（記事）啄木展　愛好家じっくり　美唄郷土史料館で始まる　　　　　H 20・7・25

佐高　信　田中角栄と石川啄木　『昭和こころうた』文庫判 859 円角川学芸出版　H 20・7・25

小林芳弘　石川啄木と金矢朱絃（国際啄木学会盛岡支部研究発表レジメ A4 判 3 枚）　H 20・7・26

文屋　亮　『渋民日記』三月九日を読む（啄木学会盛岡支部発表レジメ A4 判 4 枚）　H 20・7・26

若林　敦　ツルゲーネフ『父と子』と石川啄木ほか　A5 判 10 頁（日本近代文学研究会新潟支部例会

　　研究発表レジメ・資料 B 4 判 5 枚付）　　　　　　　　　　　　　　　　H 20・7・26

藤岡一雄　啄木歌碑、秋葉神社に　P166 ～ 167『くずまき散歩』四六判 著者刊　H 20・7・26

小木田久富　啄木との出会い（国際啄木学会東京支部発表のレジメ A4 判 4 枚）　H 20・7・30

近藤典彦　「春まだ浅く」考―曲と校歌騒動の考察―（研究発表のレジメ B 4 判 3 枚）H 20・7・30

須藤宏明　「北」の再発見―発見から構築へ― P31～37 全国大学国語国文学会編「文学・語学」191 号

　　　　　　　　　　　　　　　　　　　　　　　　　　　おうふう　H 20・7・30

「石川啄木が生活した町」（釧路市内のマップ両面刷 A4 判）　　発行日発行所無記載　H 20・7・―

山本玲子　啄木記念館とともに歩んで P2 ～ 5「岩手県立博物館友の会会報」73 号　H 20・7・―

菊池東太郎　広がった啄木祭の輪―静岡啄木祭報告― P98 ～ 0「新日本歌人」8 月号　H 20・8・1

「港文館だより」第 42 号（啄木・美唄通過 100 年を記念して／ほか）A4 判 片面刷　H 20・8・1

三枝昂之　あたらしい啄木（32）最終回　眼閉づれど心にうかぶ何もなし P76 ～ 81

　　「歌壇」第 22 巻 8 号　　　　　　　　　　　　　　　　本阿弥書店　H 20・8・1

「いわてねんりんクラブ」第 137 号 B5 判

　　戸来蘭子　盛岡・木伏緑地帯を歩く―啄木一族の歌碑群に種々の感慨― P42 ～ 43

　　高山安三郎　啄木の愛すべき人間臭さ P59 ～ 61　　　ねんりん舎（岩手県滝沢村）H 20・8・1

「理容 TIMES」第 925 号（記事）石川啄木の住んだ本郷喜之床はじめ明治の建築物を保存・展示

　　愛知県犬山市　博物館明治村　　　　　　　全国理容生活衛生同業組合連合会　H 20・8・1

いわき民報（夕・記事）啄木の魅力を紹介　心平記念文学館・詩人・中村さんが講演　H 20・8・2

嘉瀬井整夫（書評）愛情持って描く 2 人の横顔『野口雨情そして啄木』　奈良新聞　H 20・8・3

編集部　郷土の本・井上信興著『野口雨情そして啄木』　　　　　　　中国新聞　H 20・8・3

北畠立朴〈啄木エッセイ 127〉有意義な講演　　朝日ミニコミ「しつげん」第 448 号　H 20・8・5

森　義真・佐藤静子・北田まゆみ編「啄木の母型の血脈―新資料「工藤家由緒系譜」に拠る―」改訂

　　版 A5 判（→ H20・5・11「初版」）　発行者：遊座昭吾（連絡先：盛岡市中堤町 32-18 森方）H 20・8・7

「短詩形文学」8 月号

　　紅野敏郎　啄木でつながる（インタビュー記事）P10 ～ 11

　　特集・私たちの反戦・平和の短歌史（編注：啄木短歌を引用した執筆者 4 名）飯田ふみ・意地悪の…

　　P23 ～ 0／釜谷美佐・秋の風我等… P24 ～ 0／篠原千種・かかること喜ぶべきか… P25 ～ 0／松下

　　幸子・時代閉塞の現状を… P26 ～ 0　　　　　　　　　　　　　日野きく　H 20・8・10

安田敏朗著『金田一京助と日本語の近代』（平凡社新書）284 頁 880 円＋税平凡社　H 20・8・12

読売新聞（岩手版・新刊紹介）『啄木の母の家系』を探る・郷土史家 3 人が自費出版　H 20・8・13

読売新聞（岩手版・記事）啄木の故郷アピール・盛岡市に短歌投稿ボックス　　　　H 20・8・13

関　厚夫　詩物語・啄木と賢治【啄木篇】1 ～ 18 回　　　産経新聞　H 20・8・16 ～ 9・2

飯塚玲児　石川啄木～岩手県盛岡市～ P224 ～ 265『みちのくの天才たち』　新書判　920 円＋税

　　　　　　　　　　　　　　　　　　　　　　　修成学園出版局　H 20・8・17

佐藤隆一（文）加賀昌雄（写真）〈旅〉啄木の古里（全面2頁）　北海道新聞（日曜版）H 20・8・17

読売新聞（新刊紹介）東北の偉人人生一冊に・（『みちのくの天才たち』飯塚玲児著）　H 20・8・18

岩手日報（記事）高校生歌人、感性輝け　短歌甲子園21日に開幕　　　　　　　　H 20・8・20

岩手日報（夕・学芸短信）国際啄木学会盛岡支部例会　　　　　　　　　　　　　H 20・8・21

岩手日報（記事）啄木の里、詠み人競う　盛岡で短歌甲子園開幕　　　　　　　　H 20・8・22

河北新報（記事）青春の一首詠む　盛岡で短歌甲子園開幕　　　　　　　　　　　H 20・8・22

毎日新聞（岩手版記事）短歌甲子園：全国で39チーム参加—盛岡で開幕　　　　H 20・8・22

盛岡タイムス（記事）題詠は「あこがれ」「城跡」・短歌甲子園　　　　　　　　H 20・8・22

読売新聞（岩手版記事）高校生、啄木ゆかりの地訊ね詠む　　　　　　　　　　　H 20・8・22

藤原益栄〈連載記事：東北本線開通から百二十年〉多賀城と鉄道㉕～㊸啄木と鉄道（1）～（19）

　　　　　　　　　　　　　　　　　　　　　　　　　多賀城民報　H 20・8・22～H 21・1・30

森　義真「2007年後半以降の啄木文献紹介」A4判6頁　国際啄木学会盛岡支部研究会　H 20・8・23

朝日新聞（岩手版・記事）「短歌甲子園」全国から36校　　　　　　　　　　　H 20・8・24

岩手日報（記事）青春譜　啄木に届け・短歌甲子園・盛岡　　　　　　　　　　　H 20・8・24

理崎　啓『放哉評伝 底抜けの柄柄』四六判127頁（※啄木と比較する記述が随所にある）

　　1000円＋税　　　　　　　　　　　　　　　　　　　　田畑書店　H 20・8・25

佐藤岳俊〈ばん茶せん茶〉鶴彬の没後70年（鶴彬には啄木論がある）　岩手日報（夕）H 20・8・26

毎日新聞（記事）与謝野鉄幹が赤貧の中、「施し」？・友人宛の書簡確認　　　　H 20・8・26

飯坂慶一　断片・寺山修司と石川啄木（A4判3枚、著者作成の原稿、発行は受入日）H 20・8・30

一戸彦太郎（コラム・展望台）感嘆　全国高校生の感性　　　　　　　岩手日報（夕）H 20・8・30

小木田久富　啄木との出会い（国際啄木学会東京支部レジメ）　　　　　　　　　H 20・8・30

近藤典彦　「春まだ浅く」考—曲と校歌騒動の考察—（啄木学会東京支部会レジメ）　H 20・8・30

米澤菊市『東海歌の原風景にみる　啄木大間説の研究』A4判 全45頁〔※文芸誌「黒松」掲載及び
　新聞（東奥日報）掲載の文章を再構成した内容／栞〈遊座昭吾先生のこと〉付〕

　　　　　　　　　　　著者刊（青森県下北郡大間町下手道22-2 大間啄木会）H 20・8・—

石井辰彦〈うたをよむ〉悲しき「おもちゃ」　　　　　　　　　　　朝日新聞　H 20・9・1

「企画展の窓」第100号 B4判　啄木の喜びと悲しみ（啄木書簡写真版：M43・10・25加藤正五郎宛て
　葉書両面／M43・10・28妹・光子宛て葉書両面／M43・11・1岡山儀七宛て葉書両面）

　　　　　　　　　　　　　　　　　　　　　　　　　　　盛岡てがみ館　H 20・9・1

小島ゆかり　空の役目～短歌甲子園2008年の作品群～　　　　　　岩手日報（夕）H 20・9・1

盛岡タイムス（記事）岩大に節子の生家跡・井戸を復元、市民に公開　　　　　　H 20・9・1

森　義真　『啄木の母方の血脈』新資料発掘　　　　　　　　　　　しんぶん赤旗　H 20・9・2

赤坂憲雄　旅はやはり病気である（※牧水、啄木に触れた文章）　　日本経済新聞　H 20・9・2

遊座昭吾『北天の詩想　啄木と賢治、それ以前・それ以後』四六判224頁952円＋税〔細目：I
　啄木 一.十代の自画像—啄木詩想の原型—（・白羊会、莘江・麦羊子・白蘋・ハノ字の時代、・白蘋から
　啄木への飛翔）P42～60、二.「一握の砂」メモ（・本郷赤心館、歌稿ノート「暇ナ時　六月十四日ヨリ」、
　・『一握の砂』「我を愛する歌」の冒頭十首）P61～83、三.国際人 坂西志保—啄木詩歌英訳のパイオニ
　アー P84～87／Ⅳ 近代を創った北の女性たち　近代を創る北の女性—輔子、智恵子、節子、東香—（・
　啄木への永遠の愛を誓った節子）P196～200〕　　　　　　　桜出版（東京・新宿区）H20・9・3

北畠立朴〈啄木エッセイ127〉肩書とは何か　朝日ミニコミ「しつげん」第450号　H20・9・5

週刊かづの（新刊紹介）『啄木の母方の血脈』鹿角市史に関わる新資料　H20・9・5

赤坂憲雄（東北知の鉱脈17）日記に刻んだ果敢な生　弱者と強者のはざまに　石川啄木

河北新報　H20・9・7

岩手日報（コラム学芸余聞）※森義真氏ほか編『啄木の母方の血脈』再版の話題　H20・9・8

嵐山光三郎　湯島の別れ（ほかに啄木が登場）『文士温泉放蕩録』文庫判495頁 820円＋税

ランダムハウス講談社　H20・9・10

古水一雄〈論壇〉「文化基金」創設を思う（啄木の同窓生佐藤庄太郎）　岩手日報（夕）H20・9・10

松田十刻　跋（エピローグ）P305〜327　※啄木と坂本龍馬の末裔が釧路で出会う架空話

『龍馬のピストル』四六判 1600円　PHP研究所　H20・9・12

佐佐木幸綱　牧水も啄木も、負札を選び続けたんです　佐竹信編（述著）『甘口でコンニチハ』

四六判 1890円（税共）　七つの森書館　H20・9・15

岩手日報（記事）啄木の妻節子ここで誕生・岩手大敷地内一角　H20・9・18

岩手日報（夕・学芸短信）国際啄木学会盛岡支部例会　H20・9・20

関　厚夫『詩物語　啄木と賢治』四六判　423頁 1785円（税込）　扶桑社　H20・9・20

岩手日報（記事）啄木ゆかりの校舎補修に汗・盛岡商工会議所　H20・9・20

盛岡タイムス（記事）啄木の教室を補修・商議所支所の会員たち　H20・9・20

岩手日報（記事）新井満さんに感謝状・盛岡ブランド発信に尽力　H20・9・21

盛岡タイムス（記事）啄木と同時代を生きる・佐藤庄太郎の作品を紹介　H20・9・21

盛岡タイムス（記事）早世の俳人「春又春」に光（啄木の同窓生佐藤庄太郎の句集）　H20・9・22

岩手日報（夕・コラム・学芸余聞）※啄木と同時代の俳人、春又春の句集発刊の話題　H20・9・24

釧路新聞（記事）啄木の歌碑を探訪／日本吟道学院みえ連合会　H20・9・25

塩谷知子　禁断の実を食べて　石川啄木『雲は天才である』P74〜83 上田博・池田功ほか編

『小説の中の先生』A5判 2000円＋税　おうふう　H20・9・25

馬場龍彦（署名記事）団塊の旅　天才歌人啄木　日刊スポーツ　H20・9・25

妹尾源市　啄木と芙美子の言葉　P2〜0「浮雲」第20号 A4判

林芙美子同好会（京都府八幡市八幡三本橋18-148妹尾方）H20・9・28

中日新聞（記事）塩尻で全国フォーラム開幕・新井満「啄木と音楽の出会い」講演　H20・9・28

「関西啄木懇話会会報」秋季号 B5判 4頁（太田登「有終の美」をかざるために）　H20・9・—

戸舘大朗（インタビュー）啄木の北上川、僕の中津川 P12〜0「盛岡水物語」四六判　冊子

文化地層研究会発行（盛岡市）H20・9・—

米沢豊穂　啄木「東海歌」断想 P118〜121「山桐」第6号　福井県・丸岡五徳会　H20・9・—

青木容子　悲しみを乗り越えて P16〜0「新日本歌人」第63巻10号　H20・10・1

天野　仁編「夢の広がる啄木母系の軌跡」（大阪啄木通信　別冊）A4判　全20頁 非売品（石川啄木

の母系にまつわる「熊谷家・工藤家由緒系譜」余聞—工藤常象謹撰—／啄木母系の関連略年表（覚書）

／天野仁作成・啄木母方の家系図）　天野仁個人編輯発行　H20・10・1

『平成19年度 盛岡てがみ館 館報』A4判 48頁（※同館発行の通信紙「企画展の窓」には貴重な啄木資

料が度々掲載される。同紙の84〜96号全面掲載がある）　盛岡てがみ館　H20・10・1

森　義真　『啄木の母方の血脈』について P36〜37「街もりおか」10月号 通巻490号　H20・10・1

盛岡タイムス　岩大に節子の生家跡　　　　　　　　　　　　　　　　　　　　　　H 20・10・1

池田　功「東京本郷文学散歩」（「やくも啄木会」の散歩に配布）A3 判 2 頁　　　H 20・10・4

池田　功「石川啄木・短歌の世界」（「やくも啄木会」の散歩に配布）A3 判 2 頁　　H 20・10・4

佐藤勝編「東京の啄木文学散歩のしおり」岩渕 上・東京啄木散歩（ネットからの転載／ほか）

　　（※「やくも啄木会」の文学散歩の資料に湘南啄木文庫が作成配布）B5 判 20 頁　　H 20・10・4

北畠立朴〈啄木エッセイ 129〉新井満さんとの出会い

　　　　　　　　　　　　　　　　　　　朝日ミニコミ「しつげん」第 451 号　H 20・10・5

「港文館だより」第 43 号（啄木歌碑の拓本作り参加者募集／ほか）A4 判 片面刷　H 20・10・5

しんぶん赤旗（新刊紹介）「野口雨情そして啄木」井上信興著　　　　　　　　　　H 20・10・5

岩手日報（新刊紹介）岩手の文人・詩歌を網羅／遊座昭吾著『北天の詩想』　　　　H 20・10・7

尹　雄太（ネット書評）安田敏朗著『金田一京助と日本語の近代』日経ビジネス　　H 20・10・7

成田　健　啄木に詠まれた秋田県人・松岡蕗堂（1～14）　　秋田魁新報　H 20・10・7 ～ 12・30

岩手日報（記事）啄木、賢治が見た風景　　　　　　　　　　　　　　　　　　　　H 20・10・8

伊藤一彦　「明星」『みだれ髪』の影響と啄木／ほか P202 ～ 241『牧水の心を旅する』四六判 1619 円

　　　　　　　　　　　　　　　　　　　　　　　　　　　　　角川学芸出版　H 20・10・10

鬼山親芳（署名記事）「母方の血脈」啄木学会の森さんら翻刻　　毎日新聞（岩手版）H 20・10・10

編集部（新刊紹介）遊座昭吾著『北天の詩想』　　　　　　　　　　　　東奥日報　H 20・10・10

「札幌啄木会だより」14 号 全 9 頁（細目：長谷部和夫・故郷函館と啄木 P 2 ～ 3／三戸茂子・啄木の

　　手紙 P 3 ～ 0／渡辺恵子・遊行 P 3 ～ 4／太田幸夫・啄木雑感 P 4 ～ 5）　　H 20・10・10

岩手日報（コラム・いわてお宝拝見）冨田小一郎さんの謝恩会出席名簿と写真　　　H 20・10・12

毎日新聞（岩手版記事）岩手大植物園：啄木の妻、生家の井戸確認　　　　　　　　H 20・10・12

盛岡タイムス（記事）むらい昭治さんが個展「私の啄木、賢治」　　　　　　　　　H 20・10・12

赤崎　学　「研究発表要旨・啄木と、序文」A4 判 3 枚　※岩手県芸術祭発表レジメ　H 20・10・13

北畠立朴　記者啄木道内流転 P2 ～ 3（新聞週間・新聞大会特集第 1 部）北海道新聞　H 20・10・14

「啄木の妻、堀合節子の生家の井戸復元・記念式典」（パンフ）A4 判 4 頁　　岩手大学　H 20・10・14

盛岡啄木手帳刊行委員会編・石川啄木著『盛岡啄木手帳』（閑天地・時代閉塞の現状・渋民日記）

　　文庫判　380 頁 1000 円（税共）作品解説・山本玲子 P358 ～ 377

　　　　　　　　　　　　　　　発行所・盛岡市ブランド推進課：発売・東山堂　H 20・10・14

岩手日報（記事）井戸端に節子の面影・岩手大・生誕の地に復元、除幕　　　　　　H 20・10・15

北沢文武　谷静湖と石川啄木（7）静湖、二十六歳の死 P60 ～ 66「トスキアナ」第 8 号 A5 判

　　1500 円＋税（← H21・2『谷静湖と石川啄木』塩ブックス）

　　　　　　　　　　　　　　　　　　　　　　　トスキアナの会（皓星社発売）H 20・10・15

編集部　新企画「啄木の森」誕生　P8 ～ 0「月刊盛岡タイムス　フォレスト」13 号　H 20・10・15

水口　忠著『小樽啄木余話』（豆本・H19 の改訂 2 刷）100 頁 500 円　　　余市豆本の会　H 20・10・15

盛岡タイムス（記事）啄木の妻節子の生家・122 回目の誕生日祝う　　　　　　　H 20・10・15

読売新聞（岩手版記事）啄木の妻・節子　生家の井戸　復元・岩手大で除幕式　　　H 20・10・15

岩手日報（紹介記事）古里つづる啄木手帳　盛岡の委員会が刊行（「盛岡啄木手帳」）H 20・10・16

毎日新聞（岩手版新刊紹介）「盛岡啄木手帳」を発行・刊行委編集　　　　　　　　H 20・10・16

編集部　石川啄木と天民の熱い友情（1）～（5）

真庭タイムス　　H 20・10・17 ／ 10・19 ／ 11・20 ／ 11・27 ／ 12・1

盛岡タイムス（記事）盛岡市都市景観賞・渋民小学校を選定　　　　　　　　　　H 20・10・18

飯村裕樹　「『あこがれ』における From the Eastern Sea の影響について～「五月姫」を具体的
　　検討作品として～」A3 判 4 枚（国際啄木学会盛岡支部研究会発表レジメ）　　H 20・10・18

米地文夫　「啄木と賢治の山岳観を比較する ― 見上げる啄木・見下ろす賢治 ―」A4 判 12 枚
　　（国際啄木学会盛岡支部研究会発表レジメ）　　　　　　　　　　　　　　　　H 20・10・18

秋田さきがけ【おとなり情報】日記、評論折り込む「盛岡啄木手帳」を刊行　　　H 20・10・19

神津拓夫　石川啄木　『作家その死』四六判 2415 円＋税　　　　　　近代文芸社　H 20・10・19

平岡敏夫（書評）北天の詩想・啄木・賢治（遊座昭吾著）　　　　　しんぶん赤旗　H 20・10・19

森　義真　啄木青春の地・盛岡から（関西啄木懇話会 2008 年秋の集い講演レジメ）H 20・10・19

日原正彦　飛行機と少年〈石川啄木の求めたもの〉P76 ～ 89『ことばたちの揺曳―日本近代詩精神
　　ノート―』四六判 3000 円＋税　　　　　　ふたば工房（高知市朝倉乙 999-2F）H 20・10・20

北海道新聞（夕・道南版記事）啄木ゆかりの地見学・八雲の愛好者　東京訪問し懇親　H 20・10・20

森　義真　石川啄木と水沢緯度観察所 P7 ～ 8「イーハトーヴォ」125　宮澤賢治学会　H 20・10・21

「石川啄木展テーマ展示本リスト」A4 判 両面刷　110 点記載　　岩手県立図書館　H 20・10・24

「啄木学校伊丹講座・一人芝居・SETSU-KO」A4 判 両面刷チラシ　伊丹市アイホール　H 20・10・24

盛岡タイムス（新刊紹介）随筆など 17 作品収録・「盛岡啄木手帳」を発刊　　　　H 20・10・24

山本玲子　啄木の足取りを辿る ～渋民から函館、釧路へ　生命見つめる旅～　A4 判 4 枚（第 28 回
　　啄木資料展講演のレジメ）　　　　　　　　　　　　　　　　岩手県立図書館　H 20・10・24

野村益世　石川啄木の結核性腹膜炎 ―東大病院入院中に受けた手術とは？― P173 ～ 185　『夏目
　　漱石の大出血はアスピリンが原因か―作家たちの消化器病―』四六判 1500 円＋税
　　　　　　　　　　　　　　　　　　　　　　　　　　　　　　　　　愛育社　H 20・10・25

編集部　"浅草"に文士の面影を訪ねる P3 ～ 9「東京時間旅行ミニ荷風」第 3 号 A4 判
　　　　　　　　　　　　　　　　　　　　　　　　　　　　　　　　日本文芸社　H 20・10・25

河北新報（紹介記事）啄木つづった故郷一冊に・（『盛岡啄木手帳』）盛岡市が刊行　H 20・10・27

岩手県立図書館編「第 28 回 啄木資料展 展示資料目録」A4 判 全 20 頁（10・27 ～ 11・24）
　　　　　　　　　　　　　　　　　　　　　　　　　　　　　　岩手県立図書館　H 20・10・27

「第 28 回　啄木資料展 展示目録」A4 判 両面チラシ　　　　　岩手県立図書館　H 20・10・27

盛岡タイムス　もりおかデジカメ散歩 403（盛岡城址公園の啄木歌碑）　　　　　H 20・10・29

土肥定芳（作曲）別れきて（啄木短歌 3 首）P5 ～ 9「女声合唱集　山のあなた」A4 判 全 48 頁
　　定価不記載　　　　　　　発行者：土肥美枝子（神奈川県秦野市千村 4-5-17）H 20・10・―

☆松岡正剛「石川啄木・一握の砂・悲しき玩具」※松岡正剛のＨＰ「千夜一夜遊蕩篇・1148 夜」掲載
　　http://1000ya.isis.ne.jp/1148.html　　　　　　　　　　　閲覧確認日　H 20・11・1

☆R. Linhart【ドイツ語・啄木短歌の翻訳及び年譜小伝】※R. Linhart 氏のHPアドレスは下記。
　　http://www.ruthlinhart.com/index.html　　　　　　　　　閲覧確認日　H 20・11・1

朝日新聞（岩手版コラム・景）渋民公園の啄木歌碑（盛岡市）　　　　　　　　　H 20・11・1

朝日新聞（岩手版新刊紹介）啄木作品手帳型で・盛岡市と記念館発行　　　　　　H 20・11・1

中村雄昂　鷗外、漱石、一葉、啄木に愛された町・本郷から湯島まで『自転車で散歩　文京界隈』
　　A5 判 1785 円　　　　　　　　　　　　　　　　　　　イースト・プレス　H 20・11・1

盛岡タイムス（記事・講演会）第25回仙北文化祭『石川啄木と仙北町』　　　　　H 20・11・2

盛岡タイムス（記事）広い分野に輝く功績・嶋千秋氏　　　　　　　　　　　　　H 20・11・3

森　義真　石川啄木と仙北町（第25回仙北文化祭講演レジメ A4判2枚）　　　　H 20・11・3

北畠立朴〈啄木エッセイ130〉あと一年に迫った大会

　　　　　　　　　　　　　　　　　　朝日ミニコミ「しつげん」第454号　H 20・11・5

DVD「ふるさと発信　石川啄木」（※ 2008年11月5日CS2インターローカルTVにて放映の作品を収録
　／内容：平成8年度地域産業情報等提供で製作された作品。玉山村の青年団が愛宕山に啄木歌碑を建立
　するまでのドキュメントの録画）50分　　　　　　　　　　　　　　　　　　H 20・11・5

北海道新聞（夕・記事）小樽日報社「立派なる事本道中一番」啄木の手紙本当だった　H 20・11・8

岩手日報〈連載コラムいわて お宝拝見84〉石川啄木の自筆礼状【石川啄木記念館所蔵】〔編注・山本
　松之助宛（明治45・1・31）葉書、全集未収載〕　　　　　　　　　　　　　　H 20・11・9

「平成20年度　啄木学級」（チラシ A4判）　　　　　　　　石川啄木記念館　H 20・11・9

岩手日報（夕・記事）啄木と賢治（森義真氏の講演の案内）　　　　　　　　　　H 20・11・10

加藤喜一郎　「サザエさん」こぼれ話・「八犬伝」と啄木の歌 P15～0「桜友」409号　H 20・11・10

北海道新聞（小樽・後志版記事）「小樽日報社」の写真発見　　　　　　　　　　H 20・11・11

読売新聞（夕・コラム・編集手帳）※文章の枕に「鏡屋の前に来て‥‥」の啄木歌　H 20・11・11

盛岡タイムス（記事）啄木と仙北町を語る・森義真さんが講演　　　　　　　　　H 20・11・11

信長貴富作曲『楽譜　見よ、かの蒼空に』A4判 32頁 1000円＋税〔細目：（石川啄木の短歌・詩／ 1.
　煙 2. 石 3. 飴売 4. 少年 5. 終曲　※演奏約11分〕　　　　河合楽器製作所事業部　H 20・11・13

盛岡タイムス（記事）啄木の思い受け継ぐ・工藤さんの句碑立つ　　　　　　　　H 20・11・13

原田信男　くちづけの味　石川啄木 P149～151『食をうたう　詩歌にみる人生の味わい』
　1900円＋税　　　　　　　　　　　　　　　　　　　　　　　岩波書店　H 20・11・14

山本玲子　啄木の教育と子供の目線 P8～0 「フォレスト」14号　　　　　　　　H 20・11・15

石川啄木『一握の砂・時代閉塞の現状』宝島文庫 252頁 460円　※解説：郷原　宏・漂泊の
　詩人石川啄木、その詩と生涯 P243～252　　　　　　　　　　　　宝島社　H 20・11・19

室井光宏　東北のドン・キホーテたち―石川啄木・宮澤賢治・太宰治・寺山修司―　～（→H16・11
　「群像」講談社）『ドン・キホーテ賛歌』B5判 3150円　　　　　東海大学出版会　H 20・11・19

盛岡タイムス（記事）伊丹で盛岡デー・22日から（山本玲子さんの講演ほか）　　H 20・11・19

「浜茄子」第75号 B5判6頁　創立四十周年記念号（渡辺昌昭　仙台啄木会入会／ほか14名の随想な
　どを掲載）　　　　　　　　　　　　　　　　　　　　　　　　仙台啄木会　H 20・11・20

伊井　圭　『啄木鳥探偵處』文庫版 312頁 680円＋税（編注・石川啄木と金田一京助の登場する推理
　小説）（→H11・5・25 同社より単行本発行）　　　　　　　　　東京創元社　H 20・11・21

盛岡タイムス（記事）都市景観シンポで討論（岩手山・姫神山・渋民など含む）　H 20・11・21

読売新聞（夕・コラム・編集手帳）※文章の枕に啄木の歌を引用している　　　　H 20・11・21

「啄木と賢治」（11月23日の講演チラシ）A4判 片面刷　　　　　奥州市宇宙遊学館　H 20・11・23

森　義真　啄木と賢治～岩手の風土との関わりから～（講演会用レジメ）A4判3枚　H 20・11・23

デーリー東北（記事）もりおか散策・石川啄木記念館　　　　　　　　　　　　　H 20・11・24

西脇　巽　続啄木盛岡日記（二〇〇七年六月一五日）P74～82「青森文学」第77号
　（←H27・10・10『石川啄木　旅日記』桜出版）　　　　　　　　　　　　　H 20・11・25

編集部　石川啄木 P7 ～ 15 宮澤康造・本城靖監修『日本の文学碑1　近現代の作家たち』A5判

8500円＋税（編注：106 基の啄木碑を紹介）

編集・発行：日外アソシエーツ株式会社／発売元：（株）紀伊国屋書店　H 20・11・25

「国際啄木学会会報」第 26 号 A5 判 全 48 頁（以下 37 点を掲載）

太田　登　詩の伝統文化を伝えよう P7 ～ 0

ウニタ・サチダナンド　「あこがれ」の会からのご挨拶 P7 ～ 9

望月善次　国際啄木学会の意味～インドから学び続けている一人として～ P10 ～ 11

【リレー講演】

木内英実　明治第二世代の文学者における仏教受容について―勘助・啄木・雨雀を中心に―
　　　　　　P12 ～ 13

池田　功　『あこがれ』の色彩について P13 ～ 14

【研究発表】

飯村裕樹　『あこがれ』における From the Eastern Sea の影響 P15 ～ 0

安元隆子　石川啄木「公園」の抒情 P16 ～ 17

森　三紗　石川啄木の詩歌 ── 平和の視点から P17 ～ 18

【インドネシア大会ほか】

近藤典彦　インドネシア大会の報告 P18 ～ 20

坂谷貞子　インドネシア大会に参加して P20 ～ 21

大室精一　春のセミナーをふり返って P22 ～ 23

田口道昭　2008 年度春のセミナーをふり返って P23 ～ 24

【各地の便り P23 ～ 31】

北畠立朴・北海道支部／望月善次・盛岡支部／大室精一・東京支部／安元隆子・静岡支部／若

林敦・新潟支部／ C・Fox：関西支部／舟田京子・インドネシア支部／高淑玲・台湾啄木学会／

孫順玉・韓国啄木学会

池田　功　リーンハルト先生、来日される P32 ～ 0

【新入会員の自己紹介 P33 ～ 39】（三戸茂子・佐藤進・佐藤定美・後藤伸行・稲垣大助・田山泰三・

下総俊春・海老江芙紗世）　　　　　　　　　　　　　国際啄木学会　H 20・11・28

「国際啄木学会盛岡支部会報」第 17 号 A5 判 全 46 頁（以下 11 点の文献を掲載）

望月善次　インド大会と支部新体制 P2 ～ 3

森　義真　鶴彬と石川啄木 P4 ～ 7

小林芳弘　秋田県小坂町を訪ねて P8 ～ 10

望月善次　『あこがれ』の編集意識メモ P11 ～ 13

米地文夫　啄木が「ヒマラヤの第一峯」を詠った時～国際啄木学会インド大会に寄せて～
　　　　　　P14 ～ 18

北田まゆみ　門屋光昭先生の思い出 P19 ～ 22

向井田薫　詩集『あこがれ』を短歌に詠む P23 ～ 25

森　義真　『啄木の母方の血脈』について P26 ～ 27

佐藤静子　『啄木の母方の血脈』から見えた啄木の母カツ P28 ～ 32

森　三紗　宮（菅野）静枝の『呼子と口笛』への投稿 P33 ～ 35

池田千尋　曹洞宗宗務総長『談話』について P36 〜 39

国際啄木学会盛岡支部　H 20・11・28

山下多恵子（新刊紹介）近藤典彦編『一握の砂』（朝日文庫）　　新潟日報　H 20・11・28

朝日新聞　（岩手版記事）啄木の妻生家の井戸、岩大に　　　　　　　　　H 20・11・29

飯村裕樹　国際啄木学会インド大会発表資料〈レジメ 10 頁〉【「五月姫」現代語訳付】　H 20・11・29

木内英実　明治第二世代の文学者における仏教受容について―勘助・啄木・雨雀を中心に―

〈国際啄木学会インド大会発表レジメ　A4 判　5 頁〉　　　　　　　H 20・11・29

森　三紗　石川啄木の詩歌――平和の視点から〈インド大会発表レジメ　A4 判 14 頁〉 H 20・11・29

安元隆子　石川啄木「公園」の抒情〈インド大会発表レジメ　A4 判 6 頁〉　H 20・11・29

近藤典彦編『一握の砂』朝日文庫 520 円＋税　※解説・補注 P291 〜 298 ／近藤典彦・啄木略伝／

P299 〜 313「一握の砂」ができるまで P314 〜 316 ／「一握の砂」の特質 P316 〜 322

朝日新聞出版　H 20・11・30

吉田悦志　小剣の芥川・啄木・子規観 P247〜250『上司小剣論』四六判 3200 円＋税

翰林書房　H 20・11・30

飯坂慶一　寺山修司と石川啄木 P99〜105「詩都」32 号 500 円　都庁詩をつくる会　H 20・11・―

「小樽なつかし写真帖」第 52 号　タブロイド判 4 頁※明治 40 年の小樽日報社などが写った小樽市

街の写真をはじめ、運河が造られる以前の港など 7 枚の写真を掲載。（水口忠・「啄木の過ごした街」）

※本記事は（← H22・11・11「小樽なつかし写真帖」1500 円　北海道新聞小樽支社刊に収録）

どうしん小樽販売所会　H 20・11・―

吉崎哲男「小説「赤痢」について〜天理教布教師・我が祖父との接点を探って〜」※原稿をプリン

ト A5 判 25 頁（← H21・3「国際啄木学会東京支部会報」第 17 号）　　私家版冊子　H 20・11・―

内館牧子　盛岡文士劇の奇跡 P2 〜 3「トランヴェール」12 月号　JR 東日本企画室　H 20・12・1

「大阪啄木通信」第 32 号 B5 判 全 20 頁（天野　仁・「手帳の中より」の歌と啄木の周辺 P2 〜 9 ／

天野　仁・啄木と大阪 P13 〜 15 ／ほか）　　　　　　　天野仁個人編輯　H 20・12・1

産経新聞　〈コラム・次代への名言〉※啄木短歌 2 首を掲げて 2 歌集を紹介　　　H 20・12・1

中村光紀（館長コラム 80）明治四十五年「プラザおでって＆啄木・賢治青春館」86　H 20・12・1

文化地層研究会　歴史に語る建物たち 46　節子の井戸 P61 〜 0「街もりおか」12 月号　H 20・12・1

望月善次　「啄木の短歌、賢治の短歌（96）〜（147）」　盛岡タイムス　H 20・12・2 〜 H 21・4・7

岩手日報（記事）手製はがき　県特産品に・写真に賢治や啄木　　　　　　　H 20・12・3

北畠立朴〈啄木エッセイ 131〉この一年の行動記録　朝日ミニコミ「しつげん」第 456 号　H 20・12・5

河合真帆（新刊紹介）「見開き 4 首に」啄木の狙い・歌集『一握の砂』　　朝日新聞　H 20・12・6

「望」第 9 号 B5 判 全 95 頁 1000 円

一首にこだわって読む「春（初夏）の歌」、越谷達之助作曲集「啄木によせて歌へる」全 15 曲

の啄木短歌、ほか／上田勝也、北田まゆみ、熊谷昭夫、齊藤清人、佐藤静子、永井雍子、福島

雪江、向井田薫、吉田直美　　　　　発行者・望月善次　編集・啄木月曜会　H 20・12・8

湯川秀樹『天才の世界』〈知恵の森文庫〉920 円＋税（S48 年、54 年、56 年刊・小学館の重版／石川

啄木―愛される啄木の歌―ほか収録）　　　　　　　　　　　　　光文社　H 20・12・9

岩手日報（記事）啄木と海テーマに講演・12 日に山田町教委　　　　　　　H 20・12・10

安宅夏夫　室生犀星論・評伝の方法について P98〜104「人物研究」22　近代人物研究会　H 20・12・10

編集部　ふるさと文豪紀行　寄生木記念館 P17～21「月刊　みやこわが町」12月号 A4判 370円

タウン情報社（岩手県宮古市）　H 20・12・10

岩手日報（夕・記事）国際啄木学会盛岡支部例会　　　　　　　　　　　　　H 20・12・11

菅原和彦（署名記事）いわて学芸この 1 年 (1)　　　　　　　　　　岩手日報　H 20・12・13

産経新聞　〈コラム・次代への名言〉※啄木短歌とハイネの詩の類似点　　　H 20・12・13

関川夏央　〈界隈ルポ・スペイン坂〉ハンサムな歌人激動人生　　　　東京新聞　H 20・12・13

櫻井健治　ビバ・ハコダテ 第 11 回 東海の小島の舞台と蟹 P26～27 函館馬主協会会頭「蹄音の誘い」
　　第18号　B5判　　　　　　　　　　　　　　　　　　　　函館馬主協会　H 20・12・15

池田　功　国際啄木学会インド大会に参加して　　　　　　　　しんぶん赤旗　H 20・12・18

望月善次　啄木と賢治の短歌〈第 48 回文化サロン講演レジメ＆資料〉A4 判 7 枚　H 20・12・18

岩手日報（夕・記事）時空を超え啄木に共鳴・インドで国際啄木学会　　　　H 20・12・19

望月善次　国際啄木学会インド大会報告 (1)～(3)　　　　　盛岡タイムス　H 20・12・19～21

盛岡タイムス（記事）啄木は明るく、賢治は暗い・文化サロンで講演　　　　H 20・12・22

「フォレスト」No. 15（記事）お正月は「啄木かるた」で遊びませんか？　　H 20・12・25

山本玲子　「啄木の森」心の自由を求めて「フォレスト」15号　　盛岡タイムス社　H 20・12・25

高橋行雄　ふるさと玉山村　「季刊新聞　リトルヘブン」12 月・冬・10 号　　H 20・12・―

ウニタ・サチダナンド×望月善次 共著『石川啄木の短歌　巻 I SWASNNHIYA スワサニッディア
　（翻訳）「我を愛する歌」〈一握の砂〉のヒンディー語訳』A5 判 115 頁　　（インド）H 20・―・―

ウニタ・サチダナンド×望月善次 共著『石川啄木の短歌　巻 2　DHOOAN デヴァン（翻訳）
　「煙 1・2」〈『一握の砂』〉のヒンディー語訳』A5 判　91 頁　　　　　　　（インド）H 20・―・―

田の上一州　CD「千の風にのって」※東の一水作曲の啄木短歌三首を収録（ふるさとの／しらしらと
　／神のごと）1200 円　　　　　　　　　　　　　　（株）エムテイアール　H 20・―・―

２００９年（平成 21 年）

池田　功　枕辺の瓶の白百合…P9〜10・愛唱歌で通観する短歌史「りとむ」第100号　H 21・1・1

三枝昂之　表現の蓄積ということ P22〜25「短歌年鑑」第56巻1号 2190円　　　　　　H 21・1・1

佐佐木幸綱　完了形の前衛短歌時代へ P16〜21（編注：文中に塚本邦雄歌集『存在の夏』収録の啄木
　をうたった一連の歌4首を掲載）「短歌年鑑」第 56 巻 1 号　2190円　　　　　角川書店　H 21・1・1

たてのひろし　代用教員　石川啄木 P26〜0「タウン誌　街はこだて」521号 350円　H 21・1・1

中村光紀　緑色の太陽（雑誌「スバル」の話題）「おでって87号」啄木・賢治青春館　H 21・1・1

編集部　みちのく遺産・もりおか啄木・賢治青春館 P60〜61「Rakura ラ・クラ」 1 月号 A4 判
　420 円　　　　　　　　　　　　　（有）あえるクリエイテブ（盛岡市）H 21・1・1

「街もりおか」1 月号【座談会・だんごの街・盛岡】〈啄木とだんごの話題アリ〉　　　H 21・1・1

読売新聞（岩手版記事）逆境バネ　逸材続々（石川啄木ほか）　　　　　　　　　　　H 21・1・1

読売新聞（コラム編集手帳）※吉井勇の啄木を詠んだ歌と「スバル」を紹介　　　　　H 21・1・3

「港文館だより」第 44 号（港文館に啄木資料が増えた／ほか）A4 判 片面刷　　　　H 21・1・5

函館新聞（記事）9 月に函館で国際啄木学会・新井満さんの講演も　　　　　　　　　H 21・1・6

北海道新聞（夕・記事）9 月に国際啄木学会　　　　　　　　　　　　　　　　　　　H 21・1・7

山下多恵子　啄木と郁雨　友の恋歌矢ぐるまの花（第二部1〜25）新潟日報　　　H 21・1・8〜6・25

岩手日報（記事）雑誌に見る啄木の "挑戦" 盛岡で企画展　　　　　　　　　　　　　H 21・1・10

大坪れみ子　現代詩が目指すべきもの・石川啄木に学ぶ P47〜52「詩と試論・新しい天使のため
　に…」第 4 号 A5 判 500 円　　　　　　　　エッセンテイアの会（岩手県滝沢村）H 21・1・10

坂谷貞子　鑑賞『一握の砂』と『一つのメルヘン』〜啄木と中也〜〈第 51 回 国際啄木学会東京支部会
　研究発表レジメ〉A4 判 5 枚　　　　　　　　　　　　　　　　　　　　　　　　H 21・1・10

目良　卓「暇ナ時」記号一覧（国際啄木学会東京支部会研究発表レジメ）B4 判 4 枚　H 21・1・10

上条さなえ　啄木歌集『かなしみの詩』四六判　1400 円＋税　　　　　　　講談社　H 21・1・14

岩手日報（記事）啄木の魅力を幅広く・一関で資料展、最新研究紹介　　　　　　　　H 21・1・15

北海道新聞（記事）南大通に光で彩り・21 日「啄木・雪あかりの町」　　　　　　　H 21・1・15

伊能専太郎〈杜陸随想〉なけなしの 10 円　　　　　　　　　　　　　盛岡タイムス　H 21・1・16

中山明展（コラムしゅっぱん夢日記）たのしきは小樽の町よ　　　　　　北海道新聞　H 21・1・19

中山明展（しゅっぱん夢日記）啄木のいた札幌は 6 万都市だった　　　　北海道新聞　H 21・1・19

釧路新聞（記事）きょう「啄木・雪あかりの町」くしろ　　　　　　　　　　　　　　H 21・1・21

「釧路啄木会さいはて便り」創刊号　A4 判全 8 頁（細目：北畠立朴・梅川操と被爆体験 P2〜0
　／三戸茂子・啄木を感じて P3〜4／佐々木雅三・啄木とわが家系の奇縁 P4〜5／佐藤寿子・
　光子と二人のペイン P5〜6／白谷和明・今、書店で啄木は P6〜7／ほか）
　　　　　　　　　　　　　　　　釧路啄木会事務局（釧路市大町 2-1-12 港文館内）H 21・1・21

釧路新聞（記事）明治の風情「啄木・雪あかりの町」・市民ら歌碑巡り楽しむ　　　　H 21・1・22

北海道新聞（記事）啄木の面影照らす「雪あかり」開催・釧路　　　　　　　　　　　H 21・1・22

（木）〈コラム交差点〉瀬川深 ※啄木の生涯の友人だった人物　　　　　　岩手日報　H 21・1・23

毎日新聞（岩手版記事）啄木とスバル〜さらばスバルよ！〜展・盛岡　　　　　　　　H 21・1・23

続 石川啄木文献書誌集大成　2009年（H21）　201

毎日新聞（北海道版記事）ほんのりアイスキャンドル点灯・釧路		H 21・1・23
編集部〈郷土の本棚〉岩手の文学的潮流たどる・遊座昭吾著『北天の詩想』　岩手日報		H 21・1・24
盛岡タイムス（記事）玉山区の渋民公園　「重要眺望」の標示板		H 21・1・24

村松　善　「渋民日記」「林中日記」比較対照本文（国際啄木学会盛岡支部月例研究会レジメ）
　　A5判 20頁　　　　　　　　　　　　　　　　　　　　　　　　　　著者作成　H 21・1・24

森　義真　国際啄木学会盛岡支部会報第 17 号に寄せられたコメント　A4判 4枚　H 21・1・24

岩佐壮四郎　啄木の新世紀—ニーチエ主義・「聖性破壊」・「芸術」の聖化—／歌わない啄木—井上
　　ひさし『泣き虫なまいき石川啄木』を通して—『日本近代文学の断面』四六判 2800円＋税
　　　　　　　　　　　　　　　　　　　　　　　　　　　　　　　　　彩流社　H 21・1・25

盛岡タイムス（記事）文化財を火災から守れ（啄木新婚の家で）消防団ら訓練		H 21・1・26
盛岡タイムス（記事）遊座先生の最終講義		H 21・1・27

森　義真　天野仁発行誌「別冊大阪啄木通信」夢の広がる啄木母系の軌跡　Ｑ＆Ａ
　　（A4判 5枚）　　　　　　　　　　　　　　　　　　　　　　　　著者発行　H 21・1・27

渡辺敏男　啄木新婚の家　天井裏に武家屋敷の名残　　　朝日新聞（岩手版署名記事）H 21・1・28

荒又重雄著『啄木を英文で読む』A4判 65頁 頒価無記載　【※既刊の英訳短歌冊子の集成本】
　　（細目：第1章・砂山に伏せって／第2章・追われて遠い故郷／第3章・秋風のこころよさに／
　　第4章・忘れがたき人々／第5章・東京の空の下で）　　　北海道労働文化協会　H 21・1・30

大谷利彦　石川啄木日記 P264～268 ／啄木　落ち穂ひろい P548～564『異国往来　長崎情趣集』
　　A5判 3500円　　　　　　　　　　　　　　　　　　　　　長崎文献社　H 21・1・30

今野寿美　口語発想の文語文体—啄木の短歌— P135～142『歌のドルフィン』四六判 2700円＋税
　　（→ H18・11「短歌往来」11月号）　　　　　　　　　　　ながらみ書房　H 21・1・30

時田則雄　啄木・心揺さぶられすべて暗記	北海道新聞（夕）	H 21・1・30
北海道新聞（夕・釧路版）釧路啄木会会報を創刊		H 21・1・30
朝日新聞（岩手版記事）啄木と「スバル」書簡などで知る・盛岡で展示会		H 21・1・31
兼常清佐　石川啄木（復刻）『兼常清佐全集』（第2巻）全5巻 89250円　　大空社		H 21・1・―
盛岡てがみ館 第29回企画展　「文芸誌『明星』に集う人々の手紙」A4判 両面チラシ		H 21・1・―
「啄木とスバル」第 37 回企画展 09/01/09～02/23〈チラシ〉　　啄木・賢治青春館		H 21・1・―
片方雅恵　啄木の心の軌跡をたどる P80～82「いわてねんりんクラブ」第 141号		H 21・2・1
「港文館だより」第 45 号（釧路啄木会・さいはて便り発行／ほか）A4判 片面刷		H 21・2・1
服部尚樹　啄木と生きている P16～17「街もりおか」2月号　　　杜の都社		H 21・2・1
編集部　啄木作品文庫本サイズで P5～0「楽しいわが家」52巻2号　全信金庫協会		H 21・2・1
岩手日報（記事）啄木と雑誌スバル・展示紹介して解説・青春館で		H 21・2・2
鬼山親芳　啄木かるた会：宮古で大会　　　　　毎日新聞（岩手版署名記事）		H 21・2・2
山口圭一　「スバル」と啄木　文学館でトーク・盛岡　　　毎日新聞（岩手版署名記事）		H 21・2・2
小畑抽流　〈コラム顔 381〉啄木の里から詩情発信　「俳句文学」第 454号		H 21・2・3
鬼山親芳　（署名記事）県ゆかりの人物資料展が始まる・釜石　毎日新聞（岩手版）		H 21・2・5
北畠立朴〈啄木エッセイ 132〉啄木に魅せられて五十八年　　「しつげん」第 459号		H 21・2・5
「マ・シェリ」717号（記事）遊座昭吾先生最終講義　　　新生活情報紙（盛岡市）		H 21・2・5
毎日新聞（コラム・余録）流氷シーズン（啄木の見た流氷と現代を比較すると）		H 21・2・12

北海道新聞（夕・釧路版）啄木「歌湧き出る天才」・釧路の研究家　鳥取西小で講演　H 21・2・13

朝日新聞（岩手版記事）盛岡「啄木かるた」大会に 220 人　H 21・2・15

岩手日報（記事）啄木かるたで熱戦・盛岡・玉山誕生祭　H 21・2・15

盛岡タイムス（記事）啄木かるた大会開く　H 21・2・16

岩手日報（記事）秋の優秀賞 10 首が決定・盛岡の短歌コンクール　H 21・2・16

☆ＩＢＣ岩手放送ネットニュース　「明星」に集う人々の手紙　H 21・2・17

呉　英珍　石川啄木とロシア P38 〜 48「社会文学」第 29 号 A5 判 1800 円

日本社会文学会　H 21・2・17

読売新聞（岩手版記事）啄木短歌でかるた・盛岡　H 21・2・17

「『明星』に集う人々の手紙」第 29 回企画展〈開催期間 02/17 〜 06/15〉両面刷チラシと展示目録

盛岡てがみ館　H 21・2・17

岩手日報（記事）「明星」岩手　結ぶ手紙・盛岡で企画展　H 21・2・18

岩手日報（夕・学芸短信）国際啄木学会盛岡支部例会　H 21・2・18

小田光雄　西村陽吉と東雲堂 P214 〜 223『古本探求』四六判 2500 円＋税　論創社　H 21・2・20

盛岡タイムス（記事）文芸誌「明星」に集った県人・てがみ館で企画展　H 21・2・21

「遊座昭吾先生の最終講義」〈パンフと資料〉A4 判　桜出版　H 21・2・21

盛岡タイムス（記事）遊座節に浸る・昭吾さん最終講義　H 21・2・22

盛岡タイムス（記事）盛岡県士族 3465 人・「明治三年戸籍」を解読、刊行　H 21・2・22

吉田悦志『事件「大逆」の思想と文学』A5 判 全 241 頁 8000 円＋税　（細目：第 2 章・平出修と幸
　徳秋水—明治四十四年一月十日付修宛書簡をめぐって—P131 〜 151 ／第 3 章・平出修「吉井君の歌」
　の意味—大逆事件前史—P153 〜 167 第 5 章・内田魯庵と大逆事件—啄木・蘆花・修との関連において
　—P198 〜 239）　明治書院　H 21・2・26

川上　晃　清瀬保二の「啄木歌集　第 1 集」P11 〜 23　群馬大学教育学部紀要　芸術・技術・体育・
　生活科学編　第 44 巻　群馬大学教育学部　H 21・2・27

北沢文武『谷静湖と石川啄木』A5 判 105 頁 600 円＋税（細目：「啄木日記」の中の谷静湖／地下出版の
　「青年に訴ふ」／中断された学生時代／静湖をめぐる二つの謎／刊行されなかった新雑誌／おとなしい
　青年たち／静湖、二十六歳の死）　塩ブックス（川口市赤井 1 - 4 - 9）H 21・2・28

森　義真　鶴彬と石川啄木（国際啄木学会盛岡支部研究会レジメ）A4 判 2 枚　H 21・2・28

高　淑玲　啄木の思想のスケッチ—小説における弱者描写をとおして—P153 〜 170（全文日本語
　掲載）「景文學報」第 19 巻 1 期　A4 判　（発行年：中華民国 98 年 2 月—）H 21・2・—

廣瀬量平作曲・石川啄木作詩「混声合唱組曲　楽譜　啄木による五つの函館のうた」A4 判 32 頁
　1400 円＋税　（細目：1．蟹に／2．はまなす／3．矢車の花／4．海が見たくて／5．大森浜に思いしことど
　も）※（編注・同年の 6 月に表紙紅色の女声合唱版有り）　河合楽器製作所出版部　H 21・3・1

「企画展の窓」第 106 号 B4 判 片面刷 ※『明星』以降の細越夏村　盛岡てがみ館　H 21・3・1

飛鳥圭介（コラムおじさん図鑑）閉じられた時代　秋田さきがけ　H 21・3・3

三嶋伸一　心の鉄路（9）ああ上野、終着駅の記憶　朝日新聞　H 21・3・3

毎日新聞（岩手版インタビュー記事）「北天の詩想」を出版した　遊座昭吾さん　H 21・3・3

大成建設（タワークレーイン）等光寺啄木の歌碑由来 1 頁「週刊新潮」3 月 5 日号　H 21・3・5

北畠立朴〈啄木エッセイ 133〉伝記的研究の難しさ　「しつげん」第 461 号　H 21・3・5

盛岡タイムス（記事）盛岡市議会一般質問・啄木没後 100 年への対応は　　　　　　　H 21・3・6

大澤重人（コラム・支局長からの手紙）悲しき異郷の路・高知（←H23・7 大澤重人著『心に咲いた花
　　―土佐からの手紙』冨山房）　　　　　　　　　　　　　　　　　毎日新聞（高知版）H 21・3・9

石川啄木著『石川啄木』〈ちくま日本文学〉　文庫判　476 頁　（解説：関川夏央・彼はむかしの彼ならず
　「天才」から「生活者」へ P458 〜 468 ／※H 4・4 発行の重版なり）　　　　筑摩書房　H 21・3・10

山﨑國紀　湯川秀樹が選んだ天才たち（2）石川啄木 P47 〜 77『思索する湯川秀樹』四六判
　2300 円＋税　　　　　　　　　　　　　　　　　　　　　　　　　　　世界思想社　H 21・3・10

山形新聞　（コラム談話室）新井満作曲（「ふるさと……」ほか）の印税の話題　　　　H 21・3・11

中外日報　社説：啄木の父一禎の標柱はいずこへ　　　　　　　　　　中外日報社　H 21・3・14

小川達雄　宮沢賢治の盛岡農高時代〈20〉啄木のバルコン　　　　　盛岡タイムス　H 21・3・14

盛岡タイムス（記事）啄木記念館学芸員募集　　　　　　　　　　　　　　　　　　　H 21・3・18

森田健二郎　石川啄木の詩歌　『懐かしい大人の切り絵』A5 判 1260 円　　春日出版　H 21・3・20

編集部　第 37 回新潟啄木祭のご案内（4・19）P41 〜 0「日本海」115 号　　　日本海社　H 21・3・20

平井久志　詩人と妓生の悲恋（コリア）・啄木の叙情受け継ぐ　　　　秋田さきがけ　H 21・3・22

西川圭三　天才歌人、石川啄木との出会い P52 〜『咢堂・尾崎行雄の生涯』四六判 3800 円
　　　　　　　　　　　　　　　　　　　　　　　　　　　　　　　　論創社　H 21・3・25

渡辺敏男　いわての宝：旧斉藤家町家・啄木、代用教員時代の住い　　朝日新聞岩手版　H 21・3・25

産経新聞　（夕・コラム　次代への名言）与謝野鉄幹　　　　　　　　　　　　　　　H 21・3・26

渡辺敏男　旧斉藤家啄木、啄木代用教員時代の住い　　〈マイタウン岩手〉asahi.comu H 21・3・27

岩手日報（記事）「普通の暮らし大切に」山本さん（啄木記念館学芸員）講演・盛岡　　H 21・3・27

岩手日報（夕）（記事）郷愁誘う啄木かるた・盛岡出身の吉田さんデザイン　　　　　H 21・3・28

水野信太郎　啄木作品に見る 20 世紀初頭の道内生活 P39 〜 55「北方圏学術情報センター年報」
　Vol. 1　A4 判　　　　　　　　　　　　　　　　　　　　　　　　　北翔大学　H 21・3・28

「国際啄木学会新潟支部報」第 10 号 A5 判　全 19 頁（以下 3 点の文献を収載）

　清田文武　為水春水の〈生田川の恋の山〉P1 〜 3

　押木和子　啄木の読書環境 P4 〜 8

　若林　敦　ムシャーイラ・ウルドゥ ―詩の朗読会― P10 〜 15　　　　　　　H 21・3・28

「国際啄木学会東京支部会報」第 17 号 A5 判（以下 8 点の文献を収載）

　大室精一　巻頭言〜年賀状の啄木歌〜 P1 〜 0

　池田　功　国際啄木学会インド大会に参加して P2 〜 4

　大庭主税　東京支部会を傍聴して二十年 P5 〜 7

　井上信興　「東海歌」の定説をめぐって P8 〜 13

　坂谷貞子　鑑賞『一握の砂』と「一つのメルヘン」P14 〜 21

　吉崎哲男　小説『赤痢』について P22 〜 46

　近藤典彦　「雲は天才である」と「校歌」騒動 P47 〜 60

　佐藤　勝　平成 20 年発行の「啄木文献」案内 P61 〜 67　　　　　　　　　H 21・3・29

大室精一　『悲しき玩具』の歌稿ノート　B4 判 8 頁　国際啄木学会春のセミナー（明治大学・駿河台
　校舎）における研究発表レジメ）　　　　　　　　　　　　　　　　　　　　　H 21・3・29

西脇　巽　節子から光子への手紙をめぐって　B5 判 12 頁（ほかに資料 8 枚添付　国際啄木学会春の

セミナー〈明治大学・駿河台校舎〉における研究発表レジメ）　　　　　　　　　H 21・3・29

尹　在石　啄木作品の翻訳集発刊のために―短歌を韓国語に翻訳する時の音律の問題を中心に―
　B5判4頁　（国際啄木学会春のセミナーにおける研究発表レジメ）　　　　　　H 21・3・29

大澤重人　支局長からの手紙：95歳の執念実る時　　　　　毎日新聞〈高知版〉H 21・3・30

池田 功　石川啄木における職業意識―「天職」の言葉をめぐって P49 〜 59「明治大学人文科学研
　究所紀要」第 64 冊 B5判　　　　　　　　　　　　明治大学人文科学研究所　H 21・3・31

石川啄木著／訳：山本玲子・絵：鷲見春佳『サルと人と森』A5 変形判　39頁 1000円＋税（宮脇
　昭／岸井成格・発刊にあたって P2 〜 5）　　　　NPO法人森びとプロジェクト委員会　H 21・3・31

岩手日報（コラム 風土計）※石川啄木作「林中の譚」（山本玲子訳『サルと人と森』）の話題
　　　　　　　　　　　　　　　　　　　　　　　　　　　　　　　　　　　　　H 21・3・31

大室精一『悲しき玩具』歌稿ノートの中点 P199 〜 216「佐野短期大学研究紀要」第 20 号 B5判
　　　　　　　　　　　　　　　　　　　　　　　　　　　　佐野短期大学　H 21・3・31

「国際啄木学会研究年報」12 号 A5判 全 92頁（以下 14 点の文献を収載）
　【論文】
　池田　功　『あこがれ』における色彩語の考察 P1 〜 11
　安元隆子　石川啄木「公園」の叙情 P12 〜 21
　木内英実　明治第二世代の文学者による印度哲学受容―啄木・雨雀・勘助― P22 〜 35
　森　義真　野村胡堂宛書簡に見る啄木像―猪川浩の一九〇二・一九〇三年書簡を中心に―
　　　　　　P36 〜 50
　近藤典彦　一九〇六年三月の啄木―渋民日記に新動向を探る― P51 〜 61
　【資料紹介】
　佐藤　勝　石川啄木参考文献目録―（平成 20 年度）2007 年（平 19）月 〜 2008 年（平 20 年）
　　　　　　1 月 30 日発行の文献― P80 〜 86
　【書評】【書評と新刊紹介】
　目良　卓　平野英雄著『啄木と朝日歌壇の周辺』P62 〜 63
　助川徳是　池田功著『石川啄木　その思想と散文』P64 〜 65
　平出　洸　森義真、佐藤静子、北田まゆみ編『啄木の母方の血脈―新資料「工藤家由緒系譜」
　　　　　　に拠る― P66 〜 67
　望月善次　遊座昭吾著『北天の詩想 ― 啄木・賢治、それ以前・それ以後』P68 〜 69
　【新刊紹介】
　望月善次　スワサニッデイヤ（翻訳）『我を愛する歌』・『煙』〔一握の砂〕（※ 2 冊組書）P75 〜 0
　柳澤有一郎　石川啄木著『一握の砂』（朝日文庫・解説：近藤典彦）／『一握の砂・時代閉塞の
　　　　　　　現状』（宝島社文庫・解説：郷原宏）P76 〜 0
　峠　義啓　井上信興著『野口雨情そして啄木』／『啄木文学における定説をめぐって』P77 〜 0
　河野有時　関厚夫著『詩物語　啄木と賢治』P78 〜 0　　　国際啄木学会事務局　H 21・3・31

照井悦幸　Takuboku Isikawa―藤川健夫戯曲英訳―P13 〜 43「比較文化研究年報」第 19号 A4判
　　　　　　　　　　　　　　　　　　　　　　盛岡大学比較文化研究センター　H 21・3・31

長沢礼子　啄木と賢治 P13 〜 14「北雲」第 31 号 B5判　　　雫石町教育委員会　H 21・3・31

学術刊行会編『国文学年次別論文集』〈近代Ⅴ〉（平成 18 年）B5判 9300円＋税

（以下3点の啄木文献を収録）

田口道昭　啄木・樗牛・自然主義 ―啄木の樗牛受容と自然主義― P321 ～ 326

　　　　（→ H18・2「立命館文学」第592号／→ H18・3『上田博教授退職記念論集』立命館大学文学部）

大室精一『悲しき玩具』歌稿ノートの配列意識（1）―「第一段階」の歌群（3 ～ 68番歌）につ

　　　　いて― P328 ～ 336（→ H18・3「佐野短期大学　研究紀要」第17号）

河野有時　さばかりの事―『一握の砂』三十一番歌をめぐって― 337 ～ 340

　　　　（→ H18・2「立命館文学」第592号）　　　　　　　　　　　　　　朋文出版　H 21・3・―

平野英雄　啄木の「文壇に表はれたる社会運動」覚え書断片―「朝日歌壇」と「樹木と果実」の投稿者

　　　について― P1 ～ 12　「共立女子中学高等学校研究報告」　第33号 B5判　　　　H 21・3・―

水野信太郎　石川啄木少年期の生活空間 P9 ～ 14　「北翔大学生涯学習研究所研究紀要」第12号

　　　別刷 B5判　　　　　　　　　　　　　　　　　　　　　　　　　　　北翔大学　H 21・3・―

「遊座昭吾先生の最終講義」（北天の詩想）4月26日東京会場チラシ　　同実行委員会　H 21・3・―

「石川啄木直筆資料展」（04/19 ～ 10/14）A4判片面刷チラシ　　　　函館市文学館　H 21・3・―

「企画展の窓」第107号 B4判 ※文芸誌『明星』に集う人々の手紙・明星と孤舟

　　　　　　　　　　　　　　　　　　　　　　　　　　　　　　　　盛岡てがみ館　H 21・4・1

「港文館だより」第46号（鳥居省三著「石川啄木」年内に改訂される）A4判 片面刷　H 21・4・1

「ぽけっと」132号 ※「明星」と細越夏村　　　　　　　盛岡市文化振興事業団　H 21・4・1

坂井修一　若山牧水と石川啄木 P62 ～ 65「短歌」4月号 790円　　　　　角川書店　H 21・4・1

「新日本歌人」4月号〈啄木特集〉A5判 850円（以下3点の文献を収載）

　近藤典彦　啄木短歌と歌謡曲・唱歌 P18 ～ 25

　梓　志乃　啄木の都市詠にみる孤独 P26 ～ 31

　田中　収　わたしのすすめる歌集「一握の砂」P63 ～ 0　　　新日本歌人協会　H 21・4・1

釧路新聞（記事）啄木歩いた街並み再現　　　　　　　　　　　　　　　　　　　H 21・4・2

四ノ原恒憲　閉塞感のほぐし方（2）松本健一さん　　　　　　　　　　朝日新聞　H 21・4・3

北畠立朴　〈啄木エッセイ 134〉道新文化センターを終えて

　　　　　　　　　　　　　　　　　　　　　　　ミニコミ「しつげん」第463号　H 21・4・5

岸井成格　デジャブのような錯覚（啄木の寓話「サルと人と森」の話題）　毎日新聞　H 21・4・6

毎日新聞〈高知版〉石川啄木「父子の歌碑建立を」父・一禎の地、JR高知駅前に　H 21・4・7

四国新聞（記事）結核との闘い（啄木、子規ほかの香川県下における結核の話題）　H 21・4・8

毎日新聞（高知版記事）啄木父子の歌碑建立を・歌人ら活動始める　　　　　　　H 21・4・8

松井久美　啄木の父一禎歌碑再建を　　　　　　　　　　　　　　　　高知新聞　H 21・4・8

正津　勉　石川啄木　『山川草木』四六判 2000円＋税　　　　　　　白山書房　H 21・4・10

読売新聞（岩手版記事）イベント・第6回啄木忌前夜祭　　　　　　　　　　　　H 21・4・10

盛岡タイムス〈望月善次〉盛岡大学入学式学長式辞（全）　　　　　　　　　　　H 21・4・10

盛岡タイムス（記事）啄木散歩（4面）／12日は啄木祭前夜祭、イベントも（10面）　H 21・4・10

「第6回啄木忌前夜祭」A4判片面刷チラシ　　　　　　　国際啄木学会盛岡支部　H 21・4・12

盛岡タイムス（記事）第6回啄木忌前夜祭・プラザおでって（盛岡市）　　　　　　H 21・4・12

☆ IBC ニュースエコー（ネットニュース）啄木忌にファン集う　　　　　　　　H 21・4・13

「第98回啄木忌法要次第」A4判 3枚　※参加者名簿ほか　　　啄木忌実行委員会　H 21・4・13

岩手日報（記事）天才・啄木98回忌・ファンら集い焼香　　　　　　　H21・4・14

谷崎潤一郎（読者投稿欄）啄木の父の碑再建を　　　　　　　　高知新聞　H21・4・14

函館新聞（記事）墓参や追悼講演・しめやかに啄木忌　　　　　　　　　H21・4・14

北海道新聞（記事）歌人秋潮との交流語る・函館で啄木98回忌講演会　　H21・4・14

毎日新聞（岩手版記事）郷土の歌人をしのびファンら・啄木忌に120人　H21・4・14

盛岡タイムス（記事）啄木忌で法要・120人参加・宝徳寺で　　　　　　H21・4・14

齊藤武廣　石川啄木、旧制中学の成績低下と夭折の原因P83〜99『絵画療法と文芸療法』A5判

　1600円＋税　　　　　　　　　　　　　　　　　　　　　　　　文芸社　H21・4・15

☆近藤典彦「『一握の砂』全歌評釈」A4判182頁（個人ブログ発表文の複写綴じ冊子）

　http://isi-taku.life.coocan.jp/newpage8.html　　　　　　　本稿のUP日付　H21・4・17

毎日新聞（岩手版記事）石川啄木の父一禎・歌碑を最期の地に・高知の歌人ら募金　H21・4・17

盛岡タイムス（新刊紹介記事）井上信興著『啄木文学の定説をめぐって』　H21・4・17

盛岡新聞（記事）不況の時代だからこそ「啄木かるた」　　　　　　　　H21・4・17

岩手日報（学芸短信）国際啄木学会盛岡支部例会　　　　　　　　　　　H21・4・18

松井久美（書名記事）石川啄木記念館　菅原寿館長　　　　　高知新聞（夕）H21・4・19

盛岡タイムス（記事）啄木が愛した生出の道・約20人が散策（※生出＝おいで）H21・4・19

岩橋　淳　本と一緒（49）一握の砂・悲しき玩具（新潮文庫）　岩手日報（夕）H21・4・21

高柳　光　啄木が発した環境への警告（読者欄・声）　　　　岩手日報（夕）H21・4・21

熊谷宏彰　新作「啄木かるた」のデザイン担当・吉田光彦さん　　　岩手日報　H21・4・22

毎日新聞（東京版記事）遊ナビ・アート館：音楽　谷中琵琶　啄木イメージの新作　H21・4・22

高知新聞（記事）啄木の父一禎碑実現を・県内歌人ら高知市に土地提供要望　H21・4・24

毎日新聞（高知版記事）歌碑：啄木と父の歌碑高知駅前に　市長が用地提供快諾　H21・4・24

読売新聞（高知版記事）啄木の父・一禎しのび歌碑　　　　　　　　　　H21・4・24

北海道新聞（道南版記事）函館市文学館、啄木日記や書簡を展示10月まで企画展　H21・4・24

盛岡タイムス（記事）6月6日に啄木祭　　　　　　　　　　　　　　　H21・4・24

岩手日報（記事）啄木のイメージ共有・渋民中・討論会を取材　　　　　H21・4・25

東奥日報（記事）函館市文学館、啄木日記や書簡を展示　10月まで企画展示　H21・4・25

東奥日報（記事）〈北海道からこんにちは〉函館市文学館、啄木日記や書簡を展示　H21・4・25

三枝昂之〈詩歌逍遥37〉望郷の想い、時代超えて　　　　　　　静岡新聞　H21・4・26

大澤重人　支局長からの手紙：温かき異郷の路　　　　　毎日新聞（高知版）H21・4・27

岩手日報（記事）啄木研究思い出尽きず・遊座さん最終講義（東京）　　H21・4・27

東京新聞（夕・コラム大波小波）湯川秀樹の予見　　　　　　　　　　　H21・4・27

毎日新聞（東京版記事）啄木祭：エデュカス東京で29日　　　　　　　　H21・4・27

森　義真（読者投稿欄・声ひろば）啄木父子の碑建立を　　　　高知新聞　H21・4・27

産経新聞（夕・コラム・次代への名言）渋川玄耳　　　　　　　　　　　H21・4・28

毎日新聞（岩手版記事）石川啄木：父一禎の歌碑を最期の地に・高知の歌人ら募金　H21・4・28

読売新聞（岩手版記事）石碑・彫刻データーベース化・盛岡市　　　　　H21・4・28

読売新聞（岩手版記事）啄木・賢治…盛岡の文学碑や彫刻をＤＢ化　　　H21・4・28

小田光雄　小山書店と「八雲」P82〜90『古雑誌探求』四六判2500円＋税　論創社　H21・4・30

宇波　彰（書評）『浅草十二階―塔の眺めと〈近代〉のまなざし』細馬宏通著 P246 ～ 247『書評の思想』3000 円＋税　　　　　　　　　　　　　　　　　　　　　論創社　H 21・4・30

中村文雄『大逆事件と知識人・無罪の構図』A5 判 3800 円＋税（細目：第 2 章が「大逆事件と啄木、鷗外、漱石」P94 ～ 178）　　　　　　　　　　　　　　　　　　論創社　H 21・4・30

「国際啄木学会青春短歌募集ポスター」A2 判　　国際啄木学会函館大会実行委員会　H 21・4・―

「２００９啄木祭」（6 月 6 日・盛岡市渋民文化会館）A4 判 両面刷チラシ　　　　　H 21・4・―

北村克夫　啄木と江差（三）～小説「葬列」と随筆「閑天地」から啄木と江差追分の関係を探る～～ P48 ～ 61「文芸・江さし草」130 号 A5 判 500 円　　　　　　江さし草会　H 21・5・1

「港文館だより」第 47 号（「釧路啄木一人百首」歌留多／ほか）A4 判 片面刷　　　H 21・5・1

中里定治　されど啄木 P146 ～ 168「民主盛岡文学」第 40 号 A5 判
　　　　　　　　　　　　　　　　　　　日本民主主義文学会盛岡支部　H 21・5・1

「いわてねんりんクラブ」143 号 B5 判 800 円（以下 2 点の文献を収載）
　　古水一雄　第 29 回企画展―「文芸誌『明星』に集う人々の手紙」P2 ～ 3
　　長谷富士男　"来釧百年記念展"の余韻―その後の「釧路・石川啄木像」― P14 ～ 15
　　　　　　　　　　　　　　　　　　ねんりん舎（岩手郡滝沢村巣子 1208-8）H 21・5・1

森　義真　啄木の交友録【盛岡篇】(1) 金田一京助 P42 ～ 43「街もりおか」497 号　H 21・5・1

盛岡タイムス（記事）ふるさとガイドで大活躍（啄木記念館など）　　　　　　　H 21・5・3

産経新聞（夕・コラム次代への名言）金田一京助　　　　　　　　　　　　　　　H 21・5・5

澤田昭博〈もりおかデジカメ散歩 551〉柳あをめる北上川　　　　　盛岡タイムス　H 21・5・5

盛岡タイムス（記事）祭賞に沢田令子さん・啄木祭短歌大会　　　　　　　　　　H 21・5・5

福井雄三　反骨精神をもつ盛岡中学へ P23 ～ 25『板垣征四郎と石原莞爾』四六判　1600 円＋税
　　　　　　　　　　　　　　　　　　　　　　　　　　　　　PHP 研究所　H 21・5・7

北海道新聞（小樽しりべし版記事）短歌英訳の荒又さん講演　　　　　　　　　　H 21・5・8

「小樽啄木会だより」第 11 号 B5 判 全 14 頁（以下 3 点の文献ほかを収載）
　　特集・「小樽新聞社」新発見！（「小樽なつかし写真帖」第 52 号表紙／啄木の手紙本当だった〈北海道新聞 2008 年 11 月 8 日夕刊〉／啄木のイメージ一新〈北海道新聞 2008 年 11 月 11 日朝刊〉）
　　横山強　小樽時代の啄木と本田龍（竜）4P ～ 10
　　工藤　肇　啄木と会った「紅屋世の介」とは誰か…? P11 ～ 13　　　小樽啄木会　H 21・5・9

荒又重雄　啄木短歌を英訳してみて（小樽啄木会講演のレジメ）A4 判 8 頁　著者刊　H 21・5・9

小野寺永幸『秘録・金子定一の生涯』文庫判 1000 円（白羊会と啄木／ほかに盛岡中学時代の啄木に関する記述数頁あり）　　　　　　　　　　　東北史学研究所・奥州出版　H 21・5・9

朝日新聞（高知版記事）啄木と父、高知で「対面」父の終焉の地に歌碑の計画　　H 21・5・10

北海道新聞（小樽版記事）啄木ゆかりの歌朗詠・啄木ファン 50 人　　　　　　　H 21・5・10

盛岡タイムス（記事）「啄木忌たった一人の途中下車」・啄木祭全国俳句大会　　H 21・5・11

「浜茄子」第 76 号 B5 判 全 4 頁（荻浜の啄木歌碑「逃水」の表紙に）　仙台啄木会　H 21・5・15

山本玲子　みちのく随想・三つの楽しき時刻　　　　　　　　　　　　岩手日報　H 21・5・17

赤坂憲雄　石川啄木・弱者と強者のはざまに P58 ～ 69『東北知の鉱脈』2　四六判 1600 円＋税
　　　　　　　　　　　　　　　　　　　　　　　　　荒蝦夷（仙台市）H 21・5・19

☆塩塚　保　啄木と清志郎　ネットニュース「イザ」（←5・22サンケイエクスプレス）　H21・5・19

「Kanon」Vol.15　天折の天才を今に伝える「石川啄木記念館」P102〜125　A4判880円
　　　　　　　　　　　　　　　　　　　　　　　　　　　　　美研インターナショナル　H21・5・20

北畠立朴〈啄木エッセイ135〉突然の入院体験記　朝日ミニコミ「しつげん」第465号　H21・5・20

北海道新聞（夕・記事）節子の歌碑建立　協力を・岩手の小学校に　　　　　　　　　　H21・5・21

毎日新聞（高知版記事）啄木歌　決まる「よく怒る人にて」　　　　　　　　　　　　　H21・5・21

岩手日報（学芸短信）国際啄木学会盛岡支部例会　　　　　　　　　　　　　　　　　　H21・5・22

毎日新聞（岩手版記事）石川啄木・碑文決まる「よく怒る人にて」　　　　　　　　　　H21・5・23

大澤重人　支局長からの手紙：謎の「音崎村」を探せ　　　　　毎日新聞〈高知版〉H21・5・25

早野　透　大逆事件残照（6）悼み歌う、啄木が晶子が　　　　　　朝日新聞（夕）H21・5・26

朝日新聞（岩手版記事）午前7時の「市民歌」（啄木の歌に）変更　　　　　　　　　　H21・5・27

盛岡タイムス（記事）玉山区で「市民歌」不評　　　　　　　　　　　　　　　　　　　H21・5・27

早野　透　ニッポン人脈記〈大逆事件残照〉（1〜14）　　　　　朝日新聞　H21・5・27〜6・5

毎日新聞（岩手版記事）一人芝居「SETSU-KO」畑中美那子さん、来月4,5日に　H21・5・29

関川夏央　啄木の作歌衝動　背後に「恐怖」（東京どんぶらこ380）　　　東京新聞　H21・5・30

米地文夫　地図は啄木の悲しき玩具だった？―賢治との比較―A4判4頁〈国際啄木学会盛岡支部
　　例会報告レジメ〉　　　　　　　　　　　　　　　　　　　　　　　　H21・5・30

森　義真　『渋民日記』3月14・15・16日を読む　A4判3頁〈盛岡支部例会報告〉　H21・5・30

「啄木学級　文の京講座」（7月1日）A4判　両面チラシ　盛岡観光コンベンション協会　H21・5・―

新井　満企画プロデュース「ＣＤ啄木のオルガン」〜啄木・組曲全五章「ふるさとの山に向ひて」
　　／オルガン演奏・編曲：児島由美　22分57秒　1500円　　　ポニーキャニオン　H21・6・1

「企画展の窓」第109号B4判　全1頁〈文芸誌「明星」に集う人々の手紙〉※「明星」第1号の第
　　1面の縮小版写真の掲載あり　　　　　　　　　　　　　　　　盛岡てがみ館　H21・6・1

「港文館だより」第48号（文芸「江さし草」啄木と江差（三）／ほか）A4判片面刷　H21・6・1

「新日本歌人」6月号（広告）復活第4回「静岡啄木祭」（5月30日）P85〜0　　　H21・6・1

「街もりおか」6月号498号B6横判（以下2点の文献を収載））

　　　高橋　智　盛岡伝説案内〈54〉芋田駒形神社P9〜0

　　森　義真　啄木の交友録【盛岡篇】（2）佐藤北江P44〜45　　　杜の都社　H21・6・1

福島泰樹　石川啄木・大逆事件と啄木（1〜2）各P34〜37「NHK短歌」6、7月号B5判660円
　　　　　　　　　　　　　　　　　　　　　　　　　　　　　　　NHK出版　H21・6・1〜7・1

廣瀬量平作曲・石川啄木作詩「女声合唱組曲　楽譜　啄木による五つの函館のうた」A4判32頁
　　1400円＋税（細目：1.蟹に／2.はまなす／3.矢車の花／4.海が見たくて／5.大森浜に思いしことど
　　も）※（編注・同年の3月に表紙緑色の混声合唱版有り）　　　河合楽器製作所出版部　H21・6・1

新潮社広告部　郷愁の香りの上野駅P39〜0「週刊新潮」2009年6月4日号　　H21・6・4

荒又重雄　和歌をロシア語五行詩にして遊ぶのもよくありませんか？　P1〜2「ミーシャ」19号
　　A4判　全6頁　頒価250円　　日本ユーラシア協会北海道連合会ロシア語委員会　H21・6・5

北畠立朴〈啄木エッセイ136〉啄木資料の改訂　　　　　ミニコミ「しつげん」第466号　H21・6・5

溝口太郎　ぶらり・思い描いたふるさとの山　啄木と旧渋民村　　　朝日新聞（岩手版）H21・6・5

マイタウン岩手〈asahi.com〉思い描いたふるさとの山　啄木と旧渋民村　　　　H21・6・5

マイタウン岩手〈asahi.com〉今年も咲けるや　ハマナス見ごろ　立待岬　　　　　　H 21・6・6

岩手日報（コラムいわてお宝拝見）上野広一が描いた肖像画　　　　　　　　　　　H 21・6・7

岩手日報　啄木しのび歌声贈る　盛岡・玉山　　　　　　　　　　　　　　　　　　H 21・6・7

北海道新聞（日曜トーク）北村克夫さん　　　　　　　　　　　　　　　　　　　　H 21・6・7

岩手日報（夕・記事）東北文学の未来探る・山折哲雄盛岡大客員教授就任記念　　　H 21・6・8

大澤重人　支局長からの手紙「熊谷」名乗る侍（上）　　　　　　毎日新聞〈高知版〉H 21・6・8

産経新聞（コラム次代への名言）土岐善麿　　　　　　　　　　　　　　　　　　　H 21・6・8

盛岡タイムス（記事）姫神ホールで啄木祭　　　　　　　　　　　　　　　　　　　H 21・6・8

大澤重人　支局長からの手紙「熊谷」名乗る侍（中）　　　　　　毎日新聞〈高知版〉H 21・6・9

毎日新聞〈高知版記事〉啄木の父、石川一禎終焉の地に　刻む歌決まる　　　　　　H 21・6・10

大西由起子　パローロ・春の雪 P38 〜 0「短詩形文学」629 号 A5 判 600 円　　　H 21・6・10

田辺聖子　啄木と浪速ニンゲンおっちゃん語録『楽老抄 4』四六判 1470 円　集英社　H 21・6・10

☆無署名「きち女と啄木の距離」15 回（※ブログ連載。発表期間：H 20・11・26 〜 H 21・6・4）

　　アドレスは http://blog.goo.ne.jp/hotakanohumoto　　　　　　閲覧確認日　H 21・6・10

細越麟太郎　小日向台の細越夏村の下宿と啄木〈上・下〉　　　盛岡タイムス　H 21・6・11 〜 12

宗像和重　石川啄木・明治 45 年（1912）4 月 13 日 P240 〜 242『日本史有名人の死の瞬間』文庫判

　　667 円＋税　　　　　　　　　　　　　　　　　　　　　　新人物往来社　H 21・6・11

平出　洸　石川啄木と平出修（講演記録より）P53 〜 69「平出修研究」第 41 集 B5 判 1300 円

　　　　　　　　　　　平出修研究会（〒103-0002 中央区日本橋馬喰町 2-5-12 中川方）H 21・6・13

大澤重人　支局長からの手紙「熊谷」名乗る侍（下）　　　　　　毎日新聞〈高知版〉H 21・6・14

谷藤　徹　作家の手紙：石川啄木→金田一京助 P11 〜 0「かしこ」14　東京法規出版　H 21・6・14

盛岡タイムス（記事）玉山地区の女性が補修や清掃・啄木記念館　　　　　　　　　H 21・6・14

DVD「第五回　啄木を語る会」162 分（収録内容：清水健一・啄木の貧乏生活／柳沢有一郎・マンガ

　　に描かれた啄木／目良卓・小林多喜二が選んだ啄木短歌／大室精一・啄木短歌の魅力）

　　　　　　　　　　　　　　　　　　　　　　制作「埼玉啄木を語る会」H 21・6・14

目良　卓　小林多喜二と啄木短歌　P4〜5「開放区」第 85 号 B5 判　　現代短歌館　H 21・6・15

岩手日報（記事）高知に父子の歌碑建立へ・現地ファンが募金活動　　　　　　　　H 21・6・17

NHK 編著　啄木・賢治を魅了した山『日本の名峰 6』A4 判 4410 円　　　小学館　H 21・6・17

岩手日報（夕・記事）山折さん就任記念フォーラム・啄木ら 3 人の輝ける星　　　　H 21・6・19

星野四郎　第 37 回新潟啄木祭のご報告 P44 〜 0「日本海」第 156 号　　　日本海社　H 21・6・20

北畠立朴〈コラム番茶の味〉※啄木を話題にした文章を 7 回連載　釧路新聞　H 21・6・21 〜 27

新井　満　啄木、百年目の帰郷 P83〜87『日曜日の随想』1600 円＋税　日経新聞社　H 21・6・23

釧路新聞（記事）啄木の歌 "墨" で表現・釧路　　　　　　　　　　　　　　　　　H 21・6・23

東京新聞（コラム洗筆）※啄木の長男誕生と死亡の歌を引用の文章　　　　　　　　H 21・6・23

中日新聞（コラム中日春秋）※啄木の長男誕生と死亡の歌を引用　　　　　　　　　H 21・6・23

☆ ZAKZAK（ネットニュース）【本ナビ】「啄木かるた」　　　　　　　　　　　H 21・6・23

渋谷　実　啄木支えた郁雨　後世に伝えて〈読者欄・窓〉　　　　　新潟日報　H 21・6・23

尾形照成　政治より強い文学　啄木が照明〈読者欄・窓〉　　　　　新潟日報　H 21・6・24

毎日新聞〈高知版〉歌碑建てる会企画「啄木と一禎を語る会」7 月 5 日、高知市内で　H 21・6・26

読売新聞（岩手版記事）県ゆかり 1200 人扱う人名辞典　　　　　　　　　　H 21・6・27

岩手日報　岩手の偉人　1200 人紹介「人名辞典」を出版　　　　　　　　　　H 21・6・28

北畠立朴　「梅川操年譜」〈改訂版〉A4 判 2 頁　　　　　　　　　　　著者発行　H 21・6・29

歴史の謎を探る会　薄幸の歌人石川啄木の親族はみんな薄幸だった P201 ～ 203「日本史　意外す
　　ぎる、この結末」B5 判 476 円＋税　　　　　　　　　　　　河出書房新社　H 21・6・30

浦田敬三・藤井茂著『岩手人名辞典』A5 判 338 頁 3000 円＋税（編注・最新の岩手の人名、人物辞
　　典として、啄木研究者、愛好者にもお薦めです）　　　財団法人新渡戸基金　H 21・6・―

朝日新聞（高知版記事）啄木父子碑　歌決まる　　　　　　　　　　　　　　　H 21・7・1

「新日本歌人」第 64 巻 7 号 A5 判 850 円（以下 4 点の文献を収載）

　　小杉正夫　大塚金之助の歌 P1 ～ 0

　　阿部美保子　わが青春の歌・石川啄木 P44 ～ 0

　　藤田貴佐代　啄木祭報告―大河原惇行・平出洸を迎えて P76 ～ 0

　　菊池東太郎　四回目を迎えた「啄木祭」・静岡啄木祭 P77 ～ 0　　新日本歌人協会　H 21・7・1

「港文館だより」第 49 号（釧路啄木会「さいはて便り」2 号発行）A4 判 片面刷　　　H 21・7・1

三枝昂之〈百舌と文鎮 60〉啄木のこと P72 ～ 73「りとむ」通巻 103 号 A5 判 1000 円　H 21・7・1

森　義真　啄木の交友録【盛岡篇】(3) 小林茂雄 P40 ～ 41「街もりおか」499 号　　H 21・7・1

山下多恵子　啄木と郁雨 友の恋歌矢ぐるまの花（番外篇上中下）　新潟日報　H 21・7・2 ～・7・16

望月善次　清華大学集中講義報告 (4) 石川啄木の魅力　　　　　　　　盛岡タイムス　H 21・7・2

北畠立朴　啄木エッセイ (137) 上半期の出来事　　　　ミニコミ「しつげん」第 468 号　H 21・7・5

毎日新聞〈高知版記事〉啄木・一禎を語る会：啄木の魅力　高知で開催　　　　H 21・7・5

「大阪啄木通信」第 33 号〈天野仁個人編輯〉B5 判 全 20 頁　　（細目：天野仁・はじめに P1 ～ 0 ／天野仁・
　　資料“石川啄木終焉の地”今昔 P2 ～ 15 ／ほか）　発行所（高槻市牧田町 5-48-206）　H 21・7・5

大澤重人〈署名記事〉啄木・一禎を語る会：啄木の魅力　高知で開催　　毎日新聞　H 21・7・6

大澤重人〈支局長からの手紙〉直実のかすかな足跡　　　　　　毎日新聞〈高知版〉H 21・7・6

編集部（書評）『谷静湖と石川啄木』北沢文武著 P40 ～ 0「短詩形文学」第 57 巻 7 号　H 21・7・10

盛岡タイムス（記事）啄木の道開く　母の兄・葛原対月・記念館で企画展　　　H 21・7・10

盛岡タイムス（記事）日比谷松本楼・小坂さんが講演（啄木日記に記された店）　H 21・7・10

岩手日報（書評）妻節子の歌碑建立へ・教員務めた篠木小に　　　　　　　　　H 21・7・11

宗像和重　石川啄木・父の事件がもたらした苦難 P240 ～ 242『日本史有名人おやじの背中』文庫判
　　667 円＋税　　　　　　　　　　　　　　　　　　　　新人物往来社　H 21・7・11

中外日報社（社説）啄木父子の歌碑　今秋にも除幕へ　　　　　　　　　　　　H 21・7・11

川島周子　石川啄木 P123 ～ 125『文学史のおさらい』（おとなの楽習 10）1200 円＋税 四六判
　　　　　　　　　　　　　　　　　　　　　　　　　　　　自由国民社　H 21・7・12

北海道新聞（夕・記事）歌碑きれいに清掃・釧路啄木会　　　　　　　　　　　H 21・7・14

「企画展　啄木の四季」チラシ A4 判 ※ 3 部構成（7・18 ～ 8・31/10・1 ～ 11・29/12・5 ～ 1・31）
　　　　　　　　　　　　　　　　　　　　　　　　　　　石川啄木記念館　H 21・7・18

岩手日報（書評）「もりおか絵地図」2009 年度版作成・矢巾の業者製作　　　　H 21・7・23

岩手日報（学芸短信）国際啄木学会盛岡支部例会　　　　　　　　　　　　　　H 21・7・23

「盛岡の民俗芸能と先人たち」企画展パンフ ※啄木とさんさ踊り　盛岡先人記念館　H 21・7・24

碓田のぼる著『遙かなる信濃』〈エッセイ集〉四六判 301頁 2200円＋税

かもがわ出版　H 21・7・25

山下多恵子「啄木と郁雨　友の恋歌矢ぐるまの花」〈第一部・第二部・番外篇上中下〉（新潟日報 H 20・5・
　8〜10・30／H 21・1・8〜6・25／H 21・7・2〜7・16連載のコピーを綴じた冊子）　限定10部製本の1番

湘南啄木文庫　H 21・7・25

産経新聞（夕・コラム）【次代への名言】石川啄木　※汝が痩せしからだは‥‥　　　H 21・7・26

石川九楊　石川啄木　『近代能書』19800円（予約販売）　　　　　　　　　　　　H 21・7・30

盛岡タイムス（書評）啄木の思い現代に「もりおかの短歌」第一回グランプリ　　　H 21・7・31

毎日新聞（岩手版記事）啄木の短歌や詩を書に・盛岡　作品展　　　　　　　　　　H 21・7・31

飯坂慶一　随想・北原白秋と石川啄木 P109〜119「詩都」33号　都庁詩をつくる会 H 21・7・—

水野信太郎　日照山常光寺と万年山宝徳寺・啄木ゆかりの建築物（2）P401〜404
　「日本建築学会北海道支部研究報告集」No.80 B5判　　　　　　　　　　　　　　H 21・7・—

池田功　子規と啄木の生と死 P72〜79「国文学　解釈と鑑賞」第74巻8号 B5判 1500円
　〈特集　続・生と死を考える〉編集　至文堂　　　　　　　　　　　ぎょうせい　H 21・8・1

上田博　傍観の距離―国崎望久太郎教授のこと―P1〜0「ポトナム」通巻1000号記念　H 21・8・1

平岡敏夫『蒼空』〈詩集　少年飛行兵の夏〉A5判 2400円＋税 100頁　　思潮社　H 21・8・1

毎日新聞〈岩手版記事〉奥州の及川さん、啄木の短歌や詩を書に・盛岡　　　　　　H 21・8・1

本下哲三　啄木の詩歌（写真集）『愛郷』A4変形判 111頁 3699円

桐文社・星雲社　H 21・8・1

「街もりおか」8月号（通巻500号）B6横判 260円（以下2点の文献を収載）
　　森　義真　啄木の交友録【盛岡篇】（4）伊東圭一郎 P40〜41
　　編集部　盛岡の先人・新渡戸仙岳 P62〜0　　　　　　　　　　杜の都社　H 21・8・1

盛岡タイムス（書評）啄木記念館で公開講座・9日に　　　　　　　　　　　　　　H 21・8・4

浅川澄一　啄木と賢治　青春の街・岩手・盛岡（署名記事）　　日本経済新聞（夕）H 21・8・5

北畠立朴〈啄木エッセイ 138〉手紙の保存率　　　ミニコミ「しつげん」第470号　H 21・8・5

岩手日報　手紙でたどる先人の足跡・盛岡で資料展示　　　　　　　　　　　　　　H 21・8・7

函館新聞（記事）函館にブロンズ像が完成・童謡「赤い靴」の女の子　　　　　　　H 21・8・10

内藤ます子　私たちの反戦・平和の短歌史 P23〜0「短詩形文学」第57巻8号　　H 21・8・10

「平成20年度 盛岡てがみ館 館報」小笠原謙吉　吉田孤羊宛葉書（S3・3・3）の裏面写真と翻刻文
　P21〜0ほか　A4判　全28頁（※第29回企画展展示目録／小笠原迷宮（謙吉）から吉田孤羊宛書簡
　／細越夏村から吉田孤羊宛書簡／ほか）　　　　　　　　　　　盛岡てがみ館　H 21・8・10

盛岡タイムス（記事）啄木、夏の暮らし方・朝食メニューも紹介　　　　　　　　　H 21・8・11

盛岡タイムス（記事）「詩と詩論」第5号（※大坪れみ子の啄木論紹介）　　　　　H 21・8・11

大井浩一　詩で読む近代・石川啄木　飛行機・大逆事件の背景にある落差　毎日新聞 H 21・8・12

岩手日報（学芸短信）国際啄木学会盛岡支部例会　　　　　　　　　　　　　　　　H 21・8・13

牛山靖夫　鶴彬と多喜二と啄木（その1）―三・一五うらみに涸れた乳をのみ― P3〜7
　「不屈」191号（岩手版）B5判　　　治安維持法国家賠償要求同盟岩手県本部　H 21・8・15

小杉正夫　大塚金之助の歌 P2〜0「不屈」（岩手版）191号 B5判

治安維持法国家賠償要求同盟岩手県本部　H 21・8・15

工藤武人　方言（コラム北上川）※啄木短歌を引用した文章　　　読売新聞（岩手版）H 21・8・16

佐高　信　平民宰相原敬の覚悟（60）２、「性急なる思想」の波　　　　　夕刊フジ　H 21・8・18

盛岡タイムス（きょうの催事）国際啄木学会第 148 回月例研究会　　　　　H 21・8・18

毎日新聞〈岩手版記事〉石川啄木　父子の歌碑、全国からの募金で建設へ　　H 21・8・20

東奥日報（記事）道新ニュース・函商「短歌甲子園」へ　文芸同好会創部２年目で　H 21・8・20

北海道新聞（道南版記事）函館商「短歌甲子園」へ　文芸同好会創部２年目で　H 21・8・20

八重樫和孝　滝沢村の篠木小に石川啄木の妻節子の歌碑を建立する・外山亜貴雄さん

　　　　　　　　　　　　　　　　　　　　　岩手日報（コラム・人）H 21・8・21

岩手日報（記事）三十一文字の感性競う　短歌甲子園が盛岡で開幕　　　　H 21・8・22

読売新聞（記事）啄木ゆかりの街で熱い戦い‥‥‥短歌甲子園　　　　　　H 21・8・22

盛岡タイムス（記事）啄木の古里に高校生集う・短歌甲子園が開幕　　　　H 21・8・22

森　義真「2008 年後半以降の啄木文献紹介」A4 判 5 枚 ※一般文献 117 点紹介　H 21・8・22

森　義真「2008 年後半以降の啄木文献紹介」B4 判 1 枚 ※単行本 11 点紹介　H 21・8・22

岩手日報（記事）盛岡で短歌甲子園・盛岡一高など決勝Ｔ進出　　　　　　H 21・8・23

☆ 47 よんなな〈よんななニュース〉短歌甲子園、福井・武生高が優勝　準優勝は静岡　H 21・8・23

　　※（編注・上記の共同通信ネットニュースは同じ内容（文章）で、同日の地方新聞、岩手日報ほか山梨
　　日日新聞、大分合同新聞、京都新聞、熊本日日新聞、西日本新聞、山陽中央新聞、東奥日報、福井新聞、
　　神奈川新聞（ネットカナコロ）、長崎新聞、四国新聞、徳島新聞、静岡新聞、北海道新聞、山陽新聞、
　　中日スポーツ、東京中日スポーツ、東京新聞、下野新聞、神戸新聞、中日新聞、デイリースポーツ、以
　　上 23 紙（掲載順）の新聞に共同通信が配信した啄木短歌を顕彰する「短歌甲子園」の記事として掲載
　　された事がネット上にて確認出来た／ H21・8・24）

岩手日報（記事）盛岡二高３位入賞・盛岡で短歌甲子園　　　　　　　　　H 21・8・24

読売新聞〈岩手版記事〉盛岡二高３位　短歌甲子園　　　　　　　　　　　H 21・8・24

読売新聞〈福井版記事〉短歌甲子園武生高が団体戦初Ｖ　　　　　　　　　H 21・8・24

盛岡タイムス（記事）31 文字に託した青春・短歌甲子園　　　　　　　　H 21・8・24

毎日新聞〈岩手版記事〉短歌甲子園武生高が優勝　３位に盛岡二高　　　　H 21・8・25

マイタウン北海道（記事）啄木研究者函館に集う　来月、国際学会　　　　H 21・8・26

牧野立雄　啄木の贈り物 P80 ～ 84　『賢治と盛岡』838 円＋税 文庫判（→ H19・8「街もりおか」）

　　　　　　　　　　　　　　　　　　　　　賢治と盛岡刊行委員会　H 21・8・27

岩手日報（記事）金子定一の生涯描く・一関の小野寺さんが出版　　　　　H 21・8・28

釧路新聞（記事）釧路時代の啄木裏話を・北畠氏迎え講演会　　　　　　　H 21・8・28

盛岡タイムス（記事）夭折の歌人・啄木　　　嶋千秋さん（講演）　　　　H 21・8・28

大室精一　〈問題提起〉「がんぐ」か「おもちゃ」か？（※ H20・9・1 の毎日新聞掲載文：石井辰彦・うた
　をよむ　悲しき「おもちゃ」／ほかの資料）国際啄木学会東京支部会レジメ　H 21・8・29

亀谷中行　研究発表『一握の砂』315 番歌「函館の青柳町こそ」─「矢ぐるまの花」はどっちだ─
　　国際啄木学会東京支部会レジメ　A3 判 3 枚　　　　　　　　　　　　H 21・8・29

西連寺成子　モダニズム前夜の啄木─「我等の一団と彼」を手掛かりとして─
　　国際啄木学会東京支部会レジメ　A4 判 4 枚　　　　　　　　　　　　H 21・8・29

逸見久美『新版　評伝与謝野寛　晶子・大正篇』B5 判（参考文献）　　　八木書店　H 21・8・30

寺山修司　歌と望郷―石川啄木 P6 〜 14（→ S37・7 ／ S42・4 荒正人編『文芸読本・石川啄木』河
　出書房新社）／望郷幻譚―啄木における「家」の構造 P15 〜 29（→ S50・6「現代詩手帳」／→ S
　51・4『文芸読本・石川啄木』河出書房新社／S51・8『鉛筆のドラキュラ』思潮社／S53・7『黄金時代』
　九芸出版／H3・9『群像日本の作家7』小学館）『寺山修司短歌論集』〈現代歌人文庫〉四六判 1500
　円＋税（解説・福島泰樹）　　　　　　　　　　　　　　　　　　　　　　国文社　H 21・8・30
大沢　博　石川啄木の歌が示す病状 P25 〜 39『心の病と低血糖症』四六判　1300円＋税
　　　　　　　　　　　　　　　　　　　　　　　　　　　　　　　　第三文明社　H 21・8・30
毎日新聞〈東京・夕刊〉人模様：啄木 20 歳の警句童話に反響・山本玲子さん　　　H 21・8・31
作山崇邦　啄木の長女京子と遺愛女学校『遺愛史探究』2009（→ H14・2・1「函館私学研究紀要 第31
　号」函館私学振興協議会）　　　　　　　　　　　　　　　　　　　　著者刊　H 21・8・31
内田　弘　光州で石川啄木を語る P1 〜 12「専修大学社会科学研究所月報」7・8月合併号
　　　　　　　　　　　　　　　　　　　　　　　　　　　　　　　　　　　　　H 21・8・―
宮崎郁雨『自画像』〈復刻〉〔編注・昭和 20 年 4 月 6 日に全 60 頁のガリ版刷 100 部私家版限定本として
　発行された歌集の 12 番本（天野仁氏個人所蔵）をカラーコピーにて湘南啄木文庫が限定 10 部〕
　　　　　　　　　　　　　　　　　　　　　　　　製本作成：湘南啄木文庫　H 21・8・―
池田　功【評論】姨捨短歌考 P60 〜 61「りとむ」第 104号 1000円　　りとむと短歌会　H 21・9・1
森　義真　啄木の交友録【盛岡篇】(5) 野村胡堂 P40 〜 41「街もりおか」501号　　H 21・9・1
近藤典彦　石川啄木とプレカリアート　　　　　　　　　　　　　　　しんぶん赤旗　H 21・9・1
「釧路啄木会　さいはて便り」第 2 号 A4 判 全 8 頁（北畠立朴・研究余滴／松本としお・啄木と私／
　北畠立朴・永田秀郎先生を偲んで／ほか）　　　　　　　　　　　　　　　　　　H 21・9・1
山内則史（署名記事）旅・啄木も愛した海と坂の街・函館　　　　　読売新聞（夕）H 21・9・3
「国際啄木学会会報」第 27 号 A5 判 全 43 頁（以下 14 点の文献を収載）
　太田　登　学会創立 20 年ということ P5 〜 0
　北畠立朴　創立 20 周年記念函館大会開催にあたって P6 〜 0
　【研究発表】（編注・発表用レジメ）
　北村克夫　啄木と西堀秋潮―江差・函館ゆかりの歌人・秋潮の足跡を中心に― P7 〜 8
　権藤愛順　木下杢太郎と石川啄木―大逆事件を契機とする両者の再接近― P8 〜 9
　Ｐ・Ａ・ジョージ　『一握の砂』のマラヤーラム語訳―異文化の観点から見た啄木短歌の難しさ―
　　　　　　P10 〜 11
　池田　功　国際シンポジウムによせて P12 〜 0
　【インド大会所感】
　今野　哲　インド大会初日の印象―文学への確信― P13 〜 14
　若林　敦　インド大会（二日目）―日本側研究発表を中心に― P14 〜 16
　佐藤静子　私のデリー体験―インドに流れる時間― P16 〜 1
　吉田直美　インド大会に参加して―象とフマユーン廟― P18 〜 19
　【春のセミナー所感】
　西連寺成子　春のセミナーをふり返って―研究成果を共有するということ P19 〜 20
　ウニタ・サチダナンド　「あこがれの会」を通して―インドであこがれていた日本文学の流れ―
　　　　　　P24 〜 26

吉崎哲男　ふるさとの山—深田久弥と啄木 P28 〜 29

【史料紹介】

池田千尋　曹洞宗『宗制』をめぐって—特に「女人禁制」条項を考える P29 〜 31

国際啄木学会　H 21・9・5

岩手日報　「岩手を知ろう（3）」石川啄木編　盛岡から渋民へ、啄木にふれる旅　　H 21・9・5

「国際啄木学会盛岡支部会報」第18号 A5判 全43頁（以下8点の文献を収載）

望月善次　巻頭言 P1 〜 3

米地文夫　地図もまた啄木の「悲しき玩具」であった—賢治の地図との比較— P4 〜 7

小林芳弘　「明治四十一年戊申日誌」の特異性 P8 〜 10

望月善次　保阪嘉内の啄木好み—「歌日記」（大正五年）を中心に— P11 〜 13

森　義真　啄木と「追分節」P14 〜 16

森　三紗　石川啄木の短歌の系譜 — 金田一他人と宮沢賢治 P17 〜 22

向井田薫　詩集『あこがれ』を短歌に詠む（2）P23 〜 26

佐藤静子　『あこがれ』の「海」と「鳥」—『あこがれ』を学ぶ途中での感想— P27 〜 30

国際啄木学会盛岡支部　H 21・9・5

北畠立朴〈啄木エッセイ139〉永田秀郎先生を偲んで　　ミニコミ「しつげん」第471号　H 21・9・5

「国際啄木学会20周年記念函館大会プログラム」A4判 全14頁　　同実行委員会　H 21・9・5

「国際啄木学会20周年記念函館大会」ポスター A2判　　同実行委員会　H 21・9・5

北海道新聞（広告）国際啄木学会函館大会（全面広告の28面に掲載）　　H 21・9・5

「国際啄木学会創立20周年函館大会　国際シンポジウム」（発言要約）A4判 全14頁

（以下5点の文献を収載）

スワサニッデイヤ　「我を愛する歌」『一握の砂』のヒンディー語訳 P1 〜 2

孫　順玉　『一握の砂』の魅力と翻訳について P3 〜 5

高　淑玲　台湾における啄木三行書き短歌の翻訳 P6 〜 8

チャールズ・フォックス　海外における『一握の砂』の受容をめぐって〜英語圏の場合〜 P9 〜 10

池田　功　ドイツ語圏における啄木の受容 P10 〜 11

国際啄木学会函館大会実行委員会事務局　H 21・9・5

北海道新聞（記事）啄木の短歌を曲に・国際学会が20周年大会・函館　　H 21・9・6

北海道新聞（記事）国際啄木学会・啄木後半生　函館で決まった・太田会長が指摘　　H 21・9・6

函館新聞（記事）「国際啄木学会」開幕・新井満さん講演　　H 21・9・6

毎日新聞（函館・道南版記事）国際啄木学会開幕　　H 21・9・6

北村克夫「啄木と西堀秋潮」A4判 全10頁（国際啄木学会函館大会研究発表レジメ）　H 21・9・6

小池　光〈うたの動物記〉蛾・陰のイメージ引き受ける　　日本経済新聞　H 21・9・6

権藤愛順　木下杢太郎と石川啄木—大逆事件を契機とする両者の接近— A4判 全16頁

（国際啄木学会函館大会研究発表レジメ）　　H 21・9・6

P・A・ジョージ　異文化から見た啄木短歌の難しさ〜『一握の砂』[我を愛する歌]マラヤーラム

語訳を通して〜 A4判 11頁（国際啄木学会函館大会研究発表レジメ）　著者作成　H 21・9・6

「石川啄木文学散歩地図＆コース案内」（国際啄木学会散歩のパンフ）A3判　　H 21・9・7

朝日新聞（道南版）ひと・街　※国際啄木学会に於ける新井満氏の講演記事　　H 21・9・7

赤坂憲雄　東北知の鉱脈（17）弱者と強者のはざまに・石川啄木　　　　河北新報　　H 21・9・7

函館新聞（記事）啄木学会　研究発表やシンポ　　　　　　　　　　　　　　　　H 21・9・7

函館新聞（記事）中央図書館で資料展示・啄木の魅力凝縮　　　　　　　　　　　H 21・9・7

北海道新聞（道南版記事）国際啄木学会・作品の感性　現代にも　　　　　　　　H 21・9・7

読売新聞（道総合版記事）函館で啄木学会・「一握の砂」翻訳語る　　　　　　　H 21・9・7

函館新聞（記事）ゆかりの地めぐる・啄木学会最終日　　　　　　　　　　　　　H 21・9・8

菅原和彦（署名記事）国際学会 20 周年函館大会（上・下）　　　　　岩手日報〈夕〉H 21・9・9 ～ 10

北海道新聞（道南版記事）啄木の人生 30 人学ぶ・おとべ塾で研究者講演　　　　H 21・9・9

朝日新聞（道南版）ひと・街　※啄木学会の文学散歩の記事　　　　　　　　　　H 21・9・9

岩手日報〈夕コラム学芸余聞〉音楽にした啄木作品熱唱（9月5日の函館の話題）　H 21・9・11

岡林一彦作成「写真・啄木父子歌碑除幕式」（ＣＤ）／「啄木・一禎父子歌碑除幕式次第」〈パンフ〉
　　Ａ4 判 片面刷（歌碑写真と碑陰文）　　　啄木父子歌碑建立実行委員会（高知市）H 21・9・12

盛岡タイムス（記事）反戦的作品で弾圧に・川柳の鶴彬文学を紹介　　　　　　　H 21・9・12

朝日新聞（高知版記事）啄木と父　寄り添う歌碑　　　　　　　　　　　　　　　H 21・9・13

岩手日報（記事）啄木父子の歌碑完成・ＪＲ高知駅前　　　　　　　　　　　　　H 21・9・13

しんぶん赤旗〈日曜版〉朝鮮人長屋で発見した啄木の歌（『遙かなる信濃』新刊紹介）H 21・9・13

高知新聞（記事）啄木の父・一禎の歌碑除幕・高知駅南側　　　　　　　　　　　H 21・9・13

高知新聞（コラム小社会）※全文啄木父子の歌と人にまつわる話題　　　　　　　H 21・9・13

毎日新聞（全国版記事）高知に啄木父子の歌碑　　　　　　　　　　　　　　　　H 21・9・13

読売新聞（高知版記事）石川啄木父子の歌碑除幕　　　　　　　　　　　　　　　H 21・9・13

岩手日報（記事）啄木の拓本など 29 点・盛岡駅で拓墨会展　　　　　　　　　　H 21・9・14

大澤重人　啄木父子の歌碑の除幕　　　　　　　　　毎日新聞〈高知版書名記事〉H 21・9・14

岡林一彦（作成）啄木父子の歌碑拓本 2 点　※高知駅前歌碑　　　　　　　　　　H 21・9・14

岩手日報（記事）高知の啄木父子歌碑除幕を報告・知事に山本学芸員　　　　　　H 21・9・15

牛山靖夫　鶴彬と多喜二と啄木（その 2）失職すると啄木が兄のやうに思われる― P3 ～ 7
　　「不屈」192 号（岩手版）B5 判　　　治安維持法国家賠償要求同盟岩手県本部　H 21・9・15

しんぶん赤旗（中国・四国版記事）啄木の父・一禎最後の地に歌碑　　　　　　　H 21・9・15

澤田勝雄　国際啄木学会（函館大会傍聴報告署名記事）　　　　　　しんぶん赤旗　H 21・9・15

大澤重人　高知に啄木父子の歌碑　　　　　　　　　　毎日新聞〈岩手版書名記事〉H 21・9・15

読売新聞〈岩手版記事〉高知の歌人、啄木ファンが募金活動　　　　　　　　　　H 21・9・15

盛岡タイムス（記事）高知に啄木父子の歌碑建つ　　　　　　　　　　　　　　　H 21・9・15

岩手日報（記事）啄木の拓本など 29 点・盛岡駅で拓墨会展　　　　　　　　　　H 21・9・16

黒田勝弘【からくに便り】元日本兵士への配慮（金大中と啄木の歌など）　　産経新聞　H 21・9・16

ＣＤ「新井満コレクション 1・風神」※ふるさとの山に向ひて（ほか）59 分 2625 円＋税
　　　　　　　　　　　　　　　　　　　　　　　　　　　ポニーキャニオン　H 21・9・16

真田英夫『コルバン夫妻と二人の婦人宣教師の足跡』A3 変形判 全 20 頁 非売品 ※啄木の死後、妻
　　の節子が千葉の房総で療養できたのは、啄木の妹光子を通じて知ったコルバン夫妻の援助によるもので、
　　夫妻に同行した光子の動向等に言及した文献。　　　　　　　著者刊（札幌市在住）H 21・9・17

池田　功　詩を書くことは天職ではない ― 石川啄木 P26 ～ 41　池田功・上田博共編『職業の発見

―転職の時代のために―』四六判 2100円＋税　　　　　　　　　　世界思想社　H 21・9・20

出久根達郎　第四章・眉の間へしわを寄せ・人情春本『春情心の多気』P100 ～ 120　『春本を愉しむ』
　四六判 1200円＋税 ※（啄木が読んだと記される春本の話題）　　　　　新潮社　H 21・9・20

大澤重人【支局長からの手紙】啄木と龍馬の共演　　　　　毎日新聞〈高知版〉H 21・9・21

井上孝夫　啄木父子の歌碑歓迎（読者投稿欄・声ひろば）　　　　高知新聞　H 21・9・21

盛岡タイムス（記事）土着の詩は普遍的・城戸朱里さんが講演（啄木の詩を解説）　H 21・9・22

岩手日報（記事）普遍性持つ岩手の詩人・啄木、賢治ら解説（城戸さん講演）　H 21・9・25

猪野　睦　啄木と高知～父・一禎の歌も刻んだ歌碑建つ～　　　　しんぶん赤旗　H 21・9・25

奥泉和久〈コラム〉啄木と大橋図書館 P29 ～ 0『近代日本公共図書館年表 1867 ～ 2005』A4判
　8000円＋税　※文中の参考文献発行日に誤植あり　　　　　日本図書環境会　H 21・9・25

「海風」73号 B5判 1000円〈啄木父子の歌碑建立特集記事を掲載〉（以下 6点の文献を収載）
　　藤田兆太　啄木短歌一首抄Ⅱ　P11 ～ 0
　　中山恭子　幸徳秋水の故郷中村を訪ねて P17 ～ 21
　　梶田順子　啄木・一禎父子の歌碑　九月十二日に除幕―高知駅前南広場― P22 ～ 23
　　山野上純夫　啄木と父の歌碑 P24 ～ 26
　　天野　仁　「大阪啄木通信」第33号 P27 ～ 0
　　柴田和子　かにかくに渋民村は恋しかり P28 ～ 29　　　　海風短歌会（高知市）H 21・9・25

「国際啄木学会盛岡支部会報 18号感想集」〈森義真受信分〉B5判　4頁（太田　登／岩田祐子／古澤
　夕起子／目良卓／大室精一／山田武秋／吉崎哲男／山下多恵子／佐藤勝／若林　敦／西連寺成子／以上
　11名の感想文を収載）　　　　　　　　　　　　　　　　制作発行：森義真　H 21・9・25

大澤重人（コラム・黒潮日記）思いを込めた一字　　　　　毎日新聞（高知版）H 21・9・26

盛岡タイムス（記事）囲炉裏の煙がかや葺きの家を守る／啄木記念館の斎藤家　H 21・9・28

小島ゆかり　短歌時評・高校生の高度な力と技　　　　　　　産経新聞　H 21・9・30

三枝昂之『啄木　ふるさとの空遠みかも』四六判 383頁 2800円＋税（細目：第一章・小説家啄木／
　散文詩／歌漬けの日々／「石破集」をめぐる問題／へなぶり歌／歌の別れ／ほか／第二章・生活者啄木／食
　ふべき詩／『仕事の後』／思想家啄木 ― 大逆事件と啄木短歌／『一握の砂』へ／『一握の砂』の世界（1）
　～（3）／三行書きの意義を考える／ほか／第三章・啄木の明治四十四年／『悲しき玩具』の世界／近代短
　歌のめざしたもの―短歌史の中の啄木（1）～（3）―／ほか）　　　本阿弥書店　H 21・9・30

「札幌啄木会だより」NO.16　A4判　全 12頁（細目：【特集記事】国際啄木学会二十周年記念大会催さ
　れる／渡辺恵子・趣深い時間が函館に流れ／長谷部和夫・故郷函館と啄木／ほか／川内通生・啄木と
　ビールのこと P8 ～ 9／【近江じんさん直筆の手紙公開】※昭和 33年 12月 6日。桜木俊雄氏宛／ほか）
　　　　　　　　　　　　　　　　　　　　　　　　　　　　　　　　　札幌啄木会　H 21・9・30

「啄木・一禎の歌碑」パンフ A4判両面 ※晩年の一禎家族写真を掲載（発行元不記）　H 21・9・―

「啄木学級故郷講座」〈パンフ A4判〉※ 10月 17日　盛岡観光コンベンション協会　H 21・9・―

大澤重人（署名記事）「啄木と高知」4日、高知市内で講演会　毎日新聞〈高知版〉H 21・10・1

「短歌研究」10月号 B5判 1000円〔特集：自然と青春の歌〕（以下 4点の文献を収載）
　　永井秀幸・ふるさとの空と山（不来方の城の）P40 ～ 0
　　箱崎禮子・池（不来方の城の）P41 ～ 0
　　玉井清弘・泣きぬれた青春（東海の小島の）P46 ～ 0

森田溥・青春の渇望（東海の小島の）P47〜0]　　　　　　　　　短歌研究社 H 21・10・1

出久根達郎　啄木作の春本？　P35〜0「波」10月号 B5判 100円　　　新潮社　H 21・10・1

北海道新聞〈卓上四季〉札幌西武開店　※札幌への啄木の思いを日記から引用　H 21・10・1

森　義真　啄木の交友録【盛岡篇】(6) 上野サメ P44〜45「街もりおか」502号　H 21・10・1

盛岡タイムス（記事）渋民小児童が清掃奉仕・旧木造校舎も　　　　　　　H 21・10・4

近藤典彦　啄木と高知——父一禎・幸徳秋水の決定的影響（講演レジメ）A3判 3枚　H 21・10・4

大澤重人　ユーモア交え「啄木」語る　　　　　　　毎日新聞（高知版署名記事）H 21・10・5

北畠立朴〈啄木エッセイ 140〉初めての受賞　　　　ミニコミ「しつげん」第473号 H 21・10・5

児玉映一　随筆・未発表の一首か—啄木短歌をめぐって— P10〜16「江別文学」73・74 合併号
　　B5判 700円　　　　　　　　　　　江別文学会（江別市高砂町 26-11 萩原方）H 21・10・5

西脇　巽「09年国際啄木学会春のセミナー＆09年国際啄木学会20周年記念函館大会」〈印象記草稿〉
　　A4判 16頁（←H27・10・10『石川啄木　旅日記』桜出版）
　　　　　　　　　　　　　　　　　　　　著者作成：製本綴・湘南啄木文庫　H 21・10・5

逸見久美　啄木、鷗外、武郎の死を越えて・全集編纂とともに　　　しんぶん赤旗　H 21・10・7

田中　綾　啄木と弥生小学校　　　　　　　　　　　　　　北海道新聞（夕）H 21・10・7

「啄木と子供たち」〈恵name書道展栞〉A4判 4頁　※プラザおでって 10月7〜8日　H 21・10・7

佐藤静子　啄木にとっての百合の花—節子への愛を巡って—　※原稿複写 A4判 4枚（←H21・12
　　「県民文芸作品集 40」第 62 回岩手芸術祭実行委員会）　　　　　　　H 21・10・11

高知民報（記事）講演「啄木と高知」秋水とのかかわりも　　　　　　　H 21・10・11

釧路新聞（記事）啄木の世界を表現、来月釧路で図書館朗読会　　　　　H 21・10・12

岩手日報（記事）啄木の妻節子　ここに足跡・勤めた篠木小に歌碑除幕　H 21・10・15

長浜　功　『啄木という生き方〜二十六歳と二ヶ月の生涯〜』A5判（二段組）305頁 2700円＋税
　　（細目：序・夭折の章／Ⅰ. 山河の章／Ⅱ. 青雲の章／Ⅲ. 流浪の章／Ⅳ. 懊悩の章／Ⅴ. 閉塞の章／Ⅵ.
　　蓋閉の章）　　　　　　　　　　　　　　　　　　　　　社会評論社　H 21・10・15

盛岡タイムス（記事）篠木小に石川節子の歌碑　　　　　　　　　　　　H 21・10・15

南　奎雲（杜陸随想）啄木の妻、節子の歌碑　　　　　　　　盛岡タイムス　H 21・10・18

盛岡タイムス（記事）木造校舎のいすの上で・啄木学級故郷講座を 56 人受講　H 21・10・19

碓田のぼる　日本人の精神（3）石川啄木—生活の風景と言葉— P97〜109「季論 21」6号
　　A5判 1000円　　　　　　　　　　　　　　　　　　　　　本の泉社　H 21・10・20

渡邊澄子編『明治の名著 2』四六判 1500円＋税（以下 2 点の文献を収載）
　　渡邊澄子　時代閉塞の現状 P163〜0
　　昆　豊　一握の砂・悲しき玩具・ローマ字日記 P189〜199　　　自由国民社　H 21・10・20

盛岡タイムス（記事）グラフィックデザイナー（啄木劇ポスター制作者の話題）H 21・10・21

秋庭道博（コラムきょうの言葉）お前の送った金は…　　　　　秋田さきがけ　H 21・10・21

朝日新聞〈岩手版記事〉啄木の視点で自然を味わう　　　　　　　　　　H 21・10・22

岩手日報（記事）第 62 回　岩手日報文化賞決まる・学芸部門・遊座昭吾さん　H 21・10・23

岩手日報（記事）学芸部門・遊座昭吾さん・天才歌人との縁胸に　　　　H 21・10・23

中央日報（記事）帝国主義侵略の先鋒、伊藤博文の心臓止まる（啄木も追悼文を）H 21・10・26

盛岡タイムス（記事）もりおか文庫創刊・第 1 弾は松田十刻さん　　　　H 21・10・27

岩手日報（夕・記事）「もりおか文庫」発刊・第1弾は啄木の生涯　　　　　　　　　H 21・10・28

☆大津留公彦「杉村楚人冠と石川啄木」【大津留公彦のブログ発表文を製本した冊子】A4判 20頁

　　http://ootsuru.cocolog-nifty.com/blog/2009/10/post-ce04.html　　　湘南啄木文庫　H 21・10・28

池上　淳　第3章・文の意味構造 P146 〜 147　※（「視点」において啄木の「東海歌」を引用の論）

　　『ことばの意味構造』A5判 1336円＋税　　発行所・現代図書／発売元・星雲社　H 21・10・29

大間啄木会編『大海にむかひて一人』〈大間啄木歌碑建立十周年記念誌〉四六判　全84頁

　　※（啄木歌碑除幕式の写真と祝辞などを収載）非売品　　　　　　大間啄木会発行　H 21・10・30

瀧本和成　石川啄木と〈朝鮮〉―「地図の上朝鮮国に…」の歌をめぐる一考察 ― P65〜82　木村

　　一信・崔在喆編『韓流百年の日本語文学』四六判 2800円＋税　　　　　人文書院　H 21・10・30

「冨田小一郎展」パンフ A4判　両面刷（10月30日〜1月11日）　　　盛岡先人記念館　H 21・10・30

「冨田小一郎」企画展図録 B5判 10頁（10月30日〜1月11日）　　　盛岡先人記念館　H 21・10・30

「北物語」劇団赤い風公演パンフ A4判　※おでってホール10月31日〜11月3日　　H 21・10・31

「青森文学」78号　A5判　800円（以下2点の文献を収載）

　　西脇　巽　節子から光子への手紙をめぐって P95 〜 109

　　西脇　巽　（解説）川﨑むつをが筆写した「啄木の妻・節子から啄木の妹・光子への手紙」P109〜115

　　　　　　　　　　　　　　　　　　　　　　　　　　　　　　　　　青森文学会　H 21・10・31

毎日新聞（岩手版記事）手作り演劇：もしも啄木と賢治が出会っていたら　　　　　H 21・10・31

藤田幸右著『小説　鍬ヶ崎の石川啄木』四六判 20頁（小冊子型）　　　　著者刊　H 21・10・―

松田十刻著『26年2か月　啄木の生涯』文庫判 315頁 695円＋税（第一章・「白百合の君」と結ばれ

　　るまで／第2章・別離と流浪のはざまで／第3章・志を果たせぬままに／ほか）

　　　　　　　　　　　　　　　　　　　　　　　　　盛岡出版コミュニティー　H 21・11・1

朝日新聞　（岩手版記事）もりおか文庫を創刊（松田十刻著『啄木の生涯』）　　　H 21・11・1

梶田順子　啄木と父一禎が身近に P24 〜 27　「雲母」第42号　　　　　　　　　H 21・11・1

坂井修一　「旅」と「流離」― 若山牧水と石川啄木『世界と同じ色の憂愁』四六判 2500円

　　　　　　　　　　　　　　　　　　　　　　　　　　　　　　　　　　青磁社　H 21・11・1

野村波津　啄木ふたたび P45 〜 47　「雲母」第42号　　　　　　　　　　　　　H 21・11・1

積　惟勝　啄木祭雑感 P36 〜 37「暖流」第13号 B5判 700円　暖流文学会（静岡市）H 21・11・1

福井美代子　わが青春とうた・石川啄木 P21 〜 0「新日本歌人」11月号　850円　H 21・11・1

向井田薫　国際啄木学会函館大会に参加して P2 〜 3「いわてねんりんクラブ」147号 B5判

　　　　　　　　　　　　　　　　　　　　　　　　　　　　　ねんりん舎（盛岡市）H 21・11・1

森　義真　啄木の交友録【盛岡篇】(7) 冨田小一郎 P42 〜 43「街もりおか」503号　H 21・11・1

岩手日報（記事）岩手日報　文化賞（遊座昭吾氏）あす贈呈式　　　　　　　　　　H 21・11・2

岩手日報（記事）五感で感じる啄木の暮らし　　　　　　　　　　　　　　　　　H 21・11・3

「岩手日報文化賞・体育賞の栞」A5判　※遊座昭吾氏 P3 〜 0　　同賞実行委員会　H 21・11・3

大澤重人　[支局長からの手紙] もう一人の侍「熊谷」　　　　　毎日新聞（高知版）　H 21・11・3

岩手日報（記事）岩手日報文化賞・遊座昭吾さん・学芸部門　　　　　　　　　　　H 21・11・4

岩手日報（記事）受賞者の業績と言葉（啄木研究の遊座昭吾氏）　　　　　　　　　H 21・11・4

岩手日報（夕・記事）国際啄木学会盛岡支部・重ねた研究　例会150回　　　　　　H 21・11・5

北畠立朴〈啄木エッセイ 141〉野尻瀞翁の死　　　　　　　　「しつげん」第475号　H 21・11・5

望月善次　(書評)　三枝昂之著『啄木』研究と創作の架橋　　　　　　　山梨日々新聞　H 21・11・6

石井　實　随想・魅惑の帽子（※啄木と賢治の帽子愛用）　　　　　　盛岡タイムス　H 21・11・8

☆坂井修一　老境あるいは「啄木の痛恨事」※ＨＰ「杜父魚文庫ブログ」に掲載。アドレスは下記。
　　http://blog.kajika.net/?eid=995342　　　　　　　　　　閲覧確認日　H 21・11・9

伊能専太郎　随想・もて過ぎ太宰治（※太宰の小説に啄木が登場）　　盛岡タイムス　H 21・11・11

岩手日報　(記事)　金田一京助直筆の書贈る・石川啄木記念館に　　　　　　　　　H 21・11・11

盛岡タイムス　(記事)　金田一京助の額寄贈・啄木記念館に　　　　　　　　　　　H 21・11・12

清田文武　石川啄木「卓上一枝」とマーテルリンクの運命論　P92 ～ 103『近代作家の構想と表現』
　　四六判 3600円＋税　　　　　　　　　　　　　　　　　　　　　翰林書房　H 21・11・14

盛岡タイムス　(記事)　啄木が好んだ秋の食卓・記念館で企画展　　　　　　　　　H 21・11・14

毎日新聞　(宮城版)　杜の都の演劇祭・「金！評伝で綴る啄木」・仙台　　　　　　H 21・11・15

「浜茄子」第 77 号 B5判 全4頁（南條・啄木・一禎父子歌碑　高知駅前に建つ／南條・山本千三郎の妻
　　山本とら／齋　忠吾・[一] と [万智]／ほか）　　　　　　　　仙台啄木会　H 21・11・16

産経新聞　(記事)　第32回現代短歌大賞（三枝昂之著『啄木』）　　　　　　　　H 21・11・17

望月善次　第 16 回海外シンポジウム報告（上・下）　　　　盛岡タイムス　H 21・11・17 ～ 18

毎日新聞　(東京夕・記事)　第 32 回現代短歌大賞（三枝昂之著『啄木』）　　　　H 21・11・18

毎日新聞　(夕)　第32回現代短歌大賞・三枝昂之著『啄木　ふるさとの空遠みかも』　H 21・11・18

朝日新聞〈山口版記事〉啄木の妻に光・中高年の劇団「波」初公演　　　　　　　H 21・11・19

☆アルカカット「国際啄木学会インド大会」〈2008 年 11 月 29 日〉※アルカカット氏の開設ＨＰ掲載
　　「これでインデア」http://www.koredeindia.com/008-11.htm#1129　　閲覧確認日　H 21・11・19

熊本日々新聞　(コラム新生面)　※「啄木の故郷で短歌甲子園」に触れた文章　　H 21・11・21

小池　光　うたの動物記・蟹（古代から自由に横歩き）　　　　　日本経済新聞　H 21・11・22

毎日新聞　(岩手版)「一握の砂」が発刊から 100 年・盛岡の啄木記念館で企画展　　H 21・11・22

岩手日報　(夕・記事)　啄木と賢治舞台で“共演”・盛岡 31 日から「北街物語」　H 21・11・23

井上信興「啄木歌集「悲しき玩具」に関して」B5判　7 頁　　　　私家版冊子　H 21・11・24

東京新聞　(夕)　現代短歌大賞に三枝さんら　　　　　　　　　　　　　　　　　H 21・11・24

盛岡タイムス　(記事)　啄木の足跡をたどる・県立大学学生 12 人授業で　　　　　H 21・11・24

読売新聞　(岩手版記事)　郷土文化の文庫本（松田十刻著『啄木の生涯』）　　　　H 21・11・24

吉島健章　「石川啄木」展のこと P188 ～ 189「うえいぶ」第 42 号 B5判 735円
　　　　　　　　　　　　　　　　　　　うえいぶの会（福島県いわき市）H 21・11・25

朝日新聞〈北海道版記事〉啄木ゆかりの函館・弥生小学校旧校舎解体始まる　　　H 21・11・27

編集部〈郷土の本棚〉奔放な天才歌人赤裸々に・松田十刻著『啄木の生涯』　岩手日報　H 21・11・28

太田　登　(記事)　三枝昂之著『啄木　ふるさとの空遠みかも』　明治の短歌が現代の心に強く響く
　　　　　　　　　　　　　　　　　　　　　　　　　　　　　しんぶん赤旗　H 21・11・29

澤田勝雄　(インタビュー)　平岡敏夫さん※詩集『蒼空』の著者に聞く　しんぶん赤旗　H 21・11・30

☆井上信興　「啄木と三人の女性」 1 回～ 32 回」（石川節子 1 ～ 26／橘智恵子 1 ～ 3／小奴 1 ～ 3）
　　アドレス：http://yuwakai.org/dokokai6/inouesan/page/top/tophonban.html
　　　　　　　　　　　　　　　　　　　　　　　　　　　　　閲覧確認日　H 21・11・30

吉増剛三　啄木ローマ字日記の古畳―アイオワにて P29 ～ 35 (→ H16・12「国文学」)／対話：静かな

アメリカ P8 〜 28『静かなアメリカ』B5 変形判　3990 円＋税　　　　　書肆山田（東京）H 21・11・30

編集部　「金！〜評伝で綴る啄木〜」（演出・クマガイコウキ）11 月 16 〜 28 日・晩翠草堂 P8 〜 9

　　「杜の都の演劇祭 2009」B5 変形判　　　　　　　杜の都の演劇祭プロジェクト　H 21・11・―

岩手日報（コラム・人）小林高さん ※厚生労働大臣表彰者、啄木の友人、茂雄の孫　　　　H 21・12・1

大澤重人　支局長からの手紙：啄木の「怒」（← H23・6 大澤重人著『心に咲いた花』冨山房）

　　　　　　　　　　　　　　　　　　　　　　　　　　　　毎日新聞（高知版）H 21・12・1

高橋フキ子　わが青春とうた・石川啄木 P15 〜 0「新日本歌人」第 64 巻 12 号　　H 21・12・1

「街もりおか」504 号 B6 横判 260 円（以下 2 点の文献を収載）

　編集部　盛岡の先人(48) 佐藤北江 P6 〜 20

　森　義真　啄木の交友録【盛岡篇】(8) 小田島孤舟 P44 〜 45　　　　　　杜の都社　H 21・12・1

盛岡タイムス（記事）日本一の先生・冨田小一郎生誕 150 年企画展　　　　　　　　H 21・12・1

菅原和彦（署名記事）いわて学芸 "09・啄木研究、地元で存在感　　岩手日報（夕）H 21・12・2

ＣＤ「ここ」〈全 13 曲収録〉※啄木の作品「飛行機」を収録。作曲：不破大輔／アーテスト：小室等

　／ 2500 円　　　　　　　（株）グッドニュースプロジェクト　音楽マーティング事業部　H 21・12・2

朝日新聞（岩手版記事）「啄木記念館」の表札・金田一京助の書寄贈　　　　　　　　H 21・12・4

北海道新聞（道南版記事）青森・大間啄木会　歌碑建立 10 周年で記念誌　　　　　　H 21・12・4

毎日新聞（岩手版）藤田幸右著『鍬ヶ崎の石川啄木』宮古寄港時の模様を小説に　　　H 21・12・4

北畠立朴〈啄木エッセイ 139〉無題（※執筆者の啄木関係雑記）　「しつげん」第 471 号　H 21・12・5

浜田栄夫　石川啄木とペスタロッチー P209 〜 213『ペスタロッチー・フレーベルと日本の近代教育』

　四六判 5000 円＋税　　　　　　　　　　　　　　　　　玉川大学出版部　H 21・12・5

田中　綾〈日曜文芸コラム・書棚から歌を〉上田博／池田功編『「職業」の発見』（世界思想社）

　　　　　　　　　　　　　　　　　　　　　　　　　　　　北海道新聞　H 21・12・6

北海道新聞（コラム書棚から歌を）※上田博の「ハケン切り」の歌と啄木について　H 21・12・6

穂村　弘（書評）三枝昂之著『啄木　ふるさとの空遠みかも』　小説家の夢破れ歌で名を残す謎

　　　　　　　　　　　　　　　　　　　　　　　　　　　　朝日新聞　H 21・12・6

朝日新聞〈ぶらり〉岩手大学　※石川啄木の妻の生家の井戸が残る　　　　　　　H 21・12・8

大田安彦　ＴＯＫＹＯ特派員・旧岩崎庭園　※切り通し坂の啄木歌碑　　東京新聞　H 21・12・9

ＣＤ「君にサヨナラを」曲と歌：桑田佳祐「啄木短歌／ほか」1260 円　日本ビクター　H 21・12・9

佐藤静子　啄木にとっての百合の花―節子への愛を巡って P91 〜 100「県民文芸作品集」NO.40

　A5 判 1500 円　　　　　　　　　　　　第 62 回岩手芸術祭実行委員会　H 21・12・12

山折哲雄　東北の風土と『遠野物語』P10 〜 11　「『遠野物語』100 年の記録〜佐々木喜善と仙台〜」

　〈特別展図録〉A5 判　　　　　　　　　　　　　　　　　仙台文学館　H 21・12・12

産経新聞（岩手版）盛岡出版コミュニテー・本の魅力は手作り感（『啄木の生涯』）　H 21・12・13

片岡雅文　土佐歴史細見 37 〜 38 大逆事件 100 年へ（上・下）　高知新聞　H 21・12・14／12・28

毎日新聞（岩手版）盛岡出版コミュニテー・本作りで地元文化振興（『啄木の生涯』）　H 21・12・15

石川西三　啄木の小説「天鵞絨」と歌集「一握の砂」（1〜5）盛岡タイムス　H 21・12・15 〜 20

尾崎裕美　尾崎行雄八回の名前変遷と歌人啄木との出会い P107 〜 114『歌人・咢堂　家族そして

　友を歌う』四六判 1400 円＋税　　　　　　　　　　　　　　文芸社　H 21・12・15

平岡敏夫　啄木・光太郎を変奏して―詩集『蒼空』― P64 〜 66「稿本　近代文学」第 34 集 A5 判

筑波大学日本文学会近代部会　H 21・12・15

栁澤有一郎　石川啄木「愁調」論―四四四六調による詩壇への登場―　P34 ～ 43「稿本　近代文学」
　　第 34 集 A5判　　　　　　　　　　　　　　　　筑波大学日本文学会近代部会　H 21・12・15

☆森川雅美　タゴールと啄木（ブログ「森川雅美の詩生活・歴史生活」12月14日、インド大使館での講演
　　に関する所感）https://plaza.rakuten.co.jp/morimasami/diary/200912150000/　　H 21・12・15

小島ゆかり　短歌時評・啄木論の新鮮な３視点（三枝昂之著『啄木』）　読売新聞（夕）H 21・12・16

盛岡タイムス（記事）「風の又三郎」の舞台は・釜石で講演（啄木にも触れる）　　H 21・12・17

毎日新聞（岩手版記事）冨田小一郎を知って・啄木ら著名人育てた教師　　　　　　H 21・12・18

岩手県立図書館編集部　石川啄木の修学旅行 P11 ～ 0「旅の記憶　展示解説書」A4判　H 21・12・19

小畑柚流　俳枕あれこれ（啄木忌）P38 ～ 45「樹氷」第 33 巻 1 号（岩手・八幡平市）　H 21・12・20

黒川伸一　〈コラム・道新文化部〉啄木活躍の原点　釧路の 76 日　　　北海道新聞　H 21・12・21

「啄木・一禎の歌碑」〈建立報告書〉B5判 全98頁※（歌碑建立までの経緯と各新聞報道記事のほかに
　　石川一禎に関する系図、写真、一禎と啄木年表、会員の文章を収載）※（以下 15 点の文献を収載）

　　大澤重人　悲しき異郷の路 P41 ～ 0 ／啄木の「怒」P50 ～ 0

　　中外日報（編集部）啄木父子の歌碑、今秋にも除幕へ P48 ～ 0

　　高橋　正　大逆事件と文学者たち P58 ～ 61 ／幸徳秋水、平出修 P63 ～ 64

　　猪野　睦　啄木と高知 P65 ～ 0

　　近藤典彦　石川啄木とプレカリアート P66 ～ 0

　　国見純生　土佐で逝った啄木の父 P67 ～ 0

　　藤田兆大　啄木の父、石川一禎の終焉の地は高知―歌碑建立に向けて―P71 ～ 72

　　叶岡淑子　啄木、一禎関連（その２）四国の形をした池の思い出 P73 ～ 0

　　岩崎厳松　石川啄木とその一族（1 ～ 2 著書『わが旅路』より）P74 ～ 76

　　梶田順子　啄木、一禎父子の歌碑建立・9 月 12 日に除幕式 P78 ～ 0 ／啄木と父一禎が身近に
　　　　　　　　　　P79 ～ 80

　　柴田和子　かにかくに渋民村は恋しかり P85 ～ 0

　　梶田順子　稲垣ゆかりさんからの書 P86 ～ 87 ／ほか）

　　　　　　　　　　　啄木の父石川一禎終焉の地に歌碑を建てる会　H 21・12・21

「望」10 号 B5判 全98頁 1000 円

　　私のお気に入りの啄木短歌、啄木詩集『あこがれ』を読む、ほか／上田勝也、北田まゆみ、佐藤
　　静子、永井雍子、福島雪江、向井田薫、吉田直美

　　　　　　　　　　　発行者・望月善次　編集・啄木月曜会　H 21・12・21

浅沼秀政　「啄木文学碑建立年月日順一覧表」付　都道府県・区町村啄木文学碑建立数（平成 21 年
　　12月23日現在）A4判 5頁　　　　　　　　　　　　　　　　著者作成　H 21・12・23

毎日新聞（高知版記事）啄木・父一禎の歌碑建立、報告書を発行　　　　　　　　　H 21・12・23

中村光紀　おでって、啄木・賢治青春館 P103 ～ 105『ガキ大将に報告』　合資会社東家 H 21・12・23

岩手日報（記事）盛岡・県立博物館でテーマ展・啄木、賢治の修学旅行も　　　　　H 21・12・24

山本玲子　啄木絵葉書 P113 ～ 116『ガキ大将に報告』1300 円　合資会社東家（盛岡）H 21・12・25

☆「情熱の詩人啄木」（大映）鎌形小学校（埼玉）でロケ（1 ～ 2）1962年 ※ＨＰ「GO! GO! 嵐山 3」
　　アドレス：http://blog.livedoor.jp/rekisibukai/（初出→ S37・3・25「菅谷村報道」第 131 号）

投稿者：rekisibukai　　　　　　　　　　　　　　　　　　閲覧確認日　　Ｈ 21・12・28

盛岡タイムス（記事）来年は「一握の砂」100 年　　　　　　　　　　　　　　Ｈ 21・12・31

大江健三郎　啄木にも比すべき、困難な時代を生きる若い人たちへ『加藤周一のこころを継ぐために』
　岩波ブックレット 525 円　　　　　　　　　　　　　　　　　　　岩波書店　Ｈ 21・12・―

ウニタ・サチダナンド×望月善次 共著（書道：後藤加寿恵）『石川啄木の短歌：インドの色』（翻訳）117 頁
　　　　　　　　　　　　　　　　　　　　　　　　　　　　　　（インド）Ｈ 21・―・―

〈米国発行〉「啄木の肖像入り 1 ドル札」※米国承認のカスタム紙幣／発行日付は年号のみ 2009 年
　　　　　　　　　　　　　　　　　　　　　　　　　　　　　　　　　Ｈ 21・―・―

続 石川啄木文献書誌集大成　2010年（H22）　223

２０１０年（平成22年）

広報もりおか 1280 号（記事）啄木かるた大会　　　　　　　　　　　　盛岡市　　H 22・1・1

「りとむ」106 号 A5 判（以下 2 点の文献を収載）

　三枝昂之　百舌と文鎮 (63) 仕事の周辺 P78 〜 79

　川口　久　言葉の置きどころ (62) りんご P82 〜 0　　　　　　　りとむ短歌会　H 22・1・1

「歌壇」1 月号 A5 判（以下 2 点の文献を収載）

　三枝昂之　私を見つめるわたし―こころの組み立て方 P40 〜 43

　島田幸典（書評）啄木の逆説・三枝昂之著『啄木』P132 〜 133　　本阿弥書店　H 22・1・1

産経新聞（夕・コラム産経抄）※啄木の年賀状、日記などに触れた文章　　　　　H 22・1・1

田山泰三　香川不抱 P106 〜 109『香川を詠んだ歌人たち』B5 判 ※他に間島琴山などの記述あり

　全 228 頁 定価不記載　　　　　　　　　　　　　　　　　香川明星倶楽部発行　H 22・1・1

「街もりおか」1 月号 505 号 B6 横判（以下 3 点の文献を収載）

　橋本祐子　BOOKS『盛岡啄木手帳』〈本の紹介〉P24 〜 0

　服部尚樹　啄木の「樹木と果実」ミステリー P26 〜 27

　森　義真　啄木の交友録【盛岡篇】(9) 小野清一郎 P44 〜 45　　　　杜の都社　H 22・1・1

「新日本歌人」1 月号 A5 判（以下 2 点の文献を収載）　　　　　　　　　　　　H 22・1・1

　西沢幸治　短歌との出会い・働けどはたらけど P26 〜 0

　福士リツ　わが青春とうた・川崎むつを P47 〜 0　　　　　　　新日本歌人協会　H 22・1・1

盛岡タイムス〈第二特集 2 〜 3 頁全面〉主要内容：記事・「一握の砂」発刊 100 年／インタビュー・

　山本玲子・本当の心に迫ろうとした歌／達増知事・「一握の砂」を語る／12 人の心の中にある

　「一握の砂」一首・（執筆者）北田まゆみ／工藤久徳／小泉とし夫／佐藤静子／谷藤裕明／中野

　寛次郎／野中雄太／船越英恵／望月善次／森義真／守屋美咲／八重嶋勲　　　H 22・1・1

もりたとしはる　啄木の下宿先を追う P17 〜 19「北の詩人」78　北の詩人会議（札幌）H 22・1・1

（未来子）百年の閉塞（※「時代閉塞の現状」に触れたコラム欄）　　　東京新聞（夕）H 22・1・4

山下正廣　精神医療ことはじめ（※啄木短歌を引用）　地域紙「ニコニコ・プレス」H 22・1・5

上田正昭　新春三題（※啄木の歌を引用して日韓問題に触れた文章）　　　京都新聞　H 22・1・9

宗像和重　石川啄木孤児となり祖父母に育てられた薄幸の姉妹 P319 〜 320『日本史有名人の子孫

　たち』文庫判 667 円＋税（→ S62・11「歴史読本」）　　　　　　新人物往来社　H 22・1・9

内田　弘　啄木歌に潜む秋瑾詩 A4 判 8 枚（国際啄木学会東京支部会研究発表用レジメ）H 22・1・9

吉崎哲男　土岐善麿の新作能『実朝』の詞章に込められた？啄木追懐　A4 判 7 枚と資料 A3 判 1 枚

　国際啄木学会東京支部会研究発表用レジメ（著者作成）　　　　　　　　　　　H 22・1・9

嫌田嫌太　短歌時評・現代的とは何か P28 〜 29「短詩形文学」第 58 巻 1 号　　H 22・1・10

「短歌新聞」第 675 号〈インタビュー〉三枝昂之氏に聞く・現代に生きる啄木　　H 22・1・10

佐田公子（書評）今なお新しい啄木像・三枝昂之著『啄木』「短歌新聞」第 675 号　H 22・1・10

石川啄木（批評）「トルストイの日露戦争論」（明治 44 年 5 月稿）P177 〜 187　レフ・トルストイ著：

　翻訳・平民社『現代文 トルストイの日露戦争論』B5 判 1500 円＋税　　国書刊行会　H 22・1・11

「渋民文化会館だより」21-10 号（記事）第 8 回啄木誕生かるた大会（2 ／ 20）　　H 22・1・12

高橋克彦　こころの玉手箱・岩手山　　　　　　　　　　　　　　日本経済新聞　H22・1・12

池田　功　啄木日記を読む（1〜8）　　　　　　　　　　　　しんぶん赤旗　H22・1・13〜3・3

朝日新聞（北海道版）啄木ゆかりの函館・弥生小　旧校舎保存要望なお　　　H22・1・15

東京新聞（夕・記事）啄木賞、部門賞決まる（※北溟社の第2回応募作品）　　H22・1・15

☆斎藤雅也（書評）三枝昂之著『啄木　ふるさとの空遠みかも』※斎藤雅也オフシャルサイト

　　http://blog.livedoor.jp/saito0197/archives/1097671.html　　閲覧確認日　H22・1・15

☆黒田英雄（書評）三枝昂之著『啄木　ふるさとの空遠みかも』※ブログ「黒田英雄の安輝素日記」

　　（N0.1484）http://anguirus1192.seesaa.net/archives/20100115-1.html　閲覧確認日　H22・1・15

盛岡タイムス（記事）「一握の砂」を読み解くために・盛岡大学の学生ポップで紹介　H22・1・15

北海道新聞（夕・記事）将来の啄木研究者を探して・北畠立朴さん　　　　　H22・1・18

読売新聞（記事）『啄木　ふるさとの空遠みかも』の三枝昂之氏が現代短歌大賞　H22・1・18

福田恆存　石川啄木 P42〜59（→S24・3 河出書房版『啄木全集』第2巻解説／ほか）『福田恆存評論集・

　　第14巻』四六判 2800円＋税　　　　　　　　　　　　　麗澤大学出版会　H22・1・20

「釧路啄木会さいはて便り」第3号 A4判 全4頁（以下3点の文献を収載）

　　北畠立朴　釧路の啄木を掘り起こす P1〜2

　　中村勝男　内に秘める函館での四ヶ月―国際啄木学会の片隅で―P2〜0

　　佐藤寿子　てしかが文学散歩〈編注：小山操（梅川操）の終焉の地を訪ねた文章〉P3〜0

　　　　　　　　　　　　　　　　　　　　　　　　　　　　釧路啄木会　H22・1・21

釧路新聞（記事）啄木の歩みキャンドルで彩り・雪あかりの町くしろ　　　　H22・1・22

北海道新聞（記事）啄木しのび雪あかり・市内南大通　　　　　　　　　　　H22・1・22

大室精一　啄木短歌の魅力〈佐野短期大学公開講座レジメ資料〉A4判 10頁　　H22・1・23

森　義真　啄木とカルタ（国際啄木学会盛岡支部会発表レジメ）A4判 8頁　　H22・1・23

塩野崎宏　かながわの歌壇時評・啄木から近代短歌をみる　　　　　神奈川新聞　H22・1・24

三枝昂之　前衛短歌の登場（1）〔共同研究「前衛短歌とは何だったのか」第1回〕P138〜145

「短歌」2月号 790円　　　　　　　　　　　　　　　　　　　角川書店　H22・1・25

三枝昂之『作歌へのいざない』四六判 255頁 1400円＋税（※啄木短歌15首も含めて近現代の歌人の

　　作品を引用解釈しながら作歌の上達方法が学べる本。特に「東海歌」についてのコメントは斬新かつ明

　　解。）　　　　　　　　　　　　　　　　　　　　　　　　　ＮＨＫ出版　H22・1・25

野口雨情著・野口存弥編『野口雨情　郷愁の詩とわが生涯の真実』〈人間の記録172〉四六判 288頁

　　※（雨情の記した啄木に関する文献「石川啄木と小奴」「啄木の『悲しき思ひ出』について」「札幌時代

　　の石川啄木」を収録）1800円＋税　　　　　　　　　　　日本図書センター　H22・1・25

岩手日報（記事）思い新たに啄木かるた　古里の盛岡・渋民中が大会　　　　H22・1・27

北島貞紀　「啄木入門」しました【北Ｇのライブトーク　124】　　盛岡タイムス　H22・1・28

盛岡タイムス（記事）啄木の誕生日にかるた　参加チームを募集　　　　　　H22・1・28

盛岡タイムス（記事）語りの芸術「林中の譚」2月5日に　　　　　　　　　H22・1・29

徳島新聞（コラム鳴潮）※啄木の時代と現代の貧困を比較した文章　　　　　H22・1・29

岩手日報（夕・記事）啄木「林中の譚」朗読劇に・盛岡で来月5日　　　　　H22・1・30

小林恒夫　晶子かるた、牧水かるた、啄木かるた、および百人一首の統計解析による比較 P1〜6

「比較文化研究」NO.90　A5判　　　　日本比較文化学会（発行所：開文社）H22・1・31

吉増剛造　無限のエコー　詩学講座（二）石川啄木へ P166 〜 192　『三田文学』第 100 号

　　（← H24・12『詩学講座　無限のエコー』慶應義塾大学出版会）　　　　　　　　H 22・2・1

北畠立朴　啄木のオアシス P25 〜 28「いつでも元気」220 号 380 円保健医療研究所 H 22・2・1

三枝昂之〈コラム・うたをよむ〉「勤め人」をうたった啄木　　　　　　　　朝日新聞　H 22・2・1

高野公彦　うたの光芒―わが秀歌鑑賞― P102 〜 105「短歌」2 月号 790 円　角川書店 H 22・2・1

森　義真　啄木の交友録【盛岡篇】(10) 金矢家の人々 P42 〜 43「街もりおか」506 号　H 22・2・1

柳　宣宏〈書評〉三枝昂之著『啄木ふるさとの空遠みかも』P202 〜 0「短歌」2 月号　H 22・2・1

「新日本歌人」第 65 巻 2 号（創刊六十五年記念号）※以下 2 点の文献は準資料として掲載

　　碓田のぼる　初心の旗と展望―「人民短歌」以前と以後をからませて―　P14 〜 21

　　田中　礼　伝統・革新・統一〜協会の歩みを振り帰って〜 P26 〜 27

　　　　　　　　　　　　　　　　　　　　　　　　　　　　　　新日本歌人協会　H 22・2・1

中国新聞（静岡版記事）啄木の『一握の砂』100 周年歌集で紹介・浜松の鈴木さん　H 22・2・1

吉崎哲男「能の観点から啄木を探る」〈原稿綴じの冊子〉B5 判 14 頁　　　著者作成　H 22・2・2

「林中の譚」（啄木作の朗読劇チラシ）※ 2 月 5 日・7 日に上演　　　風のスタジオ　H 22・2・5

北畠立朴〈啄木エッセイ 143〉喪中案内と年賀状　　　　ミニコミ「しつげん」第 480 号　H 22・2・5

塩谷京子（監修）石川啄木『本をもっと楽しむ本 3』2940 円＋税　　学研教育出版　H 22・2・8

石橋英昭　詩人への償い（コラム窓）※尹東柱の詩と啄木歌について　　　朝日新聞　H 22・2・10

碓田のぼる『短歌のはなし』（啄木短歌から学ぶもの― 国民詩人としての愛着 P81 〜 88 ／ほか）

　四六判 143 頁 1143 円＋税　　　　　　　　　　　　　　　　光陽出版社　H 22・2・10

芳賀　徹　石川啄木の西洋幻想 P291 〜 307『藝術の国日本―画文交響』四六判 5800 円＋税

　　　　　　　　　　　　　　　　　　　　　　　　　　　　　角川学芸出版　H 22・2・10

美研インターナショナル発行『風紋』＜石川啄木『一握の砂』出版 100 周年記念作品集＞四六判 219 頁

　1300 円＋税（対談：新井満・山本玲子 P8 〜 23 ／他に 43 名の短歌作品に対して、山本玲子、昆明男が

　対談で短いコメントを付す）　　　　　　　　　　　　　　　星雲社（発売）H 22・2・11

MD「小奴（73 歳）を訪ねて S 37・6・30」〈聞く人、釧路春採中学校長後藤鉄四郎〉　　H 22・2・12

山本玲子「4 本の啄木映画と 1 本の幻映画」＜啄木映画上映会講演レジメ＞　　　　H 22・2・13

☆渡部亮次郎　啄木と琢次郎　※【杜父魚文庫】ホームページに掲載の文献資料

　http://blog.kajika.net/?eid=995993&target=comment　　　　　　　　　H 22・2・14

盛岡タイムス（記事）啄木映画増えてほしい・映画館通りで鑑賞会開く　　　　　　H 22・2・16

山室信一〈現代の言葉〉安重根　　　　　　　　　　　　　　京都新聞（夕）H 22・2・17

朝日新聞（北海道版・記事）石川啄木の記念碑を計画・釧路　　　　　　　　　　　H 22・2・20

「新渡戸仙岳　展示資料目録」〈付・参考資料〉B5 判 全 25 頁　　岩手県立図書館　H 22・2・20

山本玲子著〈啄木うた散歩〉「睦月」A5 判 29 頁 300 円　　盛岡出版コミュニティー　H 22・2・20

山本玲子著〈啄木うた散歩〉「如月」A5 判 30 頁 300 円　　盛岡出版コミュニティー　H 22・2・20

山本玲子著〈啄木うた散歩〉「弥生」A5 判 31 頁 300 円　　盛岡出版コミュニティー　H 22・2・20

山本玲子著〈啄木うた散歩〉「卯月」A5 判 30 頁 300 円　　盛岡出版コミュニティー　H 22・2・20

朝日新聞（岩手版記事）啄木の短歌かるたで親しむ・盛岡　　　　　　　　　　　　H 22・2・21

盛岡タイムス（記事）啄木の里で白熱の戦い・かるた大会　　　　　　　　　　　　H 22・2・21

岩手日報（夕・記事）啄木短歌に親しむ 12 冊・山本さん（記念館学芸員）出版　　　H 22・2・22

玉城　徹　泡鳴と啄木　『北原白秋』四六判　1200円＋税　　　　　　　短歌新聞社　H 22・2・22

東奥日報（道新ニュース）釧路啄木会、初宿泊地に記念碑を　　　　　　　　　　　　H 22・2・22

「企画の窓」第118号〈第32回企画展〉春又春と啄木　　　　　　　盛岡てがみ館　H 22・2・23

盛岡タイムス（記事）渋民中３年生・啄木記念館校舎を清掃　　　　　　　　　　　H 22・2・24

「撫子」第40号〈特集・堀合節子さんを知っていますか？―石川啄木の妻・節子を訪ねて―P51～64
　／生家の井戸／啄木新婚の家／「小天地」発行場所／啄木望郷の丘／啄木記念館／篠木小学校／
　一人芝居「SETSU-KO」／年表／ほか A4判　　盛岡白百合学園高等学校生徒会　H 22・2・26

盛岡タイムス（記事）早世した天才俳人・啄木と同時代に生きる　　　　　　　　　H 22・2・26

編集部　第30回北海道ノンフィクション賞〈大賞〉佐々木信恵「啄木を愛した女たち―釧路時代
　の石川啄木―」※（講評）合田一道・優れた筆致の「啄木」作品（ほか３名）P60～65「クオリ
　テイ」２月号 B5判 750円　　　　　　　　　　　　（株）太陽〈札幌市〉H 22・3・1

合田一道　しゃも寅の井戸 P98～99「クオリティ」２月号　　　（株）太陽〈札幌市〉H 22・3・1

「街もりおか」３月号 507号 B6横判（以下２点の文献を収載）

　　栃内正行「もりおか文庫」創刊 P46～47

　　森　義真　啄木の交友録【盛岡篇】（11）瀬川深 P42～43　　　　　杜の都社　H 22・3・1

森田敏春　近江ジン（小奴）の告白 P8～10「北の詩人」80号　　北の詩人会議（札幌）H 22・3・1

山本玲子〈啄木うた散歩〉「皐月」A5判 31頁 300円　　　　盛岡出版コミュニティー H 22・3・1

山本玲子〈啄木うた散歩〉「水無月」A5判 31頁 300円　　　盛岡出版コミュニティー H 22・3・1

山本玲子〈啄木うた散歩〉「文月」A5判 31頁 300円　　　　盛岡出版コミュニティー H 22・3・1

山本玲子〈啄木うた散歩〉「葉月」A5判 31頁 300円　　　　盛岡出版コミュニティー H 22・3・1

山本玲子〈啄木うた散歩〉「長月」A5判 31頁 300円　　　　盛岡出版コミュニティー H 22・3・1

山本玲子〈啄木うた散歩〉「神無月」A5判 31頁 300円　　　盛岡出版コミュニティー H 22・3・1

山本玲子〈啄木うた散歩〉「霜月」A5判 31頁 300円　　　　盛岡出版コミュニティー H 22・3・1

山本玲子〈啄木うた散歩〉「師走」A5判 31頁 300円　　　　盛岡出版コミュニティー H 22・3・1

岩手日報（夕・コラム・学芸余聞）※「鎌倉と詩人たち」に関する啄木との関り　　　H 22・3・3

鈴木琢磨　特集「一握の砂」時代超え、心にしみる啄木の歌 毎日新聞（東京・夕）H 22・3・3

岩手日報（コラム 風土計）※啄木の小説を引き合いに時間の厳守を問うた内容　　　H 22・3・5

太田　登〈解説〉石川啄木 P130～139『吟詠教本 和歌篇 下巻』900円　笠間書院　H 22・3・5

北畠立朴〈啄木エッセイ 144〉釧路時代の啄木記述　　　　ミニコミ「しつげん」第482号　H 22・3・5

カセットテープ「対談：小林茂雄を語る」120分〈小林高・森義真〉桜城老人福祉センター

　　　　　　　　　　　　　　　　　　　　　　　　　　　　　　　　　　　　　H 22・3・6

「啄木座談会　親友　小林茂雄を語る」〈森義真・小林高〉プログラム A4判 ６枚

　　　　　　　　　　　　　　　　　　　　　桜城老人福祉センター（盛岡市）H 22・3・6

「座談会　啄木の友人小林茂雄について語る」（チラシ）　　　桜城老人福祉センター　H 22・3・6

川野里子　100年前の懐疑と豊穣・石川啄木と北原白秋ら　　　　　　秋田さきがけ　H 22・3・9

篠 弘　資料に直接当たることの尊さ P1～0「詩歌の森」第58号 日本現代詩歌館 H 22・3・9

「啄木に献ずる詩歌」[開館二〇周年記念] B5判 全72頁　※〔本書は「日本現代詩歌館」の特別
　企画展「一握の砂」刊行100年（会期2010年３月９日～2011年３月６日）の「図録」で、68名の現
　代の歌人、俳人、詩人らが寄せた「啄木に献ずる」作品（色紙、原稿）を各１頁に作者の写真および啄

木に関する短文を掲載する〕　　　　　　　　　　　　　　　日本現代詩歌文学館　　H 22・3・9

毎日新聞（岩手版記事）啄木に献ずる・北上の日本現代詩歌文学館で　　　　　H 22・3・11

岩手日報（記事）岩手の文人メロデイーに・北上でコンサート　　　　　　　　H 22・3・14

盛岡タイムス（記事）2年後は啄木の没後100年　　　　　　　　　　　　　　H 22・3・14

盛岡タイムス（記事）小林茂雄を語る・医学の道に進んだ啄木の親友　　　　　H 22・3・17

大沢　博『石川啄木『一握の砂』の秘密』四六判 181頁 2000円＋税（細目：第1章・啄木の生涯／
　　第2章・「東海の小島の磯…」の歌の意味／第3章・恐怖におののく啄木／第4章・手にこだわる啄木
　　／第5章・中学時代からの「煩悶」／第6章・短歌の連作の過程——創造的変換を推理する／第7章・
　　歌集『一握の砂』に秘めた鎮魂）※編注：旧著作に加筆補訂　　　　　　　論創社　　H 22・3・20

澤田昭博　もりおかの残像（2）「盛岡停車場」　　　　　　　　　盛岡タイムス　H 22・3・21

岩手日報（記事）啄木にささげる詩歌・北上・日本現代詩歌文学館　　　　　　H 22・3・24

天野　仁　啄木の父・石川一禎終焉の家写真、啄木の姉・トラの色紙、山本千三郎家系図 P31～33
　「海風」75号 B5判 1000円　　　　　　　　　　　　　　　　　海風短歌会　　H 22・3・25

岩手日報（記事）啄木と竜馬が結ぶ縁　県が高知と交流事業実施へ　　　　　　H 22・3・25

叶岡淑子　啄木・一禎関連（3）P30～0「海風」75号 B5判 1000円　　海風短歌会　H 22・3・25

佐高　信　第4章・大逆事件から百年（ハイネと啄木「性急な思想」の波）『平民宰相　原敬伝説』
　　四六判 1785円＋税　　　　　　　　　　　　　　　　　　　　角川学芸出版　H 22・3・25

水野信太郎　啄木青年期の生活空間 P177～182「北翔大学生涯学習システム学部研究紀要」第10号
　　A4判　※7枚の写真を主にして啄木の生活空間を考察した内容　　　　　　H 22・3・25

藤田兆太　啄木短歌一首抄（13）P11～0「海風」75号 B5判 1000円　海風短歌会　H 22・3・25

田中　綾〈日曜文芸コラム・書棚から歌を〉森鷗外／光文社『文芸ミステリー傑作選　ペン先の殺意』
　　（←H27・6『書棚から歌を』深夜叢書社）　　　　　　　　　北海道新聞　H 22・3・28

☆「『テロリストの悲しき心』暗殺犯安重根追悼と石川啄木」ブログのコピー冊子 A4判 5頁
　　http://blog.goo.ne.jp/syokunin-2008/e/daf9dd0b33d553907357734cdfdf470d　　H 22・3・29

山下多恵子　啄木と郁雨番外編　わが名郁雨（上中下）　　　　　　新潟日報　H 22・3・29～31

盛岡タイムス（記事）4月12日は啄木忌前夜祭・おでってホールで　　　　　　H 22・3・30

「国際啄木学会研究年報」第13号 A5判 全82頁（以下20点の文献を収載）
　【特別寄稿】国際啄木学会創立二〇周年に寄せて
　　太田　登　啄木研究はいかに〈進化〉し、いかに〈深化〉したか　P1～6
　【論文】
　　P・A・ジョージ　異文化の観点から見た啄木短歌の難しさ～『一握の砂』[我を愛する歌]の
　　　　　　　　　マラヤーラム語訳を通して～　P7～20
　　西連寺成子　啄木と活動写真 —— モダニズム前夜の啄木の映画受容　P21～31
　　権藤愛順　木下杢太郎と石川啄木—大逆事件を契機とする両者の再接近について—P32～45
　【追悼　今井泰子先生】
　　ルート・リンハルト　今井泰子先生の思い出 P46～48
　　上田　博　今井泰子先生の声　P48～49
　　近藤典彦　追悼今井泰子氏 —その啄木研究に思う—　P49～53
　【資料紹介】

佐藤　勝　石川啄木参考文献目録（平成21年度）—2008年（平成20）12月〜2009年（平成21）11月30日発行の文献— P70〜76

〈書評〉

木股知史　三枝昂之著『啄木　ふるさとの空遠みかも』P54〜5

池田　功　今野寿美著『歌のドルフィン』P56〜57

太田　登　逸見久美著『新編　評伝与謝野寛晶子　大正篇』　P58〜59

【新刊紹介】

望月善次　ウニタ・サチダナンド　望月善次著『石川啄木の短歌：インドの色』P 60〜0

小林芳弘　松田十刻著『26年2か月　啄木の生涯』P61〜0

稲垣大助　長浜功著『啄木という生き方〜二十六歳と二ヶ月の生涯〜』P62〜0

目良　卓　北沢文武著『谷静湖と石川啄木』P63〜0

古澤夕起子　池田功・上田博編『職業の発見』P64〜0

森　義真　浦田敬三・藤井茂著『岩手人名辞典』P65〜0

佐藤　勝　木村一信・崔在喆編『韓流百年の日本文学』P66〜0

峠　義啓　碓田のぼる著『遥かなる信濃』P67〜0

山下多恵子　平岡敏夫著『蒼空』P68〜0　　　　　　　　　　国際啄木学会　　H 22・3・31

塩浦　彰　松原海雨 P75〜117『越後明星派点鬼簿』四六判 1400円　新潟日報事業社　H 22・3・31

照井悦幸　Takuboku Ishikawa—藤川健夫戯曲英訳—（2幕4場および終曲）P9〜49

「比較文化研究年報」第20号 A4判　　　　　　盛岡大学比較文化研究センター　　H 22・3・31

平出　洸　平出修『我等は全く間違って居た』発言を巡って—大逆事件百周年を迎えて P82〜93

　　「文人」第52号 B5判 1000円　　　　　　　　　　　　　　　文人の会　　H 22・3・31

大室精一　『悲しき玩具』歌稿ノートの配列意識（4）—「第四段階」の歌群〈131〜177〉について—P1〜20「佐野短期大学研究紀要」第21号 A4判　　　　　　佐野短期大学　　H 22・3・31

学術刊行会編『国文学年次別論文集』〈近代Ⅴ〉（平成19年）B5判 9300円＋税

　　（以下2点の啄木文献を収録）

　　田口道昭　石川啄木「硝子窓」論 —二葉亭四迷への共感— P229〜239

　　　　（→ H19・3「山手日文論攷」第26号／神戸山手短期大学）

　　大室精一　『悲しき玩具』歌稿ノートの配列意識（2）—「第二段階」の歌群（69〜114番歌）について— P241〜250（→ H19・3「佐野短期大学研究紀要」第18号）

　　　　　　　　　　　　　　　　　　　　　　　　　　　　　　朋文出版　　H 22・3・—

「石川啄木直筆資料展」（パンフ）※開催期間4月18日〜10月13日　函館市文学館　H 22・3・—

「啄木と賢治」（パンフ冊子）A4判 全26頁※ 改訂版　盛岡観光コンベンション協会　H 22・3・—

水野信太郎　啄木代用教員時代の生活空間 P65〜70「北翔大学短期大学部研究紀要」第48号

　A4判 ※6枚の写真を主にして啄木の代用教員時代の生活空間を考察した内容　　H 22・3・—

「龍馬と啄木展」（A4判両面刷チラシ）（※4月17日〜7月16日開催）　　　　　H 22・3・—

「龍馬と啄木展」（A2判 ポスター）（※4月17日〜7月16日開催）　　　　　　H 22・3・—

出久根達郎　石川啄木　『作家の値段』文庫 780円　　　　　　　　講談社　　H 22・3・—

日向市・若山牧水記念文学館編「平賀春郊宛て明治45年4月13日の書簡」P100〜101『若山牧水書簡集「僕の日記である。」生涯の友、平賀春郊への264通』B5判若山牧水記念館　H 22・3・—

「盛岡『文学と彫刻のまち』散歩―啄木と賢治―」改訂版 A4判 全24頁

盛岡観光コンベンション協会　H 22・3・―

内田　弘　啄木歌に潜む秋瑾詩 P164～182「情況」4月号 A5判 1500円　情況出版　H 22・4・1

「街もりおか」4月号 508号 B6横判（以下2点の文献を収載）

奥山淳志　啄木の夢見し明日 P25～0

森　義真　啄木の交友録【盛岡篇】(12) 細越夏村 P42～43　　　　　　杜の都社　H 22・4・1

「新日本歌人」第65巻4号 A5判 850円〈啄木評論特集〉（以下3点の文献を収載）

碓田のぼる　石川啄木――思想の風景と言葉（一）P2～13

小針美津子　わが青春とうた・石川啄木 P35～0

稲沢潤子　「時代閉塞の現状」をめぐって―啄木の新しさ―P52～67　　　　　H 22・4・1

「啄木」創刊号 A5判 全14頁（渡辺寅夫・盛岡啄木学級同窓会活動の想い出 P4～5／石井敏之・久
　堅町七十四番地―石川啄木終焉の地、そして私の生まれ育った街6～13／ほか）

静岡啄木の会（連絡先：静岡市駿河区東新田4-1-3-304 石井方）　H 22・4・1

編集部　春又春と啄木 P8～0「ぽけっと」4月号　　　　　盛岡文化振興事業団　H 22・4・1

前田由紀枝　龍馬と啄木展 “無謀にチャレンジ” P1～0「高知県立坂本龍馬記念館だより」第73号
　A4判（※4月17日～7月16日開催）　　　　　高知県立坂本龍馬記念館　H 22・4・1

高橋爾郎　わが歳時記 ―4月―　※（啄木短歌にふれた随筆）　　　盛岡タイムス　H 22・4・3

北畠立朴〈啄木エッセイ145〉謎の人物を追い求めて　　　ミニコミ「しつげん」第484号　H 22・4・5

釧路新聞（記事）啄木の足跡を歌留多でなぞる　　　　　　　　　　　　　　　H 22・4・5

北畠立朴　啄木と歩んだ道 (1)～(50)　　　　　釧路新聞　H 22・4・5～H 23・5・9

岩手日報（夕・記事）啄木忌前夜祭（予告記事）　　　　　　　　　　　　　　H 22・4・8

久間木聡（署名記事）今度は啄木テーマに創作・福島泰樹さん　　　　東京新聞　H 22・4・10

望月善次　賢治短歌出発期とその背景～石川啄木との関連など～ P117～123「路上」116号 1000円

路上発行所（宮城県仙台市）　H 22・4・10

岩手日報（記事）啄木の日記欠落部分発見・明治44年の2ページ（石川正雄が譲り渡した文書付き）

H 22・4・11

「第7回　啄木前夜祭」A4判片面刷チラシ／開催場所：おでってホール／松田十刻・「啄木と龍馬
　のちょっといい話」ほか　　　　　　　　主催：国際啄木学会盛岡支部ほか　H 22・4・12

毎日新聞（東京版・夕）啄木祭：29日にエデュカス東京で小森教授の講演など　　H 22・4・12

岩手日報（記事）「啄木終焉の地」守る親子　　　　　　　　　　　　　　　　H 22・4・13

岡井　隆　けさの言葉・石川啄木（めらめらと、また丶く…）　　　　東京新聞　H 22・4・13

「国際啄木学会東京支部会報」第18号 A5判 全68頁（以下8点の文献を収載）

大室精一　「がんぐ」か「おもちゃ」か P1～2

渡辺光夫　啄木忌 P3～4

山田武秋　遊座昭吾先生と「北天の詩想」P5～11

井上信興　啄木歌集「悲しき玩具」に関して P12～15

吉崎哲男　能の観点から啄木を探る P16～29

近藤典彦　「我を愛する歌」研究経過報告 P30～45

内田　弘　啄木作品に転生する秋瑾 P46～59

佐藤　勝　平成二十一年発行の「啄木文献」案内 P60 ～ 66

国際啄木学会東京支部　　H 22・4・13

☆47NEWS（ネットニュース）啄木終焉の地、守る親子・東京都の宇津木さん　　H 22・4・13

関　夏夫〈次代への名言〉わが道を往く・石川啄木（21）～（24）産経新聞　　H 22・4・13 ～ 16

函館新聞（記事）啄木日記欠落部分収蔵・市中央図書館へ　　H 22・4・13

朝日新聞（岩手版）「一握の砂」100 年・渋民で啄木忌　　H 22・4・14

朝日新聞（北海道版）釧路・啄木忌に「一人百首」　　H 22・4・14

岩手日報（記事）先人啄木しのび 99 回忌・ファンら 80 人焼香　　H 22・4・14

岩手日日新聞（記事）偉人への思いいつまでも石川啄木忌法要・宝徳寺　　H 22・4・14

函館新聞（記事）石川啄木の 99 回忌・雨の中しめやかに　　H 22・4・14

北海道新聞（記事）朔太郎作品に啄木の影・前文学館長が講演・函館　　H 22・4・14

北海道新聞（夕・記事）石川啄木直筆日記　空白の 2 日分発見（写真掲載）　　H 22・4・14

盛岡タイムス（記事）99 回忌に宝徳寺で法要・啄木忌　　H 22・4・14

吉見正信　啄木短歌の実景と内実―妹・光子への想い P3 ～ 0　「CHaG」No.38　B5 判　250 円
　　全 4 頁　　　　　　　　　　　　　　　CHaG の会（岩手県滝沢村）　H 22・4・15

岩手日報（記事）故・井上さん手書き啄木・賢治年譜　盛岡の「青春館」で公開　　H 22・4・16

高知新聞（記事）龍馬と啄木　歌など対比・7 月まで龍馬記念館で開催　　H 22・4・17

山梨日日新聞（記事）「明星」創刊 110 年　復刻版など展示・県立文学館　　H 22・4・17

盛岡経済新聞（記事）不況の時代だからこそ「啄木かるた」奥野かるた店が発売　　H 22・4・17

岩手日報（記事）高知県で龍馬と啄木展開幕・本県と交流事業第 1 弾　　H 22・4・18

「国際啄木学会新潟支部報」第 11 号　A5 判　全 26 頁（以下 5 点の文献を収載）

【特集　第 38 回新潟啄木祭『一握の砂』刊行百年によせて　リレー講演より】

　若林　敦　明治四十三年と啄木―作歌と歴史意識― P1 ～ 7

　田中　要　啄木と私 P8 ～ 0

　押木和子　教科書の中の啄木短歌 P9 ～ 14

　山下多恵子　郁雨を求めて～使わなかった資料のことなど～ P15 ～ 20

　塩浦　彰　古書目録での啄木発見 P21 ～ 22　　　　国際啄木学会新潟支部　H 22・4・18

函館市文学館編「啄木と大逆事件」P1 ～ 6「石川啄木直筆資料展」（展示資料パンフ）　H 22・4・18

毎日新聞（高知版・記事）龍馬と啄木〝共演〟・手紙と歌、結ぶ 2 人　　H 22・4・18

新潟日報（記事）長岡で啄木祭「一握の砂」読み解く　　H 22・4・19

北海道新聞（道南版・記事）明治 43 年の啄木に光・欠落の日記初公開　　H 22・4・19

東奥日報（記事）明治 43 年の啄木に光　函館文学館・欠落の日記初公開　　H 22・4・20

岩手日報（夕・コラム／学芸余聞）共通点多い龍馬と啄木　　H 22・4・21

岡林一彦　龍馬と啄木の出会い〈投稿欄・声ひろば〉　　　　高知新聞　H 22・4・21

大室精一　『悲しき玩具』末尾の十七首（啄木学会セミナー発表レジメ）B4 判 3 枚　H 22・4・25

近藤典彦　『一握の砂』100 年　啄木は龍馬の四代目　　　　しんぶん赤旗　H 22・4・25

高橋源一郎　おれたちと同じ！　　　　　　　　　　　　　読売新聞　H 22・4・25

千葉暁子　盛岡大生が読む『一握の砂』（啄木学会セミナー発表レジメ）B5 判 1 枚　H 22・4・25

福島泰樹　3 章・啄木になりたかった男（さいはての駅　テロルの悲しみ）P69 ～ 122『寺山修司　死

と生の履歴書』四六判 1800 円＋税　　　　　　　　　　　　　　　　彩流社　H 22・4・25

堀内祐二　〈HON ライン倶楽部〉石川啄木の巻　人々の胸打つ真情の言葉　読売新聞　H 22・4・25

毎日新聞（高知版）支局長からの手紙「北国と南国の交流」　　　　　　　　　　　H 22・4・26

大澤重人　支局長からの手紙「北国と南国の交流」（← H23・6 大澤重人著『心に咲いた花』冨山房）

　　　　　　　　　　　　　　　　　　　　　　　　　　　　毎日新聞（高知版）H 22・4・27

岩手日報（夕・記事）啄木の歌集ひもとく・東京で学会春セミナー　　　　　　　　H 22・4・28

黒澤　勉　安重根を思う〜大連・旅順を訪ねて　　　　　　　　　岩手日報（夕）H 22・4・30

森　三紗　石川啄木の詩歌──平和の視点から P89 〜 92（※ 2008 年 12 月、国際啄木学会インド大

　会発表を改稿）「COALSACK（石炭袋）」66 号 1000 円　　コールサック社（千葉県）H 22・4・30

池田　功（劉立善訳）『札幌』に描かれた狂──文明への批評と救済 P21 〜 25「日本研究」季刊 2010 年

　第一期 A4 判（※中国語題『石川啄木《札幌》中的"癲狂"主題』）　日本研究志社　H 22・春・一

「啄木祭」A4 判　両面刷チラシ ※期日 6 月 6 日　　盛岡市渋民文化会館 姫神ホール　H 22・4・一

碓田のぼる　石川啄木　思想の風景と言葉（二）P54 〜 66「新日本歌人」5 月号　H 22・5・1

小杉正夫　石川啄木・「九月の夜の不平」について──大逆事件・韓国併合一〇〇周年に──P168 〜 180

　「民主盛岡文学」第 42 号 A5 判　　日本民主主義文学会盛岡支部（岩手県滝沢村）H 22・5・1

しんぶん赤旗（コラム・きょうの潮流）※啄木詩「墓碑銘」とメーデーについて　　H 22・5・1

森　義真　啄木の交友録【盛岡篇】(13) 堀田秀子 P42 〜 43「街もりおか」509 号　　H 22・5・1

「りとむ」第 108 号 A5 判 1000 円（以下 4 点の文献を収載）

　〈三枝昂之著『啄木　ふるさとの空遠みかも』書評特集〉

　　池田　功　居場所・個人の体温・平熱の自我 P64 〜 65

　　里見佳保　啄木の絆創膏──『啄木』を読む P66 〜 0

　　岩内敏行　啄木への手紙〜『啄木』を読む P67 〜 0

　　大建雄志郎　〈言葉の置きどころ 64〉石川啄木 P74 〜 0　　　　りとむ短歌会　H 22・5・1

盛岡タイムス（記事）渋民公民館で啄木祭短歌大会　　　　　　　　　　　　　　　H 22・5・4

北畠立朴　〈啄木エッセイ 146〉観光に一役買った啄木　　ミニコミ「しつげん」第 486 号　H 22・5・5

もりたとしはる　戯作者・井上さん逝く P8 〜 0「北の詩人」A4 判　　北の詩人会議　H 22・5・5

「小樽啄木会だより」第 12 号 B5 判 14 頁（以下 3 点の文献を収載）

　特集・高田紅果

　啄木写真帖（一）入舟鉄橋　P1 〜 0 ／啄木写真帖（二）住吉座 P6 〜 0

　新谷保人　小樽に残る田上建築 2010　P2 〜 5

　高田紅果復刻館（一）啄木在住時代の思出 P7 〜 10 ／（二）啄木と逢った頃 P11 〜 13

　　　　　　　　　　　　　　　　　　　　　　　　　　　　　　　小樽啄木会　H 22・5・8

亀井志乃　小樽エナジー・高田紅果 ─文化活動にかけた夢─　A4 判 5 枚（※小樽啄木会での講演

　レジメ）　　　　　　　　　　　　　　　　　　　　　　　　　　　著者作成　H 22・5・8

朝日新聞（道内版・記事）啄木しのぶ・小樽「啄木忌の集い」　　　　　　　　　　H 22・5・10

編集部　借金まみれの一家を襲ったトラブル P223 〜 226『日本史有名人の晩年』文庫判 667 円＋税

　　　　　　　　　　　　　　　　　　　　　　　　　　　　　　新人物往来社　H 22・5・10

河合卓司編『一握の砂』文庫判 1200 円＋税 303 頁（河合卓司：石川啄木と『一握の砂』／古絵葉書に

　ついて P294 〜 299）　　　　　　　　　　　　　　　　　　　　自由国民社　H 22・5・10

盛岡タイムス（記事）「一握の砂」発刊100年を記念・6月6日に啄木祭　　　　H 22・5・10

盛岡タイムス（記事）啄木詠んだ大正期の建物・「学校の図書庫」解体の危機　　　H 22・5・11

「渋民文化会館だより」NO.22－02（記事）2010　啄木祭／朗読劇／講演／ほか　　H 22・5・12

池田　功　石川啄木とインド、そしてタゴール P7〜10「月刊インド」107　日印協会　H 22・5・14

朝日新聞（北海道版）啄木しのぶ・明治の歌人石川啄木を追悼する　　　　　　　H 22・5・15

「アサ・小樽」（小樽市内発行の地域紙・記事）石川啄木をしのぶ集い　　　　　　H 22・5・15

岩手日日新聞（記事）啄木の魅力語り合う　22日にシンポジュウム・北上　　　　H 22・5・15

読売新聞（岩手版）龍馬と啄木展　岩手・高知交流事業、高知で開催　　　　　　H 22・5・18

毎日新聞（岩手版）岩手・高知交流事業「龍馬と啄木展」開催　　　　　　　　　H 22・5・19

「浜茄子」第78号 B5判 全6頁（細目：〈特集・歌会〉「歌会」60回を迎えて／「仙台啄木会・歌会60回」
　　に思う　渡辺昌昭ほか）　　　　　　　　　　　　　　　　　　　　　H 22・5・20

「『一握の砂』から100年―啄木の現在」〈チラシ〉開館二〇周年記念シンポジュウム（パネラー／高
　　橋睦朗／小池光／三枝昂之／宮坂静生／開催日5月22日）　　日本現代詩歌文学館　H 22・5・22

山本玲子・千田静枝〈対談〉悲喜哀楽を味わってこそ英雄　　　　　聖教新聞　H 22・5・23

澤田勝雄（月曜インタビュー）三枝昂之さん・今に通じる啄木の喜怒哀楽

　　　　　　　　　　　　　　　　　　　　　　　　　　しんぶん赤旗　H 22・5・24

無署名　100年後の石川啄木　現代の若者の先駆者（←5・30「四国新聞」／（←5・31「高知新聞」／（←6・
　　5「新潟日報」））／（←6・14「北海道新聞」　　秋田さきがけ（ニッポン解析）H 22・5・24

大澤重人　支局長からの手紙※謎の「音崎村」を探せ（←H23・6大澤重人著『心に咲いた花』冨山房）

　　　　　　　　　　　　　　　　　　　　　　　　　毎日新聞（高知版）H 22・5・25

平岡敏夫『文学史家の夢』A5判 12000円＋税（※啄木関係文献：石川啄木の予言性・創造性 P370
　　〜372（→H16・4『論集石川啄木Ⅱ』おうふう）／石川啄木とトルストイの日露戦争論 P373〜380
　　（→H21・9『トルストイと現代　日露シンポジュウム報告集』日本社会文学会地球交流局）／啄木短歌
　　―近藤典彦『『一握の砂』の研究』P381〜382（→H16・7「国文学解釈と鑑賞」至文堂）／石川啄
　　木と宮沢賢治―遊座昭吾『北天の詩想　啄木・賢治・それ以前・それ以降』P383〜0（→H20・
　　10・19「しんぶん赤旗」）／石川啄木と宮沢賢治―米田利昭『賢治と啄木』P384〜386（→H15・12『日
　　本文学』）／啄木―「わが四畳半」P387〜0（→H10・1・22「読売新聞」）啄木―本郷「喜之床」の
　　階段 P388〜0（→H10・1・29「読売新聞」）／啄木―最後の一軒家 P389〜0（→H10・2・5「読売新聞」）
　　／啄木書簡の魅力 P390〜396（→H16・2「国文学解釈と鑑賞」至文堂）／啄木・光太郎を変奏して
　　―詩集『蒼空』―789〜793（→H21・12「稿本近代文学」第34集）　　おうふう　H 22・5・25

岩手日報（記事）「啄木と竜馬」で交流　県訪問団、あす高知へ　　　　　　　　H 22・5・26

河北新報（記事）岩手県　啄木が縁、高知県と交流　　　　　　　　　　　　　H 22・5・27

読売新聞（岩手版）知事、高知で PR へ・啄木・龍馬展開催契機に　　　　　　　H 22・5・27

岩手日報（記事）「竜馬ファン」と交流　知事ら高知訪問　　　　　　　　　　H 22・5・28

岩手日報（夕・記事）啄木父子が両県結ぶ・高知・達増知事、歌碑を訪問　　　　H 22・5・28

岩手日日新聞（記事）さらなる連携確認、本県の高知訪問団　　　　　　　　　H 22・5・28

毎日新聞（高知版）龍馬ファン岩手県知事、高知へ　※啄木と龍馬展で　　　　　H 22・5・28

日野きく〈コラム・歌壇〉生きる指標としての啄木　　　　　　しんぶん赤旗　H 22・5・28

朝日新聞（高知版）竜馬に学ぶ「"K・I"援隊」高知・岩手両知事結成へ　　　　H 22・5・29

岩手日報（特集記事）達増知事、尾崎高知県知事が対談　　　　　　　　　　　　　H 22・5・29

岩手日日新聞（記事）岩手、高知県知事が「近江屋対談」（啄木父子の歌碑が縁）　　　H 22・5・29

高知新聞（記事）竜馬に学び地域連携を　　　　　　　　　　　　　　　　　　　　　H 22・5・29

毎日新聞（記事）高知の啄木と父の歌碑、岩手県知事が初訪問　　　　　　　　　　　H 22・5・29

毎日新聞（岩手版）高知県知事と対談・達増知事　　　　　　　　　　　　　　　　　H 22・5・29

毎日新聞（高知版）「龍馬と啄木」で絆・高知、岩手県知事　　　　　　　　　　　　H 22・5・29

読売新聞（高知版）高知、岩手で「Ｋ・Ｉ援隊」・桂浜で両知事結束　　　　　　　　H 22・5・29

岩手日報（記事）訪問団、高知から帰県　　　　　　　　　　　　　　　　　　　　　H 22・5・30

無署名　100 年後の石川啄木（→ 5・24「秋田さきがけ」ほか）　　　　四国新聞　H 22・5・30

無署名　100 年後の石川啄木（→ 5・30「四国新聞」ほか）　　　　　　高知新聞　H 22・5・31

北畠立朴監修　啄木 76 日間の足跡 P8 〜 9 ほか「くしろガイドマップ」　釧路観光協会　H 22・5・―

「啄木学級・文の京講座」A4 判両面刷チラシ（6 月 30 日・文京シビックホール）　　　H 22・5・―

「永遠に生きる啄木」（企画展チラシ）A4 判　※会期：6・1 〜 10・4　　盛岡てがみ館　H 22・5・―

服部敏良　石川啄木　『有名人の死亡診断・近代篇』B5 判 3150 円　　吉川弘文館　H 22・5・―

真山重博　歴史散歩・縁の人物篇 14 前代未聞！花嫁だけの結婚式 P1 〜 0「もりおか生活情報誌
　　Apple」92 号 タブロイド判　　　　　　　　　東北堂（盛岡市肴町 3-21）H 22・5・―

稲沢潤子　啄木と大逆事件―「時代閉塞の現状」[強権]、純粋自然主義の最後及び明日の考察―
　　P75 〜 83「民主文学」6 月号【特集　大逆事件・韓国併合 100 年】A5 判 970 円＋税
　　　　　　　　　　　　　　　　日本民主主義文学会（東京・豊島区南大塚 2-29-9）　H 22・6・1

岩手日日新聞（記事）岩手の啄木・高知の龍馬（上・下）　　　　　　　　H 22・6・1 〜 2

「企画の窓」121 号 33 回企画展・永遠に生きる啄木 ※展示目録付　　盛岡てがみ館　H 22・6・1

「歌壇」6 月号 A5 判 800 円（以下 5 点の文献を収載）

　　小島ゆかり　雨の言葉〈特集「短歌にみる雨の表情」総論〉P36 〜 39

　　喜多昭夫　馬鈴薯の（啄木ほかの歌）P48 〜 49

　　中津昌子　馬鈴薯の（啄木ほかの歌）P50 〜 51

　　森山晴美　馬鈴薯の（啄木ほかの歌）P52 〜 53

　　真中朋久　雨の歌五十首（啄木歌「たんたらたら」）P72 〜 0　　　本阿弥書店　H 22・6・1

平出　洸　大逆事件に挑んだ文人弁護士・平出　修 P45 〜 55　「初期社会主義研究」特集　大逆事件
　　100 年 B5 判 3000 円　　　　　　　　　　　　　　　　　初期社会主義研究会　H 22・6・1

編集部　こぼればなし P64 〜 0「図書」6 月号（啄木詩、評論に触れた文）岩波書店　H 22・6・1

森　義真　啄木の交友録【盛岡篇】(14) 小笠原迷宮 P42 〜 43「街もりおか」510 号　H 22・6・1

読売新聞（岩手版）岩手・高知県知事が対談（「啄木と龍馬展」が縁で）　　　　　　H 22・6・1

中川　越　人生をひとり拓く「お願いの手紙」石川啄木「金十五円許り御拝借願われまじくや」
　　『文豪たちの手紙の奥義―ラブレターから借金依頼まで―』文庫版 438 円+税
　　　　　　　　　　　　　　　　　　　　　　　　　　　　　　　　新潮社　H 22・6・1

岩手日報（記事）一人芝居 10 年目・畑中さん集大成・盛岡で 4，5 日　　　　　　　H 22・6・2

岩手日報　新たな啄木と出会い・盛岡てがみ館で 10 周年企画展　　　　　　　　　　H 22・6・3

河北新報（記事）「東北近代文学事典」来秋出版目指す　　　　　　　　　　　　　　H 22・6・3

高知新聞（記事）龍馬ファン岩手に集え ※啄木父子歌碑からの交流　　　　　　　　H 22・6・3

無署名　ニッポン解析・時代超える啄木文学　　　　　　　　　　岩手日報（夕）H 22・6・4

「畑中美那子一人芝居SETSU-KO」（チラシ）※上演日時：啄木新婚の家6・4-5　　　H 22・6・4

盛岡タイムス（記事）10年目のSETSU-KO・畑中さん「新婚の家」できょう　　　H 22・6・4

北畠立朴〈啄木エッセイ147〉釧路啄木一人百首歌留多　　　ミニコミ「しつげん」第488号　H 22・6・5

しんぶん赤旗〈コラムきょうの潮流〉※啄木の「朝鮮国」の歌と韓国併合100年　　H 22・6・5

瀬上敏雄　こころの詩・故郷の山はありがたきかな　　　　　　　　　東京新聞　H 22・6・5

無署名　100年後の石川啄木（→6・4「岩手日報」ほか）　　　　　　　新潟日報　H 22・6・5

盛岡タイムス（記事）盛岡の短歌優秀作品展示・啄木記念館　　　　　　　　　　H 22・6・6

岩手日報（記事）啄木と節子の「愛」熱演・盛岡　畑中さん一人芝居　　　　　　H 22・6・8

佐々木信恵『啄木を愛した女たち― 釧路時代の石川啄木』文庫判 124頁 500円

　　　　　　　　　　　　（株）太陽（札幌市中央区大通西28丁目 円山公園ビル）H 22・6・8

盛岡タイムス（記事）「一握の砂」発刊100年荒俣宏氏も啄木絶賛・座談会　　　H 22・6・8

大澤重人　支局長からの手紙※「熊谷」名乗る侍（←H23・6 大澤重人著『心に咲いた花』冨山房）

　　　　　　　　　　　　　　　　　　　　　　毎日新聞（高知版）H 22・6・8／9／14

「札幌啄木会だより」NO.17 A4判 全13頁（長谷部和夫・盛岡・仙台紀行 P2～4／三戸茂子・ロマン

　　を追って渋民へP4～5／※ほかに新聞報道記事などの転載）　　　　　　H 22・6・10

小林晃洋　『一握の砂』とその時代―国際啄木学会奈良大会から〈上・下〉P25～29「与謝野晶子研究」

　　187号 B5判 非売品（→H11・10・14～15「岩手日報」）　　　入江春行個人発行誌 H 22・6・10

高山京子　林芙美子とアナーキズム P4～5『林芙美子とその時代』3150円　論創社 H 22・6・10

岩手日報（記事）啄木ゆかりの校舎補修奉仕・商議所地元会員　　　　　　　　H 22・6・11

毎日新聞（岩手版）「永遠に生きる啄木展」手紙や原稿など140点・盛岡てがみ館　H 22・6・11

小山田泰裕〈コラム展望台〉一人芝居に魅せられて　　　　　　　　岩手日報（夕）H 22・6・12

東奥日報（コラム天地人）※啄木の歌「はたらけど」を引用した文章　　　　　　H 22・6・12

盛岡タイムス（記事）啄木教室で清掃奉仕　　　　　　　　　　　　　　　　　H 22・6・13

無署名　100年後の石川啄木（→6・5「新潟日報」ほか）　　　　　　北海道新聞　H 22・6・14

火野和弥　石川啄木 P60～86『作家たちの死』四六判 1400円＋税　　　文芸社 H 22・6・15

毎日新聞（岐阜版）文豪が描いた鉄道紹介・研究続ける大野さん。岐阜で　　　　H 22・6・16

岩手日報（夕・学芸短信）国際啄木学会盛岡支部月例研究会　　　　　　　　　　H 22・6・18

星野四郎　第38回 新潟啄木祭のご報告 P43～0「日本海」第160号日本海社　　 H 22・6・20

北海道新聞（釧路・根室版記事）釧路図書館に「鳥居文庫」（※啄木研究家）　　　H 22・6・23

山本晶子　啄木短歌の魅力 P14～19「海風」76号 B5判 1000円　　　海風短歌会 H 22・6・25

編集部　啄木・一禎関連その四　P34～35「海風」76号　　　　　　海風短歌会 H 22・6・25

横沢一夫（コラム巷論）「鳥居文庫」ができた　　　　　　　　　　　釧路新聞　H 22・6・26

森　義真「啄木映画について」（上演解説資料）A4判6枚　国際啄木学会盛岡支部 H 22・6・26

片桐昌成　石川啄木「一握の砂」P126～138『にっぽん版画紀行』2800円　東方出版 H 22・6・30

荒川　紘『教師・啄木と賢治』―近代日本における「もうひとつの教育史」― 四六判 406頁

　　3800円＋税（細目：第一章・教育の明治維新―「学制」から「学校令」へ―／第二章・自由民

　　権運動の教育／第三章・大日本帝国憲法と教育勅語／第四章・日清・日露戦争の時代／第五章・

　　教師・石川啄木／第六章・大正デモクラシーの時代／第七章・教師・宮沢賢治／第八章・満州

事変／第九章・太平洋戦争／第十章・戦後の「新教育」―教師・啄木と賢治への回帰―／）

新曜社　H 22・6・30

北畠立朴　佐々木信恵著『啄木を愛した女たち』正誤表〕A4判 1頁　　著者刊　H 22・6・―

森田敏春『札幌啄木会・啄木ゆかりの地探訪〜仙台・晩翠草堂／盛岡・石川啄木〜2010年5月

　23〜25日』A4判20頁（※著者撮影の写真をまとめた冊子）　　著者刊　H 22・6・―

編集部　『一握の砂』、「大逆事件」「韓国併合」100周年・2010年「啄木祭」盛会裡に終る P82〜83

　「新日本歌人」第65巻7号 A5判 1000円　　　　　　　新日本歌人協会　H 22・7・1

「ぽけっと」7月号 ※盛岡てがみ館の企画展（永遠に生きる啄木）　市文化振興事業団　H 22・7・1

「企画展の窓」第122号〔M38・8・12 岩動孝久宛てハガキ写真版両面／M38・9・25 小笠原謙吉宛て

　（全集に未収録）ハガキ写真版両面〕　　　　　　　　　　　盛岡てがみ館　H 22・7・1

望月善次　音読現代語訳『あこがれ』（石川啄木）連載開始のことば　盛岡タイムス　H 22・7・1

森　義真　啄木の交友録【盛岡篇】(15) 岡山儀七 P42〜43「街もりおか」511号　H 22・7・1

望月善次　音読現代語訳『あこがれ』（石川啄木）(1〜37) 盛岡タイムス　　H 22・7・4〜12・26

北畠立朴〈啄木エッセイ148〉釧路啄木会の今後　　　ミニコミ「しつげん」第490号　H 22・7・5

美研インターナショナル発行『望郷』＜石川啄木『一握の砂』出版100周年記念作品集＞　四六判

　158頁1300円＋税（対談：堀部知子・山本玲子 P148〜155／他に36名の短歌作品に対して山本玲子

　評付／啄木がこよなく愛した故郷／ほか）　　　　　　　星雲社（発売）H 22・7・5

倉橋幸村　開館二〇周年を迎えて P1〜0「日本現代詩歌文学館・詩歌の森」第59号　H 22・7・6

大澤重人　支局長からの手紙 ※直実のかすかな足跡（← H23・6 大澤重人著『心に咲いた花』冨山房）

毎日新聞（高知版）H 22・7・6

岩手日報（記事）宮古の旧制盛岡中図書蔵・盛岡市、移築検討へ　　　　　H 22・7・7

松本のりこ（写真・文）啄木の想いにふれて P90〜101「ジャパングラフ」A4判 1000円＋税

（株）七雲（東京・渋谷区）H 22・7・7

盛岡タイムス（記事）盛岡中学「図書蔵」盛岡市が移築を検討　　　　　　H 22・7・7

坂西まさ子　北沢文武著『谷静湖と石川啄木』(1〜3)「短詩形文学」7〜10月号　H 22・7・10

（Q）短歌時評・改めて啄木 P22〜23「短詩形文学」第58巻10号 600円　　H 22・7・10

釧路新聞（記事）「一握の砂」初版本を寄贈・刊行100年迎え港文館で展示　H 22・7・11

読売新聞（コラム・編集手帳）※国会批判文に啄木歌を引用　　　　　　　H 22・7・13

植木幹雄（署名記事）あの人がいた街・小石川　病と貧困　啄木苦闘の跡　東京新聞　H 22・7・14

川村敏明　盛岡てがみ館 P6〜0「日本近代文学館」第236号　　　　　　　H 22・7・15

盛岡タイムス（記事）県芸術選奨に松田十刻氏　※啄木評伝を評価された　H 22・7・15

北海道新聞（釧路・根室版記事）「一握の砂」初版本公開・釧路　港文館　H 22・7・16

中尾吉清　名作の舞台・失われた啄木の砂山　　　　　　北海道新聞（夕）H 22・7・17

「Jブンガク」8・9月号（NHK教育テレビ8月31日〜9月10日放映テキスト）A5判 360円

　※石川啄木『一握の砂』／26首の啄木短歌英訳（ロバート・キャンベル）ほか　H 22・7・18

池内　紀　啄木の臨終 P11〜13『文学フシギ帖』岩波新書　756円＋税岩波書店　H 22・7・21

毎日新聞（岩手版）啄木「一握の砂」刊行100年に・西一知さん（詩人）追悼　H 22・7・21

毎日新聞（記事）三谷幸喜、来年1月に書き下ろし「啄木劇、〔ろくでなし啄木〕」を上演・「50歳

　の大感謝祭」※他に25種の一般紙、スポーツ紙、ネットニュース等に記事を確認　H 22・7・23

近藤正男（署名記事）歴史認識共有なぜ必要か（啄木「朝鮮国」の歌引用）　しんぶん赤旗　　H22・7・28

毎日新聞（岩手版）『一握の砂』の復刻版第4刷発行へ：石川啄木記念館　　　　　　　H22・7・29

盛岡タイムス（記事）新井さんの歌に住民が苦情（盛岡市玉山区）　　　　　　　　　　H22・7・29

盛岡タイムス（記事）啄木弁当をどうぞ・盛岡駅などで8月から　　　　　　　　　　　H22・7・29

桜井　順　石川啄木「たんたらたら」ほか『オノマトピア』文庫966円　岩波書店　　H22・7・—

「企画展　啄木と竜馬」（A2判ポスター＆A4判チラシ）※開催期間8/1〜10/17

　　　　　　　　　　　　　　　　　　　　　　　　　　　　石川啄木記念館　H22・7・—

菊池東太郎　復活第5回「静岡啄木祭」（報告）参加者最高で開催—水野昌雄さんの講演—P82〜0

　「企画展の窓」123号 第33回企画展・永遠に生きる啄木 ※吉野章三から宮崎郁雨への書簡

　（T3・4・29）を掲載　展示目録 A4判1頁付　　　　　　　　盛岡てがみ館　H22・8・1

佐藤　勝　前田夕暮と石川啄木—夕暮の父、祖父の墓碑との遭遇から—P14〜16「遊塵」第2号

　A5判500円　　　　　　　　　　　　　　　　秦野歌談会（秦野市東田原1 山田方）H22・8・1

「平成21年度 盛岡てがみ館 館報」A4判30頁 ※啄木に関する書簡の紹介等掲載　　　H22・8・1

森　義真　啄木の交友録【盛岡篇】（16）新渡戸仙岳 P42〜43「街もりおか」512号　H22・8・1

岩手日報（記事）啄木と龍馬、先覚者の縁　　　　　　　　　　　　　　　　　　　　　H22・8・2

岩手日日新聞（記事）石川啄木と坂本龍馬ゆかりの資料紹介〜盛岡で企画展　　　　　　H22・8・2

盛岡タイムス（記事）啄木と龍馬展始まる・石川啄木記念館で　　　　　　　　　　　　H22・8・2

北鹿新聞（鹿角版記事）鹿角・悲恋物語をしのぶ・錦木塚まつり　　　　　　　　　　　H22・8・3

北畠立朴〈啄木エッセイ149〉「啄木を愛した女たち」　　　ミニコミ「しつげん」第492号　H22・8・5

小野　肇　啄木と錦木塚　　　　　　　　　　　　　　　　　　　　　　北鹿新聞　H22・8・6

岩手日報（記事）七時雨山の自然満喫（山本玲子氏の「啄木と賢治」講演の記事）　　　H22・8・8

日野きく　私たちの反戦・平和の短歌史（「地図の上」）P25〜0「短詩形文学」8月号　H22・8・10

「部落解放」634号 A5判630円　特集「大逆事件」100年／山泉進ほか　　解放出版社　H22・8・10

渡辺久子　私たちの反戦・平和の短歌史（「ダイナモ」）P26〜0「短詩形文学」8月号　H22・8・10

盛岡タイムス（記事）よみがえる啄木・もりおかの短歌発表　　　　　　　　　　　　　H22・8・10

毎日新聞（コラム・余禄）※「日韓併合」話題の中に啄木の「朝鮮国」の歌引用　　　　H22・8・11

東京新聞（コラム・筆洗）※百年前、日韓併合に反応した啄木が、今なら？？？　　　　H22・8・11

中日新聞（コラム・中日春秋）※日韓併合と啄木の歌「地図の上・・・」　　　　　　　H22・8・11

「啄木切手セット」（80円×10枚）※盛岡地方の郵便局で限定1400部発行　　　　　　H22・8・11

岩手日報（記事）企画商品で啄木発信「一握の砂」発刊100周年記念　　　　　　　　　H22・8・12

清水純一（緩話急題）遊び人・啄木亡児を悼む歌　　　　　　　　　　　読売新聞　H22・8・13

岩手日報（郷土の本棚）大沢博著『石川啄木「一握の砂」の秘密』　　　　　　　　　　H22・8・15

前田由紀枝　坂本龍馬記念館日録（30）「龍馬と啄木展」　　　　　　　高知新聞　H22・8・16

毎日新聞（岩手版）啄木と龍馬の共通点探る・書簡や歌など350点　　　　　　　　　　H22・8・17

朝日新聞（岩手版）短歌甲子園36校熱く・20〜22日・盛岡　　　　　　　　　　　　　H22・8・18

高知新聞（コラム・小社会）※啄木父子歌碑から岩手との交流内容　　　　　　　　　　H22・8・18

盛岡タイムス（記事）啄木切手を盛岡市に寄贈・「一握の砂」100年　　　　　　　　　H22・8・18

東京新聞（夕・記事）三谷幸喜50歳の恩返し（啄木劇など書下ろしの話題）　　　　　　H22・8・19

岩手日報（記事）短歌甲子園きょう開幕・盛岡　　　　　　　　　　　　　　　　　　　H22・8・20

「大阪啄木通信」第34号 B5判 全27頁（天野仁・土佐で逝った啄木の父・石川一禎 P2～4／天野仁・
　啄木の母方の祖先とされる熊谷一族の土佐入りの真否を訊ねる P8～15／H21・7・11 中外日報「社説：
　啄木父子の歌碑今秋にも除幕へ」転載／ほか）　　　　　　　　天野仁個人編輯発行誌　H22・8・20
「第5回全国高校短歌甲子園」（チラシ）※開催日8月20～22日　　　盛岡市教育委員会　H22・8・20
朝日新聞（岩手版）いざ短歌甲子園・盛岡に全国から36校　　　　　　　　　　　　　　H22・8・21
岩手日報（記事）若い感性　啄木の空に・短歌甲子園が開幕・歌集発刊100年　　　　　　H22・8・21
盛岡タイムス（記事）孤独感が輝きに変る時・短歌甲子園　　　　　　　　　　　　　　　H22・8・21
岩手日報（記事）啄木の心脈々・短歌甲子園2010（2頁全面特集）　　　　　　　　　　　H22・8・22
毎日新聞（記事）三谷幸喜：来年7新作（「ろくでなし啄木」など）※同内容の記事は他に朝日、読売、
　産経、東京、スポーツ報知、スポーツニッポン、夕刊フジ、などの掲載確認　　　　　　H22・8・22
岩手日報（短歌甲子園の記事）県勢、入賞逃す・団体は下館一高（茨城）初V※同内容の記事は他に
　朝日（岩手）、毎日（岩手・茨城）、読売（岩手）、日刊スポーツ、徳島、千葉日報、大分合同、佐賀、
　長崎、京都、四国、神戸、東奥日報、山陽、岩手日報、北国、中日、山梨日日、静岡、福井、西日本、
　デイリースポーツ、下野、中日スポーツ、東京、中国、スポーツニッポン（ネット掲載順）に掲載を確認
　　H22・8・23
近藤典彦　石川啄木の新しい偉業　　　　　　　　　　　　　　しんぶん赤旗　H22・8・24
小林茂雄・静一『銀杏荘　春秋記』〈復刻版・初版発行は H3・3〉B5判〔小林静一・啄木は十和田湖
　に行ったか P80～84（→S48・10・29「岩手日報」）／啄木五十年忌講演会 P84～0／第四章・「父と
　啄木・父と魯迅」／父茂雄と“カンニング”P100～101（→S35・10・28「岩手日報」）／父茂雄の思
　い出 P109～112（→S27・9「東北文庫」）／小林茂雄・啄木を偲ぶ P173～180（→S11・4・12 仙台放
　送局講演より）〕　　　　　　　　　　小林高編発行（盛岡市中央通二丁目10番15号）H22・8・25
編集部　石川啄木 P82～0『近代日本の1000人』B5判 2800円＋税　　　世界文化社　H22・8・25
森　三紗　賢治の芸術交流帯（啄木との関連）P1～2「宮沢賢治記念館通信」103号　　H22・8・27
後藤伸行　啄木とのめぐりあい ——切絵を通して〔レジメ A4判4枚、他に岩城之徳著「石川啄木
　の世界」（S61・2発行の冊子付／国際啄木学会東京支部会発表）〕　　　　著者作成　H22・8・28
近藤典彦　石川啄木韓国併合批判の歌五首（レジメ A4判1枚）啄木学会東京支部会　H22・8・28
後藤伸行「講演：切り絵と啄木短歌」（カセットテープ60分）　啄木学会東京支部会　H22・8・28
河北新報（記事）「啄木と龍馬」共通点を歌や手紙などで比較・盛岡で企画展　　　　　H22・8・29
産経新聞（記事）啄木弁当が好評〈岩手〉　　　　　　　　　　　　　　　　　　　　　H22・8・30
「『一握の砂』100年展」（チラシ）※9月6日～12月19日　　　啄木・賢治青春館　H22・8・—
「ろくでなし啄木」（東京芸術劇場 2011/1/7～1/23 チラシ）A4判 片面　　　　　　　H22・8・—
「啄木学級故郷講座」（チラシ）※開催日10・16 講師：松田十刻　　石川啄木記念館　H22・8・—
「現代に生きる啄木」（チラシ）※開催日9・4 講師：三枝昂之　　　高知県立文学館　H22・8・—
「新日本歌人」第65巻9号 A5判 850円（以下2点の文献を収載）
　秋山公代　わが青春とうた（たはむれに母を）P19～0
　上原章三　口語行分け歌の継承 P19～0　　　　　　　　　　新日本歌人協会　H22・9・1
荒又重雄　日本語の韻律と啄木短歌 P2～0「労働文化」223・224 合併号 A5判　　H22・9・1
「企画展の窓」124号 第33回企画展・永遠に生きる啄木（啄木幻想　その「源地」に立つ／啄木の面
　影をその故郷に求めて／吉井勇から吉田孤羊 S5・9・20 書簡／ほか）　盛岡てがみ館　H22・9・1

「企画展の窓」124号（別刷1・田村作成版）第33回企画展・啄木追想　その「源地」に立つ／吉
　井勇封書 S5・9・20 吉田孤羊宛て／ほか　　　　　　　　　　　盛岡てがみ館　H 22・9・1
「企画展の窓」124号（別刷2・及川作成版）第33回企画展・啄木の「純」〜少年時代〜／七戸綾人「啄
　木全集月報8・9号」（S14・1〜2）原稿／ほか　　　　　　　　盛岡てがみ館　H 22・9・1
河野有時　亡児追悼―『一握の砂』の終章 P54〜63「国文学解釈と鑑賞」第75巻9号 1700円
　　　　　　　　　　　　　　　　　　　　　　　　　　　　　　　　ぎょうせい　H 22・9・1
「国際啄木学会盛岡支部会報」第19号 A5判 全44頁（以下11点の文献を収載）
　　望月善次　原点を見つめ直す P2〜3
　　望月善次　啄木〈短歌〉研究の盲点を二つ〜『短歌創作体験』と『あこがれ』検討〜 P3〜5
　　森　三紗　『一握の砂』と平八と森荘已池―　一つのコラムから読み取る P6〜8
　　　　　　　　※本文に〈森荘已池・啄木のざれ歌→S44・4・13「朝日新聞（岩手版）」の転載あり〉
　　西脇　巽　疚しい心 P9〜12
　　小林芳弘　「明治四十一年戊辰日記」書き直し理由に関する諸説の是非 P13〜15
　　文屋　亮　渋民日記追想 P16〜17
　　森　義真　「啄木映画」について P18〜20
　　佐藤静子　「渋民日記」三月十九日を読む P21〜24
　　米地文夫　啄木の濱薔薇に始まる花綵を辿る―露風から賢治へ、そして P25〜31
　　赤崎　学　中野重治と、啄木 P32〜34
　　西脇　巽　間違い P35〜36　　　　　　　　　　　国際啄木学会盛岡支部　H 22・9・1
「啄木」第2号 A5判 全6頁（細目：石井敏之・啄木の『渋民日記』から・北村季晴のこと P2〜5／ほか）
　　　　　　　　　　　　　　　　　　　　　　　　　　　　　静岡啄木の会　H 22・9・1
中村光紀　『一握の砂』100年 P4〜0「おでって NEWS」107号
　　　　　　　　　　　　　　　　　　　　盛岡観光コンベンション協会　H 22・9・1
森　義真　啄木歌集『一握の砂』刊行百周年を迎えて P42〜43「街もりおか」513号　H 22・9・1
朝日新聞（岩手版）「一握の砂」・九十銀行完成100年展　　　　　　　　　H 22・9・2
小島ゆかり　小さな真実〜短歌甲子園2010の作品群〜　　　　　岩手日報　H 22・9・2
毎日新聞（岩手版）「一握の砂」の発刊100年・豊富な行事PRへ　　　　　H 22・9・3
毎日新聞（高知版）啄木父子歌碑建立1年記念、歌会始め選者・三枝さんが講演　H 22・9・3
大室精一《編集意識から「手袋を脱ぐ時」を読む》（国際啄木学会レジメ）A4判2枚　H 22・9・4
木股知史「我を愛する歌」を読む〈我〉の内と外（国際啄木学会レジメ）A4判2枚　H 22・9・4
河野有時　徹底討論『一握の砂』を読む―「忘れがたき人人」を読む―「かつてあったもの」と「いま
　はもうないもの」国際啄木学会京都大会（立命館大学）（発表レジメ）A4判2枚　　H 22・9・4
「国際啄木学会20年の歩み」A5判 全54頁（以下31点の文献を収載）
　　太田　登　啄木との対話を求めて P4〜0
　　遊座昭吾　学会創立への断想 P5〜0
　　近藤典彦　石川啄木事典出版と増補改訂の願い P6〜0
　　河野有時　まだ1でなかった論集 P7〜0
　　木股知史　新しい啄木を求めて P7〜0
　　「国際啄木学会の歩み」P84〜6※（1頁ごとに20年間の大会とセミナーを記録）

【寄稿】

河野有時　大いなる期待の地平 P9 〜 0

高　淑玲　国際啄木学会二十歳おめでとう P11 〜 0

小菅麻紀子　第 4 回函館大会に参加して P15 〜 0

小川武敏　国際啄木学会と東京大会 P17 〜 0

孫　順玉　ソウルでの国際啄木学会 P19 〜 0

森　義真　渋民大会及び岩手大会 P21 〜 0

北畠立朴　釧路湿原が迎えた P23 〜 0

永岡健右　「国際」性の意味を問う大会 P25 〜 0

三枝昂之　原稿用紙のこと P27 〜 0

森　義真　「明星」創刊 100 年と石川啄木 P29 〜 0

塩浦　彰　新潟と民衆と啄木と P35 〜 0

柳澤有一郎　思い出に残るソウル大会 P37 〜 0

西連寺成子　研究とぬくもり P39 〜 0

平出　洸　東京大会 P41 〜 0

舟田京子　インドネシア大会 P43 〜 0

望月善次　インド大会 P45 〜 0

今野寿美　中高生の啄木 P47 〜 0

池田　功　函館大会 P47 〜 0

【支部活動】

北畠立朴　北海道支部 P48 〜 0

望月善次　盛岡支部 P48 〜 0

大室精一　東京支部 P49 〜 0

安元隆子　静岡支部 P49 〜 0

若林　敦　新潟支部 P50 〜 0

チャールズ・フォックス　関西支部 P51 〜 0

佐藤　勝　『国際啄木学会研究年報』掲載論文総目次 P52〜54　　国際啄木学会　H 22・9・4

「国際啄木学会会報」第 28 号 A5 判 全 36 頁（以下 11 点の文献を収載）

太田　登　京都から啄木を考える P6 〜 0

チャールズ・フォックス・Come Join Us in Kyoto　P7 〜 0

太田　登　『一握の砂』を徹底討論する P8 〜 0

【研究発表】

塩浦　彰　大矢正修と与謝野鉄幹 —— 啄木以前の都市と郷土 P9 〜 0

太田　登　啄木短歌の受容における窪田空穂の存在 P9 〜 0

【創立 20 周年記念函館大会所感】

森　義真　啄木百年目の帰郷 —— 函館大会初日レポート P10 〜 0

木内英実　函館大会 2 日目初見 P11 〜 0

【春のセミナー所感】

柳澤有一郎　啄木研究に新たな一頁 P14 〜 0

池田　功　遊座節に酔う──　遊座昭吾先生のご講演印象記 P15 ～ 0

【広場】

亀谷中行　秋騒動 P19 ～ 20

岡林一彦　啄木父子歌碑誕生 P20 ～ 21

【新会員自己紹介】

木村忠夫／木村　理／澤田勝雄／土志田ひろ子／山田武秋／結城文／渡　哲郎

国際啄木学会　H 22・9・4

小菅麻起子　─「秋風のこころよさに」を読む─（国際啄木学会レジメ）A4 判 2 枚　H 22・9・4

塩浦　彰　大矢正修と与謝野鉄幹─啄木以前の都市と郷土─（国際啄木学会レジメ）　H 22・9・4

田口道昭　─「煙」を読む─　（国際啄木学会研究発表レジメ）A4 判 2 枚　H 22・9・4

「現代に生きる啄木」〈三枝昂之講演会（9・4）のチラシ〉A4 判　　高知県立図書館　H 22・9・4

三枝昂之　現代に生きる啄木〈講演レジメ〉A4 判 2 枚　　於：高知県立文学館　H 22・9・4

太田　登　啄木短歌の受容における窪田空穂の存在（啄木学会発表レジメ）A4 判 4 枚　H 22・9・5

C・フォックス　啄木短歌英訳テキスト（国際啄木学会朗読会発表レジメ）A4 判 4 枚　H 22・9・5

北畠立朴〈啄木エッセイ 150〉札幌講座の楽しみ　　ミニコミ「しつげん」第 494 号　H 22・9・5

高　淑玲　啄木短歌中国語訳テキスト（国際啄木学会朗読会発表レジメ）A4 判 4 枚　H 22・9・5

毎日新聞（高知版）啄木が「働き人の歌」に・三枝さんが講演　　H 22・9・5

岩手日報（学芸短信）盛岡てがみ館ギャラリートーク・永遠に生きる啄木　　H 22・9・6

読売新聞（岩手版）1922 人が参加　啄木マラソン※同様の記事は他数紙が掲載　　H 22・9・6

朝日新聞（岩手版）「一握の砂」刊行と九十銀行完成 100 年　　H 22・9・7

毎日新聞（岩手版）「一握の砂」発刊 100 年記念　啄木直筆書簡、28 年ぶり公開　　H 22・9・7

小山田泰裕（署名記事）国際啄木学会京都大会から（上・下）　　岩手日報　H 22・9・10 ～ 11

（風知草）短歌時評・歌の力 P22 ～ 23「短詩形文学」第 58 巻 9 号　B5 判 600 円　　H 22・9・10

広坂早苗　短歌歳時記・九月のうた　「短歌新聞」第 683 号　　短歌新聞社　H 22・9・10

編集委員会　日景安太郎 P129 ～ 130 ／奥村寒雨 P39 ～ 0『大館の人・事典』A4 判 1700 円＋税

大館市の先人を顕彰する会　H 22・9・11

盛岡タイムス（記事）「一握の砂」に浸れば　啄木青春館で発刊 100 年展　　H 22・9・11

牛山靖夫　先達の志をかたりつぐ　「新いわて」第 550 号　　新いわて社　H 22・9・12

篠　弘（新・仕事の周辺）都市型感性の叙情　　産経新聞　H 22・9・12

高知民報（記事）現代に生きる啄木・三枝昂之氏が講演　　H 22・9・12

山下多恵子『啄木と郁雨　友の恋歌　矢ぐるまの花』四六判 285 頁 2500 円＋税〔第 1 部・啄木
　と郁雨（→H 20・5「新潟日報」連載）／第 2 部・啄木と雨情（→H 11・6「北方文学」）／あとがき〕

未知谷　H 22・9・15

大槻しおり　盛大学生が味わった啄木と賢治（1）胡桃　　盛岡タイムス　H 22・9・16

「啄木学級ふるさと講座」A4 判 片面刷チラシ※開催日 10 月 17 日　石川啄木記念館　H 21・9・17

北海道新聞（記事）啄木歌集「一握の砂」刊行 100 年（※東海歌の舞台について）　　H 22・9・17

毎日新聞（岩手版）龍馬の手紙：石川啄木記念館きょうから展示　　H 22・9・18

岩手日報（記事）岩手県で龍馬の手紙見つかる（坂本龍馬記念館が確認…）　　H 22・9・19

　※上記の同内容記事は以下の各新聞にも掲載がネットで確認された〔読売（岩手版）、福井、中国、秋田魁、

デイリースポーツ、茨城、神戸、山梨日日、東京、中日スポーツ、西日本、静岡、山陽中央、下野、徳
　島、中日、東奥日報、富山、日刊スポーツ、北国、山陽、佐賀、四国、スポーツ報知、河北新報、朝日
（岩手版・高知版）以上ネット確認順／盛岡タイムス、高知新聞〕　　　　　　　　　　H 22・9・19

毎日新聞（岩手版）賢治と喜善、濃密な関係・森義真さんが紹介（釜石）　　　　　　H 22・9・20

こきたこなみ　啄木という名の誘惑 P54〜56「幻竜」第12号　　　幻竜舎（川口市）H 22・9・20

大澤重人　支局長からの手紙※啄木と龍馬の共演（← H23・6 大澤重人著『心に咲いた花』冨山房）
　　　　　　　　　　　　　　　　　　　　　　　　　　　　　毎日新聞（高知版）H 22・9・21

森　義真編「国際啄木学会盛岡支部会報 19号感想文集」A4判 2頁　　　（編者作成）H 22・9・22

菅原由貴　盛大学生が味わった啄木と賢治（2）林檎　　　　　　盛岡タイムス　H 22・9・23

「札幌啄木会だより」18号〈第9回札幌啄木会の集い報告〉A4判 全12頁（以下3点の文献を収載）

　桜木俊雄・釧路に小奴こと近江じんさんを訪ねて P2〜3（→ H15・12「札幌啄木会だより」4号）

　三戸茂子　「啄木を愛した女たち」に思う（佐々木信恵著）P7〜8

　水口　忠　山下多恵子著『啄木と郁雨』P8〜9／ほか　　　　　　　　　　　　　H 22・9・23

梶田順子　啄木・一禎関連〈その5〉P33〜34「海風」77号　　海風短歌会（高知市）H 22・9・25

高梁敏夫　作家たちの「思い残し切符」を読者に手渡す（「泣き虫なまいき石川啄木」ほか）

　P176〜188『井上ひさし　希望としての笑い』新書判 780円＋税　　角川ＳＳＣ　H 22・9・25

平出　洸　石川啄木と大逆事件（国際啄木学会盛岡支部例会講演レジメ）A4判 6枚　H 22・9・25

盛岡タイムス（記事）啄木学級故郷講座を開催・記念館で　　　　　　　　　　　　H 22・9・25

牛山靖夫　青春性・大衆性・未来性「新いわて」第551号　　　　　　新いわて社　H 22・9・26

北畠立朴「〈不愉快な事件〉に関する文献調査」（35項目）A4判 2頁　　著者作成　H 22・9・28

関　厚夫　ゲーテとニーチエ〈次代への名言・※啄木の反応について〉　　産経新聞　H 22・9・28

朝日新聞（東北版連載記事）韓国併合 100年 @東北（上・中・下）　　　H 22・9・28〜30

池田　功　石川啄木とインド、そしてタゴール P65〜73「詩界」第257号 B5判

　　　　　　　　　　　　　　日本詩人クラブ（新宿区天神町 71 宇野ビル 4F）H 22・9・30

古水一雄　春又春の日記（14）石川啄木氏ヲ見タ（← H25・9『春又春の日記』岩手近代詩文研究所）
　　　　　　　　　　　　　　　　　　　　　　　　　　　　　盛岡タイムス　H 22・9・30

三浦　彩　盛大学生が味わった啄木と賢治（3）アップルパイ　　　盛岡タイムス　H 22・9・30

「歴史と文学講座」啄木ほか〈チラシ〉※ 10/30 講師：松田十刻　　盛岡市立図書館　H 22・9・―

「第 29回啄木資料展」（ポスター）※開催期間 10/8〜11/29　　岩手県立図書館　H 22・9・―

岩手日報（記事）天満宮啄木歌碑を補修・祖父の思い受け継ぐ　　　　　　　　　　H 22・10・1

「釧路啄木会さいはて便り」第4号 A4判 全8頁（北畠立朴・初版本が教えてくれたこと P2〜0／水
　島典弘・釧路、啄木の街を訪ねて P3〜0／ほか）　　　　　　　釧路啄木会　H 22・10・1

文屋　亮　感傷をあやつる啄木 P62〜65「歌壇」第24巻10号 800円　本阿弥書店 H 22・10・1

中村光紀　「月に吠える」P4〜0「おでって」108号　※（『一握の砂』と書名）　H 22・10・1

前田由紀枝　異色の二人展・龍馬と啄木 P7〜0「龍馬」75号　県立坂本龍馬記念館　H 22・10・1

無署名　札幌・小樽しみじみぶんがく散歩・石川啄木ほか P6〜19「ぶらら」76号 A4変形判

　（地域情報誌）　　　　　ぶらんとマガジン社（札幌市中央区南 9条西 1-1-15）H 22・10・1

森　義真　啄木の交友録【盛岡篇】（17）堀合節子 P44〜45「街もりおか」514号　H 22・10・1

盛岡タイムス（記事）天満宮啄木歌碑を補修へ・祖父建立から 77年　　　　　　　H 22・10・1

☆小木曽友「「昴」と「啄木」その後」（→H2・11・7「月間アジア」9月号）アジア文化会館
　　同窓会HPに掲載。アドレス：http://abkdasia.exblog.jp/12014502/　閲覧確認日 H22・10・2
北畠立朴〈啄木エッセイ151〉日々身辺整理　　　　　ミニコミ「しつげん」第496号　H22・10・5
中央日報（日本語版記事）"尹東柱""石川啄木"抵抗の詩　　　　　　　　　　　　　　H22・10・5
盛岡タイムス（記事）天神さんから神社めぐり（盛岡天満宮など）　　　　　　　　　H22・10・5
「すばる」11月号〔特集 石川啄木〕A5判 880円（細目：日本現代詩歌文学館　開館20周年記念
　　シンポジウム『一握の砂』から100年—啄木の存在・パネリスト：宮坂静生・高橋睦郎・三枝昴之・
　　小池光・〈司会〉篠弘P204〜222〈構成：木村礼子〉／石川美南・啄木のけむり P223〜232）
　　　　　　　　　　　　　　　　　　　　　　　　　　　　　　　　　　集英社　H22・10・6
黒岩比佐子　文学者が受けた衝撃P199〜200／ほか『パンとパン—社会主義者・堺利彦と「売文社」
　　の闘い』四六判 2400円＋税　　　　　　　　　　　　　　　　　　講談社　H22・10・7
千葉千晴　盛大学生が味わった啄木と賢治（4）麺麭（パン）　　　　盛岡タイムス　H22・10・7
「第29回啄木資料展」＜展示資料目録＞A4判 全20頁　　　　　　岩手県立図書館　H22・10・8
新潟日報〈新刊紹介〉「啄木と郁雨」が出版・野口雨情の物語も収録　　　　　　　　H22・10・8
読売新聞（岩手版）荒れた「一握の砂」歌碑・建立者の孫、修復に奔走　　　　　　H22・10・9
牛山靖夫　友共産を主義とせりけり　「新いわて」第552号　　　　　新いわて社　H22・10・10
松本健一　天皇の動揺と特徴 P418〜0『明治天皇という人』1995円＋税　毎日新聞　H22・10・10
横田晃治　墓碑銘 P60〜61「短詩形文学」第58巻10号 600円　　　　　　　　　　H22・10・10
岩手日報（記事）21日、盛岡で啄木フォーラム　　　　　　　　　　　　　　　　　H22・10・13
深澤明美　盛大学生が味わった啄木と賢治（5）味噌（みそ）　　　　盛岡タイムス　H22・10・14
もりたとしはる　雑想　啄木との縁 P24〜0「北の詩人」86号 A4判　北の詩人会議　H22・10・15
岩手日報（記事）啄木と賢治　心の表現を解説・山折哲雄さん講演　　　　　　　　H22・10・16
神崎　清　革命の日を思い P373〜382『革命伝説 大逆事件3』　　子どもの未来社　H22・10・16
北海道新聞（記事）啄木の病床の年賀状公開・函館市文学館　　　　　　　　　　　H22・10・17
岩手日報（記事）啄木の姿に迫る資料展　盛岡で「一握の砂100年展」　　　　　　H22・10・20
佐藤真由美　盛大学生が味わった啄木と賢治（6）芋　　　　　　　　盛岡タイムス　H22・10・21
牛山靖夫　「奇跡の一年」の大変革　「新いわて」第553号　　　　　新いわて社　H22・10・24
駒場恒雄〈コラム ばん茶せん茶〉ちょすな ※啄木と上野駅に触れた内容　岩手日報　H22・10・25
下村直也　地域あらかると・錦木塚（啄木の長詩の記述も）　　秋田さきがけ（県北版）H22・10・25
「浜茄子」第79号 B5判 全4頁（細目：特集—宮城の啄木歌碑—P1〜3（南條記）／ほか）
　　　　　　　　　　　仙台啄木会（仙台市宮城野区安養寺2-22-10 南條範男方）H22・10・25
田中　綾〈日曜文芸コラム・書棚から歌を〉小林多喜二／荻野富士夫編『小林多喜二の手紙』
　　（←H27・6『書棚から歌を』深夜叢書社）　　　　　　　　　　　　北海道新聞　H22・10・28
西田麻布　盛大学生が味わった啄木と賢治（7）苹果（りんご）　　　盛岡タイムス　H22・10・28
読売新聞（岩手版）県と高知、連携続々（石川啄木記念館と坂本龍馬記念館）　　　H22・10・28
（木）（コラム交差点）大逆事件再考　　　　　　　　　　　　　　　　岩手日報　H22・10・29
盛岡タイムス（広告）講演・胡堂と啄木 11/14（講師：山本玲子）　野村胡堂記念館　H22・10・29
岩手日報（記事）歌集初版本など啄木の資料展　盛岡・県立図書館　　　　　　　　H22・10・31
近藤典彦（書評）山下多恵子著『啄木と郁雨』不思議な感動呼び起こす

しんぶん赤旗　H 22・10・31

盛岡タイムス（記事）先人記念館が文化の日イベント（講師：山本玲子）　　　　　　　H 22・10・31

若林　敦（書評）山下多恵子著『啄木と郁雨』友情や複雑な思い印象深く　新潟日報　H 22・10・31

CD-R「啄木と龍馬展〜二人の目線〜」〈※特別展記録映像〉石川啄木記念館　　　　　H 22・10・―

「りとむ」第19巻6号 A5判

　　高幣美佐子　啄木の額 P60〜61

　　池田　功　批評特集『玉響』―私の選ぶ一首―P64〜0　　　　　りとむ短歌会　H 22・11・1

「新日本歌人」第65巻11号 A5判850円

　　三枝史生　わが青春とうた P21〜0

　　編集部　第49回総会報告（啄木祭の講演に触れる）P40〜41

　　高島嘉巳　短歌時評・歴史に学び今を問う（2）P58〜59　　　新日本歌人協会　H 22・11・1

小杉正夫「強権」に屈する勿れ！―石川啄木と大逆事件の一考察―P134〜145

　「民主盛岡文学」第40号 A5判　　　　　　　　日本民主主義文学会盛岡支部　H 22・11・1

信濃毎日新聞（コラム・斜面）※啄木の歌から現代の若者の真情を表現した文章　　　H 22・11・1

森　義真　啄木の交友録【盛岡篇】（18）秋浜市郎・三郎 P40〜41「街もりおか」11月号 515号

　　B6横判 260円　　　　　　　　　　　　杜の都社（盛岡市本町通 2-13-8）H 22・11・1

中村光紀　「啄木短歌のひろがり」P4〜0「おでって」109号

　　　　　　　　　　　　　　　　　　　　　　盛岡観光コンベンション協会 H 22・11・1

大澤重人　支局長からの手紙※もう一人の侍「熊谷」（←H23・6『心に咲いた花』冨山房）

　　　　　　　　　　　　　　　　　　　　　　　　　　毎日新聞（高知版）H 22・11・3

関口厚光〈新刊紹介〉山下多恵子著『啄木と郁雨』援助という友情　盛岡タイムス　H 22・11・3

藤枝歩未　盛大学生が味わった啄木と賢治（8）鰤（ぶり）　　　　盛岡タイムス　H 22・11・4

岩手日報（コラム 風土計）※浅草の凌雲閣と啄木に触れた文　　　　　　　　　　　H 22・11・5

北畠立朴〈啄木エッセイ152〉釧路啄木会の旅　　　　ミニコミ「しつげん」第498号　H 22・11・5

盛岡経済新聞（記事）石川啄木の詩集「復刻版シリーズ」が人気・県内で好調　　　　H 22・11・6

編集部〈郷土の本棚〉山下多恵子著『啄木と郁雨』2人の深い友情をつづる　岩手日報　H 22・11・7

中日スポーツ（記事）三谷幸喜「ろくでなし啄木」発売56分で東京公演3万枚完売　H 22・11・7

河北新報〈新刊紹介〉山下多恵子著『啄木と郁雨』生活と創作　葛藤の日々　　　　　H 22・11・8

朝日新聞（岩手版）盛岡天満宮の高台　医師・小林さんら歌碑修復　　　　　　　　　H 22・11・9

毎日新聞（東京版夕刊記事）講演：「文学者の大逆事件」12月5日・東京で　　　　　H 22・11・9

川崎翔子　盛大学生が味わった啄木と賢治（9）煙草（たばこ）　　　盛岡タイムス　H 22・11・11

「小樽なつかし写真帖」A4判 1500円※明治40年の小樽日報社の写った小樽市街の写真をはじめ、

　　運河が造られる以前の港など7枚の写真を掲載。水口忠・「啄木の過ごした街」（→H20・11「小

　　樽なつかし写真帖」第52号）　　　　　　　　　　　北海道新聞小樽支社　H 22・11・11

岩手日報（記事）盛岡の啄木記念館　発刊100年で企画展　　　　　　　　　　　　H 22・11・12

小島左京　渋民村 P2〜3「詩歌の森」第60号 A4判　　　　日本現代詩歌文学館　H 22・11・12

岩手日報（記事）日報文学賞受賞者が討論　21日、盛岡で啄木フォーラム　　　　　H 22・11・13

菅原幹雄　菅江真澄旅の証言（133）（錦木塚）北鹿地方に足跡を追う　　北鹿新聞　H 22・11・13

福田　章　石川啄木 P142〜0『古写真でみ見る明治人の肖像』文庫判 667円＋税

新人物往来社　H 22・11・13

渡辺精一　石川啄木の小学校代用教員の月給八円は、高いか安いか P296 ～ 297『高校日本史に出
　てくる歴史有名人の裏話』文庫判　667 円＋税　　　　　　　　　新人物往来社　H 22・11・13

牛山靖夫　国禁の書、3 文献を読む　「新いわて」第 554 号　　　　新いわて社　H 22・11・14

本郷和人（書評）啄木と郁雨・山下多恵子著　　　　　　　　　　　　読売新聞　H 22・11・14

「手紙が結ぶ胡堂と啄木」（11/14 の講演会チラシ）　野村胡堂・あらえびす記念館　H 22・11・14

内田　弘『啄木と秋瑾　啄木歌誕生の真実』A5 判 379 頁 3700 円＋税〔細目：第一部・啄木と秋瑾／第
　二部・秋瑾詩を詠い次ぐ啄木／第三部・啄木の同時代像と文学〕　　社会評論社　H 22・11・15

（匿名コラム）〈大波小波〉※大逆事件と啄木の詩に触れた文章　　　東京新聞（夕）H 22・11・17

十日町新聞（情報記事）講座石川啄木その生き方と文学の魅力（講師：山下多恵子）　H 22・11・17

黒川伸一（署名記事）3 人の女性／北海道漂泊〈特集：石川啄木「一握の砂」刊行 100 年〉8 ～ 9 面
　　　　　　　　　　　　　　　　　　　　　　　　　　　　　　北海道新聞（夕）H 22・11・19

「第 6 回石川啄木を語る会」10・21（チラシ）講師：逸見久美
　　　　　　　　　　　　　　　　　　　　　浦和コミュニティセンター　H 22・11・21

「『一握の砂』100 年展 第 47 回企画展 記念フォーラム：一世紀を超えて『一握の砂』は今もなお」
　内容紹介のパンフ A4 判全 12 頁　（パネリスト：近藤典彦／望月善次／木股知史／コーディネーター：
　一戸彦太郎／遊座昭吾）　　　　　　　　　　　もりおか啄木・賢治青春館　H 22・11・21

岩手日報（コラム 風時計）※啄木の歌に触れた記事　　　　　　　　　　　　　　H 22・11・21

盛岡タイムス（記事）若い人に「一握の砂」を・刊行 100 年フォーラム　　　　　H 22・11・22

毎日新聞（岩手版）石川啄木：「一握の砂」発刊 100 年　　盛岡の記念館で企画展　H 22・11・22

岩手日報（記事）盛岡で「一握の砂」100 年記念フォーラム　　　　　　　　　　H 22・11・23

岩手日報（夕・記事）啄木と賢治舞台で“共演”・盛岡 31 日から「北街物語」　　　H 22・11・23

沢　孝子　石川啄木論 P41 ～ 64『エッセーのような　沢孝子評論集』A5 判 2200 円＋税
　　　　　　　　　　　　　　　　　　　海風社（大阪市中央区島町 2-1-10）H 22・11・23

古水一雄　春又春の日記⑱ 鉄幹ノ新体詩何等ノ醜ゾ（← H25・9『春又春の日記』岩手近代詩文研究所）
　　　　　　　　　　　　　　　　　　　　　　　　　　　　　　　盛岡タイムス　H 22・11・25

黒川伸一（囲み記事・ティータイム）佐々木信恵さん　　　　北海道新聞（夕）H 22・11・26

金田一秀穂「京助と私」（講演会／チラシ B5 判／11 月 27 日）　　岩手県立図書館　H 22・11・27

森　義真　2009 年後半以降の啄木文献紹介 A4 判 6 頁（128 点を紹介）　著者作成　H 22・11・27

岩手日報（記事）「祖父と啄木」ユーモア交え　盛岡で杏林大学教授講演　　　　　H 22・11・28

☆近藤典彦「石川啄木の韓国併合批判の歌　六首」A4 判 37 頁（平成 22 年 3 月 6 日起稿／22 年 11 月
　28 日改定）http://isi-taku.life.coocan.jp/newpage5.html　　　　　　　　　H 22・11・28

牛山靖夫　地図の上朝鮮国に黒々と　「新いわて」第 555 号　　　　新いわて社　H 22・11・28

西脇　巽　「兄啄木の思い出」から読み取れるもの P95 ～ 115 ／丸谷喜市の苦悩 P116 ～ 127
　「青森文学」第 79 号 A5 判　　　　　　　　　　　　　　　　　青森文学会　H 22・11・―

飯坂慶一　気になるうた（5）「こころよく…」P42 ～ 51「詩都」第 35 号　　　H 22・11・―

飯坂慶一　石川啄木と佐藤春又春 P130 ～ 142「詩都」第 35 号都庁詩をつくる会　H 22・11・―

CD「啄木の歌の風景」※啄木短歌と風景写真　製造：発売所：発行年月日の記載無：2010 年購入

CD「石川啄木　ローマ字日記」（サウンド文学館 41）朗読：橋爪淳 57 分（製造：日本コロムビア）

企画・制作 （株）学習研究社（定価、発行年月、不記載）

CD「啄木と歌謡曲」（資料3曲「おかあさん」「錆びたナイフ」「ルビーの指輪」）　H 22・11・─

☆「大西民子選　石川啄木短歌百選」A4判 11 頁　　　　　　　　　　　　　　　H 22・11・─

森田敏春編「北村牧場訪問記──北村千寿子さんに聞く・メモと写真」（冊子綴じ）A4判 52 頁

　　※（他に智恵子宛啄木のハガキ写真など7枚）　　　　　　　　　　著者作成　H 22・11・─

菅原和彦〈論説〉『一握の砂』100 年・閉塞社会に問いかける　　　　岩手日報　H 22・12・1

「短歌」12 月号〈大特集　はじめての石川啄木〉A5判 910 円（以下 27 点の文献を収載）

　三枝昂之　日本人の幸福〈食ふべき歌〉をめぐって P54 ～ 59

　【論考『一握の砂』の世界】

　太田　登　短歌史を創る『一握の砂』の意義 P60 ～ 63

　木股知史　へなぶりの思想 P64 ～ 67

　近藤典彦　短歌在来の格調を破れり─啄木三行書きの意義 P68 ～ 71

　今野寿美　口語発想の文語文体─加えて語法の規制緩和─72 ～ 75P

　山田富士郎　ふるさとの創造 P76 ～ 79

　【啄木観察・実況】

　藤岡武雄　「ある日の観潮楼歌会」痱高い啄木の声 P80 ～ 81

　山名康郎　「ある日の新聞社員・啄木」啄木と北海道 P82 ～ 83

　池田　功　「啄木が見た大逆事件」後世の人々に真相を伝える志 P84 ～ 85

　谷岡亜紀　「借金と放蕩」寒い旅 P86 ～ 87

　佐伯裕子　「啄木と節子」一体となった二人 P88 ～ 89

　【わが青春の『一握の砂』】

　尾崎左永子　変貌 P90 ～ 91

　伊藤一彦　二畳半の『一握の砂』P92 ～ 93

　小池　光　オトナの歌 P94 ～ 95

　春日真木子　候文の恋文 P96 ～ 97

　秋葉四郎　鷗外と啄木、茂吉 P98 ～ 99

　【啄木を詠む─若い世代の啄木発見】

　松村正直　啄木マジック P100 ～ 0

　笹　公人　憎みきれないろくでなし 101 ～ 0P

　小島なお　砂のなかから P102 ～ 0

　山田　航　自意識過剰パワーが切り開く未来 P103 ～ 0

　里見佳保　ひらかれた耳 P104 ～ 0

　佐藤弓生　「！」の謎 P105 ～ 0

　【コラム】

　河野有時　新郎欠席の結婚式の真実　仙台なう＠啄木 P106 ～ 0

　田中　綾　啄木一族の墓は何故函館の市営墓地にある？　妻・節子最期の地に P106 ～ 0

　山本玲子　青年たちが建てた北上川岸辺の歌碑　無名青年の徒これを建つ P107 ～ 0

　梶田順子　啄木の父・一禎の晩年　一禎と高知 P107 ～ 0

　佐藤　勝　石川啄木年譜 P108 ～ 109　　　　　　　　　　角川学芸出版　H 22・12・1

「啄木」第3号 A5判 全10頁（以下4点文献を収載）

　　石井敏之　八十年前静岡に啄木会があった P1〜0

　　渡辺寅夫　明治を駆け抜けた二人の天才 P2〜0

　　園田真弓　啄木と韓国併合百年と渡来人 P2〜3

　　石井敏之　啄木と徴兵検査─啄木の『渋民日記』から P4〜8　　　　静岡啄木の会　H22・12・1

「ときめき旅　北海道」No.2〈愛と漂泊の詩人　石川啄木の足跡〉（文章：西本美嗣・石川啄木の足跡─

　　釧路・函館・小樽・札幌・東京・岩手─P100〜114）A3判 680円　　　　　財界札幌　H22・12・1

「新日本歌人」12月号 A5判 850円（以下2点の文献を収載）

　　長　勝昭　この一年の成果と展望（啄木評論）P21〜22

　　武田文治　わが青春とうた　石川啄木 P47〜0　　　　　　　　日本歌人協会　H22・12・1

「広報もりおか」12月号 A2判（表紙と記事：「一握の砂」発刊100年 P6〜0）　盛岡市　H22・12・1

中村光紀　「地球を彫刻した男」P4〜0「おでって」110号 ※（野口米次郎宛ハガキ）　H22・12・1

松田十刻　中津川の文学─石川啄木・宮沢賢治・立原道造が見つめた川の流れ P220〜263

　　『岩手もりおか　中津川の旅』四六判 1800円＋税　　　　盛岡出版コミュニティー　H22・12・1

森　義真　啄木の交友録【盛岡篇】（19）阿部修一郎 P44〜45「街もりおか」12月号　516号

　　B6横判 260円　　　　　　　　　　　　杜の都社（盛岡市本町通2-13-8）H22・12・1

遊座昭吾編『啄木と郁雨　なみだは重たきものにしあるかな』新書判 228頁 952円（細目：遊座昭吾・

　　「啄木と郁雨」P10〜19／宮崎郁雨「歌集『一握の砂』を読む」P23〜180／石川啄木「郁雨

　　に與ふ」P183〜204／近藤典彦・解説 P206〜214／櫻井健治・解題：函館日日新聞と斉藤大

　　硯 P215〜220／あとがき：山田武秋 P222〜227）　　　　　　　　桜出版　H22・12・1

朝日新聞（岩手版）「一握の砂」発刊から100年・遊座昭吾さんに聞く　　　　H22・12・2

岩手日報（記事）「一握の砂」100年、啄木しのぶ　盛岡パーティー　　　　H22・12・2

編集部（新刊紹介）郁雨連載「一握の砂」書評一冊に・盛岡の研究者　北海道新聞　H22・12・2

編集部（新刊紹介）山下多恵子著『啄木と郁雨』（未知谷）P42〜0「日本海」162号　H22・12・2

望月善次　音読現代語訳『あこがれ』（石川啄木）（35〜54）

　　　　　　　　　　　　　　　　　　　盛岡タイムス　　H22・12・2〜H23・6・21

毎日新聞（富山版）講演会：韓国併合100年　高橋・東大大学院教授、富山で　H22・12・4

朝日新聞（岩手版）啄木の旧居宅「斉藤家」修復状況を公開　　　　　　　H22・12・5

東京新聞〈コラム・筆洗〉※上野駅構内の啄木歌碑と東北新幹線全線開通話題　H22・12・5

中日新聞〈コラム・中日春秋〉※上野駅構内の啄木歌碑と東北新幹線全線開通話題　H22・12・5

もりたとしはる　啄木日記と大逆事件 P9〜0「北の詩人」87号 A4判　北の詩人会議　H22・12・5

北畠立朴〈啄木エッセイ153〉啄木短歌一字違い　　　ミニコミ「しつげん」第500号　H22・12・5

盛岡タイムス（記事）修理の模様を公開・盛岡市・啄木の旧居宅「斉藤家」　H22・12・5

片山圭子（署名記事）郷土の先人に学ぶ志　　　　　　　　読売新聞（岩手版）H21・12・8

小山田泰裕（署名連載記事）いわて学芸（1）「一握の砂」も企画多彩に　岩手日報　H22・12・9

大庭主税『石川啄木と童謡「赤い靴」』付：「石川啄木と小島烏水」文庫判非売品 54頁（→H16・4

　　「横浜啄木の集い栞」／（→H7・2「新しき明日」15号）　　　　湘南啄木文庫　H22・12・10

菱川善夫『叛逆と凝視　近代歌人論』四六判 3500円＋税〔細目：短歌と近代─反逆と異端のエネルギー

　　P7〜31（→H6・5・10「労働文化」126号）／滅亡と言う短歌の再生論 P37〜47（→H9・8・1「水甕」1000

号）／日本のハイネ・石川啄木 P51〜72（→H8・11・2 札幌市原別図書館での講演記録）／よみがえる啄木
　—啄木の現代性 P75〜91（→H15・11・1「北方文芸　別冊8」通巻358号）／啄木の魅力—危険な心の殺し方
　P95〜133（→H16・9・6「労働文化」187号）／地上の遊星・石川啄木 P137〜144（→H18・4・29「石川啄木
　生誕120年記念図録」函館市文学館）　田中綾・解題 P334〜344]　　　　　　　　　沖積舎　H22・12・10

無署名　石川啄木の生家・常光寺 P1〜0「月刊　北のむらから」281号 全4頁 B5判 100円
　　　　　　　　　　　　　　　　　　　　　　能代文化出版社（能代市鳥小屋59-12）H22・12・10

北海道新聞（夕・記事）啄木献辞本　今も岩見沢に　　　　　　　　　　　　　　　　　H22・12・10

（ナイン）短歌時評・読み継がれる平和の歌 P22〜23「短詩形文学」第58巻12号　　　H22・12・10

横田晃治　墓碑銘（2）P26〜27「短詩形文学」第58巻12号 600円　　　　　　　　　　H22・12・10

川崎翔子　懐かしい！〜過去が呼び出される啄木・賢治の短歌〜 P87〜90「県民文芸作品集」
　No.41 A5判 1300円　　　　　　　　　　　　　　　　第63回岩手芸術祭実行委員会　H22・12・11

釧路新聞（記事）鳥居省三さんの名著「石川啄木」・北畠立朴さんが初の改訂出版へ　H22・12・11

牛山靖夫　新しき明日の来るを信ず　「新いわて」第556号　　　　　　　　新いわて社　H22・12・12

朝日新聞（岩手版）啄木紀行「一握の砂」百年（1）石割桜〈創作を支えたふるさとの風景〉
　　　　　　　　　　　　　　　　　　　　　　　　　　　　　　　　　　　　　　　H22・12・14

「インドと日本人の心に触れる夕べ——タゴールと啄木」インド大使館発行のチラシ　H22・12・14

朝日新聞（岩手版）啄木紀行「一握の砂」百年（2）朝日新聞「校正係」　　　　　　　H22・12・15

岩手日報（記事）啄木間借りの旧斉藤家、改修進む　盛岡・玉山　　　　　　　　　　H22・12・15

日垣　隆　石川啄木の金銭出納帳 P237〜238『こう考えれば、うまくゆく』四六判 1200円＋税
　　　　　　　　　　　　　　　　　　　　　　　　　　　　　　　　文藝春秋社　H22・12・15

朝日新聞（岩手版）啄木紀行「一握の砂」百年（3）人生を変えた岩手山　　　　　　　H22・12・16

朝日新聞（岩手版）啄木紀行「一握の砂」百年（4）家族で住んだ理髪店今も営業　　　H22・12・17

森　義真（劇評）石川啄木「林中の譚」P10〜0「岩手演劇通信　感劇地図」132号　　H22・12・17

朝日新聞（岩手版）啄木紀行「一握の砂」百年（5）好摩駅で歌碑を守る　　　　　　　H22・12・18

五十嵐誠　〈校閲の赤えんぴつ〉校正の仕事に悩んだ啄木　　　　　　北海道新聞（夕）H22・12・18

朝日新聞（岩手版）啄木紀行「一握の砂」百年（6）愛児見送った了源寺　　　　　　　H22・12・19

中舘寛隆（書評）〈ほっかいどうの本〉啄木と郁雨　山下多恵子著　　　北海道新聞　H22・12・19

入江春行　大逆事件と文学者—晶子・啄木・蘆花—　　　　　　　　しんぶん赤旗　H22・12・20

朝日新聞（岩手版）啄木紀行「一握の砂」百年（7）青春の「白堊の館」盛岡一高　　　H22・12・21

塩浦　彰　〈コラム晴雨計〉韓国語への思い ※啄木の日韓併合観に触れる　新潟日報　H22・12・21

浅沼秀政「啄木文学碑建立年月日順一覧」A4判5枚　152回月例会資料に著者作成　　H22・12・23

しんぶん赤旗〈コラム・潮流〉※大逆事件と啄木の関わりに触れた文　　　　　　　　H22・12・23

読売新聞〈コラム・編集手帳〉※啄木の短歌一首を引用した文　　　　　　　　　　　H22・12・23

松田十刻　「麺食い」たちのエピソード・石川啄木編 P149〜178『めん都もりおか』〈もりおか暮
　らし物語〉新書判 952円＋税　　　　　　　　　　　　　盛岡出版コミュニティー　H22・12・24

藤田兆大　啄木短歌一首抄（16）P16〜0「海風」78号　　　　　　　　海風短歌会　H22・12・25

藤田兆大（記録）講演・三枝昂之「現代に生きる啄木」P32〜41「海風」78号　　　　H22・12・25

梶田順子　一禎と高知 P42〜43「海風」78号　　　　　　　　　　　　　　　　　　H22・12・25

秋田さきがけ（記事）啄木、年賀状に晩年の心境詠む・函館で初公開　※写真掲載　H22・12・26

※前記の「年賀状」（M 45・1・1 岩崎正宛）の掲載写真（北海道新聞 H 22・10・17）によって大正 9 年 4 月発行の「新潮社版全集　第三巻」以来、各社が発行してきた刊行物の誤植については「湘南啄木文庫収集目録」23 号の編集後記に記した。尚、前記の記事は共同通信社の配信により下記の各紙に掲載された事がネットで確認された。以下ネット掲載順。※福井新聞、47 ＮＥＷＳ、山梨日日新聞、デイリイースポーツ、熊本日日新聞、山陽新聞、秋田魁新聞、茨城新聞、神戸新聞、中日スポーツ、東京新聞、東奥日報、山陽中央新聞、四国新聞、徳島新聞、大分合同新聞、河北新報、岩手日報、長崎新聞、静岡新聞、中日新聞、千葉日報、北海道新聞、日本経済新聞、産経新聞、以上 25 紙。

「望」11 号 B5 判 全 80 頁 1000 円

啄木詩集『あこがれ』を読む、ほか／上田勝也、北田まゆみ、佐藤静子、向井田薫、吉田直美

発行者・望月善次　編集・啄木月曜会　H 22・12・27

岩手日報（新刊紹介）「一握の砂」書評復刻・遊座昭吾さん編集　　　　　　　　H 22・12・28

森　三紗　石川啄木と宮沢賢治と森荘已池―『一握の砂』発刊百年に思う（講演改稿）P20 〜 25

「詩誌 COALSACK コールサック」68 号 B5 判 952 円＋税　コールサック社　H 22・12・28

盛岡タイムス（記事）荒俣宏氏も啄木絶賛　※内容は 6 月 6 日の鼎談　　　　　H 22・12・28

俵　万智〈新々句歌歳時記〉正月の四日になりて P100 〜 0「週刊新潮」1 月 6 日号　H 22・12・30

盛岡タイムス（記事）「中津川の旅」を出版　※松田十刻氏の啄木関係文も収録　H 22・12・30

岩手日報（記事）啄木から鷗外に献本　東大総合図書館が所蔵　　　　　　　　H 22・12・30

水野　悟　大逆事件とは何か―秋水・管野須賀子・平出修・啄木から―（全 16 頁に掲載）

「群系」第 26 号〈特集　大逆事件と文学〉　　　　　　　群系の会（東京）H 22・12・―

三留昭男　緑の笛豆本啄木関係号（16 点紹介）B4 判 1 枚　　　　（著者作成発行紙）H 22・12・―

渡辺敏男編「斉藤家修理のための調査概要」A4 判 15 頁（建造物写真 19 枚＋設計図写真等 8 枚付）

（有）＜盛岡＞設計同人　H 22・12・―

２０１１年（平成23年）

岩手日日（連載記事）啄木に献ずる詩歌（1）金子兜太　　　　　　　　　　　H 23・1・1

「港文館だより」第 50 号　※啄木記念碑建立計画／ほか　　釧路「港文館」発行　H 23・1・1

「湘南啄木文庫収集目録」第 23 号 A4 判 全 24 頁　　　　佐藤勝個人編集発行　H 23・1・1

ひがしだつかさ（書評）三枝昂之歌集『上弦下弦』評　乱反射する死者の〈こゑ〉から P68 〜 69

　「りとむ」112 号 1000 円　　　　　　　りとむ短歌会（川崎市麻生区千代ヶ丘8-23-7）H 23・1・1

森　義真　啄木の交友録【盛岡篇】（20）佐藤善助（平野八兵衛）P40 〜 41「街もりおか」1月号

　517 号　B6 横判　260 円　　　　　　　　杜の都社（盛岡市本町通 2-13-8）　H 23・1・1

藤原竜也・中村勘太郎（対談）「ろくでなし啄木」P14 〜 16「シアターガイド」2 号 420 円

　　　　　　　　　　　　　　　　　　　　　　　　　モーニングデスク　H 23・1・2

岩手日日（連載記事）啄木に献ずる詩歌（2）小原啄葉　　　　　　　　　　　H 23・1・3

岩手日日（連載記事）啄木に献ずる詩歌（3）藤沢岳豊　　　　　　　　　　　H 23・1・4

塩浦　彰〈コラム晴雨計〉元旦の朝に ※「何となく今年は」の歌に触れる　新潟日報 H 23・1・4

産経新聞〈コラム・産経抄〉※啄木と土岐善麿の友情について　　　　　　　　H 23・1・4

読売新聞（コラム・編集手帳）※立原道造 17 歳の日記に啄木についての記述が　H 23・1・4

岩手日報（記事）啄木の油絵？　奥州の高橋さん所蔵　　　　　　　　　　　　H 23・1・4

岩手日日（連載記事）啄木に献ずる詩歌（4）大野風柳　　　　　　　　　　　H 23・1・5

東奥日報（コラム・天地人）※函館市選挙委員会ＨＰの架空候補に啄木が　　　H 23・1・5

読売新聞（記事・夕）三谷幸喜 50 歳記念「大感謝祭」啄木のミステリアス描く　H 23・1・5

岩手日日（連載記事）啄木に献ずる詩歌（5）馬場あき子　　　　　　　　　　H 23・1・6

「ろくでなし啄木」〈上演プログラム〉A4 変形判 1500 円　全 52 頁　　東京藝術劇場　H 23・1・6

岩手日日（連載記事）啄木に献ずる詩歌（6）菅原多つを　　　　　　　　　　H 23・1・7

山口宏子（署名記事）藤原竜也・ろくでなし啄木　　　　朝日新聞（夕・東京本社版）H 23・1・7

岩手日日（連載記事）啄木に献ずる詩歌（7）北川れい　　　　　　　　　　　H 23・1・8

三谷幸喜　「兄貴」への恩返し　※舞台「ろくでなし啄木」　　　　朝日新聞　H 23・1・8

岩手日報（記事）旧制盛岡中図書庫を古里に・宮古から移築構想　　　　　　　H 23・1・8

産経新聞（インタビュー記事）三谷幸喜（上）啄木で濡れ場も　　　　　　　　H 23・1・8

岩手日日（連載記事）啄木に献ずる詩歌（8）岡田日郎　　　　　　　　　　　H 23・1・9

岩手日日（連載記事）啄木に献ずる詩歌（9）小林輝子　　　　　　　　　　　H 23・1・10

「歌集『一握の砂』発刊百年記念フォーラム」<A4 判片面刷チラシ >（H23/1/10　盛岡市中央公民館

　／講師：岡野弘彦／パネラー：小川直之／柏崎驍二／昆明男／澤口たまみ／山本玲子／コーディネー

　ター・坂田裕一／司会・河辺邦博）　　　　　　　　主催：石川啄木記念館　H 23・1・10

風早康恵　一月の歌（「何となく」啄木／ほか）P8 〜 0「短歌新聞」1 月号　　H 23・1・10

「港文館だより」第 50 号（記事）啄木記念碑建立計画／ほか　　港文館（釧路市）H 23・1・10

函館市文学館「石川啄木資料展〈啄木の最後の歌〉（明治 45 年 1 月 1 日岩崎正宛年賀状）「やまひ癒

　えずに」の歌に関する補足説明／ほか」（資料）A4 判 9 枚（発行日付は受信日）　H 23・1・10

塩浦　彰〈コラム晴雨計〉冬の旅※啄木の歌と歌謡曲「津軽海峡冬景色」　　新潟日報 H 23・1・11

中国新聞（記事）啄木ファン200人集う「一握の砂」発刊100年・盛岡　　　　　　H23・1・11

※上記の「一握の砂」発刊100年の記事は共同通信社の配信によって各紙（放送局のネットを含む）に掲載されたことがネットで確認された。以下ネット掲載順。※ＭＳＮエンターテイメント、47ＮＥＷＳ、中日スポーツ、中日新聞、デイリースポーツ、河北新報、下野新聞、茨城新聞、山陽新聞、秋田魁新聞、東奥日報、神戸新聞、山梨日日新聞、熊本日日新聞、岩手日報、サーチナニュース、山陽中央新聞、インフォシーク、大分合同新聞、四国新聞、産経新聞、西日本新聞、静岡新聞、福井新聞、長崎新聞、朝日新聞、毎日新聞、以上27紙（局）を確認した。

朝日新聞（岩手版）啄木の特徴　専門家ら語る「一握の砂」フォーラム　　　　　　H23・1・11

岩手日日（連載記事）啄木に献ずる詩歌（10）今川乱魚　　　　　　　　　　　　H23・1・11

岩手日報（記事）新たな啄木像に迫る「一握の砂」100年盛岡でフォーラム　　　H23・1・11

岩手日報（記事）垣間見る啄木の生活旧斉藤家を公開・盛岡　玉山の記念館　　　H23・1・11

毎日新聞（岩手版）啄木の作品に思いはせ『一握の砂』フォーラムに200人・盛岡　H23・1・11

岩手日日（連載記事）啄木に献ずる詩歌（11）三井葉子　　　　　　　　　　　　H23・1・12

畠山政志　啄木の歌に我が人生重ねる〈声・読者欄〉　　　　　　　岩手日報　H23・1・12

西郷竹彦　文芸講座「石川啄木　秀歌の世界」（1/12, 19, 26）全3回（瀬戸内市）　H23・1・12

吉崎哲男　俳句初学覚書P51〜69「文人」第53号　B5判1000円　　　文人の会　H23・1・12

岩手日日（連載記事）啄木に献ずる詩歌（12）佐佐木幸綱　　　　　　　　　　　H23・1・13

関　厚夫　次世代への名言　妻夫物語編（12〜14）※啄木日記引用　産経新聞　H23・1・13〜15

国書刊行会　トルストイの日露戦争論　石川啄木批評『現代文　トルストイの日露戦争論』四六判188頁　1500円＋税　　　　　　　　　　　　　　　　　国書刊行会　H23・1・13

秋田さきがけ（記事）藤原竜也・舞台「ろくでなし啄木」　　　　　　　　　　　H23・1・14

朝日新聞（北海道版）啄木が教鞭・函館・弥生小／保存要請　　　　　　　　　　H23・1・15

岩手日日（連載記事）啄木に献ずる詩歌（13）柏崎驍二　　　　　　　　　　　　H23・1・15

ロバート・キャンベル（監修）『一握の砂』石川啄木P191〜208『Jブンガク』B5判1300円＋税（→H22・7　ＮＨＫ出版）※短歌21首の英訳を掲載　デスカヴァー・トゥエンティワン　H23・1・15

岩手日日（連載記事）啄木に献ずる詩歌（14）鈴木ユリイカ　　　　　　　　　　H23・1・16

岩手日日（連載記事）啄木に献ずる詩歌（15）佐藤通雅　　　　　　　　　　　　H23・1・17

岩手日日（連載記事）啄木に献ずる詩歌（16）寺井谷子　　　　　　　　　　　　H23・1・18

「Jブンガク」2・3月号（NHK教育テレビ3月1日〜3月11日　放映テキスト）B5判360円

※石川啄木『一握の砂』／20首の啄木短歌英訳（ロバート・キャンベル）P59〜84（※→本文献はH22・7・18「Jブンガク」7〜8月号の再放送用テキスト）　　　　ＮＨＫ出版　H23・1・18

岩手日日（連載記事）啄木に献ずる詩歌（17）三枝昂之　　　　　　　　　　　　H23・1・19

岩手日日（連載記事）啄木に献ずる詩歌（18）高橋順子　　　　　　　　　　　　H23・1・20

高田光子　『小林多喜二　青春の記録：多喜二の文学は時代を超えて力強く読み継がれた』第一章・啄木の思想は小林多喜二に引き継がれた（①大逆事件・石川啄木の宣戦　②渋民から北の大地へ　③上京—真正面から時代と人間と文学の追求　④冬の時代—大逆事件と啄木の評論より　⑤新時代への想いを歌に託してP2〜41／ほか）四六判3200円＋税　　　八朔社（東京新宿区）H23・1・20

北海道新聞（夕刊・記事）あす石川啄木来釧記念日・「さいはての駅下り」103年　H23・1・20

北海道新聞（釧路・根室版／新刊紹介記事）「石川啄木—その釧路時代—」初改訂　H23・1・20

岩手日日（連載記事）啄木に献ずる詩歌（19）佐藤岳俊　　　　　　　　　　　　H23・1・21

鳥居省三著／北畠立朴補注『増補・石川啄木―その釧路時代―』〈釧路新書〉214頁 735円（細目：

　　北海道での啄木（釧路まで）P1～16／釧路と啄木 P17～100／釧路を離れてからの啄木 P101～110

　　／釧路での啄木研究余禄 P111～160／釧路の啄木案内 P161～184／改訂版にあたって・補注 185～

　　210）※元版は 1980 年 9 月の発行　　　　　　　　　　　　釧路市教育委員会　H23・1・21

岩手日日（連載記事）啄木に献ずる詩歌（20 最終回）篠　弘　　　　　　　　　H23・1・22

釧路新聞（記事）第 8 回　啄木・雪あかりの町くしろ　　　　　　　　　　　　　H23・1・22

「港文館だより」第 50 号　※啄木記念碑建立計画／ほか　　　　港文館（釧路市）H23・1・23

北海道新聞（記事）笑いも交えて啄木を解説・函館　　　　　　　　　　　　　　H23・1・24

東奥日報（記事）北海道からこんにちは・笑えも交えて啄木を解説・函館　　　　H23・1・25

岩手日報（記事）啄木かるた白熱・玉山渋民中で大会　　　　　　　　　　　　　H23・1・26

北海道新聞（小樽・後志版）啄木に関心持って・あす小樽でかるた大会　　　　　H23・1・26

森　義真　石川啄木　海外への視点（啄木学会盛岡支部研究会用レジメ）A4 判 3 枚　H23・1・29

編集部　ろくでなし啄木 P8～9「アクチュールステージ・キネ旬ムック」1200円　H23・1・31

「新日本歌人」2 月号 A5 判（以下 2 点の文献を収載）

　　小杉正夫〈創立 65 周年記念〉初心の旗を高く掲げて P20～21

　　檜葉奈穂〈短歌時評〉電子書籍と作家理念 P98～99「　　　　新日本歌人協会　H23・2・1

「街もりおか」2 月号　518 号 B6 横判（以下 2 点の文献を収載）

　　（万里）歴史を語る建物たち（72）「斉藤家」P1～0

　　森　義真　啄木の交友録【盛岡篇】（21）大信田落花 P44～45　　　　杜の都社　H23・2・1

編集部（新刊紹介）遊座昭吾編『なみだは重きものにしあるかな』　　北海道新聞　H23・2・2

朝日新聞（岩手版）啄木旧居　改修完了し披露・百回忌に合わせ　　　　　　　　H23・2・5

北畠立朴〈啄木エッセイ 154〉満 71 歳までの人生　　　ミニコミ「しつげん」第503号　H23・2・5

読売新聞（岩手版）啄木の旧居改修　　　　　　　　　　　　　　　　　　　　　H23・2・5

盛岡タイムス（記事）旧居宅の修繕完了・啄木が代用教員時代暮す　　　　　　　H23・2・5

「地図中心」2 月号 A4 判 480円（以下 2 点の文献を収載）

　　河村建磁　岩手山に魅せられた二人―啄木・賢治の愛した散歩道 P4～5「地図中心」2 月号

　　芳賀　啓　啄木と地図風景 P15～19　　　　　　　　日本地図センター　H23・2・10

「港文館だより」第 51 号 ※鳥居省三著『石川啄木　その釧路新聞時代』改訂／ほか　H23・2・10

中国新聞（記事）憲法テーマに劇（石川啄木へのメッセージ）参加者募集　　　　H23・2・10

成田　健　啄木忌 P162～177／石川啄木に詠まれた松岡蕗堂 P366～405／石川啄木と鹿角 P406～449

　　『東北の文学源流への旅』四六判 全 514 頁 2000円＋税　　　無明舎出版（秋田市）H23・2・10

横田晃治　短歌・北の風（33）墓碑銘Ⅲ P26～27「短詩形文学」649 号　　　　　H23・2・10

小山田泰裕（コラム 展望台）啄木像に三谷マジック　　　　　　　　　岩手日報　H23・2・12

盛岡タイムス（記事）「短歌の街」アピールを　　　　　　　　　　　　　　　　H23・2・12

池田　功『啄木日記を読む』四六判 190頁 1900円＋税（細目：1．絶望の中で自らを鼓舞／2．社会

　　主義への目覚めと模索／3．啄木日記の魅力とは／4．日記作品化への努力／5．国際性を持つ日記の

　　意義／ほか）　　　　　　　　　　　　　　　　　　　　　新日本出版社　H23・2・15

朝日新聞（広島版）5 月 3 日に憲法ミュージカル・啄木と我々　閉塞感どっち？　H23・2・17

森　義真　石川啄木海外〈への〉〈からの〉視点（いわて偉人セミナー講演レジメ）　H23・2・18

岩手日報（記事）啄木かるたに99チーム／盛岡・玉山　H23・2・20

菊池久恵　みちのく随想・君は、故郷を※師　岡野弘彦からの問い　岩手日報　H23・2・20

大谷洋樹　いわて和菓子列伝（2）豆銀糖・啄木も好んだ　盛岡タイムス　H23・2・20

釧路新聞（記事）多喜二と啄木の同時代性に着目・釧路で語るつどい　H23・2・21

「盛岡てがみ館第35回企画展」〈啄木をめぐる人々35／A4判チラシ〉2・22〜6・2　H23・2・22

児玉賢二（署名連載記事）木更津と野口雨情　毎日新聞（千葉版）　H23・2・24

天野　仁「流人・大島経男　一族家系図」B4判1枚（補訂版）　著者作成発行　H23・2・27

中村傍周　恩師への手紙（※啄木と鹿角に関する記述有り）　北鹿新聞　H23・2・27

北鹿新聞〈新刊紹介〉成田健著『東北文学　源流への旅』・代表的な作家論じた労作　H23・2・27

六角幸生　石川啄木の初恋を唄うボーカリストはがんに負けない『命ある限り　ボーカリスト』

　　四六判　1190円＋税　小学館スクウェア　H23・2・―

吉崎哲男「『小樽のかたみ』所収「謡曲談」の種本探訪記」B5判18頁（原稿綴じ）　H23・2・―

「新日本歌人」第66巻3号A5判

　　滝沢教子　わが歌わが思い　P45〜0

　　碓田のぼる　石川啄木　受容と風景の言葉（一）P46〜58　新日本歌人協会　H23・3・1

大澤信亮　復活の思想（※明日への考察）P204〜207「文学界」3月号文藝春秋社　H23・3・1

岸井成格　百年前の石川啄木の"警告"P5〜6「三田評論」3月号慶応義塾　H23・3・1

佐藤　勝　石川啄木の子孫について　P62〜63「りとむ」№.113　りとむ短歌会　H23・3・1

森　義真　啄木の交友録【盛岡篇】（22）齊藤佐蔵　P44〜45「街もりおか」519号　H23・3・1

盛岡タイムス（記事）盛岡工業高生徒が「（啄木・賢治）青春館」模型寄贈　H23・3・1

北畠立朴〈啄木エッセイ155〉道内の啄木会の現状　ミニコミ「しつげん」第505号　H23・3・5

盛岡タイムス（記事）盛岡市が部分活用・啄木ゆかりの旧盛岡中学の図書庫　H23・3・5

高　史明　啄木の優しさにみる、日本の深いこころ　P75〜77　兵庫教区青年僧侶の会編『現代社会に

　　おける浄土真宗』四六判　800円　自照社出版部　H23・3・10

小島信夫　渋民小天地　石川啄木　P313〜340『小島信夫批評集成③私の作家評伝』A5判7000円

　　＋税（→S47・10『私の作家評伝』新潮社）　水声社（東京・文京区）　H23・3・10

北海道新聞（道央版）季節便り　※啄木と釧路の話題　H23・3・10

森田敏春「知られざる本郷新作・啄木のレリーフを確認」A4判4頁　著者作成　H23・3・10

「港文館だより」第52号　※釧路新聞時代の吉野白村を追いつづけて／ほか　H23・3・13

大澤重人　支局長からの手紙（※啄木記念館も震度6弱で）　毎日新聞（高知版）　H23・3・14

水野信太郎　石川啄木晩年の生活空間　P91〜98「北翔大学短期大学部研究紀要」49号　H23・3・18

しんぶん赤旗〈コラム・潮流〉※大地震で被災した陸前高田市の啄木歌碑は　H23・3・19

若林　敦　随想・石川啄木―人生とうた―P1〜0「日本海」163号　日本海社　H23・3・20

編集部　第39回新潟啄木祭のご案内　P41〜0「日本海」163号　日本海社　H23・3・20

松本健一　石川啄木　近代への憧れと故郷喪失　P140〜161（※「べるそーな」2008年8月号の改変）

　　『松本健一講演集②日本近代の憧れと過ち』四六判　1600円＋税　人間と歴史社　H23・3・20

日本現代詩歌文学館編「『一握の砂』から100年―啄木の現在」〈開館20周年記念シンポジウム①〉新書

　　変形判　56頁　500円（頒価）（以下6点の啄木文献を収載）

【パネルディスカッション】

パネリスト＝高橋睦郎／小池光／三枝昂之／宮坂静生／（司会）篠　弘 P1 〜 43

【エッセイ・私の啄木観】

高橋睦郎　無題 P46 〜 47

小池　光　啄木は居場所がない P48 〜 49

三枝昂之　啄木とは三度出会った P50 〜 51

宮坂静生　人間的なあまりに人間的な―啄木歌との距離 P52 〜 54

篠　　弘　啄木の都市型感性 P55 〜 56　　　　日本現代詩歌文学館振興会（北上市）H 23・3・23

司馬遼太郎　啄木と「老将軍」P223 〜 226『司馬遼太郎歴史のなかの邂逅 7』中公文庫 667 円＋税

　（→ S50・10「国文学　解釈と教材の研究」）　　　　　　　　中央公論新社　H 23・3・25

望月善次　インド、中国における石川啄木の受容と概要と今後の展開の可能性 P67 〜 75 宇野隆夫

　編　「インド新時代の南アジアにおける日本像―インド・シンポジウム 2009―」A4 判 非売品

　　　　　　　　　　　　　　　　　　　　　　　国際日本文化研究センター（京都市）H 23・3・25

水野信太郎　北原白秋の作品に見る近代産業と日常生活―石川啄木との比較を中心として―

　P162 〜 176「北翔大学生涯学習システム学部研究紀要」第 11 号 B5 判　　　　　H 23・3・25

岩手日日（記事）1 本の松　空へ力強く・名勝「高田松原」※啄木も愛した場所　H 23・3・27

上田博（書評）池田功著『啄木日記を読む』現代の青年にすすめる書　しんぶん赤旗　H 23・3・27

「国際啄木学会　研究年報」第 14 号 A5 判 全 126 頁（以下 22 点の文献を収載）

　【特集】徹底討論『一握の砂』（京都大会シンポジウム：木股知史／田口道昭／小菅麻起子／

　河野有時／大室精一）P1 〜 33

　【論文】

　太田　登　啄木短歌の受容における窪田空穂の存在 P34 〜 43

　塩浦　彰　大矢正修と与謝野鉄幹―啄木以前の都市と郷土 P44 〜 55

　村松　善　啄木日記にみる文学者意識と自己客観化―「石川啄木」「啄木」「石川さん」「石川君」

　　　　　　「石川」「啄木様」「いしかわさま」「啄木子」という表記を中心とした考察― P56 〜 67

　森　義真　「甲辰詩程」考―七月二一日から二三（二八）日の書簡体日記を中心に 68 〜 77

　近藤典彦　韓国併合批判の歌六首 P78 〜 89

　【研究ノート】

　千葉暁子　盛岡大学生が読む『一握の砂』―記憶・批判・発信― P90 〜 96

　【書評】

　池田　功　清田文武著『近代作家の構想と表現―漱石・未明から安吾・茨木のり子まで』P97 〜 98

　山下多恵子　塩浦彰著『越後明星派　点鬼簿―明治無名文学青年たちの記録―』P99 〜 100

　若林　敦　金子善八郎著『新潟県人物小伝　相馬御風』P101 〜 102

　近藤典彦　内田弘著『啄木と秋瑾―啄木歌誕生の真実』P103 〜 104

　【新刊紹介】

　山田武秋　遊座昭吾編『なみだは重きものにしあるかな　啄木と郁雨』P105 〜 0

　佐藤　勝　山下多恵子著『啄木と郁雨　友の恋歌　矢ぐるまの花』P106 〜 0

　栁澤有一郎　雑誌『短歌』〈大特集『一握の砂』刊行 100 年　はじめての石川啄木〉P107 〜 0

　清水健一　荒川紘著『教師・啄木と賢治―近代日本における「もうひとつの教育史」』― P108 〜 0

目良　卓　理崎啓著『青年の国のオリオン明治日本の高山樗牛』・逸見久美著『明星遊子』P109〜0

文屋　亮　三枝昂之著『短歌へのいざない』『上弦下弦』P110〜0

峠　義啓　碓田のぼる著『短歌のはなし』P111〜0

岡林一彦　田山泰三著『香川を詠んだ歌人たち』P112〜0

澤田勝雄　西脇巽著『高齢者がうつ病になるとき』P113〜0

【資料紹介】

佐藤　勝　石川啄木参考文献目録（平成22年度）2009年（平21）12月1日〜2010年（平22）
　　　　　11月30日発行の文献P114〜118

【編集後記】佐藤　勝／山下多恵子／今野　哲 P125〜0　　　　　国際啄木学会　H23・3・31

大室精一　『悲しき玩具』歌稿ノートの配列意識（5）―「第五段階の歌群」（178〜194番歌）につ
　　　いて― P175〜190「佐野短期大学研究紀要」第22号 A4判　　　　　　　　　　H23・3・31

水野信太郎〈研究報告〉『一握の砂』刊行百年後の北海道と盛岡 P105〜117「北翔大学北方圏学術
　　　情報センター年報」3号 A4判　　　　　　　　　　　　　　　　　　　　　　　H23・3・31

「石川啄木遺品展〜百回忌によせて〜」チラシ A4判 ※4/17〜10/12　　　函館市文学館　H23・3・―

「企画展石川啄木遺品展〜百回忌によせて〜」付録：展示資料（22点）一覧 A4判

　　※開催期間4/17〜10/12　　　　　　　　　　　　　　　　　　函館市文学館　H23・3・―

日景敏夫　石川啄木の言語学 P21〜51「比較文化研究年報」第21号 B5判　盛岡大学　H23・3・―

日景敏夫　石川啄木が読んだ英語資料のコーパス言語学 P47〜66「盛岡大学紀要」第28号 B5判

　　　　　　　　　　　　　　　　　　　　　　　　　　　　　　　　　　　　　　H23・3・―

日景敏夫　石川啄木と英語 P1〜22「盛岡大学英語英米文学会会報」第22号 B5判　H23・3・―

「新日本歌人」第66巻4号〔啄木特集〕B5判 850円（以下2点ほかの文献を収載）

　　碓田のぼる　石川啄木　受容の風景と言葉（二）P2〜12

　　津田道明　大跨に縁側を歩けば―三枝昂之著『啄木ふるさとの空遠みかも』―を読む P14〜21

【ミニエッセイ「啄木とわたし」】

　藍原益子／彩志野麿人／飯島碧／石坂修二／伊藤辰郎／今井孝子／大石りゅう／蒲原徳子／川岸
　和子／菅野全巳／甲賀利男／笹ノ内克己／柴田市子／下村すみよ／新保菅子／杉田美代子／田之
　上重子／西原和子／原田徹郎／針谷喜八郎／福田達雄／三木弘子／宮良信氷／山川みなみ／以上
　の啄木エッセイ／ P56〜63）　　　　　　　　　　　　　　新日本歌人協会　H23・4・1

森　義真　啄木の交友録【盛岡篇】（23）猪狩見龍 P38〜39「街もりおか」520号 H23・4・1

鈴木　正（書評）内田弘著「啄木と秋瑾」　　　　　　　　　　　　図書新聞　H23・4・2

DVD「『一握の砂』刊行100年記念」（BS−TBS 4/3放映番組を録画）30分　　　H23・4・3

朝日新聞（コラム天声人語）※「やはらかに柳」の歌と被災地に関する内容　　　　H23・4・4

北畠立朴〈啄木エッセイ156〉M先生と語り合う　　　ミニコミ「しつげん」第507号 H23・4・5

神奈川新聞（コラム照明灯）※啄木と賢治の故郷への思い述べた内容　　　　　　　H23・4・8

ジェイ・ルービン著／今井泰子・木股知史ほか訳『風俗壊乱　明治国家と文芸の検閲』A5判
　498頁 5000円＋税（※〈啄木に関する記述の多い章の一部〉　第10章・森鷗外と平出修 ……大逆事
　件の内幕 P199〜233／第11章・他の文学者の反応…石川啄木―自然主義の無力 P235〜272／
　第12章・完全な膠着状態……文芸委員会 P273〜313／ほか）　　　　　世織書房　H23・4・8

清水純一〈NEWSなおにぎり〉「一握の砂」に祈りこめ　　　　　　　読売新聞　H23・4・9

近藤典彦　石川啄木と幸徳秋水─処刑百年後の今年─P44 ～ 47「月刊　ヒューマンライツ」第 277 号

　　A5 判 500 円＋税　　　　　　　　　　　　　　（社）部落解放・人権研究所（大阪市）H 23・4・10

山下多恵子（書評）池田功著『啄木日記を読む』等身大の姿から伝わる魅力

　　　　　　　　　　　　　　　　　　　　　　　　　　　　　　　　新潟日報　H 23・4・10

吉田徳壽〈三浦哲郎文学への旅〉背負い続けた重い血脈（← H24・6『芥川賞作家　三浦哲郎』東奥日報社）

　　　　　　　　　　　　　　　　　　　　　　　　　　　　　　　東奥日報　H 23・4・10

「国際啄木学会東京支部会報」第 19 号 A5 判 全 44 頁（以下 6 点の文献を収載）

　　大室精一　巻頭言　「啄木」デビューの頃 P1 ～ 4

　　坂谷貞子　「ろくでなし啄木」を観て P5 ～ 7

　　田山泰三　啄木『悲しき玩具』「藤沢という代議士を」に関する一知見 P8 ～ 10

　　近藤典彦　「我を愛する歌」研究経過報告（承前）P11 ～ 17

　　吉崎哲男　『小樽のかたみ』所収「謡曲談」の種本探索記 P18 ～ 35

　　佐藤　勝　平成二十二年発行の「啄木文献」案内 P36 ～ 42

　　　　　　　　　　　　　　　　　　　　　　国際啄木学会東京支部会　H 23・4・13

「啄木忌に集う人々展」※会期：4 月 13 日～ 7 月 31 日（チラシ）　　石川啄木記念館　H 23・4・13

「啄木 100 回忌法要次第」A4 判 2 枚　　　　　　　　　　啄木祭実行委員会　H 23・4・13

毎日新聞（夕・記事）東日本大震災：作家・新井満さんの祈り　　　　　　H 23・4・13

岩手日報（記事）啄木しのび百回忌・玉山 120 人参列　　　　　　　　　　H 23・4・14

朝日新聞（コラム天声人語）※「路傍に犬ながながと」の歌を引用　　　　H 23・4・15

荒木　茂「明治期の小学校の風景（啄木の巻）～音読授業を創る　そのA面とB面と～」A4 判 16 頁

　　※「荒木茂の個人ホームページ」（下記アドレス）のコピーを綴じた冊子／発行日はUPの日付

　　http://www.ondoku.sakura.ne.jp/esseiisikawatakuboku.html　　　　　　H 23・4・15

石川啄木著『悲しき玩具』〈ハルキ文庫〉280 円　※収録作品「一握の砂」より「我を愛する歌」／

　　悲しき玩具／エッセイ：枡野浩一・石川くんは私 P100 ～ 106　　角川春樹事務所　H 23・4・15

「港文館だより」第 53 号 ※港文館が床上浸水（3.11 の大震災で）／ほか　　H 23・4・15

盛岡タイムス（記事）啄木しのぶ・宝徳寺で 100 回忌法要　　　　　　　　H 23・4・15

品川洋子　啄木歌の受容と「まてどくらせどこぬひとを」の表現 P55 ～ 58 『「宵待草」ノート─竹久

　　夢二と大正リベラルズ─』A5 判 1000 円＋税　　　発行：Dio の会／発売：はる書房　H 23・4・15

岩手日報（コラム学芸余聞）※啄木と三陸海岸に触れた内容　　　　　　　H 23・4・18

澤田勝雄　あとがき P201 ～ 203　澤田勝雄編『藤沢周平　とっておき十話』四六判　1500 円＋税

　　　　　　　　　　　　　　　　　　　　　　　　　　　　　大月書店　H 23・4・20

河北新報（コラム河北春秋）※ＪＲ線の不通から上野駅の啄木歌碑の歌を紹介　　H 23・4・21

無署名　鹿角甚句類聚〈別稿 1 ～ 6 〉※啄木と鹿角についての記述　「週刊かづの」2114 ～ 2121 号

　　タブロイド判 150 円　　　　　発行者：阿部規矩夫（鹿角市花輪町）H 23・4・21 ～ 6・17

岩手日報（記事）国際啄木学会会長に望月さん　　　　　　　　　　　　　H 23・4・23

近藤典彦「我を愛する歌」の研究（34-35 頁見本）A4 判 1 枚　啄木学会東京支部会　H 23・4・23

日景敏夫　石川啄木が読んだ英語資料のコーパス言語学（国際啄木学会東京支部研究会発表レジメ）

　　A4 判 5 枚　　　　　　　　　　　　於：明治大学駿河台キャンパス研究棟　H 23・4・23

呉　英珍　安重根と啄木「ココアのひと匙」をめぐって P279 ～ 288 統一日報社編

『図録・評伝安重根』A5判 3600円＋税 日本評論社 H 23・4・26

岩手日報（記事）欧米と若者に魅力伝えたい・国際啄木学会望月新会長が抱負 H 23・4・27

学術刊行会編『国文学年次別論文集』〈近代Ⅴ〉（平成20年）B5判 9300円＋税

（以下2点の啄木文献を収録）

　大室精一 『悲しき玩具』歌稿ノートの配列意識（3）―「第三段階」の歌群（115～130番歌）

　　　　　について―P239～248（→H20・3「佐野短期大学研究紀要」第19号）

　太田　登 歌集『一握の砂』の表現方法について―〈失敗の伝記〉への志向―P231～237

　　　　　（→H20・2「山邊道」第51号／天理大学国語国文学会） 朋文出版 H 23・4・―

山本玲子 啄木と盛岡〈講演要旨〉P3～0 MTCA「サポーター通信」No.47 A4判 H 23・4・―

「啄木祭」〈チラシ〉A4判両面（6月4日　姫神ホール） 同実行委員会 H 23・4・―

山本玲子（文）小松健一（写真）「啄木への旅」〈石川啄木没後100年記念・写真スケッチ集絵はがき〉

　10枚セット 600円 ぶどうぱん社（〒351-0031 朝霞市宮戸3-6-44）H 23・4・―

「折口信夫研究」創刊号【特集】資料　釈迢空・折口信夫書き入れ『一握の砂』B5判 1000円

　岡野弘彦（書写）釈迢空・折口信夫書き入れ　石川啄木著『一握の砂』P10～25

　長谷川政春 折口信夫書き入れ『一握の砂』解題 P26～28

　　　　　　　折口信夫の会（東京都渋谷区東4-10-28 折口博士記念古代研究所内）H 23・5・1

「啄木」第4号 A5判 全10頁（以下3点の文献を収載）

　石井敏之 静岡県と岩手県 P1～2

　渡辺寅夫 啄木の足跡を尋ねて P3～4

　石井敏之 巨大地震津波と原発災害 P5～8 静岡啄木の会 H 23・5・1

谷岡亜紀 文体と表現（2）P146～147「短歌」6月号 H 23・5・1

「WOWOW」5月号（記事）「ろくでなし啄木」5月4日に放映 （株）WOWOW H 23・5・1

編集部 石川啄木 青春の足跡をたどる P1～2「Flamme（フランメ）」第21号〈ライフ情報誌〉A4判

　　　　　　　　　　　　　　　　　　盛岡ガス（株）フランメ編集部 H 23・5・1

水野昌雄 石川啄木と現代について（2010年「静岡啄木祭」講演要旨）P44～50「新日本歌人」

　5月号 850円 新日本歌人協会 H 23・5・1

森　義真（書評）「啄木日記を読む」は面白い 盛岡タイムス H 23・5・1

森　義真 啄木の交友録【盛岡篇】（24）原　抱琴 P38～39「街もりおか」521号 H 23・5・1

読売新聞（新刊紹介・読書情報）『悲しき玩具』（ハルキ文庫） H 23・5・1

DVD 三谷幸喜脚本・演出、舞台劇「ろくでなし啄木」（2時間46分）2011年5月4日のテレビ（WOWOW）

　にて放映作品より録画。 H 23・5・4

朝日新聞（北海道版）【駅人話・岩見沢駅】歴史示す古レール H 23・5・5

長江隆一『歌集　帰ってきた啄木』～100回忌に寄せて～ B5判 254頁　※啄木の思いを267首の

　創作歌集。那須栄／北村克夫の寄稿文も掲載。 著者刊（北海道八雲町本町128）H 23・5・5

北畠立朴〈啄木エッセイ157〉吉野章三（白村）のこと ミニコミ「しつげん」第509号 H 23・5・5

盛岡タイムス（記事）4万3千泊分が消失 ※国際啄木学会などの中止を報道 H 23・5・5

朝日新聞（東京版PR）三谷幸喜独占インタビュー「ろくでなし啄木」を放映 H 23・5・6

好川範之・赤間均編著『北海道　謎解き散歩』〈新人物文庫〉文庫判 720円（以下2点の文献を収載）

　好川範之 石川啄木を北海道に呼んだ人物は？ P160～162

赤間　均　与謝野晶子が北海道を訪れて詠んだ秀歌とは？ P163 ～ 165

　　　　　　　　　　　　　　　　　　　　　　　　新人物往来社　H 23・5・6

釧路新聞（記事）石川啄木記念碑建立へ・来年没後 100 年で釧路啄木会　　H 23・5・7

北鹿新聞〈コラム・一筆啓上〉※「たはむれに…」の歌を引用した世評文　　H 23・5・8

北海道新聞（道南版記事）現代の啄木想像し歌集出版（「帰ってきた啄木」）長江さん　H 23・5・8

朝日新聞（北海道版）啄木にちなみ函館で岩手支援・新井満さん呼びかけ　H 23・5・9

ビジネス哲学研究会　石川啄木（詩人）P86 ～ 87『逆境を乗り越えるリーダーの言葉』四六判 950 円

　＋税　　　　　　　　　　　　　　　　　　　　　　　角川書店　H 23・5・10

入江春行〈講演記録〉大逆事件と文学者たち P7 ～ 12「与謝野晶子研究」第 192 号 B5 判 非売品

　　　　　　　　　　　　　　　　　　　　　入江春行個人偏輯発行誌　H 23・5・10

「小樽啄木会だより」第 13 号 B5 判 全 14 頁（以下 2 点の文献を収載）

　「小樽のかたみ」写真館～村住政太郎作品を中心に～ P6 ～ 13

　新谷保人　啄木と多喜二の接点 P13 ～ 14 ／ほか　　　　　小樽啄木会　H 23・5・14

北海道新聞（記事）歌碑の写真使い　啄木の魅力紹介・小樽啄木忌（水口忠会長）　H 23・5・15

盛岡タイムス（記事）好摩駅に東西自由通路（啄木の筆跡で記す）　　　H 23・5・16

岩手日報（全 7 段広告）啄木祭　※姫神ホール 6 月 4 日（講演：新井満ほか）　H 23・5・17

北海道新聞（記事）函館・新井満さんが支援催し（啄木の故郷の復興願い）　H 23・5・19

「浜茄子」第 80 号〈最終号〉B5 判 全 6 頁　（以下 7 点の文献を収載）

　【特集：石川啄木と縁のある宮城の人々】

　齋　忠吾　高橋ふぢの（旧姓・佐藤）

　南條範男　島貫政治（まさはる）

　田中きわ子　吉野白村（本名・章三）

　渡辺昌昭　吉野臥城（本名・甫〈はじめ〉）

　佐藤　信　土井八枝（旧姓・林　※土井晩翠夫人）

　佐藤和子　土井晩翠（本名・林吉）

　南條範男　長倉しん〈旧姓・福井〉（ほかに記載人物の顔写真と参考文献を掲載）

　　　　　　　　　　　仙台啄木会（仙台市宮城野区安養寺 2-22-10 南條方）　H 23・5・20

毎日新聞（北海道版）【街角：函館】啄木の故郷の被災地を支援（新井満さんが）　H 23・5・20

森　義真　「渋民日記」4 月 6 ～ 8 日を読む（啄木学会盛岡支部会発表レジメ）B4 判 1 枚　H 23・5・21

大沢久弥〈コラムばん茶せん茶〉啄木と釧路　　　　　　　　　岩手日報　H 23・5・24

北海道新聞（コラム・卓上一枝）※啄木の書いた新聞記事「小樽のかたみ」の内容　H 23・5・24

岩手日報（記事）啄木百回忌・来月 4 日に「偲ぶ会」盛岡で　　　　　　H 23・5・25

「大阪啄木通信」第 35 号〈別冊　補訂再版〉夢の広がる啄木母系の軌跡 B5 判 全 22 頁

　（天野　仁・石川啄木の母系にまつわる「熊谷家・工藤家由緒系譜」余聞―工藤常象謹撰―P1 ～ 20

　※（初版発行は H 20・10）　　　　　　　　　天野仁個人編輯発行　H 23・5・25

「大阪啄木通信」第 35 号〈第 1 分冊　補訂再版〉B5 判 全 16 頁 〔天野　仁・啄木の原点―両親の

　出自を訊ねる〕―P1 ～ 15　※（初版発行は H 12・8）　　天野仁個人編輯発行　H 23・5・25

佐藤通雅【名歌秀歌の舞台】北海道・函館 P1 ～ 3「短歌」6 月号　角川学芸出版　H 23・5・25

田中俊廣〈はがき随筆〉4 月度　※（故郷を追われることは）　　毎日新聞（長崎版）H 23・5・25

盛岡タイムス（記事）啄木没後 100 年へ記念事業　　　　　　　　　　　　　H 23・5・27

紅野謙介（書評）統制と闘いから見る文学　J・ルービン著『風俗壊乱』　東京新聞　H 23・5・29

「大阪啄木通信」第 35 号〈第 2 分冊　補訂再版〉B5 判　全 18 頁〔天野　仁・啄木生誕の地─“日戸”
　　を訊ねる〕─P1 ～ 16　※（初版発行は H 20・10）　　　　　　天野仁個人編輯発行　H 23・5・30

「大阪啄木通信」第 35 号〈第 3 分冊　補訂再版〉B5 判　全 18 頁〔飯田敏・一禎とカツの日戸村での
　　戸籍を尋ねて〕P1 ～ 16　※（初版発行は H 11・8）　　　　　天野仁個人編輯発行　H 23・5・30

水野信太郎　『一握の砂』発刊 100 年後の北海道と盛岡 P105 ～ 118「北翔大学　北方圏学術情報
　　センター年報 2011」第 3 号　生活福祉研究・生涯学習研究 A4 判
　　　　　　　　　　　　　　　　　　　　北翔大学北方圏学術情報センター　　H 23・5・31

北畠立朴「全国の啄木碑」【平成 23 年 5 月 11 日現在】〔※石川啄木碑 167 基に関する情報（建立年月日、
　　所在地、碑面に刻まれている文字）の詳細を記載する。調査、作成は著者〕A4 判 12 頁
　　他に資料 A3 判 1 頁　　　　　　　　　　　　　　　　　　　　　　著者刊　H 23・5・─

碓田のぼる　石川啄木受容と風景の言葉（三）P50 ～ 61「新日本歌人」第 66 巻 6 号　H 23・6・1

坪内稔典　【季語刻々】※「君が眼は」の啄木歌を引用　　　　　　　　　毎日新聞　H 23・6・1

森　義真　啄木の交友録【盛岡篇】（25）田村　叶 P40 ～ 41「街もりおか」522 号　H 23・6・1

岩手日報（記事）啄木祭、百回忌に講演、対談・玉山区で新井満さん　　　　　　　H 23・6・3

岩手日報（記事）演出家追悼・一人芝居「新婚の家」で畑中さん　　　　　　　　　H 23・6・3

読売新聞〈北海道南版〉八雲の会・長江さんが歌集『帰ってきた啄木』　　　　　　H 23・6・3

「啄木祭栞」A4 判 4 頁（講演：新井満／対談：山本玲子・新井満）　　同実行委員会　H 23・6・4

「SETU-KO ～啄木『ローマ字日記』より」（畑中美那子一人芝居チラシ）啄木新婚の家　H 23・6・4

毎日新聞（岩手版）県内外からファン 600 人・盛岡・啄木祭　　　　　　　　　　　H 23・6・4

朝日新聞（北海道版／駅人話）岩見沢駅（啄木の義兄山本千三郎が駅長だった）　　H 23・6・5

北畠立朴〈啄木エッセイ 158〉美国は美唄の間違いか　　　ミニコミ「しつげん」第511号　H 23・6・5

「札幌啄木会だより」NO.19　A4 判 全 11 頁（以下 6 点の文献を収載）

　　三戸茂子　北村牧場　歴史的秘蔵書との出会い P4 ～ 6 ※（橘智恵子宛ハガキ等の写真の掲載あり）

　　太田幸夫　「啄木」雑感 P6 ～ 7

　　〈新聞記事から〉

　　北海道新聞 H22.10.17（啄木病床の年賀状初公開）

　　北海道新聞 H22.12.10（啄木献辞本今も岩見沢に）

　　北海道新聞 H23.5.24（コラム・卓上一枝）

　　※啄木の書いた新聞記事「小樽のかたみ」の内容）

　　　　　　　　　　　札幌啄木会（札幌市白石区栄通 5 丁目 10-10-903 太田方）　H 23・6・5

関　厚夫〈次世代への名言〉雨ニモマケズ編（35 ～ 36）と啄木にふれた文

　　　　　　　　　　　　　　　　　　　　　　　　　　　　産経新聞　H 23・6・5 ～ 6

毎日新聞（岩手版記事）「啄木祭」にファン 600 人　　　　　　　　　　　　　　　H 23・6・5

盛岡タイムス（記事）啄木の機微に思いをはせる時間・啄木祭　ひ孫真一さん親子も　H 23・6・5

函館新聞〈新刊紹介記事〉長江さん歌集『帰ってきた啄木』出版　　　　　　　　　H 23・6・7

毎日新聞（岩手版）宮古・啄木もつかった？老舗・「七滝の湯」の再開を　　　　　H 23・6・7

朝日新聞（コラム天声人語）※「いのちなき砂の」歌を引用　　　　　　　　　　　H 23・6・9

岩手日報（記事）沖縄から復興後押し（石川啄木記念館など見学）　　　　　　　　　H 23・6・9

澤田信太郎『松前の隼』四六判 1800 円＋税（啄木関係文献：8. 記者、商業会議所、道庁官史／9.
　　啄木との交友 P67 ～ 77／24. 文筆生活の復活 P181 ～ 187）　　　中央公論事業出版　H 23・6・10

石原千秋（書評）『風俗壊乱』ジェイ・ルービン著「検閲」を軸にした近代文学史
　　　　　　　　　　　　　　　　　　　　　　　　　　　　　　　　　　日本経済新聞　H 23・6・12

酒井佐忠　詩歌の森へ・「折口信夫研究」創刊号（※折口の『一握の砂』書き込み掲載の情報）
　　　　　　　　　　　　　　　　　　　　　　　　　　　毎日新聞（東京版夕刊）H 23・6・12

盛岡タイムス（記事）樹齢 400 年の杉を伐採・玉山区日戸の常光寺　　　　　　　　H 23・6・14

盛岡タイムス（記事）啄木ゆかりの旧校舎を清掃　　　　　　　　　　　　　　　　　H 23・6・16

函館新聞（記事）盛岡・渋民小児童　啄木一族の墓訪問　　　　　　　　　　　　　　H 23・6・17

北海道新聞（道北・オホーツク版記事）石川啄木の歌碑　旭川にも　　　　　　　　　H 23・6・18

朝日新聞〈人生の贈りもの〉小林研一郎（1）※啄木の歌に作曲も　　　　　　　　　H 23・6・20

稲葉喜徳　第 3 章　石川啄木という教師（1）代用教員石川啄木（2）啄木の教育実践（3）啄木の教育
　　論（4）その後の啄木 P81 ～ 114『私たちの教育紀行』四六判　2000 円＋税　　花伝社　H 23・6・20

田中　要〈新刊紹介〉池田功著『啄木日記を読む』P43 ～ 0　歌誌「日本海」第 164 号　H 23・6・20

盛岡タイムス（記事）啄木の歌を楽曲に・吉田真央さんがＣＤ　　　　　　　　　　　H 23・6・23

大沢久弥　〈コラム ばん茶せん茶〉啄木と釧路　　　　　　　　　　岩手日報　H 23・6・24

産経新聞　伝統の教え・岩手県／郷土を愛した先人に学ぶ　　　　　　　　　　　　　H 23・6・25

酒井佐忠　詩歌の森へ・菱川善夫著作集（※『第 6 巻　近代歌人論』は石川啄木論を収載する）
　　　　　　　　　　　　　　　　　　　　　　　　　　　　　　　毎日新聞　H 23・6・26

「第 46 回七夕古書大入札」※目録 71 番に石川啄木の菅原芳子宛〈M 41. 7. 21〉書簡（最低入札
　　価格 250 万円より）　　　　　　　　　　　　　　　　　　　明治古典会　H 23・6・―

「りとむ」7 号 通巻 115 号 A5 判 1000 円（以下 2 点の文献を収載）
　　小林秀子（書評）池田功著『啄木日記を読む』「焼いて」と遺言 P60 ～ 61
　　高幣美佐子（書評）池田功著『啄木日記を読む』啄木の意図 P62 ～ 63
　　　　　　　　　　　　　　「りとむ」短歌会（川崎市麻生区千代ヶ丘 8-23-7）H 23・7・1

「啄木学級　文の京講座」〈チラシ両面刷 A4 判〉※開催日、7 月 1 日、場所：文京シビックセンター
　　講師：岸井成格「啄木の時代が来た」、ほかに対談　　　主催：盛岡市＆文京区　H 23・7・1

「新日本歌人」7 月号 A5 判（以下 3 点の文献を収載）
　　たなせつむぎ　我が青春とうた・函館の… P15 ～ 0
　　武田文治　東京啄木祭報告 P78 ～ 79
　　菊池東太郎　静岡啄木祭報告 P80 ～ 81　　　　　　　新日本歌人協会　H 23・7・1

「街もりおか」7 月号 523 号 B6 横判 260 円（以下 2 点の文献を収載）
　　高橋　智　啄木と珈琲の香り P9 ～ 10
　　森　義真　啄木の交友録【盛岡篇】(26) 小澤恒一 P38 ～ 39　　　杜の都社　H 23・7・1

大室精一　啄木の推敲意識（国際啄木学会夏のセミナー発表レジメ）Ａ 3 判 5 枚　　H 23・7・3

日景敏夫　石川啄木の読んだ英語資料のコーパス言語学（国際啄木学会夏のセミナー発表レジメ）
　　B5 判　4 頁　　　　　　　　　　　　　　　　　　　　　　　　　　　　H 23・7・3

大澤重人　支局長評論：周南　続・高 1 との出会い（高知啄木父子歌碑）

　　　　　　　　　　　　　　　　　　　　　　　毎日新聞（山口東版）　H 23・7・3

北畠立朴〈啄木エッセイ159〉釧路啄木会定期総会　　ミニコミ「しつげん」第513号　H 23・7・5

朝日新聞（北海道版記事）旭川に啄木の歌碑を　　　　　　　　　　　　　　　H 23・7・6

岩手日報（記事）現代短歌に啄木の面影・三枝さん東京で講演　　　　　　　　H 23・7・6

市谷経済新聞（記事）トーハン、「相馬屋」の復刻版原稿用紙を販売　※啄木も使用　H 23・7・7

朝日新聞（北海道版）【北の文人】大器晩成　野口雨情　　　　　　　　　　　H 23・7・8

毎日新聞（東京版）古書オークション（石川啄木の菅原芳子宛書簡250万円より）　H 23・7・8

木股知史『石川啄木・一九〇九年』【増補新訂版】四六判　325頁　3000円＋税〔元版→S59・12
　冨岡書房／細目：まえがき／Ⅰ．「ローマ字日記」の世界／Ⅱ．瘋癲院の裏―へなぶり短歌の意味／Ⅲ．
　国家・都市・郷土／Ⅳ．詩心と詩語―「食ふべき詩」及び「心の姿の研究」／Ⅴ．小論三編（立志と詩
　のアメリカ／柳田国男によって石川啄木の郷土を幻視する／〈一握の砂〉とはなにか）Ⅵ．増補二編（惑
　乱するイメージ―「事ありげな春の夕暮」をめぐって／啄木の何が新しいのか）／石川啄木年譜／あつ
　がき／初出一覧〕　　　　　　　　　　　　　　　　　　　　　　　沖積舎　H 23・7・9

下田城玄　近代日本文学をたどる（18）石川啄木　社会主義への道　　　高知民報　H 23・7・10

田中　綾〈日曜文芸コラム・書棚から歌を〉石川啄木／たんたらたんと…桜井順著『オノマトピア』
　（← H27・6『書棚から歌を』深夜叢書社）　　　　　　　　　　北海道新聞　H 23・7・10

毎日新聞（文化欄）啄木学級：傲慢さを戒めた啄木・岸井主筆が東京で講演　　H 23・7・11

大澤重人　悲しき異郷の路／謎の「音崎村」を探せ／「熊谷」名乗る侍／ほか P84 〜 112
　『心に咲いた花―土佐からの手紙』四六判 1800円＋税　　　　　冨山房　H 23・7・12

釧路新聞（記事）天才詩人の足跡たどる・23日に、くしろ啄木歌留多と歌碑巡り　H 23・7・12

北海道新聞（夕刊）旭川に啄木の歌碑を・建てる会が講演会　　　　　　　　　H 23・7・12

岩手日報（記事）啄木の恩師・冨田小一郎の収蔵品寄贈・先人記念館へ孫の女性　H 23・7・16

毎日新聞（阪神版）東日本大震災：音楽で思い届けたい（啄木歌集から）　　　H 23・7・16

盛岡タイムス（記事）冨田小一郎の孫の戸田さん盛岡市に332点・遺品寄贈　　H 23・7・17

☆「盛岡てがみ館所蔵の石川啄木資料図書（463点）一覧」※同館公式 HP に掲載。
　　　　　　　　　　　　　　　　　　　　　　　　閲覧確認日　H 23・7・18

梯久美子〈百年の手紙〉2．田中正造と石川啄木　　　　　東京新聞（夕）H 23・7・26

梯久美子〈百年の手紙〉3．幸徳秋水　　　　　　　　　　東京新聞（夕）H 23・7・27

毎日新聞（埼玉版）埼玉新刊：「私たちの教育紀行」稲葉喜徳著（花伝社）　　H 23・7・27

八重嶋勲　野村胡堂の青春育んだ書簡群・（35）石川啄木　　盛岡タイムス　H 23・7・29

藤田宰司（新刊紹介）大澤重人著『心に咲いた花―土佐からの手紙』冨山房刊（「啄木と父一禎の歌
　碑建立」／「熊谷」という侍／ほかの随筆を収録した書）　毎日新聞（高知版）H 23・7・31

「愛されて百年展　第2部　啄木を愛した作家たち」チラシ A4判両面刷　※開催期間 2011 年8月1日
　〜 11月30日　　　　　　　　　　　　　　　　　石川啄木記念館　H 23・7・―

飯坂慶一　小石川久堅町七四番地四六号―石川啄木終焉の地―都旧跡の石碑再建を願う P148 〜 156
　「詩都」第 36号 A4判 500円　　　　　　　発行所：都庁詩をつくる会　H 23・7・―

「街もりおか」8月号 524号 B6横判（以下 2点の文献を収載）
　細越麟太郎　晶子と啄木 P36 〜 37

　森　義真　啄木の交友録【盛岡篇】（27）福士神川 P38 〜 39　　　杜の都社　H 23・8・1

田鶴雅一　「啄木・ローマ字日記」を読んで P6〜0「短歌堺」第 44 号 A2 判　　　H 23・8・1

「平成 22 年度 盛岡てがみ館 館報」A4 判 30 頁 ※啄木に関する書簡の紹介など掲載　　H 23・8・1

森井マスミ　文学と生活者—舞台「ろくでなし啄木」を見て—「短歌研究」8 月号　H 23・8・1

玉木研二〈アナログですが・その 96〉今夏、ほんの少し啄木を　　　　　　毎日新聞　H 23・8・4

北畠立朴〈啄木エッセイ 160〉全国の啄木碑一覧作成　　　ミニコミ「しつげん」第 515 号　H 23・8・5

小野政章「啄木と盆踊り」B5 判 11 頁 ※佐藤勝宛メール添付の文章を綴じた冊子　H 23・8・8

読売新聞（青森版）啄木 200 作にメロデイー・青森市の白鳥さん　　　　　　　H 23・8・8

編集部　石川啄木 P8〜9　歴史墓碑探偵団編『一度はお参りしたい有名人のお墓』（文庫判）

　700 円＋税　　　　　　　　　　　　　　　　　　　　　　　新人物往来社　H 23・8・10

読売新聞（コラム編集手帳）※文頭に「よごれたる手をみる」の歌引用　　　　　H 23・8・13

池田　功（記事）木股知史著『石川啄木・一九〇九年』〈増補新訂版〉へなぶり短歌研究に注目

　　　　　　　　　　　　　　　　　　　　　　　　　　　　しんぶん赤旗　H 23・8・14

岩手日報（記事）19 日から盛岡で「短歌甲子園」・本県は 5 校 17 人が出場　　H 23・8・18

読売新聞（岩手版）短歌甲子園に 36 校・石川啄木のふるさとで　　　　　　　　H 23・8・19

岩手日報（記事）光を信じ言葉紡げ　盛岡で短歌甲子園が開幕　　　　　　　　　H 23・8・19

河北新報（記事）短歌甲子園、啄木の地元が優勝・盛岡第三高、5 年ぶり　※同内容の記事は他に、

　デイリースポーツ、秋田魁、スポーツニッポン、サンケイ新聞、中日スポーツ、東京新聞、長

　崎新聞、北国新聞、山梨日日新聞、神戸新聞、徳島新聞、山陰中央新聞、福井新聞、岩手日報、

　中日新聞、北海道新聞、京都新聞、冨山新聞、西日本新聞、大分合同新聞、新潟日報、四国新聞、

　宮崎日日新聞、日本経済新聞、以上 24 紙に掲載を確認　（ネット掲載順）　　H 22・8・23

北海道新聞（道北・オホーツク版）霜の花見える啄木像建立へ・旭川　　　　　　H 23・8・25

八重嶋勲〈野村胡堂の青春育んだ書簡群〜学友たちからの手紙〉(39) 石川麦羊子が 2 通目のはがき

　　　　　　　　　　　　　　　　　　　　　　　　　　　　盛岡タイムス　H 23・8・26

「愛され続ける啄木」〈函館市文学館講座チラシ・講師：山本玲子〉A4 判 片面刷　H 23・8・28

岩手日報（記事）短歌で探る賢治・啄木／北上で結社全国大会　　　　　　　　　H 23・8・28

山本玲子　啄木百年「愛され続ける啄木」〈講座レジメ A4 判 4 枚〉 著者作成　H 23・8・28

小島ゆかり　過去未来へのまなざし　短歌甲子園 2011 の作品群　　　　岩手日報　H 23・8・29

☆井上信興「啄木を支援した人々」（1. 啄木と金田一京助 1〜5／2. 啄木と宮崎郁雨 1〜6／3. 啄木と小田島

　尚三 1〜3／4.「小樽日報」の人々 1〜3／5.「東京朝日新聞」の人々 1〜2／6. 土岐哀果 1〜2）http://yuwakai.

　org/dokokai6/shiensuruhitotachi/pagesien/topsien/bobysien/takubokusienkindaiti01.html

　　　　　　　　　　　　　　　　　　　　　　　　　　　　閲覧確認日　H 23・9．1

岩手県建築士会編『いわて芝棟ものがたり』文庫判 60 頁 非売品 ※啄木の歌と賢治の詩を古民家

　の写真と併せて抄出した内容。／本書は被災地復興基金の協力者に配布の文庫本

　　　　　　　　岩手県建築士会（連絡先〒 020-0887 盛岡市上ノ橋町 1-50・小川惇）H 23・9・1

柏木文代　わが青春とうた・石川啄木 P19〜0「新日本歌人」第 66 巻 9 号　　　H 23・9・1

古賀ふみ〈ぽぽの話 63〉啄木「すっぽりと…」の歌 P78〜0「りとむ」116 号　H 23・9・1

佐藤和範〈函館ゆかりの人物 251〉砂山影二 P2〜0「ステップアップ」270 号　※A4 判 2 面刷パンフ

　　　　　　　　　　　　　　　　　　　　　　函館市文化スポーツ振興会　H 23・9・1

森　義真　啄木の交友録【盛岡篇】(28) 板垣玉代 P38〜39「街もりおか」525 号　H 23・9・1

盛岡タイムス（記事）作家が愛した啄木・玉山区の記念館で「理由」に迫る企画展　　　H23・9・2

「啄木学級故郷講座」〈チラシ〉※講師：長内努（彫刻家）／9月3日啄木記念館　　　H23・9・3

盛岡タイムス（記事）全国各地の啄木像を解説（啄木学級故郷講座）　　　　　　　　H23・9・4

北畠立朴〈啄木エッセイ161〉書家石原清雅氏に学ぶ　　　ミニコミ「しつげん」第517号　H23・9・5

岩手日報（記事）記念館で企画展・作家の目から見た啄木　　　　　　　　　　　　　H23・9・7

細馬宏通　啄木の凌雲閣 P233〜265　『浅草十二階 ―塔の眺めと〈近代〉のまなざし』（増補新版）

　　四六判 2400円＋税（→H11・11「ユリイカ」第31巻12号／初版→H13・6青土社／再販など数回あり）

　　　　　　　　　　　　　　　　　　　　　　　　　　　　　　　青土社　H23・9・10

水野翔太　〈みちのく探訪〉玉山　受け継ぐ啄木の郷土愛　　　　　　　読売新聞　H23・9・10

入江春行　明星派の人々（→S62「大谷女子大学資料館だより」36号掲載の改稿）P7〜14

　　「与謝野晶子研究」第194号 B5判 非売品　　　　　　　入江春行個人編輯発行　H23・9・10

「週刊現代」9月10日号（記事）作家たちの手紙／石川啄木（菅原芳子宛 M41・7・21）380万円

　　／ほか P12〜0　　　　　　　　　　　　　　　　　　　　　　講談社　H23・9・10

横澤一夫　啄木滞在わずか15時間・お見事、旭川の「あやかり観光」　釧路新聞　H23・9・10

盛岡タイムス（記事）JR盛岡駅で拓本展（啄木の歌碑なども）　　　　　　　　　　H23・9・14

八重嶋勲　野村胡堂の青春を育んだ書簡群（42）猪川浩　　　　　　盛岡タイムス　H23・9・16

岡井　隆　けさのことば・「啄木詩集」より＜拳＞　　　　　　　　　　東京新聞　H23・9・18

「游悠」233号　※地域情報誌（記事）十五歳の原点（10月25日・内容：啄木と尾崎豊のメッセージ

　　IATテレビにて放映）　　　　　　　　　　　　　　　　　　　　　　　H23・9・27

坪内稔典　季語刻々・※「友がみな…」の歌に触れた文　　　　　　　　毎日新聞　H23・9・28

産経新聞（岩手版）盛岡東署　大石秀夫警部補「啄木の古里」を守る　　　　　　　H23・9・28

盛岡タイムス（記事）あらえびす記念館・企画展「胡堂交友録」　　　　　　　　　H23・9・29

東京新聞〈コラム・交差点〉一葉と啄木　　　　　　　　　　　　　　　　　　　　H23・9・30

「盛岡てがみ館第36回企画展　啄木をめぐる人々」チラシ両面刷　開催期：10・10〜H24・2・13

　　※舟越保武／金田一京助／ほかの手紙を展示　　　　　　　盛岡てがみ館　H23・9・―

天野　仁著作「『石川啄木全集』未収録書簡目録」（未完）A5判2頁　著者発行　H23・10・1

「釧路啄木会　さいはて便り」第6号 A4判 全4頁（細目：北畠立朴・【研究余滴】橘智恵子の嫁

　　ぎ先を尋ねて P2〜0／佐藤一労・米町公園の啄木歌碑 P3〜0／ほか）　　　H23・10・1

「啄木」第5号 A5判 全12頁（細目：石井敏之・啄木碑は全国に167基ある P2〜0／渡辺寅夫・

　　啄木の足跡を尋ねて（二）旧渋民村 P3〜4／石井敏之・鶴彬と石川啄木 P5〜9／ほか）

　　　　　　　　　　　　　　　　　　　　　　　　　　　　静岡啄木の会　H23・10・1

編集部　舟越保武の手紙・石川啄木像にかける想い P17〜0「月刊ぽけっと」〈盛岡情報誌〉

　　A5変形判　　　　　　　　　　　　　　　　　　盛岡市文化振興事業団内　H23・10・1

「盛岡民主文学通信」182号（記事）国際啄木学会会長と懇談／碓田のぼる氏講演　H23・10・1

「街もりおか」10月号 526号 B6横判（以下2点の文献を収載）

　　森　義真　啄木の交友録【盛岡篇】（29）金子定一 P38〜39

　　細越麟太郎　夏村邂逅「啄木秋霙」P42〜43　　　　　　　　　杜の都社　H23・10・1

岬　龍一郎　たのしみの思想・啄木の歌との違い P54〜59『「清貧」という生き方』四六判 1300円

　　＋税　　　　　　　　　　　　　　　　　　　　　　　　PHP研究所　H23・10・4

朝日新聞（ひと）貫地谷しおりさん／インタビュー／「泣き虫なまいき石川啄木」　H 23・10・5

近藤典彦「女郎買の歌」と魚住折蘆 ―「時代閉塞の現状」― P 1〜4「視線」復刊第 2 号 A5判

　　500 円　　　　　　　　　　　　　　　　　　視線の会（函館市本町 2-12-3 和田方）H 23・10・5

北畠立朴〈啄木エッセイ 162〉『わが家のアイドル』　　ミニコミ「しつげん」第 519 号　H 23・10・5

朝日新聞（夕）だらしない啄木に光「泣き虫なまいき石川啄木」7 日から上演　　H 23・10・6

八重嶋勲　野村胡堂の青春を育んだ書簡群（45）・瀬川深　　　　盛岡タイムス　H 23・10・7

「泣き虫なまいき石川啄木」（公演プログラム）B5判 全 30 頁 700 円（以下 10 点の文献を収載）

　　段田安則（演出）啄木の「真実」をもとめて P1 〜 0

　　井上ひさし　市井の歌人・石川啄木の生涯 P3 〜 4

　　【出演者インタビュー文】

　　稲垣吾郎、貫地谷しおり、渡辺えり、西尾まり、鈴木浩介、段田安則 P5 〜 10

　　枡野浩一　石川くん、ごめんな。P10 〜 11

　　【対談】井上麻矢＆北村明子〈作家〉井上ひさし〜その仕事と継承 P12 〜 18

　　※本公演は紀伊國屋サザンシアターに於いて 2011 年 10 月 7 日〜 10 月 30 日まで上演された。

　　　　　　　　　　　　　　　　　　　　　　　　　　　シス・カンパニー　H 23・10・7

山田武秋「津波と砂と石川啄木〜『一握の砂』巻頭 10 首と "地湧の菩薩" 〜」A4判 7 枚（※国

　　際啄木学会東京支部会有志による研究会用レジメ）　　　　　著者作成　H 23・10・8

吉見正信　石川啄木はプレーボーイ？ P204 〜 207『岩手県謎解き散歩』文庫判 733 円＋税

　　　　　　　　　　　　　　　　　　　　　　　　　　　　　新人物往来社　H 23・10・11

毎日新聞（夕刊）「泣き虫なまいき石川啄木」段田安則が井上ひさしの評伝劇啄木を　H 23・10・13

産経新聞〈コラム産経抄〉※短歌甲子園の石川啄木賞の入選歌を紹介　　　　　　　H 23・10・14

高山美香〈北の文化人〉啄木との忘れ得ぬ一夜ー寺島征史　朝日新聞（北海道版）H 23・10・14

「国際啄木学会会報」第 29 号 A5判 全 50 頁 非売品（以下 23 点の文献を収載）

　　編集部　盛岡大会案内 P4 〜 5

　　望月善次　（開催にあたって）東日本大震災の後の日本をどう生きるか

　　　　　　　　　　　　〜啄木研究の「新しき明日」をどう拓くか P6 〜 0

　　小林芳弘　2011 年盛岡大会開催にあたり P7 〜 0

　　【特別講演】

　　望月善次　熊坂義裕氏「東日本大震災のこと〜宮古市と啄木にも触れながら〜」に、どんな

　　　　　　　お願いをしたか P9 〜 0

　　【研究発表】

　　田山泰三　藤澤黄鵠の生涯と思想―啄木「藤沢という代議士を〜」に関する考察 P10 〜 0

　　山田武秋　津波と砂と石川啄木〜『一握の砂』巻頭十首と「地湧の菩薩」〜 P10 〜 11

　　【パネルデスカッション】

　　望月善次　開催主旨と概要 P11 〜 12

　　【2010 年度京都大会所感】

　　今野　哲　シンポジウム「徹底討論『一握の砂』を読む」聴講記 P14 〜 17

　　安元隆子　京都大会　第 2 日目傍聴記 P17 〜 18

　　【2011 年度夏のセミナー所感】

平出　洸　2011年夏のセミナーに参加して P21 ～ 22

佐藤静子　夏のセミナー傍聴記 P22 ～ 23

【各地のたより】北畠立朴（北海道支部）／小林芳弘（盛岡支部）／大室精一（東京支部）／若林敦（新潟支部）／チャールズ・フォックス（関西支部）／林水福（台湾啄木学会）／ウニタ・サチダナンド（インド啄木学会）

【三枝昂之氏紫綬褒章を受章／会員随想】

三枝昂之　受賞に思うこと P32 ～ 33

亀谷中行　今も猶…私の場合 P33 ～ 34

栁澤有一郎　啄木が相馬屋を訪ねた日 P34 ～ 35

福地順一　石川啄木に関する新資料「弓町より」について P36 ～ 37

【新入会員の自己紹介】

石井敏之　久堅町七十四番地 P38 ～ 0

北田まゆみ・千葉暁子・山田昇 P39 ～ 41 ／ほか　　　　　　　国際啄木学会　H 23・10・15

「国際啄木学会盛岡支部会報」第20号 B5判 全42頁（以下の10点の文献を収載）

小林芳弘　（巻頭言）盛岡支部会報20号と新体制～ 2011年盛岡大会を待望しながら～ P2 ～ 3

望月善次　啄木の宗教意識に関わる随想的考察 P4 ～ 6

赤崎　学　明治の評論についてのノート・高山樗牛について P7 ～ 9

米地文夫　啄木の北をめざす電柱列の歌は賢治の幻想的作品世界へと繋がった P10 ～ 15

森　義真　盛岡天満宮の啄木歌碑補修 P16 ～ 18

小林芳弘　『渋民日記』三月二八日～四月三日を読む P19 ～ 22

佐藤静子　『渋民日記』四月九日・十日を読む P23 ～ 25

吉田直美　演劇「ろくでなし啄木」を見たこと P26 ～ 28

向井田薫　詩集『あこがれ』を短歌に詠む③ P29 ～ 31

日景敏夫　バイロンの Solitude の考察 P32 ～ 34　　　　　国際啄木学会盛岡支部　H 23・10・15

藤原　哲　〈コラム展望台〉啄木、そして現代短歌　　　　　　　　　　岩手日報　H 23・10・15

目良　卓　〈私の座右の歌集〉石川啄木『一握の砂』P56 ～ 0「開放区」第92号　　H 23・10・15

日本経済新聞（連載記事・200年企業176）相馬屋源四郎商店・原稿用紙　　　　　H 23・10・17

内田洋一（シス・カンパニー）「泣き虫なまいき石川啄木」作者井上ひさしとの苦悩の二重唱

　　　　　　　　　　　　　　　　　　　　　　　　　　　　　　　日本経済新聞　H 23・10・18

「企画展の窓」138号〈石川啄木像にかける想い〉舟越保武書簡　　　盛岡てがみ館　H 23・10・18

盛岡タイムス（記事）旧斉藤家で茶を振る舞う・啄木記念館長の講話も　　　　　　H 23・10・18

釧路新聞（記事）来年1月に啄木碑建立・釧路新聞第1日目の足跡記念　　　　　　H 23・10・19

高知新聞（記事）石川啄木の大逆事件論　　　　　　　　　　　　　　　　　　　H 23・10・19

北海道新聞（釧路・根室版）記念碑建立へ募金開始・釧路啄木会、近く期成会も　　H 23・10・19

伊藤幸子「百たびの雪」（啄木の歌と柏崎驍二の歌について）　　　盛岡タイムス　H 23・10・19

扇田昭彦（劇評）「泣き虫なまいき石川啄木」・「祈り」の境地に　　朝日新聞（夕）H 23・10・20

合田一道　啄木の短歌を歩く P212 ～ 227『北海道　地名をめぐる旅』菊判　819円

　　　　　　　　　　　　　　　　　　　　　　　　　KKベストセラーズ　H 23・10・20

久世番子　石川啄木・コピーライターたくぼく P129 ～ 136『よちよち文藝部』〈コミック〉四六判

950円＋税　　　　　　　　　　　　　　　　　　　　　　　　　　　文藝春秋社　H 23・10・20

真田英夫作成「〈橘智恵子に関する資料〜札幌高等女学院同窓会名簿（昭11刊）全／元村開拓道路（大正15年・個宅名付地図2種）／ほか〜」※複写 A4判 120枚　　　　啄木文庫受入日　H 23・10・22

朝日新聞（北海道版）〈駅人話・釧路駅〉啄木の奔放な76日間　　　　　　　　　　H 23・10・23

田中　礼　『啄木とその周辺―近代短歌史の一側面―』四六判 252頁 2400円＋税〔細目：Ⅰ．啄木論（啄木と俳句／ほか8篇）／Ⅱ．啄木の周辺―近代短歌の創始者（鉄幹と啄木／ほか）／Ⅲ．啄木の流れファシズム下の歌人たち／Ⅳ．書評集（碓田のぼる『「明星」における進歩の思想』／ほか）／Ⅴ．川並秀雄先生をおもう／ほか〕　　　　　　　　　　　　　　　　　　　洋々社　H 23・10・25

岩手日報（記事）5，6日に盛岡大で大会　国際啄木学会　　　　　　　　　　　　H 23・10・28

高山美香　北の文化人（※石川京子の女学校時代に触れた文）　朝日新聞（北海道版）H 23・10・28

八重嶋勲　野村胡堂の青春を育んだ書簡群（48）・猪川浩　　　　盛岡タイムス　H 23・10・28

☆川口英孝　石川啄木と椴法華村〔ブログ「函館市とどほっけ村」〕※民家の宅地に廃棄状態の啄木歌碑の報告。https://blog.goo.ne.jp/choshibeach/e/92874b45f32d4aa0c50419f2d0ac524c
　　　　　　　　　　　　　　　　　　　　　　　　　　　　閲覧確認日　H 23・10・30

「泣き虫なまいき石川啄木」〈シス・カンパニー公演チラシ〉　　　　　　　　　　H 23・10・―

碓田のぼる　行分け短歌の未来 P96〜97「新日本歌人」11月号　　　　　　　　H 23・11・1

及川和男　命見つめ心起こし 第6回　石川啄木の福祉観 P4〜6　「月刊ゆたかなくらし」2011年11月号 A4判 683円＋税　　　　　　　　　　　　　　　　　　本の泉社　H 23・11・1

佐々木光雄　啄木　うたの風景　　　　　　　　　岩手日報〈コラムばん茶せん茶〉H 23・11・1

森　義真　啄木の交友録【盛岡篇】（30）富田砕花 P38〜39「街もりおか」527号　H 23・11・1

北海道新聞（釧路圏版）啄木初来釧の地・記念碑建立へ期成の会　　　　　　　　H 23・11・2

釧路新聞（記事）啄木記念碑、第一歩の地に・建立期成会が始動・釧路　　　　　H 23・11・3

北海道新聞（釧路圏版）国際啄木学会釧路で・13年の開催内定　　　　　　　　　H 23・11・3

岩手日報（記事）最優秀賞に越田君（神奈川藤沢学園中学）・啄木学会短歌賞　　H 23・11・4

盛岡タイムス（記事）啄木に復興の精神・森義真氏に聞く　　　　　　　　　　　H 23・11・4

北海道新聞（道東版）啄木ゆかりの地に碑を　　　　　　　　　　　　　　　　　H 23・11・4

水野信太郎　＜版画＞啄木の肖像　A2判（※発行日は湘南啄木文庫の受入日）　H 23・11・4

北畠立朴　〈啄木エッセイ 163〉北村家訪問　　　　　ミニコミ「しつげん」第521号　H 23・11・5

熊坂義裕　東日本大震災のこと〜宮古市と啄木にも触れながら〜　国際啄木学会記念講演レジメ　A2判 14頁　　　　　　　　　　　　　　　　　　　　　　　著者作成　H 23・11・5

「三浦光子から川崎むつを宛書簡 28通の翻刻」A4判 43頁　翻刻作成者：西脇　巽
　　　　　　　　　　　　　　　　　　　　　　　　　　湘南啄木文庫の受入日　H 23・11・5

日景敏夫「石川啄木「ローマ字日記」のローマ字表記の研究」※（原稿論文の綴じ冊子）B5判 11頁
　　　　　　　　　　　　　　　　　　　　　　　　　　　　　　　著者刊　H 23・11・5

山田武秋　津波と砂と石川啄木〜『一握の砂』巻頭十首と「地湧の地蔵」〜 A4判 4頁
　　※（国際啄木学会盛岡大会研究発表レジメ）　　　　　　　　　　著者作成　H 23・11・5

読売新聞（岩手版）震災からの復興「啄木」で考える・きょうから国際学会　　　H 23・11・5

盛岡タイムス（5日の催事）国際啄木学会 2011年度盛岡大会　　　　　　　　　　H 23・11・5

朝日新聞（岩手版）第22回国際啄木学会が始まる　　　　　　　　　　　　　　　H 23・11・6

池田　功　新しき明日、新しき啄木　A4判　4頁（国際啄木学会発言内容レジメ）　　　　H 23・11・6

近藤典彦「新しき…」歌の解釈 A4判 5頁（国際啄木学会発言内容レジメ）　　　　H 23・11・6

西連寺成子　新しき明日、新しき啄木　A3判 2枚（国際啄木学会発言内容レジメ）　　H 23・11・6

田口道昭　新しき明日、新しき啄木　B5判 12頁（国際啄木学会発言内容レジメ）　　H 23・11・6

田山泰三　藤沢黄鶴と思想～藤沢といふ代議士を～ A4判 6枚（国際啄木学会盛岡大会研究発表レジメ）

　　　　　　　　　　　　　　　　　　　　　　　　　　　　　　　　　著者作成　H 23・11・6

林　水福　日台文化交流―遠藤周作の翻訳と石川啄木の受容状況をかねて― A4判 6枚（国際啄
　　木学会盛岡大会研究発表レジメ）　　　　　　　　　　　　　　　　　著者作成　H 23・11・6

森　義真　新しき明日、新しき啄木　A4判 4頁（国際啄木学会発言内容レジメ）　　　H 23・11・6

岩手日報（記事）困難克服　啄木に学ぶ・国際啄木学会盛岡大会　　　　　　　　　　H 23・11・6

北海道新聞（記事）国際啄木学会、13年度に釧路で　　　　　　　　　　　　　　　H 23・11・6

盛岡タイムス（記事）あすへの希望を・国際啄木学会で研究者討議　　　　　　　　　H 23・11・7

岩手日報（記事）啄木通し心の復興を・国際啄木学会盛岡大会　　　　　　　　　　　H 23・11・7

吉田笑子〈コラムばん茶せん茶〉故郷と啄木　　　　　　　　　　　　岩手日報　H 23・11・8

東奥日報（記事）石川啄木の詩に合わせ作曲・白鳥花江さん　　　　　　　　　　　　H 23・11・9

岩手日報（記事）国際啄木学会盛岡大会・「新しき啄木」探る　　　　　　　　　　　H 23・11・10

平野英雄　明治末年の投稿歌壇の青年たち P5～0「日本現代詩歌文学館館報」63号　H 23・11・10

岩手日報（記事）啄木縁に災害時連携・盛岡市　文京区（東京）と協定締結　　　　　H 23・11・11

「札幌啄木会だより」20号 A4判 全11頁（以下の5点の文献を収載）

　　長谷部和夫　故郷函館と啄木 P2～3

　　渡辺恵子　鏡沼 P4～0

　　三戸茂子〈啄木小談〉北村に千寿子夫人を訪ねた日の回想 P4～5

　　中川康子　智恵子と啄木の心の軌跡 P5～7

　　太田幸夫　啄木は「ウソつき」か？ P8～9　　　　　　　　　　　　札幌啄木会　H 23・11・11

産経新聞（岩手版）文京区が盛岡市と災害時総合応援協定を締結・啄木が縁　　　　　H 23・11・11

盛岡タイムス（記事）文京区と災害応援協定・盛岡市「啄木の縁」交流も期待　　　　H 23・11・11

読売新聞（岩手版）盛岡市と文京区　大規模災害協定・啄木で文化交流　　　　　　　H 23・11・11

☆よんななニュース（ネット新聞）十五のこころ（尾崎豊が啄木短歌の影響を）　　　H 23・11・11

岩手日報（コラム学芸余聞）※内容：国際啄木学会盛岡大会での研究発表　　　　　　H 23・11・12

小嵐九八郎　夜長は詩と歌で〈※啄木の詩に触れた随想〉　　　　　　　秋田さきがけ　H 23・11・12

「啄木の妻　節子星霜」〈劇団「波」京都公演チラシ〉A4判両面刷　11/12・13上演　H 23・11・12

田中　綾〈日曜文芸コラム・書棚から歌を〉土岐善麿／大伏春美ほか編『土岐善麿と図書館』
　　（←H27・6『書棚から歌を』深夜叢書社）　　　　　　　　　　　北海道新聞　H 23・11・13

東奥日報（全1頁特集記事）三浦哲郎㉝ 随筆「啄木のローマ字日記」　　　　　　　H 23・11・13

吉田徳壽〈三浦哲郎文学への旅〉啄木のローマ字日記（←H24・6『芥川賞作家　三浦哲郎』東奥日報社）

　　　　　　　　　　　　　　　　　　　　　　　　　　　　　　　　東奥日報　H 23・11・13

小松泰彦　にっぽん建築散策・盛岡 P22～27（啄木記述は24p）「パートナー」12月号 A4判

　　　　　　　　　　　　　　　　　　　　　　　　　　三菱ＵＦＪニコス（株）H 23・11・15

神奈川新聞〈コラム照明灯〉※啄木の「手が白く」の歌と尾崎行雄に触れた文　　　　H 23・11・15

伊能専太郎　レッテルをはがす（※朝日歌壇の「白面郎」のこと）　　　盛岡タイムス　H 23・11・18

静岡新聞（記事）「明星」復刻版を寄贈　熱海市立図書館に元校長　　　　　　　H 23・11・18

毎日新聞（コラム憂楽帳）故郷喪失※啄木歌と原発事故後の避難者の現状を記す　H 23・11・20

五十嵐幸夫　県都盛岡の追憶 P4〜0 ※啄木、賢治の暮らした時代の記述　「宮沢賢治センター通信」
　　第 13 号　A4 判　　　　　　　　　　　　　宮沢賢治センター（岩手大学内）H 23・11・20

佐藤竜一　啄木・賢治と東京病 P11〜0「宮沢賢治センター通信」第 13 号　　　H 23・11・20

黒川伸一　「啄木と札幌」に光（署名記事）　　　　　　　　　　　北海道新聞　H 23・11・23

澤田勝雄　国際啄木学会・盛岡大会　若者への広がりに期待　　　しんぶん赤旗　H 23・11・25

盛岡タイムス（記事）啄木が立ち読みした街・呉服町と六日町　　　　　　　　H 23・11・27

田中俊廣　はがき随筆：月間賞　※啄木の歌 2 首を枕の評　　　毎日新聞（長崎版）H 23・11・29

「青森文学」第 80 号　A5 判 800 円（以下 3 点の文献を収載）

　　西脇　巽　啄木と災害 P68〜75

　　阿部誠也　嵐の中の啄木祭 P76〜77

　　かしおよしだ〈平成の石川啄木流短歌〉人生歌録 P86〜87　　　　　青森文学会　H 23・11・―

「石川啄木の自筆ハガキ」※岩動孝久宛（M38/8/12）両面写真と翻刻 A4 判 2 枚　　H 23・11・―

「碑が語る石川啄木」〈拓本シリーズ 2〉チラシ　12/12〜1/27　啄木・賢治青春館　H 23・11・―

真山重博　留年で啄木と同期に（獅子内謹一郎）P1〜0「もりおか情報紙　アップル」110 号
　　　　　　　　　　　　　　　　　　　　　　　　　　　東北堂（盛岡市肴町）H 23・11・―

岩手日報（記事）演劇人が語る・渡辺えり子さん講演※「泣き虫―」の啄木　　H 23・12・1

谷川　俊　啄木と俳句 P62〜63「武蔵野ペン」第 147 号　A5 判 500 円
　　　　　　　　　　　　　　川越ペンクラブ事務局（川越市安比奈新田 267 田村方）H 23・12・1

田中　要　"啄木のすすめ"田中礼著『啄木とその周辺』P37〜0「日本海」166 号　H 23・12・1

長江隆一　『歌集　舞い戻った啄木』A5 判 219 頁　※啄木関係の絵葉書や図書から引用の写真入りで
　　自作の啄木の気持ちになって作った歌を一冊にまとめたユニークな愛好者の本。特に後藤伸行の
　　啄木関係の切り絵が多くて楽しめる。　　　　　　著者刊（北海道二海郡八雲町本町 128）H 23・12・1

「プラザおでって＆もりおか啄木・賢治青春館 NEWS」122 号（以下 2 点の文献を収載）

　　碑が語る石川啄木〜拓本シリーズ　その 2〜（会期 12・14〜2012・1・27）

　　藤原正教　"やはらかに"歌碑の拓本 P4〜0　　　盛岡観光コンベンション協会　H 23・12・1

編集部　作家・五木寛之の"歌の旅びと"岩手編 P81〜89（H23/9/25 放送の分）「ラジオ深夜便」
　　12 月号　B5 判 350 円　　　　　　　　　　　　　　　ＮＨＫサービスセンター　H 23・12・1

「盛岡民主文学通信」184 号（記事）啄木から受け継ぐものが分かった　　　　H 23・12・1

森　義真　啄木の交友録【盛岡篇】（31）高橋兵庫 P38〜39「街もりおか」12 月号 528 号
　　B6 横判 260 円　　　　　　　　　　　　　杜の都社（盛岡市本町通 2-13-8）H 23・12・1

谷口孝男〈異聞風聞〉「ふるさと」を思った 1 年（盛岡と啄木話題）　　北海道新聞　H 23・12・4

北畠立朴〈啄木エッセイ 164〉学会を愉しむ私　　　ミニコミ「しつげん」第 523 号　H 23・12・5

釧路新聞（記事）来年 1 月啄木没後 100 年イベント・関係団体準備　　　　　　H 23・12・5

坪内祐三　金尾文淵堂の雑誌『小天地』P58〜64『探訪記者松崎天民』四六判 2200 円＋税
　　　　　　　　　　　　　　　　　　　　　　　　　　　　　　　筑摩書房　H 23・12・5

北海道新聞（釧路・根室版）啄木「船出の地」に看板　　　　　　　　　　　　H 23・12・6

篠田達明　石川啄木 P32 〜 35『日本史有名人の臨終カルテ』文庫判 667 円＋税

新人物往来社　　H 23・12・7

「県民文芸作品集」No.42 A5 判（以下 2 点の文献を収載）

　　吉田直美　「検閲制度」を通した温かで客観的な近代文学史〜『風俗壊乱』（ジェイ・ルービン）の意味
　　　　　〜 P132〜140

　　佐藤静子　あゝ自分は詩人として生まれてきたのであった─啄木『あこがれ』の世界へ─ P141〜150

第46回岩手芸術祭実行委員会　H 23・12・10

松本幸四郎〈私の履歴書 11〉（芸術座講演「悲しき玩具」に触れる）日本経済新聞　　H 23・12・11

岩手日報（記事）市町村議会／ 14 日・啄木顕彰で「しのぶ会」百回忌の来年度　　H 23・12・15

大辻隆弘　短歌一口講座・石川啄木の汽車の歌　　　　　　　　　日本経済新聞　　H 23・12・17

小山田泰裕（署名記事）2011・いわて学芸回顧①文芸　　　　　　　　岩手日報　　H 23・12・17

盛岡タイムス（記事）「啄木没後 100 年に力を」盛岡市議会で市議から指摘　　　　H 23・12・17

「第 6 回文学の夕べ・啄木の終焉」講演者：森　武　チラシ A4 判　　函館市文学館　H 23・12・17

渡　英子　『メロディアの笛　白秋とその時代』四六判 333 頁 2700 円＋税（※ 2. 白秋と啄木─ふたつ
　　の光芒 P27 〜 41 ／「明星」詩の王国 P42 〜 49 ／ほか）　　　　ながらみ書房　H 23・12・21

岩手日報（記事）独自技法の拓本 27 点・盛岡で「碑が語る啄木展」　　　　　　　H 23・12・22

岩手日報（学芸短信）国際啄木学会盛岡支部月例研究会（23 日）　　　　　　　　H 23・12・22

ドナルド・キーン　啄木の日記と芸術 P118 〜 127　『ドナルド・キーン著作集　第 1 巻』A5 判
　　3600 円＋税（→ S30・3「文芸読本」河出書房／ S38・2『日本の文学』筑摩書房／ S42・6『日本の文
　　学 15』〈吉田健一訳〉中央公論社／ S45・7 日本文学研究資料会編『石川啄木』有精堂出版／ S47・1『日
　　本の文学』筑摩書房）　　　　　　　　　　　　　　　　　　　　　　　新潮社　　H 23・12・25

盛岡タイムス（コラム天窓）※啄木没後 100 年と全国にある啄木碑について　　　H 23・12・25

釧路新聞（記事）釧路時代の啄木を偲ぶ短歌　　　　　　　　　　　　　　　　　H 23・12・27

畠山政志　支援や激励絆の大切さ実感（啄木に触れた内容）〈読者欄声〉岩手日報　H 23・12・27

岩手日報（記事）啄木から鷗外へ『一握の砂』献本を確認・東大総合図書館　　　H 23・12・30

北海道新聞（記事）啄木没後 100 年　催し続々　　　　　　　　　　　　　　　　H 23・12・30

北海道新聞（コラム 卓上四季）※啄木日記からその正月や生涯についての記述　　H 23・12・31

「啄木の「春まだ浅く」を観る・聞く」チラシ（1/22）場所：プラザおでって　　H 23・12・─

石原　玲　朗読：CD『一握の砂』77 分 1500 円　　制作発売（株）スタジオスピーク　H 23・─・─

奥村晃作〈巻頭七首〉悲しい男　※啄木を詠んだ短歌「青磁社通信」23 号　　　　H 23・─・─

２０１２年（平成24年）

岩手日報〈啄木特集全1頁〉石川啄木特集号（見開き2頁）漂泊の歌人　啄木の生涯／没後100年魅
　力を探る〈座談会〉望月善次・崔　華月・千葉暁子・工藤玲音／ほか　　　　　　H 24・1・1

碓田のぼる　石川啄木　歌の風景と言葉（1）P46〜59「新日本歌人」第67巻1号 A5判 850円
　　　　　　　　　　　　　　　　　　　　　　　　　　　　　　　　　　新日本歌人協会

河北新報〈社説〉復興元年つながる心※啄木の「何となく」の歌を引用　　　　　H 24・1・1

北海道新聞（コラム・卓上四季）※明治45年の啄木日記や書簡から見た正月と生活　H 24・1・1

北海道新聞（記事）啄木没後100年催し続々・1月、釧路・4月、旭川・6月、盛岡　H 24・1・1

盛岡タイムス〈啄木特集全1頁〉啄木没後100年・彫刻に秘められた謎あり・長内努さんが16体を
　現地調査／記念事業を企画してます・啄木記念館の学芸員山本玲子さん／ほか　　H 24・1・1

森　義真　啄木の交友録【盛岡篇】(32) 大井蒼梧 P38〜39「街もりおか」529号　H 24・1・1

西村和子　不思議な治癒力ある（啄木の歌についての論）　　　　毎日新聞（夕刊）H 24・1・4

吉本隆明（談）近代の第一級詩人（啄木の歌についての談）　　　毎日新聞（夕刊）H 24・1・4

盛岡タイムス（記事）啄木かるたの歌を募集・石川啄木記念館　　　　　　　　　H 24・1・4

北海道新聞　特集号（見開き2頁）石川啄木没後100年・募る望郷　漂白の歌〔黒川伸一（署名記事）
　山本玲子（談）・日常生活取り戻す機会に／ほか〕　　　　　　　　　　　　　H 24・1・4

山折哲雄・三枝昂之（対談）啄木没後100年・東北の詩魂と反問（上・下）
　　　　　　　　　　　　　　　　　　　　　　　　毎日新聞（夕刊）H 24・1・5〜6

長江隆一　歌集『帰って来た啄木』を自費出版して　　　　北海道新聞（道南版）H 24・1・8

毎日新聞　社説：成人の日　おおいに発言しよう ※冒頭に啄木の歌と生き方を紹介　H 24・1・9

朝日新聞　（北海道版）石川啄木　没後100年　釧路で催し続々　　　　　　　　H 24・1・10

北畠立朴　啄木の北海道漂泊一年　　　　　　　　　　　朝日新聞（北海道版）H 24・1・12

坪内稔典〈季語刻々〉啄木の歌が大好き毛糸編む（富安風生）　　　毎日新聞　H 24・1・14

西日本新聞（朝刊コラム）〈呼吸すれば、／胸の中にて鳴る音あり…〉　　　　　H 24・1・16

広岡守穂　悲しい青春歌人　石川啄木 P235〜247『政治と自己実現』四六判　2500円＋税
　　　　　　　　　　　　　　　　　　　　　　　　　　　中央大学出版部　H 24・1・16

大澤喜久雄〈杜陵随想〉釧路に啄木足跡記念碑　　　　　　　　盛岡タイムス　H 24・1・19

田辺　靖〈コラム今日の話題〉啄木と大寒　　　　　　　　　　北海道新聞　H 24・1・20

「石川啄木釧路第1泊目の地　記念碑建立記念誌」A4判13頁（春日井茂・ご挨拶／経過について／
　役員体制／会計報告／新聞記事／ほか）　　　　　　石川啄木記念碑建立期成会　H 24・1・21

仙台文学館編発行　石川啄木 10〜13「特別展図録　文学と差別社会」B5判　　H 24・1・21

北海道新聞（旭川版）JR旭川駅歌碑・啄木没後100年　命日4月13日　除幕式　H 24・1・21

毎日新聞（コラム・雑記帳）釧路新たな啄木記念碑　最初に泊まった民家跡地に　H 24・1・21

「釧路啄木会さいはて便り」第7号　A4判全4頁（細目：佐藤寿子・石川啄木・釧路第一泊目の地記念碑
　P1〜0／北畠立朴・研究余滴・『東北海道』と『東北海道新聞』P2〜0／ほか）　H 24・1・21

朝日新聞（北海道版）啄木没後100年　釧路で記念行事　　　　　　　　　　　　H 24・1・22

北海道新聞（記事）釧路初投宿の碑披露　　　　　　　　　　　　　　　　　　　H 24・1・22

朝日新聞（道北・オホーツク版）啄木没後 100 年、命日に歌碑除幕　旭川　　　　　　　H 24・1・22

「啄木の「春まだ浅く」観る・聴く」チラシ A4 判　　　盛岡観光コンベンション協会　H 24・1・22

「啄木の「春まだ浅く」観る・聴く」プログラム A4 判 全 6 頁 ※映画「情熱の詩人啄木」について／

　渋民尋常小学校校友歌／初恋〈越谷達之助〉／ほか　　盛岡観光コンベンション協会　H 24・1・22

釧路新聞（記事）啄木没後 100 年最初の宿泊地に記念碑　　　　　　　　　　　　　　　H 24・1・22

釧路新聞（記事）啄木・雪あかりの町・くしろ／大勢の市民啄木しのぶ　　　　　　　　H 24・1・23

釧路新聞（記事）啄木の釧路新聞時代は・北畠さん講演　　　　　　　　　　　　　　　H 24・1・23

北海道新聞（夕刊）「釧路時代はオアシス」北畠氏　啄木没後 100 年で講演　　　　　　H 24・1・23

盛岡タイムス（記事）啄木没後 100 年記念プレ企画・ＳＰレコードで「春まだ浅く」　　H 24・1・23

高橋　温　石川啄木と湯川秀樹（← H24・9「岩手を知る」）　　　　　日本経済新聞　H 24・1・24

盛岡タイムス（記事）「啄木かるた」新調へ・採用歌 100 首を一般公募　　　　　　　　H 24・1・24

読売新聞（北海道版）啄木短歌のかるた遊び・小樽でシニア団体　　　　　　　　　　　H 24・1・25

「望」12 号 B5 判 全 90 頁 1000 円

　「啄木行事および著書の感想」と「啄木詩集『あこがれ』より」／上田勝也、北田まゆみ、佐藤静子、

　向井田薫、吉田直美　　　　　　　　発行者・望月善次　編集・啄木月曜会　H 24・1・25

古水一雄　春又春の日記㊽ 盟友・月秋の死を嘆く（← H25・9『春又春の日記』岩手近代詩文研究所）

　　　　　　　　　　　　　　　　　　　　　　　　　　　　　盛岡タイムス　H 24・1・26

朝日新聞（岩手版）「啄木かるた」に好きな歌選んで・来月 29 日必着　　　　　　　　H 24・1・27

近藤典彦編『復元　啄木新歌集』文庫判 316 頁 1000 円＋税　※近藤典彦・解説「一握の砂以後

　（四十三年十一月末より）」P210 〜 253 ／「仕事の後」P254 〜 306　　　桜出版　H 24・1・27

森　義真「2010 年以降の啄木文献紹介」A4 判 全 7 頁　国際啄木学会盛岡支部月例研究会

　　H 24・1・28

柳澤有一郎　新詩社同人推挙問題　A4 判 2 枚（国際啄木学会東京支部会発表レジメ）　H 24・1・29

黒川伸一　石川啄木没後 100 年①／啄木と海・命の鼓動　魂の叫び　北海道新聞（夕）H 24・1・30

河野有時　『石川啄木』〈和歌文学会監修　コレクション日本歌人選 35〉四六判 1200 円＋税

　※啄木歌 50 首の解釈と鑑賞のほかに／歌人略伝／略年譜／解説・「いま・ここ・わたし・石川啄木」

　P106 〜 112 ／読書案内／【付録エッセイ】三枝昂之・平熱の自我の詩について P115 〜 118

　（→ H16・4『論集　石川啄木』おうふう）　　　　　　　　　　　　笠間書院　H 24・1・31

亀谷中行「啄木の直筆ハガキ写真版」〈神奈川県立近代文学館所蔵の太田正雄宛ハガキ 3 枚の両面〉

　※鶴岡寅次郎：全集未収載の杢太郎宛書簡（「国際啄木学会東京支部会報」14 号掲載のカラー写真）

　　　　　　　　　　　　　　　　　　　　　　　　　　　　亀谷中行氏より寄贈　H 24・1・―

北畠立朴『全国の啄木碑』〈石川啄木一族に関する碑・平成 24 年 1 月 21 日現在〉A4 判冊子 24 頁

　※169 碑の建立年月日、所在地、碑面の文字を記載・一覧表付　　　著者作成発行　H 24・1・―

篠原正教　マジックインキで碑文を書く P4 〜 0「プラザおでって NEWS」123 号（ほか）H 24・1・―

「デリー大学」〈講演発表レジメ　講演の年月日記載無し〉※以下講演者氏名と A4 判レジメの表題

　〔細目：ゴウランガ　チャラン・ブラダン：悲しき玩具―石川啄木　4 頁／カビター・シャルマー：　悲し

　き玩具　5 頁／シャルミシタ・ルット：石川啄木の“悲しき玩具”の分析　5 頁／ピュシュ（研修課程 2 年

　生）石川啄木・悲しき玩具　3 頁／ほかに 19 頁分の言語と日本語の啄木作品訳〕※本誌は国際啄木学会を

　通じて入手の表記資料を湘南啄木文庫が冊子に綴じたもの　　　　　　　　　　　　　H 24・1・―

森　義真「啄木の交友録」A4判 ※「月刊　街もりおか」掲載32回分の冊子綴　　　　H24・1・―

森　義真　啄木の交友録【盛岡篇】(33) 岩動露子 P38〜39「街もりおか」530号　　H24・2・1

「新日本歌人」2月号 第67巻 2号 A5判（以下3点の文献を収載）

　入江春行〈東日本大震災と原発〉いのちなき砂の P25〜0

　碓田のぼる　石川啄木　歌の風景と言葉 (2) P36〜53

　奎　通〈わが青春とうた〉東海の…P67〜0　　　　　　　　　　新日本歌人協会　H24・2・1

穂村　弘〈現代短歌入門〉共感と驚異を織り交ぜる　「日経おとなのPFF」2月号　680円

　　　　　　　　　　　　　　　　　　　　　　　　　　　　　　　　　　　BP社　H24・2・1

山田　航　石川啄木 P168〜169〈若手歌人による近代短歌研究2〉「短歌」2月号　H24・2・1

北畠立朴〈啄木エッセイ165〉啄木没後百年資料展　　　　　「しつげん」第526号　H24・2・5

堺　黎子　啄木旅情〈読者投稿欄・いずみ〉　　　　　　　　　　　　　北海道新聞　H24・2・5

函館新聞（記事）啄木没後100年　再認識を…研究家・櫻井さん講演　　　　　　　　H24・2・5

岩手日報（コラム 風土計）※啄木没後100年に関する話題　　　　　　　　　　　　H24・2・6

北海道新聞（文化欄記事）「仕事の後」＋「一握の砂」＝1冊に　旭川出身の啄木研究者・近藤典彦さん

　（『復元　啄木新歌集』桜出版）　　　　　　　　　　　　　　　　　　　　　　H24・2・7

石川由美子　望郷の思い共鳴　啄木に心安らぐ〈読者投稿欄〉　　　　　北海道新聞　H24・2・7

笠間書院　石川啄木 P4〜0「コレクション日本歌人選　石川啄木」〈パンフ A4判〉　H24・2・7

岩手日報（新刊紹介）啄木の編集意図考慮二つの歌集を再構成「復元　啄木新歌集」　H24・2・8

大室精一　「石川啄木終焉の地における石碑の再建などについての要望書」A4判2枚（複写）※本文

　書は東京都文京区長（成澤廣修）宛。2月10日に文京区の窓口担当者が受理　　　H24・2・10

東　直子　命の歌を詠む　※啄木の「子を負ひて」に触れて　　毎日新聞（東京版）H24・2・12

朝日新聞（コラム 天声人語）※啄木の「ひと晩に咲かせて」の歌を引用　　　　　　H24・2・17

朝日新聞（岩手版）啄木の短歌かるたで熱く・盛岡で大会　　　　　　　　　　　　H24・2・19

岩手日報（記事）札めがけ真剣勝負・玉山・啄木かるた大会　　　　　　　　　　　H24・2・19

上毛新聞〈コラム 三山春秋〉※啄木の歌と高田松原の歌碑について　　　　　　　　H24・2・19

盛岡タイムス（記事）没後100年絵はがき・石川啄木記念館　　　　　　　　　　　H24・2・19

盛岡タイムス（記事）函館市からも参加者・啄木かるた大会　　　　　　　　　　　H24・2・19

岩手日報（コラム 風土計）※啄木生誕の地に関する記述　　　　　　　　　　　　　H24・2・20

NHKカルチャー盛岡案内〈予告記事〉望月善次：なぜ、啄木は世界で読まれるのか　H24・2・20

しんぶん赤旗〈コラム 潮流〉※小樽、啄木、多喜二に関する文章　　　　　　　　　H24・2・20

長浜　功『啄木を支えた北の大地　北海道の三五六日』A5判 260頁 2700円＋税（細目：序章・開

　拓期の北海道と文学／第一章・原郷渋民村／第二章・函館／第三章・札幌／第四章・小樽／第五章・釧

　路／終章・立待岬）　　　　　　　　　　　　　　　　　　　　　社会評論社　H24・2・20

高橋　温　沖縄と啄木歌碑 P18〜19（←H24・9「岩手を知る」三井住友銀行）

　　　　　　　　　　　　　　　　　　　　　　　　　　　　　　日本経済新聞　H24・2・21

盛岡タイムス（記事）啄木ゆかりの給食味わう・盛岡市内小中43校で　　　　　　　H24・2・23

朝日新聞（岩手版）「一握の砂」で給食メニュー・没後100年を前に盛岡の小中43校　H24・2・23

読売新聞（岩手版）啄木のぬくもり給食に盛る・盛岡・渋民小　　　　　　　　　　H24・2・23

小池　光　作歌 (1)（※「みぞれ降る…」に関する解釈）P22〜23／政治家（※「誰そ我に…」に）

の歌の背景となった伊藤暗殺に関する記述）／歌人（2）（※与謝野晶子が詠んだ啄木）P187 〜 189

　　『うたの人物記　短歌に詠まれた人びと』四六判 1600円＋税　　　角川学芸出版　H 24・2・25

三枝昂之編著『今さら聞けない短歌のツボ』四六判 198頁 1600円＋税 ※〈梅内美華子・三行書き〉

　　ほか各所に啄木の歌に触れた多くの文が収録されている　　　　　角川学芸出版　H 24・2・25

岩手日報（記事）天才歌人、架空の 100 歳超人生・盛岡で「喜劇・長寿庵啄木」上演　H 24・2・27

岩手日報（コラム 風土計）※啄木の歌と盛岡天満宮に触れた内容　　　　　　　　　H 24・2・27

東京新聞（夕刊コラム・大波小波）石川啄木の毒　　　　　　　　　　　　　　　　H 24・2・27

黒川伸一　石川啄木没後 100 年②／啄木と災害／函館大火日記に「革命」／壊滅的な損害復興に

　　も目／啄木の日記抜粋　　　　　　　　　　　　　　　　　　　北海道新聞（夕）H 24・2・27

盛岡タイムス（記事）啄木愛用の文机複製・没後 100 年記念　　　　　　　　　　H 24・2・27

堀まどか　野口の日本帰国と日本社会の反応 P94 〜 95 ※ほかに啄木関係は巻末注釈に多数掲載有り

　　『「二重国籍」詩人　野口米次郎』A5判 8400円　　　　　　名古屋大学出版会　H 24・2・29

（渡辺）啄木と賢治 P1 〜 0「ムジカ」第 350 号　ムジカ音楽・教育・文化研究所　H 24・2・29

編集部　啄木・賢治が愛した盛岡を再発見 P5 〜 6 「朝日リプル」60 号タブロイド判地域情報紙

　　　　　　　　　　　　　　　　　　　　　　　　　　　　　　　　岩手SPRセンター　H 24・3・1

岩手日報（記事）陸前高田に記念碑・啄木没後 100 年事業で計画案　　　　　　　H 24・3・1

「おでってNEWS」Vol.125　※予告記事：石川啄木没後百年事業啄木賢治青春館　H 24・3・1

河北新報（記事）啄木没後 100 年事業決定・被災地に歌碑再建　　　　　　　　　H 24・3・1

真田英夫編「石川啄木　函館時代の気象表」＜明治 40 年 5 月 5 日〜明治 40 年 9 月 13 日＞ A4 横型判

　　本文 50 頁【付「啄木丁未日誌」抄】※啄木が函館に過ごした期間の詳細な気象記録を現存する

　　資料から抄出した記録。　著者刊（札幌市／発行日は湘南啄木文庫の受け入れ日）H 24・3・1

森　義真　啄木の交友録【盛岡篇】(34) 工藤大助 P38〜39「街もりおか」531号　H 24・3・1

盛岡タイムス（記事）啄木没後 100 年記念事業決まる　　　　　　　　　　　　　H 24・3・2

印日文学文化協会編発行　「日本とインドの文学交流セミナー〈タゴール、アギェーヤ、野口米次郎、

　　石川啄木〉」A4判 全240頁（細目：池田 功・石川啄木とインド、そしてタゴール P 1 〜 4／モハ

　　マンド・モインウッデイン　白樺派作家志賀直哉と石川啄木における「自己」P 1 〜 9 ※日本語の部分

　　のみ／通し番号の頁記載無し）／※ほかに望月善次発表「啄木の〈詩談一則〉」の資料（啄木と野口米

　　次郎に関する写真）が 46 頁にわたって掲載）〈後援：国際啄木学会〉

　　　　　　　　　印日文学文化協会（Indo Japan Association for Literature and Culture）H 24・3・3

北畠立朴〈啄木エッセイ 166〉本行寺の歩みを読んで　　　　　「しつげん」第528号　H 24・3・5

毎日新聞（新刊紹介）近藤典彦編『復元　啄木新歌集』　　　　　　　　　　　　　H 24・3・7

浅間和夫　ジャガイモと文学／ 3．石川啄木『一握の砂』P360 〜 0（財）いも類振興会編

　　『ジャガイモ事典』A4判 5184円＋税　　　　　　　　　　　全国農村教育協会　H 24・3・8

碓田のぼる『石川啄木　風景と言葉』A5判 267頁 1905円＋税（細目：Ⅰ.思想の風景と言葉／

　　啄木観念哲学の形成と破綻／刻苦する明日への思想／Ⅱ.生活の風景と言葉／風景認識の前進／生

　　活の発見と深化／啄木的世界の発展／Ⅲ.受容の風景と言葉『生活と芸術』における生活意識―出発

　　の状況／『呼子と口笛』はどう響いたか／大阪「啄木研究」の史的位置／石川啄木と平沢計七―工

　　場法をめぐる一系譜について／Ⅳ.歌の風景と言葉／啄木の三つの歌論―状況と歌人／歌論と二つの

　　歌集―その「いま、ここ」をめぐって／『悲しき玩具』における真実―表現の自由への苦闘／ほか）

光陽出版社　H 24・3・10

大澤真幸　啄木を通した 9・11 以降―「時代閉塞」とは何か P172 ～ 191（→ H16・12「国文学」學燈社）
　　『近代日本思想の肖像』〈講談社学術文庫〉1100 円＋税　　　　　　　　講談社　H 24・3・12

「マ・シェリ」No.854〈生活情報紙〉タブロイド判〈1 頁全面特集〉石川啄木没後 100 年：啄木入門
　　／石川啄木年譜／ほか　　　　　　　　　　　　　（株）マ・シェリ（盛岡市）H 24・3・16

水野信太郎　石川啄木のいる都市景観―北海道函館市―P91 ～ 98「北翔短期大学部研究紀要」
　　第 50 号 A4 判　※ 13 枚の啄木関係建造物の写真と 1 頁の解説論稿　　　　　　H 24・3・19

池田　功『啄木　新しき明日の考察』四六判 189 頁 1900 円＋税（細目：1. 労働と文学の葛藤―
　　天職観の反転／ 2.『一握の砂』―「海」のイメージの反転と反復／ 3. 日韓併合に抗する歌―亡
　　国の認識／ 4.『時代閉塞の現状』―社会進化論の受容と批判／ 5. 辛亥革命という希望―啄木の
　　中国観）　　　　　　　　　　　　　　　　　　　　　　　　新日本出版社　H 24・3・20

佐藤　勝「石川啄木全集」の補訂版を―啄木最後の歌に記された年賀状など― P19 ～ 24
　　「遊塵」第 3 号 B5 判 500 円　　　　　　　秦野歌談会（秦野市東田原 1 番地・山田方）H 24・3・20

佐藤竜一　啄木・賢治と作家願望 P9 ～ 0「宮沢賢治センター通信」第 14 号 A4 判　　H 24・3・20

「啄木」第 6 号 B5 判 全15 頁（以下 4 点の文献を収載）
　　石川啄木没後 100 年に寄せて：石川啄木「千九百十二年日記」より P2 ～ 0
　　石井敏之・啄木と市内電車 P3 ～ 8
　　園田真弓・啄木没後百年に思う P9 ～ 10
　　渡辺寅夫・啄木の足跡を尋ねて③ 盛岡市 P11 ～ 12 ／ほか　　　　静岡啄木会　H 24・3・20

飛高隆夫　石川啄木の日記　明治四十一年七月下旬 P378 ～ 387（→ S60・2「国文学　解釈と鑑賞」）
　　『近代詩雑纂』四六判 3800 円＋税　　　　　　　　有文社（埼玉県新座市）H 24・3・20

「落穂拾い」第 316 号 A4 判 ※「啄木と道元・講演会」内容告知と『一握の砂』より抄出歌を掲載
　　　　　　　　　　　　　　　　　　　　くりのみ会カウンセリング研究会　H 24・3・25

三枝昂之　『昭和短歌の精神史』〈角川文庫〉543 頁 1300 円 ※加筆有り ※啄木に関する記述多く、
　　準資料として紹介する。（→ H17・5 本阿弥書店より四六判刊行）　角川学芸出版　H 24・3・25

司馬遼太郎　啄木と「老将軍」P223 ～ 226（→ S50・12）「国文学―解釈と教材の研究」第20巻13号／
　　『司馬遼太郎 歴史のなかの邂逅』中公文庫（→ H19・7）667 円
　　　　　　　　　　　　　　　　　　　　　　　　　　　　　　中央公論新社　H 24・3・25

望月善次　インド、中国における石川啄木及び宮沢賢治受容概要と今後の展開の可能性 P67 ～ 75
　　宇野隆夫編「アジア新時代の南アジアにおける日本像―インドシンポジウム 2009―」A4 判
　　非売品　　　　　　　　　　　　　　　　　　　　国際日本文化研究センター　H 24・3・25

黒川伸一　石川啄木没後 100 年③／啄木と環境／自然破壊憎むべき反逆／ 1 世紀前の警告　現実
　　のものに・「林中譚」抜粋　　　　　　　　　　　　　　　　　北海道新聞（夕）H 24・3・26

東奥日報〈コラム天地人〉※啄木死後の家族と縁者たちの動向を綴った文章　　　H 24・3・28

朝日新聞（北海道版／新刊紹介）『啄木を支えた北の大地　北海道の三五六日　　　H 24・3・30

仲崎友治　「サルと人と森」啄木が警鐘（読者投稿欄・声）　　　　　　岩手日報　H 24・3・30

森　義真　追悼！井上ひさし氏 P5 ～ 0「感劇地図」141 号　感劇地図編集委員会　H 24・3・30

「国際啄木学会研究年報」第 15 号 A5 判 全130 頁 ※（以下 23 点の文献を収載）
　　〈巻頭言〉 望月善次　新しき啄木研究と新しき日本の明日をどう拓くか P1 ～ 0

【盛岡大会特別講演】

熊坂義裕　東日本大震災〜宮古市と啄木にも触れながら〜P2〜17

【盛岡大会パネルディスカッション】

望月善次　設定の経緯とコーディネーターとして努めたこと P18〜21

池田　功　「壁に面した新しき明日の考察」P22〜26

西連寺成子　啄木と私たちの「新しき明日」―パネルディスカッションに参加して P27〜33

田口道昭　等身大の啄木 P33〜38

森　義真　新たなる研究テーマに向けて―パネリストを通じて受けた示唆―P38〜43

大室精一　「新しき明日、新しき啄木」を求めて―盛岡大会パネル・ディスカッション傍聴記―
　　　　　P43〜45

太田　登　「友」よ「新しき明日」は近い―討論の感想にかえて―P45〜47

【論文】

栁澤有一郎　白蘋から啄木へ―「明星」文壇を視野に入れて―P48〜60

山田武秋　啄木と『典座教訓』―その仏教的詩想をめぐって―P61〜75

田山泰三　藤澤元造の生涯と思想 P76〜89

日景敏夫　石川啄木「国音羅馬字法略解」の研究 P118〜109

【書評】

近藤典彦　池田功著『啄木日記を読む』P90〜91

村松　善　日本現代詩歌文学館　開館20周年記念シンポジウム（1）『一握の砂』から100年―
　　　　　啄木の現代―P92〜93

安元隆子　木股知史著『石川啄木・一九〇九年　増補新訂版』P94〜95

吉田直美　ジェイ・ルービン著／今井泰子・木股知史ほか訳『風俗壊乱 明治国家と文芸の
　　　　　検閲』P96〜97

目良　卓　田中礼著『啄木とその周辺』P89〜90

山下多恵子　近藤典彦編『復元　啄木新歌集』P100〜101

太田　登　河野有時著『石川啄木』P102〜103

北畠立朴　鳥居省三著・北畠立朴補注『増補・石川啄木―その釧路時代―』P104〜106

【新刊紹介】

森　義真　長江隆一著『歌集　帰って来た啄木』・『歌集　舞い戻った啄木』P108〜0

【資料紹介】

佐藤　勝　石川啄木参考文献目録（平成23年度）―2010（平成22）年12月1日〜2011
　　　　　（平成23）年11月30日発行の文献―P121〜119　国際啄木学会　H24・3・31

大室精一　『一握の砂』における推敲の法則 P1〜19「佐野短期大学　研究紀要」第23号 A4判
　　　　　H24・3・31

日景敏夫　石川啄木のワグネル研究　P7〜71「盛岡大学紀要」第29号 A4判　H24・3・31

日景敏夫　石川啄木「ローマ字日記」の表記の研究 P1〜13「比較文化研究年報」第22号 A4判
　　　　　盛岡大学比較文化研究センター　H24・3・31

石川裕清　石川啄木『一文学愛好家の気ままな散歩』A5判 2000円＋税
　　　　　出版元：創栄出版（仙台市）／発売元：星雲社（東京・文京区）H24・3・―

大沢真幸　啄木を通した9.11以降「時代閉塞」とは何か　『近代日本思想の肖像』〈講談社学術文庫〉
　　1115円＋税　　　　　　　　　　　　　　　　　　　　　　　　講談社　H 24・3・―
「啄木歌碑アルバム」【石川啄木没後百年記念】（無料配布冊子）B5変形判　全62頁　※山本玲子・啄木
　の魅力〈歌の中に〉啄木のふるさと「玉山」・青春のまち「盛岡」P2～45／県内の歌碑と記念碑
　P46～51／石川啄木全国歌碑マップP52～53／啄木あれこれ・ここは美しい追憶の都・盛岡の音、
　ふるさとの訛・恋しい津志田の芋子・ほろ苦い？ビールの味P54～58／石川啄木の生涯
　　　　　　　　　　配布元：石川啄木記念館／企画・発行：盛岡タイムス社　H 24・3・―
赤坂　環（文）奥山淳志（写真）没後100年・石川啄木 P28～29「トランヴェール」4月号
　　　　　　　　　　　　　　　　　　　　　　　東日本旅客鉄道株式会社　H 24・4・1
「新日本歌人」4月号 第67巻4号 A5判 850円〈啄木特集号〉（以下20点の文献を収載）
　秋元　勇　わが青春と歌「東海の小島の」P48～0
　碓田のぼる　書評と回想・田中礼著『啄木とその周辺』を読む P42～43
　【啄木わたしの一首】（1頁に3名の文章掲載）P36～41
　岩本千鶴子・新しき明日の…／大滝みちの・一隊の兵を見送りて…／奥西紀美代・たはむれに
　…／香川武子・友も妻もかなしと…／久保田武嗣・地図の上…・／群馬小暮・たはむれに…／
　小島清子・かなしみの強く…／小松徹子・ふるさとの山に…／坂本雄一・霧深き好摩の…／佐々
　木芳春・東海の小島の…／佐藤里水・たはむれに…／芝淵新子・東海の小島の…／棚田暘子・
　すこやかに背丈…／田端久仁子・はたらけど…／増田由己子・赤紙の表紙…・／松尾禮子・ふ
　るさとの山に…／水永玲子・はたらけど…／山本市子・働けど…／小石雅夫《短歌構成：抄出・
　構成》東日本大震災―啄木の歌に寄せて―P44～4　　　　　　新日本歌人協会　H 24・4・1
小林　昭　石川啄木の没後百年 P138～146「民主文学」4月号 970円
　　　　　　　　　　　　　　日本民主主義文学会（東京都豊島区南大塚 2-29-9）H 24・4・1
編集部　盛岡中学の黄金時代P6～0「月刊ぽけっと」4月号　盛岡市文化振興事業団　H 24・4・1
田口善政　百年後、啄木が降立ちたい盛岡に P4～0 「おでって」126号　　　　H 24・4・1
盛岡タイムス（記事）好摩駅・待望の周辺整備が完成　　　　　　　　　　　　H 24・4・1
森　義真　啄木の交友録【盛岡篇】（35）上野広一 P38～39「街もりおか」532号　H 24・4・1
岡野弘彦〈読売歌壇〉※選歌の評に啄木の歌を引用　　　　　　　　　読売新聞　H 24・4・2
岩手日報（記事）没後100年　啄木に光・今月から県内外で企画展　　　　　　H 24・4・3
平岡敏夫（書評）没後100年の年に『復元　啄木新歌集』を読んで　しんぶん赤旗　H 24・4・3
小山田泰裕　〈特集〉啄木うたの風景1／望郷の地（盛岡市玉山区）〈プロローグ①〉碑でたどる足跡
　無名青年たちの熱意／守った原形の素朴さ（写真：大和田勝司）　　　岩手日報　H 24・4・4
中原　岳　帰れる故郷がある幸せ　※被災地と上野駅と啄木の歌　　　佐賀新聞　H 24・4・4
森　義真　インドで日印文学交流セミナー・啄木テーマの論考も　　　岩手日報　H 24・4・4
北畠立朴〈啄木エッセイ167〉町内会長を退任する　　　　　「しつげん」第530号　H 24・4・5
朝日新聞（北海道版）啄木が離れた釧路の地に記念碑　　　　　　　　　　　　H 24・4・6
北海道新聞（釧路・根室版）啄木離釧の地に看板・104年前の4月5日、船で出発　H 24・4・6
毎日新聞（東京・夕）啄木の心　よみがえれ・陸前高田　流失の歌碑再建へ　　H 24・4・7
盛岡市先人記念館　収蔵資料展「盛岡中学の黄金時代―金田一京助・石川啄木たちの青春群像―」
　チラシ A4判　※開催期間 04/07～05/13　※展示目録付（81点）　　　　　H 24・4・7

「啄木没後百年特別企画展　啄木の終焉と妻節子」〈チラシ A4 判片面〉期間：2012/4/8 ～ 10/10

函館市文学館　H 24・4・8

藤田宰司〈支局長からの手紙〉高知の啄木父子歌碑に触れる　　毎日新聞（高知版）H 24・4・8

高橋諒子（署名記事）ふるさとの歌① 啄木没後百年・表現巧み古さなし・劇作家・昆明男さん

朝日新聞（岩手版）H 24・4・10

☆ＮＨＫ放送ネットニュース（記事）ＮＨＫ新潟ラジオ「朝の随想」山下多恵子さん・啄木の話題を

H 24・4・10

大木昭男　石川啄木とロシア文学 P48 ～ 66「ドラマチック・ロシア in Japan Ⅱ」A5 判 2800 円＋税

（株）生活ジャーナル（東京・新宿区）H 24・4・10

ドナルド・キーン　啄木日記 P560 ～ 598（→S63・2『続・百代の過客「啄木日記」』朝日選書／→ S62・
　7・20～8・6 朝日新聞夕刊）『百代の過客〈続〉日記に見る日本人』金関寿夫訳 1900 円＋税　講談
　社学術文庫　※朝日選書上下巻の合本翻訳　　　　　　　　　　　　　　　　講談社　H 24・4・10

北海道新聞（道南版）啄木直筆の日記を展示した特別展・函館市文学館　　　　H 24・4・10

岩本　進（署名記事・発信 2012）旭川に啄木の歌碑を（上・下）　　　北海道新聞 H 24・4・10 ／ 11

朝日新聞（岩手版・記事）啄木忌前夜祭、あす盛岡で　　　　　　　　　　　　H 24・4・11

岩手日報　盛岡中学黄金世代に光　市先人記念館で収蔵展　　　　　　　　　　H 24・4・11

小山田泰裕〈特集〉啄木うたの風景 2 ／終焉の地（文京区）・等光寺（台東区）〈プロローグ②〉碑でた
　どる足跡　孤独際立つ都市生活／生きた証守りたい（写真：大和田勝司）

岩手日報　H 24・4・11

小野弘子　『父　矢代東村』四六判 全 422 頁 3500 円＋税（啄木関係の文献は以下の項目である）
　練堀小学校教訓となる P47 ～ 49 ／「朝日歌壇」で啄木の選を受ける P50 ～ 54 ／啄木短歌の評釈
　P229 ～ 233 ／歌人矢代東村の業績 401 ～ 405 ／年譜 406 ～ 416（※矢代東村は啄木・土岐哀果の系
　譜の歌人であり、本書はその意味において貴重な一書である。）　　　　現代短歌社　H 24・4・11

岩本　進（連載記事）・歌碑建立に寄せて（1 近藤典彦さん／2 中村　園さん／3 朝比奈康博さん／
　4 相川正志さん）　　　　　　　　　　　　　　　　　　　　　　北海道新聞　H 24・4・11 ～ 14

西連寺成子『啄木　「ローマ日記」を読む』四六判 254 頁 1800 円＋税（細目：第一部・ローマ字日
　記を読む／コラム・【四月】「ローマ字日記」をはじめるまで／活動写真／家族の扶養と生活の負担／貧
　困と格闘する／文字と文体【五月】／淫売婦／小説と格闘する／自殺願望／【六月】／コラム・浪費／
　第二部・「ローマ字日記」以降の啄木／啄木の短歌～「一握の砂」抜粋～・解説／啄木の詩～「呼子と
　口笛」他～・解説／啄木の評論～「時代閉塞の現状」～・解説／啄木の小説～「葉書」抜粋～・解説／
　啄木と現代の若者―あとがきにかえて／ほか）　　　　　　　　　　　教育評論社　H 24・4・11

「第 54 回企画展　啄木と盛岡」チラシ A4 判両面 04/11 ～ 07/14　　啄木・賢治青春館 H 24・4・11

時田則雄　啄木と小奴　　　　　　　　十勝毎日新聞〈コラム 編集余録〉 H 24・4・11

高橋諒子（署名記事）ふるさとの歌② 啄木没後百年・祖父が苦労「憎らしい」・冨田小一郎の孫娘

朝日新聞（岩手版）H 24・4・11

岩手日報（記事）函館市文学館で没後 100 年展・啄木、節子晩年の姿／日記、書簡 H 24・4・12

（Ｌ）〈4 月 12 日付〉啄木没後 100 年　　　　　　　　　　　　　　四国新聞　H 24・4・12

高知新聞〈コラム・小社〉※啄木と土岐善麿の親交の内容　　　　　　　　　　H 24・4・12

去石信一（署名新刊紹介記事）気象でたどる啄木の日々・函館滞在時の日記検証

毎日新聞（北海道版）　H 24・4・12

「啄木忌前夜祭」〈チラシ〉小、中、高、大、学生によパネルデスカッション／ほか

　　　　　　　　　国際啄木学会盛岡支部主催：おでって３Ｆホール　H 24・4・12

日本経済新聞〈コラム春秋〉※あすが死後 100 年にあたる啄木　　　　　　H 24・4・12

荻野貴生（署名記事）来年の９月に釧路大会決定・国際啄木学会どんな組織？

　　　　　　　　　　　　　　　　北海道新聞（釧路・根室版）　H 24・4・12

芳賀誉子〈読者欄・ぷらざ〉啄木の絵はがき自分宛に　　　　読売新聞　H 24・4・12

松嶋加奈（署名記事）あす没後 100 年・啄木の墓なぜ函館に　　北海道新聞（夕）　H 24・4・12

北海道新聞（全道版・夕）各地で記念行事　※啄木没後 100 年の 13 日　　H 24・4・12

金　寿英　啄木の心よみがえれ・流失歌碑再建へ　　　　毎日新聞（岩手版）　H 24・4・12

毎日新聞（北海道版）石川啄木・あす没後 100 年　各地で行事　　　　H 24・4・12

森　義真（書評）「明日の考察」が閉塞を解くカギ・池田功著『啄木　新しき明日の考察』

　　　　　　　　　　　　　　　　　　　　　　盛岡タイムス　H 24・4・12

読売新聞〈コラム編集手帳〉※啄木に関するさまざまな話題を綴る　　　H 24・4・12

秋田さきがけ〈コラム北斗星〉※秋田と啄木の接点。母方の祖先は鹿角市の人　H 24・4・13

朝日新聞（岩手版・記事）啄木ゆかりの街並み追体験・盛岡で企画展　　　H 24・4・13

朝日新聞（岩手版・記事）東北博のHP誤訳ゾロゾロ　「啄木忌」→喪キツツキ　H 24・4・13

石井敏之　啄木　終焉の碑に日の目を（読者投稿欄「声」）　　　朝日新聞　H 24・4・13

石川啄木記念館「没後百年記念　啄木からのメッセージ〜今日を見つめて〜」チラシ A4 判　両面刷

　※山本松之助／立花さだ子宛ハガキ２枚両面写真掲載／開催期間 04/13 〜 06/30　H 24・4・13

岡井　隆　〈けさのことば〉※啄木の詩（眠れる人は、覚めてこそ）　東京新聞　H 24・4・13

岡田喜秋『人生の旅人・啄木』B5 判 257 頁 2800 円＋税（細目：ふるさとの山河／波乱の青春／北国

　での憂愁／一握の砂／晩年の心境／没後 100 年の余韻／歌碑は砂に埋もれて／ほか）

　　　　　　　　　　　　　　　　　　　　　　秀作社出版　H 24・4・13

仙台啄木会『会報　浜茄子—縮刷版—』B5 判 391 頁 非売品　※〈14 号〜80 号〉の全頁を収録の

　ほかに「石川啄木生誕百年記念シンポジウム石川啄木」、「荻浜啄木歌碑建立二〇周年記念の集

　い」、「石川啄木・講座、講演等の記録」が付いている

　　　　　　　　　　仙台啄木会（仙台市宮城野区安養寺 2 丁目 22-10 南條範男方）H 24・4・13

「国際啄木学会会報」第 30 号 A5 判 全 50 頁（以下 13 点ほかの文献を収載）

　望月善次　恩寵三度（みたび）〜「啄木没後 100 年〜明治の終焉から大正へ」を掲げて〜 P6 〜 0

　太田　登　台北で啄木没後 100 年を考えることの意味 P8 〜 0

【講演・研究発表】

　林　丕雄　啄木と杜甫 P9 〜 0

　太田　登　啄木没後 100 年の歴史的意義について P10 〜 0

　劉　怡臻　啄木と李商隠 P11 〜 0

　スレイメノヴァ・アイーダ　与謝野夫妻と石川啄木—人生、作品の共通点と相違点をめぐって

　　　　　P12 〜 0

　安元隆子　石川啄木受容の系譜—金子文子歌集『獄窓に想ふ』と『啄木選集』—13 〜 0

　西脇　巽　家庭内精神力動—石川家、堀合家、宮崎家の場合—P14 〜 0

【国際啄木学会 2011 年度盛岡大会所感】

栁澤有一郎・〈新しき明日〉を求めて（1 日目傍聴記）P15 ～ 16

北村克夫 「新しき明日、新しき啄木」（2 日目傍聴記）P17 ～ 19

【広場】

亀谷中行 統一像と多様性そして解釈と鑑賞 P28 ～ 29

佐藤 勝 盛岡中学と啄木と「白」のイメージ P29 ～ 30

北村克夫 啄木没後 100 年に思う P30 ～ 31

【新入会員の自己紹介】赤崎 学・岸 実瑩・日景敏夫・平野英雄・水野信太郎・森田敏春・
SUYOTO（スヨト）・Ummu Azizah（ウッム・アジザ） 国際啄木学会 H 24・4・13

「国際啄木学会東京支部会報」第 20 号 A5 判 全 44 頁（以下 7 点の文献を収載）

大室精一 （巻頭言）作家は処女作に向かって前進する P1 ～ 3

亀谷中行 内省の歌人・啄木、その他あれこれ P4 ～ 15

吉崎哲男 啄木の周縁—水原秋櫻子、山本鼎 P16 ～ 24

井上信興 「東海歌」の私解と三枝説について P25 ～ 33

土志田ひろ子 国際啄木学会盛岡大会に参加して P34 ～ 37

佐藤 勝 平成 23 年発行の「啄木文献」案内 P38 ～ 43

近藤典彦 啄木の耽美派との別れ P44 ～ 56 国際啄木学会東京支部会 H 24・4・13

「大阪啄木通信」第 36 号 B5 判 全 40 頁—啄木百周年忌記念特集〔天野 仁・全集未載の書簡に見
る啄木の豊かな筆墨の数々 P1 ～ 3／『石川啄木全集』未収載書簡目録（21 点・2012 年 1 月 30 日現在）
／P4 ～ 38／ほか〕 天野仁個人編集発行誌 H 24・4・13

東京新聞〈コラム筆洗〉※渋民の啄木一号歌碑の話題 H 24・4・13

佐藤 勝 講演「文京区と啄木の歌チラシ」（4・13）場所：中ノ郷信金 小石川支店 H 24・4・13

「札幌 石川啄木歌碑建立祝賀会式次第」パンフ A4 判 2 頁 ※栞付き H 24・4・13

「啄木 101 回忌法要次第・宝徳寺」A4 判 2 枚（式次第・出席者名簿） 同実行委員会 H 24・4・13

「啄木の魅力を歌う・小川那美子コンサート」チラシ／期日：4・13 場所：浜離宮 H 24・4・13

岩手日報（コラム 風土計）※全文『悲しき玩具』出版に関する内容 H 24・4・13

岩手日報（盛岡・県北版）啄木が見た盛岡の街／啄木・賢治青春館 H 24・4・13

産経新聞〈コラム産経抄〉※啄木の日韓併合批判の「地図の上」を紹介 H 24・4・13

しんぶん赤旗〈コラム潮流〉※啄木歌碑の再建と社会主義に目覚めた啄木の話題 H 24・4・13

高橋諒子（署名記事）ふるさとの歌③ 世界観に引き込まれた・親近感から勉強続ける中 2

朝日新聞（岩手版）H 24・4・13

高山美香 北の文化人立ち話・石川啄木の才能とは 朝日新聞（北海道版）H 24・4・13

西日本新聞 石川啄木が 26 歳で生涯とじて今日で 100 年 H 24・4・13

函館新聞（記事）啄木没後 100 年思いはせる・市民墓参、講演会も H 24・4・13

福井新聞〈越山若水〉あともう何本もすうわけではないからと… H 24・4・13

毎日新聞（岩手版）啄木の死から 100 年・小国露堂の写真見つかる H 24・4・13

八重嶋勲 野村胡堂の青春育んだ書簡群（72）猪川浩 盛岡タイムス H 24・4・13

盛岡タイムス（コラム天窓）※啄木没後 100 年とその生涯の話題 H 24・4・13

朝日新聞（東京本社版記事）啄木没後 100 年 故郷盛岡で法要 H 24・4・14

朝日新聞（コラム天声人語）※啄木と堀口大学の詩に共通点があるとの記述　　　　　H 24・4・14

朝日新聞（岩手版）没後 100 年 啄木しのぶ／盛岡・渋民で法要　　　　　　　　　　H 24・4・14

朝日新聞（北海道版）啄木没後百年　追憶今も・旭川駅に歌碑、函館では墓参　　　　H 24・4・14

池田功／三上満：対談「啄木と賢治～新しき「明日」に向けて」チラシ A4 判（4 月 14 日／会場：
　新宿農協会館）　　　　　　　　　　　　　　　　主催：たびせん・つなぐ　H 24・4・14

岩手日報（記事）101 回忌　啄木しのぶ・関係者ら継承へ意欲　　　　　　　　　　　H 24・4・14

岩手日報（記事）東北博ＨＰ誤訳続々／啄木→キツツキ／東和→問うわ　　　　　　　H 24・4・14

岩手日報（コラム学芸余聞）前夜祭で啄木の魅力再認識　　　　　　　　　　　　　　H 24・4・14

大滝伸介（署名記事・土曜ひろば）「小樽の啄木」に光・没後 100 年　足跡たどる　　H 24・4・14

河北新報（記事）愛される啄木・盛岡で 101 回忌　　　　　　　　　　　　　　　　　H 24・4・14

釧路新聞（記事）啄木は百年後の釧路に何を残した・北畠さん講演　　　　　　　　　H 24・4・14

高橋諒子・森本未紀（署名記事）ふるさとの歌④ 歌碑に漂う豊かな詩情・ツアー企画や拓本から
　　　　　　　　　　　　　　　　　　　　　　　　　朝日新聞（岩手版）H 24・4・14

日本経済新聞（記事）啄木に迫る企画展、イベント続々　　　　　　　　　　　　　　H 24・4・14

DVD「国際啄木学会：台北大会のニュース」2 回 7 分　ＩＢＣ岩手放送を録画　　H 24・4・14／15

編集部（新刊紹介）『復元　啄木新歌集』近藤典彦編 P126～0「俳句αあるふぁ」4・5 月号 1000 円
　　　　　　　　　　　　　　　　　　　　　　　　　毎日新聞社出版局　H 24・4・14

日本経済新聞〈コラム窓〉※ＪＲ旭川駅に建立の啄木像　　　　　　　　　　　　　　H 24・4・14

北海道新聞（全道版）没後100年命日　市民団体が除幕・啄木歌碑旭川にお目見え　　H 24・4・14

北海道新聞（函館・渡島版）立待岬で偉業に思い・函館でも 100 回忌　　　　　　　　H 24・4・14

北海道新聞（旭川・上川版）石川啄木没後 100 年・像除幕　新名所にファン続々　　　H 24・4・14

北海道新聞（東道版）啄木没後 100 年記念イベント・港文館で講演や色紙展　　　　　H 24・4・14

北海道新聞（土曜ひろば）「小樽の啄木」に光・没後 100 年　足跡たどる　　　　　　H 24・4・14

毎日新聞（岩手版）啄木の 101 回忌法要／盛岡・宝徳寺　ファン 140 人焼香　　　　　H 24・4・14

毎日新聞（北海道版）啄木没後 100 年の命日・旭川に歌碑付き像・函館では追悼会　　H 24・4・14

野崎巳代治　啄木没後100年　室蘭・海岸町の公園で父に花束捧ぐ　室蘭民報（夕）H 24・4・14

「石川啄木没後 100 年記念企画対談・三上満＆池田功」啄木と賢治　チラシ　於：新宿農協会館
　　　　　　　　　　　　　　　　　　　　　　主催：ムジカ＆たびせん　H 24・4・14

池田　功　石川啄木の資料（啄木と賢治：新宿農協会館対談の資料レジメ）A4 判　4 枚
　　　　　　　　　　　　　　　　　　　　　　主催：ムジカ＆たびせん　H 24・4・14

DVD「啄木の警鐘」〈石川啄木没後 100 年特別番組〉ＢＳ朝日　放映の録画 30 分　H 24・4・14

盛岡タイムス（記事）啄木 101 回忌法要・先見性再び鮮明に　　　　　　　　　　　　H 24・4・14

読売新聞（岩手版）啄木没後 100 年　法要140 人参加　　　　　　　　　　　　　　　H 24・4・14

読売新聞（北海道版記事）啄木像「オール旭川の作品」・除幕式、市民ら喜びの輪　　H 24・4・14

品川洋子『「宵待ち草」ノート―竹久夢二と大正リベラルズ―』四六判 1000 円＋税（啄木歌の
　受容と「まてどくらせどこぬひとを」の表現／明治から大正へ（1）―独歩、啄木、蘆花―／ほか）
　　　　　　　　　　　　　発行：Ｄｏの会（山梨県北杜市小淵沢町 2957-1）H 24・4・15

盛岡タイムス（記事）啄木発信　若い世代が・どう読むかパネル討議　　　　　　　　H 24・4・15

神奈川新聞（記事）没後 100 年　啄木に迫る　　　　　　　　　　　　　　　　　　　H 24・4・16

京都民報（記事）閉塞に立ち向かう啄木語る・田中礼京都大学名誉教授が講演　　　　H 24・4 ・16

盛岡タイムス（記事）啄木と盛岡追憶展・「葬列」「渋民日記」から・啄木賢治青春館　H 24・4 ・16

赤崎茂樹　時代を超えて響く啄木の歌〈読者欄・声〉　　　　　　　　　　岩手日報　H 24・4 ・17

岩手日報（コラム学芸余聞）※ 101 回啄木忌の講話（菅原寿氏）から　　　　　　　H 24・4 ・17

松嶋加奈（署名連載記事）啄木と函館 ①文学の友　　　　　　　　　　北海道新聞　H 24・4 ・17

池田　功　没後 100 年の年に・啄木愛され続ける理由　　　　　　　しんぶん赤旗　H 24・4 ・18

小山田泰裕〈特集〉啄木うたの風景 3 ／〈プロローグ③〉碑でたどる足跡　永眠の地（函館市）／

　遺稿を守る第二の古里／文学仲間ら熱い思い（写真：藤田和明）　　　岩手日報　H 24・4 ・18

澤田勝雄（聞き手）『啄木　新しき明日の考察』の池田功さんに聞くしんぶん赤旗　H 24・4 ・18

北海道新聞（夕刊）啄木の歌 100 首使い「かるた」　　　　　　　　　　　　　　　H 24・4 ・18

松嶋加奈（署名連載記事）啄木と函館 ②函館商業会議所　　　　　　　北海道新聞　H 24・4 ・18

盛岡タイムス（記事）没後 100 年に 100 選・新啄木かるた　　　　　　　　　　　　H 24・4 ・18

読売新聞（岩手版）啄木没後 100 年 ①世紀を超えて生きる歌　　　　　　　　　　　H 24・4 ・18

松嶋加奈（署名連載記事）啄木と函館 ③弥生尋常小学校　　　　　　　北海道新聞　H 24・4 ・19

下野新聞〈コラム雷鳴抄〉すばる※啄木の歌と「昴」のさまざまな話題　　　　　　　H 24・4 ・19

仏教タイムス　没後百年　石川啄木・父の住職は結婚第一世代　　　　　　　　　　H 24・4 ・19

読売新聞（岩手版）啄木没後 100 年 ②歌碑 3 度目の建立願う　　　　　　　　　　H 24・4 ・19

読売新聞（岩手版）啄木没後 100 年 ③現代『五行歌』の下地に　　　　　　　　　　H 24・4 ・20

秋元　翼　啄木の歌『一握の砂』より P21 〜 0 「はな」第 156 号 900 円　はな短歌会 H 24・4 ・20

朝日新聞（岩手版）啄木　愛される理由・記念館の菅原館長に聞く　　　　　　　　H 24・4 ・20

小沢信行　啄木の妻（コラム・今日の話題）　　　　　　　　　　　　北海道新聞　H 24・4 ・20

「季論 21」　石川啄木没後 100 年記念第 16 号／藤田観龍（解説：写真）・歌碑紀行グラビア P7 〜 14

　A4 判 952 円＋税　　　　　　　　　　　　　　　　　　　　　　本の泉社　H 24・4 ・20

松嶋加奈（署名連載記事）啄木と函館 ④啄木居宅跡　　　　　　　　　北海道新聞　H 24・4 ・20

真山重博　石川啄木 P88 〜 93　※ほかに、冨田小一郎／猪川静雄／獅子内謹一郎などの項目あり

　『もりおか歴史散歩　縁の人物編』四六判 1000 円　　　　　　東北堂（盛岡市）H 24・4 ・20

岩手日報（記事）没後 100 年　小・中・高・大学生はどう読む・石川啄木　　　　　H 24・4 ・21

岩手日報（記事）啄木の言葉明日を展望・玉山の記念館で企画展　　　　　　　　　H 24・4 ・21

「石川啄木没後百年記念講演会・啄木　〜愛され続けて百年〜」チラシ B5 判片面刷

　講師：山本玲子（04/21 14:00 〜 15:45）　　　　　主催：文京区立小石川図書館　H 24・4 ・21

大室精一　『悲しき玩具』における推敲の法則（序論）―近藤新説を踏まえて―　A3 判 6 頁

　国際啄木学会・第 57 回　（東京支部会発表資料レジメ／於：明治大学）　　　　　H 24・4 ・21

工藤　肇　啄木と会った「紅屋世の介」とは誰か？　A4 判 3 枚　（国際啄木学会・第 57 回東京支部

　会発表資料レジメ／於：明治大学）　　　　　　　　　　　　　　　　　　　　H 24・4 ・21

鈴木　久　釧路・東京時代の啄木と小泉奇峰（長三）A4 判 9 頁（国際啄木学会・第 57 回東京支部会

　発表資料レジメ／於：明治大学）　　　　　　　　　　　　　　　　　　　　　H 24・4 ・21

日高新報（記事）御坊で啄木の妻の一人芝居・岡本博子さん熱演　　　　　　　　　H 24・4 ・21

松嶋加奈（署名連載記事）啄木と函館 ⑤最大のパトロン　　　　　　　北海道新聞　H 24・4 ・21

盛岡タイムス（コラム天窓）※陸前高田の啄木歌碑についての話題　　　　　　　　H 24・4 ・21

谷口孝男　啄木没後 100 年の現実と課題	北海道新聞	H 24・4・22
北海道新聞（東道版）明治 41 年—啄木が歩いた釧路		H 24・4・22
読売新聞（岩手版）啄木三昧の講座　盛岡で 5 回開催		H 24・4・22
読売新聞（岩手版）啄木没後 100 年 ④ふるさとに帰った「魂」		H 24・4・22
朝日新聞（北海道版）小樽駅 25 日、新装開業※啄木の歌碑や義兄に触れた記事		H 24・4・23
読売新聞（岩手版）啄木没後 100 年 ⑤憎めぬ人柄役者も魅了		H 24・4・23
☆時事通信ドットコム（記事）没後 100 年で石川啄木の歌碑付き像を建立・旭川市		H 24・4・24
松嶋加奈（署名連載記事）啄木と函館 ⑥函館日日新聞	北海道新聞	H 24・4・24

「別冊太陽　石川啄木　漂泊の詩人」A4 判 160 頁 2300 円＋税（以下の 31 点の文献を収載）

金田一秀穂　明治の青春 P4 〜 5

木股知史　人生という小宇宙／「心の自画像」「都市と故郷の間で」ほか P8 〜 51

平岡敏夫　啄木文学の魅力 P54 〜 55

雫石千惠子　石川啄木名作小事典 P56 〜 0（ほか 10 頁にわたる 27 点の解説あり）

佐藤　勝　雅号由来—翠江、麦羊子、白蘋、啄木 P57 〜 0

佐藤　勝　新詩社「明星」と啄木のゆかり P59 〜 0

三枝昂之　歌と結び字、そして歌漬けの日々 60 〜 61

佐藤　勝　観潮楼歌会—鷗外と啄木 P62 〜 0

三枝昂之　啄木の歌と歌謡曲（愛唱性）P63 〜 0

池田　功　啄木のもう三つの貌（詩人・小説家・評論家）P 70 〜 71

池田　功　啄木のトルストイ P81 〜 0

池田　功　大逆事件の衝撃 P83 〜 0

池田　功　国を超え、時代を超えて P84 〜 0

平岡敏夫　啄木の手紙 P85 〜 0

池田　功　「啄木日記」の魅力 P86 〜 91

池田　功　江戸時代の艶本と啄木 P91 〜 0

太田　登　人間・啄木の素顔 P96 〜 97

山本玲子　生き急いだ二十六年の生涯 P89 〜 99（ほか 11 頁にわたる記載あり）

遊座昭吾　万年山の縁 P100 〜 101

遊座昭吾　盛岡中学—運命の同窓 P108 〜 0

山本玲子　啄木の妻・節子—海に似る瞳の君のせて P114 〜 115

立花峰夫　代用教員と啄木 P118 〜 0

立花峰夫　渋民村の啄木の風景 P120 〜 0

櫻井健治　北海道漂泊（一）函館 P128 〜 130

山本玲子　女教師　橘智惠子 P131 〜 0

櫻井健治　北海道漂泊（二）札幌・小樽・釧路・P132 〜 136

山本玲子　芸妓　小奴 P137 〜 0

櫻井健治　東京彷徨 P142 〜 145

櫻井健治　啄木を囲む家族たち・夭折を運命づけられた一家 P146 〜 147

山本玲子　啄木の好きなもの—敏感な感性の発露 P148 〜 150

佐藤　勝　歌集『一握の砂』所載の広告文 P151 〜 0　ほか　　　　　　　　　平凡社　H 24・4・24

小山田泰裕〈特集〉啄木うたの風景 4 ／〈プロローグ④〉浅沼秀政さん（啄木文学碑紀行著者）イン
　タビュー／いしぶみ散歩（5 基）・多くの人に生きる力／好摩駅・岩山公園・寺堤・渋民緑地公園・
　川崎展望地（写真：大和田勝司）　　　　　　　　　　　　　　　　　岩手日報　H 24・4・25

「大人の休日倶楽部ジパング」5 月号 A4 判　会員配布誌　特集岩手県盛岡市：啄木の青春、忘れが
　たき望郷の歌〔松本正志（文）奥山淳志（写真）望月善次（監修）・啄木の上京故郷を思うとき／ふる
　さとの寺の畔のひばの木の／恋しかり渋民村／P8 〜 21〕　　　　　東日本鉄道（株）H 24・4・25

「岩手の文学展」〈図録〉石川啄木 ※開催期間：04/25 〜 06/24　　盛岡市中央公民館　H 24・4・25

松嶋加奈（署名連載記事）啄木と函館 ⑦函館の大火　　　　　　　北海道新聞　H 24・4・25

松嶋加奈（署名連載記事）啄木と函館 ⑧橘智恵子　　　　　　　　北海道新聞　H 24・4・26

塩谷昌弘〈研究ノート〉石川啄木の〈家〉と〈庭〉をめぐって P2 〜 6「日本近代文学会東北支部会報」
　第 44 号 B4 判　　日本近代文学会東北支部会（秋田県立大学：高橋秀晴研究室内）H 24・4・27

松嶋加奈（署名連載記事）啄木と函館 ⑨弥生小の教職員　　　　　北海道新聞　H 24・4・27

「石川啄木　愛と悲しみの歌」〈企画展図録・展示品目一覧付〉A4 判 全 56 頁
　（以下の 9 点の文献を収載）
　　近藤信行　石川啄木　愛と悲しみの歌 P1 〜 0
　　中村　稔　石川啄木 P3 〜 0
　　尾崎左永子　釧路の啄木 P19 〜 0
　　平岡敏夫　啄木散文の魅力 P27 〜 0
　　近藤典彦　最高の時宜を得た企画—啄木没後百年に思う—P33 〜 0
　　中村　稔　敗北の悲歌 P38 〜 39
　　三枝昂之　暮らしの中の歌—啄木が切り拓いたもの P43 〜 0
　　阿毛久芳　そうだ、そんなことがある…啄木の歌について P43 〜 0
　　佐佐木幸綱　物語を抱く短歌 P52 〜 53
　（ほかに展示物の写真、解説等）　　　　　　　　　　　　　　　　山梨県立文学館　H 24・4・28

「企画展 石川啄木 愛と悲しみの歌」ポスター A2 判＆両面刷チラシ ※開催期間 12/04/28 〜 06/24
　　　　　　　　　　　　　　　　　　　　　　　　　　　　　　　山梨県立文学館　H 24・4・28

松嶋加奈（署名連載記事）啄木と函館 ⑩大森浜　　　　　　　　　北海道新聞　H 24・4・28

山本玲子（寄稿）啄木没後 100 年・心の奥の悲しみ引き出す歌　　産経新聞　H 24・4・29

朝日新聞〈特集・はじめての石川啄木〉文化全面 1 頁　伊佐恭子（署名記事）うそもかわいい人気者
　段田安則（談話）自分笑う意外なユーモア　　　　　　　　　　　　　　　　　H 24・4・30

朝日新聞（コラム・天声人語）※犬山市の明治村が啄木へのメッセージを募集した　　H 24・4・30

愛媛新聞〈特集地軸〉啄木と改革　　　　　　　　　　　　　　　　　　　　　　H 24・4・30

黒川伸一　石川啄木没後 100 年 ④啄木と碑・功績しのぶ思い熱く／碑や案内板に多い啄木歌
　　　　　　　　　　　　　　　　　　　　　　　　　　　　　　北海道新聞（夕）H 24・4・30

松島幸和　旭川に啄木歌碑　新たな展開期待〈読者の声〉　　　　北海道新聞　H 24・4・30

「愛蔵版 CD 日本の名作」全 16 巻 ※第 3 巻 啄木「未刊詩集」より／他・第 5 巻『悲しき玩具』より／
　他・第 7 巻『一握の砂』より／他／朗読：寺田農　　　　　発売元：ユーキャン　H 24・4・—

「あさひかわ　石川啄木像・歌碑建立報告書」A4 判 全 24 頁 ※歌碑建立に関する新聞等の複写付及

び別冊（協賛各会社等の広告など20頁）　　　　旭川に石川啄木の歌碑を建てる会　H 24・4・―

大崎和子『啄木の歌に魅せられて』〈大崎和子作曲作品集〉A4判 全50頁 ※啄木短歌14曲／ほか

　定価無記載　　　　　　　　　　　発行者：大崎和子（盛岡市館向町35-31）H 24・4・―

CD「啄木の歌に魅せられて」〈大崎和子作曲作品集〉※啄木短歌14曲／歌手、演奏者名は無記載

　　　　　　　　　　　　　　　　　　　　　　　　　大崎和子制作　H 24・4・―

尾崎由子『歌集　啄木の遺産』四六判 2000円＋税 ※集中「啄木の遺産」12首は著者と啄木を繋

　ぐ歌。他に安森敏隆「序にかえて」／清水怜一「歌集解説」／著者「あとがきにかえて」は貴

　重な啄木短歌継承の証言。　　　　　　　　　　ポトナム社（東京・三鷹市）H 24・4・―

「小石川図書館報」第2号 B5判 8頁 無料配布誌　特集　石川啄木、没後100年―啄木の生涯―

　（内容：啄木の生涯／石川啄木の）はじめの一歩／スタッフおすすめの本（啄木関係）／啄木の文京区

　をたどる（絵地図マップ）／啄木住居地（マップの案内）　　　　小石川図書館報　H 24・4・―

「地域資料だより③」B5判全4頁　文京ゆかりの文人・石川啄木（啄木と文京区／「啄木」の雅号）

　※発行元、発行年月日の記載無し。小石川図書館にて無料配布のパンフ　　　　　H 24・4・―

「文京区　啄木の足跡たどる」A3判両面刷　　　　　　　　　小石川図書館　H 24・4・―

「啄木かるた百首」〈没後百年記念〉※解説しおり付 2000円　　　石川啄木記念館　H 24・4・―

ヨシダノリヒコ『啄木と盛岡』文庫判 全87頁 定価不記載 ※各見開き2頁に絵と文章で盛岡と啄木を

　紹介。ほかに年譜・啄木マップ付　　　　　　　いわて教育文化研究所　H 24・4・―

編集部　石川啄木 P29～0「サライ」5月号〈日本の作家100年の歩み〉　　小学館　H 24・5・1

福島泰樹　日本よ！・東北の悲憤 (12) ※石川啄木 P270～275／啄木没後百年の歌 (1) P282～287

　／啄木没後百年の歌 (2) P282～287／啄木没後百年の歌 (3) P278～283「正論」5～8月号740円

　　　　　　　　　　　　　　　　　　　　産経新聞社　H 24・5・1～8・1

松嶋加奈（署名連載記事）啄木と函館 ⑪留守宅の妻　　　　　北海道新聞　H 24・5・1

森　義真　啄木の交友録【盛岡篇】(36) 及川古志郎 P36～37「街もりおか」532号　H 24・5・1

小山田泰裕〈特集〉啄木うたの風景5 ／〈第一部・青春の輝き①〉碑でたどる足跡　常光寺、宝徳寺（盛

　岡市玉山区）故郷の四季が源泉に／〈余話〉生誕の場所にも諸説（写真：大和田勝司）

　　　　　　　　　　　　　　　　　　　　　　　　　　　岩手日報　H 24・5・2

松嶋加奈（署名連載記事）啄木と函館 ⑫小室理髪館　　　　　北海道新聞　H 24・5・2

松嶋加奈（署名連載記事）啄木と函館 ⑬夫没後の節子　　　　北海道新聞　H 24・5・3

山田公一　夢中翁がたり (101) 盛岡磧町と石川啄木　　　　盛岡タイムス　H 24・5・3

植村　隆　韓国併合に啄木の怒り・北海道　※啄木の歌「地図の上…」歌碑建立

　　　　　　　　　　　　　　　　　　　　　　　　　北海道新聞　H 24・5・4

朝日新聞（北海道版）韓国併合を詠んだ啄木の歌碑除幕・平和願い・北海道　　H 25・5・5

北畠立朴〈啄木エッセイ168〉啄木百年忌に思う　　　　「しつげん」第532号　H 24・5・5

CD「盛盛ラジオ・ゲスト／森　義真氏」(15分) 生放送の録音　FMラジオもりおか　H 24・5・5

盛岡タイムス（記事）先人記念館13日まで「盛岡中学の黄金時代」　　　　H 24・5・6

朝日新聞（岩手版）優秀作7首　啄木短歌大会　　　　　　　　　　H 24・5・8

産経新聞（記事）新作かるた製作、イベント続々　没後100年石川啄木再評価　　H 24・5・8

松嶋加奈（署名連載記事）啄木と函館 ⑭旧函館図書館　　　　北海道新聞　H 24・5・8

読売新聞（文化面）茂吉の情熱　啄木の叙情・横浜と甲府　対照的な展覧会　　H 24・5・8

小山田泰裕　〈特集〉啄木うたの風景６／〈第一部・青春の輝き②〉碑でたどる足跡　守り継ぐ先輩の
　　感性／渋民小（盛岡市玉山区）／〈余話〉文字を集め校名標に／ほか　　岩手日報　H 24・5・9

栗原郁夫　聞き逃した啄木の逸話〈読者投稿欄・声の十字路〉　　　　　秋田さきがけ　H 24・5・9

自由時報（台湾発行の日刊新聞・記事）國際啄木學會興啄木　　　　　　　　　　　　H 24・5・9

林　水福　国際啄木学会興啄木　（※全文が中国語で台湾の新聞「自由時報」に掲載）　H 24・5・9

松嶋加奈（署名連載記事）啄木と函館 ⑮歌の力／外国人の心もとらえ　北海道新聞　H 24・5・9

岩手日報（記事）国際啄木学会が 12 日に台北大会　　　　　　　　　　　　　　　　H 24・5・10

東京新聞（記事）啄木没後 100 年で記念フォーラム・来月 2 日に、盛岡で　　　　　　H 24・5・10

関川夏央　石川啄木―「天才」をやめて急成長した青年 P222 ～ 240（→ H15・3 ～ 4「婦人画報」）
　　『「一九〇五年」の彼ら―「現代」の発端を生きた十二人の文学者―』新書判 780 円＋税
　　　　　　　　　　　　　　　　　　　　　　　　　　　　　　　　　NHK 出版　H 24・5・10

黒川伸一（署名記事）石川啄木没後 100 年・偕楽園緑地に歌碑　　　　北海道新聞　H 24・5・11

岩手日報（コラム・学芸余聞）※文庫本『岩手県謎解き散歩』増刷の話題　　　　　　H 24・5・12

岩手日報（記事）啄木の図書台湾大に・国際学会が 160 点寄贈　　　　　　　　　　　H 24・5・12

「国際啄木学会 2012 年　台北大会」〈ポスター〉A1 判　於：国立台湾大学　　　　　　H 24・5・12

「国際啄木学会　2012 年台北大会　論文集」啄木没後 100 年・明治の終焉から大正へ
　　A4 判 全 80 頁（以下の 9 点ほかの文献を収載）
　　望月善次　国立台湾大学で台湾三度めの大会を開くことのできる感謝と大会の目指すもの P1 ～ 2
　　林　水福　台湾大会の成功を祈念して P3 ～ 0
　　林　丕雄　石川啄木研究の今後の可能性 P5 ～ 0
　　【資料】
　　石川啄木と新渡戸仙岳 6 ～ 8
　　太田　登〈講演要旨〉啄木没後 100 年の歴史的意義について P9 ～ 19
　　【啄木詩歌の朗読会】「はたらけど」（英語・日景敏夫訳、坂西志保訳／「さばかりの」「友がみな」
　　　　　　　中国語・鄒評訳／「友がみな」中国語：林丕雄訳、台湾語：曾婧芳訳／「みぞれ降る」
　　　　　　　ロシア語：スレイメノヴァ・アイーダ訳、V・Markova（1971 年）訳／「ふるさとの訛」
　　　　　　　韓国語：黄聖圭訳／インドネシア語：舟田京子訳
　　【研究発表要旨】
　　劉　怡臻　啄木詩歌と李商隠 P27 ～ 49
　　スレイメノヴァ・アイーダ　与謝野夫妻と石川啄木―人生・作品の共通点と相違点をめぐって―P51～57
　　安元隆子　石川啄木受容の系譜―金子文子の『獄中に想ふ』と『啄木選集』―P59～69
　　西脇　巽　家庭内精神力動―石川家、堀合家、宮崎郁家の場合 P71 ～ 75
　　　　　　　　　　　　　　　　　　　　　　　　　　　　国際啄木学会　H 24・5・12

友部　省　啄木の歌心のふるさと「小田原市鴨宮 2 区長寿会会報」6 月号　　　　　　H 24・5・12

岩手日報（記事）言語超え啄木の魅力探る・台湾で国際学会　　　　　　　　　　　　H 24・5・13

「区政報告　島元雅夫」13 日号（記事）都旧跡「啄木終焉の地」石碑の再建を　　　　H 24・5・13

山田武秋ほか編『白堊 一握の砂』―啄木没後 100 年記念歌集―　四六判 215 頁 1000 円（細目：
　　馬場信・白堊五行歌会刊行に寄せて P4 ～ 5／山田武秋・啄木、賢治の志を継いで P6 ～ 7【ミニ講座】
　　早坂光平・啄木と賢治の指紋 P152 ～ 153／山田武秋・啄木と五行歌〈全 3 回〉P186 ～ 191／山田武秋・

啄木と道元〈全5回〉P192 ～ 201)　　　　　　白堊五行歌会（代表・山田武秋）　H 24・5 ・13

盛岡タイムス（記事）折居路子さんに啄木祭賞・第 28 回短歌大会　　　　　　　H 24・5 ・14

森田　進　※読売歌壇（岡野弘彦選）に啄木と節子を詠んだ歌が入選　　読売新聞　H 24・5 ・14

岩手日報（記事）台湾大図書館・啄木の書籍を展示・没後 100 年を記念し160 点　H 24・5 ・15

佐藤平典　きつつきと啄木 P4 ～ 0「CHaG」NO.45 B5判 250円

　　　　　　　　　　　　　　　　発行所：ぼくらの理由（岩手県滝沢村）　H 24・5 ・15

DVD「台湾リポート」〔テレビ岩手放送（2012/05/15）放映の録画〕7分　　　　H 24・5 ・15

吉見正信　啄木から手渡された歳月 P3 ～ 0　「CHaG」NO.45　　　　　　　　　H 24・5 ・15

福島民友（おでかけニュース）石川啄木歌碑の説明板再建　法用寺境内に　会津啄木会　H 24・5 ・15

岩手日報（盛岡・県北版）啄木記念事業委に寄付・ＪＲ東労組盛岡　　　　　　　H 24・5 ・16

小山田泰裕〈特集〉啄木うたの風景 7／〈第一部・青春の輝き③〉碑でたどる足跡　下橋中（盛岡市）／

　卒業生の歴史に誇り〈余話〉1 年後輩には妻節子　　　　　　　岩手日報　H 24・5 ・16

小山田泰裕（署名記事）没後 100 年・啄木と時代・国際学会台北大会から〈上・下〉

　　　　　　　　　　　　　　　　　　　　　　　　　　　　岩手日報　　H 24・5 ・16 ～ 17

北海道新聞〈新刊紹介〉関連本出版ラッシュ※本年発行の単行本など 5 点を紹介　H 24・5 ・16

森山晴美　講演「2012 年　啄木祭」〈チラシ〉（4／18）　　主催：新日本歌人協会　H 24・5 ・18

小山田泰裕（コラム 展望台）朗読劇の魅力に触れて　　　　　　　岩手日報　H 24・5 ・19

「盛岡先人記念館」　田中篤子宛金田一京助書簡（S39・11・10）小瀧篤子寄贈・金田一京助、啄木へ

　の熱き想い／「平成 23 年新収蔵資料展」A4 判全 44 頁（開催期間:05/19 ～ 07/22）　H 24・5 ・19

盛岡タイムス（記事）橋場雅秋さんに啄木祭賞・第 54 回全国俳句大会　　　　　H 24・5 ・19

岩手日報（書評・郷土の本棚）別冊太陽『石川啄木　漂泊の詩人』叙情的写真と追体験の旅

　　　　　　　　　　　　　　　　　　　　　　　　　　　　　　　　　　H 24・5 ・20

光本恵子　啄木と善麿 P128 ～ 131（→ H18・9「未来山脈」）『光本恵子歌集』〈現代短歌文庫〉

　四六判 1800 円＋税　　　　　　　　　　　　　　　　　　砂子屋書房　H 24・5 ・20

毎日新聞（山梨版）石川啄木没後 100 年で企画展、盛況・直筆原稿や写真 180 点　H 24・5 ・21

市川正治　病床の兄を支えた啄木の歌〈読者欄・声〉　　　　　　岩手日報　H 24・5 ・22

岩手日報（テレビ放送案内記事）ＮＨＫ総合・啄木・歌紀行　第 6 回 渋民　　　H 24・5 ・23

小山田泰裕〈特集〉啄木うたの風景 8／〈第一部・青春の輝き④〉碑でたどる足跡　岩手公園（盛岡市）

　中学時代の思い刻む／〈余話〉南部氏の城跡、国史跡／ほか　　岩手日報　H 24・5 ・23

山田武秋　グラフ文学散歩・東京の石川啄木ゆかりの地 P150 ～ 162「北の文学」第 64 号 A5判

　1100 円＋税　　　　　　　　　　　　　　　　　　　　　岩手日報社　H 24・5 ・23

三枝昂之　啄木没後 100 年・懐かしく新鮮な短歌の世界　　　　　秋田さきがけ　H 24・5 ・23

穂村　弘〈第 73 回全県短歌大会講演要旨〉作品に想像の隙間を　　秋田さきがけ　H 24・5 ・25

八重嶋勲　野村胡堂の青春育んだ書簡群（78）猪川浩　　　　　　盛岡タイムス　H 24・5 ・25

北海道新聞（道央版）「小樽の啄木は風のごとくに」冊子発行　　　　　　　　　H 24・5 ・25

盛岡タイムス（記事）「啄木歌碑アルバム」発行・没後百周年記念　　　　　　　H 24・5 ・26

岩手日報（記事）盛岡市先人記念館新収蔵資料展・啄木思う金田一の書簡　　　　H 24・5 ・27

盛岡タイムス（天窓）※「啄木歌碑アルバムさんぽみち」（盛岡タイムス社）の紹介　H 24・5 ・28

嶺野　侑〈コラム編集余録〉函館屋と小奴　　　　　　　　　　　十勝毎日新聞　H 24・5 ・28

岩本茂之　特集石川啄木没後100年⑤啄木と鉄道・草創期の情景今に伝え／「美国」駅はどこに

北海道新聞　H24・5・28

穂村　弘　作品に想像の空間を「短歌の秘密」〈講演要旨〉　　　秋田さきがけ　H24・5・28

棟方幸人〈署名記事・短歌の秘密〉穂村弘※「ふるさとの訛」の解釈　秋田さきがけH24・5・28

山口　創　啄木も子規も大事にした癒しの手P36～39『手の治癒力』四六判1260円

草思社　H24・5・28

岩手日報（記事）啄木の里　誇りに・ゆかりの校舎、修繕奉仕　　　　　　H24・5・29

小山田泰裕〈特集〉啄木うたの風景9／〈第一部・青春の輝き⑤〉碑でたどる足跡　高田松原（陸前高田市）
　／受難の歴史　波に消え／表記で論争／〈余話〉湯川秀樹が最も好む

岩手日報　H24・5・30

☆ＨＰ「啄木の息」編「啄木と花」※本稿は「先行文献に見る啄木短歌と植物」に関する資料。
　http://www.page.sannet.ne.jp/yu_iwata/hana.html　　　　　　　　H24・5・30

三枝昂之　啄木没後100年・懐かしく新鮮な世界　　　　　　　岩手日報　H24・5・31

産経新聞（山梨版）啄木の魅力、生きざま紹介・県立文学館　没後100年　　H24・5・31

札幌市の公式観光サイト「没後100年！札幌啄木ゆかりの地めぐり」（A4判3枚）　H24・5・―

三田地信一「岩手公園」の名称に親しみ〈読者欄・声〉　　　　　岩手日報　H24・5・31

「啄木の歌碑めぐりマップ」B5変形判4つ折8頁（歌碑12基と地図）

盛岡商工会議所玉山支所　H24・5・―

「SANSAさんさ」No.634 A4判150円【特集「石川啄木没後百年」に思う】誌面座談会：菅原寿・
　竹田かづ子・山本玲子・石川啄木没後百年の活動について P2～3　盛岡商工会議所　H24・6・1

「柴田啄木会会報　きつつき」第6号〈10周年記念号〉A4判　全8頁（小丸淳・石川啄木ゆかりの
　歌碑を訪ねて P2～3／南條範男・荻浜の啄木歌碑 P4～5／ほか）　　柴田啄木会　H25・6・1

「短歌研究」6月号【特集　石川啄木没後百年】A5判1000円（以下の22点の文献を収載）
　【100年前の啄木を検証する】
　三枝昂之　啄木再考―ありのままに読むことの大切さ P34～35
　山田吉郎　石川啄木をめぐる歌人たち、その友情―明治四十三年を中心に P36～41
　黒岩剛仁　私の啄木体験 P42～45
　森本　平　へなへなの飛び蹴りを―「時代閉塞の現状」の現状 P46～50
　嵯峨直樹　時代は変わったのか―外部者啄木の視点 P51～55
　山田　航　啄木が死なない理由―〈上京〉がつなぐ近代と現代 P56～64
　朝比奈康博　北海道旭川駅に啄木の歌碑を P65～0
　【啄木の歌のここが好き、ここが嫌い】（各執筆者の返歌付）
　笠松峰生　病的な哀しさ P66～0
　凜　久　親の"軽さ"は今も重く P67～0
　永井　祐　だけが好きな人 P68～0
　山吹明日香　仕方ないなあ P69～0
　鵜沢　梢　英語の啄木 P70～0
　菊池哲也　怠け者の事情 P71～0
　齋藤芳生　空に吸はれし十五の心 P72～0

新井正彦　故郷回帰の心 P73 ～ 0

梶原さい子　ぶたぼくの東北 P74 ～ 0

永守恭子　固有名詞の美しさ P75 ～ 0

広坂早苗　北海道回想詠の魅力 P76 ～ 0

浜田康敬　全身、啄木好き P77 ～ 0

和嶋忠治　永久なる恋情 P78 ～ 0

大野英子　貧困のバイブル P79 ～ 0

編集部　石川啄木略年譜 P80 ～ 83　　　　　　　　　　　　　短歌研究社　　H 24・6・1

西脇　巽「啄木・台湾旅日記」A4 判 全 17 頁 ※（国際啄木学会台北大会参加の個人記録）

　（← H27・10・10『啄木旅日記』桜出版）　　　　　　　　　　　　　　　　　H 24・6・1

編集部〈新刊紹介〉『風のごとくに　小樽の啄木』発行 P4 ～ 0「月刊ラブおたる」6 月号 B5 判 300 円

　　　　　　　　　　　　　　　　　　　　　　　　　（株）坂の街出版企画　H 24・6・1

森　義真　啄木の交友録【盛岡篇】(37) 小田島三兄弟 P38 ～ 39「街もりおか」534 号　H 24・6・1

岩手日報（記事）作家・新井満さん、あす講演と対談・八幡平市　　　　　　　　H 24・6・2

「啄木没後百年記念フォーラム　啄木祭」チラシ A4 判両面　講演：安藤忠雄氏／場所：姫神ホール

　／付：「啄木祭　プログラム」A4 判 4 頁　　　　　　　　啄木祭実行委員会　H 24・6・2

「石川啄木没後百年記念交流会」〈栞〉A4 判 4 頁　於：ホテルメトロポリタン盛岡　H 24・6・2

中川　越　手紙　※文章の中で啄木の出産を祝う書簡にも触れる　　　　東京新聞　H 24・6・2

岩手日報〈ズームアップいわて　特集 啄木没後100年祭〉近年の啄木祭を振り返る／高田松原歌碑建

　設を／ゆかりの地サミット／ほか　P14 ～ 15 全頁掲載※ 1 頁に関連記事も　　H 24・6・3

岩手日報（記事）啄木の魅力に浸る・盛岡で没後 100 年祭（1 面）　　　　　　　H 24・6・3

岩手日報（記事）「啄木終焉の地」碑再建へ（26 面）　　　　　　　　　　　　　H 24・6・3

岩手日日（記事）啄木祭・郷土の偉人に思いはせ・盛岡玉山　　　　　　　　　　H 24・6・3

「新井満さん講演会」（チラシ・12/06/03）　　　　八幡平市西根地区市民センター　H 24・6・3

河北新報（記事）啄木没後 100 年　思想語り合う・盛岡　　　　　　　　　　　　H 24・6・3

産経新聞（岩手版）啄木没後 100 年、安藤忠雄氏が講演　記念フォーラム　　　　H 24・6・3

しんぶん赤旗（新刊紹介・ほんだな）別冊太陽　石川啄木　漂泊の詩人　　　　　H 24・6・3

田中　要〈受贈書から新刊紹介〉池田功著『啄木—新しき明日の考察』／碓田のぼる著『啄木短歌

　と言葉』／三枝昂之編『今さら聞けない短歌のツボ』P38 ～ 40「日本海」Vol.168 第 48 巻 2 号

　B5 判　　　　　　　　　　　　　　　　　　　　　日本海社（佐渡市羽吉 1181）H 24・6・3

盛岡タイムス（記事）啄木没後 100 年フォーラム・啄木の足跡たどって　　　　　H 24・6・3

盛岡タイムス（記事）日印の文学者が共鳴・（国際啄木学会の縁で）　　　　　　H 24・6・3

岩手日報（記事）啄木と歌と震災語る・新井満さん　八幡平市で講演　　　　　　H 24・6・4

盛岡タイムス（記事）啄木祭　安藤忠雄氏が講演　心のふるさと考えよう　　　　H 24・6・4

朝日新聞（北海道版）啄木の碑建立ラッシュ・没後 100 年　道内で新たに 3 基　　H 24・6・5

毎日新聞（北海道版）啄木の歌碑建立へ札幌・建てる会が計画　　　　　　　　　H 24・6・5

「現代短歌新聞」第 3 号タブロイド判

　柏崎驍二　全国の歌壇—岩手県—P14 ～ 0

　編集部　歌壇ニュース P16 ～ 0　　　　　　　　　　　　　　　　　　　　　H 24・6・5

北畠立朴〈啄木エッセイ169〉読書三昧の日々か　　　　　　　　「しつげん」第534号　H24・6・5

高山純二（署名記事）啄木の歌碑建立へ・札幌、建てる会が計画（←H24・6・20「北の詩人」98号）

毎日新聞（北海道版）H24・6・5

小山田泰裕〈特集〉啄木うたの風景10／〈第一部・青春の輝き⑥〉碑でたどる足跡　遊座さんインタ

ビュー／碑でたどる足跡／〈余話〉工藤千代治が詠んだ歌／いしぶみ散歩〈大泉院・天神山公園・

江南義塾盛岡高・吉浜・岩手医大〉　　　　　　　　　　　　　　岩手日報　H24・6・6

碓田のぼる　啄木没後100年に・柔らかな心の核にあるものは　　　しんぶん赤旗　H24・6・6

横山蔵利（署名連載記事）私の中の啄木①函館時代132日間（6・6）／②札幌時代14日間（6・7）／③小

樽時代115日間（6・8）／④釧路時代76日間（6・9）　朝日新聞（北海道版）H24・6・6〜6・9

岩手日報（記事）啄木作品翻案、人形劇で上演・盛岡で14、15日　　　　　　　H24・6・7

吉川宏志　石川啄木没後100年　描き出す不安と恐怖（←H24・6・12「秋田さきがけ」）

岩手日報　H24・6・7

岩手日報（コラム交差点）閑古鳥※啄木と故郷に関する内容　　　　　H24・6・8

北海道新聞（道東版）啄木が見たかるた会再現　　　　　　　　　　H24・6・8

盛岡タイムス（記事）啄木から豊かに生きるヒント　　　　　　　　H24・6・8

「札幌啄木会だより」No.21 A4判　※以下4点の文献を収載

太田幸夫　札幌市内に啄木の歌碑建立決定 P2〜4

長谷部和夫　故郷函館と啄木 101回忌 P4〜6

中川康子　私における啄木没後百年・浅草等光寺を尋ねて P6〜13

太田幸夫　「美唄」って何処 P13〜15

※ほかに「最近の新聞記事から」9点を複写掲載　　　　　　　H24・6・10

村上新聞（コラム半可通）※6月5日にNHKラジオ新潟放送の山下多恵子氏の話題　H24・6・10

横山蔵利（署名連載記事）私の中の啄木⑤北海道を後にして　　朝日新聞（北海道版）H24・6・10

秋田さきがけ（記事）石川啄木没後100年・東北の詩人を紹介・企画講座　　　H24・6・12

毎日新聞（岩手版）台日文学者交流会・震災語り合う（盛岡）　　　　　　H24・6・12

盛岡タイムス（記事）厨川中でコンサート・啄木や賢治関係の曲も　　　　H24・6・12

吉川宏志　石川啄木没後100年　描き出す不安と恐怖（→H24・6・6「岩手日報」）

秋田さきがけ　H24・6・12

小山田泰裕〈特集〉啄木うたの風景11／〈第一部・青春の輝き⑦〉碑でたどる足跡　田中正造墓所（栃木・

佐野市）／銅山鉱毒の惨状思ふ／〈余話〉幸徳秋水とのつながり／ほか　　岩手日報　H24・6・13

毎日新聞（岩手版）啄木の短編小説「林中の譚」をアレンジ「サルと人と森」好評　H24・6・14

「笑うタクボク　雲は天才である」〈石川啄木没後百年記念事業　江戸糸あやつり人形芝居〉チラシ

上演期間：6月14日、15日　場所：岩手県民会館中ホール　結城座　　　H24・6・14

北海道新聞（コラム卓上一枝）白熱電球※北海道の啄木と電灯に関する生活　　H24・6・15

小樽啄木会編「風のごとくに　小樽の啄木」〈第100回小樽啄木忌記念・小樽啄木会だより⑭号〉

A5判　全52頁 1000円（細目：「古写真アルバム」啄木が歩いた明治の小樽 P4〜21／亀井志乃・啄木

と小樽日報　関連事項年譜 P22〜35／高田紅果・松本光治・水口忠・新谷保人編・小樽啄木会沿革史

P40〜46／ほか）　　　　　　　小樽啄木会（小樽市望洋台2-32-14水口方）H24・6・16

盛岡タイムス（記事）記念館に歌碑アルバム・本社から2千部寄贈　　　　H24・6・16

吉田德壽『芥川賞作家　三浦哲郎　作風と文学への旅』四六判 2400円＋税〔啄木関係の文献／背負い続けた重い血脈 P14 ～ 17（→ H23・4・10 東奥日報）／啄木のローマ字日記 P200 ～ 203（→ H23·11·13 東奥日報）／ほか〕　　　　　　　　　　　　　　　　　東奥日報社　H 24・6・16

河北新報（コラム河北春秋）※震災と高田松原の啄木歌碑建立の話題　　　　H 24・6・17

東京民報（週刊）第 1745 号　啄木終焉の地　文京区・住民ら念願の歌碑建設へ　　H 24・6・17

大辻隆弘〈短歌月評〉啄木と現代　　　　　　　　　　　　　　毎日新聞　H 24・6・18

神奈川新聞（コラム照明灯）※『一握の砂』の歌を引用して脳死の移植を論じる　　H 24・6・19

道又　力　石川啄木 P48 ～ 49『文学のまち盛岡』新書判　盛岡出版コミュニティ　H 24・6・19

小山田泰裕〈特集〉啄木うたの風景 12 ／〈第一部・青春の輝き⑧〉碑でたどる足跡　帰帆場公園（北上市）／初恋と友を懐かしむ／〈余話〉市内に 48 基の文学碑（瀬川深の歌碑）／ほか（写真：大和田勝司）
　　　　　　　　　　　　　　　　　　　　　　　　　　　　　岩手日報　H 24・6・20

小池　光　蟻 P102 ～ 103 ／蟹 P124 ～ 125 ／山羊 P158 ～ 159 ／閑古鳥 P184 ～ 185『歌の動物記』四六判（→ H20·10·5 ～ H22·10·10 日本経済新聞、日曜日朝刊から）　日本経済新聞　H 24・6・20

内藤賢司〈ことばの渚⑩〉啄木を読む ① P43 ～ 46「歩行」36 号 A5 判
　　　　　　　　　　「歩行」発行所（福岡県八女市黒木町北木屋 2090 内藤方）　H 24・6・20

八重嶋勲　野村胡堂の青春育んだ書簡群〈81〉石川一　はがき　　盛岡タイムス　H 24・6・22

盛岡タイムス（記事）「歌碑めぐりマップ」を発行・玉山区の商工会議所女性部　　H 24・6・23

朝日新聞（千葉版）病苦の啄木、最晩年の手紙杉村楚人冠に謝意、3 通公開・我孫子　　H 24・6・24

編集部〈郷土の本棚〉池田功著『啄木新しき明日の考察』文学者として成長する姿
　　　　　　　　　　　　　　　　　　　　　　　　　　　　　岩手日報　H 24・6・24

「野村胡堂と石川啄木」（講演会チラシ）※講師・太田愛人　　　野村胡堂記念館　H 24・6・24

黒川伸一　石川啄木没後 100 年⑥啄木と音楽・歌謡曲にも影響／谷村新司作の「昴」と「悲しき玩具」冒頭の 2 首　　　　　　　　　　　　　　　　　　北海道新聞（夕）H 24・6・25

ドナルド・キーン（吉田健一訳）子規と啄木 P123 ～ 142 ／石川啄木 P332 ～ 335（→ S42・6『日本の文学 15 ／石川啄木／正岡子規／高浜虚子』中央公論社・解説）『ドナルド・キーン著作集　第 4 巻思い出の作家たち』A5 判 3800円＋税　　　　　　　　新潮社　H 24・6・25

岩手日報（記事）胡堂、啄木との青春・紫波町野村記念館・太田さん講演　　H 24・6・26

第 38 回企画展　「明星」から「スバル」へ ～啄木の軌跡～〈A4 判チラシ両面刷〉期間：6・26 ～ 10·22
　〈別紙展示目録 A4 判 1 枚付〉　　　　　　　　　　　　　盛岡てがみ館　H 24・6・26

「企画展の窓」第 147 号 B4 判　※「明星」から「スバル」へ ～啄木の軌跡～／松岡政之助（蕗堂）の吉田孤羊宛て（S4・3·19）書簡など ※写真と解読文を掲載　　盛岡てがみ館　H 24・6・27

☆「あの人の人生を知ろう～石川啄木」※簡略な啄木の生涯とガジポン選 40 首など掲載。
　　ＨＰアドレス（http://kajipon.sakura.ne.jp/kt/takuboku.html）　閲覧確認日　H 24・6・27

小山田泰裕〈特集〉啄木うたの風景 13 ／〈第一部・青春の輝き⑨〉碑でたどる足跡　富士見橋（盛岡市）／一家背負う新婚生活／〈余話〉1 か月足らずで発行（「小天地」発行の経緯／ほか）
　　　　　　　　　　　　　　　　　　　　　　　　　　　　　岩手日報　H 24・6・27

☆「国際啄木学会研究年報第 1 号～第 15 号総目次」　国際啄木学会ＨＰに掲載。アドレスは下記。
　（http://takuboku.jp/bulletin/index.html）　　　　　　　閲覧確認日　H 24・6・27

岩手日報（記事）石川啄木没後 100 年記念企画展「『明星』から『スバル』へ～啄木の軌跡～」

岩手日報（記事）台湾の詩人が震災悼む作品・国際啄木学会の会長に寄せる　　H 24・6・28

浅野孝仁〈コラム雑記帳〉※啄木記念館にキツツキが営巣の話題　　　　毎日新聞　H 24・6・28

盛岡タイムス（記事）啄木記念館に啄木鳥が営巣・没後100年の縁と喜ぶ関係者　　H 24・6・28

毎日小学生新聞（記事）啄木記念館にキツツキ親子　　　　　　　　　　　　　　H 24・6・29

盛岡タイムス（記事）啄木記念館の将来は・盛岡市議会一般質問　　　　　　　　H 24・6・29

浜　祥子　石川啄木 P20 ～ 33『せかい伝記図書館 35 与謝野晶子・石川啄木』（→ S57・3 文庫改訂版）

　　四六判 750 円＋税　　　　　　　　　　　　　　　　　　　　　いずみ書房　H 24・6・30

飯坂慶一　気になる詩人・9 林芙美子 ※（啄木に触れた箇所）P55 ～ 56「詩都」38 号 A5 判 500 円

　　　　　　　　　　　　都庁詩をつくる会（横浜市青葉区藤ヶ丘 2-1-3-107 飯坂方）H 24・6・―

「啄木生命を歌う」没後 100 年コンサート・チラシ ※ H24・9・13　　　岩手県民会館　H 24・6・―

田口善政　他の伝統芸能を取り込んださんさ踊り P4 ～ 0「おでって」127 号　　　H 24・6・―

中華民国（台湾）外交部、文化部編発行「冊子　台日文学者交流会」B5 判 全 80 頁（石川啄木記念

　　館／石川啄木の第 1 号歌碑／旧渋民小学校・旧斎藤家／ほか）※交流会期間：H 24・6・9 ～ 12 場所：

　　岩手大学　発行日付無記載　　　　　　　　　　　　　　　　　　　　　　　H 24・6・―

森山晴美　啄木の爆発／啄木について余滴二、三「新暦」6 ～ 7 月号（← H27・1『よしのずいから』

　　續文堂出版）　　　　　　　　　　　　　　　　　　　　　　新暦短歌会　H 24・6・― ～ 7・―

「おでって」Vol.129 ※もりおか啄木没後百年記念企画・啄木市民ポスター展　　　H 24・7・1

「新日本歌人」7 月号 A5 判 850 円（以下 3 点の文献を収載）

　　宮地さか枝　わが青春のうた・石川啄木 P23 ～ 0

　　有村紀美　2012 年啄木祭・東京 P88 ～ 89

　　香川武子　かすがい啄木祭 P90 ～ 0

　　菊池東太郎　静岡啄木祭 P91 ～ 0　　　　　　　　　　　　　新日本歌人協会　H 24・7・1

盛岡タイムス（記事）古里の魅力再発見・啄木歌碑めぐり　　　　　　　　　　　H 24・7・1

森　義真　啄木の交友録【盛岡篇】(38) 清岡　等 P38 ～ 39「街もりおか」535 号　　H 24・7・1

東奥日報（コラム天地人）※啄木と足尾鉱毒事件と八甲田山の遭難事件　　　　　H 24・7・2

三枝昂之　『百舌と文鎮』四六判 259 頁 2500 円＋税（細目：啄木学会、その他 P22 ～ 25 ／啄木書誌と

　　『歌ことば事情』P30 ～ 34 ／啄木の読み方。父の歌 P63 ～ 66 ／啄木をめぐるいろいろ P94 ～ 96 ／啄

　　木と池田功氏の新刊書のこと P188 ～ 191 ／啄木の孤独 P205 ～ 207 ／啄木と高田松原の啄木歌碑のこ

　　と P249 ～ 251 ／ほか）　　　　　　　　　　　　　　　　　　ながらみ書房　H 24・7・2

編集部　没後百年の石川啄木、小さな旅　「月刊　東京人」8 月号 A4 判 900 円

　　　　　　　　　　　　　　　　　　　　　　　　　　　　　　　　　都市出版　H 24・7・3

飯村裕樹　国際啄木学会インドネシア報告 P30 ～ 47「岩大語文」第 14 号 A4 判 非売品

　　　　　　　　　　　　　　　　　　　　　　　　　　　　　　岩手大学語文学会　H 24・7・4

岩手日報（記事）啄木の縁　文化交流協定・盛岡市と文京区　　　　　　　　　　H 24・7・4

小山田泰裕〈特集〉啄木うたの風景 14 ／〈第一部・青春の輝き⑩〉碑でたどる足跡　天満宮（盛岡市）

　　／美しい故郷　恋い慕う（天満宮には現在 4 基の歌碑）／〈余話〉洋画家の上野が祝辞／ほか

　　　　　　　　　　　　　　　　　　　　　　　　　　　　　　　　　岩手日報　H 24・7・4

北畠立朴〈啄木エッセイ170〉田中正巳先生からの手紙　　　　　　「しつげん」第 536 号　H 24・7・5

「啄木学級　文の京講座」（パンフ）A4判4頁※文京区シビックセンター／講演：渡辺淳一／対談：

　池田功＆山本玲子／＜石川啄木没後百年事業＞／渡辺淳一：啄木短歌25首／ほか

主催：盛岡市・文京区　H24・7・5

「啄木学級　文の京講座」ポスターA1判／チラシA4判　　　盛岡市・文京区　H24・7・5

「啄木終焉の地歌碑建設実行委員会」（発足のチラシ）A4判片面刷　同実行委員会　H24・7・5

現代短歌新聞　第4号（記事）現代歌人協会公開講座第3回・「人間を歌う」　　　H24・7・5

宮地伸一　作歌相談室（3）歌に句読点は必要か　「現代短歌新聞」第4号　　　H24・7・5

出久根達郎編　石川啄木・「雪中行…小樽より釧路まで…」『むかしの汽車旅』〈河出文庫〉

　760円＋税　　　　　　　　　　　　　　　　　　　　　河出書房新社　H24・7・5

岩手日報（記事）啄木の縁、盛岡市と文京区・文化協定に調印　　　　　　　　　H24・7・6

産経新聞（東京都内版）啄木生誕の地と終焉の地　盛岡市と文京区が文化協定　　H24・7・6

日本経済新聞（東京首都圏版）啄木最期の地に石碑・文京区　介護施設内に展示物　H24・7・6

岡澤敏男〈賢治の置土産270〉賢治も「牧民会」に出入り　　　　盛岡タイムス　H24・7・7

小林康達　『楚人冠　杉村広太郎伝』四六判　3200円＋税　全400頁（※以下は啄木に関する箇所の小

　見出し：石川啄木の入社／玄耳が啄木を「朝日歌壇」選者に抜擢／啄木が読んだ本の著者は？／楚人冠宛の

　啄木書簡／筆写した幸徳の陳弁書を楚人冠に貸す／啄木最後の浪費／ほか）　　現代書館　H24・7・10

佐藤竜一　啄木・賢治と肺結核　P13〜0「宮沢賢治センター通信」第15号　A4判　H24・7・10

須藤宏明編『ふるさと文学さんぽ』四六判　1600円（石川啄木・「一握の砂」※短歌6首を掲載6頁に

　掲載／解説2頁に掲載）　　　　　　　　　　　　　　　　　　　大和書房　H24・7・10

田中　綾　書棚から歌を〈コラム〉※啄木の「たんたらたら」歌　　北海道新聞　H24・7・10

毎日新聞（東京都内版）啄木死後100年ゆかりの地交流協定　　　　　　　　　　H24・7・10

岩手日報（記事）東京で「啄木学級・文の京講座」作家・渡辺淳一さんが講演・自己陶酔、啄木

　の魅力／対談：歌集に物語性ある（池田さん）さらりと日常歌う（山本さん）　　H24・7・11

小山田泰裕〈特集〉啄木うたの風景15／〈第一部・青春の輝き⑪〉碑でたどる足跡　斉藤家（盛岡市玉

　山区）／一家伴い渋民に帰郷（啄木が弟と呼んだ斉藤佐蔵）／〈余話〉映画撮影隊が碑建立／ほか

岩手日報　H24・7・11

岩手日報（学芸余聞）※文京区に啄木終焉の地の歌碑が建立される話題　　　　　H24・7・12

和久井康明　こころの玉手箱4・啄木の歌碑　　　　　　　日本経済新聞（夕）H24・7・12

盛岡タイムス（記事）啄木、虚子の碑の証し・陸前高田の拓本保存　　　　　　　H24・7・12

岩手日報（記事）岩手芸術祭「文芸祭」論文募集（文芸評論の選者：望月善次）　　H24・7・13

小山田泰裕〈展望台〉啄木が結ぶ不思議な縁（※07/05文京区啄木学級での話題）　H24・7・13

DVD「石川啄木の世界へ」（2012・07・13／19：00〜19：55）※【生放送】池田功＆枡野浩一ほかの出演

　番組／テレビBSジャパン放映より録画）55分　　　　　　　　　　　　　　　H24・7・13

伊能専太郎　杜陵随想・悲しい「うそ」　　　　　　　　　　盛岡タイムス　H24・7・14

牛山靖夫　啄木が「小天地」を発行した隣人宅に幸徳秋水の『社会主義神髄』があった―石川啄木

　と大矢馬太郎のことなど―P3〜7「不屈」〈岩手版〉第226号　B5判

治安維持法犠牲者国家賠償要求同盟・岩手県本部　H24・7・15

盛岡タイムス（コラム天窓）※冊子「啄木歌碑アルバム」発行の経緯と内容　　　H24・7・17

小山田泰裕〈特集〉啄木うたの風景16／〈第一部・青春の輝き⑫〉碑でたどる足跡　山本さん（石川啄木

記念館学芸員）インタビュー／盛岡時代　多くの刺激／〈余話〉いしぶみ散歩（6基）大間岬（青森
　　県大間町には3基の啄木歌碑がある）／ほか　　　　　　　　　　　　岩手日報　H 24・7 ・18

盛岡タイムス（記事）文芸誌手がかりに啄木の足跡・盛岡てがみ館で企画展　　　H 24・7 ・19

岩手日報（記事）啄木短歌のロシア語翻訳本・青森「鳴海完造展」で公開　　　H 24・7 ・21

産経新聞（東北版）明治三陸大津波・啄木作品への影響は？・大船渡で学芸員が講演　H 24・7 ・21

池端俊策　明治四十年あたりの妄想　　　　　　　　　　　　　　　日本経済新聞　H 24・7 ・22

東海新報（記事）啄木こころの風景に迫る・大船渡市・リアスホールと市立図書館で　H 24・7 ・22

岩手日報（書評・郷土の本棚）道又 力編『文学のまち盛岡〜追悼中津文彦さん〜』「未知への挑戦」
　　引き継ぐ　　　　　　　　　　　　　　　　　　　　　　　　　　　　　　　H 24・7 ・22

河北新報　啄木歿後 100 年　歌碑を陸前高田に再建しよう　　　　　　　　　　H 24・7 ・23

読売新聞（岩手版）啄木没後 100 年で企画展・盛岡てがみ館貴重な資料並ぶ　　　H 24・7 ・24

小山田泰裕〈特集〉啄木うたの風景 17 ／〈第二部・漂泊の旅路①〉碑でたどる足跡　合浦公園（青森市）
　　／北への船旅　家族思う／〈余話〉近い風土、愛好者多く（青森県内の啄木文学碑は7基ある）／ほか
　　　　　　　　　　　　　　　　　　　　　　　　　　　　　　　　　岩手日報　H 24・7 ・25

東海新報（記事）石川啄木没後 100 年特別展・啄木と冨田小一郎先生・大船渡市　H 24・7 ・26

内館牧子〈連載コラム 545〉暖簾にひじ鉄・啄木派ＶＳ．賢治派　「週刊朝日」7 月 27 日号 A4 判
　　　　　　　　　　　　　　　　　　　　　　　　　　　　　　　　　　　　　H 24・7 ・27

朝日新聞（天声人語）※啄木の東京市電ストライキの感想を引用した内容文　　　H 24・7 ・30

黒川伸一　石川啄木没後 100 年⑦ 啄木と酒／文学観広げた釧路の宴　北海道新聞（夕）H 24・7 ・30

盛岡タイムス（記事）岩手の文学者 140 人網羅「文学のまち盛岡」刊行　　　　　H 24・7 ・30

石川啄木（ほか）声に出して楽しもう　子規・石川啄木など　植松雅美ほか編著『板書で見る全
　　単元の授業のすべて小学校国語 4 年下新版』B5 判 3360 円＋税　　東洋館出版社　H 24・7 ・31

「区政報告島元雅夫」夏号（記事）石川啄木終焉の地　小石川五丁目 11 番／住民ら念願の歌碑建
　　設へ　　　　　　　　　　　　　　東京都文京区議会議員島元雅夫事務局　H 24・7 ・—

新潮社　『一握の砂・悲しき玩具』石川啄木 P33 〜 0『新潮文庫の 100 冊』2012 年版　H 24・7 ・—

「HO もうひとつの小樽」7 月号（編集部・小樽駅 P44 〜 0 ／小樽文学散歩 P70 〜 74 ／※「小樽日報」
　　明治 40 年 10 月 24 日号一面の縮刷を掲載／ほか）　　ブランドマガジン社（小樽市）H 24・7 ・—

ドナルド・キーン 著／新井潤美 訳　石川啄木『日本文学史　近代・現代篇 7』〈中公文庫〉1000 円
　　＋税　　　　　　　　　　　　　　　　　　　　　　　　　中央公論新社　H 24・7 ・—

「愛されて百年　企画展・第 2 部　啄木を愛した作家たち」チラシ A4 判／開催期間：08/01 〜 11/30
　　（野村胡堂・井上ひさし・新井満・立原道造・渡辺淳一／ほか）　　石川啄木記念館　H 24・8 ・1

小山田泰裕〈特集〉啄木うたの風景 18 ／〈第二部・漂泊の旅路②〉碑でたどる足跡　函館公園（函
　　館市）／生活と文学の新天地／〈余話〉暮らしを支えた人々（宮崎郁雨ほかについて）／ほか
　　　　　　　　　　　　　　　　　　　　　　　　　　　　　　　　　岩手日報　H 24・8 ・1

編集部　「明星」から「スバル」へ〜啄木の軌跡〜 8 〜 0「月刊ぽけっと」8 月号　　H 24・8 ・1

「企画展の窓」第 148 号 B4 判 片面刷※「明星」から「スバル」へ〜『小天地』時代〜／岩動孝久
　　宛て（M38・8・12）ハガキ両面と解読文を掲載　　　　　　　盛岡てがみ館　H 24・8 ・1

「啄木」第 7 号 A5 判 全 11 頁（以下 4 点の文献を収載）
　　石井敏之　石川啄木終焉の地で偲ぶ P1 〜 0

八木隆　六十年前の『少年啄木集』P2～0

渡辺寅夫　啄木の足跡を尋ねて P3～4

石井敏之　「金銭出納簿」電車ちんの謎 P5～9

　　　　　　　　　　静岡啄木会（静岡市東新田 4-1-3-304 石井敏之方）H 24・8・1

編集部　愛と苦悩と貧困を謳った太宰治と石川啄木が今も愛される秘密 P86～87（※池田功氏ほか
　の談話あり）「月刊 THEMS テーミス」8月号 A4判 1100円　　　（株）テーミス　H 24・8・1

森　義真　啄木の交友録【盛岡篇】(39) 船越金五郎 P38～39「街もりおか」536号　H 24・8・1

半藤一利　啄木の「友がみな…」の歌　『ぶらり日本史散策』〈文春文庫〉552円＋税　H 24・8・3

劉　岸偉　傷心啄木　北海道で見た夢　　　　　　　　北海道新聞（夕刊）　H 24・8・3

春日真木子　啄木鳥〈現代の作家〉※啄木を詠む歌 13首「現代短歌新聞」第5号　H 24・8・5

北畠立朴〈啄木エッセイ 171〉連載を書き終えて　　　　「しつげん」第 538号　H 24・8・5

しんぶん赤旗〈新刊紹介〉尾崎由子著『歌集　啄木の遺産』（ポトナム社）　H 24・8・5

山下多恵子　「信じる～啄木の妻節子～」※NHKラジオ新潟（7：40～45）にて放送　H 24・8・7

小山田泰裕〈特集〉啄木うたの風景 19／〈第二部・漂泊の旅路③〉碑でたどる足跡　JR船岡駅（宮城県
　柴田町）／良き文学仲間が支援／〈余話〉唯一真面目な文芸雑誌（苜蓿社の仲間と「紅苜蓿」）

　　　　　　　　　　　　　　　　　　　　　　　　　　　岩手日報　H 24・8・8

「石川啄木の終焉と妻節子」〈函館市文学館　平成 24年度企画展　啄木没後百年特別企画図録〉
　A4判全 42頁 頒価 1000円　※展示期間：H24・4・8～10・10　　　　　H 24・8・10

岩手日報（新刊紹介）小樽時代の啄木記録・没後 100年記念し冊子　　　　H 24・8・10

「短詩形文学」8月号〈特集 3―私たちの反戦・平和の短歌史―〉（以下 5点の文献を収載）

坂西まさ子　「夕川に」P30～0

岩井よしじ　「地図の上」P31～0

設楽芳江　「意地悪の大工の」P31～0

飯田ふみ　「友も妻も」P32～0

日野きく　「地図の上」P32～0　　　　短詩形文学会（多摩市豊ケ丘 2-1-1-206）H 24・8・10

無署名　【短歌時評】振り返ることを引き継ぐこと P66～67 ※（「別冊太陽　石川啄木」・小野弘子著『父
　矢代東村』に関する記述）「短詩形文学」8月号 B5判 600円　　　　　　　H 24・8・10

「平成 23年度 盛岡てがみ館 館報」A4判 全 32頁　※啄木の直筆書簡（M38・8・12）石動孝久宛て
　や舟越保武の福田常雄宛て書簡などの写真版掲載あり。　　　　　　　　　H 24・8・10

日野岡裕司（写真）著『石川啄木　望郷のうた』A4変形判 1800円＋税　※主に風景中心の写真集
　に啄木短歌と筑摩書房版の全集参考の年譜を付けた内容　　　　北辰堂出版　H 24・8・10

竹原三哉『啄木の函館―実に美しき海区なり―』四六判 296頁 1905円＋税〔細目：第一部・函館
　の啄木／啄木の招魂社散歩／啄木の谷地頭碧血碑への散歩／啄木と橘智恵子の谷地頭／失敗した啄木の
　乞食探訪／船魂神社と乞食万平の臥竜窟／乞食万平と苜蓿社の同人たち／入村質店と啄木一家／豊川病
　院と未亡人節子／函館公園と啄木・節子の青柳町／立待岬の啄木一族の墓／石川節子と宝小学校／ほか
　／第二部・小論集／文芸雑誌『苜蓿社』の呼び方をめぐって（1～12）／函館税務署と啄木（1～9）
　／啄木略年譜（函館との関連を中心に）／ほか〕　　　　　　　　紅書房　H 24・8・11

西郷竹彦　啄木詩歌の表現の独自性・三行書きの文芸学的考察 P60～87「文芸教育」98号 B5判
　1500円＋税　　　　　　　　　　新読書社（東京・文京区本郷 5-30-20）H 24・8・11

北村克夫　啄木の詩「飛行機」　　　　　　　　　　　　　　北海道新聞　　H 24・8・12

西日本新聞（コラム春秋）石川啄木ほど望郷の念をたくさん詠んだ歌人は珍しい　　H 24・8・12

釧路新聞（記事）啄木「一泊目の記念碑」を寄贈　　　　　　　　　　　　　H 24・8・13

盛岡タイムス（記事）ネギで啄木の詩を・小笠原克悦さん菜筆展　　　　　　H 24・8・14

小山田泰裕〈特集〉啄木うたの風景20 ／〈第二部・漂泊の旅路④〉碑でたどる足跡　大通公園（札幌市）

　　／美しき街に心引かれ／〈余話〉　友人たちがモデルに　※（小説「札幌」では下宿の娘なども／ほか）

　　　　　　　　　　　　　　　　　　　　　　　　　　　　　　　岩手日報　H 24・8・15

毎日新聞（岩手版）短歌甲子園：啄木没後 100 年　盛岡で 24 日から　※注：本記事は共同通信社の

　　配信などによって全国各地の地方新聞 51 紙（ネット確認）に掲載された　　　　H 24・8・15

（R）啄木の木登りコブ　「ぼくらの理由」通信 46 号　CHaG の会（岩手県滝沢村）　H 24・8・15

黒川伸一（署名記事）偕楽園緑地の啄木歌碑完成　　　　　　　　北海道新聞　H 24・8・18

盛岡タイムス（記事）9 月 1 日　啄木学級故郷講座　　　　　　　　　　　　H 24・8・19

東奥日報（コラム天地人）※啄木と「トウモロコシ」の話題　　　　　　　　H 24・8・20

「森脇啓好写真展　啄木・北への旅」（チラシ）※ 08/20 ～ 09/07/ 神楽市民センター　H 24・8・20

岩手日報（記事）紫波町（野村胡堂）記念館で企画展・啄木ら友人、恩師を紹介　　H 24・8・22

小山田泰裕〈特集〉啄木うたの風景21 ／〈第二部・漂泊の旅路⑤〉碑でたどる足跡　小樽公園（小樽市）

　　／情熱ささげた記者魂／〈余話〉読みやすい字が好評・沢田天峯の回想「啄木散華」より／ほか

　　　　　　　　　　　　　　　　　　　　　　　　　　　　　　　岩手日報　H 24・8・22

岩手日報（記事）啄木に届け青春短歌　　　　　　　　　　　　　　　　　　H 24・8・25

盛岡タイムス（記事）啄木の里に全国から 36 校・短歌甲子園が開幕　　　　H 24・8・25

平賀　徹「石川啄木の臨終を記した若山牧水の文章三編」〈文京の牧水・第 4 編〉B5 判 全 21 頁

　　非売品（← H25・4 増刷）　　　発行：東京牧水会（文京区小石川 1-17-1 平賀方）H 24・8・26

☆無署名「神童…石川啄木／早世…石川啄木」（ブログ「文学・歴史散歩」よりコピー A4 判全 4 頁）

　　http://48361045.at.webry.info/201208/article_1.html（発表日付け）　　　H 24・8・26 ／ 9・22

黒川伸一　石川啄木没後100 年⑧ 啄木と遺産・北海道のドラマ随所に／「小樽のかたみ」など残す

　　　　　　　　　　　　　　　　　　　　　　　　　　　　北海道新聞（夕）H 24・8・27

飯坂慶一　石川啄木没後 100 年を迎えて　　　　　　　都政新報（東京都庁舎内）H 24・8・28

押野友美（署名記事）函館文学館の竹原さん　啄木の「函館」　北海道新聞（道南版）H 24・8・28

小山田泰裕〈特集〉啄木うたの風景 22 ／〈第二部・漂泊の旅路⑥〉碑でたどる足跡　法用寺（福島県会

　　津美里町）／同僚ともめ小樽去る／〈余話〉生き生きと事件再現　　　岩手日報　H 24・8・29

小島ゆかり　短歌甲子園 2012 の啄木大会秀歌鑑賞　斬新　生命感　若い感性

　　　　　　　　　　　　　　　　　　　　　　　　　　　　　　　岩手日報　H 24・8・30

越智朋子（署名記事）啄木の歌碑札幌に・全国の愛好家が募金　　しんぶん赤旗　H 24・8・30

出久根達郎　石川啄木──本なんか読むよりゃ遊んで歩く方が P18 ～ 0（※他に、金田一京助／土岐

　　善麿の項目あり各 1 頁）『一日一言 366 日』四六判 1785 円　　　河出書房新社　H 24・8・30

岩手日報（記事）啄木を歌うコンサート・盛岡で来月 13 日　　　　　　　　H 24・8・31

「啄木文庫」別冊記念号 A5 判 1000 円 全102 頁（以下 30 点の文献を収載）

　　太田　登　啄木との対話を求めて P5 ～ 6

　　石井勉次郎　啄木への献辞 P7 ～ 8

村上悦也「啄木文庫」の歩み P9 ～ 10

田中　礼　「ことに真面目になりて悲しも」―明治四十三年と『一握の砂』―P11 ～ 20

池田　功　十五歳の心模様－尾崎豊と石川啄木－P21 ～ 27

河野有時　啄木の耳 P28 ～ 37

伊藤和則　啄木没後 100 年と大逆事件 100 年 P37 ～ 43

太田　登　石井勉次郎と戦後歌壇 P44 ～ 51

【創立 30 周年座談会・没後 100 年に向けて啄木の魅力を語る】

※伊藤和則・尾崎由子・佐藤勝・山下多恵子・水野洋（司会）

【啄木への思いを語る会員の声】

入江春行「関西啄木懇話会」の創始 P69 ～ 70

山田　登　砂 P 70 ～ 71

尾崎由子　啄木と写楽と西行と P71 ～ 72

妹尾源市　睡魔を覚ます啄木の歌 P72 ～ 73

目良　卓　私と啄木－わが青春の歌 P73 ～ 74

井上信興　私と啄木「偶然の出会い」P74 ～ 75

井上　庚　私と啄木－軍国少女を変えたもの P76 ～ 77

小菅麻起子　啄木の旅－思い出の 18 番ホーム P77 ～ 0

岡本純代　生きる原動力 P78 ～ 0

山田　昇　心に深く迫る啄木の声 P79 ～ 80

森　義真　私の啄木研究の原点は「懇話会」P80 ～ 81

池田千尋　寒村先生とのひとこま P82 ～ 0

亀谷中行　《私と啄木》地の縁・人の縁 P83 ～ 84

中野泰仁　懇話会員と私 P84 ～ 85

小林ミチ　啄木歌に魅せられて P85 ～ 86

清野美都子　交友の場に恵まれたこと P 86 ～ 0

河﨑洋充　「啄木文庫」についてあれこれ P87 ～ 90

玉田崇二　ローマ字日記について P90 ～ 91

【書評】

太田登　田中礼さんの『啄木とその系譜』を読む P92 ～ 93

安井ひろ子・二つの啄木シンポ P94 ～ 95

尾崎由子　松井美智子さんの死を悼む P96 ～ 0

編集部『啄木文庫』総目次・続々 P97 ～ 101　　　　　関西啄木懇話会　H 24・8・31

盛岡タイムス（記事）啄木、生命を歌う・9 月 13 日、森田さんら公演　　　　　H 24・8・31

学術刊行会編『国文学年次別論文集』〈近代Ⅴ〉（平成 21 年）B5 判 9300 円＋税

（※以下 1 点の啄木文献を収録）

大室精一『悲しき玩具』歌稿ノートの中点 P211 ～ 220（→ H22・3「佐野短期大学研究紀要」第 21 号）

朋文出版　H 24・8・―

田原大三　牧水と啄木＝啄木の死を看取った牧水 P7 ～ 9「渓流」第 21 号 A4 判

発行所：東京牧水会（千葉県船橋市緑台 2-9-1-301 田原方）H 24・8・―

岩内敏行（書評）池田功著『啄木─新しき明日の考察』「憐憫の情」から迫る啄木 P74～75

　「りとむ」9月号 A5判 1000円　　　　　　　　　　　　　　りとむ短歌会　H 24・9・1

小笠原栄治　啄木と私　「民主盛岡文学通信」第181号（盛岡市松園 2-8-3 熊谷方）　H 24・9・1

編集部　もりおか文学散歩・啄木と賢治・5「小天地」発行跡地 P9～10

　「ぽけっと」NO.65 ※地域情報誌　　　　　　　　　　盛岡市文化振興事業団　H 24・9・1

「企画展の窓」第149号 B4判 片面刷 ※「明星」から「スバル」へ～啄木の軌跡～／与謝野晶子・

　啄木の思ひ出（書簡と翻刻を抄出／「啄木研究」第1号 S13・6）　盛岡てがみ館　H 24・9・1

草田照子　歌集歌書を読む／尾崎由子著『啄木の遺産』233～0「短歌」9月号　H 24・9・1

小杉正夫　石川啄木没後百年・記念講演を前に「民主盛岡文学通信」第181号　H 24・9・1

下田城玄　石川啄木の思想形成 P140～153「民主文学」9月号　970円

　　　　　　　　　　日本民主主義文学会（東京都豊島区南大塚 2-29-9）　H 24・9・1

「啄木学級故郷講座」チラシ／内容：絵本「サルと人と森」朗読／ほか　啄木記念館　H 24・9・1

「市立名寄図書館文学講座・没後100年・北海道ゆかりの歌人　石川啄木」（チラシ）講師：佐藤喜代枝

　／期間：9月1、8、15、29日、10月6、20日　　　　　　　　　　　H 24・9・1

高橋　温「岩手を知る」A5判 全55頁〔石川啄木と湯川秀樹 P10～11（→H24・1・24 日本経済新聞）

　／沖縄の啄木歌碑 P18～19（→H24・2・21「日本経済新聞」）〕　三井住友銀行　H 24・9・1

森　義真　啄木の交友録【盛岡篇】(40) 瀬川医院の人々 P38～39「街もりおか」537号　H 24・9・1

大西　剛　青柳町こそ悲しけれ P85～87『新函館写真紀行』四六判 1143円＋税

　　　　　　　　　　　　　　　　　　　　　　　新函館ライブラリ　H 24・9・3

小山田泰裕〈特集〉啄木うたの風景23／〈第二部・漂泊の旅路⑦〉碑でたどる足跡　櫻井さん（近代文学

　研究家）インタビュー／新天地で才能が開花／いしぶみ散歩（5基）（安駅前公園・旭ヶ丘総合公園・

　美唄駅東口広場・旭川駅・滝川公園）　　　　　　　　　　　　　岩手日報　H 24・9・5

北畠立朴〈啄木エッセイ172〉啄木の盗作か　　　　　　「しつげん」第540号　H 24・9・5

岩本　進（署名記事）旭川で国際啄木学会・歌碑像建立が縁　北海道新聞（旭川版）H 24・9・7

池田　功　没後100年　啄木の魅力─短歌・詩・日記を中心に─　A4判 10枚 ※講演内容レジメ

　（※文京区民学習講座　2012/09/08）　　　　　　　　　文京区千石図書館　H 24・9・8

黒川伸一（署名コラム声）啄木の親友に光　　　　　　北海道新聞（札幌版）H 24・9・8

「市民のための文学講座」（チラシ）森武：石川啄木の四通の手紙　函館中央図書館　H 24・9・9

高知新聞（記事）啄木歌碑3周年で短歌募集・11月末まで　　　　　　　H 24・9・9

DVD「日本人ドナルド・キーン 90歳を生きる」120分　BS-TBS　※ 2012/09/09　放映の録画

　　　　　　　　　　　　　　　　　　　　　　　　　　　　　　　H 24・9・9

高知新聞〈コラム小社会〉※河上肇の「貧乏物語」連載の書き出しは啄木の歌　　H 24・9・11

河北新報〈コラム河北春秋〉※啄木が明治三陸大津波4年後に見たことを記す　　H 24・9・12

「啄木生命を歌う」（チラシ）※森田純司（09/13）　　　　　岩手県民ホール　H 24・9・13

「札幌　石川啄木歌碑完成記念報告書」A4判 6頁　　札幌に啄木の歌碑を建てる会　H 24・9・15

原　哲夫『遙かなる啄木』文庫判 640円＋税（啄木に関する文章は、随想　遙かなる啄木 P151～179）

　（→H19・7・15 の文庫判）　　　　　　　　　　　　　　　　文芸社　H 24・9・15

「札幌啄木歌碑　完成記念」〈パンフ〉A4判 8頁　　札幌に啄木の歌碑を建てる会　H 24・9・15

朝日新聞（北海道版）啄木2週間の滞在を歌碑に・札幌　　　　　　　　H 24・9・16

森　義真　（書評）資料に肉付け　ゆかりの地案内／竹原三哉著『啄木の函館』

しんぶん赤旗　　H 24・9・16

毎日新聞（岩手版）陸前高田市、高田松原を小学校授業に　　　　　　　H 24・9・18

小山田泰裕〈特集〉啄木うたの風景 24 ／〈第二部・漂泊の旅路⑧〉碑でたどる足跡　港文館（釧路市）

／文学と離れ　心に隙間／〈余話〉文士劇に二役で出演／ほか　　　岩手日報　H 24・9・19

岩手日報（記事）復興、啄木　思い寄せ・岩大シニアカレッジ開講　　H 24・9・20

「文京区年金者組合ニュース」9 月号（記事）石川啄木終焉の地歌碑建設運動が成功するように

文京区年金者組合事務局　H 24・9・20

山下多恵子　竹原三哉著『函館の啄木』鑑賞・没後一〇〇年―屈指の啄木本の誕生喜ぶ P3 ～ 4

「紅通信」第 68 号 B6 変形判　　　　　　　　　　　　紅書房（東京・豊島区）H 24・9・20

岩手日日新聞（記事）石川啄木没後 100 年・心捉える歌、人物　　　　H 24・9・22

田中　綾〈日曜文芸コラム・書棚から歌を〉石川啄木／目になれし…瀬尾まいこ著『図書館の神様』

（← H27・6『書棚から歌を』深夜叢書社）　　　　　　　北海道新聞　H 24・9・23

（木）〈コラム交差点〉※大逆事件と啄木に関する記述あり　　　　　岩手日報　H 24・9・24

北海道新聞　特集号　石川啄木没後 100 年（9）対談（上）：新井満・田中綾／構成：黒川伸一・

岩本茂之／啄木短歌を見つめ直して／ほか　　　　　　　　　　　　H 24・9・24

猪熊建夫　名門高校の校風と人脈（12）盛岡第一高校・望郷の想いを詠んだ啄木 P64 ～ 65

「週刊エコノミスト」第 90 巻 40 号 A4 判 600 円　　　　毎日新聞社　H 24・9・25

「久里浜・岩戸コミニュティセンターだより」9 月 25 日号 ※文学講座「一葉と啄木」（11/06／～ 12/24/5 回）

案内／講師：奥出　健／内容：啄木の青春物語／「悲しき玩具」の世界　　H 24・9・25

天野　仁　お便り P42 ～ 0 ※仙台啄木会の「浜茄子縮刷版」について「海風」85 号　H 24・9・25

岡林一彦　啄木没後百年「啄木祭・講演会」に参加して P41 ～ 42「海風」第 85 号　H 24・9・25

編集部　啄木・一禎（その 13）P40 ～ 0「海風」第 85 号　　海風短歌会（高知市）H 24・9・25

小山田泰裕〈特集〉啄木うたの風景 25 ／〈第二部・漂泊の旅路⑨〉碑でたどる足跡　米町公園（釧路市）

／交友を重ねた地　後に／〈余話〉詳細記す「砂金メモ」　　　　岩手日報　H 24・9・26

「啄木終焉の地」〈歌碑建設の募金呼びかけチラシ A4 判 両面 1 刷〉　実行委員会　H 24・9・―

「2012 年度　立命館大阪オフィス講座」没後 100 年特別講座　啄木に学ぶ（10 ～ 12：3 回シリーズ

／11/14　瀧本和成：石川啄木が見た夢、生きた現実／11/21　チャールズ・フォックス：白秋と啄木／11/28

田口道昭：啄木と現代－没後 100 年のいま、啄木をどう読むか）　　　　H 24・9・―

「もりおか絵地図」2012 年度版 A4 判 折畳式 16 頁 ※啄木紹介　　盛岡観光協会　H 24・9・―

朝日新聞（天声人語）※啄木の歌と上野駅に触れた文章　　　　　　　H 24・10・1

「新日本歌人」10 月号 A5 判（以下 3 点の文献を収載）

赤崎耀子　わが青春とうた P17 ～ 0「新日本歌人」10 月号

菊池東太郎　渡辺順三短歌の批評と鑑賞（その 1）P26 ～ 30

大川史香　短歌時評・些事を見る眼 P66 ～ 67　　　　　新日本歌人協会　H 24・10・1

河野有時　石川啄木 P128 ～ 135 長澤ちづ・山田吉郎・鈴木泰恵編『今こそよみたい近代短歌』

四六判 1800 円　　　　　　　　　　　　　　　　　　　翰林書房　H 24・10・1

佐久間文子　文豪たちが名教師だった頃　石川啄木 P299 ～ 300「文藝春秋」10 月号 840 円＋税

文藝春秋社　H 24・10・1

塩浦　彰　それぞれのふるさと P6 ～ 7「楽しいわが家」第 60 巻 10 号 A5 判

全国信用金庫協会　H 24・10・1

「企画展の窓」第 150 号 B4 判 片面刷 ※「明星」から「スバル」へ～啄木の軌跡～／小田島孤舟・

啄木書簡（M44・3・23）の写し（吉田孤羊宛 T15・12・14 付）　盛岡てがみ館　H 24・10・1

「視線」復刊第 3 号〈特集　石川啄木没後百年記念〉A5 判 500 円（以下 5 点の文献を収載）

近藤典彦　文学研究の綾 P86 ～ 94

山田　航　啄木『飛行機』ノート P95 ～ 101

栁澤有一郎　病むということ P102 ～ 112

編集部〈編集後記〉P128 ～ 0

〈参考文献〉

安東璋二　北海道のロマンチズム（1）―北海道文学論争のゆくへ―P1 ～ 1

「視線の会」（函館市本町2-12-3 和田方）　H 24・10・1

「市民自由講座　没後百年　石川啄木の魅力」（チラシ）講師：池田功～短歌・詩・日記を中心に～

八王子市生涯学習センター　H 24・10・1

編集部　愛知支部「五十年ぶりに啄木祭を再開して」P95 ～ 0「新日本歌人」10 月号　H 24・10・1

編集部　人物記念館へ行こう・石川啄木／ほか 「毎日が発見」10 月号（年間購読誌）680 円

角川マガジンズ　H 24・10・1

「札幌啄木歌碑建立アルバム」〈写真集〉A4 判 5 枚　森田敏春個人綴発行誌　H 24・10・1

北海道新聞　石川啄木没後 100 年特集号（10 最終回）対談（下）：新井満・田中綾／構成：黒川伸一・

茂木茂之・写真／石川崇子／啄木 "短歌" を見つめ直して／絶望せず見上げる若さ（新井）／

切実な言葉復興への提言（田中）　H 24・10・1

盛岡タイムス（記事）啄木歌碑めぐり・玉山区で 27 日開催　H 24・10・1

森　義真　啄木の交友録【盛岡篇】(41) 佐藤熊太郎 P38 ～ 39「街もりおか」538 号　H 24・10・1

小山田泰裕〈特集〉啄木うたの風景 26 ／〈第二部・漂泊の旅路⑩〉碑でたどる足跡　光岸地（宮古市）

／岩手と「永遠」の別れ／〈余話〉苦労した久々の小説（菊池武治をモデルの「菊池君」）

岩手日報　H 24・10・3

岩手日報（記事）啄木の魅力ひもとく・県立図書館資料展　H 24・10・4

岩手日報（コラム・学芸余聞）啄木への思い込め記念号「啄木文庫」（※終刊号）　H 24・10・4

「第 30 回　啄木資料展示目録」〈10/05 ～ 11/25〉A4 判全 23 頁　岩手県立図書館　H 24・10・5

北畠立朴〈啄木エッセイ 173〉札幌に啄木歌碑が建つ　「しつげん」第 542 号　H 24・10・5

「啄木資料展」〈チラシ〉開催期間 12/10/05 ～ 12/11/25（他に冊子「展示目録」A4 判 23 頁を作成）

岩手県立図書館　H 24・10・5

ＣＤ「朝の随想」話者：山下多恵子 100 分 ※「ＮＨＫラジオ新潟」2012 年 4 月 10 日～ 9 月 25 日の

放送より録音。啄木に関する話題を含む全 25 話収録。　H 24・10・5

森　義真　啄木没後百年におもう P14 ～ 0「社会文学通信」第 96 号　日本社会文学会　H 24・10・5

「没後百年記念　啄木と節子のモダニズム」〈チラシ A4 判 両面刷〉期間：10/06/11/30

石川啄木記念館　H 24・10・6

岩手日報（コラム 風土計）函館市と大間町（双方に建つ「東海歌」の碑）　H 24・10・6

山田公一 "もりおか歴史メモ" 第 87 回：石川啄木没後百年・岩手の社会運動 P25 ～ 0「TSR 情報

岩手版Weekly」第2224号 A4判

東京商工リサーチ盛岡支店（盛岡市菜園 1-12-18） H24・10・8

朝日新聞（北海道版）啄木日記　妻の目で・釧路13日に一人芝居　　　　　　H24・10・10

小山田泰裕〈特集〉啄木うたの風景27／〈第二部・漂泊の旅路⑪〉碑でたどる足跡　荻浜（宮城県石巻市）

　／上京途中　短い春体感／〈余話〉給仕の女性に好印象（大森屋旅館の佐藤藤野）

岩手日報　H24・10・10

北海道新聞（旭川・上川版）「旭川啄木会」が発足「歌碑を建てる会」が衣替え　　H24・10・11

青野道子「石川啄木と貧困」に寄せて「ほっかい新報」第1887号　ほっかい新報社　H24・10・14

長浜　功　啄木の函館—竹原三哉著〈ほっかいどうの本〉　　　　　北海道新聞　H24・10・14

森　義真　季語「啄木忌」をめぐって　A4判1枚 ※岩手芸術祭研究発表レジメ　H24・10・14

荒又重雄　「新しい文化と労働のために」B5判〔※啄木に関する文3篇を抄録／初夢・「浪淘沙」を彷

　徨う P16 ～ 22（→ H19・1「労働文化」）／知的所有権と「本歌取り」P34 ～ 35（→ H20・9「労働文化」）

　／日本語の韻律と啄木短歌 P51 ～ 52（→ H21・9「労働文化」）　　　　著者刊　H24・10・15

「日本および日本人の原風景」〈完全保存版・宮沢賢治と石川啄木—『雨ニモマケズ』と『一握の砂』〉

　A4変形判714円＋税（以下の5点の文献を収載）

　編集部　啄木の山 P4 ～ 5【インタビュー】外岡秀俊：いま求められる賢治と啄木 P10 ～ 16

　編集部　〈外岡秀俊の選ぶ賢治と啄木の言葉〉（啄木の言葉）P30 ～ 41／石川啄木年譜 P70 ～ 73

　編集部　啄木を読み解くキーワード P74 ～ 93

　【特別インタビュー】山本玲子さん・啄木の言葉は今日にも当てはまる P94 ～ 95

　編集部　啄木ゆかりの地をあるく P96 ～ 99

　（取材執筆者：児玉勲・左古文男・下境敏弘・樋口聡・山本貴也／写真撮影：小島真也・樋口聡）

徳間書店　H24・10・15

「民主盛岡文学」第47号〈特集石川啄木没後100年〉A5判 定価不記載（以下4点の文献を収載）

　【記念講演】

　碓田のぼる　私の啄木—その語りかけてくるもの—P4 ～ 21

　【私と啄木】

　熊谷眞夫　「私と啄木」と震災と P22 ～ 27

　鈴木　満　「新しき明日」の歌について P28 ～ 30

　小杉正夫　石川啄木の現代的意識 —その軌跡の一年を辿る— P32 ～ 43

日本民主主義文学会盛岡支部　H24・10・15

岩手日報〈学芸短信〉記念講演会「啄木没後100年／啄木と図書館」（27日）　　H24・10・16

小山田泰裕〈特集〉啄木うたの風景28／〈第二部・漂泊の旅路⑫〉碑でたどる足跡　北畠さん（釧路啄

　木会会長）インタビュー／76日間　充実の日々／いしぶみ散歩（28基）（阿寒湖畔・下宿跡・浦

　見8丁目・南大通4丁目・釧路市中心部の文学碑）　　　　　　　岩手日報　H24・10・17

山田公一　夢中翁がたり（124）岩手社会運動百年①　　　　　盛岡タイムス　H24・10・17

岩手日報（記事）芸術祭賞受賞者の赤崎さんが講演（啄木に触れた講演内容を記載）　H24・10・18

岩手日報（記事）啄木の魅力ひもとく・県立図書館　資料展　　　　　　　　H24・10・19

八重嶋勲〈野村胡堂の青春を育んだ書簡群・学友たちの手紙98〉石川は取るに足らぬ小者也

盛岡タイムス　H24・10・19

池田　功　没後100年　啄木の魅力─短歌・詩・日記を中心に P1 ～ 10　明治大学和泉図書館

　※杉並区図書館ネットワーク講演会〈レジメ〉A4判　　　　　　　　　　　　H 24・10・20

岡崎武志　石川啄木─甘ったれの借金王、十二階に登る『上京する文學　漱石から春樹まで』

　四六判 1575 円＋税　　　　　　　　　　　　　　　　　　　　　新日本出版社　H 24・10・20

久世番子　コピーライター石川啄木 P129 ～ 138『よちよち文藝部』〈コミック〉四六判 998 円＋税

　　　　　　　　　　　　　　　　　　　　　　　　　　　　　　文藝春秋社　H 24・10・20

「札幌啄木会だより」NO.22〈啄木没後100年記念、札幌啄木会結成10周年記念、啄木歌碑建立記念〉

　A4判 全 12 頁

　啄木歌碑完成　除幕式（記事）P1 ～ 4

　望月善次・歌碑建立に寄せて P5 ～ 6

　浦　唯之・歌碑建立を祝う P6 ～ 0

　奥村喜和子・節子婦人の後輩として P6 ～ 7／ほか

　　　　　　　　　　　　　　　　　札幌啄木会（札幌市白石区栄通 5-10-10-903）H 24・10・20

内藤賢司〈ことばの渚⑫〉啄木を読む②啄木短歌と歌謡曲 P45 ～ 50「歩行」37 号　H 24・10・20

盛岡タイムス（記事）啄木時代の思想史／南昌荘・支え合う社会展　　　　　　　H 24・10・20

清湖口敏　朝日歌壇が映す「思想」※啄木が選者であった朝日歌壇の今　朝日新聞　H 24・10・21

日本経済新聞（コラム・遠みち近みち）没後 100 年、今に生きる啄木　　　　　　H 24・10・22

読売新聞〈読売歌壇〉岡野弘彦「啄木歌集」を詠んだ入選歌評　　　　　　　　　H 24・10・22

日景敏夫「石川啄木の詩稿ノート「EBB AND FLOW」の研究」A4 判 全文 14 頁　※本稿は著者か

　らのメール添付原稿を湘南啄木文庫が冊子に綴じて製本した。発行日は受け入れ日　　H 24・10・23

「ふるさとに寄せて」（講演会パンフ）※平岡敏夫・東北岩手と「佐幕派の文学史」～啄木没後百年に

　寄せて～／ほか　開催 10 月 23 日／岩手県民会館　主催：岩手県文化振興事業団　H 24・10・23

朝日新聞（千葉版）病苦の啄木、最晩年の手紙・楚人冠に謝意 3 通公開　　　　　H 24・10・24

小山田泰裕〈特集〉啄木うたの風景 29 ／〈第三部・苦闘の果て①〉碑でたどる足跡　太栄館（東京都文

　京区）／最初の新聞小説執筆／〈余話〉「啄」の字にこだわり（栗原古城への書簡に）

　　　　　　　　　　　　　　　　　　　　　　　　　　　　　　　岩手日報　H 24・10・24

DVD「みちのく文学散歩・啄木の青春と夢」85 分　※（NHK BS プレミアムアーカイブス放映 10 ／ 24）

　石川啄木没後 110 年記念　※（盛岡局、仙台局制作の 2 本の旧作品を再放送）　　　H 24・10・24

盛岡タイムス（記事）西アジアにも啄木ファン・玉山の記念館訪問　　　　　　　H 24・10・25

「第 2 回啄木歌碑めぐり」〈チラシ〉A4 判　　　　盛岡商工会議所玉山地区女性部　H 24・10・27

「啄木と図書館」〈講演案内チラシ〉講師：森　義真　　　　　　盛岡市立図書館　H 24・10・27

森　義真「啄木と図書館・啄木没後 100 年」講演レジメ A4 判　4 枚　付：明治 42 年森林太郎立案

　「東京市方眼図（A3 判部分）」　　　　　　　　　　　　　　　　　著者作成　H 24・10・27

池田　功　小川武敏先生のご授業 ─ 啄木研究と学会活動と　A4 判 2 枚　※国際啄木学会東京支部

　会研究会の講演レジメ　　　　　　　　　　　　　　　　　　　　　　　　　H 24・10・28

西連寺成子　小川先生・こんなこと─ご研究にふれながら　A4 判 1 枚 発表レジメ　H 24・10・28

佐藤　勝「小川武敏研究のしおりに」～石川啄木関係著作文献目録～「湘南啄木文庫収集目録」

　より 76 点を紹介　A4 判 3 頁　（国際啄木学会東京支部会場にて配布・著者作成）　H 24・10・28

安藤　弘「『一握の砂』の構成」池田功先生の講演メモと啄木短歌 3 首の私見」※湘南啄木短歌会

の発表レジメ＆添付資料（安重根・桂太郎・大逆事件／ほか）A4判 全22枚　　　　　　H 24・10・29

「楚人冠と啄木をめぐる人々」〈我孫子市杉村楚人冠記念館企画展チラシ〉A4判　両面刷

　　※開催期間（2012・10・30 ～ 2013・1・14）／渋川玄耳・土岐善麿の書簡も展示　　H 24・10・30

「楚人冠と啄木をめぐる人々」〈企画展図録〉A4判 全29頁（細目：1．渋川玄耳と楚人冠／2．玄耳

　　と啄木／3．啄木と楚人冠／4．啄木と土岐善麿／5．善麿と楚人冠）

　　　　　　　　　　　　　　　　　　　　　　　　　　　杉村楚人冠記念館　H 24・10・30

藤田宰司（署名記事）石川啄木・一禎の歌碑建立記念短歌募集　毎日新聞（高知版）　H 24・10・30

毎日新聞（高知版）啄木一禎の碑建立3周年・家族思う心歌に　　　　　　　　　　　H 24・10・30

小山田泰裕〈特集〉啄木うたの風景30 ／〈第三部・苦闘の果て②〉碑でたどる足跡　真教寺（沖縄県那

　　覇市）／友思う心　南国に脈々／〈余話〉多くの女性が出入り（小奴、植木貞子、橘智恵子／ほか）

　　　　　　　　　　　　　　　　　　　　　　　　　　　　　　　　岩手日報　H 24・10・31

東奥日報〈コラム・天地人〉※中学時代の啄木のエピソードを引用　　　　　　　　　H 24・10・31

盛岡タイムス（記事）大人のための語りと歌・県立図書館「啄木の贈り物」　　　　　H 24・10・31

「石川啄木WEEK」ポスター A3判／チラシ A4判 ※期間：2012/12/14 ～ 20　場所：東京駅前・八重

　　洲ブックセンターギャラリー／内容：絵画、彫刻、講演（11回）　連絡先：桜出版　H 24・10・―

CD「朗読曲 雁の声」村上昭夫詩集『動物哀歌』より ※村上昭夫の肉声にて啄木短歌の歌唱あり

　　作曲：村上成夫 1000円　　　　　　　　　啄木・賢治青春館（販売／製作所無記）H 24・10・―

「啄木の暦」A4判 12枚 1000円　　　　　　　　　　ゆいっこ（盛岡市向中野町）H 24・10・―

森　義真　「自著『啄木の親友　小林茂雄』を語る」〈レジメ A4判2枚〉※会場：岩手県民情報セン

　　ター／期日：11月17日　　　　　　　　　　　　　　　　　　　　　　　　　H 24・10・―

「新日本歌人」第67巻11号 A5判 850円（以下3点の文献を収載）

　　碓田のぼる　渡辺順三の歌論・評論の一考察（2）啄木の正系を継ぐあざやかな朱線 P16 ～ 25

　　甲賀利男　わが青春とうた・石川啄木「はたらけど」P46 ～ 0

　　碓田のぼる　行分け短歌の未来 P96 ～ 97　　　　　　　　　　新日本歌人協会　H 24・11・1

佐々木光雄　啄木　うたの風景　　　　　　　　岩手日報〈コラムばん茶せん茶〉H 24・11・1

森　義真　啄木の交友録【盛岡篇】（42）田口忠吉 P38 ～ 39「街もりおか」539号　H 24・11・1

森　義真　『啄木の親友　小林茂雄』A5判 333頁 2000円＋税（細目：第1章・啄木と茂雄・茂雄と

　　啄木／第2章・盛岡中学校時代の茂雄／第3章・仙台医専時代の茂雄／第4章・茂雄の生涯／第5章・

　　茂雄の啄木顕彰／第6章・茂雄の作品／「短歌」「俳句」「年譜」／望月善次：跋／小林 高：お礼のこと

　　ば／森　義真：「あとがき」に代えて―私と小林茂雄―）　盛岡出版コミュニティー　H 24・11・1

山田　昇　『新しき明日の来るを信じて』四六判 158頁 1400円＋税（細目：Ⅰ．『一握の砂』への誘

　　い／Ⅱ．私の中の『一握の砂』／Ⅲ．『一握の砂』の歌のそれぞれ／Ⅳ．『一握の砂』に込めた啄木のメッ

　　セージ／Ⅴ．現代に生きる啄木そして私たちの未来に）　ウインかもがわ（京都市）H 24・11・1

毎日新聞（岩手版）啄木の父子歌碑3周年・短歌大会の作品募集　　　　　　　　　　H 24・11・2

岩手日報（記事）原敬のおい　達（とおる）に光 ※啄木との交友有りの内容　　　　H 24・11・3

岩手日報（新刊紹介記事）「啄木の親友」一代記・盛岡の森さん研究本刊行　　　　　H 24・11・3

岩手日報（コラム 風土計）※東京スカイツリーから凌雲閣、大逆事件等の話題　　　H 24・11・5

北畠立朴〈啄木エッセイ174〉陰口を言われて一人前　　　　　　「しつげん」第544号　H 24・11・5

（孝）〈コラム気仙坂〉啄木が見た渋民の原風景　　　　　　　　　　　　　東海新報　H 24・11・6

小山田泰裕〈特集〉啄木うたの風景 31 ／〈第三部・苦闘の果て③〉碑でたどる足跡　東京朝日ビル（東京都中央区）／妻節子の家出が転機／〈余話〉啄木の才能見いだす（佐藤北江・渋川玄耳／ほか）

岩手日報　H 24・11・7

盛岡タイムス（記事）「啄木の親友　小林茂雄」森義真さん出版　　　　　　　H 24・11・7

（博）〈コラム交差点〉新聞人たちの岩手　※啄木と関わった人も記載　　　岩手日報　H 24・11・7

岩手日報（学芸短信）石川啄木父子歌碑建立 3 周年記念短歌大会作品募集（高知）　H 24・11・7

野口不二子　北海道〈放浪の時代〉札幌・石川啄木との交友／ほか P57 〜 78『野口雨情伝』四六判 2762 円＋税　　　　　　　　　　　　　　　　　　　　　　　　　　　講談社　H 24・11・8

北海道新聞（夕刊）講演会「石川啄木と静内」・新日高町／講演会セミナー　　H 24・11・9

読売新聞〈コラム・編集手帳〉※啄木の「気の変わる人に」の歌を引用　　　H 24・11・9

岩手日報（記事）胡堂と啄木の交流を紹介・紫波町で 14 日・山本学芸員が講演　H 24・11・10

吉村睦人　人間矢代東村の描写 P22 〜 23 ※小野弘子著『父　矢代東村』評「短詩形文学」11 月号 B5 判 600 円　短詩形文学会（多摩市豊ケ丘 2-1-1-206 日野きく方）　　　　　H 24・11・10

田中　綾　没後百年　石川啄木と現在〈レジメ〉※講演会場：札幌市清田図書館　H 24・11・11

盛岡タイムス（記事）大橋図書館を頻繁利用・森義真さん講演・回数券購入した啄木　H 24・11・11

朝日新聞（岩手版・新刊紹介記事）啄木作品に登場・小林茂雄を本に　　　　H 24・11・14

岩手日報（新刊紹介記事）啄木作品に登場　小林茂雄を本に　　　　　　　　H 24・11・14

岩手日報（学芸短信）国際啄木学会盛岡支部月例研究会　　　　　　　　　　H 24・11・14

小山田泰裕〈特集〉啄木うたの風景 32 ／〈第三部・苦闘の果て④〉碑でたどる足跡　上野駅（東京都台東区）／命尽きるまで／〈余話〉人間の「心の索引」に（季刊「the 座」第 45 号）／ほか

岩手日報　H 24・11・14

岩手日報（記事）盛岡・玉山の記念館で「啄木と節子のモダニズム」展　　　H 24・11・15

「キラキラ通信」第 24 号（記事）没後 100 年の啄木の魅力を語る／講師：山下多恵子さん　※講演は 12 月 1 日／場所：鹿角市花輪「円徳寺」　　尋常浅間学校かづの分校　H 24・11・15

「国際啄木学会盛岡支部会報」第 21 号 B5 判 54 頁（以下 11 点の文献を収載）

　【巻頭言】

　　小林芳弘　月例研究会 180 回を越えて P1 〜 0

　【論稿など】

　　望月善次　『あこがれ』の重要性〜全ルビ・全訳『あこがれ』の発行へ〜 P2 〜 5

　　赤崎　学　蒲原有明ノート・明治文語詩を読む P6 〜 8

　　米地文夫　南部領の人・啄木と岩手県の人・賢治 P9 〜 17

　　森　義真　森　義真著『啄木の親友　小林茂雄』について P18 〜 20

　　小林芳弘　「渋民日記」四月二十一日・二十二日を読む P21 〜 23

　　北田まゆみ　「渋民日記」四月二十三日を読む P24 〜 27

　　佐藤静子　房江を背負った少年―成瀬政男―房総時代の節子 P28 〜 31

　　森　三紗　二〇一一・三・一一東日本大震災復興記念　わが高田松原 P32 〜 33

　　永井雍子　台日文学者交流会 P34 〜 35

　　日景敏夫　『国語科教育学はどうあるべきか』と『望』について P36 〜 47

国際啄木学会盛岡支部　H 24・11・15

佐藤竜一　啄木・賢治と英語好き P11～0「宮沢賢治研究センター通信」第16号　H 24・11・15

毎日新聞（岩手版・新刊紹介）小林茂雄　初の評伝／友人・啄木の作品背景掘り下げ　H 24・11・15

冬樹　薫　《福宝堂》創業と《花見寺撮影所》／啄木を魅了した《活動写真》P78～93「映画論叢」
　　№.34 B5判 1000円＋税　　　　　　　　　　　　　　　　　　　国書刊行会　H 24・11・15

盛岡タイムス（記事）読み継がれる啄木・県立図書館で資料展　　　　　　　　　H 24・11・15

山崎益矢　『恋しくて来ぬ啄木郷』文庫判 440頁 740円＋税〈細目：第 1 章　街・盛岡／第 2 章　盛
　　岡駅前から始まる啄木文学散歩／（※ 3 、4 章は啄木以外）／第 5 章　啄木と歩く盛岡／第 6 章
　　石川啄木の歌碑案内（盛岡市）建碑年代順／ほか〉　　　　　　　　文芸社　H 24・11・15

岩手日報（記事地域スポット）啄木記念館の山本学芸員が講演　　　　　　　　　H 24・11・16

西郷竹彦（講演）啄木名歌の謎を解く「吉井勇記念館10周年記念講演会」（チラシ）　H 24・11・17

森　義真　自著『啄木の親友　小林茂雄』を語る（講演レジメ岩手県民情報センター）　H 24・11・17

盛岡タイムス（記事）啄木と節子のモダニズム　　　　　　　　　　　　　　　　H 24・11・18

岩手日報（記事）啄木の魅力ひもとく・県立図書館　資料展　　　　　　　　　　H 24・11・19

岩手日報（コラム 風土計）※啄木の書いた初雪の記事など啄木に関する文章　　　H 24・11・21

小山田泰裕　〈特集〉啄木うたの風景 33／〈第三部・苦闘の果て⑤〉碑でたどる足跡　池田さん（明治大学
　　教授）インタビュー／挫折し生の希望託す／〈余話〉いしぶみ散歩（5 基）　岩手日報　H 24・11・21

中村　稔　詩と法律㉑ 時代の証言者　※「愛」を最初に書いたのは啄木　読売新聞　H 24・11・21

山田公一　夢中翁がたり（129）岩手社会運動③　　　　　　　　　　盛岡タイムス　H 24・11・21

あきた魁新報（記事）研究者招き公開授業・啄木の生涯学ぼう（講演：山下多恵子氏）　H 24・11・23

飯村裕樹　高校生は如何にして『悲しき玩具』を読むか　A3判 5 枚　※国際啄木学会パネル・デ
　　スカッション発表資料レジメ／於：明治大学　　　　　　　　　　　　　　　　H 24・11・23

大室精一　『悲しき玩具』研究をめぐる論点―推敲の問題に限定して　A3判 3 枚
　　※国際啄木学会 2012 年秋のセミナー発表レジメ／於：明治大学　　　　　　　H 24・11・23

木股知史　国際啄木学会パネル・ディスカッション『悲しき玩具』を読むか・大正期の『悲しき玩具』
　　受容を中心に　A4判 4 頁　発表資料レジメ／於：明治大学　　　　　　　　　H 24・11・23

高　淑玲　『悲しき玩具』の三行書き形式の一考察―スタイルとリズムの調和をめぐって　A4判
　　4 枚　※国際啄木学会 2012 年秋のセミナー発表レジメ／於：明治大学　　　　H 24・11・23

崔　華月　日本語非母語者が感じる『悲しき玩具』の難しさ　※国際啄木学会 2012 年秋のセミナー
　　発表レジメ 4 枚／於：明治大学　　　　　　　　　　　　　　　　　　　　　H 24・11・23

松平盟子　現代歌人が読む『悲しき玩具』～啄木の「かなし」と「何」　受容を中心に　A4判
　　2 枚（4 頁）　発表資料レジメ／於：明治大学　　　　　　　　　　　　　　　H 24・11・23

北鹿新聞（記事）没後 100 年啄木を語る・研究者招き公開授業・12 月 1 日・円徳寺　H 24・11・23

朝日新聞（長野版）長野の合唱団　まいは銀賞　※啄木短歌集から 5 曲　　　　　H 24・11・25

安森敏隆　啄木と牧水と夢二 P202～223『うたの近代～短歌的発想と和歌的発想』四六判 4762円
　　＋税　　　　　　　　　　　　　　　　　　　　　　　　　　角川学芸出版　H 24・11・25

岩手日報（記事）啄木探る『悲しき玩具』・東京で国際啄木学会セミナー　　　　H 24・11・27

岡林一彦　短歌応募しませんか〈読者投稿欄・声ひろば〉　　　　　　　　高知新聞　H 24・11・27

産経新聞【外信コラム】赤の広場で「みすぼらしき」乱れ　※啄木歌とロシア現状　H 24・11・27

小山田泰裕　〈特集〉啄木うたの風景 34 ／（最終回）エピローグ　盛岡一高／高知駅／望月善次さんイ

ンタビュー（国際啄木学会会長）／全国の啄木碑／ほか P14 ～ 15 全面　　　岩手日報　H 24・11・28

岩手日報（記事）玉山の魅力発信へ知恵—姫神山 石川啄木…盛岡・懇談会が発足　H 24・11・29

朝日新聞（秋田版）鹿角の円徳寺で啄木の魅力語る 1 日、公開講座　　　　　　H 24・11・29

藤田昌志　石川啄木の日本論・対外論 P299 ～ 310　「比較文化研究」№ 104 B5 判

日本比較文化学会　H 24・11・30

佐藤文弥　「全国の啄木歌碑」（絵ハガキシリーズ 1 ～ 36）※各碑の建立等を詳細に記載。頒価不記載

著者作成（秋田県鹿角市花輪字小深田 14）H 24・11・—

西脇　巽　家庭内精神力動　石川家、堀合家、宮崎家の場合 P1 ～ 13「青森文学」第 81 号 A5 判

青森文学会　H 24・11・—

「啄木終焉の地」〈歌碑建設の募金呼びかけチラシ A4 判両面 2 刷〉　同実行委員会　H 24・11・—

山田武秋　東京都旧跡・啄木終焉の地石碑〈天峰山移設運動の立ち上げに関する提案書〉A4 判 1 枚

啄木終焉の地歌碑建立実行委員会　H 24・11・—

「新日本歌人」12 月号 A5 判 850 円（以下 3 点の文献を収載）

　碓田のぼる　渡辺順三の歌論・評論の一考察（3）（※部分）P20 ～ 21

　長　勝昭　短歌、この一年の成果と展望（11 年 11 月～ 12 年 10 月）—啄木没後百年『歌の風景と
　　　　　言葉』　碓田のぼる—P20 ～ 21

　津田道昭　短歌、この一年の成果と展望（11 年 11 月～ 12 年 10 月）（※部分）—啄木歌力 P30 ～ 0

新日本歌人協会　H 24・12・1

「街もりおか」12 月号 540 号 B6 横判（以下 2 点の文献を収載）

　森　義真　啄木の交友録【盛岡篇】（43）田子一民 P38 ～ 39

　（純）編集長便り P56 ～ 0 ※森義真氏の出版祝いの話題　　　　　杜の都社　H 24・12・1

「啄木」第 8 号 A5 判 全 9 頁（以下 2 点の文献を収載）

　石井敏之・石川啄木没後 100 年に寄せて・啄木の死と父一禎 P2 ～ 7

　上野商店街の歌碑／ほか　　　　　　　　　　　　　　　静岡啄木の会　H 24・12・1

松平盟子　啄木の「かなし」と「何」—歌集「悲しき玩具」を中心にして① P27 ～ 31「プチ★モンド」
　　No.79 冬号 A5 判 1500 円　　　　　　プチ★モンド発行所（大田区下丸子 2-12-4-103）H 24・12・1

山下多恵子　没後 100 年・啄木の魅力を語る～ 26 年の生涯を概観しながら～〈於：円徳寺（鹿角市）
　　尋常浅間学校かづの分校講演レジメ〉A3 判 3 枚　　　　　　　　　　　　　H 24・12・1

小笠原栄治　啄木は生きている／ほか「民主盛岡文学通信」第 184 号 A5 判　　　H 24・12・1

「県民文芸作品集」No.43 A5 判 1000 円（以下 3 点の文献を収載）

　赤崎　学「北」に向かう・吉本隆明断章 P90 ～ 100

　森　義真　季語「啄木忌」をめぐって P101 ～ 111

　佐藤静子　「壁に向かって手をあげなさい」ワンダーワンダー穂村　弘 P112 ～ 123

発行：第 65 回 岩手芸術祭実行委員会　H 24・12・3

小木曽友ほか著『啄木と「昴」とアジア』〈歌と文〉四六判 1200 円＋税（啄木関係文：小木曽友・啄
　　木と「昴」とアジア P10 ～ 34）（※一部→ H24・2「心の花」）　ブイツーソリューション　H 24・12・3

真田英夫編著「石川啄木夫妻　東京時代の気象表」A4 変形判 170 頁　非売品 ※著者の綿密な調査
　　による啄木日記と東京の気象の記録。他に既刊〈啄木北海道在住期間〉を調査した著書 2 冊もある。

著者発行（札幌市在住）H 24・12・3

北畠立朴〈啄木エッセイ 175〉新日高町での講演会　　　「しつげん」第 546 号　H 24・12・5

岩手日報（記事）14 日から啄木 WEEK　講演や絵画・彫刻展・（東京で）　　　　H 24・12・7

山川純子『自分の言葉に嘘は無けれど　石川啄木の家族愛』B5 判 291 頁 2800 円＋税〔目次：第Ⅰ章・
　幼少のころ／第Ⅱ章・半独身者の気持ち／第Ⅲ章・「樹木と果実」創刊計画／※本書収録の論稿は季刊発
　行の短歌結社誌「ぱにあ」（H19・3／67 号〜 H24・9／84 号）に「石川啄木の家族詠」と題して連載さ
　れた初稿に加筆訂正したものである〕　　　　　　　　　　　　　　現代出版社　H 24・12・8

鈴木多聞（署名記事）2012 年回顧いわて学芸・啄木記念企画相次ぐ　　　岩手日報　H 24・12・8

河北新報（東北の本棚）「啄木の親友 小林茂雄」森 義真著・歌人と交友深めた生涯　H 24・12・10

林　順治『あっぱれ啄木：『あこがれ』から『悲しき玩具』まで』四六判 235 頁 2500 円＋税（細目：
　序章．ゴーゴリと啄木のこと／Ⅰ章・望郷のこと／Ⅱ．歴史と宗教のこと／Ⅲ．借金・転居・寄寓のこと／Ⅳ．
　ストライキのこと／Ⅴ．『雲は天才である』のこと／Ⅵ．函館・札幌・小樽・釧路のこと／Ⅶ．ローマ字
　日記のこと／Ⅷ．大逆事件のこと／終章．資料・啄木と大逆事件のこと／ほか）論創社　H 24・12・10

伊佐恭子（文芸批評）思想から探る三文人／啄木　進化論に影響か　　朝日新聞（夕）H 24・12・11

（浩）石川啄木の家族愛まとめる　東藻琴の山川純子さん歌人論出版 P24 〜 0（← H25・9「ぱにあ」
　第 88 号）「経済の伝書鳩」（日刊新聞）　　　　　　　　　（株）伝書鳩（北海道北見市）H 24・12・12

佐藤昌明　歌人　山川純子さんの偉業『自分の言葉に嘘はなけれど』（← H25・9「ぱにあ」第 88 号）
　　　　　　　　　　　　　　　　　　　　　　　　　　　　網走タイムス（北見市）H 24・12・13

佐藤　勝　連載の啄木企画、ぜひ出版を（読者欄「声」）　　　　　　　岩手日報　H 24・12・14

森　義真　啄木の魅力「交友」―小林茂雄を中心に―　啄木没後 100 年【石川啄木 WEEK】講演
　レジメ A4 判 2 枚　　　　　　　　　　　　　八重洲ブックセンターギャラリー　H 24・12・14

岩手日報（記事）「啄木 WEEK」開幕・東京　　　　　　　　　　　　　　H 24・12・15

近藤典彦　講演『一握の砂』の底知れぬ魅力を探る　レジメ A4 判 4 頁（八重洲）H 24・12・15

山下多恵子　啄木と郁雨、そして節子　講演レジメ A3 判 1 枚　八重洲ブックセンター　H 24・12・15

吉増剛造（二）石川啄木へ P69 〜 94（→ H22「三田文学」夏季号）『詩学講義 無限のエコー』A5 判
　4200 円＋税　　　　　　　　　　　　　　　　　　　　慶應義塾大学出版会　H 24・12・15

近藤典彦　『悲しき玩具』の発掘と復元―刊行 100 年を記念して―（レジメ八重洲）H 24・12・16

北海道新聞（ほっかいどうの本）森　義真著「啄木の親友　小林茂雄」　H 24・12・16

山本玲子〈みちのく随想〉明日を生きる　真の人間の姿を研究　　　　　岩手日報　H 24・12・16

池田　功　啄木文学の魅力 A4 判 8 頁【石川啄木 WEEK】講演レジメ（八重洲）H 24・12・17

河野有時　いい歌にはわけがある A4 判 4 頁【石川啄木 WEEK】講演レジメ（八重洲）H 24・12・18

佐藤　勝　書誌研究から見た啄木図書の面白さ―近刊を中心に―レジメ A4 判 2 枚　H 24・12・18

岩手日報（記事）東京で「石川啄木 WEEK」・関連書籍の著者が講演　　　H 24・12・19

神田昭治　わたしと啄木　歌の暗誦性、普遍性に惹かれ続けて P1 〜 0「キラキラ通信」第 75 号
　A4 判　　　　　　　　　　　　　　　　尋常浅間学校かづの分校（鹿角市）H 24・12・19

村木哲文　啄木の語り部　山下さんを迎えて P1 〜 0「キラキラ通信」第 75 号　　　H 24・12・19

菅原研州【石川啄木 WEEK】エンディングトーク用資料（1．啄木が生まれた曹洞宗寺院について
　／ 2．父・一禎の懲戒処分について／ 3．道元禅師と涙／ 4．典座教訓について／ 5．日本人の生
　死観／付：懲戒処分資料）　　　　　　　　八重洲ブックセンター 8F ギャラリー　H 24・12・20

西郷竹彦『啄木名歌の美学』四六判 341 頁 6500 円＋税（細目：はじめに―啄木歌詩の文芸学的考察―

／第1章・啄木詩歌の表現の独自性／第2章・歌でもあり、詩でもある／第3章・〈東海の小島の磯の…〉の徹底的解明／第4章・啄木歌詩の美学—歌として詠み、詩として読む—／第5章・三行書きについての諸家の見解—様式・ジャンル論の再検討—／補説・西郷文芸学と相補的・相関的世界観—二元論的世界観批判—／ほか）　　　　　　　　　　　　　　　　　　　　　　黎明書房　H 24・12・20

高知新聞（記事）啄木賞に西岡さん・米在住・短歌大会入選 122 首発表　　　　　H 24・12・22

北海道新聞（道南版コラムひと道南）啄木と江差研究したい（北村克夫氏）　　　　H 24・12・22

望月善次（書評）調査の人の特徴　発揮した考察・森義真著『啄木の親友　小林茂雄』

　　　　　　　　　　　　　　　　　　　　　　　　　　　　　　しんぶん赤旗　H 24・12・23

盛岡タイムス（別刷）1500 号記念鼎談　啄木・胡堂に学ぶ〈菅原壽・野村晴一・大内豊〉P3 ～ 5

　3 頁全面掲載／新聞記者としての啄木と胡堂／ほか　　　　　　盛岡タイムス社　H 24・12・24

岩手日報〈学芸余聞〉啄木の「詩歌」より豊かに※西郷竹彦著『啄木名歌の美学』　H 24・12・25

名取宏二　啄木と大島流人、そして浅川義一翁と…P101 ～ 112「文芸“にいかっぷ”」第 30 号

　B5 判〈石川啄木没後 100 年〉　　　新冠文芸協会（北海道新冠町字星町 山村壌方）H 24・12・25

DVD「15 歳の原点・啄木と尾崎豊」〈BS 朝日テレビ（2011 年 12 月 25 日）放映の録画〉55 分

　　　　　　　　　　　　　　　　　　　　　　　　　　　　　　　　　　　　　H 24・12・25

西勝洋一「道内文学」※山川純子著『自分の言葉に嘘はなけれど』　北海道新聞　H 24・12・26

函館新聞（記事）啄木の長女、孫などが写った貴重な写真　函館啄木文庫に寄贈　H 24・12・26

岩手日報〈学芸余聞〉山崎益夫さん「恋しくて来ぬ啄木郷」　　　　　　　　　　H 24・12・27

西本鶏介　石川啄木（ほか）『心すくすくはじめてであう伝記』B5 判 2415 円＋税

　　　　　　　　　　　　　　　　　　　　　　　　　　　　　　　　ポプラ社　H 24・12・一

２０１３年（平成25年）

「りとむ」124号 A5判（以下２点の文献を収載）

　岡野彩子（書評）三枝昂之著『百舌と文鎮』千代ケ丘八丁目 P84～85

　北川美江子（書評）三枝昂之著『百舌と文鎮』循環 P86～87　　　りとむ短歌会　H 25・1・1

三枝昂之「NHKカルチャーラジオ　詩歌を楽しむ　啄木再発見―青春、望郷、日本人の幸福―」

　A5判 950円 ※ラジオ放送のテキスト誌【放送日】金曜日　午後８：30～９：00［再放送］土曜日

　午前10：00～11：00〔放送内容の詳細：第１回・放送日：１月４日（再放送１月５日）空に吸はれし

　十五の心　故郷の日々／第２回・放送日：１月11日（再放送１月12日）さいはての駅に下り立ち　北海

　道流浪／第３回・放送日：１月18日（再放送１月19日）それを仕遂げて…　野望と挫折／第４回・放送

　日：１月25日・（再放送１月26日）かの声を最一度聴かば　啄木をめぐる人々／第５回・放送日：２月１

　日（再放送２月２日）新しきサラドのかをり　生活の発見／第６回・放送日：２月８日（再放送２月９日）

　九百九十九鉢を割り　『一握の砂』の魅力　Ⅰ／第７回・放送日：２月15日（再放送２月16日）ふるさと

　の訛なつかし　『一握の砂』の魅力　Ⅱ／第８回・放送日：２月22日（再放送２月23日）花を買い来て…

　『一握の砂』の魅力　Ⅲ／第９回・放送日：３月１日（再放送３月２日）胸に痛みあり　『悲しき玩具』の世

　界／第10回・放送日：３月８日・（再放送３月９日）啄木が嘘を云ふとき　エピソードの中の啄木／第11回・

　放送日：３月15日（再放送３月16日）凩よりも…・啄木が死んだ日／第12回・放送日：３月22日（再放

　送３月23日）大切の言葉は今も　啄木短歌の読み方／第13回（最終回）・放送日：３月29日（再放送３月

　30日）かの蒼空に　啄木は今も愛される／ほか〕　　　　　　　　　　　ＮＨＫ出版　H 25・1・1

森　義真　啄木の交友録【盛岡篇】（44）高野桃村 P42～43「街もりおか」541号 H 25・1・1

穂村　弘　石川啄木〈やはらかに〉新・百人一首 P361～0「文藝春秋」１月号　　H 25・1・1

糸川雅子　空から何かが―終刊の年の「明星」の短歌作品 H13・1 文化誌「ことひら」１月号

　（←H29・3『詩歌の淵源　「明星」の時代』ながらみ書房）　　　金刀比羅宮（香川県）H 25・1・1

三枝昂之（講師）CD「NHKラジオカルチャー【啄木再発見】」５枚組 ※2013年１～３月各30

　分間放送された全13回分の録音　　　　　発行日付は初回と最終放送日 H 25・1・5～3・29

戸田洋子　啄木歌碑を訪ねて　　　　　　　岩手日報〈コラムばん茶せん茶〉H 25・1・9

週刊仏教タイムス　第2517号（記事）啄木に仏教の影響？・研究者と編集者がトーク展開

　　　　　　　　　　　　　　　　　　　　　　　　　　　　　　　仏教タイムス社　H 25・1・10

小山田泰裕　（コラム 展望台）読み継がれる啄木の歌　　　　　　　岩手日報　H 25・1・12

日本経済新聞〈新刊紹介〉啄木親友たどった本刊行　盛岡市の研究家　　　　　　H 25・1・12

東京新聞〈新刊紹介〉啄木親友の生涯たどる　盛岡市の研究家　　　　　　　　　H 25・1・12

北畠立朴〈コラム番茶の味〉※啄木随想７回連載　　　　　　　釧路新聞　H 25・1・13～19

「俳句α」増刊号 B5判 1500円 ※表２広告「石川啄木WEEK」　毎日新聞社　H 25・1・13

東京新聞〈新刊紹介〉啄木親友の生涯たどる・盛岡の研究家刊行『啄木の親友…』　H 25・1・13

秋田さきがけ〈新刊紹介〉歌人・石川啄木の親友／※森義真著『啄木の親友…』　H 25・1・13

デーリー東北〈新刊紹介〉啄木親友の生涯たどる／※森義真著『啄木の親友…』　H 25・1・13

高知新聞（記事）啄木父子歌碑記念短歌大会入選作展示・高知市のアーケード　　H 25・1・14

岡林一彦〈読者欄・声ひろば〉短歌大会入選作を展示　　　　　　　高知新聞　H 25・1・15

平野英雄　「可能性としての日本近代4」〈共立アカデミー2012〉A4判 126頁 ※大逆事件の犠牲者
　　たち／大逆事件と知識人（講座テキスト本）　　　共立女子大学・共立女子短期大学　H 25・1・15
糸川雅子　明治四十一年の「明星」―「申歳第七号」啄木作品をめぐって「短歌往来」2月号
　　（← H29・3『詩歌の淵源　「明星」の時代』ながらみ書房）　　　ながらみ書房　H 25・1・15
田村　元　五番館が結ぶ啄木との縁　　　　　　　　　　　　　　　　北海道新聞　H 25・1・18
読売新聞（コラム編集手帳）※与謝野鉄幹の啄木への挽歌を紹介　　　　　　　　　H 25・1・18
無署名〈コラム産経抄〉※在英作歌カズオ・イシグロとヨネ・ノグチ、啄木を比較した文章
　　　　　　　　　　　　　　　　　　　　　　　　　　　　　　　　産経新聞　H 25・1・19
東　延江　旭川と啄木　　　　　　　　　　　北海道新聞〈コラム朝の食卓〉　H 25・1・20
澤地久枝『愛の永遠を信じたく候―啄木の妻節子』四六判 294頁 2000円＋税（→ S56・5講談社／
　　H3・12文春文庫）※佐高信：解説 P288 ～ 294　　　　　　　　七つ森書館　H 25・1・20
水口　忠　啄木没後 100年に〈読者投稿欄・声ひろば〉　　　　　　　北海道新聞　H 25・1・20
「釧路啄木会さいはて便り」第9号　A4判全4頁（北畠立朴・〈研究余滴〉釧路時代の啄木の恋人は
　　P3 ～ 0 ／ほか）　　　　　　　　　　　　　　　　　　　　　　釧路啄木会　H 25・1・21
梯久美子編　石川啄木から妹光子へ P148 ～ 149『百年の手紙』新書判 800円
　　　　　　　　　　　　　　　　　　　　　　　　　　　　　　　　岩波書店　H 25・1・22
永田和宏　『近代秀歌』〈岩波新書〉800円＋税※「新しき明日」ほか8首の啄木歌を収録解説
　　　　　　　　　　　　　　　　　　　　　　　　　　　　　　　　岩波書店　H 25・1・22
「梧葉」〈季刊短歌新聞〉冬号〈新刊紹介〉山川純子著「自分の言葉に嘘はなけれど」　H 25・1・25
「週刊かづの」第2200号〈タブロイド判型地域紙〉（書評）啄木の国際学会　　　H 25・1・25
香山リカ〈ふわっとライフ〉「私なりの」幸せでいい ※啄木のマイペース　東京新聞　H 25・1・26
筑摩書房編『石川啄木集』＜明治文学全集 52＞　A5判 427頁（→ S45・3・20 発行の重版）
　　小田切秀雄・解題　石川啄木集／ほか　　　　　　　　　　　　　筑摩書房　H 25・1・28
小関和弘　東北の鉄路と文学―ふるさととしての東北・啄木の描く世界―P125 ～ 130「東北学」
　　30号 A5判 1905円＋税　　　　　　　　東北芸術工科大学東北文化研究センター　H 25・1・30
河津聖恵〈連載　詩獣たち9〉明日の詩―石川啄木 P374 ～ 377「環」Vol.52 ／ 2013年冬号　A5判
　　3600円＋税　　　　　　　　　　　　　　　　　　　　　　　　藤原書店　H 25・1・30
「湘南啄木文庫収集目録」第 25号 A4判 全 37頁　800円 ※1,111点の文献記載　H 25・1・31
DVD「石川啄木」〈一橋 DVD シリーズ 075〉監修：渡部芳紀　2500円＋税　25分
　　　※発行年月日無記載 ※映像の短歌と朗読に誤記誤読あり　　　一橋出版（株）H 25・1・―
岩手日報（記事）啄木記念館　管理財団が解散へ・盛岡市が運営引き継ぎの方針　H 25・2・1
川野里子　空間の短歌史⑭「明星」の空間、「蒲団」の空間② P118 ～ 123「歌壇」2月号 800円
　　　　　　　　　　　　　　　　　　　　　　　　　　　　　　　　本阿弥書店　H 25・2・1
坂本満津夫　石川啄木―短歌に釣られて北海道一周の旅 P40 ～ 48『好きな作家・好きな作品 50選』
　　四六判 1680円＋税　　　　　　　　　　　　　　　　　　　　　鳥影社　H 25・2・1
田口善政　抱腹絶倒！喜劇：長寿庵啄木 P4～0「おでって＆啄木・賢治青春館」136号　H 25・2・1
田中　礼〈わが短歌人生〉啄木のこと P20 ～ 27「新日本歌人」2月号　　　　　H 25・2・1
盛岡タイムス（記事）啄木記念館を譲渡へ・財団解散し盛岡市の所有に　　　　　H 25・2・1
森　義真　啄木の交友録【盛岡篇】(45) 川村哲郎 P38 ～ 39「街もりおか」542号　H 25・2・1

読売新聞　（書評）枡野浩一が石川啄木を現代的に・ＮＨＫ教育『石川くん』　　　Ｈ25・2・4

読売新聞　（岩手版記事）「啄木記念館」の管理財団解散、盛岡市に譲渡へ　　　Ｈ25・2・4

岡井　隆　〈コラムけさのことば〉※『啄木詩集』の「何か事ありげな」　　東京新聞　Ｈ25・2・5

北畠立朴　〈啄木エッセイ176〉古書店街を愉しむ　　　　　「しつげん」第549号　Ｈ24・2・5

山田　航　〈評論〉あえて今、与謝野鉄幹　「短歌現代新聞」第11号　　　　　　Ｈ25・2・5

岩手日報　（記事）舞台で「100歳の啄木」22日から盛岡で上演　　　　　　　　Ｈ25・2・7

押谷由夫　石川啄木「ふるさとの山に向ひて…」　監修:押谷由夫『想いが届くあの人のことば3』

　　〈心であじわう詩・和歌〉B5判 2940円＋税　　　　　　　　　　学研教育出版　Ｈ25・2・8

河北新報　（記事）盛岡「石川啄木記念館」運営財団が解散へ　　　　　　　　　Ｈ25・2・8

しんぶん赤旗　〈ガイド〉国際啄木学会旭川でセミナー　※ロアジールホテル　　Ｈ25・2・10

読売新聞　（岩手版）喜劇・長寿庵啄・音楽劇風に地元の作家上演　　　　　　　Ｈ25・2・10

長谷川櫂　〈コラム四季〉※伊藤一彦の短歌「一夜かけし啄木論に…」　　読売新聞　Ｈ25・2・11

東京新聞　〈対談〉ドナルド・キーン／鳥越文蔵:関心は啄木「ローマ字日記」へ P9 全　Ｈ25・2・11

産経新聞　（岩手版）長寿の啄木♪音楽喜劇に・カネ、名声得て…　　　　　　　Ｈ25・2・13

盛岡経済新聞　（記事）百歳の啄木描く喜劇「長寿庵啄木」音楽劇で再演　　　　Ｈ25・2・13

朝日新聞　（東京版夕刊）日本歌人選全60冊完結※『石川啄木』も入選　　　　　Ｈ25・2・14

岩手日報　（コラム学芸余聞）※「湘南啄木文庫収集目録」第25号の紹介　　　　Ｈ25・2・14

毎日新聞　〈新刊紹介〉「日本歌人選」全60冊完結※「石川啄木」（河野有時）ほか　Ｈ25・2・15

朝日新聞　（岩手版）啄木かるた争奪戦・盛岡で108チーム参加　　　　　　　　Ｈ25・2・17

毎日新聞　（岩手版）啄木かるた大会:324人が参加・盛岡　　　　　　　　　　　Ｈ25・2・17

北海道新聞　〈新刊紹介〉山川純子著『自分の言葉に嘘は無けれど』　　　　　　Ｈ25・2・17

盛岡タイムス　（記事）てがみ館で絵はがき企画展　　　　　　　　　　　　　　Ｈ25・2・17

編集部「啄木像」のご縁で旭川で国際啄木学会の開催が決定 P6 ～ 0「東京旭川会会報　なかまど」

　　第33号 A4判　　　　　　　　　（連絡先:横浜市港南区日野中央 2-19-17 西谷内方）Ｈ25・2・18

盛岡タイムス　（記事）啄木かるた大会・過去最高の108チームが参加　　　　　Ｈ25・2・18

盛岡タイムス　（記事）盛岡の浅里大助さん・電子書籍（啄木作品テーマ「十八の」）　Ｈ25・2・18

田村　元　（エッセイ 北の地から）五番館が結ぶ啄木の縁　　　　　　北海道新聞　Ｈ25・2・18

朝日新聞　（岩手版）啄木が100歳まで生きたなら…22日から盛岡で喜劇　　　　Ｈ25・2・20

内藤賢司　〈ことばの渚⑬〉啄木を読む③「雲は天才である」に見る啄木の〈知〉の構図 P42 ～ 47

　　「歩行」38号 A5判　　　　　　　　　　　　　　　　　　　　　　　　　　　　Ｈ25・2・20

盛岡タイムス　（記事）喜劇・長寿庵啄木　おでってで公演 22 ～ 24 日　　　　　Ｈ25・2・22

「喜劇・長寿庵啄木」チラシ〈上演期間 02/22 ～ 24 ／場所:おでってホール〉　　Ｈ25・2・22

「喜劇・長寿庵啄木」パンフ A4判 全8頁〈坂田裕一・啄木さんへの手紙 P3 ～ 4〉　Ｈ25・2・22

山本玲子　何度も見たい啄木の夢　「喜劇・長寿庵啄木」〈チラシ裏面〉　　　　Ｈ25・2・22

「盛岡中学の黄金時代─金田一京助・石川啄木たちの青春群像」〈盛岡市先人記念館　平成24年

　　度収蔵資料展〉※展示パネルの複写　B5判 40頁　　　　盛岡市先人記念館　Ｈ25・2・23

「盛岡中学の黄金世代─金田一京助・石川啄木たちの青春群像─」〈収蔵資料展チラシ〉A4判

　　（付:出品目録一覧表／開催期間:2013/02/23 ～ 05/12）　　盛岡市先人記念館　Ｈ25・2・23

森　義真「2012年の啄木文献紹介」（啄木学会盛岡支部月例会発表レジメ）A4判 6枚　Ｈ25・2・23

「望」13号 B5判 全86頁 1000円

　「続・啄木詩集『あこがれ』より」／上田勝也、北田まゆみ、佐藤静子、吉田直美

　　　　　　　　　　　　　　　　　　　発行者・望月善次　編集・啄木月曜会　H 25・2・25

「企画展の窓」第155号 B4判　※第40回企画展：時代に見る手紙のあゆみ／並木武雄宛絵はがき

　（M41・8・4）ハガキ両面の写真と解読文を掲載　　　　　盛岡てがみ館　H 25・2・26

「時代に見る手紙のあゆみ」（展示目録付）※1/23〜4/22：4/23〜8/20

　　　　　　　　　　　　　　　　　　　　　　　　　　　　盛岡てがみ館　H 25・2・26

岩手日報（記事）天才歌人、架空の100歳超人を盛岡で　「喜劇・長寿庵啄木」上演　H 25・2・27

盛岡タイムス（記事）合理的な理由あれば取得（盛岡市・啄木記念館）　　　　　　　H 25・2・28

深澤正之（作曲）小樽歌碑：「子を負ひて…」楽譜　A4判1枚　　　小樽啄木会　H 25・2・28

岩手日報（コラム 風土計）※啄木と古賀政男（作曲家）の接点など　　　　　　　　H 25・3・1

川野里子　空間の短歌史⑮ 汽車と汽船の空間① P156〜161「歌壇」3月号　　　　H 25・3・1

椎名美智子　わが青春とうた・やはらかに…P15〜0「新日本歌人」3月号　　　　　H 25・3・1

松平盟子　啄木の「かなし」と「何」―歌集『悲しき玩具』を中心として―（2）P2〜6

　「プチ★モンド」80号　B5判　1500円　　　プチ★モンド発行所（東京・大田区）H 25・3・1

　不可思議国の探求者・木下杢太郎―啄木と杢太郎―⑫ P112〜115「星雲」第47号

　A5判　　　　　　　　　　　　　　　　　　　　　　　　星雲短歌会　H 25・3・1

森　義真　啄木の交友録【盛岡篇】(46) 長岡　拡 P38〜39「街もりおか」543号　H 25・3・1

朝日新聞（岩手版）啄木・賢治通して震災考える・盛岡で20日フォーラム　　　　　H 25・3・4

毎日新聞（岩手版）盛岡の財団法人啄木記念館・11月に解散し市運営へ　　　　　　H 25・3・5

北畠立朴〈啄木エッセイ 177〉北海道の啄木会の盛衰記「　　　　しつげん」第551号　H 25・3・5

盛岡タイムス（記事）盛岡市議会で一般質問・6氏が啄木顕彰ただす　　　　　　　H 25・3・6

岩手日報（掲載）市町村議会5日※玉山歴史民族資料館建設について（ほか）　　　H 25・3・8

岩手日報（掲載）公立高校入試問題※啄木の歌論、短歌から3つ問題が出題　　　　H 25・3・8

「企画展　啄木と三陸海岸」チラシ※開催期間 03/09〜06/09　　石川啄木記念館　H 25・3・9

藤村孝一　舗石の足音〈446〉啄木、ショパンの周辺の人々　　　盛岡タイムス　H 25・3・9

和歌山章彦〈文学周遊 352〉石川啄木「一握の砂」　　　　　日本経済新聞（夕）　H 25・3・9

倉橋健一〈文学教室 43〉石川啄木『一握の砂』　　　　　　　産経新聞　H 25・3・10

石山宗晏・西勝洋一　石川啄木―漂泊者のまなざし（プロフィール／啄木と北海道の接点／啄木と北海

　道漂泊／旭川の石川啄木像・歌碑の建立）P10〜30『道北をめぐった歌人たち』四六判 1700円＋税

　　　　　　　　　　　　　　　　　　　　　　　　　　　　旭川振興公社　H 25・3・10

「新ひだか文芸」第7号 A5判 1000円　特集：石川啄木没後100年記念号〈講演記録〉

　（以下7点の文献を収載）

　成田達夫　啄木をめぐる人々 P1〜11 ※（本稿は平成24年11月24日行われた講演内容の記録に

　　　　　　　若干の修正加筆をしたものである。記録者：伊部幹雄）

　名取宏二　〈随筆〉石川啄木没後100年「石川啄木と静内」から P13〜16

　桜木俊雄　釧路に小奴こと　近江じんさんを訪ねて P17〜20

　桜木俊雄　炉辺談話　啄木と恋人依存性 P21〜26

　竹田雄三　〈レポート〉「石川啄木と静内」講演会、資料展開催を終えて P27〜3

もり　みかげ　〈随筆〉石川啄木の歌碑をめぐる旅 P43 ～ 48

（竹田）　あとがき P130 ～ 131

発行所：新ひだか文芸刊行委員会（静内図書館内）H25・3・10

「小樽啄木会だより」第 15 号 B4 判 全 20 頁（以下 3 点の文献を収載）

もりたとしはる　啄木日記と大逆事件 P1 ～ 9

水口　忠　「小樽日報」事務長　小林寅吉とは P10 ～ 0

三留昭男　〈資料紹介〉啄木を繞る人々―福島県の巻　小林（中野）寅吉 P11 ～ 15（→「言文」

33 号 福島大学 S60・12）　　　　　　　　　　　　　　　小樽啄木会　H 25・3・11

「渋民文化会館だより」No.24-12 ※第 11 回啄木かるた大会　　渋民公民館　H 25・3・12

岩手日報（記事）来月 12 日に啄木忌前夜祭・盛岡　　　　　　　　　　　　H 25・3・12

塩谷昌弘　石川啄木の〈鉄道〉―空間・時間・身体― P66 ～ 78「東北文学の世界」第 21 号 A5 判

盛岡大学文学部日本文学会　H 25・3・13

岩手日報（記事）啄木・賢治通し復興考える・20 日、盛岡でフォーラム　　H 25・3・15

三枝昂之　牧水と啄木 P2 ～ 6「沼津市若山牧水記念館館報」第 50 号 A4 判　H 25・3・15

「在京白堊会会報」第 34 号（記事＆編集後記）「啄木終焉の地歌碑建設」の募金　H 25・3・16

道又　力〈文学の国いわて 10〉明治篇⑨～岩手文学の揺籃～　　　岩手日報　H 25・3・17

岩手日報（記事）函館時代の同僚・智恵子宛の 4 点・記念館（盛岡市）に寄贈　H 25・3・18

長浜　功　「石川啄木日記」公刊秘話　娘婿・石川正雄と吉田孤羊　北海道新聞　H 25・3・19

産経新聞（東北版）女性に寄せた啄木の思い ※橘智恵子の親族が歌集等記念館へ寄贈　H 25・3・19

田辺聖子　そのときはそのときなれど…啄木と浪花ニンゲン『そのときはそのとき　楽老抄 4』

〈集英社文庫〉546 円＋税　　　　　　　　　　　　　　　　集英社　H 25・3・19

盛岡タイムス（記事）啄木のサイン入り詩歌集・橘智恵子の遺族らが寄贈　H 25・3・19

佐藤竜一　啄木・賢治とサラリーマン P9 ～ 0「宮沢賢治センター通信」第 17 号　H 25・3・20

「3. 11 フォーラム／啄木・賢治からみる」チラシ ※開催 03/20　盛岡市中央公民館　H 25・3・20

「啄木」第 9 号 B5 判 全 9 頁（※石井敏之・石川啄木没後 100 年に寄せて：日本帝国主義と鉄道の国有化

― 啄木と父一禎、義兄山本千三郎 P2 ～ 7 ／ほか）　　　静岡啄木会　H 25・3・20

毎日新聞（岩手版）啄木の言葉交え講演／ 3・11 からの復興　　　　　　H 25・3・21

盛岡タイムス（記事）啄木、賢治から地域づくり考える・外岡秀俊氏が講演　H 25・3・21

岩手日報（記事）盛岡中学先人の歩み・記念館で収蔵資料展　　　　　　　H 25・3・22

岩手日報（記事）啄木・賢治作品に指針・外岡さんが講演　　　　　　　　H 25・3・23

釧路新聞（記事）「啄木愛菓」に舌鼓・釧路観光協会　　　　　　　　　　H 25・3・23

近藤典彦　石川啄木の北海道―雲上から地上へ ※啄木学会旭川大会講演レジメ 2 枚　H 25・3・24

大辻隆弘　短歌月評・規範の再確認　　　　　　　　　　　　毎日新聞　H 25・3・25

藤田兆大　啄木短歌一首抄（25）こころざし得ぬ P10 ～ 0「海風」第 87 号 B5 判　H 25・3・25

編集部　啄木・一禎関連（15）P37 ～ 41「海風」第 87 号 B5 判 1000 円　H 25・3・25

岩手日報（コラム学芸余聞）※外岡秀俊「3・11 からの復興」講演に触れた文章　H 25・3・26

北海道新聞（夕・記事）「啄木愛菓」11 店舗が競作・釧路菓子組合　　　　H 25・3・26

池田成一　啄木における「砂」のアレゴリー―賢治の「石」との比較のために― P195 ～ 221　砂山稔・

ほか編『賢治とイーハトーブの「豊穣学」』A5 判　　　　大河書房（千代田区）H 25・3・27

東海林さだお（連載漫画）アサッテ君※啄木の歌「友がみな」を引用　　毎日新聞　H25・3・28

岩手日報（記事）文明のおごりに啄木が警鐘・記念館が三陸に残る足跡紹介　　　　　H25・3・30

小菅麻起子　寺山修司における〈啄木〉の存在―〈啄木〉との出会いと別れ―P73～95（→H14・3「国際啄木学会研究年報」4号）『初期寺山修司研究』A5判3600円＋税　　翰林書房　H25・3・30

山本芳明　試された啄木の「文学的運命」P60～66『カネと文学』四六判1300円＋税〈新潮選書〉
　　　　　　　　　　　　　　　　　　　　　　　　　　　　　　　　　　新潮社　H25・3・30

池田　功〈杉並区図書館ネットワーク講演会〉没後100年・啄木の魅力―短歌・詩・日記を中心に―P199～244※2012年10月20日　明治大学和泉キャンパス和泉図書館での講演の記録「明治大学図書館紀要　図書の譜」A5判　　　　　　　　　　　　　　　明治大学図書館　H25・3・31

「国際啄木学会研究年報」第16号 A5判 全95頁（以下23点の文献を収載）

　太田登　〈巻頭言〉2012年台北大会講演　啄木没後100年の歴史的意義について P1～9

　【論文】

　安元隆子・石川啄木受容の系譜―金子文子の『獄窓に想ふ』と『啄木選集』P10～20

　日景敏夫　石川啄木の詩稿ノート「EBB AND FLOW」の研究 P60～80

　【追悼小川武敏先生】

　池田　功　小川武敏先生の啄木研究と学会活動について P21～23

　西連寺成子　小川武敏先生を偲んで―ご業績と思い出と P24～27

　※小川武敏先生主要業績 P28～31

　【書評】

　北畠立朴　長浜功著『啄木を支えた北の大地―北海道の三五六日』／竹原三哉著『啄木の函館』
　　　　　　P32～33

　大室精一　池田功著『啄木　新しき明日の考察』P34～35

　山田武秋　碓田のぼる著『石川啄木・風景と言葉』P36～37

　望月善次　西連寺成子著『啄木「ローマ字日記」を読む』P38～39

　田山泰三　岡田喜秋著『人生の旅人・啄木』P40～41

　栁澤有一郎　別冊『太陽　石川啄木　漂泊の詩人』P42～43

　池田　功　逸見久美著・『新版　評伝与謝野寛晶子　昭和篇』P44～45

　伊藤和則　『啄木文庫　別冊記念号―創立30周年、啄木没後100年―』P46～47

　平出　洸　山田昇著『新し明日の来るを信じて　私の中の『一握の砂』』P48～49

　目良　卓　林順治著『あっぱれ啄木』P50～51

　若林　敦　森義真著『啄木の親友　小林茂雄』P52～53

　【新刊紹介】

　坂谷貞子　今野寿美著『歌がたみ』P55～0

　河野有時　企画：監修　和歌山県立近代美術館『田中恭吉　ひそめるもの』P56～0

　山下多恵子　長澤ちづ・山田吉郎・鈴木泰恵編著『今こそよみたい近代短歌』P57～0

　飯村裕樹　山崎益矢著『恋しくて来ぬ啄木郷』P58～0

　舟田京子　三枝昂之著『今さら聞けない短歌のツボ一〇〇』P59～0

　【資料紹介】

　佐藤　勝　石川啄木参考文献目録（平成24年度）―2011（平成23）年12月1日～2012（平成24）

年 12 月 31 日発行の文献— P81 〜 90　　　　　　　　　　　　　国際啄木学会　H 25・3・31

田中　綾〈日曜文芸コラム・書棚から歌を〉西塔幸子／伊藤章治著『ジャガイモの世界史』
　（← H27・6『書棚から歌を』深夜叢書社）　　　　　　　　　北海道新聞　H 25・3・31

大室精一　『悲しき玩具』における推敲の法則—近藤新説を踏まえて— P104 〜 120「佐野短期大学
　研究紀要」第 24 号 A4 判　　　　　　　　　　　　　　　　　　　　　　　　H 25・3・31

喜多昭夫〈連載〉永井祐をとことん読んでみる（1 〜 6）※永井の歌と啄木短歌を比較した章が有り
　「井泉」50 〜 55 号　　　　　　　　　　「井泉」短歌会（名古屋市）H 25・3 〜 H 26・1・—

塩浦　彰　夜烏が啼いた—評伝・越後びと平出修—いのち刻むとわが足は（← H25・6「平出修研
　究」）「文芸たかだ」　　　　　　　　　　　　　　　　　　　高田文化協会　H 25・3・—

田口道昭　石川啄木と徳富蘇峰—〈或連絡〉について— P763 〜 776「立命館文学」第 630 号 A4 判
　　　　　　　　　　　　　　　　　　　　　　　　　　　　　立命館大学　H 25・3・—

三井迪子（書評）「自分の言葉に嘘はなけれど」に知る啄木の実像—石川啄木の家族愛—（← H25・
　6「ぱにあ」）「花林」第 178 号　　　　　　　　　　　「花林」短歌会（北海道）H 25・3・—

「啄木と賢治イベントカレンダー」2013-2014 ※ A2 判 8 枚折　　　盛岡市　H 25・3・—

「文京区　石川啄木基金」（チラシ）　　　　文京区アカデミー推進課観光担当　H 25・3・—

DVD「青山ワンセグ・石川くん」※ NHK プレミアムにて 2013 年 2 〜 3 月に放送の 6 回分の録画
　　　　　　　　　　　　　　　　　　　　　　　　　　　　　　　　　　　H 25・3・—

「ぽけっと」4 月号 ※盛岡先人記念館企画展：盛岡中学の黄金時代　　　H 25・4・1

川野里子　空間の短歌史⑯ 汽車と汽船の空間② P120 〜 125「歌壇」4 月号　H 25・4・1

「新日本歌人」4 月号〈啄木特集号〉A5 判 850 円（以下 14 点の文献を収載）

　碓田のぼる　石川啄木と杉村楚人冠（1）—閉塞の時代とその親愛— P18 〜 26（→ H 27・7 光陽
　　　　　　　出版『石川啄木と杉村楚人冠』）

　京増富夫　わが青春の歌〈東海の〉P27 〜 0

　〈小特集・啄木の歌にまなぶ〉各 1 人頁掲載

　赤崎耀子　よみがえり来よ、啄木　P28 〜 0

　石川靖子　「オール沖縄」の声に応えよ　P28 〜 29

　今井康夫　的確にわかり易く歌え！　P29 〜 0

　小山尚治　V NAROD！　P29 〜 0

　三枝史生　己の感情を素直に表現できたら　P30 〜 0

　武田文治　「こころよく」働ける時代を　P30 〜 0

　長野　晃　批評精神による現状変革を呼掛け　P31 〜 0

　西森政夫　定型にとらわれず　P31 〜 0

　松口光利　被災地は今　P32 〜 0

　米田幸子　啄木の持てる真実がわかる人間に　P32 〜 0

　宮地さか枝　手を組み地に足を着け　P33 〜 0

　茂木妙子　福は皆に／ P33 〜 0　　　　　　　　　　　　　新日本歌人協会　H 25・4・1

森　義真　啄木の交友録【盛岡篇】（47）岩動炎天 P38 〜 39「街もりおか」544 号　H 25・4・1

小泉とし夫　智恵子さんと啄木（1）啄木の秘めた慕情 P13 〜 0「北宴」第 436 号 A5 判 1000 円
　　　　　北宴文学会（岩手県盛岡市開運橋通 3-43M 菜園 1102 小泉方）H 25・4・1

盛岡タイムス（広告記事）企画展　啄木と三陸海岸　※3・9〜6・9　　　　　　　　H 25・4・3

岩手日報（記事）啄木ら先人通じ書簡の変遷紹介・盛岡てがみ館　　　　　　　　　H 25・4・4

岩手日報（文化面記事）英才を生んだ文化の背景多角的に・岩手豊穣学研究会が論考集　※『賢治
　　とイーハトーブの「豊穣学」』（啄木論も収録）の紹介　　　　　　　　　　　　H 25・4・4

石川忠久　啄木と漢詩 P5〜29（→H13・10〜11「學燈」10〜11月号）『石川忠久著作選Ⅴ　扶桑の
　　山川　日本の風雅』四六判 3300円＋税　　研文出版（東京・神田／山本書店出版部）H 25・4・5

北畠立朴　〈啄木エッセイ 178〉「啄木愛菓」の販売に期待　　「しつげん」第 553号　H 25・4・5

橋川文三　樗牛と啄木（→H5・5朝日選書／→H19・5ちくま文庫）〈講談社学術文〉『昭和維新試論』
　　　　　　　　　　　　　　　　　　　　　　　　　　　　　　　　　　　　講談社　H 25・4・5

八重嶋勲　野村胡堂・学友たちの手紙 122／石川啄木（M36・9・17）盛岡タイムス　H 25・4・5

岩手日報（コラム展望台）※岩手日報随筆賞及び岩山の啄木像作者に触れた内容　　H 25・4・6

「石川京子の歌」〈パンフ〉A4判 2枚　※43首の歌収録（発行元の記載無し）　　　H 25・4・7

「企画展　啄木の遺児たち」〈函館市文学館〉チラシ　※開催期間 04/07〜10/09　　H 25・4・7

毎日新聞（記事）啄木の心よみがえれ・陸前高田流失歌碑再建へ　　　　　　　　　H 25・4・7

碓田のぼる　平和を願う詩歌② 石川啄木　　　　　　　　　　　　しんぶん赤旗　H 25・4・8

しんぶん赤旗〈コラム・ガイド〉国際啄木学会旭川でセミナー　　　　　　　　　　H 25・4・10

「現代短歌新聞」創刊号（記事）「石川啄木愛と悲しみの歌」展・山梨県立文学館　H 25・4・10

竹上順子（署名記事）啄木の歌碑、顕彰コーナー　設立へ文京区が基金　　　　　　H 25・4・12

米地文夫（講演）「啄木短歌から賢治の反戦童話「月夜のでんしんばしら」が生まれた」「第9回
　　啄木忌前夜祭」チラシ ※ディスカッション（岩手大学留学生）※場所：おでって（4・12）
　　　　　　　　　　　　　　　　　　　　　　　　　　　国際啄木学会盛岡支部　H 25・4・12

米地文夫　啄木忌前夜祭講演資料〈石川啄木、宮沢賢治〉A2判 全4頁　　　　　　H 25・4・12

東京新聞（東京都内版）啄木の歌碑、顕彰コーナー設立へ文京区が基金　　　　　　H 25・4・12

北海道新聞〈旭川版〉啄木の魅力多くの人に・歌碑像誕生1周年／啄木と旭川の関わり一目で・市、
　　観光パンフを無料配布　　　　　　　　　　　　　　　　　　　　　　　　　　H 25・4・12

伊藤和則　石川啄木の大逆事件認識—日記と書簡から—P12〜15「森近運平を語る会会報」№17
　　A4判　　　　　　　　　　　森近運平を語る会（岡山県井原市小平井 1192 久保富美子方）H 25・4・13

近藤典彦（講演）啄木と文京区「啄木忌記念講演会」チラシ　※場所：小石川図書館　H 25・4・13

「第102回啄木忌法要次第」A4判 2枚 ※参列者名簿付　　　　　啄木祭実行委員会　H 25・4・13

「国際啄木学会報」第31号 A5判 全64頁（以下24点ほかの文献を収載）

　　望月善次　啄木研究の新しい契機としたい P5〜0

　　石山宗晏　旭川の啄木がお待ちしております P6〜0

　【講演主旨】

　　近藤典彦　詩人の天降り—啄木の北海道漂泊 P7〜0

　【研究発表】

　　深町博史　石川啄木と夏目漱石—明治末期の青年と社会—P8〜0

　　東　延江　旭川と石川啄木—蕗堂・啄木会・宮越屋など—P8〜0

　【台北大会特集〈国際啄木学会 2012年度台北大会所感〉】

　　伊藤和則　台北大会体験記 P10〜12

日景敏夫　台北大会傍聴記 P13 ～ 14

高　淑玲　国際啄木学会 2012 台北大会後記 P15 ～ 16

【新聞（岩手日報より）】P17 ～ 18

【台北印象記】

平出　洸　台北印象記 P19 ～ 0

森　三沙　驟雨　告別しがたく（詩）P20 ～ 0

佐藤静子　真っ直ぐに伸ぶ（短歌）P21 ～ 0

坂谷小萩　高空飛ぶ（俳句）P22 ～ 0

【2012 年度秋のセミナー所感】

田口道昭　2012 年度秋のセミナー報告と感想 P25 ～ 0

北田まゆみ　2012 年秋のセミナー傍聴記 P26 ～ 27

【新聞（岩手日報より）】P28 ～ 0

【支部だより】北畠立朴（北海道）小林芳弘（盛岡）河野有時（東京）若林敦（新潟）田口道昭
　　　　　（関西）林水福（台湾啄木学会）ウニタ・サチダナンド（インド啄木学会）P29 ～ 35

【小川武敏先生を偲ぶ】

池田　功　ダンディ小川先生を偲ぶ P38 ～ 0

【広場】

亀谷中行　二つの言葉と二人の人 P39 ～ 40

山田武秋　「石川啄木WEEK」開催とその意義 P41 ～ 42

【会員の活躍】（編集部）P43 ～ 0

【報告】

森　義真　日本とインドの文学交流セミナー P44 ～ 0

森　義真　台日文学者交流会について P45 ～ 0

【新入会員の自己紹介】東延江・五十嵐優二・石川千賀男・北里和彦・齊藤栄・柴田和子・竹内修一・
　　　　　　　　　　　羽賀由喜江・水島典弘・劉怡臻（P47 ～ 54）

　事務局だより〈編集後記〉若林敦／山下多恵子／ほか　　　　　国際啄木学会　H 25・4・13

「国際啄木学会東京支部会報」第 21 号 A5 判 全 54 頁（以下 10 点の文献を収載）

　河野有時　（巻頭言）パーフェクトペンシルのこと P1 ～ 2

　池田　功　小川武敏先生のご業績 P 3 ～ 8

　西連寺成子　小川先生・こんなこと P9 ～ 13

　亀谷中行　名伯楽・小川武敏先生 P14 ～ 18

　大室精一　東京支部長時代の小川武敏先生 P19 ～ 20

　近藤典彦　小川武敏著『石川啄木』からの学恩 P21 ～ 23

　小川達雄　歌曲「初恋」のこと P24 ～ 26

　小川達雄　ナポリの啄木と私と P27 ～ 31

　近藤典彦　啄木小説の傑作「葉書」P32 ～ 37

　佐藤　勝　平成 24 年発行の「啄木文献」案内 P38 ～ 52

　　　　　　　　　　　　　　　　　　　　　　国際啄木学会東京支部　H 25・4・13

近藤典彦　石川啄木と文京区（講演レジメ）A4 判 2 枚　　文京区立小石川図書館　H 25・4・13

盛岡タイムス（13日の催事）「啄木忌法要」宝徳寺	H 25・4・13
「第102回啄木忌法要のご案内」チラシ※森　義真（講演）　　　啄木祭実行委員会	H 25・4・13
森　義真　啄木の魅力「交友」―小林茂雄にも触れて※啄木忌講演レジメ A4判4枚	H 25・4・13
山本玲子「啄木と節子　とはに笑まゝ志」講演レジメ A4判2枚 ※於：函館啄木会	H 25・4・13
岩手日報（記事）「啄木」今の時代こそ　盛岡で百二回忌法要	H 25・4・14
河北新報（記事）「故郷の誇り」石川啄木顕彰・玉山で法要	H 25・4・14
函館新聞（記事）啄木忌「妻がいてこその名作」山本さんが追悼講演	H 25・4・14
道又　力〈文学の国いわて14〉明治篇⑬〜ストライキとカンニング〜　岩手日報	H 25・4・14
毎日新聞（岩手版）石川啄木102回忌で法要・盛岡	H 25・4・14
毎日新聞（岩手版）石川啄木7月に歌碑再建・津波で流され寄付集まる・陸前高田	H 25・4・14
盛岡タイムス（記事）歌人の遺影に献吟・啄木、宝徳寺で102回忌法要	H 25・4・14
読売新聞（岩手版）盛岡で啄木忌・100人がしのぶ	H 25・4・14
田中数子（書評）山川純子著『自分の言葉に嘘はなけれど』ひろく共感を得る書（←H25・6「ぱにあ」 87号）「短歌往来」5月号　　　　　　　　　　　　　　　　　短歌往来社	H 25・4・15
「旭川と啄木展」チラシ A4判 ※場所：旭川文学資料館／開催期間：4・16〜6・15	H 25・4・16
盛岡タイムス（コラム天窓）※宝徳寺の啄木102回忌法要と講演に触れた内容	H 25・4・16
岩手日報（記事）「啄木」留学生はこう読む・盛岡でディスカッション	H 25・4・17
北海道新聞〈旭川・上川版〉啄木と旭川ゆかり一目で・歌碑建立1年記念しパネル展	H 25・4・17
盛岡タイムス（記事）留学生が思う「望郷」・啄木忌前夜祭	H 25・4・17
岩手日報（コラム学芸余聞）啄木の世界を豊かに表現 ※啄木忌前夜祭の概要	H 25・4・18
朝日新聞（東京版）石川啄木歌碑建設へ、文京区が基金「ふるさと納税」活用	H 25・4・20
東　延江　旭川と石川啄木 ―蕗堂・啄木会・宮越屋など― A4判 全15頁〈研究発表レジメ〉※村上久吉 「随想：旭川での啄木―宮越屋を訪ふの記―」旭川タイムス（S15・6・29）コピー折り込付き 　　　　　　　　　　　　　　　　　　　　　　　　　国際啄木学会旭川セミナー	H 25・4・20
近藤典彦　詩人の天降り―啄木の北海道漂泊―（啄木学会旭川セミナー講演レジメ）	H 25・4・20
深町博史　石川啄木と夏目漱石―明治末期の青年と社会―　A4判〈研究発表レジメ 全8頁〉 　　　　　　　　　　　　　　　　　　　　　　　　　国際啄木学会旭川セミナー	H 25・4・20
道又　力〈文学の国いわて15〉明治篇⑭〜明治ノ歌ハ新体詩〜　　　岩手日報	H 25・4・21
北海道新聞〈旭川・上川版〉啄木15時間の「縁」深く・旭川で国際学会がセミナー	H 25・4・21
「啄木をめぐる人々」盛岡てがみ館　特別展チラシ ※開催期間 4・23〜8・20	H 25・4・23
岩手日報（記事）「啄木と北海道」を考察／旭川で国際啄木学会セミナー	H 25・4・25
岡野裕行編『文学館　出版物内容総覧』A4判　定価無記載（※石川啄木記念館 P9〜12／市立小樽 文学館 P45〜52／函館市文学館 P55〜0／仙台文学館 P112〜113／ほか） 　　　　　　　　　　　　　発行所：日外アソシエーツ／発売元：紀伊國屋書店	H 25・4・25
笹　公人（書評）山川純子著『自分の言葉に嘘はなけれど』P181〜0「短歌」5月号	H 25・4・25
岩手日報（記事）旭川で国際啄木学会セミナー「啄木と北海道」を考察	H 25・4・27
岩手日報（コラム学芸余聞）※4月20日の国際啄木学会旭川セミナーについて	H 25・4・27
北海道新聞（道南版）平和願い啄木の歌碑　松前・専念寺	H 25・4・27
道又　力〈文学の国いわて16〉明治篇⑮〜岩手の三大詩人〜　　　岩手日報	H 25・4・28

岩手日報（記事）キーン氏、平野氏講演会・盛岡で６月 ※石川啄木テーマに　　　　　　H 25・4・28

西日本新聞〈コラムデスク日記〉年を取ったせいか、石川啄木に引かれる　　　　　　H 25・4・28

岩手日報（記事）「旭川の啄木」たどる・北海道旭川文学資料館・写真や作品展示　H 25・4・30

高橋敏夫　石川啄木の家―齊藤家／本郷喜之床／新婚の家　高橋敏夫／田村景子監修『文豪の家』
　B5判 1600円＋税　　　　　　　　　　　　　　（株）エクスナレッジ　H 25・4・30

「岩手県立図書館・啄木文庫」チラシ A4判両面刷 ※啄木展及び資料の紹介　　　　　H 25・4・―

太田　登　第二章　表徴としての〈かもめ〉の文学的意味―杜甫から中島みゆきへ ―P39 ～ 61
　『国際日本文学研究の最前線に向けて』A5判　　　　　　　　台湾大学出版中心　H 25・4・―

「啄木と旭川」観光パンフ B5変形判３ッ折６面　　　　　　　　　　　　旭川啄木会　H 25・4・―

「啄木をめぐる人々・啄木とその家族」チラシ ※開催：4・23 ～ 6・20　　　盛岡てがみ館　H 25・4・―

「啄木と日本文学」チラシ　※開催 06/30　講演：ドナルド・キーン／平野啓一郎
　　　　　　　　　　　　　　　　　　　　　　　　　　岩手県民会館大ホール　H 25・4・―

真田英夫編「石川啄木夫妻　東京時代の気象表」〈改訂版〉A4変形判 150頁 ※本書は昨年（H24・
　12）発行の改訂版。著者の綿密な調査による啄木日記と当時の東京地方の気象記録。ほかに既
　刊〈啄木北海道在住期間〉を調査した２冊の著作もある。　　著者刊（札幌市在住）H 25・4・―

秋山佐和子　出会いと寄り添ってゆく時間 P66 ～ 0「歌壇」５月号　　本阿弥書店　H 25・5・1

碓田のぼる　石川啄木と杉村楚人冠（1）―閉塞の時代とその親愛―P22 ～ 29（→H 27・7 光陽出版
　『石川啄木と杉村楚人冠』）「新日本歌人」５月号 A5判 850円　　　新日本歌人協会　H 25・5・1

春日いづみ　現代の目での顕彰 P70 ～ 71 ※「三枝昂之講演」に触れて「歌壇」５月号 H 25・5・1

川野里子　空間の短歌史⑰ 汽車と汽船の空間③『一握の砂』の空間観① P116 ～ 121「歌壇」５月号
　A5判 800円　　　　　　　　　　　　　　　　　　　　　　　本阿弥書店　H 25・5・1

佐田公子（書評）安森敏隆著『うたの近代』161 ～ 0「歌壇」５月号　　本阿弥書店　H 25・5・1

森　義真　啄木の交友録【盛岡篇】(48)菊池道太 P38 ～ 39「街もりおか」545号　H 25・5・1

高橋　智　飛梅と石馬 P67 ～ 71／アンジュラスの鐘 P179 ～ 180／啄木の見たチャグチャグ馬コ P173
　～ 175／石川啄木と珈琲の香り P232 ～ 233（※本書の初出「街もりおか」H18・2 ほかの号に掲載）
　高橋智編著『盛岡伝説案内』四六判 1600円＋税　　　　盛岡出版コミュニティー　H 25・5・1

田口善政　あなたは啄木派それとも賢治派 P4 ～ 0「おでって＆啄木・賢治青春館」139号 A5判
　　　　　　　　　　　　　　　　　　　　（公財）盛岡観光コンベンション協会　H 25・5・1

藤岡武雄　茂吉再発見＝歌集を中心に P74 ～ 75「歌壇」５月号　　　　本阿弥書店　H 25・5・1

編集部　玉山区渋民を文学散歩・石川啄木が愛した風景を訪ねる「フランメ」第27号〈ライフ
　情報誌〉P1 ～ 2　　　　　　　　　　　盛岡ガス（株）フランメ編集部　H 25・5・1

丸井重孝　不可思議の探求者・木下杢太郎―観潮楼短歌会を通って行った仲間たちとのかかわり
　―⑬ P106 ～ 109「星雲」第48号 A5判 1000円　　　　　　　　　　星雲短歌会　H 25・5・1

山田　航　母と子の地獄―寺山修司の「家」と「母」P130 ～ 134「短歌研究」５月号
　【寺山修司特集号】1000円　　　　　　　　　　　　　　　　　　短歌研究社　H 25・5・1

「理楽」第452号（記事）喜之床が啄木の文化活動に・理容遺産認定（1面）〈タブロイド判〉
　　　　　　　　　　　　　　　　　　全国理容生活衛生同業組合連合会　H 25・5・1

植村　隆（署名記事）韓国併合に啄木の怒り　※北海道松前町の専念寺に歌碑を建立
　　　　　　　　　　　　　　　　　　　　　　　　　　朝日新聞（北海道版）H 25・5・4

小山田泰裕〈コラム展望台〉「啄木の15時間」に愛着　　　　　　　　　H 25・5・4

☆NHK総合テレビ首都圏ニュースをDVDに収録「文京区　啄木の歌碑など建設へ」H 25・5・4

朝日新聞（北海道版）韓国併合を詠んだ啄木の歌碑除幕・平和願い・北海道　　H 25・5・5

北畠立朴　〈啄木エッセイ179〉おまけの人生愉しむ　　　　「しつげん」第555号　H 25・5・5

道又　力〈文学の国いわて17〉明治篇⑯～明治大正の百詩人～　　　岩手日報　H 25・5・5

「現代短歌新聞」第14号（記事）2013年啄木祭・吉村睦人氏が講演 P15 ～ 0　　H 25・5・5

ＤＶＤ「石川啄木の歌碑などを建設へ」※2013年05／05・ＮＨＫ首都圏ニュースを録画 1分30秒
　　　　　　　　　　　　　　　　　　　　　　　　　　　　　　　　　　H 25・5・5

ＤＶＤ「そして、歌が溢れた～松本幸四郎×石川啄木」※2013年5月6日、ＮＨＫ総合テレビにて放映
　　の録画 60分　　　　　　　　　　　　　　　　　　　　　　　　　　　H 25・5・6

岩手日報（学芸短信記事）第29回啄木祭短歌大会（5日、盛岡市）　　　　　　H 25・5・8

沢口俊夫（署名記事）初の日韓合同法要／松前・専念寺／朝鮮人労働者を慰霊（啄木の歌碑除幕式も）
　　　　　　　　　　　　　　　　　　　　　　　　　　北海道新聞（道南版）H 25・5・8

澤田勝雄〈コラム断面〉国際啄木学会セミナー旭川での15時間　　しんぶん赤旗　H 25・5・8

岩手日報（記事）親思う啄木歌碑輝く・八幡平市／母の日を前に修復　　　　　H 25・5・9

「渋民文化会館だより」25-2 ※（記事）2013啄木祭（6月1日）の案内など　　H 25・5・10

盛岡タイムス（記事）ドナルド・キーン氏が来県／6月30日平野啓一郎氏と対談　H 25・5・11

志村　直（署名記事）啄木への思い熱く市民グループが座談会　　小樽北海道新聞　H 25・5・12

菊池圭佑（署名記事）松前に石川啄木の歌碑を建立した・浅利政俊さん(82 ／次代への憤り感じて
　　　　　　　　　　　　　　　　　　　　　　　　　　北海道新聞（道南版）H 25・5・12

北海道新聞〈コラム卓上四季〉母の存在※「母を背負ひて」の歌の解釈など　　H 25・5・12

市川美亜子（署名記事）啄木「終焉の地」碑　再び・5年前に撤去、今はプレートのみ／文京区
　　隣接地に建立目指す　　　　　　　　　　　　　　　朝日新聞（東京西部版）H 25・5・13

岩手日報（広告記事）文化芸術講演会・啄木と日本文学（06/30）岩手県民会館　H 25・5・13

岩手日報（記事）短歌と俳句大会・盛岡で啄木祭 ※同日の学芸短信に受賞作品掲載　H 25・5・14

朝日新聞（岩手版）短歌と俳句大会特選決定・盛岡で啄木祭　　　　　　　　　H 25・5・14

毎日新聞（岩手版）「啄木祭」句歌の受賞者が決まる・盛岡　　　　　　　　　H 25・5・14

読売新聞（岩手版）啄木祭短歌大会・三條さんら受賞　　　　　　　　　　　　H 25・5・16

福地順一『石川啄木と北海道』A5判 622頁 4800円＋税（細目：第一章・啄木と函館：1．渡道まで
　　の啄木／2．苜蓿社と啄木／3．函館の生活／4．函館時代の経済生活ほか／5．啄木離函／第二章・啄
　　木と札幌／1．札幌の生活／第三章・啄木と小樽／1．小樽日報記者時代／2．小樽日報の記事内容／3．
　　啄木の浪人時代／4．札幌・小樽時代の経済生活ほか／5．啄木離樽／第四章・啄木と釧路／1．啄木
　　入釧／2．釧路新聞社員として／3．釧路新聞の記事内容／4．北東新報取り潰し工作／5．啄木と釧路
　　の女性／6．釧路時代の経済生活ほか／7．啄木離釧／第五章・離道／1．東京へ／資料編）
　　　　　　　　　　　　　　　　　　　　　　　　　　　　　　　鳥影社　H 25・5・17

森　義真　「啄木と賢治　二人と交流のあった人々（上）」A4判 5頁※宮沢賢治の会 2013年5月例会
　　のレジメ　　　　　　　　　　　　　　　　　　　　　　　　　著者作成　H 25・5・18

澤田昭博　もりおかの残像⑩松屋デパート⑫ ※昭11年の啄木展　盛岡タイムス　H 25・5・19

道又　力〈文学の国いわて 19〉明治篇⑱ 噺の蔵を持つ男～ ※佐々木喜善　岩手日報　H 25・5・21

岩手日報（広告記事）啄木祭：講演〜山折哲雄ほか／姫神ホール　　　　　　　　H 25・5・24

「札幌啄木会だより」第 23 号〈平山廣氏追悼号〉A4 判（以下 3 点ほかの文献を収載）

　編集者　国際啄木学会 2013 年：旭川セミナー開催される P2 〜 3

　編集者　平山廣氏を悼む P3 〜 6

　※澤田誠一・啄木の“屈折”を読む〜労働者のお前がか…〜 P4 〜 6〔→S48・7・21 朝日新聞（北
　　　海道文化欄）を全文掲載。※他に、平山廣、澤田誠一 2 名の略歴紹介と平山廣著『啄木の歌
　　　とその原型』（ガリ版刷り全 45 頁：S36・4・13（自費出版）についての記述）※編注：本稿
　　　は岩城之徳著『人物叢書石川啄木』（S36・3 吉川弘文館）『定本　石川啄木全歌集』（S39・3
　　　學燈社）に協力者と名前のみ掲載された平山廣の談話で研究者と愛好者の葛藤を紹介し、平
　　　山の再評価を促す内容〕

　　　　　　　　札幌啄木会（太田幸夫個人編輯：札幌市白石区栄町 5-10-10-903 太田方）H 24・5・25

岩手日報（記事）啄木ゆかりの校舎きれいに・盛岡商議所玉山営協　　　　　　　H 25・5・28

太田　登　啄木誕生と鉄幹の存在 P71〜86 ／コラム・啄木が見た与謝野家の内情　P70 〜 0 ／『与
　　謝野寛晶子論考―寛の才気・晶子の天分―』A5 判 3800 円＋税　　　　　八木書店　H 25・5・29

田口道昭　石川啄木『一握の砂』の構成―〈他者〉の表象を軸に― P1 〜 19「論究日本文學」
　　第 98 号 A5 判　　　　　　　　　　　　　　　　　立命館大学日本文学会　H 25・5・30

岩手日報（記事）「啄木の街」で友情深めて・もりおか修学旅行応援隊　　　　　H 25・5・31

岩手日報（記事）手紙にじむ啄木と家族・盛岡てがみ館　6 人の 14 点展示　　　　H 25・5・31

（鈴木）「啄木と旭川」テーマに国際学会セミナー初開催　「メデア旭川」5 月号　　H 25・5・―

米地文夫　宮沢賢治「月夜のでんしんばしら」とシベリア出兵―啄木短歌「カルメン」・「戦争と平和」
　　との関係を探る―P133〜147「総合政策」第 14 巻 2 号　岩手県立大学総合政策学会　H 25・5・―

編集部　啄木の光と影 P8 〜 9「2013 くしろガイドマップ」A4 判　　釧路市観光振興室　H 25・5・―

西脇　巽「啄木旭川旅日記―2013 年 4 月 10 日〜 22 日」〈個人発行随筆〉A4 判 15 頁
　　（←H27・10・10『石川啄木　旅日記』桜出版）　　　　　　　　　　　　　H 25・5・―

碓田のぼる　石川啄木と杉村楚人冠（3）―閉塞の時代とその親愛―P52 〜 59（→H27・7 光陽出版
　　『石川啄木と杉村楚人冠』）「新日本歌人」6 月号 A5 判 850 円　　　　新日本歌人協会　H 25・6・1

島田幸典　文語ならではの秀歌五十首 P74 〜 80 ※さいはての駅に…「短歌」6 月号　　H 25・6・1

川野里子　空間の短歌史⑱ 汽車と汽船の空間④『一握の砂』の空間観② P94 〜 99「歌壇」6 月号
　　A5 判 800 円　　　　　　　　　　　　　　　　　　　　　　　　本阿弥書店　H 25・6・1

柴田和子　啄木終焉の地に歌碑を！／啄木忌 P3 〜 4「詩さんぽ・街さんぽ　だより」№ 2
　　　　　　　　　　柴田和子個人発行誌（千葉県流山市前ヶ崎 666-24）H 25・6・1

菅原泰正　啄木終焉の地に歌碑を P2 〜 3「詩さんぽ・街さんぽ」2 柴田和子個人誌　H 25・6・1

「2013 啄木祭」〈チラシ A4 判 4 頁〉※対談：山折哲雄×山本玲子「V NARODI 〜人民の中へ〜」
　　会場：盛岡市渋民文化会館「姫神ホール」　　　　　　　啄木祭実行委員会　H 25・6・1

「プチ★モンド」81 号 A5 判 1500 円（以下 2 点の文献を収載）

　松平盟子　啄木の「かなし」と「何」―歌集『悲しき玩具』を中心として―（3）P2 〜 5

　松平盟子〈短歌〉三月、札幌への小さな旅、五首 P38 〜 0

　　　　　　　　　　　　　　　　　　プチ★モンド発行所（東京・大田区）H 25・6・1

森　義真　啄木の交友録【盛岡篇】（49）阿部泥牛・月城兄弟 P38 〜 39「月刊街もりおか」6 月号

546号 B6横判 260円　　　　　　　　　　　杜の都社（盛岡市本町通 2-13-8）　H 25・6・1

盛岡タイムス（記事）啄木が詠んだ盛岡中の図書庫が里帰り　　　　　　　　　　H 25・6・1

小泉とし夫　智恵子さんと啄木（2）智恵子を思う歌 P11 〜 0「北宴」第 437 号 A5 判 1000 円

　　　　　　　　　　北宴文学会（岩手県盛岡市開運橋 3-43M 菜園 1102 小泉方）H 25・6・1

岩手日報（記事）世代超え啄木しのぶ・盛岡・玉山で講演や演奏　　　　　　　H 25・6・2

盛岡タイムス（記事）玉山で啄木祭・郷土の天才歌人を顕彰　　　　　　　　　H 25・6・2

盛岡タイムス（記事）先人記念館・北山の 3 寺院を巡る ※小田島孤舟と啄木も紹介　H 25・6・2

田中俊廣　はがき随想：10 月度月間賞 ※啄木の故郷への恋慕　　毎日新聞（長崎版）H 25・6・4

北畠立朴　〈啄木エッセイ 180〉重箱の隅を楊枝でほじる　　「しつげん」第 557 号　H 25・6・5

岩手日報（記事）心を探求　啄木の歌・山折哲雄さん講演・盛岡・玉山　　　　H 25・6・7

盛岡タイムス（記事）西行法師以来の歌人・啄木祭　山折哲雄氏が講演　　　　H 25・6・8

盛岡タイムス（コラム天窓）※石川啄木記念館の企画展〈啄木の修学旅行の内容〉　H 25・6・8

「ぱにあ」第 87 号 夏号 A5 判　特集・（書評）山川純子著『自分の言葉に嘘はなけれど―石川啄木
　　の生涯―』P22 〜 29 ／池田　康・「啄木の詩人の戦い」P22 〜 24 ／三井迪子・「自分の言葉に
　　嘘はなけれど」に知る啄木の実像―石川啄木の家族愛―P25 〜 27（→ H25・1「歌誌　花林」178
　　号から再録）／田中数子・ひろく共感を得る書 P28 〜 0（→ H25・4「短歌往来」再録）／笹公人・
　　山川純子著『自分の言葉に嘘はなけれど―石川啄木の生涯―』P29 〜 0（→ H25・4「短歌」5 月
　　号　角川学芸出版）

　　　　　　発行所：短歌会ぱにあ（東京都杉並区天沼 3-27-4 クオリティコート 102 秋元方）H 25・6・8

大室精一（書評）啄木との出会いと別れ鮮やかに『初期寺山修司研究』小菅麻起子著

　　　　　　　　　　　　　　　　　　　　　　　　　　　　しんぶん赤旗　H 25・6・9

道又　力〈文学の国いわて 22〉明治篇㉑〜盛岡の小天地〜　　　　　岩手日報　H 25・6・9

ケネス・B・バイル／松本山之介（監修）五十嵐暁郎（訳）『欧化と国粋　明治新世代と日本のかたち』
　　〈講談社学術文庫〉（※啄木に関する記述は第九章・日本の歴史的苦境 P294 〜 347 ／元本→ S61 年 12 月
　　／社会思想社刊）1100 円＋税　　　　　　　　　　　　　　　　　　講談社　H 25・6・10

『東北近代文学事典』B5 判 15000 円＋税

　　塩谷昌弘　石川啄木をめぐる人々 P716 〜 724

　　嶋　　隆　石川啄木 P37 〜 0　　　　　　　　　　　　　　　　　勉誠出版　H 25・6・10

平林静代　愛の在り方（※山川純子著『自分の言葉に嘘はなけれど』／← H25・9「ぱにあ」88 号）

　　　　　　　　　　　　　　　　　　　　　　　「うた新聞」（東京・世田谷）H 25・6・10

八重嶋勲『父の手紙　野村胡堂に注いだ愛情』A5 判 538 頁 2800 円＋税 ※啄木の二次的文献資料

　　　　　　　　　　　　　　　　　　　　岩手復興書店（盛岡市黒川 8-48-10）H 25・6・11

岩手日報（記事）啄木ファン渋民から・盛岡住民対象の講座開講　　　　　　　H 25・6・13

東奥日報（コラム天地人）※啄木の東京での間借り暮らしに触れた内容　　　　H 25・6・13

岩手日報（学芸短信記事）国際啄木学会盛岡支部月例会（22 日）　　　　　　　H 25・6・15

森　義真　啄木と賢治　二人と〈交流〉のあった人々（下）〈宮沢賢治の会レジメ A4 判 11 枚〉

　　　　　　　　　　　　　　　　　　　　　　　　　　　　　　　　　　　　H 25・6・15

道又　力〈文学の国いわて 23〉明治篇㉒〜北海道漂泊〜　　　　　　　岩手日報　H 25・6・16

岩手日報（記事）新収蔵の資料 80 点展示・金田一京助の短歌も・先人記念館　　H 25・6・20

内藤賢司　〈ことばの渚⑭〉啄木を読む④ 北海道における啄木① P42 ～ 47「歩行」39 号 A5 判
　　　　　　　　　　　　　　　　　　　　　　　　　「歩行」発行所　　H 25・6・20
岩手日報　〈新刊紹介〉東北近代文学 1 冊に『東北近代文学事典』（勉誠出版）　　　　H 25・6・21
森　義真　季語「啄木忌」をめぐって〈国際啄木学会盛岡支部 189 回月例会レジメ〉　　H 25・6・22
渡辺敏男　消える歴史遺産　※旧盛岡中学の図書庫移築などの話題　　　岩手日報　H 25・6・23
産経新聞（東北版）石川啄木記念館の盛岡市移管・求められる誘客対策　　　　　　　H 25・6・23
南陀楼綾繁　〈死ぬまでに読みたい本〉『一握の砂・悲しき玩具』新潮文庫 P140 ～ 0「サンデー毎日」
　6月23日号　370円　　　　　　　　　　　　　　　　　　　　毎日新聞社　H 25・6・23
毎日新聞（東京版）今週の本棚情報：七夕古書入札※啄木の書簡巻・年賀状　　　　　H 25・6・23
道又　力　〈文学の国いわて 24〉明治篇㉓～暗い穴の中へ～　　　　　　岩手日報　H 25・6・23
塩浦　彰　夜烏が啼いた―評伝・越後びと平出修―（連載 24 回）第七章　いのち刻むとわが足は
　P42～49（→ H25・3「文芸たかだ」高田文化協会）／〈平出修研究会の記録〉知られざる継承者た
　ち―啄木と修の没後百年に P57 ～ 85「平出修研究」第 45 集 B5 判 1400円
　　　　　　　　　　　　　　　　　　　　　　平出修研究刊行会　　H 25・6・24
太田　登　衆二（太宰治）の短歌―太宰文学における短歌的表現の意味―P251 ～ 260（※啄木の
　影響に触れる内容）山内祥史編『太宰治研究　21』A5 判 7560円　　和泉書院　H 25・6・25
山田武秋　啄木と道元―「人生の習慣」としての仏教とその詩想― P93 ～ 98『曹洞宗総合研究セ
　ンター　学術大会紀要（第 14 回）』A5 判　　　　曹洞宗総合研究センター　H 25・6・25
佐藤　浄　（劇評）「史実の啄木」、「今の啄木」第 11 回おでって劇場『喜劇　長寿庵啄木』P3 ～ 0
　「感劇地図」148 号 A4 判　　　　　　　感劇地図編集委員会（盛岡市松尾町）H 25・6・28
岩手日報　（記事）想像力生きる啄木像・長内さん（彫刻家）講演・盛岡　　　　　　H 25・6・29
道又　力　〈文学の国いわて 25〉明治篇㉔～啄木の死と明治の終わり～　　岩手日報　H 25・6・30
編集部　〈郷土の本棚〉福地順一著『石川啄木と北海道』「漂泊の一年」丹念に調査
　　　　　　　　　　　　　　　　　　　　　　　　　　岩手日報　H 25・6・30
古谷智子　近代の家族・石川啄木と家族 P42 ～ 50 ／近代の家族の歌・不和のあひだに身を処して
　P75 ～ 82　『幸福でも、不幸でも、家族は家族。』四六判 2400 円＋税　　北冬舎　H 25・6・30
☆テレビ岩手（ネットニュース）ドナルド・キーンさんが石川啄木の講演会　　　　H 25・6・30
「啄木と日本文学」チラシ ※対談：ドナルド・キーン／平野啓一郎　　岩手県民会館　H 25・6・30
太田　登　関於齋藤茂吉之長崎體驗 P63 ～ 80「台大日本語文研究」第 25 期 B5 判
　　　　　　　　　　　　　　　　　　　　　　台湾大学日本語研究科　H 25・6・―
水野信太郎　「啄木新婚の家と旧斉藤家住宅」（啄木ゆかりの建築物 3）P417～ 420「日本建築学会
　北海道支部研究報告集」№.86 B5 判　　　　　　　　　　　　　　　　H 25・6・―
岩手日報　（記事）「啄木の傑作は日記」盛岡・キーンさん、魅力講演　　　　　　　H 25・7・1
岩手日報　（コラム　風土計）※文の冒頭で啄木の小説「葬列」に触れる　　　　　　H 25・7・1
「新日本歌人」7 月号 A5 判 850 円（以下 3 点の文献を収載）
　碓田のぼる　石川啄木と杉村楚人冠（4）―閉塞の時代とその親愛―P54 ～ 63（→ H 27・7 光陽
　　　　　　　出版『石川啄木と杉村楚人冠』）
　清水勝典　〈2013 年啄木祭　東京〉吉村睦人氏「私の中の啄木」を語る P82 ～ 0
　菊池東太郎　〈2013 年啄木祭　静岡〉啄木と憲法について田村氏が講演 P83 ～ 0「

新日本歌人協会　　H 25・7・1

「歌壇」7月号 A5判 800円（以下3点の文献を収載）

　大野とくと〈春の嵐〉※啄木を詠める歌1首掲載あり P81〜0

　川野里子　空間の短歌史⑲ 汽車と汽船の空間⑤「時代閉塞の現状」という空間論② P94〜99

　草田照子（書評）永田和宏著『近代秀歌』P166〜0「歌壇」7月号　　本阿弥書店　H 25・7・1

小野正弘　繊細・複雑な感覚〜啄木短歌のオノマトペ〜 P103〜108「カルチャーラジオ詩歌を楽しむ・

　オノマトペと詩歌のすてきな関係」NHKラジオテキスト 950円　　　　　NHK出版　H 25・7・1

関口正道　石川啄木の子孫 P40〜0「冬雷」7月号 A5判 500円　　　　　冬雷短歌会　H 25・7・1

聖教新聞（コラム名字の言）※冒頭に啄木短歌「目さまして…」など引用　　　　　H 25・7・1

「つながる」21（記事）渋民地区で「啄木講座」が開催されました　盛岡市市民部　H 25・7・1

丸井重孝　不可思議国の探求者・木下杢太郎⑭ ―啄木と杢太郎― P112〜115「星雲」第49号 A5判

　1000円 ※啄木の死と杢太郎／杢太郎の啄木回想／ほか P106〜109）　　星雲短歌会　H 25・7・1

森　義真　啄木の交友録【盛岡篇】(50) 工藤常象 P38〜39「街もりおか」546号　H 25・7・1

渡　英子〈歌壇時評〉断念ふたつ P166〜167「短歌」7月号　　　　角川学芸出版　H 25・7・1

盛岡タイムス（記事）D・キーンさんが啄木語る・日記は最も優れた"作品"　　　　H 25・7・4

堀口義彦（署名記事）国際啄木学会　9月に釧路大会　　　　　　　　釧路新聞　H 25・7・4

岩手日報（記事）自筆書簡に淡い恋心・啄木記念館企画展・署名歌集も初公開　　　H 25・7・5

北畠立朴〈啄木エッセイ 181〉命の儚さ　　　　　　　　　　「しつげん」第559号　H 25・7・5

長田　弘　活字体の美しさ P1〜0「詩歌の森」第69号　　　　日本現代詩歌文学館　H 25・7・5

「平成25年第48回明治古典会七夕古書大入札会」〈パンフ B5変形判三ッ折8頁〉石川啄木書簡（宮

　崎道郎宛中学入学席次表と年賀状／明29／明33）　　　　　　　　東京古書会館　H 25・7・5

岩手日報（記事）ドナルド・キーンさん来県／啄木の面影に出会う〔講演：古里に真の幸福あった／

　対談（平野啓一郎）文学と政治読み解く・日本人の心映す日記〕全1頁掲載　　　H 25・7・6

鈴木伸幸〈コラム あがり框〉「薄幸の天才」意外な素顔　　　　　　　東京新聞　H 25・7・6

沖縄タイムス（記事）"神童"啄木 10位で入学　中学受験の席次表見つかる　　　　H 25・7・6

河北新報（記事）盛岡尋常中学受験「神童」啄木、10位で合格・席次表見つかる　　H 25・7・6

産経新聞（記事）"神童"啄木、1年早くても10位で合格・中学受験の席次表　　　　H 25・7・6

東京新聞（夕）啄木、神童の証し・中学受験の席次表　あす神田・古書会出品　　　H 25・7・6

日本経済新聞（記事）石川啄木の受験席次表見つかる　128人中10位　　　　　　　H 25・7・6

毎日新聞（記事）石川啄木"神童"の時代の席次表発見　尋常中10位合格　　　　　　H 25・7・6

北海道新聞（夕）英才・啄木 10位合格・席次表発見尋常中学に1年早く　　　　　　H 25・7・6

岩手日報（記事）英才啄木 10位の席次表・東京の古書店入札会出品　　　　　　　　H 25・7・7

産経新聞（岩手版）"神童"啄木　中学受験10位で合格　　　　　　　　　　　　　H 25・7・7

毎日新聞（全国版）啄木「入試10位」資料・盛岡尋常中の合格席次表　　　　　　　H 25・7・7

道又　力〈文学の国いわて 26〉大正篇①〜託されたる使命〜　　　　　岩手日報　H 25・7・7

河北新報〈河北春秋〉※D・キーン氏が盛岡講演で啄木の評伝執筆を語る　　　　　H 25・7・8

（希）〈コラム 交差点〉啄木の絵本※山本玲子訳「サルと人と森」　　　岩手日報　H 25・7・8

東奥日報（コラム 天地人）※啄木の中学受験席次表見つかるの話題　　　　　　　H 25・7・9

松本健太朗（署名記事）先人を訪ねて・石川啄木（盛岡市）市井の歌心育んだ大自然

読売新聞（秋田版／岩手版／神奈川版）　H25・7・11

桜井則彦（署名記事）啄木ちなみ菓子15種　　　　　　　　北海道新聞（釧路圏版）　H25・7・13

花城　護（署名記事）「啄木スイーツ」一堂に・釧路11社の「愛菓」　　釧路新聞　H25・7・13

小田島本有〈コラム 朝の食卓〉特別授業※函館高専での授業体験談　北海道新聞　H25・7・14

ドナルド・キーン（講演）「啄木を語る」「啄木学級　文の京講座」〈チラシ〉期日（7・14）※会場：

　　文京区シビック小ホール　　　　　　　　　　　　　主催：盛岡市・文京区　H25・7・14

西連寺成子／山本玲子（対談）「啄木のローマ字日記をめぐって」「啄木学級　文の京講座」チラシ

　　※会場：文京区シビック小ホール（7・14）　　　　主催：盛岡市・文京区　H25・7・14

安藤　弘「ふとみれば」の解釈　※湘南啄木短歌会発表レジメ＆資料　A4判5枚　H25・7・18

釧路新聞（記事）9月の学会に向け新装・南大通3代目啄木フラッグ設置　　　　H25・7・18

編集部　石川啄木は浮気がバレないようローマ字で日記を書いていた　『知らなきゃよかった！

　　本当は怖い雑学　最強版』四六判580円＋税　　　　　　　　　鉄人社　H25・7・18

中沢敬治〈読者投稿欄：声〉啄木の業績もっと伝えたい　　　　　　　岩手日報　H25・7・20

岩手日報（学芸短信）啄木学会盛岡支部会27日／大間啄木歌碑建立記念短歌大会　H25・7・24

桜井則彦（署名記事）啄木の歌フラッグに・釧路の商店街北海道新聞（釧路圏版）　H25・7・24

下川原広子〈読者投稿欄：声〉歌い続けてほしい啄木の歌　　　　　　岩手日報　H25・7・24

安宅夏夫（書評）石川啄木と平出修、秋瑾―内田弘『啄木と秋瑾』を読んで―P78〜98「群系」

　　31号 A5判2000円　　　　　　　　　　　群系の会（東京千代田区龍書房内）H25・7・25

岩内敏行〈鑑賞余白の印象的なこの一首〉悲しき余白P65〜0「角川 短歌」8月号 A5判890円

　　　　　　　　　　　　　　　　　　　　　　　　　　　角川学芸出版　H25・7・25

碓田のぼる『石川啄木と杉村楚人冠』〜閉塞の時代とその親愛〜 A5判167頁1714円＋税

　　（細目：第一章・東北大凶作の黙契者／第二章・同時代を呼吸する人びと／第三章・「暗い穴」の中から

　　の脱出／第三章・閉塞の時代の親愛／ほか）　　　　　　　　光陽出版社　H25・7・25

桜井則彦（署名記事）啄木の短歌集めよう・釧路の組合　　北海道新聞（釧路圏版）H25・7・25

工藤六郎〈もりおかデジカメ散歩1673〉※啄木望郷の丘の像　　　盛岡タイムス　H25・7・26

浅沼　実〈日報論壇〉啄木像の探究に敬服　　　　　　　　　　　　岩手日報　H25・7・27

長江隆一　『歌集啄木の帰郷（さとがえ）り』A5判121頁 ※啄木の人生を短歌に詠んだ著者の異色

　　の第三歌集　　　　　　　　　著者刊（049-3107 北海道二海郡八雲町本町128）H25・7・27

朝日新聞（コラム天声人語）※上野駅と啄木の歌などに触れて内容　　　　　　H25・7・30

東奥日報〈コラム天地人〉※歌謡曲「あゝ上野駅」啄木短歌と上野駅の話題　　H25・7・30

窪田　弘　石川啄木「岩手の生んだ天才詩人」P137〜149（→ H9・3「NETT」No.18／初版発行H9・4）

　　『ほくとう日本の人びと』〈復刊〉A5判　　　北海道東北地域経済総合研究所　H25・7・31

北海道新聞（渡島・檜山版記事）啄木会10周年で記念誌・八雲　長江会長が歌集も　H25・7・31

「国際啄木学会釧路大会」ポスター※開催日2013/9/7〜8　釧路市生涯学習センター　H25・7・―

「越谷達之助名曲：初恋ほか」チラシ 青木純ほか 東京建物八重洲ホール 2013/9/7　H25・7・―

高木幸作「札幌での啄木」A4判 5頁　　　　〈著者作成原稿／札幌市南区在住〉　H25・7・―

「八雲啄木会創立10周年　記念誌」A4判 全54頁　　　　　八雲啄木会発行　H25・7・―

劉　怡臻『王白淵における啄木文学の受容』〈台湾国立大学日本語文学系碩士論文〉A4判210頁

　　※（指導教授：太田登博士）　　　　　　　　　　　　著者刊行（台北市）　H25・7・―

碓田のぼる　石川啄木と杉村楚人冠（5）―閉塞の時代とその親愛―P44 〜 56（→H 27・7 光陽出版
　　『石川啄木と杉村楚人冠』）「新日本歌人」8 月号 A5 判 850 円　　　新日本歌人協会　H 25・8・1
川野里子　空間の短歌史⑳ 汽車と汽船の空間⑥『悲しき玩具』の空間観 P124 〜 129
　　「歌壇」8 月号 800 円 A5 判　　　　　　　　　　　　　　　本阿弥書店　H 25・8・1
森　義真　啄木の交友録【盛岡篇】(51) 畠山　享 P38 〜 39「街もりおか」548 号　H 25・8・1
「平成 24 年度 盛岡てがみ館 館報」A4 判 33 頁 ※啄木企画展（チラシ）の掲載の他に啄木の知人から研
　　究者（吉田孤羊など）に宛た書簡の掲載など貴重な資料を多数掲載　　　　　　　H 25・8・1
山田　航（書評）本格的寺山研究の時代へ・小菅麻起子著『初期寺山修司研究』P158 〜 0
　　「現代詩手帖」8 月号 A5 判 1200 円＋税　　　　　　　　　　　　思潮社　H 25・8・1
北畠立朴　〈啄木エッセイ 182〉同時並行読み　　　　　　　「しつげん」第 561 号　H 25・8・5
三枝昂之　電車の隅 P101 〜 102 ／飛行機 P272 〜 273『夏は来ぬ』四六判 2500 円＋税
　　　　　　　　　　　　　　　　　　　　　　　　　　　　　　　　青樹社　H 25・8・8
道又　力〈文学の国いわて 31〉大正篇⑥人気の新聞小説〜　　　　　　岩手日報　H 25・8・11
もりたとしはる　石川啄木に贈られたバター P4 〜 5「北の詩人」107 号　北の詩人会議　H 25・8・13
岩手日報（記事）県芸術・美術選奨　※森義真氏が評論「啄木の親友…」で受賞　　H 25・8・13
岩手日報（記事）「短歌甲子園」に 36 校出場・盛岡で 21 日から 3 日間　　　　　H 25・8・14
岩手日報（記事）31 日に「啄木学級」玉山の記念館・本紙記者が講演　　　　　　H 25・8・15
岩手日報（学芸短信）国際啄木学会盛岡支部月例研究会（24 日）　　　　　　　　H 25・8・15
盛岡タイムス（記事）芸術・美術選奨に 9 人・森義真さんら「啄木の親友…」で受賞　H 25・8・16
岩手日日（記事）21 日から短歌甲子園・啄木生地に高校生集う　　　　　　　　　H 25・8・17
盛岡タイムス（記事）啄木学級故郷講座・旧渋民尋常小学校・23 日締め切り　　　　H 25・8・18
産経新聞（記事）漫画になる「文豪キャラ」：啄木のダメ男…　　　　　　　　　　H 25・8・21
「第 8 回全国高校生短歌大会石川啄木短歌甲子園」チラシ主催：同実行委員会　　　H 25・8・21
岩手日日（記事）短歌甲子園が開幕・盛岡・三十一文字に刻む青春　　　　　　　　H 25・8・22
タウンニュース（秦野版）秦野高校・短歌甲子園に初出場／ 31 文字の熱き戦い　　H 25・8・22
盛岡タイムス（記事）受賞者が一層の活躍誓う※森義真氏が「啄木の親友…」で受賞　H 25・8・22
盛岡タイムス（新刊紹介記事）「恋しくて来ぬ啄木郷」盛岡出身の山崎さん出版　　　H 25・8・22
岩手日報（記事）遠藤君（盛岡一高）個人準 V　短歌甲子園　　　　　　　　　　H 25・8・24
太田幸夫　『石川啄木の“旅”全解明』A5 判 358 頁 1800 円＋税〔細目：序にかえて―「啄木が乗車
　　した列車」―／第一章：啄木の“旅”1. 伝記的年譜にみる啄木の“旅”／その他の“旅”／第二章：故郷（渋
　　民、盛岡）からの“旅”／第三章：北海道内からの“旅”／第四章：その他の“旅”／第五章：東京での
　　啄木／ほか〕　　　　　　　　　　　　　　　　　　　　　富士コンテム　H 25・8・25
岩手日報（コラム 風時計）※啄木の短歌にふれた文　　　　　　　　　　　　　　H 25・8・26
黒川伸一（署名記事）石川啄木をもっと語り合おう・「愛する会」札幌に誕生
　　　　　　　　　　　　　　　　　　　　　　　　　北海道新聞（札幌圏版）H 25・8・27
小島ゆかり〈特別寄稿〉短歌甲子園 2013 の大会秀歌鑑賞 実感が生む強い言葉
　　　　　　　　　　　　　　　　　　　　　　　　　　　　　　　　岩手日報　H 25・8・29
「啄木学級故郷講座」チラシ※講師：小山田泰裕／ 2013・8・31 石川啄木記念館　H 25・8・30
及川勇治〈コラムばん茶せん茶〉ただいま ※啄木の歌にふれる　　　　　　岩手日報　H 25・8・31

高田凖平　『啄木懐想』A5判 668頁 非売品〔細目：佐藤勝・序文　高田先生の啄木考について P4〜5／
　　第一章：啄木に思いを馳せて／第二章：啄木の父一禎と妻・節子（1）父・一禎と啄木（2）啄木の妻・節
　　子のことども／第三章：啄木の渋民と盛岡／第四章：啄木の北海道流浪一年／第五章：三陸の啄木歌碑を
　　見る／第六章：啄木二つの歌集と朝日新聞社／第七章：多面的な啄木を見る（1）喜之床と啄木（2）啄木
　　の手紙（3）啄木作品の映画や舞台（4）啄木の文芸誌「小天地」（5）啄木の「雅号」考（6）啄木の詩集「あ
　　こがれ」（7）「東海の歌」歌考（8）怨霊に怯えた啄木／第八章・啄木と鹿角・十和田／第九章・啄木の教育
　　実践／第十章・啄木と社会主義思想／第十一章・啄木に学ぶ〕
　　　　　　　　　　　　　　　　　　　　著者刊（秋田県鹿角郡小坂町小坂鉱山字栗平 7-5）H 25・8・一
北畠立朴「全国の啄木碑」〈石川啄木一族に関する碑　平成 25 年 5 月 10 日現在〉A4判 全 14 頁
　　350 円　※（173 基の啄木関係碑を所在地別に建立年月日を記載して紹介している個人発行誌）
　　　　　　　　　　　　　　　　　　　　発行者：北畠立朴（釧路市昭和町 2-4-7）H 25・9・1
松平盟子　啄木の「今」と「その」─歌集『悲しき玩具』を中心として─（4）P2〜5
　　「プチ★モンド」82 号 A5判 1500 円　　　　　　　　　プチ★モンド発行所（東京・大田区）H 25・9・1
川野里子　空間の短歌史㉑ 汽車と汽船の空間⑦「海」という近代空間 P112〜116「歌壇」9 月号
　　800 円　　　　　　　　　　　　　　　　　　　　　　　　本阿弥書店　H 25・9・1
河野有時　ウサギとアヒルと石川啄木〈啄木学会東京支部研究会レジメ〉A4判 3 頁　H 25・9・1
小菅麻起子　寺山修司研究をまとめて〈啄木学会東京支部研究会レジメ〉A3判 2 枚　H 25・9・1
「国際啄木学会会報別冊」〈1013 年釧路大会特集号〉A5判 全 36 頁（以下 12 点の文献を収載）
　　望月善次　釧路の新しさ三点 P6〜0
　　【記念講演】
　　福島泰樹　見よ、今日も、かの蒼空に P9〜10
　　【研究発表】
　　福地順一　啄木における北海道 P11〜0
　　山田武秋　石川啄木「一元二面観」再考 P12〜0
　　田口道昭　「時代閉塞の現状」の射程 P13〜0
　　水野信太郎　石川啄木が日本人受けする 4 要素〜啄木の作品と生涯の両面における「わかり易さ」
　　　　　　　　　〜 P14〜0
　　【パネル・デスカッション　テーマ　啄木再生〜釧路から〜】
　　池田　功（コーデイネーター）司会者より P16〜0
　　大室精一（パネリスト）「忘れがたき人人」─流離の記憶─P17〜0
　　北畠立朴（（パネリスト）釧路における啄木 P18〜0
　　山下多恵子（パネリスト）文学を求めて─啄木の釧路脱出の意味─P19〜0
　　亀谷中行　俺の釧路 P20〜21
　　編集部　啄木歌碑マップ P22〜24／啄木「釧路における 76 日」P25〜29
　　　　　　　　　　　　　　　　　　　　　　　　　　　　　国際啄木学会　H 25・9・1
「国際啄木学会盛岡支部会報」第 22 号 B5判（以下 14 点の文献を収載）
　　小林芳弘　【巻頭言】月例会 200 回に向けて P2〜0
　　望月善次　「特定非営利活動法人石川啄木・宮沢賢治を研究し広める会」設立メモ① P3〜4
　　赤崎　学　竹内好と啄木・アジアへのまなざし P5〜8

米地文夫　井上ひさしが釜石で啄木に寄せた想いを探る P9 ～ 14

森　義真　保阪嘉内の啄木志向 P15 ～ 19

森　三紗　石川啄木とロシア―白夜のサンクトペテルブルグと夕陽のモスクワへの序曲―P20 ～ 25

日景敏夫　秦野市立本町中学校の歌碑について―啄木の歌碑を中心に―P26 ～ 36

小林芳弘　「渋民日記」三月二十三日月例研究会報告　八月中（暑中休暇中）を読む P37 ～ 39

千葉珠美　「渋民日記」七月二十七日月例研究会報告　○八月の末に～○九月中を読む P40 ～ 43

西脇　巽　「節子の家出事件」P44 ～ 45

佐藤静子　相馬黒光―荻原碌山（守衛）との業―P50 ～ 57

丹羽ともこ　啄木と賢治そして光太郎 P58 ～ 60

佐藤定美　月例研究会の報告 P61 ～ 63

付：国際啄木学会盛岡支部会員名簿 P64 ／ 65　　　　国際啄木学会盛岡支部　H 25・9・1

「短歌研究」9 月号 A5 判 第 70 巻 9 号 1000 円（以下 2 点の文献を収載）

桑原正紀〈釈迢空特集号〉『海やまのあひだ』P52 ～ 53

柏崎驍二　啄木の日記を語る―ドナルド・キーン氏の講演より―P156 ～ 157

短歌研究社　H 25・9・1

「歌壇」9 月号 A5 判　823 円＋税（以下 2 点の文献を収載）

梶原さい子　教科書 ※教育出版「青春文学名作選」啄木 10 首 P65～0

三枝昂之　他者の目が共同性を生む P118 ～ 119　　　　　　本阿弥書店　H 25・9・1

福地順一　「啄木研究の北海道（釧路）」〈上・下〉　　　　釧路新聞　H 25・9・2／16

丸井重孝　不可思議国の探求者・木下杢太郎（15）―観潮楼歌会を通って行った仲間たちとのか
　　かわり―P102 ～ 105「星雲」第 50 号 A5 判 1000 円　　　　星雲短歌会　H 25・9・1

森　義真　啄木の交友録【盛岡篇】(52) 猪川静雄 P38 ～ 39「街もりおか」549 号　　H 25・9・1

渡　英子〈歌壇時評〉評伝の力 P154 ～ 157「短歌」9 月号　　角川学芸出版　H 25・9・1

白鳥晃司（書評）碓田のぼる著『石川啄木と杉村楚人冠』　2 人の交流・時代背景の刺激的提示

しんぶん赤旗　H 25・9・2

北海道新聞（記事）国際啄木学会盛り上げよう　　　　　　　　　　　　　H 25・9・2

古水一雄『春又春の日記』A5 判 2000 円＋税 ※（「盛岡タイムス」連載の文章をまとめたもので、「石川
　　啄木氏ヲ見タ」⑭／盟友・月秋の死を嘆く㊽／鉄幹ノ新体詩何等ノ醜ゾ⑱ など啄木関係文も随所にあり）

岩手近代詩文研究所　H 25・9・4

朝日新聞（北海道版）石川啄木　釧路時代に迫る・7、8 日、現地で学会　　H 25・9・5

北畠立朴〈啄木エッセイ 183〉自分の能力範囲でやる　　　「しつげん」第 563 号　H 25・9・5

北海道新聞（夕・紹介）啄木生涯の旅の軌跡※太田幸夫著『石川啄木の"旅"全解明』　H 25・9・5

釧路新聞〈全面広告 10 面〉国際啄木学会 2013 年釧路大会 ※祝辞：蛯名市長ほか　　H 25・9・6

「市立釧路図書館　石川啄木関連資料文献目録」〈2013 年 9 月 6 日〉A4 判 48 頁（細目：石川啄木著作
　　88 点／石川啄木関連書籍 634 点／全集 117 点／豆本 11 点／逐次刊行物 100 点／鳥居文庫 229 点）

市立釧路図書館　H 25・9・6

山藤章一郎【原画の磁力 322 回】〈凌雲閣〉もういちど P136 ～ 139「週刊ポスト」9 月 6 日号　B5 判
　　400 円　※啄木に関する記述は「ローマ字日記」の一部分　　　　　　小学館　H 25・9・6

山田武秋　石川啄木「一面二元観」再考 ※啄木学会釧路大会発表レジメ A4 判 12 頁　H 25・9・7

大室精一〈国際啄木学会釧路大会パネルデスカッション資料レジメ〉A3判3枚　　　　　　　H25・9・8

「食うべきビール」A1判 ポスター　　　　　キリンビールマーケテング北海道統括本部　H25・9・8

櫻井健治（書評）「石川啄木と北海道」福地順一著／文学・思想・人生を形成した足跡

　　　　　　　　　　　　　　　　　　　　　　　　　　　　しんぶん赤旗　H25・9・8

釧路新聞（記事）啄木再生、釧路から／国際啄木学会が開幕　　　　　　　　　　　　H25・9・8

「ぱにあ」第88号 秋号 A5判　特集（書評）Ⅱ・山川純子著『自分の言葉に嘘はなけれど─石川啄

　　木の生涯─』P24～26／佐藤昌明・歌人　山川純子の偉業 P24～0（→H24・12・13「網走タイ

　　ムス」から再録）／（浩）・石川啄木の家族愛まとめる　東藻琴の山川純子さん歌人論出版 P24～0

　　（→H24・12・12「日刊　経済の伝書鳩」＜北海道北見市＞から再録）／【華だより抄】〈所感集3名〉

　　前川桂子／丹羽眞人／和嶋忠治／P25～0／平林静代・愛の在り方 P26～0（→H6・10「うた新聞」）

　　　　　　　　　　　　　　　　　　　　　　短歌会ぱにあ（東京・杉並区）H25・9・8

北海道新聞（釧路・根室版）「啄木、釧路で才能発揮」福島泰樹さんが講演　　　　　H25・9・8

秋庭道博（コラムきょうの言葉）こころよき疲れ…※啄木歌を引用　　　秋田さきがけ　H25・9・10

河北新報〈コラム河北抄〉※寺山修司の本歌取りは啄木歌から…　　　　　　　　　　H25・9・10

平岡敏夫『佐幕派の文学　「漱石の気骨」から詩篇まで』四六判 2800円＋税〔啄木に関する文献の細目：

　　東北岩手と『佐幕派の文学史』─啄木没後百年に寄せて P53～71（講演レジメより復元）／透谷の母と

　　啄木の母─佐幕派子弟の訓育について─P124～131／啄木文学─透谷・二葉亭・独歩・啄木の系譜─

　　P140～143（→H23・4「別冊太陽石川啄木」）／啄木散文の魅力 P144～146（→H24・4「石川啄木

　　愛と悲しみの歌」山梨県立文学館）／（書評）近藤典彦編『復元　啄木新歌集』を読む P230～232（→H24・

　　4・3しんぶん赤旗）／ほか〕　　　　　　　　　　　　　　　　おうふう　H25・9・10

DVD「みちのく文学散歩ほか：石川啄木」※① 1995年、NHK盛岡放送局制作放映の作品「みち

　　のく文学散歩石川啄木『一握の砂』～岩手・玉山村～（30分）」／② 1996年放映（同局制作）啄

　　木生誕110年記念「啄木の夢と青春」（45分）の再々放映（NHK BSプレミアム 2013年9月11日

　　／→ÑHK　BSプレミアム 2013年9月19日／午前零時半より3度目の再放映あり）※（女優、中江有里の

　　解説付）の録画　85分　　　　　　　　　　　　　　　　　　　　　　　H25・9・11

栗山　譲　啄木と釧路・国際啄木学会 2013年大会から（上・下）　岩手日報　H25・9・12／13

岩手日報（記事）「啄木　うたの風景」きょう発売　　　　　　　　　　　　H25・9・14

小山田泰裕　『啄木　うたの風景～碑でたどる足跡～』A5判 246頁 1500円＋税〔細目：プロロー

　　グ／第一部：青春の輝き／第二部：漂泊の旅路／第三部：苦闘の果て／エピローグ／年譜／主要参考資

　　料／巻末資料（地図）「全国の啄木文学碑」「盛岡市の啄木文学碑」／ほかに囲み記事「余話」25篇を収録〕

　　※本書は平成24年4月～同年11月にわたり岩手日報に連載された「啄木没後100年記念特集」の集大

　　成である。　　　　　　　　　　　　　　　　　　　　　　　　岩手日報社　H25・9・14

（勝）啄木文学と釧路─"食を求めた漂泊"の影響　　　　　　　しんぶん赤旗　H25・9・17

島津忠夫　牧水と石川啄木『若山牧水ところどころ　近代短歌史の視点から』〈島津忠夫著作集別巻2〉

　　B5判 3675円＋税　　　　　　　　　　　　　　　　　　　　　和泉書院　H25・9・19

田中　要〈新刊紹介〉三枝昂之著「啄木再発見」／ほか P41～0「日本海」173号　H25・9・20

「NHK短歌」10月号 A5判　660円（以下3点の文献を収載）

　　永田和宏　時の断面─あの日、あの時、あの一首・病気 ─ 結核と癌 P28～31

　　佐伯裕子　場所をうたう P28～31

花山多佳子　続・日常の歌と時代⑦（みぞれ降る…）P59〜60　　　　　ＮＨＫ出版　　H 25・9・20

盛岡タイムス（記事）啄木記念館めぐり論戦・盛岡市議会各会派が議案質疑　　　　　H 25・9・21

朝日新聞（コラム 天声人語）※手紙の話題の中で啄木〈誰が見ても〉の歌を引用　　H 25・9・22

森田敏春著「石川啄木歌碑」〈札幌に啄木歌碑を建てる会の記録手造り写真文集〉A4 判 40 頁

　　　※（「アカシアの…」歌碑建立の報道記事などの記録集）　　　　個人編集制作発行　H 25・9・22

東奥日報（コラム 天地人）※啄木の北海道汽車の旅と現在のＪＲ北海道の話題　　　H 25・9・24

栗山　讓〈コラムプリズム〉釧路の啄木を思う　　　　　　　　　　　岩手日報　H 25・9・24

北鹿新聞〈新刊紹介〉祖父の思いを形に・孫の鎌田さん「啄木懐想」を刊行／故高田（準平）さんの

　　投稿原稿　北鹿新聞に 10 年間連載　　　　　　　　　　　　　　　　　　　　H 25・9・25

盛岡タイムス（記事）啄木記念館の入館増を・盛岡市議会教育福祉委で論議　　　　H 25・9・26

（憲）〈コラム 水や空〉啄木と賢治　　　　　　　　　　　　　　　　長崎新聞　H 25・9・27

道又　力〈文学の国いわて 38〉大正篇⑬〜女啄木あらわる〜　　　　　岩手日報　H 25・9・29

池田　功　石川啄木と尾崎豊① 二六年の生涯と自主退学 P1〜26「明治大学教養論集」通巻 494 号

　　A5 判　　　　　　　　　　　　　　　　　　　明治大学教養論集刊行会　H 25・9・30

岩手日報（記事）「啄木終焉の地」に歌碑・文京区が寄付募る　　　　　　　　　　H 25・9・30

「札幌啄木会だより」24 号【特集　小奴さん以後 48 年】A4 判 全 14 頁（以下 3 点の文献を収載）

　　太田幸夫・国際啄木学会釧路大会開催／啄木歌碑建立一周年記念の集い

　　※〈北日本新聞記事 2 点を再収録〉『啄木の愛人 “小奴” の死』「ゆかりの釧路で法要」富山で一

　　　年半、療養生活（→ S40/04/10 北日本新聞）／『啄木 “愛人” を追憶する』・なつかしい釧路

　　　時代・富山で療養する小奴（→ S30/04/09 北日本新聞）

　　桜木俊雄・小奴さんの想い出 P8〜9（→ H22・9「札幌啄木会だより」18 号／→ H15・12「札幌啄

　　　木会だより」4 号／小奴年譜／ほか）　　　札幌啄木会（代表：太田幸夫個人発行紙）H 25・9・30

内村剛介　石川啄木—熟成のパースペクチブ啄木とペドクラシ（S → 50・6「現代詩手帖」思潮社）

　　『内村剛介著作集　第 7 巻』四六判 5,250 円　　　　　　　　　　恵雅堂出版　H 25・9・30

☆Google（グーグルサイトニュース）「啄木終焉の地」に歌碑・文京区が寄付募る　H 25・9・30

水野信太郎　北海道と東北における地域資源を活かした活動（※石川啄木をめぐる動きも）P79〜93

　　「北翔大学北方圏学術情報センター年報 Vol.5 2013」A4 判　　　　　　　　　H 25・9・―

「石川啄木くしろおもひで歌綴り」B5 判 全 22 頁 ※釧路市内にある 83 基の啄木碑や歌とゆかりの

　　場所を示す地図など写真入り案内書　　　　　　　　　　　啄木通り商店会　H 25・9・―

　小泉とし夫　智恵子さんと啄木（3）北村牧場に嫁入りした智恵子 P11〜0「北宴」第 439 号 A5 判

　　1000 円　　　　　　　　北宴文学会（岩手県盛岡市開運橋通 3-43M 菜園 1102 小泉方）H 25・10・1

「月刊　俳句界」10 月号〈特集　みんな啄木が好きだった〉〜『一握の砂』『悲しき玩具』を読む〜

　　A5 判 1000 円（以下 12 点の文献を収載）

　【啄木秀歌コレクション】編集部 ①『一握の砂』より 18 首 ②『悲しき玩具』より 18 首 P100〜10

　【知ってるようで知らない啄木】

　山折哲雄　海やまのあひだ P106〜107

　和合亮一　祖母の中の啄木 P108〜109

　佐高　信　ただ一人のをとこ子なる哉 P110〜111

　高野ムツオ　宮城での啄木 P112〜113

柏原眠雨　自己と社会と P114 ～ 115

白濱一洋　意志の弱い天才 P116 ～ 117

【啄木一首鑑賞】

上窪青樹　いたく錆びし…P120 ～ 0

高橋信之　たはむれに…P121 ～ 0

尾村勝彦　しらしらと…P122 ～ 0

酒井浩司　友がみな…P123 ～ 0

今留治子　考えれば…P124 ～ 0 　　　　　　　　　　　　（株）文学の森　H 25・10・1

里見佳保　鑑賞　奥行を感じる名歌 30 首 ※床屋の鏡…P56 ～ 57「短歌」10 月号　H 25・10・1

水関　清　啄木と「昴」P39 ～ 41「北海道医報」第 1141 号 Ａ4 判　北海道医師会　H 25・10・1

「ＢＭ」30 号　石川啄木没後 100 年『平成昴文芸大賞』受賞作家特集号 Ａ4 変形判 2,000 円

　　　　　　　　　　　　　　　　　　　　　　　　　　　　　　　美術の杜出版　H 25・10・1

森　義真　啄木の交友録【盛岡篇】(53) 内田秋皎 P38 ～ 39「街もりおか」550 号　H 25・10・1

小野　肇　わが啄木　　　　　　　　　　　　　　　　　　　　北鹿新聞　H 25・10・3

岩手日報（広告記事）『啄木　うたの風景～碑でたどる足跡～』　　　　　H 25・10・4

北畠立朴〈啄木エッセイ 184〉釧路大会の反省記　　　　　「しつげん」第 565 号　H 25・10・5

渡辺真理　啄木の"情けなさ"に共感したあの日 P120 ～ 121「週刊現代」10 月 5 日号　H 25・10・5

盛岡タイムス（記事）今こそ賢治、啄木の思想を　外岡氏が基調講演　　　H 25・10・11

澤田勝雄〈聞き書〉日本文化の源流　そして啄木のこと／ドナルド・キーンさん語る／（2 回連載）

　10・13（1．14 面）／ 10・16（9 面）　　　　　　しんぶん赤旗　H 25・10・13 ／ 10・16

森　義真　高村光太郎の啄木観 ※66 回芸術祭「文芸祭」岩手大学農学部講演レジメ　H 25・10・13

岩手日報（記事）啄木望郷の歌曲・念願の盛岡公演　作曲家　白鳥さん　　H 25・10・14

石川啄木没後百年記念誌『石川啄木の世界への誘い』A5 変形判 1300 円＋税 全 132 頁

　（以下 18 点の文献を収載）

　ドナルド・キーン〈講演記録〉啄木を語る―啄木の現代性―P18 ～ 25

【エッセイ】

石川真一　石川に生まれて P26 ～ 27

遊座昭吾　啄木没後百年を迎えて P28 ～ 29

外岡秀俊　「悲しい玩具」の目覚め P30 ～ 31

新井　満　『啄木・組曲』の誕生 P32 ～ 33

工藤久徳　啄木記念館断想 P34 ～ 35

編集部　石川啄木記念館展示室への誘い P36 ～ 61

【コラム】

柏崎驍二　啄木の岩手山と北上川 P64 ～ 0

小原啄葉　啄木祭全国俳句大会のこと P66 ～ 0

小島ゆかり　言葉の呼吸 P68 ～ 0

山本玲子　啄木の心の呼吸が吹き込まれて P72 ～ 0

北村千壽子　遺された啄木の本 P75 ～ 0

脇田千春　祖母の残したクッキーの味 P75 ～ 76

昆　明男　一人芝居「SETSU-KO」P83〜0

櫻井健治　啄木資料と函館市文学館の誕生 P88〜0

北畠立朴　啄木立像と港文館建設 P104〜0

全国啄木碑一覧（注：174基）P117〜121

石川啄木記念館展示資料目録 P122〜130／ほかに各種企画展など）

石川啄木没後百年記念事業実行委員会発行（石川啄木記念館内）H 25・10・14

☆北海道リアルエコノミー【http://hre-net.com/syakai/syakaibunka/8570/】〈新刊紹介〉鉄道描写
の秀逸に惹かれた元国鉄マン、石川啄木の旅全21回を当時の時刻表から解明　　　H 25・10・14

池田はるみ（書評）古谷智子著『幸福でも、不幸でも、家族は家族』P127〜0「短歌往来」11月号
A5判 750円　　　　　　　　　　　　　　　　　　　　ながらみ書房　H 25・10・15

赤坂憲雄　上野駅から、故郷の精神史がはじまる P82〜102『北のはやり歌』四六判 1500円＋税
筑摩書房　H 25・10・15

岡林一彦〈読者の声〉啄木歌碑通して高知旭川交流を　　　　　北海道新聞　H 25・10・16

盛岡タイムス（記事）「望郷」啄木にメロデイー／青森の音楽家が演奏会　　　H 25・10・17

山崎　円（講演）「石川啄木にまつわる人々」講演チラシ（10/18）　盛岡市渋民公民館　H 25・10・18

岩手日報（記事）啄木の直筆日記を初公開／盛岡の記念館・所有者（東京）から寄贈　H 25・10・19

吉田徳壽（署名記事）啄木と三浦哲郎文学の共通根を探る「月刊ふぁみりい」10月号タブロイド判
八戸市民新聞社　H 25・10・19

編集部〈郷土の本棚〉全国の歌碑精力的に取材『啄木　うたの風景』小山田泰裕著
岩手日報　H 25・10・20

「歩行」40号 A5判（以下3点の文献を収載）

谷口慎也　短歌多行書きの意味―石川啄木と内藤賢司―P44〜47

内藤賢司　啄木を読む⑤ 北海道における啄木② P49〜54

内藤賢司〈「歩行」40号ノート〉P61〜62 ※谷口慎也の論に対する感想

「歩行」発行所（八女市）H 25・10・20

長浜　功『「啄木日記」公刊過程の真相〜知られざる裏面の検証〜』A5判 246頁 2700円＋税
（1．啄木日記の位相：日本人と日記／啄木の日記／ほか、2．日記は如何に生き長らえたか：啄木の死
／日記と環境／ほか、3．空白の日記：日記の条件／空白の日記／ほか、4．日記公刊過程の検証：日
記の黎明／版権委譲問題と石川正雄／ほか、5．石川正雄論：石川正雄の行方／新聞記者と演劇／ほか）
社会評論社　H 25・10・20

東奥日報（コラム天地人）※文中に「その親にも、…」の歌を引用　　　　　H 25・10・22

伊藤三喜雄　漱石と東北（石川啄木）P156〜159 『夏目漱石の実像と人脈―ゆらぎの時代を生き
た漱石―』四六判 1836円＋税　　　　　　　　　　　　　　　花伝社　H 25・10・25

しんぶん赤旗〈新刊紹介〉石川啄木の"旅"全解明　太田幸夫著　　　　　　H 25・10・25

森　義真（書評）『石川啄木の"旅"全解明』太田幸夫著　　　盛岡タイムス　H 25・10・26

岩手日報（記事）没後50年生涯に光・盛岡出身の政治家田子一民　　　　　H 25・10・29

「視線」復刊第4号【特集　石川啄木】A5判 500円（以下3点の文献を収載）

近藤典彦　評釈・啄木詩三編 P4〜12

中村　園　天才の顔 P13〜14

（不手野）　編集後記 P148 〜 0　　　　　　　　　　　　視線の会（函館市）　H 26・10・31

奥泉和久　岡田健蔵　不屈と努力の図書館人 P18 〜 19「LISN」No.157 B5 判 200 円

　　　　　　　　　　　　　キハラ（株）マーケテング部（東京・神田）　H 25・10・―

黒澤　康『石川啄木―白雲一片、自ら其の行く所を知らず―』新書判 483 頁 非売品

　（細目：第一節　渋民・盛岡時代／第二節　北海道時代／第三節　東京時代／資料編：１．石川啄木の家

　系／２．石川啄木初の上京下宿跡／３．蓋平館別荘跡／４．喜之床旧跡／５．石川啄木終焉の地／ほか）

　　　　　　　　　　著者刊行／連絡先（横浜市旭区若葉台 3-10-802）　H 25・10・―

石川啄木　東海の…P10 〜 0『ほっかいどうの短歌 100 首』四六判　北海道文学館　H 25・11・1

スティーヴン・リジリー〈特集　映画と短歌〉マッチ擦るつかのまに「カサブランカ」を読む寺山修司

　P78 〜 84「短歌研究」11 月号 A5 判 1000 円　　　　　　　　　短歌研究社　H 25・11・1

田中拓也　短歌甲子園二〇一三報告 P110 〜 112「歌壇」11 月号　　本阿弥書店　H 25・11・1

森　義真　啄木の交友録【盛岡篇】(54) 葛原対月 P38〜39「街もりおか」551 号　H 25・11・1

北畠立朴〈啄木エッセイ 185〉こんな会、つくりました　　　「しつげん」第 567 号　H 25・11・5

朝日新聞（北海道版／新刊紹介記事）啄木の旅、時刻表から解明・札幌の太田さん　H 25・11・7

山田風太郎　石川啄木 P48 〜 53『人間臨終図巻 1』〈新装版・徳間文庫〉741 円＋税（→ S61・9 徳間

　書店／→ H13・3『人間臨終図巻 1』徳間文庫／ほか）　　　　　　徳間書店　H 25・11・12

東奥日報〈コラム天地人〉※「仕事」をテーマの文に啄木の「こころよく」を引用　　H 25・11・12

立川　昭二　石川啄木らを襲った結核／※ほかにも啄木に関する記述多数有り（→ S61・12 新潮社）

　『明治医事往来』〈講談社学術文庫〉1365 円＋税　　　　　　　　　講談社　H 25・11・13

岩手日報（記事）陸前高田に啄木歌碑／流失も善意募り建立　　　　　　　H 25・11・15

河北新報（記事）陸前高田　没後 100 年、新たに建立　　　　　　　　　　H 25・11・15

東海新報　啄木歌碑　没後 100 年記念実行委　高田松原 3 度目の建立　　　H 25・11・15

福島泰樹〈時言 141〉茫漠山日誌より P116 〜 0「短歌往来」12 月号　ながらみ書房　H 25・11・15

冬樹　薫〈小林喜三郎と山川吉太郎⑪〉《福宝堂》創業と《花見寺撮影所》啄木を魅了した《活動写真》

　P78 〜 93　丹野達弥編輯『映画論叢㉞』A5 判 1000 円＋税　　　　国書刊行会　H 25・11・15

東海新報（記事）タピック前に啄木歌碑・高田松原 3 度目の建立　没後 100 年記念　H 25・11・15

毎日新聞（岩手版記事）「復興へ希望」祈り建立／啄木の歌碑 “里帰り”　　　H 25・11・15

読売新聞（岩手版記事）高田の光　啄木歌碑再建／流失 2 度　津波の教訓後世に　H 25・11・15

盛岡タイムス（記事）陸前高田松原 3 代目の啄木歌碑・ひ孫石川真一さん揮ごう　H 25・11・15

原口隆行　一握の砂―石川啄木　『文学の中の鉄道』新書判 840 円（→ H18・7 国書刊行会）

　　　　　　　　　　　　　　　　鉄道ジャーナル社　H 25・11・15

森　義真　啄木と牧水　二人の友情 P90 〜 107「北の文学」第 67 号 A5 判 1100 円＋税

　　　　　　　　　　　　　　　　岩手日報社　H 25・11・15

廣畑研二　石川啄木と村山槐多 P8 〜 15『甦る放浪記　復元版覚え帖』四六判 2500 円＋税

　　　　　　　　　　　　　　　　論創社　H 25・11・16

岩手日報（学芸短信）国際啄木学会盛岡支部月例研究会・20 日　　　　　　H 25・11・16

長江隆一　作品と人生語り合い 10 年・八雲啄木会　　　北海道新聞（道南版）　H 25・11・17

岩手日報（記事）啄木記念館の名物学芸員・山本さん万感勇退へ　　　　　　H 25・11・18

盛岡タイムス（記事）先人顕彰の努力に感謝・啄木記念館財団から市に運営移管　H 25・11・18

盛岡タイムス（コラム天窓）※全文が石川啄木記念館感謝の集いの話題　　　　　　　H 25・11・20

盛岡タイムス（記事）365 日　啄木に親しもう・辻分珠算学院のカレンダー　　　　H 25・11・22

盛岡タイムス（記事）全記念事業が終了し解散・石川啄木没後百年実行委　　　　　H 25・11・23

大澤喜久雄　盛岡訪ねた映画人④ ※啄木映画の啄木役者を列記　　　　盛岡タイムス　H 25・11・24

松崎天民　石川啄木 P118 〜 120 ／ほか　後藤正人監修『松崎天民選集』〈第 9 巻　記者懺悔人間秘話〉

　　四六判 5000 円＋税　　　　　　　　　　　　　　　　　　　　　クレス出版　H 25・11・25

道又　力編『芝居を愛した作家たち　文士劇の百二十年』四六判 1900 円＋税〔啄木関係文：野村胡堂・

　　六代目の爆笑　知的な与謝野晶子 P159 〜 163（→ S34『胡堂百話』角川書店）／明治四十一年日誌　石川啄木

　　（→ S42『啄木全集』筑摩書房）ほか〕　　　　　　　　　　　　　　文藝春秋　H 25・11・25

盛岡タイムス（記事）人間　田子一民紹介・盛岡先人記念館 ※啄木葉書写真版掲載　H 25・11・26

産経新聞（東北版）高田松原に石川啄木の歌碑　　　　　　　　　　　　　　　　　H 25・11・27

河北新報（記事）啄木への旅　新たな地平へ　記念館の名物学芸員　山本さんあす退職

　　　　　　　　　　　　　　　　　　　　　　　　　　　　　　　　　　　　　　H 25・11・29

毎日新聞（岩手版記事）フリーで魅力伝えたい　山本玲子さん退職　　　　　　　　H 25・11・30

荒又重雄　文化のフローとストック：林芙美子と石川啄木／ほか P66 〜 67「新しい労働文化のため

　　に─イデオロギー断片─〈続〉」A5 判　　　　　　　　北海道労働文化協会　H 25・11・30

藤田昌志　石川啄木の日本論・対外論 P299 〜 310「比較文化研究」No.104　B5 判

　　　　　　　　　　　　　　　　　　　　　　　　　　　　　日本比較文化学会　H 25・11・30

学術刊行会編『国文学年次別論文集』〈近代Ⅴ〉（平成 22 年）B5 判 9300 円＋税

　　（以下 3 点の啄木文献を収録）

　　大室精一　『悲しき玩具』歌稿ノートの配列意識（5）─「第五段階の歌群」（178 〜 194 番歌）に

　　　　　　　ついて─ P43 〜 51（→ H23・3「佐野短期大学研究紀要」第 22 号）

　　水野信太郎　北原白秋の作品に見る近代産業と日常生活─石川啄木との比較を中心として─

　　　　　　　P312 〜 304（→ H23・3「北翔大学生涯学習システム学部研究紀要」第 11 号）

　　水野信太郎〈研究報告〉『一握の砂』刊行百年後の北海道と盛岡 P395 〜 302（→ H23・3「北翔大

　　　　　　　学北方圏学術情報センター年報」3 号）　　　　　　　朋文出版　H 25・11・─

「春日岡山縁起　佐野厄よけ大師」〈第 12 版パンフ〉B5 変形判　※石川啄木歌碑（夕川に葦は…）

　　　　　　　　　　　　　　　　　　　　　　　　　　　　　　天台宗惣宗寺　H 25・11・─

小泉とし夫　智恵子さんと啄木（4）バターと氷の哀歌 P10 〜 0「北宴」第 440 号　A5 判 1000 円

　　　　　　　　　　　　北宴文学会（岩手県盛岡市開運橋通 3-43M 菜園 1102 小泉方）H 25・12・1

「企画展の窓」第 164 号（※第 42 回企画展の内容記事）佐藤北江　　　盛岡てがみ館　H 25・12・1

須賀章雅〈よいどれブンガク夜話・第 51 夜〉石川啄木『一握の砂』1「噫人生は旅なり」P92 〜 93

　　「北方ジャーナル」12 月号　A4 判 880 円　　　　発行所：リ・スタジオ（札幌市）H 25・12・1

中村稔・永田和宏〈対談〉短歌のことば　※一部に啄木に触れる「短歌研究」12 月号　H 25・12・1

松平盟子（評論）与謝野鉄幹と啄木の明治 40 年代① P2 〜 5「プチ★モンド」No.83 A5 判 1500 円

　　　　　　　　　　　　　　　　　　　　　　　　プチ★モンド発行所（東京・大田区）H 25・12・1

道又　力〈文学の国いわて 47〉※歌人下山清と啄木短歌に触れた文章　　　　　　H 25・12・1

森　義真　啄木の交友録【盛岡篇】（55）古木　巌 P38 〜 39「街もりおか」552 号　H 25・12・1

北畠立朴〈啄木エッセイ 186〉平成 25 年反省記　　　　　　「しつげん」第 569 号　H 25・12・5

朝日新聞（東京本社版：オトコの別腹）D・キーンさん、まるで雪のようなプリン　　　　H25・12・6

盛岡タイムス（記事）直営後の入館目標まだ・盛岡市・啄木記念館の管理運営　　　　H25・12・7

遊座昭吾　『鎮魂―石川啄木の生と詩想』四六判 291頁 2300円＋税（細目：序にかえて：啄木と万年
　　山宝徳寺の因縁／1. 講演：啄木・魂の像／Ⅱ. 論考：創作の起源としての生と死／論集十代の自画像―
　　―啄木詩想の原点／『悲しき玩具』の〈故郷〉―思郷歌を中心にして―／文学者とその時代―ディズレー
　　リ、咢堂、啄木―／小説「天鵞絨」考／「一握の砂」の系譜／一族の終焉／Ⅲ. 資料：1. 啄木をめぐっ
　　て・湯川秀樹と尾崎咢堂／Ⅳ. 資料2. 架空対談「石川啄木・金田一京助」／Ｖ. 資料3. 対談「山折哲雄・
　　三枝昂之」／ほか）　　　　　　　　　　　　　　　　　　　　　　　里文出版　H25・12・9

新井竹子　哲久のうた・あきの歌⑱―家犬ダビ―P24〜25「短詩形文学」12月号　　H25・12・10

岩手日報（記事）いわて2013学芸回顧　※啄木記念館の運営移管に触れる記述有り　　H25・12・13

鈴木多聞　2013いわて学芸回顧③　※啄木関係の記述あり　　岩手日報（署名記事）H25・12・13

森　義真　高村光太郎の啄木観 P91〜101「県民文芸作品集」No.44 A5判 1000円
　　　　　発行所：第66回岩手芸術祭実行委員会／発売元：協栄印刷株式会社（盛岡市）H25・12・14

道又　力〈文学の国いわて49〉※啄木全集を刊行の改造社社長の山本実彦の足跡　　H25・12・15

編集部（郷土の本棚）太田幸夫著『石川啄木の"旅"全解明』　　　　　岩手日報　H25・12・15

森　義真　啄木の5つの魅力　※宮古白堊会総会記念講演レジメ　A4判2枚　　　H25・12・16

秋田さきがけ〈インタビュー高野公彦さん〉※コメントで啄木短歌の影響を語る　　H25・12・17

小野　肇〈随想〉一月の夕陽　※ドナルド・キーン氏や啄木の話題　　　北鹿新聞　H25・12・18

安藤　弘　「眼閉づれど」の解釈　※湘南啄木短歌会発表レジメ＆資料 A4判5枚　　H25・12・19

岩手日報〈学芸短信〉国際啄木学会盛岡支部月例研究会（21日）　　　　　　　　H25・12・20

菅原　壽　『啄木の応援歌〜（財）石川啄木記念館ブログ〜』〈平成23年4月19日〜平成25年11月
　　27日〉A4判 全104頁　※副題の示す期間に石川啄木記念館館長として勤務し、啄木の歌とともに折々
　　の思いを綴った随想集　　　　　　　　　　　著者（元石川啄木館長）刊　H25・12・20

「HO（ほ）」No.75 2014年2月号 A4判 580円　編集部・寄り道散歩対決：札幌　啄木の散歩道 VS
　　島松駅途中下車 P100〜112　※（向井永太郎宛の啄木のハガキ両面や明治時代の札幌市内の写真多数の
　　掲載あり）　　　　　　　　　　　　　　（株）ぶらんとマガジン社（札幌市）H25・12・24

渥美　博〈研究ノート〉透谷から啄木へ― 近代への若干のアプローチ P125〜152「社会評論」2013
　　秋号 通巻175号 A5判 1500円　　　　　発行：スペース伽耶／発売：星雲社　H25・12・25

「海風」90号 A5判 1000円（以下3点の文献を収載）

　　藤田兆大　啄木短歌一首㉘ 宗次郎に…P10〜0

　　編集部　啄木・一禎関連（その18）P46〜47

　　岡林一彦　北海道に啄木の足跡を訪ねて P48〜49　　　　　海風短歌会（高知市）H25・12・25

西鳥羽和明　石川啄木に係る検務事件簿の開示請求事件〈内閣府情報公開審査会 平成十三年十月
　　二日答申〉P24〜25「季報　情報公開」2001.12 vol.3 A4判 743円
　　　　　　　　　　　　　　　　　　　（財）行政管理研究センター　H25・12・25

太田　登　日俄戦争中的文学形象―與謝野晶子與石川啄木之対照―P27〜42「台大日本語研究」
　　26號　　　　　　　　　　　　　　　　　　台湾大学日本語学科　H25・12・―

「ジョブカフェいわて」"先輩の本棚2013"※中村慶久の推薦『石川啄木歌集』　　　H25・―・―

２０１４年（平成26年）

岩田　正　うたに出会う：東海の…P40〜0「短歌研究」1月号 1000円　　　　　　H 26・1・1

碓田のぼる〈一首に学ぶ〉石川啄木の歌「新日本歌人」1月号（表紙裏に掲載）　　H 26・1・1

「ぽけっと」1月号 ※石川啄木記念館の催事の紹介あり　　　　盛岡市文化振興事業団　H 26・1・1

「月刊ラブおたる」1月号 B5判

　　倉田　稔　赤い靴と小樽（上）P15〜0

　　久保田孝恵〈マンスリーエッセイ〉幻のおばさん P24〜0　小樽・坂の街出版企画　H 26・1・1

篠　弘　うたに出会う：見てをれば…P47〜0「短歌研究」1月号 1000円　　　　　H 26・1・1

須賀章雅〈よいどれブンガク夜話・52夜〉石川啄木『一握の砂』2「破壊の外に何がある」P106〜107

　　「北方ジャーナル」1月号 A4判 880円　　　　　発行所：リ・スタジオ（札幌市）　H 26・1・1

辻　桃子　菅原関也さんとの対談 P11〜0 ※啄木歌に触れる所あり「童子」1月号　　H 26・1・1

南條範男　短歌で綴る啄木さんの生涯（1）※啄木を詠む短歌 12首「逆水」1月号　　H 26・1・1

森　義真　啄木の交友録【盛岡篇】山村弥久馬（56）P38〜39「街もりおか」553号　H 26・1・1

「考える人」編集部　こころよく働く人々 P52〜0「波」1月号 100円　　　新潮社　H 26・1・1

編集部〈郷土の本棚〉遊座昭吾著『鎮魂　石川啄木の生と詩想』奇縁の天才、多角的に考察

　　　　　　　　　　　　　　　　　　　　　　　　　　　　　　　　　岩手日報　H 26・1・5

岡井　隆　到底実現の出来ない、ほんとうの夢 P76〜87『木下杢太郎を読む』A5判 3300円＋税

　　　　　　　　　　　　　　　　　　　　　　　　幻戯書房（千代田区神田）　H 26・1・5

玉井敬之　一九一〇年前後の啄木と漱石 P236〜261『漱石一九一〇年代』A5判 4800円

　　　　　　　　　　　　　　　　　　　　　　　　　　　　　　翰林書房　H 26・1・5

DVD「ふるさと　啄木と賢治」※2014年1月5日　BS朝日テレビ放送からの録画 80分　　H 26・1・5

丸山謙一　知るや啄木〈コラム北上川〉　　　　　　　　　　　読売新聞（岩手版）　H 26・1・5

盛岡タイムス（コラム天窓）※菅原壽著『啄木の応援歌』に関する話題　　　　　　　H 26・1・5

福地順一　石川啄木周囲の人々―その釧路時代㊤・㊦　　　　　　釧路新聞　H 26・1・6／13

北海道新聞〈読者センター応答箱〉啄木、道新にいたの？／前身2紙で記者だった　　H 26・1・6

青木矩彦『3・11後の日本のために　啄木、賢治の里で考えたこと』四六判 323頁 1800円＋税

　（※啄木関係／二. 賢治と啄木 P61〜122／三. 天才啄木の下地と短歌革命 P123〜152／四. 賢治が啄

　　木に負うもの P153〜202）　　　　　　　　　　　　　　　近代文藝社　H 26・1・10

☆「新規収蔵啄木文庫」〈平成22年8月1日〜平成24年7月31日受け入れ〉※岩手県立図書館 HP

　　https://www.library.pref.iwate.jp/books/booklist/list/201210_ex_takuboku.pdf

　　　　　　　　　　　　　　　　　　　　　　　　　　　　閲覧確認日　H 26・1・10

岩手日報（学芸短信）国際啄木学会盛岡支部月例研究会・25日　　　　　　　　　　　H 26・1・15

岩手日報（記事）明治の夢と挫折を描く「足尾から来た女」※啄木も登場する　　　　H 26・1・16

岩手日報（新刊紹介）啄木顕彰の歩みを一冊に「石川啄木の世界への誘い」　　　　　H 26・1・17

小田靖子　石川啄木と三人の雫石人 P4〜8「滴石史談会報」第25号 A4判

　　　　　　　　　　　　　　　　　　　　　　　　　　　　滴石史談会　H 26・1・18

山陽新聞〈コラム滴一滴〉※啄木と故郷の話題　　　　　　　　　　　　　　　　　　H 26・1・22

岩手日報（記事）灯ともし啄木しのぶ・記者時代を過ごした釧路　　　　　　　H 26・1・23

岩手日報（コラム学芸余聞）※「湘南啄木文庫収集目録」第26号に触れる内容　H 26・1・24

伊藤和則〈考察〉二〇一二年　石川啄木没後一〇〇年 P19 ～ 21「大逆事件ニュース」第53号
　A4判 500円　　　　　　　　　　　　　　大逆事件の真実をあきらかにする会　H 26・1・24

岩手日報〈コラム学芸余聞〉啄木関係者に感謝と敬意※小山田泰裕著書出版祝賀会　H 26・1・24

岩手日報〈コラム学芸余聞〉※「湘南啄木文庫収集目録」第26号に触れた文章　　H 26・1・24

池田　功『石川啄木入門』四六判 206頁 1200円＋税〔細目：1.その二六年二カ月の生涯（一）反転
　する思考（二）啄木への批判を受けて／2.短歌の世界（一）一九〇八年（明治四一）に歌が爆発した（二）
　五五一首のドラマ『一握の砂』（三）死後の刊行『悲しき玩具』（四）教科書に採用された啄木短歌（五）
　若者と年輩者の好み（六）現代歌謡曲と啄木短歌（七）CM に使われた啄木短歌（八）啄木短歌の受容
　時期と時代背景（九）外国語への翻訳／3.詩の世界／4.小説の世界／5.評論の世界／6.日記の世界
　／7.書簡の世界／8.寺山修司と井上ひさしの啄木受容の相違／ほか）　　　桜出版　H 26・1・30

池田　功　石川啄木と尾崎豊② 二一歳の流離とその死 P1 ～ 21「明治大学教養論集」通巻496号
　A5判　　　　　　　　　　　　　　　　　　明治大学教養論集刊行会　H 26・1・31

合田一道　石川啄木が札幌で残した恋の歌って何？ P198 ～ 200『札幌謎解き散歩』〈新人物文庫〉
　800円＋税　　　　　　　　　　　　　　　　（株）KADOKAWA　H 26・1・―

飯坂慶一　山頭火と放哉・井泉水と啄木のことなど P14 ～ 17「駆動」第71号　　H 26・1・―

「きゅうしょくだより」1月号（記事）石川啄木ゆかりの地の郷土料理を知ろう
　　　　　　　　　　　　　　　　　　　　　　　　　　　　仁王小学校（盛岡市）　H 26・1・―

北海道キリンビールポスター ※ A2判　啄木肖像と「食ふべきビール」の文字　　H 26・1・―

岩井謙一　啄木の骨の…P116 ～ 0「短歌」2月号 930円＋税　　　　角川学芸出版　H 26・2・1

碓田のぼる【一首にまなぶ】石川啄木の歌 P1 ～ 0「新日本歌人」2月号 800円　　H 26・2・1

倉田　稔　赤い靴と小樽（下）P15～0「月刊ラブおたる」2月号　坂の街出版企画　H 26・2・1

須賀章雅〈よいどれブンガク夜話・53夜〉石川啄木『一握の砂』3「願わくば我が顔を立てしめよ」
　P76 ～ 77「北方ジャーナル」2月号 A4判 880円　　　　リ・スタジオ（札幌市）　H 26・2・1

鈴木博太　引き出し P68～69 ※啄木短歌「するどくも夏の…」「短歌研究」2月号 1000円
　　　　　　　　　　　　　　　　　　　　　　　　　　　　　　短歌研究社　H 26・2・1

南條範男　短歌で綴る啄木さんの生涯（2）※啄木を詠む短歌 12首「迯水」2月号　H 26・2・1

森　義真　啄木の交友録【盛岡篇】(57) 豊巻　剛 P38～39「街もりおか」554号　H 26・2・1

池田　功（書評）長浜功著『啄木日記』公刊過程の真相　刊行をめぐる人間ドラマを究明
　　　　　　　　　　　　　　　　　　　　　　　　　　　　　しんぶん赤旗　H 26・2・2

日刊スポーツ　谷村新司「昴」出来たのは引っ越し中　　　　　　　　　　　　　H 26・2・2

盛岡タイムス（記事）子ども向け紙芝居制作・記念館でお披露目「啄木の歌と生涯」　H 26・2・3

鬼山親芳（署名記事）宮古出身の夭折の作家、伊東祐治　※節子に関わる人物
　　　　　　　　　　　　　　　　　　　　　　　　　　　　毎日新聞（岩手版）　H 26・2・3

盛岡タイムス（記事）啄木生誕の日に特別講演会・渋民・記念館　　　　　　　　H 26・2・5

北畠立朴〈啄木エッセイ 187〉啄木・雪あかりの町・釧路　　「しつげん」第572号　H 26・2・5

岩手日報（記事）俳句の英訳、まだ満足せず／埼玉で賞設立記念・キーンさん語る　H 26・2・7

山田恵美〈記者ノート〉与謝野鉄幹は名プロデューサー　　読売新聞（デジタル版）　H 26・2・8

上毛新聞〈コラム三山春秋〉※「摩(す)れあへる…」の歌と啄木の行動に触れる　　　H 26・2・11

太田和彦〈ニッポンぶらり旅173〉釧路④啄木、海の冬月130～131「サンデー毎日」2月23日号

　B5判 380円　　　　　　　　　　　　　　　　　　　　　　　　　毎日新聞社　H 26・2・11

日本経済新聞〈コラム春秋〉※「不来方のお城の…」歌に触れた内容の文章　　　　H 26・2・13

毎日新聞（岩手版）石川啄木：「誕生日」20日に講演会　　　　　　　　　　　　H 26・2・13

「マ・シェリ」No.922（盛岡地域情報紙）石川啄木生誕の日特別講演／渋民公民館　H 26・2・14

持田網一郎〈浪々残夢録22〉歌人の小説 P104～106「短歌往来」3月号 A5判 750円＋税

　　　　　　　　　　　　　　　　　　　　　　　　　　　　　　ながらみ書房　H 26・2・15

朝日新聞（岩手版）啄木かるた大会　盛岡で　　　　　　　　　　　　　　　　　H 26・2・16

岩手日報（記事）啄木かるた熱い闘い／盛岡・玉山　　　　　　　　　　　　　　H 26・2・16

河北新報（記事）じっと札を見る／啄木かるた　盛岡で大会　　　　　　　　　　H 26・2・16

毎日新聞（岩手版）啄木かるた大会　小学生ら338人・盛岡　　　　　　　　　　H 26・2・16

盛岡タイムス（記事）郷土の歌人に思いはせ／啄木かるた大会　　　　　　　　　H 26・2・16

「望」14号 B5判 全96頁 1000円

　「続・啄木詩集『あこがれ』より」／上田勝也、北田まゆみ、佐藤静子、吉田直美

　　　　　　　　　　　　　　発行者・望月善次　編集・啄木月曜会　H 26・2・17

「啄木生誕祭　第12回啄木かるた大会」〈栞〉A4判 全31頁　　　啄木祭実行委員会 H 26・2・20

森　義真（講演）「石川啄木生誕の日特別講演会」チラシ※場所：渋民公民館（2/20）H 26・2・20

森　義真　啄木にとっての「2月20日」※於：渋民公民館での講演レジメ A4判 5枚 H 26・2・20

栗木京子〈季の観覧車16〉啄木の桜　　　　　　　　　　　　　神奈川新聞　H 26・2・20

盛岡タイムス（記事）金田一京助ゆかりの味・杜陵小で先人給食　　　　　　　　H 26・2・20

原口隆行　小樽駅新築落成の祝辞を添削した石川啄木 P63～64『ドラマチック鉄道史』四六判

　1800円＋税　　　　　　　　　　　　　　　　　　　　　　　交通新聞社　H 26・2・21

岩手日報（記事）啄木の誕生日、謎を解説／渋民公民館で講演会（森義真さん）　H 26・2・22

岩手日報（記事）俳句の英訳、まだ満足せず・埼玉でキーンさん語る　　　　　　H 26・2・22

盛岡タイムス（記事）啄木の誕生日の謎／森記念館副館長が講演　　　　　　　　H 26・2・22

盛岡タイムス（記事）「雲は天才である」姫神ホールで3月2日上映　　　　　　　H 26・2・22

読売新聞（岩手版）盛岡で啄木生誕128年「誕生日の謎」講演会　　　　　　　　H 26・2・22

編集部（郷土の本棚）池田功著『石川啄木入門』作品世界の新たな扉開く

　　　　　　　　　　　　　　　　　　　　　　　　　　　　岩手日報　H 26・2・23

内藤賢司　啄木を読む⑥北　海道における啄木③ P40～47「歩行」41号 A5判

　　　　　　　　　　　　　　　　　　　　　「歩行」発行所（八女市）H 26・2・25

盛岡タイムス（広告記事）※3月2日上映の映画「若き日の啄木」　　　　　　　H 26・2・25

「啄木をめぐる人々」盛岡てがみ館特別展（2・25～12・2）A4判 チラシ　　　H 26・2・25

盛岡タイムス（記事）銀幕に仰ぐふるさとの山「雲は天才である」3月2日上映　H 26・2・28

西脇　巽〈評論〉啄木は時代をどう生きたか P67～80「青森文学」82号 B5判 800円

　　　　　　　　　　　　　青森文学会（青森市本町5-3-7 木村久昭方）H 26・2・―

水野信太郎作（木版画）啄木夫妻〈A2判 特色カラー1色刷り〉　湘南啄木文庫受入　H 26・2・―

岡部玄治　啄木忌 P57～0　俳句雑誌「沖」3月号 A5判 1300円

「沖」発行所（市川市八幡6-16-19）　H 26・3・1

須賀章雅　〈よいどれブンガク夜話・54夜〉石川啄木『一握の砂』4「そして唯涙が下る」P84〜85

　「北方ジャーナル」3月号　A4判 880円　　　　　発行所：リ・スタジオ（札幌市）　H 26・3・1

古賀ふみ　はじめの一首・眼閉づれど、… P78〜0「りとむ」3月号　　　　　　H 26・3・1

西山桧尾　〈わが青春のうた〉かなしみとはば… P45〜0「新日本歌人」3月号　　H 26・3・1

南條範男　短歌で綴る啄木さんの生涯（2）※啄木を詠む短歌12首「逃水」3月号　H 26・3・1

松平盟子　（評論）与謝野鉄幹と啄木の明治40年代② P2〜7「プチ★モンド」No.84 A5判 1500円

　　　　　　　　　　　　　　　　プチ★モンド発行所（東京・大田区）　H 26・3・1

森　義真　啄木の交友録【盛岡篇】（58）狐崎嘉助 P38〜39「街もりおか」555号　H 26・3・1

映画ポスター「若き日の啄木　雲は天才である」A1判　※会場：盛岡市姫神ホール／（上映日：H26・

　3・2）　　　　　　　　　　　　　主催：渋民地区自治会連絡協議会　H 26・3・2

森　義真　（書評）不思議な因縁とふるさとへの思い／遊座昭吾著『鎮魂　石川啄木の生と詩想』

　　　　　　　　　　　　　　　　　　　　　　　　しんぶん赤旗　H 26・3・2

岩手日報　（記事）銀幕で知る人間啄木・60年前の映画を上映・盛岡・玉山　　　H 26・3・3

☆産経新聞ネット版（記事）「ふるさとの訛りなつかし」が支えた「アリバイ横丁」　H 26・3・3

北畠立朴　〈啄木エッセイ188〉啄木文献の再読から学ぶ　　　「しつげん」第574号　H 26・3・5

森　義真　〈先人教育に役立つ「ちょっといい話」③〉金田一京助に発した啄木の遺言 P6〜0

　「こずかた」No.124　A4判　　　　　　　　　　　　　盛岡市教育研究所　H 26・3・7

盛岡タイムス（記事）古里に誇りを持って・玉山中卒業生にエール　　　　　　　H 26・3・8

東京新聞〈ニュースがわかる〉道徳教育と新教材※石川啄木〈郷土を愛する心〉　H 26・3・10

瀧澤真帆　石川啄木と小栗風葉—「鳥影」に射した『恋ざめ』の影— P36〜56

　「近代文学　研究と資料」第二次第八集 A5判　　　早稲田大学大学院教育研究科　H 26・3・10

中山　敏　石川啄木記念館 P23〜0『岩手の博物館ガイドブック』四六判 1500円

　　　　　　　　　　　　　　　　　　　　　　　岩手県立博物館　H 26・3・11

田中章義　〈歌鑑10〉石川啄木 P114〜0「サンデー毎日」3月23日号 B5判 400円　H 26・3・11

岩手日報　（学芸短信）国際啄木学会盛岡支部月例研究会　　　　　　　　　　　H 26・3・12

島田修三　〈コラム紙つぶて〉泣けとごとくに　　　　　　　東京新聞（夕）H 26・3・13

岩尾淳子　シロツメグサ　※啄木を詠む歌2首と解説有り P62〜63「短歌往来」4月号　H 26・3・15

北海道新聞（夕記事）1985年刊行「北海道文学事典」／「補遺版」編集大詰め　　H 26・3・15

「研究紀要」第52号 A5判

　目良　卓〈退職記念特別寄稿〉著作：「響きで楽しむ『一握の砂』」出版について P1〜6

　目良　卓　現代短歌の問題点　山川純子「自分の言葉に嘘はなけれど」〜石川啄木の家族愛〜書

　評を巡って P7〜10　　　　　　　　　　　工学院大学付属中学・高等学校　H 26・3・16

北海道新聞（夕・新刊紹介）新感覚の啄木入門書を出版　※池田功著『石川啄木入門』　H 26・3・18

塩谷昌弘　石川啄木『青地君』の轢死と断片化される主体 P42〜53「東北文学の世界」第22号

　A5判　　　　　　　　　　　　　　　　　盛岡大学文学部日本文学会　H 26・3・19

しんぶん赤旗〈コラム 潮流〉※陸前高田松原の啄木歌碑と津波の話題　　　　　H 26・3・19

岩手日報　（学芸短信）啄木と賢治の世界　　　　　　　　　　　　　　　　　　H 26・3・20

柏木　博　部屋が欲しい　石川啄木 P179〜210『日記で読む文豪の部屋』四六判 2200円＋税

白水社　H 26・3・20

渡部直子　4月26日から石川啄木展 P1 ～ 0「文学の杜」〈仙台文学館友の会会報〉第 44 号 A4 判

※付録〈主要展示品一覧〉A4 判 3 頁　　　　　　　　　　　　仙台文学館　H 26・3・20

「函館市民文芸」第 53 集 A5 判（以下 2 点の文献を収載）

水関　清〈文芸評論〉啄木の診断書 P31～ 47

安東璋二〈文芸評論　選評〉啄木の診断書 P66 ～ 67

※編注：本文献は下記の函館市中央図書館のホームページの「市民文芸」にアクセスし、無料でダウン

ロードできます。http://hakodate-lib.jp/literature　　　　　函館市中央図書館　H 26・3・22

森　義真　2013 年の啄木文献紹介 ※国際啄木学会盛岡支部研究会資料　A4 判 5 枚　H 26・3・22

盛岡タイムス（記事）浮き上がる三十一文字・啄木記念館ワークショップ　　　　H 26・3・22

水野信太郎　啄木像を求めて　平成25年—盛岡・札幌・旭川・釧路—P123 ～ 130 ※P123 ～ 129

までは啄木の写真を掲載 「北翔大学短期大学部研究紀要」第 52 号 A4 判　　　H 26・3・24

日本経済新聞（文化面）対談：山折哲雄・安西祐一※永山則夫は啄木が好きだった　H 26・3・25

吉本隆明　石川啄木 P599 ～ 601（初出誌不記載）『吉本隆明全集 6』（1959 ～ 1961）A5 判変型

6500 円＋税　　　　　　　　　　　　　　　　　　　　　　　　晶文社　H 26・3・25

宮本一宏『北原白秋・石川啄木・萩原朔太郎　対比評伝』B5 判 59頁 2000円＋税〔第二部・石川啄

木の焦燥（ローマ字日記に漂う真実／歌稿「暇ナ時」から諧謔哀調をつかむ／晩年の焦燥「時代閉塞の

現状」・「樹木と果実」／歌壇選者と苦渋の側面）P17 ～ 29）（→ H16・9「季刊午前」第 31 号〕

花書院（福岡）H 26・3・25

穂村　弘　共感と驚異② 木片では啄木になれないピストルが必要だ P140 ～ 144『はじめての短歌』

B6 判 1000円＋税　　　　　　　　　　　　　　　　　　　成美堂出版　H 26・3・26

北鹿新聞（記事）第 103 回啄木忌法要　　　　　　　　　　　　　　　　　　　H 26・3・27

池田　功（講演）「啄木と賢治の世界」／野口田鶴子（朗読）「講演＆朗読会」チラシ（会場：八重洲ブッ

クセンター・3／25 ～ 3／29）　　　　　主催：啄木終焉の地歌碑建立実行委員会　H 26・3・27

森　義真『啄木　ふるさと人との交わり』四六判 254頁 1600円＋税〔細目：1．盛岡高等小学校に

関わる人々／2．盛岡中学校　恩師／3．盛岡中学校　先輩／4．盛岡中学校　同級生／5．盛岡中学校　後

輩／6．岩手師範学校に関わる人々／7．渋民尋常高等小学校に関わる人々／8．渋民の人々／9．石

川家に関わる人々／10．工藤家に関わる人々／11．堀合家に関わる人々／12．恩人など、その他の

人々／【文芸評論】啄木と吉岡（田村）イネ／【資料】小春日和の桜田門～小野清一郎さんの思い出～

／【解説】佐藤　勝・盛岡中学校関係の人々／山下多恵子・盛岡中学校以外の人々／参考文献／ほか〕

盛岡出版コミュニティー　H 26・3・28

森　義真　石川啄木と盛岡 P1 ～ 3「ROTARY CULUB WEEKLY」A4 判（第35回例会）

盛岡ロータリークラブ　H 26・3・28

池田　功　「『石川啄木入門』— 短歌を中心に—」A4 判 5 頁〈講演レジメ〉

※会場及び主催：八重洲ブックセンター　H 26・3・29

岩手日報（記事）啄木しのぶ歌と語り・東京・県人らがステージ　　　　　　　　H 26・3・29

十勝毎日新聞〈新刊紹介〉啄木「一握の砂」音の響きで分析 ※目良卓著『響きで楽しむ『一握の砂』』

H 26・3・30

望月善次（記事）他の書物では得られない新知見・池田功著『石川啄木入門』

しんぶん赤旗　H 26・3・30

田口道昭「晶子と啄木」の視点より P22 ～ 24「与謝野晶子の世界」第 8 号通巻 33 号 B5 判

与謝野晶子倶楽部（堺市文化部文化課内）H 26・3・31

「国際啄木学会　研究年報」第 17 号 A5 判 全100頁（以下の 18 点の文献などを紹介）

【論文】

山田武秋　石川啄木「一元二面観」の本質 P1 ～ 18

深町博史　石川啄木と夏目漱石—明治三十九年の小説「雲は天才である」と「野分」をめぐって—
　　　　　P19 ～ 30

日景敏夫　石川啄木の教育実践と教育観について—ルソー、ペスタロッチ思想の受容にふれながら
　　　　　—P84 ～ 91

【資料紹介】

福地順一　「釧路のかたみ」再説—『石川啄木全集』（筑摩書房刊）に啄木記事として収録されなかった
　　　　　啄木の釧路新聞掲載記事について—P31 ～ 43

佐藤　勝　石川啄木参考文献目録（平成 25 年度）—2013 年（平成 25 年）1 月 1 日～
　　　　　12 月 31 日発行の文献～ P85 ～ 92

【書評】

望月善次　啄木短歌の皮相的・直線的解釈克服への具体的方途の書／西郷竹彦著『啄木名歌の美
　　　　　学』（H24・12 黎明書房）P44 ～ 45

河野有時　三枝昂之著『啄木再発見　青春、望郷、日本人の幸福』（H25・1 NHK出版 ）P46 ～ 47

木股知史　小菅麻起子著『初期寺山修司研究—「チエホフ祭」から「空には本」』（H253 翰林書房）
　　　　　P48 ～ 49

逸見久美　『与謝野寛晶子論考』について P50 ～ 51

立花峰夫　福地順一著『石川啄木と北海道—その人生・文学・時代—』（H25・5 鳥影社）P52 ～ 53

伊藤和則　碇田のぼる著『石川啄木と杉村楚人冠—閉塞の時代とその親愛—』（H25・7 光陽出版社）
　　　　　P54 ～ 55

今野　哲　太田幸夫著『石川啄木の "旅" を全解明』P56 ～ 57

小林芳弘　長浜功著「『啄木日記』公刊までの真相　知られざる裏面の検証」P58 ～ 59

大室精一　遊座昭吾著『鎮魂　石川啄木の生と詩想』P60 ～ 61

森　義真　池田功著『石川啄木入門』P62 ～ 63

【新刊紹介】

田口道昭　安森敏隆著『うたの近代　短歌的発想と和歌的発想』P64 ～ 0

西連寺成子　日本近代文学会東北支部編『東北近代文学事典』P65 ～ 0

亀谷中行　小山田泰裕著『啄木　うたの風景』P66 ～ 0　　　　　国際啄木学会　H 26・3・31

「国際啄木学会東京支部会報」第 22 号 A5 判 全78頁（以下10点の文献を収載）

河野有時　（巻頭言）十五号から二十一号のこと P1 ～ 0

逸見久美　啄木と寛（鉄幹）晶子との関わり P2 ～ 13

近藤典彦　啄木は「明治十八年」生まれである P14 ～ 19

河野有時　ウサギとアヒルと『一握の砂』P20 ～ 29

横山　強　啄木の母（カツ）の両親を検討する（1）P30 ～ 37

吉崎哲男　野に花の咲き乱れゐて啄木忌 P38 ～ 51

小菅麻起子　『初期寺山修司研究「チエホフ祭」から『空には本』』（二〇一三年三月、翰林書房）
　　　　をまとめて－短歌研究の方法について P52 ～ 57

目良　卓　現代短歌の問題点　山川純子著『自分の言葉に嘘はなけれど』P58 ～ 61

小川達雄　随想「思いで」～二つの鞄に入れられて啄木は巡る～ P62 ～ 65

佐藤　勝　平成 25 年発行の「啄木文献」案内～「湘南啄木文庫収集目録」第 26 号から～
　　　　P66 ～ 77　　　　　　　　　　　　　　　国際啄木学会東京支部　H 26・3・31

大室精一　千鳥なく釧路―編集による表現―P1 ～ 19「佐野短期大学　研究紀要」第 25 号 B5 判
　　　　　　　　　　　　　　　　　　　　　　　　佐野短期大学　H 26・3・31

遠野物語研究所編・発行『佐々木喜善の足跡をたどる』四六判　非売品 ※佐々木繁・啄木氏の永去
　　　　を悼みて　岡山兄に書き送る（明 45・4・23「岩手毎日新聞」）／ほかの関係文有り　H 26・3・31

編集部　啄木と宮城のゆかり／ほか P6 ～ 0「仙台文学館ニュース」第 26 号 A4 判　H 26・3・31

「晶子フォーラム 2014・国際啄木学会 2014 年堺大会」チラシ※会場：サンスクエア堺／開催期間／
　　　　5 月 31 日～6 月 1 日／内容：研究発表 6 名／パネルデスカッション／文学散歩　H 26・3・―

「石川啄木の世界」企画展チラシ A4 判 ※ 2014・4・6～6・26　　　　仙台文学館　H 26・3・―

「啄木と京助」企画展チラシ※開催期間 5・25～8・31　　　　　石川啄木記念館　H 26・3・―

鳥羽俊明　北海道の啄木①「藍花」春号（→ H27・4『物語の舞台を訪ねて　私の文学散歩』著者刊行）
　　　　　　　　　　　　　　　　　　　俳句誌「藍花」発行所（徳島県）H 26・3・―

「函館市文学館企画展　小説家・石川啄木」チラシ／期日：4・13～10・7　　　　H 26・3・―

福地順一　童謡「赤い靴」のモデルについて―雨情、啄木、志郎―「国語論集」No. 11
　　　　　　　　　　　　　　　　　　　　　　　　北海道教育大学　H 26・3・―

「2014 啄木祭」ポスター A1 判 ※開催：6・7　場所：姫神ホール啄木祭実行委員会　H 26・3・―

岩手日報（記事）啄木と賢治　声で伝え・東京で朗読会・池田教授講演も　　　H 26・4・1

岩手日報（記事）胡堂のレコードじっくり・東京※胡堂と啄木のワーグナー論争紹介　H 26・4・1

岩手日報（記事）12 日に啄木忌前夜祭・盛岡・中央公民館　　　　　　　　　H 26・4・1

小泉とし夫　智恵子さんと啄木（5）橘智恵子が北村謹と婚約 P12 ～ 13「北宴」第 442 号 A5 判
　　　1000 円　　　　　　　北宴文学会（岩手県盛岡市開運橋通 3-43M 菜園 1102 小泉方）H 26・4・1

須賀章雅〈よいどれブンガク夜話・55 夜〉石川啄木『一握の砂』5「文学的運命を極限まで試験
　　　　せねばならぬ」P84 ～ 85「北方ジャーナル」4 月号 A4 判 880 円　リ・スタジオ　H 26・4・1

外岡秀俊　啄木と賢治に見る震災後の風景 P97 ～ 104「世界」4 月号 A5 判 800 円＋税
　　　　　　　　　　　　　　　　　　　　　　　　岩波書店　H 26・4・1

田村宏志　啄木・憲法・改憲草案〈2013 年静岡啄木祭講演再録〉P28 ～ 36「新日本歌人」4 月号
　　　850 円　　　　　　　　　　　　　　　　　　新日本歌人協会　H 26・4・1

林　和清　石川啄木　『日本の涙の名歌 100 選』〈新潮文庫〉529 円＋税　新潮社　H 26・4・1

「街もりおか」4 月号 556 号 B6 横判

　　森　義真　啄木の交友録【盛岡篇】(59) 堀合忠操 P38～39 ※本稿全 59 回分を『啄木　ふるさと人と
　　　　の交わり』（→ H26・3 盛岡出版コミュニティー）に収録

　　盛岡市先人記念館〈盛岡の先人・100〉石川啄木（裏表紙全面に掲載）　杜の都社　H 26・4・1

南條範男　短歌で綴る啄木さんの生涯（4）※啄木を詠む短歌 12 首「迯水」4 月号　　H 26・4・1

栗木京子 〈プロムナード〉結核と歌人　　　　　　　　　　　　日本経済新聞（夕）H 26・4・2

目良　卓 『響きで楽しむ『一握の砂』』四六判 198頁 1500円＋税〔細目：1.「音相学」について／2.
　我を愛する歌／3. 煙（一）／4. 煙（二）／5. 秋風のこころよさに／6. 忘れがたき人人（一）／7.
　忘れがたき人人（二）／8. 手套を脱ぐ時／ほか〕　　　　　　　　桜出版　H 26・4・2

岩手日報（コラム 学芸余聞）※森義真氏の石川啄木記念館館長就任の話題　　　H 26・4・4

岩手日報（記事）啄木歌碑（岩手公園）から岩手山見える？　　　　　　　　H 26・4・5

短歌新聞（記事）2014年啄木祭 ※新日本歌人協会主催（於：東京都しごとセンター）　H 26・4・5

北畠立朴　〈啄木エッセイ189〉堺市と北畠顕家との係わり　「しつげん」第 576号　H 26・4・5

朝日新聞（コラム 週間ベスト 10）※池田功著『石川啄木入門』が 2位にある　H 26・4・6

田中　綾 〈日曜文芸コラム・書棚から歌を〉藤原良経／乙津理風著『詩吟女子』（← H27・6『書棚
　から歌を』深夜叢書社）　　　　　　　　　　　　　　　　北海道新聞　H 26・4・6

伊能専太郎 〈杜陵随想〉作者に文句を付ける　　　　　　　　　　盛岡タイムス　H 26・4・6

毎日新聞（静岡版）杢太郎の悔しさくっきり　※啄木が「スバル」に載せた戯曲　H 26・4・7

盛岡タイムス（記事）啄木ゆかりの地を紹介／盛岡駅 2階で企画展　　　　H 26・4・9

寺嶋睦也作曲楽譜「男声合唱とピアノのための東北の舟歌」（石川啄木『一握の砂』より／いのち
　の舟／黒き箱、ほか）A4変形判 40頁 1600円＋税　　　　　　音楽之友社　H 26・4・10

「週刊読書人」4月 11日号　インタビュー：外岡秀俊氏が作家復活…　　　H 26・4・11

大室精一 〈啄木終焉の地〉啄木忌前夜祭・パネルデスカッションレジメ B5判 2頁　H 26・4・12

栗木京子 〈季の観覧車〉啄木の桜　　　　　　　　　　　　　秋田さきがけ　H 26・4・12

☆NHK（TV）北海道ニュース（デジタル版）キーンさんが啄木を語る（1分 24秒）　H 26・4・12

ドナルド・キーン／山本玲子（講演）「啄木没後 100年記念講演会」（チラシ＆リーフレット）A4判

　　4頁　※期日：4・12／会場：函館市芸術ホール　　　　　主催：函館啄木会　H 26・4・12

「第10回　啄木忌前夜祭」チラシ ※中央公民館／主催：国際啄木学会盛岡支部会　H 26・4・12

西脇　巽　啄木の手紙 P47〜48「北の邊」第 17号 1500円＋税　　青森ペンクラブ　H 26・4・12

盛岡タイムス（催事紹介記事）12日：啄木忌前夜祭／13日：啄木忌法要　　H 26・4・12

池田　功 『石川啄木入門』—短歌・詩・小説・書簡・受容を中心に—A4判 11頁 〈講演レジメ〉

　　　　　　　※会場及び主催：小石川図書館「啄木忌」記念講演会　H 26・4・13

岩手日報　（記事）郷土の歌人　魅力共有／盛岡で啄木忌前夜祭　　　　　H 26・4・13

大室精一 〈啄木忌法要講話〉啄木短歌の魅力（於：宝徳寺講演レジメ）B4判 1枚　H 26・4・13

「第103回啄木忌法要　次第」A4判 2枚 ※参列者名簿ほか　　　　　　H 26・4・13

信濃毎日新聞（コラム 斜面）※啄木忌と牧水、韓国併合の話題　　　　　H 26・4・13

下野新聞（コラム SOON）啄木忌　　　　　　　　　　　　　　　　　H 26・4・13

☆Viewpoint（ネットニュース版）東日本大震災の津波から多くの文化財が　H 26・4・13

「啄木」第10号 A5判 全8頁（石井敏之・啄木と「不思議な男」〜「特定秘密保護法」に触れて〜P3〜6
　／ほか）　　　　　　　　　　　　　　　　　　　　　　静岡啄木の会　H 26・4・13

福地順一 『「石川啄木と北海道—その人生・文学・時代—」【補遺】』A5判 98頁 定価不記載
　（細目：石川啄木をめぐる青春像—函館時代の交遊録—／石川啄木と海峡師社／新資料「弓町より」に
　ついて／ほか 10篇の雑誌などに発表した論稿を収録）

　　　　　発行所：Akariya（札幌市中央区南 3条西 10丁目　福山南 3条ビル 7F）H 26・4・13

函館新聞（記事）ドナルド・キーンさんが講演／日記通じ人物像分析　　　　　　H 26・4・13

北海道新聞（記事）函館愛した啄木を語る・ドナルド・キーンさんが講演　　　　H 26・4・13

毎日新聞（函館道南版）キーン氏、函館で講演／啄木ファン耳傾ける　　　　　　H 26・4・13

編集部〈新刊紹介〉音の響き、交友関係から知る啄木・研究者2人が著書出版　※森義真著『啄木
　　ふるさと人との交わり』／目良卓著『響きで楽しむ『一握の砂』』　北海道新聞（夕）H 26・4・14

朝日新聞（岩手版）啄木しのび法要、100人103回忌、渋民・宝徳寺で　　　　H 26・4・15

岩手日報（記事）啄木忌、遺徳しのぶ／盛岡・玉山　命日に合わせ法要　　　　　H 26・4・15

盛岡タイムス（記事）天才歌人の遺徳しのぶ／玉山区宝徳寺80人参列し啄木忌法要　H 26・4・15

瀬戸厚志　街角・アートめぐり・石川啄木像　　　　　　　　　朝日新聞（北海道版）H 26・4・16

北海道新聞（道南版）詩人・西条八十が詠んだ詩に曲「啄木に捧ぐ」・函館　　　H 26・4・16

盛岡タイムス（記事）啄木忌前夜祭が10回目／国際学会盛岡支部　　　　　　　H 26・4・16

八重樫光行〈草木の実の版画集78〉フジ※啄木日記の文章紹介　　　盛岡タイムス　H 26・4・16

読売新聞（千葉版記事）学習教材の暗唱のすすめ、HPに解説した市　※啄木の歌も　H 26・4・17

丸井重孝「南蛮寺門前」めぐる杢太郎の無念　※本稿は同日の「熱海新聞」「伊豆日日新聞」も掲載
　　　　　　　　　　　　　　　　　　　　　　　　　伊豆新聞（伊東版）H 26・4・17

栗木京子〈季の観覧車・16〉啄木の桜　　　　　　　　　　　神奈川新聞　H 26・4・20

DVD「啄木生誕の日特別講演」森義真（講演記録）「啄木にとっての2月20日」※会場：渋民
　　公民館／期日：2／20　　　　　　　　　　　　石川啄木記念館　H 26・4・20

編集部〈郷土の本棚〉森義真著『啄木　ふるさと人との交わり』・証言から知る偉人の魅力
　　　　　　　　　　　　　　　　　　　　　　　　　　　　　岩手日報　H 26・4・20

塩塚　保　石川啄木終焉の地　　　　SANKEI　EXPRESSIONS（産経エクスポ）H 26・4・22

読売新聞（岩手版新刊紹介）啄木ゆかりの人々1冊に／盛岡の記念館・森新館長　H 26・4・23

仙台文学館編「石川啄木の世界～うたの原郷をたずねて～」B5判 全80頁 1200円＋税

　（以下は内容と10点の収載文献）

　第Ⅰ部：石川啄木の生涯／第Ⅱ部　石川啄木～詩歌の世界／第Ⅲ部　石川啄木～日記・評論・小
　　説／第Ⅳ部　石川啄木と宮城／第Ⅴ部　石川啄木アラカルト／第Ⅵ部　井上ひさしの啄木─「泣
　　き虫なまいき石川啄木」（井上ひさし・啄木の歌が日本人の心の索引になっている）P57～59

　（→H13・1「国際啄木学会東京支部会報」第6号）

　【寄稿】

　花山多佳子　人間の歌 P62～63

　佐々木幹郎　石川啄木の詩の魅力 P64～65

　山本玲子　啄木の妻・節子～遺詠をめぐって P66～67

　佐伯一麦　小説「雲は天才である」から「我等の一団と彼」へ P68～69

　佐藤伸宏　「手套を脱ぐ手ふと休む」─『一握の砂』の新しさ─P70～71

　小池　光　うたの原郷としての啄木 P72～73

　編集部　略年譜／主要展示品一覧

　作品解題（中村稔）／短歌の解釈（小池光）／ほか　　　　仙台文学館　H 26・4・26

目良　卓〈レジメ〉自著「響きで楽しむ『一握の砂』」執筆の動機　B5判1枚　H 26・4・26

池田　功（講演）「現代における啄木の魅力」〈啄木祭チラシ〉A4判／4・27／会場：東京都しごと

センター　　　　　　　　　　　　　　　　　　　　　主催：新日本歌人協会　H 26・4・27

池田　功　「現代における啄木の魅力」新日本歌人協会の「啄木祭」講演レジメ A4 判 11 枚

　　　　　　　　　　　　　　　　　　　　　　　　　主催：新日本歌人協会　H 26・4・27

「第 48 回国際交流セミナー　三人の日本のランボー石川啄木・宮沢賢治・中原中也」〈チラシ〉

　　A4 判　講師：イブ・マリ・アリュー氏／会場：京都大学人環棟 105 会議室／（2014・4・28）

　　　　　　　　　　　　　　　　　　　　　　　　　　　　　　　　　　　H 26・4・28

☆近藤典彦「啄木『一握の砂』評釈」A4 判 全164頁 ※近藤典彦ブログ「憲法とのたたかい」より

　　http://blog.livedoor.jp/kouichi31717/archives/8424875.html　複写の冊子綴じ　　H 26・4・―

西脇　巽「啄木旅日記　新盛岡編」A4 判 全11頁 ※啄木忌前夜祭の印象記

　　（←H27・10・10『石川啄木　旅日記』桜出版）　　　　　　　　　著者刊　H 26・4・―

「広報もりおか」5 月 1 日号 B4 判（記事）2014 啄木祭 P6 〜 0　　　　　盛岡市　H 26・5・1

太田征宏（書評）池田功著『石川啄木入門』評／よくわかり、もっと知りたくなる P78 〜 79

　　「りとむ」5 月号 A5 判 1000 円　　　　　　　　　　　　　りとむ短歌会　H 26・5・1

須賀章雅〈よいどれブンガク夜話・56 夜〉石川啄木『一握の砂』6「人生は痛切な事実だ」P100〜102

　　「北方ジャーナル」5 月号 A4 判 880 円　　　　発行所：リ・スタジオ（札幌市）H 26・5・1

樋田由美子（インタビュー記事）啄木情報センターとして世界に開かれた記念館に／森館長 P8 〜 9

　　「Sansa さんさ」〈盛岡商工会議所ニュース〉5 月号 通巻 657 号 A4 判　　　H 26・5・1

南條範男　短歌で綴る啄木さんの生涯（5）※啄木を詠む短歌12首「逆水」5 月号　H 26・5・1

「ぽらん」〈岩手日報情報紙〉タブロイド判 ※ 2014 啄木祭（広告）　　　　　H 26・5・1

北海道新聞（記事）欠落のページ函館に／啄木日記　市立文学館で展示　　　　H 26・5・2

杉侑里香【検証！千葉の伝説・噂 4】戦前、館山の観光地に眠る英国人女性 ※啄木の妻節子の房総

　　療養を援助したコルバン夫人の墓地　　　　　　　　　　産経新聞（千葉版）H 26・5・4

岩手日報（記事）啄木の歌と生涯を情緒豊かに紙芝居／玉山の記念館　　　　　H 26・5・5

北畠立朴　〈啄木エッセイ 190〉老いを感じ始める　　　　　　「しつげん」第578号　H 26・5・5

毎日新聞（岩手版）盛岡で啄木短歌大会 30 周年　　　　　　　　　　　　　　H 26・5・5

ドナルド・キーン（角地幸男訳）石川啄木〈新連載〉反逆者啄木 P492 〜 508「新潮」6 月号

　　第 111 巻 6 号 A5 判 1300 円＋税　　　　　　　　　　　　　　新潮社　H 26・5・7

毎日新聞（岩手版）記念館館長「啄木」を出版／岩手ゆかりの 70 人以上紹介　　H 26・5・8

盛岡タイムス（記事）啄木祭賞は岡田さんに／玉山区で短歌大会　　　　　　　H 26・5・8

三輪文子〈コラム えんぴつ四季〉石川啄木　　　　　　　　　秋田さきがけ　H 26・5・8

塩浦　彰　法と文学　ふたすじの道―大逆事件弁護人の平出修、没後 100 年の企画開催―

　　　　　　　　　　　　　　　　　　　　　　　　　　　日本経済新聞　H 26・5・9

山田吉郎　夕暮と啄木 P251 〜 260 ／ほか 『明治短歌の河畔にて』四六判 2500 円＋税

　　　　　　　　　　　　　　　　　　　　　　　　　　　短歌研究社　H 26・5・9

岩手日報（コラム 風土計）※渡辺淳一の小説と啄木短歌に触れた内容　　　　H 26・5・10

「国際啄木学会会報」第 32 号 A5 判 全70頁（以下 33 点の文献を収載）

　【2014 年堺大会】

　　望月善次　（開催にあたりて）どうした新しいものを生み出せるか P6 〜 0

　　太田　登　堺から世界へ、盛岡から世界へ、そして堺に P7 〜 0

【研究発表（要旨）】

赤崎　学　井上哲次郎の影・「ワグネルの思想」再読 P8 ～ 0

西連寺成子　昭和期の啄木受容の一側面 P8 ～ 0

松平盟子　大都市東京が啄木に与えたもの P9 ～ 0

【パネルデスカッション】

「晶子と啄木における詩歌と評論の現代的意義をめぐって」

コーディネーター・瀧本和成／パネリスト・今野寿美／ジャニーン・バイチマン／田口道昭

【2013年度旭川セミナー〈傍聴記〉】

安元隆子・2013年度旭川セミナー報告 P13 ～ 14

澤田美千恵〈文学散歩〉三浦綾子記念館を訪ねて P15 ～ 16

西脇　巽「旭川セミナー文学散歩」から思いつくままに P16 ～ 17

【2013年度国際啄木学会釧路大会】〈傍聴記〉

澤田勝雄　76日の釧路とは何だったのか―釧路大会傍聴記 P20 ～ 21

永岡健右　啄木離釧の心情は？ P21 ～ 22

榊原由美子〈文学散歩〉釧路文学散歩 P26 ～ 27

岡林一彦　釧路の啄木の足跡を追って P27 ～ 28

岡野久代　釧路の花火 P28 ～ 29

※釧路大会の新聞記事3点

【随想】

三枝昂之　たった一人の至福へ　山梨県立文学館館長に就任して P33 ～ 36

森　義真　石川啄木記念館の窓から P37 ～ 39

【新入会員自己紹介】

小嶋　翔／櫻井健治／千葉珠美／内藤　明／中川康子／長谷部和夫／深町博史／藤原益栄／八島将 P40 ～ 46

【支部だより】北畠立朴・北海道支部／小林芳弘・盛岡支部／河野有時・東京支部／若林敦・新潟支部／田口道昭・関西支部 P47 ～ 51

【外国啄木学会だより】

梁東国・啄木ルネッサンスを夢見て―国際啄木学会韓国支部からの便り P52 ～ 53

林水福・台湾啄木学会 P53 ～ 54

【特別寄稿】

ウニタ・サチダナンド　インドにおける日本文学の研究とあこがれの会 P55 ～ 61

国際啄木学会　H 26・5・10

小寺正敏『幻視の国家　透谷・啄木・介山、それぞれの〈居場所探し〉』A5判 4000円＋税

　（※第四章：石川啄木のロマン主義政治思想 P90 ～ 114 ／第五章：石川啄木に於ける国家の「発見」 P115 ～ 138）

萌書房　H 26・5・10

田村久男（書評）池田功著『石川啄木入門』真の姿と新しい魅力を発信　新潟日報　H 26・5・11

盛岡タイムス（新刊紹介）森義真著『啄木　ふるさと人との交わり』岩手の人ありがたきかな

H 26・5・11

朝日新聞（岩手版）啄木祭の大会受賞者決まる／短歌と俳句　　　　　　　　H 26・5・12

岩手日報（記事）啄木記念館を清掃、親切賞に盛岡の渋民中　　　　　　　　　　　　H 26・5・12

毎日新聞（岩手版）高校生の部優勝　盛岡の工藤さん／啄木祭全国俳句大会　　　　H 26・5・12

「渋民公民館だより」№ 26-2　B4判 ※金田一秀穂氏の講演（6月7日）　　　　　H 26・5・12

岩手日報（学芸短信）第 56 回啄木祭全国俳句大会（11日、渋民文化会館）　　　H 26・5・13

徐　京植　ココアのひと匙─石川啄木 P96 〜 100『評論集Ⅱ　詩の力「東アジア」近代史の中で』

　　四六判 2400円＋税　　　　　　　　　　　　　　　　　　　　　　高文研　H 26・5・13

盛岡タイムス（コラム天窓）※啄木忌、啄木祭賞の話題　　　　　　　　　　　　　H 26・5・14

藤島秀憲〈作品月評〉※牧水の啄木挽歌に触れて P135 〜 0「短歌往来」6月号　　H 26・5・15

盛岡タイムス（記事）祭賞は工藤凱門君（盛岡中央高校）啄木全国俳句大会　　　　H 26・5・15

盛岡タイムス（広告）2014 啄木祭（6月7日／姫神ホール）　　啄木祭実行委員会　H 26・5・16

河北新報〈河北抄〉※啄木の歌「はたらけど」から安倍政権の批判を　　　　　　　H 26・5・17

東奥日報〈コラム 天地人〉※労働観の問題に「こころよき」の歌を引用　　　　　　H 26・5・19

長野日報（地域版）旧井澤家住宅で演劇「劇団クラーク地方」24,25日公演／井上ひさし原作「泣き

　　虫なまいき石川啄木」／※主催は「伊那部宿を考える会」　　　　　　　　　　H 26・5・19

デーリー東北（コラム天鐘）※啄木、寺山などの故郷訛りと文学者の矜持を記す　　H 26・5・20

「石川啄木記念館だより」第 1 号 B5判 全8頁〔細目：森　義真・新生・石川啄木記念館の方向 P1〜3

　　／「啄木没後百年記念事業」を承けて／書簡整理事業（菅原芳子宛書簡の購入）ほか／「石川啄木記念館

　　展示ガイド」発刊しました（400円）／ほか〕　　　　　　　　　　　　　　H 26・5・22

盛岡タイムス（記事）短歌甲子園が宮崎にも／牧水の日向市で 11 年から　　　　　H 26・5・22

上毛新聞〈三山春秋〉石川啄木が盛岡中学在学中に詠んだ短歌…　　　　　　　　　H 26・5・23

中日新聞（長野版）啄木の家庭劇ユーモラスに／24 日から伊那で箕輪の劇団　　　H 26・5・23

産経新聞（記事）深い親交　晶子と啄木顕彰／堺でフォーラム＆学会 31 日に　　　H 26・5・24

佐伯裕子　動詞が魅力の秀歌50首選 P64〜69「短歌」6月号　　角川文化振興事業団　H 26・5・25

北村克夫　時空を超え警鐘　啄木の文明批評　　　　　　　　　　　　北海道新聞　H 26・5・25

河北新報（記事）仙台文学館開館 15 周年記念展「人間」啄木に迫る　　　　　　　H 26・5・27

岩手日報（記事）啄木ゆかりの校舎美しく／盛岡商議所玉山運営協　　　　　　　　H 26・5・28

朝日新聞（大阪版）与謝野晶子の詩、今問い直す／堺 31 日フォーラム　　　　　　H 26・5・28

佐賀新聞（杵藤・伊西版）明治のジャーナリスト／渋川玄耳の説明板設置　　　　　H 26・5・28

辻本芳孝（コラム日本史を歩く）啄木新婚の家／両親らと窮屈な同居　　　読売新聞　H 26・5・28

盛岡タイムス（記事）玉山歴史民俗資料館建て替えへ／啄木記念館前を検討　　　　H 26・5・29

盛岡タイムス（記事）旧渋民尋常小を清掃／玉山　　　　　　　　　　　　　　　　H 26・5・29

外岡秀俊『新装版　北帰行』四六判 231 頁（→ S51・12「文芸」12 月号／S51・12 単行本初版）

　　　　　　　　　　　　　　　　　　　　　　　　　　　　　　河出書房新社　H 26・5・30

田口道昭　石川啄木「時代閉塞の現状」の射程─〈青年〉とは誰か─P127 〜 143 「論究日本文学」

　　第 100 号 A5判　　　　　　　　　　　　　　　立命館大学日本文学会　H 26・5・30

☆エフエム岩手ネットニュース：啄木祭（29 日放送内容を文章化して紹介）ゲスト森記念館長が出演

　　啄木祭／盛岡さんさＦＭ　　　　　　　　　　　　　　　　　　　　　　　　H 26・5・30

岩手日報（広告）啄木祭／石川啄木記念館／ほか　　　　　　　　　　　　　　　　H 26・5・31

「21世紀に伝えたい、晶子と啄木からのメッセージ」〈晶子フォーラム・国際啄木学会 2014 年堺大会資

料集〉B5 判 全 24 頁 ※（研究発表者、パネリストのメッセージ／ほか）　　　　H 26・5・31

「晶子フォーラム・国際啄木学会 2014 年堺大会レジメ＆資料集」A4 判 全 31 頁※〔研究発表者：
　西連寺成子／松平盟子／赤崎学、パネリスト：瀧本和成／今野寿美／ジャニーン・バイチマン／田口道昭
　の発表要旨／ほか〕※国際啄木学会大会配布資料レジメを綴じた冊子　　　　　　　　　H 26・5・31

名越二荒之助（なごし・ふたらのすけ／コラム）石川啄木と伊藤公暗殺 P235 ～ 0 ／〈参考文献〉日露
　戦争日韓保護条約 P198 ～ 207　名越二荒之助編著『日韓共鳴二千年史』菊判 3800 円＋税
　　　　　　　　　　　　　　　明成社（東京世田谷区池尻 3-21-29　TOYA ビル 302）H 26・5・31

飯坂慶一　四季あれこれ P147 ～ 148「詩都」No.41 A5 判 500 円　都庁詩をつくる会　H 26・5・―

「啄木と京助」〈石川啄木記念館企画展〉※開催期間 5・25 ～ 8・31 A4 判 全 12 頁　　　H 26・5・―

「啄木終焉の地歌碑建設募金」〈新版チラシ〉A4 判 両面刷　　　歌碑建設実行委員　　H 26・5・―

「啄木と音楽の出会い―新井満さんを迎えて―」両面刷チラシ A4 判 ※期日：7・13 講演と歌唱
　　場所：仙台市宮城野区文化センター　　　　　　主催：仙台市文化事業団　H 26・5・―

「2014 啄木祭」チラシ A4 判 ※期日：6・7 場所：姫神ホール　　啄木祭実行委員　H 26・5・―

「表情多彩」〈2014 くしろガイドマップ〉啄木の光と影 P7 ～ 8（※市内 25 基の啄木歌碑マップと「啄木
　76 日間の足跡」詳細な記録を掲載）　　　　釧路観光コンベンション協会　H 26・5・―

小泉とし夫　智恵子さんと啄木（6）北村謹と智恵子 P12 ～ 13「北宴」第 443 号 A5 判 1000 円
　　　　　　　　　　北宴文学会（岩手県盛岡市開運橋通 3-43M 菜園 1102 小泉方）H 26・6・1

小倉孝誠〈書評〉柏木博著『日記で読む文豪の部屋』　　　　　　　東京新聞　H 26・6・1

須賀章雅〈よいどれブンガク夜話・57 夜〉石川啄木『一握の砂』7「作物と飢饉、その二つの一つ！」
　　P80 ～ 81「北方ジャーナル」6 月号 A4 判 880 円　　　　リ・スタジオ（札幌市）H 26・6・1

高橋　正　石川啄木と幸徳秋水 P2 ～ 3「高知歌人」第 68 巻 791 号　高知歌人会　H 26・6・1

田中　綾〈日曜文芸コラム・書棚から歌を〉石川啄木／大いなる…山田正紀著『幻像人間』
　（← H27・6『書棚から歌を』深夜叢書社）　　　　　　　　　　北海道新聞　H 26・6・1

中江有里〈本の小径〉啄木が愛したふるさと P58 ～ 65「すきっと」23 号 A4 判 476 円
　　　　　　　　　　　　　　　　　　　　　　　　　　　　天理教道友社　H 26・6・1

長崎田鶴子〈わが青春とうた〉木に花咲き …P13 ～ 0「新日本歌人」6 月号　　　H 26・6・1

南條範男　短歌で綴る啄木さんの生涯（6）※啄木を詠む短歌 12 首「迯水」6 月号　H 26・6・1

松平盟子（評論）与謝野鉄幹と啄木の明治 40 年代③ P2 ～ 5「プチ★モンド」No.85 A5 判 1500 円
　　　　　　　　　　　　　　　　　プチ★モンド発行所（東京・大田区）H 26・6・1

河北新報〈紹介〉天才支えた人々の記録／森義真著『啄木　ふるさと人との交わり』H 26・6・2

岩手日報（記事）啄木しのび　講演や対談／7 日、盛岡　　　　　　　　　　　H 26・6・2

松田十刻　石川啄木 P275 ～ 279　岩手民謡協会編『新岩手の民謡』四六判 3780 円＋税 CD 附録付
　　　　　　　　　　　　　　　　　　　盛岡出版コミュニティー　H 26・6・2

松平盟子〈短歌あれこれ〉苦悩から生まれた「啄木調」　　　　　　読売新聞　H 26・6・2

工藤隆二（署名記事）康成・鏡花‥海山に文豪の名　国際期間が承認　朝日新聞（夕）H 26・6・3

井上みどり〈街角アートめぐり〉石川啄木像　　　　　朝日新聞（北海道版夕刊）H 26・6・4

岩手日報（記事）啄木と晶子（上・下）国際学会 2014 年堺大会　　　　H 26・6・4 ～ 5

北畠立朴〈啄木エッセイ 191〉安岡正篤と中村天風　　　　「しつげん」第 580 号　H 26・6・5

「現代短歌新聞」第 27 号（記事）啄木祭 ※池田功氏の講演　P15 面　　　　H 26・6・5

金田一秀穂（講演）「啄木の言葉」／「啄木祭」〈栞〉A4判 4頁／会場：姫神ホール　　H 26・6・7

ドナルド・キーン（角地幸男訳）石川啄木〈第二章〉啄木、上京する P184 ～ 197「新潮」7月号

　980円＋税　　　　　　　　　　　　　　　　　　　　　　　　　　新潮社　H 26・6・7

編集部（郷土の本棚）目良卓著『響きで楽しむ「一握の砂」』　啄木短歌の味わい方提唱

　　　　　　　　　　　　　　　　　　　　　　　　　　　　　岩手日報　H 26・6・8

岩手日報（記事）金田一の孫　啄木を語る／盛岡・玉山で啄木祭　　　　　H 26・6・8

河北新報（記事）啄木の魅力　時代を超え／盛岡・玉山で講演と演奏会　　H 26・6・8

毎日新聞（岩手版）金田一秀穂さん・啄木祭でトーク　　　　　　　　　　H 26・6・8

盛岡タイムス（記事）2014 啄木祭／親友の孫金田一秀穂氏講演　　　　　H 26・6・8

朝日新聞（岩手版）啄木と京助　親交紹介／金田一教授、盛岡で講演　　　H 26・6・10

盛岡タイムス（広告）※森義真氏の「イーハトーブ本の森での講演」案内　H 26・6・12

森田敏春著「啄木学会堺大会フォート集」A4判 32頁　著者提供資料の冊子綴　H 26・6・12

「第 1回　啄木ウォーク」〈参考資料〉A4判 13頁／場所：札幌　大通ビッセ 1F　H 26・6・14

森　義真　啄木と京助　※渋民公民館での講演レジメ　A4判 3枚　　　　H 26・6・14

胆江日日新聞（コラム 時針）ロビンソン　※啄木の音楽的才能について触れた文章　H 26・6・17

澤田勝雄　啄木と晶子「君死にたまふこと勿れ」の新視点　　　　しんぶん赤旗　H 26・6・18

谷口雅春（署名記事）北海道への旅・佐藤春夫と十勝 ③　　　　　朝日新聞（夕）H 26・6・18

毎日新聞（岩手版）戦前の山田町中心部の写真／※啄木の知人　小国露堂の故郷　H 26・6・19

望月善次（書評）『花伝書』を実現した一書池田功著『石川啄木入門』　盛岡タイムス　H 26・6・19

「札幌啄木会だより」第 25号 A4判 全16頁〔細目：太田幸夫・小樽愛生病院で逝った松本清一（天風）

　P2～5※「国際啄木学会研究年報」17号掲載の今野哲の書評（太田幸夫著『石川啄木の〝旅〟全解明』）に

　関する太田幸夫の貴重な「補足」〈P10～11〉の掲載有り〕　太田幸夫個人編集発行誌　H 26・6・20

春日いづみ〈ハート短歌15〉願い　※啄木「こころよく…」P61～0「NHK短歌」7月号　H 26・6・20

山本哲士　物を思う：石川啄木の歌 P36～37『哲学する日本Ⅱ〈もの〉の日本心性』A5判 4500円＋税

　　　　　　　　　　　　　　　　　　　　　　　　文化科学高等研究院出版局　H 26・6・20

秋田さきがけ〈各地の本〉森義真著『啄木　ふるさと人との交わり』　（他に 6・22付で、東奥日報、

　福島民報、下野新聞、日本海新聞、熊本日日新聞、宮崎日日新聞に掲載を確認）　H 26・6・22

日比野容子〈各駅停車〉小樽駅　啄木がうたった「北のウォール街」　　朝日新聞（夕）H 26・6・23

岩手日報（学芸短信）国際啄木学会盛岡支部月例研究会 200回記念講演　　H 26・6・24

岩手日報（コラム学芸余聞）※「石川啄木記念館だより」第 1号についての話題　H 26・6・25

内藤賢司　啄木を読む⑦ 釧路を去って東京へ P40～41「歩行」42号 A5判　H 26・6・25

朝日新聞（東京・夕）海山に文豪の名：国際機関が承認　※啄木、康成、鏡花…　H 26・6・26

岩手日報（記事）啄木支えた京助、絆に光　盛岡で企画展　　　　　　　　H 26・6・27

三郷　豊（書評）政治地文学、国家認識の接点でくりひろげられた「居場所探し」／小寺正敏著

　　『幻視の国家　透谷・啄木・介山、それぞれの〈居場所探し〉』図書新聞 3165号　H 26・6・28

大分合同新聞〈新刊NEW〉森義真著『啄木　ふるさと人との交わり』　　　H 26・6・29

長崎新聞〈各地の本〉森義真著『啄木　ふるさと人との交わり』　　　　　H 26・6・29

読売新聞（岩手版）「啄木研究会」200回記念で講演会　　　　　　　　　H 26・6・29

鳥飼行博　「石川啄木を巡る戦争と社会主義」A4判 38頁　※ネットからのコピーを綴じた冊子

※執筆及びＵＰ年月不記載（発行日は製本の日）東海大学教養学部人間環境学科社会環境課程

アドレス：http://www.geocities.jp/torikai007/bio/takuboku.html 　鳥飼行博　Ｈ26・6・―

鳥羽俊明　北海道の啄木②「藍花」夏号（→H27・4『物語の舞台を訪ねて　私の文学散歩』著者刊行）

俳句誌「藍花」発行所（徳島県）　Ｈ26・6・―

森　義真（作成）「金田一京助と石川啄木　略年譜」A3判1枚 ※発行日は受け入れ日　Ｈ26・6・―

岩手日報（記事）啄木と太宰、賢治魅力とは／学会盛岡支部200回記念講演　Ｈ26・7・1

「新日本歌人」7月号 A5判850円（以下3点の文献を収載）

清水勝典　人間味ある啄木論を展開―池田功氏講演―P74〜75

甲賀利男　「啄木短歌の魅力」を語る（静岡支部）P76〜0

鉢谷喜八郎　ほとばしる啄木の情熱と思索―奈良達雄氏の講演 ―（古河支部）P77 〜 0

新日本歌人協会（東京都豊島区南大塚2-33-6-301）　Ｈ26・7・1

須賀章雅〈よいどれブンガク夜話・58夜〉石川啄木『一握の砂』8「遂に盲動あるのみだ。」P94〜95

「北方ジャーナル」7月号 A4判880円　リ・スタジオ（札幌市）　Ｈ26・7・1

南條範男　短歌で綴る啄木さんの生涯（7）※啄木を詠む短歌12首「逆水」7月号　Ｈ26・7・1

渡部芳紀　啄木忌前夜祭・啄木忌（1）P34〜35「あざみ」7月号（俳句結社誌・横浜）　Ｈ26・7・1

藤井　茂〈MORIOKA歴史散歩2〉縁の教育者たち・冨田小一郎　地域情報紙「Apple」7月号 1面

東北堂（盛岡市肴町2-21）　Ｈ26・7・1

盛岡タイムス（記事）京助の愛に支えられ／啄木記念館が企画展　Ｈ26・7・2

岩手日報（記事）「うたの風景」点字本完成／啄木の歌碑紹介　Ｈ26・7・3

岩手日報（本の紹介記事）小山田泰裕著「啄木　うたの風景」点字本完成　Ｈ26・7・3

日刊建設工業新聞〈論説〉※はたらけど・・・の啄木歌を引用した増税批判の文章　Ｈ26・7・4

「啄木学級　文の京講座」A4判 4頁 ※受講者用のメモ　文京区・盛岡市　Ｈ26・7・4

大崎真士　分かりやすく伝えたい ※金田一秀穂の講演ほか　盛岡タイムス　Ｈ26・7・5

北畠立朴〈啄木エッセイ192〉個人情報保護法と伝記研究　「しつげん」第582号　Ｈ26・7・5

朝日新聞（天声人語）※気の変わる・・・の啄木短歌を引用したパワハラの話題　Ｈ26・7・6

盛岡タイムス（記事）啄木学会盛岡例会200回記念／渡部芳紀氏が講演　Ｈ26・7・6

櫻井健治〈コラム コーヒーブレーク〉東海の小島 P8 〜 0 「社内報　きずな」第39号 B5判

（株）ドウデン（函館市）　Ｈ26・7・7

ドナルド・キーン（角地幸男訳）石川啄木〈第三章〉教師啄木 P220〜227「新潮」8月号980円＋税

新潮社　Ｈ26・7・7

小山田泰裕　啄木と「うたの風景」P3〜0「詩歌の森」71号　日本現代詩歌文学館　Ｈ26・7・8

東奥日報〈コラム天地人〉※啄木書簡とハマナスの花に触れた話題　Ｈ26・7・8

趙　治勲〈こころの玉手箱1〉石川啄木「一握の砂」　日本経済新聞（東京版夕刊）　Ｈ26・7・14

澤田勝雄〈本と人と〉『啄木　ふるさと人との交わり』森義真さん　しんぶん赤旗　Ｈ26・7・20

上毛新聞〈本の森〉森義真著『啄木　ふるさと人との交わり』　Ｈ26・7・20

岐阜新聞〈本の森〉森義真著『啄木　ふるさと人との交わり』　Ｈ26・7・20

山陽新聞〈新刊紹介〉森義真著『啄木　ふるさと人との交わり』　Ｈ26・7・24

デーリー東北〈コラム天鐘〉※「全然大丈夫」等の使用に啄木は肯定的だった？　Ｈ26・7・24

石井和夫　石川啄木 P490 〜 493『夏目漱石周辺人物事典』A4判 5500円＋税

笠間書院　　　　H 26・7・25

梅内美華子選　韻律のすばらしい愛誦歌五十首 P62 ～ 67（※啄木：やはらかに）「短歌」8月号
　A5判　　　　　　　　　　　　　　　　　　　角川文化振興事業団　　H 26・7・25

下田靖司　啄木が「一握の砂」で歌った茨島の松並木／英詩集「Surf and Wave」との出合い／
　「厨川みどりにつづく」の作者は…P21 ～ 35『反骨の街道を行く』四六判 1000 円＋税
　　　　　　　　　　　　　　　　　　　　　　　　岩手復興書店　　H 26・7・25

小寺正敏「近代日本における自己探求と国家意識：北村透谷・石川啄木・中里介山」※大阪大学
　Knowledge Archive（http://hdl.handle.net/11094/24952）でオープン公開（→ H26・5・10『幻視
　の国家―透谷・啄木・介山、それぞれの〈居場所探し〉』萌書房）　　閲覧確認日　H 26・7・26

佐藤吉一　石川啄木・宮澤賢治と白鳥省吾 P403 ～ 413 評論集『詩人・白鳥省吾』B5判 2000 円＋税
　　　　　　　　　　　　　　　　　　　　　　　　コールサック社　　H 26・7・26

永田和宏　100 年後に遺す歌（石川啄木九首／ほか）　　　　日本経済新聞　H 26・7・27

「啄木終焉の地歌碑建設募金」〈新版チラシ〉A4判両面刷　　歌碑建設実行委員　H 26・7・―

「啄木学級故郷講座」チラシ ※ 9・6 ／講師：道又力／対談　　石川啄木記念館　H 26・7・―

「啄木ゆかりの地を歩きながら」チラシ ※ 9・28 ／ 10・13（2 回）　石川啄木記念館　H 26・7・―

「第 9 回 全国高校生短歌大会　短歌甲子園」チラシ ※開催期間 08/28/29/30　　　H 26・7・―

「釧路啄木会　さいはて便り」第 12 号 A4判 全 4 頁（細目：北畠立朴・【研究余滴】「啄木全集」の間
　違いか P2 ～ 0 ／ほか）　　　連絡先事務局（釧路市釧路町南陽台 7-47 山手敏夫方）　H 26・8・1

小泉とし夫　智恵子さんと啄木（7）小岩井農場を訪れた北村謹 P12 ～ 13「北宴」第 444 号 A5判
　1000 円　　　　　　　北宴文学会（岩手県盛岡市開運橋通 3-43M 菜園 1102 小泉方）H 26・8・1

今野寿美　子持ちの罠 ※短歌〈与謝野礼巌・石川一禎〉P23 ～ 0「短歌研究」8月号　H 26・8・1

東海新報（記事）「成人大学講座」開講 ※第 4 回は「石川啄木と三陸海岸」　　　　H 26・8・1

須賀章雅〈よいどれブンガク夜話・59 夜〉石川啄木『一握の砂』9「広大なる迷宮あり」P116 ～ 117
　「北方ジャーナル」8月号 A4判 880 円　　　　　　リ・スタジオ（札幌市）H 26・8・1

南條範男　短歌で綴る啄木さんの生涯（8）※啄木を詠む短歌12首「逬水」8月号　　H 26・8・1

東海新報（記事）2 講師の著作本展示／大船渡市立図書館 ※森義真さん他の著作　　H 26・8・1

「平成 25 年度 盛岡てがみ館 館報」A4判 全 37 頁 ※啄木展等の詳細記録を掲載　　H 26・8・1

さっぽろ啄木を愛する会事務局「まぼろしの歌碑　放浪する歌碑」A4判 2 枚 ※ S61・2 函館に金野
　正孝が建立した歌碑の行方を追った詳細な調査メモ（北里／ほか）が記したもの　　H 26・8・2

内館牧子〈連載小説〉「終わった人」※㉗ ～ ㊵回の間で 10 回啄木が登場する場面あり
　　　　　　　　　　　　　　　　　　　　　　　　岩手日報　H 26・8・3 ～ 9・27

太田愛人　新聞記者・石川啄木と野村胡堂 P22 ～ 23「日本エッセイスト・クラブ會報」2014 秋号
　通巻 66-1 A5判 全 45 頁　　　　　　　　　日本エッセイストクラブ　H 26・8・4

北畠立朴〈啄木エッセイ 193〉必ず命は終わりを告げる　　「しつげん」第 584 号　H 26・8・5

東京新聞（茨城版）「短歌甲子園」W出場の快挙　県立結城二高文芸部　　　　H 26・8・6

ドナルド・キーン（角地幸男訳）石川啄木〈第四章〉北海道流離 P240 ～ 250「新潮」9月号 980 円
　＋税　　　　　　　　　　　　　　　　　　　　　　　新潮社　H 26・8・7

櫻井健治〈コラム コーヒーブレーク〉啄木と鉄道① P9 ～ 0「社内報　きずな」第 40 号 B5判
　　　　　　　　　　　　　　　　　　　（株）ドウデン（函館市）H 26・8・11

池田　功　〈書評〉木股知史著『石川啄木・一九〇九年』〈増補新訂版〉　しんぶん赤旗　H26・8・14

岩手日報　〈記事〉来月6日、講演や対談／啄木学級故郷講座　H26・8・14

田中　綾　〈日曜文芸コラム・書棚から歌を〉谷口善太郎／谷口善太郎を語る会編『谷善と呼ばれた人』

　（← H27・6『書棚から歌を』深夜叢書社）　北海道新聞　H26・8・17

小梶勝男　〈名言巡礼〉金田一京助『片言をいうまで』（1931年）1,2面に掲載

　　　　　　　　　　　　　　　　　　　読売新聞（よみほっと日曜版）　H26・8・17

松井博之　〈一〉と〈二〉をめぐる思考─文学・明治四十年前後─P5 ～ 89（→ H15・10「新潮」11月号）

　乾口達司編『〈一〉と〈二〉をめぐる思考』四六判 1600円＋税　文芸社　H26・8・17

関　厚夫　〈東北魂〉故郷を誇れるよろこび　産経新聞　H26・8・19

岡林一彦　高知の啄木父子歌碑が一新　岩手日報〈読者投稿欄・声〉　H26・8・22

盛岡タイムス　〈記事〉啄木交流かるたで快挙／盛岡市立永井小6年※函館市で　H26・8・22

盛岡タイムス　〈広告〉啄木学級（09/06）／〈記事〉国際啄木学会盛岡支部例会　H26・8・22

関川夏央（作）谷口ジロー（画）新装版『坊ちゃんの時代＜第三部＞啄木日録・かの蒼空に』

　（初版 H4・1）〈アクションコミック〉A5判 307頁　双葉社　H26・8・24

盛岡タイムス　〈記事〉啄木と魂の巡り合い／立原道造生誕100年　H26・8・26

盛岡タイムス　〈記事〉「反骨の街道を行く」下田さん発刊　※伯母は啄木短歌のモデル　H26・8・26

岩手日報　〈記事〉啄木の古里詠む青春・短歌甲子園・盛岡で開幕（1面）　H26・8・29

岩手日報　〈記事〉短歌甲子園・県勢3校健闘誓う　H26・8・29

盛岡タイムス　〈記事〉啄木の里で詠む青春・短歌甲子園　H26・8・29

日本経済新聞　〈記事〉短歌甲子園団体、横浜翠嵐が優勝／啄木ゆかりの盛岡で開催　H26・8・30

「三浦哲郎先生を偲ぶ」※講演会「三浦哲郎と石川啄木～その共通性を追う～」講師：吉田徳壽／

　チラシ／場合＆日時：二戸市立図書館／08/30　二戸市立図書館　H26・8・30

盛岡タイムス　〈記事〉きょう最終日・高校生の短歌甲子園　H26・8・30

岩手日報　〈記事〉短歌甲子園・横浜翠嵐が初の頂点　H26・8・31

盛岡タイムス　〈記事〉短歌甲子園・団体戦で横浜翠嵐初優勝　H26・8・31

岩手日報　〈地域版記事〉三浦哲郎さんと啄木の文学探る／二戸市で公開講座　H26・9・1

須賀章雅　〈よいどれブンガク夜話・60夜〉石川啄木『一握の砂』10「粛然として秋思深し」P86 ～ 87

　「北方ジャーナル」9月号 A4判 880円　リ・スタジオ（札幌市）　H26・9・1

南條範男　短歌で綴る啄木さんの生涯（9）※啄木を詠む短歌12首「逖水」9月号　H26・9・1

松平盟子（評論）与謝野鉄幹と啄木の明治40年代④P2 ～ 6「プチ★モンド」No.86 A5判 1500円

　　　　　　　　　　　　　　　　プチ★モンド発行所（東京・大田区）　H26・9・1

福島民友　〈編集日記〉※短歌甲子園準優勝の「ザベリオ」（会津若松市）高校　H26・9・2

北畠立朴　〈啄木エッセイ194〉一老人の思うがままに　「しつげん」第586号　H26・9・5

藤原　哲（コラム 展望台）短歌甲子園、一層脱皮を　岩手日報　H26・9・6

日景敏夫　土井晩翠を巡る人々─啄木との関連で─　※国際啄木学会東京支部会研究発表レジメ

　A4判 16頁（於：明治大学和泉校舎）　H26・9・6

盛岡タイムス　〈記事〉啄木を訪ねる道歩いて巡る・玉山で記念館　H26・9・6

山田武秋　「一元二面観」追補　※国際啄木学会東京支部会研究発表レジメ A4判 4頁　H26・9・6

岩手日報　〈記事〉啄木の生涯理解深め／盛岡・旧渋民尋常小で講座　H26・9・7

ドナルド・キーン（角地幸男訳）石川啄木〈第五章〉函館、そして札幌 P236～249「新潮」10月号
　980円＋税　　　　　　　　　　　　　　　　　　　　　　　　　　　新潮社　H 26・9・7
盛岡タイムス（記事）ふるさとに小説家の才偲ぶ／啄木記念館・道又力さんが講演　H 26・9・8
櫻井健治〈コラム コーヒーブレーク〉啄木と鉄道② P8～0「社内報　きずな」第41号 B5判
　　　　　　　　　　　　　　　　　　　　　　　　　　（株）ドウデン（函館市）H 26・9・8
盛岡タイムス（記事）啄木の里に風切って／第24回啄木のふれあいマラソン　　H 26・9・8
小島ゆかり（記事）心引かれる詩的な謎 短歌甲子園2014大会秀歌鑑賞　岩手日報　H 26・9・9
松田十刻　石川節子「永遠の愛」を貫いた短き人生 P177～188「歴史読本」編集部編『物語　明
　治・大正を生きた女101人』〈新人物文庫〉文庫判 750円＋税　　KADOKAWA　H 26・9・9
工藤玲音　短歌甲子園発信地域一丸で〈読者投稿欄〉　　　　　　　　　岩手日報　H 26・9・11
増子耕一（書評）〈一〉と〈二〉をめぐる思考・松井博之著　　　　　「世界日報」H 26・9・14
福地順一　「石川啄木と北海道」と私〈講演レジメ A4判2枚〉
　　　　　　　　　　　啄木歌碑建立2周年記念の集い（於：札幌市　かでる）H 26・9・14
照井　顕〈幸遊記192〉新井満の千の風になって　　　　　　　　　盛岡タイムス　H 26・9・15
村岡嘉子（書評）山田吉郎著『明治短歌の河畔にて』P127～0「短歌往来」10月号　H 26・9・15
折口信夫〈講演記録〉石川啄木から出て P4～5（→24・5盛岡第一高等学校校友会誌「創造」／→S32・7
　『新版折口信夫全集　第30巻』中央公論社）「在京白堊会会報」第37号 A4判8頁 ※本稿は全集収録
　前の「創造」掲載の原文を復刊収載した貴重な文献なり。　　　　　　在京白堊会　H 26・9・20
読売新聞（日曜版・名言巡礼）岩手県盛岡、紫波／不来方城址に啄木の歌碑　　H 26・9・21
CD「啄木哀傷」（A面）作詞：菊地新／作曲：宮本龍二／歌：三浦わたる／価格：1143円＋税
　〈歌謡曲〉　　　　　　　　　　　　　　　　　　　　　　（株）バップ　H 26・9・24
梶田順子　啄木・一禎関連その㉑　P31～33「海風」93号 1000円　　海風短歌会　H 26・9・25
花澤哲文編『高山樗牛研究資料集成』第9巻（研究・論文集）A5判 12000円＋税
　　廣島一雄　樗牛と啄木 P236～244
　　昆　　豊　啄木と高山樗牛 P301～302　　　　　（株）クレス出版（東京・日本橋）H 26・9・25
盛岡タイムス（記事）記念館がウオーク・啄木ゆかりの地を歩く　　　　　　　H 26・9・29
もりたとしはる　追善六〇周年の碑前の集い（故森田科二の命日レジメ）A4判1枚　H 26・9・29
太田　登　啄木短歌における大衆性について P2～11「大衆文化」第11号 A5判
　　　　　　　　　発行所：立教大学江戸川乱歩記念 大衆文化研究センター　H 26・9・30
川村杏平〈日曜論壇〉改善点多い短歌甲子園　　　　　　　　　　　　岩手日報　H 26・9・30
木村浩一〈著者の言葉〉柏木博さん「日記で読む文豪の部屋」　　毎日新聞（夕）H 26・9・30
鳥羽俊明　北海道の啄木③「藍花」秋号（→H27・4『物語の舞台を訪ねて　私の文学散歩』著者刊行）
　　　　　　　　　　　　俳句誌「藍花」発行所（徳島県）H 26・9・―
三浦わたる（歌）CD「啄木哀傷」5分 1143円＋税（連絡先：盛岡市西青山 1-10-3）　H 26・9・―
池田　功　破顔一笑の晶子 ※啄木を詠む歌2首含む P50～0「りとむ」10月号　　H 26・10・1
石川靖子〈わが青春とうた〉はたらけど‥‥P58～0「新日本歌人」10月号 850円　H 26・10・1
柏崎驍二〈うたを磨く19〉助詞に注意しよう P50～0「歌壇」10月号　本阿弥書店　H 26・10・1
須賀章雅〈よいどれブンガク夜話・61夜〉石川啄木『一握の砂』11「なんということもなく心がさびしくて」
　P93～94「北方ジャーナル」10月号 A4判 880円　　　　　　　　リ・スタジオ　H 26・10・1

「短歌研究」10月号【対談再録】小池光 VS 穂村弘：啄木短歌の魅力を語る P45〜67 A5判 1028円
　　　　　　　　　　　　　　　　　　　　　　　　　　　　　　　　　　短歌研究社　H 26・10・1

南條範男　短歌で綴る啄木さんの生涯（10）啄木を詠む短歌12首「迯水」10月号　　H 26・10・1

「開館84周年記念展　手紙―筆先に込めた想い―」チラシ　開催期間：2014年 10/19 〜 11/09
　　　※明治37年1月13日発信の姉崎正治宛の啄木書簡ほか　　　　　天理図書館　H 26・10・2

「第31回啄木資料展―啄木と明治の文学者たち―」チラシ ※開催期間 10・3〜11・24
　　　　　　　　　　　　　　　　　　　　　　　　　　　　　岩手県立図書館　H 26・10・3

「第31回啄木資料展」〈資料展示目録〉A4判 全22頁 ※ほかに「啄木の生涯」、「作品解題」を収載
　　展示期間 10・3〜11・24　　　　　　　　　　　　　　　　岩手県立図書館　H 26・10・3

聯合（台湾の日刊紙）新刊紹介：小詩房・石川啄木短歌選譯／林水福著『一握之砂』　H 26・10・3

盛岡タイムス（記事）盛岡市玉山区・道の駅計画動き出す　　　　　　　　　　　　H 26・10・3

北畠立朴　〈啄木エッセイ 195〉まだまだ学ぶことが多い人生　「しつげん」第588号　H 26・10・5

「第2回啄木ウォーク in 小樽」〈参考資料〉A4判 18頁　さっぽろ啄木を愛する会　H 26・10・5

石川啄木記念館〈第2回企画展〉「啄木の秋」冊子 B5判 全8頁 ※記載内容（旅立ちの秋／林中の秋
　　／明治41年秋の紀念／転機の秋／喜びと悲しみの秋／絵葉書にみる啄木の秋／展示資料一覧／展示期間：
　　10／5〜12／28）　　　　　　　　　　　　　　　　　　　石川啄木記念館　H 26・10・5

盛岡タイムス（記事）「第2回企画展―啄木の秋―」石川啄木記念館　　　　　　　H 26・10・5

浜崎洋介　第4章 石川啄木―百年前の「時代閉塞の現状」P89〜113　先崎彰容／浜崎洋介共著
　　『アフター・モダニティ ― 近代日本の思想と批評』四六判 2200円＋税　　北樹出版　H 26・10・6

ドナルド・キーン（角地幸男訳）石川啄木〈第六章〉小樽 P159〜206「新潮」11月号 980円＋税
　　　　　　　　　　　　　　　　　　　　　　　　　　　　　　　　　　　新潮社　H 26・10・7

岩手日日〈コラム栗駒おろし〉※啄木の詩「飛行機」を話題にした内容（無署名）　H 26・10・8

盛岡タイムス（記事）盛岡駅　10日まで拓墨会拓本展（啄木歌碑ほか）　　　　　H 26・10・9

近藤典彦　石川啄木と花〈プロローグ〉山根家の皆さんと石川啄木 P16〜17「真生」〈華道真生流
　　季刊誌〉通巻 295号 A4判　　　　　　　　　　　　　（有）しんせい出版　H 26・10・10

「石川啄木記念館　館長講演会」チラシ ※渋民公民館／10・11啄木の好きだった季節　H 26・10・11

「石川啄木と森鷗外、そして平出修」〈石川啄木記念館移動展示〉A4判 全4頁（石川啄木と森鷗外、
　　そして平出修／啄木と森鷗外／啄木と平出修／森鷗外と平出修／大逆事件／雑誌「スバル」について／
　　於：盛岡劇場ロビー／期間：10月11日（土）〜11月5日（水）　石川啄木記念館　H 26・10・11

木村清且　石川啄木新婚の家（旧帷子路所在の武家住宅）A4判 4枚 ※建造物としての詳細な専門的
　　（設計士）知識による記述がある。発表誌（紙）年月の記載無し　　　　著者作成　H 26・10・12

「国際啄木学会盛岡支部会報」第23号 B5判 全76頁（以下14点の啄木文献を収載）

　　小林芳弘　【巻頭言】『会報創刊号』と支部例会二〇〇回からの新たなる出発 P1〜0

　　望月善次　石川啄木「伝白羊会詠草」メモ（翻刻と現代語訳）P4〜5

　　米地文夫　啄木は「香り」を詠い、賢治は「匂い」を描く―「はまなす」から広がる世界―P6〜13

　　赤崎　学　定型詩と自由詩と P14〜16

　　日景敏夫　北村透谷と島崎藤村―啄木とも関連して―P17〜25

　　森　義真　啄木とビスケット〜幻の番組覚え書〜 P26〜31

　　小林芳弘　「渋民日記」十一月以降を読む P32〜34

北田まゆみ 「渋民日記」十二月中を読む（明治三十九年十二月初め〜七日）P35 〜 39

渡部紀子 喰わず嫌いは損する P43 〜 46

丹波とも子 《啄木うた巡り》わかり易さからナルシズムと脚色性へ P47 〜 50

佐藤静子 紀州新宮の「大逆事件」に見る佐藤春夫 そして中上健次の眼 P51 〜 57

渡部芳紀 青島の中国海洋大学での日本学会及び大学日本語教師暑期研修会に参加して P58 〜 62

木村清旦 【特別寄稿】石川啄木新婚の家（旧帷子小路の武家住宅跡）P63 〜 66

小林芳弘・佐藤定美 月例研究会の報告 P67〜71　　　国際啄木学会盛岡支部　H 26・10・15

岩手日報（記事）鷗外と啄木 交友紹介／盛岡劇場　　　　　　　　　岩手日報　H 26・10・17

山本玲子〈みちのく随想〉新たな啄木を探しに　　　　　　　　　　　岩手日報　H 26・10・19

高野公彦〈巻頭秀歌・歌意〉※石川啄木（友がみな…）P16〜0「NHK短歌」11月号　H 26・10・20

台灣興日本詩的交響朗誦會編『珍惜　詩人的聲音』B5変形判（林水福譯・石川啄木短歌選 P4 〜 7

　　※他に与謝野晶子・平出修の短歌譯の掲載あり）　　　　中華民國筆會・文化部　2014・10・23

岩手日報（記事）盛岡・玉山のＰＲ役に・たま姫ちゃん誕生　　　　　　　　H 26・10・24

盛岡タイムス（記事）たま姫ちゃんデビュー／玉山地域青年部が 50 周年　　　H 26・10・24

「国際啄木学会 2014 臺南国際會議」〈ポスター　A1 判〉　　　台湾啄木学会　H 26・10・25

内藤賢司 啄木を読む⑧ 啄木が啄木になるということ P40〜44「歩行」43号 A5判 H 26・10・25

南臺科技大學應用日語系「国際啄木学会 2014 南臺國際會議」〈創立 20 周年記念〉A4 判 全 90 頁

（以下 7 点の啄木文献を収載）

【基調講演】

太田　登 啄木短歌の評釈への試み―『一握の砂』の〈放たれし女〉をめぐって―P1 〜 13

梁　東国 日本の国民国家形成の中における石川啄木 P14 〜 29

望月善次 啄木「三行書き短歌」再考―何故「三行書き」は過大評価されたか―P30 〜 46

池田　功 石川啄木詩歌におけるオノマトペの考察 P47 〜 56

【研究発表】

高　淑玲 啄木短歌における音楽性についての一試論〜主に『一握の砂』をめぐって〜 P57〜64

山田武秋 歌語からみた啄木短歌の傾向―『一握の砂』を中心に―P65 〜 75

劉　怡瑧 王白淵における啄木文学の受容についての一考察―『棘の道』の詩歌を中心に―

　　　　　P76 〜 90　　　　　南臺科技大學　應用日語系（台湾・台南市）H 26・10・25

福島民友〈コラムあぶくま抄〉※小樽時代の啄木と中野寅吉のエピソード　　H 26・10・26

河北新報（記事）「たま姫ちゃん」誕生　盛岡・玉山　　　　　　　　　　　H 26・10・29

櫻井健治〈コラム コーヒーブレーク〉啄木と鉄道③ P8〜0「社内報　きずな」第42号 B5判

　　　　　　　　　　　　　　　　　　　　（株）ドウデン（函館市）H 26・10・―

「ゆりこの市議会だより」2014・冬第 30 号　石川啄木について　　後藤ゆり子　H 26・10・―

林　水福訳著 『一握之砂　石川啄木短歌全集』A5 判 全 183 頁 定価 270 元 ※序文（望月善次・森

　義真・太田登）※すべて中国語の原語文　　　有鹿文化事業有限公司（台北市）H 26・10・―

林　水福・太田登編『石川啄木詩歌研究への射程』A5 判 全 238 頁 定価 500 元（以下 8 点を収載）

　林　水福 序文 P1 〜 10

　太田　登 啄木短歌の評釈への試み―〈放たれし女〉の歌の解釈をめぐって―11 〜 48

　田口道昭 石川啄木と朝鮮―「地図の上朝鮮国にくろぐろと〜」の歌をめぐって―P49 〜 70

劉　怡臻　王白淵における啄木文学の受容についての一考察―『棘の道』の詩歌を中心に―P71～120

望月善次　啄木「三行書き短歌」再考―何故「三行書き」が過大評価されたのか―P121～138

高　淑玲　啄木短歌の音楽性についての一試論―主に『一握の砂』をめぐって―P139～168

池田　功　石川啄木詩歌におけるオノマトペの考察 P169～188

山田武秋　歌語からみた啄木短歌の傾向 ―『一握の砂』を中心に―P189～124

太田　登　編集後記 P33～34　　　　　　　国立台湾大学出版中心（台北市）H 26・10・―

須賀章雅　〈よいどれブンガク夜話・62夜〉石川啄木『一握の砂』12「予の心は陶とした！」P84～85

　「北方ジャーナル」11月号 A4判 880円　　　　　　発行所：リ・スタジオ　H 26・11・1

田中拓也　短歌甲子園観戦記 P86～88「歌壇」11月号 800円　　　本阿弥書店　H 26・11・1

「街もりおか」11月号 B6横判〈今月の情報〉※記念館が「啄木の秋」展を開催　　　H 26・11・1

南條範男　短歌で綴る啄木さんの生涯（11）啄木を詠む短歌12首「逊水」11月号　H 26・11・1

「花美術館」39号　啄木・賢治特集号 A4判 1200円＋税（以下6点の啄木文献を収載）

　望月善次　啄木、賢治の共通性 P12～20

　金田一秀穂　明治の青春 P20～22

　望月善次　啄木、賢治の異質性 P36～44

　原田　光　『一握の砂』と『注文の多い料理店』その装丁 P44～45

　藤田観龍　〈構成・写真〉啄木・賢治　郷愁のモニュメント P46～49

　美術館紹介　石川啄木記念館 P52～0

　　　　　　　　発行：花美術館（新宿区山吹町 12-16-3F ／電話：03-3268-1611）H 26・11・1

盛岡タイムス（記事）啄木記念館移動ミニ展が盛劇に　あすまで　　　　　H 26・11・4

碓田のぼる　人間解放への強い憧れ・渡辺順三生誕 120年　　　　しんぶん赤旗 H 26・11・5

北畠立朴〈啄木エッセイ 196〉なぜ老人クラブは消滅するか　「しつげん」第590号 H 26・11・5

「札幌啄木会だより」№26 A4判 全18頁（太田幸夫・啄木の病気 P2～16／ほか）

　　　　　　　太田幸夫個人編集発行（連絡先：札幌市白石区榮通 5-10-10-903）H 26・11・5

ドナルド・キーン（角地幸男訳）石川啄木〈第七章〉釧路の冬 P161～175「新潮」12月号 980円＋税

　　　　　　　　　　　　　　　　　　　　　　　　　　　　　　　新潮社　H 26・11・7

秋田さきがけ（県北版記事）啄木と鹿角の縁紹介／市内外4ケ所会場でパネル展　H 26・11・8

高知新聞〈コラム小社会〉※啄木をイヤな奴と『会社万葉集』に記した青木雨彦の話 H 26・11・8

荒又重雄　同じ啄木からでも学ぶことが違う P34～0／「おじさん」と「若者」P75～76「続々・

　新しい労働文化のために」A5判 定価不記載　　　　　北海道労働文化協会 H 26・11・10

編集部〈わたしの写真紀行〉石川啄木と鹿角の不思議な縁 P1～0「月刊・北のむらから」第328号

　B5判 100円　　野添憲治編集発行：能代文化出版社（秋田県能代市鳥小屋 59-12）H 26・11・10

友朗（友部　省）短歌事始め P31～36　※湘南啄木短歌会と伊五澤富雄氏に触れた文章　同人誌

　「酒匂川」　創刊号 A5判 500円　　発行所連絡先（小田原市浜町 4-25-40 本多博方）H 26・11・10

北海道新聞（記事）啄木　口笛で江差追分が癖・研究家の北村さん、江差で講演　H 26・11・10

朝日新聞（秋田版）啄木と鹿角つながる縁／文化人との交友・風土を詠んだ「懐ふ歌」H 26・11・14

岩手日報（記事）秋に見る啄木の人生／盛岡・記念館企画展　書簡や詩など24点　H 26・11・14

函館新聞（記事）啄木は江差追分に興味・研究家の北村さん逸話紹介　　　　H 26・11・14

望月善次　啄木学会台湾会議から〈上・中・下〉　　　　岩手日報　H 26・11・14／15／18

「さっぽろ啄木を愛する会」11月例会式次第 A3判14枚 ※【講演】黒川伸一・新聞記者としての
　石川啄木〈レジメの他にH20・1〜4北海道新聞連載記事「釧路の76日啄木日記から」とM41・3・
　11の「釧路新聞」の縮刷版、鉄道視察団写真を付す〉　　　さっぽろ啄木を愛する会　H26・11・15
原田勇男　海辺の歌碑 P58〜59 ※三陸海岸の啄木歌碑を詠む詩「季刊　舟」157号 B5判 800円
　　　　　　　　　　　　　　　　　リアリテの会（岩手県滝沢村巣子1186-26 大坪方）H26・11・15
北鹿新聞（記事）啄木と鹿角の縁は／尾去沢の村木さん、花輪皮切りに展示会　　　　　H26・11・17
傳　月庵（書評）林水福著『一握之砂』※全文中国語　　　　　　聯合（台湾の日刊紙）H26・11・17
「国際啄木学会」〈※「南臺國際會議」報告とお知らせに代えて〉A4判10頁　　　　　H26・11・17
村木哲文　石川啄木と鹿角の不思議な縁〈巡回展示資料解説〉A4判2枚　　　　　　　H26・11・17
「日刊　よねしろ新報」（記事）石川啄木と鹿角の不思議な縁／村木哲文さんが巡回企画展

　　　　　　　　　　　　　　　　　　　　　　　　　　　　　　　　　　　　　　H26・11・18

サンパウロ新聞（コラム文協・図書・映画便り）※「人という人の心に…」の歌を軸に日系ブラジル
　人の若者が啄木歌集『一握の砂』読んだ思いを綴った内容のコラム　　　　　　　　H26・11・19
盛岡タイムス（記事）啄木と明治の文学者・県立図書館新蔵書含めテーマ展示　　　　H26・11・19
「与謝野晶子の世界」与謝野晶子記念館開館特集号 第9号 B5判
　〈晶子フォーラム2014・国際啄木学会2014堺大会〉
　【合同フォーラムⅠ】研究発表
　　松平盟子　大都市東京が啄木に与えたもの──社会風俗からの検証を中心に P11〜15
　【合同フォーラムⅡ】パネルディスカッション（要旨）
　　晶子と啄木における詩歌と評論の現代的意義をめぐって P23〜32
　　「青春短歌」P33〜35　　　　　　　　　　　　　　　与謝野晶子倶楽部　H26・11・20
「月刊　ピアノ」11月号 A4判 670円 ※音楽を愛した有名人たちの楽器エピソード集「石川啄木」
　苦しい生活をしながら音楽を楽しむ P5〜0　　　ヤマハミュージックメディア　H26・11・20
田中拓也〈ジュニア短歌32〉短歌甲子園2014　P62〜63「NHK短歌」12月号 A5判 679円＋税
　※第9回全国高校生短歌大会は盛岡市が啄木を記念して開催する　　NHK出版　H26・11・20
秋田さきがけ〈コラム本の世界へ〉「一握の砂・悲しき玩具」泣き虫で自分大好き　　H26・11・23
福島民友（記事）藤沢周平の作品を楽しむ会福島例会／澤田勝雄さんが講演「幻の藤沢周平作品
　『石川啄木』」　　　　　　　　　　　　　　　　　　　　　　　　　　　　　H26・11・27
飯坂慶一　天満宮の飛梅と石馬（狛犬）そして啄木 P77〜81／東日本大震災─大槌のことなど(7)
　※啄木と震災の話題に触れた内容 P123〜124「詩都」42号 A5判 500円
　　　　　　　　　　発行所：都庁詩をつくる会（横浜市青葉区藤ヶ丘2-1-3-107）H26・11・一
岩手日報「ぽらん」〈生活情報紙〉歌手：三浦わたるさん※歌謡曲「啄木哀傷」CDデビュー
　　　　　　　　　　　　　　　　　　　　　　　　　　　岩手日報広告事業局　H26・12・1
今野寿美〈連載歌ことば一〇〇⑳〉のみど（ほか）／死にたくはないか…石川啄木 P116〜119
　「歌壇」12月号 A5判 800円＋税　　　　　　　　　　　　　　本阿弥書店　H26・12・1
須賀章雅〈よいどれブンガク夜話・63夜〉石川啄木『一握の砂』13「実に不思議な晩であった」P98〜99
　「北方ジャーナル」12月号 A4判 880円　　　　　　　　発行所：リ・スタジオ　H26・12・1
園田真弓　生きる糧としての歌づくり P34〜35「新日本歌人」12月号　　　　　　H26・12・1
松平盟子（評論）与謝野鉄幹と啄木の明治40年代⑤ P2〜6「プチ★モンド」No.87 A5判 1500円

プチ★モンド発行所（東京・大田区） H 26・12・1

南條範男　短歌で綴る啄木さんの生涯（12）啄木を詠む短歌12首「逬水」12月号　　　H 26・12・1

盛岡タイムス（記事）啄木が好きだった季節・記念館企画展／秋から生涯をたどる　H 26・12・1

大木隆士（署名記事）神山征二郎監督※啄木の映画化を考えている　　　　読売新聞　H 26・12・1

福島民友新聞（記事）澤田さん藤沢周平を語る ※澤田勝雄氏が郡山市桃見台地域公民館で「藤沢周
　　平と幻の小説『石川啄木』」を講演　　　　　　　　　　　　　　　　　　　　　H 26・12・3

岩手県立図書館編　「かるた今むかし 展示資料目録」A4判 全13頁 ※愛される啄木かるた／ほか
　　　　　　　　　　　　　　　　　　　　　　　　　　　　　　　岩手県立図書館　H 26・12・5

北畠立朴〈啄木エッセイ197〉啄木の企画した記事　　　　　　　「しつげん」第592号　H 26・12・5

「文芸誌　視線」復刊第5号　特集：石川啄木研究 A5判 500円（以下の2点の文献を収載）
　　近藤典彦・啄木の小説「道」を読む P9〜26
　　柳澤有一郎・新詩社同人推挙問題 P27〜31　視線の会（函館市本通 2-12-3 和田方）H 26・12・5

村木哲文　鹿角への深い思い「石川啄木と鹿角の不思議な縁」展に寄せて
　　　　　　　　　　　　　　　　　　　　　　　　　　　　　　　　秋田さきがけ　H 26・12・5

東京新聞（夕・コラム 本から広がる）「一握の砂・悲しき玩具」　　　　　　　　　　H 26・12・6

読売新聞〈コラム編集手帳〉※啄木の歌「雨に濡れし…」を文中に引用　　　　　　　H 26・12・6

高山美香〈北の文人立ち話〉啄木を支援し続けた宮崎郁雨　　　　北海道新聞（夕）H 26・12・7

櫻井健治〈コラム コーヒーブレーク〉啄木と鉄道④ P6〜0「社内報 きずな」第44号 B5判
　　　　　　　　　　　　　　　　　　　　　　　　　　（株）ドウデン（函館市）H 26・12・8

三船恭太郎（課題図書「ふるさと文学さんぽ　岩手」最優秀賞）ふるさとの風
　　　　　　　　　　　　　　　　　　　　　　　　　　　　　　　　　岩手日報　H 26・12・10

「区報ぶんきょう」12・10 No.1609（記事）石川啄木終焉の地歌碑建立記念事業・26年度文京区企画
　　展／期間：2月8日〜16日・ギャラリーシビック／〈公開講座〉2月8日「啄木文京区で過ごした青春」
　　講師：佐藤勝（湘南啄木文庫主宰）／主催：文京区アカデミー推進課　　文京区　H 26・12・10

仲村重明〈県民文芸奨励賞〉小説・ノスタルファンタ・メモリーズ P22〜33「県民文芸作品集」No.45
　　A5判 972円＋税　　　　　　　　　　　　第67回岩手芸術祭実行委員会　H 26・12・13

牛崎敏哉　文芸評論選評 P217〜218 ※佐々木守功「小説『寄生木』と啄木」／反町暢夫「北のホタル
　　再発見」2篇の応募作品に登場する啄木について記述（「県民文芸作品集」No.33 H14）H 26・12・14

岩内敏行〈評論〉啄木のストレス P22〜28「短歌往来」2015年1月号 A5判 750円＋税
　　　　　　　　　　　　　　　　　　　　　　　　　　　　　　　　ながらみ書房　H 26・12・15

千葉日報〈無署名連載記事／杉村楚人冠8〉啄木を朝日歌壇の選者に　　　　　　　　H 26・12・18

盛岡タイムス（記事）総合計画基本構想など議論／石川啄木記念館も　　　　　　　　H 26・12・18

盛岡タイムス（記事）国際啄木学会盛岡支部研究会／23日アイーナ　　　　　　　　　H 26・12・19

岩手日報（コラム 風土計）※啄木と上野駅についての記述がある　　　　　　　　　　H 26・12・20

川田一義　石川啄木の釧路時代 P1〜35「尾道文学談話会会報」第五号 A5判 42頁
　　　　　　　　　　　　　　　　　　　尾道市立大学芸術文化学部日本文学科　H 26・12・20

盛岡タイムス（記事）豆本と凧づくり講習会／啄木記念館でワークショップ　　　　H 26・12・21

佐藤竜一　石川啄木と高田松原 P31〜33『海が消えた陸前高田と東日本大震災』　四六判 1600円
　　＋税　　　　　　　　　　　　　　　　　　　　　　　　　　ハーベスト社　H 26・12・23

渥美志保（文）具嶋成保（写真）石川啄木、北の地の輝ける日々を求めて P38～39「大人の休日倶楽部」
　1月号　第8巻1号 A4判（会員配布誌）　　　　　　東日本旅客鉄道株式会社　　H 26・12・25
岩手日報（記事）啄木の心　豆本に凝縮　盛岡、記念館　　　　　　　　　　　　H 26・12・28
盛岡タイムス（記事）啄木記念館　豆本作りワークショップ　　　　　　　　　　H 26・12・28
岩手日報（記事）先人の年賀状一堂に　盛岡てがみ館／啄木ら 11 人分展示　　　H 26・12・30
尹　在石　石川啄木の『白羊会詠草』考察―『白羊会詠草』全体の歌に触れる―「比較日本学」
　第 32 号　　　　　　　　　　　　　　　　　　　　韓国日本文化学会　H 26・12・―

２０１５年（平成27年）

須賀章雅〈よいどれブンガク夜話・64夜〉石川啄木『一握の砂』14「予の心は鉛」P103〜104
　「北方ジャーナル」1月号 A4判880円　　　　発行所：リ・スタジオ（札幌市）H27・1・1

南條範男　短歌で綴る啄木さんの生涯（13）啄木を詠む短歌12首「辷水」1月号　　H27・1・1

水関　清　啄木と北海道の鉄道　　　　　　　　　　　　　　北海道医療新聞　H27・1・1

盛岡タイムス（コラム 天窓）啄木の「何となく今年は…」に触れた文章　　　　H27・1・1

西日本新聞（コラム）啄木の「何となく今年は…」に触れた文章　　　　　　　H27・1・3

「文京アカデミー」第169号〈文京区の催し〉石川啄木終焉の地歌碑建立記念行事　H27・1・5

岩手日報（コラム 風時計）啄木の「何となく今年は…」に触れた文章　　　　　H27・1・6

櫻井健治〈コラムコーヒーブレーク〉啄木と新年P9〜0 「社内報　きずな」第45号 B5判
　　　　　　　　　　　　　　　　　　　　　　　　（株）ドウデン（函館市）H27・1・6

山田　航　立身出世を求める二つのケース―啄木と茂吉 P266〜282「すばる」2月号 A5判880円
　＋税（※発行日の記載は無く、発売日1月6日と記されている）　　　　　集英社　H27・1・6

ドナルド・キーン（角地幸男訳）石川啄木〈第八章〉詩人啄木、ふたたび P264〜279「新潮」2月号
　980円（税込）　　　　　　　　　　　　　　　　　　　　　　　新潮社　H27・1・7

読売新聞（コラム編集手帳）※啄木「あめつちに」の歌を引用した燃料電池車の話題　H27・1・7

高知新聞〈コラム小社会〉※啄木の詩「ココアの…」からテロ問題を語る話題　　H27・1・9

岩手日報（学芸短信）宮沢賢治の会で森義真さんが「賢治の啄木意識」を講演　　H27・1・10

盛岡タイムス〈コラム記事／体験〉紙芝居「啄木の『歌と生涯』」石川啄木記念館　H27・1・10

盛岡タイムス（記事）啄木記念館　ワークショップでたこ作り　　　　　　　　H27・1・10

渥美　博〈特集＝政治的芸術の再生にむけて〉啄木・社会主義への歩み ― 続・透谷から啄木へ
　P98〜122／卞宰洙（ピョン・ジュス）まとめ 渥美博・松岡慶一（この人に聞く）近代日本文学と
　朝鮮―安重根と石川啄木 P124〜159「社会評論」2015冬号（通巻179号）A5判 1500円＋税
　　　　　　　　　　　　　　発行：スペース伽耶／発売：星雲社　H27・1・10

北畠立朴〈コラム番茶の味〉※（啄木の話題など7回連載）大晦日から元旦へ／啄木資料の寄贈先／
　辞書を読む楽しさ／啄木来釧記念日／ほか　　　　　　　　釧路新聞　H27・1・11〜1・17

盛岡タイムス（記事）かるたの今むかし／県立図書館※昭和14年の啄木も　H27・1・12

岩手日報（記事）啄木の恋人は誰？釧路で論争続く　明治期に記者で76日滞在　H27・1・14

東奥日報（コラム天地人）※同紙でも13日報道された「啄木の恋人」に関する内容　H27・1・14

「途中駅にて」第4号（記事）澤田さん藤沢周平を語る※澤田勝雄氏が郡山市桃見台地域公民館で
　「藤沢周平と幻の小説『石川啄木』」を講演（→福島民友新聞H26・12・3）明治の森社　H27・1・15

東京新聞（夕・記事）啄木の恋人　どっち？／芸妓か看護師か 続く論争　※〔本記事は共同通信社
　の配信で「秋田さきがけ」（1／13）「高知新聞」（1／14）「デリー東北」（1／13）「茨城新聞」（1
　／13）「北海道新聞」（道東北版1／13）「新潟日報」（1／13）「西日本新聞」（1／13）「東奥日報」（1
　／13）「伊勢新聞」（1／13）「産経新聞」（1／13）「室蘭民報」（1／13）「日本経済新聞」（1／13）「毎
　日新聞北海道版」（1／13）（1／13）「琉球新報」（1／13）「長崎新聞」（1／12）など各地方新聞に
　掲載されたことがネット上で確認された〕　　　　　　　　　　　　　H27・1・16

森　義真「賢治の啄木意識」〈講演レジメ〉A4判1枚　　　　　　　　　　著者作成　H27・1・17

平出　洸「石川啄木と平出修」A4判6頁〈国際啄木学会東京支部会研究発表レジメ〉　H27・1・17

佐藤稔治（文）荒川慶太（写真）〈連載記事／先人のふるさと　揺籃の地を訪ねて／文化の記憶44〉

　歌人　石川啄木の義弟　宮崎郁雨（※19面全面に掲載）　　　　　　新潟日報　H27・1・19

渡辺章夫　啄木作品に於ける“童心”の問題 P55～71『愛知大學 國文學』第54號 A5判

　　　　　　　　　　　　　　　　　　　　　　　　　　愛知大學 國文學會　H27・1・20

三澤岳欣「石川啄木を吟ずる」〈NHK文化センター盛岡教室／一日講座の教材レジメ〉A4判4枚

　　　　　　　　　　　　　　　　　　　　　　　　　　　　　　　　著者作成　H27・1・21

岩手日報（コラム学芸余聞）啄木の“妹”の学籍簿を確認（※村松善さんが…）　　H27・1・23

伊藤和則〈報告〉二〇一四年、国際啄木学会の活動 P64～66「大逆事件ニュース」第54号 A4判

　500円　　　大逆事件の真実を明らかにする会（明治大学和泉校舎・山泉研究室内）H27・1・24

森山晴美　啄木の爆発 P326～327／啄木について余滴二、三 P328～329（→H24・6・7短歌結

　社誌「新暦」）『よしのずいから』四六判 2500円＋税　　　　　　績文堂出版　H27・1・25

秋田さきがけ（記事）特別講座「石川啄木―その文学と思想」※3回（2/12・2/26・3/12）講師

　の記載無し　　　　　　　　　　　　　　　　　　　　　　　　　　　　　　H27・1・27

近藤典彦〈石川啄木と花　第1回〉白蘋 P8～9「季刊　真生」第296号 A4判　※（華道「真生流」

　発行の配布誌）　　　　　　　　　　　　　　　　　　（有）しんせい出版　H27・1・30

産経新聞〈私の出会った詩（1）〉借金暮らしの石川啄木「一握の砂」に「思うに思」

　　　　　　　　　　　　　　　　　　　　　　　　　　　　　　　　　　　　H27・1・31

「23TOKYO 区政会館だより」No.299「“わたしのまち”文京区」文京ゆかりの文人たち～明治の

　文豪・森鷗外と天才歌人・石川啄木～ P5～6／石川啄木の歌碑・顕彰室の設置 P6～7／A4Web版

　※ https://www.tokyo-23city.or.jp/publish/ku_dayori/document/299_1.pdf#search=%27

　　　　　　　　　　　　　　　　　　　　　　　　特別区長会事務局ほか　H27・2・一

阿木津英〈連載〉続・欅の木の下で（9）P74～76　※啄木と石田比呂志の接点に触れる内容

　「八雁」第4巻2号 A5判 1100円　　　　　　八雁短歌会（熊本市北区津浦町 2-35）H27・2・1

上野榮治〈倫風宏話〉倫理の心を研ぎすまそう P18～21「倫風」2月号 B5判 300円

　　　　　　　　　　　　　　　　　　　　　　　　（社法）実践倫理宏正会　H27・2・1

澤田昭博〈もりおかの残像108〉四ツ家教会（上）啄木とアンジェラスの鐘

　　　　　　　　　　　　　　　　　　　　　　　　　　　盛岡タイムス　H27・2・1

「ミニ展示　啄木かるた」〈チラシ〉期間：02/01～04/19／会場：石川啄木記念館　H27・2・1

山陽新聞（記事）歌人・石川啄木の生涯振り返る／岡山・吉兆庵美術館で企画展　　H27・2・1

「広報　かづの」2月号（記事）石川啄木と鹿角の不思議な縁（※先人顕彰館／3月28日迄）※村木

　哲文氏の制作した解説文、資料・著作本などの展示（後に巡回展示となる）　　　H27・2・1

須賀章雅〈よいどれブンガク夜話・65夜〉石川啄木『一握の砂』15「ヨハツマヲアイシテル」P86～87

　「北方ジャーナル」2月号 A4判 880円　　　　　　　発行所：リ・スタジオ　H27・2・1

「文の京　お散歩ブック　石川啄木～愛に支えられた生涯～」〈石川啄木終焉の地歌碑建立記念事業〉

　A4判 全15頁（池田功・文京区で生まれた啄木の絶唱 P3～7／啄木の交友録 P12～13／ほか）

　　　　　　　　　　　　　　　　　　　　　　　　　　文京区観光協会　H27・2・1

南條範男　短歌で綴る啄木さんの生涯（14）啄木を詠む短歌12首「逬水」2月号　　H27・2・1

「ミニ展示　啄木かるた」〈チラシ〉期間：02/01 ～ 04/19／会場：石川啄木記念館　　H 27・2・1

☆「札幌農園と石川啄木の下宿跡」※ＨＰ http://field.c.ooco.jp/subg38.htm

　　制作の頁より複写冊子綴の資料（森田敏春氏より寄贈）A4判 7 頁　　　　（印刷日）H 27・2・2

東京新聞〈テレビ番組案内記事〉小樽石川啄木が夢に見た風景／BS 朝日 2 時間　　H 27・2・3

河北新報（記事）被災者旧家に文豪の遺産／宮城・亘理／生原稿、書簡 700 点　　H 27・2・4

北畠立朴〈啄木エッセイ198〉港文館に啄木が居る　　　　　　「しつげん」第595号　H 27・2・5

千葉日報〈連載記事：房総の作家 10〉土岐善麿が入社　杉村楚人冠　　　　　　　H 27・2・5

櫻井健治〈コラム コーヒーブレーク〉啄木と冬の釧路 P7 ～ 0「社内報　きずな」第 46 号 B5 判

　　　　　　　　　　　　　　　　　　　　　　（株）ドウデン（函館市）H 27・2・6

ドナルド・キーン（角地幸男訳）石川啄木〈第九章〉啄木、朝日新聞に入る　P213 ～ 200「新潮」

　　3 月号 980 円（税込）　　　　　　　　　　　　　　　　　新潮社　H 27・2・7

森　義真「賢治の啄木意識」〈宮沢賢治研究会第278回月例会発表レジメ〉A4判 2 枚／場所：大妻女子

　　大学千代田校舎　　　　　　　　　　　　　　　　　　　　著者作成　H 27・2・7

「啄木とぶんきょう－たかく飛んだ！ 26 年」A4 判　4 頁 ※開催期間：2 月 8 日～ 2 月 16 日／場所：

　　ギャラリーシビック（企画展パンフ／講演 2 月 8 日／講師：佐藤　勝・啄木の「短歌革命」の発信地

　　は文京区だった／会場：シビックスカイホール 23F）

　　　　　　　　　主催：文の京インタープリターの会／後援：文京区国際観光課　H 27・2・8

佐藤　勝「啄木　文京区で過ごした青春」（講演用レジメ）A4 判 4 枚　　著者作成　H 27・2・8

読売新聞〈読売文学賞の人びと 4〉高野公彦さん ※啄木短歌との出会いから…　　H 27・2・10

盛岡タイムス（記事）石川啄木生誕の日講演会（※渋民公民館／森記念館長）　　H 27・2・12

釧路新聞（記事）小奴との関係開設／港文館　新年最初の啄木講座　　　　　　　H 27・2・14

「企画展『東日本大震災と救い出された資料』出展資料一覧」A4 判 2 頁 ※開催期間：02/14 ～ 03/29

　　／場所：宮城県亘理町郷土資料館（大信田金次郎宛の啄木書簡 1 通）　　　　H 27・2・14

朝日新聞（岩手版・記事）啄木かるた 91 チームが熱戦・盛岡で大会　　　　　　H 27・2・15

岩手日報（記事）かるたで親しむ啄木／盛岡・玉山　大会に児童ら 127 人　　　　H 27・2・15

河北新報（記事）亘理・被災旧家収蔵の文化資料〔M39・6・20 大信田金次郎宛の石川啄木書簡（原

　　稿用紙 4 枚 封筒なし）／金田一京助が持ち主の江戸清吉に宛てた日付不明葉書〕H 27・2・15

「短歌往来」3 月号 A5 判 750 円（以下 2 点の文献を収載）

　　大島史洋　啄木の歌 P6 ～ 0

　　寺尾登志子〈評論月評 5〉P139 ～ 140 ※（1 月号岩内敏行「啄木のストレス」に触れる内容）

　　　　　　　　　　　　　　　　　　　　　　　　　　　ながらみ書房　H 27・2・15

盛岡タイムス（記事）小学生から一般まで 91 組／盛岡で啄木かるた大会　　　　H 27・2・16

朽木直文（署名記事）旅・渋民・盛岡市／歌集手に啄木青春の地 ※3 面全面に掲載　H 27・2・19

太田　登　石川啄木「川並秀雄」と「石川啄木・土岐善麿コレクション」P116 ～ 119　日本近代

　　文学館編『近代文学　草稿・原稿研究事典』B5 判 12000 円＋税　　八木書店　H 27・2・20

「啄木生誕の日」〈姫神ホール講演案内チラシ〉A4 判　講師：森義真啄木記念館長　H 27・2・20

釧路新聞（記事）啄木ファン増やしたい・中標津で来月 7 日勉強会　　　　　　　H 27・2・20

及川和男　石川啄木の福祉観 P49 ～ 56『心の鐘　文学の情景』四六判 1500 円＋税

　　　　　　　　　　　　　　　　　　　　　　　　　　　岩手日日新聞社　H 27・2・20

高知新聞〈コラム 小社会〉※啄木の父一禎の終焉の地と合わせて生涯を紹介した内容　H 27・2・21

森田敏春（作成）「さっぽろ啄木を愛する会2月21日の例会次第」A4判 全19頁　H 27・2・21

盛岡タイムス（記事）生誕の日に館長講演会／啄木記念館　新蔵品などミニ展示も　H 27・2・23

岩手日報（記事）啄木と交友関係ふるさと人紹介 ※20日に森館長の講演に50人　H 27・2・24

「企画展の窓」第179号 B4判 〜石川啄木〜〈金田一京助の手紙「錐と瓶」抄〉　H 27・2・24

「金田一京助の手紙」〈盛岡てがみ館 第46回企画展チラシ〉期間：2・24〜6・15　H 27・2・24

内藤賢司　啄木を読む⑨ 啄木が啄木になるということ P41〜45「歩行」44号 A5判　H 27・2・25

山田　航　最先端メデイアを疑え P62〜63「短歌」3月号　角川文化振興事業団　H 27・2・25

盛岡タイムス（記事）啄木定食で地域活性化／日記や書簡から開発進む　H 27・2・26

浅野孝仁〈署名記事：みちのく建物探訪・盛岡〉旧渋民尋常小学校　啄木、学び得た校舎

　※〈宮城版〉にも掲載あり　　　　　　　　　　　毎日新聞（岩手版）H 27・2・28

森　義真「2015年の啄木文献紹介」A4判5枚 ※啄木学会盛岡支部研究会発表用　　　H 27・2・28

松平盟子（評論）与謝野鉄幹と啄木の明治40年代⑥ P2〜6「プチ★モンド」No.88 A5判 1500円

　　　　　　　　　　　　　　　プチ★モンド発行所（東京・大田区）H 27・3・1

須賀章雅〈よいどれブンガク夜話・66夜〉石川啄木『一握の砂』16「ヨハツマヲアイシテル」P86〜87

　「北方ジャーナル」3月号 A4判 880円　　　　　　発行所：リ・スタジオ　H 27・3・1

「啄木」第11号 A5判 全8頁（※渡辺寅夫・「一握の砂」観劇の思い出 P2〜3／石井敏之・石川啄木

　と朝日新聞社　病床の啄木を扶けた佐藤編集長 P4〜7／ほか）　　　静岡啄木の会　H 27・3・1

南條範男　短歌で綴る啄木さんの生涯（15）啄木を詠む短歌12首「迸水」3月号　　H 27・3・1

DVD「プレミアムステージ　啄木公開講座」（講師：佐藤勝「啄木と文京区」）50分 ※2015年2月8日

　「シビックセンター・スカイホール」を収録して3月1日より「文京区チャンネル」にて放映

　　　　　　　　　　　　　　　　　制作／著作　文京区　H 27・3・1

松木　秀〈特集 飲食のうた〉石川啄木「現代短歌」3月号 619円＋税　　　現代短歌社　H 27・3・1

北畠立朴〈啄木エッセイ199〉私の調査との違いとは　　　　　　　　「しつげん」第597号 H 27・3・5

ドナルド・キーン（角地幸男訳）石川啄木〈第十章〉ローマ字日記　P254〜253「新潮」4月号

　980円（税込）　　　　　　　　　　　　　　　　　　　新潮社　H 27・3・7

内山　繁〈いわて歌紀行23〉瞼のふるさと〜南部牛追い唄・夭折の歌人テーマ／ああ故里・葛藤の中、

　故郷偲ぶ／唄＝三橋美智也　　　　　　　　　　　　　岩手日報　H 27・3・8

櫻井健治〈コラム コーヒーブレーク〉啄木と酒 P7〜0「社内報　きずな」第47号 B5判

　　　　　　　　　　　　　　　　　（株）ドウデン（函館市）H 27・3・9

永田和宏『人生の節目で読んでほしい短歌』（NHK出版新書）886円＋税　※啄木短歌「呼吸

　すれば…」の歌1首の解釈がある　　　　　　　　　　NHK出版　H 27・3・10

河北新報（記事）芥川や白蓮の肉筆、津波に耐えた家屋から発見※啄木の書簡も含む　H 27・3・11

釧路新聞（記事）76日間　啄木の恋人を探る／釧路啄木会・北畠氏を講師に　　　H 27・3・11

工藤英明「啄木の足跡を、後世に伝えよう！」A4判 全1頁 ※啄木の三陸海岸修学旅行に触れる内容

　　　発行：啄木の足跡を後世に伝えよう会（釜石市大町3丁目1-35 工藤歯科医院内）H 27・3・11

「詩人・石川啄木」〈平成27年度 函館市文学館企画展〉開催期間：4・12〜10・7　　H 27・3・12

塩谷昌弘　他者としての節子 ― 石川啄木の妻のために―（1）P35〜52「東北文学の世界」第23号

　　　　　　　　　　　　　　　　　盛岡大学文学部日本文学会　H 27・3・13

啄木・賢治研究会（文責：武田侑哉）　石川啄木『一握の砂』における食と酒 P2～9「日本文學
　　會學生紀要」23号 A5判　　　　　　　　　　　　　　　盛岡大学日本文学会　H 27・3・13

内山　繁〈いわて歌紀行24〉永六輔作詞「俺とおふくろの唄」　　　岩手日報　H 27・3・15

及川隆彦〈編集者の短歌史⑯〉松田修の「感傷論」P114～115「短歌往来」4月号　H 27・3・15

読売新聞（都民版）啄木最後の2首　文京に歌碑／「基金」寄付金を活用／※直筆レプリカなど
　　顕彰室も　　　　　　　　　　　　　　　　　　　　　　　　　　　　　H 27・3・17

関　厚夫〈東北特派員報告〉同行二人　京助と啄木 ※25面全面掲載　　産経新聞　H 27・3・20

岩手日報（記事）渋民バイパスお披露目 ※橋名に啄木の名もある内容の記事　　H 27・3・22

「石川啄木終焉の地歌碑」及び「石川啄木顕彰室」の開設について　※概要と除幕式の式次第
　　付：文京区に於ける啄木略年譜 A4判3枚　　　　　　　文京区国際観光課　H 27・3・22

盛岡タイムス（記事）区間内3橋の名称決定 ※橋名に啄木の名もある内容の記事　H 27・3・22

岩手日報（記事）晩年刻む啄木歌碑／文京区、寄付募り建立／隣りの顕彰室も披露・東京〔→「詩
　　さんぽ街さんぽ」4号（H27・6・1）に複写の掲載有り〕　　　　　　　H 27・3・23

浅川貴道（署名記事）啄木終焉の地に歌碑／都内に最後の2首刻む　読売新聞（岩手版）H 27・3・23

神谷忠孝　北海道文学ここにあり・小林多喜二や石川啄木ら、ゆかりある作家・作品を紹介
　　　　　　　　　　　　　　　　　　　　　　　　　　　日本経済新聞　H 27・3・24

西山康一　石川啄木　書簡・獅子吼書房宛（明治42年1月1日）〈全集未載〉P3～0『倉敷市蔵 薄田
　　泣菫宛書簡　詩歌人篇』A5判 9800円＋税　　　　　　八木書店古書出版部　H 27・3・25

嵯峨直樹〈シリーズ一首鑑賞〉父性・かなしきは…P124～0「角川　短歌」4月号　　H 27・3・25

池田　功【エッセイ】石川啄木研究について P249～255　明治大学文学部紀要「文芸研究」
　　第126号 A5判　　　　　　　　　　　　　　　　　　明治大学文芸研究会　H 27・3・26

日本経済新聞（都内版コラム）「啄木歌碑文京に」　　　　　　　　　　　　　　H 27・3・26

盛岡タイムス（記事）ユーカラ研究／金田一京助の手紙・盛岡てがみ館　　　　　H 27・3・27

秋田さきがけ〈NEWYORK×2プチ雑学〉ことばの天才石川啄木（30面）　　　H 27・3・28

盛岡タイムス（記事）啄木忌前夜祭・4月12日 ※プラザおでってホール　　　　H 27・3・29

塩谷昌弘〈研究ノート〉郷土文学における〈文学〉盛岡市・龍谷寺と金田一光追慕碑をめぐって
　　P99～105　「近代文学資料研究・1」創刊号 A5判 定価不記載
　　　　　　　近代文学資料研究の会（船橋市夏見台3-8-16 レクセル船橋夏見台303庄司方）H 27・3・30

朝日新聞（記事）東京・銀座に本社が新ビル建設／※啄木歌碑のある場所　　　　H 27・3・31

「国際啄木学会研究年報」第18号 A5判 全100頁（以下20点の文献を収載）

　【論文】

　　梁　東国　日本の国民国家形成の中における石川啄木 P1～12

　　赤崎　学　ワグネルの思想再読・井上哲次郎の影 P13～24

　　西連寺成子　昭和期の啄木受容の一側面－雑誌「呼子と口笛」から見えるもの－P25～38

　　田口道昭　啄木における「天皇制」について－「時代閉塞の現状」を中心に－P39～55

　【南臺国際会議記念座談会】（※登壇者発言内容）

　　若林　敦　冒頭の発言（話題提供）掲載にあたって P56～0

　　櫻井健治　函館での啄木顕彰・函館市文学館と私的活動から P57～58

　　平出　洸　思い出す国際交流の経験 P59～61

楊　錦昌　台日の文化交流と日本古典 P61 〜 64

梁　東国　韓国と日本の近代的詩—東アジア近現代文学史を夢見て　P64 〜 66

【資料紹介】

佐藤　勝　石川啄木参考文献目録（平成26年度）− 2014 年（平成26年）1月1日〜12月31日
　　　　　　　発行の文献 P83 〜 93

【書評】

森　義真　林水福・太田登編『石川啄木詩歌研究への射程』P67 〜 68

森　義真　石川啄木著・林水福譯『一握之砂・石川啄木詩歌全集』P69 〜 70

崔　華月　石川啄木著・林水福譯『一握之砂・石川啄木詩歌全集』P71 〜 73

池田　功　森　義真著『啄木　ふるさと人との交わり』P74 〜 75

舟田京子　目良　卓著『響きで楽しむ『一握の砂』』P76 〜 77

【新刊紹介】

吉崎哲男　青木矩彦著『3・11後の日本のために−啄木と賢治の里で考えたこと』P79 〜 0

柳澤有一郎　宮本一宏著『対比評伝　北原白秋　石川啄木　萩原朔太郎』P79 〜 0

深町博史　小寺正敏著『幻視の国歌−透谷・啄木・介山　それぞれの〈居場所探し〉』P80 〜 0

山田武秋　松井博之著・乾口達司編『〈一〉と〈二〉をめぐる思考−文学・明治四十年前後』
　　　　　　　P81 〜 0

佐藤　勝　黒澤　康著『石川啄木—白雲一片、自ら其の行く所を知らず』P82 〜 0

　　　　　　　　　　　　　　　　　　　　　　　　　　国際啄木学会　H 27・3・31

「国際啄木学会会報」第33号 A5判 全68頁（以下38点の文献を収載）

望月善次　（巻頭言）新体制による一層の発展を！P6 〜 7

【東京セミナー研究発表要旨】

赤崎　学　定型を壊す・啄木の後継者たち P8 〜 0

河野有時　啄木短歌における動詞の終止形止めの歌について P8 〜 0

【ミニ講演要旨】

太田　登　岩城啄木学の理念をどのように継承すべきか P9 〜 0

近藤典彦　今岩城先生に学ぶ P10 〜 0

◆国際啄木学会 2014 年堺大会◆

【研究発表・デスカッション】

目良　卓〈第1会場〉2014 年堺大会傍聴記 P12 〜 0

河野有時　パネルデスカッション傍聴記 P14 〜 0

飯島紀美子〈第2会場〉与謝野晶子作品の一端に触れる

◆国際啄木学会 2014 南臺国際会議◆

【会議を振り返って】

太田　登　2014 南臺国際会議の意義について P21 〜 22

高　淑玲「国際啄木学会 2014 南臺国際会議」参加所感 P22 〜 23

劉　怡臻　国際啄木学会 2014 南臺国際会議に参加して P23 〜 0

【連続講演・研究発表・記念座談会】

櫻井健治　国際啄木学会南臺国際会議における「4講演」から P24 〜 26

今野　哲　新視角を示唆した３氏の研究発表 P26 ～ 27

若林　敦　記念座談会「台日相互理解と文化交流をめぐって」P27 ～ 30

【台日文学交流・詩歌朗読会】

池田　功　言霊降り注ぐ P30 ～ 31

【新入会員の自己紹介】

〈松田憲一郎／黒澤康／田口佳子／川添能夫／安藤弘／崔雪梅／逯虹／木村清旦〉P38 ～ 42

【支部会だより・各国啄木会だより】

北畠立朴　北海道支部／佐藤定美　盛岡支部／河野有時　東京支部／若林　敦　新潟支部／

田口道昭　関西支部／梁　東国　韓国啄木会／林　水福　台湾啄木会 P44 ～ 50

【特別寄稿】

ウニタ・サチダナンド　秋の声と啄木の心をインドの目で語るあこがれの会 P51 ～ 60

【広場】

村松　善　天満宮の啄木歌碑 P61 ～ 62

〈編集後記〉若林　敦／今野　哲 P68 ～ 0

※ほかに５点の学会に関する岩手日報の記事（2014 年 6 月 4 ～ 5 日「啄木と晶子」／ 2014 年 11 月 14 ～
15、18 日「啄木学会台湾会議から」）を縮小掲載する　　　　　　　　国際啄木学会　H 27・3・31

「国際啄木学会東京支部会報」第 23 号　A5 判　全 98 頁（以下 8 点の文献を収載）

河野有時　（巻頭言）"I think" P1 ～ 0

平出　洸　石川啄木と平出修 P2 ～ 11

今野　哲　『樹木と果実』の出詠者―横山強（二〇〇三）に続いて―P12 ～ 35

河野有時　「池塘集」―口語短歌の困惑―P36 ～ 50

河野有時　「池塘集」初版・訂正再版対照表 P51 ～ 64

黒澤　康　石川啄木に魅かれて‥‥P65 ～ 67

佐藤　勝　平成 26 年発行の「啄木文献」案内～『湘南啄木文庫収集目録』27 号から P68 ～ 79

日景敏夫　土井晩翠をめぐる人々―啄木との関連で―P97 ～ 81（編注：後頁から掲載）

　　　　　　国際啄木学会東京支部（連絡先：東京都立産業技術高等専門学校：河野研究室）H 27・3・31

関根　尚　石川啄木〈作品とはウラハラ…金に女にだらしないお坊ちゃま〉P34 ～ 45『教科書では教
えてくれない　日本文学のススメ』四六判 1000 円＋税　　　　　　　学研教育出版　H 27・3・31

「望」15 号　B5 判　全 102 頁 1000 円

「続々・啄木詩集『あこがれ』より」その二、啄木歌集再読／上田勝也、北田まゆみ、佐藤静子、
吉田直美

【「NPO 法人 石川啄木と宮沢賢治を研究し広める会」会員寄稿】

小林　芳弘　工藤寛得伝　原敬と寛得 P64 ～ 66

森　義真　石川啄木と盛岡 P67 ～ 70　　　発行者・望月善次　編集・啄木月曜会　H 27・3・31

村木哲文「石川啄木と鹿角の不思議な縁」展に取り組んで P20～33「芸文かづの」第 41 号　A4 判
　　　　　鹿角市芸術文化協会（鹿角市花輪字柳田 36 鹿角市花輪市民文化センター内）H 27・3・31

村木哲文「石川啄木と鹿角の不思議な縁展の概要」付資料：「芸文かづの」41 号に掲載されてない
があらたに確認されたこと〈著者作成講演レジメ用のメモ〉A4 判 8 枚　　　　　　　H 27・3・31

池田　功　石川啄木と尾崎豊③―十五の心模様―P1 ～ 29「明治大学教養論集」第 505 号　A5 判

明治大学教養論集刊行会　H 27・3・31

「石川啄木終焉の地　歌碑・顕彰室」〈パンフ A4 判 3 つ折両面刷〉　発行：文京区　H 27・3・—

「文京アカデミー」172 号（区内情報紙　記事）アンコール展示「啄木とぶんきょう」　※開催期間：
　4 日〜 29 日／場所：ウォール・シビック　　　　　　　　アカデミー推進課　H 27・3・—

編集部〈北区・東区百景〉石川啄木① 漂泊の札幌二週間　「マイタウンどうしん」第343号　※地域情報
　タブロイド判紙　　　　　　※発行所：札幌市北区・東区の「北海道新聞」販売所　H 27・3・—

「ぽけっと」4 月号（記事）盛岡てがみ館の企画展「啄木をめぐる人々」（4・22〜9・1）石川啄木記念館
　の企画展「新収蔵と啄木かるた」（2・1 〜 4・19）「真の男！〜宮崎郁雨と啄木」（4・28 〜 9・6）行事：
　紙芝居「啄木の歌と生涯」（5・10）　　　　　　　　盛岡市文化振興事業団　H 27・4・1

「企画展の窓」第180号／金田一京助の手紙〜妻・静江〜　　　　　盛岡てがみ館　H 27・4・1

伊藤和則　石川啄木と堺利彦—啄木の社会主義観—P15 〜 16「顕彰會通信」第 18 号
　発行：堺利彦・葉山嘉樹・鶴田知也三人の偉業を顕彰する会（福岡県京都郡みやこ町）H 27・4・1

「新日本歌人」4 月号　2015 年啄木祭（5・31 裏表紙広告掲載）※啄木特集はなし　　H 27・4・1

須賀章雅〈よいどれブンガク夜話・67夜〉石川啄木『一握の砂』17「トロケルタノシミノマッサイチュウダ」
　P76〜77「北方ジャーナル」4 月号　　　　　　発行所：リ・スタジオ（札幌市）H 27・4・1

鳥羽俊明　北海道の啄木 P172 〜 202（→ H26・3「藍花」春号／→ H26・6 夏号／→ H26・9 秋号に連載）
　『物語の舞台を訪ねて　私の文学散歩』四六判 定価不記載
　　　　　　　　　　　　　著者刊（徳島県名西郡石井町浦庄下浦 918）H 27・4・1

南條範男　短歌で綴る啄木さんの生涯（16）啄木を詠む短歌12首「逎水」4 月号　　H 27・4・1

「十和田図書館だより」第 488 号（記事）郷土史学習講演会受講者募集（内容：石川啄木と毛馬内／
　講師：村木哲文／期日：4月17日／会場：十和田図書館）　　　　　　H 27・4・1

正津　勉　石川啄木　見よ、今日も、かの蒼空に『詩人の死』四六判 1600 円＋税
　　　　　　　　　　　　　　　　　　　　　　　　　　　東洋出版　H 27・4・2

北畠立朴　〈啄木エッセイ 200〉天野仁先生と私　　　　「しつげん」第599号　H 27・4・5

藤田和明〈盛岡広域まち歩記・盛岡市玉山区渋民〉啄木の里で思い新た　岩手日報　H 27・4・5

「石川啄木終焉の地歌碑建立企画「ぶんきょうの啄木」講演と歌碑めぐり」〈チラシ〉A4 判
　開催日：4・6／会場：アカデミー茗台／講師：佐藤勝「啄木と文京区」　　H 27・4・6

産経新聞（記事）文京区に石川啄木の歌碑・顕彰室　東京　　　　　H 27・4・6

朝日新聞（岡山版）泣菫と詩歌人、交流の軌跡　書簡集第 2 弾を刊行　　　H 27・4・7

ドナルド・キーン（角地幸男訳）石川啄木〈第十一章〉二つの「詩論」P194 〜 204「新潮」5 月号
　980 円（税込）　　　　　　　　　　　　　　　　　　新潮社　H 27・4・7

盛岡タイムス（記事）玉山・宝徳寺で 13 日啄木忌／講演も　　　　H 27・4・7

毎日新聞（都内版記事）石川啄木歌碑・顕彰室設置　ゆかりの文京区　　H 27・4・8

柴田和子〈コラム ばん茶せん茶〉啄木忌によせて（← H27・6・1「詩さんぽ街さんぽ」4 号）
　　　　　　　　　　　　　　　　　　　　　　　　　岩手日報　H 27・4・8

岩手日報（コラム 風土計）※啄木の「やはらかに」の歌を引用して耐震建築の話題を　H 27・4・9

黒澤恒雄〈ゼロからの希望〉反戦川柳／命懸けで残酷さ訴え（※宇部功の特別授業「鶴彬と啄木—先
　人に学ぶ」についての論考）　　　　　　秋田さきがけ（共同通信の配信記事）H 27・4・11

「函館市文学館企画展　詩人・石川啄木」A4 判 チラシ ※開催期間 4・12〜10・7　　H 27・4・12

「啄木の発明」〈啄木忌記念講演チラシ〉講師：佐佐木幸綱　　　　　　　小石川図書館　H 27・4・12

「第 11 回　啄木忌前夜祭」〈チラシ〉講演：山下多恵子「啄木と節子」／会場：プラザおでって

　　　　　　　　　　　　　　　　　　　　　　　　　　国際啄木学会盛岡支部　H 27・4・12

山下多恵子「啄木と節子」〈講演レジメ〉A3判 2 枚／会場：プラザおでって

　　　　　　　　　　　　　　　　　　　　　　　　　　国際啄木学会盛岡支部　H 27・4・12

Roger Pulvers　Takuboku Ishikawa: engaged observer「The Japan Times on Sunday」(ロジャー・

　パルバース　石川啄木：エンゲージド オブザーバー「ジャパンタイムズ オン サンデー」) タブロイド判

　3 面に全面記事　　　　　　　　　　　　The Japan Times（発行所：東京都港区芝浦 4-5-4）H 27・4・12

朝日新聞（コラム天声人語）※棒線で消された啄木の歌から宇宙科学の話題を　　　H 27・4・13

岩手日報（盛岡・県北版記事）啄木、歌から読み解く／盛岡で講演やパネル討論・学生ら理解深め

　　　　　　　　　　　　　　　　　　　　　　　　　　　　　　　　　　　　　H 27・4・13

上毛新聞（コラム三山春秋）※啄木忌から「時代閉塞の現状」と松本健一の評論　　H 27・4・13

「歌謡曲に現れた啄木」〈チラシ〉啄木記念館無料開放日：4・13 ※レコード鑑賞会　H 27・4・13

山下多恵子「啄木と宮崎郁雨」〈第104回啄木忌講演レジメ〉A3判 2 枚　於：宝徳寺　H 27・4・13

「第104回啄木忌　法要参列者名簿」A3判 1 枚　　　　　　同実行委員会（宝徳寺内）H 27・4・13

盛岡タイムス（記事）若い感性時代超え共鳴／啄木忌前夜祭・郷土の歌人の魅力語る　H 27・4・13

琉球新聞（コラム金口木舌）※啄木歌「たはむれに」から現代の高齢者問題を　　　H 27・4・13

朝日新聞（岩手版記事）啄木の心故郷でしのぶ／夭折して103年　全国から法要参列　H 27・4・14

東京新聞〈コラム大波小波〉詩人なるものの死 ※正津勉著『詩人の死』について　　H 27・4・14

岩手日報（記事）啄木しのび 104 回忌／盛岡・玉山で法要　　　　　　　　　　　H 27・4・14

函館新聞（記事）石川啄木 104 回忌（※函館啄木会主催）　　　　　　　　　　　H 27・4・14

毎日新聞（岩手版記事）啄木ファン 80 人が供養／盛岡・宝徳寺　　　　　　　　　H 27・4・14

読売新聞（岩手版記事）盛岡で啄木忌／ 130 人がしのぶ　　　　　　　　　　　　H 27・4・14

読売新聞（北海道版記事）啄木 104 回忌　函館の墓前に50人　　　　　　　　　　H 27・4・14

盛岡タイムス（記事）啄木忌　生きる勇気ありがたき／第104回法要　　　　　　　H 27・4・14

「短歌往来」5月号 A5判（以下 2 点の文献を収載）

　　岩内敏行〈評論月評 1〉P139 〜 140 ※「短歌」3月号の山田航の啄木論に触れる

　　鈴木竹弘〈歌誌漂流 181〉P141 〜 0 ※「八雁」3月号の阿木津英の啄木と石田比呂志に触れた部分紹介

　　　　　　　　　　　　　　　　　　　　　　　　　　　　　ながらみ書房　H 27・4・15

盛岡タイムス〈コラム天窓〉※啄木忌の法要と山下多恵子氏の講演の話題　　　　　H 27・4・15

盛岡タイムス〈記事〉文業に郁雨の後押し　山下多恵子さん講話　　　　　　　　　H 27・4・16

藤澤則子〈体感思想〉啄木の心、尽きぬ憧れ　　　　　　　　　　盛岡タイムス　H 27・4・18

高野公彦〈巻頭秀歌〉歌意・函館の青柳町…P4 〜 0「NHK短歌」5月号 NHK出版　H 27・4・20

「いんぷりジャーナル」10 号 A4判 全4頁〈特集「啄木とぶんきょう－たかく飛んだ！26 年－」〉

　（以下の啄木文献 6 点を掲載）

　森　義真　企画展初日を展観して

　佐藤　勝　企画展「啄木とぶんきょう」から学んだこと

　柳澤　兪　インタープリター会代表理事

　編 集 部　企画展を終えて　来場者 3000 人突破／盛岡／北海道／東京

井上義一　啄木展をふりかえって

倉本幸弘　「啄木とぶんきょう―たかく飛んだ！ 26 年―」を見て思うこと
　　　　　　　　　　　文の京地域文化インタープリターの会（文京区国際観光課内）H 27・4・20

「特別展　啄木をめぐる人々」～盛岡中学時代～（チラシ）開催期間：4・22 ～ 9・1
　　　　　　　　　　　　　　　　　　　　　　　　　　　盛岡てがみ館　H 27・4・22

水野信太郎「啄木とのゆかりにつながる青年たち―賢治・南吉・道造―」※さっぽろ啄木を愛す
　　る会発表資料　A4 判 12 枚　　　　　　　　　　　　　　著者作成　H 27・4・25

森田敏春「さっぽろ啄木を愛する会 2014 年度活動報告」A4 判 5 枚　　　　　H 27・4・25

山口博弥〈コラム北上川〉啄木人気の理由　　　　　　　読売新聞（岩手版）H 27・4・26

淡路　勲（コラム 窓）「宮崎郁雨」の人柄伝えて　　　　　　新潟日報　H 27・4・26

「真の男！宮崎郁雨と啄木」〈石川啄木記念館　第 3 回企画展〉冊子型パンフ　A4 判 全 8 頁（細目：
　　友の恋歌　矢ぐるまの花／友のなさけ／今日も歌よめり／われの偉業／わが名郁雨／「宮崎郁雨と啄木」
　　略年譜／展示資料）※開催期間：4・28 ～ 9・6　　　　石川啄木記念館　H 27・4・28

「企画展　真の男　宮崎郁雨と啄木」〈チラシ〉啄木記念館／開催 15/04/28 ～ 09/06　H 27・4・28

ロジャー・パルバース『英語で読む啄木・自己の幻想』四六判 1700 円＋税 全238 頁（細目：まえが
　　き／第一章・鏡の中の光／第二章・不朽のノスタルジア ―思郷のこころ―／第三章・民の叫び／第四章・
　　永い廊下／第五章・自己の幻想）　　　　　　　　　　河出書房新社　H 27・4・30

櫻井健治〈コラム コー ヒーブレーク〉啄木・北海道を去る P10 ～ 0「社内報　きずな」第 48 号 B5 判
　　　　　　　　　　　　　　　　　　　　　　　　（株）ドウデン（函館市）H 27・4・―

編集部〈北区・東区百景〉石川啄木② 漂泊の札幌二週間「マイタウンどうしん」第343号 ※地域情報
　　タブロイド判紙　　※発行所：札幌市北区・東区の「北海道新聞」販売所　H 27・4・―

須賀章雅〈よいどれブンガク夜話・68夜〉石川啄木『一握の砂』18「ミダラナコエニミチタ、セマイ、
　　キタナイマチニイッタ」P88 ～ 89「北方ジャーナル」5 月号　　　リ・スタジオ　H 27・5・1

「ぽけっと」5 月号（盛岡市内情報誌・記事）石川啄木記念館の企画展「啄木と宮崎郁雨」／盛岡
　　てがみ館の企画展「金田一京助の手紙」　　　　　発行：盛岡文化振興事業団　H 27・5・1

「広報もりおか」5 月 1 日号（記事）啄木祭　　　　　　　　　　盛岡市　H 27・5・1

東奥日報〈コラム天地人〉※啄木や寺山修司の歌を引用して方言の良さを論じる　H 27・5・1

南條範男　短歌で綴る啄木さんの生涯（17）啄木を詠む短歌12首「迸水」5 月号　H 27・5・1

「岩手日報（生活情報紙）ぽらん」5 月 2 日号（情報記事）2015 啄木祭　　　　H 27・5・2

朝日新聞（岩手版）ＧＷ後半催し盛況／短歌の秀作選ぶ／盛岡・啄木しのび大会　H 27・5・4

岩手日報　啄木祭賞に岡田さん（盛岡）玉山で短歌大会　　　　　　　　　　H 27・5・5

北畠立朴〈啄木エッセイ201〉ミニ講演が全国に発信　　　　「しつげん」第601号　H 27・5・5

盛岡タイムス（記事）国民歌人の面影詠む／啄木祭・短歌大会祭賞に岡田紘子さん　H 27・5・5

岩手日報（記事）来月6日に「啄木祭」盛岡・玉山姫神ホール　内館牧子さん講演　H 27・5・6

ドナルド・キーン（角地幸男訳）石川啄木〈第十二章〉啄木と節子、それぞれの悲哀 P228 ～ 235
　　「新潮」6 月号 980 円（税込）　　　　　　　　　　　　　　新潮社　H 27・5・7

熊谷忠興　小原敏麿、蓋平館別館に石川啄木を訪ねる P1 ～ 5「流泉小史」第 4 号 A4 判
　　　　　　　　　　　流泉小史の会（岩手県北上市黒岩 18-45 源花仙　正洞寺内）H 27・5・9

盛岡タイムス〈新刊紹介〉豪作家ロジャー・パルバースさん「英語で読む啄木」刊行　H 27・5・9

「札幌啄木会だより」第 27 号 A4 判 全 17 頁〔特集「岩城之徳先生没後 20 年」編集者・岩城先生と啄
　木研究（終戦から「国際啄木学会」発足まで）P3～10 ／岩城之徳・啄木の故郷 P 11～12（→ S30・3
　「文芸臨時増刊号　石川啄木読本」河出書房）／水関清・啄木と「昴」P12 ～ 16（→ H25・10「北海道医報」
　第 1141 号／ほか〕　　　　　　　　　　　　　　　　　　　太田幸夫個人編集発行誌　H 27・5・9
胆江日日新聞（記事）内館牧子さんを招き講演会／来月 6 日－盛岡・姫神ホール　　　H 27・5・9
赤崎　学　定型を壊す・啄木の後継者たち ※著者作成の国際啄木学会 2015 年東京セミナー発表資料
　　於：明治大学駿河台研究棟第 4 会議室　　　　　　　　　　　　　　　　　　　H 27・5・10
太田　登　岩城啄木学をどのように継承すべきか ※著者作成の国際啄木学会 2015 年東京セミナー講演
　　レジメ／於：明治大学駿河台研究棟　　　　　　　　　　　　　　　　　　　　H 27・5・10
河野有時　はだかの動詞たち ― 啄木短歌における動詞の終止符止めの歌について― A4 判 4 枚
　　※著者作成の国際啄木学会 2015 年東京セミナー発表資料　　　　　　　　　　H 27・5・10
「国際啄木学会 2015　東京セミナー啄木終焉の地歌碑建立リレー講演レジメ集」A4 判 全 9 頁
　　〔内容：飯坂慶一・文京区の啄木忌・偲ぶ会 ※付：都政新報 H24・8・24 掲載文「石川啄木没後 100 年
　　を迎えて」（飯坂慶一）／佐藤勝・文京区と啄木／大室精一・歌碑の歌『悲しき玩具』冒頭二首／森義真・
　　歌碑建立への石川啄木記念館としての関わり〕於：明治大学駿河台研究棟　　　H 27・5・10
読売新聞（岩手版記事）盛岡の岡田さん啄木賞に輝く・啄木祭短歌大会　　　　　　H 27・5・11
朝日新聞（岩手版記事）啄木祭俳句大会・優勝決まる　　　　　　　　　　　　　　H 27・5・12
岩手日報（記事）最高賞に柳幸さん（久慈）啄木祭全国俳句　　　　　　　　　　　H 27・5・12
岩手日報（記事）啄木と郁雨　友情に光／盛岡・玉山で企画展　　　　　　　　　　H 27・5・15
盛岡タイムス（記事）先人のふるさとに読む／啄木祭全国俳句大会　　　　　　　　H 27・5・15
岩手日報（記事）盛岡の文化より深く／啄木の中学時代に焦点・てがみ館　　　　　H 27・5・16
盛岡タイムス（記事）啄木、賢治でトーク／クロステラス盛岡・佐藤竜一さん講師に　H 27・5・16
岩手日報（記事）「啄木歌碑」説明板を除幕／盛岡一高・同窓生有志が建立　　　　H 27・5・17
福島民報〈コラムあぶくま抄〉※大震災後に長田弘が講演で啄木歌を引用した話題　H 27・5・17
編集部〈郷土の本棚〉石川啄木と宮沢賢治の人間学／比べて迫る等身大の魅力
　　　　　　　　　　　　　　　　　　　　　　　　　　　　　　岩手日報　H 27・5・17
盛岡タイムス（広告記事）2015 啄木祭　6 月 6 日／主催：啄木祭実行委員会　　　H 27・5・17
朝日新聞（岩手版記事）姫神山、好天の山開き ※山開きで啄木の歌が披露　　　　H 27・5・18
読売新聞（岩手版記事）ふるさとの山に万歳・姫神山　　　　　　　　　　　　　　H 27・5・18
玉木研二（コラム・火論）代用教員　　　　　　　　　　　　　毎日新聞　H 27・5・19
仲村重明　右遠先生と啄木の歌 P105 ～ 107「白桃」2 号 B5 判 500 円
　　　　　　　　右遠俊郎記念会（東京練馬区貫井 1-23-2-405 事務局：稲沢潤子）H 27・5・20
佐藤竜一『石川啄木と宮沢賢治の人間学・ビールを飲む啄木×サイダーを飲む賢治』四六判 173 頁
　　1600 円＋税〔細目：Ⅰ．長男という重荷／Ⅱ．ビールとサイダー（好物はそば／ライスカレー事件／桜
　　の好き嫌い）ほか／Ⅲ．方言に苦しむ（金田一京助との縁／佐々木喜善との縁）ほか〕
　　　　　　　　　　　　　　　日本地域社会研究所（東京・杉並区上荻 1-25-1）H 27・5・25
盛岡タイムス（記事）横顔重ねて啄木、賢治／ほんの大盛堂・佐藤竜一さんトーク　H 27・5・26
読売新聞（神奈川版）相模原で生誕 130 年を記念／啄木の幻の映画上映／89 年発見、修復
　　　　　　　　　　　　　　　　　　　　　　　　　　　　　　　　　　　　　H 27・5・26

岩手日報（記事）「玉山区」住所から除く／盛岡市方針案・住民サービスは維持　　H 27・5・27

盛岡タイムス（記事）玉山区地域協・新年度は「盛岡市渋民」に ※住所表記について　H 27・5・27

「石川啄木記念館だより」第2号 B5判 全8頁〔細目：森　義真「明日の考察」P1 ～ 0／第3回企画展：

　　「真の男！宮崎郁雨と啄木」／ 2015「啄木祭（講演：内館牧子）」／自主事業と共催事業：「啄木と京助」

　　／「啄木の秋」／石川啄木と森鷗外、そして平出修」／ほか〕　　　　　　　　　　H 27・5・28

毎日新聞（岩手版）啄木と義父　不思議な縁／国際啄木学会の小林さん確認　　　　H 27・5・28

読売新聞（岩手版）金田一京助の手紙展／盛岡・啄木に関する記述も　　　　　　　H 27・5・28

近藤典彦〈石川啄木と花　第2回〉馬鈴薯の花 P26 ～ 27「季刊　真生」第 297号 B5判

　　※（華道「真生流」発行の配布誌）　　　　　　　　　（有）しんせい出版　H 27・5・29

岩手日報〈広告記事〉啄木祭　※開催日：6月6日／会場：姫神ホール　　　　　　H 27・5・30

盛岡タイムス（記事）内館牧子さん講演　6月6日啄木祭※姫神ホール　　　　　　H 27・5・30

盛岡タイムス（記事）蓄音機でレコードコンサート・啄木賢治青春館　　　　　　　H 27・5・30

池田　功　「啄木文学を育んだトライアングルとしての岩手県―岩手・北海道・東京―」A4判8頁

　　※「北海道立文学館」に於ける講演レジメ　　　　著者作成（日付は講演日）H 27・5・30

「2015年　啄木祭」〈チラシ〉※開催：5月31日／講師：近藤典彦／場所：東京都しごとセンター／

　　主催者：新日本歌人協会　　　　　　　　　　　　　　　　　　　　　　　　　H 27・5・31

近藤典彦「啄木研究 30年で見えたもの」〈啄木祭講演レジメ〉B5判4枚　　著者刊　H 27・5・31

櫻井健治〈コラム コーヒーブレーク〉啄木・小説を書く P9 ～ 0　「社内報　きずな」第 49号 B5判

　　　　　　　　　　　　　　　　　　　　　　　　　（株）ドウデン（函館市）H 27・5・―

西脇　巽「啄木旅日記　新東京編」A4判 15枚プリント作成

　　（← H27・10・10『石川啄木　旅日記』桜出版）　　　　　著者個人発信　H 27・5・―

「啄木の里　歌碑と旧跡めぐりマップ」A2 変形判〈改訂版〉渋民地区自治連絡協議会　H 27・5・―

「詩さんぽ街さんぽ」NO.4 A4判（記事）啄木忌・小石川／他に「岩手日報」（H27・4・8 と H27・3・23）

　　掲載の記事の複写を掲載　　　　　　　　　　　　　柴田和子個人発行紙　H 27・6・1

松平盟子（評論）与謝野鉄幹と啄木の明治40年代⑦ P2 ～ 7「プチ★モンド」No.89 A5判 1500円

　　　　　　　　　　　　　　　　　プチ★モンド発行所（東京・大田区）H 27・6・1

須賀章雅〈よいどれブンガク夜話・69夜〉石川啄木『一握の砂』19「ソノハゲシキタノシミヲモトムル

　　ココロヲセイシカネタ！」P98 ～ 99「北方ジャーナル」6月号　　　　リ・スタジオ　H 27・6・1

北海道新聞（文化面）「書棚から歌を」が書籍に／田中綾さん道新日曜文芸欄コラム　H 27・6・1

南條範男　短歌で綴る啄木さんの生涯（18）啄木を詠む短歌12首「迸水」6月号　　H 27・6・1

相原礼以奈（連載署名記事）おらがまちかど〈60〉盛岡市渋民地区　盛岡タイムス　H 27・6・2

田中　綾　書棚から歌を（石川啄木／土岐善麿／小林多喜二ほか）※北海道新聞に連載した短文集

　　『書棚から歌を』新書判 1400円＋税　　　　　　　　　　深夜叢書社　H 27・6・3

北畠立朴〈啄木エッセイ 202〉今から年賀状を考える　　　　「しつげん」第 603号　H 27・6・5

盛岡タイムス（記事）盛岡市中央公民館／転入者に街の講座（※啄木の案内も）　　H 27・6・5

「2015啄木祭」〈パンフ〉A4判　6頁／内館牧子「私と盛岡」※講演資料〈啄木短歌など10首〉

　　　　　　　　　　　　　　　　　　　　　　主催：石川啄木記念館　H 27・6・6

盛岡タイムス（記事）盛岡中学時代浮き彫り／てがみ館企画展：啄木への印象描く　H 27・6・6

岩手日報（記事）啄木祭で魅力発信／盛岡玉山：小中学生が演奏や劇　　　　　　　H 27・6・7

ドナルド・キーン（角地幸男訳）石川啄木〈第十三章〉啄木と節子、それぞれの悲哀 P227～250

「新潮」7月号 980円（税込）　　　　　　　　　　　　　　　　　新潮社　H 27・6・7

読売新聞（岩手版）「啄木歌に望郷の念」内館さん講演　　　　　　　　H 27・6・7

宮　健〈杜陵随想〉啄木終焉の地　　　　　　　　　　　　盛岡タイムス　H 27・6・8

盛岡タイムス（記事）望郷の歌を群読（渋民中）啄木祭・内館牧子さん講演　H 27・6・8

盛岡タイムス（記事）企画展「真の男！宮崎郁雨」天分支えた熱血の友　啄木記念館　H 27・6・9

「啄木ゆかりの地巡りバスツアー」〈パンフ〉B5判全6頁　　　　石川啄木記念館　H 27・6・11

琉球新聞〈コラム金口木舌〉日記の日 ※啄木の言葉「死んだら日記は焼け」を引用　H 27・6・12

「企画展関連講演会」〈チラシ〉会場：渋民勤労者研修センター／主催：啄木記念館　H 27・6・13

森　義真　啄木と宮崎郁雨～友の恋歌矢ぐるまの花～ ※講演用著者作成レジメ A4判5頁

　講演：6月13日 ※渋民勤労者研修センター会議室　　　　　　　　　　H 27・6・13

盛岡タイムス（記事）情報：フォーム「石川啄木記念館企画展関連―館長講演会」　H 27・6・13

森　義真　志の高さ～明治期の岩手人群像～ ※旧盛岡藩士桑田岩手支部会講演用著者作成レジメ

　A4判3頁　講演期日：6月14日／場所：櫻山神社参集殿　　　　　　　H 27・6・14

産経新聞〈コラム・産経抄〉※歌集『一握の砂』と夭逝した愛児・真一の話題　H 27・6・14

森山晴美　改めて読む啄木の歌 P93～106〈「啄木祭」エデュカス東京 2012年5月18日の講演要旨〉

　『うたびと1』〈新暦叢書第47-1篇〉四六判 2700円＋税　　　　　績文堂　H 27・6・15

田中あさひ　石川啄木と大西民子／ほか『大西民子―歳月の贈り物』四六判 3024円＋税

　　　　　　　　　　　　　　　　　　　　　　　　　　　短歌研究社　H 27・6・19

佐賀新聞（コラム現在位置）日韓国交正常化50年 ※啄木の「地図の上」歌を引用　H 27・6・22

NHKテレビ盛岡局ネットニュース版（記事）"啄木定食"発表会　　　　H 27・6・25

内藤賢司　啄木を読む⑩ 歌稿湧く P53～57「歩行」45号 A5判　800円

　　　　　　　　　　発行所連絡先（福岡県八女市黒木町北木屋2090 内藤方）H 27・6・25

松平盟子〈近代歌人との交遊〉石川啄木「きす」という語をめぐって P67～0「短歌」7月号 B5判

　1030円　　　　　　　　　　　　　　　　　　　　　角川文化振興事業団　H 27・6・25

岩手日報（記事）啄木の愛した味を定食に　盛岡・玉山で再現、試食会　H 27・6・26

鬼山親芳（コラム・記者通信・宮古）銭湯再建に奔走（編注 ※啄木も入浴した？？）

　　　　　　　　　　　　　　　　　　　　　　　　毎日新聞（岩手版）H 27・6・26

河北新報（記事）古里のおかず懐かし啄木定食／日記など参考・幼少期の食事再現　H 27・6・26

水口　忠「原口隆行著『ドラマチック鉄道史』記述の間違い」B5判1枚 ※小樽駅新築落成の祝辞

　を添削した年度記述の間違いを糺す内容。　　　　　　　〈著者作成の印刷原稿〉H 27・6・26

盛岡タイムス（記事）古里発信「啄木定食」／好んだカボチャとそばも　H 27・6・26

斎藤　徹（署名記事）完成「啄木定食」ゆかりの食材ふんだんに／来月から提供

　　　　　　　　　　　　　　　　　　　　　　　　朝日新聞（岩手版）H 27・6・27

岩手日報（コラム・アンテナ）食から「人間啄木」知って　　　　　　H 27・6・27

「石川啄木の妻　節子星霜」〈劇団「波」公演チラシ〉開催日：2015年6月27日／場所：西牟田郡

　上富田文化会館ホール／主催者：上富田町教育委員会　　　　　　　H 27・6・27

毎日新聞（岩手版）啄木の魅力分かりやすく／盛岡の記念館　　　　　H 27・6・27

櫻井健治〈コラム コーヒーブレーク〉啄木・東京朝日に入社 P12～0「社内報 きずな」第52号 B5判

（株）ドウデン（函館市）　H 27・6・―

「ようこそ渋民へ「啄木の里」歌碑と旧跡めぐりマップ」〈改訂版〉　渋民自治連協　H 27・6・―

編集部〈北区・東区百景〉石川啄木③ 漂泊の札幌二週間　「マイタウンどうしん」第 343 号 ※地域
　　情報タブロイド判紙　　　※発行所：札幌市北区・東区の「北海道新聞」販売所　H 27・6・―

池田　功　〈評論〉啄木研究の今後のあり方をめぐって P62 ～ 63「りとむ」7月号　　H 27・7・1

岩手日報（記事）「先輩」啄木の精神学ぶ・江南義塾盛岡高／記念行事を初公開　　H 27・7・1

かわすみさとる　啄木のローマ字日記にみる「へなぶり歌」〈第 41 回評論・エッセイ賞佳作「別離を
　　詠う歌」〉P50 ～ 53「短歌人」7月号　　短歌人会（東京都江東区白河 1-7-18-901）H 27・7・1

菊池孝彦　評論・エッセイ賞選評 P55 ～ 0「短歌人」7月号　　　　　　　　　　　H 27・7・1

藤原龍一郎　評論・エッセイ賞選評 P54 ～ 55「短歌人」7月号　　　　　　　　　H 27・7・1

須賀章雅〈よいどれブンガク夜話・70夜〉石川啄木『一握の砂』20「キタナイ！シンニキタナイ！」
　　P80 ～ 81「北方ジャーナル」7月号　　　　　発行所：リ・スタジオ（札幌市）H 27・7・1

南條範男　短歌で綴る啄木さんの生涯（19）啄木を詠む短歌12首「迯水」7月号　H 27・7・1

編集部　石川啄木 P44 ～ 47 監修：髙橋敏夫・田村景子『写真で見る人間相関図　文豪の素顔』
　　B5判 1600円＋税　　　　　　　　　　　（株）エクスナレッジ　H 27・7・1

岩手日報（コラム・アンテナ）啄木の精神受け継いで　　　　　　　　　　　　　H 27・7・2

岩手日報（コラム 風土計）※啄木の歌と「錆びたナイフ」から政治の錆の話題へ　H 27・7・2

盛岡タイムス（記事）江南義塾／母校に学びし歌人に誓う／啄木祭で短歌朗唱　　H 27・7・2

「啄木学級　文の京講座」〈チラシ〉講演（山折哲雄：うたう啄木、たたかう啄木／対談：真山重博×森
　　義真：啄木がつないだ文京と盛岡）会場：文京区シビックセンターホール　　H 27・7・3

毎日新聞（岩手版）みちのく建物探訪・旧制盛岡中学図書庫／解体の危機　市民救う　H 27・7・4

北畠立朴〈啄木エッセイ 203〉大津波で流されるわが家　　　「しつげん」第 605 号　H 27・7・5

「現代短歌新聞」第 40 号（記事）二〇一五年啄木祭 ※新日本歌人協会現代短歌社　H 27・7・5

岩手日報（記事）最期の地で啄木に思い／講演などで足跡たどる／東京・文京　　H 27・7・7

ドナルド・キーン（角地幸男訳）石川啄木〈第十四章〉啄木と節子、それぞれの悲哀 P214 ～ 225
　　「新潮」8月号 980円（税込）　　　　　　　　　　　　　新潮社　H 27・7・7

高知新聞〈コラム 小社会〉※啄木の借金問題と比較してＥＵの国際問題を論じる　H 27・7・8

盛岡タイムス（記事）天才のなぞ解く糸口に／小林芳弘さん・堀合忠操を研究　　H 27・7・9

西脇　巽　『石川啄木　若者へのメッセージ』四六判 327頁 2000円＋税〔細目：序文／第一章・啄木
　　と災害／第二章・啄木の国語力／第三章・死に急ぐな！若者よ！啄木を読もう！／第四章・啄木悲哀の
　　源泉／第五章・啄木の悪評／第六章・啄木は時代をどう生きたか／第七章・啄木を巡る女性たち／第八
　　章・啄木の結婚生活／解説：池田功〕　　　　　　　　　　桜出版　H 27・7・10

岩手日報（記事）啄木の足跡たどる／盛岡・玉山バスツアー　　　　　　　　　　H 27・7・12

盛岡タイムス（コラム 天窓）※啄木記念館開催中の「宮崎郁雨と啄木」について　H 27・7・12

盛岡タイムス（記事）歌人の面影たずねて／啄木記念館ゆかりの地にバスツアー　H 27・7・14

盛岡タイムス（記事）市教育委員会長を表敬・派遣（うるま市）の盛岡市内の中学生　H 27・7・17

「空に吸はれし心」〈啄木歌曲コンサートチラシ〉会場：啄木・賢治青春館　　　H 27・7・18

池田　功　啄木文学を育んだ文京区 P1 ～ 2「友の会だより」第 71 号 A4 判
　　　　　　　　　　　　　　　　文京ふるさと歴史館友の会事務局　H 27・7・20

岩手日日新聞（記事）多感な青春像に迫る・てがみ館特別展／啄木をめぐる人々・盛岡中学時代の
　　恋愛、文学熱　　　　　　　　　　　　　　　　　　　　　　　　　　　　H 27・7・20
盛岡タイムス（記事）盛岡二高 10 代の心三十一文字に・2 年連続二つの短歌甲子園へ　H 27・7・23
小山　敦〈シリーズ一首鑑賞〉父性（その親にも）P110 〜 0「短歌」8 月号 A5 判 1030 円＋税
　　　　　　　　　　　　　　　　　　　　　　　　角川文化振興事業団　H 27・7・25
小野寺寛〈好日雑想〉啄木祭　　　　　　　　　　　　　　胆江日日新聞　H 27・7・25
碓田のぼる　『渡辺順三の評論活動　その一考察』四六判 1500 円＋税〔細目：第二章・啄木の正系を
　　継ぐあざやかな朱線／ほか〕　　　　　　　　　　　　　光陽出版社　H 27・7・30
学術刊行会編『国文学年次別論文集』〈近代V〉（平成 23 年）B5 判 9300 円＋税
　　（以下 1 点の啄木文献を収録）
　　大室精一　『悲しき玩具』歌稿ノートの配列意識（4）─「第四段階」の歌群〈113 〜 177〉について
　　　　　　　─P224〜233（→H22・3「佐野短期大学研究紀要」第21号）　朋文出版　H 27・7・─
飯坂慶一　「政治家・田子一民と石川啄木」A4 判 3 頁　　　著者作成発行紙　H 27・7・─
函館啄木会「啄木没後百年記念追悼講演会　ドナルド・キーン氏啄木を語る「日記にあらわれる啄木」
　　講演録」B5 判 全 56 頁 ※ D・キーン＆山本玲子の対談も収録　　函館啄木会　H 27・7・─
岩内敏行〈鑑賞　余白が印象的なこの一首〉P45 〜 0「短歌」8 月号　　KADOKAWA　H 27・8・1
「平成 26 年度 盛岡てがみ館 館報」A4 判 全 37 頁（※金田一京助の書簡展／特別展　啄木をめぐる人々
　　／ 26 年度の資料展などに関する記録集であるが啄木資料も多い）　　　　H 27・8・1
須賀章雅〈よいどれブンガク夜話・71 夜〉石川啄木『一握の砂』21「『イクナ！イクナ！』トオモイナガラ」
　　P86 〜 87「北方ジャーナル」8 月号　　　　　　　発行所：リ・スタジオ（札幌市）H 27・8・1
根田真江〈子どもに語る例話・中学校向け〉校歌に込められたメッセージを受け取ろう P80 〜 81
　　「月刊プリンシパル」8 月号 A5 判 650 円＋税　　　　　　　　学事出版（株）H 27・8・1
南條範男　短歌で綴る啄木さんの生涯（20）啄木を詠む短歌12首「迯水」8 月号　　H 27・8・1
「広報もりおか」8 月 1 日号（記事）文京区で啄木学級開催／企画展・函館と啄木　　H 27・8・1
太田登ほか編集委員会編「一意専心の人・岩城之徳初代会長歿後 20 年に寄せて：追悼記念誌」
　　A5 判 全 66 頁（以下 17 点の文献を収載）
　　〈写真で綴る岩城之徳先生〉P1 〜 4
　　遊座昭吾　岩城之徳先生と私─国際啄木学会会長としての足跡を辿る─（→H 5・7「国際啄木学
　　　　　　　会会報」第 5 号）P6 〜 5
　　池田　功　国際啄木学会と岩城初代会長 P7 〜 9
　　近藤典彦　一意専心の人─その石川啄木研究史管見─P10 〜 14
　　太田　登　岩城啄木学をどのように継承すべきか P15 〜 19
　　逸見久美　岩城さんと近代詩歌研究 P20 〜 22
　　望月善次　堂々たる Utility Player
　　　　　　　─大学教員としての岩城先生の基底に集約しながら─P23 〜 25
　　森　義真　石川啄木記念館と岩城先生─寄贈資料を大切に─P26 〜 28
　　櫻井健治　岩城先生との出会いと北海道 P29 〜 32
　　永岡健右編　岩城之徳博士略年譜 P33 〜 37
　　佐藤　勝編　岩城之徳博士主要著作目録 P38 〜 43

【教え子たちが語る恩師の思い出】

　大室精一　岩城先生から「啄木そっくりさん」と呼ばれて P44〜46

　岡野久代　岩城之徳先生の先見性と適材適所の才 P47〜49

　榊原由美子　岩城先生の想い出 P50〜52

　永岡健右　恩師岩城之徳先生を偲ぶ P53〜55

　舟田京子　岩城先生との出会い P56〜57

　安元隆子　啄木研究への一途な情熱と憎めないお人柄 P58〜60

　太田　登　編集後記 P61〜0　　　　　　　（頒価800円）　国際啄木学会事務局　Ｈ27・8・3

北畠立朴〈啄木エッセイ204〉後世になにが残るか　　　　　　　「しつげん」第607号　Ｈ27・8・5

ドナルド・キーン（角地幸男訳）石川啄木〈第十五章〉啄木と節子、それぞれの悲哀 P243〜251

　「新潮」9月号 980円（税込）　　　　　　　　　　　　　　　　　　　新潮社　Ｈ27・8・7

荒又重雄　勤労者生活をより人間らしく・貴重な啄木ともだちの話 P83〜84「新しい労働文化のため

　に―イデオロギー論断片―」〈続々々〉B5判　定価不掲載　北海道労働文化協会　Ｈ27・8・10

「広報　もりおか」8月15日号（記事）短歌甲子園2015　　　　　　　　　　盛岡市　Ｈ27・8・15

盛岡タイムス（記事）渋民バイパスに道の駅／2021年度供用目指す　　　　　　　　Ｈ27・8・19

岩手日報（記事）角掛さん（盛岡二）最高賞・宮崎・牧水短歌甲子園　　　　　　　Ｈ27・8・20

盛岡タイムス（記事）啄木の里で10年目の大会・短歌甲子園2015　　　　　　　Ｈ27・8・20

岩手日報（記事）盛岡四高　沼宮内・短歌甲子園決勝Ｔへ（啄木を記念した大会）　Ｈ27・8・21

盛岡タイムス（記事）きょう団体・個人決勝／短歌甲子園2日目　　　　　　　　Ｈ27・8・21

岩手日報（記事）盛岡四高が初優勝・盛岡で短歌甲子園　　　　　　　　　　　　Ｈ27・8・22

大室精一〈講演レジメ＆資料〉「啄木短歌の魅力」A3判7頁　於：佐野市中央公民館　Ｈ27・8・22

「啄木短歌の魅力」〈チラシ〉平成27年度佐野市民大学／開催日：8・22／場所：佐野市中央公民館

　講師：大室精一／主催者：佐野市教育委員会　　　　　　　　　　　　　　　　Ｈ27・8・22

盛岡タイムス（記事）盛岡四高が初優勝・短歌甲子園きのう開幕　　　　　　　　Ｈ27・8・22

「シニアズ」（地域情報紙）啄木の菩提寺を清掃・日戸桜寿会（玉山地区）　　　　Ｈ27・8・23

佐々木佳（コラム・まちあるき）盛岡市・上の橋〜愛宕山展望台　　　　岩手日報　Ｈ27・8・23

松平盟子〈今週の本棚・この3冊〉『ちくま日本文学 石川啄木』〈ちくま文庫〉／ほか

　　　　　　　　　　　　　　　　　　　　　　　　　　　　　　毎日新聞　Ｈ27・8・23

盛岡タイムス（コラム天窓）※盛岡四高が初優勝した短歌甲子園の話題　　　　　Ｈ27・8・23

毎日新聞（岩手版）盛岡第四高が初優勝・短歌甲子園　　　　　　　　　　　　　Ｈ27・8・25

盛岡タイムス（記事）グラフ特集／短歌甲子園2015　　　　　　　　　　　　Ｈ27・8・26

盛岡タイムス（記事）啄木像で花と親しむ／盛岡市大通サウス・ウイングが環境整備　Ｈ27・8・28

西脇巽『石川啄木　不愉快な事件の真実』四六判283頁 2000円＋税〔細目：序章・「不愉快な事件」

　とは／第一章・啄木の妹・三浦光子著をどう読むか／第二章・明治四十四年四月二十六日啄木日記をどう

　読むか／第三章・小姑と嫁　光子と節子の場合―友好から怨恨への転変／第四章・丸谷喜市の苦悩／第五章・

　忠操と郁雨／第六章・啄木の忠操恐怖症（序論　山下多恵子氏の論考について／ほか）／第七章・郁雨の歌（序

　論／堀合了輔著『啄木の妻節子』／山下多恵子著『啄木と郁雨』）／第八章・郁雨の節子への心情／第九章・

　喧嘩と仲直り／第十章・諸家の論考（妹・光子の場合／井上ひさし氏の場合／近藤典彦氏の場合／山下多

　恵子氏の場合／長浜功氏の場合）／解説：望月善次 P253〜281〕　　　　桜出版　Ｈ27・8・30

「岩手大学 2015年度シニアカレッジ」〈パンフ〉※啄木講座（9・3）講師：山本玲子　　　H 27・8・―

「啄木を通してみた大切な心」（講座チラシ）開講日：9・26 場所：盛岡市中央公民館　　　H 27・8・―

山本玲子　啄木、借金の言い訳 ※「岩手大学 2015 シニアカレッジパンフ」より　　　H 27・8・―

「石川啄木記念館館報」〈平成 26 年度〉A 4 判 全 40 頁 ※催事などの詳細な記録　　　H 27・9・1

菊池東太郎 第 10 回 静岡啄木祭／知られざる一面も―久々湊盈子氏講演―P98 ～ 0「新日本歌人」
　　　9 月号 A5 判 850 円　　　　　　　　　　　　　　　　　新日本歌人協会　H 27・9・1

松平盟子（評論）与謝野鉄幹と啄木の明治 40 年代⑧ P2 ～ 6「プチ★モンド」No.90 A5 判 1500 円
　　　　　　　　　　　　　　　　プチ★モンド発行所（東京・大田区）H 27・9・1

須賀章雅〈よいどれブンガク夜話・72 夜〉石川啄木『一握の砂』22「ヨハイマ、ソコニイル―
　　　ソコ！」P116 ～ 117「北方ジャーナル」9 月号　　　発行所：リ・スタジオ（札幌市）H 27・9・1

中山怜子〈芙蓉の人・文京区めぐり第 15 話〉野村胡堂と文京区 P6 ～ 7 隔月刊「空」第 58 号 B5 判
　　　　　　　　　　　　　　　発行：グレイ（文京区小石川 5-3-3）H 27・9・1

南條範男　短歌で綴る啄木さんの生涯（21）啄木を詠む短歌 12 首「逆水」9 月号　　　H 27・9・1

「2015 年国際啄木学会シドニー大会　プログラム ＆ 予稿集」A4 判 全 26 頁〈日英対訳掲載〉
　　　（以下の 11 点の文献を収載）

　　　池田　功　会長挨拶 P1 ～ 0

　　　遠藤　直　来賓挨拶（国際交流基金〈シドニー〉所長）P2 ～ 0

　　　【基調講演】

　　　ロジャー・パルバース（作家・劇作家・演出家）「明治時代のソールブラザーズ」P3 ～ 4

　　　【講演】

　　　山泉　進「石川啄木の「大逆事件」認識―事件の国際的影響との関連において」P5 ～ 6

　　　【ミニ講演】

　　　リース・モートン「モダニズムとは何か―石川啄木とケネス・スレッサ―ーの詩歌」P7 ～ 9

　　　プラット・アブラハム・ジョージ「現代社会における啄木詩歌の意義と価値―インド人の視点
　　　　　　　　　から見た『一握の砂』―」P10 ～ 12

　　　結城　文「英訳啄木短歌の諸相」P13 ～ 14

　　　【研究発表】

　　　村松　善「『明治四十一年戊甲日誌』と『明治四十一年日誌』の一月二日から一月三日の項の
　　　　　　　　　比較考察」P15 ～ 16

　　　林　水福「石川啄木の短歌の翻訳―筆者自身が翻訳した啄木短歌を中心に―」P17 ～ 19

　　　クレアモント康子「『ローマ字日記』と日本語表記の問題」P20 ～ 22

　　　望月善次「閉会挨拶」P23 ～ 24
　　　　　　　　　　　　　国際啄木学会シドニー大会事務局（オーストラリア）H 27・9・5

泉山　圭〈体感私観〉盛岡初の道の駅に期待 ※啄木ヒントの物品も　　盛岡タイムス　H 27・9・5

北畠立朴 〈啄木エッセイ 205〉母校の消える日が来るか　　「しつげん」第 609 号　　H 27・9・5

「平成 27 年度 啄木学級故郷講座」（A4 判チラシ ＆ A2 判ポスター）期日：9 月 5 日／場所：旧渋民尋
　　　常小学校／講師：藤井良江（函館市文学館長）演題：啄木と函館
　　　　　　　　　　主催：盛岡観光コンベンション協会／石川啄木記念館　H 27・9・5

盛岡タイムス（記事）旧丸藤ビル大規模改装、再始動／※啄木少年像の立つビル　　H 27・9・5

岩手日報（記事）啄木と函館　深い縁に理解／盛岡・玉山ゆかりの校舎で講座　　　　　　H 27・9・6

山下多恵子（書評）石川啄木　若者へのメッセージ（西脇巽著）自己変革なし遂げた一途な生涯

　　　　　　　　　　　　　　　　　　　　　　　　　　　　　　　しんぶん赤旗　H 27・9・6

ドナルド・キーン（角地幸男訳）石川啄木〈最終章〉啄木と節子、それぞれの悲哀 P245 〜 252

　「新潮」10月号 980円（税込）　　　　　　　　　　　　　　　　　　　新潮社　H 27・9・7

北海道新聞〈コラム故郷〉※啄木「石をもて」の歌を引用して原発や戦争を問う　　　H 27・9・8

琉球新聞〈コラム金口木口〉※啄木「はたらけど」の歌を引用し現代世相を評す　　　H 27・9・8

岩阪恵子『わたしの木下杢太郎』四六判 1800円＋税 ※啄木参考文献図書　　講談社　H 27・9・9

盛岡タイムス（記事）啄木の詩で混声合唱曲／ノヌラマクタラ室内楽団　　　　　　　H 27・9・10

近藤典彦〈石川啄木と花　第3回〉林檎の花 P16 〜 17「季刊　真生」第 298 号 A4 判

　※（華道「真生流」発行の配布誌）　　　　　　　　　　　　（有）しんせい出版　H 27・9・10

「啄木ミューヂック」※石川啄木記念館第4回企画展（9・19 〜 1・11）A4 判チラシ　H 27・9・12

「短歌往来」10月号 A5判　750円

　松平盟子　託宣 P30 〜 0 ※啄木を詠む短歌 2 首

　　宮本永子　書評・田中あさひ著『大西民子』短歌研究社 P129 〜 0　ながらみ書房　H 27・9・15

内館牧子『終わった人』四六判 1600円＋税（※啄木に触れる記述が十数箇所にある）

　　　　　　　　　　　　　　　　　　　　　　　　　　　　　　　講談社　H 27・9・16

神谷忠孝〈北海道文学紀行〉石川啄木と釧路 P54 〜 55「モーリー」40 号 A4 判 972 円＋税

　　　　　　　　　　　　　　　　　　　　　　　　　　　　　北海道新聞社　H 27・9・16

望月善次　啄木文学翻訳への視点〈国際啄木学会　豪・シドニー大会〉岩手日報　　H 27・9・17

日景敏夫「高橋六介と国語綴方教育―啄木と賢治にも関連して―」B5判 16 枚　　　H 27・9・19

「石川啄木記念館　第4回企画展　啄木ミューヂック」〈展示品の栞〉B5判 全8頁〔細目：啄木の

　作品に登場する音楽／啄木が聴いた音楽／啄木と娘義太夫／啄木とワーグナー／啄木が演奏したバイオ

　リン・オルガン／〈コラム〉啄木日記「ロビンソン奏す」について〕　　　　　　H 27・9・19

「石川啄木の詩による組曲」〈合唱公演チラシ〉開催日：15 年 9・21（東京・早稲田奉仕園）9・22

　（盛岡市民文化ホール）9・23（滝沢市ふるさと交流館）ノヌラマクタラ室内楽団　　H 27・9・21

阿部友衣子（学芸インタビュー）国際啄木学会の新会長・池田功さん　　　岩手日報　H 27・9・22

盛岡タイムス（記事）望郷の歌人に唄あり／石川啄木記念館　音楽と文学の企画展　H 27・9・22

森　義真　漂泊の詩人南半球へ／国際啄木学会 2015 シドニー大会レポート（1 〜 2）パルバース氏

　基調講演①〜②　　　　　　　　　　　　　　　　　　　盛岡タイムス　H 27・9・22 ／ 24

先崎彰容〈「近代日本」を診る〉思想家の言葉　石川啄木・100 前年の「時代閉塞」の現代性

　　　　　　　　　　　　　　　　　　　　　　　　　　　　　産経新聞　H 27・9・24

森　義真　漂泊の詩人南半球へ／国際啄木学会 2015 シドニー大会レポート（3）山泉進氏基調講演

　　　　　　　　　　　　　　　　　　　　　　　　　　　盛岡タイムス　H 27・9・25

「臼杵商工会議所ニュース」第 608 号 A4 判〈臼杵の老舗企業〉明治 18 年創業／木造三階建の老舗

　※啄木に女性名で歌の指導を受けた平山良太郎の実家　　　　　　　　　　　H 27・9・25

盛岡タイムス（記事）ふるさとの歌人に寄せて／室内楽団　啄木作品で混声　　　　H 27・9・26

「啄木ミューヂック」記念館企画展チラシ（田中美沙季ミニコンサート 9・26 ／講演会「啄木と歌謡曲」

　〈蒲田大介〉9・27）　　　　　　　　　　　　　　　　　　　　　　　　　H 27・9・26

「啄木を通してみた大切な心」〈公開講座案内チラシ〉※講師：菅原壽／場所：盛岡市中央公民館／
　開催日：9月26日／主催：盛岡市中央公民館　　　　　　　　　　　　H 27・9・26

森　義真　漂泊の詩人南半球へ／国際啄木学会2015シドニー大会レポート（4）ミニ講演と研究
　発表に6人　　　　　　　　　　　　　　　　　　　　盛岡タイムス　H 27・9・26

小野寺寛〈好日雑想〉　賢治と啄木　　　　　　　　　　　胆江日日新聞　H 27・9・26

岡崎陽子〈読者投稿欄・声〉啄木ゆかりの施設巡り幸せ　　　　岩手日報　H 27・9・29

待田晋哉（文化欄署名記事）岩阪恵子さん「わたしの木下杢太郎」　　読売新聞　H 27・9・29

上田　博　闇をゆく牧水、あるいは自然の深化〈講演要旨〉P83〜106『遠くからの声　歌と随想』
　B5判 定価不記載　　　　　　　　　　　　　　　　　　明治の森社　H 27・9・30

渡部芳紀　石川啄木と故郷岩手P6〜12「2015 AUTUMN 研修紀要」B5判
　　　　　　　　　　　　　　　　　　　日本理美容教育センター　H 27・9・30

盛岡タイムス（記事）盛岡市と旧玉山村合併10周年を機に発展期す　　H 27・9・30

西脇　巽「啄木旅日記　シドニー編」A4判 25頁 ※国際啄木学会のシドニー大会に参加した著者自身
　の旅と著者が独自の視点で見た同行者と学会の大会印象記（← H27・10『石川啄木　旅日記』桜出版）
　　　　　　　　　　　　　　　　　　　　　　　　　　　　著者刊　H 27・9・―

「ぽけっと」10月号〈盛岡市文化振興事業団広報誌〉通巻209号 A5変形判 ※石川啄木記念館第4回企
　画展の案内P9〜0／ほか　　　　　　　　　　　　　　　　　　H 27・10・1

朝日新聞（北海道版）大逆事件と石川啄木（3日、北村巌氏が函館YMCAで講演）　H 27・10・1

岩手日報（記事）深沢紅子美術館　15日から講座　啄木は森義真氏が29日に　H 27・10・1

須賀章雅〈よいどれブンガク夜話・73夜〉石川啄木『一握の砂』23「ヨハオモッタ。『ツイニ！』」
　P88〜89「北方ジャーナル」10月号　　　　発行所：リ・スタジオ（札幌市）H 27・10・1

「啄木」第12号 A5判 全12頁〔※石井敏之・韓国併合と石川啄木 P2〜6／北海道松前町に石川啄木
　の歌碑建立・朝鮮国にくろぐろと…P9〜0／ほか〕　　　　　静岡啄木の会　H 27・10・1

南條範男　短歌で綴る啄木さんの生涯（22）啄木を詠む短歌12首「辺水」10月号　H 27・10・1

森　義真〈講演要旨〉志の高さ〜明治期の岩手人群像〜P2〜3「旧盛岡藩士桑田　岩手支部だより」
　第15号 A4判　　　　　　　（発行先：盛岡市盛岡駅前西通1-3-5 桑田会館内）H 27・10・1

村尾清一　てがみ随想P16〜0「楽しいわが家」10月号 B5判　　全国信用金庫協会　H 27・10・1

米長　保　行分けの利点と欠点P56〜57「新日本歌人」10月号 A5判 850円　　H 27・10・1

（X）〈短歌時評〉口語化の問題P64〜65「短詩形文学」10月号第63巻10号 B5判　H 27・10・1

澤田勝雄　国際啄木学会シドニー大会／言語を超えた啄木の魅力実感　しんぶん赤旗　H 27・10・2

「新生活情報誌マ・シェリ」985号〈北上川物語ズームアップ3〉鶴飼橋　　　H 27・10・2

読売新聞〈文化欄・劇評〉石川啄木の実像に迫る…方の会、「われ泣きぬれて」　　H 27・10・2

毎日新聞（インタビュー）『新潮』連載の評伝「石川啄木」完結／日記が持つ肉声の力／ドナルド・
　キーン氏に聞く　　　　　　　　　　　　　　　　　　　　　　　H 27・10・3

「啄木を訪ねる道ウォーク」※石川啄木記念館講座案内のチラシ A4判　　　H 27・10・3

京都新聞（コラム凡語）社会詠（※啄木「赤紙の表紙」は社会詠の先駆けになった）　H 27・10・4

盛岡タイムス（記事）望郷の歌は世につれ／啄木記念館　鎌田本紙局長が講演　　H 27・10・4

柳井喜一郎（書評）渡辺順三の評論活動　その一考察（碓田のぼる著）表現者として運動を創造・発展
　　　　　　　　　　　　　　　　　　　　　　　　　　　しんぶん赤旗　H 27・10・4

岩手日報（記事）復興見守る啄木の碑／釜石で市民ら初の建立　　　　　　　　　　H 27・10・5

北畠立朴〈啄木エッセイ206〉年譜作成の難しさ　　　　　　　　「しつげん」第611号　H 27・10・5

「復興釜石新聞」第425号（記事）青葉通りに歌碑建立／啄木と釜石のつながり示す　H 27・10・7

盛岡タイムス（記事）個性が出る奥深い世界　第15回啄墨会拓本展　　　　　　　　H 27・10・8

東海新報（記事）啄木の宿から「名画」山口文遊の作・所有者から縁者へ贈呈・大船渡　H 27・10・9

西脇　巽『石川啄木　旅日記』四六判 338頁 2000円＋税〔細目：第一章・盛岡編 2007年4月12日〜
　　14日／第二章・続・盛岡編 2007年6月15日／第三章・東京編・2009年3月29日／第四章・函館編 2009年
　　9月5日〜6日／第五章・台湾編・2012年5月10日〜13日／第六章・〈台日文学交流会編〉2012年6月9日
　　〜12日／第七章・旭川編・2013年4月19日〜22日／第八章・釧路編・2013年9月6日〜9日／第九章・新
　　盛岡編・2024年4月12日〜13日／第一〇章・堺編・2014年5月30日〜6月1日／森　義真：解説　親しみ
　　深い西脇さんの「優しさ」に限りない感謝を込めて P253〜281〕　　　　　　桜出版　H 27・10・10

秋田さきがけ〈コラム催し・公開講演会〉10月16日／あきた文学資料館／講師：佐々木久春／演題：
　　「石川啄木その文学と時代」／主催：日本文学同好会　　　　　　　　　　　　　H 27・10・10

岩手日報（記事）啄木と音楽　関わり深く／盛岡・玉山の記念館企画展　　　　　　　H 27・10・14

毎日新聞（岩手版）音楽に親しんだ石川啄木の魅力紹介・盛岡で企画展　　　　　　　H 27・10・14

盛岡タイムス（記事）釜石市大町　青葉通りに啄木歌碑建立／ゆゑもなく…　　　　　H 27・10・14

松平盟子　韻律の磁場が緩むとき― 晶子と上田敏をめぐって P22〜28「短歌往来」11月号
　　　　　　　　　　　　　　　　　　　　　　　　　　　　　ながらみ書房　H 27・10・15

盛岡タイムス〈―特別企画―谷藤盛岡市長に聞く〉※4-5面全面に掲載 ※観光面では「石川啄木に
　　つながる施設、岩洞湖、姫神山などを活用、啄木記念館と道の駅の一体の構想も」　H 27・10・16

「国際啄木学会盛岡支部会報」第24号 B5判 全82頁（以下13点ほかの文献を収載）

　　小林芳弘　（巻頭言）一八八六年 P2〜3

　　望月善次　国際啄木学会・シドニー大会閉会挨拶 P4〜5

　　村松　善　二〇一五年国際啄木学会・シドニー大会に参加して― 短歌と写真で振り返る―P6〜7

　　森　三紗　シドニー大会「日豪交流朗読会」／啄木の詩「ひとりゆかむ」と「Ｉ Will Go Alone」
　　　　　　　P8〜9

　　米地文夫　花を買って妻のもとに帰る…啄木の歌と賢治の詩と―宮沢賢治「わたくしどもは」考―
　　　　　　　P10〜18

　　森　義真　啄木と原敬 P29〜28

　　小林芳弘　五月二三日　月例研究会報告／渋民小学校と堀合忠操 P29〜32

　　佐藤静子　八月二二日　月例研究会報告／新聞小説としての「鳥影」―啄木の漱石文学受容
　　　　　　　を含め―P33〜39

　　村木哲文　啄木の歌に寄せて P43〜48

　　望月善次　西脇巽『石川啄木　不愉快な事件の真実』補遺―天野仁氏宛丸谷喜市書簡に即して―
　　　　　　　P53〜0

　　西脇　巽　公表されなかった「石川啄木　不愉快な事件の真実」の序文 P54〜57

　　日景敏夫　高橋六介の国語綴方教育－啄木と賢治にも関連して―P58〜71

　　佐藤定美・村松　善〈月例研究会の報告〉P72〜78

　　付：会員名簿／ほか P79〜82　　　　　　　　　　　国際啄木学会盛岡支部　H 27・10・22

山田登世子 「食ふべき詩」— 啄木の青春 『「フランスかぶれ」の誕生』 B5 変形判 2592円＋税

　　　　　　　　　　　　　　　　　　　　　　　　　　　　　　藤原書店　　H 27・10・23

読売新聞（岩手版）音楽から見る啄木の一面／盛岡　記念館で企画展　　　　　H 27・10・23

村木哲文「小田島樹人作曲「山は夕焼け」は、なぜ人恋しくなるような歌なのか／小田島樹人と啄木
　　は交遊があった」〈尾去沢市民センターまつり3日間の講演レジメ〉A4 判 6枚　　H 27・10・23 〜 25

岩手日報〈コラム 風土計〉※啄木歌「痛む歯を…」を引用した子ども歯科医療の話題　H 27・10・24

内藤賢司　啄木を読む⑪ 歌稿湧く P46 〜 50「歩行」46号 A5判 800円　　　　H 27・10・25

岩手日報〈新刊寸評〉西脇巽著『石川啄木　不愉快な事件の真実』　　　　　　　H 27・10・25

神奈川新聞〈コラム照明灯〉※啄木の北海道流浪の歌と生を紹介　　　　　　　　H 27・10・27

小池　光　『石川啄木の百首』四六変形判 1700円＋税（石川啄木の百首 P3 〜 203／解説「歌」
　　の原郷 P204 〜 212）　　　　　　　　　　　　　　　　　　　ふらんす堂　　H 27・10・27

「石川啄木と中津川」〈チラシ〉開催日：10／29／講師：森義真（レジメ A4 判 2枚）／場所：野の花
　　美術館（盛岡）※連続8回講座の第2回　　　　　　　　　　　　　　　　　H 27・10・29

朝日新聞（岩手版）啄木と「音楽」関わりに焦点／盛岡の記念館　　　　　　　　H 27・10・30

池田　功「台湾文学講座」世界における啄木の受容について 〜台湾を中心に〜 講演レジメ A4 判
　　　4頁 ※於：台北駐日経済文化代表処・文化センター（港区虎ノ門）10月30日　H 27・10・30

滝野鉄也〈読者投稿欄：声〉啄木、賢治に平和の願い学ぶ　　　　　　岩手日報　　H 27・10・30

鶴岡善久　「革命」の石川啄木 P19 〜 26『シュルレアリスム、その外へ』四六判 3500円＋税

　　　　　　　　　　　　　　　　　　　　　　　　　　　　　　　沖積舎　　H 27・10・30

岩手日報（記事）啄木と中津川　関係性を説く／盛岡・記念館長講演　　　　　　H 27・10・31

岩手日報（記事）文学通じ日台交流／東京で講座　明日盛岡でも開催 ※〈台湾文学講座〉池田功さん
　　が世界における啄木について講演　　　　　　　　　　　　　　　　　　　　H 27・10・31

「神戸婦人大学公開講座」チラシ ※開催日：2016・1・23／神戸市男女共同参画センター 3F／講師：
　　田口道昭「啄木文学の世界」（立命館大学教授）　　　主催：神戸婦人大学事務局　H 27・10・—

平山　陽「われ泣きぬれて〜石川啄木〜」〈「方の会」上演の脚本としての書下し〉A4 判 125 頁
　　　※東京・銀座みゆき館劇場にて 2015 年 12月2日〜6日まで上演　　　「方の会」発行　H 27・10・—

「われ泣きぬれて〜石川啄木〜」〈「方の会」上演チラシ〉※東京・銀座みゆき館劇場にて 2015 年 12月2日〜
　　6日まで上演　　　　　　　　　　　　　　　　　　　　　　「方の会」劇団　H 27・10・—

須賀章雅〈よいどれブンガク夜話・74夜〉石川啄木『一握の砂』24「あれ無しには、私は辿も生きられ
　　ない」P96〜 97「北方ジャーナル」11月号　　　　発行所：リ・スタジオ（札幌市）H 27・11・1

南條範男　短歌で綴る啄木さんの生涯（23）啄木を詠む短歌12首「迯水」11月号　H 27・11・1

河北新報（記事）「震災から 4年」啄木の歌碑　復興見守る（※釜石市の歌碑）　　H 27・11・2

盛岡タイムス（記事）紅子と出会った詩歌の人／野の花美術館　森義真さんが講演　H 27・11・2

岩手日報（東北電力広告記事）〜故郷の明かり啄木願う〜岩手に電気が灯って110年　H 27・11・3

森　義真（現代語訳）石川啄木と電気事業〜盛岡電気設立へ祝いの手紙〜　岩手日報　H 27・11・3

中央社フォーカス台湾〈日本語版社会面〉日本・秋の叙勲　台湾からは対日機関の元トップら 4人
　　が選出　※林丕雄（旭日中綬章）石川啄木研究家　　　　　　　　　　　　　H 27・11・3

河北新報（記事）「震災から 4年」啄木の歌碑　復興見守る（※釜石市の歌碑）　　H 27・11・4

盛岡タイムス（記事）文化に親しみ日台交流 ※啄木の研究家林水福さんらが講演　H 27・11・4

北畠立朴 〈啄木エッセイ207〉鳥居省三先生の生原稿発見 「しつげん」第613号 H 27・11・5

山田武秋 「〈出版〉と〈啄木研究〉の今」〈平成27年度岩手県高等学校PTA連合会 第15回事務局
　　長研修会講演用レジメ〉A4判6枚 H 27・11・6

池田 功「石川啄木入門―現代における魅力を解く―」〈取手市民大学講演レジメ〉A4判12頁
　　※於：取手市ウエルネスプラザ　　　　　　　　主催：取手市教育委員会 H 27・11・8

「取手市民大学石川啄木入門」〈チラシ〉講師：池田功氏　取手市ウエルネスプラザ H 27・11・8

日本経済新聞（夕）こころの玉手箱・篠　弘（1～2）※土岐善麿について 　H 27・11・9～10

「札幌啄木会だより」第28号 A4判 全12頁「国際啄木学会」シドニー大会、啄木歌碑建立回顧、岩城之
　　徳先生のこと ※西脇巽：シドニー大会模様（→H27・10『石川啄木　旅日記』桜出版）／岩城之徳：馬鈴
　　薯の花二首（再録文章だが引用した初出掲載誌が不明）　　　太田幸夫個人編集発行誌 H 27・11・10

「切り絵のしおり」№11　A4判全6頁〈生誕百三十年記念　切り絵で見る石川啄木の世界栄光と
　　流転の生涯！〉※（切り絵と文章／後藤伸行 P1～6）日本切り絵百景館（群馬県利根郡川場村字谷地）
　　　　　　　　　　　　　　　　　　　　　　　　　　　　　　　　　　　　　　　H 27・11・10

櫻井健治〈コラム コーヒーブレーク〉啄木と札幌（5）P8～0「社内報　きずな」第55号 B5判
　　　　　　　　　　　　　　　　　　　　　　　　　　　（株）ドウデン（函館市）H 27・11・12

東京新聞（記事）方の会「石川啄木」を上演 　　　　　　　　　　　　　　　　　　H 27・11・12

大辻隆弘『近代短歌の範型』四六判2700円＋税 ※啄木に触れる記述多し　　六花書林 H 27・11・13

「短歌往来」12月号 A5判 750円（以下3点の文献を収載）

　　及川隆彦〈連載　編集者の短歌史24〉啄木特集や佐藤佐太郎のこと P114～115

　　沢口芙美〈作品月評〉十月号※松平盟子〔古本に「時代閉塞の現状」…〕の評中で啄木に触れる
　　　　　　　P135～0

　　岩内敏行〈評論月評〉第8回 139～140 ※「現代短歌」11月号掲載の啄木論に触れる
　　　　　　　　　　　　　　　　　　　　　　　　　　　　　ながらみ書房　H 27・11・15

「希望郷　いわて国体　ひめかみ」秋号 ※啄木学級講座の写真入り記事を表札に紹介　A4判
　　　　　　　　　　　　　　　　　　　　盛岡商工会議所・玉山地域運営協議会 H 27・11・15

北海道新聞（コラム卓上四季）※TPP交渉の話題の中で啄木歌「雨に濡れ」を引用 　H 27・11・17

朝日新聞（岩手版）北海道・東北知事サミット ※達増岩手県知事が壇上で啄木を話題 　H 27・11・19

近藤典彦　性的モチーフを読む―石川啄木「道」―P159～184／「李陵」に啄木を代入すると―
　　中島敦「山月記」―P243～255 上杉省和・近藤典彦共著『名作百年の謎を解く』四六判2300円＋税
　　　　　　　　　　　　　　　　　　　　　　　　　　　　　　　　同時代社　H 27・11・20

盛岡タイムス（記事）姫神ホール開館20年／二十歳の玉山物語（22日）※「渋民日記」原案とした演劇。
　　くらもちひろゆき氏の構成演出で盛岡市内の劇団が上演した。 　　　　　　　　H 27・11・20

しんぶん赤旗（コラム潮流）※啄木短歌「地図の上」を引用して社会の差別を論じる 　H 27・11・21

「二十歳の玉山物語」〈姫神ホール開館20周年記念事業〉※啄木が登場する区民ステージ／期日：
　　11月22日／会場：姫神ホール（パンフ A4判4頁）　　玉山区芸術文化団体連絡会 H 27・11・22

盛岡タイムス（記事）啄木の青春響きあい／玉山区　姫神ホールで20周年公演 　　　H 27・11・23

盛岡タイムス（記事）啄木読んで集中力／渋民小・校内カルタ大会 　　　　　　　　H 27・11・24

読売新聞〈文化欄〉石川啄木の実像に迫る・方の会「われ泣きぬれて」脚本・平山陽 　H 27・11・25

鳥谷部陽之助　石川啄木～建碑前後の論争の行くえ～P141～156『新十和田湖物語―神秘の湖に

憑かれた人びと―』四六判 2376 円＋税 （→ S58・9 彩流社／初版）

　　　　　　　　　　　　　　　　　　彩流社（オンデマンドペーパーバック）　H 27・11・26

岩手日報〈ようこそ本の森へ 331〉「石川啄木入門」（池田功著）　　　　　　　H 27・11・27

仲村重明「啄木の「悲しい」について／伝統和歌と革新短歌の共通普遍」※国際啄木学会盛岡支部

　11 月例会の話題提供資料として著者作成 A4 判 31 頁　　　　　　　著者作成　H 27・11・28

太田　登　オンデマンド版『啄木短歌論考―抒情の軌跡』A5 判 280 頁 9000 円＋税

　　　　　　　　　　　　　　　　　　　　　　　八木書店古書出版部　H 27・11・30

福地順一「拙稿発表掲載誌等一覧」B5 判 9 頁　著者作成（発行日は文庫受け入れ日）　H 27・11・30

「希望郷　いわて国体」※啄木の「かにかくに」の歌入りポスター A2 変形判

　　　　　　　　　　　　　　盛岡商工会議所・玉山地域運営協議会　H 27・11・―

「啄木のふるさと『もりおかの短歌（うた）』」※四季に分けた応募案内のチラシ A4 判両面

　　　　　　　　　　　　　　盛岡商工会議所・玉山地域運営協議会　H 27・11・―

「2016 子どものための啄木カレンダー」A1 判 12 カ月に 12 首の歌を掲載（別紙付録の解説：森義真）

　　　　発行所：辻分珠算学院（千葉県成田市／宮城県仙台市／岩手県盛岡市）　H 27・11・―

「ぽけっと」12 月号 情報誌（記事）石川啄木記念館「啄木ミューヂック企画展」　　H 27・12・1

盛岡タイムス（グラフ特集）郷土の誇り　舞台で輝き／姫神ホール　　　　　　H 27・12・1

饒村　曜　石川啄木の「東海の小島の磯の白砂」A4 判　4 枚 ※気象予報士が見た「東海」は太平洋？

　　http://bylines.news.yahoo.co.jp/nyomurayo/20151201-00051812/　　　　H 27・12・1

松平盟子（評論）与謝野鉄幹と啄木の明治 40 年代⑨ P2 〜 5「プチ★モンド」No.91 A5 判 1500 円

　　　　　　　　　　　　　　　　　プチ★モンド発行所（東京・大田区）　H 27・12・1

須賀章雅〈よいどれブンガク夜話・75 夜〉石川啄木『一握の砂』25「あれ無しには、私は迚も生きられない」

　P100 〜 101「北方ジャーナル」12 月号　　　　発行所：リ・スタジオ（札幌市）　H 27・12・1

佐々木亜子〈文化欄コラム〉変わる短歌（下）口語をどう生かすか　　　読売新聞　H 27・12・1

南條範男　短歌で綴る啄木さんの生涯（24）啄木を詠む短歌 12 首「迚水」12 月号　H 27・12・1

今野寿美〈評論〉鷗外と信綱 P6 〜 23（編注：啄木の日記を参考資料に観潮楼歌会を主軸にした論考）

　「佐佐木信綱研究」第 5 号 B5 判 1500 円　　　　　　　佐佐木信綱研究会　H 27・12・2

東京新聞（夕刊）今、言葉が危ない／歌人集結　戦後 70 年　平和を守れ ※主催者の一員である歌人

　の三枝昂之氏の談話の内容に啄木の言葉と思想が語られている　　　　　　　　H 27・12・2

「われ泣きぬれて」〈方の会上演パンフ〉A4 判 4 頁　※（平山　陽・〜啄木的挨拶〜 P2 〜 0 ／青木幹宏・

　死んだら貴君を守ります P4 〜 0 ／編集部・明治の世界が鮮明に息づく、啄木の日記・書簡／ほか）

　　　　※当劇は東京・銀座みゆき館にて 12 月 2 日〜 6 日まで 8 回上演された　　方の会　H 27・12・2

DVD「われ泣きぬれて」（脚本：平山　陽／演出：狭間　鉄）2000 円 115 分　方の会　H 27・12・2

読売新聞〈文化欄・劇評〉石川啄木の実像に迫る…方の会、「われ泣きぬれて」　　H 27・12・2

北畠立朴〈啄木エッセイ 208〉一年間の記録と反省　　　　　「しつげん」第 615 号　H 27・12・5

木村美映　啄木研究　相次ぎ 3 冊／青森の西脇巽氏が刊行　　　　　東奥日報　H 27・12・5

うえだ　ひろし「ぼくは火星の芝居を見て来たよ。タクボクくん、130 年祭に」〈講演資料レジメ〉

　A3 判 4 枚　国際啄木学会東京支部研究会　於：明治大学駿河台　　　　　　H 27・12・6

亀谷中行「妹尾源市さんのこと」　国際啄木学会東京支部会発表レジメ A4 判 10 頁　H 27・12・6

編集部〈郷土の本棚〉名作百年の謎を説く（上杉省和、近藤典彦著）／啄木らの新しい魅力発掘

岩手日報　H 27・12・6

台湾フォーカス　石川啄木研究の台湾学者に叙勲伝達「感激もひとしお」　　　　H 27・12・9

藤原　哲（署名記事）いわて2015 学芸回顧・啄木、賢治の話題続々・意欲的に出版　　H 27・12・12

「県民文芸作品集」№ 46 A5判 972 円＋税

　　村松　善〈織物〉としての啄木日記─「明治四十年丁未歳日誌」の函館大火のエクリチュールを中
　　　　　心に─P97 ～ 108〈評論部門優秀賞受賞作〉

　　牛崎敏哉　文芸評論選評 P259 ～ 0

　　編集発行：第68回岩手芸術祭実行委員会／発売元：協栄印刷株式会社（盛岡市乙部 5-47-16）H 27・12・12

近藤典彦〈石川啄木と花　第 4 回〉鉄砲百合 P14 ～ 15「季刊　真生」第 299 号 B5判

　　（華道「真生流」発行の会員配布誌）　　　　　　　　　　　　（有）しんせい出版　H 27・12・15

本田一弘　この言葉だけは P22 ～ 28「短歌往来」2016 年 1 月号　　　　　　　　　　H 27・12・15

平出　修『定本平出修集』〈第四巻〉四六判　編集委員・平出洸／ほか／解題・塩浦彰 全 350 頁

　　3000 円＋税　　　　　　　　　　　　　　　　　　　　　　　　　　春秋社　H 27・12・15

岩手日報（記事）「人間啄木」を感じて／北海道函館・直筆の手紙、電報展示　　　　H 27・12・16

盛岡タイムス（記事）第 68 回岩手芸術祭表彰式　※村松善氏「啄木日記」論で入賞　H 27・12・17

盛岡タイムス（記事）盛岡市議会 12 月定例会 ※啄木記念館の指定管理者審議など　　H 27・12・18

岩手日報（コラム 風土計）※啄木の「船に酔ひ」歌から渡道と北海道新幹線の話題　H 27・12・19

外山　正〈研究会だより〉賢治の啄木意識・森義真氏 P61 ～ 0「賢治研究」127 号 A5判

　　　　　　　宮沢賢治研究会（横浜市都筑区荏田南 5-20-13-205 山崎嘉男方）　H 27・12・19

佐藤竜一　石川啄木と高田松原 P31 ～ 33『海が消えた陸前高田と東日本大震災』

　　四六判 1600 円＋税　　　　　　　　　　　　　　　　　　　ハーベスト社　H 27・12・23

岩手日報（記事）啄木義父と津波　関連探る／小林さん（啄木学会支部）研究発表　H 27・12・25

盛岡タイムス（記事）明治三陸大津波との関係／国際啄木学会盛岡支部研究会・義父堀合忠操の

　　行動／小林、小嶋両氏が話題提供　　　　　　　　　　　　　　　　　　　　H 27・12・26

北海道新聞（コラム卓上四季））※啄木の「鏡屋の前に」の歌を引用した労働者の話　H 27・12・27

盛岡タイムス（記事）啄木かるた講座　　　　　　　　　　　　　　　　　　　　H 27・12・28

岩手日報（記事）先人の年賀状一堂に／盛岡てがみ館・啄木ら 11 人分展示　　　　　H 27・12・30

「視線」第 6 号 A5判 500 円

　　近藤典彦　少年芥川龍之介と平民新聞 P1 ～ 21（※編注：啄木にも触れる論考なので参考文献とした）

　　柳澤有一郎〈特集　詩と詩歌論〉瓦解する「我」P51 ～ 55

　　　　　　　　　　　発行所：視線の会（函館市本通 2-12-3 和田方）　H 27・12・31

飯坂慶一　政治家・田子一民と石川啄木 P30 ～ 36「詩都」第 44 号

　　　　　　　　　　　　都庁詩をつくる会（横浜市青葉区藤ヶ丘）H 27・12・─

映画「若き日の啄木 "雲は天才である"」上映会両面刷りチラシ A4判 ※開催日／2016・2・11／上

　　映場所：姫神ホール　　　　　　　　　主催：渋民地区自治会連絡協議会　H 27・12・─

北村克夫「石川啄木と江差」※平成 28 年 4 月に刊行予定の原稿綴じ A4判 96 枚　　H 27・12・─

石川啄木記念館収蔵資料展「金子鷗亭による啄木短歌」チラシ A4判 ※開催期間：2016・1・23 ～ 4・17

　　開催場所：石川啄木記念館　　　　　　　　　　　　　　　　　　　　　　H 27・12・─

「東洋英和女学院大学〈公開〉連続講座」チラシ ※開催日：2016・2・23 ／講師：福田周（東洋英和

大学教授）「石川啄木・短歌にみる生と死の表現」／主催：死生学研究所　　　　　　　H 27・12・—

CD「石川啄木を歌う」※ H27・9・26 啄木記念館主催ミニコンサート会場で披露した曲を田中美沙季
　が自主制作個人発行（ソプラノ：田中美沙季／ピアノ：南澤佳代子 全 26 曲）　　　　　H 27・12・—

山田武秋　啄木ブランドで地方創生を P2 〜 3「ゆりこと絆の会だより」第 29 号 A4 判
　　　　　　　　　　　　　　　　発行者：ごとうゆりこ事務所（岩手県盛岡市）H 27・12・—

ゴウランガ・チャラン・プラダン「悲しき玩具—石川啄木」A4 判 42頁 ※ 3 回に分けて日本語と英
　語で発表（デリー大学）論文を著者作成の複写本。 著者はインドのデリー大学日本語学部・東アジア研
　究科・修士 2 年生。　　　　　　　　　　　　　　　　　　　発行日無記載　H 27・—・—

２０１６年（平成28年）

天野　仁　直線基調の人間の生きざま P3 ～ 0「小天地」66 号 A5 判

　　天野慈朗・仁・個人編集発行冊子（高槻市古曽部町 2-10-10 天野慈朗方）　　　　H 28・1・1

岩手日報（記事）生誕130年　啄木「サル」モチーフに作品／自然に背く姿へ警鐘／ビール愛した

　　啄木／サイダー好き賢治／ともに教育者の経験—作家佐藤竜一さんに聞く—／「一握の砂」がつ

　　なぐ／（2 ～ 3 面全面）　　　　　　　　　　　　　　　　　　　　　　　　　　　　H 28・1・1

「短歌研究」1 月号 A5 判（以下 3 点の文献を収載）

　　三枝昂之（特集　空と海と山と）※ふるさとの空遠みかも P59 ～ 0

　　小池　光（特集　空と海と山と）※汽車の窓 P67 ～ 0

　　藤岡武雄　現代短歌の源流を求めて　観潮楼歌会の生原稿から (1) 歌風の動揺・変化を求めて

　　P92 ～ 94　　　　　　　　　　　　　　　　　　　　　　　　　　短歌研究社　H 28・1・1

「広報　もりおか」1 月 1 日号 A3 判〈盛岡市・玉山村合併 10 周年〉※表紙に啄木像と歌碑を掲載

　　（記事）第 14 回　啄木かるた大会 P3 ～ 0　　　　　　　　　　　　　　盛岡市　H 28・1・1

「ぽけっと」1 月号　情報誌（記事）石川啄木記念館「金子鷗亭による啄木短歌」　H 28・1・1

須賀章雅〈よいどれブンガク夜話・76 夜〉石川啄木『一握の砂』26「時代閉塞の現状に宣戦しなけ

　　ればならぬ」P96 ～ 97「北方ジャーナル」1 月号 A4 判 880 円

　　　　　　　　　　　　　　　　　　　　　　　　　　発行所：リ・スタジオ（札幌市）H 28・1・1

南條範男　短歌で綴る啄木さんの生涯（25）啄木を詠む短歌 12 首「逆水」1 月号　H 28・1・1

日本経済新聞〈コラム・春秋〉※啄木の歌 3 首と「時代閉塞の現状」の話題　　　　H 28・1・1

編集部（今月の美術館）※石川啄木記念館を紹介 P49 ～ 0「街もりおか」1 月号 B6 横判 260 円

　　H 28・1・1

盛岡タイムス（記事）新盛岡市　玉山合併 10 年／玉山の魅力　継承と創造　　　　　H 28・1・1

デーリー東北〈コラム天鐘〉※啄木の歌と初詣の話題　　　　　　　　　　　　　　　H 28・1・3

盛岡タイムス（記事）北海道新幹線（下）稲造と啄木にゆかり　　　　　　　　　　　H 28・1・5

橋本俊明〈作品時評〉取り合わせの魅力 P5 ～ 0「現代短歌新聞」第 46 号　　　　　H 28・1・5

阿部友衣子（署名連載記事）啄木 賢治の肖像 (1)　生誕～幼少期／親の愛情、期待一身に

　　　　　　　　　　　　　　　　　　　　　　　　　　　　　　　　　岩手日報　H 28・1・6

山田　航〈特集批評の更新 2015〉立身出世主義をめぐる二つのケース—啄木と茂吉 P266 ～ 282

　　「すばる」2 月号 A5 判 880 円＋税　　　　　　　　　　　　　　　　　集英社　H 28・1・6

藤澤則子（署名記事）生誕特集啄木と賢治／玉山出身の工藤玲音さん

　　　　　　　　　　　　　　　　　　　　　　　　　　　　　　　盛岡タイムス　H 28・1・7

盛岡タイムス（記事）生誕啄木 130 年、賢治 120 年／関連企画も多彩に・市内の文化施設／ゴール

　　のない啄木研究／啄木記念館森義真館長　　　　　　　　　　　　　　　　　　　H 28・1・7

佐藤洋一（署名記事）共に歩む（上・下）玉山区　盛岡市と合併 10 年

　　　　　　　　　　　　　　　　　　　　　　　　　　　　　岩手日報　H 28・1・8 ～ 9

盛岡タイムス（記事）かるたで親しむ啄木／玉山区の記念館主催／大会に向け講座　H 28・1・9

ドナルド・キーン〈東京下町日記〉後世に日記は語る　　　　　　　　　　東京新聞　H 28・1・10

北海道新聞（特集まち歩き）盛岡、渋民　啄木への思い　故郷は育む　　　　　　　　H28・1・10

若林　敦〈子午線〉啄木短歌の新しい翻訳　P72～73「日本文学」1月号　VOL.65　A5判　905円

　＋税　　　　　　　　　　　　　　　　　　　　　　編集・刊行・日本文学協会　H28・1・10

東京新聞〈コラム筆洗〉※啄木と井上ひさしの電車の中での話題　　　　　　　　　　H28・1・11

盛岡タイムス（記事）17日まで　町家物語館／鈴木彦次郎展／啄木との関わりに注目　H28・1・11

北海道新聞（コラム卓上四季）※啄木の誕生日に関する話題　　　　　　　　　　　　H28・1・12

阿部友衣子（署名連載記事）啄木　賢治の肖像（2）少年・青春時代（上）／級友と共に文学志す

　　　　　　　　　　　　　　　　　　　　　　　　　　　　　　　岩手日報　H28・1・13

池田　功『啄木の手紙を読む』四六判 2000円＋税（細目：1.ブログ感覚の手紙／2.書き出し・

　時候・追伸の工夫／3.文体革命の時代と署名／4.経済苦の発信／5.病苦の発信／6.思想の

　深まりと大逆事件への反応／石川啄木略年譜／主要参考文献）　　新日本出版社　H28・1・15

岩内敏行〈評論月評〉P139～140 ※啄木の時代と「方言」に言及。「短歌往来」2月号　H28・1・15

中日新聞（コラム・夕歩道）※啄木の歌「さらさらと握れば」を引用。お守り話題　　H28・1・15

岩手日報（コラム学芸短信）国際啄木学会盛岡支部月例研究会（23日）　　　　　　　H28・1・19

佐藤稔治（文）荒川慶太（写真）〈先人のふるさと44〉歌人　石川啄木の義弟　宮崎郁雨／才に心

　酔援助惜しまず／慈悲の心　新発田が育む（19面全面に掲載）　　　　新潟日報　H28・1・19

阿部友衣子（署名連載記事）啄木　賢治の肖像（3）少年・青春時代（下）／東京生活大きな挫折

　　　　　　　　　　　　　　　　　　　　　　　　　　　　　　　岩手日報　H28・1・20

盛岡タイムス（記事）来月から啄木・賢治トピック展／八幡平市博物館　　　　　　　H28・1・20

「釧路啄木会　さいはて便り」第15号 A4判全4頁（以下3点の文献を収載）

　北里和彦　交流会ではお世話になりました P1～2

　山本悦也　私の啄木観（2）P2～3

　北畠立朴〈研究余滴〉文士劇『無冠の帝王』に脚本はない P3～0　釧路啄木会　H28・1・21

森　義真「2015年の啄木文献紹介」〈国際啄木学会盛岡支部研究会資料〉A4判4頁　H28・1・23

産経新聞（産経フォト）啄木しのび、雪あかり　記者時代過ごした釧路　　　　　　　H28・1・23

「大逆事件の真実をあきらかにする会ニュース」第55号 B5判

　山泉　進〈巻頭言〉大逆事件と石川啄木 P1～0

　伊藤和則〈報告〉二〇一五年、国際啄木学会の活動 P56～58

　　　　　　　　　　　発行所（連絡先：明治大学和泉校舎：山泉研究室内）H28・1・24

佐竹直子（署名記事）啄木生誕130年　思いを照らす「雪あかり」漂泊の歌人足跡たどる／「啄木

　一人百首歌留多大会」／料亭の飲食代踏み倒さず「放蕩者、事実と異なる」北畠さん、啄木の実

　像講演　　　　　　　　　　　　　　　　　　　北海道新聞（釧路・根室版）H28・1・25

阿部友衣子（署名連載記事）啄木　賢治の肖像（4）識者に聞く／石川啄木記念館長・森義真さん／

　三つの時期　古里意識　　　　　　　　　　　　　　　　　　　　岩手日報　H28・1・27

岩手日報（記事）記者啄木しのび　雪あかり照らす／北海道でイベント　　　　　　　H28・1・27

「石川啄木終焉の地　歌碑・顕彰室　建碑報告書」A4判 全28頁 ※以下7点の文献を収載

　井上義一　ごあいさつ　P1～0

　※除幕式のスナップ写真／顕彰室に立つ石川真一氏（啄木の曾孫）などの紹介　P2～5

　近藤典彦　解説・白鳥の歌二首　P6～7

飯坂慶一・山田武秋　「啄木終焉の地歌碑建設実行委員会」の活動　P8 〜 9

佐藤　勝　「啄木終焉の地歌碑建設実行委員会」と私　P10 〜 11

大室精一　「啄木終焉の地歌碑建設実行委員会」の経過報告　P12 〜 13

※ 他に新聞報道記事、参考資料、「呼びかけ人名簿」、「募金者名簿」、「あとがき」など P14 〜 25

※ 付録：クリアファイル A4 判・B5 判各 2 種類 4 枚付

　　　啄木終焉の地歌碑建設実行委員会事務局（岩手県紫波町犬吠森字境122 桜出版社内）H 28・1・27

岩手日報（コラム 風土計）※啄木の誕生した年代と現代の自動車事故の話題など　　H 28・1・29

瓦木毅彦〈かわら版〉啄木生誕 130 年　釧路に滞在 76 日／「雪あかり」めぐる歌碑／漂泊を追想・

　魅力語らう／研究の第一人者・釧路啄木会　北畠立朴会長／胸に響く言葉　まさに天才（25 面全頁）

　　　　　　　　　　　　　　　　　　　　　　　　　　　　　　北海道新聞（道東版）H 28・1・29

盛岡タイムス（記事）書で広がる啄木短歌／書家金子鷗亭の筆／寄贈された 12 点展示　H 28・1・29

盛岡タイムス（記事）愛する妻への感謝／盛岡てがみ館　特別展「ラブレター展」　H 28・1・29

「北翔大学教育文化学部研究紀要」創刊号 B5 判（抜刷）（以下 2 点の文献を収載）

　水野信太郎　佐佐木信綱・木下利玄師弟作品に見る近代日本と庶民生活─石川啄木との比較から

　　　　　─P189 〜 204

　水野信太郎　石川啄木が姿を見せる都市・2015 年 P227 〜 230　　　　　　　H 28・1・31

「石川啄木記念館収蔵資料展　金子鷗亭による啄木短歌」チラシ※ 01/23 〜 04/17　H 28・1・─

「宮沢賢治・石川啄木　二人の中の岩手山」チラシ※ギャラリー・トーク（2 月 11 日／3 月 6 日）

　※開催期間：2 月 2 日〜 3 月 31 日／会場と主催：八幡市博物館　　　　　H 28・1・─

「新日本歌人」2 月号 A5 判（以下 3 点の文献を収載）

　碓田のぼる　状況に真向かう歌─「強く、深く、痛切に─P30 〜 31

　武田俊郎〈短歌 7 首〉啄木の道に続きたい　P72 〜 0

　田之口久司　続・行分け短歌についての一考察　P74 〜 75　　　新日本歌人協会　H 28・2・1

「短歌研究」2 月号 A5 判（以下 2 点の文献を収載）

　藤岡武雄　現代短歌の源流を求めて　観潮楼歌会の生原稿から（2）歌会の概要と生原稿につい

　　　　　て　P108 〜 112

　編集部（新刊紹介）「石川啄木の百首」小池光 P143 〜 0　　　　　短歌研究社　H 28・2・1

松村正直〈名歌の推敲を追う〉石川啄木／ポイントを絞る P76 〜 77「短歌」2 月号　H 28・2・1

須賀章雅〈よいどれブンガク夜話・77 夜〉石川啄木『一握の砂』27「日本はダメだ」P92 〜 93

　「北方ジャーナル」2 月号 A4 判 880 円　　　　　発行所：リ・スタジオ（札幌市）H 28・2・1

南條範男　短歌で綴る啄木さんの生涯（26）啄木を詠む短歌 12 首「迯水」2 月号　H 28・2・1

「北光」〈教育書通誌〉2 月号 A5 判 800 円　※広告・石川啄木記念館収蔵資料展　「金子鷗亭による

　啄木短歌」P38 〜 0　　　　　　　　　　　　　創玄会（盛岡市中央通 3-15-13）H 28・2・1

渡部芳紀　三陸便り（35）釜石啄木歌碑建立 P34 〜 35　短歌結社誌「あざみ」1 月号 A5 判 1200 円

　　　　　　　　　　　　　　　　　　あざみ社（横浜市港北区大倉山 3-11-E219）H 28・2・1

岩手日報（コラム学芸余聞）※「啄木終焉の地歌碑建立報告書」発行の話題　　　　H 28・2・2

岩手日報（記事）盛岡・玉山の「道の駅」／市が整備方針示す・新市建設計画　　　H 28・2・3

盛岡タイムス（記事）啄木記念館と接続し整備／道の駅の基本構想示す　　　　　　H 28・2・3

阿部友衣子（署名連載記事）啄木 賢治の肖像（5）友（上）／金田一京助　歌集に支援への感謝

岩手日報　H 28・2・3

廣瀬幸雄　啄木とワーグナー P2 〜 3「リング」（日本ワーグナー協会季報）143号 B6変形判 定価不載

日本ワーグナー協会（東京都港区南麻布 2-7-29）H 28・2・3

北畠立朴〈啄木エッセイ209〉いつ年賀状を止めるか　　　「しつげん」第617号　H 28・2・5

碓田のぼる（書評）低い重心からの情報を横断的に／池田功著『啄木の手紙を読む』

しんぶん赤旗　H 28・2・7

佐藤　勝　啄木・文京区で過ごした青春―啄木の歌を中心に―　※文京区文学講座講演レジメ（2月
　　8日／於：シビックセンタースカイホール）A4判 2枚　　主催：文京アカデミー　H 28・2・8

三枝昂之　うたをよむ　石川啄木の磁力　　　　　　　　　　朝日新聞　H 28・2・8

阿部友衣子（署名連載記事）啄木 賢治の肖像（6）友（下）宮崎郁雨　経済援助、上京後押し

岩手日報　H 28・2・10

「若き日の啄木　雲は天才である」〈映画上映栞〉A4判　全4頁／開催：2月11日／会場：姫神ホー
　　ル／主催：渋民地区自治会連絡協議会　　　　　　　　　　　　　　　　　　　H 28・2・11

盛岡タイムス（記事）生誕130年機に啄木を／渋民図書館　読書週間で関連資料展　H 28・2・11

盛岡タイムス（記事）啄木記念館　歴史民俗資料館　一体で建設方針案／盛岡市　H 28・2・11

二村祐士朗〈みちのく建物探訪〉盛岡市　啄木新婚の家／幸せの「我が四畳半」

毎日新聞（岩手版）H 28・2・13

佐藤通雅（書評）小池光著『石川啄木の百首』読みの新しさ P123 〜 0「短歌往来」3月号 A5判

ながらみ書房　H 28・2・15

読売新聞〈コラム・編集手帳〉※夭折者の話題で啄木歌「うすみどり」も引用　　H 28・2・16

岩手日報（記事）啄木生誕130年　短歌で街を再発見／盛岡・フォーラム　　　H 28・2・16

阿部友衣子（署名連載記事）啄木 賢治の肖像（7）恩師／富田小一郎、新渡戸仙岳／生涯を見守る
　　教育者　　　　　　　　　　　　　　　　　　　　　　　　　　岩手日報　H 28・2・17

盛岡タイムス（記事）盛岡ブランドフォーラム 短歌のまちに／全国発信へ可能性語る　H 28・2・17

盛岡タイムス（記事）青い春に詠む歌・小島ゆかりさんが講演　　　　　　　　　H 28・2・17

岩手日報（論説）啄木生誕130年／時代を超えて心に響く　　　　　　　　　　　H 28・2・20

岩手日報〈コラム 風土計〉※啄木の誕生日にちなむ啄木と文士劇の話題　　　　H 28・2・20

北村克夫『石川啄木と江差　西堀秋潮・藤田武治に関する研究』A5判 243頁 1800円（税込）

〔序文・佐藤勝・啄木と西堀秋潮に呼び止められた人／長江隆一・発刊を祝す／はじめに／第1章・
啄木の生涯（1）啄木の誕生から故郷を去るまで（2）啄木の北海道漂泊（3）上京後の創作活動と生活（4）
晩年の啄木／第2章・江差の文芸風土の形成（1）江差の歴史と文芸風土／第3章・啄木と西堀秋潮
（1）私と秋潮の出会い（2）江差における西堀家と秋潮（3）宮崎郁雨と秋潮（4）啄木との書簡交流（5）
啄木と秋潮の出会い（6）その後の秋潮の足跡／第4章・啄木と藤田武治（1）藤田武治の生い立ち（2）
啄木との出会いと交流（3）啄木を六度訪問（4）啄木上京後の交流（5）藤田との出会いが啄木に何をも
たらしたか（6）啄木の訃報に接して（7）藤田武治（南洋）の文学活動（8）その後の藤田の閲歴／第5
章・啄木と江差追分（1）啄木作品に見える「江差追分」（2）小説「葬列」の中の江差追分（3）随筆「閑
天地」の中の江差追分／第6章・啄木「謎の女性」の正体を探る（1）啄木日記に出てくる「謎の女性」
とは（2）「謎の女性」パート1 西澤家の女性か（3）「謎の女性」パート2 松澤家の女性か／資料編（1）
西堀秋潮の歌（「明星」掲載分）（2）藤田武治の作品／主要参考文献及び主要資料一覧／あとがき〕

　　　　　　　　　　　著者刊（〒 049-0612 北海道檜山郡上ノ国町上ノ国 175 番地）H 28・2・20

佐佐木幸綱　啄木の発明〈読み直し近代短歌史〉P20 ～ 21「NHK 短歌」3月号 B5判

　　　　　　　　　　　　　　　　　　　　　　　　　　　NHK出版　H 28・2・20

日本農業新聞〈コラム・四季〉※啄木の誕生日にちなんで啄木書の読書すすめ　　　H 28・2・20

朝日新聞（岩手版）ピッタシ生誕 130 年／渋民で啄木かるた　　　　　　　　　　H 28・2・21

岩手日報（郷土の本棚）「ブログ感覚」で赤裸々に／池田功著『啄木の手紙を読む』H 28・2・21

岩手日報（記事）啄木かるた　真剣勝負・盛岡　4 部門、86 チーム競う　　　　　H 28・2・21

二村祐士朗〈コラム・雑記帳〉※渋民で開かれた啄木かるた大会の話題　毎日新聞　H 28・2・21

毎日新聞（岩手版）石川啄木かるた大会／競技通じて、歌に親しむ　　　　　　　H 28・2・21

秋田さきがけ〈プチ文学散歩〉こんな時代だからこそ石川啄木を訪ねてみよう 26 面　H 28・2・22

岩手日報〈コラム 風土計〉※啄木のペンネームと啄木鳥（キツツキ）の話題　　　H 28・2・22

盛岡タイムス（記事）生誕の日にかるた大会／啄木祭実行委　盛岡市内外から小中学生　H 28・2・22

「企画展の窓」第 191 号 B4判「女性のてがみ」大西民子／ほか　　　盛岡てがみ館　H 28・2・23

阿部友衣子（署名連載記事）啄木 賢治の肖像（8）両親／住職罷免で一家暗転

　　　　　　　　　　　　　　　　　　　　　　　　　　　　　岩手日報　H 28・2・24

井上輝夫　啄木と対話しつつ―詩的故郷について―P56 ～ 77『井上輝夫詩論集　詩心をつなぐ』

　　四六判 360頁 3600円＋税　　　　　　　　　　慶応義塾大学出版会　H 28・2・25

内藤賢司　啄木を読む（12）P46 ～ 50「歩行」第 47 号 A5判 1000 円

　　　　　　　　　　発行者：内藤賢司（福岡県八女市黒木町北木屋 2090）H 28・2・25

ドナルド・キーン著／角地幸男訳『石川啄木』四六判 2200 円＋税 375 頁（→H26・6 ～ 12 →H27・
　　2 ～ 10「新潮」）（第 1 章・反逆者啄木／第 2 章・啄木、上京する／第 3 章・教師啄木／第 4 章・
　　北海道流離／第 5 章・函館、そして札幌／第 6 章・小樽／第 7 章・釧路の冬／第 8 章・詩人啄木、
　　ふたたび／第 9 章・啄木、朝日新聞に入る／第 10 章・ローマ字日記／第 11 章・啄木と節子、そ
　　れぞれの悲哀／第 12 章・悲嘆、そして成功／第 13 章・二つの「詩論」／第 14 章・大逆事件／
　　第 15 章・最期の日々／最終章・啄木、その生と死）　　　　　　新潮社　H 28・2・25

盛岡タイムス（コラム天窓）※昨秋、釜石に建立された啄木歌碑の話題　　　　　H 28・2・25

杉村富生〈鉄火場相場　バーゲン株ハンティング 86〉石川啄木の名句に学ぶ／投資の極意

　　　　　　　　　　　　　　　　　　　　　　　　　　日刊　ゲンダイ　H 28・2・26

山田　航　「連歌　啄木遠景」P51 ～ 58『水に沈む羊』〈山田航第二歌集〉四六判 1200 円＋税

　　　　　　　　発行者：上野勇治／発行：港の人（神奈川県鎌倉市由比ガ浜 3-11-49）H 28・2・26

「啄木生誕の日」〈講演会案内チラシ〉A4判 ※演題：賢治の啄木意識／講師：森　義真／会場：渋
　　民公民館（姫神ホール内）／開催日：2 月 28 日／主催：盛岡市文化振興事業団　H 28・2・28

岩手日報（記事）賢治短歌に啄木の影響／盛岡・記念館館長が講演　　　　　　　H 28・2・29

編集部（特別インタビュー 第 12 弾）森　義真先輩 P4 ～ 10「白堊 BIBLION」vol.67 A5判

　　　　　　　　　　　　　　　　　　　　　岩手県立盛岡第一高等学校図書館　H 28・2・29

藤井　茂〈歴史散歩～よもやま話編～ 12〉函館市内の盛岡ゆかりの地／盛岡とは縁もゆかりも深い街
　　（全 1 面に掲載）もりおか生活情報紙「アップル」VOL．161

　　　　　　　　　　　　　　　　　　（株）東北堂（盛岡市肴町 3 - 21）H 28・2・―

山田武秋〈コラム・直送便〉怠らなかった啄木 P2 ～ 3「ゆりこと絆の会だより」第 30 号 A4判

発行者：ごとうゆりこ事務所　H 28・2・―

岩手日報（記事）龍鳳との関わり探る　国際啄木学会盛岡支部　山根さん報告　　　H 28・3・1

須賀章雅〈よいどれブンガク夜話・78 夜〉石川啄木『一握の砂』28「つくづく病気がイヤになった」
　　P90 〜 91「北方ジャーナル」3月号 A4判 880 円　発行所：リ・スタジオ（札幌市）H 28・3・1

「現代短歌」3月号〈特集・石川啄木生誕 130 年〉A5判 669 円＋税（以下 27 点の文献を収載）

　【随想　よみがえる啄木】

　　春日真木子　短歌愛情論 P14 〜 15

　　吉村睦人　「多芸多能の士は詠むべからず」P16 〜 17

　　篠　弘　啄木が問題になる時代 P18 〜 19

　　古谷智子　情動という永遠 P20 〜 21

　　小松　昶　啄木に出合ったころ P22 〜 23

　【石川啄木この一首】※以下は各人半頁の掲載

　　青木春枝　ゆゑもなく P31 〜 0

　　飯島由利子　森の奥より P31 〜 0

　　石井幸雄　何となく、今年は P32 〜 0

　　大口玲子　「労働者」「革命」など P32 〜 0

　　小野田素子　ふるさとの訛 P33 〜 0

　　恩田英明　　朝朝のうがひの P33 〜 0

　　今野金哉　はたらけど P34 〜 0

　　佐藤千代子　君よ君われ善く知れリ P34 〜 0

　　佐波洋子　東海の小島の P43 〜 0

　　高島静子　函館の青柳町こそ P43 〜 0

　　伝田幸子　友がみなわれよりえらく P44 〜 0

　　戸田佳子　京橋の滝山町の P44 〜 0

　　永島道夫　火をしたふ虫のごとくに P45 〜 0

　　平山公一　いのちなき砂のかなしさよ P45 〜 0

　　岡井　隆　【論文】啄木の方法　メッセージ性。修辞性。新しいものへの偏愛 P24 〜 27

　　小池　光　【インタビュー】短歌とは「ぢつと手を見る」こと P28 〜 30

　　藤岡武雄　【アルバム構成】啄木とその時代 P35 〜 42

　　松村正直　『一握の砂』を読む　かすめるもの、よぎるもの P46 〜 49

　　佐藤通雅　『悲しき玩具』を読む　『悲しき玩具』について思うこと P50 〜 53

　　岡井　隆　石川啄木の秀歌　一三〇首選 P54 〜 65

　　森山晴美　『時代閉塞の現状』を読む　文学と批評と「必要」と P66 〜 69

　　三枝昂之　『時代閉塞の現状』と現代　2015 年 12 月 6 日シンポジウムを振りかえる P70 〜 73

現代短歌社　H 28・3・1

「啄木」第 13 号 A5判 全 8 頁　（以下 5 点の文献を収載）280 円

　　石井敏之　石川啄木終焉の地に歌碑建立（東京都文京区）P1 〜 0

　　石井敏之　私の「啄木行脚」（1）P2 〜 5

　　積　惟勝　啄木祭雑感 P5 〜 6

三島民報 〈啄木の再掲記事：1951年11月5日付〉言論は不自由が67％／二つの輿論調査 P6～0

森　義真　便り P7～0　※裏表紙に以前の文京区に建立されていた「都旧跡石川啄木終焉の地」写真
　　　　　　　　　　　　　　　　　静岡啄木会（静岡市駿河区東新田4-1-3-304）　H28・3・1

濱松哲朗 〈緊急シンポジウム〉時代の危機と向き合う短歌 P110～112「歌壇」3月号 A5判 800円
　　　　　　　　　　　　　　　　　　　　　　　　　　　　　本阿弥書店　H28・3・1

藤岡武雄　現代短歌の源流を求めて　観潮楼歌会生原稿から（3）／新しい叙情詩の道を模索
　P116～118　「短歌研究」3月号 A5判 1000円＋税　　　　短歌研究社　H28・3・1

南條範男　短歌で綴る啄木さんの生涯（27）啄木を詠む短歌12首「逆水」3月号　H28・3・1

松平盟子 〈評論〉与謝野鉄幹と啄木の明治40年代⑩ P2～6「プチ★モンド」№92　H28・3・1

盛岡タイムス（記事）二人の愛した岩手山／八幡平市博物館・啄木、賢治展　　H28・3・1

盛岡タイムス（記事）二人の文人に面識は／啄木は賢治を知らず／生誕の日を記念　森義真記念館
　長が講演　　　　　　　　　　　　　　　　　　　　　　　　　　　　H28・3・2

阿部友衣子（署名連載記事）啄木 賢治の肖像（9）きょうだい／感情さらけ出せた妹
　　　　　　　　　　　　　　　　　　　　　　　　　　　　岩手日報　H28・3・2

（熊）編集日記 ※ドナルド・キーンの「石川啄木」に一言触れた文　　東京新聞　H28・3・3

鎌田大介（署名記事）歌人読み解き世界へ／ドナルド・キーン氏／「石川啄木」を出版・英語版も
　　　　　　　　　　　　　　　　　　　　　　　　　　盛岡タイムス　H28・3・3

北畠立朴 〈啄木エッセイ210〉後期高齢者になった　　　　「しつげん」第619号　H28・3・5

森　義真（書評）歌人にブログ感覚／池田功著『啄木の手紙を読む』
　　　　　　　　　　　　　　　　　　　　　　　　　　盛岡タイムス　H28・3・7

岩手日報 〈文化面記事〉ドナルド・キーンさんが評伝／啄木　その非凡な生涯／独自の視点で迫る
　時に破廉恥／夢中にさせ／忘れ難い　　　　　　　　　　　　　　　H28・3・8

待田晋哉（書評）矛盾に満ちた愛すべき啄木／ドナルド・キーンさんが評伝
　　　　　　　　　　　　　　　　　　　　　　　　読売新聞（文化欄）H28・3・8

阿部友衣子（署名連載記事）啄木 賢治の肖像（10）女性（上）／文学観変えた妻節子
　　　　　　　　　　　　　　　　　　　　　　　　　　　　岩手日報　H28・3・9

産経新聞 〈コラム産経抄〉※『一握の砂』の歌と釜石に関わる話題　　H28・3・13

編集部 〈東北の本棚〉「石川啄木と宮沢賢治の人間学」佐藤竜一著／生き方対比　人物論展開
　　　　　　　　　　　　　　　　　　　　　　　　　　　　河北新報　H28・3・14

鵜飼哲夫 〈連載・ブンコに訊け〉啄木の面白い歌読まれぬ悲しさ　　読売新聞　H28・3・14

紅野謙介 〈近代文学の150年〉詩歌の世界 ―近代の抒情 P5～0「日本近代文学館報」第270号
　　　　　　　　　　　　　　　　　　　　　　　　　　　　　　　　H28・3・15

「マイタウンたにがわ・沼田」〈イベント掲示板〉石川啄木生誕130年記念（川場）　H28・3・15

阿部友衣子（署名連載記事）啄木 賢治の肖像（11）女性（下）／北海道の思い出深く
　　　　　　　　　　　　　　　　　　　　　　　　　　　　岩手日報　H28・3・16

岩手日報（記事）賢治、啄木　岩手山への愛　八幡平市博物館展　　H28・3・17

日比野容子（署名記事）啄木のかなわなかった恋／郷土かるた 朝日新聞（北海道版）H28・3・17

盛岡タイムス（記事）ドナルド・キーン氏に聞く／望郷の歌人に原点「石川啄木」（新潮社）刊行
　偶然読んだローマ字日記／「分からない」が面白い　　　　　　　H28・3・17

山田武秋「やっとわかった！『一握の砂』の本当の意味」〈花巻市倫理法人会第1112回　経営者モーニングセミナー講演用レジメ〉A4判２枚　開催日：３月17日／於：ホテル花城　H28・3・17

岡井　隆　塚本邦雄展に寄せて「塚本邦雄展──現代短歌の開拓者」〈特別企画展図録〉B5判／開催期間：3月19日～6月5日／会場：日本現代詩歌文学館　日本現代詩歌文学館　H28・3・18

神谷忠孝〈北海道文学紀行〉石川啄木と函館 P62～63「モーリー」42号 B5判 900円＋税　編集：公益財団法人北海道新聞野生生物基金／発売元：北海道新聞社　H28・3・18

近藤典彦〈石川啄木と花　第5回〉矢ぐるまの花 P18～19「季刊　真生」第300号 B5判　※（華道「真生流」発行の配布誌）　（有）しんせい出版　H28・3・18

三枝昂之〈長塚節没後百年記念講演会〉平成28年2月8日／於：常総市地域交流センター大ホール「わが命惜し─長塚節再発見─」（講演記録者：飯塚知子）P1～9「土のふるさと 第18回長塚節文学賞入選作品集」A5判　茨城県常総市　節のふるさと文化づくり協議会　H28・3・18

河北新報〈コラム河北春秋〉※啄木と仙台駅に関わる話題　H28・3・19

ドナルド・キーン〈東京下町日記〉啄木像をくつがえす（←H28・11 キーン誠己共著『黄犬ダイアリー』）　東京新聞　H28・3・20

☆湘南の啄木「ドナルド・キーン氏の『石川啄木』についての批評風景」　アマゾンカスタマーレビュー　H28・3・21

盛岡タイムス（記事）首都と県都に生きる歌人／東京・文京区　盛岡市　啄木の顕彰に協力／終焉の地歌碑や展示室　H28・3・22

阿部友衣子（署名連載記事）啄木 賢治の肖像（12）識者に聞く／前国際啄木学会会長・望月善次さん　友を引き付ける魅力　岩手日報　H28・3・23

「夜のとしょかん、第6夜」〈講師：森義真／山田武秋「生誕130年　啄木と紫波の人々」〉チラシ　開催日：3月23日／主催：紫波町図書館　H28・3・23

「野の花美術館」第21号 A5判（H28・10・29 講演記事）森義真氏「石川啄木と中津川」P8～0　深沢紅子野の花美術館　H28・3・25

盛岡タイムス（コラム・天窓）※啄木と三島由紀夫の類似性についての内容　H28・3・25

朝日新聞（コラム天声人語）※啄木と北海道の鉄道に関わる話題　H28・3・26

佐藤　勝　池田功著『啄木の手紙を読む』について（レジメ）啄木学会東京支部会　H28・3・26

目良　卓　池田功著『啄木の手紙を読む』について（レジメ）啄木学会東京支部会　H28・3・26

函館新聞（記事）"東北の星"偉大な足跡／石川啄木　函館の生活　名歌生む　H28・3・26

盛岡タイムス（記事）函館ブランドの啄木／文学の旅を櫻井健治氏に聞く　H28・3・26

盛岡タイムス（記事）北海道新幹線開業特集／歌人直筆の資料豊富に／2階フロアに啄木　H28・3・26

佐々木佳（署名記事）北海道新幹線　本紙記者ルポ／盛岡駅、歓迎ムード　岩手日報　H28・3・27

盛岡タイムス（記事）啄木忌前夜祭　H28・3・27

松浦寿輝（書評）「非凡な人物」の肖像─ドナルド・キーン『石川啄木』P20～21　「波」3月号　A5判 100円（※本誌は前月発売、発行日は当月の27日）　新潮社　H28・3・27

西日本新聞〈コラム春秋〉若者たちが故郷を離れて旅立つ春だ　H28・3・28

毎日新聞（コラム余録）※啄木の歌「とかくして」と映画「学校」に関わる話題　H28・3・28

平成新人〈大波小波〉※青木正美著『肉筆で読む作家の手紙』の話題

東京新聞（夕）H 28・3・29

毎日新聞（東京：夕）〈読書日記〉著者のことば　ドナルド・キーンさん／「石川啄木」（新潮社）
　　／最初の現代日本人　　　　　　　　　　　　　　　　　　　　　　H 28・3・29

阿部友衣子（署名連載記事）啄木 賢治の肖像（13）山／信仰心と望郷の思い

　　　　　　　　　　　　　　　　　　　　　　　　　　　　　岩手日報　H 28・3・30

海老沢類（署名記事）ドナルド・キーンさん　評伝「石川啄木」／夭折歌人の現代性を活写

　　　　　　　　　　　　　　　　　　　　　　　産経新聞（文化欄）H 28・3・30

「国際啄木学会研究年報」第 19 号 A5 判（以下 15 点の文献を収載）

　【論文】

　田口道昭　石川啄木と伊藤博文〜「誰そ我に／ピストルにても撃てよかし／伊藤のごとく死に
　　　　　　て見せなむ」をめぐって〜 P1 〜 16

　河野有時　はだかの動詞たち―啄木短歌における動詞の終止形止めの歌について―P17 〜 25

　【書評】

　佐藤静子　佐藤竜一著『石川啄木と宮澤賢治の人間学　ビールを飲む啄木 ×サイダーを飲む賢
　　　　　　治』P26 〜 27

　亀谷中行　西脇巽著『石川啄木　若者へのメッセージ』『石川啄木　不愉快な事件の真実』『石
　　　　　　川啄木　旅日記』P28 〜 30

　西連寺成子　池田功著『啄木の手紙を読む』31 〜 33

　松平盟子　小池光著『石川啄木の百首』P34 〜 35

　山下多恵子　『花美術館』第 39 号「特集　望郷と理想郷　啄木、賢治」P36 〜 37

　日景敏夫　ロジャー・パルバース著『英語で読む啄木　自己の幻想』P44 〜 43

　【新刊紹介】

　塩浦　彰　平出修著『定本　平出修集　第四巻』P38 〜 39

　目良　卓　碓田のぼる著『渡邊順三の評論活動―その一考察』P40 〜 0

　水野　洋　瀧本和成編『京都　歴史・物語のある風景』P41 〜 0

　今野　哲　上杉省和・近藤典彦著『名作百年の謎を解く』P42 〜 0

　〈資料紹介〉

　佐藤　勝　石川啄木参考文献目録（平成 27 年度）
　　　　　　　－ 2015（平成 27）年 1 月 1 日〜 2015（平成 27）年 12 月 31 日発行の文献 P50 〜 45

　〈大会特集〉

　プラット・アブラハム・ジョージ　『一握の砂』のマラヤーラム語訳―翻訳の際立ち向かった
　　　　　　諸問題点の一考察―P80 〜 63

　林　水福　石川啄木短歌の翻訳―筆者自身が翻訳した啄木短歌を中心に―P62 〜 51

　　　　　　　　　　　　　　　　　　　　　　　国際啄木学会事務局　H 28・3・31

「啄木・賢治」第 1 号（「望」通巻 16 号）B5 判 全 110 頁 1000 円

　「続・啄木歌集再読『一握の砂』『悲しき玩具』」・国際啄木学会シドニー大会／上田勝也、北田まゆみ、
　佐藤静子、村松善、吉田直美

　【「NPO法人 石川啄木と宮沢賢治を研究し広める会」会員寄稿】

　小林　芳弘　明治三陸大津波と堀合忠操 P78 〜 83

小林　芳弘　石川啄木と岩手日報（予報）P84 ～ 0

西脇　巽　石川啄木全集資料について P85 ～ 0

山田　武秋　「一握の砂」に秘められた啄木のメッセージ P86 ～ 88

発行者・望月善次　編集・啄木月曜会　H 28・3・31

「青森文学」83 号 A5 判 800 円（以下 4 点の文献を収載）

西脇　巽　歌の力 P65 ～ 69

霧山正彦　石川啄木　不愉快な事件の真実を読んで P70 ～ 0

まさき　すすむ　石川啄木　旅日記を勧める P71 ～ 72

米谷正造　石川啄木　若者へのメッセージの感想 P73 ～ 74

青森文学会（青森市港町 1-17-3 米谷正造方）H 28・3・—

水野信太郎　啄木像を求めて　平成 25 年 —盛岡・札幌・旭川・釧路— P123 ～ 130

「北翔大学短期大学部研究紀要」第 52 号 A4 判（抜刷）　　北翔大学短期大学部　H 28・3・—

「啄木忌記念　穂村弘　講演会」〈A5 判チラシ〉会場：文京区立小石川図書館／開催日：4 月 10 日

／講演題：夕は短歌と啄木の夕　　　　　　　主催：文京区立小石川図書館　H 28・3・—

「文京区立小石川図書館　石川啄木コーナー所蔵リスト」A4 判 全 6 頁 ※啄木関係の本 157 点記載

文京区立小石川図書館　H 28・3・—

「文京区　啄木の足跡をたどる」〈B4 判マップ両面刷り〉　文京区立小石川図書館　H 28・3・—

「石川啄木　文京区における足跡を訪ねて」〈A4 判 4 頁〉　文京区立小石川図書館　H 28・3・—

「地域資料だより 3」〈文京ゆかりの文人　石川啄木〉マップ付〈A5 判 4 頁復刻版〉

文京区立小石川図書館　H 28・3・—

中原千恵子（切り絵）「歌の花束」〈石川啄木生誕 130 年記念〉※啄木の歌 7 首と切り絵集　A2 変判

800 円（解説：岩城之徳／後記：後藤伸行）　　　日本切り絵百景館　H 28・3・—

櫻井健治〈コラム コーヒーブレーク〉啄木とふる里渋民 P13 ～ 0　「社内報 きずな」第 58 号 B5 判

（株）ドウデン（函館市）H 28・3・—

「2016 啄木祭」～母を背負ひて～　A4 判チラシ／開催日：6 月 4 日／開催場所：姫神ホール／講師

渡辺えり（演題）「私と啄木・賢治・光太郎」　　主催者：啄木祭実行委員会　H 28・3・—

「啄木の妻節子」〈啄木生誕 130 年記念〉石川啄木記念館第 5 回企画展の両面チラシ A4 判

開催期間：（04/26 ～ 09/04）　　　　　　　　　　石川啄木記念館　H 28・3・—

藤井　茂〈歴史散歩～縁の教育者たち～ 12〉新渡戸仙岳／不動の姿勢で歩く名物男（全 1 面に掲載）

もりおか生活情報紙「アップル」VOL.162　　　（株）東北堂（盛岡市肴町 3 - 21）H 28・3・—

「SEASONPROGRAM」〈2016 ～ 2017 平成 28 年度自主事業のご案内〉B6 判 ※石川啄木記念館 P11 ～ 0

盛岡市文化振興事業団　H 28・3・—

「NHK 文化センター盛岡教室」〈28 年 4 月期全講座案内紙〉※講師：山本玲子「啄木への視線～

今こそ「必要な芸術」として～」（毎月第二土曜日に 6 カ月間連続講座）　　　H 28・3・—

岩手日報（記事）「啄木忌前夜祭」足跡理解深めて　盛岡で 12 日　　　　　　H 28・4・1

岩手日日（記事）岩手の偉人、魅力紹介／花巻空港・外国人向けパネル　　　H 28・4・1

「ぽけっと」4 月号 A5 変形判（記事）石川啄木記念館の企画展「金子鷗亭による啄木短歌」（4・17 まで）

／「啄木の妻節子」（4・26 ～ 9・4）　　　　　盛岡市文化振興事業団　H 28・4・1

「短歌研究」4 月号 A5 判 1000 円＋税（以下の啄木文献 3 点を収載）

三枝昂之〈特集：評伝を考える〉人生の深部に届くために―評伝の留意点―P60〜63

西勝洋一〈特集 評伝を考える：私の1冊〉三枝昂之『啄木 ふるさとの空遠みかも』（本阿弥書店）
　　　　P120〜0

藤岡武雄　現代短歌の源流を求めて　観潮楼歌会の生原稿から（4）歌風の動揺・変化を求めて
　　　　P124〜126　　　　　　　　　　　　　　　　　短歌研究社　H28・4・1

「新日本歌人」4月号 A5判 850円　特集　石川啄木生誕130年（以下5点の文献を収載）

　田中　礼　現代に息づく啄木―時代閉塞との関わりで― P30〜35（←5月号に正誤表の掲載有り）

　近藤典彦　啄木研究三十年で見えたもの― 2015年5月31日　啄木祭講演抄録― P36〜39

　竹中トキ子　啄木の短歌が残したもの P40〜41　　　　　新日本歌人協会　H28・4・1

「短歌」4月号〈特集　短歌この大きなる器〉A5判 930円＋税（以下2点の文献を収載）

　三枝昂之　日本人の幸福―うたの奥行きを考える P64〜67（※本稿の文末で啄木にふれている）

　島田修三　ふと振り返ると P68〜69

　　　　　　　　　　　発行：角川文化振興財団／発売：(株)KADOKAWA　H28・4・1

池田　功　石川啄木が恋した大森浜へ P112〜113「婦人画報」4月号 A4変形判 1200円（税込）
　　　　　　　　　　　　　　　　　　　　　　ハースト婦人画報社　H28・4・1

須賀章雅〈よいどれブンガク夜話・79夜〉石川啄木『一握の砂』29「誠に不甲斐ない次第で御座います。」
　　　　P92〜93「北方ジャーナル」4月号 A4判 880円　　発行所：リ・スタジ　H28・4・1

中川　越〈生活・子育て〉嘘・手紙：思いや願いに誠があれば　　　　東京新聞　H28・4・1

南條範男　啄木をめぐる人々（1）※啄木を詠む短歌12首「逆水」4月号　　　H28・4・1

平野啓一郎　私達自身のような「夭折の天才」ドナルド・キーン『石川啄木』を読む P220〜223
　　　　「新潮」4月号 第百十三巻四号 A5判 1030円　　　　　　新潮社　H28・4・1

前田　宏〈わたしのこの1冊、そしてわたしの姿勢〉岩城之徳『啄木評伝』學燈社、ならびに時代との
　　　　関わり、文学形成の軌跡を追うことについて P98〜99「短歌研究」4月号　　H28・4・1

藤岡武雄　現代短歌の源流を求めて　観潮楼歌会の生原稿から（4）歌風の動揺・変化を求めて
　　　　P124〜126「短歌研究」4月号 A5判　　　　　　　　短歌研究社　H28・4・1

米川　康（署名記事）陽光浴び輝くミズバショウ・日本切り絵百景館（石川啄木の世界・原画展）
　　　　　　　　　　　　　　　　　　　　　　　読売新聞（群馬版）H28・4・1

山下多恵子（書評）「文学の探偵」、面目躍如／『名作百年の謎を解く』　図書新聞　H28・4・2

日本近代文学館編「近代文学の一五〇年〜夏目漱石、芥川龍之介から戦後作家まで〜」（※P18に「呼
　　　子と口笛」ノート、「一握の砂以後ノート」の写真）展示目録 B5判　日本近代文学館　H28・4・2

読売新聞（記事）「若き日の啄木」上映／相模原で16日　生誕130年記念　　　H28・4・3

中澤雄大（署名記事）ドナルド・キーンさん　最初の現代日本人　　　毎日新聞　H28・4・4

一握の石〈コラム大波小波〉夭折歌人の実像 ※D・キーン著『石川啄木』についての内容
　　　　　　　　　　　　　　　　　　　　　　　　　東京新聞（夕）H28・4・5

北畠立朴〈啄木エッセイ211〉啄木の誕生日を再考する　　「しつげん」第621号　H28・4・5

釧路新聞（記事）啄木の人間臭さ焦点／港文館で11日から初心者講座　　　H28・4・5

高橋　正　石川啄木と幸徳秋水 P397〜399『高知の近代文学を掘る』四六判 2500円＋税
　　　　　　　　　　発行所：カタオカ印刷（高知市一宮西町1-8-22）H28・4・5

阿部友衣子（署名連載記事）啄木 賢治の肖像（14）川／故郷や幸福映す象徴

岩手日報　H 28・4・6

産経新聞（記事）啄木も愛した眺め復活／盛岡城跡から岩手山　40 年ぶり　　　　H 28・4・8

函館市文学館編発行「函館に守り遺されてきた啄木日記」〈石川啄木生誕百三十年記念図録〉

　B5判 全 30 頁 600 円（税込）（以下 5 点の文献を収載）

　山下多恵子　啄木の「声」P22 〜 0

　山本玲子　ふるさとは遠きにありて〜啄木の盛岡・渋民〜 P23 〜 0

　櫻井健治　啄木と函館日日新聞 P24 〜 0

　森　武　函館と石川啄木〜歌に美しく昇華した函館の百三十二日 P25 〜 26

　編集部　啄木の二十六年／啄木の日記／啄木年譜／啄木の函館 132 日／ほか

　　　　　　　　　　　　　　　　　　　　　　　　　　　函館市文学館　H 28・4・10

穂村　弘　「夕は短歌と啄木の夕」〈講演レジメ〉A4 判 1 枚　会場：文京区立小石川図書館／開催日：

　4 月 10 日／主催：文京区立小石川図書館　　　　　　　　　　　　　　　　H 28・4・10

岩手日報（記事）あす「啄木忌」盛岡・松桜図も公開　　　　　　　　　　　　H 28・4・12

「第 12 回 啄木忌前夜祭」〈チラシ〉講師：南雲隆／演題：「先輩　啄木」／ほか

　　　　　　　　　　　　　　　　　　　　　　主催：国際啄木学会盛岡支部　H 28・4・12

盛岡タイムス（記事）105 回目の啄木忌／ 13 日・詩歌で先人しのぶ　　　　　H 28・4・12

阿部友衣子（署名連載記事）啄木 賢治の肖像（15）／識者に聞く／日本歌人クラブ会長・三枝昂

　之さん　望郷の念　端的に詠む　　　　　　　　　　　　　　　岩手日報　H 28・4・13

「第 105 回 啄木忌法要　次第」A4 判全 4 頁（出席者名簿など）　啄木祭実行委員会　H 27・4・13

（博）〈コラム・交差点〉啄木忌　※初期からの啄木忌についての記述　　岩手日報　H 28・4・13

盛岡タイムス（イベント記事）第 105 回啄木忌　　　　　　　　　　　　　　H 28・4・13

渡部芳紀　三陸海岸の石川啄木碑※「第 105 回 啄木忌」講演レジメ A4 判 4 頁（別綴じ）三陸海岸

　周辺の啄木碑の写真 36 枚掲載 A4 判 9 頁　　　　　　　　　　　　著者刊　H 28・4・13

斎藤　徹（署名記事）啄木忌　才人愛し　渋民へ／生誕 130 年　催し多彩に／「すごく身近」「あり

　がとう」前夜祭「後輩」たち魅力語る　　　　　　　　　朝日新聞（岩手版）H 28・4・14

岩手日報（記事）ふるさと歌曲に乗せ／盛岡・渋民で啄木忌　　　　　　　　　H 28・4・14

岩手日報（記事）「松桜図」に思う啄木／盛岡・宝徳寺　9 年ぶり公開　　　　H 28・4・14

毎日新聞（岩手版）啄木忌にファン 100 人／生誕 130 年で「短歌」歌う　　　H 28・4・14

産経新聞（記事）盛岡で啄木忌／ファン 120 人しのぶ　　　　　　　　　　　H 28・4・14

盛岡タイムス（記事）遺影に詩歌献じて／第 105 回 啄木忌・生誕 130 年の節目に　H 28・4・14

読売新聞（岩手版）盛岡で啄木忌 100 人しのぶ／生誕 130 年、企画展など予定　H 28・4・14

「短歌往来」5 月号 28 巻 第 5 号 A5 判 750 円（以下 3 点の文献を収載）

　篠　弘〈短歌「平成挽歌」1 首〉※「啄木」の悲しみが話題となる時代いくたびかありて国情乱る

　　　　P2 〜 0

　田中拓也〈特集・若菜摘む春のうた〉北帰行【春の季の愛誦歌】「やわらかに…」P54 〜 55

　嵯峨直樹〈特集・若菜摘む春のうた〉薄くれない【春の季の愛誦歌】「やわらかに…」P61 〜 62

　　　　　　　　　　　　　　　　　　　　　　　　　　　ながらみ書房　H 28・4・15

「石川啄木　生誕 130 年記念祭　プログラム」B4 判　※講師：大室精一／演題「啄木短歌の魅力」

　　　　　　　　　　　　　　　　　　　　　　　主催：日本切り絵百景館　H 28・4・15

「渋民文化会館だより」No.28-1 B4判 全4頁（内容：啄木祭／6月4日／姫神ホール）講演：渡辺えり・
　私と啄木・賢治・光太郎／ほか　　　　　　　　　　　　　　　盛岡市渋民公民館　H28・4・15
「生誕130年記念　石川啄木祭」〈画文集　石川啄木の世界～原画50景～〉開催日：4月16日（土）
　（催事案内チラシ）講演：大室精一「啄木短歌の魅力」／ほか日　本切り絵百景館　H28・4・16
松村由利子〈短歌時評〉「現代人」啄木の魅力　　　　　　　朝日新聞（文化欄）H28・4・18
阿部友衣子（署名連載記事）啄木 賢治の肖像（16）仕事（上）／最先端の「人間」教育
　　　　　　　　　　　　　　　　　　　　　　　　　　　　　岩手日報　H28・4・20
畠山政志　〈読者欄・声〉啄木の里彩るサクラパーク　　　　　岩手日報　H28・4・20
「NHK短歌」5月号 B5判 629円＋税（以下2点の啄木文献を収載）
　坂井修一　望郷の思い深く　ふるさとを歌う P16～0
　梅内美華子「うたことば」（なまり）P53～0　　　　　　　　NHK出版　H28・4・20
釧路新聞（記事）啄木の人間像に迫る／初心者講座「釧路時代の研究　間違いも」　H28・4・21
岩手日報〈コラム学芸余聞〉※啄木忌での渡部芳紀氏の講演を紹介する内容　　　H28・4・22
「さっぽろ啄木を愛する会」〈総会式次第〉A4判5枚 ※決算、予算報告、会員名簿ほか　H28・4・23
岩手日報（記事）先人愛する「二つの渋民」大東の記念館 芦東山、啄木の教育資料展示・一関
　　　　　　　　　　　　　　　　　　　　　　　　　　　　　　　　　　　H28・4・24
山田登世子（書評）短歌も日記も「即興」に本質／「石川啄木」ドナルド・キーン著
　　　　　　　　　　　　　　　　　　　　　　　　　　日本経済新聞　H28・4・24
若林　敦〈にいがたの一冊〉池田功著『啄木の手紙を読む』ブログ感覚　多彩な文体駆使
　　　　　　　　　　　　　　　　　　　　　　　　　　　　新潟日報　H28・4・24
「短歌」5月号 A5判 930円（※以下2点の啄木文献を収載）
　川野里子〈時評〉啄木的、文明的「今」P158～163
　松村正直（書評）小池光著『石川啄木の百首』P175～0
　　　　　　　　　　　　発行：角川文化振興財団／発売：（株）KADOKAWA　H28・4・25
森　義真　「天職」に就く P5～6「如水会々報」4月号 通巻1022号 B5判　如水会　H28・4・25
阿部友衣子（署名連載記事）啄木 賢治の肖像（17）仕事（下）／鋭いジャーナリスト
　　　　　　　　　　　　　　　　　　　　　　　　　　　　　岩手日報　H28・4・27
西館好子〈新子守唄ものがたり18〉※金田一春彦の思い出など　東京新聞　H28・4・27
岩手日報〈いわて人模様〉石川啄木を歌で伝えるソプラノ声楽家／田中美沙季さん　H28・4・28
佐藤国雄〈読者欄・声〉有意義な「夜のとしょかん」※啄木講座の感想　岩手日報　H28・4・28
富谷英雄〈日報論壇〉一期一会の歌人に合掌　　　　　　　　　岩手日報　H28・4・28
毎日新聞（岩手版）石川啄木を歌で伝える　ソプラノ声楽家・田中美沙季さん　H28・4・28
池田　功〈エッセイ〉石川啄木生誕一三〇年―大逆事件と啄木―P54～60「治安維持法と現代」
　No.30〈2016春季号〉A5判 1000円　　　治安維持法犠牲者国家賠償要求同盟　H28・4・30
阿部友衣子〈コラム展望台〉啄木の「もしも」を思う　　　　岩手日報　H28・4・30
国際啄木学会編「会員名簿」〈2016年4月〉B5変判 全22頁　国際啄木学会事務局　H28・4・―
櫻井健治〈コラム コーヒーブレーク〉啄木と空知川 P13～0　「社内報　きずな」第59号 B5判
　　　　　　　　　　　　　　　　　　　　　　　（株）ドウデン（函館市）H28・4・―
「春季特別展　南の渋民　北の渋民 ―二つの渋民と先人教育―」〈チラシ〉※ A4判 展示資料一覧

付／開催期間：4月23日〜6月12日／会場＆主催者：芦東山記念館（一関市大東町）

H28・4・—

「函館に守り遺されてきた啄木日記」〈函館市文学館平成28年度企画展〉※4月10〜7月7日

B5判 7枚綴じのパンフ　　　　　　　　　　　　　　　　　函館市文学館　H28・4・—

「啄木の妻節子」〈啄木生誕130年記念〉石川啄木記念館第5回企画展の入館者配布冊子 A5判 全8頁

開催期間：（04/26〜09/04）※内容：啄木との出会い／結婚生活　盛岡・渋民／北海道での生活
／啄木を看取る　東京／啄木亡き後　房州、北海道／啄木の妻・節子年譜／ほか

石川啄木記念館　H28・4・—

「啄木祭」〈チラシ〉A4判／開催日：5月15日／会場：エデスカ東京／講演：山下多恵子「啄木の
魅力を語る／主催：新日本歌人協会　　　　　　　　　　　　　　　　　　　　H28・4・—

「広報もりおか」5月1日号（記事）2016啄木祭〜母を背負ひて〜など　　　盛岡市　H28・5・1

「ぽけっと」5月号 vol.217 A5変形判　※石川啄木記念館 P6〜0／いしぶみ紀行　石川啄木〈第一回〉
北上川の第一号歌碑を紹介 P9〜0　　　　　　　　盛岡市文化振興事業団　H28・5・1

「短歌研究」5月号 A5判 1000円（以下9点の啄木文献を収載）

村上しいこ　短歌と出会って P14〜15

〈特集　男に涙は似合わない？〉

岩田　正　涙の変遷 P21〜0

吉村睦人　東海の…P31〜0

由良琢郎　啄木の歌 P36〜0

足立敏彦　北の言霊・小田觀螢の歌 P38〜0

三枝昂之　やはらかに P66〜0

小池　光　東海の…P74〜0

桑原正紀　宮柊二の歌 P79〜0

藤岡武雄〈現代短歌の源流を求めて〉観潮楼歌会の生原稿から（5）新詩社側の「脱退事件」など
P106〜108　　　　　　　　　　　　　　　　　　短歌研究社　H28・5・1

須賀章雅〈よいどれブンガク夜話・80夜〉石川啄木『一握の砂』30「私の家は病人の家だ」P110〜111
「北方ジャーナル」4月号 A4判 880円　　　　　発行所：リ・スタジ（札幌市）H28・5・1

「新日本歌人」5月号 A5判（以下2点の啄木文献を収載）

編集部（4月号に掲載の田中礼論文の正誤表）P98〜0

〈広告〉静岡啄木祭／5月8日／講師：小石雅夫「石川啄木と鶴彬」P99〜0

新日本歌人協会　H28・5・1

松村正直（書評）小池光著『石川啄木の百首』「短歌」5月号　　　角川文化振興財団　H28・5・1

「啄木生誕130年記念第32回啄木祭短歌大会案内」〈チラシ〉（開催日：5・1）A4判　　H28・5・1

南條範男　啄木をめぐる人々（2）※啄木を詠む短歌12首「逆水」5月号　　　　　　　H28・5・1

朝日新聞（岩手版）優秀賞に7首／選者賞は6首／啄木祭短歌大会　　　　　　　　　　H28・5・2

岩手日報（記事）斉藤玲子さん（滝沢）が啄木祭賞受賞／盛岡・玉山で短歌大会　　　　H28・5・3

阿部友衣子（署名連載記事）啄木 賢治の肖像（18）音楽／ワーグナーに「共感」

岩手日報　H28・5・4

盛岡タイムス（記事）斉藤玲子さんが最高賞／啄木祭短歌学会　生誕130年の節目に　H28・5・4

北畠立朴〈啄木エッセイ212〉二度目の町内会会長に　　　「しつげん」第623号　H28・5・5

「啄木生誕130年記念 第58回啄木祭全国俳句大会案内」〈チラシ〉B4判（発行は開催日）　H28・5・8

岩手日報（記事）「啄木の丘」感慨一層／岩山公園　30周年で記念式典　　　H28・5・9

盛岡タイムス（記事）ふるさとの山仰ぎ30年／岩山の啄木　望郷の丘／記念式典　H28・5・9

岩手日日（記事）"渋民"に優れた先人／東山、啄木を対比／大東・記念館来月12日まで特別展

H28・5・10

岩手日報（記事）沼田さんが啄木賞受賞　盛岡で俳句大会　　　　　　　　　H28・5・10

小林　昭　石川啄木没後百年 P492〜500「民主文学」臨時増刊号第608号 A5判 2000円＋税

日本民主主義文学会（東京都豊島区南大塚2-29-9 サンレックス202）H28・5・10

「国際啄木学会会報」第34号 A5判 全70頁（以下39点の文献を収載）

池田　功　高知セミナー開催にあたりまして P5〜0

岡林一彦　土佐の高知へ来てみいや P6〜0

【ミニ講演】

髙橋　正　石川啄木と高知のえにし P7〜0

【研究発表】※発表要旨

田山泰三　香川における明星派歌人に関する知見 P8〜0

劉　怡臻　王白淵の三行詩にみられる啄木文学受容 P8〜0

【シンポジウム「啄木と大逆事件・幸徳秋水」】

近藤典彦　基調講演　幸徳事件・幸徳秋水と石川啄木 P9〜10

伊藤和則　司会者より　啄木が見た「大逆事件」そして幸徳秋水 P11〜0

【2015年度　東京セミナー／傍聴記／文学散歩】

北村克夫　二つの研究発表を振り返って P12〜15

深町博史　ミニ講演傍聴記 P16〜17

中川康子　啄木終焉の地歌碑建立−リレー講演から− P18〜20

北里和彦　東京文学散歩リポート PP21〜22

羽賀由喜江　明治の文豪たちに思いをはせつつ　本郷から啄木終焉の地まで P23〜25

【2015年度　シドニー大会／傍聴記／文学散歩】

池田　功　マクロの視点からの啄木研究―シドニー大会を振り返って―P26〜27

亀谷中行　個人的な、あまりにも私的な感想記 P27〜28

西脇　巽　傍聴記　9月5日午後の部 P28〜30

森　三紗　オペラ・ハウス―国際啄木学会シドニー大会に参加して―P31〜32

渡　哲郎　ブルーマウンテンズを訪れて P33〜0

【新聞より】※岩手日報（9／27）：啄木文学翻訳への視点

※盛岡タイムス：森義真・漂泊の詩人、南半球へ（4回連載）・パルバーズ氏基調講演1〜2（9

／22、24）／山泉進氏講演（9／25）／ミニ講演と研究発表に6人（9／26）P34〜38

【新入会員の自己紹介】大津留公彦／佐藤豊／仲村重明／吉村誠治／川田禎子／シュエタ・ア

ロラ／山泉進／北嶋藤郷／田上貴寛／山内健司（10名）P39〜46

【林丕雄氏旭日中綬章を受賞】

林　丕雄　叙勲伝達式におけるお礼のご挨拶 P47〜48

【広場】

佐藤　勝　名著、上田哲著『啄木文学　受容と継承の軌跡　編年資料』について P49〜50

田口道昭　岩城之徳先生の学問の継承に関連して P50〜52

【支部だより・各国啄木学会だより】北畠立朴・北海道支部／小林芳弘・盛岡支部／河野有時・東京支部／若林　敦・新潟支部／田口道昭・関西支部／梁東国・韓国啄木学会／林水福・台湾啄木学会（以上7篇）P53〜60

　　　　　編集者・今野哲／山下多恵子／発行人・池田功／発行所：国際啄木学会　　H28・5・10

阿部友衣子（署名連載記事）啄木 賢治の肖像（19）お金／多額借金　メモに詳細

　　　　　　　　　　　　　　　　　　　　　　　　　　　　　　岩手日報　H28・5・11

岩手日報（記事）啄木最大の理解者に光／盛岡・記念館／妻節子の生涯たどる　　　H28・5・13

「愛のオペラ　石川啄木と妻・節子」石川啄木生誕130年記念（パンフ）A4判 全12頁

　〈小天地／全3幕〉（細目：森　義真・啄木と金田一京助 P2〜0／池田　功・啄木文学の国際性 P2〜0／仙道作三・オペラ　小天地　作曲ノート P3〜0／台本・作曲・演出・指揮：仙道作三／会場：日暮里サニーホール（東京）／上演日時：5月14日17時30分開演）

　　　　　　　　企画・制作：センドー・オペラ・ミュージカル・カンパニー　H28・5・14

太田　登　『薄田泣菫宛書簡集』を読む（石川啄木の手紙も）「日本古書通信」1042号

　　　　　　　　　　　　　　　　　　　　　　　　　日本古書通信社　H28・5・15

持田鋼一郎〈浪々残夢録49〉ドナルド・キーンの啄木伝 P110〜111「短歌往来」6月号 A5判

　750円＋税　　　　　　　　　　　　　　　　　　　ながらみ書房　H28・5・15

山下多恵子　生誕130年　啄木の魅力を語る〈啄木祭　講演レジメ〉A3判2枚／開催日：5月15日

　／会場：エデスカ東京／主催：新日本歌人協会　　　　　　　　　　　H28・5・15

工藤玲音〈詩歌の窓〉俳句※ 第58回啄木祭全国俳句大会の話題　　　　　　　H28・5・16

阿部友衣子（署名連載記事）啄木 賢治の肖像（20）東京（上）／「文学で成功」に挫折

　　　　　　　　　　　　　　　　　　　　　　　　　　　　　　岩手日報　H28・5・18

盛岡タイムス（記事）啄木の生誕と合併記念　　　　　　　　　　　　H28・5・18

岩手日報（記事）啄木題材　初のオペラ／東京・節子との愛描く　　　　　H28・5・19

読売新聞（岩手版）啄木の妻節子の生涯解説／啄木記念館　　　　　　　H28・5・19

柏崎　歓〈文芸・文化〉ドナルド・キーンさんに聞く／啄木　うそと矛盾に現代性／買春ローマ字で日記に　　　　　　　　　　　　　　　　　　　　　朝日新聞　H28・5・20

須知徳平『北の詩と人　アイヌ人女性・知里幸恵の生涯』A5判 2750円＋税　（※参考文献）

　　　　　　　　　　　　　　　　　　　　　　　　　　　岩手日報社　H28・5・20

先崎彰容　時代閉塞論 ―「新しいこと」などあるものか―（石川啄木と時代閉塞／ほか）P78〜99

　『違和感の正体』〈新潮新書〉720円＋税　　　　　　　　　　　新潮社　H28・5・20

髙橋光輝〈インタビュー〉機械学習で石川啄木を蘇らせる（1）（聞き手:壱岐・荒川）P3〜9「月刊 シェルスクリプトマガジン」Vol.38 B5判 500円

　　　　　　　　（有）USP研究所（東京都港区西新橋3-4-2 SSビル3階）H28・5・20

岩手日報（広告記事）啄木祭（開催日：6月4日／会場：姫神ホール）　　H28・5・21

畠山政志〈読者投稿欄・声〉姫神山で啄木に思いはせる　　　　　　　H28・5・21

松浦　明　石川啄木 P63〜65『田中舘愛橘ものがたり―ひ孫が語る日本物理学の祖―』四六判

1800円＋税　　　　　　　　　　　（株）銀の鈴社（神奈川県鎌倉市雪ノ下 3-8-33）　H 28・5・21

盛岡タイムス（記事）今の時代に響く啄木／11 月に国際啄木学会盛岡大会　　　　　H 28・5・22

盛岡タイムス（記事）啄木記念館長が 28 日に講演　　　　　　　　　　　　　　　H 28・5・23

瀬戸内寂聴〈天眼〉介護と長寿※本記事は京都新聞社の提供で、D・キーンが執筆した「石川啄木」

　　にも触れた内容　　　　　　　　　　　　　　　　　　　　　　　　岩手日報　H 28・5・24

岩手日報（記事）「芹沢光治良と岩手」紹介／野乃宮さん講話／啄木学会盛岡支部例会　H 28・5・24

阿部友衣子（署名連載記事）啄木 賢治の肖像（21）東京（下）／孤独、望郷の念　歌に

　　　　　　　　　　　　　　　　　　　　　　　　　　　　　　　　　岩手日報　H 28・5・25

岩手日報（記事）来月 4 日「啄木祭」盛岡・渡辺えりさん講演　　　　　　　　　　H 28・5・25

大森静佳（書評）大辻隆弘著『近代短歌の範型』P192 〜 0「短歌」6 月号 A5 判 930 円

　　　　　　　　　発行：角川文化振興財団／発売：（株）ＫＡＤＯＫＡＷＡ　H 28・5・25

岡林一彦 〈読者投稿欄・声ひろば〉 啄木父子歌碑磨き洗い　　　　　高知新聞　H 28・5・25

陣野俊史『テロルの伝説　桐山襲列伝』四六判 3100円＋税（※時代閉塞の現状を嘆いた啄木に関す

　　る記述が散見する）　　　　　　　　　　　　　　　　　　　河出書房新社　H 28・5・25

高橋和夫（署名記事）啄木の幻の映画上映／相模原で　　　毎日新聞（神奈川版）H 28・5・26

岩手日報（盛岡県北版記事）啄木のゆかりの校舎きれいに／盛岡商議所玉山運営協　H 28・5・27

「石川啄木記念館だより」第 3 号 B5 判 全 8 頁（以下 3 点の文献を収載）

　　森　義真　ようこそ！啄木のふるさとへ P1 〜 0

　　編集者　第 5 回企画展：啄木の妻節子／啄木祭／「文の京講座」、「故郷講座」／啄木コンサート

　　　／第 3・4 回企画展報告／「真の男！宮崎郁雨と啄木」／啄木ミュージック／金子鷗亭による

　　　啄木短歌 P2 〜 7

　　佐藤静子　実現できたらいいなあ P8 〜 0　　　　　　　　石川啄木記念館　H 28・5・27

高知新聞（記事）「啄木学会」へ歌碑磨く／実行委　父終焉の高知駅南　　　　　　H 28・5・27

「啄木の妻節子〜貧苦に耐えて」〈講演会案内チラシ〉講師：森義真（石川啄木記念館館長）場所：渋

　　民公民館／期日：5 月 28 日／主催：石川啄木記念館　　　　　　　　　　　　H 28・5・28

盛岡タイムス（記事）啄木ゆかりの校舎を後世へ／盛岡商議所玉山運営協／青年部と女性部が修繕

　　　　　　　　　　　　　　　　　　　　　　　　　　　　　　　　　　　　　H 28・5・29

「世田谷文学館友の会」第 126 号（記事）講座：生誕 130 年　石川啄木と女性〜恋愛・結婚・家族

　　〜講師：西連寺成子（※ 6 月 21 日の案内記事）　　　　世田谷文学館友の会　H 28・5・31

「企画展　岩手の新聞人たち」〈チラシ〉開催期間：6・4〜7・24　　岩手県立図書館　H 28・5・―

「企画展　岩手の新聞人たち」〈展示資料目録〉B5 判 全 18 頁　　　岩手県立図書館　H 28・5・―

「啄木に乾杯！石川啄木生誕 130 年記念文学館講演会」〈チラシ〉開催日：6 月 25 日／会場：函館市公

　　民館／対談：新井満＆櫻井健治（啄木の函館百三十二日）主催：函館市文学館　H 28・5・―

「平出修研究会　事務局移転記念講演会」〈チラシ〉開催日：6 月 30 日／会場：シルバーピア石山（新

　　潟市）／講師／山下多恵子　平出修と石川啄木　　　　　　　　　　　　　　　H 28・5・―

藤井　茂〈歴史散歩〜先人の母たち〜1〉金田一ヤス／役割をわきまえた賢い母（全 1 面に掲載）

　　もりおか生活情報紙「アップル」VOL.164　　　　　（株）東北堂（盛岡市肴町 3-21）H 28・5・―

山田武秋　「一握の砂」の意味 P2 〜 3「ゆりこと絆の会だより」第 31 号 A4 判　　H 28・5・―

阿部友衣子（署名連載記事）啄木 賢治の肖像（22）識者に聞く／国際啄木学会理事・山下多恵子

さん／家族と文学　両立苦悩　　　　　　　　　　　　　　　　　　　岩手日報　　H 28・6・1

岩手日報（記事）日報と石川啄木（14 面の全面に掲載）連載、特集で歌人悼む　　　　H 28・6・1

「ぽけっと」6 月号 vol.218 A5 変形判 ※石川啄木記念館 P6 ～ 0／いしぶみ紀行　石川啄木〈第二回〉

　宝徳寺の歌碑を紹介 P9 ～ 0　　　　　　　　　　　　　盛岡市文化振興事業団　H 28・6・1

「企画展の窓」第 194 号 B4 判 ※女性のてがみ～渡辺喜恵子～　　　盛岡てがみ館　H 28・6・1

「研優社平成二十八年夏季古書目録」石川啄木直筆ハガキ・内田秋皎宛 3 枚 1,500,000 円（明治
　39・12・31／明治 40・1・1／明治 40・1・4）

　　　　　　　　　　　　　　　　（株）研優社（東京都文京区音羽町 2 丁目 1-6-206）H 28・6・1

「国際啄木学会東京支部会報」第 24 号 A5 判 全 60 頁（以下 9 点の文献を収載）

　うえだひろし　ぼくは火星の芝居を観て来たよ。タクボクくん、一三〇年の祭に P1 ～ 9

　【合評　池田功著『啄木の手紙を読む』(2016 年 1 月　新日本出版)】

　平出　洸　池田功著『啄木の手紙を読む』読後感 P10 ～ 13

　佐藤　勝　池田功著『啄木の手紙を読む』読後感メモ P14 ～ 18

　目良　卓　池田功著『啄木の手紙を読む』について P19 ～ 21

　舟田京子　『啄木の手紙を読む』を読んで P22 ～ 24

　佐藤　勝　平成 27 年発行の「啄木文献」案内～「湘南啄木文庫収集目録」から～ P25 ～ 30

　日景敏夫　石川啄木の英語力再考 P48 ～ 31

　日景敏夫　東京朝日新聞をめぐる人々―啄木、漱石等にも関連して―P58 ～ 49

　河野有時　東京支部会活動記録 P59 ～ 0

　　　　　　　　　　　　発行所：東京支部会事務局（連絡先：東京都荒川区南千住 8-17-1／東京都立
　　　　　　　　　　　　産業技術高等専門学校荒川キャンパス 河野研究室）H 28・6・1

小島なお（書評）小池光著『石川啄木の百首』語り口の妙 P172 ～ 0」」6 月号　　　H 28・6・1

「新日本歌人」6 月号 850 円 ※啄木コンクール作品と選考結果／選評 P12 ～ 26　　H 28・6・1

須賀章雅〈よいどれブンガク夜話・81 夜〉石川啄木『一握の砂』31「お前には気の毒だった」P94 ～ 95
　「北方ジャーナル」6 月号 A4 判　880 円　　　発行所：リ・スタジオ（札幌市）H 28・6・1

南條範男〈短歌 12 首〉啄木をめぐる人々（3）「迯水」6 月号　　　　迯水短歌会　H 28・6・1

「文藝春秋」6 月号第 94 巻 9 号（5 月 10 日発売）A5 判 880 円

　【鼎談書評】"キーン・マジック"で描く天才歌人の生涯／ドナルド・キーン著／角地幸男訳『石川
　啄木』P397 ～ 399（鼎談者：山内昌之／片山杜秀／阿刀田高）　　　（株）文藝春秋　H 28・6・1

松平盟子（評論）与謝野鉄幹と啄木の明治 40 年代⑪ P2 ～ 6「プチ★モンド」No.93 A5 判 1500 円
　　　　　　　　　　　　　　　　　プチ★モンド発行所（東京・大田区）H 28・6・1

松村正直　【一首鑑賞：茶・珈琲・水のうた】石川啄木「短歌現代」6 月号 A5 判　696 円
　　　　　　　　　　　　　　　　　　　　　　　　　　　　　　　短歌現代社　H 28・6・1

柳　宣宏〈特集・短歌の「解釈」と「鑑賞」〉実践的に P38 ～ 39「短歌研究」6 月号　H 28・6・1

河北新報（記事）生誕 130 年「啄木祭」あす盛岡　渡辺えりさん講演　　　　　　　H 28・6・3

読売新聞（神奈川版）「若き日の啄木」上映／相模原市で 16 日、生誕 130 年記念　　H 28・6・3

岡林一彦〈声〉啄木セミナー高知開催歓迎　　　　　　　　　　　　　　岩手日報　H 28・6・4

「啄木祭」〈栞〉A4 判 6 頁 ※講演：渡辺えり「わたしと啄木・賢治・光太郎」／ほかに森義真氏と
　の対談〈テーマ：啄木の母〉主催：啄木祭実行委員会　　　　　　　　　　　　H 28・6・4

岩手日報（記事）啄木の世界観ひもとく／盛岡・渡辺えりさんが講演　　　　　H 28・6・5

北畠立朴〈啄木エッセイ 213〉釧路啄木会創立十周年　　　「しつげん」第 625 号　H 28・6・5

「釧路啄木会さいはて便り」第 16 号 A4 判 全6頁（以下6点の文献を収載）

　　北畠立朴　十周年を迎えた釧路啄木会 P1 〜 0

　　佐藤寿子　離釧の地　モニュメントの思い出 P2 〜 0

　　野田正夫　「国際啄木学会」を迎えて P2 〜 0

　　山本悦也　私の啄木観 P4 〜 5

　　佐藤文彦　石川啄木になってみた P6 〜 0

　　北畠立朴〈研究余滴〉『啄木日記』に書かれなかった少年 P5 〜 0　　　　　H 28・6・5

小島ゆかり（書評・今週の本棚）ドナルド・キーン著「石川啄木」（新潮社）芸術は不道徳の非難を

　　恐れぬこと　　　　　　　　　　　　　　　　　　　毎日新聞　H 28・6・5

読売新聞（岩手版記事）「啄木友人に恵まれた」生誕 130 年　渡辺えりさん講演　H 28・6・5

小林祐基〈本よみうり堂〉懐かしさと新たな出会い　　　　　　　読売新聞（夕）H 28・6・6

盛岡タイムス（記事）妻節子に焦点を当て／渋民の記念館／啄木日記を後世に残す　H 28・6・6

盛岡タイムス（記事）2016 年啄木祭　母を背負ひて／生誕 130 年　群読劇や合唱／盛岡市渋民・

　　渡辺えりさん講演と対談　　　　　　　　　　　　　　　　　　　　　H 28・6・7

阿部友衣子（署名連載記事）啄木 賢治の肖像（23）手紙と日記（上）小説のような味わい

　　　　　　　　　　　　　　　　　　　　　　　　　　　　　岩手日報　H 28・6・8

五木田功〈特集 2016 春雪忌〉木下杢太郎記念館訪問記 P28 〜 0「短詩形文学」6 月号　H 28・6・10

岩手日報（記事）短歌かるた活用を／啄木祭実行委／児童センターなどに寄贈　　H 28・6・11

盛岡タイムス（記事）啄木短歌をより身近に／生誕130年で　かるたを児童館へ寄贈　H 28・6・12

読売新聞（夕・文化面記事）金田一京助とアイヌ文化を伝えた少女・劇団「方の会」　H 28・6・14

阿部友衣子（署名連載記事）啄木 賢治の肖像（24）手紙と日記（下）人間の苦悩、喜び克明

　　　　　　　　　　　　　　　　　　　　　　　　　　　　　岩手日報　H 28・6・15

読売新聞（コラム編集手帳）※啄木の「あめつちの…」歌を引用した文　　　　　H 28・6・15

「映画『若き日の啄木　雲は天才である』」〈上映栞〉講演：山田真也・なぜ啄木の歌は人気があるのか

　　／新井千代子・ソプラノ独唱／会場：相模原南市民ホール主催：相模原芸術文化連盟　H 28・6・16

岩手日報（記事）岩手の新聞人たどる／時代伝える資料200点 ※岩手県立図書館　H 28・6・17

読売新聞〈コラム・編集手帳〉※鉄道の話題に啄木の「雨に濡れし」の歌を引用。　H 28・6・17

「国際啄木学会 2016 年高知セミナー」（プログラム）A4 判 4 頁（掲載内容：挨拶／尾崎正直（高知

　　県知事）／岡崎誠也（高知市長）／池田功（学会会長）／岡林一彦（大会実行委員長）／開催期間：6

　　月18、19日／会場：高知県立文学館ホール、高知城ホール／写真：啄木父子歌碑／一禎と山本一家）

　　　　　　　　　　　　　　　　　　　　　　　　　　　　　　　　　H 28・6・18

「国際啄木学会 2016 年高知セミナー」（開催内容栞）A4 判 2 枚／開催期間／6 月 18、19 日／会場：

　　高知県立文学館ホール、高知城ホール　　　　　　　　　　　　　　　　　H 28・6・18

近藤典彦〈基調講演シンポジウム資料〉啄木と大逆事件・幸徳秋水 A4 判 11 枚（『明治文芸館V』嵯峨

　　野書院・2005年10月の複写）国際啄木学会高知セミナー／於高知県立文学館　H 28・6・18

田口道昭〈シンポジウムレジメ〉啄木と大逆事件・幸徳秋水　A4 判 4 枚／国際啄木学会高知セミナー

　　／於高知県立文学館　　　　　　　　　　　　　　　　　　　　　　　　H 28・6・18

田山泰三　啄木と不抱・新資料中心に〈啄木学会研究発表レジメ〉A3判4枚　　　　H28・6・18

劉　怡臻　王白淵の年譜と日本及び台湾における啄木受容について〈国際啄木学会研究発表レジメ〉

　　A4判22頁　於高知県立文学館　　　　　　　　　　　　　　　　　　　　　H28・6・18

佐賀新聞〈コラム・有明抄〉花とまちづくり　※啄木と花に関する内容の文章　　　H28・6・18

藤井　茂〈いわて人物夜話12〉金田一京助　　　　　　　　　　盛岡タイムス　H28・6・18

岩手日報（記事）啄木と大逆事件の関係巡り意見交換／高知でセミナー　　　　　　H28・6・19

毎日新聞（高知版）秋水の影響受けた　国際啄木学会セミナー120人　　　　　　　H28・6・19

読売新聞（高知版）石川啄木と高知　セミナーに120人　　　　　　　　　　　　　H28・6・19

髙橋光輝　機械学習で石川啄木を蘇らせる（2）「月刊　シェルスクリプトマガジン」Vol.39

　　B5判　500円　　　　　　　（有）USP研究所（東京都港区西新橋3-4-2 SSビル3階）H28・6・20

阿部友衣子〈署名記事〉「啄木と大逆事件」探る／高知で国際学会セミナー　　　　H28・6・21

「企画展の窓」第195号〈B4判 片面刷り〉第50回企画展「盛岡の先人たちの手紙」望郷の歌人・

　　石川啄木　※「展示目録」A4判1枚付　　　　　　　　　　　盛岡てがみ館　H28・6・21

阿部友衣子（署名連載記事）啄木 賢治の肖像（25）時代（上）／反骨精神で世に問う

　　　　　　　　　　　　　　　　　　　　　　　　　　　　　　岩手日報　H28・6・22

☆ニッケイ新聞WEB（記事）伯人女性が短歌集発表＝啄木の世界に魅せられて　　H28・6・22

北海道建設新聞（コラム・透視図）無差別殺人　※「どんよりと」の啄木歌を引用　　H28・6・23

北海道新聞（夕・記事）「啄木と音楽」解説／作詞作曲家・新井満さん／25日　　　H28・6・23

菅原一郎〈もりおかデジカメ散歩2388〉石川啄木記念館見学　　　盛岡タイムス　H28・6・24

阿部友衣子〈コラム展望台〉高知の「啄木熱」を実感　　　　　　岩手日報　H28・6・25

内藤賢司　啄木を読む（13）「東京生活の基礎が出来た」のだが…P46～50「歩行」48号 A5判

　　　　　　　　　　　　　　　　　　　　　　　　「歩行」発行所（八女市）H28・6・25

函館新聞（記事）啄木の声と語り合い作曲　新井満さん講演　　　　　　　　　　　H28・6・26

北海道新聞（夕・記事）函館で啄木　足跡たどる／新井さんと櫻井さん対談　　　　H28・6・28

盛岡タイムス（記事）学生短歌会に投稿を／国際啄木学会・盛岡市で11月開催　　　H28・6・28

阿部友衣子（署名連載記事）啄木 賢治の肖像（26）　時代（下）大逆事件の真相追求

　　　　　　　　　　　　　　　　　　　　　　　　　　　　　　岩手日報　H28・6・29

若林　敦　啄木セミナーで感謝〈投稿欄14面〉　　　　　　　　　高知新聞　H28・6・29

「詩さんぽ街さんぽ」NO.6 B5判 全8頁〈記事：啄木終焉の地歌碑の除幕式（2015年3月）、国際啄木

　　学会盛岡大会（2016年11月）〉　　　柴田和子個人発行紙（流山市前ケ崎666-24）H28・6・30

編集部　明治時代の床屋さん道具P6～7「明治村だより」VOL.84　博物館明治村　H28・6・30

青森文学館「特別展　青函を旅した文人たち」〈チラシ〉A4判　※文学講座／第1回〈石川啄木／

　　ほか〉講師：山本玲子：演題・石川啄木の青森・函館　　　　　　　　　　　　H28・6・―

石川啄木記念館編発行「一握の砂」〈記念館英語版案内パンフ〉A5判4頁　　（入手日）H28・6・―

「近代短歌～美しく力強きメロディー」〈講座案内チラシ〉※啄木は第1回目で7月23日（土）

　　講師：鵜飼康東／場所：毎日文化センター（大阪毎日新聞ビル2F）　　　　　　H28・6・―

「賢治と啄木の世界に遊ぶ」〈チラシ〉フルートコンサート吉川久子の語りと演奏／開催：6月30日

　　／会場：横浜みなとみらい小ホール主催：心に残る美しい日本の曲を残す会　　H28・6・―

「高志の国文芸サロン16 "夏"」〈講座案内チラシ〉開催日：7月17日13：30～15：30／場所：高志の

国文学館 101 研修室／講師：米田憲三／テーマ：啄木と富山ゆかりの二人の女性　　H28・6・―

「啄木生誕 130 周年に読み直す　現代に生きる啄木」〈講座案内チラシ〉※朝日カルチャー芦屋教室
　　期日：7 月 29 日（金）／講師：松村正直／場所：ラポルテ本館（芦屋市）　　　　H28・6・―

「啄木学級　文の京講座」〈チラシ〉開催日：7 月 1 日／講師：ロジャー・パルバース「啄木と賢治：
　　明治のソウル・ブラザーズ」／森義真氏との対談／会場：文京シビックホール　　　H28・6・―

「散り往く雪〜京助と幸恵〜」〈パンフ〉A4 判（※啄木も台詞の中に度々登場／戸野廣浩司記念劇場
　　上演期間／6 月 28 日〜7 月 3 日（9 回）　　　　　　　　　　　　　「方の会」H28・6・―

平山　陽「散り往く雪〜京助と幸恵〜」（「方の会」上演の脚本シナリオ）初演の上演劇場（東京：
　　戸野廣浩司記念劇場）期間／6 月 28 日〜7 月 3 日（9 回公演）　　　　　「方の会」H28・6・―

DVD「散り往く雪〜京助と幸恵〜」〈方の会第 58 回公演〉平山陽作／狹間鉄演出／120 分 ※初演：戸野
　　廣浩司記念劇場／6 月 28 日〜7 月 3 日（9 回公演）※啄木に語りかける場面多数　　H28・6・―

「松本薫のソプラノ・石川啄木の世界」〈チラシ〉開催日：7 月 9 日／会場：千葉市文化センター
　　H28・6・―

岩手日報（記事）「先輩」啄木の志胸に／江南義塾高で行事／献花し短歌を朗読　　　　H28・7・1

岩手日報（記事）学生短歌作品　15 日まで募集／国際啄木学会　　　　　　　　　　　H28・7・1

岩手日報（記事）美しき日本　表現多彩／盛岡　市所蔵 66 作品を展示（※啄木の肖像なども展示）
　　H28・7・1

栗木京子〈インタビュウー：聞き手〉高野公彦〈語り手：ぼくの細道 うたの道 2〉文芸読本「石川啄木」
　　との出会い／国語学から見た啄木／ほか P58 〜 76「」7 月号 A5 判 800 円　　　H28・7・1

河野美砂子〈特集　短歌と音楽の素敵な関係〉めぐるさ P54 〜 55「短歌研究」7 月号　H28・7・1

「新日本歌人」7 月号 A5 判 850 円 ※第 11 回静岡啄木祭・手作りの静岡啄木祭 P92 〜 0 ／ 2016 年
　　啄木祭・東京・成長し続ける啄木の魅力―山下多恵子氏講演　　新日本歌人協会　　H28・7・1

「啄木学級 文の京講座」〈ロジャー・パルバース & 森義真 対談資料〉A4 判 4 頁　　H28・7・1

「ぽけっと」7 月号 vol.219 A5 変形判 ※石川啄木記念館 P6 〜 0 ／いしぶみ紀行　石川啄木〈第三回〉
　　釜石の歌碑を紹介 P9 〜 0　　　　　　　　　　　　　　盛岡市文化振興事業団　　H28・7・1

竹内　一　啄木共感秋水の思想とは／高知で　大逆事件めぐり論議　　　高知新聞　　H28・7・1

ドナルド・キーン　ソフト帽をかぶった啄木 P90 〜 91「文藝春秋」7 月号 A5 判 880 円
　　　　　　　　　　　　　　　　　　　　　　　　　　　（株）文藝春秋　H28・7・1

須賀章雅〈よいどれブンガク夜話・82 夜〉石川啄木『一握の砂』32「啄木その後其の 1」P114 〜 115
「北方ジャーナル」7 月号 A4 判 880 円　　　　　　　　発行所：リ・スタジオ（札幌市）H28・7・1

渡部芳紀〈三陸便り 40〉三陸海岸の啄木歌碑（1）P30 〜 31「あざみ」7 月号 A5 判 1200 円
　　　　　　　　　　　あざみ社（横浜市港北区大倉山 3-11-E219　河野薫方）H28・7・1

西連寺成子「生誕 130 年　石川啄木と女性〜恋愛・結婚・家族〜」〈講演レジメ〉A4 判　4 枚資料付
　　※会場：世田谷文学館／開催日：7 月 2 日／主催：世田谷文学友の会　　　　　　　H28・7・2

盛岡タイムス（記事）先人の魂に青春の誓い　江南義塾盛岡高／第 33 回啄木祭　　　　H28・7・4

岩手日報（記事）啄木と賢治、魅力探る／東京で講座・パズバールさんら対談　　　　H28・7・5

北畠立朴　〈啄木エッセイ 214〉私自身の終焉を考える　　　「しつげん」第 627 号　　H28・7・5

☆矢島裕紀彦【日めくり漱石】(https://serai.jp/hobby/67896) 夏目漱石、入院中の病院で石川啄木
　　と面会する。【日めくり漱石／7 月 5 日】（※啄木と漱石の関りを詳細に記述紹介）　H28・7・5

阿部友衣子（署名連載記事）啄木 賢治の肖像（27）宗教／仏教的な影響色濃く

岩手日報　H 28・7・6

有沢二郎〈ばん茶せん茶〉高知一の啄木ファン　　　　　　岩手日報　H 28・7・6

岩手日報（文化面記事）上京後に恋愛観が変化／「啄木と女性」世田谷文学館講座／節子の存在の

大きさ指摘（※講師：西連寺成子氏）　　　　　　　　　　　　　　H 28・7・6

盛岡タイムス（記事）原に胡堂に啄木と・岩手の新聞人たち／県立図書館企画展　H 28・7・6

南條範男『短歌で綴る…啄木さんの生涯』〈石川啄木生誕 130 年記念〉B6 判 非売品

※（歌誌「逑水」に連載した短歌による啄木傳記に新作を加筆した書）

仙台啄木会発行（仙台市宮城野区安養寺 2-22-10）H 28・7・7

櫻井健治〈コラム コーヒーブレーク 16〉啄木父子と歌碑 P11 ～ 0 「社内報 きずな」第 62 号 B5 判

（株）ドウデン（函館市）H 28・7・8

澤田勝雄〈コラム・断面〉啄木と幸徳秋水／ジャーナリストの鋭い感覚と使命感

しんぶん赤旗　H 28・7・8

西脇　巽　青函連絡船上の啄木、石川啄木略年譜、啄木の函館 P7 ～ 10 「青森県近代文学館特別

展青函を旅した文人たち」B5 判 全 28 頁（← H28・10「国際啄木学会盛岡支部会報」）

青森県文学館協会　H 28・7・10

岩手日報（記事）啄木の原点堪能／歌碑や出生地訪問／盛岡・玉山でバスツアー　H 28・7・10

飯坂慶一 個人編集発行紙「文学散歩二期会会報」NO.207 ※（内容：ドナルド・キーンに関する最近の、

新聞、雑誌、単行本から関係記事をコピー掲載）A3 判 4 枚　　　　　H 28・7・11

盛岡タイムス（記事）歌人のふるさと見て歩き　啄木記念館　ゆかりの地バスツアー　H 28・7・12

阿部友衣子（署名連載記事）啄木 賢治の肖像（28）病と死／体調悪化克明に記す

岩手日報　H 28・7・13

西脇　巽「石川啄木　旅日記・高知編」A5 判 ※著者の原稿を綴じた冊子 20 頁　H 28・7・14

近藤典彦〈石川啄木と花　第六回〉浜薔薇の花 P16 ～ 17「季刊　真生」第 301 号 B5 判

※（華道「真生流」発行の配布誌）　　　　　　（有）しんせい出版　H 28・7・15

志田澄子〈コラム 展望台〉啄木と賢治伝え続ける　　　　　岩手日報　H 28・7・16

阿部友衣子（署名連載記事）啄木 賢治の肖像（29）没後の評価／普遍的な感情に共感

岩手日報　H 28・7・20

髙橋光輝　機械学習で石川啄木を蘇らせる（3）「月刊 シェルスクリプトマガジン」Vol.40 B5 判

500 円　　　　　　（有）USP 研究所（東京都港区西新橋 3-4-2　SS ビル 3 階）H 28・7・20

山下多惠子「ドナルド・キーン著『石川啄木』についてのメモ」A4 判 38 頁（※本稿は D・キーン氏が

雑誌「新潮」連載中に啄木に関する資料読みの誤りなど 150 余カ所を正して編集者経由でキーン氏に送っ

た原稿の写しを湘南啄木文庫が綴じた冊子。発行日は受け入れ日）　　　H 28・7・21

佐藤　成「宮沢賢治」と「石川啄木」随想 P88 ～ 115「サムライ・平和」第 8 号 A5 判 1000 円＋税

山波言太郎総合文化財団（鎌倉市由比ガ浜 4-4-11）H 28・7・22

小林芳弘「啄木と岩手日報」A4 判 2 枚 資料付 ※啄木学会盛岡支部研究発表レジメ　H 28・7・23

渡部芳紀「北海道中央部の啄木歌碑」A4 判 5 枚 ※啄木学会盛岡支部研究発表レジメ　H 28・7・23

天野　仁・啄木曼陀羅 1 ―啄木の父 一禎師の出生について―P1 ～ 32「大阪啄木通信」第 37 号

B5 判 全 33 頁　　　　　　　　　　　天野仁個人編集発行誌　H 28・7・25

岩手日報（地域版記事）白磁の皿に啄木の歌／記念館でワークショップ　　　　　　　　H 28・7・25

田村宏志　残すべき戦争詠三十首 P78〜83 ※啄木歌「一隊の兵を…」1首を抄録「短歌」8月号

　　A5判 930円　　　　　　　発行：角川文化振興財団／発売：（株）ＫＡＤＯＫＡＷＡ　H 28・7・25

岩手日報（記事）啄木育てた岩手日報／国際啄木学会盛岡支部・小林さん研究報告　　H 28・7・26

毎日新聞（岩手版）啄木歌碑に復興誓い／釜石旅行から116年 いとこのひ孫／工藤さん　H 28・7・26

阿部友衣子（署名連載記事）啄木 賢治の肖像（30）識者に聞く／国際啄木学会会長　池田功さん（東京）

　　今に通ずる感覚魅力　　　　　　　　　　　　　　　　　　　　　　岩手日報　H 28・7・27

太田　登『『台湾愛国婦人』と与謝野寛・晶子の文業』A5判 全16頁（※啄木に触れる箇所有り）

　　　　　　　　　　　　　　　　　　　　　　　　　　　　　　　　　私家版　H 28・7・―

「ドナルド・キーンセンター柏崎」〈企画展：石川啄木の日記を読み解く　最初の現代日本人〉チラシ

　　A4判両面刷／開催期間：8月11日〜12月25日　　主催：ブルボン吉田記念財団　H 28・7・-

もりたとしはる　「我等の庵　北村家を訪ねて」A4判 6頁（本文6頁写真2頁）

　　　　　　　　　　　　　　　　　　　　　　　森田敏春（個人作成発行）H 28・7・―

櫻井健治　啄木に乾杯！P201〜203「日刊政経」2016年・夏季特集号　第8575号 B5 変形判

　　　　　　　　　　　　　　　　　　　　日刊政経情報社（函館市東雲町 19-5）H 28・8・1

須賀章雅〈よいどれブンガク夜話・83夜〉石川啄木『一握の砂』33「啄木その後其の2」P118〜119

　　「北方ジャーナル」8月号 A4判 880円　　　　　発行所：リ・スタジオ（札幌市）H 28・8・1

「新日本歌人」8月号 A5判 850円（以下4点の文献を収載）

　　長田裕子《協会の歌人たち》佐藤嘉子 ※表2に掲載

　　早川典宏〈わが青春とうた〉P10〜0

　　編集部　第52回総会への報告と提案（案）／「啄木コンクール」の位置づけと拡充 P59〜0

　　啄木祭 P61〜0　　　　　　　　　　　　　　　　　　　　新日本歌人協会　H 28・8・1

「平成27年度 盛岡てがみ館 館報」A4判 全38頁 ※1年間の企画展等の総覧表等　　H 28・8・1

「ぽけっと」8月号 vol.220 A5変形判 ※石川啄木記念館 P6〜0／いしぶみ紀行　石川啄木〈第四回〉

　　川崎展望地の歌碑を紹介 P9〜0　　　　　　　　盛岡市文化振興事業団　H 28・8・1

渡部芳紀〈三陸便り 41〉三陸海岸の啄木歌碑 P46〜47 短歌結社誌「あざみ」8・9月合併号 A5判

　　1200円　　　　　　　　　　　あざみ社（横浜市港北区大倉山 3-11-E219）H 28・8・1

ＤＶＤ「新日本風景遺産 2時間スペシャル・石川啄木歌の風景〜盛岡・函館〜」※ＢＳ朝日テレビ

　　が8月2日に放映の番組を収録。110分　　　　　　　　湘南啄木文庫（録画）H 28・8・2

盛岡タイムス（記事）短歌をプレートに焼き上げ／啄木記念館ワークショップで制作　H 28・8・2

岡林一彦〈コラムばん茶せん茶〉土佐一の啄木ファン　　　　　　　　　岩手日報　H 28・8・3

半藤一利　啄木の「友がみな…」の歌『ぶらり日本史散策』〈文春文庫〉552円＋税　H 24・8・3

荒又重雄　悲しきは小樽の町よ P83〜84 「新しい労働文化のために ― イデオロギー論断片―」

　　〈続々々々〉A5判 定価不掲載　　　　　　　　　　　北海道労働文化協会　H 28・8・5

北畠立朴〈啄木エッセイ 215〉美唄啄木会発会式に出席　　　「しつげん」第629号　H 28・8・5

「現代短歌新聞」第53号（記事）啄木学会　国際高知セミナー（15面）　　　　　　H 28・8・5

安藤　弘　啄木の「花」の歌 1首について選歌理由 ※湘南啄木短歌会研究発表レジメ　H 28・8・7

岩手日報（コラム 風土計）※啄木の歌にスポーツを詠んだ歌がないという話題　　　H 28・8・7

櫻井健治〈コラムコーヒーブレーク 17〉啄木と橘智恵子 P11〜0「社内報　きずな」第63号 B5判

（株）ドウデン（函館市）H 28・8・9

松下幸子〈選者ノート〉いのちを愛するうた P47〜0 ※ D・キーンの著書「石川啄木」に関する記述
「短詩形文学」8月号 第64巻8号 A5判　　　　　　　発行人：日野きく　H 28・8・10

水野昌雄〈特集　評論〉短歌と時代閉塞の問題 P2〜4「短詩形文学」8月号 第64巻8号 A5判
発行人：日野きく（発行所：東京都多摩市豊ヶ丘2-1-1-206）H 28・8・10

宮古毎日新聞〈コラム：行雲流水〉古い手帳から ※啄木の歌「世の中の」を引用　H 28・8・10

原田拓也（署名記事）結城二高　6年連続「甲子園」出場　短歌の栄光は君に輝く
東京新聞（茨城版）H 28・8・13

益田　孝（コラム：デスク日記）ちまたで博多弁が人気だという ※「ふるさとの訛りなつかし」引用
西日本新聞（茨城版）H 28・8・13

内田恵子（署名記事）石川啄木生誕130周年／絶唱の歌碑、文京区に／苦しみの中から湧き出た歌
「東京民報」（写真3点含む14頁全面掲載）〈週刊・毎週日曜発行〉8月14・21合併号 100円
東京民報社　H 28・8・14

道又　力〈文學の國いわて185〉〜明治篇まとめ〜　　　　　　岩手日報　H 28・8・14

島田景二〈短歌の近代13〉「もののあはれ」と革命…P104〜107「短歌往来」9月号 A5判 750円
ながらみ書房　H 28・8・15

岩手日報（学芸短信）国際啄木学会盛岡支部研究会※8月20日アイーナ6Fで　H 28・8・16

岩手日報（記事）挑む二つの短歌甲子園／「啄木」、「牧水」に出場／盛岡・全国320校120人／
感性競う／「短歌甲子園」あす開幕　　　　　　　　　　　　　　　　H 28・8・16

清湖口敏（署名記事）忘れえぬ山「歌枕」として愛するのかも※啄木歌「ふるさとの山」を引用。
産経新聞　H 28・8・17

読売新聞（岩手版）啄木など地元の先人の肉筆の手紙を展示／盛岡　　　H 28・8・17

盛岡タイムス（記事）短歌甲子園盛岡で開幕　啄木の古里舞台に熱戦　　H 28・8・18

岩手日報（記事）啄木ゆかりの地／若者が感性競う／盛岡で短歌甲子園開幕　H 28・8・18

盛岡タイムス（記事）啄木へ積年のあこがれ／クリンゲン・バウム石川威博さん油絵展　H 28・8・18

岩手日報（記事）盛岡一、決勝T進出　短歌甲子園　　　　　　　　　H 28・8・19

編集部　黄鵠の衆議院議員辞職と石川啄木 P14〜0「泊園書院　なにわの学問所・関西大学のもう
一つの源流」B5判 非売品　　　　　　　関西大学泊園記念会　H 28・8・19

盛岡タイムス（記事）みずみずしい感性詠む／第11回 短歌甲子園・盛岡一が決勝トーナメントへ
H 28・8・19

読売新聞（コラム編集手帳）※啄木の「手」を詠んだ歌についての話題　H 28・8・19

岩手日報（記事）佐々木さん（盛岡四）　盛岡一が入賞　短歌甲子園　H 28・8・20

髙橋光輝　機械学習で石川啄木を蘇らせる（4）P22〜25「月刊　シェルスクリプトマガジン」
Vol.41 B5判 500円　　　（有）USP研究所（東京都港区西新橋3-4-2 SSビル3階）H 28・8・20

藤井貞和〈歌のDNA　響きと心37〉うそ、嘘 P30〜31「NHK短歌」9月号 679円 B5判
NHK出版　H 28・8・20

盛岡タイムス（記事）短歌甲子園　優勝は福岡女学院に／啄木賞は佐々木善太朗君　H 28・8・20

斎藤　徹〈拝啓　啄木先輩1〉渋民その一　望郷の思い輝き永遠に／歌集を持って旅に出ます
朝日新聞（岩手版）H 28・8・21

斎藤　徹〈拝啓　啄木先輩2〉盛岡　自由奔放経て「生活者」に／「やんちゃ」ぶり　さすが天才
　　ですね　　　　　　　　　　　　　　　　　　　　　　　　朝日新聞（岩手版）H 28・8・22
盛岡タイムス（記事）函館・盛岡　交流かるた大会　ホームラン王（太田東小）初優勝　H 28・8・22
盛岡タイムス（記事）生誕 130 年で／啄木学級　　　　　　　　　　　　　　　　H 28・8・22
小島ゆかり　ほとばしる若さ／「短歌甲子園 2016」大会秀歌鑑賞　　岩手日報　H 28・8・24
岩本尚子（署名記事）〈国語の教科書に登場する作家〉歌人　石川啄木／家族やふるさとの短歌よむ
　　／母校では啄木かるたの大会／※談話者：森義真石川啄木記念館長
　　　　　　　　　　　　　　　　　　　　　　　　　　　朝日小学生新聞　H 28・8・25
しんぶん赤旗〈コラム・潮流〉※啄木の晩年と現代の貧困層の暮らしを綴る　　　H 28・8・25
阿部友衣子〈コラム展望台〉姿消す啄木ゆかりの地　※岩手日報に連載した「啄木と賢治」の担当した
　　回想などを記した文章　　　　　　　　　　　　　　　　　　　岩手日報　H 28・8・27
上毛新聞〈コラム三：山春秋〉※「啄木の里」での短歌甲子園の話題　　　　　　H 28・8・27
斎藤　徹〈拝啓　啄木先輩3〉渋民その二　決意と悲嘆　故郷に別れ／生まれるのが早すぎたのですね
　　　　　　　　　　　　　　　　　　　　　　　　　　　朝日新聞（岩手版）H 28・8・28
読売新聞（文化欄記事）HON ライン倶楽部／石川啄木・宮沢賢治　どっち派？　H 28・8・28
岩手日報（コラム 風土計）※ラジオ体操について啄木歌を引用して富国強兵の時代と記述 H 28・8・29
小坏洋仙　一人一人が意識する平和　※啄木の「いのちなき砂の」歌を引用し命の大切さを訴える文章
　　　　　　　　　　　　　　　　　　　　　毎日新聞（読者投稿欄・声）H 28・8・29
斎藤　徹〈拝啓　啄木先輩4〉函館その一　つかの間の「安住の地」／ここでもっと暮らしたかった
　　んでしょうね　　　　　　　　　　　　　　　　　　　　朝日新聞（岩手版）H 28・8・29
堀江信男著・福田清人編『石川啄木』新装版　四六判 214 頁 1200 円＋税〔第 1 編　石川啄木の生
　　涯（早熟の天才少年／あこがれの時代／日本一の代用教員／流浪／明日をみつめる人）第 2 編　作品
　　と解説（あこがれ／雲は天才である／我等の一団と彼／一握の砂／悲しき玩具／時代閉塞の現状／日記
　　／手紙〕（→初版 S41・5・10）　　　　　　　　　　　　　　　清水書院　H 28・8・30
佐藤　勝編「湘南啄木文庫収集目録」第 28 号 A4 判 全 30 頁　　　湘南啄木文庫　H 28・8・31
東　直子【特集2】詩人と短歌／中原中也の会・第 20 回大会〈講演〉中原中也と短歌──近代詩
　　人と定型 P68 ～ 84（※内容の小見出し：啄木の短歌の影響／啄木・中也・白秋の短歌のリズム
　　／啄木と中也の心情の表現について／ほか）「中原中也研究」第 21 号 A5 判 2000 円（税込）
　　　　　　　　　　　　　　中原中也記念館（山口県山口市湯田温泉 1-11-21）H 28・8・31
飯坂慶一　政治家・尾崎行雄と石川啄木 P50 ～ 62「詩都」NO. 45 A5 判 500 円
　　　　　　　　都庁詩をつくる会（発行所：横浜市青葉区藤ヶ丘 2-1-3-107 飯坂方）H 28・8・─
上田　博　啄木の自画像、自画像としての啄木 P6 ～ 13「芸林閒歩」第 4 号 A5 判
　　　　　　　　　　　　　　　　　　　　　　　　　　芸林閒歩の会　H 28・8・─
「啄木コンサート」チラシ 森田純司（テノール）・田中美沙季（ソプラノ）／開催：11・20/ 会場：姫神ホール
　　　　　　　　　　　　　　　　　　　　　　　　　　　　　　　　　　　H 28・8・─
「ドナルド・キーン　石川啄木の日記を読み解く～最初の現代日本人～」〈チラシ A4 判　両面刷り〉
　　期間：2016 年 8 月 11 日～ 12 月 25 日／会場：ドナルド・キーン・センター柏崎　　H 28・8・─
「盛岡市　総合ガイドブック」※いわて国体特集号 B5 判　記事：石川啄木生誕 130 年　人生に
　寄り添う歌人／啄木のふるさと　もりおか／見てみよう！啄木スポット P44 ～ 45 ／ほか

国体いわて大会盛岡市実行委員会　H28・8・―

「石川啄木記念館 館報」〈平成27年度〉A4判　全40頁（※本号には特記すべき点がある。新体制になっ
　て以後、年度内に館の内外で行った事業等を写真や統計などでその活動が一目瞭然に示された編集の工
　夫と随所に入れたコラムなど読み物としても魅力的だ）　　　　　　　　　石川啄木記念館　H28・9・1

「新日本歌人」9月号　第71巻9号《創立七十周年記念特集》A5判 850円（送料共）

　（以下8点の文献を収載）

　田村宏志　『新日本歌人』その使命 P16～0

　近藤典彦　啄木短歌の精髄 P18～0

　田中千恵子　この平和を手放さないために P21～0

　菊池東太郎　民主的短歌運動について P26～31

　田中　礼　七十年の歴史に思う P32～35

　秋沼蕉子　協会と啄木と私 P68～0

　小杉正夫　啄木の正系を継ぐ P70～0

　中山惟行　新日本歌人協会七〇年の歴史と展望 P40～45

　　　　　　　　　　　新日本歌人協会（発行所：東京都豊島区南大塚2-33-6-301）H28・9・1

「ぽけっと」9月号　VOL.221 A5変形判《無料配布文化施設催事紹介情報誌》石川啄木記念館 P9～0
　／啄木の歌碑をめぐる～いしぶみ紀行〈5〉かにかくに…P11～0

　　　　　　　　　　　　　　　　　　　　　盛岡市文化振興事業団　H28・9・1

須賀章雅〈よいどれブンガク夜話・84夜〉石川啄木『一握の砂』34完「小説　雪の眉」P100～102
　「北方ジャーナル」9月号 A4判　880円　　　　発行所：リ・スタジオ（札幌市）H28・9・1

松平盟子〈評論〉与謝野鉄幹と啄木の明治40年代⑫ P2～5「プチ★モンド」№94　H28・9・1

（岡）赤裸々すぎる『啄木・ローマ字日記』「週刊現代」2016年9月3日号 B5判 450円

　　※（毎週土曜日発行／本号はH28・8・19発売）　　　　　　　　　　講談社　H28・9・3

「啄木学級故郷講座」〈チラシ〉（開催日：9月3日／会場：旧渋民小校舎／講師：牛崎敏、森義真）
　　　　　　　　　　　　　主催：盛岡観光コンベンション協会　H28・9・3

盛岡市・玉山村合併10周年記念／石川啄木生誕130年記念「啄木学級　故郷講座」〈受講者配布資
　料 年表付〉B5判　全5頁／開催日：9月3日／会場：旧渋民小校舎／講師：牛崎敏、森義真）
　　　　　　　　　　　　　主催：盛岡観光コンベンション協会　H28・9・3

岩手日報（記事）「賢治の原点に啄木」旧渋民尋常小学校舎で講座／盛岡　　　　H28・9・4

北畠立朴〈啄木エッセイ216〉本当に啄木の歌だろうか　　　「しつげん」第631号 H28・9・5

岩手日報（記事）ほのぼの「啄木グッズ」人気　盛岡の記念館で人気集める／佐々木さん（学芸員）
　デザイン　　　　　　　　　　　　　　　　　　　　　　　　　　　　　H28・9・7

朝日新聞（岩手版）啄木が愛した食「弁当」はいかが　郷土の歌人をPR　　　　H28・9・8

岩手日報（コラム紙風船）（啄木弁当発表会の話題）　　　　　　　　　　　　　H28・9・8

「タウンニュース」〈さがみはら南区版記事／毎週木曜日発行〉啄木の名曲コンサート／10月 グリーン
　ホールで　　　　　　　　タウンニュース社（神奈川県相模原市中央区中央2-6-4）H28・9・8

櫻井健治〈コラムコーヒーブレーク18〉啄木とスイートピーの女 P8～0「社内報 きずな」第64号 B5判
　　　　　　　　　　　　　　　　　　　　（株）ドウデン（函館市）H28・9・9

先崎彰容　帰れない岐 路―明治四十三年、石川啄木の「時代閉塞」P188～199「Voice（ボイス）」

10月号 700円　　　　　　　　　　　　　　　　（株）ＰＨＰ研究所　Ｈ28・9・10

毎日新聞（神奈川版）啄木の短歌から作曲／相模女子大大ホールで　来月8日コンサート／講演

　「尾崎咢堂に会っていた！」も　　　　　　　　　　　　　　　　　Ｈ28・9・13

森　義真　色あせない啄木の魅力 ～130年の時を超えて～ P6～0「いわて文化財」第268号

　Ｂ5判　　　　　　　岩手県文化財愛護協会（盛岡市上田字松屋敷34 県立博物館内）Ｈ28・9・15

しんぶん赤旗〈試写室〉借金や問題続きの夫を支えて／歴史秘話ヒストリア・石川啄木と妻・節子

　ＮＨＫテレビ　後8：00　　　　　　　　　　　　　　　　　　　Ｈ28・9・16

ＮＨＫ総合テレビ「歴史秘話ヒストリア～妻よ、私がバカだった　石川啄木と妻・節子」本日放映

　各新聞のテレビ案内表に掲載　　　　　　　　　　　　　　　　　　Ｈ28・9・16

ＤＶＤ「歴史ヒストリア～妻よ、私がバカだった～石川啄木と妻・節子」〈55分〉※ＮＨＫ総合ＴＶ

　放映の再現ドラマ番組から録画。　　　　　　　　〈録画〉湘南啄木文庫　Ｈ28・9・16

「ドナルド・キーン　石川啄木の日記を読み解く～最初の現代日本人～」〈開館三周年記念講演会〉

　Ａ4判チラシ／期日：9月19日／基調講演：池田功「石川啄木の日記を読む」～キーン先生の啄

　木日記論を紹介しながら～／記念対談：ドナルド・キーン、池田功「石川啄木～最初の現代日本人～」

　／会場：柏崎市文化会館　アルフォーレ／主催：ドナルド・キーンセンター　Ｈ28・9・19

岩手日報（文化面記事）啄木関連文献一覧に／湘南啄木文庫（神奈川）主宰の佐藤さん／「続編」

　を来月出版・1万数千点　99年から網羅　　　　　　　　　　　　Ｈ28・9・20

斎藤　徹〈拝啓　啄木先輩5〉札幌　文学への情熱内に秘め／都会の喧騒見つめているのですか

　　　　　　　　　　　　　　　　　　　　　　　　　朝日新聞（岩手版）Ｈ28・9・20

髙橋光輝　機械学習で石川啄木を蘇らせる（5）月刊 シェルスクリプトマガジン」Vol.42 B5判

　500円　　　　　　　　（有）USP研究所（東京都港区西新橋3-4-2 SSビル3階）Ｈ28・9・20

新潟日報（記事）キーンさん　啄木テーマに対談／柏崎・「現代的な人だった」　Ｈ28・9・20

盛岡タイムス（記事）春まだ浅く／歌う会　　　　　　　　　　　　Ｈ28・9・23

岩手日報（コラム学芸余聞）※「湘南啄木文庫収集目録」第28号の紹介など　Ｈ28・9・24

仲村重明「啄木短歌の「国禁書」とは何か―発禁没収書に関する先行研究成果の考査ノート―」

　　※国際啄木学会盛岡支部9月例会の話題提供資料として著者作成　Ａ4判23頁　Ｈ28・9・24

山田武秋　普遍的な「なみだの功徳」P2～3「ゆりこと絆の会だより」第32号 Ａ4判

　　　　　　　　　　　　　　　　　　発行者：ごとうゆりこ事務所　Ｈ28・9・24

「海風」第101号（季刊）A5判 1000円（以下4点の啄木文献を収載）

　藤田兆大　啄木短歌一首抄（39）P7～0

　中山恭子　国際啄木学会高知セミナー開催 P11～14

　梶田順子　「海風」100号に思う〈飛鳥かわら版2016年清夏号第191号より〉P20～21

　梶田順子　啄木・一禎関連～その29～ P28～29

　　　　　　　　　　　　　発行所：海風短歌会（高知市福井町1568-58 梶田方）Ｈ28・9・25

「啄木と北海道～新運命を開拓せん～」啄木生誕130年記念石川啄木記念館第6回企画展／開催

　期間／2016年9月27日～2017年1月9日　　　　　　　　　　　Ｈ28・9・27

斎藤　徹〈拝啓　啄木先輩6〉小樽　安住つかの間　また漂う／記者時代の視点、共感を呼ぶので

　しょうね　　　　　　　　　　　　　　　　　　　　朝日新聞（岩手版）Ｈ28・9・28

斎藤　徹〈拝啓　啄木先輩7〉釧路　漂泊11ケ月　北の大地に別れ／先見・大局　天才たるゆえん

ですね　　　　　　　　　　　　　　　　　　　　　　　　　朝日新聞（岩手版）H 28・9・30

「2016 年 野の花美術館講座」〈全 8 回の案内チラシ〉※第 3 回（10 月 27 日）：啄木と賢治「銀行」を
　めぐる随想／講師：森　義真氏／主催：野の花美術館（盛岡市）　　　　　　　H 28・9・―

岩手県立図書館編発行「第 32 回啄木資料展」〈啄木と近代歌人たち〉（展示目録冊子）B5 判 全 18 頁／内容：
　新規収蔵啄木文庫編（73 点）参考資料（29 点）啄木関係新聞記事索引（岩手日報 H26・8 ～ H28・7 掲
　載記事）テーマ展示編　啄木と近代歌人たち（87 点）／ほかに「参考資料」を掲載／開催期間：10
　月 1 日～ 11 月 23 日／会場：岩手県立図書館　　　　　　　　　　　　　　　　H 28・10・1

「ぽけっと」10 月号 VOL.222 A5 変形判〈無料配布文化施設催事紹介情報誌〉石川啄木記念館 P9 ～ 0 ／
　啄木の歌碑をめぐる～いしぶみ紀行〈6〉潮かをる…P11 ～ 0
　　　　　　　　　　　　　　　　　　　　　　　　　盛岡市文化振興事業団　H 28・10・1

内山晶太 【特集：猫のうた】〈猫から読み解く作品世界〉石川啄木 「短歌現代」10 月号 A5 判
　696 円　　　　　　　　　　　　　　　　　　　　　　　　短歌現代社　H 28・10・1

産経新聞（神奈川版）憲政の神様との交遊ひもとく／石川啄木生誕 130 年／相模原で 8 日、短歌の
　コンサート　　　　　　　　　　　　　　　　　　　　　　　　　　　　　　　H 28・10・1

須賀章雅〈よいどれブンガク夜話・85 夜〉『並木凡平全歌集』P96 ～ 97 ※塚本邦雄に啄木の影響と記述。
　「北方ジャーナル」10 月号 A4 判　880 円　　　　　　発行所：リ・スタジオ（札幌市）H 28・10・1

「月刊 清流」11 月号【第 2 特集　生誕 130 年　夭折の天才詩人　石川啄木を歩く】B5 判 700 円
　（以下 5 点の文献を収載）
　編集部　石川啄木を歩く：ふるさと文学散歩の夢／日戸・渋民・盛岡 P57 ～ 60
　森　義真（談）　啄木の妻節子 P61 ～ 0
　山下多恵子（談）　啄木を愛した人々 P63 ～ 0
　編集部　啄木散歩／北海道漂泊の終章・釧路 76 日の足跡 P64 ～ 0
　編集部　啄木散歩／啄木文学の結晶と終焉・東京　本郷・小石川 P65 ～ 0
　　　　　　　　　　　　　　　　　　　清流出版（※発行日は 1 ヶ月前）H 28・10・1

「啄木を訪ねる道ウォーク」チラシ／開催日：10 月 1 日／講師：森義真／コース：渋民駅→渋民公園
　　主催：盛岡市文化振興事業団　　　　　　　　　　　　　　　　　　　　　H 28・10・1

産経新聞（神奈川版）石川啄木生誕 130 年／相模原で 8 日、短歌のコンサート／憲政の神様との交
　遊ひもとく　　　　　　　　　　　　　　　　　　　　　　　　　　　　　　H 28・10・1

編集部　被災地は今 ―啄木の歌碑― P1 ～ 0 「社会福祉法人　盛岡いのちの電話」第 109 号 B5 判
　　　　　　　　　　　　　　　　　　　　　　　　発行人・金澤弘幸　H 28・10・1

長野　晃〈わが青春とうた〉「函館の…」P13 ～ 0 「新日本歌人」10 月号 850 円　　H 28・10・1

読売新聞（神奈川版）啄木の歌　コンサート・8 日「一握の砂」から 20 曲　　　　H 28・10・1

渡部芳紀〈三陸便り 42〉三陸海岸の啄木碑（3）P32 ～ 33 「あざみ」10 月号 A5 判 1200 円
　　　　　　　　　　あざみ社（横浜市港北区大倉山 3-11-E219 河野薫方）H 28・10・1

櫻井健治 「啄木の北海道時代」〈啄木生誕 130 年記念第 6 回企画展関連特別講演資料〉B5 判 全 6 頁
　　※講演レジメ用に著者作成　講演日：10 月 2 日／会場：渋民公民館　　　　H 28・10・2

「啄木の北海道時代」〈講演会チラシ〉A4 判※開催日：10 月 2 日／講師：櫻井健治／会場：渋民公民
　館／演題：啄木の北海道時代／主催：盛岡市文化振興事業団　石川啄木記念館　H 28・10・2

岩手日報（記事）目線は常に東京へ／啄木の北海道時代　櫻井さん（函館）講演　　H 28・10・5

ドナルド・キーン　現代人・啄木 P138～140（→ H28・3・20「東京新聞」）ドナルド・キーン／キーン
　　誠己共著『黄犬（キーン）ダイアリー』四六判 1500 円＋税　　　　　　　　平凡社　H 28・10・5
北畠立朴〈啄木エッセイ 217〉百回目を越えた札幌道新講座　「しつげん」第 633 号　H 28・10・5
北嶋藤郷〈寄稿〉ドナルド・キーン啄木を語る　　　　　　　　　　　　　盛岡タイムス　H 28・10・6
東京新聞（神奈川版）台風被害岩手応援／啄木の短歌を曲に／8日、相模原で公演　H 28・10・6
岩手日報（記事）野の花美術館 13 日から講座（※啄木は 3 回目の 10 月 27 日）　　　H 28・10・7
斎藤　徹〈拝啓　啄木先輩 8〉東京　その一．職得るも誘惑にのまれる／夢と現実との折り合い　当
　　世でも同じです　　　　　　　　　　　　　　　　　　　　　朝日新聞（岩手版）H 28・10・7
櫻井健治〈コラムコーヒーブレーク 19〉啄木と芸者小奴 P9 ～ 0「社内報　きずな」第 65 号 B5 判
　　　　　　　　　　　　　　　　　　　　　　　　　　　（株）ドウデン（函館市）H 28・10・7
「啄木の歌コンサート」〈生誕130年記念企画プログラム〉A4 判 4 頁（内容：ソプラノ：田中美沙季／ピアノ：
　　南澤佳代子／開催日：10 月 8 日／会場：相模女子大学グリーン大ホール　　　　　H 28・10・8
「啄木の歌コンサート」〈生誕 130 年記念企画〉チラシ A4 判（内容：ソプラノ：田中美沙季／ピアノ：
　　南澤佳代子／開催日：10 月 8 日／会場：相模女子大学グリーン大ホール／講演：山田真也「啄木は尾
　　崎咢堂に会っていた！そして…」／主催：尾崎咢堂を NHK の大河ドラマにの会　　H 28・10・8
ドナルド・キーン〈東京下町日記〉「歌聖」啄木の人間味（1 面）　　　　　　東京新聞　H 28・10・9
盛岡タイムス（記事）文学への情熱と苦悩／てがみ館　第 50 回企画展／展示資料紹介（※金田一
　　京助が1995年に高校生に宛た質問への丁寧な返信に人間性の滲み出た写真を掲載）　H 28・10・9
松田十刻『26 年 2 か月　啄木の生涯』〈もりおか文庫〉316 頁 796 円＋税（※本書は H21・11 発行の
　　改訂再版第 1 刷）　　　　　　　　　　　　　　　　　盛岡出版コミュニティー　H 28・10・11
斎藤　徹〈拝啓　啄木先輩 9〉東京　その二．長男失い、妻・母・自らも病に／死迫る時期、何を思っ
　　ていたのでしょう　　　　　　　　　　　　　　　　　　　　朝日新聞（岩手版）H 28・10・14
池田　功　「韓国における日本文学研究の現状について―石川啄木を中心に―」B5 判 6 頁
　　（国際啄木学会東京支部会発表レジメ於：明治大学駿河台研究棟第二会議室）　　H 28・10・15
☆ＢＳ朝日「新・日本風景遺産」～盛岡・函館街めぐり！・啄木人生の旅路・未来（21：00～22：00）
　　放映（※「秋田さきがけ」テレビ番組案内より）　　　　　　　　　　　　　　　H 28・10・18
小池　光〈テーマで読む近代人気歌人再発見〉石川啄木・啄木と家族 P42 ～ 43「NHK 短歌」11月号
　　Ｂ5 判 679 円　　　　　　　　　　　　　　　　　　　　　　ＮＨＫ出版　H 28・10・20
髙橋光輝　機械学習で石川啄木を蘇らせる（6）「月刊 シェルスクリプトマガジン」Vol. 43 B5 判
　　500 円　　　　　　　　　（有）USP 研究所（東京都港区西新橋 3-4-2 SS ビル 3 階）H 28・10・20
斎藤　徹〈拝啓　啄木先輩 10〉函館　その二．立待岬に家族と眠る／これからも現代人の暗夜を照ら
　　して　　　　　　　　　　　　　　　　　　　　　　　　　　朝日新聞（岩手版）H 28・10・21
「国際啄木学会盛岡支部会報」第 25 号 B5 判 全 84 頁（以下 19 点の啄木文献を収載）
　　小林芳弘　【巻頭言】二〇一六年国際啄木学会盛岡大会開催に向けて P2 ～ 0
　　小林芳弘　哀悼　日景敏夫先生を偲んで P3 ～ 4
　　佐藤静子　哀悼　「日景でーす」P4 ～ 0
　　望月善次　「明日の考察」（二〇一六年国際啄木学会盛岡大会パネル）に伴うアポリア三つ P5～6
　　赤崎　学　研究ノート・「啄木短歌と賢治短歌・ある視点」P7 ～ 11
　　米地文夫　カニはどこにいるか―啄木と賢治の描いた時空間を較べる――P12 ～ 15

森　義真　啄木と吉井勇 P16 〜 25

森　三紗　イーハトヴ童話『注文の多い料理店』と高知出身近森善一　―国際啄木学会高知セミナーの旅– P26 〜 27

小林芳弘　堀合忠操と玉山村藪川村組合村 P 28 〜 32

吉田直美　「渋民日記」明治三十九年十二月二十八日の渋民村の少女「ツナ」P 33 〜 37

山根保男　〈二月二七日　月例研究会報告〉啄木と村山龍鳳 P38 〜 44

渡部紀子　〈五月二一日　月例研究会報告〉芹沢光治良と岩手 P45 〜 49

渡部芳紀　〈七月二三日　月例研究会報告〉北海道中央部の啄木碑 P50 〜 57

仲村重明　啄木と大矢馬太郎 P58 〜 60

北田まゆみ　短歌五十首 P61 〜 63

永井雍子　啄木＆賢治の理想郷　『賢治鳥類学』九七番目の鳥 P64 〜 65

佐藤静子　「詩談一則」《「東海より」を読みて》に分け入る P66 〜 73

西脇　巽　青函連絡船上の啄木　「青森県近代文学館特別展　青函を旅した文人たち」P74〜75

赤崎学・小林芳弘・村松善（月例研究会の報告／ほか）P74 〜 84

国際啄木学会盛岡支部　H 28・10・22

復興釜石新聞（第 531 号・記事）啄木さん、こんにちは／歌碑建立一周年を記念／釜石とのつながり示す／歌人の足跡「かるた」でたどる　H 28・10・22

山本玲子〈みちのく随想〉私の「青森時間」次のためのひととき　岩手日報　H 28・10・23

盛岡タイムス（記事）漂泊の道のり追って／啄木記念館　櫻井健治氏（函館市）が講演　H 28・10・24

内藤賢司　啄木を読む（14）予はただ安心したいのだ！… P47 〜 51「歩行」49 号 A5 判

「歩行」発行所（八女市）H 28・10・25

「企画展の窓」第 199 号 B4 判〈文豪たちの原稿展〉与謝野鉄幹「啄木君の思出」ほか

盛岡てがみ館　H 28・10・25

「第 51 回企画展 H28・10・25 〜 H29・2・13 展示目録」〈文豪たちの原稿展〉A4 判 1 枚

盛岡てがみ館　H 28・10・25

読売新聞（岩手版記事）国際啄木学会　盛岡で／生誕 130 年　来月 5、6 日　H 28・10・25

柏崎　歓「天才は遠くから眺めるべき」啄木を語る／ドナルド・キーンさん、新潟で講演

朝日新聞〈夕・署名記事〉H 28・10・26

盛岡タイムス（記事）向井さんに学生短歌最優秀賞／来月に国際啄木学会／5 年ぶりに盛岡大会

H 28・10・26

岩手日報（記事）向井さん（盛岡・永井小）最優秀賞／啄木学会学生短歌大会　H 28・10・27

岩手日報（コラム紙風船）※盛岡てがみ館にて開催中の文豪の手紙についての文　H 28・10・27

小鍛冶孝志（署名記事）いわて人模様・石川啄木を深く知ってもらう活動をする／佐々木由勝さん

毎日新聞（岩手版）H 28・10・27

秋田さきがけ（テレビ番組案内）ＢＳ朝日「にほん風景遺産／盛岡・函館街めぐり！／啄木人生の旅路・未来」PM 9：00 〜 10：00　H 28・10・28

秋田さきがけ（テレビ番組案内）啄木と女たち〜 26 年間の人生・彼は自由を求め続けた・人間的魅力 ※（ナビゲーター：山本玲子）ＩＢＣ岩手放送 PM 4：00 〜 5：00　H 28・10・29

☆ＩＢＣ岩手放送「啄木と女たち」〜 26 年間の人生・彼は自由を求め続けた・人間的魅力（16：00

～17：00）放映（※ナビゲーター：山本玲子／←再放映 12 月 21 日）　　　　　H 28・10・29

岩手日報（記事）20 日に「啄木コンサート」盛岡・渋民　姫神ホール／声楽で短歌の世界　H 28・10・31

「群系」第 37 号〈特集Ⅱ・野口存彌氏著作・解題〉A5 判 1852 円＋税

　（以下 3 点の啄木文献を収載）

　　安宅夏夫〈解題〉『野口雨情　郷愁の詩とわが生涯の真実』P149 ～ 151

　　櫻井健治〈紹介〉福地順一著『石川啄木と北海道―その人生・文学・時代―』P157 ～ 0

　　福地順一　雨情と啄木 P158 ～ 159

　　　　　　　　　　　　　　「群系の会」（東京都江東区大島 7-28-1-1336 水野悟方）H 28・10・31

水野信太郎　彫刻家・詩人・書家：高村光太郎の"方丈"―岩手の啄木と賢治への連なり―P169～172

「北翔大学北方圏学術情報センター年報」VOL.8-2016　　　　　　　　　　　　H 28・10・31

盛岡タイムス（記事）文学・思想を形成の一年―新運命を開拓せん―／記念館企画展「啄木と北海道」

　　　　　　　　　　　　　　　　　　　　　　　　　　　　　　　　　　　　　　H 28・10・31

「啄木・賢治　文学散歩　三陸の歌碑・詩碑めぐり」〈チラシ〉（実施日：12 月 4 ～ 5 日／案内者：

　渡部芳紀／主催：銀河鉄道観光／企画協力：石川啄木記念館）　　　　　　　H 28・10・―

西脇　巽「石川啄木旅日記　渋民編草稿」〈櫻井健治氏の講演を聞きに行く〉A5 判 11 頁

　　　　　　　　　　　　　　　　　　　　　　著者作成文の原稿綴冊子　H 28・10・―

村木哲文　「芸文かづの」第 41 号に掲載されてないが新たに確認されたこと〈パンフ〉A4 判 4 枚

　※本資料は次の 6 カ所で開催された「石川啄木と鹿角の不思議な縁展」の会場にて配布されたもの。

　（開催会場及び期間／尾花沢市民センターまつり：10 月 24 日～ 26 日／花輪市民センターロビー：11 月 17

　日～ 23 日／小坂町セパームロビー：11 月 24 日～ 30 日／十和田市民センターロビー：12 月 1 日～ 7 日／

　八幡平市民センターロビー：12 月 8 日～ 14 日／鹿角市先人顕彰館ロビー：12 月 16 日～ H27 年 3 月 28 日）

　　　　　　　　　　　　　　　　　　　　　　　　村木哲文個人発行　H 28・10・―

ＣＤ「啄木を歌う～ありがたきかな～」〈生誕 130 年記念〉※作曲（平井康三郎／武井三郎／加藤

　學／越谷達之助／新井満／ソプラノ：田中美沙季／ピアノ：南澤佳代子）全 22 曲　頒価 1200 円

　ＣＤ製作者：田中美沙季　　　　　　　　　　　　　　　　　　　　　　　　　H 28・10・―

佐藤静子〈声・オピニオン〉地元だからこそ啄木知って　　　　　　岩手日報　H 28・11・1

佐藤文彦　啄木のふれんど・芸者「小奴」P51 ～ 52「道産子」11 月号 NO.529 A5 判

　　　　　　　　　　　　　　発行者・潮見一釜（札幌市白石区本通 19 南 1-1-705）H 28・11・1

「ぽけっと」11 月号 VOL.223 A5 変形判〈無料配布文化施設催事紹介情報誌〉石川啄木記念館 P9～0／

　啄木の歌碑をめぐる～いしぶみ紀行〈7〉しんとして…P11～0

　　　　　　　　　　　　　　　　　　　　　　　盛岡市文化振興事業団　H 28・11・1

成沢方記　らいてふと啄木　二人の家 P112 ～ 115「民主　盛岡文学」第 55 号 A5 判

　　　　　　　　　　　　　日本民主主義文学会盛岡支部（盛岡市上田堤 2 丁目 18-22）H 28・11・1

「短歌研究」11 月号 A5 判 1000 円＋税（以下 2 点の啄木文献を収蔵）

　晴山生菜　初めて出会った歌（不来方の…）P114 ～ 0

　細川光洋・渡英子〈対談〉吉井勇とその時代 ―白秋との交流を中心に―

　　　　〔※対談の一部に「啄木、白秋、勇」（P62 ～ 63）の項あり〕　短歌研究社　H 28・11・1

「歌壇」11 月号 A5 判 800 円（以下 3 点の啄木文献を収蔵）

　諸岡史子〈私の好きな方言の歌一首〉カタしゃんの「たんべしゃい」※啄木の歌「ふるさとの訛

なつかし」P47 〜 0

田中拓也　短歌甲子園二〇一六報告

笹　公人　第6回「牧水・短歌甲子園」観戦記　　　　　　　　　　本阿弥書店　H 28・11・1

「盛岡商工会議所ニュース SANSA」11　No. 687（記事）啄木を訪ねる道ウォーク／啄木のふるさと
　「もりおかの短歌」平成28年夏の部優秀賞　　　　　　　　　　　　　　　　　H 28・11・1

盛岡タイムス（記事）歌碑建立1周年を記念／啄木さんこんにちは！　釜石市　　　H 28・11・1

渡部芳紀〈三陸便り43〉三陸海岸の啄木碑（4）P32 〜 33「あざみ」11月号 A5判 1200円

　　　　　　　　　　あざみ社（横浜市港北区大倉山 3 - 11 - E219　河野薫方）H 28・11・1

足立敏彦　小田観螢の人と歌 ─生誕130年─「現代短歌新聞」11月号　現代短歌社　H 28・11・5

北畠立朴〈啄木エッセイ218〉多忙と反省の一年間　　　　　「しつげん」第635号　H 28・11・5

小鍛冶孝志（署名記事）啄木生誕130年記念学会／盛岡できょうあす　毎日新聞（岩手版）H 28・11・5

今野寿美　「国際啄木学会盛岡大会　学生短歌大会入賞者」レジメ A4判 4枚　　　H 28・11・5

三枝昂之「村岡花子と啄木」国際啄木学会盛岡大会記念講演レジメ A4判 2頁　　　H 28・11・5

「2016 国際啄木学会盛岡大会」チラシ A4判片面刷　※開催日：11月5、6日／会場：姫神ホール
　／講演：三枝昂之／研究発表／文学散歩　　　　　　　国際啄木学会盛岡事務局　H 28・11・5

岩手日報（記事）啄木生誕130年　考察深め／盛岡で国際啄木学会　　　　　　　H 28・11・6

赤崎　学　啄木モダニスト説の再検討／「日本近代短歌史の構築」を読む（国際啄木学会盛岡大会
　研究発表レジメ）A4判 7頁　　　　　　　　　　　　　　　　　　　　　　H 28・11・6

池田　功「明日の考察」（啄木学会パネルディスカッション資料レジメ）A4判 2頁　　H 28・11・6

ウニタ・サチダナンド　インドにおける日本文学の研究とあこがれの会（国際啄木学会盛岡大会研究
　発表レジメ）A4判 4頁　　　　　　　　　　　　　　　　　　　　　　　　H 28・11・6

大木昭男　啄木における二葉亭の影（国際啄木学会盛岡大会研究発表レジメ）A4判 7頁

　　　　　　　　　　　　　　　　　　　　　　　　　　　　　　　　　　　H 28・11・6

大西洋平　石川啄木と坂口安吾〜『一握の砂』の受容〜三堀謙二宛書簡〈参考資料付〉（国際啄木学
　会盛岡大会研究発表レジメ）A4判 14頁　　　　　　　　　　　　　　　　　H 28・11・6

高　淑玲　明日の考察〜130年の時を超えて〜啄木研究について（国際啄木学会盛岡大会研究発表
　レジメ）A4判 6頁　　　　　　　　　　　　　　　　　　　　　　　　　　H 28・11・6

小林芳弘　啄木と岩手日報 ─新資料をめぐって─（国際啄木学会盛岡大会研究発表レジメ）A4判
　4頁　　　　　　　　　　　　　　　　　　　　　　　　　　　　　　　　　H 28・11・6

塩谷昌弘「明日の考察」（啄木学会パネルディスカッションレジメ）A4判 2頁　　　H 28・11・6

深町博史　新しき明日の来るを信ずとふ〈パネルディスカッション「明日の考察」登壇者資料〉A4判
　2枚（国際啄木学会盛岡大会）　　　　　　　　　　　　　　　　　　　　　　H 28・11・6

ブルナ・ルカーシュ　自然の「自由」への憧憬、社会の「俗悪」への反逆 ─石川啄木「漂泊」にみるゴー
　リキー文学による感化─（国際啄木学会盛岡大会研究発表レジメ）A4判 7頁　　　H 28・11・6

水野信太郎　「啄木新婚の家」旧間取りの考察（国際啄木学会盛岡大会研究発表レジメ）A4判 10頁

　　　　　　　　　　　　　　　　　　　　　　　　　　　　　　　　　　　H 28・11・6

村松　善　石川啄木日記原本調査による「明治四十四年当用日記」中の「明治四十四年当用日記
　補遺」に記された〈金銭出納録〉の実際〜啄木生誕130年にあたり啄木生誕150年に向けての
　つの提言も含めて〜（国際啄木学会盛岡大会研究発表レジメ）A4判 12頁　　　　H 28・11・6

望月善次「明日の考察」(啄木学会盛岡大会パネル)に伴うアポリア三つ　A4判1枚　H 28・11・6

山田武秋　啄木歌への西行の影響について〜詠嘆の終助詞「かな」を中心に〜（国際啄木学会盛岡
　　大会研究発表レジメ）A4判8頁　　　　　　　　　　　　　　　　　　　　H 28・11・6

リュウ・イシン「明日の考察」（国際啄木学会パネルディスカッション資料レジメ）A4判3頁　　H 28・11・6

盛岡タイムス（記事）130年超えて明日の考察／5年ぶり盛岡大会・国際啄木学会きょうまで／「花子
　　と啄木」語る・日本歌人クラブ三枝昂之会長　　　　　　　　　　　　　　　H 28・11・6

よねしろ新報（記事）啄木と賢治の魅力に迫る／浅間学校かづの分校／13日に　　H 28・11・7

阿部友衣子（署名記事）明日の考察　国際啄木学会盛岡大会／講演・三枝さん／村岡花子短歌へ影
　　響／暮らしに近い作品共感　　　　　　　　　　　　　　　　　　岩手日報 H 28・11・8

盛岡タイムス（記事）啄木生誕130年　ふるさとの山に歌いて／姫神ホールで20日　H 28・11・8

阿部友衣子（署名記事）明日の考察　国際啄木学会盛岡大会／パネルディスカッション／問題意識
　　呼び覚ます（塩谷さん）／鑑賞者の心映す短歌（深町さん）／共存と環境の社会へ（劉さん）
　　　　　　　　　　　　　　　　　　　　　　　　　　　　　　　　岩手日報 H 28・11・9

内田晶子（署名記事）〈東北マチめぐり・ぶらり盛岡市〉啄木の原風景歩く（13面）
　　　　　　　　　　　　　北海道新聞（夕／地域情報版／「みなみ風」第5568号）H 28・11・9

野長瀬郁実（署名記事）〈新連載スタート・東北マチめぐり〉おでってくんなせ盛岡／城下町　四季折々
　　の魅力（12面）　　　　　　北海道新聞（夕／地域情報版／「みなみ風」第5568号）H 28・11・9

阿部友衣子（署名記事）明日の考察 国際啄木学会盛岡大会／研究発表／世に出した岩手日報（小林
　　さん）／「かな」は西行の影響（山田さん）／モダニズム、方法論で（赤崎さん）／金銭にきちょう
　　めん（村松さん）　　　　　　　　　　　　　　　　　　　　　　　岩手日報 H 28・11・10

朝日新聞（秋田版）石川啄木と宮澤賢治・13日、鹿角市文化の杜交流館コモッセ研修室 ※講師：
　　森　義真 石川啄木記念館館長（震災、紛争など深刻化する環境問題の中の啄木と賢治を語る）
　　　　　　　　　　　　　　　　　　　　　　　　　　　　　　　　　　　　H 28・11・10

渥美　博『封殺されたもうひとつの近代—透谷と啄木の足跡を尋ねて—』四六判 268頁 2000円
　　（透谷から啄木へ—近代への若干のアプローチ—P70〜137／啄木、社会主義への歩み—続・透
　　谷から啄木へ—P138〜189／ほか）　　　　　（株）スペース伽那（発売：星雲社）H 28・11・10

久保木寿子　我が「渋民」P1〜0「わせだ国文ニュース」第105号 A5判
　　　　　　　　　　　　　　　早大国文学会（早稲田大学文学部日本語コース室内）H 28・11・10

櫻井健治〈コラムコーヒーブレーク20〉啄木と泣く女 P8〜0 「社内報　きずな」第66号 B5判
　　　　　　　　　　　　　　　　　　　　　　　　　　　（株）ドウデン（函館市）H 28・11・11

秋田さきがけ（記事）啄木と賢治テーマ・あす鹿角で講話会 ※講師：森義真記念館長　H 28・11・12

岡林一彦〈オピニオン・声〉啄木ゆかりの場所巡り幸せ　　　　　　岩手日報 H 28・11・15

岩手日報（コラム 風土計）※啄木の生まれた時に日本には憲法は無かった事の話題　H 28・11・15

川野里子〈書評〉吉川宏志歌集『鳥の見しもの』生き残る啄木として P123〜0「短歌往来」12月号
　　A5判 750円＋税　　　　　　　　　　　　　　　　　　　　　ながらみ書房 H 28・11・15

荒又重雄　同時代人・啄木が甦る P70〜71「残日録2—新しい労働文化のために—」A5判
　　著者発行：北海道労働文化協会（札幌市中央区北四条西12丁目ほくろうビル3F）H 28・11・16

北鹿新聞（記事）啄木と鹿角の縁は／花輪皮切りに展示会　　　　　　　　　　　H 28・11・16

盛岡タイムス（記事）啄木と近代歌人たち／県立図書館　2年間に収集の資料展　　H 28・11・16

岩手日報（コラム・コンサート）啄木生誕130記念コンサート／20日＝姫神ホール　　H 28・11・17

斎藤　徹（署名記事）啄木の「新しき明日」を考察／故郷・渋民で国際学会

朝日新聞（岩手版）H 28・11・18

「第40回 盛岡市都市景観シンポジウム」〈盛岡市・玉山村合併10周年記念事業〉ポスター A2判（基調
　　講演：「石川啄木と盛岡の景観〜ふるさとの歌と小説との関わりから〜／講師：森　義真氏／開
　　催日：11月18日／会場：プラザおでって3階ホール）　主催：盛岡市　　　　H 28・11・18

盛岡タイムス（広告）啄木コンサート ※11月20日／姫神ホール／田中美沙季ほか　　H 28・11・18

岩手日報（記事）景観に新たな価値を／市シンポ、盛岡らしさ検討 ※森館長の提言　　H 28・11・19

藤井朋子（署名記事）啄木生誕130年　世界観を歌で／盛岡であす　毎日新聞（岩手版）H 28・11・19

岩手日報（コラム・舞台）啄木生誕130記念コンサート／20日＝姫神ホール　　　H 28・11・20

小池　光〈テーマで読む　近代人気歌人再発見〉石川啄木「啄木と友」P40〜41「ＮＨＫ短歌」12月号
　　Ｂ5判　679円＋税　　　　　　　　　　　　　　　　　　　ＮＨＫ出版　H 28・11・20

近藤典彦〈石川啄木と花　第七回〉ダリア P20〜21「季刊　真生」第302号 B5判
　　※（華道「真生流」発行の配布誌）　　　　　　　　　　（有）しんせい出版　H 28・11・20

「啄木コンサート」〈生誕130年記念〉チラシ A4判（内容：ソプラノ：田中美沙季／テノール：森
　　田純司／ピアノ：南澤佳代子・平井良子／開催日：11月20日／会場：姫神ホール／ナレーション：
　　伊藤八重子　　　　　　　　　　　　　　　　　　主催：盛岡市文化振興事業団　H 28・11・20

澤田昭博〈もりおかの残像149〉高與旅館　著名人編／啄木が文学を熱く語った高與旅館

盛岡タイムス　　H 28・11・20

髙橋光輝　機械学習で石川啄木を蘇らせる（7）「月刊 シェルスクリプトマガジン」Vol.44 B5判
　　500円　　　　　　　（有）USP研究所（東京都港区西新橋3-4-2 SSビル3階）H 28・11・20

小鍛冶孝志（署名記事）盛岡で啄木コンサート／聴衆、歌声に酔いしれ

毎日新聞（岩手版）H 28・11・21

盛岡タイムス（記事）新旧の建築美論じて／盛岡市でシンポ・都市景観賞の2件表彰（編注：表
　　彰式に続き、石川啄木記念館の森義真館長が「石川啄木と盛岡の景観〜ふるさとの山と小説と
　　の関わりから」と題して講演、の記述あり）　　　　　　　　　　　　　　H 28・11・21

岩手日報（記事）啄木の思い　歌に込めて／盛岡・渋民でコンサート　　　　　H 28・11・22

盛岡タイムス（記事）歌人の心を調べに乗せ／啄木コンサート「初恋」「春まだ浅く」など　H 28・11・22

岩手日報「付録・イワテバコ」11月号（コラム・いわての偉人）石川啄木　　　H 28・11・23

「生誕130　啄木と節子を偲んで」〈朗読サロン虹の街　第13回〉チラシ（開催日：11月23日／場所：
　　仙台市民活動センター／講演：南條範男「啄木と荻浜」／朗読：田中きわ子／ほか）　H 28・11・23

盛岡タイムス（記事）見前の教育に先人あり／都南歴史民俗資料館・宮崎求馬（みやざきもとめ）の資
　　料展示 ※求馬は啄木の盛中の同期生、宮崎道郎の父。恩師、仙岳とも親交があった　H 28・11・23

岩手日報（記事）啄木漂流の北海道・盛岡の記念館企画展／東京への思いやまず／葛藤の1年に
　　焦点　　　　　　　　　　　　　　　　　　　　　　　　　　　　　　　H 28・11・25

「短歌」12月号 A5判 930円（以下2点の啄木文献を収載）

　　久我田鶴子〈私が感動した「読み」〉そのように表現させたもの／賢治の一首 P88〜0

　　内藤　明〈総力特集　短歌の「読み」を考える〉歌のかたち P75〜0

発行：角川文化振興財団／発売：（株）ＫＡＤＯＫＡＷＡ　H 28・11・25

池田　功〈投稿欄・声〉興味深かった啄木・賢治企画　　　　　　　　　　岩手日報　H 28・11・26

岩手日報（論説）※啄木の歌「はたらけど」の歌を引用して河上肇の言葉を紹介　　H 28・11・27

岩手日報（記事）啄木の世界鮮やかに／胡堂記念館　吉田さん（花巻）フォト短歌展　　H 28・11・27

西脇　巽「石川啄木旅日記　渋民編完成稿」〈2016 年 11 月 5 日〜6 日〉A5 判 25 頁

　　　　　　　　　　　　　　　　　　　著者作成文の原稿綴冊子　H 26・11・27

盛岡タイムス（記事）盛岡てがみ館　肉筆にこもる人間像／与謝野鉄幹・晶子など　　H 28・11・28

岩手日報（コラム・学芸余聞）※啄木生誕 130 年記念の歌と朗読の催しについて　　　H 28・11・29

岩手日報（コラム学芸余聞）啄木の世界に浸る歌・朗読（※仙台市で開催された「朗読のひととき三人会」

　　の話題）　　　　　　　　　　　　　　　　　　　　　　　　　　　　　H 28・11・30

しんぶん赤旗〈コラム潮流〉※啄木の「時代閉塞の現状」を例に今の社会を論じる　　H 28・11・30

☆NHKラジオ盛岡放送局「まじぇ5時」（※ 17：00 〜 17：55 の放送／ゲスト：山本玲子「啄木ソム

　　リエに聞く啄木の話〈仮題〉）　　　　　　　企画制作：ＮＨＫラジオ盛岡放送局　H 28・11・30

森　義真　賢治の啄木意識 P1 〜 17「賢治研究」130 号 A5 判　　宮沢賢治研究会　H 28・11・30

石川啄木記念館〈かるたから知る啄木〉（1）※ウラ表紙に掲載（短歌評釈：岩城之徳）「街もりおか」

　　12 月号 B6 横判 260 円　　　　　　　　杜の都社（盛岡市本町通 2 - 13 - 8）H 28・12・1

大室精一『『一握の砂』『悲しき玩具』―編集による表現―』A5 判 6800 円＋税 全 416 頁（細目：序・『一

　　握の砂』『悲しき玩具』形成論の現在／第 I 部：『一握の砂』―編集による表現―／第一章：序文の形

　　成／第一節・「啄木自序」の謎／第二節・「椋十序文」の謎／第二章：〈つなぎ歌〉の形成／第一節・やはら

　　かに降る雪／第二節・むかしながらの太き杖／第三節・秋に降る雨／第四節・千鳥なく釧路／第三章：「忘

　　れがたき人人　二」の形成／第一節・歌集「22 首」の意味／第二節・歌集初出歌の配列意図／第三節・路

　　問ふほどのこと／第四章：「真一挽歌」の形成／第五章：音数律と推敲の法則／第一節・『一握の砂』の

　　音数律／第二節・『一握の砂』推敲の法則／第 II 部：『悲しき玩具』―編集による表現―／第一章：『悲し

　　き玩具』の形成／第一節・「第一段階」の歌群（3 〜 68 番歌）／第二節・「第二段階」の歌群（69〜114 番歌）

　　／第三節・「第三段階」の歌群（115〜130 番歌）／第四節・「第四段階」の歌群（131 〜 177 番歌）／第五節・

　　「第五段階」の歌群（178〜194 番歌）／第二章：ノート歌集「一握の砂」以後の中点／第三章：音数

　　律と推敲の法則／第一節・『悲しき玩具』の音数律／第二節・『悲しき玩具』推敲の法則―近藤新説を踏まえ

　　て―／跋／初出一覧／索引）　　　　　　　　　　　　　　　　（株）おうふう　H 28・12・1

北室かず子　函館から東北へ―青春の軌跡を追って― P5 〜 10「JR 北海道」12 月号〈JR 北海道

　　社内誌〉B5 判〈特集　あなたは啄木派？それとも賢治派？〉※森義真インタビュー含む

　　　　　　　　　　　　　　　北海道ジェイ・アール・エージェンシー　H 28・12・1

「企画展の窓」第 200 号〈第 51 回企画展　文豪たちの原稿展〉※与謝野晶子「啄木の思ひ出」ほか

　　　　　　　　　　　　　　　　　　　　　　　盛岡てがみ館　H 28・12・1

「ぽけっと」12 月号 VOL.224 A5 変形判〈無料配布文化施設催事紹介情報誌〉石川啄木記念館 P9〜0／

　　啄木の歌碑をめぐる〜いしぶみ紀行〈8〉こころよく…P11〜0

　　　　　　　　　　　　　　　　　　　　盛岡市文化振興事業団　H 28・12・1

久保田孝恵〈マンスリーエッセイ〉私の中のクリスマス P14〜0「月刊 ラブおたる」12 月号 No. 400

　　※啄木と雨情の共通の知人「鈴木」の子孫の文章　　（株）坂の街出版企画（小樽市）H 28・12・1

「新日本歌人」12 月号 A5 判 850 円（送料共）（以下 2 点の啄木文献を収載）

　　古賀利男〈わが青春とうた〉たはむれに… 石川啄木 P27 〜 28

長野　晃〈短歌、この一年の成果と課題（15年11月から16年10月）〉協会の新たな前進のために
　　（試論）P28〜35（編注：民主性と啄木歌に触れる）

　　　　　　　　　　　新日本歌人協会（〒170-0005　東京都豊島区南大塚2-33-6-301）H28・12・1

佐藤文彦　啄木のふれんど・芸者「小奴」P49〜50「道産子」12月号 NO.530 A5判

　　　　　　　　　　　　　　発行者・潮見一釜（札幌市白石区本通19南1-1-705）H28・12・1

松平盟子〈評論〉与謝野鉄幹と啄木の明治40年代⑬ P2〜5「プチ★モンド」No.95 A5判 1500円

　　　　　　　　　　　　　　　　プチ★モンド発行所（東京・大田区）H28・12・1

もりたとしはる　石川啄木への一評論 P18〜19「北の詩人」No.130 B5判 300円

　　　　　　　　　発行所：北の詩人会議（札幌市豊平区月寒東3条19-43 日下新介方）H28・12・1

渡部芳紀〈三陸便り44〉三陸海岸の啄木碑（5）P32〜33「あざみ」12月号 A5判 1200円

　　　　　　　　　　あざみ社（横浜市港北区大倉山3-11-E219 河野薫方）H28・12・1

毎日新聞（岩手版コラム情報ランド）啄木と北海道〜新運命を開拓せん〜　　　　H28・12・2

「啄木のかたち／賢治のいろ」岩手デザイナー協会展〈変形判チラシ〉／開催期日：12月7日〜12日

　／会場：プラザおでって／主催：岩手デザイナー協会　　　　　　　　　　　H28・12・7

岩手日報（記事）啄木・賢治　切り口多彩／盛岡で岩手デザイナー協会展　　　H28・12・8

編集部〈対談：知花くららの「教えて！永田先生」つまらない歌もよむ P57〜59 「週刊朝日」

　12月9日号 410円 B5判 ※対談中に啄木に触れる箇所ある　　　　　朝日新聞社　H28・12・9

森　義真　先人教育の充実に向けて／石川啄木からのメッセージ P4〜0「こずかた」No.132 B5判

　　　　　　　　　　　　　　　　　　　　　　　　　　　盛岡教育研究所　H28・12・9

盛岡タイムス（記事）啄木のかたち・賢治のいろ／おでって岩手デザイナー協会展　H28・12・10

水野昌雄〈私の愛誦歌〉「時代閉塞の現状を如何…」P38〜0「短歌往来」1月号 第29巻1号 A5判

　750円（←H29・2「短詩形文学」）　　　　　　　　　ながらみ書房　H28・12・15

岩手日報（記事）作家たちとの交流語る／盛岡・鈴木文彦さんが講演（※啄木を書くという藤沢周平

　に頼まれて岩手を案内した話題なども）　　　　　　　　　　　　　　　H28・12・16

神谷忠孝〈北海道文学紀行〉石川啄木と空知 P61〜62「モーリー」45号 B5判 900円＋税

　　　　　　発行元：公益財団法人北海道新聞野生生物基金／発売元：北海道新聞社　H28・12・16

毎日新聞〈コラム・余録〉※啄木の「ふるさとの訛」の歌を引用した方言の話題　H28・12・19

小池　光〈テーマで読む　近代人気歌人再発見〉石川啄木 P40〜41「NHK短歌」1月号 B5判

　679円＋税　　　　　　　　　　　　　　　　　　　　NHK出版　H28・12・20

髙橋光輝　機械学習で石川啄木を蘇らせる（8）「月刊 シェルスクリプトマガジン」Vol.45 B5判

　500円　　　　　　　　　（有）USP研究所（東京都港区西新橋3-4-2 SSビル3階）H28・12・20

☆IBC岩手放送「啄木と女たち」26年間の人生・彼は自由を求め続けた・人間的魅力（再放映

　13：55〜14：50）（※H28・10・29の再放映／ナビゲーター：山本玲子）　　H28・12・21

「キラキラ通信」学級通信 第96号 A4判 片面刷り（以下の2点の啄木文献を収載）

　高木豊平　「啄木と賢治」のつながり

　村木哲文　啄木と賢治を会わせたかった／二人は見えない糸で結ばれている

　　　　　　　　　　　　　尋常浅間学校かづの分校（秋田県鹿角市）H28・12・21

森　義真「私の啄木情報整理法」国際啄木学会盛岡支部研究会報告用レジメ A4判1枚　H28・12・23

水原紫苑〈特集：私が考える良い歌とは〉啄木と牧水 P138〜0「短歌」1月号 第82巻9号 A5判

1200 円　　　　　　　　発行：角川文化振興財団／発売：(株)KADOKAWA　H 28・12・24

岩手日報（記事）啄木記念館で牛乳パック工作　　　　　　　　　　　　　　H 28・12・26

盛岡タイムス（記事）歌人の文才を造形／石川啄木記念館　牛乳パックで「家」作る　H 28・12・26

「ゆうゆう」12月27日号 vol.360〈タブロイド判地域情報紙・記事〉「あなた　啄木派？賢治派？」

　開催／もりおか啄木・賢治青春館第74回企画展 P10〜0　　　　倖星舎（盛岡市）H 28・12・27

岩手日報（記事）啄木、賢治らの魅力／音楽と写真で表現／盛岡でコンサート　　　H 28・12・28

盛岡タイムス（記事）写真と音楽で伝える啄木の思い／雫石出身の田中美沙季さん／県公会堂で

　コンサート　情感あふれるソプラノ　　　　　　　　　　　　　　　　　　　H 28・12・29

藤澤則子（署名記事）2016 記者の見たこの一年〈中〉啄木・賢治を未来へと

　　　　　　　　　　　　　　　　　　　　　　　　　　　　盛岡タイムス　H 28・12・30

「あなた啄木派？賢治派？」ギャラリートークのチラシ ※期日：H 29・1・28（講師：佐藤竜一・啄木賢治

　を語る）／H29・2・25（対談：おきあんご vs 坂田裕一・二人の劇作家が啄木賢治論争）会場：もり

　おか啄木賢治青春館／会期：1月6日〜4月9日　　　もりおか啄木賢治青春館　H 28・12・―

☆「岩見沢市北村郷土資料コーナー」〈文学にあらわれた北村―石川啄木・小林多喜二―〉※開設日：

　12月23日／場所：北村環境改善センター（岩見沢市北村赤川 595-1）　　　　H 28・12・―

「新宿うたごえ喫茶　ともしび in おでって」〈チラシ〉A4 判　※啄木の魅力を歌う〜小川邦美子コ

　ンサート〜／ほか／期日：2017年2月19日／会場：プラザおでってホール

　　　　　　　　　　　　　　　主催：盛岡コンベンション観光協会　H 28・12・―

「啄木かるた講座」〈チラシ〉※期日：H 29・1・7（渋民公民館）会場／H29・1・8（都南公民館）

　　　　　　　　　　　　　　　主催：盛岡市文化振興事業団　H 28・12・―

畑中美耶子〈私のオススメ〉『サルと人と森』／「文明とは何か」啄木から賢治への伝言 P2〜0

　「先輩の本棚 2016」〈パンフ〉B4 判　　　　　ジョブカフェいわて（盛岡市）H 28・―・―

尹　在石　韓国における日露戦争―新聞報道資料を中心に―「日本語文学」第67号

　　　　　　　　　　　　　　　　　　　　　　　　　　　　　　　　　　　H 28・12・―

山田武秋　人間の本性に根ざした啄木の叙情短歌 P3〜0「ゆりこと絆の会だより」第33号 A4 判

　　　　　　　　　　　　　　　　発行者：ごとうゆりこ事務所　H 28・12・―

DONALD KEENE（ドナルド・キーン）『The First Modern JAPANESE The Life of Ishikawa Takuboku』

　A5 判 全278頁 定価 4348 円（※出版元は米国ニューヨーク市の在社、書籍にはドル価格の記載無し）

　　　　　　　　　　　　　　出版社：Colmbia University Press　H 28・―・―

２０１７年（平成29年）

荒又重雄「素人が試みた啄木英訳」～ドナルド・キーンやロジャー・パルバーズの近作にも触れて
　　～P16～19「労働文化」№262 B5判　　　　　（一般法）北海道労働文化機関誌　H 29・1・1

石川啄木記念館〈かるたから知る啄木〉(2)　※ウラ表紙に掲載（短歌評釈：岩城之徳）「街もりおか」
　　1月号 B6横判 260円　　　　　　　　　杜の都社（盛岡市本町通2-13-8）　H 29・1・1

「ぽけっと」1月号 VOL.225 A5変形判〈無料配布文化施設催事紹介情報誌〉石川啄木記念館 P9～0
　　／啄木の歌碑をめぐる～いしぶみ紀行〈9〉しらしらと…P11～0
　　　　　　　　　　　　　　　　　　　　盛岡市文化振興事業団　H 29・1・1

「視線」第7号〈第Ⅱ特集・石川啄木来函110年記念〉A5判 500円（以下3点の啄木文献を収載）
　　近藤典彦　啄木調短歌―その誕生と確立―P43～64
　　山下多恵子　文学を求めて―啄木の北海道 P65～74
　　栁澤有一郎　啄木歌「肺が小さくなれる」考 P75～80
　　　　　　　　　　　発行所：視線の会（函館市本通2-12-3 和田方）　H 29・1・1

原田徹郎〈新春・私のひとこと〉P54～0「新日本歌人」1月号 A5判 1000円　H 29・1・1

藤島秀憲〈短歌の周辺　この本あの本〉(10) 風景が見えない（後）P126～128「歌壇」第31巻1号
　　A5判 800円　　　　　　　　　　　　　　　　本阿弥書店　H 29・1・1

しんぶん赤旗〈コラム・潮流〉※啄木歌「何となく」を引用した世界のテロの話題　H 29・1・4

阪口忠義〈コラム・タイムトラベル〉石川啄木終焉地の歌碑／遺作2首の直筆原稿を複写
　　　　　　　　　　　　　　　　　　　　　　　読売新聞（夕）H 29・1・5

中高生新聞〈コラム・練習手帳〉※啄木の「何となく」の歌を引用　　読売新聞社　H 29・1・5

岩本美帆〈みちものがたり〉永六輔の旅路　※六輔の啄木講演に触れる　朝日新聞　H 29・1・7

岩手日報（記事）遊座昭吾さん逝去／89歳　元国際啄木学会会長　　　　　H 29・1・8

盛岡タイムス（記事）【訃報】遊座昭吾氏逝去　　　　　　　　　　　　　H 29・1・8

盛岡タイムス（記事）2月18日に啄木かるた大会開催／参加者募集　　　　H 29・1・8

朝日新聞〈社説〉スマホ世代の新成人　※啄木の「時代閉塞の現状」を踏まえた文章　H 29・1・9

朝日新聞〈テレビ番組案内欄〉BS朝日：PM7:00～20:55／鉄道・絶景の旅：雪景色のみちのくの旅・
　　石川啄木の世界（記念館など約10分放映）／ほか　　　　　　　H 29・1・10

合志太士（署名記事・私の戦争、刻む一冊　朝日自分史）防空壕で出会った啄木　心の糧に／小林ミチ
　　さん（83）　　　　　　　　　　　　　　　　　朝日新聞（夕）H 29・1・10

盛岡タイムス（記事）かるたで歌人に親しみ／石川啄木記念館　大会前に腕試し　H 29・1・10

岩手日報（記事）啄木かるた大会　来たれ参加チーム／来月18日開催・盛岡　H 29・1・11

釧路新聞（記事）澤地氏の『石川節子』評価／北畠会長が講座　啄木研究者を考察 H 29・1・11

望月善次　啄木に生きた生涯／遊座昭吾さんを悼む　　　　　　岩手日報　H 29・1・11

岩手日報（コラム 風土計）※元国際啄木学会会長、遊座昭吾氏の逝去について　H 29・1・13

石橋安男〈平和の俳句　戦後72年〉※金子兜太の啄木の文に触れた内容　東京新聞　H 29・1・13

田口道昭『石川啄木論攷　青年・国家・自然主義』A5判 全690頁 7000円＋税
　　（細目／序／第一部：啄木と日本自然主義／第一章：啄木と日本自然主義―〈実行と芸術〉論争を中心

に―／第二章：啄木・樗牛・自然主義 ―啄木の樗牛受容と自然主義―／第三章：「卓上一枝」論―自然主義の受容をめぐって― ／第四章：啄木と独歩―ワーズワース受容を中心に―／第五章：「食ふべき詩」論―相馬御風の詩論とのかかわりで―／第六章：啄木と岩野泡鳴―「百回通信」を読む―／第七章：近松秋江との交差―〈実行と芸術〉論争の位相― ／第八章：「硝子窓」論―二葉亭四迷への共感― ／第二部：「時代閉塞の現状」論／第一章：「時代閉塞の現状」を読む―本文と注釈―／第二章：「時代閉塞の現状」まで―渡米熱と北海道体験―／第三章：〈必要〉をめぐって／第四章：「時代閉塞の現状」の射程―〈青年〉とは誰か―／第五章：啄木における〈天皇制〉について―「時代閉塞の現状」を中心に―／第三部　啄木と同時代人／第一章：啄木と与謝野晶子―日露戦争から大逆事件へ―／第二章：啄木・漱石・教養派―ネオ浪漫主義批判をめぐって―／第三章　啄木と徳富蘇峰―〈或連絡〉について―／第四章：啄木と石橋湛山／第四部：啄木像をめぐって／第一章　中野重治の啄木論／第二章　啄木と〈日本人〉―啄木の受容をめぐって―／第三章：「明日」という時間／第五部　『一握の砂』から『呼子と口笛』へ／第一章：『一握の砂』の構成　―〈他者〉の表象を軸に―／第二章：啄木と朝鮮―「地図の上朝鮮国にくろぐろと墨をぬりつゝ秋風を聴く」をめぐって― ／第三章　啄木と伊藤博文―「誰そ我に／ピストルにても撃てよかし／「伊藤のごとく死にて見せなむ」をめぐって―／第四章　『呼子と口笛』論―〈二重の生活〉のゆくえ―／石川啄木略年譜・執筆評論・同時代文学年表／あとがき（初出一覧）／索引（人名・事項・啄木作品）

和泉書院　H29・1・15

釧路新聞（記事）啄木の借金事実分析／港文館の初心者向け第3回講座／北畠さんを講師に

H29・1・16

福島民友〈コラム・編集日記〉※啄木の「ふるさとの山に向ひて…」を引用した教育の話題

H29・1・19

伊藤一彦〈牧水うた紀行～日本の四季をめぐる旅〉東北地方へのあこがれの旅P22～24 ※牧水の「盛岡古城にて」の詞書き「啄木鳥」のある歌についての解説あり。「NHK 短歌」2月号 通巻239号 B5判 679円＋税　　　　　　　　　　　　　　　　　　ＮＨＫ出版　H29・1・20

今野寿美『歌ことば100』四六判 298頁 2700円＋税（※本書は20数カ所にわたって啄木についての記述や歌の引用もある）　　　　　　　　　　　　　本阿弥書店　H29・1・20

髙橋光輝　機械学習で石川啄木を蘇らせる（9・最終回）P42～45「月刊 シェルスクリプトマガジン」Vol.46 B5判 500円　　　　（有）USP研究所（東京都港区西新橋3-4-2 SSビル3階）H29・1・20

西脇　巽　啄木生誕百三十年に想う P3～0 「新医協」第1830号 A5判

新日本医師協会（東京都豊島区西池袋1-10-2）H29・1・20

「釧路啄木会 さいはて便り」第17号 A4判 全4頁（以下3点の啄木文献を収載）

　寺崎保雄　啄木の風が標津の町に吹いた・メナシ支部会、二十四名参加の盛会 P1～0

　岡部清弘　図書館の啄木資料に触れて P2～0

　北畠立朴　【研究余滴】釧路座の写真を求めて P3～0　　　　　　釧路啄木会　H29・1・21

河野有時　啄木から『サラダ記念日』へ（国際啄木学会東京支部会研究発表用レジメ）A4判6枚

H29・1・21

松平盟子　角川「短歌」2016・7 大特集「30年目のサラダ記念日」（国際啄木学会東京支部会研究発表用レジメ）A4判2枚　　　　　　　　　　　　　　　　　　　　　　H29・1・21

岩手日報（記事）啄木が詠んだ雪あかり再び／北海道でイベント　　　H29・1・22

盛岡タイムス（記事）啄木派？ 賢治派？／青春館企画展・人気者の2人を対比　　H29・1・24

伊藤和則【報告】二〇一六年「国際啄木学会」活動報告 P63〜65「大逆事件の真実をあきらかにする会ニュース」第56号 B5判 800円　　　　（明治大学　和泉校舎・山泉研究室内）H 29・1・24

岩手日報（記事）もりおか暮らし物語賞　4団体と一人に　16年度　　　　　　　　　H 29・1・26

郷原　宏　胡堂と啄木〈第1回〉P53〜58「小説推理」第57巻3号 A5判 840円

（株）双葉社　H 29・1・27

岩手日報（記事）啄木と賢治、テーマに2人対比　盛岡で企画展　　　　　　　　　H 29・1・29

岩手日報（記事）佐藤さん（作家・一関在住）「どちらも真面目」ギャラリー・トーク　H 29・1・29

盛岡タイムス（記事）盛岡市・暮らし物語賞に5団体（国際啄木学会盛岡支部ほか）H 29・1・29

岩手日報（記事）石川啄木の研究と顕彰に力尽くした　元国際啄木学会会長／遊座昭吾さん（1月6日死去、89歳）因縁胸に独自の視点（12面）　　　　　　　　　　　　　　　　H 29・1・30

岩手日報（追悼）石川啄木の研究と顕彰に力尽くした遊座昭吾さん死去89歳　　　　H 29・1・30

盛岡歴史深見倶楽部　石川啄木の足跡と明治の風に触れる P8〜11『岩手　歴史探訪ルートガイド』四六判 1630円＋税　　　　　　　　メイツ出版（株）（東京都千代田区平河町 1-1-8）H 29・1・30

「給食だより」2月 B4判片面印刷（記事）2月8日は「先人ゆかりの給食」石川啄木

盛岡市玉山給食センター　H 29・1・―

「第33回啄木祭短歌大会」〈チラシ〉A4判　　　　　　　　啄木祭実行委員会　H 29・1・―

「第59回啄木祭俳句大会ご案内」〈チラシ〉B4判　　　　　啄木祭実行委員会　H 29・1・―

「石川啄木記念館　館長講演会」〈啄木生誕誕生131年〉A4判／期日：2月20日／場所：石川啄木記念館ラウンジ／講師：森義真館長／演題：啄木の光と影／主催：石川啄木記念館　H 29・1・―

「石川啄木物語〜君に与ふウタ〜」（和太鼓朗読劇）〈チラシ〉A4判 ※期日：3月20日／場所：土方・啄木浪漫館（函館市）／主催：七飯男爵和太鼓創作会（函館市）　　　　　　H 29・1・―

「てがみシアター」〜手紙の朗読を聴く vol.12〜〈チラシ〉A5判 ※期日：2月5日／場所：プラザおでって／朗読：大塚富夫／テーマ：啄木の思い出／主催：盛岡てがみ館　　　　H 29・1・―

「企画展の窓」第202号 B4判 片面刷〈文豪たちの原稿展〉萩原朔太郎「人生情熱」※写真版掲載（→S3・12「改造社文学月報」第24号に掲載の原稿）　　　　　盛岡てがみ館　H 29・2・1

石川啄木記念館〈かるたから知る啄木〉（3）※ウラ表紙に掲載（短歌評釈：岩城之徳）「街もりおか」3月号 B6横判 260円　　　　　　　　　杜の都社（盛岡市本町通 2-13-8）H 29・2・1

「ぽけっと」2月号 VOL.226 A5変形判〈無料配布文化施設催事紹介情報誌〉石川啄木記念館 P9〜0／啄木の歌碑をめぐる〜いしぶみ紀行〈10〉病のごと…P11〜0

盛岡市文化振興事業団　H 29・2・1

武田穂佳〈特集　作品とエッセイ／相聞・如月によせて 10）もつ鍋の煮える頃／「君似し姿を街に」P64〜0「短歌研究」2月号 A5判 1000円 ※（発売日は1月21日）　短歌研究社　H 29・2・1

三好　博〈探訪ミュージアム 91〉石川啄木記念館（岩手県盛岡市）P3〜0「歴史地理教育」2月号通巻860号 A5判 648円＋税　　　　　　　　　編集・発行　歴史教育協議会　H 29・2・1

八城水明〈特集　時をとらえる〜短歌の時間〉口語と文語の意識的混用 P42〜43「短歌研究」2月号 A5判 1000円 ※（発売日は1月21日）　　　　　　　　　短歌研究社　H 29・2・1

「てがみシアター」〜手紙の朗読を聴く VOL.12〜〈パンフレット〉A5判 全16頁／開催期日：2月5日／会場：盛岡てがみ館展示室／朗読者：大塚富夫／パンフ記載内容：瀬川深宛（M 41・8・2）

の金田一京助書簡（全文）P3〜4／石川啄木のローマ字日記（抄）P5〜9／与謝野寛：啄木君

　の思い出（抄）P11〜14／ほか／　　　　　　　　　　　主催：盛岡てがみ館　　H29・2・5

北畠立朴〈啄木エッセイ220〉いつ年賀状を止めるか　　　「しつげん」第639号　H29・2・5

盛岡タイムス（記事）南北の「渋民」に人あり／盛岡市の啄木記念館・一関市の芦東山（儒学者）

　を展示／先人の縁で企画展・4月16日まで　　　　　　　　　　　　　　　　　H29・2・6

盛岡タイムス（コラム天窓）※D・キーン著「石川啄木」英語版について　　　　H29・2・7

岩手日報（記事）啄木が好んだ味に親しみ／渋民小「ゆかり給食」　　　　　　　H29・2・9

毎日新聞（岩手記事）盛岡の小中57校／啄木の給食味わう「食を通じ関心を」　　H29・2・9

盛岡タイムス（記事）啄木時代の風味おいしく／盛岡市立渋民小・先人ゆかりの給食で　H29・2・9

水野昌雄〈私の愛誦歌〉「時代閉塞の現状を如何…」P21〜0「短詩形文学」2月号 第65巻2号

　500円（→H28・12「短歌往来」）A5判 600円　　　　「短詩形文学」会　H29・2・10

盛岡タイムス（記事）啄木記念館が臨時開館・生誕の日に　　　　　　　　　　　H29・2・14

岩手日報〈学芸短信〉国際啄木学会盛岡支部例会（※2月25日）　　　　　　　　H29・2・15

岩手日報（記事）啄木の魅力高らかに／盛岡・19日、「うたごえ喫茶」　　　　　H29・2・16

朝日新聞（コラム・天声人語）※啄木の歌「一晩に咲かせて」を引用した文章　　H29・2・17

DVD「柴柳二郎の夢トーク」（テレビ岩手放映／出演：啄木ソムリエの山本玲子さん）　H29・2・18

朝日新聞（岩手版記事）白熱、啄木かるた大会・盛岡・渋民　　　　　　　　　　H29・2・19

岩手日報（記事）啄木かるたに集中／98チームが優勝争う・盛岡　　　　　　　H29・2・19

毎日新聞（岩手版記事）啄木かるた大会盛岡で300人熱戦・年齢別に4部門　　H29・2・19

盛岡タイムス（記事）五感で触れる天才歌人／啄木祭実行委員会・98組参加し盛岡でかるた大会

　　　　　　　　　　　　　　　　　　　　　　　　　　　　　　　　　　　H29・2・19

「石川啄木記念館　館長講演会」（啄木生誕131年）〈チラシ〉A4判　※開催日：2月20日／場所：

　石川啄木記念館ラウンジ／演題：「啄木の光と影」　　　　　　　　　　　　　H29・2・20

森　義真　「啄木の光と影」〈講演レジメ〉A4判 4頁 ※資料付　　　著者作成　H29・2・20

盛岡タイムス（フォーラム）館長講演会─啄木の光と影─　　　　　　　　　　　H29・2・20

吉田　仁編『啄木年表』〈文庫判〉全286頁 定価1500円（個人出版）

　　　　　　　　　　　　　うみがめ文庫（千葉県流山市野々下5-971-7）H29・2・20

岩手日報（記事）啄木　人間的な魅力解説／誕生日に講演会　　　　　　　　　　H29・2・21

岩手日報こども新聞（ニュース保存版）給食で親しむ石川啄木　　　　　　　　　H29・2・21

毎日新聞（岩手版記事）賢治と啄木の意外な一面を紹介／盛岡の2大文学者・あなたはどっち派？

　／4月9日まで企画展　　　　　　　　　　　　　　　　　　　　　　　　　H29・2・21

石川直樹（署名記事）新聞社の歴史解説／港文館・今年度最後の講座　　釧路新聞　H29・2・23

盛岡タイムス（記事）生誕の日に記念講演／森館長「啄木の光と影」　　　　　　H29・2・23

「成城高等学校2年学年通信」〈石川啄木特別号〉A4判 全19頁（※石川啄木座談会：司会・及川

　謙／参加者・渋谷治輝／古澤鑑実／濱野揚茂／村田和矢／渡辺太一賀／牛窪大博P1〜14／及

　川 謙・2016年度12月考査　国語表現（石川啄木・作文）／ほかP15〜19）

　　　　　　成城中学校・高等学校（東京）（平成26年度高等学校第2学年担当：及川謙）H29・2・24

岩手日日（コラム・日日草）（※啄木と漱石が交わした会話の話題）　　　　　　H29・2・25

岩手日報（記事）歴史と啄木館併設へ意見交換／基本計画策定懇話会　　　　　　H29・2・25

「短歌」3月号【特集　青春と短歌】A5判 930円＋税（以下3点の文献を収載）

　川野里子　論考　青春の時代的変化／青春歌とその時代―空間と密室 P68～71

　　　（※「大といふ字を」の歌について触れた箇所がある論考）

　【20代座談会「挫折とロマン」】阿波野巧也×寺井龍哉×小原奈実〈司会〉大井　学 P81～93

　　　（※ 座談会の中で啄木の「人ありて」と「友がみな」歌について語られている）

　寺井龍哉〈コラム・青春歌十首選〉※「人ありて」P87～0

　　　　　　　　　　　　発行：角川文化振興財団／発売：(株) KADOKAWA　H 29・2・25

村木哲文「小田島樹人と石川啄木」～小田島樹人作曲「山は夕焼け」は、なぜ人恋しくなるような歌

　なのか～ A4判資料共14枚（国際啄木学会盛岡支部研究会発表レジメ）　　著者作成　H 29・2・25

森　義真「2016年の啄木文献紹介」A4判 6枚 ※国際啄木学会盛岡支部月例研究会配布資料に作成

　119点の啄木文献を紹介した目録・発行日は定例会開催日　　　　　　　　　　　　H 29・2・25

盛岡タイムス（お知らせ記事・学習会）国際啄木学会盛岡支部・第229回月例研究会　H 29・2・25

郷原　宏　胡堂と啄木〈第2回〉P137～142「小説推理」第57巻4号 A5判 840円

　　　　　　　　　　　　　　　　　　　　　　　　　　　　(株) 双葉社　H 29・2・27

北嶋藤郷　北の大地の「鹿ノ子百合」―啄木と智恵子のケース― P107～132「敬和学園大学研究

　紀要」第26号 A5判　　　　　　　　　　　　　　　　　　　　　　　　　　　H 29・2・28

盛岡タイムス（記事）基本計画策定に懇話会／玉山村歴史民俗資料館と啄木記念館　H 29・2・28

飯坂慶一　湯川秀樹博士と石川啄木 P38～52「詩都」第46号 A5判 500円

　　　　　　発行者：都庁詩をつくる会（横浜市青葉区藤ケ丘 2-1-3-107 飯坂慶一方）H 29・2・―

上田　博　宗次郎におかねが泣きて、石川啄木『天鵞絨』P10～16『ラブシーンの女』新書判全

　67頁 ※（全8篇の短編を収録／定価、発行所、発行日不記載）

　　　　　　　　　　　　　　　　　　　湘南啄木文庫の受け入れ日　H 29・2・―

「君わらひたまふことなかれ」【新国立劇場演劇研修所公演　第10期生修了公演パンフ】B5判 6頁

　※作：マキノノゾミ／期間：2月10～15日／会場：新国立劇場（啄木も登場する）　H 29・2・―

「2作品 出演者大募集」〈A4判チラシ〉※あきあんご作「天才少年石川はじめ」(2017年6月3～4

　日、風のスタジオ〈盛岡市〉で上演)と「新版　長寿庵啄木」(2017年8月25～27日、風のスタジオで上

　演予定)／主催：(特非)いわてアートサポートセンター（盛岡市南大通 1-15-7）　H 29・2・―

「ドナルド・キーン北区立図書館　所蔵リスト」A4判 全10頁 ※「石川啄木の日記を読み解く」

　展示内容一覧表（A4判1枚）＆「展示図書一覧リスト」（A4判 全8頁117点）開催期間：2月

　7日～3月30日／会場：東京都北区立図書館　　　　　　　　　　　　　　　　　H 29・2・―

山田武秋〈コラム・直送便〉啄木東海歌 ― 泣きぬれている「我」とは誰か？―P3～0「ゆりこと絆

　の会だより」第34号 A4判　　　　　　　　発行者：ごとうゆりこ事務所　H 29・2・―

石川啄木記念館〈かるたから知る啄木〉(4) ※ウラ表紙に掲載（短歌評釈：岩城之徳）「街もりおか」

　3月号 B6横判 260円　　　　　　　　　　　杜の都社（盛岡市本町通 2-13-8）H 29・3・1

「ぽけっと」3月号 VOL.227 A5変形判〈無料配布文化施設催事紹介情報誌〉石川啄木記念館 P9～0／

　啄木の歌碑をめぐる～いしぶみ紀行〈11〉ふるさとの…P11～0

　　　　　　　　　　　　　　　　　　　　　盛岡市文化振興事業団　H 29・3・1

伊藤文一　青森県近代文学館特別展「青函を旅した文人たち」から（石川啄木の旅／ほか）P56～63

　「地理」3月号通巻746号【特集・青森と函館をくらべてみる】A5判 1260円＋税

古今書院（千代田区神田駿河台2-10）H 29・3・1

右遠俊郎　啄木の小説について P4～15（→S62・6「群狼」第28号）「白桃」6号 500円 A5判

右遠俊郎記念会（東京都練馬区貫井1-23-20-405 稲沢潤子方）H 29・3・1

松平盟子〈評論〉与謝野鉄幹と啄木の明治40年代⑭ P2～6「プチ★モンド」№96　H 29・3・1

森　義真　編集後記（1頁）※啄木と「校友会誌」に触れる文章／『平成29年3月改訂発行　白堊
同窓会会員名簿』A4判　　　　　　　同名簿委員会（岩手県立盛岡第一高等学校内）H 29・3・1

安藤直彦〈全国歌人伝12〉前田純孝 ―「東の啄木、西の翠渓」と言われて―P9～0「現代短歌新聞」
第60号 タブロイド判 年間購読1300円 ※毎月5日発行　　　　現代短歌新聞社 H 29・3・5

北畠立朴〈啄木エッセイ221〉歳に合った体力維持を　　　　「しつげん」第642号　H 29・3・5

岩手日報（学芸短信）石川啄木作品公演の出演者を募集　　　　　　　　　　　　H 29・3・7

「愛書」376号〈古書即売展出陳抄目〉A5判 ※54P「石川啄木葉書」明治40年・高平春宛て 10万
円／※表裏カラー写真入で掲載されているが偽物。　　　　　　東京愛書会 H 29・3・10

近藤典彦〈石川啄木と花　第八回〉窓ガラスに咲く花 P16～17「季刊　真生」第303号 B5判
※（華道「真生流」発行の配布誌）　　　　　　　　（有）しんせい出版 H 29・3・10

岩手日報（記事）震災　詩歌で次世代へ／作品の中に答えがある／盛岡・文化復興支援フォーラム
／啄木と賢治にも言及　※（外岡秀俊氏・城戸朱理氏）　　　　　　　　　　　H 29・3・14

盛岡タイムス（連載記事）盛岡の遺産（7）啄木・賢治青春館　　　　　　　　　H 29・3・14

駒田晶子〈コラムうたの泉〉※啄木と本田一弘の歌を対比した短文　　　河北新報 H 29・3・16

佐藤　淳〈コラム環境＠辺境〉孤独かみしめる場所 ※啄木の歌を引用　読売新聞（夕）H 29・3・16

水関　清〈文芸評論〉啄木の精神分析 P115～131「函館市民文芸―第五十六集―」A5判
編集・発行　函館市中央図書館指定管理者TRC函館グループ（函館市五稜郭町26-1）H 29・3・18

河北新報〈コラム河北春秋〉※啄木の歌「不来方の」を引用した高校野球の話題　H 29・3・18

岩澤隆子〈うたに寄せて（五）〉「啄木と賢治」を聴く　　　　　　　　北鹿新聞 H 29・3・19

図書館で巡回展示実行委員会編発行「ドナルド・キーン 石川啄木の日記を読み解く最初の日本人
～釧路・北区・文京区・小樽・札幌・盛岡・函館～」〈第二版〉四六判 全12頁 協力：ドナルド・
キーン柏崎 ※啄木に縁のある土地の図書館を紹介する無料配布冊子　　　　　H 29・3 ・21

糸川雅子　明治四十一年の「明星」―「申歳第七号」啄木作品をめぐって―P103～116（→H13・1
「短歌往来」2月号：ながらみ書房）／空から何かが―終刊の年の「明星」の短歌作品―P117～123
（→H13・1　文化誌「ことひら」1月号：金刀比羅宮〈香川県〉／ほか）『詩歌の淵源　「明星」の時代』
四六判 全191頁 2500円＋税　　　　　　　　　　　　ながらみ書房 H 29・3 ・22

盛岡タイムス（記事）コンセプトはもりおか啄木の里／渋民に21年度供用目指す　H 29・3 ・23

盛岡タイムス（記事）洋画家の大成に原敬／雫石町出身の上野廣一（啄木と交友）H 29・3 ・23

長野　晃『2016年の記憶　評論ほか』A5判 冊子型　定価不載（啄木関係文の細目：現代に息づ
く啄木 P4～30／「現代短歌の源流、啄木に学ぶ」を明確に位置づけるべし P29～30／今こ
そ「じっと手を見る」短歌を―啄木生誕一三〇年にあたって―P79～81）

著者刊（大阪府寝屋川市太秦中町29-23）H 29・3 ・24

仲村重明「学習ノート　啄木「ふるさと」短歌私論―虚構漂泊の望郷幻視として―」A4判 全30頁
※（国際啄木学会盛岡支部 3月月例研究会 話題提供レジメ）　　　著者作成 H 29・3 ・25

「深沢紅子野の花美術館」№22 A5判（記事）第3回講座：10月27日／啄木と賢治「銀行」をめぐ

る随想／森義真氏P7〜8 ※会場：野の花美術館　　　　　　　　　　　　　H 29・3・25

読売新聞〈コラム編集手帳〉※啄木の歌と住んだ街や高校野球の話題　　　　H 29・3・25

村松　善　筑摩書房版『石川啄木全集』第五・六巻〈日記〉を底本とした登場人物名・啄木著作名・

　　書（作品）名・雑誌名・結社（会）名索引について ※第230回国際啄木学会盛岡支部月例研究会発表

　　用レジメ A4判2枚　　　　　　　　　　　　　　　　　　　　　　　　　H 29・3・25

「大室精一著『「一握の砂」「悲しき玩具」―編集による表現―』の合評会レジメ集」※国際啄木学会

　　東京支部会にて3名（近藤典彦／佐藤勝／森義真）のレジメと大室精一氏のメモ集　　H 29・3・26

盛岡タイムス〈コラム天窓〉※石川啄木記念館で開催中の企画展の話題　　　　H 29・3・26

郷原　宏　胡堂と啄木〈第3回〉P404〜410「小説推理」第57巻5号 A5判 840円

　　　　　　　　　　　　　　　　　　　　　　　　　　　　（株）双葉社　H 29・3・27

太田　登　「台湾愛国人」と与謝野寛・晶子の文業（その一）P10〜15「与謝野晶子の世界」第14号

　　B5判 ※フランスの訳詩が啄木の「いのちなき砂のかなしさよ」の歌と通底するの記述あり。

　　　　　　　　　　　　　　　　　　　　　　　与謝野晶子倶楽部　H 29・3・31

「国際啄木学会研究年報」第20号 A5判 全72頁（以下19点の文献を収載）

　　【投稿論文】

　　山田武秋　啄木歌への西行の影響について〜詠嘆の終助詞「かな」を中心に〜 P1〜12

　　大西洋平　石川啄木と坂口安吾―『一握の砂』の受容―P13〜24

　　【追悼　遊座昭吾先生】

　　池田　功　遊座昭吾先生の啄木研究と学会活動について P25〜27

　　望月善次　弔辞 P28〜29

　　編集部　遊座昭吾名誉会員　主要業績 P31〜31（※作成担当は森　義真）

　　【書評】

　　森　義真　新たな啄木像が浮かぶ「啄木・賢治の肖像」（岩手日報）P32〜33

　　池田　功　北村克夫著『石川啄木と江差―西堀秋潮と藤田武治に関する研究―』P34〜36

　　山下多恵子　ドナルド・キーン著／角地幸男訳『石川啄木』P37〜39

　　Charles Fox　ドナルド・キーン著 "The life of ISHIKAWA TAKUBOKU"　P57〜58

　　木内英美　「現代短歌」三月号〈特集・石川啄木生誕130年〉P41〜40

　　平出　洸　逸見久美著『夢二と久允　二人の渡米とその明暗』P42〜43

　　太田　登　逸見久美著『与謝野寛晶子の書簡をめぐる考察』P44〜45

　　安元隆子　三枝昂之・吉川宏志編『シンポジウム記録集　時代の危機と向き合う短歌　原発問題・

　　　　　　特定秘密保護法・安保法制までのながれ』P46〜47

　　望月善次　大室精一著『『一握の砂』『悲しき玩具』―編集による表現―』P48〜49

　　若林　敦　田口道昭『石川啄木論攷』（和泉書院　2017年1月）P50〜51

　　郁子（キコ）渥美博『封殺された近代　透谷と啄木の足跡を尋ねて』P52〜54

　　【新刊紹介】

　　伊藤和則　高橋　正『高知の近代文学を掘る』P55〜0

　　【資料紹介】

　　佐藤　勝　石川啄木参考文献目録（平成28年度）－2016（平成28）年1月1日〜2016（平成

　　　　　　28）年12月31日発行の文献 P62〜58

〈編集後記〉瀧本和成・田口道昭・河野有時 P69〜0　　　国際啄木学会事務局　H 29・3・31

「国際啄木学会会報」第 35 号 A5 判 全 70 頁 非売品

　発行者：池田　功／編集者：今野　哲・山下多惠子

（以下 43 点の文献を収載）

池田　功　京都セミナー開催にあたりまして PP5〜0

田口道昭　啄木と京都（京都セミナー開催の御挨拶に代えて）P6〜0

【研究発表】

倉部一星　『一握の砂』にみられる〈駅〉の考察 P7〜0

田口道昭　啄木「時代閉塞の現状」を読む―高山樗牛と綱島梁川の評価をめぐって―P8〜0

太田　登　〈漂泊の愁ひ〉考―歌集『一握の砂』の主題再説―P8〜0

【討論〈関西〉における啄木研究／啄木研究における〈関西〉】（討論の主旨／基調報告）

田中　礼　関西と啄木 P9〜0

木股知史　ポトナム短歌会を源流として―立命館大学と啄木研究―P10〜11

【2016 年 高知セミナー】

塩谷昌弘　ミニ講演・研究発表傍聴記 P12〜14

吉田直美　シンポジウム傍聴記 P14〜15

土志田ひろ子　高知セミナーに参加して P16〜18

安藤　弘　高知文学散歩〈番外編〉「婉という女」とその父野中兼山について P18〜20

岡林一彦　高知セミナーの大成功に感謝して！P20〜22

（新聞より）

岩手日報（記事）「啄木と大逆事件」探る／高知で国際啄木学会セミナー（6 月 21 日）P23〜0

高知新聞（記事）啄木共感　秋水の思想とは／高知市でセミナー（7 月 1 日）P24〜0

盛岡タイムス（記事）130 年超えて明日の考察／5 年ぶり盛岡大会／国際啄木学会きょうまで
　　　　　　（11 月 1 日）P36〜0

岩手日報（記事・上・中・下）明日の考察・国際啄木学会盛岡大会（11 月 8 日〜10 日）P37〜39

柴田和子　「村岡花子と啄木」三枝昂之先生講演・傍聴記 P25〜26

榊原由美子　パネルディスカッション傍聴記 P26〜28

郗子（キコ）　A 会場での研究発表から P28〜30

櫻井健治　B 会場での研究発表から P30〜31

北嶋藤郷　「ミニ講演」傍聴記 P232〜33

松田憲一郎　私の啄木は大きくなった P34〜0

【遊座昭吾先生を偲ぶ】

上田　博　いまも、新しい遊座啄木 P40〜41

近藤典彦　「同志」遊座昭吾さん P41〜43

遊座昭吾　国際啄木学会の発足と経緯 P43〜45（再掲「国際啄木学会会報」創刊号〈1990 年〉より）

【新入会員自己紹介】

大西洋平　祖父からもらった啄木全集 P46〜0

甲斐淳二　見てきたように… P46〜47

郗子（キコ）　賢治の童話を勉強しています P47〜0

倉部一星　あたらしき背広など着て旅をせむ P47 〜 48

塩谷昌弘　啄木のお膝元で P48 〜 0

鄭　美淑（じょん・みすっく）啄木の詩に揺さぶられて P49 〜 0

長野　晃　私の問題意識 P49 〜 50

ブルナ・ルカーシュ　（無題）P50 〜 0

林　寄雯（りん・きぶん）啄木のソングとともに P50 〜 51

【広場】

北田まゆみ　野口英世と石川啄木 P51 〜 52

【支部だより】

北畠立朴　北海道支部 P53 〜 0

小林芳弘　盛岡支部 P53 〜 55

河野有時　東京支部 P55 〜 56

若林　敦　新潟支部 P56 〜 57

田口道昭　関西支部 P57 〜 0

梁　東国　韓国啄木学会 P58 〜 59

ウニタ・サチダナンド　インド啄木学会

　　　　　　　（手袋を脱いで「思い出の袋」が開いた―あこがれの会―）P59 〜 60

編集部　国際啄木学会　大会とセミナーの歩み（名称・日時・場所・テーマ）P61 〜 62

　　　　　　　　　　　　　　　　　　　　　　　　国際啄木学会　H 29・3・31

「啄木・賢治」第 2 号（「望」通巻 17 号）B5 判　全 144 頁 1000 円

　「啄木評論を読む」／佐藤静子、村松善、吉田直美

【「NPO法人 石川啄木と宮沢賢治を研究し広める会」会員寄稿】

小林　芳弘　啄木と「渋民村の祝勝会」記事 P76 〜 86

山田武秋　啄木・賢治と五行歌 P89 〜 90

西脇　巽　啄木・無意識への浸透 P104 〜 109

西脇　巽　蟹とたはむる考 P110 〜 112

　　　　　　　　　　　　　　　　発行者・望月善次　編集・啄木月曜会　H 29・3・31

福田　周　石川啄木〜短歌にみる生と死の表現〜 P123〜141　東洋英和女学院大学死生学研究所

　編『死生学年報　2017　死から生への眼差し』A5 判 2500 円＋税

　　　　　　　　　　　　（有）リトン（東京都千代田区三崎町 2-9-5-402）H 29・3・31

村木哲文〈評論〉啄木の母方の曾祖母熊谷エイ（毛馬内の常照寺生まれ）と曽祖父工藤乙之助につ

　いて P9 〜 20「芸文かづの」第 43 号 B5 判

　　　　　　　　　　　　鹿角市芸術文化協会（鹿角市花輪市民センター内）H 29・3・31

「与謝野晶子の世界」第14 号（新刊紹介：田口道昭著『石川啄木論攷』）P87 〜 0　H 29・3・31

村松　善『石川啄木の日記索引集』A4 判　全 264 頁　　　　　　　　私家版　H 29・3・―

「啄木忌記念講演会　啄木の歌と医療介護」〈A4 判チラシ〉※期日：4月13日／会場：珠泉会 3 F（小

　石川 5-11-7)／主催：啄木終焉の地石碑保存同好会　　　　　　　　　H 29・3・―

「生誕131年　第13回啄木忌前夜祭」〈チラシ〉※期日：4月13日／会場：おでってホール／講演：平出

　洸／主催：国際啄木学会盛岡支部　　　　　　　　　　　　　　　　　H 29・3・―

池田　功　韓国における日本近現代文学の受容の考察 —石川啄木を中心として—P23 ～ 41「明治
　　大学教養論集」通巻 524 号 A5 判　　　　　　　　　　　　　　　　H 29・3・—
河野有時　鶴嘴を打つ群を見てゐる～短歌表現におけるテイル形に関する一考察～ P91 ～ 81
　　「東京都立産業技術高等専門学校　研究紀要」第 11 号 A5 判　　　　　H 29・3・—
「4 月の石川啄木記念館」A4 判片面刷（※ 13 日・紙芝居／ 30 日・レコード鑑賞）　H 29・3・—
「第 13 回啄木忌前夜祭」〈チラシ片面刷〉日時：4 月 12 日 18：00 ～ 20：40／内容：「女性が語る啄木」
　　／「啄木を歌う」／講演：啄木の思想に大きな影響を与えた大逆事件／講師：平出洸／場所：
　　おでって 3 F ホール／主催：国際啄木学会盛岡支部　　　　　　　　　H 29・3・—
「啄木と『一握の砂』」（盛岡市文化振興事業団 20 周年記念　石川啄木記念館第 7 回企画展）〈チラシ〉
　　A5 判両面刷り／開催期間：4 月 25 日～ 9 月 3 日／場所：石川啄木記念館　H 29・3・—
「SESAON PROGRAM」〈平性 28 年度　自主事業のご案内　2017 ～ 2018〉四六判 冊子 全 22 頁
　　（石川啄木記念館及び盛岡てがみ館にて開催の啄木関係企画展などを紹介 P19 ～ 21）
　　　　　　　　　　　　　　　　　公益財団法人　盛岡市文化振興事業団　H 29・3・—
「ぽけっと」3 月号 A5 判（記事）～北区アンバサダー ドナルド・キーン パネル展～／「ドナルド・
　　キーン 石川啄木の日記を読み解く」開催中　　　　東京都北区立中央図書館　H 29・3・—
石川啄木記念館〈かるたから知る啄木〉（5）※ウラ表紙に掲載（短歌評釈：岩城之徳）「街もりおか」
　　4 月号 B6 横判 260 円　　　　　　　　杜の都社（盛岡市本町通 2-13-8）H 29・4・1
「ぽけっと」4 月号 VOL.228　A5 変形判〈無料配布文化施設催事紹介情報誌〉石川啄木記念館 P9 ～ 0
　　／啄木の歌碑をめぐる～いしぶみ紀行〈12〉呼吸すれば…P11 ～ 0
　　　　　　　　　　　　　　　　　　　　盛岡市文化振興事業団　H 29・4・1
「歌壇」4 月号第 31 巻 4 号 A5 判 800 円＋税 ※（以下 11 点の啄木文献を収載）
　　田中拓也　短歌甲子園の醍醐味～ふたつの短歌甲子園の可能性～ P30 ～ 35
　　小島ゆかり〈短歌甲子園の魅力・盛岡〉孤独と連帯 P39 ～ 0
　　高木佳子〈短歌甲子園の魅力・盛岡〉瞬間から生まれる歌 P40 ～ 0
　　浅野大樹　虹つよく架かる冬日〈短歌 7 首〉※啄木の歌「不来方の」P42 ～ 0
　　小川青夏　花かんむりは作られてゆく〈短歌 7 首〉※啄木の歌「やはらかに」P44 ～ 0
　　工藤玲音　獅子色〈短歌 7 首〉※啄木の歌「ふるさとの土を」P46 ～ 0
　　鈴木奈津美　冬の近況報告〈短歌 7 首〉※啄木の歌「叱られて」P48 ～ 0
　　武田穂佳　ちいさな真珠〈短歌 7 首〉※啄木の歌「己が名をほのかに」P50 ～ 0
　　戸舘大朗　機械と幸の機会〈短歌 7 首〉※啄木の歌「ふるさとの山に向ひて」P52 ～ 0
　　本山まりの　擦傷〈短歌 7 首〉※啄木の歌「やまひある獣のごとき」P54 ～ 0
　　矢澤愛実　if〈短歌 7 首〉※啄木の歌「やはらかに積れる雪に」P56 ～ 0
　　　　　　　　　　　　　　　　　　　　　　　　　本阿弥書店　H 29・4・1
「新日本歌人」4 月号 第 72 巻 4 号〈啄木特集〉A5 判 1000 円 ※以下 13 点の文献を収載
　　碓田のぼる〈評論〉石川啄木—ナショナリズムの発光と展開—P14 ～ 23
　　山下多恵子〈2016 年啄木祭講演再録〉生誕 130 年　啄木の魅力を語る P24 ～ 27
　　【ミニエッセイ・啄木とわたし】P28 ～ 31
　　執筆者・乾　千枝子・井上詢子・大中肇・恩田清・金沢邦臣・黒田晃生・笹ノ内克己・佐藤早苗・
　　朴　貞花・堀部富子・渡辺幹衛（※以上の 11 名の文章は各 1 頁に 3 名分を掲載）

新日本歌人協会（東京都豊島区南大塚 2-33-6-301） H 29・4・1

川口浩平（署名記事）北村牧場 111 年　歴史に幕／遊水地整備で 4 代目・中曽根さん決断／道内最古
　のサイロ解体へ（※橘智恵子の嫁ぎ先の牧場）　　　　　　　　　北海道新聞　H 29・4・3

北畠立朴〈啄木エッセイ 222〉物に対する執着心　　　　　「しつげん」第 644 号　H 29・4・5

「石川啄木を学ぶ会」第 11 号 A4 判 両面刷（啄木百首選、俵万智の百首選と重なる 28 首／ほか）
　　　　　　　　　代表：田中礼（連絡先：寝屋川市太秦町中町 29 - 23 長野晃方） H 29・4・6

盛岡タイムス（記事）13 日渋民の宝徳寺で啄木忌／記念館は無料　　　　　　　H 29・4・6

読売新聞〈編集手帳〉（「何となく自分を偉い」の啄木歌を引用して今村大臣を批判）　H 29・4・7

岩手日報（記事）啄木忌前夜祭　12 日、盛岡で　　　　　　　　　　　　　　　H 29・4・8

「渋民文化会館だより」B4 判（記事）2017 啄木祭／姫神ホール／6 月 3 日／講師：井沢元彦／ほか
　　　　　　　　　　　　　　　　　　　　　発行：盛岡市渋民公民館　H 29・4・12

「第 13 回啄木忌前夜祭：パネルディスカッション：女性が語る啄木」〈パンフ〉A4 判 7 枚（各発言要旨：
　阿部友衣子／中村晶子／吉田直美／澤口たまみ／佐藤静子）　　　同実行委員会　H 29・4・12

盛岡タイムス（もりおか情報朝市）※「第 13 回啄木忌前夜祭」プラザおでって　H 29・4・12

平出　洸「啄木の思想に大きな影響を与えた大逆事件」※啄木忌前夜祭講演レジメ　H 29・4・12

伊能専太郎〈杜陵随想〉寂しき春　啄木と節子　　　　　　　盛岡タイムス　H 29・4・13

「第 106 回啄木忌法要」〈式次第〉A4 判 参加者名簿付全 4 頁 ※講話：石川啄木と平出修〜短くも濃密
　だった二人の交友関係〜主催：啄木祭実行委員会（事務局：石川啄木記念館内）　H 29・4・13

平出　洸　石川啄木と平出修 ― 短くも濃密だった二人の交友関係 ― A4 判 4 枚 ※平成 29 年 4 月 13 日
　於・宝徳寺〈啄木忌講演レジメ〉　　　　　　　　　　　　　　　　　　　H 29・4・13

函館啄木会編発行「啄木没後百年記念追悼講演会　ドナルド・キーン氏啄木を語る「日記にあらわ
　れる啄木」講演録」A5 判 全 60 頁（目次：記念講演（講師・ドナルド・キーン氏 P1 〜 22 ／ゲスト
　講師・山本玲子氏 23 〜 36 ／対談・ドナルド・キーン氏＆山本玲子氏 P37 〜 56）
　　　　　　　　　　　　　　　　　　　　　　　　　　　　函館啄木会　H 29・4・13

盛岡タイムス（もりおか情報朝市）※「第 106 回啄木忌」宝徳寺　　　　　　　H 29・4・13

朝日新聞（岩手版）「啄木忌」渋民で法要／ファンら前夜祭で魅力語り合う　　　H 29・4・14

岩手日報（記事）啄木しのび 106 回忌法要／盛岡・渋民の宝徳寺　　　　　　　H 29・4・14

河北新報（記事）歌人啄木古里の誇り／盛岡・宝徳寺　106 回忌に 120 人　　　　H 29・4・14

産経新聞（東北版）106 回目の啄木忌にファンら 120 人参列　　　　　　　　　H 29・4・14

毎日新聞（岩手版）ファン 120 人啄木しのぶ／盛岡・宝徳寺　106 回忌法要　　　H 29・4・14

盛岡タイムス（記事）歌人は生きる力／第 106 回啄木忌・文学と人生語らい　　　H 29・4・14

読売新聞（岩手版）啄木忌 120 人しのぶ／盛岡・少年時代過ごした寺で　　　　　H 29・4・14

岩手日報（コラム 風土計）※106 回啄木忌の話題　　　　　　　　　　　　　H 29・4・15

秋田さきがけ〈コラム・北斗星〉※啄木の「やはらかに柳」の歌を引用。北朝鮮に帰還した人の話題
　　　　　　　　　　　　　　　　　　　　　　　　　　　　　　　　　　　H 29・4・21

倉部一星　『一握の砂』にみられる〈駅〉の考察　※国際啄木学会 2017 年 京都セミナー研究発表のレ
　ジメ A4 判 10 枚　　　　　　　　　　　　　　　　　　　　　　　　　　H 29・4・22

田口道昭　啄木「時代閉塞の現状」を読む ― 高山樗牛と綱島梁川の評価をめぐって ― ※国際啄木学
　会 2017 年京都セミナー研究発表のレジメ　A4 判 12 枚　　　　　　　　　　H 29・4・22

太田　登　〈漂泊の愁ひ〉考―歌集『一握の砂』の主題再説― ※国際啄木学会2017年京都セミナー
　　研究発表のレジメ　A4判4枚　　　　　　　　　　　　　　　　　　　　H 29・4 ・22

木股知史　〈関西〉における啄木研究／啄木研究における〈関西〉・ポトナム短歌会を源流として
　　立命館大学と啄木研究（報告資料）※国際啄木学会2017年京都セミナー討論のレジメ A4判4枚
　　　　　　　　　　　　　　　　　　　　　　　　　　　　　　　　　　　　H 29・4 ・22

田中　礼　関西と啄木 ※国際啄木学会2017年京都セミナーの討論レジメ A4判2枚　　H 29・4 ・22

森　三紗　石川啄木と宮沢賢治と森荘已池― ―『一握の砂』発刊百年に思う」― P115〜127『宮沢
　　賢治と森荘已池の絆』四六判 1800円＋税　　　　　　　　コールサック社　H 29・4 ・23

石川直樹（署名記事）貴重な小奴の遺品鑑賞／啄木講座・書簡や色紙帳に触れる
　　　　　　　　　　　　　　　　　　　　　　　　　　　　　　釧路新聞　H 29・4 ・25

郷原　宏　胡堂と啄木〈第4回〉P402 〜 408「小説推理」第57巻6号 A5判 840円
　　　　　　　　　　　　　　　　　　　　　　　　　　　（株）双葉社　H 29・4 ・27

佐藤俊男（署名記事）関西の啄木人気に迫る／京都で国際学会セミナー／研究者ら背景分析
　　　　　　　　　　　　　　　　　　　　　　　　　　　　　岩手日報　H 29・4 ・27

外岡秀俊〈カルチャー・考える〉ふるさとの礎に安らぐ魂　　朝日新聞（北海道版）H 29・4 ・27

野波健祐（連載インタビュー記事／語る―人生の贈りもの―）作家・北方謙三 5（※談話中に啄木の
　　短歌「友がみなわれよりえらく」がある）　　　　　　朝日新聞（文化面）H 29・4 ・28

「青森文学」84号 A5判 頒価800円 ※（以下2点の啄木文献を収載）
　　西脇　巽　石川啄木　旅日記 P29 〜 50
　　吉田嘉志雄「青森文学」創立五十周年／それは啄木から始まった P60 〜 62
　　　　　　　　　　　青森文学会（青森県青森市八重田 3-10-7 米谷正造方）H 29・4 ・―

石川啄木記念館編発行「啄木と『一握の砂』」〈盛岡市文化振興事業団20周年記念　石川啄木記念
　　館　第7回企画展図録〉B5判 全12頁（開催期間：4月25日〜9月3日／『一握の砂』ができ
　　るまで／『一握の砂』の世界／コラム・「砂山十首」について・「真一挽歌」について・『一握の砂』
　　編集の巧緻　「つなぎ歌」と「切断の歌」にもふれて／『一握の砂』の評価／『一握の砂』周辺
　　人物／第7回企画展展示資料目録／ほか）　　　　　　　石川啄木記念館　H 29・4 ・―

「『一握の砂』ができるまで〜歌集の特徴とともに〜」〈森義真館長講演会案内チラシ〉A4判片面刷り
　　期日：5月27日／会場：渋民公民館）　　　　　　　　　　　　　　　　H 29・4 ・―

「啄木と『一握の砂』」A4判両面刷り〈企画展チラシ〉※開催期間：4・25〜9・3　H 29・4 ・―

「啄木祭」〈チラシ〉A4判 ※期日：6月3日／会場：盛岡市渋民文化会館／主催：啄木祭実行委員会
　　／講演：「『逆説』で読む啄木の歌」／講師：井沢元彦／ほかに対談など　　H 29・4 ・―

「新版　長寿庵啄木」〈出演者大募集チラシ〉A4判（※公演期日＆会場：風のスタジオ／8月25日／Space 早稲
　　田（東京）9月8〜10日）　主催：いわてアートサポートセンター（盛岡市）　H 29・4 ・―

石川啄木記念館〈かるたから知る啄木〉（6）※ウラ表紙に掲載（短歌評釈：岩城之徳）「街もりおか」
　　5月号 B6横判 260円　　　　　　　　　　杜の都社（盛岡市本町通 2-13-8）H 29・5 ・1

「ぽけっと」5月号 VOL.229 A5変形判〈無料配布文化施設催事紹介情報誌〉石川啄木記念館企画展の
　　紹介 P9 〜 0　　　　　　　　　　　　　　　盛岡市文化振興事業団　H 29・5 ・1

三枝昂之　百一歳 ※「空き家に入り…」〈特集　現代の103人　エッセイ「男の寄り道」〉P71〜0
　　「短歌研究」5月号 第74巻5号 A5判　　　　　　　　　短歌研究社　H 29・5 ・1

永井　愛　（寸評）啄木・賢治を育んだ文学的なまち P12 〜 0「広報もりおか」5月1日号 通巻 1456号
　　タブロイド判　　　　　　　　　　　　　　発行：盛岡市／編集：市長公室公聴広報課　H 29・5・1
「新日本歌人」5月号 第 72 巻 5 号通巻 842 号 A5 判 850 円（以下 2 点の啄木祭広告を掲載）
　　第 12 回 静岡啄木祭〈期日：5 月 27 日／講演：杜澤光一郎／演題：啄木短歌とその魅力／会場：
　　あざれあ（静岡市駿河区）／啄木祭懸賞短歌募集〉P24 〜 0 ／ 2017 年　啄木祭（期日：5 月 6
　　日／会場：南大塚ホール（東京都豊島区）／講演：碓田のぼる／演題：石川啄木・現在へのまな
　　ざし―啄木没後 105 年の今 ―／講談：啄木と足尾銅毒事件／演者：甲斐織淳／2017 年　啄木
　　コンクール入賞者発表及び表彰※本広告は裏表紙に掲載）
　　　　　　　　　　　　　　　　新日本歌人協会（東京都豊島区南大塚 2 - 33 - 6 - 301）　H 29・5・1
中村　稔『石川啄木論』四六判 2800 円＋税 全 528 頁（第一部・生涯と思想／第一章・青春の挫折
　　からの出發 P9 〜 61 ／第二章・北海道彷徨 P63 〜 147 ／第三章・悲壮な前進 P149 〜 205 ／第四章・絶
　　壁の淵から P207 〜 349 ／第二部・詩・短歌・小説・「ローマ字日記」／第一章・『あこがれ』『呼子
　　と口笛』などについて P353 〜 399 ／第二章・『一握の砂』『悲しき玩具』などについて P401 〜 435 ／
　　第三章・『天鵞絨』『我等の一団と彼』などについて P437 〜 497 ／第四章・「ローマ字日記」について
　　P499 〜 525 ／あとがき）　　　　　　　　　　　　　　　　　　　　　青土社　H 29・5・1
渡部芳紀〈三陸便り 49〉歌会始（一）P30 〜 31「あざみ」5 月号 A5 判 1200 円
　　　　　　　　　　　　　　あざみ社（横浜市港北区大倉山 3 - 11 - E219　河野薫方）　H 29・5・1
石川啄木　短歌「時代閉塞の現状を奈何に」ほか 10 首を掲載 P14 〜 0　鈴木比佐雄ほか編『日本国
　　憲法の理念を語り継ぐ詩歌集』A5 判 1800 円＋税　　　　　（株）コールサック社　H 29・5・3
北畠立朴　〈啄木エッセイ 223〉手前味噌作り雑感　　　　　「しつげん」第 646 号　H 29・5・5
「現代短歌新聞」62 号 タブロイド判（記事）ニュース／東北通信 P16〜0（※渋民で啄木忌／第 13 回
　　啄木忌前夜祭）　　　　　　　　　　　　　　　　　　　　　　　　　　　　H 29・5・5
西脇　巽　「石川啄木旅日記　京都編」A5 判 全 15 頁 ※著者作成の原稿綴じ冊子、発行日は受信日。
　　　　　　　　　　　　　　　　　　　　　　　　　　　　　　　　　著者刊　H 29・5・5
「さっぽろ啄木を愛する会　2016（平成 28）年度活動報告」A4 判 2 枚　　　　　H 29・5・6
「石川啄木を学ぶ会」第 12 号 A4 判 両面刷（『一握の砂』百首選の 501〜 551 番の 10 首／ほか）
　　　　　　　　　　代表：田中礼（連絡先：寝屋川市太秦町中町 29 - 23 長野晃方）　H 29・5・10
岩手日報（記事）啄木祭賞に阿部さん（盛岡）短歌大会　　　　　　　　　　　　H 29・5・10
盛岡タイムス（記事）祭賞に阿部一さん（盛岡）／啄木祭短歌大会に 128 首　　　H 29・5・10
山下多恵子著『朝の随想　あふれる』四六判 1500 円（会う・啄木没後 100 年 P12 〜 14 ／運ぶ・
　　宅配便の中の新聞紙 P40 〜 42 ／佇む・安吾の碑 P63 〜 65 ／信じる・啄木の妻節子 P71 〜 73
　　／ほか）　　　　　　　　　　　　　　　　　　　　　　　　　　　未知谷　H 29・5・10
毎日新聞（岩手版）「一握の砂」背景紹介する企画展／盛岡・啄木記念館　　　　　H 29・5・12
赤崎　学〈日曜論壇〉特異な視点の啄木論（※本稿は田口道昭著『石川啄木論攷』の書評である）
　　　　　　　　　　　　　　　　　　　　　　　　　　　　　　　岩手日報　H 29・5・12
読売新聞（岩手版）啄木祭短歌大会／阿部さんら受賞　　　　　　　　　　　　　H 29・5・13
岩手日報（新刊寸評）『朝の随想　あふれる』山下多恵子著　　　　　　　　　　　H 29・5・14
立川談四楼〈人生相談〉※上野駅に望郷の念を詠んだ啄木の歌を引用　毎日新聞　H 29・5・14
山本玲子「啄木と俳句〜啄木短歌が明治の俳人に与えた影響〜」A4 判 1 枚 ※（第 59 回啄木祭全国

俳句大会講演用レジメ）　　　　　　　　　　　　　　　　　　　　　　　H 29・5・14

「季刊詩誌 舟」第 167 号 A5 判 800 円 ※座談会記事「韓国詩人との座談会 in・ソウル」の一部分
　（P95～96）で啄木も語られている　　　レアリテの会（岩手県滝沢市巣子 1181-26）H 29・5・15

岩手日報（記事）二階堂さん（盛岡）席題句で最高賞／啄木祭全国俳句大会　　　H 29・5・16

読売新聞（岩手版）「一握の砂」企画展／書簡など資料 50 点／盛岡・啄木記念館　H 29・5・17

北海道新聞（卓上四季）※啄木の「よごれたる手を見る」を引用し安倍政権を糺す文　H 29・5・18

朝日新聞（岩手版）盛岡の記念館／啄木の「一握の砂」編集過程をたどる／ノートや書簡展示

　　　　　　　　　　　　　　　　　　　　　　　　　　　　　　　　　　　H 29・5・19

岩手日報（広告記事）2017 啄木祭（※開催期日：6 月 3 日／講演：井沢元彦／演題：『逆説』で読
　む啄木の歌／対談：井沢元彦・森義真／テーマ「啄木の文士劇、井沢氏の文士劇」／主催：啄木
　祭実行委員会）　　　　　　　　　　　　　　　　　　　　　　　　　　　H 29・5・20

大室精一〈話題提供〉「佐藤静子さんのストレートパンチ」／〈つなぎ歌〉と歌集初出歌／ほか」
　A3 判 4 頁　国際啄木学会・盛岡支部研究会問題提起の資料レジメ　　　　H 29・5・20

菅家健司　啄木毀打事件から 110 年／下手人・中野寅吉の謎に迫る P70～81「福島マスコミ OB
　文集」PART38 A5 判 2000 円（税込）

　　　　　　　　　　　　　　　　福島ペンクラブ五月会（福島市東浜町 19-5-305）H 29・5・20

盛岡タイムス（記事）掘り下げて「一握の砂」／啄木記念館　代表作で企画展　　H 29・5・21

前川仁之（署名記事）〈強権を疑え！ "敵" を意識せよ〉石川啄木 VS 共謀罪 P52～53「プレイボーイ」
　6 月 5 日号〈週刊誌〉第 52 巻 20 号 B5 判 430 円（※発売日 5 月 22 日）　集英社　H 29・5・22

岩手日報（記事）少年・啄木の恋を描く／喜劇「石川はじめ」盛岡で来月上演　　H 29・5・22

盛岡タイムス（記事）歌人の青春、そして老境／いわてアートサポートセン／啄木テーマの 2 作
　品上演　　　　　　　　　　　　　　　　　　　　　　　　　　　　　　　H 29・5・23

岩手日報（学芸短信）少年・啄木の恋を描く／喜劇「石川はじめ」盛岡で来月上演　H 29・5・24

小森陽一ほか編『漱石辞典』A5 判　全 829 頁 7800 円＋税

　（以下 2 点の他に啄木に言及する「林中の鳥」、「時代閉塞の現状」などがある）

　安元隆子　「石川啄木」P26～0

　太田　登　「明星」P572～0　　　　　　　　　　　　　　　　　翰林書房　H 29・5・24

岩手日報（記事）啄木ゆかり 学びや手入れ／渋民の記念館・商工会議所が奉仕活動　H 29・5・25

三枝昂之【論考】窪田空穂の真髄：心の微震を詠う—空穂の短歌観—P96～99（同時代者としての
　啄木にも触れる）「短歌」6 月号〈大特集　窪田空穂　生誕百四十年・没後五十年〉第 64 巻 6 号通
　巻 834 号 A5 判 930 円　　発行：角川文化振興財団／発売：（株）KADOKAWA　H 29・5・25

長浜　功『啄木の遺志を継いだ　土岐善麿—幻の文芸誌「樹木と果実」から初の「啄木全集」まで—』
　四六判 237 頁 1700 円＋税（Ⅰ章. 幻の『樹木と果実』／Ⅱ. 啄木の死とその後／Ⅲ.『生活と芸術』
　創刊／哀果が編んだ初の『啄木全集』／あとがき／ほか）　　　　社会評論社　H 29・5・25

「石川啄木記念館だより」第 4 号 B5 判 全 8 頁（以下 4 点の啄木文献ほかを収載）

　森　義真　エトランゼの眼 P1～0

　岩崎雅司　群読劇『風の吹くところ』誕生物語 P6～0

　櫻井健治　啄木と北海道 P7～0

　石川真一　ひ孫の気持ち P8～0　　　　　　　　　　　　　石川啄木記念館　H 29・5・26

今村欣史　啄木の妹（1～3）P76～92　『触媒のうた・宮崎修二朗翁の文学史秘話』四六判　1800円
　　　　　　　　　　　　　　　　　　　　　　　神戸新聞総合出版センター　H29・5・26
岩手日報（記事）一握の砂“深掘り”／石川啄木記念館で企画展／魅力に迫る資料64点・初版本
　や外国語版　　　　　　　　　　　　　　　　　　　　　　　　　　H29・5・26
岩手日報（記事）「逆説」で読む啄木の歌／来月3日・井沢さん（歴史小説家）講演　H29・5・26
盛岡タイムス（記事）啄木祭に力を合わせ／盛岡市商工会議所と渋民保育園など・歌人の校舎を
　清掃奉仕　　　　　　　　　　　　　　　　　　　　　　　　　　　H29・5・26
「潮の遠鳴り」〈与謝野晶子倶楽部　創立二十周年記念誌〉B5判　全96頁（以下2点の啄木文献収載）
　太田　登　第2章ドキュメント与謝野晶子倶楽部20年の軌跡 P15～33（啄木にも触れる文献）
　田口道昭　第2章　晶子を学ぶ人のために P59～75（啄木にも触れる文献）
　　　　　　　　与謝野晶子倶楽部（大阪府堺市堺区南瓦町3-1 堺市文化部文化課内）H29・5・27
郷原　宏　胡堂と啄木〈第5回〉P432～438「小説推理」第57巻7号 A5判　840円
　　　　　　　　　　　　　　　　　　　　　　　　　　　（株）双葉社　H29・5・27
森　義真　『一握の砂』ができるまで～歌集の特徴とともに～　（企画展関連館長講演会レジメ）
　A4判3頁（開催日：5月27日／会場：渋民公民館）　　　　　　　　H29・5・27
岩手日報〈コラム 風土計〉（※与謝野晶子と啄木の関わりについての内容）　H29・5・29
沖ななも〈コラム〉啄木と「時代閉塞」　　　　　　　　しんぶん赤旗　H29・5・30
編輯部　石川啄木とかき氷―壮大なる言い分―P72～73 虎屋文庫編『和菓子を愛した人たち』
　四六判 1800円＋税　　　　　　山川出版社（東京都千代田区内神田1-13-13）H29・5・31
「啄木学級　文の京講座」〈チラシ〉A4判両面刷り※（開催：7月7日／会場：シビックセンター小ホール
　（文京区役所内）／講演：三枝昂之／演題「現代に生きる啄木」／対談：三枝昂之・森義真／対談
　テーマ「啄木再発見！」／主催：盛岡市・文京区・盛岡観光コンベンション協会　H29・5・―
「天才少年　石川はじめ」おきあんご作（いわてアートサポートセンタープロデュース）公演パンフ B5判
　B5判　全8頁（公演：6月3日～4日／会場：風のスタジオ（以下4点の啄木文献を収載）
　坂田裕一　さあ、あなたも今日から啄木派！P2～0
　〈～天才少年・石川はじめ～劇中歌〉
　作詞：坂田裕一／作曲：田口友善「恋はワルツにのせて」P3～0
　作詞：坂田裕一／作曲：田口友善「節子の悲しみ」P3～0
　作詞：おきあんご／作曲：田口友善「二人の道」P3～0
　　　　　　　　　　　特定非営利活動法人いわてアートサポートセンター　H29・5・―
石川啄木記念館〈かるたから知る啄木〉(7)　※ウラ表紙に掲載（短歌評釈：岩城之徳）「街もりおか」
　6月号 B6横判 260円　　　　　　　杜の都社（盛岡市本町通2-13-8）　H29・6・1
「ぽけっと」6月号 VOL.230 A5変形判〈無料配布文化施設催事紹介情報誌〉石川啄木記念館企画展な
　どの紹介 P9～0　　　　　　　　　　　　　　盛岡市文化振興事業団　H29・6・1
岩手日日（記事）3日に啄木祭／盛岡・作家の井沢さん講演　　　　　　H29・6・1
松平盟子〈評論〉与謝野鉄幹と啄木の明治40年代⑮ P2～3「プチ★モンド」No.97　H29・6・1
渡部芳紀〈三陸便り50〉歌会始（二）P30～31「あざみ」6月号 A5判 1200円
　　　　　　　　　　あざみ社（横浜市港北区大倉山3-11-E219 河野薫方）　H29・6・1
読売新聞（岩手版）あす盛岡で啄木祭／作家の井沢さん講演　　　　　　H29・6・2

産経新聞（岩手版：コラム・インフォメーション）2017 啄木祭　　　　　　　　H 29・6・2

「2017　啄木祭」〈参加者配布用のパンフ〉A4 判全 6 頁（開催日：5 月 3 日／会場：姫神ホール（盛
　　岡市文化会館）／講演：井沢元彦・「逆説」で読む啄木の歌／対談：井沢元彦・森義真〈テーマ〉
　　啄木の文士劇、井沢氏の文士劇／主催：啄木祭実行委員会）　　　　　　　　　　H 29・6・3

盛岡タイムス（コラム記事：フォーラム）※啄木祭（本日開催）の案内　　　　　　H 29・6・3

岩手日報（記事）啄木の才能や苦悩熱く語る／顕彰祭で作家・井沢さん　　　　　　H 29・6・4

盛岡タイムス（記事）郷土の歌人　地域で顕彰／井沢元彦さん「逆説」で読む／渋民で啄木祭／
　　群読劇や合唱、合奏　　　　　　　　　　　　　　　　　　　　　　　　　　　H 29・6・4

盛岡タイムス（コラム記事：募集）「啄木ゆかりの地」巡りバスツアー参加者　　　H 29・6・4

北畠立朴〈啄木エッセイ 224〉ストレス解消は啄木研究　　　「しつげん」第 648 号　H 29・6・5

水関　清〈講演要旨〉「啄木の診断書～日記から解き明かす啄木のからだとこころ～」A4 判 4 頁
　　（※平成 29 年度「文学の夕べ」（H29・6・6）／会場：函館市文学館／主催：函館市文学館）
　　　　　　　　　　　　　　　　　　　　　　　　　　　　　　　　　　　　H 29・6・6

宮崎　信〈投稿〉心に響き続ける啄木の短歌　　　　　　　　　　岩手日報　H 29・6・8

石川啄木著『雲は天才である』〈講談社文芸文庫〉1700 円（関川夏央・解説 P334 ～ 345 ／佐藤清文編・
　　年譜 P346～357／佐藤清文編・著書目録　石川啄木 P358～363）　　　（株）講談社　H 29・6・9

「第 105 回啄木を偲ぶ集い〈配布資料〉」A4 判　4 枚（※期日：6 月 11 日／場所：市立小樽図書館／（話
　　題：啄木の多様な読み方～ロバート・キャンベルさんやロジャー・パルバースさんに触れて～）
　　話題提供者：荒又重雄）／主催：小樽啄木会　　　　　　　　　　　　　　　H 29・6・11

北海道新聞（小樽・後志版記事）「小樽で濃い人間関係。別れ歌多い」／「啄木忌の集い」に 60 人
　　　　　　　　　　　　　　　　　　　　　　　　　　　　　　　　　　　　H 29・6・13

米川千嘉子（書評）糸川雅子著『詩歌の淵源 ―「明星」の時代―』P124 ～ 0「短歌往来」7 月号
　　A5 判 750 円　　　　　　　　　　　　　　　　　　　　　　　　ながらみ書房　H 29・6・15

盛岡タイムス（記事）啄木の古里で魅力味わう／盛岡に約 80 人 東北合同五行歌会開く　H 29・6・16

盛岡タイムス（記事）日韓の文芸交流も紹介／レアリテの会詩誌「舟」春号発刊　　H 29・6・19

岩手日報〈コラム 風土計〉※啄木歌「誰そ我に」などを引用した「共謀罪」の話題　H 29・6・20

道又　力『文學の國いわて』A5 判 626 頁 3700 円＋税（※一部「岩手日報」に発表された啄木に
　　関する記述も多数収録されている）　　　　　　　　　　　　　岩手日報社　H 29・6・24

工藤玲音〈みちのく随想〉夏が染みる　思い出を吸い込んで（※盛岡駅「もりおか」という啄木文字
　　の集字に触れる）　　　　　　　　　　　　　　　　　　　　　　岩手日報　H 29・6・25

内藤賢司　啄木を読む　ついに！P48 ～ 51「歩行」51 号 A5 判 1000 円
　　　　　　　　　　　　　　発行所連絡先（福岡県八女市黒木町北木屋 2090 内藤方）H 29・6・25

「海風」〈季刊短歌誌〉A5 判 1000 円（※以下 4 点の啄木文献を収載）

　　編集部　啄木・一禎（その 32）P33 ～ 0

　　土志田ひろ子「高知セミナーに参加して」P33 ～ 34（→ H29・3「国際啄木学会会報」第 35 号より転載）

　　岡林一彦　啄木ゆかりの場所巡り幸せ P34 ～ 0（→ H28・11・15「岩手日報」より転載）

　　岡林一彦　高知セミナーから／啄木つながりの拡がりへ P35 ～ 0

　　　　　　　　　　　　　　　海風短歌会（発行所：高知市福井町 1568-58 梶田方）H 29・6・25

岩手日報社（記事）「恋人」芸者　啄木思う遺品／釧路市に 29 点寄贈／金田一京助色紙も

　　Ｈ29・6・27

釧路新聞（記事）啄木関連　小奴の遺品寄贈／釧路・北畠さん、新図書館文学館に　Ｈ29・6・27

郷原　宏　胡堂と啄木〈第6回〉P192～198「小説推理」第57巻8号 A5判 840円

　　　　　　　　　　　　　　　　　　　　　　　　　　　　　　　（株）双葉社　Ｈ29・6・27

日本経済新聞（北海道版・記事）啄木ゆかりの資料／釧路市に寄贈／文学館で展示へ　Ｈ29・6・27

北海道新聞（記事）啄木ゆかりの「小奴」の遺品寄贈／釧路の研究家が29点／来年開設の文学館

　　で公開　　　　　　　　　　　　　　　　　　　　　　　　　　　　　　　Ｈ29・6・27

読売新聞（道東版記事）啄木関連資料　釧路市に／研究会長が寄贈・芸者遺品29点　Ｈ29・6・27

北海道新聞（釧路版：コラム・マイク）釧路啄木会の会長　北畠立朴さん　　　　　Ｈ29・6・30

盛岡タイムス（記事）今年は手紙で思い伝える／60歳からの芝居づくり・7月の発表会へ講座

　　（※記事中に金田一京助と啄木の話題がある）　　　　　　　　　　　　　　　Ｈ29・6・30

山田武秋　万葉人にもわかる啄木短歌 P2～3「ゆりこと絆の会だより」第35号 A4判　Ｈ29・6・―

森　義真〈巻頭コラム〉啄木と鷗外 —石川啄木記念館の試み— P2～3「鷗外　文京区森鷗外記念館

　　NEWS」NO.19 A4判　　　　　　　　　　文京区立森鷗外記念館編集・発行　Ｈ29・6・―

石川啄木記念館〈かるたから知る啄木〉（8）※ウラ表紙に掲載（短歌評釈：岩城之徳）「街もりおか」

　　7月号 B6横判 260円　　　　　　　　　　　杜の都社（盛岡市本町通2-13-8）Ｈ29・7・1

「ぽけっと」7月号 VOL.231 A5変形判〈無料配布文化施設催事紹介情報誌〉石川啄木記念館企画展

　　「啄木と「一握の砂」」P9～0（9月3日まで）を紹介　　　　盛岡市文化振興事業団　Ｈ29・7・1

岩手日報（記事）「大先輩啄木」へ思いはせ／江南義塾盛岡高・入塾日にちなみ催し　Ｈ29・7・1

「国際啄木学会東京支部会会報」第25号 A5判 全52頁（以下10点の啄木文献を収載）

　　大木昭男　啄木の『ローマ字日記』における「新小説」からのひらめき P1～12

　　【合評　大室精一著『「一握の砂」「悲しき玩具」—編集による表現—』（平成28年12月 おうふう）】

　　近藤典彦　（書評）大室精一『「一握の砂」「悲しき玩具」—編集による表現—』P13～22

　　池田　功　大室精一著『「一握の砂」「悲しき玩具」—編集による表現—』の感想 P23～25

　　森　義真　大室精一氏の大著（『「一握の砂」「悲しき玩具」—編集による表現—』）に寄せて

　　　　　　　P26～29

　　佐藤　勝　大室精一先生との出会いと啄木図書刊行に感謝して P30～31

　　西蓮寺成子　大室精一著『「一握の砂」「悲しき玩具」—編集による表現—』32～35

　　小菅麻起子　書評・大室精一『「一握の砂」「悲しき玩具」—編集による表現—』P36～39

　　安元隆子　～『一握の砂』『悲しき玩具』—編集による表現—を読んで～ P40～41

　　大室精一　暖かい激励の「書評」に感謝 P42～46

　　佐藤　勝　平成28年の「啄木文献」案内～「湘南啄木文庫収集目録」から P47～50

　　　　　　　　　　　　　発行者：国際啄木学会東京支部　支部長　河野有時　Ｈ29・7・1

佐藤文彦　続・啄木のふれんど・芸者「小奴」P48～49「道産子」7月号 NO.537 A5判

　　　　　　　　　　　　発行者・潮見一釜（札幌市白石区本通19南1-1-705）Ｈ29・7・1

「啄木」第14号 A5判 全15頁（石井敏之・私の「啄木行脚」（二）P1～13／ほか）

　　　　　発行所：静岡啄木の会（連絡先：静岡市駿河区東新田4-1-3-304 石井敏之方）Ｈ29・7・1

渡部芳紀〈三陸便り51〉歌会始（三）P30～31「あざみ」7月号 A5判 1200円

　　　　　　　　　あざみ社（横浜市港北区大倉山3-11-E219 河野薫方）Ｈ29・7・1

盛岡タイムス（記事）街角やスポットで開く／「盛岡の、読む時間。」ジュンク堂盛岡店でフェア
　　書店員が約100冊お薦め（※「啄木歌集」ほか）　　　　　　　　　　H 29・7・3

北畠立朴〈啄木エッセイ225〉文人たちの足跡を展示する場　「しつげん」第650号　タブロイド紙
　　※（本紙は釧路南部店が作成し、朝日新聞・読売新聞の購読者に無料配布）
　　　　　　　　　　　　　　　　　　　　編集・発行：ＡＳＡ・ＹＣ釧路南部　H 29・7・5

「啄木学級　文の京講座」〈パンフ〉A4判4頁　※（期日：7月7日／会場：シビックセンター小ホール
　　／主催：盛岡市・文京区／講師：三枝昂之「現代に生きる啄木」／対談「啄木再発見！」：三枝
　　昂之・森義真／主催：盛岡市・文京区）　　　　　　　　　　　　　H 29・7・7

三枝昂之　「現代に生きる啄木」（講演用レジメ）A4判2頁　　　　　　著者作成　H 29・7・7

森　義真　「2017啄木学級 文の京講座 対談用資料」A4判2頁　　石川啄木記念館　H 29・7・7

岩手日報（記事）啄木作品に理解深く／東京で講座　三枝さん（歌人）解説　H 29・7・11

盛岡タイムス（記事）美しき日本の風景　市民文化ホール　　　　　　　H 29・7・11

盛岡タイムス（記事）清掃しながら史跡巡り／仁王地区老人ク協　20人が先人ゆかりの地
　　　　　　　　　　　　　　　　　　　　　　　　　　　　　　　　　H 29・7・12

盛岡タイムス（記事）森義真館長が「啄木の肖像」マリオスで15日講演会　H 29・7・14

森　義真　講演会「啄木の肖像」〈配布資料〉A4判1枚（※日時：7月15日／会場：盛岡市民文化ホール
　　／※盛岡市コレクション展2017「美しき風景」同時開催）　　　　著者作成　H 29・7・15

朝日新聞（コラム天声人語）※啄木の断片詩「しづけき朝に音立て」を引用した文　H 29・7・17

郷原　宏　胡堂と啄木〈第7回〉P178〜184「小説推理」第57巻9号 A5判 840円
　　　　　　　　　　　　　　　　　　　　　　　　　　　（株）双葉社　H 29・7・27

「啄木学級故郷講座」〈チラシ〉（開催日：9月3日／会場：旧渋民尋常小学校校舎／講演：大塚富夫・
　　「朗読で親しむ啄木の作品」／ほか／主催：（公財）盛岡観光コンベション）　　H 29・7・―

「啄木と訪ねる道ウォーク」〈チラシ〉（実施日：9月9日／集合時間＆場所：9時15分に盛岡駅東口／
　　講師：森義真／※コースは盛岡市街の啄木ゆかりの地／主催：石川啄木記念館）　H 29・7・―

「新版　長寿庵啄木」〈チラシ〉（※啄木をモチーフにした演劇公演の案内／盛岡公演：8月25〜27
　　日／東京公演：9月8〜10日／主催：いわてアートサポートセンター）　　H 29・7・―

ドナルド・キーン・センター柏崎企画展　図書館で巡回展示「石川啄木の日記を読み解く〜最初の
　　現代日本人〜」〈チラシ〉（開催日：8月1〜30日／会場：岩手県立図書館）　H 29・7・―

藤井　茂〈MORIOKA歴史散歩〜先人たちの母〜石川カツ（1847〜1912）最後の日記と手紙に記
　　された母〉（1面に全面掲載）「Apple（アップル）」2017年7月号〈もりおかの生活情報紙〉タブ
　　ロイド判 VOl. 8　　　　　　　発行所：（株）東北堂（盛岡市肴町2番地21号）H 29・7・―

石川啄木記念館〈かるたから知る啄木〉（9）※ウラ表紙に掲載（短歌評釈：岩城之徳）「街もりおか」
　　8月号 B6横判 260円　　　　　　　　　　杜の都社（盛岡市本町通2-13-8）H 29・8・1

「歌壇」8月号第31巻8号【特集：時代の転換点に詠まれた短歌】A5判 900円
　　（※以下2点の啄木文献を収載）
　　碓田のぼる〈大逆事件（一九一〇）明治四三〉表現のたたかい P36〜37
　　比嘉美織〈時評〉文豪ブームの中で P68〜69　　　　　　　　本阿弥書店　H 29・8・1

菊池東太郎　思想・感情を文学的高い作品へ P82〜85「新日本歌人」8月号 A5判 850円
　　　　　　　　　　　新日本歌人協会（東京都豊島区南大塚2-33-6-301）H 29・8・1

佐藤文彦　続・啄木のふれんど・芸者「小奴」P52〜53「道産子」8月号 NO.538 A5判

発行者・潮見一釜（札幌市白石区本通19南1-1-705）H 29・8・1

「平成28年度 盛岡てがみ館 館報」A4判 全29頁（※年間20回に及ぶ企画展や講演会の紹介の中には啄木に関する書簡の写真資料など多くの参考文献が含まれる）　　　　　H 29・8・1

もりたとしはる　或る酪農家の離農・北村と啄木の歌碑のこと・啄木に送ったバターの製造機のこと／ほか P18〜21「北の詩人」№131 B5判 300円

発行所：北の詩人会議（札幌市豊平区月寒東3条19-43日下新介方）H 29・8・1

読売新聞（コラム編集手帳）※啄木歌「気の変わる」を引用した米大統領批判の文　H 29・8・2

秋田さきがけ（記事）啄木「恋人」の遺品　釧路市に29点寄贈／金田一京助の色紙も　H 29・8・3

盛岡タイムス（記事）啄木の縁で交流発展を／盛岡市・成澤文京区長が表敬　H 29・8・3

岩手日報（地域版記事）啄木ゆかりの地／交流継続に誓い／文京区長が市長訪問　H 29・8・4

北畠立朴〈啄木エッセイ226〉あいさつが大の苦手　　　　　「しつげん」第652号 H 29・8・5

尾崎真理子（書評）石川啄木論　中村稔著／独創的かつ全力の鑑賞　　　読売新聞 H 29・8・6

三浦雅士（書評）狂気すれすれのところにいた歌人／『石川啄木論』中村稔著（青土社）

毎日新聞 H 29・8・6

加藤　昇　石川啄木と尾崎行雄の憲法力 P45〜46「歌文集　君は、戦争を選ぶか」A5判（冊子）非売品　　　著者刊／印刷所：（株）クイックス（名古屋市熱田区桜田町19-20）H 29・8・8

産経新聞〈コラム産経抄〉※啄木と尾崎行雄を引き合いに山梨市長の職員入試を批判　H 29・8・9

荒又重雄　詩調のこころで英国詩を読む人／シンプルではなくてストレス P59〜60「残日録4―新しい労働文化のために―」B5判 定価不記載

編集・発行：荒又重雄（札幌市中央区北4条西12丁目ほくろうビル3F）H 29・8・10

「石川啄木を学ぶ会」第14号 A4判 両面刷（啄木の表現―文語と口語―（1）／ほか）

代表：田中礼（連絡先：寝屋川市太秦町中町29-33 長野晃方）H 29・8・10

藤井　茂〈いわて人物夜話60〜72〉野村胡堂（※もの書きの原点は父の蔵書／ほか毎週土曜日掲載）

盛岡タイムス　H 29・5・20〜H 29・8・12

有田美江　いわてホウロウ日和（七）（石川啄木記念館訪問記）P60〜68「季刊 舟」第168号〈2017夏〉A5判 800円　　　発行所：レアリテの会（岩手県滝沢市巣子1181-2）H 29・8・15

岩手日報（記事）啄木と心重ねて青春歌／短歌甲子園盛岡で開幕　　　　H 29・8・19

盛岡タイムス（記事）短歌甲子園が開幕／啄木の里に集いし精鋭21校　　H 29・8・19

盛岡タイムス（記事）啄木日記を読み解く／県立図書館全国7館の巡回展　H 29・8・19

盛岡タイムス（コラム天窓）※啄木の「あたらしき心」の歌を引用した短歌甲子園の話題

H 29・8・19

村上健志〈胸キュン歌作日記 第4回〉短歌が気付かせてくれること（啄木のような不幸に憧れて床暖房を今日だけは消す）P24〜25「NHK短歌」9月号679円 A5判　　NHK出版 H 29・8・20

日本経済新聞（コラム春秋）※夏の高校野球と甲子園短歌大会（盛岡）の話題　H 29・8・22

岩手日報（記事）"100歳の啄木"舞台再び／盛岡で25日から新版公演　　H 29・8・22

盛岡タイムス（記事）玉山らしい道の駅整備へ・盛岡市　　　　　　　　H 29・8・24

小嶋　翔　明治社会主義と石川啄木　A4判7頁（国際啄木学会盛岡支部月例会発表レジメ・※本稿は後日改稿して「国際啄木学会盛岡支部会報」第26号に掲載）

H 29・8・26

小林芳弘　岩手日報に掲載された啄木関連広告記事か（国際啄木学会盛岡支部月例研究会発表レジメ）

H 29・8・26

郷原　宏　胡堂と啄木〈第 8 回〉P166 ～ 172「小説推理」第 57 巻 10 号 A5 判 840 円

（株）双葉社　H 29・8・27

斉藤高広（署名記事）道内滞在　啄木文学への影響は／八雲で 10 月に国際啄木学会

北海道新聞（道南版）　H 29・8・27

佐藤竜一　石川啄木　文学への助走 P11 ～ 21『宮沢賢治　出会いの宇宙― 賢治が出会い、心を通わせた 16 人―』四六判 1500 円＋税　　コールサック社（東京都板橋区板橋 2-63-4-209）H 29・8・27

「本の雑誌」〈古典名作・別冊本の雑誌 19〉1600 円＋税 A5 判（以下 2 点の啄木文献を収載）

坪内祐三〈明治文学の古典名作 20 冊〉『雲は天才である』／ほか P73 ～ 77

穂村　弘〈短歌の古典名作 20 冊〉『一握の砂』／ほか P88 ～ 92　　本の雑誌社　H 29・8・30

長妻直哉　偶然が生んだ原稿用紙「マス目入れたら紅葉の一言　相馬屋当主が語る秘話」（※啄木にも触れた内容）　　　　　　　　　　　　　　　　　　　日本経済新聞　H 29・8・31

「啄木と樹人　ふるさとコンサート」〈チラシ〉A4 判　両面刷（※期日：10 月 9 日／会場：常照寺〈鹿角市毛馬内〉／出演：森田純司、平井良子、伊藤八重子／ほか）

主催：常照寺で啄木と樹人の歌を聴く会　H 29・8・―

仲村重明《啄木短歌の「すべて金なきに」への推論》A4 判 9 枚（※本稿は草稿の私家板で後に改稿し、「第 71 回 岩手芸術祭文芸評論部門」へ応募入選した。入選作品掲載誌は 2017 年 12 月の発行予定）

著者作成　H 29・8・―

「石川啄木記念館　館報」〈平成 28 年度〉A4 判 全 50 頁（※年度内に行った記念館の事業の詳細な記録のほかに各企画展に於ける内容の詳述と数編のコラムには啄木エピソードを記載して一般の読者にも十分に楽しんで読めるように工夫された稀有なる館報となっている）　　　H 29・9・1

石川啄木記念館〈かるたから知る啄木〉（10）※ウラ表紙に掲載（短歌評釈：岩城之徳）「街もりおか」9 月号 B6 横判 260 円　　　　　　　　　　杜の都社（盛岡市本町通 2-13-8）H 29・9・1

柿沼秀行（署名連載記事）〈母校をたずねる〉県立盛岡一高（4）啄木　時代を見抜く目はぐくむ

毎日新聞（岩手版）H 29・9・1

「新日本歌人」9 月号　第 72 巻 9 号　通巻第 846 号 A5 判 850 円（以下 3 点の啄木文献を収載）

大津留公彦　二〇一七年啄木祭・東京／コンクール表彰と記念講演 P96 ～ 97

菊池東太郎　第 12 回　静岡啄木祭／充実した「静岡啄木祭」P98 ～ 0

大津留公彦　三郷啄木祭／三郷で初めての啄木祭 P99 ～ 0

新日本歌人協会（東京都豊島区南大塚 2-33-6-301）H 29・9・1

中村晶子〈先人ワンポイント〉石川啄木と盛岡駅 P7 ～ 0「盛岡市先人記念館だより」NO.59 B5 判

H 29・9・1

松平盟子〈評論〉与謝野鉄幹と啄木の明治 40 年代 ⑯ P2 ～ 5「プチ★モンド」No.98 A5 判 1500 円

プチ★モンド発行所（大田区下丸子 2-12-4-103）H 29・9・1

柳澤有一郎〈評論〉石川啄木の死と歌 P62 ～ 63「りとむ」9 月号　通巻 152 号 A5 判 1000 円

発行所：りとむ短歌会（川崎市麻生区千代ケ丘 8-23-7）H 29・9・1

渡部芳紀〈三陸便り 53〉歌会始 (5) P36 ～ 37「あざみ」9 月号 A5 判 1200 円

あざみ社（横浜市港北区大倉山 3-11-E219 河野薫方）H 29・9・1

池田　功〈書評〉通説・俗説にとらわれない鑑賞眼／中村稔著『石川啄木』

しんぶん赤旗　H 29・9・3

北畠立朴〈啄木エッセイ 227〉肩書のない人生で終焉を　　「しつげん」第 654 号　H 29・9・5

「釧路啄木会　さいはて便り」第 18 号 A4 判　全 4 頁（記事・道内の啄木会と結びあって：第 11 回釧路啄木会総会／北畠立朴〈研究余滴〉明治の夜空に千鳥は飛んだか／記事・啄木ゆかりの小奴の遺品、市へ寄贈：遺族より預かっていた北畠会長が文学館へ）　　釧路啄木会　H 29・9・5

北鹿新聞〈インタビュー記事〉「啄木と樹人」コンサート実行委事務局・村木哲文さん＝鹿角市／啄木と鹿角、深い縁／樹人との交遊の証言も　　　　　　　　　　　　　　　　H 29・9・6

北鹿新聞（記事）歴史掘り起こしたい／啄木と樹人がテーマ／ふるさとコンサート／ 10 月 9 日常照寺　地元有志ら企画　　　　　　　　　　　　　　　　　　　　　　　　H 29・9・7

朝日新聞（秋田版記事）啄木と樹人　鹿角で「コラボ」／来月 9 日常照寺でコンサート／歴史や業績見つめ直す　　　　　　　　　　　　　　　　　　　　　　　　　　　　　H 29・9・8

徳留弥生〈ぶらたび：案内人〉文学の町　文人の足跡たどる・小樽市／青年の創造力育む源／啄木の生活伝える柱（15 頁全面掲載）　　　　　　　　　　　　　　北海道新聞　H 29・9・12

「石川啄木を学ぶ会」第 15 号 A4 判　両面刷（啄木の表現―文語と口語―（2）／ほか）

代表：田中礼（連絡先：寝屋川市太秦町中町 29-23 長野晃方）H 29・9・14

牛山靖夫　「鶴彬の墓はなぜ盛岡にあるのか―鶴彬をめぐる岩手の人びと―」全 7 頁（A5 判小冊子）鶴彬を語る盛岡の会（盛岡市愛宕町 17-4 牛山方※発行日は無記載文献受け入れ日）H 29・9・14

佐高　信〈新・政経外科　第 114 回〉啄木が警戒した「性急な思想」／啄木が似合わない橋下徹や小池百合子 P14 ～ 0「週刊金曜日」第 25 巻 35 号・通巻第 1173 号 B5 判 580 円（税込）

（株）金曜日（千代田区神田神保町 2-23）H 29・9・15

岩手日報（コラム 風土計）※歌人の岡井隆が啄木の歌を踏まえて詠んだ歌を紹介する　H 29・9・18

佐々木佳（署名連載記事）盛岡県北まち歩記（あるき）〈復活編〉盛岡市・宝徳寺～好摩駅／啄木の足跡をたどる　　　　　　　　　　　　　　　　　　　　　　　岩手日報　H 29・9・18

一関ノ忠人〈近代人気歌人再発見〉釈迢空の歌（3）P38 ～ 39「NHK 短歌」10 月号 B5 判 679 円＋税

NHK 出版　H 28・9・20

北海道新聞（コラム卓上四季）※啄木「林中書」の一節を記し、衆議院解散を戒める　H 29・9・20

盛岡タイムス（記事）22 年度以降の閉館検討／盛岡市てがみ館／資料は先人館などへ移管

H 29・9・22

森田敏春編集発行「札幌啄木歌碑建立の記録～建立 5 周年 2017 ～」A4 判全 15 頁ほか資料付（※2012 年に札幌市北区北 7 条 7 丁目に建立の歌碑には解説板に英語、中国語、韓国語、ロシア語の 4 カ国語と 3 点の肖像画が特殊印刷にて掲示されている。著者は建立関係者であった）

H 29・9・24

「短歌」10 月号第 64 巻 10 号 A5 判 930 円（※以下 2 点の啄木文献を収載）

東　直子【森鷗外と観潮楼歌会】中立的短歌の熱 P104 ～ 105

松村正直〈選・鑑賞〉時代を変えた近代秀歌七十首（啄木の歌 1 首「馬鈴薯のうす紫の」を収載）

発行：角川文化振興財団／発売：（株）KADOKAWA　H 29・9・25

郷原　宏　胡堂と啄木〈第 9 回〉P184 ～ 190「小説推理」第 57 巻 11 号 A5 判 840 円

（株）双葉社　H 29・9・27

柿沼秀行〈署名連載記事〉〈母校をたずねる〉県立盛岡一高（8）卒業生私の思い出・卒業後　啄木
　　と賢治意識（石川啄木記念館長、森義真さん）／ほか　　　　　　　　毎日新聞（岩手版）H 29・9・29

新井高子編著『東北おんば訳　石川啄木のうた』四六判 1800 円＋税〔※啄木の歌を気仙地方（岩手
　　県大船渡市周辺）の方言に、編者を中心に同地在住者たちが訳した啄木短歌集〕
　　　　　　　　　　　　　　　　　　　　　　未来社（東京都文京区小石川 3-7-2）H 29・9・29

内田洋一〈署名連載記事〉〈文学周遊 580〉日本一の代用教員をもって任じている／石川啄木「雲は
　　天才である」盛岡市渋民　　　　　　　　　　　　　　　　　　　日本経済新聞（夕）H 29・9・30

飯坂慶一　湯川秀樹博士と荘子そして石川啄木（2）P38 ～ 46「詩都」第 47 号 A5 判 500 円
　　　　　　発行者：都庁詩をつくる会（横浜市青葉区藤ケ丘 2-1-3-107 飯坂慶一方）H 29・9・―

平山　陽『はかなくも　また、かなしくも』―古びたる鞄をあけてわが友は―〈方の会上演台本〉
　　A4 判 95 頁　　　　　　　　　　　　　　　　　　　　　　　　　　方の会　H 29・9・―

山田武秋〈コラム直送便〉「一握の砂を示しし人」は誰か P3 ～ 0「ゆりこと絆の会だより」第 36 号
　　A4 判　　　　　　　　　　　　　　　　　　発行者：ごとうゆりこ事務所　H 29・9・―

石川啄木記念館〈かるたから知る啄木〉（11）※ウラ表紙に掲載（短歌評釈：岩城之徳）「街もりおか」
　　10 月号 B6 横判 260 円　　　　　　　　　　　杜の都社（盛岡市本町通 2-13-8）H 29・10・1

及川　謙　『愛すべきクズ人間』～男子高校生の啄木受容の一断面～（※ 2017/10/01 国際啄木学会
　　東京支部会 明治大学和泉校舎に於ける講演レジメ）A4 判 4 枚　　　　　　　H 29・10・1

「啄木と与謝野寛・晶子～『明星』からの出発～」〈企画展関連講演チラシ〉（※開催期間：2017・10・1
　　／講師：森義真／場所：渋民公民館／主催：石川啄木記念館）　　　　　　　H 29・10・1

「函館市文学館ニュース　ハイカラ通信」第 3 号（記事）石川啄木来函百十年記念講演会 ※鼎談：
　　石川真一（啄木のひ孫）・櫻井健治・山本玲子／講演：山本玲子「啄木と函館」／期日：平成 29
　　年 8 月 26 日／場所：函館市公民館／主催：函館市文学館）※石川啄木直筆資料展「明治 41 年
　　5 月の書簡」展示期間：平成 29 年 10 月 7 日～平成 30 年 4 月 4 日）P1 ～ 2　　H 29・10・1

横山　強　石川啄木研究あれこれ（※国際啄木学会東京支部会発表レジメ）A4 判 9 枚　H 29・10・1

渡辺　喬『啄木歌碑めぐり』A5 判 88 頁 非売品 ※全国 150 基の歌碑を訪ねてカメラに収めた歌碑の
　　写真を 1 頁に 2 基（特例の 2 基を除き）を収載して簡潔明瞭に紹介。巻末に付した刻歌 138 首の索引
　　も便利。ほかに略年譜がある。　　　　　　　著者刊【印刷・（株）盛岡タイムス社】H 29・10・1

渡部芳紀〈三陸便り 54〉東京の啄木碑をめぐる（1）P30 ～ 31「あざみ」11 月号 A5 判 1200 円
　　　　　　　　　　　　　　あざみ社（横浜市港北区大倉山 3-11-E219 河野薫方）H 29・10・1

岩手日報（地域版記事）5 日、啄木の足跡たどるイベント／ガイドの会参加者募集　H 29・10・3

デーリー東北（コラム・天鐘）※書き出しに啄木の「ふるさとの山に」の歌を引用　H 29・10・3

北畠立朴〈啄木エッセイ 228〉遂に私はクレーマーになった　「しつげん」第 656 号　H 29・10・5

岩手日報広告事業局　人の思い出を乗せて、レールの上をひた走る／石川啄木／宮沢賢治（※県内
　　鉄道 3 社イベント情報）　　　　　　　　　企画・制作／岩手日報【全面広告記事】H 29・10・6

東海新報（記事）ケセン語で『啄木のうた』／短歌を土地言葉で "翻訳" ／大船渡の女性らが協力し
　　一冊に　　　　　　　　　　　　　　　　　　　　　　　　　　　　　　　　　H 29・10・6

「2017 年国際啄木学会　北海道八雲大会 ―啄木を育てた北海道― 新聞・人・短歌」〈プログラム〉
　　A4 判 全 4 頁（期日：2017 年 10 月 7 日～ 8 日／会場：はぴあ八雲／主内容：（第 1 日目）記念講演：
　　太田 登・啄木文学における北海道体験の意味／ミニ講演：長江隆一・啄木人生の方程式／ほか

／（第2日目）パネルディスカッション「啄木を育てた北海道」コーディネーター：若林　敦／パネ
　リスト：山下多恵子・松平盟子／コメンテーター：北畠立朴・櫻井健治／ほか　　　　H29・10・7

太田　登「啄木文学における北海道体験の意味―〈漂泊文学〉の原風景としての北海道―」A4判
　4枚　※国際啄木学会2017年北海道八雲大会（10・7）はぴあ八雲にて講演のレジメ　　H29・10・7

東海新報（記事）啄木と気仙の関わり学ぶ／大船渡で研究会・山本玲子氏を講師に　H29・10・7

「八雲啄木会15年の歩み」〈国際啄木学会八雲大会記念〉A4判　全34頁　（※八雲啄木会の学習と
　地域活動、講座などの歩みを詳細に記した内容／編集：長江隆一／ほか）
　　　　　　　　　　　　発行所：北海道八雲啄木会（北海道二海郡八雲本町128長江隆一方）H29・10・7

応　宣娉（オウ・ギヘイ）周作人における石川啄木受容の考察　A4判8枚　※国際啄木学会2017年
　北海道八雲大会（10・8）はぴあ八雲にて研究発表のレジメ　　　　　　　　　　　H29・10・8

柳原恵津子　啄木調「かな」出現の ―与謝野晶子、吉井勇との関係という側面から― A4判8枚
　※国際啄木学会2017年北海道八雲大会（10・8）はぴあ八雲にて研究発表のレジメ　　H29・10・8

山田武秋　折口信夫「思想などない啄木」をめぐって　A4判8枚　※国際啄木学会2017年北海道八
　雲大会（10・8）はぴあ八雲にて研究発表のレジメ　　　　　　　　　　　　　　　H29・10・8

P・A・ジョージ　啄木短歌の感情の普遍性 ―『一握の砂』を中心に―（画像写真）※国際啄木学会
　2017年北海道八雲大会（10・8）はぴあ八雲にて研究発表の資料　　　　　　　　　H29・10・8

松平盟子「啄木を育てた北海道―新聞・人・短歌―」A4判5枚　※国際啄木学会2017年北海道八雲
　大会（10・8）はぴあ八雲にて研究発表のレジメ　　　　　　　　　　　　　　　　H29・10・8

山下多恵子「啄木を育てた北海道―新聞・人・短歌―」A4判5枚　※国際啄木学会2017年北海道八
　雲大会（10・8）はぴあ八雲にて研究発表のレジメ　　　　　　　　　　　　　　　H29・10・8

若林　敦「啄木を育てた北海道―新聞・人・短歌―」A4判5枚　※国際啄木学会2017年北海道八雲
　大会（10・8）はぴあ八雲にて研究発表のレジメ　　　　　　　　　　　　　　　　H29・10・8

野口賢清（署名記事）八雲で国際啄木学会開催／啄木の研究家　活動成果披露／生涯に理解深める
　　　　　　　　　　　　　　　　　　　　　　　　　　　　　　　　　函館新聞　H29・10・8

斉藤高広（署名記事）啄木作品と北海道探る／八雲で学会　講演や討論
　　　　　　　　　　　　　　　　　　　　　　　　　北海道新聞（道南版）H29・10・9

「啄木と樹人ふるさとコンサート in 常照寺」〈パンフ〉A4判　全6頁　※期日：10月9日／場所：
　常照寺（鹿角市毛馬内）／主催者：村木哲文ほか　　　　　　　　　　　　　　　H29・10・9

仲村重明「啄木短歌の「すべて金なきに」への推論」※第70回岩手芸術祭（10月9日）のプレゼン
　用レジメとして著者作成　A4判24頁　　　　　　　　　　　　　　　　　　　　H29・10・9

岩手日報（記事）地元ファン盛り上げ・初開催の八雲町　　　　　　　　　　　　　H29・10・11

斉藤賢太郎（署名記事）鹿角ゆかり　2人テーマ／啄木の詩読み／樹人の曲合唱／毛馬内、寺でコン
　サート　　　　　　　　　　　　　　　　　　　　　　　　　　秋田さきがけ　H29・10・11

佐藤俊男（署名記事）啄木と北海道に焦点／国際啄木学会八雲大会／文学への影響論じる
　　　　　　　　　　　　　　　　　　　　　　　　　　岩手日報（文化面）H29・10・11

よねしろ新報（記事）鹿角と啄木の縁を紐解く／小田島樹人との交流も解説／歴史掘り起こすコンサート
　　　　　　　　　　　　　　　　　　　　　　　　　　　　　　　　　　　H29・10・11

別所興一　石川啄木晩年の詩歌と評論 ―主にその生活基盤と国家観をめぐって― P48～63
　「遊民」第16号（終刊号）A5判 500円＋税

　　　　　　　　　発行所：遊民社／発売元：風媒社（名古屋市中央区大須1-16-29）　H 29・10・12

盛岡タイムス〈新刊紹介記事〉ケセン語で「啄木のうた」／短歌を土地言葉に"翻訳"　大船渡の女性
　　ら協力し一冊に　　　　　　　　　　　　　　　　　　　　　　　　　　　　　　　H 29・10・12

北鹿新聞（記事）啄木と樹人・鹿角によみがえる／業績と縁掘り起こす／常照寺でコンサート
　　H 29・10・13

岩手日報（記事）盛岡・記念館で企画展　啄木と与謝野夫妻の絆　上京後の交流紹介　寛・晶子の
　　自作短歌も　　　　　　　　　　　　　　　　　　　　　　　　　　　　　　　　　H 29・10・14

「石川啄木を学ぶ会」第16号 A4判 両面刷（啄木の表現─文語と口語─（3）／ほか）
　　　　　　　　　代表：田中礼（連絡先：寝屋川市太秦町中町29-23 長野晃方）H 29・10・14

丸井重孝『不可思議国の探求者・木下杢太郎　観潮楼歌会の仲間たち』四六判 2700円＋税
　　〈啄木と杢太郎 P125〜141／「スバル」創刊と杢太郎（1）啄木の意向 P154〜159／杢太郎と
　　大逆事件（啄木と杢太郎のズレ・啄木の最晩年の年賀状─埋まらなかったミゾ─・啄木の死と
　　杢太郎・ほか）P174〜182〉　　　　　　　　　　　　　　　短歌研究社　H 29・10・15

盛岡タイムス（記事）アリアと啄木・賢治を雫石で／来月オペラガラコンサート／雫石町観光大使
　　のソプラノ歌手・田中美沙季さんらが企画　　　　　　　　　　　　　　　　　　H 29・10・20

「国際啄木学会盛岡支部会報」第26号 B5判全88頁（以下14点の啄木文献を収載）
　　小林芳弘【巻頭言】雫石町と啄木ゆかりの人々 P2〜3
　　望月善次　岩手日報連載（「啄木　賢治の肖像」）の単行本化への願い P4〜5
　　米地文夫　カラスはどこにいるのか─続・啄木と賢治の描いた時空間を較べる─P6〜11
　　森　義真　相馬徳次郎─『啄木　ふるさと人との交わり』補遺─P12〜15
　　塩谷昌弘　深田久弥における啄木 P16〜25
　　小嶋　翔　啄木の社会思想研究に関する雑感 P26〜29
　【月例研究会】
　　吉田直美　啄木日記を読む─明治四十丁未歳日誌一月十三日（日）〜一月十五日（火）─ P35〜39
　　佐藤静子　『丁未歳日誌　一月十六日〜三月四日』を読む P40〜46
　　佐藤静子　啄木の「夜学」と徴兵検査 P47〜49
　　小林芳弘　岩手日報に掲載された啄木関連広告記事について P50〜54
　　山根保男　啄木と小坂圓次郎 P55〜62
　　渡部芳紀　東京の石川啄木歌碑の効率的回り方 P63〜74
　　西脇　巽　問安について P75〜81
　　小林芳弘・村松　善　月例研究会の報告 P82〜85　　　　　国際啄木学会盛岡支部　H 29・10・21

毎日新聞（岩手版）石川啄木支えた与謝野夫妻紹介／盛岡で企画展　　　　　　　　H 29・10・23

内藤賢司　啄木を読む　妻に捨てられた夫の苦しみは斯く許りならんとは P50〜54「歩行」52号
　　A5判 1000円　　　　　　　　発行所連絡先（福岡県八女市黒木町北木屋2090 内藤方）H 29・10・25

盛岡タイムス（記事）「啄木さん、こんにちは！」／かるたで知る釜石との関わり／歌碑建立記念
　　　　　　　　　　　　　　　　　　　　　　　　　　　　　　　　　　　　　　　H 29・10・25

岩手日報（記事）太宰「斜陽」原稿4枚発見／新潮社元会長遺品から資料／啄木の知人宛書簡も
　　（※全集未収載／明治四十年五月七日・畠山享宛のハガキ文面の全文写真入り）　H 29・10・26

「啄木と与謝野寛・晶子〜『明星』からの出発〜」〈石川啄木記念館第8回企画展パンフ〉B5判 12頁

（※開催期間：2017/10/26 ～ 2018/01/08 ／主催：公益財団法人盛岡市文化振興事業団・石川啄木記念館／パンフ内容：プロローグ～啄木と与謝野寛・晶子との出会い～／第1章：啄木と与謝野寛・晶子の交流／第3章：与謝野寛・晶子、啄木を語る／ほかにコラム3篇、年譜など）

H 29・10・26

郷原　宏　胡堂と啄木〈第10回〉P164 ～ 170「小説推理」第57巻12号 A5判 840円

（株）双葉社　H 29・10・27

毎日新聞（岩手版）奥州に新「仁王文庫」／啄木の友の貸本屋再現／小国露堂の孫・菊池さん「水沢にお礼を」

H 29・10・27

石川啄木著・近藤典彦編著『一握の砂』文庫判 全337頁 1000円＋税（※補注 P291 ～ 299 ／啄木略伝 P300 ～ 315 ／解説 316 ～ 325／ほか）

桜出版　H 29・10・28

「はかなくも　また、かなしくも」〈方の会第61回公演パンフ〉A4判 全4頁（上演期間：2017年11月30日（木）～ 12月3日（日）／場所：築地本願寺ブディストホール（東京都中央区 3-15-1　築地本願寺第一伝道会館2F）／平山　陽・挨拶 P2 ～ 0・登場人物紹介 P3 ～ 0 ／佐藤　勝・『啄木歌集』に救われた15歳 P4 ～ 0 ／ほか）

方の会　H 29・10・30

盛岡タイムス（記事）啄木歌碑めぐりを一冊に／ブログから自費出版本・渡辺喬さんが全国各地

H 29・10・30

「牧水研究」第21号 A5判 2100円（以下の3点の啄木文献を収載）

中村佳文　明治四十三年の邂逅 ―牧水と啄木の交流と断章と P3 ～ 18

伊藤一彦　石川啄木と若山牧水ノート P19 ～ 45

大坪利彦　牧水と啄木 ―短歌における宿命の問題（1）P46 ～ 56

鉱脈社（〒880-8551　宮崎市田代町263）H 29・10・31

「歌曲集　啄木によせて歌える」※石川啄木作歌・越谷達之助作曲・コンサート〈チラシ〉（開催日：11. 25 ／会場：岩手県公会堂／ソプラノ：田中美沙季／ピアノ：南澤佳代子）　H 29・10・―

「函館市文学館　石川啄木直筆資料展　明治四十一年五月の書簡」〈展示資料目録〉A4判 1枚

H 29・10・―

「はかなくも　また、かなしくも」〈方の会第61回公演チラシ〉A4判両面刷（上演期間：2017年11月30日（木）～ 12月3日（日）／場所：築地本願寺ブディストホール（東京都中央区 3-15-1　築地本願寺第一伝道会館2F）

方の会　H 29・10・―

石川啄木記念館〈かるたから知る啄木〉（12）ウラ表紙に掲載（短歌評釈：岩城之徳）「街もりおか」11月号 B6横判 260円

杜の都社（盛岡市本町通 2-13-8）H 29・11・1

氏家長子〈はじめの一首・その29〉呼吸すれば、P76 ～ 0「りとむ」11月号 通巻153号 A5判 1000円

りとむ短歌会（川崎市麻生区千代ヶ丘 8-23-7）H 29・11・1

川野里子　「旅」という文学スタイル…啄木・牧水 VS 茂吉 P34 ～ 35「歌壇」11月号 A5判 800円

本阿弥書店　H 29・11・1

編集部（記事）〈施設・その2〉石川啄木記念館 P2 ～ 0「銀河 FunClub」vol.2　B5判

銀河ファンクラブマガジン（発行所：板橋区成増 2-6-1-304）H 29・11・1

編集部（記事）"啄木のふるさと"『もりおかの短歌』平成29年・夏の部優秀賞発表（選者：八重嶋勲）P9 ～ 0「さんさ」11月号 B5判 150円

盛岡商工会議所　H 29・11・1

渡部芳紀〈三陸便り 55〉東京の啄木碑をめぐる（2）P30 ～ 31「あざみ」11月号 A5判 1200円

あざみ社（横浜市港北区大倉山 3-11-E219 河野薫方）H 29・11・1

澤田勝雄〈コラム・断面〉啄木の北海道"漂泊"／自由の大地の「異文化体験」

しんぶん赤旗（文化欄）H 29・11・3

「石川啄木を学ぶ会」第 17 号 A4 判 両面刷（田中礼氏の報告：啄木は短歌の表現「文語と口語」
　についてどう考えていたか／ほか）

代表：田中礼（連絡先：寝屋川市太秦町中町 29-23 長野晃方）H 29・11・3

細川光洋「明星」の歌人・詩人たちと音楽／2. 石川啄木とワーグナー／ほか〈文学と音楽の対話〉
　（白根記念渋谷郷土博物館・文学館での講演レジメ）A4 判 8 頁　　　　　　H 29・11・4

内館牧子〈コラム・明日も花まるっ！〉ケセン語の石川啄木　　秋田さきがけ　H 29・11・5

北畠立朴〈啄木エッセイ 229〉「思い出す父の言葉」　　　「しつげん」第 658 号　H 29・11・5

ドナルド・キーン〈文学の変革者への旅〉子規と啄木を読む P34 〜 35「別冊太陽　ドナルド・キーン」
　B5 判 2400 円＋税　　　　　　　　　　　　　　　　　　　　　　平凡社　H 29・11・5

中尾隆之〈日本ふるさと紀行〉渋民村（岩手県盛岡市）岩手山と北上川のある望郷の村／〜歌人・
　石川啄木のふるさと〜　　　　　　　　　　　　　　週刊 観光経済新聞　H 29・11・6

（河）〈コラム・大波小波〉母語になった啄木短歌（※新井高子編著『東北おんば訳　石川啄木のうた』
　（未来社）に関する話題）　　　　　　　　　　　　　　東京新聞（夕）H 29・11・10

盛岡タイムス（記事）与謝野夫妻との縁たどる／啄木記念館で企画展・文学に与えた影響は

H 29・11・14

伊藤一彦〈監修〉和嶋勝利〈編集〉『三枝昂之』A5 判 全 216 頁 1800 円＋税
　（以下に 3 点の啄木文献を収載）
　木股知史　むかしの青空 P17 〜 19
　関川夏央・三枝昂之〈対談〉子規をめぐる青春群像 89 〜 113（→初出：「短歌研究」2011 年 9 月号）
　三枝昂之「三枝昂之自筆年譜」192 〜 212（編注：文中に啄木に記載が多く散見する）

青土社　H 29・11・15

ブルナ・ルカーシュ　自然の「力」への憧憬、社会の「平凡と俗悪」への反逆 —石川啄木「漂泊」
　にみるゴーリキー文学の影響 P17 〜 32「日本近代文学」第 97 集 A5 判

日本近代文学会　H 29・11・15

早乙女勝元　【連載自伝】この道　※啄木の詩に触れる箇所有り　　東京新聞（夕）H 29・11・16

盛岡タイムス（記事）新規に民俗資料館、啄木記念館整備を／玉山地域振興会議／新市建設計画の
　進捗は　　　　　　　　　　　　　　　　　　　　　　　　　　　　　　H 29・11・17

岩手日報（記事）雫石にオペラ響け／地元出身歌手の田中さんら／あす初のコンサート／啄木、
　賢治題材の曲など　　　　　　　　　　　　　　　　　　　　　　　　　　H 29・11・18

近藤典彦〈石川啄木と花　第九回〉黄なる草花（今も名知らず）P18 〜 19「季刊　真生」第 305 号
　B5 判 ※（華道「真生流」発行の配布誌）　　　　　　（有）しんせい出版　H 29・11・20

岩手日報（コラム 風土計）※啄木が小樽日報に書いた「初雪」の記事と歌について　　H 29・11・21

河北新報（記事）文面に往時しのぶ／盛岡で年賀状の歴史展（※「盛岡てがみ館」で）　H 29・11・22

「歌曲集　啄木によせて歌える」〈全 15 曲〉コンサートチラシ※開催日：2017 年 11 月 22 日／場所：
　岩手県公会堂／出演：田中美沙季（ソプラノ）　　　　　　　　　　　　　H 29・11・24

石川啄木著・近藤典彦編『悲しき玩具』文庫判 全 288 頁 1000 円＋税（近藤典彦：解説・悲しき玩具

P110 〜 157 ／【付録】幻の歌集　仕事の後・解説 P158 〜 275 ／あとがき P276 〜 280 ／ほか）

桜出版　H 29・11・25

高橋尚哉（署名記事）釧路ゆかりの啄木身近に／研究者が講演・釧路小児童、歌人の生涯学ぶ

北海道新聞（道東版）H 29・11・26

山田武秋〈コラム直送便〉啄木という一大未解決事件 P3 〜 0「ゆりこと絆の会だより」第 37 号 A4 判

発行者：ごとうゆりこ事務所　H 29・11・26

岩手日報（記事）生誕 130 年　郷土作家顕彰／北上・流泉小史の会／記念法要で思いはせ／来年 3 月
　書簡集を予定（※啄木と親交のあった逸話なども）　　　　　　　　　　H 29・11・27

郷原　宏　胡堂と啄木〈第 11 回〉P182 〜 189「小説推理」第 58 巻 1 号 A5 判 840 円

（株）双葉社　H 29・11・27

荒又重雄　文学史への小さな証言・西村稠と英訳本 P55〜56 ／ふるさとの訛りなつかし P56〜57
　『残日録 5 —新しい労働文化のために—』A6 判　価格不記載

著者刊（連絡先：北海道労働文化協会・札幌市中央区北四条西 12 丁目ほくろうビル 3F）H 29・11・30

西脇　巽「石川啄木旅日記　八雲編」A5 判　全 25 頁　　　　　　　　著者刊　H 29・11・—

池田　功　石川啄木—時代閉塞の現状に宣戦する志—P116 〜 122「民主文学」12 月号　第 627 号
　A5 判 970 円　　　　　　　　　日本民主主義文学会（東京都豊島区南大塚 2-29-9）H 29・12・1

伊藤昌輝（翻訳）エレナ・ガジェゴ・アンドラダ（監修）『スペイン語で親しむ石川啄木　一握の砂』
　〈スペイン語朗読 CD 付き〉四六変形判 256 頁 2052 円（税込）

（株）大盛堂書店（神戸市灘区青谷町 4-4-13）H 29・12・1

石川啄木記念館〈かるたから知る啄木〉（13）※ウラ表紙に掲載（短歌評釈：岩城之徳）「街もりおか」
　12 月号 B6 横判 260 円　　　　　　　　　　　杜の都社（盛岡市本町通 2-13-8）H 29・12・1

「企画展の窓」第 212 号〈第 54 回企画展　年賀状の歴史〉「啄木の年賀状」※編注：明治 45 年 1 月 1 日付、
　荻原藤吉（井泉水）宛てハガキ両面の写真と翻刻文を掲載　　　　　盛岡てがみ館　H 29・12・1

松平盟子〈評論〉与謝野鉄幹と啄木の明治 40 年代⑰ P2 〜 9「プチ★モンド」No.99 A5 判 1500 円

プチ★モンド発行所（大田区下丸子 2-12-4-103）H 29・12・1

渡部芳紀〈三陸便り 56〉東京の啄木碑をめぐる（3）P30 〜 31「あざみ」12 月号 A5 判 1200 円

あざみ社（横浜市港北区大倉山 3-11-E219 河野薫方）H 29・12・1

読売新聞（岩手版記事）「啄木と与謝野夫妻」企画展・石川啄木記念館／居候時代の日記展示

H 29・12・3

北畠立朴〈啄木エッセイ 230〉「自分の時間を取り戻そう」　「しつげん」第 660 号　H 29・12・5

千葉陽介（署名記事）いわて 2017 学芸回顧 1 文芸　　　　　　　　　岩手日報　H 29・12・8

「県民文芸作品集」No.48（第 70 回岩手芸術祭作品集）A5 判　972 円＋税
　仲村重明　啄木短歌の「すべて金なきに」への推論 P157 〜 169
　牛崎敏哉　文芸評論選評 P315 〜 316　　　　　　第 70 回岩手芸術祭実行委員会　H 29・12・9

盛岡タイムス（コラム・天窓）（※啄木と宮沢賢治と大西民子に触れた文）　　　　H 29・12・10

桑原　聡（署名記事）激動期…先人の知恵に学ぶ／連載「明治の 50 冊」決定（『一握の砂』／ほか）

産経新聞　H 29・12・13

盛岡タイムス（記事）啄木新婚の家一帯の活用を／盛岡市議会・一般質問に 5 氏登壇　H 29・12・14

河北新報（記事）啄木と与謝野家　交友たどる／盛岡・企画展　日記や原稿 80 点　H 29・12・18

鬼山親芳（コラム・なんだりかんだり）啄木の生まれ変わり　　　毎日新聞（岩手版）H 29・12・21

管　啓次郎　2017 私の 3 冊『東北おんば訳　石川啄木のうた』　　　東京新聞　H 29・12・24

岩手日報（コラム 風土計）※啄木の年賀状に記された歌の話題　　　　　　H 29・12・25

小原啄葉　渋民（啄木を詠んだ 7 句を掲載）P24 ～ 0「角川　俳句」1 月号 A5 判 920 円

　　　　　　　　　　発行：角川文化振興財団／発売：（株）KADOKAWA　H 29・12・25

斎藤　徹（署名記事）おんば「新訳」で親しみやすく／ケセン語啄木の歌朗々と

　　　　　　　　　　　　　　　　　　　　　　　　　　　朝日新聞（岩手版）H 29・12・25

郷原　宏　胡堂と啄木〈第 12 回〉P190 ～ 196「小説推理」第 58 巻 2 号 A5 判 840 円

　　　　　　　　　　　　　　　　　　　　　　　　　　（株）双葉社　H 29・12・27

村木哲文　啄木と常照寺の大樹の蔭に啄木を見た／啄木と樹人の青春に思いを馳せる P1 ～ 2

　　「キラキラ通信」学級通信第 101 号 A4 判 尋常浅間学校かづの分校（秋田県鹿角市）　H 29・12・27

木内英実　第二章・中勘助と同年代の文学者による仏教学並びにインド哲学受容 1. 石川啄木 P32～40

　　『神仏に抱かれた作家　中勘助　『提婆達多』『犬』『菩提樹の蔭』インド哲学からのまなざし』

　　四六判 3000 円＋税　　　　　　　　　（株）三弥井書店（東京都港区三田 3-2-39）H 29・12・28

「新収蔵資料展　啄木の妹・光子」（開催期間：2018 年 1 月 30 日～ 5 月 13 日）A4 判〈チラシ〉

　　　　　　　　　　　　　　　　　　　　　　　石川啄木記念館　H 29・12・―

「わたしたちはあゆみつづける」〈2017 年 第 63 回日本母親大会記録 in 岩手〉A5 判

　　※以下 2 点の啄木文献を収載

　　小森陽一〈特別企画〉第 23　第 1 部　啄木・賢治と憲法を語る（講演記録）P95 ～ 96

　　【第 2 部：対談】助言者：森義真・牛崎敏哉・森三紗 P97 ～ 98

　　　　　　　第 63 回日本母親大会実行委員会（千代田区二番町 12-1 全国教育文化会館内）H 29・―・―

【特別追加文献紹介】

「視線」第8号　特別企画・『一握の砂』論考 A5判 500円（※以下2点の啄木文献を収載）

　近藤典彦　『一握の砂』―成立・その構造の考察―P 1 ～ 19

　栁澤有一郎　教科書に掲載されている啄木の歌 P80 ～ 89

発行所：視線の会（函館市本通 2-12-3 和田方）　Ｈ 30・1・1

続　石川啄木献書誌集大成　補遺篇　449

『石川啄木文献書誌集大成の補遺』（明治45年）〜（平成９年）
※以下の文献は『石川啄木文献書誌集大成』（武蔵野書房）の遺漏文献である。

編集部〈現代文士録・石川啄木略歴〉「文章世界」第５巻２号　　　　　　博文館　　M 43・2・1

岩手毎日新聞（死亡記事）石川啄木氏逝く　本県出身の青年歌人　　　　　　　　　M 43・4・14

岩手毎日新聞（記事）石川啄木氏葬儀　文士詩人の会葬　　　　　　　　　　　　　M 43・4・17

山城正忠　噫！啄木君　　　　　　　　　　　　　　　　沖縄毎日新聞　M 45・4・30

尾山篤二郎　故石川啄木君（1）〜（2）（注：「人物研究」19 号参考）　北国新聞　M 45・5・8〜9

石川啄木〈連載小説〉「我等の一団と彼」〈石川啄木遺稿全28回〉読売新聞　T 元・8・29〜9・27

岩崎白鯨　啄木の思ひ出　　　　　　　　　　　　函館毎日新聞（夕刊）T 2・6・22

土岐哀果編『啄木選集』―石川啄木遺稿―（代表名作選集第三十一編）（内容『一握の砂』『悲しき玩具』
　　抄／呼子と口笛８篇／小説 我等の一団と彼）菊判半截 160 頁　　　新潮社　T 7・9・25

土岐哀果『歌集　雑音の中』B5 変形判 154 頁 60 銭　　　　　　東雲堂書店　T 5・9・5

石川啄木　鹿角の国を憶ふ歌「鹿角」※〈私家版の冊子〉花輪青年会編輯部会編発行　T 10・6・27

岩手日報（記事）啄木会発足式　十日夜盛岡クラブで来会者二十余名　　　　　　　T 10・7・12

岩手日報（記事）啄木記念碑の建立　資金を調達のために文芸講演会　　　　　　　T 10・7・14

一関一枝子　詩人啄木の妻の歌（注・節子の歌９首の内７首は投稿者の作／←H5・3 塩浦彰 著『啄木浪
　　漫』抄載）「婦人世界」11 月号第 16 巻 11 号　　　　　　実業之日本社　T 10・11・1

岩手日報（記事）啄木記念碑　建立の寄附を募る　　　　　　　　　　　　　　　　T 11・4・1

岩手日報（記事）薄命詩人　啄木の石碑　除幕式挙行　　　　　　　　　　　　　　T 11・4・8

朝日新聞（記事）郷里へ帰る啄木　記念碑の除幕式　この十三日　満十年の忌日に　T 11・4・11

東京朝日新聞（記事）ゆくりなく発見した天才歌人啄木の父・閑静な福知山に頑健で　T 14・1・23

釈迢空『歌集　海やまのあひだ』「この集のすゑに」※啄木の影響に触れる内容を記す

　　　　　　　　　　　　　　　　　　　　　　　　　　　　　改造社　T 14・5・30

岡山儀七　啄木について思出す事共（一）2 〜 5P「共存共栄」第４号（←S42・6 岩城之徳編『回想
　　の石川啄木』八木書店）〔注・（二）から表題（四）から巻号が異なる〕

　　　　　　　　　　　　　　　　　　　　　共存共栄社（岩手県黒澤尻町新富町）T 15・10・5

岡山儀七　啄木に就いて思ひ出す事共（二）P2 〜 5「共存共栄」第５号（←S42・6 岩城之徳編『回
　　想の石川啄木』八木書店／←S17・2 斎藤三郎著『文献石川啄木』青磁社＜本書には（二）のみ収録＞）

　　　　　　　　　　　　　　　　　　　　　共存共栄社（岩手県黒澤尻町新富町）T 15・11・5

岡山儀七　啄木に就いて思ひ出す事共（三）2 〜 5P「共存共栄」第６号（←S42・6 岩城之徳編『回想の
　　石川啄木』八木書店）　　　　　　　　　共存共栄社（岩手県黒澤尻町新富町）T 15・12・5

岡山儀七　啄木に就いて思ひ出す事共（四）P2 〜 6「共存共栄」第２巻1号（←S42・6 岩城之徳編
　　『回想の石川啄木』八木書店）　　　　　共存共栄社（岩手県黒澤尻町新富町）T 16・1・5

岡山儀七　啄木に就いて思ひ出す事共（五）P2 〜 5「共存共栄」第２巻2号（←S42・6 岩城之徳編
　　『回想の石川啄木』八木書店／編注・第２巻2号のみ大正16年1月5日と昭和2年2月10日を併記している）

　　　　　　　　　　　　　　　　　　　　　共存共栄社（岩手県黒澤尻町新富町）S 2・2・10

岡山儀七　啄木に就いて思ひ出す事共（六）P2 〜 5 「共存共栄」第２巻3号（←S42・6 岩城之徳編

『回想の石川啄木』八木書店）　　　　　　　　　　共存共栄社（岩手県黒澤尻町新富町）Ｓ２・３・10

岡山儀七　啄木に就いて思ひ出す事共（七）Ｐ２〜５「共存共栄」第２巻４号（←Ｓ42・6 岩城之徳編

　　　『回想の石川啄木』八木書店）　　　　　　　　　　共存共栄社（岩手県黒澤尻町新富町）Ｓ２・４・10

細越夏村　啄木の前半生　　　　　　　　　　　　　　　　　　　　　　中央新聞　Ｓ２・４・14

岡山儀七　啄木に就いて思ひ出す事共（八）Ｐ２〜４「共存共栄」第２巻５号（←Ｓ42・6 岩城之徳編

　　　『回想の石川啄木』八木書店）　　　　　　　　　　共存共栄社（岩手県黒澤尻町新富町）Ｓ２・５・10

花岡謙二〈随筆〉初夏　※啄木の歌「大根の花」を引用した文章　　　　萬朝報　Ｓ３・５・26

野村胡堂　音楽史的レコード蒐集（啄木の自尊心に触れる）Ｐ２〜３「名曲」７月号　Ｓ５・７・―

無　署　名　最近発見された石川啄木の遺稿（一）　　　　　　　　東京日日新聞　Ｓ６・７・28

無　署　名　未発表の啄木の遺稿（二）札幌日記　　　　　　　　　東京日日新聞　Ｓ６・７・29

山城正忠　思い出ばなし（←Ｓ60・新城栄徳「琉球文手帳」第３号）（←Ｈ12・7 大西照雄著『啄木と沖縄』

　　　に抄文の採録あり）　　　　　　　　　　　　　　　　　　　　琉球新報　Ｓ７・５・15

金　　相回　「はてしなき議論の後」　※朝鮮語訳を現在の韓国にて「新東亜」発表　Ｓ７・―・―

白鳥省吾　『詩集　大地の愛』（編注：啄木と省吾の位置関係の記述あり）　抒情詩社　Ｓ８・６・20

白鳥省吾　北海道行　「地上楽園」10月号　　　　　　　　　　　　　　　　　Ｓ８・10・1

東京日日新聞（記事）石川啄木廿二歳の元旦の日記（写真入りの記事）　　　　Ｓ９・１・１

一　記　者　詩人の俤を偲ぶ『石川啄木日記』Ｐ９〜10「岩手評論」新年号 第１巻５号 Ａ４判

　　　　　　　　　　　　　　　　　岩手評論社（東京市丸ノ内報知ビル四階）Ｓ９・１・15

松本政治　啄木　　　　　　　　　　　　　　　　　　　　　　岩手日報　Ｓ９・３・2

岩手日報　（記事）啄木崇拝青年心中　　　　　　　　　　　　岩手日報　Ｓ９・３・17

岩手日報　（記事）啄木五十年祭　　　　　　　　　　　　　　岩手日報　Ｓ９・４・2

松本政治　啄木研究文献　　　　　　　　　　　　　　　　　　岩手日報　Ｓ９・４・13

渡辺順三　啄木の正系を継ぐもの　　　　　　　　　　　　　　岩手日報　Ｓ９・４・13

一　記　者　啄木展　　　　　　　　　　　　　　　　　　　　岩手日報　Ｓ９・４・22

松本政治　読後の感想（金田一・啄木）　　　　　　　　　　　岩手日報　Ｓ９・４・25

鈴木彦次郎　読むべし好著　　　　　　　　　　　　　　　　　岩手日報　Ｓ９・５・4

上田方艸　啄木君追懐　　　　　　　　　　　　　　　　　　　岩手日報　Ｓ９・５・4

後　藤　生　金田一京助氏の『石川啄木』を読む　　　　　　　岩手日報　Ｓ９・５・25

吉田孤羊　啄木短歌「いつしかに‥‥」　　　　　　　　　　神戸商大新聞　Ｓ９・７・10

無　署　名　（記事）詩人復活を／ふるさと人に再質問　　　　時事新報　Ｓ９・７・17

佐藤好文　（記事）啄木から賢治への推移　　　　　　　　　　岩手日報　Ｓ10・５・7

無　署　名　（記事）薄幸の詩人啄木　日活でトーキー化　　　岩手日報　Ｓ10・５・10

無　署　名　（記事）啄木の映画化談義―文士・映画人・一堂に―　岩手日報　Ｓ10・６・2

吉田狂草　渋民吟行　　　　　　　　　　　　　　　　　　　　岩手日報　Ｓ10・６・11

吉田春水　啄木の少年時代　　　　　　　　　　　　　　　　　岩手日報　Ｓ10・８・18

無　署　名　雲は天才である―情熱の詩人啄木―（1）〜(7) 岩手日報

　　　　　　　　　　　　　　　　　　　　　　　Ｓ11・１・１〜Ｓ11・１・12

岩手日報社　「二十五周年記念　詩人石川啄木遺墨展出品目録」Ａ3判　1枚　Ｓ11・４・7

小林茂雄　その当時の啄木　　　　　　　　　　　　　　　　　岩手日報　Ｓ11・４・7

加藤文男	生命の一秒	岩手日報	S 11・4・7
松本政治	我が啄木観	岩手日報	S 11・4・7
吉田孤羊	続編 多摩川日記	岩手日報	S 11・4・7
岩手日報	（記事）啄木ファンの殺到・啄木展会場から	岩手日報	S 11・4・8
岩手日報	（記事）未発見の遺稿又も二三・きのふ啄木展に	岩手日報	S 11・4・9
小林茂雄	啄木を偲ぶ（ラジオ解説）	岩手日報	S 11・4・12
高橋康文	啄木と一女性・堀田秀子さんの事	岩手日報	S 11・4・14
無 署 名	（記事）映画を中心に啄木を語る　十三日夜追想の会	岩手日報	S 11・4・16
川村公人	映画・情熱の詩人「啄木」の印象	岩手日報	S 11・4・23
高橋康文	啄木の黒紋付	岩手日報	S 11・4・23
加藤幹次	老成なき啄木の強み	岩手日報	S 11・4・28
無 署 名	（記事）映画"情熱の詩人石川啄木"に光子さん涙の感慨	岩手日報	S 11・4・28
無 署 名	（記事）"別れの歌"に滲む啄木の師弟愛	東京日々新聞＜岩手版＞	S 11・4・30
無 署 名	（記事）石川啄木の渡米	時事新報	S 11・5・24
無 署 名	（記事）"国境を越えて啄木の感傷"（英訳『一握の砂』）	読売新聞	S 11・5・24
松本政治	（書評）『父、啄木を語る』（石川正雄著）	岩手日報	S 11・7・14
無 署 名	（記事）『啄木写真帳』孤羊二十年の偉業	岩手日報	S 11・9・4
久保田万太郎	啄木の友に会ふ	東京日日新聞	S 11・9・18
無 署 名	（記事）「兄いもうと」と「啄木」田中監督を囲んで	岩手日報	S 11・9・24
無 署 名	（記事）啄木画家　仏生寺氏の個展	岩手日報	S 11・9・28
無 署 名	（書評）啄木入門ＡＢＣ和田氏の『石川啄木』	岩手日報	S 11・9・30
松本政治	（書評）『啄木写真帳』について（吉田孤羊著）	岩手日報	S 11・10・21
田中　信	（書評）上田庄三郎『青年教師啄木』を読む	岩手日報	S 11・12・13
吉井　勇	石川啄木を憶ふＰ133～136『短歌文学全集・吉井勇篇』	第一書房	S 11・―・―
鶴　　彬	井上剣花坊と石川啄木　「川柳北斗」第2巻2号（←S52・9『鶴彬全集』たいまつ社）		

S 12・2・5

佐藤　寛『解説　啄木歌集』菊判 全221頁 定価2円（価格はS15/08 発行4版）自序 P1～4

秀文堂書店　S 12・3・10

無 署 名	（記事）満州で最初の啄木祭（吉田孤羊氏渡満）	岩手日報	S 12・3・26
鶴　　彬	井上剣坊花と石川啄木・承前「川柳北斗」第2巻4号（←S52・9『鶴彬全集』）		

S 12・4・5

金子定一	若き日の啄木（1）～（4）	岩手日報	S 12・4・20～28
無 署 名	（記事）啄木に恋した女性の素性判明・植木貞子	岩手日報	S 12・4・23
関和由紀子	啄木の郷土を訪ねて	岩手日報	S 12・5・28

「麺麭」6月号〈座談会〉〈石川啄木と時代〉出席者：萩原朔太郎・渡辺順三・石川正雄・吉田孤羊・
　井原彦六・木下勇・堀場正夫・浅野晃・北川冬彦　　　　　麺麭社（東京・蒲田区）S 12・6・1

山城正忠	啄木と私　『月刊琉球』		S 12・6・―
内ヶ崎三郎	樗牛と嘲風	岩手日報	S 12・7・18
鶴　　彬	井上剣花坊と石川啄木(三)「川柳時代」9月創刊号（←S52・9『鶴彬全集』）S 12・9・1		

| 吉田孤羊 | 啄木観光局 | 岩手日報 | S 12・9・4 |

吉田孤羊　啄木観光局　　　　　　　　　　　　　　　　　　岩手日報　S 12・9・4

松本政治　晩年の平八さん〔編注・啄木の中学での一年後輩の平野八兵衛（←S63・10『石川啄木アトランダム』）〕　盛岡啄木会（編注・本書に岩手日報と記したのは誤植）　新岩手日報　S 13・3・29

森荘已池　永遠の青年　平八さんの思出二三　　　　　　　　新岩手日報　S 13・3・29

吉田源三　よこがほ　平八さんのおもひで　　　　　　　　　新岩手日報　S 13・3・29

高橋康文　弱気の平八さん　　　　　　　　　　　　　　　　新岩手日報　S 13・4・5

野口雨情　札幌時代の石川啄木　「現代」10月号（←S63・9『定本　野口雨情　第六巻』未來社）
　　　　　　　　　　　　　　　　　　　　　　　　　　　　　　　　　講談社　S 13・10・―

水町　登　老いない啄木 P24〜25　「短歌方法」第7巻3号 A5判　短歌方法会　S 14・5・1

関　三郎　札幌の啄木　　　　　　　　　　　　　　　　　　新岩手日報　S 14・7・4

森荘已池　孤羊さんの近業　　　　　　　　　　　　　　　　新岩手日報　S 14・7・11

編集部　教科書採録短歌ニ関スル調査　「大日本歌人協會月報臨時號」　　　　S 14・7・―

関　三郎　仙台滞留の啄木　　　　　　　　　　　　　　　　新岩手日報　S 14・8・1

加藤将之　教科書採録短歌に関する調査「短歌研究」10月号　　　　　　　　S 14・10・―

高木俊明　啄木映画の雑記　　　　　　　　　　　　　　　　新岩手日報　S 14・10・20

村上久吉　随想：旭川での啄木―宮越屋を訪ふの記―（←H25・4・20 東延江「国際啄木学会旭川セミナー研究発表レジメ」複写全文綴じ込み）　　旭川タイムス　S 15・6・29

佐藤好文　啄木をお助け下さい　　　　　　　　　　　　　　新岩手日報　S 15・10・26

高木俊朗　文化映画"石川啄木"盛岡撮影の覚え書（全4回）　新岩手日報　S 15・11・11〜14

高木俊朗　「石川啄木」のその後（1〜5）　　　　　　　　　新岩手日報　S 16・2・5〜9

松本　生　啄木新発見二、三（処女詩集「あこがれ」の紙型／五十圓借用の証書／啄木遺愛の小箪笥と酒盆）P38〜45「柳屋」第66号・特集　啄木の巻　柳屋書廊　S 17・12・8

田中比左良　啄木の山 P43〜44　「柳屋」第66号　　　　　柳屋書廊　S 17・12・8

高橋康文　啄木のふるさと（1）　　　　　　　　　　　　　新岩手日報　S 18・6・24

大鹿　卓　啄木の墓 P215〜221（→S13・7「日本短歌」第7巻7号）『猟矢集』四六判　弐円五十銭
　　　　　　　　　　　　　　　　　　　　　　　　　　　　日本文林社　S 19・7・1

宮崎郁雨著歌集『自画像』A5変形判（ガリ版刷私家版／制作：大垣友雄）全60頁
　　　　　　　　　　　　　　　　　　　　　　　　　　　　　　著者刊　S 20・6・6

阿部正隆　ふるさとの山々　　　　　　　　　　　　　　　　新岩手日報　S 21・5・12

吉田精一　啄木の小説 P85〜95（←H14・5『昭和千夜一夜物語（復刻）』文芸社）「青年公論」7月号
　　　　　　　　　　　　　　　　　　　　　　　　　　　　青年公論社　S 21・7・24

吉田孤羊　啄木短歌〜「われ飢えてある日…」　　　　　　　新岩手日報　S 21・7・30

箕作秋吉　啄木短歌「雨に濡れし夜汽車の…」など九首に作曲楽譜 P60〜64「音楽芸術」第4巻9号 A5判　　　　　　　　　　　日本音楽雑誌株式会社　S 21・10・1

たざわてつ　啄木と宮沢賢治　　　　　　　　　　　　　　　新岩手日報　S 22・1・6

吉田孤羊　啄木短歌〜「労働者」「革命」など…　　　　　　新岩手日報　S 22・2・2

壷井繁治　啄木と賢治　　　　　　　　　　　　　　　　　　新岩手日報　S 22・2・22

無署名　（記事）妻に愛人があった／悩みつつ死んだ啄木　　毎日新聞　S 22・4・19

川並秀雄　漱石と啄木　「学生公論」第3号　　　　　　　　大阪学生公論社　S 22・6・―

小澤恒一	啄木映画	新岩手日報	S 22・10・19
石川啄木	未発表の日記 P8 〜 11「婦人」新年号	世界評論社	S 23・1・1
芦原　正	"われ泣きぬれて"製作語る	新岩手日報	S 23・3・7
岩城之徳	啄木と岩見沢―函館に宮崎郁雨氏を訪ふ―　「岩見沢女子高校新聞」		S 23・12・1
朝下桂宇	石川啄木 P4 〜 7「東北文学」6 月号 B5判 60 円	河北新報社	S 24・6・1
大宅壮一	明治の革命詩人啄木	ウイークリーにっぽん通信	S 24・6・5
佐藤与一	石川啄木と鹿角 (1)	鹿角時事	S 24・8・21
佐藤与一	石川啄木と鹿角 (2)	鹿角時事	S 24・9・1
吉田孤羊	啄木短歌〜「正月の四日…」	岩手民声新聞	S 25・1・1
吉田孤羊	啄木短歌〜「何となく今年は…」	三陸民報	S 25・1・1
木村荘八	「煤煙」の作者と中学時代	東京新聞	S 25・2・2
同級生座談会 (語る人) 郷古潔・野村胡堂・田子一民・及川古志郎・金田一京助・弓館小鰐　弊衣破帽の "盛中" 時代 P24 〜 25「サンデー毎日」3 月 5 日号		毎日新聞	S 25・3・5
野村六三	(連載) くしろ啄木一人百首 (1 〜 20)	北海道新聞	S 25・4・14 〜 5・3
無 署 名	(記事) "啄木除名"を取消し、ユニオン会できのう追悼法要	新岩手日報	S 25・8・17
無 署 名	(記事) 腕白時代の啄木を、同級生が想い出の会	毎日新聞＜岩手版＞	S 26・4・6
毎日新聞	(都内版・記事) 啄木終焉の地に記念館／金田一博士らの手で		S 26・4・17
大佛次郎	渋民村	毎日新聞	S 26・7・7
無 署 名	(記事) 郷土芸能展・啄木ほか	毎日新聞＜岩手版＞	S 26・7・8
藤岡玉骨	石川啄木と私　「大日本紡績社報」第 24 号	大日本紡績社	S 26・8・10
無 署 名	(記事) 啄木・賢治遺品展	朝日新聞＜岩手版＞	S 26・9・27
三島民報	(記事) 言論は不自由が 67％　二つの輿論調査 (南高校文化祭より) ※啄木祭 (← H28・3「啄木」第 13 号 P6 〜 0)		S 26・11・5
無 署 名	(記事) 啄木賢治の縦横談	岩手日報	S 27・1・11
久保　栄	啄木の浸透性について	岩手日報	S 27・1・11
池山　広	啄木賢治を再検討する (上)	岩手日報	S 27・1・15
石川啄木著『啄木歌集』183 頁　B5 判　120 円 (※同年 5 月に再版)		八千代書院	S 27・2・20
産経新聞	(都内版・天才の居たところ) 貧困と闘病の一生・本郷に啄木終焉の地		S 27・4・1
無 署 名	(記事) 啄木四十年忌の催し	朝日新聞＜岩手版＞	S 27・4・13
無 署 名	〈コラム天声人語〉(啄木忌についての内容)	朝日新聞	S 27・4・13
(M)	(記事) 恋歌に残る智恵子さんの身の上	岩手日報	S 27・6・17
無 署 名	(記事) 失われた由縁の家・新婚の家	岩手日報	S 27・6・17
岩手日報	〈座談会〉みちのくの旅、六人集座談会	岩手日報	S 27・6・23
斎藤三郎	啄木の俳句　「俳句研究」第 9 巻 7 号	俳句研究	S 27・7・1
岩手日報	(記事) 啄木に崇拝さる (聞く人：伊東圭一郎／話す人：及川古志郎)	岩手日報	S 27・8・13
岩城之徳	啄木や二見市長さん (わが校のほこり)	岩手日報	S 27・8・30
岩城之徳	啄木の旧友の手に (未発表の短歌二つ・高野桃村)	岩手日報	S 27・8・31
積　惟勝	啄木祭雑感「沼津歌人」8 月号 (← H28・3「啄木」第 13 号 P5 〜 6)		S 27・8・―

岩城之徳	〈コラム風土計〉啄木	岩手日報	S 27・9・15
板沢武雄	啄木の葉書（工藤大助宛）	岩手日報	S 27・10・19
岩手日報	（記事）啄木終焉の地	岩手日報	S 28・2・6
岩手日報	（記事）啄木の四畳半は此処	岩手日報	S 28・3・4
岩手日報	（記事）啄木忌・今に残る下宿の間	岩手日報	S 28・4・14
岩手日報	（記事）啄木の遺跡・都に買上げを運動	岩手日報	S 28・6・30
岩手日報	（記事）啄木を慕う心ありき（立花五郎）	岩手日報	S 28・7・16
朝日新聞	（岩手版記事）借金で告発された啄木	朝日新聞	S 28・7・17
岩手日報	（記事）啄木と賢治の遺墨　東都の興味集める	岩手日報	S 28・7・21
岩手日報	（記事）立花五郎	岩手日報	S 28・7・24
毎日新聞	（岩手版記事）東京に啄木記念館	毎日新聞	S 28・8・22
朝日新聞	（岩手版記事）啄木の手紙発見（柴内栄次郎宛）	朝日新聞	S 28・9・6
朝日新聞	（記事）新たな意義、二葉亭・啄木両全集	朝日新聞	S 28・10・3
河北新報	（記事）啄木の"学校日誌"発見	河北新報	S 28・10・4
毎日新聞	（岩手版記事）学校日誌にみる啄木の一面	毎日新聞	S 28・10・4
岩手日報	（記事）石川啄木展（水沢市立図書館）	岩手日報	S 28・11・1
岩手日報	（記事）啄木の歌集を抱いて少年服毒	岩手日報	S 28・11・6
小野清一郎	（コラム ばんちゃせんちゃ）啄木回顧	岩手日報	S 29・1・5
金田一京助	啄木の出生	岩手日報	S 29・1・20
西本一都	啄木の俳句観	岩手日報	S 29・2・24
毎日新聞	（コラム書斎めぐり）國學院大教授　金田一京助／カバンに生命つめて		S 29・3・1
岩手日報	（記事）啄木賢治の碑を・岩手公園に計画	岩手日報	S 29・3・9
岩手日報	（記事）「啄木よ泣け」と如くに	岩手日報	S 29・3・30
高橋康文	啄木と仙台（6回）（編注・掲載日付不明）	河北新報	S 29・3・－
斉藤佐蔵	啄木は悲しむ	岩手日報	S 29・4・3
高橋康文	消えた"渋民村"　啄木のふる里	朝日新聞	S 29・4・9
無　署　名	（記事）啄木最後の歌「今も猶‥‥‥」	毎日新聞	S 29・4・12
岩手日報	特集 "啄木を語る"（以下3点の文献を収載）		

　　金田一京助　苦難の中で「明日」を認識

　　高橋康文　望郷の詩人

伊東圭一郎	「ユニオン会」と彼	岩手日報	S 29・4・12
朝日新聞	（岩手版記事）渋民小学校の盟休事件、きょう啄木忌	朝日新聞	S 29・4・13
岩手日報	特集・かにかくに渋民村は恋しかり、啄木忌に寄せて	岩手日報	S 29・4・13
産経新聞	（岩手版記事）啄木の悪口に興味をもった高橋さん	産経新聞	S 29・4・15
岩手日報	（記事）帰れ渋民村の名に／村民知らぬ間の議決	岩手日報	S 29・4・16
岩手日報	（記事）啄木映画のロケ隊怒る	岩手日報	S 29・4・16

東京大学図書館「参考だより石川啄木文献目録」第32号 B5判（ガリ版刷表紙付）全20頁あとがき

　（柳生）※文献紹介146点（河出書房版全集等は全17巻を1点に数える）

東京大学図書館発行　S 29・4・19

岩手日報	（記事）渋民村を去る啄木（岡田英次）	岩手日報	S 29・5・6
岩手日報	（談話）私の啄木観・中川監督／若山セツ子／岡田英次	岩手日報	S 29・5・9
岩手日報	（記事）映画「雲は天才である」を完成	岩手日報	S 29・5・25
岩手日報	（記事）啄木歌碑・ロケの置土産	岩手日報	S 29・5・27
金田一京助	石川啄木ベストスリー	毎日新聞	S 29・6・21
森荘已池	（コラム ふるさとの文化）啄木の歌碑	朝日新聞	S 29・7・1
壺井重治編	『石川啄木詩集』〈アテネ文庫〉76頁　解説：壺井重治P7～76	弘文堂	S 29・7・10
毎日新聞	（岩手版記事）啄木の両親、先祖の系譜判る	毎日新聞	S 29・8・8
岩手日報	（記事）違う啄木の生年月日	岩手日報	S 29・8・8
山崎康平	お盆に生まれた"啄木"の話題二つ	岩手日報	S 29・8・18
朝日新聞	（岩手版記事）「少年啄木の家」発見	朝日新聞	S 29・9・16
広報もりおか	（記事）街の動点・啄木	盛岡市広報課	S 29・10・1
岩手日報	（記事）啄木の遺骨は函館にだけ〈談話・石川正雄〉	岩手日報	S 29・10・6
池野正明	啄木の誕生日・岩城之徳氏に対する反論	北海道新聞	S 29・10・7
月宮よしと	『天才詩人 石川啄木』〈漫画文庫〉四六判 130円	東京漫画出版社	S 29・11・10
野田宇太郎	啄木秘録	毎日新聞	S 29・11・24
岩手日報	（記事）啄木縁りの「太栄館」焼く	岩手日報	S 29・12・15
無 署 名	啄木と太栄館	岩手日報	S 29・12・17
森荘已池	啄木と賢治	盛岡よみうり	S 29・12・18
広報もりおか	街の動点（啄木）	盛岡市広報課	S 30・1・1

創元社版『現代日本詩人全集』〈第2巻・三木露風／木下杢太郎／石川啄木／高村光太郎〉A5判			
211～271P		創元社	S 30・3・5
伊藤信吉	石川啄木ほか（解説）P398～403『現代日本詩人全集・第2巻』	創元社	S 30・3・5
佐古純一郎	食ふべき詩 2～3P「詩人と詩集」第11号（『現代日本詩人全集・第2巻』の付録）		
		創元社	S 30・3・5
岩手日報	（記事）啄木をしのぶ（ラジオ解説）	岩手日報	S 30・4・6
岩手日報	（記事）きょう啄木四十五回忌	岩手日報	S 30・4・13
岩手日報	（記事）渋民村幻想曲（ラジオ解説）	岩手日報	S 30・4・13
岩手日報	（記事）等光寺に啄木の墓碑	岩手日報	S 30・4・13
岩手日報	（記事）ソ連で啄木詩集を出版	岩手日報	S 30・4・15
岩手日報	（記事）浅草に「さみしき心」の啄木の歌碑	岩手日報	S 30・5・8
岩手日報	（記事）好摩駅にも啄木の歌碑	岩手日報	S 30・6・7
岩手日報	（記事）岩手公園の「啄木碑」計画	岩手日報	S 30・6・12
朝日新聞	（記事）浅草に啄木の記念碑	朝日新聞	S 30・7・6
佐藤喜一	『北海道文学前史』P90～95 B6判（←S31・11 楡書房より再版）		
		冬濤社（旭川市）	S 30・9・5
岩手日報	（記事）銅板に「お城の草にねころびて」	岩手日報社	S 30・10・4
吉田孤羊	城跡の歌碑に寄せて	毎日新聞	S 30・10・4
朝日新聞	（記事）きのう啄木歌碑の除幕式	朝日新聞	S 30・10・6

毎日新聞	（記事）きのう歌碑除幕式＜生誕七〇周年記念＞	毎日新聞	S 30・10・6
河北新報	啄木ゆかりの地「盛岡」⑴ 不来方城跡／図書蔵の裏		S 30・10・21
河北新報	啄木ゆかりの地「盛岡」⑵ 杜陵館／大沢川原の下宿		S 30・10・22
河北新報	啄木ゆかりの地「盛岡」⑶ 新婚の家／天満宮		S 30・10・23
河北新報	啄木ゆかりの地「盛岡」⑷ 龍谷寺／報恩寺		S 30・10・25
河北新報	啄木ゆかりの地「盛岡」⑸ 小天地発行の家／最初の下宿		S 30・10・26
吉田孤羊	不死鳥の詩人	朝日新聞	S 30・10・26
河北新報	啄木ゆかりの地「盛岡」⑹ 渋民の歌碑		S 30・10・27
朝日新聞	（岩手版記事）啄木借金のわび状を発見		S 30・10・28
朝日新聞	（記事）生誕の地に記念碑		S 30・10・28
朝日新聞	（記事）浅草等光寺で歌碑の除幕式		S 30・10・28
岩手日報	（記事）浅草に啄木の記念碑		S 30・10・29
広報もりおか	啄木歌碑の除幕式	盛岡市広報課	S 30・11・1
広報もりおか	啄木展開く（松屋デパート）	盛岡市広報課	S 30・11・1
河北新報	（記事）啄木、未発表の日記		S 30・11・2
河北新報	みちのくの歌碑⑸ 立待岬		S 30・11・11
河北新報	啄木展から（7回）		S 30・11・14～20
松本政治	啄木と歌碑	河北新報	S 30・11・18
無 署 名	啄木も海兵志願（初春随筆）	毎日新聞＜岩手版＞	S 31・1・1
岩手日報	（記事）青年期の啄木のハガキ（沼田末治・おやへ宛）	岩手日報	S 31・1・6
朝日新聞	〈新刊紹介〉城氏『石川啄木傳』	朝日新聞	S 31・1・23
小澤恒一	啄木遺墨	岩手日報	S 31・2・3
岩手日報	（記事）東京で啄木をしのぶつどい	岩手日報	S 31・2・19
朝日新聞	（記事）東京で啄木をしのぶつどい	朝日新聞	S 31・2・19
東奥日報	（記事）啄木歌碑建立を待つ（合浦公園）	東奥日報	S 31・3・25
元木省吾	啄木の好物 ―夏みかん、南部せんべい、クズかしわ―	朝日新聞	S 31・4・11
川崎むつを	代用教員時代の啄木	東奥日報	S 31・4・12
産経時事	（記事）啄木歌碑建立を待つ（合浦公園）	産経時事新聞	S 31・4・12
高橋康文	（コラム ばん茶せん茶）啄木忌	岩手日報	S 31・4・13
産経時事	（岩手版記事）荒れ放題の詩人啄木遺跡	産経時事新聞	S 31・5・31
産経時事	（岩手版記事）遺跡の保存・啄木、原敬	産経時事新聞	S 31・6・3
朝日新聞	（記事）「啄木の詩集」ロシア語に	朝日新聞	S 31・7・5
岩手日報	（記事）啄木好んだ都計博士（石川栄耀）	岩手日報	S 31・8・16
及 川 均	じっと見る手のこと	岩手日報	S 31・8・28
岩手日報	（記事）「岡山不衣」の句集刊行	岩手日報	S 31・9・2
岩手日報	（記事）石碑の秋⑴「やはらかに……」	岩手日報	S 31・9・2
岩手日報	（記事）石碑の秋⑵「空に吸はれし……」	岩手日報	S 31・10・3
読売新聞	（岩手版記事）啄木の歌がきっかけで村議が教頭を殴る	読売新聞	S 31・10・13
岩手日報	（記事）啄木の碑きれいに	岩手日報	S 31・11・2

佐藤喜一　『北海道文学前史』P93 〜 99 B6 判（→ S30・9 冬濤社の再版）

　　　　　　　　　　　　　　　　　　　　　　　　　　　　榆書房（札幌市）　S 31・11・5

岩手日報　（夕・記事）石川啄木の「暇ナ時」複製　　　　　岩手日報　S 31・11・12

朝日新聞　石川啄木の「暇ナ時」　　　　　　　　　　　　　朝日新聞　S 31・11・14

岩手日報　（夕・記事）「呼子と口笛」IBC学生放送劇・電波に　　岩手日報　S 31・11・29

川崎むつを　青森市合浦公園の歌碑　「青森文学」12 月号　　青森文学会　S 31・12・1

ドナルド・キーン（Donald Keene）編『Modern Japanese Literature—An anthology compiled
　and edited by Donald Keene—』（※日本近代文学アンソロジーの英訳本で、ドナルド・キーンによ
　る石川啄木「ローマ字日記」の英訳と解説が掲載されている）　　　Grove Press　S 31・—・—

岩手日報　（夕・記事）高田松原には砂山の歌碑を（読者投稿欄・声）　　S 31・12・14

朝日新聞　〈コラム天声人語〉（啄木に関する内容）　　　　朝日新聞　S 32・1・8

河北新報　（岩手版記事）また減った啄木の遺跡（海沼宅）　河北新報　S 32・1・24

岩手日報　〈新刊紹介〉堅実で実証的『鷗外・藤村・啄木・武郎』　岩手日報　S 32・2・4

岩手日報　（夕・記事）「啄木詳伝」執筆中（吉田孤羊氏）　岩手日報　S 32・2・6

岩手日報　（夕・記事）啄木ゆかりの各種事業　　　　　　　岩手日報　S 32・2・7

岩手日報　（夕・記事）知人岬の啄木歌碑　　　　　　　　　岩手日報　S 32・2・12

壺井重治編『石川啄木詩集』〈アテネ文庫〉76 頁　解説：壺井重治〈重版〉　弘文堂　S 32・2・20

岩手日報　（夕・記事）命なき砂の悲しさよ、高田松原の歌碑の歌　岩手日報　S 32・4・4

毎日新聞　（岩手版記事）啄木の「わが四畳半」　　　　　　毎日新聞　S 32・4・11

吉田孤羊　啄木と岩手日報　啄木死んで四十五年　　　　　　岩手日報（夕）　S 32・4・12

岩手日報　（夕・記事）新人研究二つ ＜遊座、菊池＞　　　　岩手日報（夕）　S 32・4・13

朝日新聞　（記事）ソ連で啄木訳書　　　　　　　　　　　　朝日新聞　S 32・4・15

岩手日報　（夕・記事）ユニオン会の論争　　　　　　　　　岩手日報（夕）　S 32・4・19

川崎むつを　啄木と学生炭屋　「青森文学」5 月号　　　　　青森文学会　S 32・5・1

朝日新聞　（記事）啄木歌集のロシア語版完成　　　　　　　　　　　　S 32・7・5

石上玄一郎　国禁の書　　　　　　　　　　　　　　　　　　岩手日報（夕）　S 32・7・10

岩手日報　（記事）啄木・高村翁の碑が完成　　　　　　　　岩手日報　S 32・7・16

岩手日報　（夕・記事）啄木の歌碑完成・高田松原　　　　　岩手日報　S 32・7・19

岩手日報　（夕・記事）原文と違う啄木歌碑・高田松原　　　岩手日報　S 32・7・20

高橋康文　（コラム ばん茶せん茶）いのちなき砂　　　　　岩手日報（夕）　S 32・7・20

朝日新聞　（記事）秘められた啄木の社会時評（幸徳事件）　朝日新聞　S 32・7・23

松本政治　原作と違う啄木の歌碑〈読者投稿欄・声〉　　　　朝日新聞　S 32・8・5

遊佐良雄　東海村と啄木　　　　　　　　　　　　　　　　　岩手日報（夕）　S 32・9・2

岩手日報　（記事）平館駅に啄木碑「たはむれに‥‥」　　　岩手日報　S 32・12・11

岩手日報　（記事）「幸こけし」啄木・賢治・光太郎の詩を胸に　岩手日報　S 33・1・10

岩手日報　（記事）啄木ゆかりの杜陵館解体工事始まる　　　岩手日報　S 33・1・19

毎日新聞　（岩手版記事）姿を消す“杜陵館”　　　　　　　毎日新聞　S 33・1・14

高橋康文　ふるさとの歌碑　　　　　　　　　　　　　　　　岩手日報（夕）　S 33・3・6

一條　徹　（書評）啄木を新しく見直す・窪川啄木を読んで　アカハタ　S 33・3・6

朝日新聞　（記事）ソ連で好評の啄木詩集　　　　　　　　　　　　　　　　朝日新聞　S 33・3・20

東奥日報　（記事）啄木の添削資料　　　　　　　　　　　　　　　　　　　　　　　　S 33・4・26

福田清人編『石川啄木名作集』（少年少女日本文学選集 7）A5 判 280 円（作品：一握の砂　ほか／解説：

　　福田清人：石川啄木の一生とその作品／滑川道夫：作品の読みかた）　　あかね書房　S 33・5・20

広報にしね第 8 号（記事）海外にまで西根の名・啄木ほか　　　　　西根町役場　S 33・5・20

和田周三　啄木忌 P16 ～ 17「ポトナム」第 34 巻 2 号　　　大阪・ポトナム短歌会　S 34・2・1

草野心平　啄木の故郷・盛岡 P146 ～ 149『東北の旅』（教養文庫 326）　社会思想社　S 34・2・1

川崎むつを　啄木と堀田秀子　「青森文学」6 月号　　　　　　　　　青森文学会　S 34・6・1

阿部たつを　啄木の墓標の歌のこと P130 ～ 145 ／釧路の啄木歌碑と千鳥 P146 ～ 152　『函館今昔

　　帖』B5 判 限定 300 部発行　　　　　　　　　　　　　無風帯社（函館市）S 34・10・21

ＴＯ生　寄稿・「啄木と鹿角」の講演を聴いて　　　　　　　　　　鹿角時報　S 35・12・11

金　龍済（訳著）『石川啄木歌集』※朝鮮語訳を現在の韓国・ソウルの「新太陽社」より刊行

　　　　　　　　　　　　　　　　　　　　　　　　　　　　　　　　　　　　　　S 35・―・―

佐藤与一　墨絵の大牛・啄木と鹿角　　　　　　　　　　　　　　　　鹿角時報　S 36・1・1

岩城之徳　石川啄木の魅力 P1 ～ 2「文学研究」第 1 号　　日本大学三島高等学校　S 36・4・10

平山　広　「啄木の歌とその原型」（ガリ版刷）※（S48 年 7 月 21 日の朝日新聞（北海道版）澤田誠一著

　　「啄木の屈折を読む」の論文にて本書を紹介し著者発行の記載有り）　　　　著者刊　S 36・4・13

川崎むつを　「潮かをる」は野辺地の歌　　　　　　　　　　　　　　東奥日報　S 36・11・20

編集部　映画「情熱の詩人啄木」ロケ鎌形小学校で　「菅谷村報道」第 131 号　　S 38・3・25

川崎むつを　啄木と青森の歌人・和田山蘭　　　　　　　　　　　　　東奥日報　S 38・4・25

近藤治義　啄木と聖書　「ことば」第 288 号　　　　シオン教会内「ことば」社　S 38・5・10

宮田立志郎〈コラムほしっぱ汁〉誇りたかき西根に（啄木の歌について）

　　　　　　　　　　　　　　　　　　　　　　　　　　　広報にしね第 40 号　S 38・5・10

北日本新聞（学芸欄）愛人 "啄木" を追憶する・なつかしい釧路時代・富山で療養する小奴

　　　　　　　　　　　　　　　　　　　　　　　　　　　　　　　　　　　　　　S 39・4・9

広報にしね第 62 号（記事）岩城氏が講演三十一日平館高校で　　　西根町役場　S 40・1・31

北日本新聞（学芸欄）啄木の愛人 "小奴" の死・ゆかりの釧路で法要・富山に一年半、療養生活

　　　　　　　　　　　　　　　　　　　　　　　　　　　　　　　　　　　　　　S 40・4・10

広報にしね第 64 号〈コラムアンテナ〉"けり" "か" "けれ "か'・啄木忌の話題　　S 40・4・20

宮田立志郎　西根と啄木・平館の歌碑とそのいわれ・新しい歌碑「広報にしね」第 70 号

　　　　　　　　　　　　　　　　　　　　　　　　　　　　　　　　　　　　　　S 40・10・30

広報にしね第 71 号（記事）啄木 54 回忌にあたり三つ目の啄木碑　　西根町役場　S 40・11・30

中野重治　啄木について P77 ～ 85 猪野謙二ほか編『近代文学選』四六判 150 円（→ S11・4「短歌研究」

　　第 5 巻 4 号改造社／← S52・7『中野重治全集』筑摩書房）　　　秀英出版　S 41・3・―

本田正義　被疑者　石川啄木 P14 ～ 17 ※他に写真をグラビア 3 頁に掲載　「岩手警察」4 月号

　　B5 判 定価 80 円　　　　　　　　　　編集発行：岩手警察本部警務部教養課　S 41・4・25

編集部　石川啄木小伝 P16 ～ 18「岩手の警察」4 月号　岩手警察本部警務部教養課　S 41・4・25

デーリー東北（記事）蛍の女が種市小学校に・啄木研究に新発見　　　　　　　　S 41・5・7

川崎むつを　啄木の「蛍の女」　　　　　　　　　　　　　　　　　　東奥日報　S 41・6・2

続 石川啄木献書誌集大成　補遺篇　459

加藤昌之　「石川啄木」を読んで「むぎぶえ」第19号　埼玉県比企郡国語研究部会　S 41・11・―

張　寿哲　「道」※啄木の小説が朝鮮語訳で『日本代表作家百人集』に収録されてソウルから発行された
　　　　　　　　　　　　　　　　　　　　　　　　　　希望出版社（韓国・ソウル）S 41・―・―

浅川義一・浅川美弥著『蟻の足跡』※「従兄大島経男」　出版元不明（北海道新冠町）S 42・8・―

木俣　修編『文士の筆跡・4 歌人篇』〔啄木の筆跡は歌稿ノートより〕　　　　　二玄社　S 43・1・31

木俣　修編『文士の筆跡・3 詩人篇』〔啄木の筆跡は歌稿ノート「呼子と口笛」より／他に日記（2点）、
　　書簡（小笠原迷宮宛 2通）、原稿「天鵞絨」「病院の窓」「雲は天才である」の部分〕A4 判 1900 円
　　　　　　　　　　　　　　　　　　　　　　　　　　　　　　　　　二玄社　S 43・6・15

松井如流　詩人の筆跡 P182～185 木俣修編『文士の筆跡・3 詩人篇』A4 判　二玄社 S 43・6・15

桑原武夫　石川啄木 P444 ～ 450／啄木の日記 P451 ～ 474（→S28・6『啄木全集　別巻』岩波書店）
　　『桑原武夫全集　第 1 巻』四六判 950 円　　　　　　　　　　　　　朝日新聞社　S 43・10・20

石川啄木著『悲しき玩具』（豆本 2.5 × 2cm）　　　　　　　　　　　　ミクロ文庫　S 43・12・―

川崎むつを　啄木の妹光子さん　　　　　　　　　　　　　　　　　　　東奥日報　S 44・1・9

森荘已池　啄木のざれ歌〈← H22・9「国際啄木学会盛岡支部会報」森三紗の文章に全文転載〉
　　　　　　　　　　　　　　　　　　　　　　　　　　　朝日新聞（岩手版）S 44・4・13

宮崎郁雨　函館の啄木 P411 ～ 415 伊藤信吉編『生と生命のうた』（現代詩鑑賞講座 第 4 巻　近代詩
　　篇第 3）四六判 670 円（→ S35・5『函館版　一握の砂』）　　　　　角川書店　S 44・6・30

訳者不記載「一握の砂」※『永遠の世界名詩全集 2』　　翰林出版社（韓国・ソウル）S 44・―・―

北海道新聞（記事）「啄木研究二十年」を祝う会　　　　　　　　　　　　　　　S 45・7・11

編集部　昭和52年に…（柳原白蓮、宮崎郁雨が石川啄木を偲ぶ会に出席のため根室市へ ※H26・9・21「北海道新聞」
　　報道記事より引用）『根室市百年記念文化誌』A5 判　　　　根室市文化協会編発行　S 45・11・3

佐藤春夫　いつしかに（石川啄木）※啄木直筆詩稿を掲載 P37 ～ 39『美と愛の世界』四六判 850 円
　　　　　　　　　　　　　　　　　　　　　　　　　　　　　　　　養神書院　S 45・12・1

成瀬政男『石川啄木の遺族につながる少年の日の思い出』全 24 頁 B5 判（→ S45・7「IDE」106 号）
　　　　　　　　　　　　　　　　　　　　　　　　　　　千葉県白浜町役場　S 45・12・10

内海　繁　啄木の「病院の窓」の問題～「血潮」掲載の三首について～ P258 ～ 273（← S58・6『幡
　　州平野にて　内海繁評論集』未来社）「鴛」8 号　　　　　　（発行先：月日不明）S 45・―・―

野間　宏　芸術と実行　P67—86　『野間宏全集』　　　　　　　　　　筑摩書房　S 46・1・20

高良留美子　解説　P461—472　『野間宏全集』　　　　　　　　　　　筑摩書房　S 46・1・20

高橋清編　「啄木（新聞切り抜き）関係目録」ガリ版刷 28 頁　　　　盛岡市立図書館　S 47・4・12

川崎むつを　十和田に遊んだ啄木　（← S48・5・5「新東北歌人」）　　東奥日報　S 48・4・13

川崎むつを　十和田に遊んだ啄木　「新東北歌人」（→ S48・4・13 東奥日報）　　　S 48・5・5

澤尻弘志　啄木歌碑と十和田湖　　　　　　　　　　　　　　　　　　　東奥日報　S 48・5・18

川崎陸奥男　啄木歌碑建立計画について　　　　　　　　　　　　　　　東奥日報　S 48・5・26

澤田誠一　地下水の人々（8）啄木の“屈折”をよむ／平山広氏／労働者のお前がか〔編注：岩城之徳著
　　『定本石川啄木歌集』（S39 年）の功労者の平山廣について〕　朝日新聞（北海道版）S 48・7・21

デーリー東北（記事）疑わしきハガキ（※古木巌宛「空腹坊」は啄木の別名か）　　S 48・8・4

松本政治　疑わしいハガキ　　　　　　　　　　　　　　　　　　　　　デーリー東北　S 48・8・24

「渋民小学校開校百周年　記念誌」A4 判 62 頁（遊座昭吾・小伝　郷愁の詩人石川啄木 P57 ～ 60／ほか）

渋民小学校百周年記念事業協賛会　S 48・9・5

川崎むつを　石川啄木十和田湖訪問は確実　　　　　　　　　　　　東奥日報　S 48・9・8

阿部たつを　「宣教師コルバン」補遺（1）1頁「北海道医報」第 337 号　　S 48・10・1

阿部たつを　「宣教師コルバン」補遺（2）1頁「北海道医報」第 338 号　　S 48・10・16

小林静一　啄木は十和田湖に行ったか　一枚のはがき　　　　　　　岩手日報　S 48・10・29

石川啄木『雲は天才である』（ジュニア版日本の文学 6）四六判 900 円＋税（作品：「一握の砂」「悲し
　き玩具」ほか／解説：まえさわあきら〈作品にふれて〉新しき明日への心を歌う歌人／伊藤信吉〈作品
　にふれて〉思い出の故郷をうたった詩人）　　　　　　　　　　　　金の星舎　S 48・10・―

朝日新聞（記事）啄木のハガキ真偽で論争　　　　　　　　　　　　　　　　　　S 48・11・8

川崎むつを　岩手大学の鑑定は疑問　　　　　　　　　　　　　　　デーリー東北　S 48・11・23

川崎むつを　筆跡鑑定でも明らか・啄木の十和田湖訪問　　　　　　　東奥日報　S 48・11・23

小林修二　啄木のはがき論争　　　　　　　　　　　　　　　　　　　東奥日報　S 48・12・27

栗山小八郎　啄木は小坂町に来た事があるか「かづの時事」第 1011 号　かづの時事社　S 49・1・1

松本政治　啄木と小坂鉱山　　　　　　　　　　　　　　　　　秋田さきがけ（夕）S 49・5・9

小田切秀雄　わたしの函館― 飛行機で函館通い―P10 ～ 14「北の話」B5 変形判 頒価 100 円
　　　　　　　　　発行所：凍原社（札幌市中央区北三条西三丁目）S 50・4・1

相澤史郎　「トクサ」と詩人たち P151 ～ 168『薔薇と幻野』四六判　　　　氷湖社　S 50・10・1

筑摩書房編『国木田独歩集・石川啄木集』＜日本文学全集 6＞四六判 P189 ～ 425　S 50・11・20

中島健蔵　人と文学（石川啄木）P441 ～ 459『国木田独歩集・石川啄木集』＜日本文学全集 6＞
　　　　　　　　　　　　　　　　　　　　　　　　　　　　　　筑摩書房　S 50・11・20

石川啄木著『手を見つつ』（豆本限定 555 部）　　　　　　　　　　コンノ書房　S 50・12・―

太田　登　地方文芸誌『敷島』について「立教大学日本文学」第 35 号（← H18・4『日本近代短歌史
　の構築―晶子・啄木・八一・茂吉・佐美雄』八木書店）　　　立教大学日本文学会　S 51・2・20

篠　　弘　杉浦翠子と西村陽吉をめぐる啄木論議 P376 ～ 388『近代短歌論争史 明治大正篇』B5 判
　　　　　　　　　　　　　　　　　　　　　　　　　　　　　　　角川書店　S 51・10・5

呉　英珍訳『石川啄木歌集』　　　　　　　　　　　　　　壮文社（韓国・ソウル）S 51・―・―

船越　榮　石川啄木と『スバル』― 第二号編集をめぐる平野萬里との対立の問題を中心に―P19 ～ 33
　「山形女子短期大学紀要」第 9 集 A4 判　　　　　　　　　　　　　　　　　　S 52・3・31

加藤悌三　啄木と現代の青春・没後六十五年によせて　　　　　　　しんぶん赤旗　S 52・4・13

阿部真平（署名記事）詩聖啄木は小坂町に来ていた　　　　　　　　鹿角タイムス　S 52・5・27

鶴　彬　井上剣花坊と石川啄木 P356 ～ 417『鶴彬全集』7000 円　　たいまつ社　S 52・9・14

菅谷規矩雄「奈落の凝視―石川啄木と萩原朔太郎における表現の根拠―」19 頁 A5 判 400 円
　　　　　　　　　水無月出版（兵庫県多紀郡篠山町乾新町 114-1）S 52・10・21

真壁　仁　啄木の郷里と賢治の風土 P57 ～ 61『わが文学紀行』四六判　東北出版企画　S 52・10・30

「北方文芸」第 10 巻 11 号 A5 判
　　目良　卓　啄木の鷗外・漱石に対する意識 P4 ～ 5

　　浦田敬三　啄木・賢治にみる岩手の近代文学研究 P5 ～ 6　　北方文芸社（岩手県）S 52・11・1

五木ひろし・歌／新井満・企画、構成、作曲「何処へ―青春の愛とさすらい―」（石川啄木ほか作詞）
※LP レコード〈昭和 52 年度文化庁芸術祭参加〉2400 円（※〈付録栞〉新井満：青春を愛とさすらいに

続 石川啄木献書誌集大成　補遺篇　461

生きた6人の詩人たち）　　　　　　　　　　　　ミノルフォンレコード　S 52・—・—

「小天地」〈復刻版〉※明治36年に啄木編集発行雑誌の復刻版。本書は解説書（小冊子「小天地」）を除き
　昭和52年10月にノーベル書房より発行の復刻版に同じ。

「小天地」〈解説〉B5判 全8頁 ※復刻版「小天地」の付録（以下6点の啄木文献を収載）

　岩城之徳　文学史に残る記念すべき雑誌 P2〜0

　浦田敬三　『小天地』執筆者の横顔 P3〜0

　清水卯之助　『小天地』発行届 P3〜0

　遊座昭吾　啄木夫妻合作の『小天地』P3〜0

　松本政治　『小天地』と盛岡 P4〜7

　小森一民　盛岡・啄木文学地図 P8〜0

　　　　　　　　　　　　　　　発行：盛岡啄木会／発売元：トリョー・コム　S 53・1・1

遊座昭吾　かりそめの三十一文字（注・節子の遺詠の代作者・奥川かつえ女史に関する文）

　　「街もりおか」3月号　B6横判　　　　　　　　　　　　杜の都社　S 53・3・1

大森松司　啄木と大森屋旅館・そしてその周辺〈リレー小論 NO. 6〉36—47P「馬橇の青い洋燈」

　第6号〈終刊号〉　　　　　　　　　　　伊達馬来舎（岩手県）S 53・3・31

岩手日報　（記事）節子の遺詠は別人の作　　　　　　　　　　S 53・4・12

毎日新聞　（夕・記事）節子の遺詠は別人の作　　　　　　　　S 53・5・12

内海　繁　啄木における短歌表記法の変遷 P285〜294（←S58・6『播州平野にて』未来社）「遠天」

　6月号　　　　　　　　　　　　　　　　　　　　　　　　S 53・6・1

遊座昭吾　啄木と節子〈第二十三回〉P114〜144　「地方公論」第36号

　　　　　　　　　　　　　　　　　　　　　地方公論社（盛岡市）S 53・10・15

伊藤　整　第三章・十八歳の啄木と野村胡堂／ほか P37〜56『日本文壇史10 新文学の群生期』

　（←H10・6／→S41・10『日本文壇史10』講談社）　　　　講談社　S 53・10・20

石川啄木　初めて見たる小樽 P76〜79（→M・40・10・15「小樽日報」）『北海道文学地図』四六判

　　　　　　　　　　　　　　　　　　　　　　　　北海道新聞社　S 54・2・15

櫻井健治　啄木の人気・藤村や漱石しのぐ出版状況　　北海道新聞（夕）S 54・3・6

菊池　寛『赤い靴はいてた女の子』四六判 880円（鈴木夫妻と雨情、啄木との友情 P143〜162）

　　　　　　　　　　　　　　　　　　　　　　　　現代評論社　S 54・3・10

奥野健男　啄木と北海道 P3〜14「翼の王国」通巻123号 A4判　　全日空編集部　S 54・9・10

伊藤為之助　石川啄木と秋田—資料や日誌に見る関係 —〈上 中 下〉

　　　　　　　　　　　　　　　　　　　　　秋田魁新報　S 55・4・11〜12・14

小森かね　『啄木の風に吹かれて』四六判 248頁（注・石川啄木記念館建立に関する随想。著者身辺
　の記録。序文2編は別掲）　　　　　　　　　　　石川啄木記念館　S 55・4・13

森荘已池　序　P1〜9　『啄木の風に吹かれて』　　　石川啄木記念館　S 55・4・13

松本政治　満州に咲いていた白い花 P11〜14『啄木の風に吹かれて』石川啄木記念館　S 55・4・13

福地順一　石川啄木／ほか　北海道歌人会編『北海道短歌事典』　北海道新聞社　S 55・6・30

岩城之徳：監修／島一春：構成／北大路欣也：朗読「石川啄木」〈現代作家風土記〉アポロンカセッ
　トライブラリー／収録時間45分出演：金田一京助／小奴／宮崎郁雨／秋浜三郎／堀合了輔／解
　説：久保田正文（発行日付け無し／湘南啄木文庫の資料受入日は昭和55年11月）定価2300円

発売所：アポロン音楽工業株式会社　S 55・―・―

金　鐘学　啄木の思想形成に及ぼした三人の西欧文芸思想家　「日本學報」第９輯 A4判

韓國日本學會　S 56・2・―

伊藤為之助　石川啄木と秋田―松岡蕗堂との関係（上・下）　秋田魁新報　S 56・4・10 〜 11

盛岡タイムス（記事）常光寺境内の六地蔵・一禎の文字　　S 56・5・12

岡井　隆　放送劇　啄木に似た人　「短歌研究」第 18 巻 6 号　短歌研究社　S 56・6・1

佐藤冬児　鶴彬の見た石川啄木―論説「井上剣花坊と石川啄木」より― P4 〜 5 「鶴彬研究」
　第 7 号　　鶴彬研究会　S 56・7・1

岩手日報　（記事）北海道で "三人目" の啄木・札幌・大通公園に　岩手日報　S 56・9・15

太田　登　藤岡玉骨の青春「月刊奈良」10 月号（← H18・5『日本近代短歌史の構築』）　S 56・10・1

仙北谷晃一〈私の音楽体験〉小田嶋先生のこと（1 頁）「教育音楽」10 月号（※小田嶋先生とは、盛岡
　中学で啄木の 1 年後輩、唱歌「我は海の子」の作曲者、小田嶋次郎なり）　　S 56・10・―

小山卓也　啄木の情景 P191 〜 211 『遥かなる北の青春』四六判　河北新報　S 56・12・15

石川啄木著『一握の砂』（豆本）　創作豆本工房　S 56・12・―

山田一郎　石川啄木の父　高知新聞　S 57・2・15

目良　卓　「紅苜蓿」総目次・解題①〜⑤（→ S56・9「文学研究稿　」／← H6・11『啄木と苜蓿社の同
　人達』武蔵野書房）　盛岡タイムス　S 57・3・14 〜 4・11

真崎宗次　宮崎郁雨翁 P17 〜 25『函館交友録』〈豆本　海峡 9〉　森屋　S 57・3・21

松本政治　啄木の好物 P136 〜 0「いわての味処 100 選店」B5 変形判　岩手放送　S 57・3・―

鳥居省三　啄木の評価について一つの疑問（← S58・10『異端の系譜評論集』）　釧路新聞　S 57・4・5

村木哲文　啄木と私 P21 〜 22「かえで」2 号　鹿角市立花輪図書館　S 57・10・1

遊座昭吾　啄木の思郷歌を教材として（全 26 頁）「郷土の文学鑑賞」四六判　※第 15 回研究大会授業
　研究大会（指導案　教材　資料）　全国高等学校国語教育連合会　S 57・10・―

洪　在憙　啄木短歌に関する研究　「釜山大学論文集」4 号　　S 58・3・―

昆　　豊　石川啄木 P26 〜 31『近代作家研究事典』B5 判 1200 円　桜楓社　S 58・6・30

鳥谷部陽之助　石川啄木〜建碑前後の論争の行くえ〜 P141 〜 156『新十和田湖物語―神秘の湖に憑か
　れた人びと―』四六判 1500 円（← H27・11/ オンデマンドペーパーバック）　彩流社　S 58・9・20

Tutomu Itoh『独訳啄木詩抄』-eine Auswahl-　A4 判 56 頁　著者刊　S 58・10・20

『大館市史　第 3 巻 上』日景緑園と奥村寒雨 P280 〜 281　大館市史編さん委員会　S 58・12・22

佐々木基晴・歌「渋民はるかに〜啄木の生涯〜」シングルレコード 700 円 1984 年発売
　　キングレコード株式会社　S 58・―・―

許　文基　啄木の歌論形成に及ぼした三人の西欧文芸思想家　「日本学報」12 号　S 59・2・―

洪　在憙　啄木国民意識に関する研究　「釜山大学論文集」5 号　　S 59・3・―

早坂啓造　石川啄木の学校教育批判 P238 〜 249『日本民衆の歴史　地域編岩手の人びと』四六判
　1700 円　三省堂　S 59・7・30

横山景子　啄木の文学論考　「人文研究」6 号　　S 59・9・―

李　御寧（イ・オリョン）入籠型―込める―東海と蟹 … P36 〜 45『「縮み」志向の日本人』〈愛蔵版〉
　四六判（→ S57・1 学生社／→ S59・10・15 講談社文庫）　学生社　S 59・11・5

白沢菊治　不思議な啄木との縁　P2 〜 7　岩手放送編『私の昭和史 Ⅵ』四六判 1300 円

熊谷印刷出版部（盛岡市）　Ｓ 59・12・31

金野正孝『函館の啄木』A5 判 457 頁（編注・手書き原稿コピーを綴じて製本、本文は函館に於ける
　啄木の足跡を紹介し、自宅の庭に啄木歌碑を建立した）　　　　　　　　著者刊　Ｓ 60・2・12

昆　　豊　啄木文学の光源　　　　　　　　　　　　　　　公明新聞（日曜版）　Ｓ 60・2・16

北海道新聞（函館版・夕）啄木生誕百年・盛大に祝う会・記念館建設運動推進を　Ｓ 60・2・21

金　明植　石川啄木の人間研究―その日記を中心に―「中央大学校教育論叢」2 号

Ｓ 60・2・―

金　順子　啄木短歌の考察―思郷の歌を中心に　「金州大学論文集」13 号　　Ｓ 60・2・―

釧路新聞（コラム・私の中の歴史）釧路と啄木（丹波節郎さん）　　　　　　　Ｓ 60・3・1

後藤伸行（切絵）岩城之徳（解説）啄木の青春（1）～（25）　　河北新報　Ｓ 60・4・4 ～ 9・26

日景　健　寒雨と安太郎―「石川啄木日誌」に見える大館出身者―P195 ～ 217　伊多波英夫編
　『大館風土記』四六判　1300 円　　　　　　　　　　　秋田文化出版社　Ｓ 60・4・10

伊藤為之助　啄木忌に想う・秋田との深いかかわりから　　　　　秋田さきがけ　Ｓ 60・4・12

三浦哲郎　啄木のローマ字日記 P152 ～ 155『春の夜航』四六判 150 円　　講談社　Ｓ 60・4・20

「まちなみ」No. 6 ＝石川啄木生誕 100 年記念＝（以下 3 点の啄木文献を収載）
　　編集部　歌留多寺啄木文庫書誌（1）P1 ～ 5
　　北畠立朴　啄木生誕百年を前にして P42 ～ 0
　　鳥居省三（インタビュー）啄木の息づかいを P40 ～ 43　　　釧路市立図書館　Ｓ 60・7・1

北海道新聞（記事）美しき北の都の啄木の恋歌・田中久子・未発表写真発掘　　Ｓ 60・12・18

呉　英珍訳「はてしなき議論の後」※『現代日本名詩選』　壮文社（韓国・ソウル）Ｓ 60・―・―

北海道新聞（函館版・夕）啄木百年祭に協力を・直筆の日記資料写真・岩手県から来函　Ｓ 61・2・4

奈良　寿　啄木と鹿角 P43 ～ 48　「上津野」第 12 号　A4 判　　　　　　Ｓ 61・3・31

昆　　豊　啄木文学の光源　「早稲田大学新聞」第 1869 号　　　　　　　Ｓ 61・4・10

石川啄木　雪中行・小樽より釧路まで 12 ～ 18P『日本随筆紀行 1・北海道』四六判作品　Ｓ 61・6・10

秋田さきがけ（新刊紹介）妹の眼から啄木語る・「兄啄木に背きて」小坂井澄著　Ｓ 61・6・15

栗山小八郎　啄木と旧鹿角郡　　　　　　　　　　　　　　　鹿角タイムス　Ｓ 61・7・26

野口雨情　札幌時代の石川啄木　『定本　野口雨情　第六巻』（→Ｓ 13・10「現代」10 月号）

未來社　Ｓ 61・9・25

野口雨情　石川啄木と小奴　『定本　野口雨情　第六巻』（→Ｓ 4・12・8）　未來社　Ｓ 61・9・25

立川昭二　入院交感・診察室の医師と患者／金といのち・氷だけでも一日に五十銭／病人模様・
　赤痢～石川啄木「赤痢」～恋愛小説「鳥影」／石川啄木らを襲った結核／※ほかにも啄木に関す
　る記述多数有り（← H25・11 講談社学術文庫）『明治医事往来』）四六判 1500 円

新潮社　Ｓ 61・12・13

安倍和美　啄木短歌に関する考察 ― その表現を中心にして「日本文化研究」3 号　Ｓ 62・2・―

塚本邦雄　ワグネリアン啄木『先駆的詩歌論』（← H12・8『塚本邦雄全集』第 11 巻／ゆまに書房／
　→Ｓ 61・3「短歌」3 月号／角川書店）　　　　　　　　　　花曜社　Ｓ 62・3・10

岩城之徳監修「石川啄木『一握の砂』より」〈新潮カセットブック〉27 分／朗読：山本圭／解説：
　岩城之徳　1600 円　A 面 27 分／B 面 26 分　　　　　　　　新潮社　Ｓ 62・8・23

よねしろ新報（記事）錦木塚をロマンの里に・啄木歌碑と能楽堂メインに　　　Ｓ 62・8・23

佐藤展宏編『啄木歌集　一握の砂』＜石川啄木渡道80周年記念＞A4判 全193頁　定価1300円

　　※「一握の砂」から抄出した手書きの簡易装丁本。年譜付　　　　　ＡＩＰパブリシテイ　S 62・9・1

浦田敬三　石川啄木 P290〜291　盛岡市先人記念館編発行『盛岡の先人たち』　　　S 62・10・2

朝日新聞（秋田版・記事）石川啄木・鹿角を訪れたのか・ナゾ追う佐藤文弥さん　　S 62・10・25

太田　登　啄木・玉骨の青春と天理教　「GITEN」第15号（←H18・『日本近代短歌史の構築』）

　　　　　　　　　　　　　　　　　　　　　　　　　　　天理やまとの文化会議　S 62・12・26

北村恵理『オーロラからの贈りもの―カナダ人になった私たち』　四六判 1200円〈参考文献〉

　　（※北村智恵子に関する記述あり）　　　　　　（株）創樹社（東京都杉並区上荻 1-8-8）S 62・12・―

遊座昭吾　永遠の郷愁（ノスタルジア）をうたう北の詩人石川啄木　P1〜9「月刊 国語教育」

　　第7巻11号 A5判　通巻77号　　　　　　　　　　　　　　東京法規出版　S 63・1・―

ドナルド・キーン／金関寿夫訳　啄木日記 P150〜182『続百代の過客』〈朝日選書〉四六判 1200円

　　　　　　　　　　　　　　　　　　　　　　　　　　　　　　　朝日新聞社　S 63・2・20

佐藤　勝　「啄木」へのメッセージ P23〜33「県職文化」第11号 A4変形判

　　　　　　　　　　　　　　　　　　　　　　　神奈川県職員組合教養部　S 63・2・20

遊座昭吾　幻想・前衛・メルヘンの国不思議トピア岩手（全8頁）「月刊　国語教育」

　　第7巻12号 通巻78号 A5判　　　　　　　　　　　　　　　東京法規出版　S 63・2・―

韓　基連　石川啄木と日韓併合 ― 近代日本文学史の一側面 ―　「国際関係研究」第3号

　　　　　　　　　　　　　　　　　　　　　　　　　　　　　　　日本大学　S 63・3・―

村松　徹　『渋民小学校　校歌考　校名標てん万つ乃記』B5判 32頁　　　　著者刊　S 63・3・―

鎌田　亮　錦木塚と石川啄木 P3〜11「芸文かづの」第14号 A4判

　　　　　　　　　　　　　　　　　　　　　　　　　　　鹿角市芸術文化協会　S 63・4・1

平出　彬　『平出修伝』四六判 566頁　　　　　　　　　　　　　　　　春秋社　S 63・4・30

佐々木祐子　渋民のくらしと啄木（一）「岩手の古文書」第2号 B5判

　　　　　　　　　　　　　　　　　　　　　　　　　　　　　　岩手古文書学会　S 63・6・10

佐佐木幸綱　夜おそく停車場に P202〜203『旅の詩旅の歌』四六判　時事通信社　S 63・7・1

賀沢　昇　石川啄木 P110〜111『続・雪の墓標』　　　続・雪の墓標刊行委員会　S 63・8・31

VHS「なっとく歴史館・石川啄木」※（フジテレビ放映の60分番組を録画したテープ）　S 63・12・22

大竹　延　将棋歳時記 22・初夢もひとり―雨情と啄木と和郎と―P68〜69「将棋ジャーナル」

　　1989年2月号 A4判　　　　　　　　　　　　　　　　将棋ジャーナル社　S 63・12・23

目良　卓　明治の短歌雑誌（2）「紅首蓿」その一 P48〜49「氷原」2月号通巻第182号 A5判

　　　　　　　　　　　　　　　　　　　　　　　　　　　　　　　氷原短歌会　H元・2・1

韓　基連　石川啄木と日韓併合 ― 近代日本文学史の一側面 ―　「日本研究」第6号

　　　　　　　　　　　　　　　　　　　　　　　　　　　　中央大学校（韓国）H元・2・―

目良　卓　明治の短歌雑誌（2）「紅首蓿」その二 P48〜49「氷原」4月号通巻第184号 A5判

　　　　　　　　　　　　　　　　　　　　　　　　　　　　　　　氷原短歌会　H元・4・1

読売新聞〈岩手版 地域ニュース〉啄木没後の妻・節子の書簡　生活苦浮き彫りに／イチゴ売り悲し／義

　　妹には里帰り告げる　啄木の遺言無視して函館へ（故・吉田孤羊宅で発見）　　H元・4・1

目良　卓　明治の短歌雑誌（2）「紅首蓿」その三 P48〜49「氷原」6月号通巻第186号 A5判

　　　　　　　　　　　　　　　　　　　　　　　　　　　　　　　氷原短歌会　H元・6・1

佐々木祐子　渋民のくらしと啄木（二）「岩手の古文書」第3号 B5判

　　　　　　　　　　　　　　　　　　　　　　　　　岩手古文書学会　　H元・6・20

鳥谷部陽之助『畸人　大正期の求道者たち』四六判 1800円＋税　啄木の遺志を継いだ"生活派歌

　人" P228〜259　　　　　　　　　　　　　　　　　　　彩流社　　H元・8・10

目良　卓　明治の短歌雑誌（2）「紅苜蓿」その四 P48〜49「氷原」9月号通巻第189号 A5判

　　　　　　　　　　　　　　　　　　　　　　　　　氷原短歌会　　H元・9・1

外岡秀俊『北帰行』文庫版（→S51・12「文藝」／S51・12単行本初版／H26・5新装版）全 P270

　※解説：久間十義 259〜268　　　　　　　　　　　　河出書房新社　H元・10・4

ノーベル書房版「石川啄木北海道流浪　日記と歌」〈カセットブック全3巻〉第1巻：函館・札幌・

　小樽時代（90分）／第2巻：釧路新聞時代①（60分）／第3巻：釧路新聞時代2（60分）／朗読：

　三國一朗／解説：篠原央憲 P1〜8　新書判 5800円　　発売所：ノーベル書房　H元・11・30

小田切秀雄　石川啄木―その小説・随筆の面白さ―　『社会文学・社会主義文学研究』四六判

　3885円＋税　　　　　　　　　　　　　　　　　　　　勁草書房　　H2・1・1

目良　卓　明治の短歌雑誌（3）「紅苜蓿」その五 P64〜65P「氷原」1月号通巻第193号 A5判

　　　　　　　　　　　　　　　　　　　　　　　　　氷原短歌会　　H2・1・1

坂本幸四郎　井上剣花坊と石川啄木論／ほか P174〜205『井上剣花坊・鶴彬』四六判 1500円＋税

　　　　　　　　　　　　　　　　　　　　　　　　　リブロポート　H2・1・15

上田　博　石川啄木 P325〜330　畑有三ほか編『日本文芸史―表現の流れ―第5巻・近代1』

　A5判 4950円＋税　　　　　　　　　　　　　　　　河出書房新社　H2・1・20

安藤玉治　啄木と金田一京助（上）　　　　　　　　　　秋田さきがけ　H2・2・1

工藤純孝　「頑固親父」工藤大助④ 啄木と従兄弟　　　　岩手東海新聞　H2・2・16

三橋辰雄　石川啄木の歌／雲は天才である『闇からの脱出 カムチャッカ物語　俘虜記』緑新書／

　上（4・1）／下（7・1）／四六判 各1000円（編注：小見出しに「啄木」と数回記されるのみ）

　　　　　　　　　　　　　　　　　太陽への道社（発売：星雲社）　H2・4・1／7・1

VHS「知ってるつもり・石川啄木」※（日本テレビ放映の60分番組の録画テープ）　　H2・4・15

石母田正　啄木についての補遺／啄木の新しさ／補録　啄木と現代『石母田正著作集』〈第15巻・

　青木和夫編〉A5判 4830円　　　　　　　　　　　　岩波書店　　H2・4・24

佐藤通雅　後期短歌の成立　石川啄木　『横書きの現代短歌』1529円　五柳書院　H2・5・1

佐々木祐子　渋民のくらしと啄木（三）「岩手の古文書」第4号 B5判

　　　　　　　　　　　　　　　　　　　　　　　　　岩手古文書学会　H2・6・20

小木曽友　目を閉じて何も見えず―「昴」と「啄木」―「月間アジア」9月号（←H22・11・7アジア

　文化会館同窓会HP　http://abkdasia.exblog.jp/12014502/）　アジア協会　H2・9・1

立川昭二　石川啄木―お前の送った金は薬代にはならずお香料になった―P21〜29『最後の手紙』

　四六判 1068円＋税　　　　　　　　　　　　　　　　筑摩書房　　H2・9・14

鏡味国彦『ダンテ・ゲイブリエル・ロセッティと明治期の詩人たち』四六判 全229頁 2800円＋税

　与謝野晶子、石川啄木　　　　　　　　　　　　　　　文化書房博文社　H2・9・30

玉置邦雄　石川啄木「一握の砂」『近代文芸』四六判 2100円　　和泉書院　H2・10・1

渡邉哲夫「国際啄木学会」盛岡大会の記 P129〜131　「教育・研究」第4号 A4判

　　　　　　　　　　　　　　　　　　　　　　　中央大学付属高等学校　H2・12・15

深谷忠記『函館・芙蓉伝説の殺人』（※啄木短歌が暗号の推理小説）新書判 590 円＋税 373 頁

〔←H6・8 光文社（単行本）／H14・8（単行本）徳間書店〕　　　　　　光文社　H2・12・20

三浦勲夫　石川啄木と鹿角〜「鹿角の国を憶ふ歌」を英訳して　　　秋田さきがけ　H3・2・21

三浦勲夫　「石川啄木　鹿角の国を憶う歌（英訳）」〈北の炎・ノルデックフォーラム〉パンフ A3 判

　　　　　　　　　　　　　　　同フォーラム実行委員会（鹿角市）発行　H3・2・27

大久保晴雄　病者としての石川啄木　『いのちへの慈しみ』―生と死をみつめる文学―

　四六判 1937 円　　　　　　　　　　　　　　　　　　　冬至書房　H3・3・1

島津忠夫　石川啄木　『近代短歌一首又一首』A5 判　2957 円　　　明治書院　H3・3・1

大星光史　石川啄木『愛しき歌びとたち』四六判 2816 円＋税　　　明治書院　H3・3・30

編集委員会　石川啄木 P639 〜 641『鹿角市史　第 3 巻上』　　　鹿角市　H3・3・30

鈴木保昭（新刊書紹介）鏡味国彦著『ダンテ・ゲイブリエル・ロセッティと明治期の詩人たち』（1990

　年 9 月 30 日発行／文化書房博文社／全 229 頁／四六判 2800 円＋税）P91 〜 92「立正大学文学部論叢」

　第 93 号 A5 判　　　　　　　　　　　　　　　　　　　　　　　H3・3・30

岩城之徳監修「石川啄木『悲しき玩具』より」〈新潮カセットブック〉A 面 27 分／朗読：寺田　農

　／解説：岩城之徳　1600 円 A 面 42 分／B 面 41 分　　　　　新潮社　H3・4・19

編集部　石川啄木（ふるさと渋民はまほろば／ペンネーム「啄木」の由来、啄木文学のキーワード／猿

　と人間の架空大論争／外国における啄木短歌の静かなブーム／ほか）121 〜 126P『話題源詩・短歌・

　俳句―文学作品の舞台裏』A5 判　　　　　　　　　　　東京法令出版部　H3・5・8

佐々木祐子　渋民のくらしと啄木（四）「岩手の古文書」第 5 号 B5 判

　　　　　　　　　　　　　　　　　　　　　　　　　　岩手古文書学会　H3・6・8

「カムイ・ミンタラ」9 月号 通巻第 46 号〈特集　函館啄木会〉A4 判 ※函館に残された啄木の生活

　思想を知る自筆資料／近代日本文学の傑作といわれる 13 冊の日記／近代文学の宝を大切に守りつづけ

　る函館啄木会／一周忌の追悼法要席上苜蓿社同人たちで発足／若き天才詩人を迎えて胸をときめかす苜

　蓿社の同人／住宅や就職の世話を受けて束の間の心らかな日々が／日記など全資料 8 千枚をカラーコ

　ピー化して展示／啄木資料を中心にした函館市文学館の建設へ／いったんは義絶した街だが　やはり函

　館は第二の故郷（以上編集部）　　　　マガジンカムイ・ミンタラ発行所（函館市）H3・7・―

一戸秀雄　石川啄木の姉さださん・重兵衛の鉱山社宅で死去　　　かづの新聞　H3・8・8

田口道昭　石川啄木と石橋湛山 P11 〜 23「自由思想」9 月号通巻 60 号 A5 判

　　　　　　　　　　　　　　　　　　　　　　　　石橋湛山記念財団　H3・9・1

よねしろ新報（記事）啄木の魅力にすっかり・花輪図書館文化講演会に 60 人　　H3・9・1

鹿角タイムス（記事）石川啄木は鹿角に来た？・その魅力と、関わりを聴く　　　H3・9・4

週刊かづの（記事）啄木はやっぱり鹿角に来た・定説覆す証拠探し必要か　　　　H3・9・6

加藤喜一郎　啄木と交流のあった鳥取人 (1)〜(5) 露風の生母かた／ほか ※掲載日① 9・26 ／② 9・

　29 ／③ 10・10 ／④ 10・16 ／⑤ 10・29　　　　　　日本海新聞　H3・9・26 〜 10・29

日下圭介『啄木が殺した女』新書判 740 円 ※啄木が主人公の長編推理小説　祥伝社　H3・11・30

ドナルド・キーン著・新井潤美訳　石川啄木　『日本文学史（近代・現代 6）』四六判 3800 円＋税

　　　　　　　　　　　　　　　　　　　　　　　　中央公論新社　H3・12・7

長谷川敬　石川啄木・東北線渋民駅下車『旅情の文学碑』A4 判 2200 円＋税

　　　　　　　　　　　　　　　　　　　　　　　　毎日新聞社　H3・12・10

サンケイスポーツ（記事）啄木じゃない別人の作品だった短歌　　　　　　　　　H 3・12・16

宮城谷昌光　啄木、蕪村にみる模擬を超えた創造性 P101 ～ 105　（←H8・4『歴史の活力』文春文庫）

　『会社人間上昇学』四六判 1300 円　　　　　　　　　　　　　　　海越出版社　H 4・2・26

井上百合子　石川啄木『呼子と口笛』『夏目漱石とその周辺』B6 判 1942 円＋税

　　　　　　　　　　　　　　　　　　　　　　　　　　　　　　　近代文藝社　H 4・2・―

遊座昭吾　「五感」の系譜～啄木、基次郎、重治～（全 91 頁）「日本文学会誌」第 4 号 B5 判

　　　　　　　　　　　　　　　　　　　　　　　　　　盛岡大学日本文学会　H 4・3・―

栗原万修　ハインリヒ・ハイネと石川啄木（1）P69 ～ 88「駒澤大学外国語部研究紀要」第 21 号

　B5 判　　　　　　　　　　　　　　　　　　　　　　　　　　　　　　　　　H 4・3・―

読売新聞（岩手版記事）似ているけど「さすが」・谷村新司の「昴」（山本玲子・啄木と「スバル」盛岡

　大学「東北文学の世界」H16・3）　　　　　　　　　　　　　　　　　　　　H 4・4・12

鈴木勇蔵　「藻しほ草」一考～荒木説の提起したもの～　「啄木と小樽」第 4 号

　　　　　　　　　　　　　　　　　　　　　　　　　　　　　小樽啄木会　H 4・4・13

「北公民館だより」A4 判 全 4 頁　大野北あれこれ『啄木に引かれて三十年』啄木研究　佐藤勝氏

　（1 面）　　　　　　　　　　　　　　　　　　　相模原市大野北公民館　H 4・5・10

岩手日報（郷土の本棚）井上信興著『新編　啄木私記』苦悩する姿・多角的に解明　H 4・8・24

井上正蔵　ハイネと日本―石川啄木とハイネ・萩原朔太郎の啄木論をめぐって―　『ハイネ序説』

　新装版 A4 判 5974 円（税込）　　　　　　　　　　　　　　　　　未來社　H 4・8・25

小田切進　一握の砂・石川啄木『近代名作紀行』四六判 1888 円＋税　ぎょうせい　H 4・9・1

久保田正文　傍観者のつぶやき　P14 ～ 15「短歌四季」9 月号　東京四季出版　H 4・9・1

浅尾忠男　井上伝蔵と石川啄木〈北海道・秋の旅から〉　　　　　しんぶん赤旗　H 4・9・21

岩手日報（郷土の本棚）関西啄木懇話会編『啄木からの手紙』50 通を選び簡明に解説　H 4・11・23

岩手日報（記事）国際啄木学会京都大会（上・下）　　　　　　　　H 4・11・26 ～ 27

石川啄木作詞「春まだ浅く（古賀政男作曲）ふるさとの山によせて（林芳輝作曲）」邦楽伴奏による

　歌曲・ソプラノ・中嶋宏子・カセットテープ（松本政治・春まだ浅く―都心に流れるメロデイ―）／

　高橋法聖・天才詩人、心をうたう（啄木記念館所蔵の節子愛用の箏の寄贈と修理復元の経緯記述の文

　添付）　　　　　　　　　　　　　　　　　　　　　日本コロンビア発行　H 4・―・―

蝦名賢造　石川啄木　『北方のパイオニア新版』― 蝦名賢造北海道著作集 ― 四六判 3262 円＋税

　　　　　　　　　　　　　　　　　　　　　　　　　　　　　　　西田書店　H 5・2・15

入江春行　日記の信憑性 P18 ～ 22　「樹林」VOL.339 A5 判　　葦書房（大阪）H 5・4・25

岩城之徳　平成新時代の啄木　　　　　　　　　　　　　　　　　　岩手日報　H 5・5・7

井上ひさし〈エッセイ〉泣き虫なまいき石川啄木 P183 ～ 185『エッセイ集 7 悪党と幽霊』四六判

　（→S61・6「thr 座」こまつ座／←H6・4『悪党と幽霊』中公文庫）　中央公論社　H 5・5・20

橋川文三　樗牛と啄木 P84 ～ 93（←H19・5 ちくま学芸文庫）『昭和維新試論』A5 判 1223 円

　　　　　　　　　　　　　　　　　　　　　　　　　　　　　　朝日新聞社　H 5・5・25

板坂　元　啄木の愛した"目に染む匂い"も今や絶滅の危機 P54 ～ 55「サライ」5-12 号 A4 判

　350 円　　　　　　　　　　　　　　　　　　　　　　　　　　　　小学館　H 5・6・17

辻　真先『殺人「悲しき玩具」』〈トラベルミステリー〉新書判 204 頁 750 円＋税

　※啄木がテーマの長編推理小説　　　　　　　　　　　　　　　　徳間書店　H 5・6・30

園家広子 「石川啄木とマクドナルド P1〜7／石川啄木と橘智恵子 P8〜10／付 人物関係図」B5 判
　　1 枚 A4 判　第 3 回月例会 FOM レポート／於：札幌国際プラザ　　　　　　著者刊　H5・7・16
岩手日報（記事）漂泊時代の啄木／国際学会北海道大会（上・下）　　　　　　　　H5・7・28〜29
玉山村立渋民小学校編発行『渋民小学校開校 120 周年記念誌』44 頁　　　　　　　　H5・9・4
木村雅信　啄木の歌（→『音楽の贈りもの』響文社　H14・5）　　　　　北海道新聞　H5・10・8
山崎國紀　石川啄木「赤痢」P22〜25『近代文学にみる天理教』450 円　天理教道友社　H5・10・26
VHS テープ「若き日の啄木〜雲は天才である」1954 年 5 月／新東宝映画／主演：岡田英次／102 分
　　※〔テレビ岩手 1993 年（平成 5 年）10 月 31 日放映を録画〕　　　　　　　　　H5・10・31
佐藤道夫　容疑者石川啄木 P9〜11（← H8・2 朝日文庫『検事調書の余白』／→ H4・12・18「週刊朝日」
　　〈法談余談 60「石川啄木の横領容疑」改稿〉『検事調書の余白』四六判　朝日新聞社　H5・11・5
北海道新聞（週末特集記事）感じますか啄木の心　　　　　　　　　　　　　　　　H5・11・11
森　茉莉　フェミニストの人々・石川啄木ほか　『森茉莉全集（7）〈ドッキリチャンネル 2〉』A5 判
　　全 728 頁　7800 円＋税　　　　　　　　　　　　　　　　　　　　筑摩書房　H5・11・19
佐高　信　田中角栄と石川啄木の共通点『人生のうた』四六判 1529 円　　　講談社　H6・2・14
渡辺光夫　俳人 石川啄木①「藻の花」第 641 号　　　　　　　　　藻の花俳句会　H6・2・26
遊座昭吾　「砂」のイメージ ―『一握の砂』冒頭歌十首の分析― P25〜33「東北文学の世界」第 2 号
　　　　　　　　　　　　　　　　　　　　　　　　　　　　　　　　　盛岡大学　H6・3・30
松丸修三　石川啄木『援助としての教育を考える』四六判 2200 円＋税　川島書店　H6・4・11
VHS テープ「世界ふしぎ発見」※（石川啄木特集／TBS テレビ放映の録画）50 分　　H6・6・4
分須朗子　〈旅〉啄木の停車場・渋民村　　　　　　　　　　　スポーツニッポン　H6・7・2
深谷忠記『函館・芙蓉伝説の殺人』（啄木短歌が暗号の推理小説）四六判 590 円＋税 373 頁
　　（→ H2・12 光文社〈文庫本〉／← H14・8〈単行本〉徳間書店）　　　光文社　H6・8・1
松原　勉　第 2 章・石川啄木詩歌の抒情構造 P17〜36『日本近代詩の抒情構造論』A5 判 6300 円
　　　　　　　　　　　　　　　　　　　　　　　　　　　　　　　　和泉書院　H6・9・15
「ばるこん」第 5 号 A5 判 全 32 頁（以下 11 点の啄木文献を収載）
　　山崎初枝　私の好きな啄木短歌 P1〜2
　　高橋爾郎　私の好きな啄木短歌 P3〜0
　　久慈勝浩　私の好きな啄木短歌 P4〜5
　　細川　甫　望郷の歌碑 P6〜8
　　遠畑宜子　私の好きな歌 P9〜10
　　V・T・フェヂャーイノフ　啄木のイメージ P11〜12
　　小泉とし夫　穏かならぬ目付きして P13〜17
　　山崎初枝　柳あをめる P18〜21
　　羽上忠信　帰るところは P22〜24
　　遠畑宜子　私の啄木 P25〜29
　　六岡康光　啄木断想 P30〜0　　　　不来方啄木会（盛岡市青山 3-10-23 六岡康光方）H6・9・15
山崎益矢　『啄木文学散歩』―啄木ゆかりの地・東京・文京区―　全 32 頁 A5 判 非売品
　　　　　　　　　　　　　　　　　　　　　　　　　　　　　　　　（私家版）H6・10・10
上田治史　石川啄木の死と牧水の葉書 P1〜0「沼津市若山牧水記念館館報」第 13 号　H6・11・15

藪坂　啓　愛煙家　啄木 P89 ～ 92「民主 盛岡文学」第 11 号 A5 判（編注：藪坂啓は峠義啓の筆名）

発行所：民主主義文學同盟盛岡支部（岩手県西根町平館 28- 1 - 3 田村正巳方）H 6・11・20

ヴォルフォガング・シャモニー著『Ishikawa Takuboku Trauriges Spielzeug』（注：本書はドイツ
　で出版された啄木のアンソロジー本。1994 年刊）　　　　　　Inse 出版（ドイツ国）H 6・―・―

加藤健一　ふるさと文学散歩・石川啄木　一握の砂　　　　　　　　河北新報　H 7・1・22

三浦　隆　大逆事件と石川啄木『政治と文学の接点　漱石・蘆花・龍之介などの生き方』四六判
　2330 円＋税　　　　　　　（発行所）教育出版センター（発売所）冬至書房　H 7・1・24

小宮多美江　第 4 部　清瀬保二の啄木歌曲集 P1 ～ 26　クリティーク 80 編著『現代日本の作曲家 3・
　清瀬保二』A4 判 2000 円　　　　　　　　　　　　　　　　　音楽の世界社　H 7・3・10

渡邊晴夫　近現代日本の文学者と漢詩文 − 石川啄木の場合を中心に − P11 ～ 21「国語と教育」第 20 号
　A4 判〈昆豊先生御退官記念号〉　　　　　　　　　　　長崎大学国語国文学会　H 7・3・―

久米田裕　橘曙覧と石川啄木『独楽吟の橘曙覧』四六判 1942 円＋税　　近代文芸社　H 7・4・1

秋山ウタ　証し（注：執筆者は啄木が渋民の代用教員時代の校長、遠藤忠志の次女）栄福音教会月報
　「荊冠」113 号（← H10・12「故　秋山ウタ葬儀の栞」）　　　栄福音教会（盛岡市）H 7・4・2

川崎むつを　石川啄木 ―東海歌の原風景と意義―（上・下）　　　東奥日報　H 7・4・8／10

相沢慎吉『啄木と共に五十年』A4 変形判 330 頁　　非売品（編注：写真と先行文献の引用にて啄木の
　生涯を辿る大冊。300 部印刷したが 200 部は著者が焼却処分した）

著者刊（宮城県気仙沼市）H 7・4・―

藤沢周平　岩手夢紀行／石川啄木記念館ほか P63 ～ 80『ふるさとへ廻る六部は』〈新潮文庫〉

新潮社　H 7・5・1

増田れい子　無垢のひと・石川啄木―岩手県　渋民・盛岡―P22 ～ 27（← H8・8『心の虹　詩人のふ
　るさと紀行』）「観光文化」第 111 号　　　　　　　　　　　日本交通公社　H 7・5・22

佐藤直人（シナリオ）・小島利明（劇画）『短過ぎた一生　石川啄木』B5 判 1300 円＋税 143 頁

三友社出版　H 7・6・10

盛岡タイムス（記事）啄木の光と影浮き彫り・森義真さんが講演　　　　　H 7・6・16

盛岡タイムス（記事）啄木が見つめた古里・ハイビジョンに収録　　　　　H 7・6・20

尹　在石　啄木と「岩手日報」(2) ～初期評論を中心に～「日語日文研究」第 27 号

韓国日語日文学会（ソウル市）H 7・8・―

近藤典彦　詩人"石川啄木"は予言者だった P21 ～ 0　「ダ・ヴィンチ」　リクルート　H 7・9・6

(永)（永井芳和）<コラム間奏曲 > 古書店で売られた啄木の年賀状　読売新聞（大阪・夕）H 7・9・8

俵　万智　かのときに・石川啄木〈俵万智と読む恋の歌 100 首 26〉（← H11・4『言葉の虫めがね』
　角川書店）　　　　　　　　　　　　　　　　　　　朝日新聞（日曜版）H 7・9・24

菱沼愚人　みちのく名作紀行・石川啄木「新しき明日の来るを」盛岡　　産経新聞　H 7・10・15

加藤克己〈エッセイ〉啄木短歌の永遠性 P6 ～ 0「日本現代詩歌文学館」第 21 号　　H 7・10・27

藤沢　全〈解説〉石川啄木 P22 ～ 25 日本現代詩歌文学館「夕暮・牧水と自然主義歌人展」図録
　B5 判 36 頁　　　　　　　　　　　　　　　　　　　日本現代詩歌文学館　H 7・10・28

目良　卓『啄木と苜蓿社の同人達』四六判 302 頁（→ H6・11 の再版）　武蔵野書房　H 7・10・31

永田秀郎　釧路市の「啄木歌碑」短歌校合による異同 8P ～ 0　「まちなみ」No,129 B5 判

市立釧路図書館　H 7・10・31

秋間達男　白石義郎にみる民権思想 P1 〜 5「まちなみ」No.129（編注・啄木文献の参考資料）

市立釧路図書館　H 7・10・31

司　　修　随筆・カマキリのアンテナ　　　　　　　　　日本経済新聞　H 7・11・12

石川啄木ほか著『綱島梁川研究資料 2』四六判 452 頁 16505 円＋税　　大空社　H 7・11・―

「ばるこん」第 6 号 A5 判 全 27 頁（以下 6 点の文献を収載）

　　小泉とし夫　石川啄木の人間像・嗅覚―お寺の子にしみついた香の匂い―P1 〜 6

　　森　義真　石川啄木と樋口一葉 P7 〜 10

　　伊藤幸子　啄木の声 P11 〜 13

　　六岡康光　国際啄木学会ソウル大会報告 P14 〜 19

　　小泉とし夫　岩城之徳先生の啄木の火は消えず P20 〜 23

　　六岡康光　岩城之徳先生のこと P24 〜 0

不来方啄木会（盛岡市青山 3-10-23 六岡康光方）H 7・12・1

ＣＤ「初恋」錦織健　※啄木短歌は一首のみの収録 3000 円　　ポニーキャニオン　H 7・12・16

長崎紘明　石川啄木試論―郷里の意義と影響―P1 〜 9「山梨医科大学紀要」第 12 巻　H 7・12・―

松田道雄　恋愛って何だ P9 〜 20　　『恋愛なんてやめておけ』（朝日新文庫）515 円

朝日新聞社　H 8・1・1

好川之範　〈コラム花時計〉早稲田文学新人賞 ※啄木の友人向井永太郎の孫、豊昭氏の小説の話題

読売新聞（北海道版）H 8・1・23

佐藤道夫　容疑者石川啄木 P9 〜 11（→ H5・11『検事調書の余白』朝日新聞社／→ H4・12・18「週刊朝日」

　　掲載「法談余談（60）「石川啄木の横領容疑」の改稿）『検事調書の余白』〈朝日文庫〉

朝日新聞社　H 8・2・1

松本鶴雄　自然主義リアリズムと石川啄木―白鳥時代のもうひとつの流れ、その挫折の文体的考察

　　―P109 〜 137『ふるさとと幻想の彼方』四六判 2987 円＋税　　　　勉誠堂　H 8・3・4

米田利昭　ふたたび啄木、あるいは賢治／日本一の代用教員―教師としての啄木―

　　「駒沢女子大学研究紀要」第 3 号（← H15・6『賢治と啄木』大修館書店）　H 8・3・10

無　署　名　一つの資料・金田一京助宛石川啄木葉書 P3 〜 0「盛岡市先人記念館だより」第 16 号 A4 判

盛岡市先人記念館　H 8・3・15

高橋源一郎　ぼくの好きな日本の作家たち・石川啄木ほか　『文学王』〈角川文庫〉480 円＋税

角川書店　H 8・3・25

山本健吉　石川啄木　『目で見る日本の名歌の旅　額田王から石川啄木まで』〈文春文庫〉505 円＋

　　税　（→ S60・11 の重版）　　　　　　　　　　　　　　　　　　文芸春秋　H 8・3・25

尹　在石　啄木と「岩手日報」（2）―初期評論を中心に― P1 〜 17「明治大学大学院・文学研究

　　論集」第 4 号 B5 版　　　　　　　　　　　　　　　　　　　　　　　　　H 8・3・31

平出　洸　〈史跡・伝承の地を訪ねて⑪〉伊藤博文暗殺と石川啄木 P135 〜 144「Pen. 友」第 15 号

　　A5 判 600 円　　　　　　　　　　「Pen. 友」の会（茨城県日立市鮎川町 6-22-15）H 8・4・1

小山田つとむ『一握の砂』〈まんがトムソーヤ文庫コミック世界名作シリーズ〉A5 判 183 頁 2300 円

　　（→ S60・旺文社版の再版）　　　　　　　　　　　　　　　　　ほるぷ出版　H 8・4・3

編集部　特集・明治の学舎・渋民尋常小学校 P106 〜 0「サライ」通巻 158 号　小学館　H 8・4・4

大西巨人　秋の部・石川啄木・詩　『春秋の花』四六判 1553 円＋税（← H11・3 文庫判）

光文社　H 8 ・ 4 ・ 15

西条八十　小島の磯（詩）P125 〜 126〔注：啄木の生涯を詠んだ歌謡詩、昭和 16 年 10 月、日本コロム
　ビアレコードより、服部良一作曲、伊藤久男歌で発売〕『西条八十全集　第 9 巻』〈歌謡・民謡Ⅱ〉
　A5 判 7573 円＋税　　　　　　　　　　　　　　　　　　　　　　　国書刊行会　H 8 ・ 4 ・ 30

藪坂　啓　啄木の食 P83 〜 89「民主 盛岡文学」第 14 号 A5 判（編注：藪坂啓は峠義啓の筆名）
　　　　　発行所：民主主義文學同盟盛岡支部（岩手県西根町平館 28-1-3 田村正巳方）H 8 ・ 5 ・ 1

山下多恵子（講演要旨）「母」という闇 —西方国雄と石川啄木— P31 〜 35 「日本海」第 31 巻 2 号
　　　　　　　　　　　　　　　　　　　　　　　　　　　　　　　　日本海短歌会　H 8 ・ 6 ・ 16

成田　健〈石川啄木と鹿角 ①〉曾祖母が毛馬内の生まれ　北鹿新聞（秋田県大館市）H 8 ・ 6 ・ 30

成田　健〈石川啄木と鹿角 ②〉錦木塚伝説を詠む　　　　　　　　　　北鹿新聞　H 8 ・ 7 ・ 5

成田　健〈石川啄木と鹿角 ③〉姉サダが小坂で早世　　　　　　　　　北鹿新聞　H 8 ・ 7 ・ 6

成田　健〈石川啄木と鹿角 ④〉鹿角を懐い姉を悲しむ　　　　　　　　北鹿新聞　H 8 ・ 7 ・ 9

成田　健〈石川啄木と鹿角 ⑤〉十和田湖来訪説をめぐって　　　　　　北鹿新聞　H 8 ・ 7 ・ 12

成田　健〈石川啄木と鹿角 ⑥〉2 つの碑にふれて　　　　　　　　　　北鹿新聞　H 8 ・ 7 ・ 13

成田　健〈石川啄木と鹿角 ⑦〉連載を終えて　　　　　　　　　　　　北鹿新聞　H 8 ・ 7 ・ 14

太田愛人『石川啄木と朝日新聞』四六判 291 頁〔細目・第一章 出会い／第二章 東京朝日新聞校正係、
　啄木／第三章 啄木の死／第四章 北江の来歴／第五章 めざまし新聞から東京朝日へ／第六章 北江の活躍／
　第五章 北江の死〕（→H3・5・21 〜 H5・4・「朝日新聞＜岩手版＞」）　　　恒文社　H 8 ・ 7 ・ 25

望月善次　岩手県内の啄木・賢治文献 P5 〜 6「図書館時報」VOL.29 No.1 通巻 80 号
　　　　　　　　　　　　　　　　　　　　　　　　　　　岩手大学附属図書館　H 8 ・ 7 ・ 26

好川之範〈コラム花時計〉はや、秋　※続・啄木の友人向井永太郎の孫、豊昭氏の小説の話題
　　　　　　　　　　　　　　　　　　　　　　　　　　読売新聞（北海道版）H 8 ・ 8 ・ 29

増田れい子　無垢のひと・石川啄木—岩手県　渋民・盛岡—P72 〜 87『心の虹　詩人のふるさと
　紀行』四六判 1800 円＋税（→H7・5「観光文化」第 111 号）　　　労働旬報社　H 8 ・ 8 ・ 31

道浦母都子（書評）太田愛人著『石川啄木と朝日新聞』　　　　　　　朝日新聞　H 8 ・ 9 ・ 2

向井豊昭　飲酒日記〈館蔵資料紹介〉P6 〜 0（編注・啄木の友人、向井夷希微の孫の文）
　「日本近代文学館」第 153 号　　　　　　　　　　　　　　　　　　　　　　　H 8 ・ 9 ・ 15

菱沼愚人　みちのく名作紀行・石川啄木「その昔小学校の」岩手・玉山村　産経新聞　H 8 ・ 9 ・ 15

上田　博編　『作家の随想 7 石川啄木』A5 判 全 459 頁 4800 円＋税　解説：上田 博
　　　　　　　　　　　　　　　　　　　　　　　　　　日本図書センター　H 8 ・ 9 ・ 25

「石川啄木と吉田孤羊展出品目録」B5 判 2 頁　開催期間 10/01 〜 10/12 盛岡市都南図書館
　　　　　　　　　　　　　　　　　　　　　　　　　　　　　　　　　　　　H 8 ・ 10 ・ 1

「啄木浪漫絵地図」A2 判　両面刷チラシ　　　　　　　　　渋民商工婦人部　H 8 ・ 10 ・ —

西平直喜　石川啄木のナルシシズム形成と崩壊 P28 〜 100『生育史心理学序説』四六判 2200 円
　　　　　　　　　　　　　　　　　　　　　　　　　　　　　　　金子書房　H 8 ・ 11 ・ 1

「釧路春秋」第 31 号〈啄木特集〉A5 判　（以下 3 点の文献を収載）

　上杉誠一　石川啄木と小奴そして富安風生 P87 〜 88

　佐々木征志　『啄木と釧路展』をふりかえって P308 〜 309

　玉川　豊　珍説「啄木の一首の謎とき」P330 〜 331

釧路文学団体協議会（市立釧路図書館内）H8・11・9

岡田良平　釧路・啄木流離の町　『文学と歴史の旅』四六判　1748円近代文芸社　H8・11・10

西郷竹彦　啄木秀歌の美学 ― 三行書きの秘密 ―　『西郷竹彦文芸・教育全集10』四六判5825円
　　　　　　　　　　　　　　　　　　　　　　　　　　　　　　　　　　恒文社　H8・11・10

ドナルド・キーン ※新井潤美訳／石川啄木 P82〜92／『日本文学の歴史16』A5判 全330頁
　2200円＋税（※H3・12『日本文学史（近代・現代6）の改訂版』／←H12・7中央公論社 単行本）
　　　　　　　　　　　　　　　　　　　　　　　　　　　　　　　　中央公論社　H8・11・20

関川夏央　啄木の明治四十一年夏 P284〜293『二葉亭四迷の明治四十一年夏』B5判 1800円＋税
　　　　　　　　　　　　　　　　　　　　　　　　　　　　　　　　　文藝春秋社　H8・11・30

三橋辰雄　石川啄木の歌／雲は天才である　『闇からの脱出　俘虜記カムチャッカ物語』緑新書
　四六判 全385頁 1942円＋税（編注：本書は啄木資料にあらず小見出しに「啄木」と数回記すのみ。
　H4・2も同じ）　　　　　　　　　　　　　　　　　太陽への道社（発売：星雲社）　H8・12・1

赤坂憲雄　二十七年の軌跡―石川啄木―『物語からの風』四六判 2136円＋税
　　　　　　　　　　　　　　　　　　　　　　　　　　　　　　　　　　五柳書院　H8・12・20

土屋百合　石川啄木「ローマ字日記」執筆の背景―時代的機運と転換期の一致― P10〜21
　「岩大語文」第4号 A4判　　　　　　　　　　　　　　　　　　岩手大学語文学会　H8・12・―

柳原千明　啄木短歌の授業構想―三行書きを中心に―P22〜32「岩大語文」第4号　H8・12・―

長崎紘明　石川啄木試論Ⅱ―「不条理」の概念―P18〜22「山梨医科大学紀要」第13号　A4判
　　　　　　　　　　　　　　　　　　　　　　　　　　　　　　　　　　　　　　H8・12・―

山本玲子編　『啄木歌ごよみ』―石川啄木生誕百十年記念刊行― A5判 183頁
　　　　　　　　　　　　　　　　　　　　　　　　　　　　　石川啄木記念館発行　H8・12・―

遊座昭吾　啄木・賢治と盛岡中学〜21世紀を担う若者の生き方〜（全16頁）B5判
　　　　　　　　　　　　　　　　　　　　　　　　　　　　　　盛岡第一高等学校　H8・―・―

市立小樽文学館編　石川啄木 P11〜12「小樽の文学碑」（初版はH6・3・31）小樽文学舎　H9・2・1

赤間　均　啄木の歌「石狩の美国」をめぐって⑴ P34〜35「北方短歌」第42巻2号 A4判 600円
　　　　　　　　　　　　　　　　　北方短歌社（旭川市神居1条13丁目 小林方）　H9・2・10

久保田正文編『新編　啄木歌集』〈岩波文庫創刊70周年記念特装版〉440頁 定価不記載／久保田
　正文・解説 P359〜401　　　　　　　　　　　　　　　　　　　　　岩波書店　H9・2・17

赤間　均　啄木の歌「石狩の美国」をめぐって⑵ P36〜37「北方短歌」第42巻3号　H9・3・10

木島　始〈まえがき〉P13〜0『対訳　ホイットマン詩集』〈アメリカ詩人選2・岩波文庫〉全189頁520円
　（※啄木の詩「はてしなき議論の後」に触れる4行がある）　　　　　　岩波書店　H9・3・17

遊座昭吾　鈴木文学の感覚性と芸道性―啄木文学の継承にも触れながら―P26〜38
　「東北文学の世界」第5号 A5判　　　　　　　　　　　　　　　　　　盛岡大学　H9・3・17

小林芳弘　石川啄木と梅川操 P7〜21「盛岡大学短期大学部紀要」第7巻20号　H9・3・25

高橋　薫　啄木の望郷 P4〜5「会報いわ歯」第100号　　　　　　岩手歯科医師会　H9・3・25

「いわて」第131号　賢治・啄木関係雑誌の記事索引 P8〜11　　岩手県立図書館　H9・3・31

坪内稔典　啄木とやくざ『縮む母― 母縮む日向くさくて飴なめて―』四六判 1400円＋税
　　　　　　　　　　　　　　　　　　　　　　　　　　　　　　　　　　蝸牛社　H9・4・10

石川玲児　啄木の"嘘"P28〜31YANASELIFE 編集室編『とっておきのもの、とっておきの話』

〈第 1 巻〉四六判 2500 円＋税 　　　　　　　　　　　　　　　　　　　藝神出版社　　H 9・5・1

藪坂　啓　啄木と戸籍制度①P100 〜 104 ／② 108 〜 111P「民主 盛岡文学」第 16 〜 17 号 A5 判
　　　　　　　　　　　　　　　　　　　　　　　　　民主主義文學同盟盛岡支部　　H 9・5・1 ／ 11・1

梶山清春　石川啄木 P47 〜 50『天理教と文学者』四六判 1500 円＋税
　　　　　　　　　　　　　　　　　　　　　　　　　　　　天理やまと文化会議　　H 9・5・26

岡野弘彦・丸谷才一〈対談：折口信夫、尽きない魅力〉※岡野の発言（P210）が啄木に触れる
　「中央公論」6 月号 760 円 　　　　　　　　　　　　　　　　　　　中央公論社　　H 9・6・1

菱沼愚人　みちのく名作紀行・啄木、牧水友情の歌碑・盛岡市 　　　　　産経新聞　　H 9・6・8

坂本龍三　岡田健蔵と啄木文庫 P45 〜 50 「短期大学図書館研究」第 17 号
　　　　　　　　　　　　　　　　　　　　　　　　　私立短期大学図書館協議会　　H 9・7・31

俵　万智　石川啄木「かの時に…」P64 〜 65（← H13・2 朝日文庫）『あなたと読む恋の歌百首』
　四六判 1200 円＋税 　　　　　　　　　　　　　　　　　　　　　朝日新聞社　　H 9・8・1

平岡敏夫　鷗外と石川啄木（1 〜 2）「明るい行政」8 〜 9 月号（← H12・4『森鷗外　不遇への共感』
　おうふう） 　　　　　　　　　　　　　　　　　　　　　　　　群馬県広報部　　H 9・8・1 〜 9・1

盛岡タイムス（記事）西方と啄木を比較・山下多恵子さんが講話 　　　　　　　　　H 9・8・12

編集委員会　石川啄木歌碑 P682〜685『野辺地町史通説篇 第2巻』 青森県野辺地町　H 9・8・26

米田利昭　乗る汽車と見る汽車—漱石と啄木と賢治—「黒豹」第 31 号（← H15・6『賢治と啄木』
　大修館書店） 　　　　　　　　　　　　　　　　　　　　　　「黒豹」発行所　　H 9・8・31

松本良彦　東京（二）啄木 P223 〜 236『文学碑を訪ねて』A5判 全 372 頁 2800 円
　　　　　　　　　　　　　　　　　　　　　　　　　　　　　日本図書刊行会　　H 9・9・10

木山恵世　ナイチンゲールと石川啄木に学ぶ住まい　『建築言葉ウラ読み事典 2』四六判 1619 円
　　　　　　　　　　　　　　　　　　　　　　　　　　　　　　住宅新報社　　H 9・10・1

秋田さきがけ（記事）啄木の「心」歌声に・大曲の森田さん 29 日にコンサート　　　H 9・10・11

工藤節郎『句集　啄木の故郷〜俳句とともに〜』四六判 定価不記載 　　　著者刊　　H 9・10・30

秋田さきがけ（記事）「啄木」歌う公演実現・県民オペラ協会の森田さん 　　　　　　H 9・11・1

瀬川清人　天理大学図書館蔵石川啄木「所謂今度の事」原稿とその執筆時期について P239〜249
　「ビブリア」第 108 号 A5判 　　　　　　　　　　　　　　　天理大学出版部　　H 9・11・14

尹　在石　明治新聞ジャーナリズムと石川啄木—日露戦争期を中心に—P253 〜 264（全文ハングル語）
　「日本學報」第 39 輯 A4 判 　　　　　　　　　　　　　　　　　韓国日本學會　　H 9・11・—

尹　在石　石川啄木『一握の砂』より 7 首新評釈 P225 〜 293 「日本文化學報」第 4 輯 B5判
　　　　　　　　　　　　　　　　　　　　　　　　　　　　韓国日本文化學會　　H 9・11・—

平岡敏夫　啄木書簡の魅力 —第 12 回啄木賞受賞記念講演— P141〜145「稿本近代文学」第 22 号
　　　　　　　　　　　　　　　　　　　　　　　　　筑波大学日本文学会近代部会　　H 9・12・10

米田利昭　賢治と啄木 —青春と東京—「駒沢女子大学研究紀要」第 4 号（← H13・7『追悼・米田利昭』
　短歌研究社／ H16・5『賢治と啄木』大修館書店） 　　　　　　　　　　　　　　H 9・12・—

韓　基連　「石川啄木短歌研究— 恨の意味を中心に—」（韓国・中央大学校大学院　文学博士考査論文）
　　　　　　　　　　　　　　　　　　　　　　　　　　　　著者刊（韓国）　H 9・12・—

【主な参考文献】

川崎むつを 『石川啄木と青森県』（昭和 49 年 8 月・青森文学会）

浦田敬三編　新聞に見る啄木関係目録（吉田孤羊編 『啄木研究文献』以降〜昭和三十三年三月まで）

国際啄木学会盛岡支部会報 第二号（平成 6 年 10 月）

上田　哲 『受容と継承の軌跡 啄木文学編年資料』（平成 11 年 8 月・岩手出版）

池田　功 『石川啄木　国際性への視座』（平成 18・4 ／おうふう）

岩手県立図書館編発行「第 25 回〜第 31 回　啄木資料展展示目録」（平成 14 年 4 月〜平成 26 年 10 月）

成田　健 『東北文学の源流』（平成 23 年 1 月・無明舎）

森　義真 『啄木の親友　小林茂雄』（平成 24・11 ／盛岡出版コミュニティ）

森　義真 『啄木　ふるさと人との交わり』（平成 26・3 ／盛岡出版コミュニティ）

佐藤吉一 『詩人・白鳥省吾』（平成 26 年 7 月／コールサック社）

池田　功 「韓国における日本文学研究の現状につて―石川啄木を中心に―」（平成 28 年 9 月・私稿）

長浜　功 『啄木の遺志を継いだ　土岐善麿―幻の文芸誌「樹木と果実」から初の「啄木全集」まで―』
　（平成 29・5・社会評論社）

★その他、岩手県立図書館のホームページ「新規収蔵啄木文庫」、国立国会図書館をはじめ、ネット閲覧の可能な図書館収蔵文献なども参考にした。

『石川啄木文献書誌集大成』（明治45年～平成10年）の正誤表　475

【『石川啄木文献書誌集大成』（明治45年～平成10年／武蔵野書房 1999年）の正誤表】
※ これより以下は削除、あるいは部分的に訂正する箇所のあった文献である。

P14（一部訂正と追加）岡山生　歌集「一握の砂」を読む（3回連載)／「一握の砂」（一)／「一握の砂」
（二)／「一握の砂」（三)　　　　　　　　　　　　　　　岩手毎日新聞　M 43・12・23 ～ 25

P14（追加）岩手毎日新聞（死亡記事）石川啄木氏逝く　本県出身の青年歌人　　　　M 45・4・14

P18（追加）岩手毎日新聞　石川啄木氏葬儀　文士詩人の会葬　　　　　　　　　　M 45・4・17

P19（一部訂正）千樫（古泉）八・九月の歌壇「アララギ」第5巻8号

　　　　　　　　　　　　　　　　　　　　　　　　　　　アララギ発行所　T 元・10・1

P19（一部訂正）岡山生　「一握の砂」から（6回連載／T元・10・11／10・13／10・25／10・26／10・
27／11・6)　　　　　　　　　　　　　　　岩手毎日新聞　T元・10・11 ～ 11・6

P25（全削除）金田一京助　啄木逝いて七年―石川啄木君最後の来訪の追憶―（※発行日重複のため）

　　　　　　　　　　　　　　　　　　　時事新報（誤）T 7・4・12 →（正）T 8・4・12

P26（全削除）吉田孤羊　啄木の日記 118-135 頁　「改造」第 15 巻 2 号　　改造社　T 8・2・1

P26（正規の日付に移動）石川啄木　代表歌選（一）　「抒情文学」第 1 号

　　　　　　　　　　　　　　（出版先不明）（誤）T 8・3・1 →（正）S 8・3・1

P26（全削除）吉田孤羊　啄木の日記 84-95 頁「改造」第 15 巻 3 号　　改造社　T 8・3・1

P27（一部訂正）大木雄三　石川啄木に就て語られたる諸家の談話「新潮」第 30 巻 5 号

　　　　　　　　　　　　　　　　　　　　　　　　　　　　　新潮社　T 8・5・1

P27（一部訂正）三木露風　石川啄木の人と芸術 P21 ～ 30「新潮」第 30 巻 5 号 A5判

　　　　　　　　　　　　　　　　　　　　　　　　　　　　　新潮社　T 8・5・1

P29（追加）岩手日報　啄木会発会式　十日後盛岡クラブで　来会者二十余名　　　T10・7・12

P29（追加）岩手日報　啄木記念碑の建設　資金を調達のために文芸講演会　　　　T10・7・14

P29（追加）岩手日報　啄木記念碑　建設の寄附を募る　　　　　　　　　　　　　T11・4・1

P29（追加）岩手日報　薄命詩人　啄木の石碑　除幕式挙行　　　　　　　　　　　T11・4・8

P30（追加）朝日新聞　郷里へ帰る啄木　記念碑の除幕式　この十三日　満十年の忌日に

　　　　　　　　　　　　　　　　　　　　　　　　　　　　　　　　　　T11・4・11

P32（一部訂正）杉浦翠子　啄木めでたし　「短歌雑誌」第 6 巻 5 号　　短歌雑誌社　T12・5・1

P34（一部訂正）三浦光子　兄啄木のことども（4回連載）　　九州日日新聞　T 13・4・10 ～ 13

P37（一部訂正）出口正男　啄木の墓　　　　　　　　　　　　　　　週刊朝日　T14・8・―

P40（一部追加）北川思水　石川啄木の恋人「週刊朝日」第 9 巻 26 号　朝日新聞社　T15・5・―

P44（一部訂正）斎藤茂吉　古泉千樫君（1）「アララギ」第 20 巻 10 号

　　　　　　　　　　　　　　　　　　　　　　　　　　　アララギ発行所　S 2・10・1

P46（一部訂正）ひらの生　啄木とふるさと　(1) ～ (7)　　　岩手日報　S 3・5・26 ～ 6・6

P49（全削除※ P53／S4・10・1 と重複のため）西村陽吉『歌と人 石川啄木』　紅玉堂　S 4・1・―

P54（追加）野口雨情　石川啄木と小奴「週刊朝日」第 16 巻 24 号（← H22・1『人間の記録　野口雨情』
日本図書センター)　　　　　　　　　　　　　　　　　朝日新聞社　S 4・12・8

P57（全削除）寺島柾史　ある時代の啄木　「現代生活」創刊号　　　　　　　　　S 5・8・―

P68（一部追加）一覆面中佐（金子定一）石川啄木と国家社会主義「国家社会主義」第3巻10号

日本国家社会主義学盟　S8・10・1

P72（一部追加と訂正）「短歌評論」第2巻4、5合併号＜石川啄木生誕五十年記念号＞

細田源吉　啄木を愛誦した私（←H10・8・26『川越出身の作家・細田源吉』さきたま出版会）

中野重治　ハイネと啄木　　　　　　　　　　　　　　　短歌評論社　S9・4・1

P79（以下6点・一部訂正・追加）

松本生　啄木新発見・処女詩集『あこがれ』の紙型（←S63・10『石川啄木アトランダム』）

岩手日報　S11・4・1

松本生　啄木新発見・啄木遺愛の小箪笥と酒盆（←前同）　岩手日報　S11・4・2

松本生　啄木新発見・五十円借用の證書（←前同）　　　岩手日報　S11・4・3

松本生　啄木新発見・恋物語りの大書簡・歌に残る小林医博（←前同）

岩手日報　S11・4・5

松本生　啄木新発見・初めて知り合った一さんと節子さん（←前同）　岩手日報　S11・4・6

松本生　啄木新発見・人がふり返へる程美少年だった（←前同）　岩手日報　S11・4・7

P81（一字訂正）西村真次　啄木君の憶ひ出P78～83「短歌研究」第5巻8号A5判（←S42・6岩

城之徳編『回想の石川啄木』）　　　　　　　　　　　　改造社　S11・8・1

P83（一字訂正）和田芳實著『石川啄木』　　　　　　　三笠書房　S13・10・25

P91（一部追加と訂正）横山青峨著『薄命の詩人　啄木の生涯（其の芸術）』四六判361頁（←S16・5

／←S28・11に重版あり／←S23・12発行18版では書名が『情熱の詩人啄木の生涯（其の芸術）』となっ

ている。他に初版から再版、再再版に当たっては次のように変遷している／S14年の初版は「文学書

房」発行／S17年発行の11版は「興文閣書房」発行／S23年12月発行の18版は「萩原星文館」発行）

文学書房　S14・6・25

P91（追加）佐藤寛編著『解説啄木歌集』四六判（→S11・9・1の重版／←S26・3・25河出書房に重

版あり）　　　　　　　　　　　　　　　　　　　　成光館出版部　S14・8・―

P92（一字訂正）橋本徳壽　観潮楼歌会／ほか『古泉千樫とその歌』　三省堂　S14・11・3

P94（一字削除）北山龍太郎　『啄木の思ひ出』B6判216頁　時代書房　S16・3・15

P95（一部編注の追加）小野庵保蔵『青年石川啄木』（細目・歌人としての石川啄木の全貌／石川啄木の

生活／石川啄木の思想とその変遷／啄木の断片／青年石川啄木）（編注・文献により、著者名が小野田

保蔵との記述もあるが正しくは「おのいおり・やすぞう」である）　成史書院　S17・8・20

P101（一部追加）「人民短歌」第2巻3,4合併号A5判　啄木記念号　新興出版社　S22・4・1

P103（一部訂正）吉井　勇　渋民を訪ふ『歌境心境』（→S21・9の重版）　弘文社　S22・9・10

P106（一字訂正）荒木田家壽『啄木案内・その生涯と芸術』（以下、P115、129、207、270も「荒木田家壽」

が正字）　　　　　　　　　　　　　　　　　　　　　新岩手社　S23・7・10

P109（一部訂正）朝下柱字　石川啄木―東北の著名作家―「東北文學」第4巻6号60円

河北新報社　S24・6・1

P115（一部追加）佐藤　寛著『解説啄木歌集』B6判184頁（→S14・8成光館の重版）

河野書店　S26・3・25

P122（一部訂正）渡瀬昌忠　今日の短歌の問題―啄木と茂吉のうけつぎ―10頁「日本文学」第2巻

2号A5判　　　　　　　　　　　　　　　　　　　　日本文学会　S28・3・1

『石川啄木文献書誌集大成』（明治45年～平成10年）の正誤表　477

P123（一部訂正）森荘已池　啄木・賢治の故郷「東北文庫」第8巻4号

　　　　　　　　　　　　　　　　　　　　　　　　新岩手社　　S 28・8・25

P139（一部訂正）遊座昭吾　東海の歌覚え書き「古典」6月号（出版元不明）　　S 32・6・25

P139（一部訂正）石川　定　釧路での啄木を語る（1～32回連載）「読書人」第6巻5号～第9巻
　9号　　　　　　　　　　　　　　　　市立釧路図書館々報　S 32・8・1～12・1

P145（一字訂正）遊座昭吾　石川啄木の書簡－波岡茂輝宛のもの　「国文学」第4巻4号

　　　　　　　　　　　　　　　　　　　　　　　　學燈社　　S 34・2・20

P159（以下6点の一部分訂正）「近代短歌研究」第1巻2号　啄木五十年忌特集号

　国崎望久太郎　鷗外と啄木の交流 5頁

　ヴェ・マルコヴァ　みんなの詩人石川啄木―その五十年忌によせて― 2頁

　鳴海完造　ソ連における啄木研究―マルコヴァ女史を中心に― 3頁

　今井泰子　啄木の小説―「鳥影」の構想― 4頁

　昆　　豊　啄木短歌著作年譜 6頁

　篠　　弘　哀果と「生活と芸術」　　　　　　　　　桜楓社　　S 36・6・1

P165（一部記載訂正）「解釈と鑑賞」第27巻9号 特集 石川啄木のすべて・人と作品

　浅原　勝　啄木文献たずね歩き ―金田一京助「啄木逝いて7年」のこと― 2頁

　　　　　　　　　　　　　　　　　　　　　　　　至文堂　　S 37・8・1

P167（全削除 P166と重複）岩城之徳　石川啄木（時代閉塞の現状／啄木日記）17頁
　『現代日本文学講座・評論随筆集1』　　　三省堂（誤）S 37・11・― → （正）S 37・10・―

P167（実際の文献に誤記あり）越崎宗一　啄木の札幌小樽時代 5頁「サッポロ」第18号（サッポロ
　ビール PR誌）※実際の文献の表紙（18号）と奥付（17号）記載が異なる。

　　　　　　　　　　　　　　　　　　　　　　　　日本麦酒 KK　S 37・11・―

P173（一部訂正）岩城之徳　近代作家の謎を解く鍵―石川啄木をめぐる十章― 9頁「国文学」第8
　巻15号　　　　　　　　　　　　　　　　　　　　学灯社　　S 38・12・1

P173（一部訂正）本林勝夫　石川啄木晩年の「思想転回」説 8頁「国文学」第8巻15号

　　　　　　　　　　　　　　　　　　　　　　　　学灯社　　S 38・12・1

P174（一字訂正）宗　慎吾「小天地」の人々 (1) 岡山月下（儀七）「岩手近代文学懇談会会報」第1号

　　　　　　　　　　　　　　　　　　　　岩手近代文学懇談会 S 39・1・―

P188（各一字訂正）「国文学」第11巻第1号　石川啄木生誕八十年記念特集 A5判 218頁

　新間進一　啄木と与謝野晶子 2頁

　関　良一　啄木と二葉亭四迷 2頁　　　　　　　　学灯社　　S 41・1・20

P215（一部訂正）佐藤　勝　宮崎郁雨　函館の啄木 P5／石川啄木の詩／『あこがれ』／『あこが
　れ以後』／『呼子と口笛』P33～72　伊藤信吉編『生と生命のうた』（現代詩鑑賞講座 4近代詩篇）
　四六判 670円　　　　　　　　　　　　　　　　角川書店　S 44・6・30

P217（一部訂正）朴　春日「日韓併合と石川啄木の危機意識」9頁『近代日本文学における朝鮮像』
　四六判　　　　　　　　　　　　　　　　　　　　未來社　　S 44・11・28

P224（一部訂正）日本文学研究資料会編『石川啄木』日本文学研究資料叢書 A5判 327頁

　ドナルド・キーン　啄木の日記と芸術 6頁（→ S30・3「文芸・石川啄木読本」）

　　　　　　　　　　　　　　　　　　　　　　　　有精堂　　S 45・7・30

P230（一字訂正）上笙一郎　親友の啄木と文学を語る―金田一勝定― 18 頁

『偉人を育てた人々』新書判　　　　　　　　　　　　　　　　　第三文明社　Ｓ 46・8・10

P236（※真壁　仁／森荘已池／遊座昭吾・3 点掲載書『文学の旅 3 －東北Ⅱ』発行所の訂正）

　　　　　　　　　　　　　　　　　　　　　　　　　　千趣会（大阪）Ｓ 47・7・1

P246（全削除）堀合了輔　節子の出生について（上・下）　　盛岡タイムス　Ｓ 49・3・30 ～ 31

P247（全削除）村上悦也　石川啄木の短歌形成に関するする一調査「国語の研究」（巻、号不明）

　　　　　　　　　　　　　　　　　　　　　　　　　　　　　大分大学　　Ｓ 49・4・―

P249（一字訂正）浦田敬三　桃村・高野俊治〈岩手と文化人 35〉　　盛岡タイムス　Ｓ 49・7・18

P256（一字訂正）浦田敬三　「春潮」と村山龍鳳〈岩手と文化人〉　　盛岡タイムス　Ｓ 50・9・30

P257（各一字訂正）「国文学」第 20 巻第 13 号〈特集・石川啄木―文学と思想〉

　野間　宏　啄木について考えはじめたのは（再掲）2 頁（→ S28・4「新日本歌人」）

　窪田空穂　死の直前直後の石川啄木に対する評価（再掲）3 頁（→ S30・3「文藝増刊・石川啄木読本」）

　　　　　　　　　　　　　　　　　　　　　　　　　　　　　学灯社　　Ｓ 50・10・20

P263（一部訂正）佐々木邦　晩年の石川啄木―その側面― P35 ～ 40「北方文化」第 3 号

　　　　　　　　　　　　　　　　　　　　　　　　　　北方文化社（岩手県）Ｓ 51・7・30

P267（一部追加）目良　卓　石川啄木の社会主義思想のめばえについて― 明治四十一年に日記が

　二種類書かれた理由について― 10 頁「中央大学国文」第 20 号　　　　　Ｓ 52・3・15

P281（一部追加）萩原朔太郎　古賀政男と石川啄木『古賀政男芸術大観』復刻版（→ S53・2『萩原

　朔太郎全集』14 巻／→ S13・11・16 シンフォニー楽譜出版）　　新興楽譜出版社　Ｓ 53・10・1

P287（訂正）秋山清著『啄木と私』（たいまつ新書 27）200 頁 新書判〔細目・私の啄木／子供のため

　の啄木伝／啄木の恋愛短歌／「大」という字の歌／啄木の百姓の歌／啄木の成長／啄木と社会主義詩人

　／『啄木遺稿』／対談：啄木の軌跡／啄木私論（※→ 52・10 発行本の重版）〕

　　　　　　　　　　　　　　　　　　　　　　　　　　　たいまつ社　Ｓ 54・10・15

P301（全削除／ P290-S55・3・23 と重複のため）岩井英資　「卓上一枝」研究 ― 短歌における自然主

　義受容の姿勢をめぐって―「国語と教育」

　　　　　　　　　　　　　　　大阪教育大学（誤）Ｓ 56・3・― →（正）Ｓ 55・3・23

P310（一部訂正）大沢　博　石川啄木の歌稿ノート「暇ナ時」の分析―とくに集中的大量作歌につ

　いて―（一）8 頁「日本病跡学雑誌」第 23 号 A5 判（← S61・2『石川啄木の短歌創造過程について

　の心理学的研究』桜楓社）　　　　　　　　　　　　　　　　　　　　　Ｓ 57・4・25

P310（一部訂正）松本政治　「一握の砂」からの出発 4 頁「クリップ」第 4 号 B6 判

　　　　　　　　　　　　　　杜陵高速印刷出版部（誤）Ｓ 57・4・― →（正）Ｓ 57・4・20

P323（発行日の追加）鳥居省三　啄木の日記と小説志向について『異端の系譜 評論集』

　　　　　　　　　　　　　　　北海道新聞社（誤）Ｓ 58・10・― →（正）Ｓ 58・10・29

P324（一部訂正）石川啄木　『悲しき生の果て』四六判 258 頁（→ S44・3 の重版）

　　　　　　　　　　　　　　　　　　　　　　　　　　　　　大和出版　Ｓ 58・12・10

P324（一部訂正）尾崎秀樹　啄木との出会い・解説 10 頁『悲しき生の果て』四六判

　　　　　　　　　　　　　　　　　　　　　　　　　　　　　大和出版　Ｓ 58・12・10

P325（1 字訂正）昆　豊　歌稿ノート「暇ナ時」覚書Ⅳ―啄木のノンセンス歌の意義―「福岡教育

　大学紀要」第 33 号（← S61・7『国文学年次別論文集』朋文出版）　　　　Ｓ 59・2・10

『石川啄木文献書誌集大成』（明治45年〜平成10年）の正誤表　479

P326（全削除）吉田　茂　啄木初期思想考察への一視角「和光大学人文学部紀要」第18号

S 59・3・―

P327（一字訂正）岩城之徳〈新資料から〉啄木渋民移住の謎―日記の背後にあるもの―P106〜113

「国文学」第29巻5号〈特集・作家と日記〉　　　　　　　　　学灯社　S 59・4・20

P328（2字訂正）大沢　博　石川啄木の歌稿ノート「暇ナ時」の分析－とくに集中的大量作歌につ

いて―（3）7頁「日本病跡学雑誌」第27号 B5判（←S61・2『石川啄木の短歌創造過程についての

心理学的研究』桜楓社）　　　　　　　　　　　　　　　　　　　　　　　S 59・5・15

P328（全削除）日野きく　啄木における婦人像　6頁「新日本歌人」第37巻6号

新日本歌人協会　S 59・6・1

P329（2字削除）日野きく「啄木における婦人像」「新日本歌人」第39巻7号

新日本歌人協会　S 59・7・1

P331（1字削除）岩城之徳　石川啄木―宮崎郁雨宛―P144〜145　「国文学」第29巻12号〈日本

人の手紙〉　　　　　　　　　　　　　　　　　　　　　　　　　学灯社　S 59・9・25

P331（2字追加）岩見照代「一握の砂」の成立　―冒頭十首をめぐって―　「近代文学研究」第31号

日本近代文学協会　S 59・10・1

P331（訂正）横山景子　啄木文学論考「人文研究」第6号（韓国）

（誤）S 59・9・―　→（正）S 59・2・―

P332（執筆名1字訂正）寺杣雅人　啄木短歌の調べ―律の二重性をめぐって―「高知大国文」第15号

S 59・12・15

P333（発行所と日付追加）宮　静枝　啄木は十四の私の恋人だった P238〜257『地球座第二幕』

（誤）宮静枝（個人発行）S 59・12・―　→（正）熊谷印刷出版部　S 59・12・10

P334（執筆者名1字訂正）飛高隆夫　日記―明治四十一年7月下旬―5頁（←H24・3『近代詩雑纂』

有文社）「解釈と鑑賞」第50巻2号　特集・石川啄木　　　　　　　至文堂　S 60・2・1

P337（一字訂正）伊藤信吉　渋民村「感傷」旅行　「詩人会議」第23巻7号

詩人会議グループ　S 60・7・1

P338（1字訂正）岩城之徳　啄木と日韓併合 1頁（←H1・3『啄木讃歌 明治の天才の軌跡』）

日本大学新聞　S 60・9・20

P341（執筆者名1字訂正）小田切進〈続近代日本の日記・5〉石川啄木の日記（上）「群像」第41巻2号

（←S62・7『続・近代日本の日記』）　　　　　　　　　　　　　講談社　S 61・2・1

P345（1字訂正）「新日本歌人」4月号 第41巻4号・啄木生誕一〇〇年記念特集

新日本歌人協会　S 61・4・1

P345（一部追加）上田　哲　渋民・啄木文学の原点「社会文学通信」第4号（※上田哲作成の著作

目録に初出掲載「短歌春秋」第4号 NHK出版部、との記載がある）　　　　S 61・4・20

P348（執筆名1字訂正）学術文献刊行会編『国文学年次別論文集』〈昭和59年・近代5〉

寺杣雅人　啄木短歌の調べ P493〜497（→S59・12「高知大国文」第15号）

朋友出版　S 61・7・―

P349（9・10に修正移動、重複削除）吉田　裕　啄木試論（上）―詩の源泉を求めて―「文学」第54巻9号

岩波書店　（誤）S 61・9・1　→（正）S 61・9・10

P350（一部訂正）山田風太郎　石川啄木 3頁『人間臨終図巻（上）』四六判　徳間書店 S 61・9・30

P353（発行日訂正）無署名〈新刊紹介〉啄木研究を集大成・岩城日大教授の「全作品解題・三部作」が完結　　　　　　　　　　　　　　　　　　　　　　　　　　岩手日報　S 62・3・5

P353（重複を修正、削除）木股知史　啄木二題―啄木という名前ほか―「紫苑」第17号
　　　　　　　　　　　　宇部短期大学国語国文学会　（誤）S 62・3・― → （正）S 62・2・20

P353（削除）木股知史　啄木二話　「紫苑」第17号　　　宇部短期大学　S 62・3・20

P357（一字訂正）米田利昭　啄木と時代―「渋民日記」と「食ふべき詩」を中心に―　日本文学協会編『日本文学講座（8）評論』　　　　　　　　　　大修館書店　S 62・11・1

P357（執筆者名1字訂正）安倍和美　啄木短歌に関する考察―その表現を中心として―　「日本文化研究」第12号　　　　　　　　　　韓国外国語大学校（韓国）S 62・11・30

P367（同年 P366-3・25 と重複のため削除）岩城之徳　伊藤博文暗殺事件 2 頁「国文学」第34巻4号
　　　　　　　　　　　　　　　　　　　　　　　　　　　　学灯社　H 1・4・10

P369（一字訂正）学術文献刊行会編『国文学年次別論文集』〈近代 5・昭和 63 年〉B5 変形判
　　若林　敦「我等の一団と彼」と啄木　　　　　　　　　朋文出版　H 1・7・―

P371（1字訂正）松岡千尋　石川啄木について―石川啄木の社会思想の考察―「たまゆら」第21号
　　　　　　　　　　　　　　　　　　　　　　　　比治山女子短大　H 1・10・―

P371〜372（2字訂正）宇次原光穂訳・伊東勉編『ドイツ人の見たる石川啄木の詩歌』〈伊東勉へのドイツ人の手紙による石川啄木詩歌研究資料〉B5 判　　　　伊東勉個人刊　H 1・11・―

P374（4字訂正）昆　豊　啄木の歌稿ノート「暇ナ時」覚書X―　その評釈と啄木日記と歌との関連について― 14 頁「福岡教育大学紀要」第 39 号　文科編（← H4・7『国文学年次別論文集』）
　　　　　　　　　　　　　　　　　　　　　　　　　　　　H 2・2・10

P383（一部訂正）昆　豊　啄木の歌稿ノート「暇ナ時」覚書 XI ―その評釈と英文劇風メモと小型歌稿ノート― P41〜55　「福岡教育大学紀要」第 40 号（← H5・8『国文学年次別論文集』）
　　　　　　　　　　　　　　　　　　　　　　　　　　　　H 3・2・-

P393（削除。前記 P383-2・― が正解）昆　　豊　啄木の歌稿ノート『暇ナ時』覚書 XI ―その評釈と英文劇風メモと小型歌稿ノート― P41〜55「福岡教育大学紀要」第 40 号 B5 判（← H5・8『国文学年次別論文集』朋文出版）　　　　　（誤）H 3・12・― → （正）H 3・2・―

P399（2字追加）上田　博『一握の砂』成立の問題―寛「相聞」を補助線にして―P111〜119『日本近代文学研究の現状 Ⅱ近代』〈別冊日本の文学〉　　　有精堂出版　H 4・6・9

P405（一部訂正）高橋　鐵　啄木の「ローマ字秘密日記」の分析 P326〜339
　　『あぶ・らぶ』〈河出文庫〉　　　　　　　　　　　河出書房新社　H 4・12・1

P433（一字訂正）「国際啄木学会会報」第6号
　　岩城之徳　啄木明治四十三年の転機―妻の家出事件と大逆事件―〈記念講演要旨〉P16〜21
　　（← H7・4 岩城之徳著『石川啄木とその時代』おうふう）　　国際啄木学会 H 6・10・8

P441（同年 3・15〈P440〉と重複のため削除）平岡敏夫　石川啄木と宮沢賢治―〈戦争〉という視点より― P35〜48「群馬県立女子大学 国文学研究」第 15 号 A5 判
　　　　　　　　　　　　　　　　　　　　（誤）H 7・3・― → （正）H 7・3・15

P452（一部訂正）真壁　仁　啄木と賢治 P156〜173／啄木の郷里賢治の風土 P174〜178／『修羅の渚　宮沢賢治拾遺』（→ S60・秋田書店刊）四六判　　　法政大学出版局　H 7・12・1

P454（一部訂正）小嵐九八郎　函館・国際『遥かなる啄木・一握の殺意』〈ミステリー小説〉

四六判 251頁　　　　　　　　　　　　　　　　　　　　青樹社　Ｈ８・１・10

P467（H7・10・20〈P451〉と重複のため削除）福本邦雄　啄木と善麿・その革新的短歌の系譜―生
　活と思想を追求し―P159 〜 197『外へ向かう眼内へ向かう眼』

　　　　　　　　　　　　　　　　　　　　　　フジ出版（誤）HH ８・10・20 →（正）Ｈ ７・10・20

P467（一部追加）山田吉郎　前田夕暮の啄木観 ―評論集『歌話と評釈』を視点として― 山梨英和
　短大創立三十周年記念・日本文芸の系譜』（←H10・11『国文学年次別論文〈平成８年度〉』）

　　　　　　　　　　　　　　　　　　　　　　　　　　　　　　　　　　　　　Ｈ ８・10・30

P481（２字訂正と追加）尹　在石　石川啄木『一握の砂』より７首新評釈 P275〜 293『日本文化學報』
　４輯 B5判　　　　　　　　　　　　　　　　　　韓國日本文化學會　Ｈ ９・11・―

P495（１字訂正）学術文献刊行会編　『国文学年次別論文集』〈近代５平成８年〉

　小川武敏（資料）大逆事件および日韓併合報道と石川啄木― 一九一〇（明治四三）年初夏から秋
　九月まで― P484 〜 511（→H8・9「明治大学・文芸研究」第 76 号 P129 〜 184）

　　　　　　　　　　　　　　　　　　　　　　　　　　　　朋文出版　Ｈ 10・11・―

P506（訂正）「あとがきに代えて」上から８行目「平成８年10月」を「平成５年７月」と訂正する。

【索引】

P509（追加）　浅原　勝　165、217

P509（削除）　秋田雨雀　※ただし、P70 の１行目文中に名前あり。

P510（訂正）（誤）飛鳥　隆夫　→（正）飛高隆夫（ひだかたかお）　334

P510（訂正）（誤）安部　和美　→（正）安倍　和美

P512（訂正）石田　郁代　（誤）273　→（正）473. 488

P522（訂正）北畠立朴　（誤）178　→（正）478

P527（訂正）（誤）佐藤　房義　→（正）佐藤　房儀

P534（訂正）（誤）寺杣　雅夫　→（正）寺杣　雅人

P536（追加）　名なし草　→　吉田孤羊の筆名 P536

P537（追加）（誤）西村真次　199　→（正）　西村真次　81、199

P547（訂正）（誤）湯浅　勝　→（正）浅原　勝　217

P549（削除）※　Ｖ・Ｔ・フェヂャーイノフ　（重複のため）

P549（削除）※　Ｘ　Ｙ　Ｚ　（重複のため）

【索引の追加名簿】

澤田　勝雄　398

出口　正男　37

平石　礼子　167

編集後記にかえて
〜個人的な、あまりにも個人的なことを〜

佐 藤 　 勝

　前著に紹介した啄木文献は1901年（明治7年）から1999年（平成10年）に発行された総数約2万2百点であったが、本書と重複する1999年（平成10年）発行の文献はなるべく前著との重複を避けて載せるように心がけた。本書には1999年（平成10年）1月から2017年（平成29年）12月までに発行された石川啄木に関する文献12,618点〈1999年（平成10年）の一部は除いてある〉と前著の補遺文献717点であるから、総数13,335点ということになる。文献数の数えかたの方法は共著を除く単行本は1点とした。特集号雑誌や共著の単行本、新聞などに載った文献は著者ごとに紹介して各1点として数えた。これは前著と同じ方法で、拙著『石川啄木文献書誌集大成』（1999年・武蔵野書房）には、約2万2百点の文献を紹介したが、本書では収録した期間が短いにもかかわらず相当な数となったのは、前著ではほとんどを省いてしまった新聞記事や講演レジメ、啄木関係催事のチラシ類なども収載したからである。なぜそのように意図したものかの答えは上田哲著『啄木文学　受容と継承の軌跡』という名著からの示唆であったと明記して置きたい。

　さて、前著『石川啄木文献書誌集大成』（武蔵野書房版）を刊行してすでに18年の年月が過ぎてしまった。私は当初、60歳で勤務先の神奈川県福祉部を定年退職して、その後の5年ほどで前著の「続編」を発行する予定であったが、もろもろの事情が重なって今日まで延長せざるを得ない状態となり、時間だけが過ぎた。しかし、近年は70歳を過ぎて「光陰矢のごとし」の言葉を実感すると云うよりも痛感しはじめていた。そのような中で時々、何人かの知人、友人から「続篇の発行はまだ？」と声を掛けられ、私はそのつど決まったように「もうすぐ出します」と応えてきた。が、作業は遅々として進まない状態だった。

　具体的な事由はいくつかあるが、例えばひとつには、離れ住む長男夫婦の所に孫が生まれて共働きの夫婦にとって少しでも助けになればということで通いだしたら、孫の世話をする楽しさに目覚めてしまって、孫の世話は妻よりも私が適任者であるということが自他共に認められて、秦野市の自宅から東京の国立市まで片道2時間余の距離をバスと電車を乗り継ぎ、週に3日〜4日を通うのが日課となった。

　この孫守りは今年で14年目になった。周囲からは「大変でしょう」とか「感心する」と世辞を含めたお褒めの言葉をいただくが、私の本音は孫と居る時間や孫の帰りを待つ時間も含めて、これが至福の時間。それだから続けられたのだが、ほかにも秦野市役所高齢課の委託で「介護福祉サービス相談員」や「キャラバンメート」（認知症の人が住み慣れた地域で暮らすための支援者）を養成する講師のボランティアなども引き受け、さらには個人的な地域活動として毎月一回、地域の公民館で初心者向けの短歌会を主催する。

　また、不定期ながら福祉講座を開くなどしてきた。このような時間の中で長男の所には6歳離れた二人目の孫も生まれて私の孫守りの役も、今しばらくは続けられると思うが、これが今の私の、啄木との関わりに平行した楽しみの時間なのである。

　また、2015年3月にようやく実りある結果となった啄木終焉の地の歌碑の「建立実行委員」の

一員として、飯坂慶一、大室精一、近藤典彦、山田武秋の各氏と共に実行委員のメンバーとして国際啄木学会東京支部会会員や文京区の住民の皆さんと一緒に、東京都庁や文京区役所に出向いたり、文京区の住民の方々と共同で「歌碑建立」に向けた講演活動なども行った。このような活動をはじめてから５年目の2016年３月22日、啄木終焉の地である文京区小石川町（旧久堅町）に念願の啄木歌碑が建立された。歌碑に刻まれた歌は啄木の第二歌集『悲しき玩具』冒頭の２首である。

　このような時間の流れの中で私は「続編」の発行に少し焦りを感じていた。そのような時に国際啄木学会元会長の太田登先生から「賛同者に呼びかけて、佐藤さんの本の続編刊行を応援する会」を作りたいというお話しをいただき、最初は恐縮のあまり、ご辞退を申し上げたが太田先生の熱心、かつ、具体的なご提案を拝聴して、厚かましいと云う思いは残ったが、お言葉に甘えて出版へと一歩、歩み始めたのが一昨年の春であった。

　時間をかけて準備するということは太田先生の案であり、出版は啄木生誕130年となる2016年春ということに決めて準備は順調に進んで一昨年の夏の終わり頃には、原稿もほぼ出来上がり、太田先生と本を出す出版社を決める段階で私は国際啄木学会を通じて個人的にも知り合いとなった桜出版の山田武秋氏にお願いしたい旨を話した。その時点では山田氏が引き受けてくれるか、否かは未だわからなかったが、太田先生が私の希望を知って、その後のことは太田先生と山田氏にお任せすることにした。

　結果は山田氏のご理解をいただき、原稿仕上げも進んでいた最中に、私にというか、我が家に大きなアクシデントが起きた。

　妻が2015年の秋に入って間もない頃に体調の不良を訴えて秦野日赤病院にて検査を受けたところ、進行性胃ガンの末期と診断された。このことは私たちにとってまさに青天のへきれきであり、あわせて妻は数年前からサルコイドーシスという難病を患っていたので秦野日赤病院では手術ができないと云うことで東海大学伊勢原病院を紹介されたが、そこでもあらたに13回にもわたる検査のほかに何の治療方針も示されず、不安を抱えたまま長い時間が過ぎて、胃癌の末期と診断されて92日目に、ようやく東海大学病院の担当医から、複数のリンパにガンの転移と見られる影が写っているが、これはサルコイドーシスによる結節の可能性もあるため、開腹して見なければ最終的な診断は出来ないので、開腹して、ガンの転移で無ければ胃ガンの部位を切除するだけとなるのでガンのステージも下がるという治療方針が示された。

　この治療方針が出るまでの92日という時間は、妻はもちろん、私たち家族にとっても長くて辛い時間であったが、すぐに開腹手術を受けた結果、リンパ腺への転移は無く、すべてサルコイドーシスによる結節であることが判明した。術後の妻の快復は早くて私たち家族や医師も驚くほどで、２年後の今はほぼ胃ガンの診断を告げられる前の生活に戻っている。

　私が以前に書いた「あとがき」の原稿は桜出版に本文の原稿を送信して間もない頃で、その時の「あとがき」は、妻の希望で北海道へ旅をした時のホテルの一室で書いたものであった。つまり一昨年の９月末であるが、私たちが北海道への旅行をする動機となったのは、４年ほど前に私の敬愛する啄木研究家のＹさんとその息子さん、そして私たち夫婦の４人で食事をした時に、Ｙさんから北海道の田舎の廃校になった小学校を借りて夏を過ごしているので、お二人でぜひ遊びにお出かけくださいと誘われたことがあり、妻は手術の前に、元気になったらＹさんのいる時期に北海道へ行ってみたいと言った。これをＹさんに話したところ、歓迎するから来て下さいと二

つ返事で招いていただいた。初めてみる稚内の海は静かで美しい、とYさんからのメールに記されていたが、術後の家内の体調も気遣っていただいて、北海道ではYさんをはじめ、多くの方々のお世話になった。結果は家内が「50年近い結婚生活の中で一番良い旅」だったと言うほどに私たちには嬉しい旅となった。

さて、この変わった「あとがき」を中断してからすでに2年以上の時間が流れてしまった。桜出版の山田氏や本書の専任となっていただいた高田久美子氏には申し訳ないほど気をもませてしまったが、原稿を送った後で、自分の書き上げた原稿の誤字脱字はもちろん、ごっそりと抜け落ちている年度の文献の遺漏に気付いたことなどもあって出版を先送りしたい旨を伝えた。

当初は啄木生誕130年記念として出版する予定であったが、可能な限り少しでも前著を超える良い本を作りたいという思いから、原稿を総点検してみたいと思ったのである。そんな時に啄木が縁で今から28年前に知り合った森 義真氏（当時は関西在住の啄木愛好者のひとりであった。現在の石川啄木記念館館長）が、校正の手伝いを申し出てくださった。私は、これこそ天ならぬ啄木の助けと思って即座にご協力をお願いした。

ついでに記すには恐縮過ぎるが森氏には長年にわたって湘南啄木文庫の文献収集に絶大なご協力をいただいてきた。本書に収めた文献の半分は森氏からの直接的、間接的な協力があって収集できたものである。そのような森氏から校正の手伝いを申し出ていただけたことは「啄木の助け」で無くてなんであろうか。その後は、森氏の校正済み誌面を見るたびに私は自分が見落とした沢山の誤りを拾い上げてくれる森氏の朱色の誌面に手を合わせる思いで何度も、何度も感謝した。

さらには、校正の遅れていることを案じられた太田登先生からも助けの声をかけていただき、太田先生には本書のすべてにわたってご校閲をいただき、さらには多くの誤記や遺漏をご指摘いただくことが出来た。太田先生は私の前著の生みの親のような存在の方であり、本書の刊行もまた、太田先生に背中を押されて踏み出せたことは前述した通りである。そして今回はわがままを承知の上で厚かましくも序文をお願いしたところ身に余る序文をいただき、太田先生の恩情にも恐縮するばかりであった。

また、湘南啄木文庫は当然ながら森氏のほかにも全国各地の啄木の愛好者や研究者の方々からたくさんのご協力をいただいている。その方々のお名前を前著と同じ方法で記載して置きたかったが本書では省いたことに特別な意は無い。また、本書の校正の途次で幾編かの文献（多くは個人出版）の末尾に発行者の住所を載せてあるが、個人情報の点で問題であるから載せないほうが良いというご意見もいただいたが、これは私の書誌作りの基本的な考え方に添わないことなので当該文献の発行された時点に於いて記された住所はそのまま載せた。

但し、前著でも同じ方法であったが電話やFAXなどは載せなかった。特に個人出版の文献の住所は後の文献探索に役立つことが多いと判断したからである。しかし、参考までと思って名を記すことは避けるが知人で書誌作りの先輩である数人のご意見も伺った。結果は、どなたからも「佐藤さんの望まれる書誌を作ることが一番良い」と仰っていただいた。一部の文献の発行者はすでに故人となっておられる方もある。また、記載された住所に現在は住んでいないことが解っている方もある。が、先述の意味も含めて文献に記載されている住所をそのまま載せることは「書誌学」の視点に於いては当然だという先達者の私見なども伺えて心強く思ったことであった。もし、「個人情報保護法」において問題があれば、その責任の一切は私にあるが、啄木の文献を書き残した著作者が、後の人が自分の書き残した文献が、何時、何処で発行されたのか、また、誰

編集後記にかえて　485

かがその文献を探しだして読みたいと思った時の一助となるなら私の独断も著作者は赦してくれるものと思う。

　この「あとがき」を書いている途中で韓国在住の尹在石さんから『石川啄木の詩歌・評論』（仮名）の出版を計画中であるお知らせをいただいた。尹さんは約30年前に明治大学に留学して日本の近代文学を学んでおられた。私が知ったのはその頃であったが現在は韓国で大学教授になっておられる。

　最後に本書を刊行するにあたっては前述のように多くの方々のご協力があったから出来たことであるが、私にとっては身近に居て無言？で長年にわたって支えてくれた一番の協力者は妻であり、二人の息子とその家族たちであったことも記して感謝としたい。

　また、末尾になったが桜出版の山田武秋氏と高田久美子氏には初校からの校正をはじめ、刊行のあらゆる面に於いてお世話になったことを記して深甚からのお礼としたい。

（2018年1月31日　湘南啄木文庫にて記す）

〈追記〉
　本書の「あとがき」も出版が遅れるたびに何度か書き直したが、今回は少しだけ「追記」をしておく。本書に収めた総文献数（旧著の「補遺文献」717点は含むが訂正文献は除く）は、約14,000点である。旧著では約百年に近い年間に発行された文献を紹介して、その数は約2万2百点であったが、旧著に比較して本書に収めた数が著しく数量が多いわけは、前著では多くを省いた新聞記事や啄木関係催事のチラシなども本書には収集できた範囲にて紹介したことと、ネット上での情報を頼りに多くを収集できたことによるものである。

　なお、今年になって発行された貴重な啄木文献情報の中で単行本のみメモして置くこととする。一昨年、岩手日報に連載された『啄木・賢治の肖像』が4月に岩手日報社から刊行。河野有時氏が『啄木短歌論』を笠間書院より3月に刊行。長浜功氏は『孤高の歌人　土岐善麿』（社会評論社）を啄木との関係を見つめながらの善麿を書いた貴重な書を4月に出した。村松善氏は「啄木日記研究」の成果を近日中に出版すると賀状に書き添えていただいて感激している。近藤典彦氏からも執筆中の「啄木評伝」（仮称）脱稿も間近との賀状をいただいた。歴史小説家の好川之範氏は本年4月に『北の会津士魂』（歴史春秋社）を刊行したがその中に「啄木と福島県人」をとり上げた1章を入れた。

　さらに国内外での啄木図書の発行予定の情報であるが、韓国の尹在石氏は「石川啄木」についての論文や詩歌の翻訳をまとめて韓国の出版社（未定）から近日発行の予定。オーストリア在住のリーンハルト先生はドイツ語に翻訳した『悲しき玩具』を間もなくスイスの出版社から刊行の予定。また、一昨年の末に啄木研究史に残る大著を出された大室精一先生は愛好者向けの『啄木そっくりさん』と『クイズで楽しむ啄木』（仮称）の2冊を企画中。「クイズで楽しむ」の本には、新鋭の若き劇作家である平山陽氏と私も加えていただくことになって、楽しい啄木の本を作ることを目標として大室先生を中心に只今、進行中。なお、この2冊は今年の12月に桜出版より発行される予定。

以上、2018年5月10日に記す。

〈編著者人名索引〉 （50音順／索引名は特例を除き執筆者に限った）

あ行

アリー・マントワネット　170
アルカカット　219
阿井　渉介　179
阿木津　英　53,359,366
阿刀田　高　400
阿部　幸子　10
阿部修一郎　12,246
阿部　真平　460
阿部　誠也　267
阿部　智子　6
阿部　正隆　452
阿部　幹男　177
阿部美保子　210
阿部友衣子　375,383,384,385,386,387,389,390,
　　　　　391,393,394,395,396,398,399,401,
　　　　　402,404,405,407,415,430
阿毛　久芳　282
阿波野巧也　424
安倍　和美　463,480,481
安宅　夏夫　169,198,323,413
安達　英明　82,165
安　重　根　（アン・ジュングン）20,159,225,227,231,
　　　　　255,256,301,358
安西　祐一　338
安東　璋二　298,338
安藤　重雄　158,
安藤　忠雄　287
安藤　玉治　465
安藤　敏隆　28
安藤　直彦　425
安藤　弘　300,323,333,364,405,427
足立　敏彦　396,414
相川　正志　276
相木　麻季　71
相坂　真市　45
相澤　史郎　460
相澤　慎吉　469
相沢　超子　29

相原礼以奈　369
藍原　益子　254
青木　雨彦　354
青木　和夫　465
青木佐知子　148
青木　繁　11
青木　純　323
青木　保　27
青木　登　3,90,145
青木　矩彦　334,363
青木　春枝　388
青木　正美　44,61,390
青木　幹宏　380
青木　容子　193
青砥　純　107
青野　道子　299
青柳　享　54
青山　修二　121
青山　誠　135
赤坂　環　275
赤坂　憲雄　54,192,193,207,215,330,472
赤崎　茂樹　280
赤崎　学　119,136,194,238,264,278,302,304,325,
　　　　　344,346,352,362,363,368,411,412,414,
　　　　　415,432
赤崎　耀子　297,313
赤澤　義昭　11
赤林　虎人　81
赤間　亜生　29
赤間　均　256,257,472
秋川　雅史　186,188
秋沢美枝子　125
秋沼　蕉子　2,172,181,408
秋葉　四郎　245
秋庭　道博　64,108,135,136,217,327
秋浜　市郎　117,243
秋浜　悟史　2,163,168,171,172
秋浜　三郎　117,135,136,243,461
秋浜　融三　103,143,173,181
秋間　達男　3,470

〈編著者人名索引〉　487

秋村　　宏　102

秋元　　勇　275

秋元　　翼　280

秋山　ウタ　7,469

秋山　数馬　102

秋山　公代　237

秋山　　清　478

秋山佐和子　317

芥川龍之介　13,46,57,187,198,361,381,393,469

浅尾　忠男　467

浅尾　　務　185

浅川　貴道　362

浅川　澄一　211

浅川　美弥　459

浅川　義一　306,459

浅田　次郎　17,18,20,102

浅沼　秀政　35,221,247,282

浅沼　　実　323

浅野　　晃　451

浅野　大樹　429

浅野　孝仁　290,361

浅原　　勝　477,481

浅間　和夫　272

浅里　大助　309

浅利　政俊　318

朝倉世界一　49

朝倉　宏哉　46

朝下　桂宇　453,476

朝比奈康博　276,286

芦　　東山　395,423

芦原　　正　453

飛鳥　勝幸　97

飛鳥　圭介　202

梓　　志乃　164,205

東
あずま　延江
のぶえ　308,314,315,316,452

畦地　雄春　161

渥美　志保　357

渥美　　博　333,358,415,426

穴吹　史士　121,178

姉崎　正治　（嘲風）352,451

天野　慈朗　383

天野　　仁　（あまのひとし※→啄仁草人）13,17,22,
25,43,51,58,68,91,93,104,108,115,128,

134,144,147,156,158,170,182,185,193,
198,201,210,213,216,227,237,252,257,
258,262,278,297,365,377,383,404

彩志野麿人　254

荒　　正人　212

荒川　慶太　359,384

荒川　　紘　234,253

荒木　　茂　56,82,255

荒木田家壽　476

荒波　　力　142

荒畑　寒村　37,295

荒又　重雄　（→風のあら又三郎）45,47,84,92,141,
160,165,168,169,170,173,175,177,
179,181,182,188,190,201,207,208,
237,299,322,354,373,405,415,420,
435,438,446

新井　高子　441,445

新井　竹子　333

新井千代子　401

新井　正彦　287

新井　　満　194,200,203,208,209,214,215,225,
236,255,257,258,287,292,297,298,
329,346,351,399,402,413,460

新井　潤美
めぐみ　292,466,472

新谷　保人　128,141,146,151,156,171,173,175,
231,257,288

嵐山光三郎　22,193

有沢　二郎　404

有島　武郎　145,179

有田　美江　438

有村　紀美　290

淡路　　勲　367

粟津　則雄　70,88

（R）　294

い行

イブ・マリ・アリュー　343

李
イ　御寧
オリョン　9,462

尹
イ　雄太
ユン ユンテ　（→※尹 雄太）

尹
イ　在石
ユン ゼーソク　（→※尹 在石）

伊井　　圭　15,29,196

伊五澤富雄　（イゴザワトミヲ）1,2,3,5,7,14,20,22,
23,26,31,34,35,40,41,44,46,48,50,52,

		53,54,55,58,84,88,90,97,109,111,112,120,121,123,125,127,130,135,136,148,150,155,163,167,168,169,354
伊佐	恭子	282,305
伊豆	利彦	54
伊多波英夫		463
伊東圭一郎		211,453,454
伊東	勉	480
伊東	祐治	335
伊藤	勇雄	14
伊藤	和則	28,42,56,60,295,312,314,335,339,359,365,384,397,422,426
伊藤	一彦	32,121,194,245,309,421,444,445
伊藤	清彦	73
伊藤左千夫		116
伊藤	幸子	264,470
伊藤	淑人	2
伊藤	仁也	65,143
伊藤	整	461
伊藤	辰郎	254
伊藤為之助		461,462,463
伊藤	千尋	171
伊藤	典文	38,47,55
伊藤	久男	471
伊藤	博文	19,20,28,175,217,391,421,470,480
伊藤	昌輝	446
伊藤三喜雄		330
伊藤八重子		416,439
伊藤	義晃	182,183
伊藤	吉雄	102
伊能専太郎		143,200,219,267,291,341,430
伊部	幹雄	310
井沢	元彦	170,430,431,433,434,435
猪野	謙二	458
猪野	睦	216,221
猪川	静雄	280,326
猪川	浩	166,204,262,265,278,285,
猪狩	見龍	254
猪熊	建夫	297
違星	北斗	171
飯坂	慶一	113,121,128,192,198,211,244,260,290,294,335,346,355,368,372,381,

		385,404,407,424,441,483
飯島紀美子		40,44,46,70,363
飯島	辰昭	113
飯島	碧	254
飯島由利子		388
飯田	敏	17,19,25,37,48,51,58,60,68,76,91,104,115,128,133,147,158,170,258
飯田	ふみ	191,293
飯塚	知子	390
飯塚	玲児	191,192
飯村	裕樹	166,178,195,197,198,290,303,312
五十嵐暁郎		320
五十嵐	誠	247
五十嵐正明		166
五十嵐優二		315
五十嵐幸夫		267
五木ひろし		460
五木	寛之	69,74,102,267
五木田	功	401
池内	紀	150,168,235
池上	淳	218
池田	功	4,9,11,12,18,19,21,28,34,38,42,47,52,55,56,78,85,87,93,97,101,108,111,114,116,118,119,122,123,125,128,131,135,142,143,144,147,148,151,153,157,162,163,167,170,183,188,189,193,194,197,199,200,203,204,211,213,214,215,220,224,228,231,232,239,240,241,243,245,251,253,255,259,261,266,272,273,274,277,279,280,281,287,289,290,291,293,295,296,298,300,303,305,311,312,315,325,328,335,336,337,338,339,340,341,342,343,344,346,347,348,350,351,353,354,359,362,363,364,369,371,372,374,375,378,379,380,384,386,387,389,390,391,393,395,397,398,400,401,405,409,411,414,417,426,427,429,436,440,446,474
池田	成一	311
池田	千尋	19,35,37,48,74,198,214,295
池田はるみ		74,330
池田	康	320

〈編著者人名索引〉　489

池野　正明　455
池端　俊策　292
池山　　広　453
　（勲）　22
諫山禎一郎　109
石井　和夫　348
石井　辰彦　192,212
石井　敏之　163,166,229,238,246,256,262,264,
　　　　　　273,277,292,293,304,311,341,361,
　　　　　　376,388,436
石井　英夫　171
石井勉次郎　5,28,294,295
石井　正己　123
石井　　實　219
石井　雄二　32
石井　幸雄　388
石上玄一郎　457
石上　露子　102,126,145,148,163
石川　一禎　1,2,13,14,17,25,31,51,57,68,81,85,96,
　　　　　　98,101,103,104,114,115,147,155,156,
　　　　　　157,158,160,163,184,186,203,205,206,
　　　　　　209,210,200,215,216,217,218,219,
　　　　　　221,227,234,333,234,237,241,245,
　　　　　　247,258,351,258,260,297,300,301,
　　　　　　304,305,311,325,333,349,361,401,
　　　　　　404,409,435,462
石川　栄燿　456
石川　カツ　17,25,51,91,96,101,104,147,197,258,
　　　　　　339,437
石川　九楊　211
石川　京子　38,45,46,49,52,53,57,92,99,102,107,
　　　　　　213,265,314
石川　　定　477
石川　真一　（啄木愛児）74,76,80,105,125,329,370,
　　　　　　384,417,431
石川　真一　（啄木のひ孫）182,258,329,331,384,
　　　　　　433,441
石川　節子　（堀合節子）6,7,9,10,11,14,29,33,37,
　　　　　　43,48,49,50,61,70,73,78,8384,93,95,
　　　　　　96,99,108,109,111,115,126,127,128,
　　　　　　134,136,141,147,149,151,154,165,166,
　　　　　　169,182,185,186,187,188,189,192,193,
　　　　　　194,195,198,203,208,210,212,215,217,

218,219,220,226,234,241,245,258,
266,276,281,283,285,293,298,300,
302,303,305,308,316,325,326,330,
335,342,343,351,361,366,367,370,
371,373,375,387,389,392,396,398,
399,401,404,409,410,416,420,430,
432,434,449,461,464,467,476,478

石川　崇子　298
石川　威博　406
石川　忠久　48,74,314
石川千賀男　315
石川　直樹　96,423,431
石川　房江　94,302
石川　正雄　229,311,330,451,455
石川　光子　（※→三浦光子）
石川　美南　242
石川　靖子　164,313,334,351
石川　裕清　274
石川　酉三　220
石川由美子　271
石川　玲児　3,4,6,138,472
石黒　　修　86
石坂　修二　254
石坂満寿雄　102
石田　征将　90
石田比呂志　153,174,359,366
石田　錬兵　23,53
石田　六郎　168
石橋　湛山　421,466
石橋　英昭　225
石橋　安男　420
石原　莞爾　207
石原　清雅　262
石原　千秋　259
石原　　玲　268
石母田　正　465
石山　　隆　79
石山　宗晏　310,314
岩動　炎天　313
岩動　孝久　235,267,292,293
岩動　露子　271
岩井　謙一　335
岩井　英資　478

岩井よしじ	293
岩尾　淳子	337
岩織　政美	10,14,132
岩城　之徳	35,43,91,108,126,161,162,175,237,
	319,363,368,372,373,379,392,393,
	398,417,420,422,424,429,431,434,
	436,437,439,441,444,446,449,450,
	453,454,455,458,459,461,463,466,
	467,470,476,477,479,480
岩佐壮四郎	201
岩阪　恵子	375,376
岩崎　厳松	221
岩崎　　正	（白鯨）248,249,449
岩崎　允胤	119
岩崎　雅司	433
岩澤　隆子	425
岩澤　道子	83
岩田　　正	40,75,334,396
岩田　祐子	83,128,216
岩内　敏行	231,296,323,356,360,366,372,379,384
岩野　泡鳴	226,421
岩橋　　淳	206
岩渕　　上	194
岩見　照代	479
岩本　茂之	286,297
岩本　　進	276,296
岩本千鶴子	275
岩本　尚子	407
岩本　美帆	420
岩本　由輝	89
岩山　吉郎	141
板垣征四郎	207
板垣　玉代	5,74,261
板坂　　元	467
板沢　武雄	454
板谷　栄城	52,90
市川　渓二	132,140,141,158
市川　正治	285
市川美亜子	318
市　　子	（大和いつ）64,116
市原　尚士	109
一握の石	393
一　記　者	450

一條　　徹	457
一関一枝子	449
一関ノ忠人	440
一戸彦太郎	172,192,244
一戸　秀雄	466
一覆面中佐	（※→金子定一）
齋　　忠吾	6,115,219,257
逸見　久美	11,37,41,172,212,217,228,244,25
	4,312,339,372,426
泉　　鏡花	346,347
泉山　　圭	374
出口　正男	475,481
糸川　雅子	307,308,425,435
稲垣　吾郎	263
稲垣　大助	197,228
稲垣ゆかり	221
稲沢　潤子	229,233,368,425
稲葉　喜徳	259,260
乾　千枝子	79,429
井上剣花坊	451,460,462,465
井上　　庚	295
井上　詢子	429
井上　正蔵	467
井上　孝夫	216
井上　忠晴	129
井上哲次郎	344,362
井上　輝夫	387
井上　伝蔵	467
井上　信興	78,91,101,104,122,126,128,129,
	134,139,142,149,151,155,158,159,
	160,163,165,171,172,174,178,184,
	189,191,194,203,204,206,219,229,
	261,278,295,467
井上ひさし	70,81,88,92,96,110,113,114,157,
	201,230,231,241,263,264,273,292,
	326,335,342,345,373,384,467
井上　麻矢	263
井上みどり	150,346
井上　　靖	16
井上百合子	467
井上　義一	367,384
井上　芳子	105
井之川　巨	15

〈編著者人名索引〉　491

井原　彦六　451

今井　克典　27

今井　孝子　254

今井　　宏　179

今井　弘道　149,157

今井　康夫　313

今井　泰子　97,227,254,274,477

今川　乱魚　250

今留　治子　329

今村　欣史　434

入江　成美　76,132,134

入江　春行　27,78,79,103,234,247,257,262,271,
295,467

巌谷　大四　95

う行

ヴェー・エヌ・マルコヴァ　76,86,132,134,477

ヴォルフガング・シャモニ　101,125,469

ウニタ・サチダナンド　197,199,213,222,228,264,
315,344,364,414,428

干　　耀明　97

呉　　　川　4,125

鵜飼　哲夫　389

鵜飼　雅樹　172

鵜飼　康東　402

鵜川　　昇　92,93

鵜沢　　梢　286

宇佐美　伸　112

宇治土公三津子　89

宇次原光穂　480

宇田川民生　156

宇波　　彰　207

宇野　隆夫　253,273

宇部　　功　365

宇山　卓栄　172

右遠　俊郎　368,425

上窪　青樹　329

上杉　誠一　471

上杉　省和　379,380,391

上田　　哲　18,22,35,38,41,398,474,479,482

上田　勝也　36,46,66,89,115,133,156,177,198,221,
248,270,310,336,364,391

上田　　敏　377

上田庄三郎　451

上田　治史　468

上田　　博　（うえだひろし）11,12,13,19,21,27,28,
29,33,34,37,41,42,47,53,55,56,58,59,
60,62,63,66,67,77,78,80,86,97,101,
104,111,115,123,132,133,140,142,
171,188,193,205,220,211,215,220,
221,227,228,253,376,407,424,427,
465,471,480

上田　方艸　450

上田　正昭　223

上野　榮治　359

上野　真一　157

上野　霄里　15

上野　勇治　387

上野　広一　（廣一）53,209,275,290,425

上野さめ子　（サメ）61,217

上原　賢六　148

上原　章三　48,237

植木　貞子　58,301,451

植木　幹雄　235

植田　　滋　35

植松　雅美　292

植村　　隆　283,317

魚住　折蘆　109,263

牛窪　大博　423

牛崎　敏哉　128,356,381,408,446,447

牛山　靖夫　40,107,155,211,215,240,241,242,
244,247,291,440

氏家　長子　444

氏家　光子　9

碓田のぼる　2,9,11,12,16,26,29,31,36,41,43,45,50,
55,56,57,58,77,79,81,90,100,102,105,
112,114,117,122,125,126,145,148,
153,157,163,164,184,211,217,225,
228,229,231,252,254,258,262,265,
269,271,272,275,287,288,299,301,
304,312,313,314,317,319,321,323,
324,326,334,335,339,354,372,376,
385,386,391,429,432,437

内ヶ崎三郎　451

内田　晶子　415

内田　恵子　406

内田　秋皎　329,400

内田　百閒　119

内田　　弘　188,213,223,229,244,253,254,323

内田ミサホ　100,125,128,155,158,165,179

内田　洋一　81,264,441

内田　魯庵　72,184,202

内館　牧子　198,292,349,367,368,369,370,375,445

内海　　繁　58,459,461

内海　信之　（泡沫）103,173,184

内村　剛介　328

内山　愚童　74,138,148

内山　　繁　361,362

内山　晶太　410

　（海）　96

梅内美華子　171,173,272,349,395

梅川　　操　（小山操）1,57,125,149,155,200,210,224,
　　　　　　　472

梅森　直之　182

浦　　唯之　300

浦田　敬三　18,24,26,35,38,47,51,60,65,75,95,101,
　　　　　　　104,109,114,134,139,154,210,228,
　　　　　　　460,461,464,474,478

ウッム　アジザ
Ummu Azizah　278

え行

エレナ・ガジェゴ・アンドラダ　446

江川　佐一　102

江草　明彦　178

江口　きち　209

江口　圭一　84

江戸川乱歩　351

江守　　徹　80

永　　六輔　362,420

悦田　邦治　126

海老江芙紗世　197

海老沢　類　391

蝦名　賢造　467

遠藤　周作　266

遠藤　　隆　4,48

遠藤　忠志　469

遠藤　　直　374

　（L）　276

　（M）　453

　（X）　376

お行

　（を）　50

オ　　　　ヨンジン
呉　　英珍　202,155,460,463

尾形　照成　209

尾崎左永子　74,106245,282

尾崎　秀樹　478

尾崎　裕美　220

尾崎　正直　233,401

尾崎真理子　438

尾崎　由子　12,28,42,56,74,283,293,295,296

尾崎　行雄　（咢堂）87,107,123,203,220,266,333,
　　　　　　　407,409,411,438

尾崎　　豊　84,262,266,295,306,328,335,364

尾村　勝彦　329

尾山篤二郎　166,184,449

小川おさむ　147

小川　晋二　168

小川　青夏　429

小川　武敏　1,2,4,9,21,37,47,52,60,77,97,101,104,
　　　　　　　164,174,239,300,312,315,481

小川　達雄　203,315,340

小川多津夫　17

小川　直之　249

小川邦美子　106,140,147,149,159,190,278,419

小川　文男　160

　　　　　　まこと
小川　　惇　261

小笠原　功　2

小笠原栄治　296,304

小笠原克悦　294

小笠原謙吉　（迷宮）75,211,233,235,459

小笠原賢二　74

小木田久富　32,83,87,93,106,108,191,192

おくつ　ようせん
小圷　洋仙　407

小国　露堂　68,82,98,107,113,129,131,132,134,
　　　　　　　142,169,170,171,179,182,184,187,
　　　　　　　278,347,444

小沢　糸子　79

小沢　信行　280

小沢　泰明　18

小澤　恒一　118,259,453,456

小田　觀螢　396,414

〈編著者人名索引〉　493

小田　光雄　202,206
小田　靖子　334
小田切　進　467,479
小田切秀雄　308,460,465
小田島孤舟　131,134,205,220,298,320
小田島尚三　（三兄弟）70,126,261,287
小田島樹人　378,324,424,439,440,442,443,447
小田島本有　164,183,187,323
小田嶋次郎　462
小田中政郎　49
小瀧　篤子　285
小寺　正敏　344,347,349,363
小野清一郎　56,223,338,454
小野　　肇　236,329,333
小野　弘子　59,61,67,276,293,302
小野　政章　261
小野　正弘　322
小野　祐貴　15
小野庵保蔵　74,133,476
小野崎　敏　177
小野田素子　388
小野寺　功　45
小野寺脩郎　1
小野寺永幸　207
小野寺廣明　6,115
小野寺　寛　372,376
小畑　柚流　201,221
小原　俊一　184
小原信一郎　15,68
小原　啄葉　249,329,447
小原　敏麿　367
小原　奈実　424
小原　守夫　96
小山　　敦　372
小山田つとむ　470
小山田泰裕　234,240,246,251,268,275,276,280,
　　　　　　282,283,284,285,286,288,289,290,
　　　　　　291,292,293,294,296,297,298,299,
　　　　　　300,301,302,303,307,318,324,327,
　　　　　　330,335,339,348
越智　朋子　294
及川安津子　141
及川　和男　265,360

及川　和哉　33
及川　　謙　423,441
及川古志郎　33,283,453
及川　陸男　144,145,146
及川　隆彦　362,379
及川　　均　456
及川　勇治　324
応　　宣娉　442
王　　紅花　140
王　　白淵　323,353,354,397,402
近江　じん　（近江ジン／※→小奴）
扇田　昭彦　264
大井　浩一　211
大井　蒼梧　269
大井　　学　424
大井出麿依子　（麿）65
大石　邦子　177
大石　秀夫　262
大石　りゅう　254
大江健三郎　222
大岡　　信　20,32,34,62,115,122,152
大垣　友雄　452
大川　栄策　99
大川　史香　297
大河原惇行　210
大河内美和子　164
大木　隆士　356
大木　昭男　138,276,414,436
大木　雄三　475
大口　玲子　388
大久保和子　164
大久保晴雄　466
大崎　和子　283
大崎　真士　348
大澤喜久雄　269,332
大澤　重人　203,204,206,208,209,210,215,216,
　　　　　　217,218,220,221,231,232,234,235,
　　　　　　241,243,252,259,260
大澤　信亮　252
大澤　博明　102
大澤　正道　133
大澤　真幸　118,131,273,275
大沢　久弥　257,259

大沢　博	213,227,236,478,479	
大鹿　卓	452	
大鹿　寛	157	
大信田落花	（金次郎）80,251,360	
大島　一雄	167	
大島　経男	（流人）23,53,72,132,134,179,252,	
	306,459	
大島　史洋	53,360	
大田　安彦	220	
大滝　伸介	279	
大滝　寛	84	
大滝みちの	275	
大竹　延	464	
大建雄志郎	231	
大谷　利彦	201	
大谷　洋樹	252	
大塚金之助	210,211	
大塚久美子	68	
大塚　富夫	422,437	
大塚　雅彦	55,85	
大槻しおり	240	
大辻　隆弘	268,289,311,379,399	
大坪　利彦	444	
大坪れみ子	95,200,211,355	
大津留公彦	79,218,397,439	
大中　肇	429	
大西　巨人	13,470	
大西　剛	296	
大西　民子	245,370,375,387,446	
大西　照雄	450	
大西由起子	209	
大西　洋平	414,426,427	
大西　好弘	21,29,36,66,71,96,101	
大貫　晶川	129	
大野　英子	287	
大野とくと	322	
大野　風柳	249	
大庭　主税	1,44,47,77,107,159,184,203,246	
大星　光史	466	
大松沢武哉	10	
大室　精一	12,19,28,29,54,56,74,76,77,78,80,96,	
	97,102,105,125,137,142,151,153,154,	
	163,164,165,180,183,184,197,203,	

	204,205,209,212,216,224,228,229,	
	230,238,239,253,254,255,256,259,	
	264,271,274,278,280,295,303,312,	
	313,315,320,325,327,332,339,340,	
	341,368,372,373,385,394,417,426,	
	433,436	
大森　静佳	399	
大森　松司	461	
大森　秀雄	1,24	
大宅　壮一	453	
大和田勝司	275,276,282,283,289	
大和田　茂	115	
大佛　次郎	453	
太田　愛人	24,34,70,89,289,349,471	
太田　和彦	336	
太田　翼	112,122,129,144	
太田　登	4,12,19,20,22,29,31,32,37,38,42,43,47,	
	55,59,61,76,78,86,91,94,97,105,124,	
	144,145,153,159,161,163,165,167,173,	
	174,177,181,184,188,189,193,197,	
	213,214,216,219,226,227,228,238,	
	239,240,245,253,256,274,277,281,	
	284,294,295,312,317,319,321,323,	
	333,343,351,353,354,360,363,368,	
	372,373,379,380,398,405,426,427,	
	431,433,434,441,460,462,464	
太田　正雄	22,27,270	
太田　征宏	343	
太田　幸夫	7,32,65,69,71,72,79,89,132,182,194,	
	258,266,288,319,324,326,328,330,	
	331,333,339,347,354,368	
太田龍太郎	188	
（岡）	408	
岡　聰	152,153	
岡井　隆	28,72,140,149,158,185,229,262,277,	
	309,334,388,390,440,462	
岡江　伸	172	
岡崎　誠也	401	
岡崎　武志	300	
岡崎　陽子	376	
岡澤　敏男	291	
岡田　英次	455,468	
岡田　健蔵	331,473	

〈編著者人名索引〉　495

岡田　日郎　249
岡田　紘子　367,368
岡田　喜秋　277,312
岡田　良平　472
岡野　彩子　307
岡野　久代　344,373
岡野　弘彦　249,252,256,275,285,300,473
岡野　裕行　316
岡野　幸江　53
岡林　一彦　148,185,215,230,240,254,297,303,
　　　　　307,330,333,344,350,397,399,400,
　　　　　401,405,415,427,435
岡部　清弘　421
岡部　玄治　163,336
岡本かの子　144,163
岡本　純代　295
岡本　博子　280
岡本　紋弥　54
岡本　涼子　127
岡山　儀七　（不衣・月下・岡山生）17,19,25,46,
　　　　　139,141,151,192,235,340,449,450,
　　　　　456,475,477
沖　ななも　75,155,434
翁　久允　11
荻野　貴生　277
荻野　洋　11,12
荻野富士夫　242
荻原井泉水　（藤吉）79,92,98,335,446
荻原　碌山　（守衛）107,112,326
奥泉　和久　216,331
奥出　健　297
奥川かつえ　461
奥西紀美代　275
奥野　健男　461
奥村　寒雨　240,462,463
奥村喜和子　300
奥村　晃作　74,268
奥山　淳志　183,186,229,275,282
奥山　絹子　73
桶田　洋明　172
長　勝昭　246,304
長田　暁二　190
長田　弘　322,368

長内　努　143,151,262,269,321
押木　和子　153,203,230
押谷　由夫　309
押野　友美　294
折笠　三郎　38
折口　信夫　（釈迢空）25,30,33,35,36,38,40,43,44,
　　　　　45,135,256,259,326,351,440,442,
　　　　　449,473
恩田　清　429
恩田　英明　388

か行

かしおよしだ（→吉田嘉志雄）
かわすみさとる　371
カズオ・イシグロ　308
カビター・シャルマー　270
加賀おとめ　146
加賀　昌雄　192
加島　行彦　59,69,115,127,132
加藤　章　103
加藤　克己　469
加藤　幹次　451
加藤喜一郎　17,18,196,466
加藤　健一　469
加藤　周一　222
加藤　治郎　74
加藤正五郎　192
加藤　剛　189
加藤　悌三　460
加藤　典洋　15,46,63
加藤　昇　438
加藤　文男　451
加藤　将之　452
加藤　昌之　459
加藤　學　413
加茂奈保子　143,154
賀沢　昇　464
香川　武子　79,275,290
香川　不抱　223
香山　リカ　308
葛西　俊逸　172
葛原　対月　18,96,,210,331
嘉瀬井整夫　76,191

鹿野　秀俊	142	
鹿野　政直	132,185	
（海）	96	
甲斐　織淳	（淳二）427,432	
海部　宣男	180	
高　淑玲	（高 淑玲）36,37,41,42,48,51,58,60, 71,86,105,111,115,119,137,154,197, 202,214,239,240,303,315,353,354, 363,414	
鏡味　国彦	465,466	
柿崎　亮源	141	
柿沼　秀行	439,441	
角田　憲治	91	
梯　久美子	154,260,308	
籠谷　典子	71	
笠松　峰生	286	
風早　康恵	249	
風のあら又三郎（→荒又重雄）		
梶井基次郎	467	
梶田　順子	216,218,221,241,245,247,351,409,435	
梶原さい子	287,326	
梶山　清春	473	
柏　茂	150	
柏木　文代	261	
柏木　博	337,346,351	
柏崎　歓	398,412	
柏崎　驍二	90,99,111,249,250,264,287,226,329, 351	
柏谷　俊輔	176	
柏原　眠雨	329	
春日いづみ	317,347	
春日真木子	245,293,388	
春日井　茂	269	
片岡　雅文	220	
片方　雅恵	201	
片桐　昌成	234	
片山　かの	106,110	
片山　圭子	246	
片山　杜秀	400	
（勝）	327	
桂　太郎	171,301	
門田　昌子	108	
門屋　光昭	2,10,17,25,29,33,34,36,38,40,41,43,	

	44,45,46,49,53,54,58,62,65,66,71,72, 73,81,83,88,92,97,98,100,106,107, 108,110,114,121,122,124,125,127, 130,131,152,155,157,157,158,162, 164,179,180,184,197
金沢　邦臣	429
金関　寿夫	276,464
金子　鷗亭	381383,385,392,399
金子　定一	（一覆面中佐）207,212,262,451,476
金子善八郎	111,126,144,253
金子　兜太	249,420
金子東日和	172
金子　文子	70,145,162,277,284,312
金子みすず	107
兼常　清佐	201
狩野　智彦	169
叶岡　淑子	221,227
辛　有美	19
鎌田　大介	389
鎌田　亮	464
釜田　美佐	191
上　笙一郎	478
上窪　青樹	329
上条さなえ	200
神谷　忠孝	145,362,375,390,418
神山征二郎	356
神崎　清	242
神田　重行	59
神田　昭治	305
亀井勝一郎	65
亀井　志乃	174,175,231,288
亀井　秀雄	82,173
亀谷　中行	（※→狂狷豎子／鶴岡寅次郎）11,13,27, 28,47,55,65,72,78,93,100,102,108, 120,129,132,134,212,240,264,270, 278,295,315,325,339,380,391,397
鴨下　信一	15
苅田　伸宏	57
川井　靖元	29
川内　通生	77,135,174,187,216
川上　晃	202
川北　富夫	178
川岸　和子	126,254

〈編著者人名索引〉　497

川口　浩平　430
川口　　久　223
川口　英孝　265
川崎　翔子　243,247
川崎　典子　164
川崎　文子　18
川崎　　稔　185,186
川崎むつを　(→川崎陸奥男、かわさきむつお)
　　　　　　11,18,21,45,57,73,132,135,136,149,
　　　　　　169,171,218,223,265,456,457,458,
　　　　　　459,460,469,474
川島　周子　210
川島　チエ　34
川代　武三　7
川瀬　　清　135
川添　能夫　364
川田　一義　356
川田淳一郎　18,43,44,47,55,64,77,78,100,101,122,
　　　　　　123,125,129
川田　禎子　397
川那部保明　22,33,48
川並　秀雄　265,360,452
川野　里子　49,226,308,310,313,317,319,322,324,
　　　　　　325,395,415,424,444
川端　康成　346,347
川原　世雲　151
川村　公人　451
川村　哲郎　308
川村　敏明　235,
川村ハツエ　38,105
川村　幸安　6
川村　杏平　351
　（河）　　445
河　　京希　（柴田知祐）114
河合　　敦　119
河合　卓司　231
河合　真帆　183,198
河上　　肇　417
河﨑　洋充　42,295
河田　育子　43
河津　聖恵　308
河野　　薫　403,410,414,418,432,434,436,440,
　　　　　　441,415,445,446

河野　裕子　13
河辺　邦博　249
河道　由佳　62
河村　建磁　251
河村　政敏　18
瓦木　毅彦　385
韓　　基連　（※→韓 基連）
菅家　健司　433
貫地谷しおり　263
菅野　静枝　（※→宮 静枝）
菅野　全巳　254
蒲原　有明　302
蒲原　徳子　126,254

き行

き　ち　女　（※→江口きち）
キーン誠己　390,411
奎　　　通　（※→クェー・トン）271
　（希）　　322
　（木）　　200,242,297
木内　英美　78,129,142,197,198,204,239,426,447
木佐貫　洋　84,88
木島　　始　472
木島　なお　176
木下　　勇　451
木下　利玄　385
木下杢太郎　28,104,129,213,214,227,310,317,322,
　　　　　　326,334,375,276,401,443,455
木俣　　修　459
木股　知史　12,19,37,38,42,47,54,84,88,97,100,
　　　　　　105,106,118,125,130,143,148,154,
　　　　　　163,180,186,228,238,244,245,253,
　　　　　　254,260,261,274,281,303,339,350,
　　　　　　427,431,445,480
木村　　勲　57
木村　一信　218,228
木村　清且　352,353,364
木村　浩一　351
木村　　理　240
木村　荘八　453
木村　忠夫　240
木村　久昭　336
木村　　仁　98

木村	雅信	58,468
木村	美映	380
木村	礼子	242
木山	薫世（のぶよ）	473
郁	子（き こ）	426,427
（菊）		78,104,183,190
菊澤	研一	127
菊池	清麿	110,151,189
菊池	圭佑	318
菊池	正一	32
菊池	孝彦	371
菊池	武治	298
菊池	哲也	286
菊池	道太	317
菊池東太郎		191,210,236,259,290,297,321,374, 408,437,439
菊池	久恵	252
菊池	寛	461
菊地	悟	116,143
菊地	新	351
菊地	唯子	69
岸（きし）	実鎣（じつえい）	278
岸井	成格	204,205,252,259,260
貴島	幸彦	42,55
来嶋	靖生	75
喜多	昭夫	233,313
喜多	哲正	189
紀田順一郎		46
北	久美子	172
北大路欣也		461
北川	思水	475
北川	透	36,168
北川	冬彦	451
北川美江子		307
北川	れい	249
北里	和彦	315,349,384,397
北沢	文武	133,144,156,166,175,186,194,202, 210,228,235
北島	貞紀	224
北嶋	藤郷	397,411,424,427
北田まゆみ		36,46,66,70,89,92,115,133,156,177, 187,191,197,198,204,221,223,248, 264,270,302,310,315,336,353,364,

		391,412,428
北畠	顕家	341
北畠	立朴	2,3,4,5,6,19,20,21,22,25,26,38,46,48, 49,51,52,53,54,56,59,61,62,64,65,67, 70,73,75,76,79,80,81,83,85,87,91,93, 95,96,98,99,100,103,105,106,107,108, 110,111,112,114,116,117,121,122, 123,124,126,127,128,130,131,132,133, 135,136,143,146,147,148,149,150,151, 153,156,157,158,161,162,163,165,168, 169,171,172,173,180,181,182,185,187, 188,190,191,193,194,196,197,198,200, 201,202,205,208,,209,210,211,212,213, 214,217,218,220,224,225,226,229,231, 233,234,235,236,239,240,241,242,243, 246,247,251,252,254,256,258,260,261, 262,263,264,265,267,269,270,271,272, 274,275,279,283,288,290,293,296,298, 299,301,305,307,308,309,310,312,314, 315,318,320,322,324,325,326,229,330, 331,332,335,337,341,343,344,346,348, 249,350,352,354,356,358,360,361,364, 365,367,369,371,373,374,377,379,380, 384,385,386,389,393,397,398,401,403, 405,408,411,414,420,421,423,425,428, 430,432,435,436,437,438,440,441,442, 445,446,463,481
北原	白秋	11,18,106,113,121,122,139,182,211, 226,253,268,297,332,338,363,407,413
北間	正義	82
北村	明子	263
北村	巌	64,145,179,376
北村	恵理	464
北村	薫	61
北村	克夫	139,167,207,209,213,214,256,278, 294,306,345,354,381,386,397,426
北村	季晴	238
北村智恵子		（→橘智恵子）
北村千寿子		245,266,329
北村	勤	340,346,349
北村	透谷	109,327,333,344,347,349,352,358, 363,415,426
北室かず子		17

〈編著者人名索引〉　499

北山　武雄　7
北山龍太郎　476
北吉　洋一　45
狐崎　嘉助　337
鬼山　親芳　33,68,129,131,169,170,176,182,184,
　　　　　186,194,201,335,370,447
清瀬　保二　202,469
京増　富夫　313
許　文基　（※→許 文基、許 文基）
狂狷　豎子　（※→亀谷中行）
玉　骨　（※→藤岡玉骨）
清野美都子　295
霧野奇三郎　127
霧山　正彦　392
金　相回　450
金　寿英　277
金　鐘学　462
金　大中　215
金　明植　463
金　順子　463
金　龍済　458
金田一京助　5,7,18,22,31,33,46,52,59,75,92,95,98,
　　　　　99,106,109,113,123,128,139,140,142,
　　　　　145,148,152,153,161,162,163,169,176,
　　　　　189,190,191,194,196,207,209,219,220,
　　　　　244,261,262,275,285,294,309,320,333,
　　　　　336,337,340,346,347,348,350,360,361,
　　　　　362,365,367,368,369,372,385,398,401,
　　　　　402,403,411,423,435,436,438,450,453,
　　　　　454,455,461,465,470,475,477
金田一秀穂　190,244,281,345,347,348,354
金田一真澄　153
金野　万里　（万里）162,189,251

く行

クマガイコウキ　220
顧　偉良　118
奎　通　（※→キ・ツウ）271
久我田鶴子　75,416
久慈　勝浩　（鰐堂）33,48,73,468
久慈吉野右衛門　20
久津見蕨村　（息忠）118
久世　番子　264,300

草壁　焔太　48,97,154,155,157
草田　照子　296,322
草野　心平　190,191,458
具嶋　成保　357
楠木誠一郎　52
朽木　直文　360
工藤乙之助　428
工藤　凱門　345
工藤　寛得　104,114,364
工藤きみ子　79
工藤　幸子　162
工藤　純孝　465
工藤　節朗　1,473
工藤　大助　177,272,454,465
工藤　武人　212
工藤千代治　288
工藤　常象　193,257,322
工藤　敏雄　24
工藤　一　101
工藤　甫　83
工藤　肇　207,280
工藤　久徳　223,329
工藤　英明　361
工藤　正廣　118
工藤　隆二　346
工藤　玲音　269,351,383,398,429,435
工藤　六郎　323
工藤弥兵衛　134
国崎望久太郎　211,477
国木田独歩　97,121,166,170,279,327,421,460
国見　純生　16,221
窪田　空穂　239,240,253,433,478
窪田　弘　323
国本　恵吉　64
久保　栄　453
久保富美子　314
久保木寿子　415
久保田孝恵　334,417
久保田武嗣　275
久保田　一　74
久保田昌子　183
久保田正文　140,461,467,472
久保田万太郎　451

久保田泰夫　18
　（熊）　389
熊谷　昭夫　36,46,50,66,89,116,133,156,177,198
熊谷　エイ　428
熊谷　忠興　367
熊谷　常正　75
熊谷　宏彰　206
熊谷　彦人　177
熊谷　眞夫　299
熊坂　義裕　263,265,274
久　良　伎　（※→阪井久良伎）
久間木　聡　229
久米　　勲　13
久米田　裕　469
倉賀野範子　7
倉敷　市蔵　362
倉田　　稔　79,120,124334,335
倉橋　健一　310
倉橋　幸村　235
倉部　一星　427,428,430
倉本　幸弘　367
栗木　京子　81,336,341,342,403
栗原　郁夫　284
栗原　古城　（元吉）300
栗原　万修　467
栗山小八郎　460,463
栗山　　譲　327,328
呉　英珍　（→※呉 英珍）
クレアモント康子　374
グループ future　35
ＧＬＡＹ　22
黒岩　剛仁　286
黒岩比佐子　242
黒上　　浪　25
黒川　伸一　221,244,267,269,270,272,273,282,
　　　　　　284,289,291,292,294,296,297,298,324,
　　　　　　355
黒澤　　勉　4,19,22,23,35,37,47,66,70,93,101,105,
　　　　　　108,144,145,146,147,231
黒澤　恒雄　365
黒澤　　康　331,363,364
黒田　晃生　429
黒田　勝弘　215

黒田　英雄　224
黒沼　芳朗　1,9,14,17,34,44,66
桑田　佳祐　220
桑原　タイ　101
桑原　　聡　446
桑原　武夫　459
桑原　正紀　326,396
群馬　小暮　275

け行

ゲ　ー　テ　119,241
ケネス・スレッサー　374
ケネス・Ｂ・バイル　320
景　　真　（※→景 真）
　（憲）　328
見城　瑞穂　90
嫌田　嫌太　223

こ行

こきたこなみ　241
ゴーリキー　107,140,414,445
ゴウランガ・チャラン・プラダン　270,382
コ　ル　バ　ン　106,110,156,185,215,343,460
顧　偉良　（※→顧 偉良）
呉　英珍　（※→呉 英珍）
呉　　川　（※→呉 川）
黄　聖圭　（※→黄 聖圭）
許　文基　（※→許 文基）
高　史明　252
高　大勝　22
高　淑玲　（※→高 淑玲）
高良留美子　459
洪　在憙　462
小嵐九八郎　118,266,481
小池　　新　26
小池　　光　65,156,161,214,219,232,242,245,253,
　　　　　　271,289,342,352,278,383,385,386,
　　　　　　388,391,395,396,400,411,416,418
小池百合子　440
小石　雅夫　275,396
小泉　奇峰　（長三）280
小泉　修一　45,66,79,99
小泉　千樫　475,476

〈編著者人名索引〉　501

小泉とし夫　25,30,33,35,36,38,40,43,44,45,48,49,
　　　　　　52,56,60,62,63,66,70,73,78,83,87,89,
　　　　　　92,97,104,106,147,223,313,320,328,
　　　　　　332,340,346,349,368,470

小板橋　武　148

小梶　勝男　350

小鍛冶孝志　412,414,416

小木曽　友　242,304,465

小倉　孝誠　346

小栗　風葉　337

小坂圓次郎　443

小坂井　澄　463

小塩　卓哉　173

小島　左京　243

小島　清子　126,275

小島　真也　299

小島　烏水　83,107,159,184,246

小島　哲哉　129

小島　利明　469

小島　なお　176,245,400

小島　信夫　252

小島ゆかり　（こじまゆかり）61,78,172,192,216,221,
　　　　　　233,238,261,294,324,329,351,386,
　　　　　　401,407,429

小嶋　翔　344,381,438,443

小杉　正夫　210,211,231,243,251,296,299,408

小菅麻紀子　38,40,41,54,84,88,97,101,163,239,240,
　　　　　　253,295,312,320,324,325,339,340,436

小助川　宏　44

小関　和弘　308

小平館彦次　160

小高　賢　149

小林　晃洋　20,22,26,50,59,70,234

小林　昭　275,397

小林喜三郎　331

小林研一郎　259

小林　高　220,226,237,301

小林　恭二　31

小林　茂雄　210,220,226,227,237,301,302,303,305,
　　　　　　306,312,316,450,451,474,476

小林　修二　460

小林　静一　237,460

小林多喜二　11,16,92,96,112,187,209,211,215,242,

250,252,257,271,362,369,419

小林　恒夫　224

小林　輝子　249

小林　寅吉　（中野寅吉）98,311,353,433

小林　紀晴　15

小林　秀子　259

小林　ミチ　295,420

小林　康達　291

小林　康正　163

小林　祐基　401

小林　芳弘　1,12,15,19,25,35,37,47,48,68,82,104,
　　　　　　114,116,129,132,134,142,155,159,177,
　　　　　　184,191,197,214,228,238,263,264,302,
　　　　　　315,325,339,344,352,353,364,369,371,
　　　　　　377,381,391,398,404,411,412,414,415,
　　　　　　428,439,443,472

小針美津子　229

小堀　文一　180

小堀美津子　26

小松　昶　388

小松　健一　2,12,15,35,41,84,256

小松　徹子　275

小松　泰彦　266

小丸　淳　286

小宮多美江　469

小室　等　220

小森　一民　461

小森　かね　461

小森　陽一　129,148,433,447

小守　有里　74

小　奴　（近江じん・近江ジン）31,47,53,54,
　　　　　　56,71,84,93,95,98,99,114,128,141,181,
　　　　　　216,219,224,225,226,233,241,276,281,
　　　　　　285,301,310,328,360,411,413,418,431,
　　　　　　436,438,440,458,461,463,471,475

小山　尚治　313

小山　卓也　462

小山　操　（※→梅川操）

古泉　千樫　475,476

古賀　利男　417

古賀　ふみ　261,337

古賀　政男　99,110,151,310,467,478

古賀　行雄　131

502

古木　巌 71,149,332,459	越山　美樹 69
児島　由美 208	越山　若水 278
児玉　勲 299	寿　桂 131
児玉　映一 217	駒井　耀介 （→六岡康光）
児玉　花外 155	駒田　晶子 435
児玉　賢二 252	駒場　恒雄 242
後藤加寿恵 222	此経　啓助 50
後藤　捨助 59,107	昆　明男 12,225,249,276,330
後藤　生 450	昆　豊 47,217,351,462,463,469,477,478,480
後藤鉄四郎 225	近　義松 1,9,24,40,51,53,68,72,89,90,91,95,120,
後藤　直良 178	121,123,135,138,160,180
後藤　伸行 156,197,237,267,379,392,463	近藤　友子 182
後藤　正人 35,43,54,55,77,91,124,125,155,158,	近藤　信行 282
183,332	近藤　典彦 1,5,19,20,24,25,26,27,28,29,32,36,37,
後藤　三雄 153	41,44,47,48,55,56,61,63,66,67,72,77,
後藤ゆり子 （ゆりこ）353,382,387,399,409,419,	82,88,93,96,97,98,99,100,101,102,
424,436,439,441,446	105,108,110,117,118,123,124,125,
甲賀　利男 254,301,348	128,133,147,148,153,154,158,163,
郷古　潔 453	164,165,166,172,184,186,191,192,
郷右近忠男 6	197,198,203,204,205,206,213,217,
郷原　宏 70,196,204,422,424,426,431,434,436,	221,227,229,230,232,237,238,242,
437,439,440,444,446,447	244,245,246,253,255,263,266,270,
合志　太士 420	271,272,274,276,278,279,280,282,
合田　一道 226,264,335	298,305,311,313,314,315,316,327,
神津　拓夫 195	330,339,343,352,356,359,363,369,
幸徳　秋水 11.16,24,42,45,54,60,98,119,162,202,	372,373,375,379,380,381,384,390,
216,217,221,248,255,260,288,291,	391,393,397,401,404,408,416,417,
346,393,397,401,402,403,404,427,457	420,425,426,427,436,444,445,446,
河野　有時 11,12,27,31,41,47,55,58,78,86,97,	448,469,483,485
101,104,143,159,163,184,204,205,	近藤　治義 458
238,245,253,270,274,295,297,305,	近藤　均 136
309,312,315,325,339,344,363,364,	近藤　正男 236
368,391,398,400,421,427,428,429,	近藤　正春 119
436,485	近藤　芳美 124
河野　薫 403,410,414,418,432,434,346,440,	今野　金哉 388
441,445,446	今野　寿美 29,35,38,58,63,86,97,98,103,104,125,
河野美砂子 403	127,154,158,201,228,245,312,344,
紅野　謙介 258,389	346,349,355,380,414,421
紅野　敏郎 191	今野　哲 46,129,153,160,166,184,213,228,239,
江南　文三 87	254,263,339,347,364,391,398,427
五木田　功 401	金野　正孝 349,463
越崎　宗一 477	権藤　愛順 213,214,227
越谷達之助 198,270,323,413,444	

〈編著者人名索引〉　503

さ行

サパルデイ・ジョコ・ダモノ　183

（佐）　34

左古　文男　299

佐古純一郎　455

佐田　公子　223,317

佐高　信　49,190,212,227,308,328440,468

佐竹　信　193

佐竹　直子　96,160,384

佐藤　泉　85,138

佐藤　衣川　155

佐藤　一労　262

佐藤　和子　257

佐藤　和範　261

佐藤　喜一　66,139,455,457

佐藤　浄　321

佐藤喜代枝　296

佐藤　清文　6,80,435

佐藤熊太郎　298

佐藤　国雄　395

佐藤久美子　102

佐藤　啓貢　182

佐藤　定美　197,326,353,364,377

佐藤佐太郎　379

佐藤　早苗　429

佐藤　静子　36,46,66,89,116,130,133,157,177,179,
187,191,197,198,204,213,214,217,220,
221,223,238,248,264,268,270,302,304,
310,315,326,336,353,364,377,391,399,
411,412,413,428,430,433,443

佐藤　志歩　90,93,115,130,134,136,158

佐藤　淳　425

佐藤庄太郎　（佐藤春又春）84,116,156,193,226,229,
241,244,270,326

佐藤　昭八　36,41,121,185

佐藤　信　257

佐藤　輔子　192

佐藤　進　197

佐藤　成　404

佐藤　誠司　126

佐藤　誠輔　54,95

佐藤　善助　（平野八兵衛）249,452

佐藤　毅　64

佐藤　岳俊　192,251

佐藤千代子　388

佐藤　冬児　462

佐藤　俊男　431,442

佐藤　豊彦　57

佐藤　直人　469

佐藤　稔治　359,384

佐藤　伸宏　342

佐藤　展宏　464

佐藤　春夫　347,353,459

佐藤　寿子　200,224,269,401

佐藤　秀人　146

佐藤　英法　9

佐藤　平典　285

佐藤　寛　451,476

佐藤　広美　118

佐藤　弘弥　169

佐藤　房儀　481

佐藤ふぢの　（高橋ふぢの／藤野）73,299,257

佐藤　文彦　401,413,418,436,438

佐藤　文弥　304,464

佐藤　北江　（真一）60,70,110,121,208,220,302,
332,471

佐藤　昌明　305,327

佐藤　勝　1,4,10,11,12,13,21,22,24,25,26,27,28,
29,30,32,34,35,40,41,44,51,54,55,57,
67,70,76,77,78,101,102,109,114,122,
129,133,135,136,137,142,143,157,163,
165,177,182,183,184,194,203,204,216,
228,230,236,239,245,249,252,253,254,
255,261,273,274,278,281,282,295,300,
305,312,315,325,338,339,340,356,
360,361,363,364,365,366,368,372,
385,386,390,391,398,400,407,409,
426,436,444,464,467,477

佐藤真由美　242

佐藤　道夫　75,468,470

佐藤　通雅　250,257,386,388,465

佐藤　光子　200

佐藤　実　（實）39,79,161

佐藤　豊　397

佐藤　弓生　245

佐藤　与一　453,458
佐藤　洋一　383
佐藤　吉一　349,474
佐藤　嘉子　405
佐藤　好文　450,452
佐藤　里水　275
佐藤　竜一　267,273,291,303,311,356,368,381,
　　　　　　383,389,391,419,439
佐藤　隆一　132,137,192
佐久間文子　297
佐佐木信綱　178,380,385
佐佐木幸綱　5,9,15,16,18,74,120,121,149,178,193,
　　　　　　200,250,282,366,387,464
佐々木亜子　380
佐々木大助　23,34
佐々木勝男　144
佐々木和夫　109
佐々木喜善　48,54,62,68,94,95,105,123,220,241,
　　　　　　318,340,368
佐々木　佳　373,390,440
佐々木祐子　27,31,42,47,55,56,57,69,78,81,84,88,
　　　　　　98,100,103,104,111,114,117,124,464,
　　　　　　465,466,
佐々木　繁　340
佐々木聖雄　40
佐々木善太朗　406
佐々木正太郎　30
佐々木民夫　54,76
佐々木信恵　226,234,235,241,244
佐々木久春　377
佐々木　邦　478
佐々木征志　471
佐々木雅三　200
佐々木　護　150
佐々木幹郎　342
佐々木光雄　265,301
佐々木基晴　462
佐々木守功　71,73,92,356
佐々木裕貴子　408
佐々木由勝　412
佐々木芳春　275
佐波　洋子　388
崔　　華月　（※→崔 華月）

崔　　在喆　218,228
崔　　雪梅　364
西　　行　56,135,151,195,320,415,426
西郷　竹彦　250,293,303,305,306,339,472
西条　八十　342,471
西塔　幸子　313
西連寺成子　72,77,133,163,212.213,216,227,239,
　　　　　　266,274,276,300,312,315,323,339,
　　　　　　344,346,362,391,399,403,404,436
齋　　忠吾　（※→齋 忠吾）
斉藤　英子　1,5,6,9,10,11,12,14,15,16,25,27,41,44,
　　　　　　77,98,108
齊藤　清人　21,36,46,66,89,116,133,157,177,198
斉藤賢太郎　442
齊藤　栄　315
齊藤　佐蔵　48,50,51,252,291,454
斎藤　三郎　449,453
斎藤　純　186,304
斎藤　慎爾　2,74,143,159
斎藤　昌三　80
斉藤　大硯　246
齋藤　孝　46,106,126,132
斉藤　高広　439,442
齊藤　武廣　206
斉藤　珠江　124
斎藤　徹　370,394,406,407,409,411,416,447
斎藤　雅也　224
斉藤　ムツ　43
斎藤　茂吉　80,81,104,113,122,124,145,149,159,
　　　　　　163,184,245,283,317,321,358,383,
　　　　　　444,460,475,476
斎藤　陽子　126
齋藤　芳生　286
斉藤　玲子　396
斉木　徹志　149,150
三枝　昂之　19,31,43,51,58,59,62,66,73,77,81,86,
　　　　　　91,96,101,102,104,124,130,135,138,
　　　　　　139,141,143,146,147,149,150,153,
　　　　　　154,155,156,157,158,160,161,162,
　　　　　　164,165,168,169,170,172,173,174,
　　　　　　176,178,180,181,182,185,186,188,
　　　　　　189,191,200,206,2010,216,219,220,
　　　　　　221,223,224,225,228,231,232,237,

239,240,242,245,247,249,250,253,
254,260,264,269,270,272,273,278,
281,282,285,286,287,290,307,311,
312,317,324,326,327,333,339,344,
380,383,386,388,390,393,394,396,
414,415,426,427,431,433,434,437,445

三枝　史生　243,313
佐伯　一麦　15,342
佐伯　彰一　12
佐伯　裕子　148,181,245,327,345
早乙女勝元　445
堺　利彦　103,107,242,365
堺　黎子　271
酒井　浩司　329
酒井　佐忠　124,167,259
酒井　良夫　123
阪井久良伎　(久良伎)70
坂井　修一　205,218,219,395
坂井　泉水　35
阪口　忠義　420
坂口　安吾　253,414,426,432
坂口　弘　178
坂崎　重盛　138
坂田　裕一　162,249,309,419,434
坂西　志保　135,140,141,144,147,175,184,192,284
坂西まさ子　235,293
坂本幸四郎　465
坂本文泉子　121
坂本麻実子　118
坂本満津夫　308
坂本　雄一　275,275
坂本　龍三　473
坂本　龍馬　193,236
坂谷　貞子　(小萩)108,197,200,203,255.312,315
嵯峨　直樹　286,362,394
榊　莫山　31,133
榊原由美子　38,344,373,427
作山　宗邦　38,52,213
櫻井　健治　1,12,13,16,29,91,117,145,153,155,
174,175,177,199,246,271,281,327,
330,344,348,349,351,353,356,358,
360,361,362,363,367,369,370,372,
379,390,392,394,395,399,404,405,

408,410,411,412,413,415,427,433,
441,442,461
桜井　順　236,260
桜井　則彦　323
桜木　俊雄　93,118,174,216,241,310,328
桜田　満　53
笹　公人　245,316,320,414
笹ノ内克己　254,429
貞光　威　99,110,164
(五月風)82
里見　佳保　231,245,329
真田　英夫　167,215,265,272,304,317
砂山　影二　261
砂山　稔　311
釈　迢空　(※→折口信夫)
去石　信一　276
　(澤)17,21,25,59,89,106
澤口たまみ　249,430
澤尻　弘志　120,459
澤田　章子　72
澤田　昭博　207,227,318,359,416
澤田　勝雄　107,115,135,167,215,219,232,240,
254,255,267,280,318,329,344,347,
348,355,356,358,376,404,445,481
溝田　邦夫　32
澤田信太郎　(沢田天峰)153,259,294
澤田　誠一　319,458,459
澤田美千恵　344
澤地　久枝　308,420
沢　孝子　72,244
沢木　欣一　64
沢口　俊夫　318
沢口　芙美　379
沢田　令子　207
馮　羽　29

し行

ジャニーン・バイチマン　34,62,344,346
シャルミシタ・ルット　270
ジェイ・ルービン　254,258,259,268,274
C・フォックス　(※→チャールズ・E・フォックス)
志賀かう子　5
志賀　勝子　164

志賀　直哉　272
四方　洋　3
四ノ原恒憲　205
獅子内謹一郎　48
志田　澄子　166,172,404
志村　直　318
司馬遼太郎　253,273
椎名美智子　310
塩浦　彰　4,11,12,20,29,31,38,46,51,61,73,79,
　　　　85,87,98,100,103,126,142,167,170,
　　　　228,230,239,240,247,249,253,298,
　　　　313,321,343,381,391,449
塩塚　保　208,342
塩野崎　宏　224
塩見　梢　102
塩谷　京子　225
塩谷　知子　74,80,101,193
塩谷　昌弘　282,311,320,337,361.362,414,415,
　　　　427,428,443
雫石千恵子　281
設楽　芳江　293
七戸　綾人　238
品川　洋子　255,279
階見　善吉　79
篠　弘　19,26,86,114,161,226,240,242,251,
　　　253,334,379,388,394,460,477,
篠崎　清次　64
篠田　達明　268
篠原　千種　191
篠原　央憲　465
篠原　正教　270
柴刈見穂子　35
柴田　市子　254
柴田　和子　123,128,129,134,216,221,315,319,
　　　　365,369,402,427
柴田　健治　82
柴田　哲郎　84,137
柴田　知祐　（河　京希）114
柴田　元幸　107
柴田　幸恵　164
柴柳　二郎　423
芝田　啓治　86
芝淵　新子　275

渋川　玄耳　131,141,145,206,291,301,302,345
渋さ知らズ　139
渋谷　治輝　423
渋谷　実　209
島　一春　461
島崎　藤村　99,159,174,352
島田　景二　406
島田　修三　75,130,337,393
島田　幸典　223,319
島津　忠夫　327,466
島元　雅夫　284,292
嶋　隆　320
嶋　千秋　29,42,52,58,75,89,196,212
清水卯之助　60,61,77,461
清水　勝典　321,348
清水　健一　209,253
清水　純一　236,254
清水　常爾　187
清水　節治　131
清水　怜一　283
下総　俊春　197
下川　高士　92
下川原広子　323
下境　敏弘　299
下田　城玄　260,296
下田　勉　106
下田　靖司　5,349
下林　敦子　164
下村すみよ　143,254
下村　直也　242
釈　迢空　（※→折口信夫）
周　作人　49,97,118,121,442
周　天明　64,74,95,105,122
　　（純）　304
徐　京植　345
徐　雪蓉　58,86
鄭　美淑　（ジョン・ミスック）　428
東海林さだお　312
正津　勉　63,131,205,365,366
白石　義郎　12,37,47,134,470
白沢　菊治　462
白瀧まゆみ　75
白谷　和明　200

〈編著者人名索引〉　507

白鳥　晃司　326

白鳥　省吾　349,450,474

白鳥　花江　261,266

白畑　耕作　4

白濱　一洋　329

白藤　　力　73,76

城間百合子　164

神農　大輔　63

陣野　俊史　399

新間　進一　477

新保　菅子　254

す行

スティーヴン・リジリー　331

スレイメノヴァ・アイーダ　277,284

須知　徳平　28,398

須藤　宏明　24,54,76,117,184,191,291

須藤美枝子　164

鷲見　春佳　204

鄒　　評　（※→鄒　評）

末木文美士　109

末延　芳晴　132,134,136,162

須賀　章雅　332,334,335,337,340,343,346,348,
349,350,351,354,355,358,359,361,
365,367,369,371,372,374,376,378,
380,383,385,388,393,396,400,403,
405,408,410

絓　　秀実　45

菅江　真澄　243

管野　すが　（須賀子・すが子）45,60,61,70,77,248

管野　全巳　254

管野　尚夫　58

菅原　一郎　402

菅原　和彦　178,199,215,220,245

菅原　顕史　183

菅原　研州　305

菅原　関也　334

菅原　　壽　206,280,286,306,333,334,376

菅原多つを　54,249

菅原　幹雄　243

菅原　泰正　319

菅原　由貴　241

菅原　芳雄　88

菅原　芳子　59,89,259,260,262,345

菅谷規矩雄　46

杉　侑里香　343

杉浦　翠子　460,475

杉田美代子　254

杉村楚人冠　（広太郎）35,36,54,218,289,291,300,
301,313,317,319,321,323,324,326,
339,356,360

杉村　富生　387

助川　禎子　84

助川　徳是　204

（鈴木）　319

鈴木　明彦　7

鈴木　喜久　18

鈴木　浩介　263

鈴木　鼓村　52

鈴木　五郎　9

鈴木　貞美　36

鈴木　　茂　102

鈴木　志郎　55

鈴木　　淳　129,138,166

鈴木　孝典　183

鈴木　琢磨　226

鈴木　竹弘　366

鈴木　　正　254

鈴木　多聞　305,333

鈴木奈津美　429

鈴木　伸幸　322

鈴木彦次郎　24,54,76,81,117,184,384,450

鈴木比佐雄　432

鈴木　久子　99

鈴木　　久　280

鈴木　久光　6,11

鈴木　博太　335

鈴木　文彦　418

鈴木　幹夫　166

鈴木　　満　299

鈴木　宗夫　91,176

鈴木　保昭　466

鈴木　泰恵　297,312

鈴木　勇蔵　82,467

鈴木ユリイカ　250

薄田　泣菫　362,365,398

SUYOTO・Ummu Azizah（スヨト・ウッム・アジザ）278

せ行

瀬尾	明男	141
瀬尾まいこ		297
瀬川	愛子	62
瀬川	清人	13,28,101,132,134,473
瀬川	深	189,200,226,263,289,296,422
瀬川彦太郎		69
瀬川もと子		62
瀬上	敏雄	234
瀬戸	厚志	342
瀬戸井	誠	126
瀬戸内寂聴		399
清湖口	敏	300,406
清田	文武	79,101,126,176,203,219,253
積	惟勝	218,388,453
関	厚夫	180,191,193,204,230,241,250,258,284,350,362
関	三郎	452
関	サワ	64
関	しげ	80
関	節男	129
関	直彦	128
関	夏夫	230,350
関	良一	477
関井	光男	118
関川	夏央	10,46,71,75,87,109,176,178,199,203,208,284,350,435,445,472
関口	厚光	243
関口	正道	322
関根	尚	364
関根	康喜	133
関谷	裕行	69
関和由紀子		451
妹尾	源市	25,27,116,119,133,147,170,185,193,295,380
芹沢光治良		399,412
成	朝霞	172
先崎	彰容	352,375,398,408
仙道	作三	398
仙北谷晃一		462

そ行

ソ　ニ　ヤ		1,7,66,140
曾	婧芳	（※→曾　婧芳）
宗	慎吾	477
外岡	秀俊	299,311,329,340,341,345,425,431,465
相馬	御風	72,103,111,126,253,421
相馬	黒光	326
相馬徳次郎		443
相馬屋源四郎		260,264,439
園田	真弓	102,246,273,355
園家	広子	468
反町	暢夫	356
孫	順玉	5,12,58.86.116,173,197,214,239

た行

たかとう匡子		118
たなせつむぎ		259
たざわてつ		452
たてのひろし		200
ダンテ・ゲイブリエル・ロセッティ		465,466
田上	貴寛	397
田鎖	清	31
田鎖	壽夫	145
田口	忠吉	301
田口	信孝	67,68,78,88
田口	昌樹	98
田口真理子		66,77
田口	道昭	12,13,28,31,42,55,56,58,67,78,86,101,119,122,133,140,143,163,184,197,205,228,240,253,266,274,297,313,315,319,325,339,344,345,346,353,362,364,378,391,398,401,420,426,427,428,430,432,434,466
田口	善政	（田口友善）275,290,308,317,319,325,338,434
田口	佳子	364
田子	一民	50,108,124,304,330,332,372,381,453
田島	邦彦	186
田鶴	雅一	261
田勢	康弘	18
田中	章義	337
田中あさひ		370,375

〈編著者人名索引〉　509

田中　篤子	285
田中　綾	2,34,127,133,136,145,150,156,162,182, 217,220,227,242,245,247,260,266,291, 297,298,302,313,341,346,350,369
田中　英子	63
田中　収	19,205
田中　角栄	190,191,468
田中　和雄	160
田中　数子	316,320
田中　要	52,79,84,230,259,267,287,327
田中　恭吉	312
田中きわ子	9,59,147,257,416
田中　正造	260,288
田中　拓也	331,354,355,394,414,429
田中　千絵	11
田中千恵子	408
田中千代子	176
田中　俊廣	257,267,320
田中　久子	63,463
田中比左良	452
田中　信	451
田中　正巳	290
田中美沙季	375,382,395,407,411,413,416,419,443, 444,445
田中　礼	4,12,42,53,59,61,62,63,67,77,78,80, 100,101,148,164,183,185,225,265,267, 274,275,280,295,308,393,396,408, 427,430,431,432,438,440,443,445
田中舘愛橘	88,398
田辺　聖子	75,209,311
田辺　靖	269
田沼　修二	131
田の上一州	179,199
田之上重子	254
田之口久司	385
田端久仁子	164,275
田原　大三	295
田渕　茂美	79
田村　イネ　（吉岡）15,21,87,338	
田村　叶　（末吉）258	
田村　景子	317,371
田村　サダ　（サタ）60,62,88,96,471	
田村　元	95,308,309

田村　久男	344
田村　宏志	321,340,405,408
田村　正巳	469,471
田山　泰三	197,223,254,255,263,266,274,312, 397,402
田　原　（デン・ゲン／テン・ユェン）54	
大 成 建 設	13,202
大地　賢三	66
高井　有一	172
高木　幸作	323
高木　俊朗	452
高木　豊平	418
高木　浩明	128
髙木　勝勇	75,87
高木　佳子	429
高幣美佐子	243,259
高島　静子	388
高島　裕	139
高島　嘉巳	243
高杉　晋作	58
高田　紅果	44,59,82,128,231,288
高田　準平	3,17,21,26,32,37,39,40,51,53,56,60,61, 62,65,71,79,80,81,83,84,86,87,112,118, 120,133,325,328
高田　治作	44
高田　宏	67
高田　光子	250
高取　英	139,149
高野　公彦	171,225,333,353,360,366,403
高野　桃村	307,453,478
高野ムツオ	328
高橋　和夫	170,399
高橋　一美	181,183,187
高橋　薫	3,6,7,9,10,13,15,472
高橋　克彦	224
高橋　清	121,459
高橋源一郎	21,22,44,46,61,63,108,230,470
高橋　光輝	398,402,404,406,409,411,416,418,421
高橋　幸泉	187
高橋　智	111,139,153,190,208,259,317
髙橋　爾郎	229
高橋　愁	2
高橋　順子	64,169,250

高橋　昌恒　67
高橋　城司　67
高橋　すゑ　31,54
髙橋州美熙　139
高橋　世織　9
高橋　　正　221,346,393,426
高橋　忠男　6
高橋　　鐵　480
高橋　敏夫　317,371
高橋　利蔵　14,82
高橋　富雄　22
高橋　信之　329
高橋隼之助　111
髙橋彦太郎　33
高橋　尚哉　446
高橋　秀明　150
高橋　秀晴　282
高橋　兵庫　92,267
高橋フキ子　220
高橋ふぢの　（佐藤ふぢの／藤野）73,299,257
高橋　法聖　467
高橋　峰樹　2
高橋　正幸　136
高橋　幹雄　2,14,17,18
高橋　睦朗　232,242,253
高橋　康文　451,452,454,456,457
高橋八代江　102
高橋　行雄　199
高橋百合子　6
高橋　良雄　67
高橋　諒子　276,278,279
高橋　六介　375,377
高梁　敏夫　241
高松鉄嗣郎　155,156,157,158,160,163
高村光太郎　57,220,232,326,329,333,392,395,400,
　　　　　413,455,457
高柳　　光　206
高山　京子　234
高山　純二　288
高山　樗牛　109,140,143,168,183,205,234,254,
　　　　　264,314,351,421,427,430,451,467
高山　美香　263,265,278,356
高山安三郎　191

（孝）　301
滝沢　教子　252
瀧澤　真帆　337
滝野　鉄也　378
瀧本　和成　4,12,20,27,38,47,55,67,74,77,218,294,
　　　　　344,346,391,427
啄仁草人　（※→天野仁）
武井　三郎　413
武田　俊郎　385
武田　文治　246,259,313
武田　穂佳　422,429
武田　靖夫　172
武田　侑哉　362
竹内　　好　325
竹内　修一　315
竹上　順子　314
竹内　　一　403
竹内　道夫　48,49
（竹田）　311
竹田かづ子　286
竹田　雄三　310
竹中トキ子　79,393
竹中　史子　164
竹原　三哉　145,293,294,297,299,312
立川　昭二　331,463,465
立川談四楼　432
立花　五郎　454
立花さだ子　72,277
立花　峰夫　55,125,133,142,150,184,281,339
立原　道造　50,161,179,184,246,249,292,350,367
橘　　曙覧　469
橘　智恵子　（北村智恵子）7,24,53,78,89,124,130,
　　　　　146,168,171,179,182,219,258,262,
　　　　　265,281,282,293,301,311,328,340,
　　　　　346,405,430,464,468
達増　拓也　233,232,233,379
舘石　浩信　100
舘田　勝弘　3
舘野　　晰　122
棚田　暘子　275
谷　　静湖　1,67,133,144,156,166,175,186,194,
　　　　　202,210,228,235
谷岡　亜紀　245,256

〈編著者人名索引〉　511

谷川　　俊　265

谷川俊太郎　47,48,54

谷口ジロー　71,350

谷口　慎也　330

谷口善太郎　350

谷口　孝男　267,281

谷口　宏樹　182,183

谷口　雅春　347

谷崎潤一郎　67,206

谷藤　　徹　209

谷藤　裕明　223,377

谷村　新司　90,289,335,467

種倉　紀昭　78,102

玉井　清弘　216

玉井　敬之　20,32,334

玉置　邦雄　465

玉川　　薫　82,173

玉川　　豊　471

玉木　研二　261,368

玉城　　徹　24,226

玉城　洋子　150

玉田　崇二　295

俵　　万智　9,14,40,44,81,179,219,248,430,469,
　　　　　473

丹波　節郎　114,463

丹羽ともこ　326

丹羽　眞人　（※→丹羽眞人）

段田　安則　263,282

反怖　陽子　183,187

ち行

チャールズ・E・フォックス　（C・フォックス）37,47,
　　　　　55,67,77,214,239,240,264,297

知花くらら　418

知里　幸恵　（幸恵）398,403

千田　静枝　232

千野　敏子　126

千葉　暁子　230,253,264,269

千葉　珠美　326,344

千葉　洋文　93

千葉　昌弘　64

千葉　陽介　446

近松　秋江　119,421

近松門左衛門　12

鎮西　直秀　172

景　　　真　（景真）159

張　　寿哲　459

趙　　治勲　348

陳　　　馨　（チン・ケイ／※→陳馨）

田　　　原　（田原）54

つ行

（つばめ）　85

つぼいこう　26

ツルゲーネフ　21,27,76,129,140,142,191

曾　　嬌芳　（曾嬌芳）284

崔　　華月　（崔華月）46,50,55,66,86,114,269,
　　　　　303,363

鄒　　　評　（鄒評）284

津川智恵子　101

津志田清四郎　7,10,60

津田加須子　16,18,19

津田　道明　254,304

津村スマ子　167

司　　　修　470

塚本　邦雄　35,154,171,200,390,410,463,481

塚本　康彦　54

月宮よしと　455

辻　　邦生　104

辻　　仁成　139

辻　　征夫　120

辻　　真先　467

辻　　桃子　334

辻　　由美　132

辻井　　喬　86

辻本久美子　31,51

辻本　芳孝　345

土井　晩翠　（※→土井晩翠）

土井　八枝　（林八枝／※→土井八枝）

土田佳代子　172

土樋　靖人　105,107

土屋　　忍　119

土屋　文明　66,67,69,78,88

土屋　百合　472

綱島　梁川　427,430,470

壷井　繁治　452,455,457

坪内　稔典	14,258,262,269,472
坪内　祐三	51,77,93,134,135,231,267,439
鶴　　彬 （つる　あきら）	155,192,197,202,211,215,262,365, 396,440,451,460,462,465
鶴岡寅次郎	（※→亀谷中行）
鶴岡　善久	378
陳　　馨 （ツン　シン）	（陳 馨／チン・ケイ）114

て行

出久根達郎	93,118,147,175,176,177,178,179,216, 217,228,291,294
手島　邦夫	6
手塚さや香	121,172
寺井　龍哉	424
寺井　谷子	250
寺尾登志子	360
寺崎　保雄	421
寺島　柾史	263,476
寺杣　雅人	42,479,481
寺山　修司	26,29,30,31,32,40,41,45,71,76,81,90, 118,124,143,147,149,168,178,183,184, 192,196,198,213,230,312,317,320,324, 325,327,331,335,339,340,345,367
照井　　顕	351
照井　　敬	168
照井　悦幸 （よしゆき）	4,12,22,140,141,144,163,173,178,184, 204,228
傳　　月庵	355
田　　原 （デン　ゲン）	（※→田 原） （テンユエン）
伝田　幸子	388

と行

ドナルド・キーン	34,91,189,268,276,289,292,296, 309,317,318,321,322,323,326,329,333, 335,336,341,342,343,347,348,349,351, 352,358,360,361,365,367,370,371,372, 372,375,376,383,387,389,390,391,393, 395,398,400,411,412,419,420,423,424, 425,426,429,430,437,445,457,464,466, 472
トルストイ	1,16,140,144,223,232,250,281
戸井栄太郎	68,70,72,102
土肥　定芳 （とい　さだよし）	195

土井　晩翠	（林吉）19,121,220,235,257,350,364
土井　八枝	（林八枝）68,257
土岐　哀果	（善麿）5,7,10,12,14,15,16,25,30,33,35, 36,38,40,43,44,45,55,60,64,65,84,88, 109,115,116,139,161,175,209,223,249, 261,266,276,285,294,301,360,369, 379,433,449,474,477,481,485
土志田ひろ子 （としだ）	240,278,427,435
土肥美枝子	195
戸田　佳子	388
戸田　洋子	25,260,307
戸舘　大朗 （とだて）	193,429
戸塚　隆子	（※→安元隆子）
鳥羽　俊明	340,348,351,365
鳥谷部陽之助 （とやべ）	379,462,465
鳥居　省三	4,91,104,149,168,177,205,234,247, 251,274,326,379,462,463,478
鳥飼　行博	347,348
鳥越　文蔵	309
杜　　甫	113,227,317
東　　香	（八重樫祈美）192
峠　　三吉 （とうげ）	166
峠　　義啓 （よしひろ）	（※→藪坂啓）
道　　元	273,285,305,321
東郷　克美	45
童門　冬二	79
遠畑　宣子	50,468
遠山美季男	92
富樫由美子	120
冨田小一郎	25,40,56,98,100,108,132,138,153,156, 176,177,194,218,220,221,260,276,280, 292,348,386
富田　砕花	5,265
富谷　英雄	59,155,395
時田　則雄	66,165,167,201,276
常盤　新平	118
徳富　蘇峰	313,421
徳富　蘆花	202,247,279,469
徳留　弥生	440
徳原八重子	117
栩木　　誠 （とちぎ　まこと）	162,177
栃内　正行	226
外村　　彰 （とのむら　あきら）	144,163

外山亜貴雄　212
外山　　正　381
友　　　朗　（友部　省）284,354

な行

ナイチンゲール　473
南雲　　隆　394
名越二荒之助　346
名取　宏二　306,310
名取　春仙　58
那須野和司　82,187
内藤　　明　344,416
内藤　賢司　289,300,309,321,330,336,347,353,361,
　　　　　　370,378,387,402,412,435,443
内藤　久雄　171
内藤ます子　211
（永）　（永井芳和）469
永井　　愛　432
永井　荷風　162,167,170,195
永井さつ子　6
永井　　滋　163
永井　秀幸　216
永井　　祐　118,286,313
永井　雍子　35,36,46,66,68,89,114,116,133,157,177,
　　　　　　198,221,302,412
永岡　健右　1,27,28,37,41,55,77,139,150,239,344,
　　　　　　372,373
永島　道夫　388
永田　和宏　308,322,327,332,349,361
永田　秀郎　3,130,170,171,182,183,187,213,214,
　　　　　　469
永田　　萌　149
永田龍太郎　49,136
永守　恭子　287
永山　則夫　338
長江　隆一　144,166,178,256,267,269,274,323,
　　　　　　331,386,441
長尾　三郎　71
長崎田鶴子　346
長崎　紘明　470,472
長沢　礼子　12,204
長嶋あき子　61,84
長田　暁二　（※→長田　暁二）

長田　　弘　（※→長田　弘）
長田　裕子　405
長妻　直哉　439
長野　　晃　313,410,418,425,428,430,432,438,
　　　　　　440,443,445
長浜　　功　217,228,271,299,311,312,330,335,
　　　　　　339,373,433,474,485
長山　靖生　181
中江　有里　327,346
中尾　隆之　14,445
中尾　吉清　235
中上　健次　353
中川　　越　233,287,393
中川　恵美　56
中川　信夫　455
中川　博樹　189
中川　康子　266,288,344,397
中里　介山　18,344,347,349,363
中里　定治　207
中沢　敬治　323
中沢　弘一　136
中澤　雄大　393
中下　熙人　19
中島　　敦　379
中島　健蔵　460
中島　　嵩　9,13,15,17,48,57,58,70,71,73,76,95,
　　　　　　124,140,148,150,155,174
中島　久光　30
中嶋　宏子　23,467
中島みゆき　317
中嶋　祐司　48
中田　重顕　70
中舘　寛隆　247
中谷　治夫　111
中津　昌子　233
中津　文彦　292
中坪　　聡　171
中寺　礼子　135
中野寛次郎　223
中野　菊夫　10
中野　重治　2,32,36,238,421,458,467,476
中野　寅吉　（小林寅吉）98,311,353,433
中野　　翠　185

中野　泰仁　295
中原　淳一　120
中原　岳　275
中原千恵子　392
中原　中也　168,200,343,407
中村　晶子　430,439
中村　明　165
中村　英　161
中村　勝男　224
中村勘太郎　249
中村　賢次　172
中村　孝助　9
中村　洪介　63
中村　粲　64
中村　園　276,330
中村　天風　346
中村　浩　187
中村　文雄　118,148,189,207
中村　傍周　252
中村　光紀　81,87,103,121,131,138,139,153,156,
　　　　　198,200,221,238,241,243,246
中村　稔　5,7,9,12,18,53,57,64,67,113,123,150,
　　　　　282,303,332,342,432,438,440
中村　雄昂　195
中村　幸弘　110
中村　慶久　333
中村　佳文　444
中山　明展　200
中山　和子　109
中山　恭子　216,409
中山　惟行　408
中山　敏　337
中山　怜子　374
仲崎　友治　273
仲田　嘉子　160
仲林　敏次　172
仲松　庸全　126
仲村　重明　356,368,380,397,409,412,425,439,
　　　　　442,446
夏目　鏡子　69
夏目　漱石　17,18,20,21,22,32,54,61,78.83,91,105,
　　　　　107,125,146,187,188,189,195,207,253,
　　　　　300,314,316,327,330,334,339,348,

　　　　　377,393,400,403,421,423,433,452,
　　　　　460,461,467,469,473
鍋島　高明　32
並木　武雄　29,310
並木　凡平　410
滑川　道夫　458
奈良　寿　463
奈良　達雄　61,81,94,145,348
成田　健　187,194,251,252,471,473
成田　達夫　310
成田　龍一　3
成ケ澤栄治　57
成沢　方記　413
成瀬　政男　302,459
鳴海　完造　292,477
南陀楼綾繁　321
南條　範男　3,6,11,19,49,51,52,53,56,58,59,60,62,
　　　　　64,65,66,68,69,70,72,73,75,79,81,82,
　　　　　83,85,87,88,89,91,92,95,97,99,102,103,
　　　　　106,118,120,121,123,126,127,128,130,
　　　　　131,132,133,135,136,138,139,141,143,
　　　　　146,147,149,151,153,156,157,158,160,
　　　　　161,162,165,168,169,170,172,173,174,
　　　　　176,178,189.219,242,257,277,286,334,
　　　　　335,337,340,343,346,348,349,350,352,
　　　　　354,356,358,359,361,365,367,369,371,
　　　　　372,374,376,378,380,383,385,389,393,
　　　　　396,400,404,416

に行

ニーチェ　22
新渡戸稲造　178,210,383
新渡戸仙岳　18,211,225,236,284,386,392,416
新渡戸　泰　146
新田　英子　152
新村　忠雄　36
西　シガ子　102
西尾　まり　263
西垣　勤　107,125
西方　国雄　471,473
西勝　洋一　306,310,393
西川　圭三　203
西川光二郎　171

〈編著者人名索引〉　515

西川　敏之　166,170

西川　祐子　5

西沢　幸治　126,223

西田　麻布　242

西田　陽一　172

西舘　時子　10,100

西館　好子　395

西鳥羽和明　333

西原　和子　254

西平　直喜　471

西堀　滋樹　179

西堀　秋潮　167,206,213,214,386,426

西堀　藤吉　169

西村　和子　269

西村　香苗　87

西村京太郎　113,130

西村　真次　476,481

西村　稠　446

西村　陽吉　9,202,460,475

西本　一都　454

西本　鶏介　48,142,306

西本　美嗣　246

西森　政夫　313

西山　康一　362

西山　桧尾　337

西脇　巽　54,57,74,77,78,96,99,101,111,118,124,
125,126,132,134,140,141,142,146,149,
156,161,163,166,169,171,178,184,189,
196,203,217,218,238,244,254,265,267,
277,284,287,304,319,326,336,341,343,
344,369,371,373,375,376,377,378,379,
380,391,392,397,404,412,413,417,421,
428,431,432,443,446

錦織　健　470

饒村　曜　380
にょうむら　よう

丹羽　眞人　327
にわ

丹羽　洋岳　3

ぬ行

額田　王　470

沼田　やへ　（ヤエ）456

沼田　末治　456

沼田　末吉　147

沼田　北村　57

ね行

猫島　一人　83

根田　真江　372

の行

のろ　紀子　187

野口　雨情　14,15,28,64,89,117,127,129,132,134,
140,142,163,179,189,191,194,204,224,
240,242,252,260,302,340,413,417,
452,461,463,464,475

野口　賢清　442

野口田鶴子　338

野口　存彌　（野口存弥）117,224,413
のぶや

野口　英世　428

野口不二子　302

野口米次郎　36,246,272

野崎　啓一　43

野崎巳代治　279

野田宇太郎　455

野田　寿一　17

野田　正夫　401

野中　兼山　427

野中　康行　87

野中　雄太　223

野長瀬郁実　415

野波　健祐　431

野乃宮紀子　（渡部紀子）165,353,399,412

信長　貴富　196

野間　宏　459,478

野村　昭也　126

野村　秋彦　39

野村　篤　162,166

野村　胡堂　（長一・菫舟・あらえびす）6,24,34,36,
41,46,54,78,81,82,89,92,109,116,117,
118,121,134,143,166,185,204,213,242,
244,260,261,262,263,265,278,285,
289,292,294,299,302,306,314,320,
322,332,340,349,374,404,417,422,
424,426,431,434,436,437,438,439,
440,444,446,447,450,453,461

野村　晴一　306

野村　波津　218
野村　益世　195
野村　六三　453
野山　嘉正　11

は行

バイロン　264
ハインリッヒ・ハイネ　108,118,144,148,199,227,
　　　247,467,476
バリ・ザパール　104
バンバン・ウイバワルタ　173
芳賀　啓　251
芳賀　徹　4,66,89,225
芳賀　誉子　277
羽賀由喜江　315,397
羽上　忠信　468
馬場あき子　16,24,28,38,61,84,249
馬場　信　284
馬場　龍彦　193
馬場　雅史　73
朴　春日　477
朴　貞花　429
朴　智暎　111,115,125
羽鳥　千尋　30
羽渕　三良　35
荻野　貴生　277
荻野　洋　11,12
荻野富士夫　242
萩原朔太郎　15,63,73,76,97,98,111,113,115,123,
　　　230,338,363,422,451,460,467,478
箱石　匡行　78,143
箱崎　禮子　216
狭間　鉄　380,403
橋川　文三　27,168,314,467
橋爪　淳　244
橋本　恵美　129
橋本　邦久　79,188
橋本　真助　33
橋本　威　7,22,55
橋本　德壽　476
橋本　俊明　383
橋本　佑子　223
橋下　徹　440

橋下　裕　82
蓮田　茂　5,55,105
長谷富士男　97,150,176,179,181,207
長谷川　櫂　309
長谷川　啓　53
長谷川　敬　39,466
長谷川政春　256
長谷川由美　190
長谷部和夫　187,194,216,234,266,288,344
畑　有三　465
畑中美那子　14,16,33,61,73,83,84,108,121,128,147,
　　　149,169,186,188,208,233,234,258,419
畠山千代子　137
畠山　亨　117,126,177,324,443
畠山奈穂子　137
畠山　政志　250,268,395,398
服部　常子　14
服部　敏良　233
服部　尚樹　141,201,223
服部　良一　471
花岡　謙二　450
花岡　寿一　172
花坂　洋行　29,42
花澤　哲文　351
花城　護　323
花山多佳子　46,328,342
浜　祥子　290
浜崎　洋介　352
浜田　栄夫　220
浜田　康敬　112,149,287
濱田　伸　79
濱野　揚茂　423
濱松　哲朗　389
早川　侊志　179
早川　典宏　405
早坂　啓造　462
早坂　光平　284
林　市蔵　132
林　和清　340
林　寄雯　（※→林 寄雯）
林　繁太郎　136
林　水福　（※→林 水福）
林　順治　105,305,312

〈編著者人名索引〉　517

<table>
<tr><td>林　太郎　43</td><td>364,375,377,391,400,411</td></tr>
</table>

林　丕雄（※→林 丕雄）

林　英世　113

林　芙美子　116,119,193,234,290,332

林　八枝（※→土井八枝）

林　芳輝　467

早野　透　208

原　敬　6,36,83,147,211,227,264,301,364,377,
404,425,456

原　哲夫　171,296

原　抱琴（達）147,256,301

原口　隆行　149,150,331,336,370

原子　修　150

原田　勇男　355

原田　拓也　406

原田　徹郎　254,420

原田　信男　196

原田　光　354

原田　康宏　85

針谷喜八郎　254,348

（春雨）127

（春の時計）30

晴山　生菜　413

晴山　誠一　87

番田　雄太　71

半藤　一利　293,405

韓　基連（韓 基連）12,20,38,464,473

黄　聖圭（黄 聖圭）20,284

ひ行

ひがしだつかさ　249

ひらの生　475

ひらやまよりこ　20

ひろさちや　157

ビスマルク　101,144

ピュシュ　270

Ｐ・Ａ・ジョージ（プラット・アブラハム・ジョージ）
213,214,227,374,374,391,442

比嘉　美織　437

日垣　隆　149,247

日景　健　463

日景　敏夫　254,255,259,264,265,274,278,284,
300,302,312,315,326,339,350,352,

日景安太郎　240,463

日景　緑園　462

日向智恵子　19

日野　きく　30,59,191,232,236,293,302,406,479

日野岡裕司　293

日原　正彦　195

日比野容子　347,389

樋口　一葉　11,66,67,68,195,262,297,470

樋口　覚　79

樋口　聡　299

樋口　洋　172

樋田由美子　343

飛高　隆夫　273,479,481

火野　和弥　234

檜葉　奈穂　143,251

陽羅　義光　163,184

東　直子　271,407,440

引間　博愛　81

久間　十義　465

菱川　善夫　91,99,145,246,259

菱沼　愚人　469,471,473

平井康三郎　10,23,413

平井　久志　203

平井　秀雄　91

平井　良子　416,439

平石　礼子　481

平出　彬　464

平出　修　31,39,56,61,73,75,85,98,112,119,128,
148,189,202,209,221,228,233,248,254,
313,321,323,343,352,353,359,364,
369,381,391,399,430,464

平出　洸　4,11,29,39,56,61,93,108,112,119,137,
143,148,204,209,210,228,233,239,
241,264,312,241,264,312.315,359,
362,364,381,400,426,428,429,430,
470

平岡　敏夫　12,13,16,21,30,36,96,97,104,110,115,
187,195,211,219,220,228,232,275,
281,282,300,327,473,480

平賀　春郊　228

平賀　徹　294

平田　幸作　135

平野啓一郎	317,318,321,322,393	
平野　英雄	181,183,188,204,205,266,278,308	
平野八兵衛	（※→佐藤善助）	
平野　万里	（萬里）98,149,184,460	
平林　静代	320.327	
平本紀久雄	185	
平山　陽	378,379,380,403,441,444,485	
平山　公一	388	
平山　広	（廣）319,458,459	
平山　征夫	90	
平山　良子	（良太郎）66,375	
広岡　守穂	269	
広坂　早苗	240,287	
（浩）	305,327	
（博）	302,394	
廣島　一雄	351	
廣瀬　幸雄	386	
廣畑　研二	331	
広瀬　量平	202,208	
卞　宰洙	139,358	

ふ行

V・T・フェヂャーイノフ　468.481

プラット・アブラハム・ジョージ（※→P・A・ジョージ）

ブルナ・ルカーシュ　414,428,445

不破　大輔	139,220	
（風知草）	240	
深田　久弥	213,443	
深澤　明美	242	
深澤　正之	310	
深町　博史	314,316,339,344,363,397,414,415	
深谷　忠記	64,466,468	
（吹き矢）	6	
福井　智子	118	
福井美代子	218	
福井　雄三	207	
福士　神川	260	
福士　リツ	223	
福島　誠一	150	
福島　久男	129	
福島　泰樹	48,53,63,69,74,92,109,110,124,131,
	141,153,174,176,208,213,223,229,
	230,283,325,327,331

福島　雪江	36,46,66,89,116,133,157,177,198,221	
福田　章	96,223	
福田　周	381,428	
福田　和哉	61	
福田　清人	407,458	
福田　達雄	254	
福田　恆存	224	
福田　常雄	293	
福田　信夫	75	
福田　穂	14,143	
福地　順一	12,264,318,321,325,326,327,334,339,
	340,341,351,380,381,413,461
福本　邦雄	35,108,481	
福元　久幸	80,96	
藤井　貞和	406	
藤井　茂	33,210,228,348,387,392,399,402,437,
	438
藤井　朋子	416	
藤井　良江	374	
藤枝　歩未	243	
藤岡　一雄	191	
藤岡　玉骨	145,170,453,462,464	
藤岡　武雄	245,317,383,385,388,389,393,396	
藤川　健夫	204,228	
藤坂　信子	131	
藤沢　岳豊	249	
藤沢　周平	10,17,29,179,183,184,255,355,356,
	358,418,469
藤沢　誠	108	
藤沢　全	4,20,21,76,125,174,469	
藤澤　元造	（黄鵠）255,263,266,274,406	
藤澤　則子	366,383,419	
藤島　誠哉	97	
藤島　秀憲	75,345,420	
藤田　和明	280,365	
藤田　観龍	280,354	
藤田貴佐代	210	
藤田　幸右	218,220	
藤田　武治	（南洋）44,139,386,426	
藤田　宰司	260,276,301	
藤田　民子	82,187	
藤田　兆太	216,221,227,247,311,333,409	
藤田　昌志	304,332	

〈編著者人名索引〉　519

藤田　稔　97,162
藤根　研一　171
藤原健次郎　48
藤原　隆男　55,94,117,118,120,121,136,166
藤原　竜也　249,250
藤原　哲　264,350,381
藤原　正教　129,267
藤原　益栄　192,344
藤原　良経　341
藤原龍一郎　371
藤間　静枝　167,170
藤村　孝一　155,310
藤村　延子　6
藤本　宗利　26
二木　文明　148
二瀬西　恵　123
二葉亭四迷　163,228,327,414,421,454,472,477
二村祐士朗　386,387
船越金五郎　293
船越　榮　29,71,460
船越　英恵　52,76,97,152,223
舟越　保武　64,116,262,264,293
舟田　京子　4,20,38,41,97,197,239,284,312,363,373,400
冬樹　薫　303,331
古澤　鑑実　423
古澤夕起子　12,28,37,41,42.60,77,105,132,142,216,228
古里　昭夫　151
古橋　信孝　2
古水　一雄　188,193,207.241,244,270,326
古谷　智子　153,321,330,388
文屋　亮　154,189,191,238,241,254
V・Markova　284

へ行

平成新人　390
別役　実　188,189
別所　興一　442
戸来　蘭子　381

ほ行

ホイットマン　472

許　文基　(※→許文基、許 文基)12,462
保昌　正夫　61
穂村　弘　220,271,285,286,304,307,338,352,392,394,439
茫　漠山　331
宝刀　朝魯　123
朴　春日　(※→朴　春日)
朴　貞花　(※→朴　貞花)
朴　智暎　(※→朴　智暎)
星　雅義　1,11,55
星野　四郎　129,170,209,234
細川　甫　468
細川　光洋　413,445
細越　夏村　202,205,209,211,229,262,450
細越　紀平　186
細越麟太郎　209,260,262
細田　源吉　3,476
細馬　宏通　21,44,206,262
細谷　朋代　120,122,154
堀　まどか　272
堀合　節子　(※→石川節子)
堀合　孝子　85
堀合　忠操　340,371,373,377,381,391,412
堀合ふき子　(宮崎ふき子)86
堀合　了輔　373,461,478
堀内　祐二　231
堀江　朋子　11
堀江　信男　5,10,11,16,19,27,28,37,47,77,84,97,104,105,125,132,142,186,407
堀切　直人　130
堀口　大学　279
堀口　義彦　322
堀沢　光儀　159
堀田　秀子　(ヒデ、室岡秀子)　2,14,53,76,231,451,458
堀場　正夫　451
堀部　富子　429
堀部　知子　235
本郷　和人　244
本城　靖　197
本庄　豊　123
本田　有明　109
本田　一弘　381,425

本田　敏雄　12
本田　正義　458
本田　龍　（竜）207
本多　博　354

ま行

まさきすすむ　392
マカロフ　140
マキノノゾミ　424
マシオン恵美香　187
（麿）　（※→大井出麿依子）
眞有　澄香　107
真中　朋久　233
真山　重博　233,267,271,280
前川　桂子　327
前川佐美雄　124,127,145,159,163,184,460
前川　仁之　433
前坂　俊之　148
前田　純孝　（翠溪）425
前田　宏　393
前田　夕暮　6,44,74,92,236,343,369,481
前田由紀枝　229,236,241
真壁　仁　460,478,480
牧野　立雄　29,62,77,171,173,212
牧野　登　133
正岡　子規　5,7,9,12,37,53,70,123,160,167,198,
　　　　　205,211,286,289,292,445
正宗　白鳥　43,47,51,55
真崎　宗次　462
（勝）　327
増子　耕一　351
増田喜久子　102
増田由己子　275
増田れい子　469,471
増谷　龍三　82
益田　孝　406
枡野　浩一　49,51,167,170,184,255,263,291,309
俣野　左内　164
待田　晋哉　376,389
松井　久美　205,206
松井　如流　459
松井　博之　90,350,351,363
松井美智子　78,295

松浦　明　398
松浦　寿輝　390
松尾　昭男　55
松尾　禮子　275
松岡　慶一　358
松岡　千尋　480
松岡　正剛　195
松岡　蘆堂　（政之助）194,251,289,314,316,462
松木　光治　82,288
松木　秀　361
松口　光利　313
松崎　明　167
松崎　天民　43,55,91,155,267,332
松澤　信祐　53,58,92
松下　幸子　191,406
松嶋　加奈　277,280,282,283
松島　幸和　282
松田　晃　182
松田　修　362
松田憲一郎　364,427
松田　十刻　117,118128,136,138,150,159,193,217,
　　　　　218,219,228,229,235,237,241,246,
　　　　　247,248,346,351,411
松田　道雄　470
松平　盟子　303,304,310,319,325,332,337,344,346,
　　　　　350,355,361,369,370,373,374,375,377,
　　　　　379,380,389,391,400,408,418,421,425,
　　　　　434,439,442,446
松波　照慶　172
松埜　青樹　172
松原　勉　468
松丸　修三　468
松村　敏子　52
松村　洋　13,27,28,38,42,56,77,78,100,101,122
松村　正直　67,245,385,388,395,396,400,403,440
松村由利子　52
松本　薫　403
松本　健一　12,57,170,184,205,242,252,366
松本健太朗　322
松本　光治　288
松本幸四郎　268,318
松本　清一　（天風）347
松本　政治　（松本生）174,450,451,452,456,457,

〈編著者人名索引〉　521

459,460,461,462,467,476,478

松本　鶴雄　470

松本としお　213

松本のりこ　235

松本　博明　190

松本　正志　282

松本山之介　320

松本　良彦　473

松本　黎子　14,16

松山　巌　14,21,52,78,92

丸井　重孝　317,322,326,342,443

丸井　芳範　17

丸木　政臣　138

丸谷　喜市　244,373,377

丸谷　才一　473

丸山　謙一　334

（万里）　（※→金野万里）

み行

ミーカ・ポルキ　68,93,101

三浦　彩　241

三浦　綾子　344

三浦　勲夫　466

三浦　清一　109,131

三浦　賜郎　107

三浦　隆　469

三浦　哲郎　11,130,255,266,289,330,350,463

三浦　雅士　438

三浦　光子　（石川光子）4,7,11,50,57,89,96,106,
109,131,138,151,166,172,184,192,
203,215,218,230,265,308,373,447,
451,459,475

三浦わたる　351,355

三上　満　279

三木　清　122,123

三木　弘子　254

三木与志夫　89

三木　善彦　31

三木　露風　91,238,455,466,475

三國　一朗　465

三郷　豊　347

三澤　岳欣　359

三沢　典丈　73

三品　信　88

三嶋　伸一　202

三田地信一　286

三谷　幸喜　235,236,237,243,249,251,256

三井　為友　126

三井　迪子　313,320

三井　葉子　250

三塚　博　122

三橋　辰雄　465,472

三橋美智也　361

三戸　茂子　194,197,200,234,241,258,266

三留　昭男　35,37,38,47,62,76,101,104,134,144,
248,311

三船恭太郎　356

三堀　謙二　414

三好　京三　34,42,87,141

三好　博　111,422

三輪　勲夫　466

三輪　文子　343

岬　龍一郎　262

水枝　弥生　143

水口　忠　14,33,82,83,112,135,138,146,162,174,
175,184,194,198,241,243,257,288,301,
308,311,370

水島　典弘　241,315

水関　清　12,13,56,99,101,125,329,338,358,361,
368,425,435

水戸　勇喜　123,176

水永　玲子　275

（水無月）　44

水野　悟　248,413

水野　翔太　262

水野信太郎　148,171,181,203,205,211,227,228,
252,253,254,258,265,273,278,321,
325,328,332,336,338,367,385,392,
413,414

水野　洋　12,13,56,99,101,125,184,295,391

水野　昌雄　139,236,256,406,418,423

水原　紫苑　418

水原秋櫻子　278

水町　登　452

水上　勉　2

溝口　太郎　208

溝田　邦夫　32

道浦母都子　86,471

道又　　力　56,289,292,311,316,318,320,321,322,
324,328,332,333,349,351,406,435

美智子皇后　13

光本　恵子　285

碧川企救男　48

南　　奎雲　217

南澤佳代子　382,411,413,416,444

嶺野　　侑　285

峰村　　剛　109

美濃　千鶴　12

箕作　秋吉　452

箕輪　喜作　79

宮　　　健　16,17,92,179,370

宮　　静枝　（菅野静枝）177,197,479

宮　　柊二　109,396

宮　まゆみ　136

宮川　哲夫　132

宮城谷昌光　467

宮坂　静生　232,242,253

宮崎　郁雨　7,82,84,89,90,91,111,118,124,125,132,
140,142,151,163,187,200,209,210,211,
213,227,230,236,240,241,242,246,247,
253,261,277,284,292,304,305,356,359,
365,366,367,368,369,370,371,373,384,
386,399,452,453,459,461,462,477,479

宮崎　　信　435

宮崎修二朗　434

宮崎ふき子　（※→堀合ふき子）

宮崎　道郎　322,416

宮崎　求馬　416
　　　もとめ

宮澤健太郎　106

宮沢　賢治　22,33,45,70,73,82,115,128,140,143,
166,195,196,203,214,232,234,237,246,
248,267,273,291,299,303,311,314,318,
319,320,325,343,349,320,325,343,
349,358,360,364,368,377,381,385,
389,391,404,407,417,428,431,439,
441,446,452,480

宮澤　康造　197

宮地さか枝　290,313

宮地　伸一　291

宮田立志郎　458

宮田　哲夫　79

宮本　功雄　127

宮本　永子　375

宮本　一宏　113,338,363

宮本　正章　13

宮本百合子　145

宮本　龍二　351

宮良　信氷　254

宮脇　　昭　204

（未来子）　223

む行

むらい昭治　194

ムシャーイラ・ウルドゥ　203

ムハンマド・オダイマ　176,178

向井夷希微　471

向井永太郎　333,470,471

向井　豊昭　470,471

向井田　薫　71,73,93,97,127,129,130,132,135,136,
139,141,146,148,157,177,183,197,
198,214,218,221,248,264,270

向山　洋一　41

武蔵　和子　102

六岡　康光　（駒井耀介）95,468,470

宗像　和重　209,210,223

村井　　紀　118

村尾　清一　376

村岡　信明　100,146

村岡　花子　414,415,427

村岡　嘉子　351

村上　昭夫　301

村上　悦也　20,27,38,42,185,295,401,478

村上しいこ　396

村上　健志　438

村木　哲文　305,355,356,359,364,365,377,378,413,
418,424,428,440,442,447,462

村上　成夫　301

村上　久吉　316,452

村上　寛之　5

村木　道彦　75

村瀬　正章　78

村田　和矢　423

村田　武雄 156
村中　良治 131
村松基之亮 80
村松　善 25,41,44,98,101,103,105,114,129,183,
187,201,253,274,359,364,374,377,
381,391,412,414,415,426,428,443,
464,485
村松　徹 464
村松　洋 42
村山　槐多 331
村山　武 139
村山　祐介 61
村山　龍鳳 388,412,478
棟方　幸人 286
室井　光宏 196
室生　犀星 169,171,198
室岡　秀子 （※→堀田秀子）

め行

目良　卓 5,6,9,10,11,13,16,19,28,41,43,45,49,
51,53,63,70,72,75,77,79,81,82,83,85,
86,89,92,95,119,120,122,123,129,137,
142,148,156,169,170,175,180,181,200,
204,209,216,228,254,264,274,295,312,
337,338,340,341,342,347,363,390,
391,400,460,462,464,465,469,478

も行

もりみかげ 311
モーツアルト 78,143
持田鋼一郎 398
望月　善次 4,18,20,35,36,37,38,41,43,45,46,47,
49,51,58,66,68,70,72,73,74,75,76,
77,78,80,81,82,83,84,85,86,87,89,
90,94,95,96,97,98,100,101,102,103,
104,106,109,110,111,112,113,114,
115,116,117,118,119,120,122,124,
125,126,133,134,140,141,143,149,154,
157,158,161,163,165,166,174,175,177,
185,197,198,199,204,205,210,214,
219,221,222,223,228,229,235,238,
239,244,246,248,253,255,256,263,
264,269,270,271,272,273,274,277,

282,284,291,300,301,302,303,306,
310,312,314,325,336,338,339,343,
347,352,353,354,363,364,372,373,
374,375,377,390,392,411,415,420,
426,428,443,471

茂木　茂之 298
茂木　妙子 313
元木　省吾 456
本下　哲三 211
本林　勝夫 477
本山まりの 429
森　鷗外 （林太郎）4,30,45,52,79,81,100,101,
103,106,115,133,162,164,176,179,184,
187,195,207,217,227,245,248,254,268,
281,300,352,353,359,369,380,436,
440,457,460,473,477
森　荘已池 70,79,98,103,115,163,168,169,179,
238,248,431,452,455,459,461,477,478
森　貴子 96
森　貴比古 164
森　武 268,296,394
森　ノブ 165
森　一 4
森　昌子 93
森　茉莉 468
森　三紗 184,197,198,214,231,237,238,248,302,
315,326,277,397,412,431,447,459
森　与志男 102
森　義真 13,15,19,21,22,28,30,35,37,47,49,50,
52,55,56,61,62,64,67,68,69,71,73,77,
78,83,85,90,92,93,100,101,103,104,
105,107,108,110,114,116.118,119,121,
122,125,127,128,132,134,139,142,143,145,
150,155,163,165,166,168,170,171,176,
177,179,184,187,190,191,192,193,194,
195,196,197,201,202,204,206,207,208,
210,211,212,213,214,216,218,220,223,
224,225,226,228,229,231,233,234,235,
236,238,239,241,243,244,246,247,249,
251,252,253,254,256,257,258,259,260,
261,262,264,265,266,267,279,270,271,
272,273,274,275,277,283,287,290,293,
295,296,297,298,299,300,301,302,303,

304,305,306,307,308,309,310,312,313,
315,316,317,318,319,320,321,322,324,
326,329,330,331,332,333,334,335,336,
337,338,339,340,341,343,344,345,346,
347,348,349,352,353,358,359,360,361,
363,364,366,368,369,370,371,372,375,
376,377,378,380,381,383,384,387,389,
390,395,397,398,399,400,403,407,408,
409,410,412,415,416,417,418,422,423,
425,246,431,433,434,435,436,437,441,
443,447,469,470,474

森井マスミ 261
森尾　豊子 168
森川　雅美 221
森田　一雄 139,141
森田　科二 351
森田健二郎 203
森田　純司 170,175,177,295,296,407,416,439,473
森田　進 285
森田　敏春 （もりたとしはる）223,226,231,235,242,
245,246,252,266,278,298,311,324,328,
347,351,360,361,367,405,418,438,449
森田　博 32
森田　溥 217
森近　運平 314
森本　平 286
森本　哲郎 129
森本　未紀 279
森山　晴美 233,285,290,359,370,388
森脇　啓好 294
守屋　美咲 223
諸岡　史子 413

や行

八重樫和孝 212
八重樫光行 342
八重嶋　勲 106,134,223,260,261,262,263,265,
278,285,289,299,314,320,444
八木　隆 293
八木福次郎 80,174
八木沢美津子 35
八城　水明 422
八島　将 344

矢倉　隆雄 28
矢澤　愛実 429
矢澤美佐紀 44
矢島　綾子 165
矢島裕紀彦 36,403
矢代　東村 59,61,67,276,293,302
矢羽野隆男 55
安岡　弘 62
安岡　正篤 346
安田　純生 25,149
安田　敏朗 191,194
安永　稔和 173
安成　二郎 6
安野　光雅 94
安元　隆子 （戸塚隆子）4,7,20,21,23,26,37,47,71,
86,124,140,159,163,173,174,184,197,
198,204,239,263,274,277,284,312,344,
373,426,433,436
安森　敏隆 28,80,104,283,303,317,339
柳　宣宏 225,400
柳井　喜一郎 376
柳澤有一郎 （柳沢有一郎）102,111,125,152,164,
165,204,209,220,239,253,264,270,274,
278,298,312,356,363,381,420,439,448
柳澤　兪 366
柳田　国男 260
柳田　光紀 137
柳原恵津子 153,442
柳原　白蓮 361,459
柳原　千明 472
藪坂　啓 （峠義啓）17,19,25,28,163,184,204,
228,254,469,471,473
山泉　進 99,164,174,236,359,374,375,384,
397,422
山内　健司 397
山内　則史 213
山内　昌之 400
山内　祥史 321
山折　哲雄 52,56,135,151,167,174,209,220,242,
269,319,320,328,333,338,371
山川　純子 160,305,306,308,309,316,320,327,
337,340
山川　亮 45,66,99

〈編著者人名索引〉　525

山川登美子　37
山川みなみ　254
山川吉太郎　331
山岸　郁子　9
山口　圭一　201
山口　孤剣　36,100,102,145
山口　創　286
山口　智司　158
山口　宏子　249
山口　博弥　367
山口　文遊　377
山﨑　國紀　（山﨑　国紀）203,468
山崎　康平　455
山崎　初枝　468
山崎　弘文　96
山崎　益矢　50,73,303,306,312,324,468
山崎　方代　40
山崎　円　330
山崎　嘉男　381
山下多恵子　12,15,20,26,28,31,46,53,54,55,56,57,
　　　　　　58,59,60,62,63,64,65,66,67,68,69,70,
　　　　　　71,72,73,74,75,76,77,79,80,84,85,86,
　　　　　　87,88,89,90,92,94,95,96,100,107,110,
　　　　　　111,115,122,127,134,153,155,157,
　　　　　　160,163,187,198,200,210,211,216,
　　　　　　227,228,230,240,241,242,243,244,
　　　　　　246,247,253,255,274,276,288,293,
　　　　　　295,297,298,302,303,304,305,312,
　　　　　　315,325,338,366,373,375,391,393,
　　　　　　394,396,398,399,403,404,410,420,
　　　　　　426,427,429,432,442,471,473
山下由美子　165
山下　正廣　223
山城　正忠　36,150,449,450,451
山田　一郎　17,462
山田　恵美　335
山田　公一　190,283,298,299,303
山田　茂　45
山田　真也　401,411
山田　武秋　216,229,240,246,253,263,265,274,284,
　　　　　　285,304,312,315,321,325,326,339,350,
　　　　　　353,354,363,379,382,385,387,390,
　　　　　　392,399,409,415,419,424,426,428,

　　　　　　436,441,442,446
山田登世子　378,395
山田　豊彦　146
山田　登　101,295
山田　昇　28,264,295,301,312
山田風太郎　41,331,480
山田富士郎　245
山田　正紀　346
山田　吉郎　44,92,97,106,125,286,297,312,343,
　　　　　　351,481
山田　泰男　3
山田　航(わたる)　245,271,286,298,309,317,324,358,361,
　　　　　　366,383,387
山手　敏夫　349
山名　康郎　345
山根　保男　388,412,443
山野川辰次　6
山之口　洋　73
山野　勝　98
山野川辰次　6
山野上純夫　142,216
山吹明日香　286
山藤章一郎　326
山室　信一　225
山本　鼎　278
山本　市子　275
山本　悦也　384,401
山本　圭　43,188,463
山本　健吉　470
山本　恭弘　122,140
山本　実彦　333
山本　伸治　160
山本千三郎　7,49,219,227,258,311,401
山本　貴也　299
山本　卓　188,189
山本　忠男　176
山本　司　143
山本　哲士　347
山本　トラ　（とら）88,96,219
山本　夏彦　183
山本　久男　93
山本　晶子　234
山本　雅之　182

山本松之助 196,277

山本　芳明 312

山本　龍生 18

山本　玲子 1,2,3,4,5,6,9,10,11,12,14,15,16,17,18,
19,21,22,24,25,26,28,29,30,31,33,34,
35,36,37,38,40,41,43,44,45,46,48,49,
51,52,53,56,58,60,62,64,65,67,68,
70,72,73,75,77,79,80,81,83,85,87,88,
89,90,91,92,93,95,98,99,100,103,106,
108,110,111,112,114,116,118,120,121,123,
124,126,127,128,130,131,133,135,136,
138,141,142,147,152,155,157,158,159,
162,164,167,176,177,178,180,181,183,
184,191,194,195,196,199,203,204,207,
213,215,221,223,225,226,232,235,
236,242,245,249,256,258,261,269,
275,280,281,282,286,291,299,302,
303,305,309,316,319,322,323,329,
331,332,341,342,353,372,374,392,
394,402,412,417,418,423,430,432,441,
442,467,472

山本和加子 7

山屋　祐樹 72

楊　錦昌 （ヨウ）86,363

梁　東国 （梁 東国）111,115,123,344,353,362,
363,364,398,428

ゆ行

由井　龍三 189

結城　　文 240,374

遊座　昭吾 2,4,12,18,19,20,21,28,31,33,34,35,38,
47,49,50,62,63,64,75,84,85,89,94,96,
100,104,105,107,110,112,121,125,128,
130,139,146,147,154,183,187,189,191,
192,194,195,201,202,204,205,206,
217,218,229,232,238,240,244,246,
248,251,253,281,288,329,333,334,
339,372,420,422,426,427,457,459,
461,462,464,467,468,472,477,478

遊座　祖庭 31

遊座　徳英 31,47,81

遊佐　良雄 457

湯川　秀樹 18,49,198,203,206,270,286,296,233,
424,441

湯沢比呂子 33,96,133

幸　　　恵 （※→知里幸恵）

弓館　小鰐 453

由良　琢郎 396

尹　　在石 42,60,66,83,97,105,144,158,178,204,
357,419,469,470,473,481,485,

尹　　雄太 194

よ行

ヨシダノリヒコ　283

ヨネ・ノグチ　308

楊　錦昌 （※→楊 錦昌）

横内　　堅 52

横澤　一夫 173,262

横田　晃治 103,242,247,251

横濱　征四 160

横山　邦夫 6

横山　景子 462,479

横山　蔵利 288

横山　　茂 129

横山　青峨 476

横山　　強 1, 11, 38, 77, 119, 137, 184 , 207, 339,
364,441

与謝　蕪村 467

与謝野晶子 11,13,20,60,63,78,79,103,104,124,127,
145,153,153,159,163,172,184,186,188,,
208,212,224,228,234,247,257,260,262,
272,277,284,290,296,312,319,332,
333,339,340,344,345,346,347.351,
352,353,355,363,363,377,405,417,
421,426,428,434,411,442,443,444,
445,446,460,465,477

与謝野　寛 （鉄幹）11,13,64,66,69,114,139,145,152,
157,172,192,203,212,228,239,240,
244,253,265,277,284,308,309,312,
319,326,332,335,337,339,346,350,
355,361,369,374,380,389,400,405,
408,412,417,418,423,425,426,434,
439,441,443,444,445,446,480

与謝野礼巌 349

吉井　　勇 67,85,156,165,200,202,237,238,303,
412,413,442,451,476

〈編著者人名索引〉　527

吉川　宏志　288,415,426
吉崎　哲男　198,203,214,216,223,225,229,250,
　　　　　　252,255,278,340,363
吉島　健章　219
吉田　悦志　52,198,202
吉田　笑子　266
吉田　恵理　159
吉田嘉志雄　（よしだかしお）111,132,158,169,431
吉田　狂草　450
吉田　健一　268,289
吉田　源三　452
吉田　孤羊　50,51,53,62,65,75,90,92,97,98,99,102,
　　　　　　104,105,107,116,123,128,134,168,169,
　　　　　　189,211,237,238,289,298,311,324,
　　　　　　450,451,452,453,455,457,464,471,
　　　　　　474,475,481
吉田　茂　479
吉田　秀三　59
吉田　精一　59,151,452
吉田　春水　450
吉田庄一郎　169
吉田　德壽　255,266,289,330,350
吉田　直美　36,46,89,104,114,116,133,157,177,
　　　　　　198,213,221,248,264,268,270,274,
　　　　　　310,336,364,391,412,427,428,430,443
吉田　仁　423
吉田　真央　259
吉田　光彦　203,206
吉田弥寿夫　27,28
吉田　裕　479
吉野　甫　（臥城）257
吉野　章三　（白村）69,82,123,236,252,256,257
吉野　龍男　123
吉原　豊　189
吉増　剛造　56,89,118,219,225,305
吉丸　蓉子　131,156
吉見　正信　87,110,131,230,263,285
吉村　誠治　397
吉村　英夫　132,133
吉村　睦人　302,318,321,388,396
吉本　隆明　269,304,338
好川　之範　32,161,256,470,471,485
芳澤　里江　182

由里　幸子　43
米川千嘉子　435
米川　康　393
米沢　菊市　3,192
米沢　豊穂　114,193
米田　憲三　403
米田　幸子　25,30,86,313
米田　純子　51
米田　利昭　1,3,5,25,30,84,86,89,90,99,101,110,
　　　　　　232,470,473,480
米谷　正造　392,431
米地　文夫　9,18,37,47,55,68,104,114,134,154,166,
　　　　　　177,195,197,208,214,238,264,302,
　　　　　　314,319,326,352,377,411,443
米長　保　63,376
米山　粛彦　140

り行

リース・モートン　374
李　御寧　（※→李 御寧）
理崎　啓　95,192,254
劉　怡臻　（リュウ・イシン）227,284,315,323,
　　　　　　353,354,363,397,402,415
劉　岸偉　293
劉　立善　（リュウ・リツゼン）231,402
梁　東国　（※→梁東国）
逯　虹　（※→ル・ホン）
Linhart　（ルート・リンハルト）195,227
凜　久　286
林　寄雯　428
林　水福　38,58,86,264,266,284,315,344,352,353,
　　　　　　355,363,364,374,378,391,398
林　丕雄　113,277,284,378,397

る行

ル　ソー　176
逯　虹　（ル・ホン）364

れ行

Rekisibukai　222

ろ行

ロジャー・パルバース（Roger Pulvers）107,366,367,

374,391,403,420,435

ロバート・キャンベル　235,250,435

六角　幸生　252

わ行

ワーグナー　（ワグネル）21,274,340,362,375,386,
　　　396,445

若林　　敦　31,77,79,101,105,113,122,124,126,142,
　　　147,151,153,155,163,166,189,191,197,
　　　203,213,216,230,239,243,252,253,
　　　264,312,315,344,362,364,384,395,
　　　398,402,426,428,442,480

若山セツ子　455

若山　牧水　24,48,53,73,132,192,193,194,205,218,
　　　224,228,294,295,303,311,327,331,341,
　　　345,393,376,404,414,418,421,444,
　　　468,469,473

和歌山章彦　310

和久井康明　291

和合　亮一　328

和嶋　勝利　445

和嶋　忠治　287,327

和田　英子　5

和田繁二郎　28

和田　周三　60,77,78,458

和田　山蘭　458

和田　芳實　476

脇田　千春　329

分須　朗子　468

渡　英子　268,322,326,413

渡　哲郎　130,240,397

渡瀬　昌忠　476

　（渡辺）272

渡辺　章夫　359

渡辺　えり　（えり子）263,267,392,395,399,400,
　　　401

渡辺喜恵子　114,400

渡辺　恵子　128,194,216,266

渡邊　滋　156

渡辺　淳一　291,292,343

渡邊　順三　9,26,31,50,297,301,304,354,372,376,
　　　391,450,451

渡邊　澄子　53,217

渡辺　精一　244

渡辺太一賀　423

渡辺　喬　441,444

渡邉　哲夫　465

渡辺　敏男　190,201,203,248,321

渡邊　俊博　91

渡辺　寅夫　229,246,256,262,273,293,361

渡部　直子　338

渡辺　直己　109

渡部　紀子　（※→野乃宮紀子）

渡邊　晴夫　31

渡辺　久子　236

渡辺　昌昭　6,15,91,196,232,275

渡辺　真理　329

渡辺　幹衛　429

渡辺　光章　172

渡辺　光夫　18,137,149,229,468

渡辺　善雄　162

渡部　芳紀　96,97,128,308,348,353,376,385,394,
　　　395,403,404,405,410,412,413,414,418,
　　　432,434,436,439,441,443,444,446

渡部亮次郎　225

その他

曹洞宗人権擁護推進本部　138

〈編注〉索引の難読な苗字の読みはネット上の書籍販売の表記などのほかに「全国の苗字（名字）11万種掲載」
　　のHP（http://www2s.biglobe.ne.jp/~suzakihp/index40.html）などを参考にした。

　　　また、日本人以外の人名の読み方については中国（台湾）人名を高淑玲先生に、韓国人名を池田
　　功先生に、日本語読みと母国語読みのカタカナ表記のご教示を仰ぎました。

　　※英文の人名及び書籍の日本語読みについては孫の佐藤友が補佐してくれた。

著者略歴

佐藤　勝（さとう　まさる）
1942年、福島県で生まれる。神奈川県福祉部に勤務。
湘南啄木文庫主宰。
現住所　〒257-0013 神奈川県秦野市南が丘 2-2-6-102
著　書　『資料 石川啄木—啄木の歌と我が歌と』（武蔵野書房 1992年）
　　　　『石川啄木文献書誌集大成』（武蔵野書房 1999年）
　　　　『啄木の肖像』（武蔵野書房 2002年）
共　著　『啄木歌集 カラーアルバム』（芳賀書店 1998年）
　　　　『路傍の草花に 石川啄木詩歌集』（嵯峨野書院 1998年）
　　　　『石川啄木事典』（おうふう 2001年）
　　　　『別冊太陽 日本のこころ 195　石川啄木』（平凡社 2012年）
　　　　他に数著あり。

続 石川啄木文献書誌集大成
2018年 12月 1日　初版第 1刷発行

著　　者　佐藤　勝

版　　画　水野信太朗
装　　幀　高田久美子
発 行 者　山田　武秋
発 行 所　桜 出 版
　　　　　岩手県紫波郡紫波町犬吠森字境 122
　　　　　TEL. 019－613－2349
　　　　　FAX. 019－613－2369
　　　　　郵便振替 有限会社桜出版 00150-9-537738

印刷製本　モリモト印刷株式会社

ISBN978-4-903156-25-5 C0591 ¥3000E
本書の無断複写・複製・転載は禁じられています。
落丁・乱丁本はお取り替えいたします。
© Masaru Satoh 2018, Printed in Japan

啄木研究必須の基礎的文献

『続 石川啄木文献書誌集大成』

佐藤 勝
（湘南啄木文庫主宰・国際啄木学会理事）

本書は、石川啄木生誕百三十年を記念して『石川啄木文献書誌集大成』（明治34年から平成10年までの文献目録）の続篇として企画されました。平成11年1月以降、平成29年12月までの啄木文献目録を集成した啄木研究必須の基礎的文献です。

イラスト・水野信太郎

石川啄木生誕130年を記念する金字塔

　私たちの敬愛する佐藤勝さんは、啄木を愛し、学ぶ人々にとって、貴重な啄木情報の提供者というだけにとどまらず、その誠実温良な人柄や熱誠実直な生きかたは、私たちにとってまさに師表というべき存在であります。その佐藤さんは、すでに『石川啄木文献書誌集大成』（1999年11月、武蔵野書房）によって、2000（平成12）年に第15回岩手日報啄木賞を受賞され、啄木文献の学究に大きな功績を築かれています。

　本書は、石川啄木生誕130年を記念し、佐藤さんを敬愛する私たちが呼びかけ人となり『石川啄木文献書誌集大成』の続編として企画されました。前著の補遺や正誤表も収載した啄木文献の金字塔といえるものです。

　啄木愛好者や研究者はもとより、多くの皆様に本書を座右の書として常備しご活用下さいますよう、呼びかけ人一同、心よりお願い申し上げます。

【呼びかけ人】

相澤神平／安藤 弘／池田 功／伊藤和則／太田 登／大室精一／
亀谷中行／河野有時／今野寿美／三枝昂之／坂谷貞子／櫻井健治／
瀧本和成／田口道昭／平出 洸／松平盟子／箕浦 光／目良 卓／
望月善次／森 義真／森田敏春／八木玄樹／山下多恵子／山田吉郎／
山田武秋／若林 敦

【呼びかけ人代表】太田 登

【事務局】大室精一／河野有時

判型：B5判函入上製本／頁数：536頁／定価：本体3,000円＋税

●本書のお問い合わせ、申込先
桜出版　〒028-3312 岩手県紫波郡紫波町犬吠森字境122番地
TEL. 019-613-2349 ／ FAX. 019-613-2369
E-Mail：sakuraco@leaf.ocn.ne.jp